Dan Wells
Tötet uns alle

Zu diesem Buch

Alle drei Romane der »Partials«-Saga in einem Band: Den Krieg gegen die Partials, künstlich erschaffene Menschen, haben nur wenige tausend echte Menschen überlebt. Sie haben sich seitdem nach Long Island zurückgezogen und versucht, eine neue Gesellschaft aufzubauen. Die 16-jährige Kira begibt sich mit einer Gruppe Verbündeter nach Manhattan, ein Gebiet, das die übermächtigen Partials beherrschen. Als es den Menschen gelingt, einen der Partials zu fangen, wird Kira dazu auserwählt, ihn zu untersuchen und zu befragen. Und dabei entdeckt sie, dass nicht nur die Menschen, sondern auch die Partials vor dem Untergang stehen – und beide mehr gemeinsam haben, als sie ahnten.

Dan Wells studierte Englisch an der Brigham Young University in Provo, Utah, und war Redakteur beim Science-Fiction-Magazin »The Leading Edge«. Mit »Ich bin kein Serienkiller« erschuf er das kontroverseste und ungewöhnlichste Thrillerdebüt der letzten Jahre. Weitere Bestseller wie »Mr. Monster«, »Ich will dich nicht töten« und »Du bist noch nicht tot« folgten. Mit seinen futuristischen Thrillern um die »Partials« führt Dan Wells in eine neue Welt.

Dan Wells

Tötet uns alle

Thriller

Aus dem Amerikanischen
von Jürgen Langowski

PIPER
München Berlin Zürich

Entdecke die Welt der Piper Fantasy:
PiperFantasy.de

Diese Ausgabe umfasst die Einzelbände »Aufbruch«, »Fragmente« und »Ruinen«.

Von Dan Wells liegen bei Piper vor:

Die Serienkiller-Romane:
Ich bin kein Serienkiller
Mr. Monster
Ich will dich nicht töten
Du bist noch nicht tot
Nur über deine Leiche
Kein schöner Tod (Novelle)

Die Partials-Saga:
Aufbruch
Fragmente
Ruinen
Isolation (Novelle)

Einzelromane:
Sarg niemals nie
Du stirbst zuerst

MIX
Papier aus verantwortungsvollen Quellen
FSC® C083411
FSC
www.fsc.org

Sonderausgabe
Juli 2016

Umschlaggestaltung: Guter Punkt, München
Druck und Bindung: CPI books GmbH, Leck
Printed in Germany ISBN 978-3-492-28079-2

AUFBRUCH

Partials

1

Gewidmet allen Regelbrechern, Unruhestiftern
und Revolutionären.
Manchmal muss man einfach in die Hand beißen,
die einen füttert.

ERSTER TEIL

»Als unsere Vorfahren in Pearl Harbor angegriffen wurden, sprachen sie von einem unauslöschlichen Tag der Schande. Der Tag, an dem die Partials uns mit dem RM-Virus angriffen, wird nicht unauslöschlich sein, weil bald niemand mehr da sein wird, der sich erinnern kann.«

– Präsident David R. Cregan, 21. März 2065,
in einer Pressekonferenz im Weißen Haus.
Drei Stunden später erhängte er sich.

1

Das neugeborene Mädchen 485GA18M starb am 30. Juni 2076 um 6.07 Uhr morgens. Es war drei Tage alt. Seit dem Zusammenbruch betrug die durchschnittliche Lebenserwartung eines menschlichen Säuglings sechsundfünfzig Stunden.

Man gab ihnen nicht einmal mehr Namen.

Kira Walker sah hilflos zu, wie Dr. Skousen den winzigen Körper untersuchte. Die gesichtslosen, mit Gasmasken und Overalls geschützten Schwestern – die Hälfte von ihnen war ebenfalls schwanger – notierten die Einzelheiten zu Leben und Tod. Die Glasscheiben dämpften das Wehklagen der Mutter im Flur. Sie hieß Ariel McAdams und war gerade einmal achtzehn Jahre alt. Die Mutter eines Leichnams.

Eine Schwester ging die Messwerte des Thermometers durch. »Körpertemperatur siebenunddreißigzwo bei der Geburt.« Die Worte drangen blechern durch die Maske. Kira kannte ihren Namen nicht. Eine andere Schwester übertrug die Zahlen sorgfältig auf einen gelben Zettel. »Siebenunddreißigzwo um vier Uhr heute Morgen. Dreiundvierzig zum Zeitpunkt des Todes.« Leise bewegten sie sich in dem Raum hin und her, hellgrüne Schatten in einem Land der Toten.

»Kann ich sie nur einen Moment lang halten?«, rief Ariel. Ihr brach die Stimme. »Ich will sie nur einmal halten.«

Die Schwestern hörten nicht auf sie. Es war die dritte Geburt und der dritte Todesfall in dieser Woche. Viel wichtiger waren die Dokumentation des Todesfalls und die Konsequenzen daraus. Vielleicht konnte man nicht den nächsten, aber wenigstens den übernächsten, den danach, den hundertsten oder tausendsten danach verhindern. Irgendwie musste man doch einen Weg finden, damit die Kinder überlebten.

»Herzfrequenz?«, fragte eine andere Schwester.

Ich halte das nicht mehr aus, dachte Kira. Ich bin eine angehende Krankenschwester und keine Bestatterin ...

»Herzfrequenz?«, wiederholte die Frau drängend. Es war Oberschwester Hardy, die Leiterin der Entbindungsstation.

Kira kam zu sich. Es war ihre Aufgabe, den Herzschlag zu überwachen. »Die Herzfrequenz war bis um vier Uhr heute Morgen stabil, dann stieg sie von eins-null-sieben auf eins-dreiunddreißig. Um fünf Uhr lag die Spitze bei eins-neunundvierzig, um sechs eins-vierundfünfzig. Um sechs Uhr sieben bei ... eins-zweiundsiebzig.«

Wieder klagte Ariel.

»Meine Zahlen bestätigen das«, warf eine andere Schwester ein, worauf Hardy Kira einen giftigen Blick zuwarf und die Daten notierte.

»Konzentrieren Sie sich!«, mahnte die Oberschwester unwirsch. »Es gibt viele Praktikanten, die ihr rechtes Auge hergäben, um Ihre Stelle einzunehmen.«

Kira nickte. »Ja. Entschuldigung.«

Mitten im Raum stand Dr. Skousen, überließ das tote Kind einer Pflegerin und setzte die Gasmaske ab. Seine Augen waren so tot wie die des Kinds. »Ich glaube, mehr finden wir im Moment nicht heraus. Räumen Sie hier auf und bereiten Sie eine vollständige Blutanalyse vor.« Damit ging er hinaus, und die Schwestern machten sich emsig ans Werk. Sie wickelten das Baby ein, damit es beerdigt werden konnte, schrubbten die Geräte sauber und wischten das Blut auf. Vergessen und allein weinte draußen die Mutter. Ariel hatte sich einer künstlichen Befruchtung unterzogen, und es gab keinen Ehemann oder Freund, der sie trösten konnte. Kira sammelte wie gewohnt die Dokumente ein, die archiviert und analysiert werden sollten, und konnte den Blick nicht von dem weinenden Mädchen vor der Glasscheibe abwenden.

»Auch als Praktikantin müssen Sie stets aufmerksam bleiben«, ermahnte Hardy sie. Sie nahm ebenfalls die Gasmaske ab. Darunter war ihr Haar nass vor Schweiß und klebte ihr an der Stirn. Kira sah sie stumm an, die Oberschwester erwiderte den Blick und zog die Augenbrauen hoch. »Was verrät uns die Temperaturspitze?«

»Das Virus hat den Sättigungspunkt überschritten«, sagte Kira auf, was sie gelernt hatte. »Es hat sich so stark vermehrt, dass das Atemzentrum beeinträchtigt wurde, und das Herz hat mit einer Überreaktion zu kompensieren versucht.«

Schwester Hardy nickte, und Kira bemerkte erst jetzt, dass ihre Augen wund und blutunterlaufen waren. »Irgendwann finden die Forscher einen Hinweis in den Daten und entwickeln einen Impfstoff. Das gelingt ihnen aber nur, wenn wir ...« Sie unterbrach sich und wartete darauf, dass Kira den Satz beendete.

»... wenn wir bei jedem Kind so exakt wie möglich den Krankheitsverlauf dokumentieren und aus unseren Fehlern lernen.«

»Die Suche nach dem Heilmittel hängt von den Daten ab, die Sie in Händen halten.« Hardy deutete auf Kiras Papiere. »Wenn wir die Daten nicht registrieren, ist das Kind noch sinnloser als ohnehin schon gestorben.«

Kira nickte wieder und richtete abwesend die Papiere in dem braunen Umschlag ordentlich aus.

Die Oberschwester wandte sich ab, doch Kira tippte ihr auf die Schulter, und als sie sich umdrehte, wagte Kira nicht, ihr in die Augen zu sehen. »Entschuldigung, aber könnte Ariel die Kleine einen Moment lang halten, wenn der Arzt fertig ist? Nur für einen Augenblick?«

Schwester Hardy seufzte. Hinter der strengen, berufsmäßigen Fassade war die Müdigkeit zu erkennen. »Hören Sie zu, Kira, ich weiß genau, wie schnell Sie die Ausbildung absolviert haben. Sie besitzen ganz sicher eine Begabung für die Virologie und die RM-Analyse, aber diese technischen Fähigkeiten sind nur die halbe Miete. Sie müssen emotional stabil sein, sonst frisst Sie die Arbeit auf der Entbindungsstation auf. Sie sind jetzt drei Wochen bei uns, und dies ist Ihr zehntes totes Kind. Für mich war es das neunhundertzweiundachtzigste.« Sie hielt inne, das Schweigen dehnte sich länger, als Kira erwartet hätte. »Sie müssen lernen loszulassen.«

Kira blickte zu Ariel, die von draußen weinend an die dicke Glasscheibe klopfte. »Ich weiß, dass Sie viele Kinder verloren haben.« Kira schluckte. »Aber für Ariel war es das erste.«

Die Oberschwester starrte Kira lange an, irgendwo tief in den Augen regte sich etwas. »Sandy!«, rief sie schließlich.

Eine andere junge Schwester hob den Kopf und brachte den winzigen toten Körper zur Tür.

»Wickeln Sie das Baby aus!«, ordnete Schwester Hardy an. »Die Mutter darf es kurz halten.«

Eine Stunde später hatte Kira den Papierkram erledigt, gerade rechtzeitig vor der öffentlichen Senatssitzung. Marcus begrüßte sie in der Lobby mit einem Kuss, und die Anspannung der langen Nachtschicht fiel von ihr ab. Marcus strahlte, und sie lächelte erschöpft zurück. Mit ihm war das Leben leichter.

Sie verließen das Krankenhaus. Als das Sonnenlicht ihre müden Augen blendete, blinzelte Kira. Das Krankenhaus war eine Bastion der Technik im Stadtzentrum und unterschied sich so stark von den verfallenen Häusern und den überwucherten Straßen, als wäre es ein außerirdisches Raumschiff. Natürlich war das schlimmste Durcheinander längst aufgeräumt, aber die Zeichen des Zusammenbruchs waren inzwischen, elf Jahre später, immer noch allenthalben zu erkennen: Herrenlose Autos hatten sich in Verkaufsstände für Fisch und Gemüse verwandelt, die Wiesen vor den Häusern dienten als Gärten und Hühnergehege. Diese Welt war ein trauriger Abklatsch der früheren zivilisierten Welt, der Welt vor dem Zusammenbruch, und nur noch einen Schritt von der Steinzeit entfernt. Die Solaranlage, die das Krankenhaus mit Strom speiste, war ein Luxus, von dem der größte Teil von East Meadow nur träumen konnte.

Kira versetzte einem Stein auf der Straße einen Tritt. »Ich glaube, ich schaffe das nicht mehr.«

»Sollen wir eine Rikscha nehmen?«, bot Markus an. »Bis zur Sporthalle ist es nicht mehr weit.«

»Ich meinte nicht das Laufen«, erwiderte Kira. »Ich meinte dieses ... das Krankenhaus und die Kinder.« Sie erinnerte sich an die blutunterlaufenen und unendlich müden Augen der Schwestern und an die bleichen Gesichter. »Weißt du, wie viele Babys ich sterben sah?«, fragte sie ihn leise. »Wie viele vor meinen Augen verendet sind?«

Marcus nahm ihre Hand. »Es ist doch nicht deine Schuld.«

»Spielt es eine Rolle, wessen Schuld es ist?«, gab Kira zurück. »Sie sind tot, nur das ist wichtig.«

»Seit dem Zusammenbruch hat kein einziges Kind überlebt«, sagte Marcus. »Kein einziges. Du arbeitest dort seit gerade drei Wochen als Praktikantin. Wenn alle diese Ärzte und Forscher nicht weiterkommen, solltest du dir keine Vorwürfe machen.«

Kira blieb stehen und starrte ihn an. Das konnte doch nicht sein Ernst sein. »Und du meinst, damit geht es mir besser? Ich fühle mich ganz bestimmt nicht besser, wenn du mir erzählst, das Leben der Kinder sei nicht zu retten.«

»Du weißt doch, dass ich es anders meine«, antwortete Marcus. »Ich sage nur, dass du nicht persönlich daran schuld bist. RM tötet die Kinder, nicht Kira Walker.«

Kira blickte zum Turnpike hinüber. »So kann man das natürlich sehen.«

Als sie sich der Sporthalle näherten, wurde das Gedränge dichter. Vielleicht waren sogar alle Plätze besetzt, was schon seit Monaten nicht mehr der Fall gewesen war – seit der Senat die letzte Ergänzung zum Zukunftsgesetz erlassen und das Alter für Schwangerschaften auf achtzehn gesenkt hatte. Kira spürte auf einmal einen Knoten im Bauch und schnitt eine Grimasse. »Was meinst du – worum geht es bei der Dringlichkeitssitzung?«

»Wie ich den Senat kenne, dürfte es etwas Langweiliges sein. Wir suchen uns einen Platz an der Tür und können jederzeit verschwinden, falls Kessler wieder eine Tirade loslässt.«

»Glaubst du nicht, sie haben etwas Wichtiges mitzuteilen?«, fragte Kira.

»Vor allem geht es denen wohl um die eigene Wichtigkeit«, antwortete Marcus. »Darauf kann man sich bei dem Senat immer verlassen.« Er lächelte sie an, erkannte, wie ernst es ihr war, und runzelte die Stirn. »Wenn ich raten soll, würde ich sagen, sie reden über die Stimme. Heute Morgen hieß es im Labor, sie hätten diese Woche schon wieder eine Farm angegriffen.«

Kira blickte zum Gehsteig hinunter und wich seinen Blicken geflissentlich aus. »Ob sie das Alter für Schwangerschaften noch weiter drücken wollen?«

»Schon wieder?«, fragte Marcus. »Die letzte Anpassung ist weniger als neun Monate her. Ich glaube nicht, dass sie die Schwelle erneut senken, ehe die Achtzehnjährigen überhaupt entbunden haben.«

»Das traue ich ihnen ohne Weiteres zu«, antwortete Kira, die immer noch den Boden anstarrte. »Früher oder später tun sie das ganz sicher. Das Zukunftsgesetz ist für sie die einzige Möglichkeit, mit dem Problem klarzukommen. Sie denken, wenn wir genug Kinder bekommen, wird irgendwann eins immun sein, aber das funktioniert nicht. Es hat in den letzten elf Jahren nicht funktioniert, und es wird sich nichts ändern, wenn eine Menge junger Mädchen schwanger wird.« Sie ließ Marcus' Hand los. »Im Krankenhaus ändert sich nichts. Man versorgt die Mütter, hält alles steril, registriert alle Daten, und trotzdem überleben die Kinder nicht. Wir wissen genau, wie sie sterben. Wir wissen so viel über ihren Tod, dass mir übel wird, wenn ich nur daran denke, aber wir haben absolut keinen Schimmer, wie wir sie retten sollen. Wir schwängern weitere Mädchen, und dann bekommen wir neue tote Babys und noch mehr Notizbücher voller längst bekannter Statistiken über den Tod der Kinder.« Ihr Gesicht wurde heiß, Tränen schossen ihr in die Augen. Passanten musterten sie, als sie vorbeikamen. Viele Frauen waren schwanger, und Kira war sicher, dass einige von ihnen ihre Worte gehört hatten. Wütend und verlegen zugleich schluckte sie und schlang die Arme um den Oberkörper.

Marcus trat zu ihr und nahm sie in die Arme. »Du hast recht«, flüsterte er. »Du hast vollkommen recht.«

Sie schmiegte sich an ihn. »Danke.«

»Kira!«, rief eine Stimme aus der Menge.

Sie hob den Kopf und wischte sich mit dem Handrücken die Augen trocken. Madison winkte ihnen aufgeregt. Wider Willen musste Kira lächeln. Madison war zwei Jahre älter, aber sie waren gemeinsam aufgewachsen und fühlten sich in der Patchworkfamilie, die nach dem Zusammenbruch entstanden war, beinahe wie Schwestern. Kira hob eine Hand und winkte zurück.

»Mads!«

Madison erreichte sie und umarmte sie überschwänglich. Haru, Madisons frischgebackener Ehemann, folgte einige Schritte dahinter. Kira kannte ihn nicht gut. Er hatte bei der Abwehr gearbeitet, als er und Madison einander kennengelernt hatten, und war in den Zivildienst versetzt worden, als die beiden vor ein paar Monaten geheiratet hatten. Er gab Kira die Hand und nickte Marcus feierlich zu. Kira fragte sich nicht zum ersten Mal, wie Madison sich in einen so ernsten Kerl hatte verlieben können, aber im Vergleich zu Marcus war vermutlich sowieso jeder andere viel zu ernst.

»Schön, euch zu sehen«, sagte Haru.

»Du kannst mich sehen?« Marcus klopfte sich scheinbar erschrocken ab. »Der Zaubertrank hat versagt! Das war das letzte Mal, dass ich einem sprechenden Eichhörnchen mein Mittagessen überlassen habe.«

Madison lachte, worauf Haru verwirrt die Augenbrauen hochzog. Kira beobachtete ihn und wartete, bis sie seinen Mangel an Humor so komisch fand, dass sie nicht mehr konnte und laut herausplatzte.

»Wie geht's euch denn so?«, fragte Madison.

»Wir schlagen uns irgendwie durch«, antwortete Kira.

Madison schnitt eine Grimasse. »Eine schlimme Nacht in der Entbindungsstation?«

»Ariel hat ihr Kind bekommen.«

Madison erbleichte, und in ihren Augen zeichnete sich echte Trauer ab. Sie war fast achtzehn, und es musste ihr schrecklich wehtun. Madison war noch nicht schwanger, aber das war nur eine Frage der Zeit. »Es tut mir so leid. Wir gehen gleich nach der Sitzung zu ihr. Vielleicht können wir etwas für sie tun.«

»Das ist eine gute Idee«, antwortete Kira, »aber ihr müsst auf mich verzichten. Wir haben heute einen Bergungseinsatz.«

»Du warst doch schon die ganze Nacht auf«, protestierte Madison. »Du kannst nicht auch noch einen Bergungseinsatz übernehmen.«

»Ich lege mich ein Weilchen hin, ehe wir aufbrechen«, erklärte Kira. »Aber ich muss mitgehen. Bei der Arbeit war ich nicht sonderlich aufmerksam, und ich kann die Abwechslung gut brauchen. Außerdem muss ich Skousen beweisen, dass ich nicht überfordert bin. Die Abwehr braucht bei dem Bergungseinsatz einen Sanitäter, und ich will die beste Sanitäterin sein, die sie je hatten.«

»Sie können sich glücklich schätzen, dass du mitfährst.« Madison umarmte sie noch einmal. »Ist Jayden auch dabei?«

Kira nickte. »Er ist der verantwortliche Sergeant.«

Madison lächelte. »Umarm ihn für mich!« Jayden und Madison waren Geschwister, allerdings nicht durch Adoption, sondern dank ihrer Geburt. Sie waren die einzigen leiblichen Verwandten, die überhaupt noch auf der Insel lebten. Manche betrachteten sie als lebenden Beweis dafür, dass die Immunität gegen RM genetisch bedingt sei, was die Tatsache, dass bisher kein Neugeborenes überlebt hatte, umso entmutigender machte. Kira hielt Madison und Jayden dagegen eher für eine Anomalie, die sich nicht reproduzieren ließ.

Wie Madison oft erklärte, war Jayden außerdem der attraktivste Mann, der noch auf dem Planeten wandelte. Kira warf Marcus einen boshaften Blick zu. »Nur eine Umarmung? Ich könnte ihm auch ein paar Küsse übermitteln.«

Marcus wandte sich verlegen an Haru. »Hast du eine Ahnung, worum es bei der Sitzung geht?«

Kira und Madison lachten, und Kira seufzte glücklich. Madison wusste, wie sie ihre Stimmung heben konnte.

»Sie schließen die Schule«, berichtete Haru. »Die jüngsten Kinder auf der Insel werden vierzehn, und inzwischen gibt es praktisch mehr Lehrer als Schüler. Vermutlich erteilen sie allen die Abschlüsse, damit sie mit der Berufsausbildung beginnen können, und dann dürfen sich die Lehrer eine nützlichere Beschäftigung suchen.«

»Glaubst du wirklich?«, fragte Kira.

Haru hob die Schultern. »So würde ich es jedenfalls handhaben.«

»Wahrscheinlich jammern sie wieder über die Partials«, sagte Madison. »Das kann der Senat immer noch am besten.«

»Wäre es ihm zu verdenken?«, wandte Haru ein. »Immerhin haben die Partials alle Menschen auf der Erde umgebracht.«

»Mit Ausnahme der hier Anwesenden«, berichtigte Marcus ihn.

»Ich sage ja nicht, dass sie nicht gefährlich waren«, warf Madison ein. »Aber es ist elf Jahre her, seit der letzte Partial gesichtet wurde. Das Leben geht weiter. Außerdem haben wir zurzeit größere Probleme. Ich nehme an, sie werden über die Stimme diskutieren.«

»Wir werden es bald herausfinden.« Kira nickte in Richtung Norden. Hinter den Bäumen war das Dach der Sporthalle zu erkennen. Der Senat hatte natürlich einen eigenen

Versammlungssaal, doch Sitzungen wie diese, an denen die ganze Stadt teilnehmen sollte, wurden in der Sporthalle abgehalten. Die Plätze waren meist nicht vollständig besetzt, doch die Erwachsenen behaupteten, früher, als es noch Sportveranstaltungen gegeben hatte, sei sie ständig ausverkauft gewesen. Vor dem Zusammenbruch.

Kira war damals fünf Jahre alt gewesen. An die alte Welt konnte sie sich kaum noch erinnern, und ihren spärlichen Erinnerungen traute sie nicht. Manchmal sah sie das dunkle Gesicht und das widerspenstige schwarze Haar ihres Vaters vor sich, der sie durch die Brille mit dem klobigen Gestell anblickte. Sie hatten in einem mehrstöckigen Haus gewohnt – sie war ziemlich sicher, dass es gelb angestrichen gewesen war –, und zu ihrem dritten Geburtstag hatte es eine Party gegeben. Freunde im gleichen Alter hatte sie nicht gehabt, also waren keine kleinen Kinder zu Besuch gekommen, aber dafür die meisten Freunde ihres Vaters. Sie erinnerte sich noch, dass er ihr eine große Spielzeugkiste voller Stofftiere geschenkt hatte, die sie allen hatte zeigen wollen. Deshalb hatte sie den Kasten mühsam schnaufend durch den Flur geschoben. In ihrer Erinnerung kam es ihr so vor, als hätte es eine halbe Stunde gedauert, aber in Wahrheit war die Spanne viel kürzer gewesen. Als sie endlich das Wohnzimmer erreicht und gerufen hatte, um die anderen auf ihre Geschenke aufmerksam zu machen, hatte ihr Vater gelacht, sie ausgeschimpft und ins Kinderzimmer bugsiert. Die ganzen Mühen, in Sekunden zunichtegemacht. Die Erinnerung tat nicht weh, denn sie hatte ihren Vater nie als gemein oder ungerecht empfunden. Es war einfach nur eine Erinnerung. Eine der wenigen, die sie an die alte Welt hatte.

Das Gedränge war groß, als die Menschen zwischen den Bäumen hindurch zur Sporthalle strömten. Kira hielt auf der einen Seite Marcus' und auf der anderen Madisons Hand. Haru bildete das Ende der kleinen Gruppe. Sie schlängelten sich an den anderen Zuschauern vorbei und fanden, genau wie Marcus es sich vorgestellt hatte, eine freie Sitzreihe in der Nähe einer Tür. Marcus hatte natürlich recht. Wenn Senatorin Kessler sich in Rage redete oder wenn Senator Lefou sich über Lieferpläne und andere langweilige Themen ausließ, brauchten sie einen leicht zugänglichen Fluchtweg. Die Pflicht zur Teilnahme war eine Sache, aber sobald das Wichtigste besprochen war, wären sie nicht die Einzigen, die sich davonstehlen würden.

Als die Senatoren die Bühne betraten, rutschte Kira unruhig auf ihrem Platz hin und her und fragte sich, ob Haru recht hatte. Der Senat hatte zwanzig Mitglieder, die Kira fast alle vom Sehen kannte, auch wenn sie sich nicht an sämtliche Namen erinnerte. Es gab allerdings einen Neuen in der Runde. Der große dunkle Mann mit dem kräftigen Körperbau bewegte sich wie ein Offizier, trug jedoch einen einfachen Zivilanzug. Er flüsterte Dr. Skousen, der im Senat das Krankenhaus vertrat, etwas zu und verschwand in der Menge.

»Guten Morgen!« Die Stimme donnerte aus den Lautsprechern durch das riesige Gewölbe und hallte von der Decke zurück. Im Zentrum erschien ein vergrößertes Holobild von Senator Hobb. Die anderen überließen es immer ihm, die Sitzungen zu eröffnen, die ersten Erklärungen abzugeben und die Ankündigungen zu verlesen. Er war eindeutig der Charmanteste in diesem Kreis.

»Hiermit eröffne ich die heutige Sitzung«, fuhr Senator Hobb fort. »Wir freuen uns sehr, Sie alle hier zu sehen. Es ist wichtig, dass Sie sich an der Regierungsarbeit beteiligen, und die öffentlichen Sitzungen sind die beste Möglichkeit, sich über alle anstehenden Themen zu informieren. An dieser Stelle möchten wir der Abwehr von Long

Island und ganz besonders Sergeant Stewart und seinem Team danken, die in der Nacht die Generatoren hier in der Sporthalle von Hand angekurbelt haben. Wie versprochen entziehen diese Sitzungen der Gemeinschaft niemals den Strom.« Es gab einen leichten Applaus. Hobb wartete lächelnd, bis es wieder ruhig wurde. »Wir beginnen mit dem ersten Tagesordnungspunkt. Miss Rimas, wenn Sie bitte zu mir ans Rednerpult treten möchten.«

»Es geht um die Schulen«, sagte Kira.

»Sag ich doch«, meinte Haru.

Miss Rimas hatte die Schulaufsicht in East Meadow inne, die sich inzwischen aber nur noch auf eine einzige Schule erstreckte, deren Rektorin sie war. Kira legte sich eine Hand auf den Mund, als die alte Frau stolz über die Arbeit sprach, die ihre Lehrer geleistet hatten, über den Erfolg, den ihr System nach vielen Jahren vorweisen konnte, und über die beachtlichen Leistungen, die ihre ehemaligen Schüler vollbracht hatten. Es war ein Abschiedsgruß, ein triumphierender Blick zurück auf harte, hingebungsvolle Arbeit, aber Kira war das Ganze trotzdem nicht geheuer. Gleichgültig, wie man es drehte und wendete, wie sehr das Positive hervorgehoben wurde, die hässliche Wahrheit lautete, dass es keine Kinder mehr gab. Man schloss die Schule, weil es an Schülern mangelte. Die Lehrer hatten ihre Aufgabe erfüllt, die Ärzte nicht.

Der jüngste Mensch auf dem Planeten, soweit das überhaupt zu bestimmen war, wurde in einem Monat vierzehn Jahre alt. Möglicherweise gab es auf anderen Kontinenten weitere Überlebende, aber bisher hatte noch niemand mit ihnen Kontakt aufnehmen können, und im Lauf der Zeit hatten die Flüchtlinge auf Long Island sich damit abgefunden, dass sie allein waren und dass ihr jüngstes Kind das jüngste auf der ganzen Welt war. Es hieß Saladin. Als sie ihn auf die Bühne riefen, konnte Kira die Tränen nicht mehr zurückhalten.

Marcus nahm sie in den Arm, und sie lauschten gemeinsam den herzergreifenden Ansprachen und Glückwünschen. Die jüngsten Schüler wurden beschleunigt in die Berufsausbildung übernommen, genau wie Haru es vorhergesagt hatte. Zehn kamen in das medizinische Ausbildungsprogramm, das Kira gerade abgeschlossen hatte. In etwa zwei Jahren würden sie als Praktikanten im Krankenhaus arbeiten wie sie selbst. Ob sich bis dahin etwas ändern würde? Würden dann immer noch die Kinder zugrunde gehen? Würden die Schwestern ihnen immer noch beim Sterben zusehen, die Daten notieren und die Leichen für die Beerdigung einwickeln? Wann würde das alles enden?

Als die Lehrer nacheinander aufstanden, sich verabschiedeten und ihren Schülern alles Gute wünschten, wurde es still in der Sporthalle. Es war ein fast andächtiges Schweigen. Kira begriff, dass die anderen Zuschauer das Gleiche dachten wie sie selbst. Die Schließung der Schule war zugleich ein Schlussstrich unter die Vergangenheit, das unwiderrufliche Eingeständnis, dass es mit der Welt zu Ende ging. Knapp vierzigtausend Menschen lebten noch auf der Welt, in der es keine Kinder mehr gab und keine Aussicht, Kinder großzuziehen.

Die letzte Lehrerin sprach leise und verabschiedete sich mit Tränen in den Augen von den Schülern. Sie begannen nun mit der Berufsausbildung und bereiteten sich auf ihr Leben als Erwachsene vor. Die Lehrerin wechselte zusammen mit Saladin zur Tierzucht und sollte sich fortan um die Ausbildung von Pferden, Hunden und Falken kümmern. Kira lächelte darüber. Wenigstens konnte Saladin mit einem Hund spielen, während er erwachsen wurde.

Als sich die letzte Lehrerin gesetzt hatte, erhob sich Senator Hobb und trat wieder ans Mikrofon. Er stand andächtig und betrübt im Scheinwerferlicht, sein Abbild erfüllte die Sporthalle. Nachdem er sich einen Moment lang gesammelt hatte, blickte er mit klaren blauen Augen ins Publikum.

»Dies alles hätte nicht geschehen müssen.«

Die Menge murmelte, das Geflüster lief durch die Halle, während die Zuschauer verwundert ihre Nachbarn anblickten. Marcus wandte sich zu ihr um. Kira drückte seine Hand, ohne Senator Hobb aus den Augen zu lassen.

»Die Schule hätte nicht schließen müssen«, sagte er leise. »In East Meadow gibt es gerade mal zwanzig schulpflichtige Kinder, aber auf der ganzen Insel sind es mehr, viel mehr. In Jamesport leben auf einem Bauernhof zehn Kinder, die so jung sind wie Saladin. Ich habe sie selbst gesehen und ihnen die Hände geschüttelt. Ich habe sie gebeten, hierherzukommen, weil die Abwehr sie hier besser schützen kann, aber sie wollten nicht. Nur eine Woche nach meinem Besuch, es ist genau zwei Tage her, hat die sogenannte Stimme des Volks die Farm angegriffen.« Er hielt inne und rang um Fassung. »Wir haben Soldaten geschickt, um zu retten, was zu retten ist, aber ich fürchte das Schlimmste.«

Senator Hobbs Hologramm zeigte seinen Blick, der durch den Raum wanderte und in tiefem Ernst jeden Einzelnen zu erfassen schien. »Vor elf Jahren wollten uns die Partials vernichten und leisteten verdammt gute Arbeit. Wir hatten sie so konstruiert, dass sie stärker und schneller waren als wir und für uns im Isolationskrieg kämpfen konnten. Sie haben den Krieg mühelos gewonnen, und als sie sich fünf Jahre später gegen uns wandten, brauchten sie nicht lange, um uns vom Angesicht der Erde zu fegen – vor allem nachdem sie RM auf uns losgelassen hatten. Die Überlebenden unter uns kamen mit leeren Händen auf diese Insel. Versprengte, gebrochene, verzweifelte Menschen waren es, aber wir haben überlebt. Wir haben mit dem Wiederaufbau begonnen und eine Abwehrlinie errichtet. Wir haben Nahrung und Unterkünfte gefunden, wir erzeugen Energie, wir haben eine Regierung und eine Kultur. Als wir entdecken mussten, dass RM weiterhin unsere Kinder töten wird, haben wir das Zukunftsgesetz erlassen, um die Chancen für das Heranwachsen einer neuen Generation zu vergrößern, die gegen RM immun ist. Dank diesem Gesetz und unserer unermüdlichen Mitarbeiter im ärztlichen Dienst kommen wir der Verwirklichung des Traums jeden Tag ein wenig näher.«

Senator Hobb nickte Dr. Skousen zu, der hinter ihm auf der Bühne saß, und wandte sich wieder an das Publikum. Sein Blick war verhangen und schwermütig. »Auf diesem Weg ist leider etwas geschehen. Einige unter uns haben sich zum Ausbruch entschlossen. Einige unter uns haben den Feind vergessen, der immer noch auf dem Festland lauert. Er beobachtet uns und wartet. Einige unter uns haben vergessen, dass der Feind die Luft ringsum beherrscht, unser Blut verseucht und unsere Kinder tötet, wie er schon so viele unserer Angehörigen und Freunde getötet hat. Einige unter uns haben entschieden, die Zivilisation, die wir zu unserem Schutz aufgebaut haben, sei der Feind. Wir kämpfen nach wie vor für das, was uns gehört, aber mittlerweile kämpfen wir auch gegeneinander. Seit vor zwei Jahren das Zukunftsgesetz erlassen wurde, verbrennt die *Stimme*, diese Vereinigung von Gaunern, diese Truppe bewaffneter Verbrecher in der schändlichen Verkleidung von Revolutionären, unsere Farmen, plündert unsere Lager und tötet ihr eigen Fleisch und Blut. Ihre eigenen Brüder und Schwestern, ihre Mütter und Väter und – Gott möge uns helfen – sogar ihre eigenen Kinder.

Denn das sind wir doch: eine große Familie. Wir können es uns nicht erlauben, gegeneinander zu kämpfen. Wie auch immer ihre Motive aussehen, was auch immer sie angeblich vertreten, diese *Stimmen* – nein, bezeichnen wir sie als das, was sie sind –, diese Barbaren wollen einfach zu Ende führen, was die Partials begonnen haben. Aber das lassen wir nicht zu.« Nun klang seine Stimme hart und entschlossen. »Wir sind eine Nation und ein Volk.« Er hielt inne. »Oder besser – wir sollten es sein. Ich hätte Ihnen gern erfreulichere Neuigkeiten mitgeteilt, aber die Abwehr hat gestern eine Bande der *Stimme* beim Überfall auf ein Nachschubdepot erwischt. Wollen Sie wissen, wo das war? Erraten Sie es?«

Einige Zuschauer brachten ihre Vermutungen zum Ausdruck und riefen laut die Namen entlegener Farmen und Fischerdörfer, doch das riesige Holobild schüttelte traurig den Kopf. Kira richtete den Blick auf den Mann selbst, eine winzige Gestalt in einem abgetragenen Anzug, der im Scheinwerferlicht beinahe weiß schimmerte. Er wandte sich langsam um und schüttelte den Kopf, als die Zuschauer Orte auf der ganzen Insel nannten. Schließlich deutete er auf den Boden.

»Es war hier«, sagte er. »Genauer gesagt – dort drüben südlich des Turnpike in der alten Kellenberg Highschool. Es war nur ein kleiner Angriff, den wir ohne großes Blutvergießen abwehren konnten, und Sie haben vielleicht nicht einmal davon gehört. Trotzdem, die Feinde waren dort. Wie viele von Ihnen leben dort in der Nähe?« Er hob die Hand und nickte dem Publikum zu. Viele folgten seinem Beispiel. »Ja«, sagte er. »Sie leben genau dort, ich lebe auch dort. Es ist der Kern unserer Gemeinde. Die *Stimme* versteckt sich nicht mehr irgendwo draußen im Wald, sie ist hier in East Meadow, mitten unter uns. Sie wollen uns von innen her zersetzen, aber das lassen wir nicht zu!«

Die letzten Worte hatte er gebrüllt, und einige Zuschauer erwiderten den Ruf, unter ihnen auch Haru.

»Die *Stimme* kämpft gegen das Zukunftsgesetz«, sagte er. »Sie nennen es Tyrannei, Faschismus und Zwang. Wir nennen es unsere einzige Hoffnung. Wir wollen der Menschheit eine Zukunft schenken, sie wollen in der Gegenwart leben und jeden töten, der sie daran hindert. Ist das Freiheit? Wenn wir in den letzten elf Jahren überhaupt etwas gelernt haben, meine Freunde, dann ist es die Einsicht, dass Freiheit eine Verantwortung mit sich bringt und dass man sie sich verdienen muss. Sie ist kein Freibrief für Rücksichtslosigkeit und Anarchie. Wenn wir eines Tages trotz unserer Bemühungen und Entschlossenheit fallen werden, dann soll es meinetwegen geschehen, weil unsere Feinde uns besiegt haben, aber nicht weil wir uns selbst vernichtet haben.«

Kira lauschte stumm, die Ansprache hatte sie ernüchtert. Der Gedanke, bald schwanger zu werden, behagte ihr gar nicht. Ihr blieben noch nicht einmal zwei Jahre, bis sie alt genug war, aber sie wusste, dass der Mann recht hatte. Die Zukunft war das Wichtigste, ganz gewiss wichtiger als die Unsicherheit eines Mädchens vor dem nächsten Schritt.

Senator Hobb sprach leise, aber voller Entschlossenheit und Inbrunst weiter. »Die *Stimme* widersetzt sich dem Zukunftsgesetz und hat beschlossen, die strikte Ablehnung mit Mord, Diebstahl und Terrorismus zum Ausdruck zu bringen. Es ist ihr Recht, anderer Meinung zu sein, aber ihre Methoden sind unerträglich. Vor nicht allzu langer Zeit gab es eine andere Gruppe, die zu den gleichen Methoden griff. Es war eine Gruppe, die nicht mit dem Stand der Dinge einverstanden war und zu rebellieren beschloss. Man nannte sie die Partials. Der Unterschied besteht darin, dass die Partials gedankenlose, gefühllose, unmenschliche Killer waren. Sie töten, weil wir sie zu diesem Zweck konstruiert haben. Die *Stimmen* sind Menschen und daher in gewisser Weise sogar noch gefährlicher.«

Ein Raunen lief durch die Menge. Senator Hobb blickte zu Boden, räusperte sich und fuhr fort.

»Es gibt Dinge, die wichtiger sind als der Einzelne, wichtiger als die Beschränkungen der Gegenwart und die Launen des Hier und Jetzt. Wir müssen die Zukunft gestalten und ihren Aufbau schützen. Wir müssen die Zwietracht beenden, wo immer wir ihr begegnen. Wir müssen einander wieder vertrauen. Hier geht es nicht um den Senat und die Stadt, nicht um die Stadt und die Farmen, nicht um irgendeine kleine Gruppe oder Fraktion. Hier geht es um uns, um die ganze Menschheit, die geeint zusammenstehen muss. Da draußen lauern Feinde, die alles zerstören wollen, aber das werden wir nicht erlauben!«

Wieder brüllte die Menge, und dieses Mal stimmte auch Kira mit ein. Doch als sie im Chor mit den anderen schrie, erwachte auf einmal eine schreckliche Angst in ihr, die ihr wie mit eisigen Fingern in den Hinterkopf zu greifen schien.

2

»Du kommst zu spät, Walker.«

Kira ging keinen Schritt schneller und betrachtete Jaydens Gesicht, während sie sich gemächlich dem Wagen näherte. Er sah Madison sehr ähnlich.

»Was ist los?«, fragte sie. »Müssen Soldaten nicht mehr an den Sitzungen des Stadtrats teilnehmen?«

»Und vielen Dank für deinen Diensteifer.« Jayden schulterte sein Gewehr. »Es freut mich, euch beide bei diesem Einsatz dabeizuhaben.«

Kira krümmte den Zeigefinger und tat so, als wollte sie ihn erschießen. »Wohin geht es diesmal?«

»In eine Kleinstadt namens Asharoken.« Er half ihr auf die metallene Ladefläche des Wagens hinauf, die bereits mit zehn weiteren Soldaten und zwei tragbaren Generatoren besetzt war. Letzteres bedeutete, dass Kira vermutlich einige alte Geräte prüfen und feststellen sollte, ob sich das Mitnehmen lohnte. Außerdem waren zwei weitere Zivilisten mit von der Partie, ein Mann und eine Frau. Wahrscheinlich benötigten sie den zweiten Generator für die eigene Ausrüstung.

Jayden stützte sich auf die Kante der Ladefläche. »Ich muss schon sagen, auf dieser Insel gibt es die verrücktesten Ortsnamen, von denen ich je gehört habe.«

Kira betrachtete die schweren Waffen der Soldaten. »Ihr habt ja das große Besteck mitgenommen.« Sie waren immer bewaffnet, wenn sie die Stadt verließen – sogar Kira trug ein Sturmgewehr über dem Rücken –, aber heute schienen sie in den Krieg ziehen zu wollen. Ein Soldat hatte sogar eine lange Röhre dabei, die Kira als Raketenwerfer identifizierte. Sie suchte sich einen freien Sitzplatz und verstaute ihren Beutel und die medizinische Ausrüstung hinter den Füßen. »Rechnet ihr mit Banditen?«

»Nordufer«, sagte Jayden, worauf Kira erbleichte. Das Nordufer war weitgehend unbesiedelt und daher das Gebiet der *Stimme*.

»Valencio, du kommst zu spät!«, rief Jayden. Kira wandte sich erfreut um.

»Hallo, Marcus!«

»Lange nicht gesehen.« Marcus grinste breit und sprang auf den Wagen. »Entschuldige die Verspätung, Jayden! Ich hatte ein Treffen, das langwieriger war als erwartet. Am Ende war mir heiß, und ich habe stark geschwitzt. Zwischen den leidenschaftlichen Ausbrüchen warst du allerdings das wichtigste Gesprächsthema.«

»Lass den Teil, wo es um meine Mutter geht, einfach aus«, antwortete Jayden. »Wir kommen lieber gleich zu dem Teil, wo ich dir sage, dass du zur Hölle fahren sollst, und dann können wir vielleicht endlich die Aufgabe erledigen, für die wir eingeteilt sind.«

»Deine Mutter ist vor elf Jahren an RM gestorben.« Marcus tat so, als wäre er schockiert. »Wie alt warst du da? Sechs? Das war unglaublich gemein von mir.«

»Und deine Mutter schmort bereits in der Hölle«, sagte Jayden. »Also wirst du sie sicher bald wiedersehen. Wir sollten das Thema wechseln, du Dreckskerl.«

Kira erbleichte, als sie die Beleidigung hörte, doch Marcus schnitt nur eine Grimasse und betrachtete die anderen Mitfahrer auf dem Wagen. »Zehn Soldaten? Was haben wir vor?«

»Nordufer«, klärte Kira ihn auf.

Marcus pfiff durch die Zähne. »Und ich hatte schon Sorge, es könnte langweilig werden. Inzwischen haben wir wohl überall sonst alles durchsucht, was?« Er wandte sich an die beiden anderen Zivilisten. »Sie müssen entschuldigen, wenn ich Sie nicht erkenne.«

»Andrew Turner.« Der Mann reichte ihm die Hand. Er war schon älter, Ende vierzig, und unter dem schütteren Haar zeichnete sich ein beginnender Sonnenbrand ab. »Elektriker.«

Marcus schlug ein. »Freut mich.«

Die Frau winkte lächelnd. »Gianna Cantrell, Computerwissenschaften.« Auch sie war schon älter, aber jünger als Turner. Kira schätzte sie auf fünfunddreißig – alt genug, um sich schon vor dem Zusammenbruch mit diesem Gebiet befasst zu haben. Kiras Blick wanderte zum Bauch der Frau. Es war ein Reflex, den sie erst in diesem Augenblick bemerkte, aber natürlich war die Frau nicht schwanger. Bergungseinsätze waren zu gefährlich, um dabei das Leben eines Kinds aufs Spiel zu setzen. Vielleicht passte ihr Zyklus nicht.

»Interessante Mischung«, kommentierte Marcus. »Was gibt es denn dort zu holen?« Er wandte sich an Jayden.

»Vor ein paar Tagen war ich mit einem Spähtrupp dort«, erklärte Jayden. »Wir entdeckten eine Ambulanz, eine Apotheke und eine Wetterstation, falls es tatsächlich eine war. Jetzt muss ich noch mal dort raus und eine Hamsterfahrt unternehmen. Ihr könnt euch sicher vorstellen, wie ich mich freue.« Er trat nach vorn und setzte sich neben die Fahrerin, eine junge Frau, die Kira schon einige Male gesehen hatte. Sie war noch etwa zwei Jahre zu jung für eine Schwangerschaft und deshalb für den aktiven Dienst geeignet. »Alles klar, Yoon, lass knacken.«

Das Mädchen ließ die Zügel knallen und schnalzte mit der Zunge, um das Vierergespann in Gang zu setzen. Die

Abwehr besaß einige Elektroautos, doch keins war stark genug, um eine so schwere Ladung einigermaßen rasch ans Ziel zu befördern. Außerdem war Energie kostbar, während Pferde billig zu haben waren, also wurden die Elektromotoren für andere Zwecke eingesetzt. Mit einem Ruck fuhr der Wagen an. Kira schob einen Arm hinter Marcus, um sich an der Kante der Ladefläche festzuhalten. Marcus rückte näher an sie heran.

»Hallo, Baby!«

»Hallo.«

»Hamsterfahrt?«, fragte Andrew Turner.

»So nennen wir einen Bergungseinsatz, bei dem Spezialisten wie ihr und keine gewöhnlichen Rekruten mitfahren.« Kira betrachtete den wachsenden Sonnenbrand des Mannes. »Waren Sie noch nie dabei?«

»Früher habe ich wie die anderen viele Bergungseinsätze gemacht, aber nach einem Jahr habe ich einen Vollzeitjob bei den Sonnenkollektoren bekommen.«

»Hamsterfahrten sind eigentlich kein Problem«, erklärte Marcus. »Das Nordufer ist mir nicht geheuer, aber es wird schon schiefgehen.« Lächelnd blickte er in die Runde. »Außerhalb der Siedlung sind die Straßen allerdings in keinem sonderlich guten Zustand. Also genießt den angenehmen Teil der Fahrt, solange ihr könnt.«

Eine Weile fuhren sie schweigend dahin. Der Wind pfiff über den offenen Wagen hinweg und peitschte Marcus mit Kiras Pferdeschwanz. Sie beugte sich vor, damit das pendelnde Haar ihn mitten im Gesicht traf, und lachte, als er es spuckend wegschob. Zur Strafe kitzelte er sie, und sie wich eilig aus und prallte gegen den Soldaten neben ihr, der sie unsicher anlächelte. Er war ungefähr in ihrem Alter und freute sich offenbar darüber, dass ein Mädchen praktisch auf seinem Schoß saß, sagte aber kein Wort. Sie unterdrückte ein Lachen und kehrte auf ihren Platz zurück.

Der Soldat neben Kira rief einen Befehl. »Außengrenze. Aufpassen!« Die Soldaten auf der Ladefläche richteten sich leicht auf und packten die Waffen fester. Mit Argusaugen beobachteten sie die vorbeiziehenden Gebäude.

Kira wandte sich um und überblickte die Stadt. Die Gegend wirkte verlassen, wahrscheinlich war sie auch menschenleer, aber man konnte nicht vorsichtig genug sein. Die Grenzmarkierungen zeigten, wo East Meadow aufhörte. Im Innern lag der Bereich, den das Militär einigermaßen gut überwachen konnte, aber die Grenze der früheren Stadt war dies natürlich nicht. Die frühere Weltstadt erstreckte sich meilenweit in alle Richtungen und reichte beinahe von einer bis zur anderen Küste. Die meisten Überlebenden wohnten in East Meadow oder im Militärstützpunkt im Westen, doch auf der ganzen Insel gab es Plünderer, Vagabunden und noch schlimmeres Gesindel. Die *Stimme* war die größte Bedrohung, aber keineswegs die einzige.

Auch außerhalb von East Meadow war die Straße zunächst relativ gut passierbar und stark befahren. Natürlich gab es Müll, Dreck und Blätter und verschiedene natürliche Ablagerungen, aber der Verkehr hielt den Asphalt recht gut frei von Unkraut, und nur hier und dort holperte ein Wagenrad durch einen größeren Riss oder ein Loch. Die Region weiter draußen war ein ganz anderer Fall. Nach elf Jahren der Vernachlässigung war dort alles verfallen, die Häuser stürzten ein, die Gehwege bekamen Risse und wölbten sich über den wachsenden Baumwurzeln auf, das Unkraut wucherte, und riesige Dickichte von Kudzubohnen überzogen alles wie ein Teppich. Wiesen und Höfe gab es nicht mehr, in den Fenstern war keine einzige Glasscheibe mehr heil geblieben. Auch in den Seitenstraßen, die weniger stark befahren waren als die Hauptstraße, wucherte das Grün. Mutter Natur eroberte langsam alles zurück, was die alte Welt ihr gestohlen hatte.

Kira mochte das in gewisser Weise. Niemand konnte der Natur Vorschriften machen.

Wieder fuhren sie eine Weile schweigend dahin, bis ein Soldat nach Norden deutete und einen Ruf ausstieß.

»Messies!«

Kira wandte sich um und betrachtete die Stadt. Aus den Augenwinkeln nahm sie eine Bewegung wahr – einen Schulbus, an dessen Seiten alle möglichen Gegenstände hingen. Auf dem Dach waren Kisten, Schachteln und Möbel aufgestapelt und mit Hunderten Metern Seil gesichert. Daneben stand ein Mann, der aus einem alten Auto Benzin abzapfte. Zwei Jugendliche, Kira schätzte sie auf fünfzehn und siebzehn, warteten neben ihm.

»Mann«, sagte Marcus, »der fährt immer noch mit Benzin!«

»Vielleicht hat er eine Methode gefunden, um es zu filtern.« Neugierig musterte Gianna den Bus. »So halten sie es in vielen entlegenen Gemeinden. Das macht zwar den Motor kaputt, aber es ist ja nicht so, als gingen uns in der nächsten Zeit die Fahrzeuge aus.«

»Er sollte in die Stadt ziehen«, meinte Turner. »Dort hätte er ein richtiges Haus, wir könnten ihm Strom liefern und für seine Sicherheit sorgen und ... und so weiter.«

»Es geht doch nichts über Mobilität«, warf Gianna ein. »Und Anonymität und Freiheit ...«

»Was meinen Sie mit Freiheit?«, fragte der Soldat neben Kira. Dem Namensschild nach hieß er Brown. »Wir sind doch frei. Was der da lebt, ist Anarchie.«

»Vielleicht geht es auch um Sicherheit«, warf Gianna ein.

Brown zeigte ihr sein Gewehr. »Wie nennen Sie das hier?«

»Die größten Gemeinden sind bei dem Aufstand der Partials als Erste gefallen«, erklärte Gianna. »Ballungsgebiete sind leichte Ziele, und wenn die Partials, wo immer sie zurzeit auch sind, eine neue Version von RM entwickeln, gegen die unsere Immunität nichts nützt, helfen uns auch die Waffen nicht weiter. Dann wäre East Meadow sogar der schlechteste Ort, an dem man sich aufhalten kann.«

»Vielen Dank auch«, erwiderte Brown. »Ich bin froh, dass meine gefährliche Arbeit so sehr geschätzt wird.«

»Ich schätze Ihre Arbeit durchaus«, beschwichtigte Gianna ihn. »Ich meine nur ... nun, ich habe es ja gesagt. Offensichtlich habe ich mich auch selbst entschieden, in East Meadow zu leben. Ich wollte nur erklären, warum er das möglicherweise anders sieht.«

»Wahrscheinlich ist er eine *Stimme*«, grollte ein anderer Soldat. »Er erzieht die Kinder, damit sie später als Spione und Meuchelmörder oder Schlimmeres eingesetzt werden können.«

Brown stieß einen Schwall von Schimpfworten aus, und Kira wandte sich ab. Sie achtete nicht mehr auf die Soldaten, sondern genoss den Luftzug im Gesicht. Von diesen Streitereien hatte sie wirklich die Nase voll. Es war ein heißer Tag, aber durch den Wind war die Fahrt angenehm, und sie genoss es immer, wenn sie sich an Marcus kuscheln konnte. Sie dachte an die arbeitsreiche Nacht und den Morgen, an das tote Kind und an alles andere. Was hat mein Vater immer gesagt?, überlegte sie. *Ich bin stärker als meine Prüfungen.*

Ja, ich bin stärker als meine Prüfungen.

3

Sie erreichten Asharoken einige Stunden später, als es bereits wieder dunkelte. Kira hoffte, sie könnten die Bergung rasch abschließen und ein Stück vom Strand entfernt lagern. Asharoken war eher ein Stadtviertel als ein eigener Ort und durch ununterbrochene Häuserzeilen und Straßen mit dem Rest der Insel verbunden. Kira erkannte sofort, warum die Späher sich hier nicht lange aufgehalten hatten. Die Siedlung lag auf einer Landzunge, die sich von der Insel aus ein ganzes Stück nach Norden erstreckte. Auf einer Seite gab es die Meerenge, auf der anderen eine Bucht. Eine Küstenstrecke machte die Leute nervös. Gleich zwei Küsten, das war mehr, als die meisten ertrugen.

Der Wagen hielt vor einer kleinen Tierklinik, und Marcus stöhnte. »Du hast uns nicht verraten, dass es ein Hundedoktor ist, Jayden. Was wollen wir hier finden?«

Jayden sprang vom Wagen. »Wenn ich das wüsste, hätte ich es vor zwei Tagen bereits mitgenommen. Die Rekruten haben Medikamente und einen Röntgenapparat für euch markiert. Jetzt seid ihr dran.«

Marcus sprang auf die Straße hinunter, und er und Jayden hoben gleichzeitig eine Hand, um Kira zu helfen. In einem Anflug von Bosheit nahm sie beide Hände und lächelte in sich hinein, als die beiden jungen Männer finster dreinblickten.

»Sparks, Brown, ihr geht zuerst rein!«, befahl Jayden. Die Hälfte der Soldaten verließ den Wagen und lud den ersten Generator ab. »Patterson, du sicherst mit deinem Team die Umgebung. Passt gut auf und begleitet die Leute zum nächsten Standort! Es sieht aus, als wäre inzwischen noch jemand hier gewesen, und ich mag keine Überraschungen.«

»Woher weißt du, dass jemand hier war?«, fragte Kira.

»Augen, Gehirn und ein klasse Haarschnitt«, antwortete Jayden. »Wahrscheinlich war es nur ein Messie, aber an diesem verdammten Nordufer gehe ich kein Risiko ein. Wenn ihr Süßen da drinnen etwas Gutes findet, packt es transportfertig ein, und wir nehmen es auf dem Rückweg mit. Ich führe mein Team nach Norden zum dritten Standort. Patterson, ich erwarte alle fünfzehn Minuten eine Meldung.« Er stieg wieder auf den Wagen. »Weiter!«, rief er der Fahrerin zu.

Der Wagen ruckelte los und fuhr nach Norden. Kira schlang sich die Erste-Hilfe-Tasche über den Rücken und sah sich um. Asharoken war wie die meisten Kleinstädte mit Kudzu überwuchert, aber die Wellen des Long Island Sound schwappten gemächlich ans Gestade, und der Himmel war klar. »Ein hübsches Städtchen.«

»Aufpassen!«, befahl Patterson. Die Soldaten schwärmten aus und bildeten einen Schutzkordon um die Tierklinik, während Sparks und Brown sich mit Sturmgewehren im Anschlag dem Gebäude näherten. Kira beobachtete fasziniert die Bewegungen der Soldaten, die sich mit dem ganzen Körper drehten, sich duckten und aufrichteten und dabei immer das Ziel im Auge behielten. Es sah beinahe aus, als liefen die Gewehre auf unsichtbaren Schienen, während die Soldaten sich dahinter frei bewegten. Die Vorderfront der Praxis hatte überwiegend aus Glas bestanden, das längst geborsten und mit Kudzu überwuchert war. Der Spähtrupp hatte eine Betonsäule in der Mitte mit einem orangefarbenen Zeichen versehen. Kira hatte genügend Einsätze mitgemacht, um die meisten Zeichen zu erkennen, aber dieses kannte sie am besten: *Teilweise erfasst, mit Sanitätern zurückkehren.* Sparks und Brown deckten sich gegenseitig lückenlos, während sie in das Gebäude eindrangen und sich zwischen Schutt und Pflanzen einen Weg suchten. Patterson kletterte vorsichtig auf das Dach. Er blieb am Rand, wo er sicher stehen konnte, und überwachte von seinem erhöhten Standort aus die Umgebung.

Während die anderen das Gebäude besetzten, überprüften Kira und Marcus den Generator. Es war ein schweres Gestell mit zwei Rädern an einem Ende. Unten befanden sich eine wuchtige Batterie und eine Handkurbel, oben gab es einen kleinen Sonnenkollektor und endlose aufgewickelte Kabel. Bei jedem Bergungseinsatz waren Sanitäter dabei, die sich im Notfall um die Arbeiter kümmern konnten, aber wenn medizinisches Gerät markiert war, nahmen sie einen Generator mit, um es anzuschließen, zu testen und zu entscheiden, ob sich der Rücktransport lohnte. Die Insel war überreichlich mit Schrott gesegnet, und es war sinnlos, East Meadow mit Zeug zu füllen, das sie garantiert nicht brauchten.

Auf der Straße waren zahlreiche Autos geparkt. Die Reifen waren platt, die Scheiben nach Jahren des Verfalls von den Elementen zerstört. In einem Wagen saß ein grässlich grinsendes Skelett auf dem Fahrersitz – ein RM-Opfer, das irgendwohin hatte fahren wollen, um dem Weltuntergang zu entkommen. Kira fragte sich, an welches Ziel der Mann wohl gedacht hatte. Jedenfalls hatte er es nicht einmal geschafft, die Einfahrt zu verlassen.

Zwei Minuten später öffnete Brown die Tür und winkte sie herein. »Alles klar, aber passt auf, wohin ihr tretet! Es sieht aus, als benutzten wilde Hunde das Haus als Bau.«

Marcus lächelte. »Die treuen kleinen Kerle. Sie müssen ihren Tierarzt wirklich geliebt haben.«

Kira nickte. »Lass uns die Sache starten!«

Marcus kippte den Generator hoch, damit er ihn auf den Rädern nach drinnen rollen konnte. Kira bemerkte, dass Brown die Atemmaske aufgesetzt hatte. Sie blieb stehen und bereitete auch ihre eigene vor: ein gefaltetes Stück Tuch, auf das sie fünf winzige Tropfen Menthol geträufelt hatte. Falls es hier Tote gab, so waren sie schon vor Jahren verrottet wie der Autofahrer, aber ein Rudel Hunde mochte Aas herbeigeschleppt haben, ganz zu schweigen von Urin und Kot und wer weiß was sonst noch. Kira band sich das Tuch vor Nase und Mund und trat ein. Marcus würgte bereits und suchte in den Taschen nach der eigenen Maske.

»Du musst besser aufpassen«, neckte sie ihn, als sie an ihm vorbei in den hinteren Raum ging. »Ich rieche nur noch frische Minze.«

Das Medikamentenlager war gut gefüllt und erweckte nicht den Eindruck, als wäre schon etwas mitgenommen worden. Allerdings hatte sich vor Kurzem jemand umgesehen und Abdrücke und Kratzer in der dicken Staubschicht hinterlassen. Wahrscheinlich die Rekruten. Auch wenn ich noch nie erlebt habe, dass ein Rekrut sich eingehend mit den Medikamenten befasst, dachte sie.

Kira benutzte die Theke, um die Mittel einzuteilen. Auf eine Seite legte sie die brauchbaren, die sie mitnehmen wollte, auf die andere die unbrauchbaren. Die Praktikanten lernten als Erstes die Prinzipien der Bergung: Welche Medikamente hielten sich wie lange? Welche waren zu weit über dem Verfallsdatum, um noch gefahrlos eingesetzt werden zu können? Abgelaufene Mittel nach East Meadow zu bringen, war sogar noch schlimmer, als defekte Maschinen mitzuschleppen. Die Maschinen nahmen nur

Platz weg, alte Medikamente waren gefährlich. Die Sanitäter kümmerten sich um die spärlichen Reste der Menschheit und durften keinesfalls dazu beitragen, dass jemand die falschen Pillen nahm. Noch schlimmer – ein großes Lager abgelaufener Medikamente konnte das Grundwasser verseuchen. Es war sicherer und einfacher, alles gleich vor Ort zu sortieren. Aus diesem Grund hatten sie sogar gelernt, mit Tierarzneien umzugehen. Ein Antibiotikum für Hunde war schließlich immer noch ein Antibiotikum, und da sie keine Produktionsanlagen hatten, mussten die Inselbewohner nehmen, was sie bekamen. Kira war schon an den Vorratsschränken beschäftigt, als Marcus endlich die Maske angelegt hatte und hereinkam.

»Das Haus riecht wie eine Gruft.«

»Es ist eine Gruft.«

»Die Tiere sind nicht einmal das Schlimmste«, klagte er. »Aber ich sage dir, hier muss eine ganze Hundehorde gehaust haben, um solchen Gestank zu erzeugen.« Er öffnete einen weiteren Schrank und verteilte wie Kira die Mittel auf verschiedene Stapel. Er musste nicht einmal genau hinsehen. »Nein«, fuhr er fort, »das Schlimmste ist der Staub. Was wir auch sonst noch mitnehmen, ich habe jetzt schon ein Pfund Dreck in den Lungen.«

»Das schult den Charakter.« Kira lachte und ahmte Oberschwester Hardy nach. »Ich war bei neunundneunzig Milliarden Bergungseinsätzen dabei. Du musst einfach lernen, damit umzugehen. Leichenstaub einatmen ist gut für dich, es regt die Nieren an.«

»Bergungseinsätze sind nicht nur für dich gut.« Marcus ahmte seinerseits Senator Hobb nach. »Sie sind von herausragender Bedeutung für das Überleben der ganzen Menschheit. Stell dir nur vor, welch ruhmreiche Rolle du auf den neuen Seiten der Geschichtsschreibung spielen wirst!«

Kira lachte laut. Hobb sprach ständig über die Seiten der Geschichtsschreibung, als bestünde ihre vordringlichste Aufgabe darin, ein Buch zu schreiben, das niemals enden durfte.

»Zukünftige Generationen werden voller Ehrfurcht die Giganten betrachten, die unser Menschengeschlecht gerettet haben«, fuhr Marcus fort. »Diejenigen, welche die Partials bezwungen und RM ein für alle Male geheilt haben. Diejenigen, welche das Leben unzähliger Babys gerettet haben und …« Er ließ den Satz unvollendet. Ihnen beiden war auf einmal unwohl, und sie arbeiteten schweigend weiter. Es dauerte eine Weile, bis Marcus wieder das Wort ergriff.

»Ich glaube, sie sind nervöser, als sie zugeben.« Er überlegte. »Sie haben es während der Sitzung nicht erwähnt, aber sie reden tatsächlich darüber, das Alter für Schwangerschaften erneut zu senken.«

Kira hielt inne, ihre Hand verharrte mitten in der Bewegung. »Ist das dein Ernst?« Sie sah ihn scharf an.

Marcus nickte. »Auf dem Nachhauseweg bin ich Isolde begegnet. Wie sie sagt, gibt es im Senat Bestrebungen, die Statistiken über die Wissenschaft zu stellen. Es heißt, wir müssten gar nicht nach einer Therapie suchen, sondern einfach nur genug Kinder bekommen, damit einige von ihnen immun sind.«

Kira wandte sich ganz zu ihm um. »Wir haben die Quote bereits erfüllt. Null Komma null-null-null-vier Prozent Überlebende bedeuten, dass es eines von zweitausendfünfhundert Kindern schaffen müsste. Wir haben inzwischen die doppelte Zahl erreicht.«

»Ich weiß, es ist dumm«, stimmte Marcus zu. »Aber die Ärzte stehen dahinter. Mehr Kinder zu haben, hilft ihnen so oder so. Mehr Forschungsobjekte.«

Kira widmete ihre Aufmerksamkeit wieder dem Medikamentenschrank. »Der nächste Sprung wäre siebzehn.

Isolde ist gerade siebzehn. Was soll sie tun? Sie ist noch nicht bereit, schwanger zu werden.«

»Man wird schon einen Spender finden ...«

»Das ist keine Partnerbörse, sondern ein Zuchtprogramm«, fiel Kira ihm unwirsch ins Wort. »Gut möglich, dass sie das Wasser mit Mitteln versetzen, um die Fruchtbarkeit zu erhöhen. Es würde mich sogar wundern, wenn sie es *nicht* täten.« Wütend zog sie die Schachteln aus dem Schrank und knallte sie auf den Stapel mit brauchbaren Fundstücken oder warf sie mit voller Wucht auf den Müll. »Vergesst die Liebe, vergesst die Entscheidungsfreiheit, werdet einfach schwanger und rettet die verdammte Welt!«

»Um Siebzehnjährige ging es nicht ...«, sagte Marcus leise. Er brach ab und starrte die Wand an. Kira wurde der Hals eng, denn sie ahnte, was sie gleich hören würde. »Isolde sagt, dem Senat liege ein Antrag vor, das Alter auf sechzehn zu senken.«

Kira erstarrte, ihr war so übel, dass sie nicht antworten konnte. Das Mindestalter für Schwangerschaften war keine Erlaubnis, sondern eine Vorschrift. Alle Frauen waren von dem entsprechenden Alter an verpflichtet, so bald und so oft wie möglich schwanger zu werden.

Ich weiß seit fünf Jahren, dass es so kommen wird, dachte Kira. Seit sie diese Sache beschlossen haben. Fünf Jahre, um mich vorzubereiten und mich innerlich darauf einzustellen, und trotzdem. Ich dachte, ich hätte noch zwei Jahre. Sie senken die Schwelle weiter, und ich bin einfach nicht bereit dazu.

»Das ist dumm«, sagte Marcus. »Es ist dumm, ungerecht und ... nein, ich kann nur ahnen, wie es sich anfühlt. Ich halte das für ein schreckliches Vorhaben, das hoffentlich umgehend verworfen wird.«

»Danke.«

»Aber was, wenn nicht?«

Kira hustete und schloss fest die Augen. »Fang nicht damit an, Marcus!«

»Ich meine nur, wir sollten … darüber nachdenken«, antwortete er rasch. »Falls das Gesetz in Kraft tritt und du entscheidest dich nicht selbst, dann …«

»Nicht jetzt«, wiederholte Kira. »Dies ist nicht der richtige Augenblick, und in einer solchen Umgebung will ich schon gar nicht darüber reden.«

»Ich rede nicht nur über Sex, ich rede über das Heiraten.« Marcus trat auf sie zu, hielt inne und blickte zur Decke. »Wir denken darüber nach, seit wir dreizehn sind, Kira. Wir haben zusammen das Praktikum gemacht, wir arbeiten zusammen im Krankenhaus, und wir wollen heiraten. Das war doch auch dein Plan …«

»Jetzt ist es nicht mehr mein Plan«, erwiderte sie rasch. »Ich bin noch nicht bereit, solche Entscheidungen zu treffen, verstehst du? Ich bin nicht bereit, und mit dreizehn war ich es ganz bestimmt noch nicht.« Sie fluchte leise, wandte sich zur Tür und lief hinaus. »Ich brauche frische Luft.«

Draußen nahm sie die Maske ab und atmete tief durch. Das Schlimmste ist ja die Tatsache, dass ich ihren Standpunkt ganz und gar nachvollziehen kann, dachte sie.

Auf einmal loderten die Bäume im Norden orangerot, gleich darauf erhob sich ein ohrenbetäubendes Dröhnen. Kira hatte das Gefühl, die Druckwelle raste durch sie hindurch und versetzte ihr einen Schlag in den Magen. Sie hatte kaum Zeit, den Anblick und den Lärm der Explosion zu verarbeiten, als ihr Gehör wieder einsetzte und sie die Rufe der Soldaten vernahm.

4

Soldat Brown stürzte auf Kira zu, packte sie wie beim Rugby und riss sie hinter einem abgestellten Auto zu Boden. »Bleib unten!«

»Was ist los?«

»Bleib einfach unten!« Brown zückte das Funkgerät und drückte auf den Sprechknopf. »Sergeant, hier ist Shaylon. Bist du unter Beschuss? Kommen.«

Es knisterte im Funkgerät, außer Rauschen kam nichts heraus.

»Schießt jemand auf uns?«, fragte Kira.

»Wenn ich das wüsste, müsste ich Jayden nicht fragen«, antwortete Brown und drückte abermals auf den Knopf. »Sergeant, hörst du mich? Wie ist deine Lage?«

Nach wie vor drang nur Rauschen aus dem Gerät, das Kira und Brown verzweifelt anstarrten. Eine Explosion konnte ein Zufall sein, oder es war die *Stimme*, vielleicht steckten sogar die Partials dahinter. Wurde gerade ein Angriff gestartet? Eine Invasion? Das Gerät schwieg sich aus. Dann war im statischen Rauschen auf einmal Jaydens Stimme zu hören.

»Position Drei war vermint. Drei Mann im Innern gefangen. Schickt sofort die Sanitäter rüber!«

Brown wandte sich zur Klinik um und erhob sich mit einer geschmeidigen Bewegung. »Hol Marcus raus! Verletzte auf Position Drei!« Kira war schon losgerannt, ehe er seinen Befehl ausgesprochen hatte. Sie sah den Rauch vom Explosionsort aufsteigen, höchstens anderthalb Kilometer entfernt. Unterwegs tastete sie nach der Sanitätsausrüstung und flüsterte ein lautloses »Danke«, weil sie die Tasche nicht abgelegt hatte. Mit gesenktem Kopf rannte sie, so schnell sie konnte. Brown hatte Mühe, mit ihr Schritt zu halten.

Zuerst entdeckte sie Jayden, der mit einem Fernglas auf dem Führerhaus eines überwucherten Lastwagens stand und den Horizont ringsum absuchte. Neben ihm stand der Wagen, das linke Vorderrad war platt, und wenigstens zwei Pferde waren tot. Die lebenden Tiere wieherten vor Angst. Als Letztes fiel ihr Blick auf das Gebäude, ein rauchendes Trümmerfeld zwischen zwei anderen Häusern, als hätte ein zorniges Kind einen Haufen Bauklötze weggeworfen. Ein Soldat zog einen anderen an den Händen hinter sich her und barg ihn aus den Trümmern. Kira ließ sich neben einem gestürzten Mann nieder und tastete nach seinem Puls, während sie mit der anderen Hand Oberkörper und Hals auf Verletzungen absuchte.

»Mir ist nichts passiert«, hustete der Soldat. »Kümmre dich um die Zivilisten!«

Kira nickte, sprang auf und starrte entsetzt das zerstörte Haus an. Wo sollte sie anfangen? Sie packte den stehenden Soldaten und zog ihn von dem gestürzten Kameraden weg.

»Wo sind die anderen?«

»Im Keller.« Er deutete nach unten. »In dieser Ecke.«

»Dann hilf mir, dass ich dort hineinkomme!«

»Das Gebäude war zwei Stockwerke hoch, sie sind völlig verschüttet.«

»Hilf mir, dort hineinzukommen!«, beharrte sie und zog den Mann zum Haus. Sie bahnte sich bereits einen Weg durch den Schutt, als Marcus atemlos eintraf.

»Ach, du Scheiße ...«

Kira drang tiefer in die Ruine ein. »Mister Turner!«, rief sie. »Miss Cantrell! Hören Sie mich?« Sie und der Soldat blieben stehen und lauschten, dann deutete Kira links auf den Boden. »Da unten.«

Sie knieten nieder, zogen ein großes Stück des zerstörten Bodenbelags zur Seite, lauschten erneut und hörten es wieder – ein schwaches Geräusch, vielleicht ein Keuchen oder ein ersticktes Husten. Kira deutete auf einige Trümmerstücke. Der Soldat half ihr, die Brocken an Marcus, Sparks und die anderen weiterzureichen, um einen Zugang zu öffnen. Als Kira rief, bekam sie eine schwache Antwort.

»Hier«, sagte jemand. Es war eine Frauenstimme, demnach wohl Gianna. Kira hob ein umgestürztes Möbelstück an, die Soldaten zogen es ganz hoch und schoben es hinaus. Darunter kam die vor Schmerzen stöhnende Gianna zum Vorschein. »Den Göttern sei Dank.«

Kira wagte sich weiter in das Loch vor, um Gianna zu helfen. »Stecken Sie immer noch fest?«

»Ich glaube nicht«, sagte Gianna. Kira fasste ihre Hand und stützte sich auf ein anderes Stück des zerbrochenen Fußbodens. Sie verlor jedoch den Halt und rutschte ab. Eine starke Hand hielt sie von hinten fest.

»Ich habe Sie«, erklärte Kira, »und die anderen halten mich. Kommen Sie heraus!« Langsam befreite Gianna sich aus den Holzstücken und Ziegelbrocken, während Kira sie Hand um Hand herauszog. Sobald Gianna weit genug heraus war, zog die starke Hand, die Kira stützte, die beiden ganz nach oben auf den Schutthaufen. Als Kira sich umwandte, blickte sie in Jaydens Gesicht, das vor Anstrengung verzerrt war.

»Danke«, sagte sie.

Er nickte nur. »Hilf mir, den anderen Vermissten zu finden!«

Kira wandte sich wieder zu dem Loch um. »Mister Turner? Hören Sie mich?«

»Er war dicht neben mir, als die Bombe explodierte«, berichtete Gianna keuchend. »Sehr weit entfernt kann er nicht sein.«

Kira kletterte in das Loch zurück und rief immer wieder seinen Namen. »Mister Turner! Andrew!« Dann hielt sie inne, lauschte aufmerksam und beugte sich so weit wie möglich vor. Nichts. Sie lehnte sich zurück und untersuchte die Trümmer, um herauszufinden, wo er gelandet sein konnte.

»Hinter dem Stein dort.« Gianna deutete an ihr vorbei zu einem großen flachen Stein, der aufrecht im Schutt stand. »Im Erdgeschoss gab es einen großen Kamin aus Naturstein mit einem eigenen Rauchabzug. Wahrscheinlich war es der älteste Teil des Hauses.«

»Der lässt sich auf keinen Fall bewegen«, gab Marcus zu bedenken. Kira rutschte bis zu dem Stein hinüber und beugte sich vor.

»Andrew Turner!«, rief Marcus, doch Kira hieß ihn schweigen.

»Sei ruhig, ich will etwas versuchen.«

Der Staub setzte sich, und es wurde still. Kira öffnete die Sanitätstasche und zog das Stethoskop heraus. Es war ein digitales Modell mit eingebautem Verstärker. Sie schaltete es ein, betete, dass die Batterie sich nicht entladen hatte, und presste die Membran auf den Stein.

Bumm, bumm, bumm, bumm ...

»Ich höre seinen Herzschlag!«, rief Kira. »Er liegt unmittelbar unter dem eingestürzten Schornstein.«

»Die Trümmer halten den Rest des Hauses aufrecht«, wandte Marcus ein. »Die können wir nicht bewegen.«

»Wenn er noch lebt, werden wir genau das tun«, entschied Jayden. »Aus dem Weg, Walker!« Er rutschte neben

Kira hinab und rief den anderen zu, was er brauchte. »Yoon, hol mir ein Seil und binde das Ende an einem Pferd fest!« Gleich darauf landete ein steifes Nylonseil zwischen ihnen. Jayden streckte sich keuchend, um das Seil um den Stein zu winden. Kira hielt das Stethoskop noch einmal an den zerstörten Kamin.

Bumm, bumm, bumm ...

»Ich höre immer noch den Herzschlag.« Sie sah sich suchend nach Balken um. »Marcus hat aber recht. Wenn wir das Ding einfach herausziehen, kommt die ganz erste Etage herunter. Hier, damit können wir den Schutt abstützen.« Sie zog an einem langen Balken, an dem noch Teile des Holzbodens hingen. Jayden schob ihn an die richtige Stelle unter den Schutt.

»Alles klar!«, rief Jayden zu der Kutscherin hinaus. »Yoon, lass es anziehen! Noch etwas ... weiter ... das Seil ist straff. Jetzt nur noch ganz behutsam.«

Das Seil spannte sich stärker. Kira sah nicht, dass sich der Stein bewegte, doch er schürfte laut über den Steinboden. »Es funktioniert!«, rief sie.

Jayden schrie Yoon weitere Befehle zu. »Mach weiter so, immer schön langsam! Perfekt. Ihr anderen, haltet euch bereit!« Der Stein rutschte aus dem Loch, und Jayden half grunzend, ihn ein Stück zur Seite zu schieben.

Kira wandte sich dem offenen Loch zu und beäugte nervös die behelfsmäßige Stütze. Dann entdeckte sie im Dunkeln einen Umriss, und vor Schreck erstarrte sie. Bisher hatte sie es noch nicht bemerkt, da der Stein es verdeckt hatte.

Es war ein menschliches Bein, knapp über dem Knie abgetrennt.

»Nein«, murmelte sie. Vorsichtig streckte sie sich und tastete die Stelle ab, wo der Knochen abgebrochen war. Zerquetscht, dachte sie. Der Schornstein ist umgestürzt und hat das rechte Bein abgetrennt. Wie kann er da noch leben? Sie presste das Stethoskop an den nächsten Brocken.

Bumm, bumm, bumm ...

»Verdammt auch«, sagte Jayden, der hinter ihr hockte. »Ist das sein Bein?«

»Es bedeutet, dass wir dicht dran sind.«

»Es bedeutet, dass er tot ist«, erwiderte Jayden. »Der Schornstein hat ihn völlig zerquetscht.«

»Ich sagte doch, ich höre seinen Puls!«, fauchte Kira. »Gib mir das Seil!«

Der Schutt rutschte, Kira schloss Mund und Augen fest, um keinen Staub abzubekommen. Über ihr stöhnte der Balken, weiter oben stießen die Soldaten erschrockene Rufe aus.

»Hol sie da raus!«, rief Marcus.

»Er hat recht«, sagte Jayden. »Hier kann jeden Moment alles zusammenbrechen.«

»Ich sagte doch, er lebt noch.«

»Raus hier!«, knurrte Jayden. »Wenn wir ihn nicht ausgraben können, dann können wir das bei dir mit Sicherheit auch nicht.«

»Ein Menschenleben ist in Gefahr«, erwiderte Kira. »Davon haben wir nicht mehr viele.«

»Raus!«

Kira knirschte mit den Zähnen und schob sich weiter. Jayden fluchte hinter ihr und langte nach ihren Füßen, doch sie keilte aus.

Bumm, bumm, bumm ...

Sie tastete den nächsten Stein nach einer Möglichkeit ab, sich festzuhalten, und prüfte, ob er hielt. Den kann ich allein wegschieben, überlegte sie. Turner muss sich direkt dahinter befinden, und dann werden sie es schon einsehen. Ich weiß doch, dass er noch lebt.

»Hallo, Mister Turner!«, rief sie. »Hören Sie mich? Ich hole Sie da raus, wir lassen Sie nicht zurück.« Sie stemmte sich gegen den Boden des Kellers und betete, dass sie nicht den ganzen Schuttberg in Bewegung brachte. Dann drückte sie den größten Stein zur Seite. Er drehte sich um eine Achse, die sich nicht ganz im Zentrum befand. Sie schob noch einmal nach, bot ihre ganze Kraft auf und beförderte ihn endlich zur Seite. Im Dunkeln erkannte sie einen Umriss, der so stark verdreht war, dass sie ihn nicht identifizieren konnte. Verzweifelt streckte sie sich, so weit sie konnte, und setzte wieder das Stethoskop an.

Klick, klick, klick, klick ...

Wart mal!, dachte Kira. Da stimmt doch was nicht. Dann fühlte sie glatte, feuchte Haut und bekam ein Stück Stoff zu fassen. Sie zog, und das Klicken in dem winzigen Hohlraum wurde lauter. Mit beiden Händen tastete sie den blutigen Körperteil ab und konnte es nicht glauben. Schließlich zog sie sich ins Licht zurück und hob ihn hoch, um ihn betrachten zu können.

»Sein Arm«, sagte sie leise. »Er hat auch den Arm verloren.«

Jayden starrte sie an. »Was ist mit dem Puls?« Sie hielt den Arm hoch, auf dessen Handgelenk Metall glitzerte. *Tick, tick, tick.* »Die Armbanduhr.« Sie fühlte sich erschöpft und mutlos. »Er ist tot.«

Jayden nahm ihr den Arm ab und stützte sie. »Verschwinden wir von hier!«

»Wir müssen ihn doch bergen«, wandte Kira ein.

»Das war kein Unfall«, widersprach Jayden. »Sie haben das Gebäude vermint. Sie wussten, dass wir kommen. Wahrscheinlich sind sie noch in der Nähe.«

Kira runzelte die Stirn. »Warum jagt jemand eine Wetterwarte in die Luft?«

»Es war eine Funkanlage«, erklärte Gianna. »Wir haben vor der Explosion nicht alles untersuchen können, aber so viel kann ich mit Sicherheit sagen. Es war die größte Kommunikationsanlage, die ich je gesehen habe.«

»Die *Stimme*«, meinte Kira.

Jayden antwortete ihr leise und sehr ernst. »Nach diesem Lärm wissen sie mit Sicherheit, dass wir hier sind.«

5

Jayden versammelte die Überlebenden im Schatten des rauchenden Wagens. »Mit diesem Gefährt kommen wir bestimmt nicht mehr nach Hause, also haben wir einen zweitägigen Marsch vor uns. Das Funkgerät ist ebenfalls defekt, also sind wir auf uns selbst gestellt.«

»Wir müssen für Lanier eine Trage basteln«, warf Marcus ein. »Er hat einen offenen Schienbeinbruch, den ich so gut wie möglich gerichtet habe, aber laufen kann er damit nicht.«

Nervös musterte Kira die Bäume und Ruinen in der Umgebung. Beim letzten Angriff der *Stimme* war sie im Krankenhaus gewesen und hatte die Verletzten gesehen, die dort stöhnend und schreiend eingetroffen und von den Sanitätern in die Operationssäle gerollt worden waren. Sie fand es immer noch schrecklich, dass ein Mensch einem anderen so etwas antun konnte.

»Baut eine Trage!«, beschied Jayden. »Wir haben noch zwei Pferde. Patterson und Yoon reiten voraus und schicken Verstärkung, sobald sie die Abwehrlinie erreichen. Wir anderen folgen zu Fuß.«

»Das sind fast fünfzig Kilometer«, wandte Yoon ein. »Die Pferde sind jetzt schon müde. Das schaffen sie nicht ohne Pause.«

»Sie können wenigstens noch eine Stunde laufen«, meinte Jayden. »Dann wird es sowieso dunkel. Reitet, so weit ihr könnt, und lasst die Pferde bis zum Morgengrauen ausruhen.«

»Wir müssen nicht den ganzen Weg bis East Meadow zurücklegen«, schlug Gianna vor. »Weiter im Westen gibt es eine Landgemeinde, im Osten sogar noch andere Ortschaften. Die sind erheblich näher als fünfzig Kilometer, und Lanier bekäme eher Hilfe.«

»Unsere Karte lag auf der Seite des Wagens, die in die Luft flog«, widersprach Jayden. »Ich habe keine Lust, aufs Geratewohl auf der Insel herumzuirren und nach Hinterwäldlern zu suchen.«

»Das sind keine Hinterwäldler«, entgegnete Gianna. »Die meisten von ihnen sind erheblich besser gebildet als Sie ...«

»Diese erstaunliche Bildung nutzt uns nichts, wenn wir keine Karte haben und die Leute nicht finden«, sagte Kira. Warum legte Gianna es in so einer Situation auf einen Streit an? »East Meadow ist ein geeignetes Ziel, denn wir brauchen die ganze Zeit nur den Hauptstraßen zu folgen.«

»Lanier schafft es nicht bis dorthin«, entgegnete Gianna. »Nicht mit diesem Bruch. Die Farmen haben Krankenhäuser, genau wie wir.«

»Nicht genau wie wir«, wandte Kira ein. »Außerdem wird Lanier unterwegs nicht sterben. Haben Sie zufällig eine medizinische Ausbildung, von der wir noch nichts wissen?«

»Jeder sieht doch ...«

»Jeder sieht, dass es ihm schlecht geht«, klärte Marcus sie mit ruhiger Stimme auf. »Aber wir haben den Bruch geschient und verbunden, und ich kann ihn so stark unter Medikamente setzen, dass er auf einem magischen Kaugummiregenbogen nach Hause zu fliegen glaubt. Allein von seinen Fürzen können Sie sich auf einen Trip begeben.«

»Patterson und Yoon, ihr reitet nach East Meadow!«, bestimmte Jayden energisch. »Wir anderen folgen euch dorthin.« Er warf Gianna einen Blick zu. »Falls wir unterwegs eine Farm, einen Außenposten oder etwas Ähnliches entdecken, können wir immer noch einen anderen Wagen requirieren.«

»Sie haben nicht die Befugnis, ein Fahrzeug zu requirieren«, fauchte Gianna.

»Und Sie haben nicht die Befugnis, sich meinen Befehlen zu widersetzen«, gab Jayden zurück. »Dies ist eine militärische Operation, wir haben eine Notlage, und ich bringe Sie auf die Art und Weise nach Hause, die ich für die beste halte, selbst wenn ich Sie dabei ebenso unter Drogen setzen muss wie Lanier. Haben wir uns verstanden?«

»Dürfen wir uns darauf freuen?«, fragte Gianna. »Wird unsere schöne neue Welt so aussehen, wenn ihr Seuchenbabys erwachsen werdet und die Verantwortung übernehmt?«

Jayden zuckte mit keiner Wimper. »Ich habe Sie gefragt, ob ich mich deutlich ausgedrückt habe.«

»Überdeutlich«, antwortete Gianna. »Also kehren wir ins Paradies zurück.«

Jayden stand auf, und die Gruppe löste sich auf, sammelte die Ausrüstung ein und bereitete sich auf den Rückweg vor. Kira zupfte Jayden am Ärmel und hielt ihn zurück.

»Wir können die Toten nicht einfach liegen lassen«, sagte sie. »Meinetwegen die Pferde, aber hier sind drei Menschen gestorben. Wie wollen wir sie nach Hause schaffen?«

»Wir können sie später noch holen.«

»Während unserer kleinen Besprechung habe ich gerade sechs verwilderte Hauskatzen gezählt, und die Klinik, in die du uns geschickt hast, war der Bau einer beträchtlich großen Hundemeute. Wenn wir die Toten zurücklassen, wird nichts mehr übrig bleiben, das sich abzuholen lohnt.«

Jaydens Augen waren kalt. »Was soll ich tun, Walker? Wir können sie nicht tragen, und wir haben keine Zeit, sie zu begraben. Wir kehren zurück, untersuchen das Gelände und bergen die Generatoren, aber im Moment sind mir zehn lebende Menschen wichtiger als drei tote.«

»Zehn Minuten«, wandte Kira ein. »Die können wir doch erübrigen.«

»Glaubst du wirklich, du könntest sie in zehn Minuten begraben?«

»Sie liegen schon halb unter der Erde.«

Er dachte kurz nach, hob die Schultern und nickte. »Du hast recht. Ich helfe dir.«

Abgesehen von Andrew Turner hatte die Explosion auch zwei Soldaten getötet, deren Leichen vor dem Haus lagen. Es waren ein Mann und eine Frau – oder besser, ein Junge und ein Mädchen, wahrscheinlich kaum älter als sechzehn. Das Mädchen war vielleicht noch jünger, aber Kira war ihrer Sache nicht sicher. Schweigend stand sie vor den Toten und fragte sich, wer sie gewesen waren, wie sie ihre Freizeit gestaltet hatten, bei wem sie gelebt hatten, wie sie hergekommen waren. Sie kannte nicht einmal die Namen. Jayden fasste das Mädchen an den Armen, Kira hob die Beine an, und dann tappten sie vorsichtig durch die Ruinen. Das tiefste Loch war jenes, aus dem sie Turner hatten bergen wollen. In diese Öffnung schoben sie das tote Mädchen so vorsichtig wie möglich, bis es in der Nische hinter den Steinen des Kamins lag. Inzwischen hatten einige andere Soldaten ihre Aufgaben erledigt und kamen ihnen zu Hilfe. Sie trugen den Jungen herüber und ließen ihn ebenfalls in das Loch hinab. Wie betäubt sah Kira zu, während Jayden und Brown die letzte noch stehende Wand zum Einsturz brachten. Sie kippte um und begrub die Toten unter sich.

Kira brach schier das Herz, als die Mauer einstürzte. Das reichte doch nicht. Es war richtig, die Toten zu begraben, aber sie hatten Besseres verdient, als in einer Ruine verscharrt zu werden. Sie wollte etwas sagen, doch der Anblick der träge aufwallenden Staubwolken war zu viel für sie, und sie bekam kein Wort heraus.

Marcus war offenbar ebenso berührt wie sie und beobachtete sie zärtlich. Er wandte sich an Jayden. »Wir sollten ein Wort zum Abschied sprechen.«

Jayden hob die Schultern. »Ein Lebewohl?«

»Na gut.« Marcus trat vor. »Ich glaube, das kann ich. Weiß jemand, welcher Kirche sie angehört haben?«

»Keiner sehr guten«, murmelte Gianna.

»Maija war Christin«, erklärte Sparks. »Ich bin nicht sicher, welche Gemeinde es war. Rob war Buddhist. Was den Zivilisten angeht, so habe ich keine Ahnung.«

Marcus sah sich um, ob noch jemand etwas beisteuern konnte, aber niemand wusste etwas. »Keine ganz einfache Mischung.« Er überlegte. »Mir fällt ein altes Gedicht ein, das ich in der Schule gelernt habe.« Er richtete sich auf, blinzelte in die Ferne, und die Soldaten senkten die Köpfe. Kira starrte unverwandt den Ziegelsteinhaufen an, über dem noch die Staubwolke waberte.

»Tod, sei nicht stolz«, begann Marcus. »Bist gar nicht mächtig stark, wie mancher spricht.« Er hielt inne und dachte nach. »Ich bringe alles durcheinander. Du Sklav' des Fürsten, des Verzagten Knecht, der falsch durch Gift, durch Krieg und Krankheit siegt ... wie prahlst du schlecht! Nach kurzem Schlaf erwachen wir zur Ruh – und mit dem Tod ist's aus: Tod, dann stirbst du.«

Jayden warf Marcus einen Blick zu. »Glaubst du, sie wachen wieder auf? Einfach so?«

»Es ist doch nur ein altes Gedicht«, wehrte Marcus ab.

»Wo sie auch aufwachen«, meinte Jayden, »dort dürfte es ziemlich voll sein.« Er wandte sich um und kehrte zum Wagen zurück.

Kira hielt Marcus' Hand und sah zu, wie sich der Staub langsam auf die Ziegelsteine senkte.

Der Regen sammelte sich in den Spuren der dicken Gummireifen zu Pfützen. Kira zog die Kapuze über den Kopf, um die Tropfen abzuhalten, doch der Schauer wurde stärker, bis sie das Gefühl hatte, der Regen prasselte von allen Seiten auf sie herab und spränge sogar aus den Pfützen herauf, um durch jede Naht in der Kleidung einzudringen.

Jayden blieb wieder einmal stehen und wies die anderen mit erhobener Faust an, seinem Beispiel zu folgen. Die Reifenspuren kamen nicht aus der Richtung von Asharoken, wo die Bombe explodiert war, aber hier draußen in der Wildnis drohten alle möglichen Gefahren. Dieser Teil der Insel war früher wohlhabender gewesen als viele andere. Statt eng gedrängter Häuser und überwucherter Wiesen gab es hier einen dichten, tropfnassen Wald, in dem gelegentlich eine einzeln stehende Villa zu erkennen war. Kira legte den Kopf schief und lauschte, weil sie hoffte, etwas von den kaum vernehmlichen Geräuschen aufzufangen, die Jayden anscheinend trotz des Regengusses wahrnahm. Marcus tat das Gleiche. Sie hörte den Regen, das Platschen, das Schmatzen des Schlamms, als jemand auf der Straße sein Gewicht verlagerte. Jayden nahm die Faust herunter und deutete nach vorn. Sie gingen weiter.

»Ich glaube, er tut nur so«, flüsterte Marcus. »Es gefällt ihm, die Faust zu heben und zu sehen, wie wir ihm alle gehorchen.«

»So nass war ich noch nie im Leben«, stöhnte Kira. »Ich schwöre, dass ich selbst in der Badewanne trockener bin als hier.«

»Sieh's mal von der positiven Seite«, antwortete Marcus.

Kira wartete.

»Dies ist der Augenblick, in dem man traditionellerweise erklärt, wie die positive Seite aussieht«, drängte sie ihn schließlich.

»Ich hab's nicht so mit Traditionen«, gab Marcus zu. »Außerdem behaupte ich ja nicht, dass ich die positive Seite kenne. Ich glaube nur, dies wäre ein schöner Augenblick, um sie genauer zu betrachten.«

Jayden hob die Faust, und sie blieben wieder stehen.

»Jayden hat gerade eine positive Seite gehört«, erklärte Marcus flüsternd. »Da schleicht eine Metapher durchs Gebüsch, die unsere Stimmung deutlich heben kann.«

Kira schnaubte, worauf Jayden sich umwandte und sie böse anstarrte. Dann sah er wieder noch vorn, deutete zum Straßenrand und näherte sich einer Lücke zwischen den Bäumen.

Kira folgte ihm überrascht. Sogar sie erkannte, dass die Spur schnurgerade an den Schösslingen auf der zerstörten Straße vorbei verlief. Die Bäume zu beiden Seiten waren dunkel und unheildrohend. Was hatte Jayden dort gehört?

Vorsichtig schlichen sie durch eine schmale Öffnung, die früher eine Zufahrt gewesen war. Der Boden zeigte Risse, und Unkraut wucherte schon seit Jahrzehnten. Vor ihnen stand ein großes Haus, das fast so schwarz war wie die Nacht ringsum. Marcus schlich auf Kira zu und ging gebückt neben ihr her. Sie beugte sich vor, um ihn etwas zu fragen, dann blieb sie unvermittelt stehen. Hinter einem Fenster hatte sie ein orangefarbenes Licht entdeckt. Es war ein winziges Glühen, das sofort wieder verschwand. Feuer. Sie blieb wie angewurzelt stehen, zupfte Marcus am Ärmel und zog ihn an sich.

»Da drinnen ist jemand.«

Kira packte ihr Gewehr fester und hoffte, das es trotz der Nässe noch funktionierte. Auch wenn sie von schwer bewaffneten Soldaten umgeben war, fühlte sie sich schutzlos. Vorsichtig duckte sie sich und zog Marcus mit hinunter. Jayden blieb abrupt stehen und legte das Gewehr an. In diesem Moment rief jemand etwas von dem dunklen Haus herüber.

»Das ist nahe genug!«

Die Stimme war dünn und heiser, ein Gespenst in der Finsternis. Der Regen trommelte auf Kiras Kapuze und ihren Rücken. Sie suchte die Sicherung ihrer Waffe, den winzigen Knopf, der den dicken Plastikprügel in einen tödlichen Zauberstab verwandelte. Zielen, abdrücken und zusehen, wie das Ziel explodiert. Das Wasser rann ihr in den Kragen, in die Augen und sickerte durch die Stoffhandschuhe.

»Ich bin Jayden van Rijn«, sagte Jayden, »Sergeant der Abwehr von Long Island.« Er richtete das Gewehr auf ein unsichtbares Ziel. Anscheinend hatte er den Mann bemerkt, ehe er gesprochen hatte. Kira konnte immer noch nichts erkennen. »Identifizieren Sie sich!«

»Ich bin keiner, mit dem Sie ein Problem haben müssen«, antwortete die Stimme. »Und keiner, der ein Problem mit Ihnen hat.«

»Identifizieren Sie sich!«, wiederholte Jayden.

Kira stellte sich vor, dass in den Bäumen ringsum unzählige Gegner lauerten – Männer in dunklen Schatten, formlos unter Regenponchos, die ihre Waffen ebenso eisern festhielten wie Kira die ihre. Im Wald war es stockfinster, der Mond und die Sterne verschwanden hinter dicken Regenwolken. Wenn jemand schoss, konnte sie kaum wagen, das Feuer zu erwidern, denn in dieser Dunkelheit war nicht zu erkennen, welche Gestalten Feinde oder Freunde waren.

»Vielleicht gehören sie gar nicht zur *Stimme*«, flüsterte Marcus. Obwohl er mit den Lippen fast ihr Ohr berührte, konnte sie ihn kaum verstehen. »Es könnten Händler, Vagabunden und sogar Bauern sein. Halt einfach den Kopf unten!«

»Sie haben einen sehr hübschen Namen«, sagte der Fremde in der Dunkelheit. »Den können Sie gern mitnehmen, wenn Sie verschwinden.«

»Wir sind nach East Meadow unterwegs«, erklärte Jayden. »Wir wollen uns nur vergewissern, dass wir hier sicher sind, ehe wir unser Lager aufschlagen. Wie viele seid ihr da drinnen?«

Die Stimme stieß ein heiseres Lachen aus. »Ich müsste ein großer Dummkopf sein, Ihnen diese Erkenntnisse einfach anzuvertrauen, ohne über Ihre Absicht im Bild zu sein. Was, wenn Sie nun *Stimmen* sind?«

»Wir gehören zur Abwehr«, widersprach Jayden. »Das sagte ich bereits.«

»Es wäre nicht das erste Mal, dass mich jemand belügt.«

Kira hörte Geräusche zwischen den Bäumen – Blätter raschelten, ein Ast oder die Sicherung einer Waffe knackte. Sie duckte sich noch tiefer und hoffte, dass es einer ihrer eigenen Männer war.

»Wir sind elf«, rief Jayden. »Die *Stimme* geht viel raffinierter vor und tut beispielsweise so, als hätten wir es nur mit einem alten Mann in einem zerstörten Haus zu tun.«

»Da haben Sie wohl nicht ganz unrecht«, antwortete der Mann. »Wahrscheinlich können wir uns gegenseitig nicht vertrauen.« Er schwieg eine Weile. Der Regen prasselte durch die Blätter herab. Schließlich ließ er sich wieder hören. »Ich bin Owen Tovar. Zufällig bin ich auch selbst nach East Meadow unterwegs und könnte jemanden brauchen, der bei den Grenzwachen ein gutes Wort für mich einlegt. Wenn es Ihnen nichts ausmacht, das Haus mit Dolly und mir zu teilen, sind Sie willkommen.« Zuerst hörte Kira nichts, dann öffnete sich eine Tür. Jayden zögerte einen Herzschlag lang, dann ließ er das Gewehr sinken.

»Danke für das Angebot.«

6

Owen Tovar entpuppte sich als großer, schmaler Mann mit verwittertem Gesicht. Er erwartete sie an der Tür, eine schwarze Schrotflinte über die Schulter gelegt. Als er Kira und Gianna bemerkte, lächelte er.

»Hätte dieser Trottel mir gesagt, dass Frauen dabei sind, hätte ich Sie viel früher hereingelassen.«

Marcus schob sich schützend vor Kira, doch Tovar kicherte nur und klopfte ihm auf die Schulter. »Das war nichts Ungebührliches, junger Mann, sondern einfach nur höflich gemeint. Soldaten kann ich aufnehmen oder wegschicken, aber meine Mutter hat mich gut erzogen, und deshalb lasse ich eine Dame keinesfalls bei solchem Unwetter im Regen stehen.« Er schloss die Tür hinter dem letzten Soldaten und schob sich zwischen ihnen hindurch ins dunkle Innere des Hauses. »Ich muss schon sagen, derjenige, der mich hier gefunden hat, ist ein besserer Fährtenleser als die meisten anderen und verschwendet in der Abwehr seine Fähigkeiten.« Dann öffnete er die Tür eines hell erleuchteten Raums, anscheinend eines alten Wohnzimmers ohne Fenster. In einem gemauerten Kamin brannte ein munteres Feuer. Der Raum war voller alter Sofas und Decken, an einer Seite stand ein Holzkarren vor einer geschlossenen Doppeltür. Kira wandte sich nach rechts, betrachtete den Raum und fuhr erschrocken zurück, als ihr ein Kamel entgegenstarrte.

»Sag hallo, Dolly!«

Das Kamel grunzte, und Tovar kicherte. »Leute, seid nicht so unhöflich, begrüßt sie ebenfalls!«

Marcus verneigte sich lächelnd vor dem Tier. »Freut mich, dich kennenzulernen, Dolly. Mister Tovar hat uns leider nicht verraten, wie hübsch seine Freundin ist.«

»Ich weiß nicht, ob alle Kamele so zänkisch sind wie sie, aber wir kommen im Grunde ganz gut zurecht«, erklärte Tovar. »Vermutlich ist sie aus einem Zoo entkommen. Ich habe sie vor ein paar Jahren gefunden, als sie einfach so umhergewandert ist.« Er schob die Besucher durch die Tür und schloss sie hinter ihnen. »Ich habe mir große Mühe gegeben, den Raum zu verbergen«, erklärte er. »Der Kamin funktioniert noch, und bei einem Sturm wie diesem bemerkt niemand den Rauch. Niemand weiß, dass ich hier bin.«

Marcus zog die Jacke aus. »Wir sind den Spuren gefolgt.«

»Hierher führen keine Spuren«, widersprach Tovar. »Wenigstens nicht direkt.«

»Ich habe Sie gehört.« Jayden lächelte leicht. »Dolly braucht ein paar Lektionen, was Heimlichkeit angeht.«

Tovar schüttelte den Kopf. »Sie wollte noch mehr Zucker haben. Wahrscheinlich waren Sie genau in dem Moment in Hörweite, als sie sich mit mir darüber streiten wollte. Die meisten Leute – ich meine, die meisten Leute, die neugierig genug sind, um sich überhaupt umzusehen – finden das Haus gar nicht erst. Sie folgen einfach meinen alten Spuren zum nächsten Haus. Dahinter geht es in den Wald, und wenn sie den Bach erreichen, geben sie auf. Die Brücke ist nämlich eingestürzt, und die Bretter, mit denen ich hinüberkomme, sind auf der anderen Seite gut versteckt.«

»Sie sind ein Vagabund«, sagte Jayden.

»Ich bin Händler und komme viel herum. Damit bin ich für alle möglichen unfreundlichen Leute ein mögliches Opfer, aber ich muss mich ja nicht absichtlich als Gelegenheitsziel in die Schusslinie stellen.« Er nahm einen Stapel Decken von einem Sofa am Feuer. »Den Ladys stehen natürlich die besten Plätze zu. Wenn ich allein im Haus bin, ist es recht gemütlich, aber wenn viele Leute hier schlafen wollen, wird es etwas eng.«

Kira beobachtete den Mann, wie er die Decken sortierte und auf den staubigen Sofas die Schlafgelegenheiten für zehn Gäste und einen Verletzten einrichtete. Ob er zur *Stimme* gehört? Das würden sie erst erfahren, wenn er sie in die Luft zu jagen versuchte.

Der Vagabund gab Brown eine Decke, der sie misstrauisch anstarrte, ehe er sie ihm unsanft aus den Händen riss. Tovar trat lächelnd einen Schritt zurück.

»Es wird eine schrecklich lange Nacht, wenn wir einander nicht trauen. Glauben Sie wirklich, ich sei eine *Stimme*?«

Brown antwortete nicht, worauf Tovar sich an Gianna wandte. »Was ist mit Ihnen?« Dann richtete er sich mit ausgebreiteten Armen vor Jayden auf. »Und was sagen Sie? Halten Sie mich für eine *Stimme*? Ist es Teil eines größeren Plans, um die letzten Reste menschlicher Zivilisation zu vernichten, wenn ich mein Leben aufs Spiel setze und Ihnen trockene Decken gebe?«

»Ich glaube, Sie waren mal beim Militär.« Kira starrte ins Feuer.

Tovar legte den Kopf schief. »Wie kommen Sie darauf?«

»Ich merke es an den Begriffen, die Sie benutzen. *Erkenntnisse* und *Gelegenheitsziel*. Die Art, wie Sie das Gewehr gehalten haben, als wir hereingekommen sind. Die Art und Weise, wie Jayden und Sie jetzt fast in der gleichen Haltung stehen.«

Jayden und Tovar betrachteten einander und dann sich selbst. Sie hatten die Füße in Schulterbreite nebeneinandergestellt, die Hände hinter dem Rücken verschränkt, der Rücken war gerade. Verlegen rückten sie voneinander ab, verlagerten das Gewicht und schüttelten die verkrampften Hände aus.

»Auch wenn er früher beim Militär war, kann er trotzdem der *Stimme* angehören«, meinte Brown. »Viele von denen sind ausgebildete Soldaten.«

»Wenn es als Schuldbeweis gilt, ein Soldat zu sein, dann sind Sie fast alle mehr oder weniger überführt«, entgegnete Tovar.

»Erzählen Sie uns doch etwas über sich!« Marcus ließ sich auf einem der Sofas nieder. »Wenn ich schon die ganze Nacht darauf warten soll, dass ihr mit den Nettigkeiten aufhört und euch über den Haufen schießt, dann will ich wenigstens etwas dabei lernen.«

»Mein Name ist Owen Tovar.« Der Mann verneigte sich. »Geboren und aufgewachsen in Macon, Georgia. Zwei Jahre habe ich Football an der Universität gespielt, nach dem Abschluss war ich bei den Marines und habe im Krieg vier Zehen verloren. Ich meine den Krieg im Iran, nicht den Isolationskrieg gegen die Chinesen, an den ihr wahrscheinlich denkt und in dem die Partials für uns kämpften. Ihr seid schätzungsweise so um die zwanzig, oder? Als der Krieg zu Ende ging, wart ihr demnach zwei oder drei Jahre alt und fünf oder sechs, als die ganze Welt unterging. Nein, wenn ich *Krieg* sage, denkt ihr wohl noch eher an den Krieg gegen die Partials, so wie die Dinge liegen, aber ich sag's euch nicht gern – das war gar kein richtiger Krieg, sondern nur eine kleine Schießerei, die Leute sind gestorben, und das war's auch schon. Ein Krieg bedeutet nämlich, dass zwei Seiten gegeneinander kämpfen, und auch wenn sie nicht ebenbürtig sind, landet jeder ein paar Treffer. Der Partialkrieg, wie wir ihn nennen, war eher so, als hätte jemand die Menschheit in einer dunklen Gasse überfallen.«

»Ich erinnere mich an den Isolationskrieg«, sagte Gianna. »Wir sind nicht alle Seuchenbabys.«

»Es gehört sich nicht, über das Alter einer Dame zu spekulieren.« Tovar setzte sich ans Feuer. Er wirkte entspannt, aber Kira bemerkte, dass er seine Schrotflinte ständig in Reichweite hielt. Jayden ließ sich ihm gegenüber nieder, die meisten Soldaten blieben stehen. Kira nahm neben Marcus Platz und legte sich seinen Arm über die Schultern. Das fühlte sich warm und beruhigend an.

»Im Grunde ist es aber ziemlich egal, welcher Krieg es war«, fuhr Tovar fort. »Jedenfalls habe ich vier Zehen verloren, verließ die Marines wegen der Verwundung und kehrte nach Georgia zurück, um Eishockey zu spielen.«

»In Georgia kann man gar nicht Eishockey spielen«, warf Sparks ein. »Das war doch ein Südstaat, oder? Um Hockey zu spielen, braucht man Eis.«

»Hockey bedeutet Eislaufen.« Jayden nickte. »Das kann man in Georgia nicht. Erst recht nicht ohne Zehen.«

Tovar lächelte. »Da zeigt sich, wie ahnungslos ihr Seuchenbabys seid.« Er wandte sich an Gianna. »Erinnern Sie sich an Eissporthallen?«

Sie lächelte. »Allerdings.«

»Eine Eislaufbahn war ein riesiger Raum, vergleichbar mit einem Basketballfeld«, sagte Tovar. »Stellt es euch als großes Gebäude vor, in dem es kalt ist, damit das Eis nicht schmilzt. Dann stellt euch Leute als Zuschauer vor. Bei uns waren es nur ein paar Hundert, weil wir in einer unteren Liga spielten. Sie jubeln, schreien und gehen richtig mit, und der Raum heizt sich auf wie dieser hier, weil die Zuschauer dicht gepackt sind wie die Scheite im Feuer. Dazu röhrt ein mächtiges Kühlaggregat, damit das

Eis gefroren bleibt. In den Pausen haben sie nur etwas Wasser aufgesprüht, und ein paar Minuten später war es wieder so glatt und platt wie ein Cheerleader von den Tiger Sharks.« Er grinste boshaft. »Verzeihung, die alte Rivalität.«

»So was Dummes hab ich noch nie gehört«, sagte Sparks. »Mit dem Strom, der dabei draufging, hätte man eine Stadt ein ganzes Jahr lang versorgen können.«

»Einen kleinen Ort wie East Meadow vielleicht«, erwiderte Tovar. »Den Ort könnte man mit dem Verbrauch einer ordentlichen Klimaanlage versorgen. Was die alten Städte und die alte Welt angeht, so hätte selbst ein kleiner Ort wie Macon East Meadow spurlos verschlucken können. Obwohl die Leute Auto gefahren sind, Filme angesehen haben und siebenundachtzig Stunden die Woche im Internet gesurft sind, hatten wir noch genug Strom übrig, um in Georgia eine Eissporthalle zu betreiben. In einem heißen Staat, wie Sie ganz richtig sagen, wo es üblicherweise keinen Frost gibt.«

»Ich glaub's nicht«, murmelte Sparks.

»Wir reden über die Bezirksliga in Macon, Georgia«, sagte Tovar. »Ich habe es selbst nicht recht geglaubt. Wissen Sie, wie wir das Team genannt haben? Wenn Sie mir schon alles andere nicht glauben, dann sollten Sie mir wenigstens das glauben. Wir nannten sie die Macon Whoopees.« Er gackerte vor Lachen. »Das klingt wie die allergrößte Lüge, aber es ist wahr. Die Macon Whoopees.« Er klatschte sich auf das Knie, einige Soldaten lachten, und sogar Kira musste kichern. »Wir waren ein kleines Team, das nicht mit den großen zusammenhing, und spielten in einer Stadt, deren Bewohner sich so ziemlich für jede Sportart interessierten, nur nicht für unsere. Wir kamen nicht weiter und wussten es auch, also wollten wir wenigstens Spaß dabei haben. Als ich in den Vierzigerjahren spielte, waren wir offiziell das brutalste Team im ganzen Land, also wahrscheinlich auf der ganzen Welt. Übrigens konnte ich genau deshalb ohne Zehen eislaufen. Ein Eiskunstläufer, ein Eisschnellläufer, ein Stürmer in der Landesliga, so einer brauchte natürlich seine Zehen, um die Bewegungen zu kontrollieren, aber die Feinheiten treten zurück, wenn man sich darauf beschränkt, jemanden gegen die Bande zu klatschen und ihm die Zähne auszuschlagen.«

»Hockey«, überlegte Marcus. »Der königliche Sport.«

Tovar hielt inne und blickte in die Ferne. »Manchmal glaube ich, dass ich das am meisten vermisse. Die alten Zeiten. Wir hatten so viel von allem, dass wir es für richtig dumme Sachen verschwenden konnten, die niemand wirklich brauchte. Das goldene Zeitalter der Menschheit.« Das Lächeln war wieder da, nur wehmütiger und trauriger. »Wie man so sagt, kommt der Hochmut vor dem Fall.«

Jayden nickte, auch er lächelte. »Ihre Geschichte verleitet mich zwar nicht dazu, Ihnen mehr zu vertrauen als vorher, aber wenigstens mag ich Sie jetzt.«

Tovar nickte. »Angesichts der Begleitumstände ist das sehr freundlich von Ihnen.« Er zog einen Flachmann aus der Gesäßtasche, trank einen Schluck und bot Jayden die Flasche an. Der Soldat nahm einen Schluck und gab sie zurück.

»Ich muss zugeben, dass ich als Sanitäter immer noch auf den netten Teil der Geschichte warte«, sagte Marcus.

Tovar schien überrascht. »Was?«

Marcus grinste. »Die Zehen, Mann. Zeigen Sie uns die Zehen!«

Die Soldaten johlten, und Tovar schnitt eine Grimasse. »Ihr habt es so gewollt.« Er bückte sich und schnürte den Stiefel auf. »Der Betreiber dieses Gruselkabinetts bittet alle Frauen und Kinder, die Augen zu schließen, ehe wir die nächste Attraktion vorführen. Na ja, das betrifft so ziemlich alle von euch, also wird das wohl nichts.« Er befreite schlängelnd den Fuß aus dem Stiefel, zog die Socke von dem behaarten, bleichen Bein und zupfte sie mit einer ausladenden Geste vom Fuß weg. »Seht und staunt!«

Die Zuschauer keuchten schockiert und lachten, Kira musste lächeln und schnitt zugleich eine Grimasse. Tovars Fuß war ein Klumpen aus Narbengewebe und Schwielen, die vier kleineren Zehen waren verbrannt oder abgetrennt, und der große Zeh, der letzte verbliebene, war unnatürlich zur Seite gebogen. Der Zehennagel fehlte, und der ganze Fuß war weiß wie Kreide.

»Das ist widerlich.« Kira hatte Mühe, die Worte trotz des Lachens hervorzustoßen. »Wie haben Sie das angestellt?«

»Ich diente bei einer Spezialeinheit der Marines.« Tovar wackelte mit dem deformierten großen Zeh. »Als Sprengstoffexperte.«

Die Stimmung im Raum veränderte sich so schnell, dass Kira es körperlich spürte: Ein Eishauch lag in der Luft, kalte Wassertropfen flogen durch den Raum, als die Soldaten blitzschnell die Waffen anlegten. Obwohl er saß, verlor Tovar das Gleichgewicht, taumelte hin und her, fingerte an der Socke herum und fiel fast vom Sofa, als er vor den Gewehren zurückschreckte.

»Was zum ... was habe ich getan?«

»Sie haben zehn Sekunden, uns zu sagen, wo Sie in den letzten achtundvierzig Stunden waren.« Jayden visierte ihn an. »Sonst erschießen wir Sie.«

»Was soll das denn?«, kreischte Tovar.

»Neun«, sagte Jayden grimmig. »Acht.«

»Wartet mal!« Kira hob beschwichtigend die Hände. »Lasst ihm doch etwas Zeit zum Nachdenken!«

»Sieben«, zählte Jayden.

»Ich habe keine Ahnung, was Sie meinen!«, rief Tovar.

Kira beugte sich verzweifelt vor. »Nun beruhigt euch doch!«, sagte sie energisch. »Er weiß nicht einmal, was ihr von ihm wollt.«

»Mach ja nichts Dummes, Kira!«

Sie wandte sich an Tovar. »Sie sagten, Sie seien Sprengstoffexperte gewesen. Wir hatten einen wirklich üblen Tag, was Sprengstoff angeht, und die Jungs wollen nur wissen, ob Sie ...«

»Kein Wort mehr, Kira, sonst weiß er genau, was er leugnen muss.«

Kira suchte Tovars Blick. »Sagen Sie uns einfach, wo Sie sich aufgehalten haben!«

»Gestern war ich in Smithtown«, erklärte Tovar. »Bin direkt von dort hierhergekommen. Dort gibt es eine Farm auf einem alten Golfplatz. Ich habe den Leuten Waffen verkauft.«

»Waffen?«

»Glauben Sie etwa, ich verkaufe junge Hunde? Ich war ein Marinesoldat und verkaufe Sachen, von denen ich etwas verstehe. Hier draußen, ohne den Schutz Ihrer Long-Island-Abwehr, brauchen die Leute Waffen. In den meisten alten Häusern gibt es im Keller einen Waffenschrank, also ... ich sprenge die Kästen auf und verkaufe den Inhalt.«

»Das macht Sie nicht weniger verdächtig«, erwiderte Jayden.

Tovars Stimme klang belegt und verzweifelt. »So schwer es zu glauben ist, wenn man in so viele Gewehrläufe blickt, nicht jeder auf der Insel hat schon eine Waffe. Nicht jeder auf der Insel hat eine Abwehr, die auf Streife geht und sofort eingreift, wenn jemand verdächtig aussieht. Die Leute hier draußen wissen, dass zwischen East Meadow und der *Stimme* ein Krieg ausbrechen wird, und möchten sich absichern. Ich sorge dafür, dass sie das notwendige Gerät bekommen.«

»Er lügt«, sagte ein Soldat.

»Das weißt du nicht«, widersprach Kira. »Du kannst doch nicht auf eine bloße Ahnung hin jemanden erschießen.«

»Hat jemand versucht, euch in die Luft zu jagen?«, fragte Tovar.

»Seht ihr?«, rief der Soldat und trat vor. »Er weiß es.«

»Bleib zurück!«, befahl Jayden. »Niemand schießt ohne meinen Befehl.«

Kira schluckte. »Man muss kein Genie sein, um den letzten Minuten dieser Unterhaltung zu folgen und darauf zu kommen, dass uns jemand in die Luft jagen wollte. Hätte er von der Bombe gewusst, dann hätte er uns wohl kaum offenbart, dass er ein Sprengstoffexperte ist.« Sie wandte sich an Tovar. »Waren Sie schon mal in Asharoken?«

Er schüttelte den Kopf. »So heißt doch kein Ort, den es tatsächlich gibt.«

»Sie geben zu, dass Sie Waffen und Munition verkaufen«, sagte Jayden. »Verkaufen Sie auch Sprengstoff?«

»Ich wäre ein Vollidiot, wenn ich das täte«, antwortete Tovar. »Wer Sprengstoff braucht, hat es auf die gleichen Sachen abgesehen wie ich oder plant etwas noch Schlimmeres – wie das, was euch anscheinend passiert ist. Nein, meinen Sprengstoff habe ich versteckt.«

»Wo?«, fragte Jayden.

»Einen Teil in dem Karren dort, einen Teil in kleinen Lagern auf der ganzen Insel.«

Gianna sprang auf und zog sich von dem Karren zurück. »Habe ich mich gerade an einer Bombe angelehnt?«

»Das Zeug ist inaktiv.« Tovar stand auf. Die Soldaten behielten ihn im Visier, worauf er mit erhobenen Händen seine Unschuld beteuerte. »Wirklich, der Sprengstoff ist völlig sicher gelagert.« Er schlurfte zu dem Karren. Mit einem schweren Stiefel und einem nackten Fuß humpelte er. »Es ist ein Wassergel. Ohne Aktivierung ist es reaktionsträge, und selbst im aktivierten Zustand benötigt es noch einen Zünder.«

»Wo haben Sie hier draußen Sprengstoff gefunden?« Jayden verfolgte ihn mit der Gewehrmündung. »Ich dachte, das Militär hat schon vor Jahren alles eingesammelt.«

»Ja, sie haben das waffenfähige Zeug einkassiert«, bestätigte Tovar. »Aber das hier ist kommerzieller Sprengstoff.« Er zog die schwere Segeltuchplane des Karrens zur Seite und deutete auf einen weißen Plastikpacken, der an eine Wasserration erinnerte. »Den hier habe ich auf einer Baustelle gefunden. Das Aktivierungspulver befindet sich auf der anderen Seite der Ladefläche. Und ich schwöre, ich habe niemandem etwas davon verkauft.«

Kira blickte zu Jayden hinüber. »Wenn das eine Lüge ist, dann ist es die hinterhältigste, raffinierteste Lüge der Welt. Wir kehren sowieso nach East Meadow zurück, also sollten wir die Waffen senken und ihnen die Entscheidung überlassen. Wenn sie ihn für schuldig befinden, können sie ihn ins Gefängnis sperren, aber ich lasse nicht zu, dass ihr ihn tötet.«

»Das ist der zweitschlechteste Plan, von dem ich je gehört habe«, antwortete Tovar, »aber da der schlechteste darauf hinausläuft, dass ihr mir ins Gesicht schießt, bin ich einverstanden.«

Jayden starrte Kira an. Seine Augen glühten wie Kohlen im Feuer. Nach einer halben Ewigkeit setzte er endlich das Gewehr ab. »Gut. Aber wenn er bis dahin Ärger macht, warte ich nicht auf deine Zustimmung. Wenn er eine *Stimme* ist, stirbt er.«

7

Kira schlief unruhig und hörte Marcus und die anderen, wie sie sich regten, schnarchten und im Dunkeln murmelten. Das Kamel gab in der Nacht immer wieder ein seltsames, halb menschliches Stöhnen von sich, und das Haus knackte im Regen. Sogar die allgegenwärtigen Mäuse kamen ihr hier lauter und störender vor, wenn sie über Fußböden und Wände huschten. Vielleicht waren es auch Ratten oder sogar noch größere Tiere.

Unentwegt dachte sie über Tovars Bemerkungen nach. Stand wirklich ein Krieg bevor? War die *Stimme* tatsächlich so verzweifelt oder so gut organisiert? Der Senat betrachtete die *Stimme* als einen chaotischen Haufen von Terroristen, die Überfälle verübten, unterschiedslos jeden töteten und sich rasch wieder zurückzogen. Aber andererseits war es ihrer Ansicht nach kein Wunder, dass der Senat die *Stimme* auf diese Weise beschrieb. Wenn die Gegner wirklich genug Mitglieder hatten, um einen ernsthaften Angriff vorzutragen und einen echten Krieg vom Zaun zu brechen, dann waren sie eine größere Bedrohung, als Kira es sich jemals ausgemalt hatte.

Das RM-Virus erwürgte die Menschen langsam, immer einen nach dem anderen, und es gab keine nachfolgenden Generationen. Ein Krieg konnte den kümmerlichen Rest der Menschheit binnen weniger Wochen auslöschen.

Kira kuschelte sich tiefer in die Couch, überwand sich und schlief endlich ein.

Am nächsten Morgen war sie müde und hatte steife Knochen.

Tovar führte sie zur Hintertür hinaus durch einen Irrgarten von Sicherungen: über eine Behelfsbrücke, über die verwitterte Veranda eines anderen Hauses und einen Kilometer weiter endlich auf die Straße. Der Regen hatte aufgehört, und Dolly zog munter den Karren. Sie kamen gut voran. Kira beherrschte sich, wandte sich nicht um und verdrängte die Vorstellung, hinter jedem Baum und jedem Autowrack könnten hundert *Stimmen* lauern. Sie mussten offen auf der Straße entlanggehen, um von den Suchtrupps der Abwehr bemerkt zu werden, aber dabei fühlte Kira sich verletzlich und ungeschützt. Sogar Jayden schien beunruhigt. Als die Sonne hoch am Himmel stand, legten sie eine Mittagspause ein, und Kira trank ihren Wasservorrat aus, während sie die zerstörten Häuser in der Nähe betrachtete. Nichts rührte sich. Sie massierte sich die schmerzenden Füße und sah nach Lanier auf seiner Trage. Er war bewusstlos und hatte hohes Fieber.

»Wie geht es ihm?«, fragte Gianna.

»Nicht so gut.« Kira seufzte. »Uns geht das Nalox aus, und er bekommt wohl auch eine Infektion.« Sie suchte in der Sanitätstasche nach Antibiotika und zog eine kleine Spritze auf.

»Ist es gut, dass er so tief schläft?«

»Berauschend ist es nicht«, erklärte Kira, »aber schlecht ist es auch nicht. Unsere Schmerzmittel sind für Kampfeinsätze gedacht. Man kann ihm eine Überdosis geben, ohne befürchten zu müssen, dass er stirbt. Die Entzündungshemmer dagegen wirken wohl nicht richtig.« Sie verpasste ihm eine volle Dosis des Antibiotikums. »Wenn uns die Verstärkungskräfte nicht bald finden, wird es kritisch für ihn.«

Als Kira in der Ferne einen Pfiff hörte, blickte sie überrascht auf. Jayden hatte es ebenfalls bemerkt. »Die Späher«, sagte er. »Sie haben jemanden entdeckt.« Sie zogen sich in ein nahe gelegenes Haus zurück. Die Fenster waren zerbrochen, und der Wind hatte genügend Erde hereingeweht, um neuen Pflanzen zum Wachstum zu verhelfen. Der Kudzu hatte sogar schon das Sofa erobert. Kira hockte sich hinter ein angeschlagenes Klavier, Lanier lag zitternd neben ihr. Marcus fing ihren Blick ein und rang sich ein Lächeln ab.

Sie hörten einen zweiten Pfiff, dann eine Serie kurzer Pfiffe mit der Bedeutung: *Die Warnung bezog sich auf freundlich gesinnte Leute.* Kira wollte aufstehen, doch Jayden winkte ihr, unten zu bleiben.

»Wir vergewissern uns besser«, flüsterte er.

Gleich darauf rollte ein Wagen vorbei. Es war ein langer, gepanzerter Anhänger, den sechs stampfende Pferde zogen. Jayden pfiff laut – *Freunde nähern sich, nicht schießen!* – und trat ins Freie. Kira und Marcus trugen Lanier auf die Terrasse, wo ihnen ein zweites Sanitäterteam zu Hilfe eilte. Kira informierte die Neuankömmlinge über den Zustand des Verletzten, dann verteilten diese Wasser und Proteinriegel und halfen dem Trupp zum Wagen.

Tovar führte Dolly hinter dem Haus hervor und schnitt eine unglückliche Grimasse. »Erschießen die mich jetzt gleich oder erst nach der Rückkehr?«

»Wenn Sie Glück haben, werden Sie überhaupt nicht erschossen«, antwortete Kira.

Jayden salutierte vor dem Anführer des Rettungsteams. Die Rangabzeichen konnte Kira nicht erkennen. »Danke, dass ihr uns abholt.«

Der andere Soldat salutierte ebenfalls. »Wir haben erst in ein paar Stunden mit euch gerechnet. Ihr seid gut vorangekommen.«

»Der Händler dort hat uns sehr geholfen.« Jayden nickte in Tovars Richtung. »Er hat den größten Teil unserer Ausrüstung in seinem Karren transportiert.« Er trank einen Schluck Wasser und wischte sich mit dem Handrücken den Mund ab. »Sonst haben wir niemanden gesehen. Falls uns jemand gefolgt ist, hat er sich lieber nicht mit einer bewaffneten Streife der Abwehr angelegt.«

»Die verdammte *Stimme*!«, schimpfte der Soldat. »Wir haben Späher ausgeschickt, die sich gründlich umsehen sollen. Eure Explosion hat daheim für eine Menge Wirbel gesorgt. Wir halten zu einer Lagebesprechung in Dogwood an.«

Der Wagen wendete und beförderte sie zurück, der Kutscher ermunterte das Sechsergespann mit der Peitsche zu einem flotten Galopp. Die Sonne brannte auf den gepanzerten Laderaum herab. Drinnen war es heiß wie in einem Backofen. Kira nickte ein, und als sie aufwachte, lag sie mit dem Kopf auf Marcus' Schoß. Der Wagen hatte mit einem Ruck angehalten. Dogwood entpuppte sich als altes Kraftwerk und diente auf dem Weg nach East Meadow als Wachtposten. Es war von einem hohen Maschendrahtzaun umgeben, und als sie sich näherten, öffnete ihnen ein Soldat das Tor. In der Nähe passten weitere Soldaten auf.

»Von hier aus können wir zu Fuß nach Hause gehen«, sagte Kira, doch der Anführer der Soldaten im Wagen schüttelte den Kopf.

»Mkele braucht euch alle für ein Debriefing, nicht nur den Händler.«

Debriefing, dachte sie. Der militärische Ausdruck für ein höfliches Verhör. »Wer ist Mkele?«

»Geheimdienst«, erklärte der Soldat. »Die Befehlshaber sind nach euren Erlebnissen ziemlich nervös geworden. Wahrscheinlich hoffen sie, dass ihr etwas Wichtiges entdeckt habt.« Er half beim Aussteigen und führte die Gruppe zum alten Kraftwerk. Ein junger Mann in voller Kampfmontur geleitete Kira in einen Raum und hieß sie dort warten. Er schloss hinter sich ab.

Es war ein schmuckloses kleines Zimmer. Einige Abdrücke im verblassten Linoleum verrieten ihr allerdings, dass jemand erst vor Kurzem mehrere Möbelstücke entfernt hatte. Die Umrisse von Schreibtischen und Aktenregalen malten das Gespenst eines Büros auf den Boden, das Nachbild besserer Zeiten. Einen Tisch gab es nicht, in einer Ecke standen zwei Stühle.

Kira setzte sich und wartete, dachte über das kommende Gespräch nach, ging mögliche Fragen und Antworten durch und gab im Geist eine brillante Vorstellung. Doch die Warterei zog sich hin, und die feinsinnigen Sticheleien darüber, dass man sie einfach so festsetzte, um sie zu befragen, wichen wütenden Ausbrüchen wegen dieser illegalen Kerkerhaft. Nach einer Weile wurde es ihr langweilig, und sie dachte nicht weiter darüber nach.

An der Wand hing eine Uhr, ein altes rundes Ding mit schwarzen Stäbchen. Nicht zum ersten Mal fragte sie sich, wie so ein Apparat funktionierte. In ihrem Haus gab es eine ähnliche Uhr, die hübscher anzusehen war als diese. Wer dort auch früher, vor dem Zusammenbruch, gelebt hatte, er hatte anscheinend Glas gemocht. Die Zeiger bewegten sich offensichtlich, wenn man sie mit Energie versorgte, aber da Digitaluhren weniger Strom verbrauchten, hatte Kira nie etwas anderes zu sehen bekommen.

Jedenfalls soweit die Erinnerung sie nicht trog. Hatte ihr Vater eine runde Uhr mit Stäbchen besessen? Es war dumm, dass sie nicht einmal wusste, wie die Dinger hießen. Es gab eigentlich keinen vernünftigen Grund dafür, dass etwas so Alltägliches einfach aus dem Vokabular der Menschen verschwand. Doch sosehr sie sich auch anstrengte, sie erinnerte sich nicht, jemals eine funktionierende Uhr gesehen zu haben. Ganz zu schweigen davon, sie abzulesen oder sich an den Namen zu erinnern. Es waren Relikte einer toten Kultur.

Der große Stab deutete auf die Zehn, der kleine stand zwischen der Zwei und der Drei. Zehn nullzwei und einhalb? Sie hob die Schultern. Dieser Uhr war exakt um Zehn nullzwei und einhalb der Saft ausgegangen. Oder was immer sie anzeigte. Kira stand auf, um das Ding zu untersuchen. Es war anscheinend in der Wand verschraubt, sonst wäre es längst heruntergefallen.

Endlich öffnete sich die Tür, und ein Mann trat ein. Kira erkannte ihn als den geheimnisvollen Teilnehmer der Senatssitzung wieder. Er war ungefähr vierzig Jahre alt, und seine Haut war sogar noch dunkler als ihre eigene. Überwiegend afrikanischer und nicht indianischer Abstammung wie sie selbst.

»Guten Abend, Miss Walker!« Er schloss die Tür hinter sich und reichte ihr die Hand. Kira stand auf und schlug ein.

»Das wird aber auch Zeit.«

»Es tut mir wirklich sehr leid, dass Sie so lange warten mussten. Ich bin Mister Mkele.« Er deutete auf Kiras Stuhl, zog den anderen ein Stück weg und setzte sich. »Bitte, nehmen Sie doch Platz!«

»Sie haben nicht das Recht, mich hier festzuhalten …«

»Ich entschuldige mich dafür, dass Sie diesen Eindruck gewonnen haben«, erwiderte Mkele. »Wir halten Sie nicht fest. Es war lediglich mein Wunsch, Sie in der Wartezeit sicher unterzubringen. Hat man Ihnen etwas zu essen gebracht?«

»Man hat mir überhaupt nichts gebracht.«

»Das hätte eigentlich geschehen müssen. Ich muss noch einmal um Verzeihung bitten.«

Kira beäugte den Mann kritisch. Der Zorn darüber, dass man sie so lange eingesperrt hatte, wich allmählich dem Misstrauen. »Warum sind Sie ein Mister?«, fragte sie. »Haben Sie keinen militärischen Rang?«

»Ich gehöre nicht dem Militär an, Miss Walker.«

»Sie befinden sich aber in einer militärischen Einrichtung.«

»Genau wie Sie.«

Kira ließ sich nichts anmerken und unterdrückte ein Stirnrunzeln. Irgendetwas an diesem Mann ärgerte sie. Er hatte nichts weiter getan, als ruhig mit ihr zu sprechen und sich höflich und zuvorkommend zu verhalten, und doch ... leider konnte sie es nicht benennen. Sie warf einen Blick auf den Stuhl, den er ihr angeboten hatte, blieb stehen und verschränkte die Arme vor der Brust. »Sie haben mich eingeschlossen, um mich zu schützen? Wovor eigentlich?«

Der Mann zog die Augenbrauen hoch. »Das ist für eine Frau, die gerade aus dem Niemandsland zurückkehrt, eine interessante Frage. Soweit ich weiß, wollte man Sie vor kaum zwei Tagen in die Luft jagen.«

»Nicht mich persönlich, aber ja, richtig.«

»Miss Walker, mein offizieller Titel lautet *Leiter des Geheimdiensts*. Nicht für das Militär, sondern für die ganze Insel. Und das bedeutet im Grunde – für die gesamte Menschheit. Meine Aufgabe besteht darin, heute dafür zu sorgen, dass es morgen noch Menschen gibt, und das erreiche ich, indem ich wichtige Informationen sammle. Denken Sie beispielsweise daran, was uns derzeit bekannt ist.« Er hob die Hand und zählte es an den Fingern ab. »Erstens: Unbekannte – möglicherweise die *Stimme* oder, der Himmel möge uns helfen, die Partials – haben einen weiteren erfolgreichen Anschlag auf die Streitkräfte von East Meadow verübt. Zweitens: Diese Unbekannten kennen sich mit Sprengstoff und vielleicht auch mit Funktechnik bestens aus. Drittens: Diese Personen haben mindestens drei Menschen getötet. So. Drei Fakten sind uns bekannt, und sie verheißen nichts Gutes. Sie stimmen sicher mit mir überein, dass alles, was wir demgegenüber nicht wissen, ausgesprochen beunruhigend ist, um es vorsichtig auszudrücken.«

»Ja, schon.« Kira nickte. »Natürlich. Aber ich halte mich nicht mehr im Niemandsland auf. Ich halte mich in einem Militärstützpunkt auf. Und das sollte doch der ziemlich sicherste Platz auf der ganzen Insel sein.«

Mkele musterte sie unbewegt. »Sind Sie jemals einem Partial begegnet, Miss Walker?«

»Persönlich? Nein. Während des Kriegs war ich erst fünf, und seitdem hat anscheinend niemand mehr einen Partial gesehen.«

»Wie können Sie so sicher sein?«

Kira runzelte die Stirn. »Was meinen Sie damit? Seit Jahren hat sich keiner von ihnen mehr blicken lassen, und sie sind … ich meine, ich lebe ja noch. Anscheinend hat auch keiner von ihnen mich gesehen.«

»Nehmen wir mal an, die Partials planen etwas Wichtigeres als die Ermordung einer Jugendlichen«, sagte Mister Mkele.

»Sie müssen nicht gleich ausfallend werden.«

»Ich entschuldige mich abermals.«

»Was hat das alles zu bedeuten?«, fragte Kira leicht gereizt. »Geht es wirklich um die Partials? Haben wir denn sonst keine Sorgen?«

»Wenn ein Partial etwas Großes plant«, fuhr Mkele fort, ohne auf ihre Frage einzugehen, »wie etwa einen heimtückischen Angriff auf uns, auf unsere Ressourcen oder einen Bereich unseres Lebens, dann würde er versuchen, uns direkt zu infiltrieren. Partials sehen genauso aus wie wir. Sie können sich ohne Furcht vor Entdeckung unter uns bewegen. Als Sanitäterin müssten Sie das eigentlich wissen.«

Kira runzelte die Stirn. »Die Partials sind erledigt, Mister Mkele. Sie haben uns auf dieser Insel eingesperrt und sind verschwunden. Niemand hat sie seitdem wieder gesichtet. Hier nicht, an der Grenze nicht, nirgends.«

Mkele setzte ein spöttisches kleines Lächeln auf. »Die unschuldige Selbstgefälligkeit eines Seuchenbabys. Sie sagen, Sie seien fünf gewesen, als die Partials rebellierten. Die Welt, die Sie heute sehen, ist die einzige Welt, die Sie je gekannt haben. Erinnern Sie sich an Einzelheiten des Aufstands, Miss Walker? Wie viel wissen Sie noch über die alte Welt? Ist Ihnen klar, was ein einziger Partial anrichten kann, von einem kompletten Bataillon ganz zu schweigen?«

»Wir haben größere Sorgen als die Partials«, widersprach Kira. Sie befürchtete, die Beherrschung zu verlieren. Diese Situation kannte sie nur zu genau aus dem Krankenhaus – alle Erwachsenen beharrten störrisch und rücksichtslos darauf, sich mit den Problemen von gestern statt mit denen von heute zu befassen. »Gewiss, die Partials haben die Welt zerstört, aber das war vor elf Jahren. Dann sind sie verschwunden, doch RM tötet weiterhin unsere Kinder, wegen des Zukunftsgesetzes gibt es Spannungen, die *Stimme* lauert da draußen, überfällt Farmen und stiehlt Vorräte, und ich glaube nicht ...«

»Die *Stimme*«, warf Mkele ein. »Deren Angehörige sehen sogar noch menschlicher aus als die Partials.«

»Worauf wollen Sie eigentlich hinaus?«

»Ganz einfach, Miss Walker. Die Partials mögen verschwunden sein, aber sie müssen keinen offenen Angriff auf die Insel durchführen, wenn die Spannungen zwischen der Siedlung und der *Stimme* weiter zunehmen. RM wirkt viel heimtückischer, als es sich die Partials je ausdenken konnten. Unsere Unfähigkeit, gesunde Kinder hervorzubringen, und die Maßnahmen, die wir ergriffen haben, um damit umzugehen ...«

»Sie meinen das Zukunftsgesetz.«

»Unter anderem, ja. Es zerreißt die Insel, und ich kann kaum glauben, dass die gestrigen Erlebnisse Ihres Teams nichts damit zu tun haben. Solange es keine überzeugenden Beweise für das Gegenteil gibt, war der Anschlag meiner Ansicht nach Teil des Plans, die menschliche Zivilisation zu destabilisieren und unsere Ausrottung zu beschleunigen.«

»Sie sind ein unglaublich paranoider Mensch.«

Mkele legte den Kopf schief. »Wie ich schon sagte – meine Aufgabe ist die Sicherheit der Menschheit. Es ist mein Job, paranoid zu sein.«

Kiras Geduld war fast erschöpft.

»Also schön, dann bringen wir es hinter uns. Was wollen Sie wissen?«

»Erzählen Sie mir etwas über die Tierklinik!«

»Was?«

»Die Klinik, aus der Sie und Marcus Valencia brauchbare Medikamente bergen sollten. Erzählen Sie mir, was Sie dort beobachtet haben!«

»Ich dachte, Sie wollen etwas über die Bombe erfahren.«

»Ich habe bereits mit anderen Zeugen gesprochen, die vor und während der Explosion zugegen waren und in dieser Hinsicht besser informiert sind als Sie. Die Klinik dagegen haben Sie selbst gesehen. Erzählen Sie mir davon!«

»Es war eben eine Tierklinik.« Kira überlegte, ob es etwas Interessantes zu berichten gab. »Sie war so wie alle anderen Kliniken, die wir durchforsten – alt, stinkend, baufällig. Ein Rudel Hunde hat darin gelebt, und ... äh ... was wollen Sie eigentlich wissen?«

»Haben Sie Hunde gesehen, als Sie dort waren?«

»Nein, warum? Ist das wichtig?«

»Das weiß ich nicht«, antwortete Mkele. »Es kommt mir aber seltsam vor, dass ein Rudel wilder Hunde den Bau nicht gegen Eindringlinge verteidigt.«

»Das stimmt«, räumte Kira ein. »Vielleicht hat das Bergungsteam, das ein paar Tage vorher dort vorbeigekommen ist, die Hunde verscheucht.«

»Das ist möglich.«

»Äh, was war sonst noch ...« Kira überlegte. »Wir haben mit den Medikamenten begonnen, und nach ein paar Minuten ist die Bombe hochgegangen. Wir sind nicht einmal mehr zum Testen des Röntgenapparats gekommen.«

»Also haben Sie die Vorderfront, das Foyer und das Arzneilager gesehen.«

Kira nickte. »Genau.«

»Ist Ihnen irgendetwas Ungewöhnliches aufgefallen?«

»Nein, ich glaube nicht. Außer ...« Sie hielt inne, denn sie dachte an die Spuren im Staub. »Nachdem Sie es erwähnen, erinnere ich mich an die Pillenflaschen, die durcheinandergeworfen waren.«

»Durcheinandergeworfen?«

»Sie standen nicht am richtigen Platz«, erklärte Kira. »Als hätte jemand sie durchgesehen und etwas Bestimmtes gesucht.«

»Wie lange war das her?«

»Nicht sehr lange. Sowohl in den Schränken als auch auf der Theke waren Flecken und Spuren im Staub zu sehen.«

»Wie Sie es schon im Zusammenhang mit den Hunden erwähnt haben, könnte auch hier das Vorauskommando verantwortlich sein. Vielleicht hat man die Mittel untersucht.«

»Kann sein«, stimmte Kira zu. »Aber bisher habe ich noch nicht erlebt, dass ein Vorauskommando Medikamente auf diese Weise durchsieht.«

Mister Mkele schürzte die Lippen und dachte nach. »Könnte man eins der Mittel, die Sie gefunden haben, als Droge missbrauchen?«

»Meinen Sie, ein Rekrut wollte sich einen Rausch verschaffen?«

»Das ist eine der vielen Möglichkeiten, ja.«

Kira schloss die Augen und versuchte sich an die Medikamente zu erinnern. »Ich bin nicht sicher. Das ist eigentlich alles Routine, verstehen Sie? Man weiß, welche Mittel sich halten und welche nicht, man wirft sie auf die richtigen Stapel, ohne lange nachzudenken. Aber in Tierkliniken gibt es immer Schmerzmittel wie Carprofen, und mit einer ausreichend großen Dosis eines beliebigen Schmerzmittels gehen Sie auf den Trip. Es könnte Sie auch umbringen, falls Sie nicht das militärische Nanopartikelzeug benutzen, das Sie in einer Tierklinik aber natürlich nicht finden. Abgesehen davon ...« Sie hielt inne und dachte nach. Wäre sie Mitglied der *Stimme* gewesen, hätte in der Wildnis gelebt und gegen die Abwehr gekämpft, dann hätte sie ganz andere Sorgen gehabt, als sich einen Trip mit Schmerzmitteln zu verschaffen. Allmählich erkannte sie, worauf Mkele hinauswollte, und dachte über die Klinik als militärisches Ziel nach. »In solchen Tierkliniken finden sich viele Mittel, die einer Rebellentruppe nützlich sein könnten«, erklärte sie. »Antibiotika, Antiparasitika, Flohpulver und Shampoo. Damit könnten die Räuber im Wald bestimmt etwas anfangen.«

»Interessant«, bemerkte Mkele »Verzeihen Sie mir meine Unwissenheit, was Tierarztpraxen angeht, aber glauben

Sie nicht, es müsste möglich sein, so etwas wie ein Bestandsverzeichnis ausfindig zu machen? Vielleicht lässt sich mit einer geringen Fehlertoleranz sogar feststellen, was genau dort vorrätig war, was fehlt und was verändert wurde.«

»Ich glaube nicht, dass es schriftliche Unterlagen gibt«, antwortete Kira, »aber die Klinik hatte einen Computer. Sie können ihn an einen Generator hängen und hoffen, dass darin eine Inventarliste gespeichert ist. Falls die Daten in einem externen Netzwerk gelegen haben, dürften Sie wohl Pech haben.« Dank der Solaranlage verfügte man im Krankenhaus über Computer. In der alten Welt hatte man sie praktisch für alles benutzt und in einem weltweiten Netz miteinander verknüpft, das Kira sich nicht einmal ansatzweise vorzustellen vermochte. Es war zusammen mit der Energieversorgung zusammengebrochen, und alles, was sich dort befunden hatte, war unwiederbringlich verloren.

»Das werden wir tun.« Mkele nickte. »Können Sie sonst noch etwas Hilfreiches beisteuern?«

Kira hob die Schultern. »Ich sage es Ihnen, wenn mir etwas einfällt.«

»Vielen Dank für Ihre Zeit.« Mkele deutete zur Tür. »Sie dürfen gehen.«

8

Brown fuhr Kira mit einem kleinen Wagen nach Hause. Sie saß dicht neben Marcus auf der engen Ladefläche und hielt dessen Hand fest. Jayden und die anderen Soldaten waren geblieben und wurden weiter befragt. Gianna und Tovar hatte sie nicht mehr gesehen.

Es dämmerte schon, und Marcus schlief bald auf dem schaukelnden Wagen ein. Sein Kopf sank nach vorn, pendelte und kam wieder hoch, sobald er auffuhr, immer und immer wieder. Die Hufschläge hallten dumpf zwischen den leeren Häusern, doch als sie sich der bewohnten Gegend näherten, bemerkte Kira vertraute Anzeichen menschlicher Aktivitäten: bemalte Fassaden, gemähte Wiesen, intakte Dächer. East Meadow. Kira achtete auf das Schimmern reflektierten Lichts und lächelte, als sie es sah: verglaste Fenster. Überall sonst auf der Insel hatten Katzen und Vögel, die Witterung und verzogenes Holz, das in den Wänden faulte, die Scheiben zerstört. Nicht so hier. Die Fenster waren geschützt und wurden gepflegt, und die meisten waren immer noch so sauber und klar wie ein Stück blanker Himmel. Da draußen in der Wildnis gab es Diebe, die *Stimme* und den sterbenden Kadaver einer ganzen Welt.

Hier gab es Fenster mit Scheiben.

»Aufwachen, Schlafmütze!« Kira rempelte Marcus mit der Schulter an. »Wir sind fast zu Hause.«

»Ich habe kein Sushi bestellt.«

»Was?«

Marcus öffnete die müden Augen. »Was habe ich gesagt?«

»Nichts, wofür ich dich verhauen müsste. Du hast Glück, dass du vom Essen und nicht von Mädchen geträumt hast.«

»Ich bin ein Mann.« Marcus rieb sich die Augen. »Die Chancen stehen fünfzig zu fünfzig.«

»Unser kurzer Ausflug hat drei Tage gedauert, die *Stimme* hat uns angegriffen, und das Militär hat uns verhört«, überlegte Kira. »Glaubst du, wir bekommen Ärger im Krankenhaus, weil wir die Arbeit geschwänzt haben?«

»Die Abwehr müsste dort eigentlich Bescheid gesagt haben.« Marcus streckte sich und lockerte den verspannten Hals. »Vermutlich schicken sie uns mit Hühnersuppe aus der eisernen Reserve nach Hause, wenn wir uns jetzt melden und den Rest des Tages arbeiten wollen.«

Kira lachte. »Das ist ein überzeugender Grund, uns nicht blicken zu lassen.«

Marcus grinste und blinzelte in die Sonne. »Uns bleibt sowieso nicht mehr viel Tageslicht, und wenn sie uns während der Tagesschicht nach Hause schicken, dann lassen sie uns ganz bestimmt nicht in der kommenden Nacht arbeiten.«

»Dann wäre das geklärt.« Kira rutschte auf dem harten Boden der Ladefläche hin und her. »Ich gehe nach Hause, wasche mich und lege mich schlafen. Vielleicht wache ich rechtzeitig zur Party am Wochenende wieder auf, aber ich kann nichts versprechen.«

»Diese Party will ich um nichts in der Welt verpassen«, sagte Marcus. »Xochi macht Hühnchen. Ein richtiges lebendiges Hühnchen. Nur dass es wohl nicht mehr lange leben wird. Ich wäre sogar bereit, das Vieh zu rupfen.«

»Glaubst du, ihre Mutter kommt auch?«

»Senatorin Kessler?« Marcus riss ungläubig den Mund auf. »Xochi hat jetzt eine Waffe. Kessler wagt sich bestimmt nicht dorthin.«

Kira lachte und nickte. Sie hoffte sehr, dass Xochi ihre Adoptivmutter nicht erschoss, aber man konnte nie wissen.

»Bring diesmal etwas mit, das wir mit den anderen teilen können.« Kira tippte Marcus fest auf die Brust. »Ich springe nicht wieder für dich ein wie beim letzten Mal.«

»Das war eine einmalige Sache«, erwiderte Marcus lachend. »Außerdem war es nicht das letzte Mal, sondern vier Partys vorher, und ich bin viel öfter für dich eingesprungen.«

»Ich meine ja nur.« Sie tippte ihm wieder auf die Brust. »Ich will nicht wegen meines nichtsnutzigen schnorrenden Freunds schon wieder vor allen anderen dumm dastehen.« Sie tippte noch einmal, funkelte ihn mit gespielter Empörung an und tippte ein weiteres Mal, weil es so schön war.

»Stupst du alle Jungs, oder bin ich was Besonderes?«

Sie beugte sich zu ihm und küsste ihn auf die Wange. »Nur dich. Jedenfalls, solange mir nichts Besseres über den Weg läuft.«

Marcus legte ihr eine Hand auf den Hinterkopf und zog sie an sich, um sie zu küssen, dieses Mal jedoch auf den Mund – genießerisch, zärtlich, unvergleichlich. Kira schmiegte sich an ihn, spürte seinen Körper und dachte über die Worte nach, die er in der Klinik gesagt hatte. War es Zeit? War sie bereit?

»Leute«, sagte Brown, »ich stehe gerade mal einen halben Meter entfernt.«

Kira zog sich verlegen zurück. »Tut mir leid.«

»Mir nicht«, widersprach Marcus. »Das ist es mir wert.«

»Es ist doch das blaue Haus dort, oder?« Brown deutete auf eine Häuserzeile, die Kira sofort erkannte.

»Ja, in dem blauen Haus wohne ich.«

Brown nickte. »Steigt Romeo auch hier aus?«

»Ich hätte nichts dagegen«, erwiderte Marcus. »Aber Nandita lässt mich nicht rein. Ich wohne nur zwei Straßen weiter. Kannst du mich dort absetzen?«

»Kein Problem.« Der junge Soldat zügelte das Pferd und hielt den Wagen an. Kira gab Marcus zum Abschied noch einen Kuss auf die Wange und sprang vom Wagen.

»Da ist Nandita.« Marcus richtete sich auf und deutete auf die Frau, die emsig im Garten arbeitete. Marcus senkte die Stimme. »Frag doch mal, ob sie ein paar Kräuter für das Hühnchen opfert.«

»Rosmarin, nehme ich an«, sagte Kira, worauf Marcus grinsend nickte. »Sonst noch was?«

»Was immer sie übrig hat. Euer Garten ist phantastisch.«

»Genau«, bestätigte Kira. »Danke, Brown.«

Der Soldat lächelte. »Ich heiße Shaylon.«

»Ruhig, Tiger!«, schaltete sich Marcus ein. »Sie ist in festen Händen.«

Der Wagen fuhr weiter, Kira warf sich ihre Tasche über die Schulter und ging zum Haus. Sie lebte mit einigen anderen Mädchen und ihrer Ziehmutter Nandita zusammen. Nach elf Jahren betrachtete sie die Frau allerdings eher als Großmutter. Der Partialkrieg und RM hatten so gut wie alle Familien zerstört. Jede Frau war eine Witwe, jedes Kind eine Waise. Die wenigen Menschen, die gegen das Virus immun waren, hatten sich zusammengetan, um Schutz zu finden, und sich auf Long Island versammelt, weil es ein gut entwickeltes, leicht zu verteidigendes Gebiet war, wo man fischen und urbares Land bestellen konnte. Die Kinder wuchsen getrennt von den Erwachsenen auf, und Nandita war gern bereit gewesen, vier von ihnen zu übernehmen: Kira, Madison, Ariel und Isolde.

Ariel hatte schon vor fast drei Jahren ihren sechzehnten Geburtstag gefeiert, und Madison lebte seit ihrer Heirat mit Haru zusammen. Ariel hatte seitdem kaum noch mit den anderen gesprochen, aber Kira liebte sie alle wie leibliche Schwestern.

Aus dem Garten, wo Nandita arbeitete, wehten Kira köstliche Kräuterdüfte entgegen: Rosmarin, Muskat, Anis, Koriander, Basilikum, Majoran ... Kira half im Sommer immer im Garten, schaffte es aber nicht, sich alles zu merken.

»Wünscht Marcus sich für das Hühnchen am Freitag Rosmarin?«, fragte Nandita. Die alte Frau richtete sich auf und wischte sich die Erde von den Händen. Sie sprach schnell und fast leidenschaftslos, doch Kira sah ihr an, dass sie sich die ganze Zeit, während Kira unterwegs gewesen war, schreckliche Sorgen gemacht hatte.

Kira lächelte.

»Hast du gehört, was er gesagt hat?«

»Da brauche ich nichts zu hören«, erwiderte Nandita. »Der Junge ist wirklich leicht zu durchschauen.« Grunzend streckte sie den Rücken und hob einen Korb mit frischen Blättern, Zweigen und Beeren auf. Selbst beim Gärtnern legte sie den Sari nicht ab. »Auf dem Markt ist es heute gut gelaufen. Hilfst du mir beim Sortieren?«

Kira nahm ihren Packen und die Sanitätstasche auf die Schulter und folgte ihrer Ziehmutter die Verandatreppe hinauf ins Haus. Oben dröhnte Xochis Musik. Kira lächelte. Sie musste unbedingt ein Wörtchen mit ihr reden, nachdem sie Nandita in der Küche geholfen hatte.

Nandita liebte alle ihre Mädchen, aber Kira hatte sie ganz besonders ins Herz geschlossen. Vielleicht weil sie anfangs die Jüngste gewesen war oder wegen ihrer vorlauten Art. Schon als kleines Kind hatte Kira Nandita auf dem Markt geholfen, furchtlos vorbeigehende Erwachsene angesprochen und ihnen streng befohlen, ein Bündel Minze zu kaufen. Nandita nannte sie immer *meine kleine Explosion*.

Manchmal hatte Kira Schuldgefühle, weil sie so viele Erinnerungen an Nandita und überhaupt keine an ihre Mutter hatte. Ihren Vater kannte sie, aber ihre Mutter … nein, es war schon in Ordnung. Sie hatte ja Nandita.

»Ist etwas Aufregendes passiert, während ich weg war?«

»Meine kleine Explosion wäre fast bei einer großen gestorben.« Nandita stieß die Innentür auf. Die früheren Besitzer – nach den Papieren, Fotos und Tagebüchern, die herumgelegen hatten, waren es die Martels gewesen – waren hinter verschlossenen Türen gestorben. Die ersten Überlebenden waren eingebrochen und hatten die Leichen weggeräumt. Im Lauf der Jahre hatte Nandita die Tür viermal ersetzen müssen, weil immer wieder einmal ein Mädchen ausgegangen war und die Schlüssel vergessen hatte. Die Tür zu ersetzen, sagte sie, sei immer noch besser, als sie unverschlossen zu lassen. Außerdem gab es reichlich überzählige Türen auf der Insel. Kira legte ihre Sachen ab und folgte Nandita in die Küche.

»Du bist groß geworden.« Nandita wandte sich an der Küchentür um und betrachtete Kira lächelnd. »Du wirst eine gute Ehefrau abgeben.«

»Äh, ja?«

Die Frau trat zur Anrichte und stellte den Korb ab, dann suchte sie in den Schränken nach Schalen. »Willst du denn keine Ehefrau werden? Willst du Marcus nicht heiraten?«

Kira öffnete einen Schrank und reichte Nandita eine Keramikschüssel. »Ich … darüber habe ich noch gar nicht richtig nachgedacht.«

Nandita hielt inne, drehte sich um und starrte Kira an. Kira wand sich unbehaglich und wartete ab, schließlich seufzte sie und hob die Hände. »Na schön, ich habe darüber nachgedacht, mich aber noch nicht entschieden. Ich weiß nicht, was ich will.«

»Du willst glücklich sein.« Nandita griff an Kira vorbei in den offenen Schrank und nahm einen Geschirrstapel heraus. »Das will jeder. Du weißt nur noch nicht, was dich glücklich macht.«

Kira schnitt eine Grimasse. »Ist das nicht verrückt?«

Nandita schüttelte den Kopf. »Glück ist das Natürlichste auf der Welt, wenn du es hast, und etwas Fremdes, Seltsames und Unmögliches, wenn du es nicht hast.« Sie verteilte die Teller und sortierte zusammen mit Kira die Kräuter, legte sie in Gruppen zur Seite, riss die Blätter und Stängel ab und warf sie in die Schalen. Der Duft von Minze erfüllte die Küche. »Es ist, als wollte man eine Fremdsprache lernen. Du weißt genau, was du sagen willst, aber du findest nie die richtigen Worte, solange du nicht allen Mut zusammennimmst und redest.«

»Und wenn man nun etwas sagt, aber es ist falsch?«

»Dann hast du wahrscheinlich nur den Kellner um eine Schale Büchereielefanten gebeten«, erwiderte Nandita. »Oder was auch sonst dabei herauskommen mag. Ich kann nicht so gut in Bildern sprechen, ich bringe immer alles durcheinander.«

»Schade.« Kira nahm eine Handvoll Rosmarin und brach die hellgrünen Zweige durch, damit sie in die Schale passten. »Ich hatte gehofft, du redest weiter über das Glück, die Liebe und ... den Sinn des Lebens oder so.«

»Wessen Leben?«

»Was meinst du damit?«

»Jedes Leben hat einen anderen Sinn«, erklärte Nandita. »Manche Menschen finden ihn leichter als andere. Das Wichtigste ist dabei aber immer ...« Sie wandte sich zu Kira um und wedelte lebhaft mit einem Korianderzweig. »Das Wichtigste ist dabei aber, dass du auch dann, wenn du den Sinn deines Lebens gefunden hast, nicht vergisst, dass es noch andere Möglichkeiten gibt.«

»Was?«

»Ganz egal, warum du hier bist, ganz egal, warum irgendjemand sonst hier ist, du bist nicht willenlos dem Schicksal ausgeliefert. Du bist nicht eingesperrt, du kannst dich selbst entscheiden, und das kann dir niemand wegnehmen.«

»Na gut«, antwortete Kira. »Ich hatte aber nicht erwartet, dass sich das Gespräch in diese Richtung entwickelt.«

»Das liegt daran, dass ich ebenfalls Entscheidungen treffen kann.« Nandita hob den Korb wieder auf. Die Hälfte der Kräuter war noch nicht sortiert. »Die bringe ich zu den Nachbarn. Armand ist krank. Geh ruhig hinauf und wasch dich. Mein Haus soll nach Basilikum und nicht nach jugendlichen Achselhöhlen riechen.«

»Schon erledigt.« Kira stieg nach oben. Dort war die Musik lauter, es war das übliche Kreischen und Dröhnen, das Xochi immer hörte, wenn sie allein war. Kira lächelte, dann schnüffelte sie an sich selbst, schnitt eine Grimasse und trat unter die Dusche.

Einer der wenigen Vorteile, wenn der Weltuntergang nahte, war der unendliche Vorrat an Kleidung. Einst hatten fast acht Millionen Menschen auf Long Island gelebt, und es hatte entsprechend viele Einkaufszentren, Kaufhäuser und Boutiquen gegeben, um sie mit Kleidung zu versorgen. Der Zusammenbruch hatte die Bevölkerung auf einen winzigen Bruchteil davon reduziert und das Wirtschaftssystem vernichtet. Jetzt lag die Kleidung einfach herum, und man konnte sie mitnehmen. Kira wusste, wie schrecklich es im Grunde war, denn die Überlebenden mussten sich mit harter Arbeit, Verzweiflung und Angst abfinden. Wenigstens waren sie bei alledem gut gekleidet.

Viele Sachen waren zu schäbig, als dass man sie tragen konnte – verschimmelt oder von Motten zerfressen, in Wind und Wetter verblichen. Aber eine Menge war noch in gutem Zustand. Das *Einkaufen* war einfach. Man musste nur ein leeres Geschäft betreten, etwas Passendes heraussuchen und es ordentlich waschen, um das Ungeziefer und den Geruch herauszubekommen. Die besten Jagdgründe waren Lagerräume und Lagerhäuser. Dort war die Kleidung in Kisten verpackt und nicht der Witterung ausgesetzt. Kira hatte mit ihren Freunden viele Wochenenden damit verbracht, in den Einkaufszentren ein *Twenty-Two*, ein *Threadless* oder eine andere Boutique zu finden, auf die bisher noch niemand gestoßen war. Nanditas Mädchen hatten ein ganzes Zimmer mit allen möglichen Sachen gefüllt: mit weiten Hosen, engen Kleidern und allem dazwischen. Kira suchte sich etwas aus, das die Beine zur Geltung brachte – nach drei Tagen in Lebensgefahr hatte sie sich das redlich verdient –, und ging zu Xochi.

Xochi Kessler war kurz nach Madisons Auszug bei ihnen eingezogen. Sie war gerade erst sechzehn und hatte es nicht erwarten können, vor Senatorin Kessler zu fliehen. Sie hatte vier Solarpaneele mitgebracht – ihre Adoptivmutter war reich, wenn sie auch sonst nicht viel taugte –, was ausgereicht hätte, um die Beleuchtung, einen Elektroherd und sogar einen Toaster zu betreiben. Leider jagte Xochi den ganzen Strom in die Musikanlage. Musik war ihr Leben. Kira hatte Xochi vor einigen Jahren beim *Einkaufen* kennengelernt. Kira hatte Kleidung gesucht, Xochi digitale Abspielgeräte. Es gab kleine, nur handtellergroße Tonträger aus Metall, Plastik und Glas, in denen die früheren Besitzer Stunden über Stunden aller nur erdenklichen Musikrichtungen gespeichert hatten. Xochi hatte fast hundert davon gesammelt.

Sie winkte, als Kira in der Tür erschien. »Ein Hoch auf Kira, die Heldin des berühmten Bergungseinsatzes in Asharoken! Die Shorts stehen dir übrigens super, Mädchen.«

Kira lächelte und winkte zurück. »Wenn man die richtigen Beine hat« – sie wippte auf einem Fuß –, »dann ist man auch verpflichtet, sie dem kleinen Volk zu zeigen.«

»War das ein irischer Witz?« Xochi runzelte in gespieltem Ernst die Stirn. »Das will ich schwer hoffen.« Senatorin Erin Kessler war eine stolze Irin, und deshalb war Xochi nach der Adoption in einem betont irischen Heim aufgewachsen. Tatsächlich stammte sie eher aus dem Südwesten und hatte vermutlich mexikanische oder aztekische Vorfahren gehabt, aber das hatte die Senatorin nicht davon abgehalten, die kulturelle Indoktrination mit größtem Eifer zu betreiben. Wenn Xochi wütend war, schlug sogar ein irischer Dialekt durch. Kira fand das köstlich.

»Ich meinte keine Kobolde, sondern gewöhnliche Sterbliche«, erwiderte Kira. »Es war ein dummer Witz, aber ich glaube, es wird erst dann wirklich lustig, wenn du dir dazu vorstellst, dass ich tatsächlich eine Prinzessin bin.«

»Ich bin auf jeden Fall eine«, erwiderte Xochi, »und es soll bloß niemand wagen, mir zu widersprechen.«

»Prinzessin von was?«, fragte Kira. »Von der Lincoln Avenue?«

»Meine Eltern haben ein riesiges fernes Reich beherrscht.« Xochi machte eine ausholende Geste. »Da niemand weiß, wer sie waren, kann auch niemand das Gegenteil beweisen.«

»Was planst du eigentlich für die Party am Freitag?« Nandita war eine gute Köchin, aber Xochi war noch viel besser und übernahm bei besonderen Gelegenheiten das Kochen.

»Grillhühnchen, Bratkartoffeln und Donuts, wenn ich das Mehl dafür bekomme. Süßreis ist gut und schön, aber du meine Güte, ich will endlich mal wieder Schokolade haben.«

»Donuts mit Schokolade?« Kira pfiff anerkennend durch die Zähne. »Ist jemand gestorben und hat dir das Senatorenamt vermacht?«

»Leider nicht meine Mutter.« Xochi sprang auf und lief zur Tür. »Gestern auf dem Markt bin ich einem Typen begegnet, der hat geschworen, Weizenmehl beschaffen zu können. Kommst du mit?«

»Die Beine nutzen dem kleinen Volk doch nichts, wenn sie hier eingesperrt werden.« Kira verneigte sich förmlich. »Das Volk muss die Prinzessin sehen.«

Es war Freitag. Aufbautag.

Zeit für eine Party.

Am Freitag gab es keine Geburten und keine fiebernden Babys, die überwacht werden mussten. Deshalb kam Kira zwar erschöpft nach Hause, war aber bereit, sich einen schönen Abend zu machen, und musste keine Schuldgefühle haben. Sie badete, bürstete sich das Haar und suchte sich Kleidung in kräftigen Farben aus der Abteilung *Anbaggern* heraus: ein mit chinesischen Symbolen besticktes Seidenshirt, ein Paar hochhackige Sandalen und Shorts, die so kurz waren, dass sie sich Gedanken über die Witterung machen musste. Es war Sommer, aber für die Jahreszeit ungewöhnlich kalt, und ein Regenschauer konnte rasch den Wunsch nach wärmerer Kleidung wecken. Sie überlegte eine Weile, verglich die Shorts mit einer längeren Hose und entschied sich dann doch für die Hotpants. Sie passten besser zu dem T-Shirt und zu ihr, und sie brauchte ein wenig Bestätigung. Die kalten Beine nahm sie gern in Kauf, wenn sie dafür das Gefühl genießen konnte, wieder ein normaler Mensch zu sein. Wahrscheinlich würden sie sowieso nicht nach draußen gehen.

»Beeil dich!« Xochi klopfte an Kiras Zimmertür. Sie ging ganz in Schwarz, was Lippenstift und Eyeliner einschloss, und hatte sich dazu eine völlig unpassende bunte Schürze um die Hüften gebunden. »Madison und Haru sind schon da, außerdem so ein Kerl namens Marcus. Ein großer, albern aussehender Typ, den man leicht herumschubsen kann. Der wird dir gefallen.«

»So langsam wird mir klar, warum dich deine königlichen Eltern verstoßen haben«, spottete Kira fröhlich. »Du bist manchmal wirklich ein Rotzlöffel.«

»Mit meinem Witz ist es wie mit deinen Beinen«, entgegnete Xochi. »Es wäre selbstsüchtig, ihn zu verstecken.« Kira folgte ihr in die Küche und winkte Nandita zu, die gerade Geschirr spülte. Xochi nahm eine Schale mit Kartoffelscheiben von der Anrichte, tröpfelte Olivenöl darauf und verteilte Nanditas Rosmarin großzügig über den Scheiben. Dann rührte sie mit den Händen um. »Nandita, die Kräuter riechen wundervoll.«

»Vielen Dank, mein Nachtschattengewächs.« Es war ein Privatwitz zwischen den beiden. Nanditas Garderobe bestand ausschließlich aus bunten Saris. Sie konnte einfach nicht verstehen, warum Xochi Schwarz den Vorzug gab.

»Die ganze Küche riecht wundervoll.« Kira atmete tief ein. »Aber ich muss mich losreißen und Marcus suchen.«

»Gib ihm einen Kuss von mir«, sagte Xochi.

»Einen Zungenkuss?«

»Übertreib's nicht, er soll nicht glauben, ich sei leicht zu haben.«

Kira eilte den Flur entlang und atmete tief ein, als ihr eine neue Woge von Gerüchen entgegenkam. Das Wasser lief ihr im Mund zusammen. Über Xochis Mutter konnte man sagen, was man wollte, aber sie hatte dem Mädchen das Kochen beigebracht.

Im Flur brannten Petroleumlampen, die wegen des Geruchs mit Hauben und Filtern versehen waren. Kira hörte gedämpfte Stimmen im Wohnzimmer, in dem mit Holz betriebenen Küchenherd knackten und zischten die Scheite. So gut essen die Farmer die ganze Zeit, dachte sie. Da bekomme ich beinahe Lust, es selbst zu probieren.

Aber nur beinahe.

Sie folgte dem Klang der Stimmen ins Wohnzimmer. Marcus und Haru waren auf dem Sofa in eine Diskussion vertieft, während Madison in einem Sessel lümmelte. Die Musikanlage war aufgebaut und verbreitete Geräusche, die an ein Gewitter erinnerten.

Madison lächelte. »Hallo.«

»Hallo, Mads. Was läuft?«

Madison grinste schief und blickte zu Marcus und Haru hinüber. »Ich lass es locker angehen, während dein Freund sich dem gerechten Zorn meines Gatten aussetzt. Heute ist er wirklich geladen.«

Kira nickte. Haru konnte sich manchmal ziemlich aufregen.

»Natürlich geht es um die Freiheit«, sagte Haru gerade. »Es geht darum, die Freiheit durch Gesetze zu schützen.« Er blickte grimmig drein, doch Marcus hielt bleich, aber entschlossen dem Blick stand. »Jede Gesellschaft braucht ein gewisses Maß an Regelungen. Wenn es zu viele sind, bekommst du eine Tyrannei, wenn du zu wenig hast, versinkst du im Chaos.«

»Kira!« Marcus sprang vom Sofa auf, sobald er sie entdeckte. Er kam auf sie zu und umarmte sie, dann löste er sich von ihr und fasste sie bei der Hand. »Du siehst wundervoll aus.«

»Danke.« Sie führte ihn zu einem anderen Sofa, setzte sich und blickte zu Haru hinüber. »Hallo! Schön, dich zu sehen.« Sie wollte nicht, dass er wieder mit seinem Palaver begann, aber sie konnte ihn auch nicht behandeln, als wäre er Luft für sie.

»Ebenso«, antwortete Haru. »Ein Glück, dass ihr beiden das Abenteuer an der Küste überlebt habt.«

Kira zog eine Augenbraue hoch. »Hast du denn davon gehört?«

»Alle haben es gehört«, schaltete sich Madison ein. »Wahrscheinlich hätten wir wichtigere Gesprächsthemen gehabt als die geheimnisvolle Funkanlage, die mit einer Bombe präpariert war und mehrere Leute tötete. Aber du weißt ja, wie das ist. Manchmal reden wir eben auch über langweilige Begebenheiten.«

»Das war die *Stimme*«, warf Haru ein. »Diese Frau, die bei euch war, Gianna oder wie sie hieß, war eine von ihnen.«

Kira lachte. »Was? Sie war doch mittendrin. Ich habe sie selbst aus den Trümmern gezogen. Oder willst du behaupten, sie hätte sich selbst in die Luft gejagt? Absichtlich? Oder ist sie einfach nur eine unfähige Terroristin?«

»Vielleicht wollte sie schützen, was es da drin zu finden gab«, meinte Haru.

»Jedenfalls ist sie nicht mit zurückgekommen«, berichtete Marcus leise.

Kira warf ihm einen überraschten Blick zu, dann wandte sie sich kopfschüttelnd an Haru. »Sie ist mit uns zurückgefahren.«

»Bis nach Dogwood.« Marcus nickte, und Kira sah, wie traurig er war. Trauer, gemischt mit Verwirrung und einer gewissen Angst. »Seitdem hat sie niemand mehr gesehen.«

Kira konnte es nicht fassen, das war doch verrückt. »Gianna war nicht bei der *Stimme*. Sie mochte Jayden nicht sonderlich gut leiden, aber er hat sich auch mehr als nötig aufgespielt, und wenn er das tut, kann ihn niemand gut leiden.« Sie warf Madison einen Blick zu. »Nimm's nicht persönlich!«

»Schon gut.«

»Sie hat die Anlage als Funkstation identifiziert«, erklärte Haru, »und die einzige Person, die ihr hätte widersprechen können, ist bei der Explosion umgekommen. Soweit wir wissen, fand ihr Kollege heraus, dass es eine aktive Operationsbasis der *Stimme* war. Daraufhin hat Gianna die Bombe gezündet, um ihn zum Schweigen zu bringen. Sie ist die Einzige, die überlebt hat.«

Kira lachte laut, dann bekam sie Schuldgefühle und nahm sich zusammen. »Tut mir leid, aber das ... du leidest an einem unglaublichen Verfolgungswahn. Du bist fast so übel wie der Kerl, der uns neulich verhört hat.«

»Verfolgungswahn oder nicht«, erwiderte Haru, »offensichtlich ist die Abwehr genau dieser Meinung, denn sonst hätte man sie nicht festgehalten.«

Xochi trat ein und lehnte sich an den Türrahmen. »Redet ihr über die Computerspezialistin auf dem Bergungseinsatz?«

Kira warf verzweifelt und mit weit aufgerissenen Augen die Hände hoch. »Weiß denn hier jeder außer mir Bescheid?«

»Du arbeitest fünfzehn Stunden am Tag im Krankenhaus«, sagte Madison. »Du bekommst es nicht einmal mit, wenn die *Stimme* den Senat entführt.«

»Die Abwehr sollte nicht das Recht haben, die Leute einfach festzuhalten«, klagte Xochi. »Es sollte eine regelrechte Verhaftung und eine öffentliche Verhandlung geben. Die Leute dürfen nicht einfach so verschwinden.«

»Einen Grund haben sie schon«, meinte Haru. »Sie ist eine Terroristin, und das ist ein verdammt schwerwiegender Grund.«

»Du weißt nicht, ob sie eine Terroristin ist«, widersprach Xochi. »Oder arbeitest du neuerdings wieder mit höchster Sicherheitsfreigabe in der Abwehr und hast nur vergessen, es uns zu erzählen?«

Haru funkelte sie an. »Hast du ein Problem damit, dass die Abwehr ihre Aufgabe erfüllt?«

»Ich habe ein Problem damit, dass es plötzlich zu ihrer Aufgabe gehört, Leute spurlos verschwinden zu lassen. Wann ist das passiert?«

»Es ist ihre Aufgabe, uns zu beschützen, und sie tun es eben so, wie sie es für richtig halten. Wenn du ihnen nicht traust, warum bist du dann noch hier?«

»Vielleicht halte ich es für besser, Probleme zu lösen, statt vor ihnen wegzulaufen.«

»Vielleicht?«

Das wird mir jetzt zu hitzig, dachte Kira, doch bevor sie einschreiten und den Streit schlichten konnte, schaltete sich Marcus ein.

»Ich glaube, wir sollten das Thema wechseln«, sagte er. »Beruhigt euch doch alle!« Er wandte sich an Xochi. »Kann ich dir mit dem Essen helfen?«

»Wir sind fast fertig.« Xochi warf Haru einen letzten wütenden Blick zu. »Du kannst mir helfen, es hereinzubringen.«

Sie gingen hinaus, und Kira atmete tief durch. Gern hätte sie Haru die Schuld an dem Streit gegeben – er hatte sicherlich einen großen Teil dazu beigetragen, dass aus der Diskussion ein Streit geworden war. Doch sie wusste, dass es nicht allein an ihm lag. Alle in East Meadow waren aufs Höchste angespannt, wahrscheinlich sogar alle auf der ganzen Insel, und jeder stand unter Druck. Hatte Gianna wirklich für die *Stimme* gearbeitet? Hatte die Regierung sie einfach verschwinden lassen?

In gewisser Weise war es in Kiras Kindheit einfacher gewesen. Damals waren die Partials die bösen Feinde gewesen. Alle schrecklichen Ereignisse hatte man erklären können, und selbst wenn die Erklärungen beängstigend geklungen hatten, so waren sie doch wenigstens einfach gewesen. Zwischen Licht und Dunkel hatte es eine klare Trennung gegeben. Aber inzwischen ... Kira hatte keine Ahnung, wo die Feinde standen und wem man die Schuld geben, wem man vertrauen konnte. Wenn Gianna eine *Stimme* war, dann konnte man auch den Nachbarn nicht mehr trauen, und wenn sie keine war, konnte man der Regierung nicht trauen. Kira verabscheute beide Möglichkeiten.

Haru stand mit finsterer Miene auf. »Ich muss an die frische Luft.« Damit ging er. Kira hörte, wie er die Hintertür öffnete und wieder schloss.

Madison lächelte traurig. »Tut mir leid, dass er sich so benimmt«, sagte sie. »Er hat ziemlich viel Stress.«

»Hatte er eine schlimme Woche bei der Arbeit?«, fragte Kira. Haru arbeitete beim Bau. Er konstruierte allerdings keine neuen Häuser, denn alles, was sie brauchten, hatte die alte Welt bereits geschaffen. In East Meadow war der Bautrupp dafür zuständig, die Gebäude zu erhalten, die derzeit benutzt wurden, und zu ermitteln, welche neuen Gebäude nach Ansicht des Senats für die Gemeinschaft benötigt wurden. Sie verbrachten viel Zeit mit Bergungseinsätzen und untersuchten die Stabilität der alten Häuser, ehe die Mannschaften hineingingen und alles Nützliche herausholten. Haru hatte eine Begabung dafür gezeigt, und deshalb hatte man ihn von der Abwehr zum Bautrupp versetzt. Anscheinend war er darüber aber gar nicht glücklich. Kira wusste, dass er jedes Mal, wenn bei der Arbeit etwas schiefging, tagelang missmutig war. Sie hatte sich mehr als einmal gefragt, ob Harus Versetzung in

Wirklichkeit eine versteckte Entlassung gewesen war, weil es Streit gegeben hatte, weil er Streit gesucht oder seine Pflichten verletzt hatte.

Zu Kiras Überraschung schüttelte Madison den Kopf. »Nein, auf der Arbeit läuft alles prima«, sagte sie leise. »Es ist ...« Sie hielt inne, starrte zu Boden und brauchte einen Moment, ehe sie Kiras Blick erwidern konnte. »Komm her!« Sie sprach leise, aber sehr aufgeregt, und plötzlich flammte in ihren Augen eine neue Energie auf. Kira runzelte die Stirn und fragte sich, was Madison so glücklich und Haru so gereizt machte. Sie rutschte auf dem Sofa hinüber, während Madison sich über die Schulter umsah. Auf einmal wurde es ihr klar, und ihr war, als hätte sie einen Schlag in die Magengrube bekommen. Sie starrte Madison mit weit aufgerissenen Augen an, der Atem stockte ihr in der Kehle.

»Nein ...«

Madison lehnte sich zurück und lächelte von einem Ohr zum anderen. »Ich bin schwanger.«

Kira schüttelte den Kopf und rang nach Atem. »Nein, Mads, nein ...«

»Ja«, bekräftigte Madison. »Eindeutig. Mir ist seit ein paar Wochen dauernd übel. Manchmal kann ich nichts essen, und eine halbe Stunde später habe ich Heißhunger auf total verrückte Sachen. Ich war gierig auf Erde, Kira. Auf Erde aus unserem Garten. Ist das nicht verrückt?«

»Uns fehlen in unserer Ernährung verschiedene Mineralien«, flüsterte Kira. »Wenn Schwangere Gelüste auf etwas entwickeln, dann ist das nur die Methode des Körpers, uns zu sagen, was wir brauchen. Gartenerde enthält tatsächlich Stoffe, die wir benötigen.«

»Jedenfalls gehe ich in ein paar Tagen ins Krankenhaus und lasse einen gründlichen Test machen«, erklärte Madison. »Ich wollte, dass du es als Erste erfährst.«

»Nein.« Kira schüttelte den Kopf. Das durfte doch nicht wahr sein. Aber es war zu erwarten gewesen und entsprach natürlich der Wahrheit. Kira wollte einfach nicht, dass es Madison traf, die fast wie eine Schwester und in gewisser Weise die engste Angehörige war, die sie überhaupt besaß. »Hast du eine Vorstellung, wie das ist?«, fragte sie. »Die Schmerzen und Gefahren? Trotz unserer Ausrüstung und Erfahrung im Krankenhaus sterben immer noch Frauen bei der Geburt, und selbst wenn du überlebst, wird dein Baby sterben. Wir haben noch kein Heilmittel für RM gefunden. Du lebst ein paar Monate mit einem schönen Gefühl, dann kommen die Schmerzen, die Angst und das Blut und alles andere, und dann stirbt das Kind.« Es zerriss Kira fast, heiße Tränen schossen ihr in die Augen und liefen ihr über das Gesicht. Sie stellte sich Madison dort vor, wo Ariel gewesen war, mit weit aufgerissenen Augen kreischend, wie sie an der Trennscheibe hing, während ihre Tochter strampelte, schrie und starb. »Kein Wunder, dass Haru sich so aufregt.« Sie wischte sich das Gesicht ab. »Es ist zu viel für dich, das brauchst du nicht.«

»Doch, das brauche ich«, erwiderte Madison leise.

»Es ist ein dummes Gesetz.« Kira hob zornig die Stimme, dann blickte sie zum Flur und sprach leise weiter. »Du musst dir das nicht antun. Gib mir etwas Zeit! Tu so, als wärst du unfruchtbar. So etwas kommt vor. Aber sei nicht ...«

»Es ist doch schon zu spät.« Madison lächelte so süß und lieblich wie Dutzende anderer Mütter, die Kira gesehen hatte, und es brach ihr das Herz. Madison nahm Kiras Hand. »Ich habe das nicht für das Zukunftsgesetz oder für den Senat getan, sondern für mich selbst.«

Kira schüttelte den Kopf. Wieder rollten ihr Tränen über die Wangen.

»Ich will das«, fuhr Madison fort. »Ich bin dazu geboren, eine Mutter zu sein. Es liegt mir in der Natur, es macht mich zu der, die ich bin.« Sie presste die Hände auf die Brust und blinzelte, weil ihr ebenfalls die Tränen kamen. »Ich weiß, dass es dir Angst macht, genau wie Haru. Mir macht es auch Angst, schreckliche Angst, aber es ist richtig. Selbst wenn es nur ein paar Tage oder nur ein paar Stunden dauert.«

»Oh, Madison!« Kira beugte sich vor und umarmte ihre Freundin. Sie fühlte sich schrecklich, bekam Schuldgefühle und wusste doch, dass sie recht hatte. Zugleich schämte sie sich über sich selbst, weil sie Madison so zugesetzt hatte. Natürlich kannte Madison die Risiken. Jeder auf der Insel wusste Bescheid. Madison lief nicht davor weg, sondern ging dem Verhängnis mit offenen Augen entgegen.

Kira zog sich zurück und wischte sich noch einmal die Tränen ab.

»Früher oder später wird ein Kind überleben«, sagte sie. »Das ist unvermeidlich. Irgendwann schafft es ein Kind, und es könnte deins sein.«

Marcus kam mit einem großen Holztablett herein und hielt inne, als er sah, wie sich die beiden weinend umarmten. »Alles in Ordnung?«

»Ich erzähl's dir später.« Kira löste sich von Madison und musste sich schon wieder über die Wangen reiben, die allmählich brannten.

»Na gut«, sagte er zögernd. Er stellte das Tablett auf den niedrigen Tisch in der Mitte. Xochi hatte das Brathühnchen mit Kräutern und Saft abgeschmeckt und daneben einen großen Berg Bratkartoffeln aufgehäuft. Als Nächste kam die Köchin selbst mit einem Tablett voller Gemüse herein – alles zu Ehren des Feiertags frisch zubereitet –, und ganz zuletzt folgte Nandita mit den Schokoladendonuts. Kira lief das Wasser im Mund zusammen. Sie konnte sich nicht erinnern, wann sie das letzte Mal etwas so Leckeres gegessen hatte. Möglicherweise war es ein ganzes Jahr her – vielleicht am letzten Aufbautag.

Marcus blieb vor Kira stehen. »Brauchst du etwas? Willst du etwas trinken oder so?«

Kira schüttelte den Kopf. »Mir geht es gut, aber könntest du Mads ein Glas Wasser holen?«

»Ich bring dir auch eins mit.« Er legte ihr zärtlich eine Hand auf die Schulter, dann kehrte er in die Küche zurück.

Xochis Blick traf Madison und anschließend Kira, danach wandte sie sich der Musikanlage zu. »Ich glaube, wir brauchen jetzt was Ruhigeres.« Das Kernstück der Anlage war ein kleines Steuergerät mit den Reglern, das an der Wand auf einem Regal stand. Der Verstärker war drahtlos mit den im ganzen Raum verteilten Lautsprechern verbunden. In der Mitte gab es eine kleine Andockbucht für digitale Player. Xochi zog einen heraus und legte ihn in einen Korb. »Hat jemand Wünsche?«

Madison lächelte. »Etwas Ruhigeres wäre wirklich schön.«

»Athena.« Kira stand auf, um bei der Suche zu helfen. »Athena mag ich immer.« Zusammen mit Xochi wühlte sie in dem großen Weidenkorb, in dem die schlanken silbernen Player lagen. Die meisten waren beschriftet: *Von Daddy für Catelin, Für Christoph: Herzlichen Glückwunsch zum Geburtstag!* Selbst die Player ohne Beschriftung trugen persönliche Markierungen – ein Foto oder ein Symbol auf der Plastikhülle, ein eingeritztes Bild auf der Rückseite, einen kleinen Glücksbringer, der an einer Ecke baumelte. Dies waren nicht nur Speichergeräte für Musik, sondern Erinnerungen an Personen, an lebende Menschen, an ihre Vorlieben und Abneigungen, an ihren Geschmack und ihre Gedanken, die sich in den Zusammenstellungen äußerten. Xochi hatte Jahre damit verbracht, die Player im Schutt aufzutreiben. Oft hatten sie und Kira stundenlang auf dem Boden gelegen, sich alles angehört und sich die früheren Besitzer vorgestellt. *Für Katherine, zum Schulabschluss* enthielt Country, die fröhlichen Gitarrenklänge erzählten von großen Gefühlen. *Jimmy Olsen* hatte so ziemlich alles gehört – uralte Gesänge, Sinfonien, lauten Rock und sogar Heavy Metal. Ihren Liebling fand Kira ganz unten: *Athena, mein Engel.* Sie schob das Gerät in den Verstärker. Ein paar Sekunden später begann das erste Lied, ein leises Stück mit treibendem Rhythmus, eine raffinierte Klangmauer elektronischer Instrumente, schräge Gitarrenmusik und intimer, heiserer Gesang. Es war beruhigend, behaglich, ein wenig traurig und passte ideal zu Kiras Stimmung. Sie schloss die Augen und lächelte. »Ja, ich mag Athena. Wer auch immer sie war.«

Marcus kehrte mit dem Wasser zurück, gleich darauf kam Haru von der hinteren Veranda wieder herein. Er machte ein ernstes Gesicht, hatte sich aber offenbar wieder beruhigt und nickte Xochi höflich zu. »Das riecht köstlich. Danke, dass du das gemacht hast.«

»War mir ein Vergnügen.«

Kira blickte rasch in die Runde. »Warten wir noch auf jemanden?«

Madison schüttelte den Kopf. »Ich wollte Ariel einladen, aber sie redet immer noch mit keinem. Isolde verspätet sich und sagte, wir sollten ohne sie beginnen. Im Senat passiert etwas Wichtiges, und Hobbs hält sie auf.«

»So ein Pech auch.« Xochi verteilte die Teller und Gabeln. Ehe sie begannen, hielten sie noch einen Moment lang inne.

»Einen schönen Aufbautag wünsche ich allen.« Marcus hob das Wasserglas, und die anderen folgten seinem Beispiel. Es waren identische Kristallpokale, die sie in einem riesigen Anwesen außerhalb der Stadt gefunden hatten. Das Wasser war frisch abgekocht und hatte von den Chemikalien in Nanditas Reinigungsapparat einen leichten Gelbstich.

»Die alte Welt ist dahin«, zitierte Madison die vertrauten Worte, »aber die neue beginnt jetzt erst.«

»Die Vergangenheit werden wir nie vergessen«, fügte Haru hinzu, »und die Zukunft werden wir meistern.«

Xochi reckte das Kinn und hielt sich betont aufrecht. »Aus dem Tod entsteht Leben, aus Schwäche gehen wir gestärkt hervor.«

»Nichts kann uns bezwingen«, sagte Kira. »Wir können alles vollbringen.« Sie hielt inne und wiederholte die Worte. »Wir können alles vollbringen.«

Sie tranken und lauschten eine Weile schweigend der Musik, die leise und gespenstisch im Hintergrund spielte. Kira trank das Wasser mit kleinen Schlucken und spülte es nachdenklich im Mund hin und her. Es schmeckte nach Chemie, aber sie nahm den leicht stechenden Geruch und den bitteren Geschmack kaum noch wahr. Sie dachte über Madison, Haru und das ungeborene Kind nach. Vollkommen, unschuldig und schon vor der Geburt dem Untergang geweiht. Sie dachte auch an Gianna und Mkele, an die Explosion und die *Stimme*, an den Senat und alles andere, an die ganze Welt, an Vergangenheit und Zukunft. Ich lasse euer Kind nicht sterben, dachte sie und warf einen Blick auf Madisons Bauch, der noch völlig fest und flach war. Noch konnte man es nicht sehen. Ich werde dich retten, ganz egal, was ich dazu tun muss.

Wir können alles vollbringen.

9

»Ich brauche eine Blutprobe von dir«, sagte Kira.

Marcus zog die Augenbrauen hoch. »Ich wusste gar nicht, dass unsere Beziehung schon so weit gediehen ist.«

Sie riss ein Grasbüschel aus und warf es nach ihm. »Für die Arbeit, du Trottel.« Sie saßen auf der Wiese vor Kiras Haus und genossen einen der seltenen Tage, an denen sie beide zur gleichen Zeit freihatten. Sie hatten ein paar Stunden lang Nandita im Kräutergarten geholfen, und jetzt waren ihre Hände wund und dufteten stark. »Ich will ein Mittel gegen RM finden.«

Marcus lachte. »Ich habe mich schon gefragt, wann endlich jemand diesen Vorschlag macht. Vorgenommen habe ich es mir schon vor Jahren, aber man kommt ja zu nichts. Ich habe immer so viel zu tun, und die Rettung der Menschheit ist eine lästige Angelegenheit, die ...«

»Ich mein's ernst«, fiel sie ihm ins Wort. »Ich kann einfach nicht mehr zusehen, wie ein Kind nach dem anderen stirbt, und ich will nicht danebenstehen und mir Notizen machen, wenn es Madisons Baby erwischt. Das kommt nicht infrage. Sie hat es uns vor ein paar Wochen erzählt, und seitdem zermartere ich mir den Kopf, wie ich ihr helfen kann. Ich glaube, ich habe endlich einen brauchbaren Ansatz gefunden.«

»Na schön.« Marcus richtete sich auf, auch er war ernst geworden. »Ich halte dich wirklich für brillant, und du hast bessere Noten in Virologie als ... als alle anderen.

Keine Frage. Aber glaubst du wirklich, du könntest einfach mal so das größte medizinische Rätsel der Geschichte lösen? Ich meine, im Krankenhaus ist ein ganzes Forschungsteam seit einem Jahrzehnt damit beschäftigt, das RM-Virus zu knacken, und nun kommt auf einmal eine Praktikantin daher und … findet das Heilmittel? Einfach so?«

Kira nickte. Es klang wirklich dumm, wenn er es so formulierte. Sie blickte zu Nandita hinüber und fragte sich, was ihre Ziehmutter dazu sagen würde. Die alte Frau war jedoch eifrig mit dem Garten beschäftigt und hatte nicht zugehört. Kira wandte sich wieder an Marcus. »Ich weiß, es klingt wie die überheblichste Behauptung der Welt, aber ich …« Sie hielt inne, holte Luft und erwiderte seinen Blick. Er musterte sie aufmerksam und wartete. Ja, er nahm sie ernst. Sie ergriff seine Hand. »Ich weiß, dass ich wenigstens dabei helfen kann. Wir müssen etwas übersehen haben. Ich habe mich für die Entbindungsstation gemeldet, weil ich dachte, das sei das Nervenzentrum, verstehst du? Ich dachte, das sei der entscheidende Ort, wo es passiert. Aber inzwischen arbeite ich dort. Ich weiß, was sie tun, und erkenne, dass es nicht funktionieren wird. Wenn ich Skousen etwas Handfestes vorweisen kann, versetzen sie mich sicher dauerhaft in die Forschung. Es könnte noch ein oder zwei Monate dauern, aber ich kann es schaffen.«

»Das wäre wirklich schön für dich«, sagte Marcus. »Für sie natürlich auch. Da du die Entbindungsstation kennst, hast du sogar einen anderen Blickwinkel als die anderen. Übrigens weiß ich auch, dass es eine freie Stelle gibt, denn im letzten Monat wurde jemand aus der Forschung in die Chirurgie versetzt.«

»Genau das meine ich doch«, sagte Kira. »Ein neuer Blickwinkel. Auf der Entbindungsstation und in der Forschung kümmern sich alle ausschließlich um die Kinder. Aber wir sollten nicht die toten Kinder untersuchen, sondern den Grund für die Immunität erforschen. Wir sind resistent, also wehrt irgendetwas in unserem Körper die Viren ab. Die Babys sind als Einzige nicht immun, und trotzdem haben wir nur sie im Blick.«

»Dafür brauchst du mein Blut«, sagte Marcus.

Kira nickte und streichelte seinen Handrücken. Deshalb liebte sie Marcus so sehr: Er war witzig, wenn sie lachen musste, und ernst, wenn sie reden wollte. Er verstand sie ganz einfach.

Sie pflückte einen Grashalm und schälte ihn ab, bis außer dem weichen gelben Kern nichts mehr übrig war. Sie betrachtete ihn einen Moment lang, dann warf sie ihn nach Marcus. Der Halm flog nur ein paar Zentimeter weit, dann hielt er inne und flatterte ihr mit wildem Kreiseln in den Schoß.

»Netter Wurf«, grinste Marcus. Er blickte über ihre Schulter hinweg. »Da kommt Isolde.«

Kira winkte ihrer Stiefschwester zu. Isolde war groß, bleich und hatte blondes Haar. Sie war in Nanditas behelfsmäßigem Heim der einzige Ausreißer mit heller Haut. Isolde winkte zurück, allerdings wirkte ihr Lächeln ein wenig gezwungen und müde. Marcus rutschte zur Seite, um ihr auf dem Rasen Platz zu machen, doch Isolde schüttelte höflich den Kopf.

»Danke, aber dies sind meine besten Sachen.« Sie stellte die Aktentasche ab, blieb mit verschränkten Armen vor den beiden stehen und blickte ins Leere.

»War es ein harter Tag im Senat?«, fragte Kira.

»Gibt es je einen angenehmen Tag?« Isolde sah sich nach einer Sitzgelegenheit um, seufzte und ließ sich im Schneidersitz auf der Aktentasche nieder, damit die hellgraue Hose nicht mit dem Gras in Berührung kam. Kira musterte sie beunruhigt. Isolde erwähnte kaum einmal ihre Arbeit, ohne sich schmachtend über Senator Hobb zu äußern. Wenn sie diese Gelegenheit nicht wahrnahm, war sie wirklich sehr erschöpft. Isolde starrte noch eine Weile ins Leere, bis sie sich endlich aufraffte, das Wort an Kira und Marcus zu richten. »Ihr seid wohl nicht sehr oft außerhalb der Stadt unterwegs, oder?«

»Eigentlich nicht«, antwortete Kira. Marcus schüttelte den Kopf. »Im Grunde nur, wenn wir für Bergungseinsätze angefordert werden. Aus eigenem Antrieb so gut wie nie. Warum?«

»Weil gerade beschlossen wurde, Grenzkontrollen einzuführen«, berichtete Isolde. »Die *Stimme* hat letzte Woche einen Wachturm angegriffen. Sie haben das ganze Gebäude umgeworfen und die Soldaten verschleppt, die dort Dienst getan haben. Wenn man den Überfall auf das alte Lager der Schule dazunimmt, dann ist mindestens eine Zelle der *Stimme* direkt hier in East Meadow aktiv, vielleicht sind es sogar noch mehr.« Sie hob die Schultern. »Das ist ungemütlich nahe. Der Senat meint, man könne die Verdächtigen am besten entdecken, indem man alle Leute, die die Stadt betreten oder verlassen, durchsucht und verhört.«

»Die Stadtgrenze ist weitläufig«, gab Kira zu bedenken. »Man kann doch unmöglich das ganze Gebiet überwachen.«

»Das heißt aber nicht, dass man es nicht versuchen sollte«, antwortete Marcus. »Es ist besser als nichts, und ...«

»Bitte nicht!« Isolde rieb sich die Schläfen. »Diese Argumente habe ich heute schon hundertmal gehört, und das reicht mir. Die Abstimmung ist gelaufen, die Überprüfungen werden durchgeführt, also sollten wir nicht länger darüber diskutieren.«

»Wie hat Senator Hobb abgestimmt?«, fragte Kira. Isolde war seine persönliche Assistentin. Die junge Frau öffnete ein Auge, schielte Kira müde an, öffnete auch das zweite und verschränkte die Arme vor der Brust.

»Wenn du es schon wissen willst – er war dafür«, erklärte sie. »Er hält nicht viel davon, Bürgerrechte zu opfern, will aber auch nicht widersprechen, wenn es darum geht, einen weiteren Angriff zu verhindern.« Sie hob die Schultern. »Ich glaube nicht, dass er recht hat, aber es gibt wohl keine besseren Möglichkeiten. Da die *Stimme* inzwischen bereits Menschen entführt, weiß man nicht, was sie sonst noch alles vorhat.«

»Was will die *Stimme* überhaupt erreichen?«, fragte Kira. »Ich kann es mir einfach nicht zusammenreimen. Vorräte brauchen die nicht. Essen und Kleidung liegen auf der ganzen Insel herum. Trotzdem überfallen sie East Meadow und die Farmen. Damit gewinnen sie doch keine Unterstützer, denn jeder wird nur wütend und nervös und ... Ich kapier's nicht. Der Angriff auf den Wachturm setzt eine wochenlange Planung voraus. Wozu das alles? Sie haben weder Vorräte erbeutet noch eine Botschaft hinterlassen. Möglicherweise konnten sie den entführten Soldaten ein paar Reservemagazine abnehmen. Davon abgesehen hat es ihnen nichts gebracht.«

»Sie haben jetzt zwei Soldaten«, erwiderte Marcus. »Vielleicht war es nur ein Scheinangriff, um eine Fahnenflucht zu vertuschen.«

Isolde schüttelte den Kopf. »Soweit wir es sagen können – oder soweit der Senat es vermuten kann –, wollen sie vor allem die Regierung schwächen. Wenn sie genügend Ziele treffen und Unruhen auslösen, wenn sie an genügend Bienenstöcken rütteln, werden die Leute in East Meadow früher oder später sauer. Damit sind sie schwieriger zu kontrollieren, und das erschwert dem Senat die Arbeit. Das wäre wiederum eine schöne Gelegenheit für die *Stimme*, einzufallen und einen Staatsstreich zu inszenieren.«

»Autsch!«, sagte Marcus.

»Immer mit der Ruhe«, meinte Kira. »Sagtest du gerade, es fällt dem Senat dann schwerer, uns zu *kontrollieren*?«

Isolde schnitt eine Grimasse. »Das meinte ich nicht so – mir fiel im ersten Augenblick kein anderes Wort ein …«

»Aber es beschreibt die Stimmung, oder?«

Die junge Frau schloss die Augen und dachte nach. Kira hatte ein schlechtes Gewissen, weil sie Isolde so bedrängt hatte. Das hatte sie nicht verdient, und trotzdem war Kira wütend. Sie musste es erfahren. »Nun?«

»Ach, nun komm schon, Kira! Du weißt doch, was der Senat tut.« Isolde senkte erschöpft den Kopf. »Der Senat ist die Regierung, und das ist mit einem gewissen Maß an Kontrolle verbunden. Er steuert ja nicht unsere Gedanken oder so, er … er hütet einfach den Frieden und sorgt dafür, dass die Leute ihre Jobs erledigen. Solche Sachen eben.«

Kira hörte Hufschläge und wandte sich um. Zwei berittene Soldaten kamen die Straße entlang. Das Haus befand sich am Rand des bewohnten Gebiets, und deshalb kamen öfter Streifen vorbei, doch dies war eine seltsame Tageszeit. Kira wurde nervös und fühlte sich zugleich irgendwie beruhigt.

Dann aber hielten die Reiter auf das Haus zu.

»Marcus«, sagte Kira leise. Er hörte, wie besorgt sie war, und richtete sich auf.

»Was ist?« Neugierig musterte er die Soldaten. »Was wollen die hier?«

»Keine Ahnung. Kennst du sie?«

»Die Uniformen sind ungewöhnlich«, sagte Isolde. »Zur üblichen Abwehr gehören sie nicht.«

Marcus betrachtete sie genauer und runzelte beunruhigt die Stirn. »Wer sonst trägt Uniformen? Die sehen Mkeles Leuten ähnlich.« Er schüttelte den Kopf und starrte die beiden Soldaten an. Einer war ungefähr in ihrem Alter, der andere musste um die vierzig sein. »Nein, die kenne ich nicht, und soweit ich weiß, sind sie auch nicht in East Meadow stationiert.«

»Können wir etwas für Sie tun?«, rief Kira, doch die beiden ritten an ihr vorbei auf Nandita zu. Die alte Frau unterbrach die Gartenarbeit und wandte sich zu den beiden um, nachdem sie im Hof angehalten hatten.

»Nandita Merchant?«, fragte der jüngere Soldat.

»Ja«, antwortete sie ruhig. »Keine Beziehung.«

»Was?«

»Miss Merchant«, erklärte der ältere Soldat. Er schüttelte den Kopf und hielt sein Pferd nach einigen weiteren Schritten in ihre Richtung an. »Wir haben erfahren, dass Sie häufig außerhalb der Grenzen von East Meadow unterwegs sind. Trifft das zu?«

»Ist das ein Problem?«, fragte sie.

»Ich behaupte nicht, dass es ein Problem ist«, erwiderte der Soldat. »Trifft es zu?«

»Sie sammelt Kräuter«, warf Kira ein. Sie stand auf und ging hinüber. »Sehen Sie den erstaunlichen Garten? Die Pflanzen sammelt sie auf der ganzen Insel.«

»Ich kann selbst antworten, Kira«, wies Nandita sie zurecht. Kira presste die Lippen zusammen. Sie war schrecklich nervös.

Der ältere Soldat hielt die Zügel locker und kontrollierte das Pferd mit den Knien. Auch das Tier war unruhig. Der Mann heftete den Blick auf Nandita. »Sie sammeln also Kräuter?«

»Ich sammle sie da draußen und züchte sie im Garten und im Gewächshaus«, erklärte Nandita. »Ich verkaufe sie auf dem Markt. Ich habe die besten Kräuter weit und breit.«

Der Soldat nickte. »Wohin reisen Sie gewöhnlich auf Ihren Ausflügen?«

»Das geht Sie nichts an!«, rief Kira. Isoldes Bemerkung hatte sowieso schon ihren Zorn erregt, und inzwischen war sie in der richtigen Stimmung, um jemanden anzuschreien. »Sie können doch nicht einfach in den Hof getrampelt kommen und alle möglichen Fragen stellen. Was passiert, wenn sie in einer Gegend war, die Ihnen nicht gefällt? Verhaften Sie sie dann?«

»Von einer Verhaftung ist überhaupt nicht die Rede«, erwiderte der Soldat. »Wir stellen nur Fragen. Beruhige dich!«

»Nur Fragen stellen, ja? Und wenn sie nicht antworten will?«, fauchte Kira.

»Kira ...«, mahnte Nandita.

»Falls du es nicht bemerkt hast«, sagte der Soldat und lenkte sein Pferd auf Kira zu, »wir haben gerade große Schwierigkeiten. Wir kämpfen auf Leben und Tod gegen einen verborgenen Feind, der unsere Stadt vernichten will, und die einzigen Waffen, die wir gegen ihn einzusetzen haben, sind Informationen. Deine Großmutter könnte über Informationen verfügen, mit deren Hilfe wir besser überleben. Falls das irgendwelche absurden Ideale verletzt, die du dir zurechtgezimmert hast, tut es mir leid. Denk aber mal einen Augenblick lang daran, dass Soldaten, die Informationen sammeln, um dich zu beschützen, wichtiger sind als fünf Minuten Wühlerei im Garten.«

»Du überheblicher Mistkerl ...«

»Ich bin überall unterwegs.« Nandita schob sich vor Kira. »Draußen bei den Farmen, wenn mich jemand mitnimmt. Näher an der Stadt, wenn ich keine Mitfahrgelegenheit finde. Ich kann nicht mehr so weit gehen wie früher, aber es gibt auch hier in East Meadow viele verwilderte Gärten, die nur auf jemanden warten, der sich mit den Pflanzen auskennt.«

»Wir brauchen genaue Ortsangaben«, schaltete sich der jüngere Soldat ein. »Gibt es einen Grund dafür, dass Sie uns diese Informationen nicht offenbaren?«

Der ältere Soldat seufzte. »Sie sieht sich überall um, sie sucht keine bestimmten Orte auf, sondern wandert umher.« Er wandte sich wieder an Nandita. »Können Sie mir sagen, bei wem Sie mitfahren, wenn sich die Gelegenheit bietet?«

»Bei Händlern«, erwiderte Nandita. »Manchmal bei Farmern, die nach dem Markttag nach Hause zurückkehren.« Ihre Augen glänzten wie Stahl. »Manchmal sogar bei Vagabunden, wenn sie mir vertrauenswürdig vorkommen.«

Der Soldat erwiderte ihren Blick. »Wie sieht denn ein vertrauenswürdiger Vagabund aus?«

»Letzte Woche ist mir einer begegnet, der mehr oder weniger so aussah wie Sie«, erwiderte sie. »Natürlich trug er ein anderes Hemd, aber Waffe und Überheblichkeit waren die gleichen. Heutzutage sind viele von Ihrer Sorte unterwegs.« Sie blickte zu dem jüngeren Soldaten auf. »Er hatte übrigens auch einen Jungen dabei.«

»Sie sollten an Ihrer Einstellung arbeiten«, empfahl ihr der jüngere Soldat.

»Sie auch«, wies ihn die ältere Frau scharf zurecht und winkte Kira. »Sie sind genauso daneben wie die da.« Kira biss sich auf die Zunge und hätte den Soldaten gern angeschrien, begriff aber, dass sie damit alles nur noch schlimmer gemacht hätte. Er setzte das Gespräch mit Nandita fort. »Das war auch schon alles, was wir Sie fragen wollten, Madam. Wir tun nur unsere Pflicht und gehen verschiedenen Hinweisen nach. Tut uns leid, dass wir Sie belästigt haben.«

»Ist schon in Ordnung«, sagte Nandita, obwohl sie innerlich immer noch hart war wie ein Felsblock.

»Das freut mich zu hören. Wenn Sie uns entschuldigen wollen ...« Der Soldat zog das Pferd herum, dann hielt er abrupt inne und wandte sich noch einmal um. »Verzeihung, das ist jetzt keine offizielle Frage, sondern nur meine eigene Neugierde. Warum leben Sie so weit hier draußen am Stadtrand?«

»Ich weiß nicht, ob ich Ihnen folgen kann«, antwortete Nandita.

»Die meisten Leute wohnen so nahe wie möglich am Zentrum. In dieser Gegend gibt es vor allem junge Leute. Frisch verheiratete Paare, die ihr Haus erst vor Kurzem hier draußen ausgewählt haben, weil im Zentrum nichts mehr frei war. Wie alle älteren Bewohner haben Sie sich aber schon vor zehn Jahren für Ihr Haus entschieden und sind hierhergezogen. Ich bin nur neugierig.«

Nandita musterte ihn. »Wenn Sie als neugieriger Nachbar und nicht als Soldat fragen, sollte ich wenigstens Ihren Namen kennen.«

»Sergeant Jamison, Madam. Alex.«

»In meinem Haus im Zentrum gab es einen Rohrbruch«, erklärte Nandita. »Das Wasser zog ins Fundament und gefror im Winter vor ein paar Jahren. Als es im Frühling wieder auftaute, löste sich die Rückwand praktisch in Krümel auf. Ich musste mit den Mädchen umziehen, und dieses Haus hatte ein Gewächshaus aus Plastik im Garten. Es war das beste, das wir fanden.«

»Das war es wohl«, antwortete der Soldat. »Vielen Dank für Ihre Hilfe.« Er wandte sich wieder um und ritt mit dem jungen Soldaten die Straße hinunter.

Kira sah ihnen nach. Sie spürte einen Knoten in der Magengegend. »Was hatte das denn zu bedeuten?«

»Der Geheimdienst«, antwortete Nandita. »Er kontrolliert auch den Markt und überwacht die Händler.«

»Diese Leute tun einfach nur ihre Arbeit«, erklärte Isolde. »Du musst ihnen nicht gleich an die Gurgel springen.«

»Sie hätten Nandita nicht so zusetzen müssen«, gab Kira zurück. »Genau das meinte ich vorhin – wenn jemand irgendwo die Verantwortung trägt, hat er noch längst nicht überall das Sagen. Die können uns nicht so einfach herumkommandieren.«

»Sie vertreten die Regierung«, gab Marcus zu bedenken. »Es ist ihr Job, andere herumzukommandieren, und ehrlich gesagt halte ich es für eine gute Sache, mit Leuten zu reden, die viel unterwegs sind, um Informationen zu sammeln. Sie haben ja niemanden drangsaliert, auch wenn ich zugeben muss, dass der Jüngere sich ziemlich danebenbenommen hat.«

»Die Leute auf der Insel leiden unter Verfolgungswahn«, meinte Nandita. »Sie haben das Schlimmste über mich gedacht, und Kira hat das Schlimmste über sie gedacht.« Sie warf Kira einen scharfen Blick zu. »Dein Verhalten war völlig ungerechtfertigt, und wenn du das nicht änderst, wirst du bald mehr Ärger bekommen, als dir lieb ist.«

»Tut mir leid.« Kira schüttelte den Kopf, aber dann brach es aus ihr heraus. »Wenn die wollen, dass ich ruhig bin, dann sollen sie mich auf meiner Wiese vor dem Haus in Frieden lassen, statt mich zu verhören. Wie wäre es damit?«

Nandita sah den Pferden nach, die am anderen Ende der Straße um die Ecke bogen. »Es wird immer schlimmer«, sagte sie. »Jede neue Grenzkontrolle, jede neue Ergänzung des Zukunftsgesetzes – das verärgert die Leute nur noch mehr.« Sie wandte sich an Isolde. »Wenn die *Stimme* eine Revolution anstacheln will, dann macht sie ihre Sache ganz ausgezeichnet.«

Auf einmal war Kira sehr verlegen. Nandita hatte tatsächlich die ganze Unterhaltung belauscht.

»Was geschieht jetzt?«, fragte Marcus. »Läufst du weg und schließt dich der *Stimme* an?«

»Ich renne weg und heile RM«, erwiderte Kira. »Ohne RM gibt es kein Zukunftsgesetz mehr. Außerdem beginne ich mit einem Experiment. Wir haben Daten aus einem ganzen Jahrzehnt über die Wirkung des Virus bei Kindern, aber ich habe noch keine Untersuchung darüber gesehen, was mit dem Virus bei jenen geschieht, die immun sind. Es wird Zeit, das zu ändern.«

Isolde sah sie fragend an. »Wie denn?«

»Ich nehme meinem geliebten, hilfsbereiten und opfermütigen festen Freund eine Blutprobe ab«, erklärte Kira. »Dann infiziere ich die Blutprobe mit RM.«

Marcus pfiff durch die Zähne. »Dein fester Freund, das klingt traumhaft.«

Nandita warf Marcus einen kritischen Blick zu und bückte sich, um ihr Gartenwerkzeug einzusammeln. »Man muss es ja nicht gleich übertreiben.«

10

»Autsch!«

»Halt still, du großes Baby!« Kira legte die Nadel weg, mit der sie Marcus' Fingerspitze angestochen hatte, und presste ein schmales Glasröhrchen auf die Stelle. Es lief rasch voll, anschließend füllte sie noch ein weiteres Reagenzglas. Dann verschloss sie beide Behälter, stellte sie in einen Ständer und legte einen kleinen Wattebausch auf Marcus' Finger. »Das war's schon.«

»Ich weiß nicht, wie du das gemacht hast, aber der Finger fühlt sich so gut an, als hättest du es gleich beim ersten Versuch richtig hinbekommen. Ich verneige mich vor deinen Fähigkeiten.«

»Ich bin ein Genie«, sagte Kira. »Nimm die Watte weg!« Er hob das Baumwollgespinst hoch, und Kira versorgte die kleine Wunde mit einem festen Pflaster. »Du bist offiziell der älteste Mensch, dem ich jemals in der Entbindungsstation eine Blutprobe entnommen habe. Jetzt verordne ich dir noch zwei davon, und dann bist du im Handumdrehen wieder auf dem Damm.« Sie beugte sich vor und gab ihm rasch zwei Küsse.

»Hm«, machte Marcus und fasste sie an den Hüften. »Was hast du gesagt – wie viele soll ich davon nehmen?«

»Nur zwei«, antwortete Kira. »Aber es kann sicher nicht schaden, die Dosis zu erhöhen.« Sie beugte sich wieder vor und leckte sich die Lippen, doch er hob eine Hand und hielt sie auf.

»Nein, als Sanitäter fühle ich mich einfach nicht wohl damit. Man darf mit Medikamenten nicht herumspielen. Was ist, wenn ich eine Überdosis abbekomme?« Er schob sie sanft weg. »Ich könnte ja abhängig werden.«

Kira drängte sich wieder an ihn. »Du bist vielleicht ein Trottel.«

»Oder wenn ich eine Resistenz entwickle?« In gespieltem Entsetzen verzog er das Gesicht. »Zwei jetzt und zwei später, und auf einmal sind zwei nicht mehr genug, und ich brauche vier oder acht oder zwanzig, um überhaupt noch eine Wirkung zu spüren. Glaubst du wirklich, ich könnte so viele Küsse aushalten?«

Kira kam wieder auf ihn zu und flüsterte verführerisch. »Ich glaube, das verkraftest du.«

Er wartete reglos ab, während sie sich näherte, bis sich ihre Gesichter fast berührten, dann hielt er sie im letzten Moment auf, indem er ihr einen Finger auf die Lippen legte. »Die beste Möglichkeit, eine Überdosis zu vermeiden, besteht bekanntlich im Wechsel des Wirkstoffs. Die blonde Schwester im Südflügel kann auch sehr gut Blut abnehmen. Ich könnte zwei von dir und zwei von ihr nehmen.«

Kira zischte erbost und packte ihn am Kragen. »Das wirst du schön bleiben lassen.«

»Aus medizinischer Sicht wäre das die ideale Lösung«, fuhr Marcus fort. »Ich könnte sogar zwei von dir und gleichzeitig zwei von ihr nehmen. Dabei wird mir vielleicht etwas schwindlig, aber ... au!«

»Ich habe hier immer noch den Pikser.« Sie drückte ihm die Nadel gerade fest genug in die Seite, dass er sie spürte. »Du hast hier einen Exklusivvertrag, Marcus Valencio. Ist das klar?«

»Ich hab's kapiert«, keuchte er. »Da wir gerade dabei sind – die Wirkung meiner Medikamente scheint schon wieder nachzulassen.«

»Heute gibt's nichts mehr.« Sie stieß ihn auf den Stuhl zurück und nahm die Reagenzgläser mit den Blutproben an sich. »Es muss endlich einmal herausgefunden werden, was für ein Mann du eigentlich bist.« Sie brachte das Blut zu einem Medicomp in der Ecke, schaltete ihn ein und bereitete die Blutprobe vor, als er hochlief. Marcus folgte ihr und reichte ihr die Glasplättchen, die Pipetten und die anderen Geräte, sobald sie sie brauchte. Sie arbeitete gern mit ihm zusammen. So mühelos und wortlos fanden sie auch immer ihren Arbeitsrhythmus, wenn sie bei einem Bergungseinsatz Medikamente sortierten.

Sie schob die vorbereitete Probe in die Führung des Diagnosecomputers und fuhr mit den Fingern auf dem Bildschirm hin und her. Der Computer untersuchte das Blut und lieferte zunächst die grundlegenden Informationen.

»Typ Null positiv«, sagte Marcus, der ihr über die Schulter blickte. »Cholesterin und Blutzucker sind in Ordnung. Hm – nur die Hitzestrahlung ist sehr hoch. Interessant.«

»Ja«, murmelte Kira, die unablässig Eingaben machte. »Aber schau dir bloß die Arroganzpartikel an!« Marcus wollte protestieren, worauf sie ihn auslachte und dem Gerät die Anweisung gab, eine gründlichere Untersuchung durchzuführen. Sie tippte auf *Komplette Blutanalyse*. So viele Informationen hatte sie noch nie abgerufen. Offensichtlich war es aber recht einfach, alle verfügbaren Optionen zugleich auszuwählen. Sie fragte sich, wie das Leben in der alten Welt gewesen war, als Computer in jedem Lebensbereich und nicht nur im Krankenhaus benutzt worden waren, wo es genug Energie für ihren Betrieb gab.

Ein paar Sekunden später zeigte der Computer eine Liste mit verschiedenen Elektrolyten, Glukosemolekülen und anderen Bestandteilen des Bluts an. Der Rest der kompletten Analyse, wie etwa die Bestimmung der Leberwerte anhand des Glukosespiegels, würde länger dauern.

Der Computer zeigte sofort jedes Ergebnis an, sobald er es berechnet hatte. Inzwischen machte Kira dreidimensionale Aufnahmen der Blutprobe und überprüfte verschiedene Bestandteile auf Anomalien. Der Computer unterbrach sie mit einem leisen Alarmsignal. In einer Ecke des Bildschirms war eine glühende blaue Raute aufgetaucht. Sie runzelte die Stirn und warf Marcus einen fragenden Blick zu, doch der hob nur die Schultern und schüttelte den Kopf. Sie betrachtete den Bildschirm und drückte auf das Symbol.

Ein neues Fenster öffnete sich und zeigte einige Grafiken. Das Programm hatte siebenundzwanzig RM-Viren gefunden.

»Was?«, flüsterte Kira. Die Zahl blinkte, jetzt waren es achtundzwanzig. Sie tippte auf ein Bild und zog es in eine Ecke des Bildschirms, um eine dreidimensionale Darstellung des Virus zu öffnen. Es war annähernd kugelförmig und gelb gefärbt, damit es sich von der Umgebung abhob. Es sah gemein und böse aus.

Die Zahl stieg weiter an: dreiunddreißig Funde, achtunddreißig, siebenundvierzig, sechzig.

»Das Virus ist viel zu stark verbreitet.« Kira ging die Bilder fast so schnell durch, wie sie auftauchten. Natürlich hatte sie in ihrer medizinischen Ausbildung bereits Abbildungen des Virus gesehen, aber noch nie so wie hier. Mit so vielen Funden bei einem lebenden Menschen hatte sie nicht gerechnet. »Das kann doch nicht stimmen.«

»Offensichtlich bin ich aber nicht krank«, erwiderte Marcus.

Kira runzelte die Stirn und betrachtete eins der Bilder genauer. Das Virus hing drohend wie ein riesiges, unersättliches Raubtier über den anderen Daten. »Das Programm sagt mir nicht, es sei anormal«, erklärte Kira. »Es sagt mir nur, das Virus sei vorhanden. Jemand hat dem

Computer beigebracht, das Virus zu erkennen, ihn aber nicht darüber informiert, dass dieses Virus Anlass zur Sorge gibt. Wie mag es bei anderen Patienten aussehen?« Neben dem Alarmsymbol entdeckte sie einen kleinen Link zur Datenbank. Sie tippte darauf und keuchte.

Ein neues Fenster erschien rechts auf dem Bildschirm. Es war schmal und nahm die ganze Höhe ein. Als Kira die Darstellung vergrößerte, fand sie eine Reihe ähnlicher Hinweise. Sie ging die Liste mit dem Finger durch und öffnete die Links nacheinander. Auf einen Link, der zu einer Patientenakte führte, klickte sie schließlich. Auch dieses Blut hatte zahlreiche Viren enthalten. Sie prüfte einige weitere Akten, bei denen es genauso aussah. Sie wagte fast nicht, es laut auszusprechen.

»Demnach sind wir alle Überträger«, sagte sie. »Jeder Überlebende hat das Virus ständig in sich. Wir sind zwar resistent, geben es aber weiter. Deshalb sterben die Babys so schnell – selbst in einem luftdicht versiegelten Raum.« Sie starrte Marcus an. »Das werden wir niemals los.« Sie ging die Bilder des Virus durch und versuchte, sich an alles zu erinnern, was sie über Ausbreitung und Wirkungsweise gelernt hatte. Ein Teil der von RM ausgehenden Gefahr bestand darin, dass sich das Virus nicht verhielt wie andere im Blutkreislauf lebende Viren. Es befand sich zwar im Blut, aber außerdem auch in jedem anderen Körperteil und konnte durch Blut, Speichel, Sperma und durch die Luft übertragen werden. Kira brütete über den Bildern, betrachtete die Struktur des Virus, das groß genug war, um ein höchst komplexes System mit vielen verschiedenen Anpassungsmöglichkeiten darzustellen. Allerdings wusste noch niemand, wie das System tatsächlich beschaffen war.

Marcus rieb sich die Augen und strich sich langsam mit beiden Händen über das Gesicht.

»Das sagte ich dir doch schon. Die klügsten Köpfe, die es noch auf der Welt gibt, studieren RM seit elf Jahren. Inzwischen haben sie wirklich alles gründlich erforscht.«

»Es muss aber noch etwas anderes geben.« Hektisch ging Kira die Liste durch.

»Versuchsreihen, Tests, Blutreiniger, Dialyse, Atemmasken. Hier sind sogar Tierversuche registriert. Kira, die haben buchstäblich alles ausprobiert, was ihnen nur einfallen wollte.«

Sie ließ sich nicht beirren und ging Studie um Studie und Testreihe um Testreihe durch. Als sie das Ende der Liste erreicht hatte, dämmerte es ihr.

Es gab tatsächlich einen Test, der in der Datenbank nicht vorkam. Ein Thema, auf das in den letzten elf Jahren noch niemand gekommen war.

Wenn sie das Virus verstehen wollten, mussten sie zum Ursprung vorstoßen. Wenn sie sehen wollten, wie echte Immunität aussah, mussten sie die Subjekte betrachten, die in jeder Hinsicht immun waren.

Wenn sie RM wirklich heilen wollten, gab es keinen besseren Weg, als einen Partial zu untersuchen.

11

»Herein«, sagte Dr. Skousen. Langsam öffnete Kira die Tür. Das Herz schlug ihr bis zum Hals. Sie hatte eine Woche damit zugebracht, zusammen mit Marcus die Forschungsprojekte durchzugehen, und sich schließlich dazu durchgerungen, Skousen aufzusuchen. Dann hatte sie sich mehrere Tage überlegt, was sie ihm sagen und wie sie auftreten sollte. Würde es klappen? Würde er zustimmen oder sie lachend aus dem Büro schicken? Würde er böse werden und sie ganz aus dem Krankenhaus werfen? Skousens Büro war hell, was nicht nur an den großen Fenstern, sondern auch an der strahlend weißen Schreibtischlampe lag. Kira war immer wieder überrascht, elektrisches Licht zu sehen. Es war eine Extravaganz, die sich nur wenige Leute leisten konnten. War den Leuten im Krankenhaus eigentlich klar, wie nachlässig sie mit dem Strom umgingen?

»Danke, dass ich Sie sprechen darf, Herr Doktor«, sagte Kira. Sie schloss die Tür hinter sich und näherte sich auf unsicheren Beinen dem Schreibtisch. Natürlich hatte sie sich höchst professionell gekleidet: rote Bluse, kaffeebrauner Rock mit passendem Jackett, hochhackige Schuhe. Sonst trug sie lieber flache Absätze, denn die Pumps waren bei der Arbeit und überhaupt im ganzen Leben nach dem Zusammenbruch schrecklich unpraktisch, aber Skousen war in der alten Welt aufgewachsen und wusste diesen Anblick vermutlich zu schätzen. Er sollte sie als Erwachsene betrachten, als intelligenten, reifen Mitmenschen, und sie wollte alle Register ziehen, damit sie dieses Ziel erreichte. Sie gab ihm die Hand, Skousen schlug fest ein. Seine Hände waren alt, die Haut war faltig und fühlte sich an wie Papier, doch der Griff war kräftig.

»Bitte.« Er deutete auf den Besucherstuhl. »Nehmen Sie doch Platz. Sie sind Walker, richtig?«

Kira nickte und setzte sich mit geradem Rücken auf die Stuhlkante. »Ja, Herr Doktor.«

»Ihre Examensarbeit hat mich beeindruckt.«

Kira riss überrascht die Augen auf. »Haben Sie sie wirklich gelesen?«

Skousen nickte. »Nur wenige Praktikanten veröffentlichen Forschungsarbeiten. Das hat mich auf Sie aufmerksam gemacht.« Er lächelte. »Und stellen Sie sich meine Überraschung vor, als ich Ihre Arbeit nicht nur gut recherchiert, sondern auch originell fand. Die Schlussfolgerungen über die Struktur von RM waren fehlerhaft, aber innovativ. Sie könnten eine vielversprechende Karriere in der Forschung vor sich haben.«

»Danke.« Kira wurde warm ums Herz. Vielleicht klappt es wirklich, dachte sie. »Genau deshalb wende ich mich auch an Sie. Es geht um weitere Forschungen.«

Skousen lehnte sich zurück und musterte sie. Begeistert war er nicht, aber er hörte zu. Kira fasste sich ein Herz.

»Bedenken Sie: Das Zukunftsgesetz zementiert alles, was wir seit elf Jahren tun. Wir wollen so viele Geburten wie möglich haben, aber in elf Jahren gab es keinen einzigen Erfolg. Wir werfen Lehm gegen die Wand und wollen sehen, was haften bleibt, und nach elf Jahren sollten wir endlich einsehen, dass Lehm nicht die richtige Antwort ist. Wir müssen uns auf etwas anderes konzentrieren.«

Skousen starrte sie mit versteinertem Gesicht an. »Was schlagen Sie vor?«

»Ich möchte von der Entbindungsstation in die Forschungsabteilung versetzt werden.«

»Genehmigt«, sagte er. »Das wollte ich sowieso vorschlagen. Was sonst noch?«

Kira holte tief Luft. »Wir sollten überlegen, ob es nicht sinnvoll ist, in einem neuen Projekt die Physiologie der Partials zu untersuchen.«

»Was meinen Sie damit?«

»Da ich es nicht anders ausdrücken kann, schlage ich Folgendes vor: Wir stellen ein Team zusammen, das aufs Festland übersetzt und einen Partial beschafft, den wir dann untersuchen.«

Dr. Skousen schwieg. Kira wartete ab und beobachtete ihn, sie wagte kaum zu atmen. Das elektrische Licht summte leise.

»Ich dachte, Sie haben einen ernst zu nehmenden Vorschlag.« Skousen sprach leise und mit großer Härte.

»Mir war noch nie im Leben so ernst wie gerade eben.«

»Ihr Leben dauert noch nicht sehr lange.«

»Wie Sie selbst oft sagen, geht es hier um unsere Ausrottung«, erklärte Kira. »Unser einziger Plan besteht momentan darin, Gasmasken zu tragen, die Mütter zu isolieren und genau zu notieren, wie die Babys sterben. Ja, wider alle Wahrscheinlichkeit konnten wir diesen Aufzeichnungen einige nützliche Informationen entnehmen, aber ich bin nicht bereit, die Zukunft meiner Spezies von statistisch sehr unwahrscheinlichen Faktoren abhängig zu machen. Die Partials sind immun. Sie haben ein Virus entwickelt, das sich perfekt zur Tötung von Menschen eignet, sind aber selbst immun dagegen.«

»Das liegt daran, dass sie keine Menschen sind«, erinnerte Skousen sie.

»Aber sie haben menschliche DNA«, widersprach Kira. »Oder wenigstens teilweise. Das Virus sollte sie eigentlich ebenso infizieren wie uns. Das geschieht jedoch nicht. Ihre Immunität ist künstlich erzeugt, was wiederum heißt, dass wir den Mechanismus entschlüsseln und für unsere Zwecke nutzen sollten.«

Skousen schüttelte den Kopf. »Sie sind verrückt.«

»Wir versuchen, das Rätsel der Immunität gegenüber RM zu lösen, indem wir Kinder betrachten, die nicht immun sind. Dort ist die Antwort aber nicht zu finden, ganz egal, wie viele Subjekte wir testen. Wenn wir etwas über Immunität lernen wollen, müssen wir die Partials betrachten. Wir haben keinerlei Daten, die uns sagen, wie sie gebaut wurden oder wie ihr genetischer Code programmiert wurde. Rein gar nichts. Dort müssen aber die Antworten liegen. Es ist zumindest einen Versuch wert.«

»Die Partials stellen sich vermutlich nicht freiwillig für unsere Forschungen zur Verfügung.«

»Dann schnappen wir uns einen«, schlug Kira vor.

»Wenn wir die Grenze überschreiten, könnte leicht ein neuer Partialkrieg ausbrechen.«

»Wenn das passiert, sterben wir morgen«, gab Kira aufgebracht zurück. »Wenn wir RM nicht heilen, sterben wir in den nächsten fünfzig Jahren jeden Tag ein kleines bisschen. Oder schon eher, falls die *Stimme* einen Bürgerkrieg anzettelt. Wenn wir nicht bald eine Antwort auf RM finden, wird genau das eintreten. Ich denke, es ist das Risiko wert.«

»Ein solches Gespräch führe ich nicht mit einem Seuchenbaby«, knurrte Skousen. »Als uns die Partials angriffen, waren Sie noch nicht einmal alt genug, um die Ereignisse zu begreifen. Sie mussten nicht zusehen, wie eine kleine Gruppe dieser Wesen eine ganze Armeebrigade zerlegte. Sie mussten nicht zusehen, wie die Menschen dahinschwanden, Blut erbrachen und im Fieber bei lebendigem Leib zerkochten.«

»Ich habe meinen Vater verloren …«

»Wir haben alle unsere Väter verloren!«, brüllte Skousen. Kira erbleichte, als sie die Worte hörte, und wich vor dem Mann zurück, der auf einmal einen irren Ausdruck in den Augen hatte. »Ich habe meinen Vater, meine Mutter, meine Frau, meine Kinder, meine Freunde, Nachbarn, Patienten, Kollegen und Studenten verloren. Damals arbeitete ich in einem Krankenhaus und sah zu, wie es sich füllte und immer weiter füllte, bis nicht einmal mehr genügend Lebende da waren, um die Leichen wegzutragen. Ich sah zu, wie meine ganze Welt vor die Hunde ging, Walker, während Sie mit Puppen spielten. Also behaupten Sie nicht, wir täten nicht genug, um die Menschheit zu retten. Und kommen Sie mir nicht mit der Behauptung, wir müssten einen zweiten Partialkrieg riskieren.« Er war kreidebleich geworden, die Hände zitterten ihm vor Wut.

Kira schluckte die Antwort hinunter, denn das hätte alles nur noch schlimmer gemacht. So senkte sie nur den Kopf, wich seinem Blick aus und widerstand dem Impuls, einfach aufzuspringen und hinauszulaufen. Das tat sie nicht. Er war wütend und würde sie vermutlich hinauswerfen, aber sie wusste, dass sie recht hatte. Wenn er sie hinauswerfen wollte, dann musste er es schon selbst aussprechen. Sie hob den Kopf, sah ihm in die Augen und erwartete das Urteil. Sie war an dieser Stelle gescheitert, aber sie gab nicht auf. Hoffentlich bemerkte er ihr Zittern nicht.

»Sie melden sich morgen früh in der Forschungsabteilung«, entschied er. »Ich informiere Oberschwester Hardy über Ihre Versetzung.«

12

Kira beobachtete ihre Freunde, die in Nanditas Wohnzimmer lachten und scherzten. Es war spät, der Raum war nur schwach mit Kerzen beleuchtet. Der gespeicherte Strom, den Xochi mit ihrer Solaranlage erzeugt hatte, floss wie immer in die Player. Heute war *Glückwunsch Kevan* an der Reihe, eine von Xochis Lieblingssammlungen: ein hektischer, treibender Bass, eine gewalttätige elektronische Musik. Selbst leise gestellt, versetzte die Musik Kiras Herz in Raserei.

Nandita war schon schlafen gegangen, und das war gut so. Kira wollte ihren Freunden vorschlagen, einen Verrat zu begehen, und es wäre unfair gewesen, Nandita mit in die Sache hineinzuziehen.

Unablässig hatte sie über Skousens Worte nachgedacht – wie es gewesen war, während des Zusammenbruchs zu leben. Sie konnte ihm nicht vorwerfen, dass er deshalb so starke Gefühle entwickelte, denn alle anderen fühlten sich genauso. Aber erst in diesem Moment hatte Kira erkannt, wie unterschiedlich die Menschen betroffen gewesen waren. Skousen hatte im Krankenhaus gearbeitet, als das Virus freigesetzt worden war. Er hatte beobachtet, wie sich die Klinik binnen Stunden gefüllt hatte, dann waren die Gänge belegt gewesen, schließlich auch die Parkplätze. Die Seuche hatte wie ein Wirbelsturm die ganze Welt erfasst. Die eigenen Angehörigen waren in seinen Armen gestorben. Kira dagegen war allein gewesen. Ihre

Tagesmutter war lautlos im Bad gestorben, und ihr Vater war einfach ... nicht mehr nach Hause gekommen. Sie hatte ein paar Tage gewartet und alles Essen verbraucht, das sie selbst zubereiten konnte. Dann war sie herumgelaufen, um sich Nachschub zu besorgen. Das Stadtviertel war leer gewesen, die ganze Welt war leer gewesen. Wäre nicht ein Armeekonvoi vorbeigekommen, der sich voller Verzweiflung von der Front zurückgezogen hatte, dann hätte sie nicht überlebt.

Skousen erinnerte sich, wie die Welt in Stücke gegangen war. Kira erinnerte sich, wie die Welt die letzten Kräfte mobilisiert hatte, um zu überleben. Das war der Unterschied. Deshalb hatte Skousen so große Angst, etwas zu unternehmen und das Problem zu lösen. Wenn überhaupt, dann mussten sich die Seuchenbabys selbst darum kümmern.

Haru redete leidenschaftlich wie immer. Offenbar konnte er nur auf diese Weise kommunizieren. Egal, in welches Gespräch er sich einklinkte, stets stand er im Mittelpunkt, was jedoch nicht an seinem Charisma, sondern an seiner schieren Entschlossenheit lag. »Ihr erkennt alle nicht, dass es dem Senat gleichgültig ist«, sagte er gerade. »Ihr könnt behaupten, sie würden euch die Kindheit rauben, ihr könnt sagen, die Forschung sei nutzlos – das alles interessiert diese Leute nicht.« Die Gerüchteküche kochte über, und es hieß, der Senat wolle das Schwangerschaftsalter schon wieder absenken. Haru hatte Isoldes Weigerung, dazu Stellung zu nehmen, als stillschweigendes Eingeständnis bewertet. »Sie haben beschlossen, RM mit der Macht der Statistik zu bändigen, und das bedeutet, dass sie das Schwangerschaftsalter so weit senken, wie es sich gerade noch durchsetzen lässt. Wenn sie von achtzehn auf sechzehn Jahre heruntergehen, bekommen sie auf einen Schlag – wie viele eigentlich? Fünftausend neue Mütter? Alle zehn bis zwölf Monate fünftausend neue Babys. Wenn sie auf vierzehn heruntergehen, sind es doppelt so viele. Es spielt keine Rolle, ob es hilft oder nicht, es ist einfach die beste und schnellste Fortsetzung der bisherigen Strategie. Das ist unausweichlich.«

»Das weißt du doch nicht«, widersprach Isolde, worauf Haru den Kopf schüttelte.

»Wir wissen es alle«, erwiderte er. »Diese Regierung trifft ausschließlich auf diese Weise ihre Entscheidungen.«

»Vielleicht brauchen wir eine neue Regierung«, meinte Xochi.

»Fang nicht wieder damit an!«, warf Jayden ein, aber Xochi war kaum aufzuhalten, wenn sie einmal losgelegt hatte.

»Wann haben wir eigentlich zum letzten Mal jemanden gewählt?«, fragte sie. »Wann haben wir überhaupt das letzte Mal abgestimmt? Sechzehnjährige dürfen nicht abstimmen. Jetzt zwingen sie uns, schwanger zu werden, aber mitreden dürfen wir immer noch nicht. Das ist unfair.«

»Was hat Fairness damit zu tun?«, fragte Haru. »Sieh dir die Welt doch mal an, Xochi. Sie ist insgesamt ziemlich unfair.«

»Die Welt schon«, räumte Xochi ein, »aber das heißt nicht, dass wir sie nachahmen müssen. Ich hoffe noch immer, dass wir Menschen einen stärkeren Gerechtigkeitssinn haben als die willkürlichen Kräfte der Natur.«

Kira beobachtete Xochis Gesicht, während sie sprach, und suchte nach … sie wusste es selbst nicht genau. Xochi war immer temperamentvoll, aber Kira kannte sie besser als jeder andere. Etwas hatte sich verändert. Hieß dies, dass Xochi sie ohne Zaudern unterstützen würde, oder bedeutete es das Gegenteil?

»Das Zukunftsgesetz wurde erlassen, bevor einer von uns abstimmen durfte, aber ich hätte trotzdem mit achtzehn schwanger werden müssen, auch wenn ich nicht dazu bereit gewesen wäre. So läuft das eben.« Madisons Schwangerschaft war noch nicht weit fortgeschritten, aber man sah bereits den Babybauch. Sie tätschelte ihn oft und abwesend. Kira hatte dies auch bei anderen schwangeren Frauen bemerkt. Es gab da eine Bindung, ein spürbares Band, obwohl der Fötus in diesem Stadium kaum als Mensch zu erkennen war. Der Gedanke brach Kira das Herz.

Madison würde ihren Plan sicher unterstützen. Sie bekam ein Kind und hatte am meisten zu gewinnen und am meisten zu verlieren. Haru wäre aus den gleichen Gründen sicher auch auf ihrer Seite, aber bei ihm konnte man nie sicher sein. Sie hatte beobachtet, wie er mehr als einmal gegen seine eigenen Interessen argumentiert hatte. Seine Ansichten waren stärker als seine Bedürfnisse. Was Jayden anging, so war er ihr ein Rätsel. Natürlich wollte er seinen Neffen oder seine Nichte nicht verlieren, aber andererseits war er der Abwehr gegenüber treu ergeben. Er würde nicht zustimmend reagieren, sollte Kira ihn zu einem Verrat auffordern.

»Was du da redest, ist Hochverrat.« Jayden starrte Xochi an. Kira lächelte. Jayden war wirklich sehr berechenbar. »Einen Senator zu ersetzen, ist eine Sache – er geht in den Ruhestand, und wir wählen einen neuen. So was passiert. Aber die ganze Regierung zu ersetzen, das ist eine Revolution. Außerdem ist es Selbstmord. Wisst ihr eigentlich, wie verletzlich diese Stadt wäre, wenn der Senat die Abwehr nicht organisieren und den Frieden hüten würde? Wäre er nicht mehr da, würde uns die *Stimme* zehn Minuten später in die Luft jagen.«

»Wenn der Senat weg ist, hat die *Stimme* keinen Grund mehr, ihn in die Luft zu jagen«, konterte Xochi. »Darum geht es doch gerade.«

»Bist du etwa auf einmal eine *Stimme*?«, fuhr Jayden auf.

Xochi beugte sich vor. »Als Alternative zu einer Regierung von Idioten oder zu einer Militärdiktatur kommt mir eine Regierung von Rebellen gar nicht mehr so übel vor.«

»Die sind keine Rebellen, das sind Terroristen«, grollte Jayden.

Xochi würde sich auf ihre Seite schlagen, aber Kira wusste nicht, inwieweit ihre Freundin wirklich behilflich wäre. Abgesehen von einigen Schießübungen hatte Xochi keinerlei militärische Ausbildung genossen. Ihre Fähigkeiten lagen überraschenderweise eher im traditionellen Bereich: Kochen, Gartenbau, Nähen und so weiter. Sie war auf den Farmen aufgewachsen und besaß daher einige Erfahrung, was das Leben in der Wildnis betraf, aber das war auch schon alles. Bei Isolde war es sogar noch schlimmer. Wahrscheinlich würde sie mitmachen, weil sie eben einfach so war, eine treue Anhängerin, aber sie sollte und durfte nicht mitkommen. Vielleicht konnte sie hinter den Kulissen helfen und die Unternehmung vor der Regierung und der Abwehr verheimlichen, aber selbst das war eine gewagte Vermutung. Wenn Kira die Sache wirklich durchziehen wollte, brauchte sie entschlossene Gefährten, die sich im Feld zu behaupten wussten. Diese Beschreibung passte nicht einmal auf sie selbst, aber wenigstens hatte sie eine medizinische Ausbildung genossen und kannte sich dank der Bergungseinsätze einigermaßen mit Waffen aus.

Blieb noch Marcus. Entspannt saß er neben Kira auf dem Sofa und beobachtete durchs Fenster den Sonnenuntergang. Er verzichtete darauf, sich an dem Streit zu beteiligen. Ein Soldat war er auch nicht, aber er konnte recht gut mit dem Gewehr umgehen und war ein begabter Chirurg, der sich besonders bewährte, wenn er unter Druck stand. Er war sehr schnell auf die Nachrückliste für die Notaufnahme der Klinik gelangt. Er würde sie beschützen und dafür sorgen, dass sie nicht den Verstand verlor. Sie tätschelte sachte sein Knie, sammelte sich und richtete sich auf.

»Ich muss mit euch reden«, sagte sie.

»Wir wissen schon, was du sagen willst«, antwortete Haru. »Du hast Marcus und hast natürlich kein Problem mit dem Zukunftsgesetz.«

Kira warf Marcus einen unbehaglichen Blick zu, dann wandte sie sich an Haru und schüttelte den Kopf. »Ehrlich gesagt weiß ich nicht, was ich davon halte, aber darüber wollte ich gar nicht sprechen. Ich will über euer Kind reden.«

Haru runzelte die Stirn und warf einen Blick zu Madison hinüber, die sich abwesend den Bauch rieb. »Was ist damit?«

»Darf ich ganz offen sein?«

»Das sind doch sowieso alle«, sagte Isolde.

»Gut«, fuhr Kira fort. »Maddys Baby wird sterben.«

Haru und Jayden runzelten die Stirn, und als sie Madisons verletzte Miene sah, taten Kira ihre Worte schrecklich leid. Sie kämpfte die Tränen nieder und sprach weiter. »Es tut mir leid, es ist schrecklich grob, aber wir müssen realistisch sein. Das Zukunftsgesetz ist dumm oder böse oder notwendig oder was man sonst dazu sagen will, aber es spielt keine Rolle, weil es Maddys Baby nicht retten wird. Vielleicht überlebt in ein paar Jahren mal ein Baby, aber nicht dieses. Es sei denn, wir tun etwas.«

Haru sah sie kalt an. »Woran denkst du?«

Kira schluckte und erwiderte den Blick. Äußerlich gab sie sich so selbstsicher und ernst wie er. »Ich will einen Partial schnappen.«

Jayden runzelte die Stirn. »Denkst du an einen organisierten Angriff auf dem Festland?«

»Nicht East Meadow, nicht die Abwehr«, sagte Kira. »Ich habe mit Skousen gesprochen, und es sieht nicht so aus, als würde der Senat jemals mitspielen. Ich rede über uns hier in diesem Raum. Die Partials könnten der Schlüssel sein, um RM zu heilen. Deshalb schlage ich vor, wir brechen auf, setzen über und greifen uns einen.«

Die Freunde starrten sie sprachlos und mit offenen Mündern an. Die Musikauswahl des schon lange toten Kevan röhrte zornig im Hintergrund. Madison war fassungslos und hatte ungläubig die Augen aufgerissen, Isolde und Jayden runzelten die Stirn und hielten sie offensichtlich für verrückt. Xochi versuchte sich an einem Lächeln und schien nicht sicher zu sein, ob es sich nicht doch um einen Scherz handelte.

»Kira ...«, setzte Marcus langsam an.

»Teufel, ja«, sagte Haru. »Genau das meine ich doch.«

»Das ist nicht dein Ernst«, widersprach Madison.

»Doch, es ist ihr Ernst, und es klingt absolut sinnvoll«, erklärte Haru. »Die Partials haben das Virus geschaffen und können uns sagen, wie man es bekämpft. Wenn nötig, unter verschärften Verhörmethoden.«

»Ich meine nicht, dass wir einen verhören sollten«, antwortete Kira. »Es gibt eine Million von ihnen und daher kaum Hoffnung, dass wir einen finden, der brauchbares Wissen über Virologie besitzt. Wir können aber einen von ihnen untersuchen. Marcus und ich sind anhand der gegenwärtig verfügbaren Daten der Frage der Immunität nachgegangen, aber das ist eine Sackgasse – nicht weil das Forschungsteam im Krankenhaus schlecht arbeitet, sondern gerade weil man dort seit einem Jahrzehnt hervorragende Forschungsarbeit leistet. Man hat buchstäblich alle anderen Möglichkeiten ausgeschlossen. Unsere beste Möglichkeit – vielleicht die einzige – besteht darin, im Organismus der Partials eine Substanz zu finden, die sich zu einem Impfstoff oder einem Medikament entwickeln lässt. Und wir müssen es bald tun, ehe das Baby zur Welt kommt.«

»Kira ...«, setzte Marcus noch einmal an, aber Jayden kam ihm zuvor.

»Dann fängt der Krieg wieder an.«

»Nicht wenn wir es in kleinem Maßstab tun.« Haru beugte sich eifrig vor. »Eine große Invasion würde man bemerken, aber ein kleines Team könnte unbemerkt übersetzen, einen schnappen und still und heimlich wieder verschwinden. Sie würden nicht einmal bemerken, dass wir überhaupt dort waren.«

»Bis auf die Tatsache, dass einer ihrer Leute verschwunden ist«, gab Xochi zu bedenken.

»Die sind keine Leute, die sind Maschinen«, fauchte Haru. »Biologische Maschinen zwar, aber trotzdem Maschinen. Ein fehlender Partial kümmert sie so sehr, wie ein Gewehr sich um das nächste kümmert. Im schlimmsten Fall bemerkt ein Partial-Kommandant, dass ein Gewehr im Regal fehlt, und baut ein neues als Ersatz.«

»Können sie neue bauen?«, fragte Isolde.

»Wer weiß?«, antwortete Haru. »Bekanntermaßen können sie sich nicht fortpflanzen, aber möglicherweise haben sie die Produktionsanlagen bei ParaGen gefunden und wieder in Betrieb genommen. Jedenfalls darf man sie nicht als Personen sehen, weil sie sich selbst nicht so sehen. Einen Partial zu fangen, ist keine Entführung, sondern ... so etwas wie Diebstahl.«

»Trotzdem sind wir ziemlich wütend, wenn die *Stimme* unsere Sachen klaut«, warf Madison ein.

»Nein«, antwortete Jayden, der zu Boden gestarrt hatte. Er hob den Kopf. »Ihr habt recht, eine solche Aktion lässt sich durchziehen.«

»O nein, nicht du auch noch!«, stöhnte Madison.

Kira jubelte innerlich. Sie verstand nicht, warum Madison sich so sträubte, aber es spielte keine Rolle, wenn sie Jayden für ihre Sache gewonnen hatte. Sie begegnete seinem Blick und nickte. Er sollte seine Gedanken in Ruhe entwickeln können. »Was meinst du?«

»Ich kenne Leute in der Abwehr, die uns helfen würden«, erklärte Jayden. »Die meisten sind Späher. Wir wissen nicht einmal genau, wo sich die Partials aufhalten, ganz zu schweigen davon, wie sie sich eingerichtet haben. Deshalb brauchen wir ein kleines Erkundungsteam, das übersetzt, einen einsamen Partial oder eine kleine Streife ausmacht, ein Exemplar überwältigt und unbemerkt auf die Insel zurückkehrt.« Er blickte erst Madison und dann Kira an. »Kein allzu toller Plan, aber wir könnten es schaffen.«

»Ich komme mit«, sagte Xochi.

»Nein, du gehst nicht mit!«, rief Isolde. »Weil überhaupt niemand geht.«

Kira achtete nicht auf sie, sondern konzentrierte sich auf Jayden. Sie brauchte ihn, damit es klappte. »Kennst du eine gute Stelle, um den Sund zu überqueren?«

»Über den Long Island Sound ist es nicht möglich.« Haru schüttelte den Kopf. »Wir bewachen unsere Seite mit Argusaugen, und die da drüben tun es mit Sicherheit ebenfalls. Wenn wir unbemerkt hinüberwollen, dann an einer verlassenen und abgelegenen Stelle, wo niemand uns beobachtet.«

Jayden nickte. »Manhattan.«

»Jetzt weiß ich, dass ihr alle verrückt seid.« Marcus legte Kira eine Hand auf den Arm. »Manhattan wird nicht überwacht, weil es mit Sprengstoff gespickt ist. Die Brücken sind vermint, die Stadt ist auf beiden Seiten vermint, und soweit wir wissen, ist die Grenze zu den Partials am Hudson ebenfalls vermint. Eine falsche Bewegung, und die ganze Insel fliegt in die Luft.«

»Abgesehen davon, dass wir wissen, wo unsere Bomben liegen«, erklärte Jayden. »Ich habe Zugang zu allen alten Plänen und Akten, aus denen hervorgeht, wo die sicheren Wege zu finden sind.«

»Gibt es die überhaupt?«, staunte Xochi.

»Wir wären dumm gewesen, wenn wir uns nicht selbst ein paar Schlupflöcher gelassen hätten«, erwiderte Jayden. »Sie sind klein und schwer zu entdecken, aber mit den richtigen Karten finden wir sie und kommen durch.«

»Hört sofort auf, darüber zu reden, ihr alle!« Madisons Stimme war stärker und tiefer, als Kira es je erlebt hatte. »Niemand geht nach Manhattan, niemand sucht sich einen Weg durch ein Minenfeld, und ich garantiere euch, dass niemand einen Partial angreifen und einfangen wird. Partials sind Supersoldaten. Sie wurden geschaffen, um den Isolationskrieg zu gewinnen. Sie werden sich nicht einfach ergeben, wenn ein paar Jugendliche auftauchen. Sie sind Ungeheuer, und sie sind unglaublich gefährlich. Ihr werdet meinen Mann und meinen Bruder nicht in ihre Nähe locken.«

»Wir tun es für dich«, wandte Haru ein.

»Ich will es aber nicht«, beharrte Madison. Kira sah, wie ihr die Tränen in die Augen schossen, während sie schützend die Hand auf den sanft gewölbten Bauch legte. »Wenn du mein Baby beschützen willst, dann lass nicht zu, dass es ohne Vater lebt.«

»Wenn ich bleibe, wird unser Baby für ungefähr drei Tage einen Vater haben«, erklärte Haru. »Wenn wir Glück haben, sind es vier. Kira hat recht. Wenn wir nichts unternehmen, wird das Baby sterben. Das steht außer Zweifel. Aber wenn ich gehe und wir kommen mit einem Partial zurück, dann können wir sie vielleicht retten.«

Sie, dachte Kira. Das sagt er so, als sei er sicher. Dabei ist es noch zu früh, um das Geschlecht zu erkennen. Das Baby ist für sie ein realer Mensch. Erkennt Madison denn nicht, dass es keinen anderen Weg gibt?

Madisons Stimme brach. »Und wenn du stirbst?«

»Dann tausche ich mein Leben gegen das des Kinds«, entgegnete Haru. »Auf dieser Insel gibt es keinen Vater, der nicht zu einem solchen Schritt bereit wäre.«

»Du hast mich überzeugt.« Xochi verschränkte die Arme vor der Brust. »Ich bin dabei.«

»Ich nicht«, erklärte Isolde. »Ich stimme Mads zu. Es ist gefährlich, es ist Verrat, und die Erfolgsaussichten stehen eins zu einer Million. Das ist das Risiko nicht wert.«

»Natürlich ist es das Risiko wert«, schaltete sich Kira ein. »Nenn es von mir aus dumm oder unmöglich, aber sag nicht, es sei das Risiko nicht wert. Wir wissen ganz genau, dass wir vielleicht nicht lebend zurückkehren, und vielleicht haben wir keinen Erfolg. Das ist mir klar, und ich hätte den Vorschlag nicht gemacht, wenn ich diese Möglichkeit nicht in Betracht gezogen hätte. Aber Haru hat recht – es ist die Sache wert, wenn wir uns – uns alle – eintauschen gegen die Aussicht auf eine neue Generation von Menschen. Wenn wir das wirklich schaffen und einen Partial benutzen, um RM zu heilen, retten wir nicht nur Maddys Kind, sondern Tausende und vielleicht Millionen von Babys. Genauer gesagt, jedes Kind, das in späteren Zeiten überhaupt geboren wird. Wir retten die Menschheit.«

Isolde schwieg, Madison weinte. Sie wischte sich die Augen und flüsterte etwas Unverständliches, starrte Haru flehend an. »Aber warum musst du da mitmachen?«

»Weil die Sache illegal ist, solange wir nicht bewiesen haben, dass wir recht haben«, erklärte Haru. »Je weniger Menschen eingeweiht sind, desto besser. Jayden könnte einige Kameraden zur Unterstützung mit einbeziehen, aber im Grunde sind hier schon alle versammelt, die wir brauchen, und nur so lässt sich die Sache durchziehen.«

»Ich halte euch immer noch für verrückt«, widersprach Marcus. »Hast du überhaupt einen Plan? Du kannst doch nicht einen Partial schnappen und auf den *Heile*-RM-Knopf drücken. Immer vorausgesetzt, du bekommst überhaupt einen von denen zu fassen – was willst du mit ihm anstellen?«

Kira wandte sich zu ihrem Freund um. Sie war überrascht, dass er sich gegen ihr Vorhaben ausgesprochen hatte. »Was heißt hier, *wir* seien verrückt?«, fragte sie. »Ich dachte, du stehst auf unserer Seite.«

»Das habe ich nie behauptet«, widersprach Marcus. »Ich halte es für gefährlich, unnötig und dumm ...«

»Auch das, was sie gerade über die Zukunft gesagt hat? Über die Menschheit?«, fragte Haru. »Ist dir das alles gleichgültig?«

»Natürlich ist es mir nicht gleichgültig«, erklärte Marcus. »Aber so kann man an die Sache nicht herangehen. Es ist heldenhaft, darüber zu reden, dass man sich für einen edlen Zweck opfern will, und die Zukunft der Menschheit ist ein verdammt edles Ziel, das muss ich euch lassen. Aber nehmt euch zehn Sekunden Zeit, euer Vorhaben realistisch zu betrachten, und schon ist alles zum Teufel. Seit elf Jahren hat niemand mehr einen Partial gesehen. Ihr wisst nicht, wo sie sich aufhalten und was sie tun, wie man sie findet, wie man einen einfängt, wozu sie körperlich fähig sind. Ihr wisst rein gar nichts. Und wenn ihr wie durch ein Wunder einen Partial findet, ohne massakriert zu werden, was dann? Wollt ihr mit ihm nach East Meadow spazieren und darauf vertrauen, dass ihr nicht auf der Stelle erschossen werdet?«

»Wir nehmen einen tragbaren Medicomp mit«, sagte Kira. »Und einen Generator, um ihn zu betreiben. Wir führen alle Tests vor Ort durch.«

»Nein, das könnt ihr nicht«, widersprach Marcus. »Weil ihr tot seid. Du hast vorhin gefragt, ob du offen reden darfst, also gewähre ich dir noch ein bisschen mehr Offenheit: Jeder, der sich auf dieses wahnwitzige Abenteuer einlässt, wird sterben. Es gibt keine andere Auflösung. Und ich werde nicht zulassen, dass du dich umbringst.«

»Verdammt, das geht dich doch nichts an!«, fauchte Kira. Ihr war auf einmal sehr heiß, ihr Blut schien zu kochen, und die Hände kribbelten ihr vor Erregung und Ärger. Für wen hielt er sich eigentlich? Auf einmal war es ganz still im Raum, alle starrten sie nach ihrem Ausbruch an. Kira stand auf und entfernte sich ein paar Schritte. Aus Furcht, gleich noch einmal angebrüllt zu werden, wagte sie Marcus nicht anzusehen.

»Wir brauchen mindestens zwei Monate für die Vorbereitungen«, sagte Jayden leise. »Haru hat über das Bauwesen Zugang zu den Karten, und ich rede mit Leuten, die uns hoffentlich helfen werden. Wir sagen, wir planen eine Bergungsoperation, ich wähle die Leute aus, und niemand wird sich etwas dabei denken, bis wir nicht zur geplanten Zeit zurückkehren. Dann ist es längst zu spät, weil wir bereits unterwegs sind. Der Papierkram wird allerdings einige Zeit erfordern, und wir dürfen dabei keinen Verdacht erregen.«

»Das ist in Ordnung«, sagte Kira. »Wir wollen keine Zeit verschwenden, aber wir sollten auch nichts überstürzen.

Wenn wir die Sache in Angriff nehmen, dann dürfen uns keine Fehler unterlaufen.«

»Wie wollt ihr mich anfordern?«, fragte Xochi. »Ich bin für Bergungsmissionen nicht freigegeben.«

»Du kommst nicht mit«, sagte Jayden.

»Und ob ich mitkomme!«

»Du bleibst bei Madison«, sagte Haru. »Jeder trägt das Seine dazu bei und nutzt seine eigenen Fähigkeiten. Wenn wir dich ins Gebiet der Partials mitnehmen, fordern wir den Ärger geradezu heraus. Du wärst eher eine Belastung als eine Hilfe.«

»Bitte bleib bei mir!« Madison streckte mit großen Augen und verzweifelter Miene die Hände nach Xochi aus. »Ich könnte es nicht ertragen, alle auf einmal zu verlieren.«

»Wenn Xochi da draußen zu nichts nutze ist, bin ich noch schlechter zu gebrauchen«, murmelte Isolde. »Aber ich kann beim Senat ein kleines Durcheinander veranstalten, sobald man dort bemerkt, dass ihr weg seid. Allerdings habe ich keinen Einfluss darauf, was die Abwehr entscheidet.«

»Das ist gut«, lobte Haru sie, »aber du musst noch mehr tun. Du musst dafür sorgen, dass der Senat uns zuhört, wenn wir nach der Rückkehr etwas zu sagen haben.«

»Ich komme nicht mit«, erklärte Marcus, »und Kira auch nicht.«

Kira fuhr herum, marschierte zum Sofa und riss Marcus am Arm hoch. »Jayden, Haru, fangt mit der Planung an! Marcus und ich gehen hinaus und reden.« Sie zerrte ihn durch den Flur zur Vordertür, die sie mit lautem Knall hinter sich zuschlug. Dann stieß sie ihn die Treppe hinunter und folgte ihm aufgeregt, um sich dicht vor ihm aufzurichten. In ihren Augen brannten die Tränen. »Was hast du dir eigentlich dabei gedacht?«

»Ich rette dir das Leben.«

»Es ist mein Leben, ich kann mich selbst retten.«

»Dann tu es. Glaubst du etwa, du überlebst diesen Ausflug? Willst du wirklich alles wegwerfen?«

»Was denn überhaupt? Redest du über uns? Soll ich mich zurückhalten und zusehen, wie die ganze Welt vor die Hunde geht, weil wir uns sonst vielleicht trennen müssen? Ich bin nicht dein Besitz, Marcus ...«

»Das behaupte ich auch nicht. Das habe ich ganz sicher nicht behauptet. Ich verstehe nur nicht, warum du auf einmal alles wegwerfen willst.«

»Weil es der einzige Weg ist«, beharrte Kira. »Ist dir das denn überhaupt nicht wichtig? Siehst du nicht, was los ist? Wir zerfleischen uns gegenseitig. Wenn ich gehe, könnte ich sterben, richtig, aber wenn ich bleibe, werden wir alle garantiert sterben, und damit meine ich die gesamte Menschheit. Das ist unausweichlich, und mit diesem Gedanken will ich nicht weiterleben.«

»Ich liebe dich, Kira.«

»Ich liebe dich auch, aber ...«

»Aber nichts«, antwortete Marcus. »Du musst nicht die Welt retten. Du arbeitest im medizinischen Dienst und bist noch nicht einmal voll ausgebildet, sondern eine Praktikantin. Du hast eine Begabung für die Wissenschaft und kannst im Krankenhaus viel mehr für die Gemeinschaft tun. Dort bist du in Sicherheit. Lass sie gehen, wenn sie das wollen, aber du musst bleiben.« Die Stimme versagte ihm. »Bleib bei mir!«

Kira schloss die Augen. Er begriff es einfach nicht. »Ich bleibe bei dir, und was dann, Marcus?« Sie sah ihm in die Augen. »Willst du heiraten und Kinder haben? Das ist nicht möglich, solange wir kein Mittel gegen RM haben. Ob das Alter nun gesenkt wird oder nicht – ich werde den Rest meines Lebens schwanger sein. Die meisten Frauen bekommen jedes Jahr ein Kind, und die Kinder sterben. Willst du das wirklich? Wir heiraten, bekommen Kinder, und zwanzig Jahre später haben wir zwanzig tote Kinder. In meinem Herzen ist nicht genug Platz dafür. So stark bin ich nicht.«

»Dann gehen wir weg«, sagte Marcus. »Wir ziehen auf eine Farm oder in ein Fischerdorf, oder wir schließen uns der *Stimme* an, das ist mir alles egal, solange du glücklich bist.«

»Die *Stimme* und die Abwehr zerstören die Insel, wenn wir keine Heilung finden, Marcus. Wir werden nirgends mehr sicher sein.« Sie starrte ihn an und gab sich Mühe, ihn zu verstehen. »Glaubst du wirklich, ich könnte irgendwo in einem winzigen Dorf glücklich werden und zulassen, dass die Welt stirbt?« Sie war heiser vor Erregung. »Kennst du mich überhaupt?«

»Es wird keine Heilung geben, Kira.« Marcus antwortete leise, es tat ihm auch selbst weh. Er holte tief Luft und reckte das Kinn. »Du bist eine Idealistin. Du löst Rätsel, und wenn du vor einem unüberwindbaren Problem stehst, dann erkennst du Zusammenhänge, die bisher noch niemand gesehen hat. Verrückte haarsträubende Zusammenhänge, die noch niemand gesehen hat, weil sie so haarsträubend und verrückt sind. Wir müssen uns der Wahrheit stellen. Wir haben alles versucht, wir haben alles erforscht, wir haben alle verfügbaren Ressourcen genutzt, aber eine Heilung für RM gibt es immer noch nicht, weil die Seuche unheilbar ist. Wenn du auf der anderen Seite des Flusses stirbst, wirst du daran nichts ändern.«

Kira schüttelte den Kopf und rang um Worte. Wie konnte er nur so etwas sagen? Wie konnte er es wagen, so etwas zu denken? »Du ...« Sie hielt inne, brach in Tränen aus, begann noch einmal. »Wie kannst du mit einer solchen Einstellung leben?«

»Wir haben doch keine andere Perspektive mehr, Kira.«

»Aber wie kannst du ohne Zukunft leben?« Sie erwiderte seinen Blick.

Er schluckte. »Indem ich in der Gegenwart lebe. Die Welt ist schon untergegangen, Kira. Vielleicht wird eines Tages ein Baby überleben, vielleicht auch nicht. Es wird nichts ändern. Wir haben nur noch uns selbst, also lass uns das Leben genießen. Wir können zusammen sein, wie wir es uns immer vorgestellt haben, und den Tod, die Angst und alles andere vergessen. Einfach nur leben. Wenn du die Insel verlassen willst, können wir das tun. Wir können irgendwohin gehen, wo uns niemand findet, weit weg vom Senat und der *Stimme* und den Partials und allem anderen. Aber lass es uns zusammen tun!«

Kira schüttelte schluchzend den Kopf. »Liebst du mich wirklich?«

»Das weißt du doch.«

»Dann tu mir diesen einen Gefallen.« Sie schniefte, wischte sich über die Augen und musterte ihn ernst. »Halt uns nicht auf!« Er wollte protestieren, aber sie fiel ihm ins Wort. »Ich kann in der Welt, die du beschreibst, nicht leben. Wir brechen bald auf, und wenn ich sterbe, dann sterbe ich eben, aber wenigstens habe ich es versucht. Wenn du mich liebst, dann verrätst du niemandem, was wir tun, wohin wir gehen und wie man uns aufhalten könnte. Versprich es mir!«

Marcus schwieg, und Kira ergriff ihn bei den Armen. »Bitte, Marcus, versprich es mir!«

Seine Stimme klang erschöpft und mutlos. »Ich verspreche es.« Er zog sich zurück und löste sich von ihr. »Alles Gute, Kira.«

ZWEITER TEIL

Zwei Monate später

13

Der Wagen rollte um 12.02 Uhr aus der Stadt hinaus. Es war eine kampfgerüstete kleine Gruppe. Jayden hatte einen alten Bericht über ein Objekt im Südwesten gefunden. Es war eine Highschool an der Südküste, die noch niemand näher untersucht hatte. Schulen besaßen im Allgemeinen gut eingerichtete Krankenstationen, deshalb war es kein Problem gewesen, Kira anzufordern. Die Schule war außerdem schon recht alt, also musste Haru mitkommen und das Gebäude auf Stabilität prüfen, während Kira die Medikamente durchgehen sollte. Das alles war keineswegs ungewöhnlich. Jaydens Vorgesetzte hatten den Einsatz ohne großes Nachdenken genehmigt. Die Grenzpatrouillen hielten sie nicht einmal an, sondern winkten sie durch, sobald sie die Uniformen erkannten.

Kurz darauf waren sie in der Wildnis. Damit hatten sie Phase Eins erfolgreich abgeschlossen.

Kira und Marcus hatten sich am vergangenen Abend wieder gestritten. Sein letzter Versuch, sie doch noch von dem Vorhaben abzubringen, war natürlich gescheitert. Es machte Kira verrückt, dass er so begriffsstutzig war und sie so gründlich missverstand. Während sie auf dem Wagen der Abwehr dahinrollte, grollte sie innerlich noch immer heftig und versuchte, an etwas anderes zu denken.

Sie musterte die Gruppe, mit der sie fuhr. Das Mädchen, das sie vom letzten Einsatz kannte, lenkte auch dieses Mal das Gespann. Sie war zierlich und hieß Yoon-Ji

Bak. Neben ihr saß Gabriel Vasicek auf dem Kutschbock. Er war ein in vielen Schlachten vernarbter Berg von einem Mann, der einen sogenannten Miniwerfer mit mindestens acht Läufen bevorzugte. Wer sah, wie mühelos er das Ding schwang, verzichtete gern darauf, ihm Schwierigkeiten zu machen. Hinten bei Kira hockten Jayden, Haru und zwei Soldaten, die Jayden als Nick und Steve vorgestellt hatte. Kira hatte keine Ahnung, wer nun welchen Namen trug, und nannte sie bei sich *Dünn und Dreckig*. Wortlos betrachteten sie die vorbeiziehenden Häuser.

Jayden entfaltete eine Karte der Insel. »Wir fahren auf der Meadowbrook nach Süden, auf der Sunrise nach Westen, dann im Süden weiter nach Long Beach, bis wir die Küste erreichen. Tatsächlich kommen wir der Schule, die in dem Bericht genannt wird, recht nahe, wir fahren nur ein paar Blocks weiter daran vorbei. Wer uns sieht und danach gefragt wird, kann nur berichten, dass wir genau dort waren, wo wir sein sollten.«

Kira deutete zur Südküste, auf ein wirres Durcheinander von Buchten, Landzungen und schmalen Inseln. »Wir müssen dort über eine Brücke. Es stellt sich die Frage, ob sie überhaupt noch steht.«

»Du denkst wahrscheinlich an uralte Holzbrücken«, antwortete Haru. »Wir fahren über Stahlbrücken, die auch ohne Wartung erheblich länger als elf Jahre halten.«

»Aber warum müssen wir so weit nach Süden?«, fragte Kira. »Wenn uns jemand in der Nähe der Schule sieht, nun gut, dann haben wir einen Zeugen, aber rechtfertigt das wirklich einen Umweg, der uns einen Tag oder mehr kostet?«

»Wir müssen sowieso nach Süden«, erklärte Jayden. Er deutete auf die westliche Hälfte der Karte. »Dafür gibt es zwei Gründe. Der erste ist der Flughafen, dieser Kasten hier mit der Abkürzung *JFK*. Das ist ein leicht zu überblickendes großes Gelände, das wir allerdings nicht benutzen. Damit ist es praktisch das Hauptquartier der *Stimme* auf der Insel. Jeder, der sich nicht an die Regeln halten will, landet früher oder später dort.«

»Alle bis auf uns«, antwortete Kira.

Jayden grinste schief. »Außerdem liegt er genau zwischen East Meadow und dem Militärstützpunkt in Queens, der das zweite große Hindernis darstellt. Wenn wir zu weit nach Norden fahren, begegnen wir der Abwehr, und das sollten wir vermeiden. Wenn wir in der Mitte durchfahren, riskieren wir Ausfälle der *Stimme* von JFK aus. Wenn wir ganz nach Süden fahren, gehen wir beiden aus dem Weg. Wir sind dann zwar dicht am Flughafen, aber unsere Späher berichten, dass die *Stimme* keine Streifen dorthin schickt.« Er deutete auf Dünn und Dreckig. Einer nickte, der andere rührte sich überhaupt nicht. »Am Strand gibt es nichts zu stehlen und keine Leute, die man ausrauben kann. Von dort aus steht uns der Weg nach Brooklyn offen.« Er tippte auf die Karte und fuhr mit dem Finger weiter, bis er eine Gegend erreichte, die mit *Staten Island* beschriftet war. »Diese Gegend ist unseres Wissens menschenleer, außerdem hat die Abwehr diese Brücke gesprengt, also gibt es keinen benutzbaren Weg hinüber. Im Süden ist nichts mehr außer dem Meer, was bedeutet, dass sich der größte Teil des Militärs weiter oben in Queens befindet, wo unser Land und ihr Land aneinanderstoßen. Aus diesen Gründen werden wir auf der geplanten Route weit nach Süden vorstoßen und allem Vermeidbaren ausweichen.«

Kira begriff und nickte. »Demnach bewegen wir uns an der Südküste entlang und hoffen, dass die Brücken noch intakt sind. Dann fahren wir hinter der Abwehr durch …« Sie blickte auf die Karte. »Durch Brooklyn.«

»Genau«, sagte Haru. »Wir benutzen die Brooklyn Bridge.«

Kira runzelte die Stirn und wies auf die Karte. »Besteht nicht die Gefahr, dass die Partials einfach herüberkommen und uns umbringen, wenn die Gegend so schlecht überwacht wird? Bieten die Minen genügend Schutz?«

»Wir haben in dieser Gegend so ziemlich alle Sprengkörper verteilt, die wir überhaupt auftreiben konnten«, erläuterte Jayden. »In dem ganzen Gebiet gibt es Wachtposten und Wachtürme, und die Stadt und die Brücken sind mit Sprengfallen gesichert. Wir können das alles umgehen, weil wir die Positionen kennen. Aber ein Heer, das dort durchmarschieren will, fliegt in die Luft, verheddert sich und wird von Scharfschützen erledigt, während unsere Kräfte sie aus der Flanke angreifen.«

»Haben die Partials nicht die gleichen Schutzvorrichtungen in ... wie heißt das noch? ... in der Bronx eingerichtet?«

»Das ist denkbar, falls sie wirklich dort sind, aber vermutlich ist es ihnen gleichgültig. Wir sind für sie lästige Insekten. Ein paar Tausend Menschen gegen mehr als eine Million Partials. Wahrscheinlich achten sie kaum auf ihre Verteidigung und halten uns nicht für so dumm, einen Angriff zu wagen.«

Kira schnaubte. »Ich weiß nicht, ob diese Angriffsstrategie – *Wir sind sogar noch dümmer, als sie glauben* – tatsächlich brauchbar ist.«

»Vertrau uns!«, bat Jayden. »Wir wissen, was wir tun. Wir weichen unseren eigenen Minen aus. Nick und Steve haben die Hälfte selbst gelegt und werden die gegnerischen Fallen entdecken, ehe etwas passiert. Es wird schon klappen.«

Kira blickte wieder zu Dünn und Dreckig hinüber. Einer nickte, der andere rührte sich immer noch nicht. Kira strich sich das Haar aus dem Gesicht.

»Können wir diesen Leuten wirklich trauen? Nick, Steve, Gabe, Yoon?«

»Haru hat sie ausgewählt«, erklärte Jayden. »Er vertraut ihnen, also sehe ich keinen Grund, anderer Meinung zu sein. Sie wissen, was wir tun und warum wir es tun, und finden, das Risiko lohnt sich. Ich habe schon mit ihnen zusammengearbeitet. Sie werden sich nicht gegen uns wenden oder uns verraten, falls du das meinst.«

»Ich bin nur neugierig.« Sie wandte sich an Dünn. »Was sagst du selbst? Warum bist du hier?«

»Ich will ein Stück von einem Partial haben.«

»Spitze«, kommentierte Kira. »Ein wirklich überzeugendes Motiv.« Dann sah sie Dreckig an. »Und du?«

Dreckig nickte. Seine Augen blieben hinter pechschwarzen Brillengläsern verborgen. »Ich will einfach nur kleine Babys retten.«

»Beeindruckend.« Kira heftete den Blick auf Jayden und riss die Augen auf. »Echt beeindruckend.«

»Bis Long Beach sind es siebzehn Kilometer«, ergänzte Haru. »Dann stoßen wir vor Einbruch der Dunkelheit so weit nach Westen vor wie nur möglich. Wenn du ein Nickerchen machen willst, wäre dies der richtige Augenblick. Vasicek, passt du vorn auf?«

»Alles klar«, bestätigte Gabe.

»Ich übernehme die Rückseite. Ihr anderen könnt euch hinhauen. Es wird eine lange Woche.«

»Es ist eine Doppelbrücke.« Yoon betrachtete das Bauwerk mit dem Fernglas. Sie hatten die kleine Brücke nach Long Beach am Südstrand der Insel erreicht. »Stahl und Beton, beide Seiten sehen ziemlich gut aus. Eigentlich sogar hervorragend. An den Rändern hat sich etwas Schutt gesammelt, die Mitte ist frei.« Sie setzte das Fernglas ab. »Die Brücke wird regelmäßig benutzt.«

Kira spähte hinüber. »Die *Stimme*?«

»Wahrscheinlich nur ein Fischerdorf«, überlegte Jayden. »Ein paar Großfamilien, die über die Brücke nach East Meadow fahren und den Fang verkaufen. In dieser Gegend leben viele von ihnen.« Er schnalzte mit der Zunge. »Das bedeutet natürlich, dass sie auch Banditen sind, wenn sich die Gelegenheit bietet.«

»Dann machen wir es ihnen so schwer wie möglich«, sagte Haru. »Vasicek!«

Der Riese regte sich und wechselte binnen Sekunden von einem Schnarchen, das den Wagen erschüttert hatte, zu voller Bereitschaft. »Ja?«

»Geh mit dem Werfer wieder nach vorn und mach einen möglichst beängstigenden Eindruck!«

Gabe schulterte die Kanone und kletterte nach vorn. Bei jedem Schritt schwankte der Wagen bedenklich.

»Warum nennt man das Gerät einen Miniwerfer?«, fragte Kira. »Es ist größer als ich. Ist das so, als würde man einen großen Mann Kleiner nennen?«

»Waffen dieser Art werden auch auf Panzern eingesetzt«, erklärte Haru, »aber unsere Version ist klein genug für Infanteristen. Wenn du etwas als klein bezeichnest, musst du eben an den Maßstab und an das Original denken.«

»Dann bist du ein wandelnder Panzer.« Kira pfiff leise, als Gabe sich neben Yoon niederließ. »Ich muss mir merken, dich nicht Kleiner zu nennen.«

»Los jetzt!«, befahl Haru. Yoon ließ die Pferde laufen, und der Wagen setzte sich mit einem Ruck in Bewegung. Kira fasste die Brücke ins Auge, der sie sich näherten, und ließ immer wieder den Blick über die Gebäude schweifen, an denen sie vorbeikamen. Die Straße war breit, überall gab es Parkplätze und geplünderte Läden. Wo Seitenstraßen einmündeten, blieben zwischen den Fahrspuren dreieckige Rasenflächen frei, auf denen kleine Bäume wuchsen. Als sie das letzte Gebäude an der Ecke erreichten, sah Kira sich nervös um, weil sie jeden Augenblick mit einem Hinterhalt rechnete, entdeckte jedoch nichts außer geborstenen Schaufenstern und rostenden Autos.

Der Wagen rumpelte weiter, die Hufe klapperten auf dem rissigen Asphalt. Schließlich erreichten sie die Rampe vor der Brücke. Nach links und rechts erstreckte sich der schmale Meeresarm, und dann fuhren sie völlig ungeschützt über die Brücke, auf jeder Seite mehrere Hundert Meter offenes Gelände und keine Gebäude oder andere Deckungsmöglichkeiten in der Nähe. Sie war im Zentrum der Insel aufgewachsen, wo es immer irgendeinen Schutz in der Nähe gab. Das brachte eigene Gefahren mit sich, doch sie hatte gelernt, damit zu leben – Löcher, in denen sich Banditen oder Tiere versteckten, Mauern, die einstürzten, wenn man nicht aufpasste, Metalldornen und Glasscherben und hundert andere Gefahrenquellen. Sie kannte sie und war daran gewöhnt. Aber hier draußen zu sein, weit entfernt von allem Vertrauten, ohne jeden Schutz und ohne Deckung – es gab nicht einmal eine kleine Wand, an die man sich anlehnen konnte –, hier hatte sie das Gefühl, die Welt sei eine einsame, leere Gegend.

Der Küstenstreifen auf der anderen Seite sah – falls das überhaupt möglich war – noch schlimmer aus. Getrieben von einem salzig schmeckenden Wind, schwappten graue Wellen mit Schaumkronen an den Strand. Von der Nordseite aus war die Hauptinsel zu sehen, im Süden erstreckte sich das flache, endlose, konturlose Meer, so weit das Auge reichte. Kira hatte oft von der Welt jenseits der Insel geträumt, von den Ruinen und Wundern, die es dort zu entdecken gab, auch von Gefahren und Verlassenheit. Hier war die Welt ein riesiges graues Nichts. Halb verschüttet lag ein toter Hund im Sand, befleckt mit altem braunem Blut und übersät mit weißen Maden. Sie richtete den Blick auf die Straße und bemühte sich, ihn nicht abzuwenden.

Falls in Long Beach Menschen lebten, dann hielten sie sich verborgen. Ohne Zwischenfall rollte der Wagen zu einer weiteren Brücke am westlichen Ende. Dort kehrten sie auf die Hauptinsel zurück, umrundeten eine versumpfte weite Bucht und fuhren durch eine weitere verlassene Stadt nach Westen. Hier begann der Strand viel näher an der Straße, als es der Karte zu entnehmen war. Aus Gründen, die sie selbst nicht genau benennen konnte, fand Kira dies beunruhigend. Inzwischen waren alle Soldaten wach und passten im verblassenden Licht genau auf. Jayden flüsterte Kira etwas zu.

»Näher kommen wir nicht an den Flughafen heran. Diese Siedlung liegt genau gegenüber, es sind nur fünf oder sechs Kilometer.«

»Glaubst du, wir stoßen auf Banditen?«

»Hast du das Gewehr?«

Kira nickte und überprüfte die Kammer. Sie holte tief Luft, um sich zu beruhigen. »Geladen und gesichert.«

»Dann bist du auf jeden Fall bereit.«

Kira schluckte und richtete die Waffe nach draußen, wie sie es in der Ausbildung gelernt hatte: Die linke Hand stützte den Lauf, die rechte lag am Griff, der Finger neben, aber nicht auf dem Abzug. Sie entsicherte das Gewehr und beobachtete die vorbeiziehenden Gebäude. Es waren schöne Stadthäuser mit hohen alten Bäumen auf den vorderen Wiesen. Wahrscheinlich hatte jedes Gebäude vor dem Zusammenbruch mehrere Millionen Dollar gekostet. Jetzt waren die Fenster und Türen geborsten, auf den Rasenflächen wucherte das Unkraut, und die verrosteten Autos hockten wie riesige tote Insekten in den

Zufahrten. Sie kamen an einer Baumreihe vorbei, hinter der hohe Gebäude standen – ein altes Strandhotel, das inzwischen wahrscheinlich halb überflutet war. In einem der oberen Fenster bemerkte sie ein Glitzern – nur der Reflex auf einer Scherbe? Oder ein Signal an jemanden, der sich in der Stadt versteckt hielt?

Dann erreichten sie den alten Stadtkern, und Kira entdeckte Anzeichen derzeitiger Bewohner: Graffiti auf den Wänden, Planen auf zerstörten Dächern, Bretter vor geborstenen Fenstern. Vor einer alten Bank hingen gewellte Aluminiumbleche, und die Autos auf dem Parkplatz waren zu einer Barrikade zusammengeschoben. Sie konnte nicht erkennen, wie alt diese Befestigungen waren und ob dahinter noch jemand lebte. Nichts rührte sich, niemand verlor ein Wort darüber.

Zwei Blocks weiter ertönte ein lauter Knall. Kira zuckte erschrocken zusammen und packte die Waffe fester. »War das ein Schuss?«

»Es klang eher so, als wäre etwas heruntergefallen.« Jayden spähte aufmerksam in jeden Winkel und Schatten, während sie weiterfuhren. »Möglicherweise eine Sperrholzplatte, aber sicher bin ich nicht.«

»Dann sind wir nicht allein?«

»O nein, wir sind ganz bestimmt nicht allein.«

Kira betrachtete die Fenster an der Straße – alte Einfamilienhäuser, Wohnblocks, Restaurants, Eisdielen. Alle waren ausgeplündert und hatten unter Wind, Wetter und menschlicher Gewalt gelitten. Yoon ließ die Pferde laufen und flüsterte leise mit ihnen, um sie zu beruhigen. Gabe zeigte seine Minikanone wie einen Talisman her und hatte sich auf dem Sitz halb aufgerichtet, um jederzeit schießen zu können. Dünn und Dreckig hockten geduckt im Wagen und visierten mit den Gewehren Stellen an, auf die Kira keinen zweiten Blick verschwendet hätte:

einen Müllcontainer in einer Gasse, eine Anzeigetafel, einen umgekippten und verbeulten Lieferwagen.

Auf einmal hörten sie Schritte in einer Seitenstraße. Kiras Herz schlug schneller. Sie konnte nicht erkennen, ob dort jemand auf sie zurannte oder vor ihnen weglief. Sosehr sie sich auch anstrengte, es war nichts zu entdecken.

»Möglicherweise *Stimmen*, die einen Überfall planen«, erklärte Jayden. »Oder Fischer, die uns für *Stimmen* halten.«

»Ihr tragt Uniformen«, widersprach Haru. »Sie sollten doch wissen, dass wir ihnen nichts tun.«

Kira packte das Gewehr fester. »Damit sind wir auch leicht zu erkennende Ziele für die *Stimme*.« Kira bemerkte in einem oberen Fenster eine Bewegung, wandte sich rasch um und richtete den Lauf auf den Gegner. Der Finger fand den Abzug, und sie war bereit, den ersten Schuss abzufeuern.

Es war ein Junge von höchstens vierzehn Jahren. So jung wie Saladin. Das Gesicht war schmutzig, das Hemd zerfetzt und zu groß. Kira keuchte, atmete heftig und beobachtete den Jungen durch das Zielfernrohr. Der Finger lag bereits auf dem Abzug. Sie ließ das Gewehr sinken.

»Nicht auf ihn schießen!«

Auch Jayden spähte zu dem Jungen im Fenster hinauf, der mit versteinertem Gesicht auf sie herabblickte. Der Wagen rollte weiter, und sie konnten ihn nicht mehr sehen. Kira rutschte an der Wand der Ladefläche hinunter, legte das Gewehr weg und schlug die Hände vors Gesicht.

Der Wagen rumpelte durch die verlassene Stadt.

Die Halbinsel erstreckte sich lang, viel länger als die letzte. Inzwischen ging die Sonne unter, und die Gebäude warfen verzerrte Schatten auf die Straße. Kira betrachtete die Geschäfte, die nach und nach wieder Wohnhäusern wichen. Dann folgten Apartments, schließlich Kudzu-Urwälder und kleine Schösslinge. Gerade als Kira zu der Ansicht gelangte, es sei längst zu dunkel, um noch weiterzufahren, ließ Jayden anhalten und deutete auf das heruntergekommene Büro eines Jachthafens. Dünn und Dreckig sprangen aus dem Wagen und verschwanden fast sofort, verschmolzen im Nu mit den Schatten. Kira wartete angespannt und war so nervös, dass sie das Gewehr wieder an sich nahm. Sie wollte etwas sagen, doch Jayden hieß sie mit einer Handbewegung schweigen. Die Minuten dehnten sich wie Stunden, dann leuchtete in dem Büro ein kleines Licht auf. Jayden pfiff leise, worauf Yoon die Pferde zu dem Gebäude hinüberlenkte. Die Vorderfront hatte vollständig aus Glas bestanden, damit die Modelle der dort angepriesenen Boote zur Geltung kamen. Die Öffnung war groß genug, um den ganzen Wagen in den schützenden Unterstand zu fahren. Jayden sprang hinaus, Gabe polterte ebenfalls hinunter und beäugte den rückwärtigen Straßenabschnitt.

»Hinten ist eine Tür«, berichtete Dünn. »Zwei Fenster. Zu groß, um sie zu vernageln.«

»Los!«, rief Jayden. Sie verschwanden in den hinteren Räumen. Haru lud die Gerätschaften ab, und Kira eilte ihm zu Hilfe – Decken und Essen, Reservemunition, sogar Sprengstoff. Davon hatte sie noch gar nichts gewusst. Sie reichte alles an Yoon und Dreckig weiter, dann brachten sie die Sachen in ein Hinterzimmer, das keinen zweiten Ausgang hatte. Als Letztes war der medizinische Computer an der Reihe. Es war ein tragbares Gerät, das über einen eigenen Generator verfügte, eigens für die Feldarbeit in unterentwickelten Gegenden konstruiert. Kira konnte sich nicht erinnern, wie die alte Welt ausgesehen hatte. Damals war sie ein Kind gewesen, und die Einöde hatte als *entwickelt* gegolten. Sie dachte an die Maden auf dem Hundekadaver, die blind umherkrochen und fraßen.

Sie versorgten die Pferde, stellten eine Wache auf und richteten ihr Nachtlager ein. Kira wickelte sich eng in die Decken. Es war nicht kalt, aber empfindlich kühl, und in der Dunkelheit schlugen ihre Zähne aufeinander. Sie hörte jemanden leise singen – es war Gabe, der Wache hielt. Leise und fast zärtlich, was angesichts seines mächtigen Körperbaus verwunderte, sang er ein altes Lied, das Kiras Lehrer manchmal in der Schule vorgetragen hatte. Es ging um eine verlorene Liebe und um seliges Vergessen. Sie musste an Marcus und ihr letztes Gespräch denken. Sie liebte ihn – jedenfalls glaubte sie das oder hatte es geglaubt. Aber wenn er über ein Zusammenleben mit ihr gesprochen hatte, war ihr der Gedanke unerträglich geworden.

Warum kann ich mit ihm nicht über wirklich wichtige Dinge reden?, fragte sie sich. Warum sieht er nicht ein, dass es mir nicht reicht, einfach aufzugeben und das Ende abzuwarten? Wie kann jemand bloß eine solche Einstellung haben?

Sie zog sich die Decke über den Kopf und lauschte Gabes Lied. Als sie eingeschlafen war, träumte sie vom Tod – nicht nur von ihrem Tod, nicht nur vom Tod der Menschheit, sondern vom Untergang aller Lebewesen, die sie je gekannt hatte. Die Erde war flach und weit, eine braune Staubwüste, kahl wie der Mond. Eine einsame Straße verlor sich in unendlicher Weite. Als Letztes stürzten die Gebäude ein, fern und feierlich, die Grabsteine einer ganzen Welt. Dann waren sie verschwunden, und es war überhaupt nichts mehr da.

14

Jayden weckte Kira früh am Morgen, anschließend rüttelten sie die anderen aus dem Schlaf und brachen inmitten eines dünnen grauen Nebels auf. Diesmal lenkte Haru das Gespann. Er schnalzte mit der Zunge, um die Tiere anzutreiben. Yoon saß unterdessen hinten bei Kira und kreiste langsam mit den Schultern, um die Verspannungen zu lösen. Im frühen Morgenlicht erkannten sie jenseits einer weiten Bucht den Flughafen. Nebel wallte über das Wasser.

Sie fuhren noch einige Kilometer durch städtisches Gebiet, bis sie die nächste Brücke erreichten, die sich weit über die Bucht hinweg spannte und die Halbinsel mit der Hauptinsel verband. Sie erkannten das Bauwerk, lange bevor sie tatsächlich davorstanden. Kira hoffte inständig, dass die Fahrbahn noch intakt war. Wenn sie an dieser Stelle nicht hinüberkamen, hatten sie mehrere Tage verloren.

Suchte man sie schon? Der Bergungseinsatz war für zwei Tage geplant, also wurden sie noch nicht vermisst, es sei denn, Marcus hatte den zuständigen Stellen ihr Ziel verraten. Sie wollte ihm trauen und konnte sich nicht vorstellen, weshalb er sie enttäuschen sollte. Andererseits hatte er sich geweigert, ihr zu helfen und mitzukommen. Ihn hätte sie zurzeit mehr gebraucht als das Gewehr, das sie in Händen hielt, und doch ...

Vor einem riesigen Parkplatz, der von einem bis zum anderen Ende der Halbinsel reichte, hielten sie an. Die Brücke war blockiert, dort erhob sich eine behelfsmäßige Barrikade aus alten Autos, in denen schon lange kein Fahrer mehr gesessen hatte. Dünn und Dreckig hielten Wache, während die anderen schoben, drückten und die Pferde anspannten, um einen Weg durch die Trümmer freizuräumen. Kira überwand sich, aufrecht auf dem Wagen zu stehen, als sie die Brücke überquerten. Auf Hunderte Meter in allen Richtungen war sie selbst die höchste Erhebung. Sie hatte Angst. Genau deshalb tat sie es.

Die andere Seite war offener als die Halbinsel, dort gab es Felder und Bäume und keine verlassenen Gebäude. Kira atmete durch, als der Flughafen endlich hinter ihnen lag. Nach wenigen Kilometern erreichten sie wieder besiedeltes Gebiet und fuhren auf einer breiten Straße an Einkaufszentren und dicht gedrängten, aus Holz und Ziegeln erbauten Einfamilienhäusern vorbei. Die meisten waren baufällig, von Ranken überwucherte Ruinen in einem hungrigen Dschungel.

Auf einer Kreuzung stießen sie auf verkohlte Autos, die vor langer Zeit ausgebrannt waren. Diese Stadt war erheblich größer als East Meadow, dichter besiedelt und stärker bevölkert als alle anderen Orte, die Kira bei ihren Bergungseinsätzen und anderen Fahrten je gesehen hatte. Der Teil der Insel, der östlich von East Meadow lag, hatte sich dem RM-Virus mit Würde unterworfen. Die Familien hatten sich versammelt und waren still in den Häusern gestorben. Die Vororte von Manhattan hatten sich dagegen verbissen gewehrt und sich gegenseitig zerfleischt, als sie keinen Feind gefunden hatten, den sie bekämpfen konnten. Man sah die Spuren in der Stadt, die nun leer war.

Kira war im Schatten des Nassau Hospital aufgewachsen. Es war das größte Gebäude in East Meadow, und sie hatte angenommen, es sei auch das höchste der Welt. Die ferne Skyline von Manhattan zerstörte diese Illusion, sobald sie Brooklyn erreichten. Die Straße verlief fast schnurgerade nach Nordosten. Jayden zückte jedoch eine neue Karte und lotste Haru im Zickzack weiter. Manchmal blieben sie auf Durchgangsstraßen, manchmal mussten sie lange Umwege einschlagen. Nach einigen Kilometern hielten sie auf einem verwilderten Friedhof an und tränkten die Pferde in einem Teich. Währenddessen banden Yoon und Dreckig dicke Bündel alter T-Shirts um die Hufe der Pferde, um die Geräusche zu dämpfen. In der Ferne wagte sich eine Antilopenfamilie zwischen den Bäumen hervor. Die Tiere waren hübsch gestreift und hatten zierlich gewundene Hörner. Sie knabberten an den grünen Gräsern, die zwischen den Grabsteinen sprossen, dann sprangen sie im Gleichtakt davon und flohen in wilder Verzweiflung. Ein tiefschwarzer Fleck folgte ihnen.

»Ein Panther«, erklärte Yoon.

Kira zog das Gewehr näher zu sich heran. »Gut zu wissen.«

»Panther jagen gewöhnlich in der Nacht«, meinte Yoon. »Das erfüllt mich nicht gerade mit Zuversicht.«

Sie stiegen wieder auf den Wagen und fuhren weiter, Jayden wies ihnen mithilfe der von Hand gezeichneten Karte den komplizierten Weg. Je näher sie dem Fluss kamen, desto größer wurden die Gebäude. Am Nachmittag hielten sie im Schatten eines dreißigstöckigen Wohnhauses an und warteten fast eine Stunde, während Jayden um die Ecke spähte. Dünn huschte neben ihm in ein Gebäude, Dreckig verschwand hinter einer Autoschlange. Kira beugte sich zu Haru hinüber.

»Was haben sie vor?«

»Am Ende der Straße steht ein Wachturm«, flüsterte Haru. »Zwei Mann und ein Funkgerät. Sie beobachten die Grenze auf Bewegungen der Partials. Ausweichen können wir nicht, also warten wir.«

»Worauf denn?«

»Früher oder später muss jeder mal pinkeln.«

»Ehrlich?«, staunte Kira. Sie spähte vorsichtig um die Ecke, entdeckte aber nichts. »Ich kann ihn nicht erkennen.«

»Das ist ja der Trick.« Haru zog sie zurück. »Wir wissen, wohin wir blicken müssen. Jayden behält ihn im Auge. Sobald er sich bewegt, fahren wir weiter.«

»Und dann entdeckt uns sein Partner«, erwiderte Kira. »Wenn das so einfach ist, wie ihr es darstellt, kommt hier doch jeder durch.«

»Wir tun nur so, als wäre es einfach«, erklärte Jayden. Er lag hinter einem Auto und hatte das Fernglas auf ein Dreibein geschraubt. »Wir sind einfach so verdammt gut in unseren Jobs.«

»Selbst der aufmerksamste Wachtposten wird nachlässig, wenn er ein Jahrzehnt lang nichts bemerkt«, ergänzte Haru. »Höchstwahrscheinlich schläft sein Partner, nachdem er die Nachtwache übernommen hat. Sei geduldig, aber bereit loszulaufen, sobald wir das Signal geben.«

Kira setzte sich auf den Bordstein und betrachtete die Hochhäuser in der Nähe. Hier und dort strich eine verwilderte Hauskatze durch den Schutt oder beobachtete sie von einer Fensterbank aus. Die Minuten dehnten sich endlos, und am Grund der Schlucht aus Stahl und Beton konnte Kira nicht abschätzen, wie viel Zeit wirklich vergangen war. Irgendwann warf sie Kiesbröckchen und versuchte, ein offenes Autofenster auf der anderen Straßenseite zu treffen, doch mit einer raschen Geste seiner riesigen Hand befahl ihr Gabe, still zu sein.

»Die Wachtposten können es wahrscheinlich weder sehen noch hören, trotzdem sollten wir vorsichtig sein.«

Kira lächelte verlegen. »Ja, tut mir leid. Ist klar.« Auf einmal bemerkte sie am anderen Ende der Straße eine Bewegung. Es war Dreckig, der hinter einer halb zerfallenen Mauer stand und ihnen winkte.

»Wie ist er da hinübergekommen?«

Jayden hob die Hand. »Macht euch bereit!«

Yoon ergriff die Zügel, und Kira stand auf. Sie schluckte ängstlich. Jayden hielt mit erhobener Hand inne, auf einmal ließ er sie sinken.

»Los!«

Yoon zog an den Zügeln, und die Pferde setzten sich in Bewegung. Gedämpft pochten die Hufe auf den Asphalt. Kira schritt mit den anderen neben dem Wagen her und suchte noch einmal den Wachturm, konnte aber außer leeren Häusern immer noch nichts entdecken.

Auf der anderen Seite angelangt, verbargen sie den Wagen hinter einem Gebäude. Jayden beobachtete die Straße mit dem Fernglas. Dreckig näherte sich leise aus den Schatten.

»Wie bist du da hinübergekommen?«

Er hob nur die Schultern und stieg auf den Wagen.

»Der Posten ist noch nicht zurück«, berichtete Jayden, ohne sein Ziel aus den Augen zu lassen. »Funkverkehr höre ich nicht. Ich glaube, man hat uns nicht entdeckt.« Er kam geduckt um die Ecke und richtete sich auf. »Weiter!«

Dünn gesellte sich ein paar Blocks weiter zu ihnen. Er erschien aus dem Nichts und stieg auf den Wagen.

»Er hat uns nicht gesehen«, sagte er nur.

Jayden nickte. »Gelungen.«

So bewegten sie sich auf verschlungenen Wegen weiter durch das Häusermeer, bevorzugten stille Seitenstraßen und wichen den Wachtposten der Abwehr dank ihrer Karte aus. Schließlich hielten sie vor einem großen, massiven Gerichtsgebäude an. Yoon spannte die Pferde ab.

»Du kannst es von hier aus nicht sehen, aber wir sind nur noch ein paar Blocks vom Fluss entfernt. Dort gibt es direkt nebeneinander zwei Brücken, die ein einziger Posten überwacht. Voraussichtlich können wir nach drüben schleichen, aber wir müssen die Pferde und den Wagen zurücklassen.«

Kira betrachtete den bewaldeten Park auf der anderen Straßenseite und stellte sich unzählige Panther vor, die im Zwielicht lauerten. »Bleibt Yoon bei ihnen?«

Jayden schüttelte den Kopf. »Ich habe lieber ein Gewehr mehr in Manhattan und laufe nach Hause.« Er deutete auf die Treppe des Gerichtsgebäudes. »Wir bringen alles dort drinnen unter und hoffen, dass nichts passiert.«

Die Treppe war jedoch zu steil, und der Wagen war zu schwer. Es war zu gefährlich, ihn hinaufzuschleppen. Also trugen sie ihre Ausrüstung selbst hinauf und führten die Pferde behutsam über die steile Granittreppe nach drinnen. Die Fenster im Gebäude waren zerbrochen, doch die schweren Türen erwiesen sich als mehr oder weniger intakt. Yoon geleitete Gabe und Kira zum Park auf der anderen Straßenseite, wo sie mit einem gekrümmten dicken Messer Gras abschnitten und es den Pferden brachten. Dann bildeten sie aus Schreibtischen einen behelfsmäßigen Stall und versperrten die Tür mit schweren Möbeln. Kira dachte daran, dass die Pferde verhungern würden, wenn sie mit ihrer Gruppe nicht zurückkehrte. Sie schüttelte sich und verscheuchte den unangenehmen Gedanken.

Die Soldaten überprüften die Waffen und sorgten dafür, dass die Läufe frei, die Kammern geladen und die beweglichen Teile gängig waren. Kira untersuchte ihr eigenes Gewehr, so gut sie es eben konnte, und nahm die Einzelteile der Waffe in Augenschein, über die sie früher nie ernsthaft nachgedacht hatte. Erst jetzt wurde ihr bewusst, dass ihr Leben davon abhängen konnte. Das Magazin war voll, und sie hatte Reservemunition im Rucksack dabei. Zwei Magazine steckten gut erreichbar im Gürtel. Gabe ließ die Läufe seines Miniwerfers rotieren, und als sie sich mühelos drehten, schulterte er einen großen Rucksack voller Munition. Jayden schlang sich das Gewehr über die Schulter und nahm sich danach zwei halb automatische Waffen vor, die er an den Hüften trug. Dünn und Dreckig hatten langläufige Gewehre mit dicken Schalldämpfern. Harus Waffe war kurz und leicht handhabbar, man konnte sogar den Kolben einklappen. Yoon besaß ein ähnliches Gewehr, und das lange, scharfe Messer hatte sie sich auf den Rücken geschnallt.

Jayden klopfte Kira auf die Schulter. »Bist du bereit?«

Nein, dachte Kira. Mir ist abwechselnd heiß und kalt, ich bin müde, ich habe Angst und war noch nie im Leben weniger bereit für irgendetwas als für dieses Vorhaben. Sie rang sich ein Lächeln ab.

»Ich bin bereit. Greifen wir ein paar Supersoldaten an!«

Die Brücke begann unmittelbar hinter dem Gerichtsgebäude. Sie hatten schon fast einen Kilometer zurückgelegt, ehe sie überhaupt das Wasser sahen. Als sie sich dem Flusslauf noch weiter näherten, robbten sie auf Händen und Knien hinter einer hüfthohen Mauer auf einem winzigen Betonstreifen entlang. So waren sie vor dem unsichtbaren Wachtposten geschützt, der in einem Gebäude über ihnen saß. Dünn und Dreckig krochen voraus, markierten Fallen und entschärften Stolperdrähte, damit die anderen wohlbehalten folgen konnten. Trotz der Markierungen vermochte Kira manchmal nicht zu erkennen, worin die Fallen eigentlich bestanden.

Sie stellte sich vor, in den Hochhäusern jenseits des Flusses lauerte eine riesige Armee der Partials, die sich, ob Zufall oder nicht, genau in diesem Augenblick zu einem Angriff entschloss. Die Fallen waren entschärft, die Tür stand offen. Verriet sie gerade die Menschheit?

Nein. Sie rettete die Menschen. Mit zusammengebissenen Zähnen bewegte sie sich weiter.

Brooklyn hatte Kira überrascht, weil die hohen Gebäude dort allgegenwärtig waren. Manhattan schockierte sie, weil selbst die großen Gebäude, die sie vorher gesehen hatte, auf einmal winzig wirkten. Die Insel war ein künstliches Gebirge, das buchstäblich an den Wolken kratzte. Unten herrschte dagegen ein grüner Teppich vor – Parks und Bäume, Grünstreifen, die über die Begrenzungen hinausgewuchert waren und sich bis auf die Straßen erstreckten. In Rissen fanden Samen Halt, die Wurzeln knackten Schwachstellen, und der Asphalt war wellig und aufgesprungen. Auf den Straßen war ein neuer kleiner Wald herangewachsen. Kudzu kroch unaufhaltsam an den Gebäuden empor und bedeckte die unteren Stockwerke mit einer dicken Schicht aus Ranken und Blättern, zwischen denen kein Mauerwerk mehr zu erkennen war.

Als sie das ferne Ende der Brücke erreichten und auf der Rampe abwärts in die Stadt eindrangen, konnten sie sich endlich wieder aufrichten. Auf Höhe der Baumwipfel blieb Kira in dem neu gewachsenen Dschungel stehen. In den Ranken und Regenrinnen nisteten Vögel, verwilderte Katzen strolchten dreißig Meter hoch in Büros umher, die ihre Fenster verloren hatten. Irgendwo bellten Hunde, und sie glaubte sogar, in der Ferne einen Elefanten trompeten zu hören.

»Willkommen im Zoo!« Gabe schenkte Kira ein breites Grinsen. Sie nickte lächelnd.

»Haltet euch zurück!«, warnte Jayden. »Brooklyn kennen wir ganz gut, aber hier ist alles fremd für uns. Eigentlich sollten wir keinen Partials begegnen, aber wir können nicht vorsichtig genug sein.« Er deutete auf ein helles Gebäude, das sich etwa zwei Blocks nördlich erhob. »Von dort aus lässt sich die Umgebung gut überblicken. Wir steigen hinauf, orientieren uns und ziehen weiter. Bleibt dicht beisammen und bewegt euch leise!«

Kira schlich hinter den anderen die Rampe der Brücke hinunter und schlängelte sich zwischen hohen Bäumen hindurch. Unten erwartete sie eine ganz neue Welt – eine verrückte Mischung aus Wald und Müllkippe. Sie musste gut aufpassen, wohin sie trat. Dank der Wolkenkratzer gab es hier erheblich mehr Schutt als anderswo – haufenweise Scherben, Mauerbrocken, Pflasterstücke, zerkrümelnde Schnellbauwände, unzählige Papierfetzen, die ungebunden im Wind flatterten oder halb verrottet in einer dicken Schicht aus Unrat, Blättern und Pilzen klebten. Lange grüne Tentakel wickelten sich um Getränkedosen mit verblichenen Aufdrucken, zogen durch die Speichen verrosteter Fahrräder und klammerten sich verbissen an die Türen alter Taxis und Busse oder an Straßenschilder.

Kira und die Soldaten schlichen die Straße entlang und suchten sich zwischen überwucherten Autos, Bäumen und Haufen von unkenntlichem Müll einen Weg. Als sie das helle Gebäude erreichten, hielt Gabe auf der Treppe Wache, während die anderen so hoch hinaufstiegen, wie sie es wagen konnten. Irgendwann äußerte Haru Bedenken wegen der Stabilität, doch zwölf Stockwerke reichten völlig aus. In diesem Teil der Insel gab es vor allem Wohnhäuser und Apartments, aber keine riesigen Bürotürme. In nördlicher Richtung war das Gelände ungehindert zu überblicken.

»Der dunkelgrüne Streifen dort war früher vermutlich ein Park«, erklärte Jayden und deutete nach Nordosten. »Er ist mindestens zehn Blocks lang. Zwischen den Bäumen finden wir eine ideale Deckung.«

»Aber wir kommen langsamer voran«, gab Haru zu bedenken. »Wir sollten uns für eine breite Straße entscheiden und in der Mitte gehen.« Sie diskutierten einige Minuten lang darüber, während Yoon sich aus einem Fenster beugte, um zwei bunte Vögel anzulocken. Kira betrachtete die Skyline und nahm alles gierig in sich auf. Gab es irgendwo Orientierungspunkte, die ihnen nutzen konnten? Auffällige Gebäude, die ihnen den Weg wiesen, falls sie sich verliefen? Als ihr Blick über die Stadt schweifte, bemerkte sie eine dünne weiße Linie, die sich zu bewegen schien. Vielleicht nur eine Reflexion oder ... nein. Es war Rauch. Sie deutete darauf.

»Da brennt etwas. Seht ihr das?«

Jayden und Haru unterbrachen ihre Debatte und blickten in die angegebene Richtung.

»Direkt hinter den drei braunen Gebäuden, die sich da drüben abheben.«

»Ich erkenne es«, sagte Haru. »Dort brennt kein Haus. Es ist zu klein und zu begrenzt. Wahrscheinlich ein Lagerfeuer.«

»Nein, ein Kamin.« Jayden spähte durch das Fernglas. »Dort wohnt jemand.«

Kira runzelte die Stirn. »Lebt er dort, oder kampiert er nur?«

»Ich dachte, auf der Insel leben keine Menschen mehr. Was hat hier jemand ganz allein zu suchen?«

»Es könnte ein Wachtposten sein«, überlegte Haru. »Ein Vorposten der Partials.«

»Für einen guten Wachturm ist das Gebäude zu niedrig«, widersprach Jayden. »Das Haus hat höchstens drei Stockwerke.«

»Also ein Lager der Partials«, vermutete Haru. »Wie Kira es gesagt hat. Vielleicht eine Streife, die dort kampiert und ihr Nachtlager aufgeschlagen hat.«

»Es müssen keine Partials sein«, widersprach Kira. »Es könnte auch ein verrückter alter Kauz sein, der sein Heim nicht aufgeben wollte.«

»Ohne militärische Ausbildung gelangt niemand bis hierher, ohne eine Reihe von Explosionen auszulösen«, erklärte Haru. »Wir sollten das überprüfen. Falls es Partials sind, können wir ihnen einen Hinterhalt legen und unseren Ausflug abkürzen.«

»Wenn es nur ein Flüchtling ist, riskieren wir eine Entdeckung«, wandte Jayden ein. »Wer verrückt genug ist, hier draußen zu leben, ist auch paranoid genug, uns beizeiten zu bemerken, und wird als Erster schießen.«

»Du bist hier der Paranoide«, hielt Haru ihm vor.

»Damit hast du verdammt recht«, bestätigte Jayden. »Ich habe keine Lust, mich dem dort zu nähern.«

»Zur Kenntnis genommen und überstimmt«, sagte Haru. »Wir gehen in Richtung der Rauchsäule, aber vorsichtig. Wenn wir die drei Gebäude erreichen, die Kira uns gezeigt hat, steigen wir hoch und erkunden die Lage. Nick und Steve können an den Flanken vorstoßen und sich umsehen, ob es etwas Ungewöhnliches zu entdecken gibt.«

»Du hast hier nicht das Kommando«, wies Jayden ihn zurecht. »Du bist nicht einmal mehr beim Militär.«

»Zu Hause sterben meine Frau und mein Kind«, wandte Haru ein. »Du kannst versuchen, mir das Kommando zu entziehen, aber ich mache es dir nicht leicht.«

»So funktioniert das nicht, Haru.«

»Die Späher sind auf meiner Seite«, knurrte Haru. Dünn und Dreckig scharrten ein wenig mit den Füßen, als wollten sie die anderen erinnern, dass sie noch da waren. »Was bleibt dir dann? Zwei Mädchen? Wir gehen zum Rauch.«

Blitzschnell wurde es totenstill und eiskalt in dem Raum. Jeder blickte den anderen an, schätzte die Entfernung ab und beobachtete die Hände.

Jayden knirschte mit den Zähnen und schluckte seinen Stolz hinunter. »Wir brauchen die Funkgeräte für die

Koordination«, sagte er schließlich. Die Spannung ließ merklich nach. »Kanal fünfunddreißig. Keine echten Ortsangaben, falls die Partials mithören. Das Zielgebäude nennen wir Holly, die drei Türme daneben sind Max. Die Partials heißen Fred, Menschen sind Ethel, sofern sie Uniformen tragen, an denen wir sie erkennen können. Alle Unbekannten heißen Lucy.«

Jayden zeichnete rasch eine Karte der Stadt, markierte den Rauch und andere auffällige Punkte, die er fand. Der Rückweg die Treppe hinab verlief angespannt, aber es geschah weiter nichts. Haru erklärte Gabe den Plan, und dann machten sie sich auf den Weg durch die Stadt. Hin und wieder stiegen sie auf ein Autodach, um die auf der Fahrbahn sprießenden Bäumchen zu überblicken. Kira prägte sich einige Gebäude ein, an denen sie vorbeikamen, und blieb überrascht stehen, als sie ein zierliches schwarzes Pferd entdeckte, das im Rinnstein Gras knabberte. Es blickte sie an, wieherte leise und trabte in eine Seitenstraße. Yoon sah ihm beinahe sehnsüchtig nach.

»Magst du Pferde?«, fragte Kira.

Yoon nickte. »Pferde, Hunde, Katzen, was auch immer. Bevor ich zur Abwehr ging, hatte ich jahrelang einen Pinguin.«

»Warum hast du dich überhaupt gemeldet?«, wollte Kira wissen. »Du hättest doch Tierärztin oder Bäuerin oder etwas in dieser Richtung werden können.«

»Meine Mom war Soldatin.« Yoon hob die Schultern. »Jedenfalls bin ich ziemlich sicher, dass sie Soldatin war. Ich erinnere mich an eine Uniform – ich glaube, sie war bei der Navy. Der Stoff war blau. Irgendwo habe ich noch ein Bild vor Augen.« Sie hielt kurz inne und beugte sich vor. »Halt die Augen offen!«, flüsterte sie. »Wir wissen alle, dass Haru ein Arsch ist, aber ich hätte nie gedacht, dass er Jayden so herausfordert. Nick und Steve sind seine Leute, nicht unsere.«

»Was ist, wenn wir uns trennen?«, fragte Kira. »Das ändert doch die Machtverhältnisse.«

»Nick und Steve sind viel gefährlicher, wenn du sie nicht siehst«, erklärte Yoon. »Es beunruhigt mich, wenn ich sie aus den Augen verliere.«

Kira beobachtete Haru den ganzen Nachmittag lang mit Argusaugen, doch nichts geschah. Schließlich erreichten sie die drei Türme – genau genommen waren es sogar fünf identische Apartmenthäuser, die erst aus der Nähe voneinander zu unterscheiden waren –, und Dünn und Dreckig besetzten die Flanken. Haru führte sie zum nördlichen Turm, wo sie sich vorsichtig einen Weg durch die Lobby bahnten und hinaufstiegen. Das Gebäude stank nach verrottenden Pflanzen und Kadavern. Kira setzte die Gesichtsmaske auf, um den Geruch zu überdecken. Im obersten Stockwerk knackten sie leise das Schloss einer Wohnung. Die Familie war noch da, ledrige Haut spannte sich über trockene Skelette. Ein Schwarm Ratten huschte davon, auf dem Boden lag ein halb gefressener toter Spatz. Jayden beförderte ihn mit einem Tritt in die Ecke und schlich zum Fenster.

Die Rauchsäule war nun deutlicher zu erkennen, sie stieg weniger als einen Kilometer entfernt in der Windstille senkrecht aus dem Schornstein eines kleinen Ziegelhauses auf. Jayden, Haru und Yoon nahmen die Ferngläser heraus, Gabe hielt hinter ihnen im Flur Wache. Kira blickte aus dem Fenster. Dort unten lagen Hunderte Wohnhäuser und andere Gebäude, Tausende winziger schwarzer Fenster starrten ihr wie blinde Augen entgegen. Eins dieser Augen suchte sie. Hatte es sie bereits entdeckt? Oder würden sie die anderen zuerst bemerken? Welche Gruppe von Soldaten mit Ferngläsern würde die andere zuerst finden, und was würde dann geschehen?

Sie beobachteten und warteten. Zwei Ratten trippelten aus einer Ecke hervor und zerrten den Spatz unter das Sofa. Kira wurde unruhig und untersuchte die Wohnung. Ein Skelett auf dem Sofa im Wohnzimmer, eins auf dem Küchenboden, zwei im hinteren Schlafzimmer. Sie hatten einander im Tod umarmt. Kira schloss sachte die Tür und kehrte ins Wohnzimmer zurück.

In einem Funkgerät knackte es leise. »Timmy für Jimmy.« Die Störgeräusche verzerrten die Stimme. Kira konnte nicht erkennen, ob es Dünn oder Dreckig war.

Haru hob das Funkgerät vor den Mund. »Hier ist Jimmy. Lagebericht.«

»Ich habe Holly im Blick, kann aber nichts erkennen. Soll ich näher heran?«

»Negativ, Timmy. Halt deine Stellung!«

»Verstanden«, antwortete die Stimme aus dem Funkgerät. »Von Fred und Ethel ist nichts zu sehen, aber Holly ist offenbar bewohnt. Trampelpfade zur Tür und so weiter. Die Bewohner halten sich wohl schon eine ganze Weile dort auf.«

»Verstanden, Timmy. Melde dich, wenn sich etwas tut!« Haru legte das Funkgerät beiseite und rieb sich die Augen. »Hoffentlich bekommen wir bald jemanden zu sehen. Ich will nicht in diesem Apartment übernachten.«

Kira öffnete die Schränke und suchte nach Konserven. Sie hatte so oft an Bergungseinsätzen teilgenommen, dass ihr das zur Gewohnheit geworden war. »Jimmy und Timmy, ja? Ihr habt wirklich ungeheuer männliche Rufnamen.«

»Das ist noch gar nichts«, antwortete Haru. »Der dritte Name lautet Kimmy.«

Wie auf Stichwort knackte es wieder im Funkgerät. Kira nahm drei Dosen Gemüse aus einem Regal über dem Kühlschrank. Haru beantwortete den Ruf.

»Kimmy für Jimmy.«

»Hier ist Jimmy. Lagebericht.«

»Der Bericht von Timmy war falsch. Wiederhole, der Bericht war falsch. Fred ist in Holly, ich sehe sie jetzt. Timmy ist aufgeflogen.«

»Funkstille«, sagte Haru sofort und stellte das Gerät weg. »Verdammter Mist!«

Jayden kehrte dem Fenster den Rücken und legte besorgt die Stirn in Falten. »Das ist nicht gut.«

Haru schlug mit der Faust auf den Tisch. »Dafür haben wir jetzt wirklich keine Zeit.« Er schlug noch einmal darauf.

Kira runzelte die Stirn. »Sie haben ... Timmy? Wer ist das?«

»Steve«, erklärte Yoon.

»Dünn oder Dreckig?«

Yoon zögerte einen Moment. »Dünn.«

Kira fluchte. »Meinst du, er ist tot?«

»Wir wissen nichts Genaues«, erwiderte Jayden. »Der zweite Ruf kann eine Warnung gewesen sein, dass der erste falsch war. Aber es ist ebenso gut möglich, dass der zweite falsch war und uns verwirren soll.«

»Wenn der zweite falsch war, hätte sich doch der erste wieder gemeldet, um uns aufzuklären«, wandte Kira ein.

»Ich habe abgeschaltet«, sagte Haru. »Wenn ein Späher aufgeflogen ist, haben sie uns schon im Visier. Wird eine solche Information preisgegeben, steht dahinter nur der Wunsch, unseren Standort auszumachen. Vielleicht haben sie das Signal schon geortet. Ich weiß nicht, über welche Technik sie verfügen.«

»Aber in beiden Durchsagen kamen unsere Codes vor«, überlegte Kira. »Es ist doch denkbar, dass beide Späher wohlauf sind. Vielleicht haben sie nur unterschiedliche Beobachtungen gemacht oder gar unterschiedliche Häuser im Blick.«

»Nein.« Haru schüttelte den Kopf. »Sie arbeiten schon zu lange zusammen. Sie würden sich nicht gegenseitig so schwere Vorwürfe machen, wenn sie nicht völlig sicher wären. Wenn der erste Ruf echt war, kann es der zweite nicht sein, und wenn der zweite echt war, müssen wir davon ausgehen, dass der erste eine Falschmeldung war.«

»So schnell können sie doch niemanden foltern.« Jayden richtete sich langsam auf. »Sie können unmöglich die Codeworte herausbekommen haben, es sei denn ...« Er hielt inne. »Was ist mit ... nein, das kann nicht sein, das ist Wahnsinn.«

»Was meinst du?«, fragte Haru.

»Nichts«, wehrte Jayden ab. »Ich leide nur unter Verfolgungswahn.«

»Der ist im Augenblick aber ziemlich gesund«, meinte Kira.

Jayden schluckte, blickte zu Haru, dann wieder zu Kira hinüber. »Was ist, wenn einer der Späher ein Partial ist?«

»Das ist nicht einmal ...« Kira ließ den Satz unvollendet. Sie hatte sagen wollen, es sei unmöglich, aber wenn es nun doch möglich war?

»Das ist lächerlich«, wandte Haru ein. »Ich kenne Nick und Steve schon seit Jahren.«

»Kanntest du sie schon vor dem Zusammenbruch?«, fragte Jayden.

»Nein«, räumte Haru ein, »aber trotzdem. Das kann doch nicht sein.«

»Sie sehen so aus wie wir«, fuhr Jayden fort. »Wer kann sagen, ob einige von ihnen nicht schon die ganze Zeit bei uns leben?«

Kira lehnte sich an die Wand. Die Beine drohten ihr den Dienst zu versagen, und sie musste sich abstützen. Die Folgerungen daraus waren erschreckend, aber die Logik ... nein, es passte nicht. »Warum gerade jetzt?«, fragte sie. »Wenn sie uns töten wollen, hätten sie das schon die ganze Zeit tun können. Was gewinnen sie, wenn sie uns erst hier im Nirgendwo verraten?«

»Das weiß ich nicht«, erwiderte Jayden grob, »ich habe nur laut nachgedacht.«

»Beruhigt euch!«, sagte Haru. »Sie sind keine Partials.«

»Dann gehören sie zur *Stimme*«, überlegte Jayden. »Vielleicht haben sie Verräter eingeschleust, um die Mission zu sabotieren.«

»Ich habe für beide gebürgt«, flüsterte Haru.

»Das meine ich doch.« Kira bemerkte, dass Jaydens Hand sich seiner Waffe nährte. Sie befand sich zwischen den beiden Soldaten und lehnte sich an die Anrichte. Draußen im Flur wandte sich Gabe um und verfolgte das Geschehen ebenso erzürnt wie entsetzt.

Haru beobachtete die Bewegung von Jaydens Hand, deutete den Tonfall richtig und fuhr auf. »Du Dreckskerl ...«

»Wartet!«, stieß Kira hervor. »Dafür haben wir keine Zeit. Wenn einer von uns ein Verräter wäre, dann hätte er uns schon vor langer Zeit verraten und eine viel größere Wirkung erzielen können.« Sie holte tief Luft und trat in die Schusslinie. »Da draußen lauert ein echter Feind, und wer immer er ist, er weiß, wo er uns findet. Wenn einer der Späher umgedreht wurde, sei es durch Folter oder etwas anderes, wissen die Feinde vielleicht schon, dass wir in einem Apartmenthaus sitzen. Sie wissen nur noch nicht, in welchem. Das bedeutet, dass sie näher sind, als wir glauben ...«

Kira unterbrach sich und blickte zum Flur. »Was war das?« Sie glaubte, etwas gehört zu haben, doch dann war es still. Sie griff nach dem Gewehr.

Dann knallte draußen ein Schuss, und Gabe brach zusammen wie ein nasser Sack. Kira schrie auf und starrte den Gefallenen schockiert an. Haru rannte schon zur Tür, blieb jedoch ein paar Schritte davor stehen und untersuchte den Toten. Er wandte sich um und deutete es mit den Händen an: eine Pistole in einer Richtung, dann zeigte er in die andere Richtung. Das Blut war auf die linke Seite gespritzt, also stand der Schütze rechts. Er nahm eine Handgranate aus dem Gürtel, zog den Stift heraus und warf sie nach rechts. Das Gebäude erbebte, als sie explodierte, von den Wänden rieselte der Putz.

»Das hat uns hoffentlich etwas Zeit verschafft.« Grunzend hob Haru das Gewehr auf.

Kira rang um ihre Fassung und überwand sich, endlich zu reagieren. Sie lief zu Gabe. Haru wollte sie zurückhalten, doch sie wehrte sich.

»Ich muss ihm helfen.«

»Er ist tot.«

Kira sträubte sich weiter. »Ich bin Sanitäterin, ich kann ihm helfen!«

»Er ist tot, Kira«, erklärte Haru mit Nachdruck. Er flüsterte ihr ins Ohr und bemühte sich, leise zu sprechen, während seine Hände sie eisern festhielten. »Gabe wurde erschossen. Er ist tot, und diejenigen, die ihn erschossen haben, halten sich noch im Flur auf. Der Nächste, der den Kopf zur Tür hinausstreckt, wird ebenso sterben wie er.«

»Ich muss ihm helfen!«

»Du kannst nichts mehr für ihn tun«, raunte Jayden. »Nun müssen wir uns vor allem überlegen, wie wir die nächsten fünf Minuten überleben.«

Kira hob den Kopf. Jayden und Yoon knieten in den Ecken des Raums und hatten die Waffen auf den Eingang gerichtet. Natürlich, dachte sie, während sie sich allmählich wieder fing. Die Partials haben Gabe ausgeschaltet und greifen jetzt uns an. Sie gab auf und drängte nicht mehr zur Tür. Haru ließ sie los und hob das Gewehr, dann suchte er sich im Flur eine Deckung. Sie folgte ihm und zielte dabei auf die offene Tür.

»Wie viel Zeit bleibt uns noch?«

»Keine Ahnung.« Jayden wechselte die Stellung, sobald Kira und Haru die Tür deckten. Yoon folgte ihm. »Haru hat die Handgranate ziemlich schnell geworfen, also zögern sie vermutlich erst einmal, ehe sie nachrücken.«

»Und nur deshalb leben wir noch«, gab Yoon zu bedenken. »Wenn hieraus ein echtes Gefecht entsteht, verlieren wir.«

»Andere Ausgänge gibt es nicht«, erklärte Haru. »Früher oder später wird es ein Kampf.«

»Warum klettern wir nicht durchs Fenster?«, schlug Yoon vor. »Vielleicht können wir ihnen in den Rücken fallen.«

»Da draußen sind wir ungeschützt«, wandte Jayden ein. »Ganz zu schweigen davon, dass wir uns im fünften Stockwerk befinden.«

Kira legte den Kopf schief und lauschte. »Sie kommen wieder. Habt ihr noch weitere Handgranaten?«

Jayden runzelte die Stirn. »Hörst du sie?«

»Du etwa nicht?«

Jayden schüttelte den Kopf, machte die Handgranate scharf und warf sie blind zur Tür hinaus. Sie flog über den reglosen Gabe hinweg und prallte nach rechts in Richtung der Partials ab. Das Gebäude wurde erschüttert, und Kira legte eine Hand an die Wand, um das Gleichgewicht nicht zu verlieren.

»Noch zwei davon, und es gibt keinen Boden mehr, über den man gehen kann«, murmelte Haru.

Jayden grinste und holte eine weitere Handgranate heraus. »Das ist doch gar kein schlechter Einfall.«

»Warte!« Kira hielt ihn am Arm fest. »Wenn wir den Flur zerstören, zögern wir den Angriff nur hinaus.«

»Ich weiß«, antwortete Jayden. »Darum geht es ja gerade.«

Sie senkte die Stimme und flüsterte. »Hast du noch mehr Sprengstoff?«

Jayden sah sie fragend an. Haru kam näher, um ebenfalls zu lauschen. Yoon behielt unterdessen die Tür im Auge.

»Hast du noch anderen Sprengstoff?«, fragte Kira noch einmal so leise wie möglich.

Haru klopfte auf seinen Rucksack. »C vier.«

Kira nickte. »Wenn wir den Flur zerstören, greifen sie uns trotzdem an, aber wir wissen nicht, wann und woher sie kommen. Wenn wir aber das Wohnzimmer sprengen, während sich die Partials dort aufhalten, schalten wir die Bedrohung aus.«

»Das könnte klappen«, stimmte Haru zu. »Möglicherweise ist das der einzige Weg, sie überhaupt zu erwischen. Aber möglicherweise hält das alte Gebäude die Explosion nicht aus. Es besteht größtenteils aus Holz. Alles, was stark genug ist, eine Gruppe von Partials auszuschalten, könnte das ganze Gebäude oder wenigstens ein paar Stockwerke zerstören.«

»Ein Loch im Boden ist doch ein Fluchtweg«, erwiderte Kira. »Falls wir überleben. Entweder das oder ein Feuergefecht, bei dem wir sicher den Kürzeren zögen.«

Jayden nickte. »Versuchen wir's!«

15

Die Partials bewegten sich vorsichtig. Als Kira sie hörte, waren sie schon an der Eingangstür der Wohnung. Ein Schritt vielleicht oder ein lauter Atemzug – sie war nicht einmal sicher, was ihr genau aufgefallen war, aber sie hatte es bemerkt. Sie wartete, die Stille dehnte sich eine halbe Ewigkeit lang, dann stürmte jemand mit lautem Poltern durch den Schutt vor der Tür, und ein lauter Knall war zu hören. Eine Blendschockgranate. Die vier verhielten sich still und warteten im Hinterzimmer ab, während sich schwere Stiefeltritte der Küche näherten.

Jayden lag an der geschlossenen Tür auf dem Bauch und benutzte eins von Kiras medizinischen Geräten. Es war eine kleine Linse mit einem schmalen, biegsamen Griff. Das Gerät wurde gewöhnlich benutzt, um den Nasen- und Halsraum zu untersuchen, aber es war im Grunde ein winziges Periskop. Er hatte es unter der Tür durch um die Ecke geschoben und konnte damit das verminte Wohnzimmer überblicken.

Kira hörte ein leises Murmeln im Wohnzimmer und spitzte die Ohren. Sie war jedoch nicht sicher. Es klang wie *Welche Gruppe ist das?* Eine Antwort vernahm sie nicht.

Jayden hob eine Hand und war bereit, das Signal zu geben. Harus Finger schwebte schon über dem Zünder. Kira hielt ihn zurück. »Einer ist noch im Flur«, raunte sie verzweifelt. Sie hörte die Schritte. Haru schien zu verstehen und nickte.

Schließlich gab Jayden das Signal und verzog sich hinter die Matratze, die sie gegen die Wand gelehnt hatten. Als nichts geschah, wandte er sich erschrocken um, und als er sie warten sah, zischte er Flüche und wiederholte das Signal.

Kira deutete zum Flur und versuchte ihm zu verstehen zu geben, dass dort draußen noch einer lauerte. Sie zeigte ihm drei Finger und wedelte nachdrücklich mit der Hand. Endlich nickte Jayden und kehrte zu seinem Periskop zurück. Dann sprang er überrascht auf, kaum dass er hindurchgeblickt hatte, und stürzte mit weit aufgerissenen, entsetzten Augen zu Haru hinüber. Der Türknauf drehte sich bereits, weil einer der Partials zu ihnen hereinwollte. Kira schlug mit der flachen Hand auf den Auslöser.

Dröhnend ging die Welt unter.

Das ganze Gebäude wackelte, Rahmen lösten sich aus den Wänden, der Putz fiel von der Decke. Die ganze Wand barst und flog Kira um die Ohren. Trotz der Matratze fühlte es sich an, als hätte sie Hammerschläge auf den Kopf bekommen. Im gleichen Augenblick rutschte das ganze Zimmer bergab. Der Boden gab nach, und ihr wurde schwindelig. Sie klammerte sich an das leere Bettgestell, das jedoch wie alles andere abrutschte. Es gab ein lautes Krachen, und eine Lawine aus Holz und Putz raste auf sie zu. Sie ließ das Bett los und schlug sich beide Hände über den Kopf.

Von allen Seiten prasselte der Schutt auf sie herab, dann umfing sie etwas Grobes und Festes. Die Bewegung wurde langsamer und hörte auf, und als sie allmählich die Hände vom Kopf nahm, erkannte sie, dass andere Teile des Gebäudes weiterhin in Bewegung waren – ein Schauer aus Dreck und Trümmern, ein stürzender Kühlschrank. Ein Teppich versank langsam in einem Loch. Die Räume und Flure des Gebäudes waren nicht mehr zu erkennen, alles ging im Chaos unter. Kira wollte sich bewegen, steckte aber bis zu den Hüften im Schutt fest. Irgendetwas Großes und Schweres blockierte ihre Beine.

In der Ferne rief jemand. Sie antwortete heiser, so gut es der Staub erlaubte.

»Hallo! Jayden!«

Vor ihr stieg eine Hand aus den Trümmern auf, dann erkannte sie die dunkelgraue Uniform und die Körperpanzerung, die sie auf unzähligen Fotos aus der Kriegszeit gesehen hatte. Es war ein Partial.

Kira strampelte in ohnmächtiger Anstrengung und suchte nach ihrem Gewehr. Es war nirgends zu entdecken, auch die Sanitätstasche war verschwunden und mit ihr die Möglichkeit, Gewebeproben zu nehmen. Die Hand bewegte sich langsam, aber verbissen im Schutt und tastete nach etwas, an dem sie sich festhalten konnte. Schließlich fand sie eine vorstehende Strahlstrebe und packte zu, dann strengte sich der Besitzer an, und der Schutt bewegte sich. Der Partial kam langsam nach oben ...

... und dann fiel eine Ratte vom Himmel.

Kira zuckte erschrocken zusammen und brauchte einen Moment, um die Sachlage zu erfassen. Die Ratte prallte auf dem Boden auf, drehte sich und fauchte. Kira riss ein Stück Putz aus dem Haufen, in dem sie steckte, und warf es nach dem Tier. Als sie über sich ein Fiepen hörte, blickte sie nach oben. Einen halben Meter über ihrem Kopf befand sich ein Absatz, der vor Ratten wimmelte.

»Nein.«

Hinter den Ratten bewegte sich auf einmal ein Sofa und ruckte eine Handbreit nach vorn. Zwei weitere Ratten fielen zu ihr herunter, eine landete sogar in ihren Haaren. Sie stieß das Tier weg und wühlte wild im Schutt. Der Partial bemühte sich immer noch, sich aus den Trümmern herauszuziehen, der Schutt geriet ins Rutschen und verlagerte sich, und dann tauchte langsam ein Helm auf. Das Gesicht des Wesens war mit einem schwarzen Visier geschützt, doch Kira hörte ein leises, heiseres Knurren. Sie strampelte und stemmte sich vergeblich gegen das Gewicht, das ihre Beine festhielt. Über ihr rutschte das Sofa knirschend ein Stück weiter, und weitere Ratten regneten auf sie herab. Drei, fünf ... sie zählte nicht mehr mit. Der Partial schüttelte sich und bekam auf einmal auch den zweiten Arm frei. Noch eine Bewegung, der Schutt rutschte weiter, und er konnte zerbrochene Ziegelsteine und Holzreste zur Seite befördern.

Kira hatte keine Zeit zum Nachdenken. Sie griff nach oben, packte den Vorsprung und zog ihn mit aller Kraft zu sich herunter. Die Ratten stürzten in einem wahren Schauer herab, überall spürte sie Pelze, Krallen und die wurmähnlichen zuckenden Schwänze. Der Partial wollte sie anfallen, doch in diesem Moment gab das ganze Sofa nach und stürzte herunter wie ein Felsblock. Es traf den Partial im Gesicht und warf ihn rücklings zu Boden. Kira schrie, als ihr das Sofa die Haut von den Knöcheln schürfte, sie schrie, als sie die panischen Ratten abwehrte. In der Ferne hörte sie Rufe, die ihr antworteten, konnte jedoch nichts verstehen. Noch einmal strampelte sie, und endlich konnte sie die Beine ein wenig bewegen. Das stürzende Sofa hatte offenbar auch den Gegenstand verschoben, der sie unten festhielt. Noch einmal legte sie sich ins Zeug und zog, so fest sie konnte, dann änderte sie die Vorgehensweise und stieß sich unten ab, stemmte sich gegen das Gewicht und versuchte es wegzudrücken. Nachdem das Sofa die Masse ein Stück weit bewegt hatte, konnte sie sich vielleicht endgültig befreien.

Das Sofa wackelte. Der Partial, der darunter feststeckte, lebte offenbar noch.

Kira grunzte vor Anstrengung, biss die Zähne zusammen und stemmte sich mit aller Kraft gegen den Schutt. Wieder bewegte er sich, Kies rieselte an ihren Beinen vorbei, und dann gab mit lautem Stöhnen der ganze Boden unter ihr nach. Mit einem entsetzten Schrei stürzte sie drei oder vier Meter tief und landete in finsterster Schwärze. Als der Schutt von oben nachrutschte, kam sie eilig wieder auf die Beine.

Jemand flüsterte drängend.

»Hallo?«

»Yoon, bist du's?«

»Kira! Hilf mir, die Kommode zu bewegen!«

Langsam stellten sich Kiras Augen auf die Umgebung ein, und aus der Dunkelheit schälten sich Umrisse und Kanten heraus. Anscheinend waren die Fenster mit Schutt bedeckt. Sie folgte Yoons Stimme und rutschte immer wieder auf den Trümmern aus. Yoon steckte unter einer schweren hölzernen Kommode. Da Kira von oben besser zupacken konnte als Yoon, gelang es den beiden, das Möbelstück gemeinsam wegzuschieben. Hinter ihnen ertönte ein lauter Knall. Der Partial war hinter Kira ins Loch herabgesprungen. Er landete mühelos wie eine Katze und stand sofort wieder aufrecht. Kira duckte sich und hoffte, dass seine Augen länger als ihre brauchten, um sich umzustellen, doch er sprang sie zielstrebig an und rang sie nieder. Sie trat, kratzte und schrie um Hilfe, doch der Partial hatte Arme wie aus Eisen, die sie wie ein Käfig umklammerten. Auf einmal aber zuckte er zusammen, bog den Rücken durch und legte den Kopf in den Nacken. Yoon riss ihr Messer aus dem Rücken des Partials, wechselte den Griff und schnitt ihm die entblößte Kehle durch. Fauchend und gurgelnd kippte er zur Seite, warmes Blut spritzte hoch.

Yoon keuchte. »Du hast verdammtes Glück gehabt, dass er nicht mit mir gerechnet hat.«

»Hier sind mindestens noch zwei, die wir noch nicht erledigt haben.« Kira rappelte sich auf. »Wir müssen Jayden und Haru suchen.«

Das Gebäude war hier unten, zwei Stockwerke unter dem Explosionsherd, noch recht stabil, und sie konnten sich fast ungehindert bewegen. Die Tür dieser Wohnung war teilweise von Trümmern blockiert. Sie stemmten sie auf, sahen sich vorsichtig um und lauschten auf Geräusche. Schließlich kam Jayden aus der anderen Richtung einen langen Flur entlang. Er trug noch die beiden Pistolen bei sich und überließ eine davon Yoon.

»Unten ist anscheinend nicht so viel beschädigt«, erklärte er. »Aber auf der Westseite ist das Gebäude geschwächt. Wenn Haru noch lebt, befindet er sich über uns.«

Kira nickte. Sie arbeiteten sich bis zu einer Treppe in der östlichen, stabileren Hälfte des Gebäudes vor. Zwei Stockwerke höher vernahmen sie eine leise Stimme, der sie bis zur gegenüberliegenden Seite folgten. Durch ein großes Loch, wo die Außenmauer komplett fehlte, fiel Licht herein. Haru klammerte sich an ein freigelegtes Rohr, um das er den Ellenbogen geschlungen hatte. Mit der anderen Hand hielt er den Rucksackgurt eines bewusstlosen Partials fest.

»Er lebt noch«, erklärte Haru mit zusammengebissenen Zähnen. Offensichtlich hielt er den Gegner mit letzter Kraft umklammert. »Ich habe ihn mir geschnappt, als die Wand zusammenbrach.«

»Lass ihn fallen!« Jayden überlegte bereits, wie er Haru trotz des im Boden klaffenden Lochs retten konnte. »Wir befreien dich und holen uns dann seinen Arm oder so.«

»Kommt nicht infrage.« Haru grunzte und packte den Riemen fester. »Ich brauche diesen Mistkerl lebend, damit ich ihn zu Hause windelweich prügeln kann.«

Kira schüttelte den Kopf. »Wir nehmen ihn auf keinen Fall mit. Wir brauchen zur Untersuchung nur Blut und Gewebe.«

»O doch, wir nehmen ihn mit und verhören ihn. Unsere Leute wissen nicht einmal, wo wir sind. Trotzdem waren die Partials hier und haben uns erwartet. Ich will wissen, warum sie hier waren, was sie wussten und ob unsere Späher Agenten der Partials sind.«

»Da hat er recht«, stimmte Yoon zu. »Nick und Steve haben die Hälfte der Fallen in Brooklyn gelegt. Wenn einer von ihnen ein Partial ist, könnte unsere ganze Verteidigung nutzlos sein. Und wenn die Partials etwas planen, wenn sie angreifen wollen ...« Sie ließ den Satz unvollendet.

»Kira, hast du noch deine Sanitätstasche?«, fragte Jayden.

Sie schüttelte den Kopf. »Nur die Gürteltasche. Das meiste habe ich im Schutt verloren.«

»Betäubungsmittel?«

Kira sah nach und nickte. »Ein Schmerzmittel ist genauso wirksam, wenn wir ihm genug davon verabreichen.« Sie betrachtete den Bewusstlosen, der unter Haru hing. »Und falls seine Biologie so funktioniert wie unsere.«

»Ich will euch nicht nerven«, grunzte Haru, »aber der Typ ist viel schwerer, als es den Anschein hat.« Jayden ging langsam um das Loch im Boden herum und näherte sich ihm. Kira betrachtete das Zerstörungswerk, suchte sich eine massive Wand und stieg vorsichtig zur nächsten Etage hinunter. Yoon folgte ihr. Zusammen packten sie den pendelnden Partial und zogen ihn durchs Fenster herein. Jayden rettete unterdessen Haru, dem der Arm schlaff an der Seite hing.

Kira und Yoon legten den Partial auf einen trittfesten Abschnitt des Fußbodens. Dann nahm Kira ihm den Helm ab, hielt inne und starrte ihn an. Ihr war bekannt, dass die Partials menschlich aussahen. Natürlich wirkten sie menschlich, das war ja der springende Punkt, aber trotzdem ... Zum ersten Mal in ein solches Gesicht zu blicken, war ... sie konnte es nicht in Worte fassen.

Ein menschliches Gesicht. Ein menschlicher Mund und eine entsprechende Nase. Die Lider verbargen menschliche Augen. Ein gut aussehender junger Mann mit kurzem braunem Haar, auf dem Kinn zeichnete sich ein frischer Bluterguss ab. Der größte Feind, der je die Menschheit bedroht hatte, das böse Ungeheuer, das den Weltuntergang ausgelöst hatte.

Er war höchstens neunzehn Jahre alt.

»Ist das nicht verrückt?«, bemerkte Yoon. »Sie erzählen uns dauernd, dass sie wie wir aussehen, und dann ... dann sehen sie tatsächlich so aus wie wir.«

Kira nickte. »Ich bin noch nicht sicher, ob ich das beruhigend oder noch viel schrecklicher finde.«

Yoon zog die Halbautomatik, die sie von Jayden bekommen hatte, und zielte auf den Partial. »Was immer du tun musst, tu es schnell!«

Kira zückte eine Ampulle Nalox.

»Im günstigsten Fall ist er damit lahmgelegt«, erklärte sie Yoon.

»Und im ungünstigsten stirbt er?«

»Im schlimmsten Fall wacht er auf.« Kira bereitete die Spritze vor und zielte auf den Hals des Partials. »Wir haben keine Ahnung, wie die Nanopartikel auf seine Physiologie wirken. Soweit es mich betrifft, zählt sein Tod zu den günstigsten Fällen.«

Sie stach ihm die Nadel in den Hals, drückte den Kolben nach unten und verstaute die Spritze. »Fertig!«, rief sie. Jayden half Haru, nach unten in den Raum zu klettern. »Aber es gibt immer noch einen Partial, über dessen Verbleib wir nichts wissen.«

Haru zog die Augenbrauen hoch. »Waren es nicht zwei?«

»Yoon hat einen getötet«, sagte Kira, worauf Haru die Augen weit aufriss. Kira lachte trocken. »Ehrlich. Sie hat ihm praktisch die Kehle durchgeschnitten. Das war natürlich, nachdem er zweimal lebendig begraben worden war, ein Sofa ins Gesicht bekommen und mich durch zwei Stockwerke voller Schutt gejagt und beinahe getötet hatte.«

Jayden nickte. »Die Explosion hat den dritten erwischt. Ich habe Körperteile gefunden, als ich oben war. Von dort droht uns keine Gefahr mehr. Er hat anscheinend direkt auf der Bombe gestanden, als sie hochging. So weit wäre das also klar.«

Sie schleppten den bewusstlosen Partial vorsichtig durch den mehrere Stockwerke tiefen Krater und die Treppe hinunter bis zur Außentür. Dort hieß Jayden sie innehalten.

»Wartet mal – ich war vorschnell.« Er betrachtete die überwucherten Apartmenthäuser. »Wenigstens *ein* Gegner ist noch unterwegs. Unsere Späher sind da draußen, und wir wissen nicht, auf welcher Seite sie stehen. Außerdem könnten noch weitere Gegner in der Nähe sein, die sich nicht unmittelbar an der Erstürmung der Wohnung beteiligt haben.«

Kira ließ den Blick über das Gelände wandern. Im Wind nickten Bäumchen, die ihnen ein wenig Deckung boten, aber letztendlich war das Gelände offen. »Wir müssen die Häuser dort erreichen, aber mit dem Bewusstlosen kommen wir nur langsam voran«, sagte sie.

Haru rieb sich den linken Arm, an dem er gehangen hatte, um das taube Gefühl zu vertreiben. »Wir müssen es eben einfach tun.«

Jayden hob den Partial hoch und schulterte ihn. »Tut mir leid, meine Damen, aber ich bin selbstsüchtig und nehme diesen biologischen Schutzschild für mich selbst in Anspruch. Jetzt lauft!«

Sie rannten durch die Ranken und Schösslinge und hielten geradewegs auf das nächste Gebäude zu. Sie erreichten das Haus, bogen um die Ecke und eilten weiter, überquerten zwischen alten Autos die Straße und näherten sich einem weiteren Gebäude. Gerade als Kira dachte, sie seien in Sicherheit, prallte neben ihr ein Querschläger von einem Auto ab. Die Kugel hatte sie nur um Zentimeter verfehlt. Geduckt ging sie in Deckung.

»Nicht anhalten, Kira! Weiter!« Jayden rannte mit seiner Last voraus, Kira atmete tief durch und sprang auf. Sie rechnete damit, jeden Moment eine Kugel ins Kreuz zu bekommen. Ein weiteres Geschoss sauste an ihr vorbei – es verfehlte sie um mehr als einen Meter. Endlich erreichten sie die nächste Kreuzung. Vor ihnen verlief eine breite Durchgangsstraße, die von hohen Bäumen gesäumt war. Die Schaufenster der Geschäfte waren zerstört. Yoon hielt sich links, und die anderen folgten ihr. Sie nutzten die Deckung, um die Straße zu überqueren und in einem verfallenen Feinkostladen zu verschwinden.

»Das sind Einzelschüsse in großen Abständen«, erklärte Jayden keuchend, »und bedeutet, dass es keine Gruppe ist, sondern ein einzelner Scharfschütze.«

»Dünn oder Dreckig, wer auch immer der Verräter ist«, sagte Kira. »Gut gemacht, Haru.«

»Wir wissen nicht, ob es einer der beiden ist«, knurrte Haru, doch Kira sah ihm an, dass ihn die gleichen Befürchtungen plagten wie sie. Yoon hatte hinter ein paar umgestürzten Tischen Deckung gesucht und beobachtete die Vorderfront.

»Hier können wir nicht bleiben«, stellte Kira fest.

»Wir verschwinden durch ein Seitenfenster und gehen durch die kleine Straße dort. Wir müssen öfter die Route wechseln. Wenn der Heckenschütze kein freies Schussfeld hat und nicht genug Zeit bekommt, sich auf uns einzustellen, ist die Situation weniger gefährlich.«

»Der Park, den wir vorher gesehen haben, liegt nur wenige Blocks weiter im Westen«, erklärte Haru. »Wir finden auf dem größten Teil des Rückwegs zwischen den Bäumen Deckung und verlieren keine Zeit durch einen Zickzackkurs.«

»Einverstanden«, sagte Jayden. »Lasst uns gehen!«

Sie huschten an der Seite hinaus und hoben den gefangenen Partial vorsichtig über die zersplitterte Scheibe. Yoon deckte die Gruppe und holte sie anschließend rasch wieder ein.

»Ich habe rein gar nichts gesehen.«

»Was ist mit dem Späher, der uns nicht verraten hat?« Kira schnaufte, während sie rannte. »Sollten wir nicht auf ihn warten oder ihn suchen?«

Haru schüttelte den Kopf. »Wenn wir einem von ihnen nicht mehr trauen können, dann können wir keinem der beiden trauen.«

»Aber wir wissen doch, dass einer unschuldig ist.«

»Wir wissen aber nicht, welcher der beiden, und deshalb sind beide verdächtig. Da ist der Park. Lauft zu den Bäumen und haltet euch links!«

Eine weitere Kugel sauste vorbei, als sie den dichten Wald fast erreicht hatten. Kira fluchte halblaut, während sie hinter einem Auto in Deckung ging. Die anderen rannten vorbei, sie nahm ihren ganzen Mut zusammen und folgte ihnen zwischen die Bäume. Leider war der Park voller Zäune, die sie daran hinderten, in das dichtere Unterholz in der Mitte vorzudringen, doch der Randbereich war besser als nichts. Sie liefen von Baum zu Baum und achteten darauf, immer eine Deckung im Rücken zu haben. Alle paar Blocks durchschnitt eine breite Straße, hinter der sie wieder zwischen den Bäumen verschwinden konnten, den Park.

Jayden hielt vor einem Taxistand inne und ließ den gefangenen Partial mit schmerzvoll verzogener Miene zu Boden gleiten.

»Weiter!«, drängte Haru aufgebracht. »Du kannst dich ausruhen, wenn du tot bist.« Jayden nickte und wollte den Partial wieder aufheben. Da bemerkte Kira das Blut, das von einem seiner Arme herabtropfte.

»Jayden, du bist verletzt!«

»Weiter«, sagte Haru noch einmal.

»Er hat einen Schuss in den Arm abbekommen.« Kira betrachtete Jaydens Wunde. »Wie lange hast du die schon?«

»Erst ein paar Blocks.« Wieder schnitt Jayden eine Grimasse und wollte den Partial hochheben.

»Haru kann ihn tragen«, meinte Kira. »Du läufst jetzt ohne Last weiter. Ich verbinde dich, sobald wir irgendwo in Sicherheit sind.«

»Mein Arm ist so gut wie gebrochen«, fauchte Haru.

»Halt den Mund und schnapp ihn dir!« Sie stieß ihn zu dem Partial, dann griff sie nach Jaydens Halbautomatik und überprüfte die Kammer. »Ich übernehme die Rückendeckung. Weiter!«

Sie rannten vorwärts, und Yoon führte sie durch ein Gewirr von Zäunen, Bäumen und verrosteten Autos. Sie kamen an einem Zugang zur Untergrundbahn vorbei, die Treppe führte ins Dunkle hinab. Im Vorbeigehen warf Kira einen Blick in die Öffnung. Die Treppe war halb überflutet. Dort unten gab es keine Deckung. Sie blieben vorerst im Park und sahen bald darauf einen mächtigen Stahlturm vor sich aufragen.

»Das ist die Brücke«, sagte Jayden. »Nehmt den ersten Zugang, den ihr entdeckt!«

Kira schüttelte den Kopf. »Es ist nicht dieselbe Brücke.«

»Ist das so wichtig? Wir müssen die verdammte Insel verlassen.«

»Aber die Fallen.« Sie wandte sich im Gehen um. »Die Fallen sind noch scharf. Es ist zu gefährlich, dort hinüberzugehen.«

Eine Kugel sauste vorbei, Jayden fluchte. »Wir haben nicht mehr viele Möglichkeiten.«

Sie rannten aus dem Park auf eine breite Straße hinaus. Vor ihnen lag die Auffahrt der Brücke, die sich nach Südosten über den Fluss spannte. Inzwischen waren sie alle so müde, dass sie fast taumelten und mit trockenen, heiseren Kehlen keuchten. Eine Kugel prallte von der Betonbarriere ab, hinter der sie gerade in Deckung gegangen waren.

»Ich habe nicht gesehen, wer es war«, sagte Kira.

»Wer es auch ist, er hat eine erheblich größere Reichweite als wir.« Yoon hob die Pistole.

»Du gehst voraus.« Jayden nahm Yoon die Pistole ab. »Such die Fallen, entschärf oder markier sie und tu dein Möglichstes! Haru und Kira folgen mit dem Partial. Ich übernehme die Rückendeckung.«

»Yoon stellte gerade fest, dass wir unterlegen sind«, warf Kira ein. »Bist du verrückt?«

»Auf große Entfernung lässt sich nichts ausrichten«, erklärte Jayden und deutete auf das untere Ende der Rampe. »Von hier aus kann ich es auf eine Schießerei ankommen lassen, wenn er sich dort unten blicken lässt. Früher oder später muss er um die Ecke kommen, wenn er uns verfolgen will. Also verstecke ich mich hinter einem Auto und warte.«

»Dann warte ich mit dir«, entschied Kira. »Ich bin deine Sanitäterin, du Narr. Ich lasse dich nicht mit einer Schusswunde im Arm zurück.«

»Schön, aber halt den Kopf unten!«

Yoon kroch los, Haru folgte ihr und zog den Partial hinter sich her. Kira schlich mit Jayden hinunter und bezog hinter einem dicken Autoreifen Stellung. Jayden hockte an der nächsten Achse des Lastwagens und behielt den Rand der Barriere im Auge. Der Fahrer, ein verwittertes braunes Skelett, starrte unbewegt nach vorn.

»Was denkst du, wer es ist?«, fragte Kira. »Ich meine, wer der Partial ist. Nick oder Steve?«

»Meinst du Dünn oder Dreckig?«

Kira lachte humorlos. »Man kann sie wirklich leicht auseinanderhalten, aber es war mir peinlich, noch einmal nachzufragen, wer welchen Namen trägt.«

»Das werden wir wohl bald sehen«, meinte Jayden.

Kira blickte zur Brücke hinüber. »Der Wachtposten auf der anderen Seite wird bald bemerken, dass wir die Brücke überqueren«, flüsterte sie.

»Ich weiß.«

»Sie werden uns melden, man wird uns verhaften und wahrscheinlich vor ein Kriegsgericht stellen. Unsere geheime Mission wird nicht geheim bleiben.« Kira beobachtete Jayden, doch der schwieg. »Allmählich glaube ich, dass es ein törichter Plan war.«

Ein winziges Lächeln umspielte seine Lippen.

»Halt den Mund, Walker!«, flüsterte er. »Wir versuchen gerade, dem Gegner einen Hinterhalt zu legen.«

Sie warteten, Jayden beobachtete den Rand der Barriere, und Kira überwachte die übrige Straße. Sobald der Partial auftauchte, würden sie ...

Sie hörte ein Klicken.

»Fallen lassen!«

Ein Partial stand unmittelbar hinter ihnen, aber es war weder Dünn noch Dreckig, sondern ein Soldat, der gekleidet war wie jene, denen sie begegnet waren. Das schwarze Visier glänzte in der Sonne. Irgendwie hatte er sich hinter sie geschlichen. Er winkte mit dem Automatikgewehr, worauf Jayden seufzend die Pistole weglegte. Kira deponierte ihre Waffe daneben.

»Keinen Mucks«, sagte der Partial. »Da ist ein ...«

Auf einmal erschienen auf dem Visier Spinnweben, die von einem kleinen Loch in der Mitte ausgingen. Eine halbe Sekunde später hörten sie das leise Ploppen eines Schalldämpfers. Der Partial brach zusammen, Kira starrte ihn erschrocken an. Jayden schnappte sich seine Pistole. Dann hörten sie eilige Schritte, und Kira wandte sich um. Dreckig lief, das Gewehr in Händen, auf sie zu.

»Damit wäre der Scharfschütze erledigt!«, rief Dreckig. »Aber es kommen noch mehr. Wir müssen verschwinden.«

»Du hast uns gewarnt«, sagte Kira.

»Du kannst später überrascht tun«, erwiderte Dreckig. Er kniete neben dem toten Partial nieder, schlang sich die eigene Waffe auf den Rücken und nahm dem Toten das Automatikgewehr ab. Dann wandte er sich an Jayden. »Ernsthaft, mindestens zehn weitere Gegner sind hinter uns her. Wir müssen verschwinden.«

Jayden überlegte kurz, dann stand er auf und lief die Rampe hinauf. »Komm mit, Kira! Die Brücke ist verdammt lang.« Sie rannten jetzt aufrecht und gaben sich keine Mühe mehr, hinter der Barriere in Deckung zu bleiben. Wenn sie gut vorwärtskamen und sich rasch entfernten, waren sie hoffentlich vor den Kugeln sicher. Irgendwo im Gewirr der verrotteten Autos holten sie Haru ein.

»Schön, dich zu sehen, Nick!« Haru ließ den gefangenen Partial mit einem Grunzen sinken. »Mein Arm ist gebrochen, und Jayden ist angeschossen. Jetzt darfst du schleppen.« Dreckig blickte nach hinten, hob die Schultern und reichte Haru seine Waffe. Ehe er den Gefangenen aufheben konnte, schoss Haru ihm in den Kopf. Kira schrie, Dreckig brach zusammen, und Haru schoss noch einmal.

»Verdammt, was soll das?«, schrie Jayden.

»Ich hab's doch gesagt, was mich angeht, sind sie beide schuldig«, erwiderte Haru. »Ich nehme nicht mehr Partials mit als unbedingt nötig.«

»Er hat uns gerettet!«, stieß Jayden hervor. »Er hat einen Partialsoldaten getötet.«

»Das heißt gar nichts.« Haru überprüfte das Sturmgewehr. »Jetzt halt den Mund und trag den Gefangenen!«

»Er hat auch die Wahrheit gesagt, was die Gruppe hinter uns angeht«, sagte Kira, die sich umgewandt hatte. »Ich erkenne mindestens einen Soldaten. Wir werden die andere Seite nicht rechtzeitig erreichen.«

Jayden runzelte die Stirn. »Wenn die Katze sowieso schon aus dem Sack ist, können wir auch ein paar Mäuse mitnehmen.« Er schaltete das Funkgerät ein und sprach hinein, während er den Partial auf die Schulter nahm. »Rundruf an alle Stellen, wiederhole, an alle Stellen, hier ist ein Team der Abwehr. Wir überqueren gerade die Manhattan Bridge. Partials verfolgen und beschießen uns, wiederhole, Menschen unter feindlichem Beschuss. Bitte um jede verfügbare Hilfe.« Sie rannten jetzt. Kira hatte die Führung übernommen, Haru folgte ihr, drehte sich hin und wieder um und gab ein paar Schüsse ab, um die Partials aufzuhalten. »Kira«, sagte Jayden, »schalt für mich den Kanal um!« Sie drückte auf den Knopf an Jaydens Gürtel, und er wiederholte die Durchsage. »Ich rufe alle Stellen, ein menschliches Einsatzteam ist auf der Manhattan Bridge unter Feindbeschuss. Ich bitte um alle verfügbare Hilfe. Schalt noch einmal um!«

Die gegnerischen Schützen waren inzwischen so nahe, dass sie in Deckung bleiben mussten. Sie liefen im Zickzack zwischen den Autos hindurch, suchten den Boden nach Stolperdrähten und Auslösern ab und hofften inständig, dass Yoon alle Fallen gefunden und markiert hatte. Haru nahm unterdessen die Partials unter Beschuss, um sie auf Abstand zu halten. Kira warf einen letzten Blick zurück und bemerkte mindestens sieben Partials, die sie verfolgten und rasch aufschlossen. Jayden war außer Atem, weil er den schweren Gefangenen schleppte. Deshalb übernahm Kira das Funkgerät, wiederholte unablässig seine Durchsage und hoffte, irgendjemand werde sie hören. Viel zu schnell stießen sie auf Yoon, die betroffen den Kopf schüttelte. »Wir können nicht vor ihnen weglaufen und gleichzeitig den Sprengsätzen entgehen. Die Brücke ist eine Todesfalle.«

»Ich bin erledigt.« Haru ließ das Sturmgewehr fallen und zog im Laufen Jaydens Pistole. »Sie kommen näher.« Eine Kugel prallte vor ihnen von einem Auto ab und zerstörte den Außenspiegel. »Sehr viel länger halten wir nicht durch.«

»An alle!«, rief Kira noch einmal ins Funkgerät. Sie konnte vor Anstrengung kaum sprechen. »Hier ist ein menschliches Einsatzteam auf der Manhattan Bridge. Wir sind ...«

»Einsatzteam, wir sehen Sie«, tönte eine Stimme aus dem knackenden Gerät. »Identifizieren Sie sich!«

»Dazu haben wir keine Zeit!«, rief Kira. »Wir werden von Partials verfolgt.«

»Jayden van Rijn«, sagte Jayden. »Sergeant der Abwehr.«

»Zwanzig Meter vor Ihnen steht ein großer Brückenträger«, antwortete die verrauschte Stimme.

Kira hob den Kopf. »Wir sehen ihn.«

»Gehen Sie auf der äußersten Spur direkt darauf zu, passieren Sie das violette Auto auf der linken Seite und ziehen Sie sich hinter den Träger zurück. Gehen Sie hinter dem großen roten Lieferwagen in Deckung.«

»In Deckung gehen? Warum das?«, fragte Kira. Sie liefen, so schnell sie konnten, auf dem angegebenen Weg weiter. Bei jedem Schritt spürte Kira einen stechenden Schmerz in den erschöpften Muskeln. »Was haben Sie vor?«

»Was glaubst du denn, was die vorhaben?« Yoon tauchte gerade hinter dem Coca-Cola-Lieferwagen ab. »Soweit ich es sehen konnte, gibt es auf dieser Brücke mehr C vier als Stahl.«

»Du meinst doch nicht ...«

Hinter ihnen explodierte die Brücke in einer riesigen und so hell gleißenden Feuerkugel, dass Kira sogar hinter dem Lastwagen die Augen schmerzten. Die Fahrbahn erbebte, Autos flogen durch die Luft, und die Druckwelle stieß den Lastwagen, der seinerseits die Flüchtlinge über den Asphalt schob, drei Meter weiter. Kira ließ das Funkgerät fallen und hielt sich die Ohren zu. Als die Druckwelle nachgelassen hatte, torkelte sie aus der Deckung und sah sich um.

Zwanzig Meter vor ihnen, dicht vor dem nächsten Träger, war die Brücke verschwunden. An dem Aufhängekabel hafteten noch Stahl- und Betonstücke. Der Fluss darunter schäumte vor herabgefallenen Trümmern. Die Partials, die sie verfolgt hatten, waren erledigt.

»Halten Sie die Stellung!«, quäkte das Funkgerät. »Wir schicken ein Team, das Sie abholt, und dann sollten Sie ein paar verdammt gute Erklärungen parat haben.«

16

»So«, sagte Mkele. »Anscheinend haben wir jetzt eine weitere Gelegenheit, uns zu unterhalten.«

»Es ist mir ein Vergnügen«, antwortete Kira.

Sie hatten die Nacht im Windschatten einer Highwayauffahrt verbracht. Nachdem sie sich vergewissert hatten, dass über die verbliebene Brücke keine weiteren Partials nachrückten, hatte die Abwehr die Wachen wieder aufgestellt und Kira und ihre Begleiter ins Landesinnere geführt, soweit es vor Einbruch der Dämmerung möglich gewesen war. Sie waren nicht gefesselt, wurden aber von einer großen bewaffneten Abteilung begleitet und sehr genau beobachtet. Der Partial war noch immer bewusstlos und fest an die Leitplanke gekettet.

»Miss Walker, in unserer letzten Unterhaltung haben wir über eine Reihe sehr wichtiger Themen gesprochen.« Mkele war mit einem Trupp bewaffneter Soldaten eingetroffen, die sich rasch verteilt hatten, um die Grenzposten zu verstärken. Er zog Kira beiseite. »Ich muss mich entschuldigen, weil ich meinen Standpunkt anscheinend nicht nachdrücklich genug betont habe. Beginnen wir mit dem Offensichtlichen: Es gilt als höchst verdächtig und sogar als Verrat, in das Gebiet der Partials einzudringen, sich unmittelbar mit ihnen einzulassen und mit einem von ihnen in das Gebiet der Menschen zurückzukehren.«

»Ich fürchte, wir haben unterschiedliche Vorstellungen von dem Begriff *sich einzulassen.*«

»Was wollten Sie in Manhattan?«

»Ich arbeite in East Meadow im Nassau Hospital«, erwiderte Kira. »Ich will RM heilen, und um das zu erreichen, gibt es keinen besseren Weg, als sich eines Partials zu bemächtigen.«

»Und deshalb haben Sie beschlossen, einfach loszuziehen und sich einen zu schnappen.«

»Ich habe den Vorschlag auf dem Dienstweg gemacht«, erklärte Kira. »Sie haben ja keine Ahnung, wie wertvoll der Gefangene in medizinischer Hinsicht sein kann.«

»Muss ich Ihnen wirklich noch einmal erklären, wie gefährlich das ist?«, fragte Mkele. »Und wie dumm? Sie haben hinter sich eine Brücke in die Luft gejagt, aber glauben Sie wirklich, das hält die Gegner ab? Glauben Sie wirklich, alle unsere komplizierten Verteidigungsanlagen könnten die Gegner zurückhalten, falls sie uns ernstlich angreifen wollen? Die Partials zählen eine Million, Walker. Sie sind besser ausgebildet, besser bewaffnet und körperlich stärker als wir. Wir leben noch, weil die Partials bisher nicht beschlossen haben, uns zu töten. Möglicherweise haben Sie soeben dafür gesorgt, dass sie ihre Meinung ändern.« Er geriet schier außer sich. »Selbst wenn sie nicht angreifen, ahnen Sie nicht, welch große Gefahr allein von diesem einen Partial ausgeht. Unsere Erkenntnisse aus dem Partialkrieg weisen darauf hin, dass die Partials RM selbst freigesetzt haben, und zwar nicht technologisch, sondern physisch, indem sie die eigenen Körper als lebende Inkubatoren benutzten. Wenn das zutrifft, ist jeder Einzelne von ihnen möglicherweise eine Weltuntergangswaffe. Wer kann schon sagen, welche biologischen Waffen sie in den letzten elf Jahren sonst noch ausgebrütet haben? Ihre bloße Existenz ist eine Bedrohung für unsere Spezies.«

»Umso wichtiger ist es doch, dass wir sie studieren«, wandte Kira ein. »In einem einzigen Tropfen Blut stecken ungeheuer viele Informationen, und aus einem vollen Satz an Organen und lebendem Körpergewebe können wir ganz sicher enorm viel lernen. Wenn die Partials RM geschaffen haben und wenn Sie damit recht haben, dass sie es im Körper speichern oder synthetisieren können, dann enthalten sie möglicherweise auch einen Ansatz für die Heilung. Das müssen Sie doch einsehen.«

»Ihre Aufgabe ist die Zukunft der Menschheit«, antwortete Mkele. »Meine Aufgabe ist die Gegenwart, und ohne die Gegenwart, da werden Sie mir sicher zustimmen, gibt es keine Zukunft. Falls Ihr Job jemals in Konflikt mit meinem geraten sollte, ist meiner der wichtigere.«

»So ein Schwachsinn!«, schimpfte Kira.

»Es ist die Wahrheit«, antwortete Mkele. »Aus dem ärztlichen Dienst kennen Sie den hippokratischen Eid: Sie dürfen niemandem Schaden zufügen. Das steht an erster Stelle. Auf dem ganzen Planeten leben schätzungsweise noch sechsunddreißigtausend Menschen, und unsere größte Verantwortung gilt dem Erhalt ihres Lebens. Das ist das Wichtigste überhaupt. Wenn das Überleben gesichert ist – erst dann –, besteht unsere Aufgabe in der Produktion weiterer menschlicher Wesen, die unsere Stellung stärken.«

»Es klingt reizend, wie Sie das so sagen.«

»Sie haben das Leben von fünf Soldaten, einem technischen Spezialisten und einem Sanitäter aufs Spiel gesetzt. Drei Soldaten sind nicht zurückgekehrt, und jetzt werde ich den Partial trotzdem vernichten.«

»Das dürfen Sie nicht«, antwortete Kira rasch. »Wir brauchen ihn.« Nachdem wir so viel durchgemacht haben, um seiner habhaft zu werden, erlaube ich nicht, dass einfach alles weggeworfen wird, dachte sie.

»Sie dürfen eine Blutprobe nehmen«, erklärte Mkele. »Ausschließlich zu Testzwecken und in kontrollierter Umgebung. Außerdem weit entfernt von allen Einwohnern, sofern der Senat dies überhaupt zulässt.«

»Das ist nicht genug«, sagte Kira. »Wir müssen sofort medizinische Tests durchführen, denn jede Woche sterben Neugeborene ...«

»Ich bin es leid, Ihnen ständig erklären zu müssen, dass es unmöglich ist.«

»Verhören Sie ihn doch selbst!« Verzweifelt versuchte sich Kira etwas einfallen zu lassen, damit er wenigstens eine Weile abwartete. »Er gehörte einer größeren Einheit an und hielt sich in einem Gebiet auf, in dem es keine Partials hätte geben dürfen. Anscheinend bestanden geheime Kontakte zu unseren eigenen Streitkräften.«

»Ich kenne den Bericht.«

»Wir müssen der Sache auf den Grund gehen«, beharrte Kira. »Einer unserer Späher war möglicherweise ein Partial ...«

»Oder er wurde im Feld verhört«, sagte Mkele. »Eine Aussage unter Folter ist die einfachere und deshalb die wahrscheinlichere Erklärung. Eine umfassende Infiltration unserer ganzen Gesellschaft ist hingegen recht unwahrscheinlich.«

»Sie sehen genauso aus wie wir«, erklärte Kira. »Hätte ich nicht beobachtet, wie zwei von ihnen eine Explosion überlebten, dann hätte ich nicht einmal bemerkt, dass sie keine Menschen sind. Wenn man bedenkt, wie leicht sie mit uns zu verwechseln sind und wie chaotisch es war, als wir uns auf die Insel zurückzogen, wären wir Dummköpfe, zögen wir nicht wenigstens diese Möglichkeit in Betracht.«

»Partials altern nicht«, erwiderte Mkele. »Sie können nicht elf Jahre lang unter Menschen leben, ohne aufzufallen.«

»Vielleicht nicht als Jugendliche«, wandte Kira ein. »Aber was ist mit den Erwachsenen? Mit Ihnen zum Beispiel?«

»Ich kann Ihnen versichern, dass alles unter Kontrolle ist.« Mkeles Stimme klang auf einmal so drohend, wie Kira es nie zuvor erlebt hatte. »Maßen Sie sich nicht an, mir zu sagen, wie ich meine Arbeit erledigen soll, die dank Ihnen mittlerweile tausendmal schwieriger geworden ist.«

Kira schloss den Mund, beobachtete ihn und schätzte die Situation ein. In gewisser Weise hatte er recht – es war dumm und gefährlich gewesen –, aber auch sie hatte recht. Es war nötig gewesen. Sie konnte nicht zulassen, dass er alles wegwarf, nachdem sie endlich einen Partial in ihrer Gewalt hatten. Wie weit konnte sie Mkele drängen? Wie konnte sie mehr als nur eine Blutprobe ergattern, ehe das Militär den Partial vernichtete?

»Mister Mkele!« Er und Kira wandten sich zu einem Soldaten um, der ihnen winkend entgegeneilte. »Mister Mkele, wir haben eine verschlüsselte Nachricht vom Senat bekommen!«

Mkele überlegte kurz und mit finsterer Miene, dann sah er Kira an und deutete auf den Boden. »Sie rühren sich nicht von der Stelle.« Er folgte dem Soldaten zum Funkgerät, und Kira konnte beobachten, wie er ein Gespräch führte, dessen Inhalt sie nicht mitbekam. Schließlich überließ er dem Soldaten das Funkgerät und kehrte zu Kira zurück.

»Irgendwie hat der Senat von Ihrem Vorgehen erfahren,«, sagte er finster. »Man will den Partial selbst sehen.«

Kira lächelte in sich hinein. »Isolde die Retterin«, flüsterte sie.

»Freuen Sie sich nicht zu früh!«, warnte Mkele. »Sie und Ihr Team werden vernommen und in einer förmlichen Anhörung vor dem Senat verurteilt. Das wird kein Spaß für Sie.«

Kira merkte erschrocken auf. Einige Soldaten hatten sich in Bewegung gesetzt und zu den Waffen gegriffen. Jayden, Yoon und Haru sahen besorgt zu. Mkele blickte rasch in die Runde, um herauszufinden, was sie beunruhigt hatte, und zuckte entsetzt zusammen.

Der Partial bewegte sich.

Leise stöhnend drehte er sich zur Seite. Mkele wich zurück. Der Partial war mit vier Handschellen gesichert, zwei davon waren mit der Leitplanke aus Stahl und Beton verbunden, doch rings um ihn gab es einen weiten Kreis, den niemand betreten wollte. Selbst aus der Ferne erkannte Kira, dass er benommen war und mit dem Erwachen rang, und trotzdem wirkte er bedrohlich. Sie tastete nach dem Gewehr, erinnerte sich, dass man sie entwaffnet hatte, und fluchte leise.

Der Partial zog die Knie an die Brust und streckte sich so weit, wie die Fesseln es zuließen. Sobald er die Grenze der Bewegungsfreiheit erreicht hatte, spannte er sich an und ruckte leicht mit dem Kopf, um die Benommenheit abzuschütteln.

»Wann haben Sie ihn betäubt?«, fragte Mkele leise.

»Vor ein paar Stunden.«

»Wie hoch war die Dosis?«

»Zweihundert Milligramm.«

Mkele starrte sie an. »Wollten Sie ihn töten? Er wird ersticken.«

»Es ist kein reines Morphium«, antwortete Kira. »Es ist Nalox. Ein Teil ist Morphium, ein Teil ist Naloxon in Form von Nanopartikeln. Wenn der Körper zu viel Sauerstoff verliert, wird neues Naloxon synthetisiert, um die Lungen zu reaktivieren.«

Mkele nickte. »Also war es möglich, ihm mehr zu geben. Offensichtlich verträgt es sein Körper auch.« Er wandte sich an sein Team. »Haltet die Waffen bereit und zieht euch von den Seiten zurück! Hier wird keine Lynchjustiz geübt.«

»Es ist überhaupt keine Hinrichtung«, ergänzte Kira. »Sie sollen ihn zum Senat bringen. So lautet Ihr Auftrag.«

Mkeles Gesicht wurde hart. »Es sei denn, er wird bei einem Fluchtversuch erschossen.«

»Das können Sie nicht tun!« Kira musterte die Reihe der bewaffneten Soldaten, die nur auf einen Vorwand warteten, um zu schießen. Die Finger zuckten am Abzug.

Kira dachte an Madisons Baby und ihr gequältes Gesicht.

»Zielen!«, befahl Mkele. Die Soldaten legten die Waffen an. Der Partial bewegte sich abermals und hustete. Es klang heiser und erschreckend.

Auf einmal sprang Haru mitten in den Kreis, blieb vor dem Partial stehen und wandte sich zu dem Erschießungskommando um. »Sie dürfen ihn nicht töten!«

»Aus dem Weg!«, grollte Mkele.

»Dieses Ding ist die einzige Hoffnung für meine Tochter«, erklärte Haru. »Der Senat hat Ihnen befohlen, es lebendig zurückzubringen.«

Der Partial bewegte sich wieder und kämpfte immer noch mit seiner Benommenheit. Die Hälfte der Soldaten wich zurück, die anderen traten vor und versuchten, an Haru vorbeizuzielen. Haru schauderte, knirschte mit den Zähnen und schloss die Augen, wich aber nicht von der Stelle.

»Das Ding ist eine wandelnde Bombe«, stellte Mkele fest.

»Ja, er ist gefährlich«, stimmte Haru zu. »Aber er ist das wichtigste Werkzeug, das wir je in diesem Krieg hatten. Wir brauchen Zeit, um alles nur Wissenswerte zu erfahren.«

Der Partial stöhnte. Die Soldaten zielten und warteten auf den Feuerbefehl.

Bitte!, dachte Kira. Bitte bringt ihn nicht um! Sie nahm ihren ganzen Mut zusammen, trat vor und richtete sich neben Haru auf.

Der Partial bewegte sich erneut und berührte Kiras Bein. Sie zuckte zusammen und schloss die Augen, rechnete damit, dass er sich erhob und sie tötete, doch sie blieb beharrlich stehen.

Mkele starrte sie an, seine Augen loderten vor Wut. »Betäuben Sie ihn wieder!«, befahl er schließlich. »Verabreichen Sie ihm alles, was Sie haben! Er darf erst wieder aufwachen, wenn er in einer Zelle steckt. Wir brechen morgen früh nach East Meadow auf.«

17

»Die Anhörung ist hiermit eröffnet.«

Kira saß in der ersten Reihe des kleinen Sitzungssaals vor dem Senat. Jayden, Haru und Yoon hatten neben ihr Platz genommen. Sie hatten frische Kleidung bekommen und sich waschen dürfen, standen aber immer noch unter strenger Bewachung. Kira spürte die Augen der ganzen Stadt im Nacken, aber das waren nur die Nerven. Es gab keine Zuschauer, und wenn Mkele seinen Job ordentlich erledigt hatte, dann erfuhr niemand, dass sie hier waren. Die anwesenden Soldaten waren vereidigt worden, die Sache geheim zu halten, die örtlichen Wächter waren abgelöst, und sogar der größte Teil des Senats war abwesend: Ein Ausschuss von fünf streng dreinblickenden Politikern hatte das Sagen. Kira war dankbar, dass Senator Hobb unter ihnen war. Er tat keinen Schritt ohne seine Assistentin, und Isoldes Gegenwart erfüllte Kira mit Zuversicht.

Trotz Kiras Unbehagen blickten nicht einmal die wenigen Menschen im Raum in ihre Richtung. Alle starrten den Partial an, der aufrecht an ein fahrbares Metallgestell in der Mitte des Raums gekettet war. Er war bei Bewusstsein, beobachtete alle Anwesenden und wartete schweigend auf ... Kira wusste es nicht. Er war mit Ledergurten, Handschellen, Ketten und sogar mit Seilen und Drähten gesichert. Niemand wusste genau, wie stark er war. Vielleicht waren es zu viele Fesseln – oder aber sie erwiesen sich als lächerlich und unzureichend. An den Wänden waren zur Sicherheit bewaffnete Kräfte postiert.

»Ihr habt eine interessante Richterbank.« Isolde saß neben Kira und flüsterte ihr ins Ohr. Sie nickte in Richtung des Tischs im vorderen Teil des Raums. »Senator Hobb wird fair sein, Doktor Skousen kennst du schon. Er hält sich in den meisten Senatssitzungen zurück, aber ich weiß nicht, was er zu deinen medizinischen Argumenten sagen wird. Neben ihm sitzt Cameron Weist, über den ich nicht viel weiß. Er ist der neue Vertreter der Abwehrbasis in Queens. Die Frau in der Mitte ist Marisol Delarosa, die Senatsvorsitzende, und die Harpyie neben ihr ist Xochis Mutter, die Vertreterin der Farmen. Ich habe keine Ahnung, warum sie hier ist. Ich habe sie milde gestimmt, so weit es nur ging, aber ... ihr müsst vorsichtig sein. Diese Leute sind nicht gerade eure treuesten Fans.«

Kira blickte zu Skousen hinüber. »Ich weiß.«

Senator Hobb riss den Blick von dem Partial los und stand auf. Er sah gut aus wie immer, auch wenn er ausgesprochen verunsichert wirkte. »Diese Anhörung wurde aus zwei Gründen anberaumt. Zum einen steht die Disziplin dieser jungen Erwachsenen zur Debatte, und zweitens geht es um die Frage, was mit diesem ... Partial geschehen soll. Senator Weist.«

»Als militärischer Abgeordneter in diesem Kreis fange ich mit den einfachen Tatsachen an«, begann Weist. »Jayden Van Rijn und Yoon-Ji Bak, bitte stehen Sie auf!« Jayden und Yoon erhoben sich. »Ihnen wird Folgendes zur Last gelegt: Fälschung militärischer Dokumente, Vernachlässigung des zugewiesenen Auftrags, Ausschalten des Verteidigungssystems auf der Brooklyn Bridge, Betreten feindlichen Gebiets ohne Erlaubnis, Durchführung unerlaubter Aktivitäten, die zum Tod von drei Ihrer Gefährten führten. Was haben Sie zu diesen Beschuldigungen zu sagen?«

»Schuldig«, antwortete Jayden. Seine Miene war ernst, und er ließ sich nicht anmerken, was in ihm vorging, sondern starrte ins Leere.

Senator Weist wandte sich an Yoon. »Soldat Bak?«

Yoon schwieg, doch Kira sah Tränen in ihren Augen schimmern. Sie schluckte, hob den Kopf und stand so gerade, wie es ihr nur möglich war. »Schuldig.«

»Für diese Verbrechen ist eine strenge Strafe vorgesehen«, erklärte Weist. »Die Abwehr will jedoch Nachsicht üben. Sie sind beide noch jung, und ehrlich gesagt können wir nicht auf ausgebildete Soldaten verzichten. Selbst wenn sie Kriminelle sind.« Weist blinzelte rasch zu dem Partial hinüber, es war nur ein ganz kurzer Blick aus den Augenwinkeln, dann nahm er einen Stapel Papiere zur Hand. »Im Rahmen eines geheimen Militärtribunals, das heute Morgen stattfand, wurde beschlossen, dass Soldat Yoon-Ji Bak, die als Untergebene an diesen Aktivitäten beteiligt war, Befehle ihres vorgesetzten Offiziers ausführte und daher nicht schuldig ist. Soldat Bak, Sie kehren mit mir zum Fort LaGuardia zurück, wo man Ihnen eine neue Aufgabe zuweisen wird. Bitte setzen Sie sich!«

Yoon nahm Platz und ließ ihren Tränen freien Lauf. Kira streckte die Hand aus und berührte Yoons Knie.

Weist wandte sich an Jayden. »Sergeant Van Rijn, genau wie Bak als einfacher Soldat in dieser Angelegenheit weniger Schuld trägt, erhöht Ihr Rang die Ihre. Sie haben Ihre vorgesetzten Offiziere angelogen, Zivilisten in Gefahr gebracht und den Tod dreier Ihrer Leute verursacht. Für uns spielt es keine Rolle, dass sie Freiwillige und Mitverschwörer waren, und das spielt auch für Sie keine Rolle. Sie waren der Anführer, und jetzt sind sie tot.«

»Ja, Sir.«

»Sie werden hiermit unehrenhaft aus dem Militärdienst entlassen und einem Zivilgericht übergeben. Die Abwehr empfiehlt eine Gefängnisstrafe und harte Arbeit, aber diese Entscheidung liegt bei dem Zivilgericht und nicht bei uns. Setzen Sie sich bitte!«

Jayden nahm wieder Platz.

»Er ist ein Arsch ...«, flüsterte Kira.

»Er hat recht«, antwortete Jayden leise. »Es war sogar noch sehr fair. Man könnte mich hinrichten lassen.«

»Das behalt lieber für dich.«

»Danke, Senator Weist«, sagte Hobb. »Wir setzen die Anhörung fort. Soldat Bak, Sie sind entlassen.«

Yoon stand jedoch nicht auf. »Danke, aber ich bleibe lieber bei meinen Freunden.« Senator Hobb stutzte, hob die Schultern und fuhr fort.

»Mister Haru Sato, wenn Sie bitte aufstehen wollen.«

Haru erhob sich.

»Das hat Yoon gut gemacht«, sagte Isolde leise. »Sie zeigt sich solidarisch mit euch. Senator Hobb mag so etwas.«

»Kann er damit die anderen umstimmen?«

»Ich bin nicht sicher«, erklärte Isolde.

»Haru Sato«, begann Hobb, »mit zweiundzwanzig Jahren sind Sie das älteste Mitglied dieser Gruppe und der einzige Erwachsene. Was haben Sie für sich selbst vorzubringen?«

Harus Augen waren hart wie Stahl. »Gehen Sie nicht so herablassend mit ihnen um, Senator!«

Kira hörte einige Senatoren erstaunt murmeln und bemühte sich nach Kräften, keine Grimasse zu schneiden. Haru, was tust du da?, fragte sie sich im Stillen. Du sollst ihre Gunst gewinnen und sie nicht noch mehr verärgern

»Würden Sie diese Bemerkung erklären?«, fragte Senator Hobb kalt.

»Sie haben Jayden gerade bestraft, weil er als befehlshabender Offizier falsche Entscheidungen traf, und wollen ihn trotzdem keinen Erwachsenen nennen? Kira und Yoon sind sechzehn, und im Moment diskutieren Sie darüber, ob Sie das Schwangerschaftsalter so weit senken, dass die beiden betroffen sind. Sie wollen sie zwingen, Kinder zu bekommen, und weigern sich trotzdem, sie Erwachsene zu nennen?« Er starrte die Senatoren der Reihe nach an und durchbohrte sie förmlich mit Blicken. »Während des Zusammenbruchs war ich elf und sah meinen Vater bei einem Angriff der Partials sterben. Ich habe zugesehen, wie meine Mom und meine Brüder zwei Wochen später in der Turnhalle einer Highschool voller Flüchtlinge starben, unter denen RM wütete wie ein Buschfeuer. Ich war der Einzige in der ganzen Stadt, der noch am Leben war. Ich bin über dreißig Kilometer allein marschiert, bis ich eine andere Gruppe von Überlebenden fand. Seit diesem Tag bin ich kein Kind mehr, Senatoren, und diese drei haben das Gleiche in einem jüngeren Alter durchgemacht. Sie riskieren jeden Tag ihr Leben für diese Gesellschaft, sie haben Jobs, sie müssen auf Ihren Befehl hin vermutlich bald Kinder bekommen, und trotzdem besitzen Sie die Frechheit, sie nicht als Erwachsene zu behandeln? Sie haben beim Zusammenbruch nicht das Paradies verloren, und es wird Zeit, dass Sie dies anerkennen.«

Kira hörte mit weit aufgerissenen Augen zu. Gut gemacht, befand sie insgeheim. Haru, du hast es ihnen gegeben. Sie beugte sich zu Isolde hinüber. »Das sollte ihm doch ein wenig Respekt einbringen.«

»Ihm schon«, flüsterte Isolde. »Für euch steht es schlecht. Er versucht, euch als ebenbürtig darzustellen, damit es wie eine gemeinsame Verschwörung aussieht und nicht nach einem Erwachsenen, der eine Gruppe Minderjähriger anführte. Wenn sie meinen, er habe sich das alles allein ausgedacht, fällt seine Strafe härter aus. Offenbar will er für euch den Kopf nicht hinhalten, wie Jayden es für Yoon tun musste.«

»Aber das ist ...« Kira blickte mit gerunzelter Stirn zwischen Haru und den Senatoren hin und her. »Es klang so edel.«

»Es war großartig«, sagte Isolde. »Er ist ein raffiniertes Wiesel, dessen Fähigkeiten beim Bau völlig verschwendet sind.«

»Nun gut«, sagte Senator Hobb. »Kira Walker, möchten Sie als Erwachsene behandelt werden?«

Verdammt auch. Vielen Dank, Haru!, fuhr es Kira durch den Sinn. Sie stand langsam auf und reckte das Kinn. »Ich habe mich selbst entschieden, Senator. Ich kannte die Risiken und nahm sie in Kauf.«

»Sie sind Ihrer Sache anscheinend sehr sicher«, schaltete sich Skousen ein. »Sagen Sie mir eins, Kira: Was hatten Sie mit dem Partial vor, sobald Sie ihn gefangen hatten? Wie wollten Sie ihn einsperren? Wie wollten Sie der Gefahr einer neuen Kontamination begegnen?«

»Ich hatte gar nicht vor, ihn herzubringen, Sir. Das war Ihr Einfall.« Sie hielt inne, beobachtete, wie Skousen vor Wut dunkel anlief, und fragte sich, ob sie es nicht zu weit getrieben hatte. Doch sie ließ sich nicht aufhalten, warf einen Blick zu dem Partial hinüber, der düster zurückstarrte, und dachte nicht weiter darüber nach, wie leicht er möglicherweise die Fesseln sprengen konnte. »Ich wollte ihm die Hand abschneiden und vor Ort testen«, fuhr sie fort. »Wir hatten einen Medicomp mitgenommen. Zu keinem Zeitpunkt bestand eine Gefahr für irgendjemanden, bevor ...«

»Keine Gefahr für irgendjemanden?«, fiel ihr Skousen ins Wort. »Was ist mit den drei Männern, die jenseits des Flusses starben? Was ist mit den beiden Frauen im gebärfähigen Alter, die beinahe gestorben wären? Gerade Sie, die Sie auf der Entbindungsstation arbeiten, sollten doch verstehen, wie wichtig es ist, jede nur mögliche Schwangerschaft zu schützen.«

»Bitte, Doktor!« Kiras Gesicht war heiß vor Zorn. »Wir haben darum gebeten, wie Erwachsene behandelt zu werden, nicht wie Zuchtvieh.«

Verblüfft hielt der Arzt inne. Kira knirschte mit den Zähnen und überwand sich, äußerlich so ruhig wie möglich zu bleiben. Was tue ich nur hier?, fragte sie sich.

»Wenn Sie wie eine Erwachsene behandelt werden möchten, dann sollten Sie auch ein wenig auf Ihre Ausdrucksweise achten«, tadelte Senatorin Delarosa.

»Natürlich, Senatorin.«

»Können Sie uns der Vollständigkeit halber erklären, was Sie durch die Untersuchung des Gewebes eines Partials erreichen wollten?«

Kira blickte zu Skousen hinüber und fragte sich, wie viel er den anderen bereits erzählt hatte. »Wir erforschen RM schon seit Jahren und wissen immer noch nicht, wie das Virus wirkt. Die Mittel, die es eindämmen sollen, bringen einfach nichts. Impfungen helfen nicht. Wir stecken in einer Sackgasse und müssen in eine neue Richtung blicken. Ich glaube, wenn wir ein Heilmittel für die Seuche finden wollen, sollten wir die Immunität aus der Perspektive eines Partials untersuchen und nicht darauf hoffen, dass irgendeine Mutation eintritt, die zufällig einmal ein Kind immun macht. Wir sollten nach der eingebauten Immunität suchen, welche die Partials schützt.«

Senator Weist kniff die Augen zusammen. »Und Sie dachten, der diesbezüglich beste Weg bestehe darin, schreiend, ohne vernünftige Planung und ohne Rückendeckung in feindliches Gebiet zu laufen?«

»Ich habe Doktor Skousen um Hilfe gebeten«, erwiderte Kira. »Er gab mir deutlich zu verstehen, dass mit der Unterstützung des Senats nicht zu rechnen sei.«

»Ich machte deutlich, dass Sie es unter gar keinen Umständen versuchen sollten!«, brüllte Skousen und knallte die Hand auf den Tisch.

»Meine Freundin ist schwanger«, fuhr Kira fort. »Sie ist Harus Frau und Jaydens Schwester. Hätten wir getan, was Sie verlangen, dann würde das Kind sterben wie jedes andere Kind, das Sie in den letzten elf Jahren nicht retten konnten. Ich erlerne nicht Medizin, um den Menschen beim Sterben zuzusehen.«

»Ihre Motive sind bewundernswert«, schaltete sich Senatorin Kessler ein, »aber Ihre Taten waren dumm und verantwortungslos. Ich glaube, daran besteht kein Zweifel.« Kira sah sie an und erkannte wie immer die bemerkenswerte Ähnlichkeit zwischen ihr und Xochi. Dies betraf natürlich nicht das Äußere, aber umso mehr die Haltung. Ob Xochi adoptiert war oder nicht, Xochi hatte sich dieselbe störrische Leidenschaftlichkeit angeeignet, die auch Senatorin Kessler zeigte. »Wir haben Gesetze, die für diejenigen gelten, die dumm und verantwortungslos handeln«, fuhr sie fort, »und es gibt Gerichte, die diese Gesetze anwenden. Ehrlich gesagt halte ich es für Zeitverschwendung, dass sich der Senat weiter mit diesen Kriminellen beschäftigt. Ich schlage vor, sie dem Gericht zu überstellen und die Sache abzuschließen. Das da hingegen ...« Sie deutete auf den Partial. »Wir befinden uns in einer Anhörung, und ich möchte wissen, was mit ihm geschehen soll.«

»Es gibt Gesetze«, antwortete ihr Senator Hobb, »aber ich denke, dieser Fall ist wirklich einzigartig ...«

Senatorin Kessler funkelte Kira an, die sich sehr bemühte, den Blick würdevoll und entschlossen zu erwidern.

»Ich beantrage, die Angelegenheit einer ordentlichen Strafkammer zu übergeben.« Kessler wandte sich an Senator Hobb. »Dort wird man sich angemessen mit dem Problem befassen.«

»Ich bin dafür«, befand Skousen.

»Ich bin dagegen«, widersprach Delarosa. »Die Gegenwart eines Partials auf Long Island, und erst recht hier in East Meadow, unterliegt höchster Geheimhaltung. Wir dürfen niemanden und gewiss keinen Untersuchungsrichter hiervon in Kenntnis setzen. Wir sprechen mit dem Partial, und dann entscheiden wir, wie wir mit den Angeklagten verfahren.«

»Einverstanden«, entschied Weist.

»Ich habe keine Einwände«, erklärte Hobb. Kessler dachte mit ernster Miene nach, dann nickte sie.

Senator Hobb bedeutete Kira und Haru, sich zu setzen, und wandte sich an den Partial. »Nun, jetzt haben Sie das Wort. Was wollen Sie sagen?«

Der Partial schwieg.

»Warum waren Sie in Manhattan?«, fragte Delarosa. Sie wartete, doch der Partial reagierte nicht. Schließlich sprach sie weiter. »Sie gehörten einem bewaffneten Einsatztrupp an, der nur wenige Kilometer vor unserer Grenze lagerte. Wie lautete Ihr Auftrag?«

Der Partial schwieg eisern.

»Warum gerade jetzt?«, fuhr Delarosa fort. »Nach sechs Monaten brutaler Rebellion und elf Jahren absoluter Stille – warum sind Sie auf einmal wieder da?«

»Wir sollten das Ding einfach töten«, schlug Senator Weist vor. »Es hätte gar nicht erst herkommen dürfen.«

»Untersuchen Sie ihn!«, warf Kira ein. Sie stand auf, alle blickten sie an. Es war ihre letzte Gelegenheit. Wenn der Partial nicht redete, gab es für den Senat keinen Grund, ihn am Leben zu lassen. In wenigen Minuten würde er sterben. Sie musste die Anwesenden dazu bringen, dies einzusehen. Sie musste sie überzeugen, eine solche Gelegenheit nicht ungenutzt zu lassen. »Es war dumm, allein zu gehen, und es gibt unzählige Gründe, weshalb es hätte schiefgehen können. Wahrscheinlich gibt es unzählige Gründe, weshalb es immer noch schiefgehen kann, aber sehen Sie doch nur, was wir jetzt haben: einen lebenden Partial, den wir nach Belieben untersuchen können. Bestrafen Sie uns, wenn Sie das wollen. Töten Sie uns, wenn Sie es für nötig halten. Aber irgendjemand sollte doch bitte diese Chance ergreifen und ihn untersuchen. Wenn ich mich irre, dann ist das eben so. Das ändert nichts mehr, weil der Schaden schon angerichtet ist. Falls ich aber recht habe, können wir RM heilen und unsere Gesellschaft endlich wieder in Ordnung bringen. Kein RM mehr, kein Zukunftsgesetz mehr, keine *Stimme* und keine bewaffneten Aufstände, sondern eine geeinte Gesellschaft, die eine Zukunft hat.«

Die Senatoren starrten sie an, dann rief Delarosa sie zusammen, und sie beugten sich vor und tuschelten miteinander. Kira lauschte angestrengt, konnte aber nichts verstehen. Ab und zu warf einer dem Partial einen verstohlenen Blick zu.

»Das war gut«, flüsterte Isolde. »Hoffentlich funktioniert es. Sie starren dich aber dauernd an, und das macht mich nervös.«

»Moment!«, stieß Kira hervor. »Mich? Ich dachte, sie beäugen den Partial.«

»Hin und wieder«, räumte Isolde ein, »aber vor allem dich. Ich weiß nicht, was das zu bedeuten hat.«

Die Senatoren berieten sich noch eine Weile, und nun erkannte Kira auch, wie oft sie an dem Partial vorbei in ihre Richtung blickten. Sie schluckte trocken und fragte sich, welche Strafe sie zu erwarten hatte. Nach einer halben Ewigkeit lehnten sich die Beratenden zurück, und Senator Hobb erhob sich.

»Der Senat ist zu einer Entscheidung gelangt. Wir sind überzeugt, dass es notwendig ist, das Objekt zu untersuchen. Die Partials sind immun gegen RM, und wenn wir das Geheimnis dieser Immunität lüften, stoßen wir vielleicht auf ein Heilmittel. Der Körper dieses Partials könnte der Schlüssel für unser Überleben sein. Wenn er gefesselt und sediert ist, scheint außerdem keine große Gefahr von ihm auszugehen.« Er blickte zu Skousen hinüber, richtete sich auf und sprach laut und deutlich weiter. »Wir bringen den Partial heimlich und unter Bewachung in eine gesicherte Abteilung des Krankenhauses, wo er genauestens analysiert und untersucht werden kann. Nach fünf Tagen werden wir ihn zerlegen und beseitigen. Miss Walker, Sie werden die Untersuchungen durchführen.« Er blickte Kira an, die viel zu benommen war, um seine Miene zu deuten. »Sie haben fünf Tage. Nutzen Sie sie gut!«

Kira stotterte, weil sie den Sinn der Worte immer noch nicht richtig begriffen hatte. »Heißt das, ich bin nicht verhaftet oder ... wollen Sie mir den Leichnam geben? Darf ich die Tests durchführen?«

»Nicht den Leichnam«, sagte Skousen. »Er lässt sich gründlicher testen, wenn er noch lebt.«

18

»Das ist doch Unsinn«, sagte Xochi. »Meine Mutter hasst die Partials. Sie hätte das Ding mit bloßen Händen erwürgt, wenn sie auch nur in die Nähe gelangt wäre. Warum lassen sie es am Leben?«

»Ruhig!«, wies Kira sie zurecht. Sie spähte durch eine kleine Lücke zwischen den Läden und blickte wieder aus dem Fenster. »Wenn uns jemand hört oder wenn auch nur jemand erfährt, dass wir dir von der Sache erzählt haben, müssen wir teuer dafür bezahlen.«

»Wahrscheinlich will Mkele ihn verhören«, vermutete Jayden. Er und Haru sollten am nächsten Morgen mit der Zwangsarbeit beginnen, doch der Senat hatte ihnen noch eine Nacht Zeit gegeben, damit sie ihre persönlichen Sachen holen konnten. Haru war bei Madison daheim, Jayden war zu Nanditas Haus gekommen. Die alte Frau war gerade unterwegs und sammelte Kräuter. Kira schauderte, wenn sie daran dachte, was sie ihrer Ziehmutter nach deren Rückkehr alles erklären musste. Von Leuten, die sie verabscheute, konnte sie Beleidigungen hinnehmen, aber die Enttäuschung eines geliebten Menschen setzte ihr zu. Es zerriss sie schon, wenn sie nur darüber nachdachte. Sie verdrängte den Gedanken.

»Möglicherweise vergisst du dabei einen entscheidenden Faktor«, erklärte Isolde. »Anscheinend sehen die Partials ausgesprochen knackig aus. Hättet ihr mir das vor dem Ausflug nach Manhattan erzählt, dann wäre ich mitgekommen.«

»Hör auf, Isolde, das ist widerlich!«

»Du hast ihn doch genauso deutlich gesehen wie ich«, beharrte Isolde. »Das Ding ist ein Adonis. Tu mir einen Gefallen – wenn du die nächsten fünf Tage mit dieser genetischen Vollkommenheit verbringst, dann nimm dir doch etwas Zeit für eine genaue körperliche Untersuchung. Nur für mich.«

»Er ist nicht einmal menschlich«, wandte Jayden ein.

»In welcher Hinsicht?«, stichelte Isolde. »Er hat alle nötigen Körperteile an den richtigen Stellen. Wenn Para-Gen dies im Sinn hatte, als man künstliche Menschen herstellte, dann bin ich umso trauriger, dass die Dinger durchgedreht sind und uns vernichten wollten.«

»Die Fragen während der Anhörung waren nicht der Rede wert«, sagte Jayden, der sich entschlossen hatte, nicht auf Isoldes Bemerkungen einzugehen. »Das war ein zartes Geplänkel. Heute Abend schleppen sie ihn in einen Keller, foltern ihn und quetschen alles aus ihm heraus, was er herzugeben hat. Eine Nacht mit Soldaten der Abwehr in einem schalldichten Raum bringt ihn garantiert zur Räson.«

»Das macht mich nun aber erst richtig an«, sagte Isolde.

»Hör auf!«, schimpfte Jayden, worauf Xochi lachte.

»Aber warum soll *ich* die Untersuchung leiten?«, wunderte sich Kira. »Es gibt Forscher mit größerer Erfahrung und geschicktere Labortechniker …«

»Ich weiß«, sagte Xochi. »Jeder andere im Krankenhaus wäre besser geeignet als du. Ist nicht persönlich gemeint.«

»Schon gut«, antwortete Kira. »Genau das meine ich doch.«

»Also«, fuhr Xochi fort, »denk mal darüber nach: Warum setzen sie eine unerfahrene Studentin auf etwas so Wichtiges an? Entweder wollen sie, dass nichts herauskommt, oder sie benutzen Kira als Sündenbock, wenn's in die Hose geht.«

»Es muss doch bessere Gründe als diese geben.« Kira war jedoch selbst nicht recht davon überzeugt. Wieder blickte sie aus dem Fenster zur dunklen Straße hinaus. Nichts.

»Ich glaube nicht, dass er kommt«, sagte Xochi.

Kira wandte sich rasch um. »Was? Nein, ich wollte nur ... ich habe nur die Bäume angesehen. Die offene Straße, die nicht von Panthern wimmelt und von Giftefeu überquillt.«

»Die Welt auf der anderen Seite war ganz anders.« Jayden nickte. »Ich weiß gar nicht, wie ich es beschreiben soll.«

»Es liegt daran, dass dort niemand wohnt«, warf Isolde ein. »Manhattan ist urtümlicher als Long Island, weil dort niemand die Tiere verscheucht und die Pflanzen zertrampelt.«

Jayden lachte freudlos. »Auf Long Island leben vierzigtausend Menschen«, wandte er ein. »Früher waren es Millionen. Manchmal glaube ich, die Insel weiß nicht einmal, dass wir da sind.«

»Es ist nicht nur in Manhattan so«, fügte Kira hinzu. »In Brooklyn haben wir einen Panther und eine kleine Antilope gesehen. Ein Kitz, höchstens zwei Monate alt. Eines Tages werden überall dort Tiere herumstreunen, wo es sonst von verrückten Zweibeinern wimmelte. Sie werden aus einem Fluss trinken, zu den Wolken aufblicken und vergessen, dass sie uns überhaupt je begegnet sind. Das Leben geht weiter. Es ist sinnlos, irgendwelche Dokumente zu hinterlassen, weil niemand sie lesen wird.«

»Da ist aber jemand deprimiert«, sagte Jayden.

Xochi knuffte ihn. »Will noch jemand Fritten?«

»Oh, ich.« Isolde richtete sich auf. »Vergiss die Ausrottung. Ich werde an dem Tag sterben, an dem uns das Frittieröl ausgeht.«

Xochi reichte ihr den Teller und stand auf. »Ich kann *Für Antonio zu seiner Bar Mitzwa* nicht mehr hören. Hat jemand einen Musikwunsch?«

»Phineas«, sagte Kira. »Nein – Nissyen. Der muntert mich immer auf.«

Xochi kramte im Korb mit den Playern herum und vergewisserte sich, dass die Anlage noch mit Strom versorgt wurde. Isolde biss von einer Fritte ab, deutete mit der verbliebenen Hälfte auf Kira und sprach mit vollem Mund.

»Ich glaube, du siehst Gespenster«, sagte sie. »Aber mal im Ernst, das Ding hätte dich da draußen fast umgebracht, und jetzt musst du mit ihm zusammenarbeiten.«

»Zusammenarbeiten würde ich das nicht nennen.«

»Jedenfalls hält es sich im gleichen Raum auf wie du«, schaltete sich Xochi ein. Sie schob einen Player in den Verstärker – *Für Nissyen von Lisa* –, und die rhythmische Technomusik setzte ein. »Du bist die Eleganteste von uns.« Xochi setzte sich neben Isolde. »Aber du verschüttest dein Essen wie ein besoffener Straßenhändler.«

»Vielleicht bin ich ein wenig beschwipst«, erklärte Isolde mit ernster Miene und zielte mit der Fritte auf Xochi. Sie zog die Augenbrauen hoch. »Senator Hobb hat mir Champagner angeboten.«

»Oh, lala«, warf Xochi ein.

»Vielleicht zur Feier des Tages, weil die Anhörung besser verlief als erwartet?« Isolde hob die Schultern. »Jedenfalls wollte ich nicht ablehnen.«

»Aber sie haben nicht bekommen, was sie wollten.« Kira richtete sich auf. »Vier dumme Gören haben sie gezwungen …« Sie hielt inne. »Es sei denn, sie wollten von Anfang an genau das.«

»Einen lebenden Partial, den sie untersuchen können?«, fragte Jayden.

»Ich weiß nicht«, erwiderte Kira. »Irgendwie passt das alles nicht zusammen.« Sie blickte aus dem Fenster. Immer noch nichts.

»Werdet ihr eigentlich gar nicht misstrauisch?«, fragte Xochi. »Wenn der Senat wirklich einen geheimen Plan verfolgt – was passiert dann noch alles, wovon wir nichts wissen?«

»Du leidest an Verfolgungswahn«, wehrte Jayden ab. »Welche schrecklichen Verschwörungen hecken die Leute deiner Meinung nach denn aus?«

»Sie verstecken einen Partial in der Stadt«, beharrte Xochi. »Und wenn sie das tun, wozu sind sie dann sonst noch fähig?«

Es wurde still im Raum.

»Angriffe auf die Farmen«, fuhr Xochi fort. »Angeklagte *Stimmen* verschwinden mitten in der Nacht. Wir nehmen das alles hin, weil es offenbar gute Gründe dafür gibt. Aber wenn das gar nicht zutrifft? Wenn die Gründe, die wir zu kennen glauben, auf Lügen beruhen?«

»Ich arbeite seit fast einem Jahr als Assistentin für Senator Hobb«, erklärte Isolde. »Ich versichere dir, dass ich keine gefährlichen Staatsgeheimnisse hüte.«

»Du verteidigst Leute und weißt, dass sie die Bewohner von East Meadow belügen«, sagte Xochi. »Und sie tun es viel zu erfolgreich, um Ersttäter zu sein. Erstaunlich daran ist nur die Tatsache, dass ihr so überrascht seid.«

»Ich glaube, Xochi hat recht.« Kira spürte auf einmal ein Loch im Bauch, das tiefer und dunkler wurde, je länger sie über Xochis Logik nachdachte.

»Warum brennt ihr so darauf, diese Leute zu beschuldigen?«, fragte Jayden. »Xochi, hör mal – es tut mir leid, dass deine Mutter ein solches Miststück ist, aber der Senat besteht nicht nur aus ihr. Was ist mit der Abwehr? Du redest auch über Leute, die uns verteidigen und unsere Sicherheit garantieren. Sie sterben in der Wildnis, damit du mit beschrifteten Musikplayern und leckerem Essen herumsitzen und jammern kannst, wie sehr du unterdrückt wirst.«

»Mal abgesehen von unserem eigenen Fiasko«, gab Xochi hitzig zurück, »wann ist das letzte Mal ein Soldat im Gefecht gefallen?«

»Im letzten Jahr beim Überfall der *Stimme* auf die Farmen in Hampton.«

»Woher weißt du, dass es tatsächlich die *Stimme* war?«, fragte Xochi.

»Warum sollte man uns anlügen?«

»Woher weißt du, dass es nicht nur ein unzufriedener Farmer war?«, bohrte Xochi weiter. »Ein Mann, der sich weigerte, seinen Anteil zu schicken, worauf die verdammte Abwehr von Long Island auszog, um ihm den Kopf zurechtzurücken.«

»Warum sollte man uns anlügen?«, wiederholte Jayden.

»Damit wir bei der Stange bleiben!«, rief Xochi. »Überleg doch mal, was wir ertragen müssen – bewaffnete Soldaten auf der Straße, peinliche Untersuchungen aller, die den Markt betreten und verlassen. Sogar einige Häuser hat man schon durchsucht. Der Senat sagt *Hopp*, und wir fragen, wie hoch wir springen müssen, weil man uns davon überzeugt hat, dass die *Stimme* uns umbringt, wenn wir nicht parieren. Unsere Jungs ziehen in den Krieg, unsere Mädchen werden schwanger. Wir tun brav, was man von uns verlangt, und es ändert sich überhaupt nichts. Es wird und wird nicht besser. Wisst ihr warum? Wenn es besser würde, müssten wir nicht mehr auf diese Leute hören.«

Kiras Blick wanderte durch den Raum. Xochis Ausbruch hatte sie schockiert, und die anderen empfanden ähnlich.

Jayden grollte ein wenig und stand auf. »Du bist doch verrückt«, sagte er und ging zur Tür. »Ich habe Besseres zu tun, als meine Zeit mit solchem Zeug zu verschwenden.«

»Blödmann«, murmelte Xochi und stürmte in die Küche.

Kira wandte sich an Isolde, die mit weit aufgerissenen Augen den Blick erwiderte.

»Sie sind nicht böse«, sagte Isolde. »Ich arbeite jeden Tag mit ihnen zusammen. Es sind ganz gewöhnliche Leute. Hobb bemüht sich wirklich, sein Bestes zu geben.« Sie hielt inne.

»Du solltest morgen eine Waffe mitnehmen. Wir haben keine Ahnung, wie stark die Partials sind oder wozu sie fähig sind. Hast du eine Handfeuerwaffe?«

Kira schüttelte den Kopf. »Ich bevorzuge Gewehre, aber ich lasse die Waffen zu Hause. Im Labor nutzen sie mir sowieso nicht viel.«

»Ich gebe dir meine«, sagte Isolde. »Das Rathaus wimmelt von Soldaten, und du bist gerade zur Wärterin eines hochintelligenten Killers ernannt worden. Du brauchst sie eher als ich.«

Kira blickte aus dem Fenster auf die leere Straße. »Dann holen wir sie am besten gleich«, schlug sie leise vor. »Die Party ist sowieso vorbei.« Sie ging mit Isolde hinaus, blieb noch einmal auf der Veranda stehen und wartete eine kleine Weile, ehe sie hinunterstieg und weiterging.

Marcus kam nicht.

Dr. Skousen führte Kira einen langen Flur entlang. »Dies war früher die Quarantäneabteilung.« Er deutete auf die schwere Stahltür am Ende des Gangs. »Wir haben sie seit Jahren nicht mehr benutzt. Die Hausmeister haben die ganze Nacht geputzt. Ich fürchte, die Siegel sind nicht mehr so dicht wie früher, aber die Bergungsteams machen Überstunden, um weitere medizinische Lager, Krankenhäuser und Kliniken zu entdecken. Alles, wo man richtiges Plastikmaterial für die Fenster und Türen finden könnte. Im Moment ist es aber sicher.«

Sie sperren mich zusammen mit einem Partial ein, dachte Kira. Sie hatte einen Stapel Reagenzgläser, Notizblöcke und andere Geräte mitgebracht und bemühte sich, nichts fallen zu lassen, während sie Skousens ausgreifenden Schritten folgte.

Er senkte die Stimme und flüsterte verstohlen, als sie die letzte Ecke umrundeten. »Wir haben die Nacht damit verbracht, ihn auf Waffen zu untersuchen, ihn zu säubern und zu wiegen. Also ist alles erledigt, was erforderlich war, um ihn von den Fesseln zu befreien. Inzwischen ist er wieder fixiert und gehört Ihnen.«

Sie erreichten die Tür, eine zwei Meter breite Stahlbarriere, die von zwei voll gerüsteten und behelmten Soldaten bewacht wurde. Einer war Shaylon Brown, den sie auf dem Weg nach Asharoken kennengelernt hatte. Er lächelte ihr zu, bevor er sich umwandte und die Tür aufschloss. Kira blickte Skousen an und hielt die Laborausrüstung fest.

»Muss ich sonst noch etwas wissen?«

»Finden Sie alles nur Erdenkliche heraus«, erwiderte er ernst. »Ich war dagegen, dass Sie das tun, und ich halte es immer noch für Wahnsinn. Aber da wir nun einmal einen Partial in der Gewalt haben ... es ist eine einmalige Gelegenheit. Allerdings weiß ich nicht, wie lange die anderen Senatoren abwarten werden, ob sie nun fünf Tage versprochen haben oder nicht. Schicken Sie Ihre Berichte direkt an mich, vor allem dann, wenn Sie etwas Gefährliches entdecken. Eine Panik können wir am allerwenigsten brauchen.«

»Alles klar«, sagte Kira. »Na dann.« Sie wandte sich zur Tür um, holte tief Luft und schritt an den Soldaten vorbei. »Danke, dass ihr auf mich aufpasst, Jungs.« Falls ihr mich sucht, ich bin dort drinnen mit dem Monster eingesperrt, fuhr sie in Gedanken fort.

Der Zugang war eine kurze Röhre aus durchsichtigem, biegsamem Plastikmaterial. Ein Gitter im Boden summte elektrisch. Vermutlich sollte es fremde Partikel von ihren Schuhen entfernen. Eigentlich, dachte sie, sollte es hier auch ein Gebläse … Als sie sich nach Luftdüsen umsah, fegte ihr bereits ein künstlicher Wirbelsturm ins Gesicht, blies sie sauber und zog Staub, Haare und andere Fremdkörper in das Gitter im Boden. Sie schaffte es, die Ampullen und Papiere nicht zu verlieren, und als der Luftzug aufhörte, konnte sie endlich das Labor selbst betreten.

Der Partial lag mitten im Raum auf einem Operationstisch. Er war mit breiten Lederriemen gefesselt, und der Tisch war im Boden verschraubt. Er war bei Bewusstsein, die Augen waren klar und beobachteten sie, als sie den umfunktionierten Operationssaal betrat. An den Wänden standen Anrichten, Medicomps und andere Gerätschaften, alles sauber und gut beleuchtet. Isoldes Halbautomatik trug sie an der Hüfte.

Sie hatte noch nie im Leben so große Angst gehabt.

Einen Moment lang blieb sie schweigend stehen, dann trat sie zu einer Wand und legte ihre Sachen auf einer Theke ab. Die Reagenzgläser rollten sofort weg. Sie sammelte alle wieder ein und brachte sie in einem durchlöcherten Plastikgestell unter. Sie schluckte, starrte den Ständer an und überwand sich endlich, sich umzudrehen und den Partial zu betrachten. Er war nichts Besonderes, einfach nur ein Mann – oder fast noch ein Jugendlicher –, der allein und gefesselt in einem Raum lag. Auf ihn und seinesgleichen war sie nur wenige Tage zuvor unter weitaus schlimmeren Bedingungen gestoßen. Dennoch fühlte sich diese Begegnung anders an, sie kam ihr irgendwie unwirklich vor. Ein Partial in der Wildnis war ein Feind, und sie wusste, wie man mit Feinden umging. Ein Partial hier in East Meadow im selben Raum wie sie …

Aus den Augenwinkeln bemerkte sie ein Funkeln. Sie wandte sich um und entdeckte die Linse einer kleinen Kamera, die in der Ecke montiert war. Sie war offensichtlich neu und wirkte fehl am Platz. Dicke Schrauben hielten sie an dem Holz eines Schranks fest. Dann entdeckte sie noch fünf weitere: eine in jeder Ecke sowie zwei, die höher angebracht waren, um den Tisch des Partials und ihren Arbeitsplatz zu erfassen. Vermutlich war Mkele dafür verantwortlich. Ihre Nervosität legte sich ein wenig, als ihr bewusst wurde, dass er und seine Soldaten sie genau beobachteten. Sollte der Partial einen Übergriff versuchen, würden sie es bemerken und sofort reagieren.

Kira atmete erleichtert aus. Ihr war gar nicht bewusst gewesen, dass sie den Atem angehalten hatte. Allerdings wusste sie nicht genau, ob sie sich unter Mkeles Beobachtung sicherer oder unsicherer fühlen sollte. Sie trat an dem gefesselten Partial vorbei ans Fenster.

Sie befand sich im ersten Stock und blickte über breite Baumreihen hinweg auf einen großen Parkplatz voller defekter Autos. Die meisten Parkplätze der Stadt waren leer. Wenn ringsum die ganze Zivilisation zusammenbrach, gab es kaum mehr Gründe, mit dem Auto herumzufahren. Das Krankenhaus war elf Jahre zuvor jedoch überfüllt gewesen, und die Autos waren als gespenstische Erinnerungen stehen geblieben.

Ich muss eine Blutprobe nehmen, dachte Kira. Es gilt, mich auf die anstehenden Aufgaben zu konzentrieren. Ich brauche Blut- und Gewebeproben. Ich bin in ein Kriegsgebiet vorgestoßen, um einem feindlichen Soldaten die Hand abzuschneiden. Also kann ich auch eine Probe von dem Wesen nehmen, das drei Meter entfernt auf dem Tisch liegt.

Sie kehrte zu den Reagenzgläsern zurück, die sie mitgebracht hatte. Marcus' Blutproben waren dabei. Erinnerungen an ihren ersten Versuch vor dem Ausflug nach Manhattan, RM zu erforschen. Bevor sie den Partial aufgegriffen hatten. Bevor Marcus sich rar gemacht hatte. Sie besaß noch alle Daten, die sie aus der Blutprobe gewonnen hatte, die Zählungen der Blutplättchen und der weißen Blutkörperchen, Glukose- und Elektrolytwerte, Kalziumsättigung und die riesigen, beängstigenden Darstellungen der Viren. Jeder Mensch war ein Überträger und vergiftete die eigenen Kinder, obwohl sich die Partials längst zurückgezogen hatten. Waren auch die Partials Überträger? War wirklich alles sinnlos gewesen?

Sie holte tief Luft, wischte sich über das Gesicht und wandte sich zu dem Partial um. Er war kein gesichtsloses Wesen hinter einem schwarzen Visier, sondern ein Mann oder ein Bursche, kaum älter als sie selbst. Er war an einen Tisch gefesselt. Da das Uniformhemd geöffnet war, konnte sie den wohlgeformten, muskulösen Oberkörper sehen. Er hatte nicht die schwellenden Muskeln eines Bodybuilders, sondern war einfach gut trainiert. Kräftig, schlank und beweglich. Genetische Perfektion, wie Isolde es ausgedrückt hatte. Kira versuchte, den Eifer wiederzufinden, der sie in Manhattan angetrieben hatte, und malte sich aus, wie sie ihm zwecks näherer Untersuchung die Hand abhackte. Er hatte braune Augen, genau wie sie selbst. Ruhig erwiderte er ihren Blick.

Dr. Skousen hatte gesagt, sie hätten den Partial gewaschen. Als Kira genauer hinsah, entdeckte sie Flecken auf dem Gesicht und dem Kopf. Sie trat vor, um alles näher zu betrachten, und beugte sich schließlich dicht über ihn, um die Haut zu untersuchen. Es waren getrocknete schwarze Blutflecken, die den Mund, ein Auge und das Ohr auf der anderen Seite umgaben. Sie strich das Haar beiseite, hielt mitten in der Bewegung inne und ließ die Hand sinken.

»Ich nehme an, sie haben dich geschlagen.«

Der Partial schwieg und musterte sie nur mit seinen dunklen Augen. Sein Zorn schien wie die Hitze eines Kanonenofens in Wellen von ihm auszustrahlen. Sie riss sich zusammen und streckte die Hand aus. Dieses Mal wandte er sich ihr zu, riss jäh den Kopf herum und kämpfte gegen die Fesseln an. Kira fuhr unwillkürlich mit rasendem Herzen zurück und griff nach der Waffe. Doch sie zog sie nicht, sondern legte nur die Hand darauf, um sich zu beruhigen. Schließlich überwand sie sich, hielt sich betont aufrecht und trat wieder vor. Nach einer Weile zog sie die Waffe doch noch und zeigte sie dem Partial.

»Ich war in der Gruppe, die dich aufgegriffen hat«, sagte sie. »Ich will dir nicht drohen. Ich sage dir nur, dass ich es ernst meine. Wir haben fünf Tage, und wenn du die Zeit mit Kämpfen verbringen willst, bin ich bereit.«

Er beobachtete sie mit kalten, harten Augen, als suchte er nach einem Schwachpunkt, auf den er losgehen, nach einer Lücke in ihrer Verteidigung, durch die er schlüpfen könnte ...

... aber hinter den kalten Augen hatte er Angst. Das erkannte sie deutlich, wenn sie ihn ansah. Er hatte noch nie so große Angst gehabt. Sie wich einen Schritt zurück und begutachtete die Situation aus seiner Sicht. Er war allein, ein Kriegsgefangener. Man hatte ihn geschlagen, angekettet und auf einen Operationstisch gelegt, und jetzt zielte eine junge Frau mit einer Waffe auf ihn.

Kira betrachtete die Pistole und steckte sie weg. »Falls du es nicht schon gemerkt hast, die meisten Leute hier haben große Angst vor dir. Wir wissen nicht, wozu du imstande bist und wie du funktionierst. Soweit wir es sagen können, bist du eine wandelnde biologische Waffe.«

Sie hielt inne und wartete, doch er schwieg. Mit einer Geste forderte sie ihn auf, ihr zu antworten. Als er nicht reagierte, seufzte sie. Im Grunde wusste sie selbst nicht genau, was sie erwartet hatte.

Er beobachtete sie genau, und nun kam sie sich vor wie ein Käfer unter der Lupe. Wer erforschte hier eigentlich wen?

»Also gut«, sagte sie. »Wenn du nicht reden willst, soll es mir recht sein. Ich glaube, in deiner Lage würde ich auch nicht viel sagen, aber andererseits weiß ich nicht, ob ich mich beherrschen könnte. Menschen sind sehr soziale Wesen. Wir unterhalten uns gern, um ein Gefühl von ...«

»Du redest zu viel.«

Kira hielt inne und riss die Augen auf. Die Stimme klang rau und heiser, nachdem er sie mehrere Tage lang nicht benutzt hatte. Soweit sie es sagen konnte, hatte er seit der Gefangennahme kein Wort gesprochen, und seitdem waren weit mehr als fünfzig Stunden vergangen. Im ersten Moment dachte sie, sie habe nicht recht gehört. Der erste Mensch, der seit elf Jahren mit einer anderen Spezies spricht, und er sagt mir, ich soll die Klappe halten, fuhr es ihr durch den Kopf. Als der anfängliche Schock abgeklungen war, musste sie fast lachen.

»In Ordnung.« Sie nickte. »Aber ich will dir erklären, was ich tun werde. Die meisten Tests hier werden mit Sensoren durchgeführt und sind nicht invasiv. Wir betrachten deine Organe und so weiter ...« Er schloss die Augen und zeigte ihr deutlich seine Missachtung. Sie ließ den Satz unvollendet. »Na schön, also bekommst du keine medizinischen Erklärungen.« Kira trat zu einem Schrank, durchsuchte die Schubladen und kehrte mit einem sterilisierten Glasröhrchen und einer Handvoll kleiner Instrumente zurück. »Ich will dich aber wenigstens warnen. Der Fingerpikser tut ein bisschen weh. Nichts Schlimmes, es ist nur eine zwei Millimeter lange Nadel, die mit einer Feder gespannt wird. Kann ich jetzt deinen Finger nehmen, oder wollen wir wieder kämpfen?«

Er öffnete die Augen, bemerkte den Pikser und erwiderte Kiras Blick, zögerte und öffnete endlich die Faust.

»Danke.« Sie träufelte einige Tropfen Äthanol auf einen Wattebausch, mit dem sie ihm den Zeigefinger abrieb. Seine Hand fühlte sich fest und warm an. Der Pikser war ungefähr so groß und so geformt wie ein Behälter mit Zahnseide. Sie presste ihn auf die Fingerspitze. »Achtung!«

Er zuckte fast unmerklich zusammen. Die Nadel stach in die Fingerspitze, und sie zog das Gerät rasch weg und presste ein dünnes Glasröhrchen gegen die kleine Wunde. Nur langsam füllte sich der Behälter mit Blut, viel langsamer als gewöhnlich. Sie quetschte seinen Finger, um mehr herauszubefördern. Der Blutstrom hörte auf, ehe das Röhrchen gefüllt war.

»Vielleicht ist dein Blutdruck sehr niedrig«, überlegte sie, während sie mit gerunzelter Stirn das Röhrchen verschloss. »Gewöhnlich kann ich zwei Teströhrchen mit einem Finger füllen. Es sei denn …« Sie sah genauer hin und bemerkte, dass das Blut in dem Röhrchen bereits gerann. Dann untersuchte sie den Finger und drückte vorsichtig auf die winzige Verletzung. Sie hatte sich bereits wieder geschlossen. »Erstaunlich«, flüsterte sie. Sie hob das Glasröhrchen hoch. Das Blut war schon rotbraun verfärbt und gerann blitzschnell, bis an beiden Enden ein fester kleiner Schorf entstand.

Neugierig musterte sie den Partial, der sich jedoch ausschwieg.

Einem ersten Impuls zufolge wollte sie ihn noch einmal stechen und dieses Mal eine tiefere Wunde erzeugen, aber dann verwarf sie den Gedanken ebenso schnell, wie er aufgekommen war. Sie wollte ihn nicht quälen, und ob seine Wunden rasch verheilten oder nicht – er empfand jedenfalls Schmerzen. Das Zusammenzucken beim Stechen war Beweis genug gewesen. Nein, sie brachte es nicht über sich, ihm wehzutun, nur um seine Reaktionen zu testen.

Trotzdem ... wollte der Senat nicht genau das? War sie nicht genau dazu hier? Sie würde ihn nicht unbedingt aufschneiden, aber man hatte ihr aufgetragen, ihn zu untersuchen, und wenn die Widerstandskraft der Partials gegenüber RM auf einem starken Selbstheilungsvermögen beruhte, dann musste sie die Grenzen seiner Selbstheilungskräfte erkunden und feststellen, wie sie, wenn überhaupt, diese Fähigkeit für ihre eigenen Zwecke nutzen konnte. Wenn sie die Antwort anderswo nicht fand, musste sie an dieser Stelle nachforschen.

Konnte er einen Pistolenschuss überleben? Was passierte mit der Kugel? Ihr Bauchgefühl rang mit der wissenschaftlichen Neugierde. Sie schüttelte den Kopf und legte die geronnene Blutprobe beiseite.

»Ich will dich nicht foltern«, erklärte sie, während sie zu den Schubladen zurückkehrte und eine kleine Plastikspritze und eine kurze dünne Nadel hervorholte. »Ich brauche aber eine vernünftige Blutprobe. Der Medicomp benötigt flüssiges Blut, wenn er mir sagen soll, was da vor sich geht. Da dein Blut blitzschnell gerinnt, sobald es mit Luft in Berührung kommt, müssen wir die Luft so lange wie möglich abhalten.« Sie setzte die Nadel auf die Spritze, suchte einen Schlauch mit Salzlösung und zog die Flüssigkeit auf die Spritze, bis sie sicher war, dass sich keine Luft mehr darin befand. Dann klopfte sie dem Partial auf die Vene in der Ellbogenbeuge und hielt die Nadel darüber. »Mach dich auf einen weiteren Pikser gefasst!«

Dieses Mal zuckte er überhaupt nicht. Sie nahm einen Kubikzentimeter Blut ab und wollte ihm ein Baumwollpolster auf den Arm kleben, doch dann erinnerte sie sich, wie sinnlos dies war, da die Verletzung schon wieder heilte. Sie kam sich ein wenig töricht vor und wandte sich ab, um die Spritze so, wie sie war, in den Medicomp zu schieben. Das Blut war tatsächlich noch flüssig. Sie streifte die Einmalhandschuhe ab und tippte auf den Bildschirm, um die Bluttests, die Leberanalysen und alles andere zu aktivieren, was ihr nur einfallen wollte. Letzten Endes lief es wieder auf den Gesamtscan hinaus, der beim letzten Mal das Virus in Marcus' Probe gefunden hatte. Sie tippte auf *Ja* und wartete mehr oder weniger mit angehaltenem Atem, während der Medicomp das Blut untersuchte.

Bisher hatte sie es vermieden, eingehend über Marcus nachzudenken. Sie hatte im Grunde auch keine Zeit gehabt. Nur wenige Stunden zuvor hatte sie noch hinten auf einem Wagen der Abwehr gehockt und war nach East Meadow gefahren, um heimlich vom Senat befragt zu werden. Marcus hatte sich am vergangenen Abend nicht bei Xochi blicken lassen, und sie hatte ihn auch nicht aufgesucht. Am Morgen war sie direkt in die Klinik gegangen. War er immer noch wütend auf sie? War sie noch wütend auf ihn? Ja, das war sie – natürlich war sie wütend –, aber zugleich verstand sie ihn auch. Sie wusste jetzt, dass er ... was hatte er eigentlich getan? Sie beschützen wollen? Sie benötigte keinen Schutz. Außerdem war sie die Einzige, die etwas bewegen wollte. Aber hatte er in Bezug auf RM recht? Konnte man die Seuche wirklich nicht heilen, und vergeudete sie ihr Leben, wenn sie es dennoch versuchte? Das mochte sie nicht glauben, sie durfte nicht einmal daran denken. Sie würde ein Heilmittel für diese verdammte Krankheit finden, nur darauf kam es an. Aber wieso dachte sie dann, sie könne Marcus verstehen?

Er hatte Angst, sie zu verlieren. Das war nachvollziehbar für sie. Sie war ja selbst fast überzeugt gewesen, dass sie sterben musste.

Als der Medicomp zirpte, blickte Kira wieder auf den Bildschirm. Die Elektrolytwerte waren überdurchschnittlich hoch, der Zuckerspiegel sprach für einen leichten Fall von Diabetes, die Zählung der weißen Blutkörperchen zeigte einen derart hohen Wert, dass sie sofort die Körpertemperatur überprüfte, weil sie eine Infektion befürchtete. Sie lag jedoch bei siebenunddreißig Grad, genau wie bei ihr selbst. Vielleicht besaß er einfach eine andere Physiologie, bei der andere Werte als normal galten. Bei einem normalen menschlichen Patienten hätten die Werte den Verdacht auf eine beginnende Krankheit geweckt, doch soweit sie es sagen konnte, war der Partial völlig gesund. Sie übertrug die Daten in ihr Notizbuch und markierte die Anomalien, die sie später genauer überprüfen wollte.

Nachdem sie alles durchgesehen hatte, war das wichtigste Ergebnis der Blutuntersuchung allerdings die Feststellung, dass sie etwas vermisste. Der Körper des Partials wies keine Spur von RM auf.

Kein RM. Sie hob aufgeregt den Kopf. Der Partial lag nach wie vor auf dem Tisch und starrte stumm zur Decke hinauf. Irgendwie gelang es ihm, dabei gefährlich auszusehen. Jeder andere hätte in seiner Situation längst aufgegeben, doch die angespannten Muskeln und die wachsam blickenden Augen verrieten Kira, wie sehr seine Gedanken rasten.

Das spielte in diesem Moment jedoch keine Rolle. Kira hätte beinahe laut aufgelacht. Der Partial hatte keine

Spur von RM im Blut, genau wie sie es vorhergesagt hatte. Sein Körper konnte das Virus vollständig zerstören oder ausscheiden. Nun musste sie nur noch herausfinden, auf welche Weise das geschah.

Sie tippte eilig auf den Bildschirm, ihre Finger tanzten über die Oberfläche, während sie die Dokumente über das Virus aufrief. Da sie mittlerweile wusste, dass die Partials das Virus nicht übertrugen, musste sie herausfinden, wie es bei den Menschen zur Übertragung kam. Wie ging die Infektion vor sich? Einfach zu sagen, dass die Kinder krank wurden, reichte nicht aus. Sie musste herausfinden, wie das Virus von einem Menschen zum nächsten wanderte und was auf der mikrobiologischen Ebene geschah, wenn es ein neues Opfer fand. Sie musste den Prozess bei einem Menschen und einem Partial beobachten und klären, wo die Unterschiede lagen. Noch einmal rief sie das Bild des Virus auf, den gelb gefärbten Klecks, der im Blut lebte. Du siehst aus wie ein Luftballon, dachte sie. Aber du hast neunundneunzig Komma neun neun sechs Prozent der Menschheit ausgelöscht.

Sie musste sich konzentrieren. Welche Informationen enthielten die Dokumente bereits? Beispielsweise die Größe: vierhundert Nanometer. Das war riesig für ein Virus. Mit Sicherheit groß genug, um von einem guten Luftfilter aufgehalten zu werden. Sie spähte durch den Raum zu dem Plastiktunnel hinüber und fragte sich, welcher Filter dort eingesetzt war. Ein System wie dieses müsste ein Virus von vierhundert Nanometern Durchmesser aufhalten, dachte sie. Mit dieser Größe kann es auch einen Fötus nicht erreichen. Etwas so Großes dringt nicht durch die Plazenta. Das erklärt, warum die Kinder erst nach der Geburt infiziert werden und erkranken.

Kira hielt inne, weil ihr etwas einfiel. Wenn das Virus groß genug war, um ausgesperrt zu werden, warum bekamen die Säuglinge dann auch in der kontrollierten Umgebung die Infektion? Man schrubbte den Raum, sterilisierte die Instrumente, trug Gasmasken. Man tat alles nur Vorstellbare, und doch drang das Virus durch.

Das haben sich vor mir schon andere gefragt, dachte Kira. Marcus und Dr. Skousen erklärten, die Forschungen laufen schon seit dem Zusammenbruch. Das bedeutet, dass es irgendwo Aufzeichnungen der Ergebnisse gibt. Sie suchte in der Datenbank nach Geburten in sterilen Räumen und fand mehrere Fälle. Offenbar waren auch diese Versuche erfolglos verlaufen. Die Zahl der Erkrankungen und der Ausbruch von RM unterschieden sich kaum von den anderen Geburten, als hätte der sterile Raum überhaupt nichts geändert. Mit den Dokumenten waren weitere Untersuchungen verknüpft, die sich um eine nur in der Luft zu findende RM-Variante drehten. Kira öffnete sie interessiert. Natürlich wusste sie, dass RM durch die Luft übertragen wurde, doch die Struktur dieses Virus gehörte nicht gerade zum Grundwissen und war in ihrer Ausbildung bisher noch nicht behandelt worden. Der Bericht enthielt weitere Bilder, die denen aus der Blutprobe entsprachen, jedoch viel kleinere Objekte zeigten. Hier war das Virus nur dreiundzwanzig bis einunddreißig Nanometer groß. Kira runzelte die Stirn. Etwas so Kleines konnte man unmöglich auffangen, nicht einmal in einem sterilen Raum. Sie betrachtete den Partial, und die alte Wut erwachte wieder.

»Ihr habt euch verdammt große Mühe gegeben, damit wir dem Unheil nicht entkommen, was?«

Der Partial wandte den Kopf und sah sie an. Es war fast, als könnte sie beobachten, wie ihm die Gedanken durch den Kopf schossen. Als er sprach, schien er beinahe neugierig zu sein. »Ihr könnt euch nicht fortpflanzen.«

»Was?«

»Aus diesem Grund versucht ihr, RM zu heilen. Wir haben keine Kinder, deshalb ist uns zunächst nichts aufgefallen, aber ihr habt auch keine, nicht wahr? Ihr wollt RM heilen, weil eure Kinder nicht überleben.«

Kira wollte ihn anschreien und ihn zwingen zuzugeben, dass er persönlich an der Vernichtung der Menschheit beteiligt war, sie wollte ihn schlagen, weil er derartig beiläufig über etwas so Schreckliches sprach. Unvermittelt hielt sie inne, weil ihr etwas einfiel.

Hatte er gar nicht gewusst, dass das Virus die Kinder umbrachte? Natürlich konnte sie ihm nicht trauen, aber es schien, als hätte er es erst jetzt verstanden. Nein, er hatte es nicht gewusst. Dies wiederum führte zu zwei überaus wichtigen Schlussfolgerungen: Zum einen spionierten die Partials die Menschen nicht aus. Gelegentlich kam die Theorie auf, dass die Partials sich unter ihnen verbargen und Spione schickten, um die Insel zu infiltrieren. Wenn das zutraf, hätte er wissen müssen, dass die Kinder starben. Seine Überraschung verriet ihr, dass dem nicht so war.

Oder sie beobachten uns, teilen sich aber untereinander nicht alles mit, was sie beobachten, dachte Kira.

Der zweite Punkt war die Tatsache, dass die Partials nicht wussten, wie RM funktionierte – zumindest dieser einzelne nicht. Er hatte nicht damit gerechnet, dass das Virus noch in Umlauf war, und die meisten Partials, mit denen er zu tun hatte, waren offenbar der gleichen Meinung. Hielten die Anführer der Partials diese Informationen vor den eigenen Soldaten geheim, oder wussten sie es selbst nicht? Aber wie konnten sie die Funktionsweise eines Virus, das sie selbst geschaffen hatten, nicht kennen? Möglicherweise war das Virus mutiert. Kira schauderte, wenn sie nur daran dachte. Wenn etwas so Tödliches wie RM mutierte und außerhalb der ursprünglich vorgesehenen Grenzen wirkte, konnte niemand mehr sagen, wozu es fähig war.

Es gab wohl nur eine Möglichkeit herauszufinden, wie viel er wusste. »Du«, sagte sie. »Partial. Was weißt du über RM?«

Er antwortete nicht.

»Ach, nun komm schon!« Kira verdrehte genervt die Augen. »Wollen wir das noch einmal durchspielen? Kannst du nicht wenigstens mal was sagen?«

»Nun, Mensch«, antwortete er, »du wirst mich in fünf Tagen töten. Ich bin nicht sonderlich motiviert, dir irgendetwas mitzuteilen.«

Kira stürmte zum Medicomp zurück und ließ sich auf den Stuhl fallen. Sie war so wütend, dass sie kaum noch nachdenken konnte. Er sollte hingerichtet werden, weil er Gabe, Dünn und sechs Milliarden andere Menschen getötet hatte. Wie konnte er es nach allen Verbrechen, nach allen Gräueltaten, an denen er beteiligt gewesen war, noch wagen, sich als Opfer darzustellen?

Die Bilder auf dem Schirm verschwammen ihr vor den Augen. Solange dieses Ungeheuer sechs Meter entfernt lag, konnte sie nicht arbeiten. In Augenblicken wie diesem brauchte sie Marcus so dringend wie sonst nie. Er half ihr, sich abzuregen, sich auf das Wichtige zu konzentrieren und das Unwichtige außer Acht zu lassen. Sie blickte zur Tür, aber natürlich erschien Marcus nicht. Er wusste nicht einmal, wo sie sich gerade aufhielt.

Der Partial hatte in einem Punkt recht: Ihr blieben nur fünf Tage. Sie musste arbeiten. Also verdrängte sie jeden Gedanken an die Partials und wandte sich der vor ihr liegenden Aufgabe zu: einem Bildschirm voller Bilder von Viren sowie Berichten über deren Struktur. Es gab zwei Formen, eine für das Blut und eine für die Luft. Ein großer Klecks und eine winzige Spore. Konzentrier dich!, sprach sie sich gut zu. Die Spore war winzig und ideal für die Reise durch die Luft geeignet. Auf diese Weise flog das Virus von einem Wirt zum nächsten. Aber was hatte dann der Klecks zu bedeuten?

In keiner der Studien fand sie eine Antwort auf diese Frage. Sie wusste, dass beide Formen des Virus existierten, aber nicht, wie sie zusammenwirkten. Kira nahm sich wieder die Daten von Marcus' Blutprobe vor und suchte nach Anzeichen für die Spore. Wenn diese fähig war, in den Körper einzudringen, dann tat sie das auch. In Marcus' Probe sollte sich ein Hinweis darauf finden, doch sie entdeckte nichts. Was bedeutete, dass die Vorgänge, nachdem die Spore in den Körper eingedrungen war, sehr schnell abliefen und keine Spuren hinterließen.

Nein, der Klecks war doch die Spur. Kira ging die Möglichkeiten im Kopf durch. Das Virus reagierte offensichtlich auf menschliches Blut und Gewebe. So wirkte es eben. Es benutzte den Wirt als Baustoff, um sich zu vervielfältigen. Vielleicht gab es noch eine weitere Ebene der Interaktion. Vielleicht war die Spore gar nicht fähig, sich selbst zu replizieren, sondern verwandelte sich in den Klecks und überließ es diesem, sich zu vermehren. Das klang verrückt, war aber nicht auszuschließen. Was das Virus auch tut, dachte Kira, es geschieht äußerst schnell. Wenn wir eine Blutprobe nehmen, sind alle Sporen bereits umgewandelt. Kira fuhr sich mit gespreizten Fingern durch das Haar und überlegte, wie sie die Transformation in Echtzeit beobachten könnte. Wenn sie eine nicht infizierte Blutprobe bekäme und schnell genug in den Medicomp steckte, könnte sie zusehen, wie die Infektion tatsächlich vor sich ging. Aber wo fand sie nicht infiziertes menschliches Blut? Bei den Neugeborenen. In der Stadt gab es vier schwangere Frauen, die in der nächsten

Woche entbinden sollten, und einige weitere, die bald darauf so weit waren.

Sie konnte Dr. Skousen eine Anforderung schicken und abwarten, wie er reagierte. Bei der Geburt entnahm man immer Blutproben, aber gewöhnlich prüfte man die Proben erst nach einigen Minuten, weil man sich vorher um anderes kümmerte. Die meisten Blutproben konnten ohne Weiteres ein paar Minuten warten. Wenn Kiras Theorie zutraf, dann mussten sie das Blut sofort luftdicht verschließen, um diese spezifische Reaktion zu beobachten.

Die nächste Frage war schwieriger. Wenn der Klecks aus umgewandelten Sporen entstand, woher kamen dann die Sporen? Erschuf sie der Klecks, oder verwandelte er sich wieder zurück? Das Beobachten der Veränderung würde schwierig, weil sie keine Ahnung hatte, wie sie vor sich ging und zu replizieren war. Offensichtlich fand die Veränderung nicht im Blut statt, da sie sich nicht sofort wieder umkehrte. Der Mangel an Sporen in Marcus' Blut schien dies zu belegen. Also in den Lungen?, fragte sie sich. Reagierte der Klecks auf den Sauerstoff, wie die Spore auf das Gewebe reagierte? Das wäre eine einfache Erklärung und somit der beste Ausgangspunkt gewesen. Aber wie konnte sie dies testen?

Zuerst muss ich das Virus isolieren, dachte sie. Sie sah sich nach einem Hilfsmittel um, mit dem sie das winzige Virus einfangen konnte. Schließlich fiel ihr Blick auf die Schachtel mit den Latexhandschuhen. Sie und Marcus hatten manchmal in der Schule solche Einmalhandschuhe mit Luft aufgeblasen und zugekniffen. Wenn die Veränderung des Virus wirklich in den Lungen geschah, musste der Atem zahlreiche Viren enthalten. Und wenn ein Gummihandschuh die Luft hält, dachte sie, bleibt auch das Virus so lange darin enthalten, dass es im Medicomp untersucht werden kann. Sie nahm einen Gummihandschuh und blies ihn auf wie einen Ballon. Was jetzt? Unsicher stand sie im Raum. Konnte der Medicomp durch die Gummischicht etwas erkennen? Wahrscheinlich schon, selbst wenn sie so dumm war, einen aufgeblasenen Gummihandschuh in die Aussparung mit den Sensoren zu schieben. Es gab aber noch ein weiteres Problem. Nachdem sie den eigenen Atem untersucht hatte, musste sie das Gleiche mit dem des Partials tun. Die Tests mussten identisch ablaufen, und sie war ziemlich sicher, dass der Partial freiwillig keinen Gummihandschuh aufblies. Sie entließ die Luft aus dem Handschuh. Sie musste sich etwas anderes einfallen lassen.

»Wir haben den Krieg gewonnen«, erklärte der Partial leise. Kira zuckte jedes Mal zusammen, wenn er etwas sagte, weil sie nicht damit rechnete.

»Was?« Kira starrte ihn an und schob den Handschuh in die Tasche. »Warum redest du jetzt darüber?«

»Weil du glaubst, wir hätten das Virus erschaffen. Deshalb untersuchst du mich – um ein Heilmittel zu finden. Du denkst, wir hätten das Virus erzeugt.« Er schüttelte den Kopf. »Das haben wir nicht getan.«

»Ganz sicher lügst du mich an«, entgegnete Kira. »Ich hätte aber nicht damit gerechnet, dass du so plump vorgehst.«

»Es ist die Wahrheit.«

»Das ist ganz bestimmt nicht wahr!«, rief sie. Der Partial reagierte nicht, sondern beobachtete sie nur vom Tisch aus. Mit dunklen Augen blickte er sie ernst an. »Ihr habt uns angegriffen und das Virus freigesetzt, um uns endgültig zu erledigen.«

»Wir haben den Krieg gewonnen«, wiederholte er. »Wir waren die größte Abteilung eures Militärs, und deshalb hattet ihr keine wirkungsvolle Methode, uns zu bekämpfen. Wir schlugen rasch zu und schalteten eure Kommunikation aus. Damit war kein Gegenangriff mehr möglich. Ihr konntet uns nicht aufhalten. Ein paar Wochen später – vielleicht schon nach zwei weiteren Wochen – hätten wir die Regierung unter unsere Kontrolle gebracht, und dies hätten wir erreicht, ohne die Infrastruktur zu zerstören, die eure Gesellschaft erschaffen hatte – Strom, Erdgas, Schifffahrt, Industrie, Lebensmittelproduktion ...«

»War das euer Plan?«, fragte Kira verbittert. »Wolltet ihr uns versklaven und als Arbeitskräfte einsetzen, um eure Infrastruktur zu unterhalten?«

»Du meinst, wir hätten so vorgehen wollen, wie ihr es mit uns getan habt?«

Sofort entflammte Kiras Zorn von Neuem und brannte heiß wie ein Schweißbrenner in ihrem Innern. Sie schritt zum Medicomp, zog den Handschuh aus der Tasche und warf ihn in den Behälter mit Sondermüll.

»Wir wollten euch nicht versklaven«, erklärte der Partial. »Selbst wenn wir es gewollt hätten, wollten oder brauchten wir euch nicht zu töten. Es gab keinen taktischen oder politischen Grund dafür, ein Killervirus freizusetzen.«

»Soll ich wirklich glauben, dass ein perfektes Supervirus, das die Menschen vernichtete und euch unbeschadet ließ, rein zufällig im Lauf eures Angriffs freigesetzt wurde und dass ihr nichts damit zu tun hattet?«

»Ich gebe zu, das klingt sehr weit hergeholt.«

»Weit hergeholt ist leicht untertrieben.«

»Wir suchen seitdem selbst nach einer Erklärung und wissen immer noch nicht, woher das Virus ursprünglich kam«, behauptete er.

»Ich weiß nicht, warum ich überhaupt mit dir rede«, antwortete Kira. Es war verrückt, diesem Ungeheuer auch nur ein Wort zu glauben. Es war schon verrückt genug, dass sie ihm überhaupt zuhörte. Sie kehrte zum Medicomp zurück und starrte zornig auf die Bilder und Daten, doch ihr Blick wanderte immer wieder zu dem Partial zurück. Er wusste etwas. Wenn sie seine Lügen durchschaute, entdeckte sie vielleicht in seinen Worten etwas Nützliches. Er sprach ohne Betonung und innere Regung, fast so, als wäre es ihm gleichgültig oder als könnte er gar keine Empfindungen hegen. Sie wandte sich wieder zu ihm um und beugte sich vor. »Also gut«, sagte sie. »Da du gerade so gesprächig bist: Warum warst du in Manhattan?«

Er schwieg. Sie wartete, starrte ihn an und formulierte es anders. »Was war dein Auftrag? Warum warst du so dicht an unserer Grenze?«

»Das kann ich dir nicht sagen.«

»Warum nicht?«

Der Partial starrte zur Decke hinauf. »Weil ich nicht will, dass sie mich umbringen.«

19

Es war fast Mitternacht, als Kira das Krankenhaus verließ. Ihr schauderte leicht in der kühlen Luft. Auch im Sommer konnte es auf Long Island nachts empfindlich kühl werden. Der Partial hatte sich geweigert, noch irgendetwas zu sagen, und Kira war ihm fast dankbar gewesen. Einerseits wollte sie unbedingt wissen, was er gemeint hatte, andererseits hatte sie Angst. Wenn sein Wissen so gefährlich war, dass er um sein Leben fürchten musste, sobald er nur darüber redete ... ihr schauderte abermals, aber diesmal nicht vor Kälte.

Den Rest des Tags hatte sie damit verbracht, die Daten im Medicomp durchzugehen und das Virus zu studieren: die Struktur, die Proteine, aus denen Wände und Rezeptoren bestanden, die genetische Fracht, die es im Innern mitführte. Das Krankenhaus besaß unglaublich fortschrittliche gentechnische Geräte, jenen nicht unähnlich, mit deren Hilfe die Partials erschaffen worden waren. Die Menschen, die mit ihnen umzugehen wussten, waren jedoch beim Zusammenbruch gestorben. Der Umstand, dass man eine unglaubliche Technologie aus jüngster Zeit besaß, die kein lebender Mensch mehr verstand, besaß eine gewisse Ironie. Manchmal dachte Kira beinahe, es seien magische Artefakte einer vergessenen Zivilisation. Dr. Skousen und seine Forscher hatten alles in abgedunkelten Räumen inmitten alter Folianten voller Wissen studiert, doch die Magie war verloren. Den genetischen

Code von RM konnten sie aufspüren, doch sie vermochten ihn nicht zu lesen oder gar zu verändern. Ihnen blieb nichts übrig, als zuzusehen, zu raten und auf den Durchbruch zu hoffen.

Kira hatte keinen Durchbruch erzielt. Ihr blieben noch vier Tage.

Sie ging langsam durch die Stadt und wollte nach Hause und ins Bett fallen, streifte schließlich aber ziellos umher, als sei ihr Gehirn zu müde, um sich auf irgendetwas zu konzentrieren und einen bestimmten Weg zu finden. Sie schlenderte durch die dunkle Stadt, vorbei an stillen Häusern, über rissige Gehwege und schmutzige Straßen, die der Verkehr geebnet hatte. Nachts war East Meadow beinahe so verloren wie die Außenwelt. Die Menschen und Tiere hielten die vordringenden Pflanzen in Schach, aber jetzt waren die Häuser dunkel und die Straßen leer. Eine stille Welt. Tagsüber war der Ort nicht überfüllt, aber immerhin bevölkert. Nachts war er kaum von den Trümmern zu unterscheiden, welche die ganze Welt bedeckten.

Als Kira um eine Ecke bog, erkannte sie, wo sie war, wohin sie unbewusst gewandert war, seit sie das Krankenhaus verlassen hatte. Marcus wohnte hier. Sie blieb reglos an der Ecke stehen und zählte die Gebäude ab: Eins, zwei, drei, vier, fünf, und dann kam sein Haus auf der rechten Seite. Er hatte mehrere Jahre bei einem älteren Mann gelebt und war nach dessen Tod zu einem anderen Ziehvater gezogen. Mit sechzehn hatte er sich ein eigenes Haus ausgesucht. Umzüge bedeuteten keinen großen Aufwand. Man musste nur ein Haus finden, das sich in gutem Zustand befand, musste es reinigen und sich einrichten. Die Besitzer waren tot, Banken existierten sowieso nicht mehr, und für jeden Einwohner gab es zwei, fünf oder sogar zehn Häuser, wenn er nur wollte. Auf Long Island hatten Millionen Menschen gelebt. In der alten Welt hatte jeder möglichst viele materielle Besitztümer gehortet. Nun gab es einen materiellen Überfluss, den niemand zu nutzen wusste, und sonst fast gar nichts mehr.

Kira bemerkte einen schwachen gelben Lichtschein. Sie hielt inne und blinzelte. Das Licht kam eindeutig aus Marcus' Haus. Warum war er so spät noch wach? Sie ging weiter und stieg vorsichtig über die Spalten, wo die Baumwurzeln den welligen Gehweg aufgerissen hatten. Auf der vorderen Wiese blieb sie stehen und spähte in das Zimmer. Eine Kerze, ein Stuhl und Marcus, der im Sitzen eingeschlafen war. Die Wände waren kahl, und die Löcher, wo früher einmal Fotos aufgehängt worden waren, ließen sich noch erkennen. Die Bilder waren längst abgenommen, eingelagert oder weggeworfen. Kira betrachtete Marcus eine Weile, bis sie auf einmal bemerkte, dass er auch sie beobachtete. Er hatte den Kopf gehoben und die Augen geöffnet.

Er saß ruhig da, blickte zu ihr heraus und wartete, ob sie sich bewegte. Sie stand still und erwiderte den Blick.

Die Kerze flackerte.

Marcus stand auf, verschwand durch die Tür, und dann öffnete sich die Vordertür. Kira rannte spontan die Treppe hinauf, umarmte ihn und schmiegte das Gesicht an seine Brust. Er erwiderte die Umarmung und drückte sie an sich. Sie schloss die Augen und nahm ihn mit allen Sinnen wahr: seine Kraft, den Geruch, die ganze Ausstrahlung, die sie so gut kannte. Er war ein Teil ihres Lebens, solange sie zurückdenken konnte, und realer als alles andere aus der alten Welt. In jenes Leben war sie hineingeboren worden, aber dieses Leben – in East Meadow, mit Marcus und sogar mit RM – war ihre Gegenwart. Sie drückte ihn an sich, suchte sein Gesicht und fand es. In einem langen, leidenschaftlichen und verzweifelten Kuss fanden sich ihre Lippen.

»Tut mir leid, dass ich nicht mitgekommen bin«, flüsterte Marcus. »Ich habe es jeden Tag bereut, an dem du weg warst.«

»Du hättest sterben können.« Kira schüttelte den Kopf und küsste ihn wieder.

»Aber ich hätte bei dir sein sollen«, bekräftigte er mit harter Stimme. »Ich hätte da sein und dich beschützen müssen. Ich liebe dich, Kira.«

»Ich liebe dich auch«, antwortete sie leise. Eine kleine Stimme in ihrem Hinterkopf sagte: *Ich brauche diesen Schutz nicht.*

Sie überhörte die Stimme und schob sie weg. In diesem Moment wollte sie nichts als Marcus' Umarmung spüren.

»Ihr habt einen Partial erwischt, oder?«

Kira hielt inne. Eigentlich wollte sie nicht darüber reden oder nachdenken. Schließlich nickte sie. »Ja.«

»Es gibt eine Menge Gerüchte. Jeder weiß, dass die Abwehr etwas vom westlichen Ende der Insel angeschleppt hat, aber niemand verrät, was es ist. Deshalb fiel es mir nicht schwer, eins und eins zusammenzuzählen.«

Auf einmal verkrampfte sich Kira, denn sie erinnerte sich, unter welch großer Anspannung die Stadt vor ihrem Aufbruch gestanden hatte. Wie nahe sie alle dem Bürgerkrieg gewesen waren. »Glaubst du, dass es sich sonst noch jemand zusammengereimt hat?«

»Schwerlich«, antwortete Marcus. »Man kommt nicht so leicht auf den Gedanken, jemand könne einen Partial nach East Meadow mitbringen.«

»Aber der zweite, der fünfte oder der zwanzigste Gedanke könnte zutreffen. Früher oder später kommt jemand darauf.« Plötzlich war ihr kalt. Sie zog sich von Marcus zurück und rieb sich die Arme. Er legte ihr eine Hand auf den Rücken und schob sie sanft ins Hausinnere.

»Es gibt noch vieles andere, worüber wir uns Sorgen machen müssen«, sagte er ungewöhnlich ernst. »Während du fort warst, erfolgte ein großer Angriff der *Stimme*. Sie haben die Zwinger überfallen und fast alle ausgebildeten Hunde der Abwehr getötet oder verschleppt. Jetzt können wir nicht ...«

Mit rasendem Herzen fasste Kira Marcus am Arm und fiel ihm ins Wort. »Die Zwinger? Hat dort nicht Saladin gearbeitet?«

»Der Wunderknabe.« Marcus nickte. »Der jüngste Mensch auf dem Planeten. Sie haben ihn mitgenommen, als sie die Hunde verschleppten, und dazu die Hälfte der Leute, mit denen er zusammengearbeitet hat. Es war auch in psychologischer Hinsicht ein harter Schlag. Ohne die Hunde können wir die *Stimme* nicht mehr in der Wildnis verfolgen, aber ohne Saladin ... es ist, als wären sie eigens eingedrungen, um ein paar Welpen zu misshandeln und ein Kind zu verschleppen. Viele Leute verlangen, dass wir sofort in den Krieg ziehen.«

»Warum verlangen sie das?«, fragte Kira. »Die Aktion war doch offensichtlich darauf angelegt, die Einwohner wütend zu machen. Es scheint fast so, als wollten sie uns aufs Äußerste reizen. Damit gewinnen sie ganz sicher keine neuen Unterstützer. Vielleicht legen sie es wirklich auf einen Krieg an.«

»Möglicherweise wollen sie auch Lösegeld erpressen«, erwiderte Marcus. »Saladin ist eine wertvolle Beute. Sie haben auch eine Botschaft hinterlassen.«

»Eine Botschaft?«

»Nun ja, genau genommen haben sie sechs Meter Graffiti an die Zwinger geschrieben. Die Nachricht war klar und entsprach allen anderen: *Widerruft das Zukunftsgesetz!*«

Kira schob sich durch den Plastiktunnel. »Guten Morgen!« Sie sagte es, ohne nachzudenken, und fragte sich selbst warum. Seit wann betrachtete sie den Partial als Person?

Er sagte natürlich nichts. Er reagierte überhaupt nicht, und Kira fragte sich schon, ob er schlief. Sie schlich näher und bewegte sich so leise wie möglich, doch dann stöhnte und hustete er, wandte den Kopf zur Seite und spuckte aus.

»Was hast du …?« Sie erstarrte.

Der Speichel war rot vor Blut.

Kira ließ die Akten fallen und stürzte auf ihn zu, um ihm behutsam den Kopf zu heben. Das Gesicht war schwarz vor Blutergüssen und verkrustetem Blut.

»Verdammter Mist, was haben sie dir angetan?«

Er stöhnte abermals und schlug zögernd die Augen auf. »Blut.«

»Das sehe ich.« Kira lief zu den Schränken und suchte Handtücher. »Ich sehe, dass du blutest, aber warum? Was ist passiert?«

Er schwieg, drehte den Kopf herum, wobei die Halswirbel knackten, und hob den rechten Arm. Er bewegte sich etwa zehn Zentimeter, ehe die Riemen die Bewegung blockierten. Auf dem Arm hatte er schmale Schnittwunden, die hellrot verfärbt waren. »Sie haben mich geschnitten.«

Kira riss entsetzt den Mund auf. »Wer?« Das Entsetzen wich fast augenblicklich dem Zorn. »Wer war es? Die Wächter? Ärzte?«

Er nickte leicht und forschte im Mund mit der Zunge, ob noch alle Zähne vorhanden waren.

»Das ist doch lächerlich.« Kira kochte förmlich vor Wut. Sie trampelte zum Mikroskop, knurrte erbost und stampfte zurück. Was sie sich überlegt und verworfen hatte, weil es in ihren Augen unmenschlich war, hatte ein Eindringling getan. Sie schoss einen langen, kalten Blick auf eine

Kamera in der Ecke, auf das starre Auge, das emotionslos den Raum beobachtete. Sie wollte das Objektiv zerschmettern, doch dann beherrschte sie sich und atmete tief durch. Wenn sie sich aufregte, erreichte sie überhaupt nichts. Sie dachte, sie sei hier die Gute, aber ... war sie wirklich gut, wenn sie den Partial verhätschelte? Oder diente sie der Menschheit besser, wenn sie seine Grenzen testete? Sie trat zum Schreibtisch, setzte sich und starrte ins Leere. Sie wusste nicht einmal, was sie tun sollte.

Sie ließ den Kopf hängen, und während sie nach unten blickte, entdeckte sie den zerknüllten Gummihandschuh im Abfalleimer. Der Atemtest – sie musste einen Weg finden, den Atem des Partials zu isolieren, um das RM-Virus in der Luft zu suchen. Die Spore. Bisher hatte sie keine Ahnung, wie sie das bewerkstelligen sollte. Mit den Gummihandschuhen würde es sicherlich funktionieren, aber nur wenn das Versuchsobjekt mitarbeitete. Sie blickte den Partial an, der grimmig und stumm auf dem Tisch lag.

Dann stand sie auf, zupfte einen frischen Gummihandschuh aus der Schachtel und trat zum Tisch.

»Hast du einen Namen?«

Er beäugte sie wachsam. Unter dem verhaltenen, forschenden Blick fühlte sie sich, als stellte er unzählige Berechnungen über sie an.

»Warum willst du das wissen?«

»Weil ich keine Lust habe, dich immer nur Partial zu nennen.«

Er betrachtete sie noch einen Moment lang, dann lächelte er zögernd und ängstlich. »Samm.«

»Samm«, wiederholte Kira. »Ich muss zugeben, ich hätte etwas Ungewöhnlicheres erwartet.«

»Aber mit zwei M.«

»Warum zwei M?«

»Weil es auf meinem Rucksack stand«, erwiderte Samm. »Sam M. Ich wusste nicht, dass M der abgekürzte Nachname war. Ich war erst zwei Tage alt und noch nie jemandem mit einem Nachnamen begegnet. Also war es für mich einfach nur Samm. Ich benutzte den Namen in einem Bericht, und damit war es mein Name.«

Kira nickte und hockte sich neben ihn. »Samm«, sagte sie, »ich weiß, du hast keinen Grund, mir zu helfen oder mir irgendeine Bitte zu erfüllen. Aber ich möchte dir erklären, dass mir dies sehr wichtig ist. Gestern hast du vermutet, RM bereite uns immer noch große Sorgen. Das trifft zu. Alles, was ich hier tue – alles, was wir tun –, zielt darauf ab, eine Therapie zu finden. Deshalb waren wir in Manhattan. Auf dieser Insel erhalten wir keinerlei Antworten. Ich weiß nicht, ob es dir irgendwie wichtig ist, aber für mich ist es ungeheuer wichtig. Ich gäbe mein Leben her, um ein Heilmittel zu entdecken. Es klingt vielleicht verrückt, aber ich möchte dich um einen Gefallen bitten.« Sie hielt inne und hätte es sich beinahe noch einmal anders überlegt. Dann hob sie den Gummihandschuh. »Könntest du hier hinein ausatmen?«

Er zog die Augenbrauen hoch.

»Du sollst ihn für mich aufblasen«, erklärte sie. »Damit kann ich deine Atemluft isolieren und im Medicomp untersuchen.«

Er zögerte. »Sag mir deinen Namen!«

»Warum?«

»Weil ich keine Lust habe, dich immer nur Mensch zu nennen.«

Sie legte den Kopf schief und sah ihn an. Hatte er gescherzt? Seine Stimme klang so gleichmütig und emotionslos wie immer, aber dahinter glaubte sie, etwas Verspieltes zu erkennen. Stellte er eine Beziehung zu ihr her? Prüfte er sie? Der ruhige, berechnende Blick veränderte sich nicht. Was er auch tat, es musste mehr als einen Grund dafür geben. Sie schürzte die Lippen, dachte nach und entschloss sich mitzuspielen. »Ich heiße Kira.«

»Dann sage ich Ja, Kira. Ich blase deinen Gummihandschuh auf.«

Sie hielt ihm den Handschuh an die Lippen und presste ihn auf die Haut, während er kräftig hineinblies. Sie brauchten zwei Versuche, ehe alles dicht war, aber schließlich hatte sie eine kleine Atemprobe. Sie kniff den Handschuh zu. »Danke.« Dann schob sie die Probe in den Medicomp und kam sich dabei ein wenig lächerlich vor. Sobald die Kammer geschlossen war, ging sie die Fenster auf dem Bildschirm durch. Das Gerät suchte von selbst so viele bekannte Stoffe wie irgend möglich, damit Kira nicht von Hand nachforschen musste.

Gleich darauf öffnete sich in der Ecke des Bildschirms ein kleines Fenster mit einer Meldung. Das Gerät hatte in der Datenbank eine teilweise Übereinstimmung gefunden. Kira schüttelte den Kopf, als sofort danach eine weitere Meldung kam, dann noch eine, schließlich vier. Sie rief das Bild auf und fand ein bizarres Proteinmolekül, das ihr völlig unbekannt vorkam, obwohl das Gerät behauptete, etwas Ähnliches im Speicher zu haben.

Irgendetwas in Samms Atem ähnelte dem RM-Klecks stark, ohne mit ihm identisch zu sein. Kiras Finger flogen über den Bildschirm, als sie das Bild vergrößerte, rotierte und zerlegte. Es war der im Blut ansässigen Version des RM-Virus bemerkenswert ähnlich – die Größe und die Form waren vergleichbar, sogar einige Andockpunkte und Rezeptoren stimmten überein. Es war nicht exakt das RM-Virus, aber so nahe daran, dass Kira schauderte. Die geringfügigen Unterschiede waren besonders schlimm, bedeuteten sie doch, dass dies eine neue Form des Virus war. Eine neue, bislang unbekannte Variante.

Und Samm atmete sie aus.

Kira blickte zur Decke hinauf und ließ den Blick von einer zur anderen Ecke wandern. Zunächst dachte sie daran, einfach laut zu rufen, aber dann besann sie sich. Ich muss mir das in Ruhe überlegen, dachte sie. Zuerst einmal war sie nicht krank. Sie hatte keinerlei Symptome, ihr war nicht unwohl, nichts deutete auf einen krankhaften Virenbefall hin. Während sie den Bildschirm genauer betrachtete und das Objekt untersuchte, wurde ihr klar, dass es wie RM aussah, aber keineswegs einem Virus ähnelte. Ein Virus hatte einen Kern, ein kleines Paket mit genetischen Informationen, die in die Wirtszelle eindrangen und sie veränderten. Die Objekte, die Samm ausatmete, besaßen keine Nutzlast. Sie suchte sorgfältig danach und ging die verschiedenen Schichten der Abbildung durch, um die Struktur genau zu erforschen. Soweit sie es sagen konnte, besaß dieses neue Partikel nicht die Möglichkeit, sich zu reproduzieren. Es war im Grunde eine nicht ansteckende Version des Virus.

Was es auch war, das Ding gab Kira reichlich Stoff zum Nachdenken. Sie verglich das Bild mit anderen Eintragungen in der Datenbank und suchte nach Hinweisen auf seinen Zweck oder seine Funktion. Zwei Möglichkeiten, die sie sofort auf dem Block notierte, drängten sich förmlich auf: zuerst einmal, dass Samms Körper fähig gewesen war, den Klecks zu produzieren, diese Fähigkeit aber irgendwie verloren hatte, sodass nur noch diese ungefährlichen Objekte herauskamen, die nicht wie Viren wirkten. Es war ein verkümmerter Rest, ähnlich dem menschlichen Wurmfortsatz. Ein Hinweis auf eine frühere Funktion. Kira starrte auf die Notizen und dachte darüber nach. Verbreiteten die Partials RM auf diese Weise? Atmeten sie es einfach aus und töteten damit alle Menschen? Aber wie war die Funktion wieder verschwunden?

Was hatte den Schalter umgelegt und das tödliche Virus deaktiviert? Die Partials sind künstlich hergestellt, überlegte sie. Ein Schalter wie dieser und die Möglichkeit, ihn zu betätigen, müssen von Anfang an eingebaut gewesen sein. Aber wer hat den Schlüssel und kann ihn umlegen?

Kira überlief es kalt, und sie bekam einen Knoten im Bauch, als sie länger darüber nachdachte. Die zweite Annahme über das Partikel war sogar noch schlimmer. Demnach wäre das Objekt in Samms Atem der Vorläufer des aktiven Virus, das sich bei Kontakt mit menschlichem Blut in den tödlichen Klecks verwandelte. War dies das Geheimnis? Waren die Partials deshalb immun? Ein Virus, das erst gefährlich wurde, wenn es ein menschliches Ziel fand? Das war die schlimmste Erklärung überhaupt, denn sie bedeutete, dass Kira nichts Nutzbares in der Hand hatte. Es gab keinen Abwehrmechanismus, den sie von den Partials auf Menschen übertragen konnte, um das Virus zu bekämpfen. Wenn RM spezifisch und zielgenau für Menschen konstruiert war, dann bestand die einzige Verteidigung darin, kein Mensch zu sein.

Vielleicht musste man ein Partial werden, um zu überleben.

Kira schüttelte den Kopf, warf den Notizblock auf den Tisch und schob den Gedanken beiseite. So durfte sie nicht denken, darauf würde sie sich nicht einlassen. Im genetischen Code der Partials musste es etwas geben, um das Virus wirkungslos zu machen, und es musste einen Weg geben, diesen Schutz zu kopieren und auf den genetischen Code der Menschen umzusetzen. Sie würde es finden. Bisher wusste sie jedoch nur, dass Samms Behauptung nicht zutraf. Die Partials besaßen auf eine sehr grundlegende Weise eine Verbindung zum RM-Virus. Doch worin genau bestand sie?

Sie tippte auf den Bildschirm und öffnete die Beschreibung des Partikels, um ihm einen Namen zu geben. Die im Blut existierende Form war der Klecks, weil sie so groß war. In der Luft schwebte die Spore, da sich das Virus offenbar auf diese Weise ausbreitete. Dieses neue Objekt nannte sie den Schläfer, weil es keine offensichtliche Funktion hatte. Er lag nur auf der Lauer und wartete offenbar auf die richtige Gelegenheit zum Zuschlagen.

»Du wirst nicht finden, was du suchst.«

Schon wieder fuhr Kira auf. Samm hatte ein eigenartiges Timing. Aber sie wurde neugierig. »Woher weißt du überhaupt, was ich suche?«

»Du suchst nach einer Lösung.«

»Ich suche nach einem Heilmittel.«

»Das Heilmittel ist nur ein Teil davon«, erwiderte Samm. »Du suchst eine Lösung für deine Probleme: Rebellen, Seuchen, politische Unruhen, Bürgerkrieg. Du hast große Angst, und es trifft ja auch zu – alles in eurem Leben ist ziemlich beängstigend. Du suchst nach einem Weg, um dort herauszukommen und euer Leben wieder in die richtigen Bahnen zu lenken. Die Antworten findest du jedoch nicht, wenn du lediglich RM heilst. Das weißt du auch.«

Er hat uns belauscht, dachte Kira. Eine Menge davon hat er während der Anhörung aufgeschnappt, aber nicht alles. Gewiss nicht das, was die *Stimme* angeht. Er hat aufgepasst und es sich zusammengereimt. Ihr erster Impuls riet ihr, ab sofort eisern zu schweigen, damit der Partial nicht noch mehr Erkenntnisse gewann. Andererseits war er gefesselt und hatte nur noch vier Tage zu leben. Wie konnte ihm der Rückschluss auf einen drohenden Bürgerkrieg bei der Flucht helfen?

Sie fühlte sich eingesperrt und trat an Samm vorbei, um ein Fenster zu öffnen und frische Luft einzulassen.

Das Fenster rührte sich nicht. Sie stemmte sich so fest wie möglich dagegen und verfluchte murmelnd den Senat, der sie in eine Zelle eingesperrt hatte. Dann wurde ihr bewusst, dass ein Operationssaal steril sein musste. Sie kam sich dumm vor, weil sie überhaupt versucht hatte, das Fenster zu öffnen, und fluchte noch nachdrücklicher als zuvor.

»Wir wollen nicht, dass ihr sterbt«, sagte Samm.

Mit heißem, gerötetem Gesicht fuhr Kira zu ihm herum. »Warum habt ihr uns dann umgebracht?«

»Ich sagte schon, wir haben RM nicht geschaffen.«

»Was ich in deinem Atem fand, widerspricht deiner Behauptung.«

Falls dies für Samm neu war, ließ er es sich nicht anmerken. »Hätten wir euch umbringen wollen, dann wärt ihr tot«, fuhr Samm fort. »Das ist keine Drohung, sondern eine Tatsache.«

»Was wollt ihr dann von uns?«, fragte Kira. »Warum habt ihr uns am Leben gelassen? Was plant ihr? Wart ihr deshalb in Manhattan?«

Er zögerte einen Augenblick lang. »Vermutlich tätest du alles, um das Überleben der Menschheit zu sichern. Wie weit gehst du dafür?«

»Was redest du da?«, fragte sie. »Was willst du andeuten?«

Er blickte in die Ecke, wo die Kamera alles aufzeichnete, was sie taten und sagten. Er schloss den Mund und blickte zur Decke hinauf.

»Nein.« Kira beugte sich über ihn. »Du kannst nicht so etwas sagen und dann verstummen. Warum hast du zu reden begonnen, wenn du es nicht zu Ende bringen willst?«

Er antwortete nicht und erwiderte nicht einmal ihren Blick.

»Meintest du das gestern? Du kannst es uns nicht sagen, weil du nicht sterben willst? Ich habe Neuigkeiten für dich, Samm: Du wirst sowieso sterben. Wenn du etwas zu sagen hast, dann sag es! Du warst aus einem bestimmten Grund in Manhattan. Willst du nun behaupten, es habe mit RM zu tun?«

Sie wartete eine geschlagene Minute, doch er schwieg, und sie wandte sich verärgert zum Fenster und klatschte die flache Hand gegen die Scheibe. Das Geräusch hallte zurück, aber wie aus weiter Ferne. Das ist aber seltsam, dachte sie. Sie runzelte die Stirn, betrachtete das Fenster und schlug noch einmal darauf, um herauszufinden, woher das Geräusch gekommen war. Dieses Mal passierte nichts. Sie beugte sich vor, und auf einmal hörte sie in der Stadt eine Reihe lauter Explosionen. Irgendwo hinter den Bäumen, wo die Geräusche entstanden waren, stieg eine Rauchwolke auf. Es war höchstens einige Blocks yentfernt. Das Knattern hörte nicht auf, es waren kurze, schnelle Ausbrüche, doch erst als sie die Menschen rennen sah, erkannte sie es.

Automatische Waffen. Die Stadt wurde angegriffen.

20

»Die *Stimme*«, sagte Senator Weist. Kira saß mit Mkele und den fünf Senatoren, die bereits an der Anhörung teilgenommen hatten, in einem Konferenzraum des Krankenhauses. Eine so angespannte Atmosphäre hatte sie noch nie erlebt. »Das Rathaus wurde getroffen. Es war das stärkste Team, das bisher vorgestoßen ist, mindestens vierzig Rebellen, und wir haben keinen einzigen lebend erwischt.«

»Was wäre geschehen, wenn wir dort gewesen wären?«, fragte Hobb. Das wellige Haar war feucht von Schweiß, und sein Gesicht war bleich, als er rastlos im Zimmer hin und her schritt. »Wir haben nicht genug Wächter für solche ...«

»Der Senat war nicht das Ziel«, schaltete sich Mkele ein. »Da keine Sitzung anberaumt und kein Senator zugegen war, gab es auch nur eine schwache Bewachung. Offensichtlich war es ihr Ziel, mit möglichst wenig Widerstand in das Gebäude einzudringen.«

»Also ein Raubüberfall?«, fragte Delarosa. »Das verstehe ich nicht. Alles, was im Rathaus lagert, lässt sich doch viel leichter draußen auf dem Land beschaffen.«

»Sie haben den Partial gesucht«, erklärte Mkele. Es wurde still im Raum. »Die Gerüchte kursieren bereits. Deshalb habe ich Miss Walker zu dieser Runde eingeladen.«

»Einer der Soldaten oder Kira hat geplaudert«, erklärte Senatorin Kessler. »Wir hätten ihr nicht vertrauen dürfen.«

Kira wollte protestieren und legte sich gerade die erlesensten, schrecklichsten Beleidigungen zurecht, die sie Senatorin Kessler in das überhebliche Gesicht schleudern wollte, doch Mkele kam ihr zuvor.

»Hätte Kira etwas ausgeplaudert, dann hätte man das Krankenhaus angegriffen«, wandte er ein. »Sehr viel wahrscheinlicher weiß die *Stimme* nicht genau, was wir in Händen haben, abgesehen davon, dass es wertvoll sein muss. Offensichtlich wussten die Rebellen nicht, wo es zu finden ist. Auch die Botschaft an dem Gebäude ist sehr allgemein gehalten: *Der Senat belügt euch. Was hat er zu verbergen?* Hätten sie gewusst, was wir der Öffentlichkeit verheimlichen, dann hätten sie es hingesprüht.«

»Nur wenn sie einen Aufstand anzetteln wollen«, warf Weist ein. »Wenn die Sache mit dem Partial durchsickert, passiert genau das.«

»Ein Aufstand scheint momentan ihr einziges einleuchtendes Ziel zu sein«, räumte Delarosa ein. »Nur so können sie genug Unruhe stiften, um die Macht zu übernehmen.«

»Wenn man berücksichtigt, wie wenig wir letztendlich verloren haben, hat uns der Angriff eher genutzt als geschadet«, gab Mkele zu bedenken. »Die Informationen, die die *Stimme* hatte, und die Informationen, die sie offensichtlich nicht hatte, geben mir wertvolle Hinweise auf ihre Spionagetätigkeit.«

»Das ist ja großartig«, höhnte Hobb. »Aber was war vor dem Angriff? Wie ist unser Geheimnis zu ihnen gelangt? Wenn Sie so über den Dingen stehen, warum haben Sie es dann nicht von vornherein verhindert?«

»Falls Sie dachten, dies bleibe in einer so kleinen Gemeinschaft vollständig geheim, haben Sie sich etwas vorgemacht«, erklärte Mkele. »Ich habe mich von Anfang an dagegen ausgesprochen, den Partial hierherzuholen.«

»Wir haben unsere Entscheidung aufgrund Ihrer Zusicherungen getroffen«, antwortete Kessler. »Falls es in der Abwehr ein Leck gibt, müssen Sie es finden ...«

»Wir wussten genau, worauf wir uns einlassen«, versicherte Delarosa. »Wenn unser Plan mit Miss Walker Erfolg hat, war es das Risiko wert. Die möglichen Vorteile überwiegen die Nachteile bei Weitem.«

»*Falls* es funktioniert.« Kessler warf Kira einen scharfen Blick zu. »Und *falls* die *Stimme* keinen Großangriff startet, ehe wir fertig sind. Das sind ziemlich viele Unwägbarkeiten.«

Die reden über meine Arbeit, als wären sie diejenigen, die alles leisten, dachte Kira. Zuerst wollte sie protestieren, aber dann hielt sie sich zurück. Nein, sagte sie sich. Wenn wir ihrer Behauptung nach zusammenarbeiteten, dann legen sie Wert auf einen guten Ausgang. Sie unterstützen das Projekt. Es spielt keine Rolle, wer gelobt wird, wenn nur ein Heilmittel gefunden wird.

»Viele Unwägbarkeiten«, griff Hobb die Bemerkung auf, »und es muss nur einmal etwas schiefgehen, damit wir als Verräter und Kriegsverbrecher dastehen. Weist hat recht, was die Unruhen angeht. Wenn bekannt wird, dass wir einen Partial in Gewahrsam haben, wird niemand mehr auf Erklärungen warten. Sie werden alles zertrümmern, was sie in die Finger bekommen, bis sie ihn gefunden haben, und dann werden sie auch den Partial vernichten.«

»Dann müssen wir ihn verlegen«, schloss Skousen daraus. »Der Angriff auf das Rathaus war ein feindseliger Akt. Wenn die *Stimme* das Krankenhaus aufs Korn nimmt, wird es gefährlich – für die Patienten, für die Einrichtungen, für das Gebäude selbst.«

»Wir können ihn nicht verlegen«, wandte Kira ein. »Das Nassau Hospital ist die einzige Einrichtung auf der Insel, die alle Ressourcen besitzt, die zur Untersuchung notwendig sind. Nirgends sonst steht eine solche Ausrüstung zur Verfügung.«

»Am besten überhaupt nichts sagen!«, schlug Mkele vor. »Senator Weists erste Reaktion war richtig, wie meine Simulationen mir verraten. Wenn bekannt wird, dass wir mitten in East Meadow einen Partial verstecken, gibt es einen heftigen, gewaltsamen Ausbruch. Die Menschen werden sich auflehnen oder in Massen zur *Stimme* überlaufen. Ich empfehle, die Streifen zu verdoppeln und die Wachen vor dem Senat zu verdreifachen.«

»Warum machen wir die Sache komplizierter, als sie ist?«, fragte Kessler. »Wir sollten das Ding einfach hinrichten, und die Sache ist erledigt.«

»Wir können immer noch eine Menge von ihm lernen«, wandte Kira ein und unterbrach sich, als Kessler ihr einen wütenden Blick zuwarf. Was hat die Frau denn bloß?, schien sie zu denken.

»Dem pflichte ich bei«, sagte Mkele. »Wir müssen allerdings entscheiden, ob der Nutzen, den wir aus der Untersuchung des Partials ziehen können, das Risiko wert ist. Miss Walker, können Sie uns einen Bericht über Ihre Fortschritte geben?«

Kira sah Mkele an und wandte sich dann an die Senatoren. »Wir brauchen fünf Tage«, sagte sie rasch.

»Wir wollen einen Bericht und nicht Ihre Meinung hören.«

»Die Tests haben bereits wertvolle medizinische Informationen ergeben«, sagte Kira. »Schon der erste Bluttest verriet uns mehr über die Physiologie der Partials, als wir bisher wussten. Er hat verstärkte Blutplättchen ...«

»Es«, unterbrach Skousen.

Kira runzelte die Stirn. »Wie bitte?«

»*Das* Versuchsobjekt hat verstärkte Blutplättchen«, wiederholte Skousen. »Sie reden über eine Maschine, Kira, und über keine Person.«

Kira ließ den Blick durch den Raum wandern und entdeckte eine Mischung aus Misstrauen und Zorn in den Augen der Senatoren. All das richtete sich gegen sie, weil sie im Namen des Feinds zu sprechen schien. Das durfte sie nicht tun, solange die Senatoren überlegten, wann sie ihn endlich töten konnten. Seit wann betrachtete sie ihn überhaupt als Person? Sie nickte gehorsam und blickte zu Boden, um so harmlos wie möglich zu erscheinen. »Entschuldigung, ich habe mich versprochen. Das Untersuchungsobjekt hat ein verstärktes Blutplättchensystem, mit dessen Hilfe es Schnittwunden und andere Verletzungen äußerst schnell heilen kann, mehrfach schneller als bei einem gesunden Menschen.«

Weist rutschte auf seinem Stuhl hin und her. »Glauben Sie, diese ... diese verstärkten Selbstheilungskräfte könnten uns helfen, RM zu heilen?«

»Möglicherweise«, antwortete Kira, obwohl es ihrer Ansicht nach unwahrscheinlich war. Sie musste jedoch Optimismus wecken. »Noch interessanter ist eine Beobachtung, die ich heute Morgen gemacht habe.« Auch dies übertrieb sie, doch sie musste sich ein wenig mehr Zeit erkaufen. »Der Atem des Partials enthält Spuren des neutralisierten RM-Virus.«

Die Senatoren gaben überraschte Laute von sich. Hobb lächelte sogar. Kira begriff sofort, wie erfreut sie waren, und sprach hastig weiter. »Ich habe den Atem des Partials untersucht, um festzustellen, ob Hinweise auf durch die Luft übertragbare Viren zu finden sind. Diese Viren habe ich als Sporen bezeichnet, doch an ihrer Stelle fand ich eine deaktivierte, nicht ansteckende Form des Virus, die im Blut vorkommt. Es sieht in jeder Hinsicht so aus, als hätte jemand ein RM-Virus seiner virologisch bedeutsamen Anteile beraubt – es kann sich nicht vervielfältigen, es breitet sich nicht aus, es bewirkt überhaupt nichts. Das ist der bisher klarste Beweis, dass die Biologie der Partials uns helfen könnte, RM zu besiegen.«

Delarosa nickte. »Ich bin beeindruckt.« Sie blickte zu Skousen hinüber. »War Ihnen dies schon bekannt?«

»Sie hat es erst heute Morgen entdeckt, und ich hatte noch nicht die Zeit, ihre Berichte durchzulesen«, antwortete Skousen. Der alte Arzt wandte sich schwerfällig an Kira. »Sind Sie sicher, dass es sich um das neutralisierte RM-Virus handelt und nicht eher um eine Form, die nur darauf wartet, aktiv zu werden?«

Ich wusste, dass er mich darauf anspricht, dachte Kira. »Das untersuche ich noch.«

»Nachdem Sie nicht wissen, was es ist, scheinen Sie mir doch etwas voreilig solche Schlussfolgerungen zu ziehen.«

»Die wenigen Hinweise, die ich habe, deuten darauf hin, dass die Schlussfolgerung zutrifft«, beharrte Kira. »Wäre es ein neues Virus, dann müssten wir irgendwo die Auswirkungen entdecken – neue Symptome, neue Patienten, eine Epidemie. Er – *es* – befindet sich seit einigen Tagen in unserem Gewahrsam, und niemand ist erkrankt. Ich habe mich länger als jeder Mensch in seiner Gegenwart aufgehalten, und es geht mir gut.«

»Und wenn es nun kein neues Virus ist?«, fragte Skousen. »Wenn es das alte RM-Virus ist, gegen das wir alle immun sind, sodass die Probe inaktiv bleibt?«

»Das ist durchaus möglich«, antwortete Kira, »aber auch die andere Theorie kann zutreffen. Es könnte ein gutes Zeichen sein, und meiner Ansicht nach ist dies die bisher beste Spur. Dies ist ehrlich gesagt viel mehr, als ich nach anderthalb Tagen zu finden hoffte.«

»Möglicherweise ist da was dran«, stimmte Weist zu. Er beugte sich vor und blickte die anderen Senatoren an. »Wenn es nun wirklich eine Therapie gibt?«

»Wir fahren fort wie geplant.« Delarosa warf Weist einen Blick zu, der nach Kiras Ansicht übertrieben hart war. »Miss Walker, ich stimme Ihrer Einschätzung zu. Ob etwas dabei herauskommt oder nicht, diese Erkenntnisse verlangen eine Vertiefung. Bringen Sie in Erfahrung, was Sie herausfinden können, und zögern Sie nicht, alles anzufordern, was Sie brauchen.«

»Ich brauche Blut von einem Neugeborenen«, entgegnete Kira sofort. Sie schnitt eine Grimasse, weil ihr bewusst war, wie grässlich die Bitte war, und wünschte, sie hätte es etwas zurückhaltender formuliert. »Wenn das nächste Mal ein Baby geboren wird, brauche ich eine Blutprobe, die schon während des Durchschneidens der Nabelschnur genommen werden muss. Ich will den Ablauf der Infektion untersuchen, deshalb ist es wichtig, die Probe möglichst früh zu nehmen.«

Delarosa blickte Skousen fragend an, der seufzend nickte. Sie wandte sich wieder an Kira. »Wir werden unser Möglichstes tun.«

»Aber wie ist es um die Sicherheit bestellt?«, fragte Skousen. »Ein Angriff der *Stimme* auf das Krankenhaus wäre eine Katastrophe.«

Delarosa starrte den Tisch an und dachte lange nach. »Mister Mkele, dies ist Ihr Fachgebiet.«

»Wir setzen weitere Wachen ein«, schlug Mkele vor. »Doch hinsichtlich des Krankenhauses sollten wir vorsichtig sein. Wenn die *Stimme* bemerkt, dass wir nur dort die Sicherheitskräfte verstärken, wird als Nächstes die Klinik angegriffen.«

»Dann verlegen wir den Senat dorthin«, schlug Hobb vor. »Dann glaubt man, die verstärkten Sicherheitsvorkehrungen hätten mit uns zu tun.«

Mkele schüttelte den Kopf. »Das verschlimmert das Problem nur. Der Senat sollte weiterhin im Rathaus tagen ...«

»Sind Sie verrückt?«, fiel Hobb ihm ins Wort.

»Die *Stimme* hat das Rathaus schon durchsucht«, erklärte Mkele ihm. »Und man hat das Gesuchte nicht gefunden. Dort wird man nicht noch einmal angreifen. Wir müssen den Rebellen ab sofort viele Ziele bieten, damit sie den richtigen Ort nicht entdecken. Wir verstärken die Streifen in der ganzen Stadt und ziehen Soldaten von LaGuardia hinzu, außerdem stellen wir an allen wichtigen Stellen in East Meadow Polizeiposten auf. Keine unserer Handlungen gibt einen Hinweis darauf, was wir verstecken und wo wir es verstecken. Die *Stimme* muss sich auf ihre eigenen, offensichtlich schlechten Informanten verlassen. Das verschafft uns wenigstens etwas Zeit.«

»Wie viel Zeit?«, fragte Senator Weist.

Mkele wandte sich an Kira. »Wir brauchen doch nur noch dreieinhalb Tage, oder? Dann zerstören wir das Versuchsobjekt und sind fertig.«

Senator Hobb hob eine Hand. »Es reicht nicht aus, es einfach zu zerstören. Die Wahrheit wird irgendwann durchsickern, und uns darf keine Schuld treffen. Das ist die einzige Möglichkeit, die Kontrolle nicht zu verlieren.«

»Kontrolle?«, fragte Kira. Sie hatte Isolde angefaucht, als diese sich in gleicher Weise geäußert hatte. Entsprach es am Ende doch der Denkweise des Senats?

Delarosa wandte sich mit kaltem, durchdringendem Blick an Kira. »Ja, Kontrolle. Die zunehmenden Unruhen auf der Insel dürften Ihnen doch nicht entgangen sein.«

»Ja, sicher, aber ...«

»Die *Stimme*?«, fuhr die Senatorin fort. »Die terroristischen Angriffe auf Unschuldige? Die sehr reale Möglichkeit eines Bürgerkriegs, der die erbärmlichen Überreste der Menschheit endgültig in Stücke reißt? Was sollen wir denn in dieser Situation Ihrer Ansicht nach tun, wenn wir die Situation nicht kontrollieren dürfen?«

»So meinte ich es doch nicht«, antwortete Kira.

»Aber genau das deuten Sie an«, widersprach Delarosa. »Sie deuten an, Kontrolle sei schlecht, und die Menschen würden – überließe man sie sich selbst – die Probleme auch ohne unsere Hilfe lösen. Sie können doch nicht ernsthaft unsere Gesellschaft betrachten und behaupten, alles werde sich von selbst regeln.«

Kessler lauerte bereits auf eine passende Gelegenheit, doch Kira ließ sich nicht beirren. »Ich meine damit, dass Sie vielleicht zu großen Druck ausüben. Die *Stimme* greift vor allem das Zukunftsgesetz an und ist offenbar der Ansicht, Sie würden zu sehr auf Kontrolle setzen und die Menschenrechte vernachlässigen.«

»Haben Sie denn Alternativen?«, fragte Delarosa. »Sollen wir zurückweichen? Unser Ziel aufgeben, doch noch gesunde, immune Kinder zu bekommen? Auch uns liegt die Zukunft der Menschheit, auf die Sie sich selbst so oft beziehen, am Herzen. Wir haben das Zukunftsgesetz erlassen, um unsere Aussichten zu verbessern, lebensfähige Kinder zu bekommen. Das ist die einfachste und wirkungsvollste Methode. Gewiss, viele haben sich beschwert, aber manchmal entsteht eine Lage, in der Klagen und Bürgerrechte zurücktreten müssen, weil es schlicht und ergreifend ums Überleben geht.« Sie legte den Stift weg und faltete die Hände. »Wissen Sie, was ich vor dem Zusammenbruch getan habe, Miss Walker?«

Kira schüttelte den Kopf.

»Ich habe als Zoologin bedrohte Arten zu retten versucht. Zuletzt war ich für die gesamte Weltpopulation weißer Nashörner zuständig. Für alle zehn, darunter zwei Bullen. Haben Sie eine Vorstellung, was aus ihnen geworden ist, als die Welt ringsum zusammenbrach?«

»Nein, Madam.«

»Ich habe die Tore geöffnet und sie freigelassen. Ich habe die Kontrolle aufgegeben.« Sie hielt inne. »Eins wurde noch am selben Abend von einem Berglöwen gerissen. Am nächsten Morgen bin ich auf dem Weg zu einem Bunker an dem Kadaver vorbeigekommen.«

»So läuft das also, ja?« Kira schüttelte sich, um den Kälteschauer zu vertreiben. »Wir sind nur eine bedrohte Art in Ihrem Zoo.«

»Wollen Sie das denn bestreiten?«, gab Delarosa zurück.

Kira biss die Zähne zusammen und suchte fieberhaft nach einer Antwort, die der Senatorin nicht geradewegs in die Hände spielte. »Wir sind mehr als zehn.«

»Gott sei Dank!«

Kira betrachtete die Reihe der Senatoren, hinter denen Mkele unbewegt stand. Ihr fiel nichts mehr ein.

»Die Welt ist ein Scherbenhaufen«, erklärte Hobb. »Das wissen wir. Sie müssen begreifen, dass wir so erfolgreich wie möglich die Welt zu retten versuchen. Sehen Sie sich um! Skousen ist der beste Mediziner auf der Welt. Delarosa ist die beste Administratorin, der ich je begegnet bin, und Kessler haben wir es zu verdanken, dass wir frische Lebensmittel bekommen. Sie hat im Grunde unsere Landwirtschaft und den Markt geschaffen. Sie arbeiten Tag und Nacht, um die Probleme zu lösen, die Sie nicht einmal ansatzweise verstanden haben, und sie tun es seit einer Zeit, da Sie noch nicht richtig lesen konnten. Es gibt Pläne und Notfallpläne, von denen Sie nicht das Geringste ahnen. Bitte vertrauen Sie uns!«

Kira nickte bedächtig und legte sich ihre Argumente zurecht. »Sie haben recht«, sagte sie. »Genau das habe ich gesagt, als wir unsere Mission in Manhattan geplant haben: Nichts ist wichtiger, als dafür zu sorgen, dass wir eine Zukunft haben. Ich war bereit, dafür alles zu opfern.«

»Genau«, stimmte Delarosa zu.

»Dann ...« Kira unterbrach sich. »Ihr Plan für die Zukunft ist demnach das Zukunftsgesetz, und Ihr Plan für die Kontrolle ist die Ausschaltung des Partials, damit Sie gut dastehen, wie Senator Hobb sagte.«

»In gewisser Weise trägt das zur Aufrechterhaltung der Ordnung bei«, bestätigte Hobb.

Kessler schnaufte empört. »Sie müssen ihr nicht alles haarklein vorkauen.«

»Welche Rolle spielt dann meine Arbeit?«, fragte Kira. »Wie passt es da hinein, wenn ich eine Therapie finde?« Sie runzelte die Stirn. »Ist Ihnen das überhaupt wichtig?«

»Pläne und Alternativpläne«, antwortete Hobb. »Wenn Sie etwas finden, nehmen wir es gern in Anspruch, aber wenn nicht ... Wir müssen gewappnet sein.«

»Vergessen Sie nicht, dass absolut niemand davon erfahren darf«, ermahnte Delarosa sie. »Wir haben Sie zunächst ins Vertrauen gezogen, weil Sie uns gezwungen haben, und dann noch einmal, weil Sie sich als intelligent und fähig erwiesen haben. Doch seit dem Moment, als Sie den Fuß wieder auf diese Insel gesetzt haben, müsste Ihnen eines klar sein: Falls jemand herausfindet, was wir tun, gibt es nicht nur einen Aufstand. Dann kommt es zur Revolution.«

21

Kira kehrte nicht unmittelbar ins Labor zurück, sondern suchte die Cafeteria auf. Sie brauchte Zeit zum Nachdenken.

Was plante der Senat? Irgendwie wusste sie, dass die Senatoren recht hatten, aber die Stimme im Hinterkopf, die zur Wachsamkeit mahnte, wollte nicht verstummen. Die Senatoren gingen die gleichen Probleme an wie sie selbst, allerdings waren die Lösungsansätze völlig unterschiedlich. Kira wollte RM heilen, während die Senatoren die Forschungen vor allem als Möglichkeit betrachteten, die Kontrolle aufrechtzuerhalten. Gewiss, es gab gute Gründe, die öffentliche Ordnung zu hüten. Die Gesellschaft von East Meadow war alles andere als stabil, und um die Gruppen draußen im Umland stand es sogar noch schlechter. Die Menschen brauchten eine starke Führung und eine starke Hand, die ihnen den Weg wies.

Trotzdem.

Sie schloss die Augen, atmete tief durch und regte sich ab. Sorg dich nicht mehr um den Senat und geh wieder an die Arbeit!, sprach sie sich gut zu.

Kira schritt rasch durch die Flure und achtete nicht auf das geschäftige Treiben in der Klinik. Sie nickte Shaylon zu, der an der Tür Wache hielt, und betrat das Labor. Das Gebläse fauchte, die Dekontaminationsapparate summten im Boden, und dann stand sie vor ihm. Er war unverändert auf dem Tisch festgeschnallt, die Arme waren abgespreizt, die dunklen Augen blickten ernst zur Decke. Er warf ihr einen Blick zu, als sie eintrat, dann starrte er wieder nach oben.

Sie tippte auf den Bildschirm des Medicomp, um ihn zu aktivieren, und stellte fest, dass die Atemanalyse noch geöffnet war. Der Scanner hatte seine Arbeit getan und Tausende bekannter Partikel aufgelistet. Die meisten organischen und anorganischen Stoffe waren bekannt: die üblichen Gase, die beim Ausatmen anfielen, Bruchstücke von abgestoßenen Hautzellen, mikroskopisch kleine Staubteilchen, Spuren von Mineralien und ein paar verbreitete Bakterien. Nichts Besonderes. Die Liste der unbekannten Partikel bot dagegen einige Überraschungen. Sie ließ sich alles anzeigen und fuhr mit dem Finger auf und ab. Nacheinander erschienen die Abbildungen bizarrer chemischer Stoffe auf dem Bildschirm. Einige Moleküle waren sehr groß, andere klein, alle waren seltsam geformt und unglaublich fremdartig. So etwas hatte sie noch nie gesehen. Als sie die Liste durchging, fiel ihr auf, dass viele Abbildungen einander ähnelten. Die Bestandteile ließen sich in mehrere Hauptkategorien einteilen. Sie sortierte die Abbildungen, untersuchte die Moleküle und markierte Schlüsselsequenzen, erzeugte Untergruppen und brachte dem Medicomp bei, wie er die unterschiedlichen Teile zu unterscheiden hatte. Bald arbeitete er sich selbstständig durch die Liste und ordnete die Bestandteile in neun Haupttypen ein. Eine zehnte Gruppe enthielt Ausreißer, die nicht zu den anderen passten. Die Funktion blieb jedoch rätselhaft. Kira konnte dies nicht dadurch klären, dass sie die Moleküle einfach nur anstarrte. Was immer sie darstellten, Samms Körper war voll davon.

Kein Bestandteil war auch nur annähernd so komplex wie der Schläfer, und keines ähnelte irgendeiner Substanz, die Kira je gesehen hatte. Es waren keine Fasern, keine Essensrückstände, keine Mineralien und kein Plastik. Sie betrachtete den Partial, dann wieder den Bildschirm, schürzte schließlich die Lippen und stand auf. Die Moleküle waren viel zu häufig und zu stark verbreitet, um zufällig entstanden zu sein. Also dienten sie offensichtlich einem Zweck, und sein Körper musste Organe besitzen, in denen sie erschaffen oder aufgenommen wurden, um diesem Zweck gerecht zu werden. Vielleicht hatten sie mit seiner Widerstandskraft zu tun? Es gab nur eine Möglichkeit, dies herauszufinden. Sie trat zum Operationstisch, entsperrte die Räder und rollte ihn durch den Raum. Sie hatte damit gerechnet, dass Samm sie nach ihrem Vorhaben fragen werde, doch er schwieg.

Sie zog ihn zum Ganzkörperscanner, einem schweren Gerät, das fast so groß war wie eins der Autos, die draußen auf dem Parkplatz verrosteten. Dies war die große Kanone in ihrem medizinischen Arsenal. Der Scanner konnte Schicht um Schicht und Stück für Stück einen ganzen Körper abtasten. Sie drückte auf den Knopf, um ihn zu aktivieren, und kehrte zum Medicomp zurück, während das Gerät hochlief. Die Definitionen, die sie für die Kategorien geschaffen hatte, waren inzwischen durch einige klare Bilder ergänzt worden. Sie fixierte die Bilder, bevor sie sich aus dem Medicomp ausklinkte und den Bildschirm vorsichtig zum Ganzkörperscanner trug. Der Bildschirm besaß für sich genommen schon eine enorme Rechenleistung, doch das war nichts im Vergleich zu den Sensoren, mit denen er sich verbinden konnte. Kira schob ihn in den Scanner, wo er mit einem Klicken einrastete, und ein paar Eingaben später war die Maschine bereit. Der Scanner würde Samms Lungen, die Kehle und die Nasenhöhle abtasten, um den geheimnisvollen Bestandteilen seiner Atemluft nachzuspüren.

Dann konnte sie hoffentlich erkennen, woher sie kamen und wohin sie gesandt wurden. Anschließend musste sie sich die Zusammenhänge zusammenreimen. Kira schob die Sensoren aufwärts in die richtige Position, bis sie mitten über Samm schwebten. Die Sensoren steckten in einem dicken und schweren Ausleger mit einer weißen Plastikhülle. Dies war sicherlich der schwerste Gegenstand im Raum, doch er war gut ausbalanciert und leicht beweglich. Sie tippte auf *Start*, und der Ganzkörperscanner nahm die Arbeit auf.

Kira beobachtete den Bildschirm, um sofort zu erkennen, was dabei herauskam. Es ging nicht besonders schnell. Nervös trommelte sie mit den Fingern auf das Gehäuse des Apparats, dann wandte sie sich um und trat ans Fenster. Obwohl er beharrlich schwieg, hätte sie Samm gern gefragt, ob er wusste, worum es sich bei den Partikeln handelte, aber da der Scan begonnen hatte, hätte jede größere Bewegung den Abtastvorgang gestört. Nach einer Weile drehte sie sich wieder um und betrachtete ihn. Reglos wie ein Fels lag er da. Beinahe so, als hielte er absichtlich besonders still.

Als sich auf dem Bildschirm etwas tat, eilte sie sofort hinüber und ging die Daten durch. Der Scanner hatte schon einige Bilder erzeugt und eingeordnet. Sie überflog die Liste und öffnete die Abbildung einer Komponente, die als *M* bezeichnet war. Das Teilchen war wie ein Hufeisen geformt, und der Scanner hatte in Samms Körper mehrere Gebilde gefunden, die möglicherweise damit zusammenhingen: eines in der Nasenhöhle, die anderen in den Lungen. Kira vergrößerte sie, rief sie nebeneinander auf den Bildschirm und betrachtete sie. Die Gebilde wirkten fast wie Drüsen, wenngleich sie Kira nicht bekannt vorkamen. Das Objekt in der Nasenhöhle war deutlich größer, und der Scanner hatte inzwischen Querverbindungen zu anderen Dateien hergestellt. Kira rief die Liste auf und arbeitete sie rasch durch. Das Ergebnis überraschte sie. Der Scanner hatte das Organ mit sämtlichen Komponenten verbunden, die er bislang entdeckt hatte. In jedem Lungenflügel gab es eigene kleine Drüsen, die ebenfalls ausnahmslos mit der größten im Kopf verbunden waren.

Kira studierte die Drüse genauer, während der Scanner seine Arbeit verrichtete. Welchem Zweck diente sie? Kira konnte den Computer auffordern, eine Einordnung vorzuschlagen, sie konnte aber auch in der Datenbank nach Ähnlichkeiten suchen. Sie löste die Suche aus, richtete sich auf eine längere Wartezeit ein und betrachtete abermals das Bild. Die Ergebnisse wurden jedoch fast sofort angezeigt: keine Übereinstimmungen. Sie runzelte die Stirn und wiederholte die Suche. Nichts.

Dann muss ich wohl von Hand nachforschen, nahm sie sich vor. Da jedes Partikel Bezüge zu zwei Gebilden aufwies, sprach vieles dafür, dass ein Gebilde die Partikel erzeugte und das andere sie empfing: eine schreibende und eine lesende Instanz. Dies bedeutete auch, dass die Partikel Informationen transportierten. Kira startete eine weitere Suche und fragte dieses Mal nach nicht menschlichen Fundstellen. Tatsächlich gab es im Speicher eine alte Datei aus der Zeit vor dem Zusammenbruch, als jemand einen Hund gescannt hatte. Sie wies den Computer an, dort nach Übereinstimmungen zu suchen. Fast sofort öffnete sich eine Anzeige, die ein sehr ähnliches, aber einfacher aufgebautes Gebilde zeigte. Es handelte sich um ein Jacobson-Organ.

Samm besaß ein unglaublich hoch entwickeltes pheromonisches System.

Kira rief weitere Dateien auf und las alles, was sie über Pheromone finden konnte. Sie stellten ein einfaches chemisches Kommunikationsmittel dar, Gerüchen nicht unähnlich, aber weitaus stärker spezialisiert. Insekten benutzten sie für einfache Aufgaben, etwa um Spuren zu Nahrungsquellen festzulegen oder einander vor Gefahren zu warnen. Hunde markierten damit ihr Revier und stießen zur Paarungszeit Pheromone aus. Wozu benutzten die Partials dieses Kommunikationsmittel?

Ich frage ihn einfach, dachte sie. »Erzähl mir etwas über deine Pheromone!« Wie nicht anders zu erwarten, schwieg Samm sich aus. »Du hast ein hoch entwickeltes System von Produzenten und Rezeptoren. Kannst du mir etwas darüber sagen?«

Keine Antwort.

»Man kann's ja mal versuchen.« Sie überlegte eine Weile, sah sich im Raum um und öffnete schließlich den Medicomp mit dem Gummihandschuh, in den Samm hineingeatmet hatte. Sie hielt ihn vor sein Gesicht, stach ihn mit einer Nadel an, drückte so fest wie möglich und blies Samm die Luft unmittelbar in die Nase. Er hustete und spuckte, riss den Kopf zur Seite, um dem Luftstrom zu entkommen. Erstaunt sah Kira, wie er ruhiger wurde. Zuerst hatte der Herzschlag als Reaktion auf die aufgezwungene Luft beschleunigt, dann hatte er sich verlangsamt, als habe Samm auf irgendetwas anderes reagiert. Auf die Pheromone. Er entspannte sich sichtlich, seine Miene wurde weicher, der Atem ging ruhiger.

Anscheinend zeigte er nun das gleiche Gesicht wie am Morgen, als er eingewilligt hatte, in den Handschuh zu blasen.

»Kuso«, sagte er. »Das ist gemein.«

Kira stemmte die Hände in die Hüften. »Was ist passiert?«

»Du benutzt meine eigenen Daten gegen mich, und jetzt bin ich ... verdammt.« Er schloss den Mund und starrte zur Decke hinauf.

»Welche Daten?«, fragte Kira. »Die Pheromone? Bezeichnest du sie als Daten?« Sie betrachtete den leeren, schlaffen Handschuh. »Du hast mir gerade etwas verraten, das ich nicht erfahren sollte, nicht wahr? Das hast du noch nie getan. Es war ein Versehen. Was haben die Pheromone bei dir bewirkt?«

Samm schwieg, worauf Kira sich den Handschuh dicht vor das Gesicht hielt und ihn genau untersuchte. Sie trat mitten in den Raum und überlegte sich, wie es am Morgen ausgesehen hatte. Der Ganzkörperscanner da drüben, der Tisch hier, Samm auf dem Tisch. Sie hatte ihn gebeten, in den Handschuh zu pusten, und sie hatten einen Moment lang ... eine Art Gemeinsamkeit empfunden. So etwas wie echte Kommunikation. Sie hatte über seinen Namen gescherzt, er über den ihren, und dann hatte er eingewilligt, ihr bei der Atemprobe zu helfen. Er hatte ihr vertraut.

Und jetzt, nachdem sie ihm den eigenen Atem ins Gesicht geblasen und ihm eine Frage gestellt hatte, hatte er ihr abermals vertraut. Nicht lange, aber lange genug, um seinen Schild, seine Abwehrhaltung aufzugeben. Er hatte ihre Frage beantwortet.

Die Pheromone hatten das Vertrauen neu erschaffen, das er am Morgen empfunden hatte, und ihn gezwungen, es noch einmal zu empfinden.

»Es ist ein chemisches Empathiesystem«, sagte sie leise und kehrte zu Samm zurück. »Was du auch empfindest, du sendest es mit den Pheromonen aus, damit andere Partials es ebenfalls erleben können oder wenigstens erfahren, wie du dich fühlst.« Sie setzte sich neben ihm auf einen Stuhl. »Es ist wie ein ansteckendes Gähnen: Du kannst damit den emotionalen Zustand eines Teilnehmers auf die ganze Gruppe übertragen.«

»Du kannst es nicht mehr gegen mich verwenden«, sagte Samm. »Ich atme nicht mehr in deine Handschuhe.«

»Ich verwende es nicht gegen dich, sondern ich versuche es zu verstehen. Wie fühlt es sich an?«

Samm drehte den Kopf zu ihr herum. »Wie fühlt sich Hören an?«

»Na gut.« Kira nickte. »Das war eine dumme Frage, du hast recht. Es fühlt sich überhaupt nicht irgendwie an, sondern ist ein Teil von dir.«

»Ich hatte vergessen, dass Menschen den Link nicht benutzen können«, erklärte Samm. »Ich war die ganze Zeit verwirrt und wollte herausfinden, warum ihr in allem so melodramatisch seid. Es liegt daran, dass ihr eure Gefühle nicht über den Link senden könnt, also müsst ihr sie mit Betonung und Körpersprache übermitteln. Ich gebe zu, dass es hilft, aber es ist ziemlich ... theatralisch.«

»Theatralisch?« Es war die längste Antwort gewesen, die sie jemals von ihm bekommen hatte. Redete er jetzt offen, oder war er umso berechnender? Was hatte er zu gewinnen, wenn er redete? Sie versuchte, das Gespräch in Gang zu halten, auch wenn fraglich war, ob er weiterreden würde. »Wenn du chemische Auslöser brauchst, um anderen zu zeigen, wie du dich fühlst, dann erklärt das eine Menge über dich«, sagte sie. »Für menschliche Begriffe zeigst du so gut wie keine Emotionen. Wir mögen dir melodramatisch vorkommen, aber du wirkst auf uns gefühllos.«

»Es sind nicht nur Emotionen«, antwortete er. Kira beugte sich vor, weil sie fürchtete, er werde jeden Moment wieder innehalten und seine Offenheit werde zerplatzen wie eine Seifenblase. »Wir erfahren so, ob jemand Schwierigkeiten hat, ob er verletzt oder aufgeregt ist. Es hilft uns, als Einheit zu funktionieren und zusammenzuarbeiten. Ursprünglich sollte es vor allem auf dem Schlachtfeld eingesetzt werden. Wenn ein wachhabender Mensch etwas sieht, ruft er eine Warnung. Dann müssen die anderen Menschen aufwachen, sich überlegen, was der Wachmann gerufen hat, und machen sich kampfbereit. Wenn einer unserer Wächter etwas sieht, gehen die Daten in den Link, und die anderen Soldaten wissen sofort Bescheid. Die Körper produzieren Adrenalin, die Herzen schlagen schneller, Kampfreflex oder der Fluchtinstinkt setzen ein, und der ganze Trupp ist schlagartig und ohne ein lautes Wort kampfbereit.«

»Die Daten«, sagte Kira. »Links und Daten. Das sind sehr technische Begriffe.«

»Du hast mich gestern einen biologischen Roboter genannt«, erwiderte Samm. »Das ist nicht ganz unpassend.« Er lächelte. Zum ersten Mal nahm sie diesen Gesichtsausdruck bei ihm wahr. Auch sie musste lächeln. »Ich weiß nicht, wie ihr überhaupt irgendetwas schafft. Es ist kein Wunder, dass ihr den Krieg verloren habt.«

Die Worte hingen wie eine Giftgaswolke in der Luft und machten jede Hoffnung auf eine freundliche Fortsetzung zunichte. Kira unterdrückte den Impuls, ihn anzubrüllen, und wandte sich wieder zum Bildschirm um. Auch seine Haltung hatte sich verändert. Er wirkte irgendwie düster. Brütend.

»Ich habe in einem Bergwerk gearbeitet«, fuhr er plötzlich fort. »Ihr habt uns geschaffen, um den Isolationskrieg zu gewinnen, und das haben wir getan. Dann kehrten wir heim, und die Regierung verschaffte uns Jobs. Ich arbeitete in einer Mine. Ein Sklave war ich nicht, alles war legal und völlig menschenwürdig, wie man so sagt.« Er sprach das Wort aus, als schmeckte es bitter. »Aber es hat mir nicht gefallen. Ich habe versucht, einen anderen Job zu finden, doch niemand wollte einen Partial einstellen. Ich habe versucht, mich zu bilden und mich für einen anderen, schöneren Job zu qualifizieren, aber alle

Schulen haben meine Bewerbungen abgelehnt. Wir konnten nicht aus dem Slum ausziehen, den uns die Regierung zugewiesen hatte, weil unsere Gehälter kaum zum Überleben reichten, und außerdem wollte uns sowieso niemand etwas verkaufen. Wer will schon neben künstlichen Leuten leben?«

»Also habt ihr rebelliert.«

»Wir haben euch gehasst. Ich habe euch gehasst.« Er wandte den Kopf und fing ihren Blick ein. »Aber ich wollte keinen Völkermord verüben. Keiner von uns wollte das.«

»Jemand hat es aber getan«, murmelte Kira mit belegter Stimme. Ihr kamen fast die Tränen.

»Ihr habt jede Verbindung zur Vergangenheit verloren«, fuhr Samm fort. »Ich weiß genau, wie du dich fühlst.«

»Nein, weißt du nicht«, fauchte Kira. »Du kannst sagen, was du willst, aber wag nicht, so etwas zu behaupten! Wir haben unsere Welt und unsere Zukunft verloren, unsere Familien ...«

»Dir wurden die Eltern genommen«, sagte Samm einfach. »Wir haben unsere getötet, als wir euch getötet haben. Egal, welche Schmerzen du empfindest, du hast nicht obendrein auch noch Schuldgefühle.«

Kira biss sich auf die Unterlippe und versuchte, ihre Empfindungen zu begreifen. Samm war der Feind, und doch tat er ihr leid. Seine Worte hatten sie wütend gemacht, und doch hatte sie deshalb beinahe ein schlechtes Gewissen. Sie schluckte und rang sich eine Antwort ab, die teils eine Anklage und teils ein verzweifeltes Flehen um Verständnis war. »Erzählst du mir dies alles deshalb? Weil du dich schlecht fühlst, nachdem du uns getötet hast?«

»Ich erzähle es dir, weil du verstehen sollst, dass das Heilmittel nicht ausreicht. Der Krieg war vernichtend, aber die Probleme haben viel früher begonnen.«

Kira schüttelte den Kopf, ihre Antwort fiel schärfer aus, als sie selbst erwartet hätte. »Sag mir nicht, was ich verstehen muss!« Sie ließ ihn liegen und machte sich wieder an die Arbeit.

»Es ist ein Kommunikationssystem«, erklärte Kira. Es war Abend, und da sie das Mittagessen ausgelassen hatte, nahm sie nun mit Marcus ein frühes Abendessen ein. Er hatte bei einem Straßenverkäufer Sushi erstanden, und nun aßen sie in einem leeren Zimmer im zweiten Stock, weit entfernt vom Treiben der Menschen weiter unten. Sie biss ab, schluckte, sprach dabei unablässig weiter und war so aufgeregt, dass sich ihre Stimme fast überschlug. Die Unterhaltung mit Samm ging ihr nicht aus dem Sinn. Irgendetwas hatte sie in starke Erregung versetzt, doch sie schob es zur Seite und konzentrierte sich lieber auf die neuen Entdeckungen. Es gelang ihr beinahe. »Ein chemisches Kommunikationssystem, ähnlich wie bei Ameisen, aber unendlich komplizierter. Stell dir vor, du könntest mit Leuten sprechen, indem du atmest. Du musst kein Wort sagen, sondern wüsstest sofort alles …«

»Ich kann mir nicht vorstellen, dass du kein Wort sagst«, antwortete Marcus. »Du würdest ziemlich bald ausrasten.«

»Haha!«, machte Kira und verdrehte die Augen.

»Aber wie funktioniert das überhaupt?«

»Ich weiß noch nicht, was sie sich chemisch mitteilen können. Bisher habe ich mindestens zwanzig verschiedene Pheromone katalogisiert, und selbst mit der zehnfachen Menge wäre es noch ein sehr kleines Vokabular. Aber wenn einer von ihnen beispielsweise *Ich bin verwundet* sendet, sobald ein Soldat getroffen wird, dann erfahren es die anderen sofort und wissen auch, wo sie ihn finden. Es ist ein Sinn, den wir nicht haben. Eine Art

Gruppengefühl, nur dass es für den Partial beständig ist und zu seinem Wesen gehört. Kannst du dir vorstellen, wie es ist, von so etwas abgeschnitten zu sein? Er muss sich einsamer fühlen als ...« Sie dachte über Samms Worte nach und erinnerte sich, dass er die Menschheit als seine Eltern bezeichnet hatte. Wie musste es sein, wenn man sich da draußen in dem weiten, leeren und stillen Amerika bewegte? »Sie sind allein, Marcus. Das ist doch irgendwie tragisch, nicht wahr?«

»Nur gut, dass er dich hat und du dich um ihn kümmerst«, erwiderte Marcus. »Ich fände es traurig, wenn sich der arme Partial einsam fühlen würde.«

»Das meinte ich nicht«, widersprach Kira. »Ich würde das nur auch gern können, Marcus. Du hast doch wie ich eine medizinische Ausbildung, und ich dachte, du verstehst, warum das so cool ist. Es geht nicht um Samm, es geht um ...«

»Ah, dann seid ihr euch menschlich nähergekommen, ja?« Es sollte wie ein Scherz klingen, doch dahinter spürte Kira echte Betroffenheit. Sie kannte ihn gut genug, um seine Worte deuten zu können. »Ich mache nur Witze, Kira. Aber mal im Ernst – er ist ein Partial. Der größte Feind der Menschheit. Schon vergessen?«

»Das versuche ich dir doch gerade zu erklären. Ich bin mir meiner Sache gar nicht mehr so sicher.«

»Versucht er, dir das einzureden?« Marcus betrachtete Kira genauso, wie es die Senatoren getan hatten. Als wäre sie schwachsinnig. »Er ist allein und gefesselt, und deshalb tut er dir leid, aber er hat versucht, dich zu töten. Nicht nur beim Zusammenbruch, sondern erst letzte Woche in Manhattan. Er hatte ein Gewehr. Er ist ein feindlicher Soldat und ein Kriegsgefangener. Wer weiß, was er dir und der ganzen Stadt antäte, könnte er sich von den Fesseln befreien.«

»Ich weiß«, antwortete Kira. »Ich weiß. Aber du hast nicht mit ihm geredet. Er spricht nicht wie ein Monster. Er fühlt sich auch nicht an wie ein Monster.«

»Vor zwei Tagen war er ein Untersuchungsobjekt«, führte Marcus an. »Ein Experiment. Noch einmal zwei Tage davor war er ein gesichtsloser Feind, den du töten und verstümmeln wolltest, um ihn zu erforschen. Was mag er in zwei weiteren Tagen sein? Ein Freund?«

»Das habe ich nicht behauptet.«

»In drei Tagen ist er tot. Kira, wir kennen uns schon ewig, und ich sehe bereits, wohin das führt. Erst tut er dir leid, du entwickelst Mitgefühl und magst ihn, und wenn er stirbt, bricht es dir das Herz, weil du glaubst, du müsstest ihn retten. Es ist wie mit den Neugeborenen – du fühlst dich für jedes sterbende Kind persönlich verantwortlich. Der Partial ist nur ein Versuchsobjekt und klug genug, um dir genau das zu erzählen, was du hören möchtest. Ich sage ja nur, dass du dich nicht zu sehr an ihn binden solltest.«

»Ich soll mich nicht binden?« Kiras Zorn erwachte von Neuem. »Was denkst du denn, wie gebunden wir sind?«

»Halt, halt – so meinte ich das doch gar nicht.«

»Wirklich nicht?«, gab Kira empört zurück. »Es klang ganz so, als wolltest du mir etwas vorwerfen.«

»Ich werfe dir überhaupt nichts vor. Ich warne dich nur ...«

»Du warnst mich?«

»Das habe ich ungeschickt ausgedrückt.«

»Wovor warnst du mich?«, fragte Kira. »Warnst du mich davor, Freunde zu haben, die dir nicht gefallen?«

»Ich warne dich vor dir selbst«, erwiderte Marcus. »Du weißt doch, dass du dazu neigst, dich in gewaltigen Träumen zu verlieren und von ihnen zerschmettert zu werden, wenn sie über dir zusammenbrechen. Du warst nicht zufrieden damit, den Babys zu helfen, du willst RM heilen. Du willst den Partial nicht nur untersuchen, sondern – was eigentlich? Frieden mit ihm und seinen Artgenossen schließen? Hat Samm das vorgeschlagen?«

»Nein, natürlich nicht.« Doch während sie sprach, war sie ihrer Sache nicht mehr sicher. »Ich meine nur, dass an ihnen mehr dran ist, als irgendjemand vermutet, ganz egal, was Samm mir erzählt. Sie haben sich aufgelehnt, weil die Menschen sie unterdrückt haben. Wenn wir freundlich miteinander umgehen, könnte es ... vielleicht könnte es beim nächsten Mal funktionieren. Ich weiß auch nicht ...« Sie hatte Mühe, ihre Gedanken zu ordnen. »Ich sage ja nicht, dass wir unsere Verteidigungsmaßnahmen aufgeben und alles vergessen sollen, was passiert ist, aber es könnte sein, dass sie uns gar nichts mehr antun wollen. Und wenn sie den Schlüssel für die Heilung von RM haben, ist der Friede vielleicht unsere einzige Chance.« Nervös blickte sie zu Marcus hinüber und betete, er möge sie verstehen.

»Sie haben sich aufgelehnt und uns getötet«, wiederholte Marcus.

»Die amerikanischen Kolonien haben sich vor fast dreihundert Jahren gegen England aufgelehnt«, hielt Kira dagegen. »Die Länder überwanden ihre Differenzen und waren danach die besten Freunde.«

»Amerika hat kein Virus freigesetzt, das die ganze Welt zerstört hat.«

»Vielleicht haben die Partials das auch nicht getan«, wandte Kira ein. »Vielleicht wissen wir über den Krieg noch längst nicht alles. Wir reden dauernd darüber, was sie uns angetan haben, aber vielleicht ist es nicht ganz so einfach. Wenn Samm die Wahrheit sagt ...«

»Also hängt alles von Samm ab, ja?« Marcus schüttelte den Kopf.

»Was soll das, Marcus?« Sie sah ihn offen an. »Bist du eifersüchtig? Ich liebe dich.« Sie hielt seinem Blick stand. »Bitte versuch doch zu verstehen, was ich dir sage!«

»Liebst du mich wirklich?«

»Aber natürlich.«

»Dann heirate mich!«

Kira riss die Augen auf. In dieser Situation und an diesem Ort hatte sie alles andere erwartet als einen Antrag. »Ich ...«

»Wir sind noch jung«, fuhr er fort, »aber nicht zu jung. Du kannst bei mir wohnen. Ich habe für dich ein großes Haus ausgesucht. Für uns. Wir können dort alt werden, und wenn du eine Therapie für RM findest, können wir auch Kinder haben. Aber wir müssen nicht warten. Wir können jetzt schon zusammen sein.«

Kira sah ihn an und stellte sich sein Gesicht neben sich vor – am Abend, wenn sie einschlief, und am Morgen, wenn sie erwachte, immer und bei allem an ihrer Seite. Das hatte sie schon immer gewollt, seit sie beide gemeinsam auf dem Schuldach die Sterne betrachtet hatten.

Aber so einfach war es nicht mehr.

Sie schüttelte den Kopf, so langsam, dass sie die Bewegung selbst kaum spürte, und hoffte, Marcus sähe es nicht. »Es tut mir leid, Marcus, ich kann nicht.«

Er ließ sich nichts anmerken, und es gelang ihm fast – aber nicht gänzlich –, seine Gefühle zu verbergen. »Jetzt nicht oder gar nicht?«

Sie dachte an die Neugeborenen und RM, an den Krieg und die Partials, an ihre Arbeit im Labor und an Samms Worte. RM zu heilen, sei nicht genug, hatte er gesagt. War der Friede der nächste Schritt? War er überhaupt erreichbar? Es gab zu viele Fragen und zu viele Schatten, um klar zu sehen. Sie schüttelte den Kopf. »Nicht jetzt.

Was das *Nie* angeht, so werde ich es erst wissen, wenn ich dort bin.«

»Na gut.« Er schwieg, nickte schließlich und hob die Schultern. »Na gut.« Er nahm es viel zu gelassen auf, so als hätte er damit gerechnet.

Das war das Schlimmste.

22

Kira hatte die Abbildungen des Scanners erst zu zwei Dritteln durchgesehen, als ihr alles vor den Augen verschwamm. Sie wollte herausfinden, wie das Pheromonsystem funktionierte, musste aber einsehen, dass sie in diesem Bereich – was RM betraf – keine Fortschritte erzielte. Irgendwann konnte sie kaum noch die Augen offen halten und beschloss, es für diese Nacht gut sein zu lassen. Ich will aber nicht nach Hause, dachte sie. Ich brauche eine Matratze, auf der ich hier schlafen kann. Außerdem fehlten ihr Helfer. Allein konnte sie unmöglich alle Daten durchsehen, die bei der Untersuchung anfielen, und herausfinden, was sie wissen musste. Samm war noch wach – schlief er überhaupt jemals? –, hatte aber seit ihrer Rückkehr vom Abendessen nichts mehr gesagt. Sie wollte mit ihm reden, wusste aber nicht, wie sie es anfangen sollte.

Die Wächter, die nachts aufpassten, waren härter als die Männer der Tagschicht. Shaylon und sein Kamerad waren fort, jetzt standen dort zwei ältere Soldaten mit wettergegerbten Gesichtern und blickten grimmig vor sich hin. Sie blieb kurz bei ihnen stehen und fragte sich, ob sie Samm in der Nacht wieder *verhören*, ob sie ihn schlagen, stechen oder sich andere kranke Quälereien ausdenken würden. Sie wollte ihnen sagen, dass sie es sein lassen sollten, aber was hätte das genutzt? Der Gedanke stimmte sie traurig. So warf sie den Soldaten, in deren Augen sie beinahe schon den Spott entdeckte, einen letzten Blick zu und schlurfte mit hängendem Kopf den Flur entlang.

Draußen blieb sie kurz stehen und atmete tief die Nachtluft ein. Es war wärmer geworden. Sie ging los und bemerkte im Mondschein auf einmal eine Bewegung. Zuerst dachte sie, die *Stimme* wolle das Krankenhaus stürmen, um Samm zu holen, doch dann hörte sie jemanden rufen. Es war Haru, und was er sagte, klang verzweifelt.

»Schon gut!«, stieß er hervor. »Wir haben es fast geschafft, nur die Ruhe.«

Kira eilte ihm ein paar Schritte entgegen und bemühte sich, noch mehr aufzuschnappen. War es wirklich Haru? Der Schatten wurde länger, und dann konnte sie die Stimme eindeutig zuordnen. Ja, er war es, und Madison war bei ihm. Sie atmete in kurzen, schmerzvollen Stößen.

Kira sank das Herz, doch sie war sofort bereit zu helfen. »Mads!«

Madison knirschte vor Schmerzen mit den Zähnen. Sie hatte Harus Hand so fest gepackt, dass die Knöchel weiß hervortraten. Sanft, aber entschlossen drängte er sie weiter. Als Kira zu ihnen stieß, hatten sie schon fast den Parkplatz vor der Klinik erreicht.

»Sie blutet«, berichtete er aufgeregt. »So schlimme Schmerzen hatte sie bisher noch nie.«

Kira blickte zum Krankenhaus hinüber, nahm Madisons anderen Arm und half ihr so behutsam wie möglich weiter. »Du hättest sie nicht herbringen dürfen«, warf sie ihm vor. »Du hättest einen Rollstuhl holen oder ein Notfallteam rufen sollen, damit wir sie abholen.«

»Ich lasse sie doch nicht allein zu Hause!«

»Sie hätte nicht gehen dürfen, ganz egal, wie nahe ihr am Krankenhaus wohnt.«

»Ich …« Er zögerte. »Hilf ihr doch einfach!«

»Kommt mit! Die Entbindungsstation ist immer besetzt, auch nachts.« Während sie Madison durch die Tür bugsierten, betete Kira stumm und flehte bei allen, die sie erhören mochten, um die Rettung von Madisons Baby. Es kam zu früh und starb womöglich an Schwäche oder weil die Atmung aussetzte, noch ehe es dem RM-Virus zum Opfer fallen konnte. Sie half Madison um die Ecke zur Entbindungsstation und blieb wie angewurzelt stehen, als sie beinahe mit einer Schwester zusammengeprallt wäre, die aufgeregt den Flur entlanglief.

Kira kannte die Frau aus ihrer Praktikantenzeit. »Sandy, sie braucht Hilfe!«

»Das Baby der Barnes hat einen Herzstillstand!«, rief Sandy über die Schulter zurück. »Sag ihr, sie muss noch etwas durchhalten!«

»Wollen die ihr etwa nicht helfen?«, schrie Haru.

»Sie haben zu tun«, erklärte Kira. »Kommt mit!« Sie führte die beiden durch eine offene Tür und schaltete das Licht an. Drinnen half sie Madison, sich auf einen weichen großen Stuhl zu setzen.

»Es geht wieder los.« Madison biss die Zähne zusammen und keuchte. »Bitte nicht!«

Kira schickte Haru zu einem Medicomp, der in einer Ecke auf einem Wagen stand. »Schalt den Ultraschall ein!«, befahl sie. »Auf den rot markierten Anschlüssen ist Strom.« Sie hockte sich unterdessen neben Madison und strich ihr das Haar aus dem Gesicht. »He, Madison, erzählst du mir, was passiert ist?«

»Ich glaube, es sind Wehen.«

»Du hast noch zwei Monate Zeit«, antwortete Kira. »Deine Schwangerschaft ist bisher völlig normal verlaufen, und es gibt keinen Grund für frühzeitige Wehen.«

»Das sind nicht nur Krämpfe, Kira.« Madison zuckte wieder zusammen, kniff die Augen zu und krallte sich so heftig in Kiras Arm, dass diese sich auf die Zunge beißen musste, um nicht aufzuschreien. Dann ließen die Schmerzen nach, und Madison sank auf dem Stuhl keuchend in sich zusammen.

»Sind die Schmerzen rhythmisch?« Madison schüttelte den Kopf. »Kannst du mir zeigen, wo sie entstehen?« Madison deutete auf einen Bereich auf dem Leib und an der Seite. Kira nickte. »Ich glaube nicht, dass es die Gebärmutter ist, Mads. Das sieht eher nach dem Magen aus. Ich untersuche dich mit Ultraschall.«

»Sie blutet«, erinnerte Haru sie. »Willst du nicht etwas gegen die Blutung unternehmen?«

»Ich tue schon alles Menschenmögliche, Haru. Roll den Apparat hierher!«

Mit entsetzter Miene zog er den Karren herüber und schob ihn neben Madisons Stuhl. Kira rüstete sich unterdessen mit sterilisierten Handschuhen aus und schob Madisons Rock hoch, um den Bauch zu untersuchen. »Halt still!«, verlangte sie und legte Madison den Sensor des Ultraschallgeräts auf die Haut. »Schalt den Bildschirm ein!« Flackernd entstand das Bild, ein schwarzweißes Muster mit einer keilförmigen Form im Zentrum. Das Bild waberte und bewegte sich, während der Ultraschall die Organe in Madisons Leib abtastete. Bei den ersten Versuchen mit dem Ultraschallgerät hatte Kira überhaupt nichts gesehen, doch nach einigen Wochen Übung waren die verschwommenen Bilder für sie völlig klar geworden. »Da ist deine Blase.« Sie verschob die Sonde mit einer Hand und tippte mit der anderen auf den Bildschirm, um Grenzlinien und Bezeichnungen zu definieren, die der Computer sich merken und berücksichtigen sollte. »Da ist dein Magen, dort ist der Fuß des Babys. Da haben wir den Körper des Kinds.« Sie arbeitete schnell, ihre Finger flogen förmlich über den Bildschirm, lösten Messungen aus und riefen die archivierten Daten von Madisons früheren Untersuchungen zum Vergleich auf. »Kopf und Oberkörper sind gut entwickelt, die inneren Organe sehen gesund aus. Der Herzschlag ist kräftig. Die Blase füllt und leert sich. Die Wirbelsäule ist in Ordnung.«

Madison schnitt wieder eine Grimasse und klammerte sich an die Armlehnen. Hinter ihnen stürzten zwei Schwestern herein, es waren Sandy und Oberschwester Hardy. »Wir sind da, Walker. Danke, dass Sie schon begonnen haben!« Hardy zog sich Handschuhe an und übernahm die Sonde, Kira zog sich nervös zurück und überließ der erfahrenen Hardy die weitere Untersuchung. »Beschreiben Sie die Schmerzen!«, forderte Hardy Madison auf.

»Stark, aber unregelmäßig«, erklärte Kira. »Überwiegend auf der Seite des Magens. Sie blutet auch. Ich glaube, es ist eine Plazentaablösung.«

»Was ist das denn?«, fragte Haru. »Ist das schlimm? Wird sie wieder gesund?«

»Wir bemühen uns, Sir«, sagte Hardy. »Wir brauchen allerdings etwas Platz zum Arbeiten.«

»Was ist mit dem Baby? Geht es ihm gut?«

Die Anzeige auf dem Bildschirm wanderte hin und her, während Madison den Bauch anspannte. Kira deutete auf den Bildschirm. »Da war ein Schatten.«

»Ich habe ihn gesehen.« Oberschwester Hardy schob die Sonde weiter nach unten und zur Seite und veränderte den Betrachtungswinkel. Als Madison sich nicht mehr wand, stabilisierte sich das Bild und zeigte den Magen als großes dunkles Oval. Dahinter war ein verschwommenes Dreieck zu erkennen. Der Computer identifizierte es fast sofort und markierte es rot. »Die Plazenta löst sich von der Gebärmutter«, erklärte Hardy. »Es ist eine teilweise Ablösung, wie Sie gesagt haben.« Sie starrte aufmerksam auf den Bildschirm, in dessen Zentrum das rot markierte Dreieck stand. »Gut gemacht, Walker.«

Kiras Anspannung ließ nach, ihre Knie wurden weich, und sie fühlte sich erschöpft.

»Was heißt das?«, fragte Madison.

»Es heißt, dass es nicht so schlimm ist«, erklärte Kira. »Die Plazenta löst sich von der Gebärmutter, was eigentlich nicht so gut ist, aber wenn wir aufpassen, ist es für dich und das Baby nicht gefährlich. Man wird dir Bettruhe verordnen, und du darfst nicht mehr herumlaufen. Du musst wohl im Krankenhaus bleiben, damit du rund um die Uhr beobachtet werden kannst.«

»Ich bleibe nicht hier!«, protestierte Madison.

Kira legte ihr eine Hand auf die Schulter. »Stell es dir als Urlaub vor. Frühstück im Bett, Diener in Bereitschaft, die dir helfen. Dir und dem Baby wird nichts passieren, solange wir da sind und eingreifen können.«

»Ist es denn sicher, dass es nicht gefährlich ist?«, fragte Madison. »Ich meine, wenn ich stationär aufgenommen werden muss ...«

»Vor zwölf Jahren hätte ich Sie mit Tampons und einem Schmerzmittel wieder nach Hause geschickt«, erklärte Oberschwester Hardy. »Heutzutage sind wir natürlich viel vorsichtiger.«

»Na gut«, antwortete Madison. »Aber Bettruhe? Heißt das, ich darf überhaupt nicht mehr aufstehen?«

»So wenig wie möglich«, bestätigte Oberschwester Hardy. »Plazentaablösungen kommen selten vor, aber in einem Fall wie Ihrem liegt es mit ziemlicher Sicherheit an Überanstrengung. Wir müssen das sofort unterbinden.«

»Kein Hausputz mehr«, entschied Kira. »Ich rede mit Xochi, und dann überlegen wir uns, wie wir dir die Arbeit abnehmen können.«

Madison lächelte schuldbewusst. »Ich hätte nicht bis hierher zu Fuß gehen sollen.«

»Ich werde Haru mit einer Fahrradkette verprügeln.« Kira warf ihm einen finsteren Blick zu. »Aber jetzt musst du dich erst einmal entspannen.«

»Wir führen noch einen Bluttest durch, und dann geben wir Ihnen ein Schmerzmittel, damit Sie schlafen«, sagte Oberschwester Hardy.

Kira drückte Madisons Hand und zog sich zurück, um die anderen Schwestern bei der Versorgung der Patientin nicht zu stören. Als die Aufregung abklang, ging Kira auf den Flur und ließ sich auf einen Stuhl sinken. Das war knapp. Sie atmete tief durch und dachte an die anderen Ursachen, die hätten infrage kommen können. Es hätte viel schlimmer ausgehen können. Ich könnte es nicht ertragen, Madison so zu erleben wie Ariel, dachte sie. Wie sie hilflos an die Scheibe trommelt, damit sie noch einmal ihr totes Baby im Arm halten kann. Aber ich weiß immer noch nicht, wie es zu retten ist.

Viel zu müde, um weiter nachzugrübeln, starrte sie den Boden an.

»Hallo!«

Auf einmal stand Xochi mit abgespanntem und erschöpftem Gesicht vor ihr.

»Hallo!«, antwortete Kira. »Hast du schon gehört, was Madison passiert ist?«

»Ja«, antwortete Xochi, »aber ich bin nicht deshalb hier.«

Kira runzelte die Stirn. Bitte keine weiteren Katastrophen!, flehte sie im Stillen. Sie riss sich zusammen und richtete sich auf. »Was ist denn los?« Ihre Stimme klang stärker, als es ihrer inneren Verfassung entsprach.

»Isolde ist gerade vom Senat gekommen«, berichtete Xochi. »Sie wollen morgen eine Erklärung abgeben. Das Zukunftsgesetz bekommt einen neuen Zusatz. Das Alter liegt jetzt bei sechzehn, Kira.«

23

»Jetzt ist es amtlich.« Isolde lag auf dem Sofa und hatte eine halb leere Schnapsflasche in der Hand. »Heute Nachmittag haben sie es verabschiedet. Oder wohl eher gestern Nachmittag. Es ist doch schon nach Mitternacht, oder?«

»Ich kann's nicht glauben.« Xochi starrte zu Boden. »Ich kann's einfach nicht glauben.«

Isolde trank einen Schluck. »Es spielt keine Rolle, ob du es glaubst oder nicht. Deine Regierung gibt dir zwei Monate Zeit, schwanger zu werden.« Ihr Gesicht war gerötet und verquollen. Sie hob die Flasche. »Prost!«

»Ja, besauf dich schnell noch mal«, sagte Xochi. »Bald wirst du für zwei trinken.«

Kira setzte sich schweigend auf das Sofa und beobachtete die Freundinnen, die sich beklagten und über die Motive des Senats nachdachten. Oberflächlich betrachtet war es eine Reaktion auf die Forderung der *Stimme*. Der Senat tat genau das Gegenteil dessen, was die Gegner verlangten. Alles andere hätte man als Zugeständnis auffassen können. Im Grunde wusste Kira jedoch, dass es vor allem um Samm ging. Dies war einer der Notfallpläne, die Hobb erwähnt hatte. Statt den Druck etwas zurückzunehmen, wie Kira vorgeschlagen hatte, zog der Senat die Zügel an und verschärfte die Kontrolle. Den Leuten, die an das Zukunftsgesetz glaubten, mochte dies als Ausdruck von Stärke und Solidarität erscheinen, aber was dachten alle anderen? Letztendlich war es so, als hätte der Senat einen Bürgerkrieg angezettelt.

Das Schlimmste war die Geheimhaltung. Mkele hatte natürlich recht. Wenn jetzt, da die Spannungen sowieso schon so stark waren, die Wahrheit über Samm durchsickerte, gäbe es einen schrecklichen Aufstand, und Kira befände sich mittendrin. Sie wagte es nicht, auch nur ein Wort über Samm, über die Tests und alles andere zu verlieren. Es gab nichts Wichtigeres für sie, als hart zu arbeiten und eine Therapie für das Virus zu finden, ehe noch jemand starb.

Nach zwei vollen Tagen war sie ihrem Ziel jedoch kaum näher gekommen. Sie wusste, wie Samm dachte und sich mitteilte, wie er atmete, aß und sich bewegte, hatte aber nach wie vor nicht die leiseste Ahnung, warum er immun war. Sie war verwirrt, und weil sie mit niemandem darüber sprechen konnte, blieb sie mit ihrer Verwirrung allein.

Sie fühlte sich völlig überfordert.

Isolde nahm einen Schluck aus der Flasche. »Trinken während der Schwangerschaft wird mit Kerker und vollständiger Überwachung bestraft«, sagte sie. »Ich muss es genießen, solange es noch möglich ist.«

»Dein Baby ist wichtiger als deine Rechte«, warf Xochi ein. »Was den Senat betrifft, so bist du nur eine Gebärmaschine auf zwei Beinen.«

»Werd endlich erwachsen!«, wies Kira Xochi mürrisch zurecht. Gleich darauf bekam sie Schuldgefühle. Eigentlich stimmte sie Xochi doch zu, warum griff sie sie dann an? Das Zukunftsgesetz funktionierte nicht, und der Senat verschärfte es, obwohl es zu nichts nutze war. Vielleicht lag es an der Art und Weise, wie Xochi sich geäußert hatte. Ihr waren Persönlichkeitsrechte wichtiger als alles andere. Kira hatte das auch geglaubt, doch inzwischen sah sie die Sache anders. Sie hatte beobachtet, wie der Senat darüber diskutiert hatte, und die Furcht in den Augen der Mitglieder gesehen. Wie Delarosa gesagt hatte, ging es um die Ausrottung der Menschheit. Die anderen jungen Frauen blickten sie an, und die überraschten Mienen machten sie nur noch wütender. »Ist euch schon mal in den Sinn gekommen, dass es tatsächlich etwas Wichtigeres geben könnte als eure Rechte? Vielleicht ist das Überleben der ganzen Menschheit wichtiger als euer Recht, darüber zu jammern.«

Xochi zog die Augenbrauen hoch. »Da ist aber jemand schlecht drauf.«

»Ich bin es nur leid, dauernd etwas über Bürgerrechte, Privatsphäre und Entscheidungsfreiheit zu hören. Entweder wir lösen das Problem, oder wir werden ausgerottet. Dazwischen gibt es nichts. Und wenn wir schon ausgerottet werden, dann soll es meiner Ansicht nach nicht allein deshalb geschehen, weil Xochi Kessler sich zu große Sorgen um ihre Rechte gemacht hat und nicht bereit war, sich einzubringen und uns zu retten.«

Das ging Xochi gegen den Strich. »Wir reden nicht über das Einbringen, sondern über institutionalisierte Vergewaltigung«, widersprach sie. »Wir reden darüber, dass die Regierung die volle Kontrolle über unseren Körper übernommen hat. Man entscheidet, wozu er gut ist, was wir damit tun dürfen und was andere damit tun dürfen. Ich lasse mich nicht von einem geilen alten Bock vögeln, nur weil es das Gesetz von mir verlangt.«

»Dann such dir doch einen geilen jungen Bock oder lass dich künstlich befruchten«, riet Kira. »Diese Möglichkeiten stehen dir offen, und das weißt du auch. Es geht nicht um Sex, sondern ums Überleben.«

»Massenhafte Schwangerschaften sind die denkbar schlechteste Lösung für das Problem«, widersprach Xochi.

»Also gut.« Isolde sprach bereits ein wenig leiernd. »Wir sollten uns erst mal alle abregen. Niemand ist glücklich darüber …«

»Mit Ausnahme von Kira, wie mir scheint«, wandte Xochi ein. »Aber sie hat ja einen Freund, also passt das schon. Wahrscheinlich treibt sie es sowieso schon mit ihm …«

Mit einem Schrei sprang Kira auf und wollte Xochi blind vor Wut an die Kehle gehen, doch Isolde schob sich dazwischen, wobei sie vor Trunkenheit über die eigenen Füße stolperte. Sie verlor das Gleichgewicht, klammerte sich aber so fest an Kira, dass diese nicht mehr an ihr vorbei zu Xochi gelangen konnte. Kira sträubte sich und stieß Isolde von sich. Dabei kratzte sie ihr mit dem Fingernagel über die Stirn. Isolde stieß einen kleinen Schmerzensschrei aus. Kiras Wut verflog, und sie weinte.

»Verdammt!«, keuchte Xochi.

»Komm, setz dich!« Isolde führte Kira zum Sofa und nahm neben ihr Platz. Kira schluchzte, und Isolde wiegte sie in den Armen. Sie warf Xochi einen scharfen Blick zu. »Das war wirklich daneben.«

»Tut mir leid.« Xochi setzte sich wieder. »Es tut mir leid, Kira. Du weißt doch, dass ich es nicht so gemeint habe. Ich werde nur verrückt. Diese ganze Sache geht zu weit.«

»Es ist geschehen«, sagte Isolde. »Das Gesetz ist verabschiedet. Jetzt können wir nur noch darüber jammern oder uns besaufen, bis uns alles egal ist.«

»Du hattest sowieso schon zu viel.« Xochi stand auf und nahm Isolde die Flasche weg. Isolde hielt nicht richtig fest, nachdem das Gerangel mit Kira ihre ganze Kraft verbraucht hatte. Xochi stieß nicht auf Gegenwehr, öffnete das Fenster und warf die Flasche hinaus.

»Hallo, Xochi!«, rief jemand von draußen herein. Es war einer der Jungen, die in der Nähe wohnten. Kira kannte ihn nicht näher. »Dieses Zukunftsgesetz ist verrückt, was? Wollt ihr darüber reden? Sollen wir reinkommen?«

»Fahrt zur Hölle!« Xochi knallte das Fenster zu.

»Das war meine Flasche«, nuschelte Isolde. Niemand beachtete sie.

»Es tut mir leid, Xochi.« Kira richtete sich auf und rieb sich mit dem Handrücken die Augen trocken. »Ich bin nicht böse auf dich, ich bin böse auf ... auf so ziemlich alles in der Welt. Aber die Welt hat kein Gesicht, also musste deins herhalten.«

Xochi schnitt eine Grimasse, dann wurde sie traurig. »Ich bin nicht bereit dazu«, sagte sie leise. »Keine von uns ist bereit.«

Isolde fuhr mit dem Finger das Muster des Sofas nach. »Haru hatte recht mit seiner Aussage während der Anhörung des Senats. Wir haben keine Kinder mehr, sondern nur noch Erwachsene, die nicht im Geringsten wissen, was sie tun.«

Die jungen Frauen saßen schweigend im Zimmer und hingen ihren Gedanken nach. Kira dachte an Marcus. Sie hatte seinen Antrag abgelehnt, und nun stellte die Regierung alles auf den Kopf. Eine Toleranz von zwei Monaten, um in die Gänge zu kommen, und dann konnte sie verhaftet werden, wenn sie nicht schwanger wurde. Wenn sie schon Kinder haben musste, dann sollten es Marcus' Kinder sein. Sie hatte nie ernsthaft über einen anderen Mann nachgedacht. Aber wenn sie ihm das jetzt sagte, dann dachte er sicher, es gehe nur um das Gesetz und nicht um ihn. Das konnte sie ihm nicht antun. Natürlich konnte sie auch nicht zu einem anderen gehen, ohne Marcus noch mehr zu verletzen.

Außerdem wollte sie nicht schwanger werden. Nicht so. Wenn sie ein neues Leben erschaffen sollte, dann wollte sie es aus freien Stücken tun und nicht unter Zwang.

Gerade hatte sie Xochi angebrüllt, weil diese im Grunde das Gleiche gesagt hatte. Sie wusste selbst nicht mehr, was sie denken sollte.

Einen Moment lang, einen ganz kleinen Moment lang, dachte sie an Samm und fragte sich, ob ein Kind, das zur Hälfte von einem Partial abstammte, immun wäre.

»Erinnert ihr euch an eure Mütter?«, fragte Isolde. »Nicht an die neue Mutter, Xochi, sondern an die alte. Die richtige Mutter aus der Zeit vor dem Virus.«

»Undeutlich«, antwortete Xochi. »Sie war groß.«

»Ist das alles?«

»Ich meine, sie war wirklich groß«, beharrte Xochi. »Auf jedem Bild, das ich von ihr habe, überragt sie mich wie ein Turm, und das lag nicht daran, dass ich so klein war. Sie war größer als alle anderen. Einsdreiundneunzig, vielleicht zwei Meter.« Sie sprach leise und verlor sich in den Erinnerungen. Ihre Augen wurden feucht und blickten wie blind ins Leere. Sie griff sich in das pechschwarze Haar. »Sie hatte das gleiche schwarze Haar wie ich und trug Schmuck. Ich glaube, vor allem Silber. An der Hand hatte sie einen dicken Ring, der aussah wie eine Blume. Damit habe ich oft gespielt. Wir haben damals in Philadelphia gelebt. Ich dachte immer, das sei der Name des Staates, aber es war eine Stadt. Philadelphia. Irgendwann möchte ich hingehen und den Ring suchen.« Sie verdrehte die Augen. »Was rede ich da? Eines Tages.«

»Meine Mom hat Flugzeuge verkauft«, erklärte Isolde. »Ich weiß nicht, wie oder an wen, aber ich weiß noch, dass sie mir das erzählt hat. Ich fand das erstaunlich, und jetzt blicke ich zurück und denke, wir haben heute nicht mal mehr Flugzeuge. Wir haben keinen Treibstoff und wissen nicht, ob es überhaupt noch jemanden gibt, der mit den Maschinen fliegen könnte. Aber meine Mom hat sie verkauft, als wären sie ganz normale Fischbrötchen auf dem Markt.«

»Ich glaube, ich hatte gar keine Mutter«, sagte Kira. »Ich meine, offensichtlich hatte ich irgendwann mal eine, aber ich erinnere mich nicht an sie, sondern nur an meinen Dad. Ich weiß nicht einmal, ob er überhaupt über sie gesprochen hat, aber eigentlich müsste er es getan haben. Ich glaube, sie haben sich scheiden lassen, oder sie ist gestorben. Wahrscheinlich geschieden. Wir hatten keine Bilder von ihr.«

»Also stell dir etwas Großartiges vor«, meinte Xochi. »Wenn du dich nicht an deine Mom erinnerst, kann sie alles gewesen sein, was du dir ausmalst – Schauspielerin, Model, Präsidentin einer riesigen Firma ... was immer du willst.«

»Wenn du die Wahrheit nicht kennst, kannst du die gewaltigste Lüge leben, die sich ausdenken lässt«, pflichtete Isolde ihr bei.

»Also gut«, begann Kira. »Sie war Ärztin wie ich – eine glänzende Wissenschaftlerin, die wegen ihrer Arbeit mit Kindern berühmt war. Sie hat die DNA-Sequenzierung und die Nanochirurgie erfunden.« Kira lächelte. »Die normale Chirurgie, das Penizillin und das Heilmittel für Krebs natürlich auch.«

»Das ist wirklich ein großartiger Traum«, sagte Xochi.

»Ja«, antwortete Kira. »Ich fürchte, uns sind nur noch großartige Träume geblieben.«

24

»Sei heute besonders wachsam!«, warnte Shaylon sie.

Misstrauisch musterte Kira den jungen Soldaten. Von den Tränen und der Müdigkeit waren ihre Augen noch immer gerötet. »Mehr als sonst? Was ist los?«

»Mister Mkele rechnet mit einem Angriff.« Unwillkürlich packte er das Gewehr fester. »Die *Stimmen* verstecken sich in der Stadt und suchen immer noch nach dem, was sie im Rathaus nicht gefunden haben. Die letzte Ergänzung des Zukunftsgesetzes hat die Lage offenbar verschlimmert. Man setzt verstärkt Streifen ein und hat uns aufgetragen, hier besonders vorsichtig zu sein. Nur für alle Fälle.«

Kira nickte. »Ich halte die Augen offen.« Sie trat durch die Tür in den Dekontaminationstunnel und rieb sich mit den Händen über das Gesicht, während die Druckluft sie umspülte. Ich sollte Shaylon stärker mit einbeziehen, dachte sie. Finde ich eine Möglichkeit, allein mit ihm zu reden – vielleicht nach der Schicht –, erfahre ich womöglich etwas über die Pläne der Abwehr.

Kira atmete tief durch. Als ob ich dafür Zeit hätte, seufzte sie im Stillen.

Sie legte die Notizbücher ab und ging vor Samms Liege in die Hocke, um sein Gesicht und die Arme zu untersuchen – ein Ritual, das ihr inzwischen fast zur Gewohnheit geworden war.

»Sie haben dich wieder geschlagen.«

Samm antwortete natürlich nicht.

Kira beobachtete ihn einen Moment lang, dann spähte sie nervös in die Ecken. »Warum tut man dir das an? Es ist unmenschlich.«

»Ich bin nicht sicher, ob dieser Begriff irgendetwas mit mir zu tun hat.«

»Es spielt keine Rolle, ob du ein Mensch bist oder nicht«, antwortete Kira, während sie durch die Hose hindurch die Schienbeine des Partials abtastete, um nach weiteren Verletzungen zu suchen. »Sie sind Menschen, also sollten sie sich auch so verhalten.« Sie krempelte das Hosenbein hoch. »Du hast hier ein paar neue Schnittwunden, die aber nicht bluten. Das dürfte kein Problem sein.« Sie zog den Stoff wieder nach unten. »Keine einzige Wunde hat sich entzündet.« Sie fragte sich, ob sein Körper natürliche Antiseptika oder Antibiotika produzierte, und nahm sich vor, dies später zu überprüfen. Allerdings nicht, indem sie ihm ein schmutziges Messer in den Körper jagte. »Das wird schon«, sagte sie und ging zum Computer.

Sofort fiel ihr auf, dass jemand ihre Dateien gelesen hatte: Die Ganzkörperscans, ihre ersten Notizen zu den Pheromonen, sogar die handschriftlichen Anmerkungen auf den Notizblöcken – irgendjemand hatte sie hin und her geschoben, sortiert und durchgeblättert. Überwacht Skousen meine Arbeit?, fragte sie sich. Dupliziert er sie? Einige Dateien waren neu. Während ihrer Abwesenheit hatte er offenbar eigene Untersuchungen durchgeführt. Sie war nicht sicher, ob sie dankbar war, dass jemand ihr Aufmerksamkeit schenkte, oder eher empört, weil man ihren Ergebnissen nicht traute. Sie war so müde, dass sie kaum noch einen Gedanken darauf verschwenden konnte.

Dir bleiben nur noch drei Tage, sagte sie sich. Also hör auf zu jammern und arbeite! Sie konzentrierte sich auf die Bilder des Scanners und suchte nach Abweichungen zwischen Samms und der menschlichen Physiologie, musste dabei aber immer an seine Worte vom Vortag denken. Seine Stimme hatte völlig aufrichtig geklungen. Wenn er nun die Wahrheit sagte? Was dann? Wenn die Partials das Virus überhaupt nicht erschaffen hatten – wer war es dann gewesen? Der Schläfer in seinem Atem, was es auch war, bewies jedenfalls, dass er in irgendeiner Beziehung zu RM stand, aber nicht, dass er das Virus produziert hatte. Die Partials waren Soldaten und keine Gentechniker. Natürlich hatten sie Ärzte, die aber nicht unbedingt zu solchen Leistungen fähig sein mussten. Wenn die Ähnlichkeit nun etwas ganz anderes zu bedeuten hatte?

Vielleicht ein Hinweis auf einen gemeinsamen Ursprung? Hatte eine dritte Partei sowohl RM als auch die Partials geschaffen?

Kira schloss die Augen und rief sich in Erinnerung, was sie in der Schule gelernt hatte. Wie war noch gleich der Name der Firma?, fragte sie sich. Para...irgendetwas? Es war so schwer, die Details der alten Welt nicht zu vergessen, alle Namen, Orte und Technologien, die im gegenwärtigen Leben keine Bedeutung mehr hatten. Bei den Anbietern von Lebensmitteln war es einfach, weil überall die Trümmer der Filialen zu sehen waren: Starbucks, Panda Garcia und ein Dutzend weitere. Sie konnte sich nicht einmal mehr erinnern, vor dem Zusammenbruch als Kind in einem solchen Laden gegessen zu haben. Die gentechnischen Firmen lagen dagegen völlig außerhalb ihrer bisherigen Erfahrungen. Im Geschichtsunterricht hatte sie die Namen gehört, aber nicht weiter darauf geachtet. Die Regierung hatte die Partials in Auftrag gegeben, und Para...irgendetwas war nur der Auftragnehmer gewesen.

Para-Genetics!, erinnerte sie sich. Sie hießen ParaGen. Haru hatte sie ein paar Tage zuvor erwähnt. Aber was hatten die mit RM zu tun? Sie hatten das Virus doch nicht geschaffen, denn auch sie waren Menschen. Es passte einfach nicht.

»Hattest du eine Mutter?«, fragte Samm. Die Frage riss Kira aus ihren Gedanken. Neugierig sah sie ihn an.

»Was?«

»Hattest du eine Mutter?«

»Ich ... natürlich. Jeder hat eine Mutter.«

»Wir nicht.«

Kira runzelte die Stirn. »Du bist innerhalb von zwölf Stunden schon der Zweite, der mich danach fragt.«

»Ich war nur neugierig.«

»Schon gut«, antwortete Kira. »Meine Mutter habe ich nicht gekannt. Damit sind wir einander wohl ähnlicher, als wir dachten.«

»Und dein Vater?«, fragte Samm.

»Was willst du über ihn wissen? Ich war fünf, als er starb, und kann mich kaum an ihn erinnern.«

»Ich hatte auch keinen Vater.«

Kira rollte mit dem Stuhl näher zu ihm hinüber, bis sie fast den Rand des Schreibtischs erreicht hatte. »Warum bist du so neugierig?«, fragte sie. »Du schweigst dich lange aus, und heute Morgen interessierst du dich auf einmal für Familien. Was ist los?«

»Ich habe nachgedacht«, antwortete er. »Sehr eingehend. Dir ist doch bekannt, dass wir uns nicht fortpflanzen können, oder?«

Sie nickte beunruhigt. »Ihr wurdet so geschaffen. Ihr wart ... nun ja, ihr solltet Waffen und keine Menschen sein. Man wollte keine Waffen bauen, die sich vermehren können.«

»Ja«, antwortete er. »Wir sollten nie außerhalb der Infrastruktur existieren, die uns geschaffen hat, aber das tun wir jetzt, und alle alten Parameter unserer Konstruktion sind ...« Er unterbrach sich und blickte in die Kamera. »Hör mal, traust du mir?«

Sie zögerte, aber nicht lange. »Nein.«

»Das war anzunehmen. Glaubst du, du könntest mir irgendwann trauen?«

»Irgendwann?«

»Falls wir zusammenarbeiten, falls wir irgendwann einen Waffenstillstand anbieten. Frieden. Könntest du lernen, uns zu vertrauen?« Darauf hatte er also von Anfang an hinausgewollt – seit sie ihn gefragt hatte, was er in Manhattan zu tun gehabt hatte. Endlich war er bereit, darüber zu reden. Doch konnte sie ihm vertrauen? Was wollte er von ihr?

»Ich könnte euch trauen, wenn ihr euch als vertrauenswürdig erweist«, erwiderte Kira. »Ich ... ich misstraue dir nicht aus Prinzip, falls du das meinst. Nicht mehr. Aber viele andere tun es.«

»Was wäre nötig, um ihr Vertrauen zu gewinnen?«

»Es hätte geholfen, wenn ihr nicht vor elf Jahren unsere Welt zerstört hättet«, erwiderte Kira. »Davon abgesehen ... ich weiß es nicht. Vielleicht ... wenn ihr sie wieder aufbaut.«

Er schwieg und dachte nach, sie beobachtete ihn genau – die Art und Weise, wie die Augen zuckten, als betrachtete er zwei Dinge gleichzeitig. Hin und wieder warf er einen flüchtigen Blick zu der Kamera hinüber. Was plant er?, fragte sich Kira.

Sie suchte seinen Blick. Wenn du unsicher bist, halt es nicht zurück!, sprach sie sich gut zu. »Warum sagst du mir das?«

»Weil für uns beide die einzige Hoffnung darin besteht, uns gegenseitig zu helfen. Wir müssen zusammenarbeiten.«

»Das hast du schon einmal gesagt.«

»Du hast nach unserem Auftrag gefragt. Genau das war der Auftrag, Kira. Wir sind gekommen, um Frieden zu schließen und herauszufinden, ob wir zusammenarbeiten können. Ihr braucht unsere Hilfe, um RM zu heilen, aber wir brauchen euch ebenso.«

»Warum?«

Er blickte wieder in die Kamera. »Das kann ich dir nicht sagen.«

»Aber du musst es mir verraten. Bist du nicht deshalb hier? Wenn ihr auf einer Friedensmission seid, dann könnt ihr doch nicht sagen: Wir brauchen eure Hilfe, können den Grund dafür aber nicht preisgeben.«

»Wir wussten nicht, wie sehr ihr uns immer noch hasst«, antwortete Samm. »Wir dachten, wir könnten euch vielleicht überzeugen und einfach die Zusammenarbeit anbieten. Als ich gefangen genommen und hergebracht wurde, als ich sah, was hier vorging ... es war nicht möglich. Aber du, Kira, du hörst zu. Mehr noch – du verstehst, was auf dem Spiel steht. Kein Preis ist dir zu hoch, wenn es darum geht, das Überleben deiner Spezies zu sichern.«

»Dann sag es mir doch einfach!«, flehte sie. »Vergiss die Kameras! Vergiss, wer da auf der anderen Seite zusieht, und sag mir einfach, was los ist!«

Samm schüttelte den Kopf. »Es geht nicht darum, dass sie mir nicht glauben werden«, sagte er. »Wenn sie herausfinden, warum ich hier bin – in dem Moment, in dem sie den Grund erfahren, bin ich tot.«

Dieses Mal blickte Kira unbehaglich in die Kamera, doch Samm schüttelte den Kopf und betrachtete seine Verletzungen. »Schon gut, sie wissen, dass ich ein Geheimnis habe.«

Sie verschränkte die Arme und lehnte sich zurück. Was konnte so gefährlich sein, dass man ihn umbrächte, sobald er es ausspräche? Eine Botschaft, die sie nicht hören wollten – oder etwas, das sie unbedingt erfahren wollten? Sie zermarterte sich das Hirn und suchte nach einer plausiblen Theorie. War er wirklich eine lebende Bombe, wie sie es anfangs befürchtet hatten, und Samm dachte, der Senat werde ihn schleunigst töten, um ihn loszuwerden? Aber wie passte das mit dem Friedensangebot zusammen?

Frieden. Genau das hatte sie erhofft, als sie am Vortag mit Marcus gesprochen hatte. Sie wollte zugreifen und ihn berühren, ihn schmecken und erfahren, wie es sich anfühlte, im Frieden und nicht in ewiger Angst zu leben. Seit dem Erlass des Zukunftsgesetzes hatte es keinen echten Frieden mehr gegeben. Die *Stimme* rebellierte, und die Insel versank immer tiefer im Chaos. Auch in den Jahren davor hatte es keinen Frieden gegeben – der verzweifelte Wiederaufbau nach dem Zusammenbruch, der Zusammenbruch selbst und der Aufstand der Partials, sogar der Isolationskrieg, der die Schöpfung der Partials ausgelöst hatte. Sie hatte von Geburt an in einer Welt der Zwietracht gelebt, und die Welt davor war nicht viel besser gewesen. Die Welt stand am Rand der Vernichtung, und jeder hatte eine eigene Lösung parat. Kira hatte als Einzige angeregt, dass man dazu vielleicht die Partials brauchte und mit ihnen zusammenarbeiten sollte.

Genauer gesagt – bisher war sie die Einzige gewesen. Nun schlug der Partial genau das Gleiche vor.

»Nein«, sagte sie langsam, während tiefes Misstrauen auf Spinnenbeinen durch ihre Seele schlich, »es klingt zu perfekt. Mir scheint, du sagst genau das, was ich hören will.« Sie schüttelte den Kopf. »Ich glaube dir nicht.«

»Warum sollten wir etwas anderes wollen?«, fragte Samm. »Es ist der wichtigste Instinkt überhaupt – das Überleben. Eine neue Generation aufbauen, die ein Morgen kennt.«

»Aber du hattest nie eine Familie«, widersprach Kira. »Bei euch gibt es keine Familien, ihr wart nie Jugendliche und wisst nicht einmal, wie es sich anfühlt, jung zu sein. Wenn nun der Wille, etwas zu erschaffen und zu hinterlassen, nur als überkommener Instinkt zufällig in irgendeinem uralten DNA-Strang fixiert ist?«

Auf einmal fiel Kira ein Hund ein. In ihrer Erinnerung war er ein Riese, eine knurrende Masse aus Muskeln und Zähnen. Er hatte sie durch einen Park oder Garten gehetzt, jedenfalls durch irgendeine grüne Landschaft voller Gras und Blumen. Sie hatte große Angst gehabt, der Hund hatte sie fast erreicht, doch auf einmal war ihr Vater ihr beigesprungen. Er war kein besonders starker Mann gewesen, aber er hatte sich zwischen seine Tochter und den Hund geworfen. Er war gebissen worden, ihrer Erinnerung nach sogar ziemlich übel. Er hatte es getan, um sie zu retten. Das taten Väter eben.

»Was sagt die Tatsache, dass wir keine Eltern haben, deiner Ansicht nach über uns aus?« Sie hob den Kopf und sah Samm an. »Ich meine nicht uns allein, sondern ... eine ganze Gesellschaft ... oder besser zwei Gesellschaften, die keine Eltern haben. Welche Auswirkungen hatte das deiner Ansicht nach auf uns?«

Samm schwieg, erwiderte aber ihren Blick. In einem seiner Augen schimmerte eine Träne. Zum ersten Mal sah sie ihn weinen. Die Wissenschaftlerin in ihr wollte eine Probe nehmen und die Träne studieren, um herauszufinden, wie und warum er weinte. Die junge Frau in ihr dachte an das Zukunftsgesetz und fragte sich, ob ein Senator ein solches Gesetz überhaupt verabschieden konnte, wenn er wusste, dass es auch die eigene Tochter traf.

Kira betrachtete den Bildschirm und sah nicht die Darstellung, sondern ihre Erinnerungen an Manhattan. Den Angriff der Partials, Gabe, der tot im Flur gelegen hatte, wo die Partials ihn niedergeschossen hatten. Warum haben sie ihn erschossen, wenn sie auf einer Friedensmission waren?, fragte sie sich. Sie runzelte die Stirn – wie sollte sie dieses Ereignis mit Samms Protesten und Unschuldsbeteuerungen in Einklang bringen? Sie haben uns vorher nicht einmal auf ihre Absichten angesprochen, dachte sie. Das passt nicht zusammen.

Sie zermarterte sich das Hirn nach weiteren Erinnerungen. Fand sich irgendetwas, das die Ideen unterstützte, an deren Wahrheit sie so gern glauben wollte? Was hatten die Partials direkt vor der Sprengung des Apartments gesagt? Sie forschte in ihren Erinnerungen. *Welche Gruppe ist das?* Diese Worte hatte sie deutlich gehört oder glaubte sich genau daran zu erinnern. Welche Gruppe in welchem Zusammenhang? Hatten sie mit jemand anderem gerechnet? Vielleicht mit Banditen oder der *Stimme*? War es reines Glück gewesen, dass sie stattdessen auf Kira gestoßen waren, auf den einzigen Menschen, der ihnen zuhörte?

Auf einmal öffneten sich die Türen mit einem Summen, und das Dekontaminationsgebläse erwachte brüllend zum Leben. Mit einer Plastikspritze voller Blut eilte Shaylon auf sie zu.

»Die Schwester sagt, das soll ich dir geben.« Er hob die Spritze. »Du wüsstest schon Bescheid.«

»Du darfst hier nicht hereinkommen«, erwiderte Kira.

»Sie behauptet, es sei ein Notfall«, wandte Shaylon ein. Er unterbrach sich und betrachtete Samm. »Das ist er also.«

Vorsichtig nahm Kira die Spritze in Empfang. Das Blut in dem Röhrchen war noch warm. »Was ist das?«

»Angeblich weißt du Bescheid. Es kommt von der Entbindungsstation«, erklärte Shaylon.

Da dämmerte es Kira, und sie riss die Augen auf. »Das Blut von einem Neugeborenen! Eine der Frauen hat ein

Kind bekommen!« Sie stürzte zur Arbeitsfläche und holte rasch Glasplättchen und Pipetten heraus. »Weißt du, wer die Mutter ist?«

»Wie die Schwester sagt, weißt du, was damit zu tun ist.«

»Ja, das weiß ich«, antwortete Kira. »Reg dich ab!« Bitte, lieber Gott, lass es nicht Madison sein!, flehte sie im Stillen. So rasch sie es wagen konnte, beförderte sie einen Blutstropfen auf einen Objektträger und lief zum Medicomp. »Dies ist nicht infiziertes Blut, verstehst du? Die Babys werden gesund geboren und dann erst mit dem Virus infiziert. Wir haben nur ein paar Minuten, vielleicht noch weniger, ehe das Virus sich verändert und angreift.« Sie tippte die Befehle ein und hastete zum Arbeitsplatz zurück, wo sie sofort den nächsten Objektträger vorbereitete. »Die Krankheit wird durch die Luft und das Blut übertragen. Ich versuche, die Viren zu beobachten, während sie von einem Zustand in den nächsten wechseln. Schalt das Mikroskop ein!«

»Welches ist das Mikroskop?«

»Das da.« Mit dem Objektträger in der Hand eilte sie durch den Raum, öffnete die Kammer und schob den Träger hinein. Dann schaltete sie alles ein und trommelte mit den Fingern ungeduldig auf das Gerät, das summend allmählich zum Leben erwachte. Sobald der Bildschirm flackerte, aktivierte sie den Betrachter und wies den Computer an, nach Viren zu suchen. Ein kleines *Ping!* verriet ihr, dass der Apparat bereits eine luftgebundene Form entdeckt hatte. Sofort rief sie das Bild auf. Das winzige Virus erschien rot hervorgehoben in einem grauen Meer auf dem Bildschirm. Die Veränderung hatte bereits eingesetzt, doch dies war ein Standbild, das irgendwo zwischen dieser und der nächsten Form entstanden war. So fortschrittlich das Mikroskop auch war, bei dieser Vergrößerung konnte es keine Filme aufzeichnen. Erneute Signaltöne verrieten ihr, dass das Gerät weitere Viren gefunden hatte. »Wenn wir brauchbare Bilder von verschiedenen Zwischenstadien bekommen, können wir vermutlich den ganzen Prozess rekonstruieren«, erklärte Kira. Sie wies den Medicomp an, ein weiteres Bild von demselben Bereich aufzunehmen, um festzustellen, ob sich das luftgebundene Virus vollständig in die größere Form verwandelt hatte.

Der Computer öffnete ein kleines Fenster: *Partielle Übereinstimmung.*

Shaylon deutete erschrocken darauf. »Ist das ein Partial-Baby?«

»Nein. Es heißt, dass das gefundene Objekt nur teilweise mit den Daten in der Datenbank übereinstimmt.« Genau wie der Schläfer, dachte sie. »Wir haben hier etwas, das nach RM aussieht, aber kein Virus ist.« Sie rief das Bild auf und starrte es erschrocken an, denn sie erkannte nicht, was es zeigte. »Das ist nicht gut.«

»Was ist los?«

»Es ist eine neue Form des Virus«, erklärte Kira, während sie die Darstellung drehte, um sie von allen Seiten zu begutachten. »Die luftgebundene Spore verwandelt sich angeblich in den Klecks, der im Blut vorkommt. Dies sind die beiden einzigen Varianten von RM in unserer gesamten Datenbank.« Verzweifelt sah sie sich nach etwas um, mit dessen Hilfe sie die Vorgänge verstehen konnte. »Das hier ist neu.«

Sie tippte auf den Bildschirm und zerlegte das Abbild, so gut sie konnte, um ins Innere zu blicken. Der Computer hatte recht, es war eine teilweise Übereinstimmung mit dem Klecks, denn viele Proteinstrukturen waren auf ähnliche Weise angeordnet, aber darüber hinaus war es völlig neu, und im Gegensatz zu dem Schläfer war es eindeutig ein Virus. Liegt es daran, dass Samm hier ist?, fragte sie sich. Ist das neue Virus ein Produkt des Schläfers? Kira markierte das Bild und forderte den Computer auf, noch einmal die Datenbank zu durchsuchen und alles auszuwerfen, was mehr oder weniger genau passte. Es gab fünf Ergebnisse, die alle aus den Blutproben von Neugeborenen stammten. Die meisten waren Frühgeburten, außerdem eine Totgeburt, und alle lagen mehr als acht Jahre zurück. Es ist nicht oft genug aufgetreten, um aufzufallen, fuhr es ihr durch den Kopf. Aber es war da, und zwar Jahre vor Samms Eintreffen. Also lag es nicht an Samm. Aber woher war es gekommen?

Kira sprang zum Bildprogramm des Medicomp zurück. Wenn es nicht sehr häufig vorkommt, ist es vielleicht nur eine Mutation, überlegte sie. Vielleicht sind die einzigen Exemplare hier in der Probe, und ich habe nur zufällig an dieser Stelle begonnen. Sie wies das Mikroskop an, in den Blutproben weiter danach zu suchen, und wurde fast augenblicklich mit einem *Ping!* belohnt. Dann folgten viele weitere Signale für die Funde, während das Gerät nach der luftgebundenen Spore suchte. Es ist überall, erkannte Kira. Sie rief die Bilder nacheinander auf. Das neue Virus füllte alle Bildschirmfenster und vermehrte sich explosionsartig. Hektisch startete sie einen weiteren Suchlauf, um die Sporen zu finden, bekam jedoch kein Ergebnis. Der Computer hatte die anfänglichen Bilder gespeichert, doch inzwischen waren die Gebilde aus dem Blut verschwunden. Sämtliche Sporen hatten sich in diese neue Form verwandelt, in dieses Raubtier, und die Vermehrung ging weiter.

Shaylon betrachtete Samm. »Was ist das?«, fragte er unsicher und nervös.

»Ich habe keine Ahnung.« Kira knirschte mit den Zähnen und stürzte sich auf den wachsenden Stapel der Berichte, Scans und Bilder, um endlich zu finden, was sie suchte: den Umwandlungsprozess von der Spore zum Raubtier. Die kleinen Einzelheiten, die ihr verrieten, wie das Virus funktionierte und welche chemischen Abläufe mit jedem Prozess verbunden waren. Die Informationsflut überwältigte sie, als versuchte sie aus einem Wasserfall zu trinken. Auf einmal fuhr Shaylon auf, legte den Finger an den Kopfhörer und ging in die Hocke. »Runter!«

»Warum? Was ist ...«

»Runter!«, wiederholte Shaylon mit Nachdruck und zog Kira hinter den Metallkasten des Mikroskops. »Da schleicht jemand herum. Man vermutet, dass jemand aus dem Gefängnis ausgebrochen ist.«

Kira spähte um die Ecke des Computers. Samm beobachtete sie voller Interesse. Will ihn wirklich jemand holen?, fragte sie sich. Ihre Pistole steckte im Halfter, das auf der Arbeitsfläche lag. Viel zu weit entfernt, um sie von dem Versteck aus zu erreichen. Falls jemand eindrang, konnte sie die Waffe nicht mehr rechtzeitig an sich nehmen.

Sie blickte zu Shaylon hinüber, der aufmerksam dem Funkverkehr lauschte. »Sie glauben, die Gefahr sei draußen«, berichtete er leise. »Du bleibst hier, während ich aus dem Fenster sehe.« Geduckt lief er zur Wand und hielt ständig das Gewehr bereit. Kira blickte zu Samm, dann zur Tür, rannte zur Theke und griff nach der Pistole. Dann tauchte sie sofort wieder ab. In Richtung Fenster war sie gedeckt, aber nicht zur Tür hin. War der zweite Soldat noch draußen? Sie zog die Pistole aus dem Halfter und warf das Leder in die Ecke, dann überprüfte sie Magazin und Kammer.

»Ich erkenne nichts«, berichtete Shaylon. Vorsichtig stand er auf, schmiegte sich dicht an die Wand und spähte schräg hinaus. Er hob die Hand ans Ohr und redete beunruhigt mit Mkele. »Ich sehe nichts ... Moment, da draußen bei den Autos. Sind sie denn noch so weit weg?«

Es ist doch sinnlos, das Krankenhaus bei vollem Tageslicht anzugreifen, dachte Kira. Die Autos bieten eine gute Deckung, und vor dem Gebäude gibt es Bäume, aber ideal ist es nicht. Wenn sie die Wand durchbrechen wollen, kämen sie besser bei Nacht. Warum warten sie nicht, bis sie überall günstigere Bedingungen vorfinden?

Wart mal!, dachte sie auf einmal. Wenn sie durch die Wand kommen ...

Sie sprang auf und lief zu Shaylon hinüber. »Zurück! Du bist zu nahe an der ...« Dann explodierte die Mauer. Ziegelsteine, Metall und Putz platzten nach innen wie eine große Blase. Die Schockwelle erfasste Kira und stieß sie wie mit unsichtbarer Hand zurück. Shaylon wurde zur Seite geworfen und landete auf dem Boden wie eine Lumpenpuppe. Sogar Samm wurde weggeschleudert, und der Operationstisch flog wie ein trockenes Blatt durch die Luft. Er rammte Kiras Schreibtisch und stürzte um.

Kira prallte mit großer Wucht gegen die Rückwand, konnte nicht mehr atmen und verlor die Waffe. Sie landete hinter dem Ganzkörperscanner, der bereits bedenklich schwankte und dann mit ihr umfiel und sie am Boden festklemmte. Kira schrie vor Schmerz auf und war sicher, dass ein Bein gebrochen war, dann überwand sie sich und blieb ruhig.

Tief durchatmen, Kira, redete sie sich gut zu. Tief durchatmen. Du darfst die Beherrschung nicht verlieren. Langsam setzte die Wahrnehmung wieder ein, und auch die Schmerzen im Bein wurden stärker. Das Bein war nicht gebrochen, nur eingeklemmt. Du kannst die Maschine wegschieben, dachte sie. Sie hörte im Raum eine Bewegung, Schutt prasselte herunter. Besorgt sah sie sich um, doch die Maschine versperrte ihr den Blick, sie konnte nur die Tür erkennen. Der Plastiktunnel hing zerfetzt von der Decke herab, die Trümmer der eingedrückten Wand hatten ihn zerstört und gegen die Tür gepresst, die jetzt versperrt war. Im eingeklemmten Bein spürte Kira einen kleinen elektrischen Schlag. Das Plastikgehäuse des Scanners war defekt. Die Maschine hat einen Kurzschluss, ging ihr auf. Ich muss mich befreien. Sie hörte weitere Schreie, irgendwo bewegte sich jemand. War es Shaylon oder Samm? Sie stemmte die Arme gegen die Wand, setzte das unverletzte Bein an die Maschine und schob mit aller Kraft.

Der Apparat rutschte eine Handbreit, dann eine weitere. Langsam und quälend bewegte er sich, dann hörte sie tief in der Maschine etwas knacken, und sie bekam einen heftigen Stromschlag.

Die Schmerzen waren unerträglich. Alle Muskeln im Körper verkrampften sich gleichzeitig und spannten sich stärker an, als sie es je für möglich gehalten hätte. Dann ließen die Schmerzen nach, und sie holte keuchend Luft. Sie war benommen und konnte kaum noch denken, sie fühlte sich, als wäre sie mit einer Metallstange geschlagen worden, ohne die getroffene Stelle angeben zu können.

»Hilfe!«, krächzte sie mühsam.

Dann kam der nächste Schlag, der Strom raste durch ihren Körper. Sie verdrehte die Augen, und es wurde schwarz um sie, die ganze Welt war ein formloser, nicht zu beschreibender Schmerz, und dann war der Schock vorbei. Ihr Herz stolperte, ihr wurde schwindelig. Sie kämpfte, um bei Bewusstsein zu bleiben.

»Helft mir!«, flüsterte sie schwach und heiser. »Der Scanner ist ... ich bekomme Elektroschocks ...«

Dann kam der nächste elektrische Schlag, und sie ging in den Schmerzen unter. Als er vorbei war, brauchten ihre Lungen geschlagene fünf Sekunden, ehe sie wieder Luft schöpfen konnten. Der Strom störte den Herzrhythmus, und ihr Körper wusste nicht mehr, wie er reagieren sollte. Als sie endlich wieder atmete und verzweifelt Luft in die Lungen sog, roch sie den beißenden Gestank ihrer eigenen verkohlten Haut. Langsam setzte der Sehsinn wieder ein, und nun erkannte sie, dass die Tür inzwischen offen war, nur ein paar Handbreit, und ein Auge spähte hindurch. Nein, zwei Augen. Eins weiß, das andere schwarz.

Kein Auge, dachte sie benommen. Die Mündung einer Waffe.

Die Tür wackelte ein wenig und stieß gegen den Schutthaufen. Die Soldaten konnten nicht herein, weil die Tür nicht weiter nachgab. »Es ist das Mädchen. Lebt da drin sonst noch jemand?«

»Ihr müsst mir helfen!«, krächzte sie. »Mein Herzschlag setzt aus.«

»Siehst du den Gefangenen? Ist er geflohen?«

»Schläge sind … unregelmäßig«, keuchte sie. Ihr Körper versagte endgültig. Die Muskeln, das Herz, die Lungen stellten den Dienst ein. »Ihr müsst mir helfen. Noch ein Stromschlag, und ich … bin …«

Sie hörte Stimmen. Rufe und Schreie, die klangen, als kämen sie aus unendlicher Ferne. Ein warmer Luftzug strich ihr über das Gesicht, und sie schlug die Augen auf. Alles war verschwommen, aber dort war jemand. Er bewegte sich, und auf einmal wich der Druck von ihrem Bein. Der wuchtige Scanner flog durch den Raum, der Lärm dröhnte ihr in den Ohren. Starke Arme zogen sie aus den Trümmern hervor. Sie bemühte sich, ihren Retter zu erkennen. Jemand hielt sie, trug sie und untersuchte sie auf Verletzungen.

»Danke«, hustete sie. Sie sprach so leise, dass sie es selbst kaum verstehen konnte. Entschlossen klammerte sie sich an ihren Retter. »Ich glaube … er ist weg.«

»Ich bin hier, Kira.«

Die Stimme kenne ich, dachte sie.

Sie kam langsam zu sich, sah sich angestrengt um und erkannte endlich wieder etwas. Samm hielt sie, seine Uniform rauchte noch von der Explosion. Die abgerissenen Riemen des Operationstischs hingen ihm an den Armen. Ringsum war alles zerstört, auf dem Boden lagen Trümmer, in der Wand klaffte ein Loch. Draußen schwankten die Bäume im Wind. Der zerstörte Scanner lag in einer Ecke, Shaylon in der anderen. Er war voller Blut und rührte sich nicht.

Sie blickte zu Samm hoch. »Du hast mich gerettet.«

Endlich öffnete sich die Tür, und die Soldaten stürzten herein. »Leg sie ab!«

»Er hat mich gerettet.«

»Leg sie sofort ab!«

Samm kniete nieder und bettete Kira behutsam auf den Boden. Sobald er sich zurückgezogen hatte, sprangen die Soldaten herbei und schlugen ihn mit den Gewehrkolben nieder. Kira wollte etwas sagen und protestieren, doch sie war zu schwach und konnte nur hilflos zusehen.

25

Es war dunkel im Zimmer. Medizinische Geräte piepsten leise, winzige Lampen blinkten im Schatten. Kira schlug die Augen auf, schloss sie wieder und keuchte. Ihr Kopf war immer noch voller Schmerzen und Licht, als fände die Explosion in diesem Augenblick statt.

Samm hat mich gerettet, fuhr es ihr durch den Kopf.

Die Soldaten hatten Samm fast eine ganze Minute lang geschlagen, ehe sie ihn wieder angekettet hatten. Ihre Hiebe hatten vor allem den Bauch und den Kopf getroffen. Er hatte sich nicht gewehrt, er war nicht weggelaufen, als er die Gelegenheit dazu hatte, und er hatte sich nicht gewehrt. Er hatte sich von ihnen verprügeln lassen, vor Schmerzen gestöhnt und die Serie heftiger Schläge einfach hingenommen.

Er ist ein Partial, sagte sie sich. Das hatte sie sich in den vergangenen drei Tagen immer wieder vor Augen gehalten. Er ist nicht einmal ein Mensch. Wir wissen nicht, was er hier will, was er denkt und was er plant. Und doch, noch während sie darüber nachdachte, wurde ihr klar, dass sie es selbst nicht glaubte. Er wollte das Gleiche wie sie: ihre Probleme lösen, statt ihnen immer nur auszuweichen. Auf der ganzen Insel war er der Einzige, der mit ihr übereinstimmte.

Aber er war ein Partial.

Als Kira sich aufrichten wollte, raubten ihr die Schmerzen im Bein den Atem. Es war das Bein, das unter dem

Scanner eine Brandwunde abbekommen hatte. Um die Verletzung betrachten zu können, schlug sie die Decke beiseite, doch sie trug einen Verband und konnte nichts erkennen. Allerdings kannte sie das Jucken der Muskelfasern, die gerade wieder zusammenwuchsen. Man hatte sie mit einer Regenerationsbox behandelt. Es würde eine Weile dauern, bis sie sich aufrichten konnte, vom Aufstehen und Umherlaufen ganz zu schweigen.

Als sie ein leises Seufzen hörte, blickte sie zu dem zweiten Bett im Raum. Das Krankenhaus hatte zwar viele Zimmer, aber nicht genug Strom, um alle Etagen zu versorgen. Deshalb lagen die meisten Patienten in Doppelzimmern. Sie betrachtete die Gestalt, die im schwachen Licht fast gesichtslos war. Erschrocken erkannte sie, dass es Shaylon war. Die Explosion musste ihn schwer verletzt haben. Den Verbänden nach hatte er ein Dutzend Knochenbrüche und unzählige Schnittwunden und Abschürfungen erlitten. Er atmete langsam und schwach, aber aus eigener Kraft. Anscheinend befand er sich in einem stabilen Zustand. Es sah so aus, als würde er es schaffen.

Er hatte das Raubtier im Blut gesehen und ihre Überlegungen über dessen Natur mitbekommen. Hatte sie ihm zu viele Geheimnisse offenbart? Die Insel stand kurz davor, beim kleinsten Funken in Flammen aufzugehen. Bitte!, dachte sie. Hoffentlich ist er so klug, den Mund zu halten, wenn er aufwacht.

Kira hörte Schritte im Flur.

»Sie sind wach«, sagte Oberschwester Hardy.

»Was ist passiert?«, fragte Kira sofort. »Wie lange war ich weg?« Sie unterbrach sich, als sie sah, dass die Schwester noch ein weiteres Bett hereinrollte. Es war Madison. Kira richtete sich spontan auf und keuchte, als ihr ein stechender Schmerz durch das Bein fuhr.

»Madison, wie geht es dir?«

»Die Wehen haben zu früh eingesetzt«, erklärte Oberschwester Hardy. »Wir konnten sie unterdrücken, aber ich weiß nicht, wie lange das noch gut geht.«

»Das wird schon«, sagte Madison. Sie blickte Kira an. »Ich darf nicht einmal mehr aufrecht sitzen und gehen sowieso nicht. Allein auf die Toilette darf ich auch nicht.«

»Ruhen Sie sich einfach aus!«, riet Oberschwester Hardy. »Wir behalten Sie noch ein paar Stunden hier, damit Sie sich erholen können, und dann sehen wir, ob wir Sie in ein normales Zimmer verlegen können. Sie müssen sich entspannen.«

»Ich entspanne mich ja schon«, beteuerte Madison pflichtbewusst. »Ich starre die Decke an und rühre keinen Finger.«

»Sie sollten sich ausruhen«, empfahl ihr Oberschwester Hardy. Dann wandte sie sich an Kira. »Und Sie auch. Sie haben nur ein paar Stunden geschlafen, und Ihr Körper braucht Ruhe. Lassen Sie mich das Bein ansehen!« Sie zog die Decke zurück und hob den Rand des Verbands an. Kira hielt den Atem an, um die Schmerzen zu unterdrücken, als der Stoff über die Brandwunde rieb. Oberschwester Hardy schürzte missbilligend die Lippen, während sie die handtellergroße geschwärzte Wunde betrachtete, die dick mit Brandgel und Antiseptika eingeschmiert war. »Es heilt, aber es ist eine hässliche Wunde. Wir haben vor ein paar Stunden die Regenerationsbox benutzt und müssen eine Weile warten, ehe die nächste Behandlung beginnen kann.«

»Danke.« Kira keuchte leise, als die Schwester den Verband wieder an die richtige Stelle schob.

»Schlafen Sie!«, drängte Hardy sie. »Alle beide.« Damit ging sie hinaus und schloss leise die Tür hinter sich. Im Zwielicht betrachtete Kira Madison.

»Mads, weißt du, was da oben passiert ist? War es die *Stimme*?«

»So muss es wohl gewesen sein, aber ich weiß nicht viel mehr als du. Es gab eine Explosion, und jemand hat die Absperrungen durchbrochen.«

Kira zögerte. »Und Samm?«

»Samm?«

»Der Partial.«

Madison warf ihr einen seltsamen Blick zu. »Tut mir leid, Kira, das weiß ich nicht. Ich hatte Probleme mit der Plazentaablösung und wurde gerade untersucht, als die Explosion geschah. Ich konnte mich ja nicht bewegen und erst recht nicht mit jemandem reden, der über die Vorgänge Bescheid wusste.«

Kira sank auf das Kissen zurück und grunzte erleichtert, als die Spannung in dem verbrannten Bein nachließ. »Ich dürfte gar nicht hier herumliegen. Ich muss herausfinden, was los ist.«

»Das sollten wir beide.«

Kira lachte trocken. »Das klingt, als wärst du genauso übel dran wie ich.«

»Ach ja, weißt du, es geht auf und ab.« Madison rutschte auf dem Bett hin und her, bis sie bequemer lag. »Ich habe noch zehn Wochen und kann von Glück reden, wenn es noch vier werden.« Sie war traurig und sprach leise. »Ich werde sie verlieren, Kira.«

»Du wirst sie nicht verlieren.«

»Selbst wenn sie zur richtigen Zeit geboren wird, selbst wenn sie zu spät geboren wird und viel Zeit hat, sich zu entwickeln, werde ich sie wegen des RM-Virus verlieren.«

»Das lasse ich nicht zu.«

»Du kannst es nicht verhindern«, beharrte Madison. »Ich weiß, dass du es versuchst und alles Menschenmögliche getan hast, um mir zu helfen, aber das reicht nicht. Vielleicht eines Tages, aber nicht für mich.« Ihre Stimme brach. »Nicht für Arwen.«

Kira warf den Kopf herum. »Wer ist Arwen?« Sie hatte angenommen, ihr seien alle schwangeren Frauen bekannt. Ob Arwen neu ist?, fragte sie sich. Ich habe nur ein paar Tage mit Samm verbracht, aber das war offenbar genug Zeit, um weitere werdende Mütter auf die Liste zu setzen.

Madison setzte zum Sprechen an, zögerte dann aber. »Arwen ist mein Baby«, flüsterte sie schließlich. »Ich habe ihr einen Namen gegeben.«

Die Worte trafen Kira wie ein Fausthieb in den Magen.

»Mads ...«

»Ich weiß, ich hätte es nicht tun sollen«, murmelte Madison. »Ich weiß. Aber ich liebe meine Tochter, Kira. Ich liebe sie mehr, als ich es dir überhaupt erklären kann. Es ist, als würde ich sie schon ewig kennen – sie ist so eigensinnig und stark und so ... witzig. Ich weiß, wie lächerlich das klingt, aber sie bringt mich jeden Tag zum Lachen. Es ist, als erzählten wir uns einen Witz, den niemand sonst versteht. Es war mir unmöglich, ihr *keinen* Namen zu geben, Kira. Sie ist ein echter Mensch.«

»Es tut mir so leid, Mads.« Kira wischte sich die Augen trocken. »Ich kann mir gar nicht vorstellen, wie es für dich ist, wenn sich Samm in diesem Gebäude aufhält ...«

»Haru weiß nicht, dass ich einen Namen für sie ausgesucht habe«, fuhr Madison fort. »Übrigens hasse ich den Partial nicht.« Kira glaubte, im Zwielicht ein Achselzucken zu erkennen. »Was die Partials auch getan haben, es geschah vor elf Jahren. Wenn ich so lange an meinem Hass festhalte, bin ich so tot wie alle, die wir hinter uns gelassen haben. Ich will in keiner Welt voller toter Menschen leben.« Sie hielt inne und holte tief Luft. »Aber selbst wenn sie stirbt, ich werde meine Tochter wenigstens kennenlernen und kann mit ihr über ihre Scherze lachen.«

Die Tür öffnete sich erneut, und Oberschwester Hardy trat mit einer Spritze ein. Kira musste sich schon wieder die Augen wischen.

»Nur eine kleine Hilfe, damit Sie schlafen«, erklärte die Schwester.

»Ich brauche nichts«, widersprach Madison.

»Sie wollen es nicht«, korrigierte Hardy, während sie die Injektion vorbereitete. »Ich bin diejenige, die entscheidet, was Sie brauchen. Etwas Schlaf wird Ihnen guttun.« Sie nahm die Kappe von Madisons Infusionsschlauch, stach die Nadel hinein und injizierte das Mittel. »Fertig. Es müsste in ein paar Minuten wirken, und dann können Sie sich endlich ausruhen. Wir sehen uns morgen früh.«

Madison seufzte. »Na gut.«

»Ich will Mkele sprechen«, verlangte Kira. »Sofort.«

»Und wie soll mir das Ihrer Meinung nach gelingen?«, gab Oberschwester Hardy zurück. »Das Krankenhaus wurde angegriffen. Mkele ist beschäftigt.«

»Können Sie ihn suchen?«

Hardy deutete auf Madison und hob hilflos die Schultern. »Sie ist eine von sieben Müttern auf dieser Station. Ich habe selbst mehr als genug zu tun.« Sie seufzte. »Wenn ich ihn sehe, sage ich ihm, dass Sie ihn sprechen wollen.«

»Danke.«

Oberschwester Hardy drehte das Licht herunter und ging hinaus.

»Arwen Sato«, sagte Kira. »Das ist ein schöner Name.«

»Meine Großmutter hieß so«, erklärte Madison. »Haru hätte lieber einen japanischen Namen gewollt, aber ich glaube, Arwen gefällt ihm auch.«

»Der gefällt ihm bestimmt«, versicherte Kira ihrer Freundin.

»Dann sehen wir uns ... morgen früh.« Madison gähnte bereits ausgiebig, wurde langsam ruhiger, schwieg und schlief endlich ein. Schließlich atmete sie tief und ruhig.

Ich lasse ihr Kind nicht sterben, schwor sich Kira. Wie immer das zu schaffen sein mag. Das Baby wird überleben.

Aber wie? Sie fühlte sich überfordert und schüttelte den Kopf. Der Bürgerkrieg hatte vielleicht schon begonnen, und sie konnte nicht einmal aufrecht gehen. Die letzte Blutprobe – mit einem solchen Ergebnis hätte sie nie gerechnet. Eine neue Variante des Virus, die bisher noch niemand gesehen hatte? Das war doch völlig unsinnig. Ich habe geglaubt, ich wüsste, wie RM funktioniert, dachte sie. Aber jetzt ... alles, was ich bisher angenommen habe, war falsch, und ich habe keine Zeit mehr, die richtigen Antworten zu finden.

Nervös trommelte sie mit den Fingern auf die seitlichen Stangen ihres Krankenhausbetts. Sie musste die Mosaiksteinchen zusammensetzen. Sie dachte daran, was sie bisher in Erfahrung gebracht hatte, und versuchte einen neuen Blickwinkel zu finden. Bisher kannte sie vier Erscheinungsformen des RM-Virus: die Spore in der Luft, den Klecks im Blut, den Schläfer in Samms Atem und das Raubtier in der Blutprobe des Neugeborenen. Ich dachte, die Spore verwandelt sich in den Klecks, überlegte sie. Aber das ist nicht passiert. Sie hat sich in das Raubtier verwandelt, und nach den alten Dokumenten ist das auch früher schon geschehen, also ist dies keine Anomalie. Geschieht das jedes Mal? Ob das Raubtier einfach ein Stadium zwischen Spore und Klecks ist?

Im Geist ordnete sie die Versionen an und nannte die luftgebundene Spore Phase Eins. Das Raubtier war Phase Zwei, der Klecks Phase Drei. Bisher hatte noch niemand beobachten können, wie der Klecks tatsächlich einen Menschen getötet hatte. Das Virus befand sich im Blut aller Menschen, die überlebt hatten, also hatte man entsprechende Schlüsse gezogen. Wenn aber diese Form gar nicht die tödliche Variante war? Wenn nun das Raubtier der Killer war und sich längst in den Klecks verwandelt hatte, wenn ein Test durchgeführt wurde?

Kira schüttelte den Kopf und fluchte über die Explosion. Wenn ich noch eine Probe überprüfen könnte, ohne von einer Explosion gestört zu werden, könnte ich genau feststellen, was da passiert, ging es ihr durch den Kopf. Vielleicht. Aber ich habe keine Zeit für weitere Tests. Ich habe nicht einmal mehr ein Labor. Sie rutschte im Bett herum und keuchte, als das Bein wehtat. Schließlich stöhnte sie verzagt. Wie sollte sie etwas in Ordnung bringen, wenn sie sich nicht einmal bewegen konnte?

Die Tür öffnete sich wieder, und Dr. Skousen kam herein, gefolgt von Mister Mkele. Skousen trat zunächst ans Bett des bewusstlosen Shaylon.

Mkele schloss die Tür von innen ab.

»Sie sind wach.« Mkele betrachtete Kira genau. Sie strich die Decke über den Beinen glatt und starrte trotzig zurück. »Das freut mich, weil wir mit Ihnen reden müssen.«

»Was ist passiert?«, fragte sie. »Und wo ist Samm?«

Dr. Skousen ging zu Madison und tastete den Kopf und das Gesicht vorsichtig ab. »Sie schläft.«

»Gut«, sagte Mkele. »Dann wollen wir beginnen.«

»Was hat das alles zu bedeuten?«, fragte Kira. Es sollte energisch und fordernd klingen, doch sie fühlte sich schwach und verletzlich. Sie war verwundet und müde und lag halb nackt in einem Krankenhausbett. Sie zog die Decke weiter hoch. »Das war ein Angriff der *Stimme*, oder? Haben die Rebellen auch andere Gebäude angegriffen? Beginnt der Bürgerkrieg? Und sagt mir endlich jemand, was aus Samm geworden ist?«

Dr. Skousen nahm eine kleine Flasche aus der Tasche seines Kittels, dann eine kleine Spritze und eine winzige Nadel. Die Nadel erfüllte Kiras Gesichtsfeld, sie funkelte leicht im schwachen Licht.

»Samm ist unter Kontrolle«, erklärte Mkele. Er war müde, das Gesicht wirkte hager. »Jetzt müssen wir noch den zweiten Unsicherheitsfaktor unter Kontrolle bringen.«

Kira zuckte zusammen und sah sich entsetzt im Raum um, ob es eine Fluchtmöglichkeit gab. Die Tür war abgesperrt, das Fenster verschlossen, und das Bein kreischte vor Schmerzen, wenn sie nur ans Gehen dachte. Sie blickte Skousen an, der langsam die Spritze aufzog, dann wandte sie sich an Mkele. »Wollen Sie mich umbringen?«

»Nein.« Mkele kam zu ihr. »Aber wir möchten Sie bitten, nicht zu schreien.«

Skousen hob die Spritze und schnippte mit dem Finger dagegen. Kira riss die Augen auf und wollte kreischen, doch Mkele presste ihr die Hand auf den Mund, drückte ihre Schulter auf das Kissen und hielt sie fest. Unterdessen trat Skousen nicht an ihr, sondern an Shaylons Bett, stach die Nadel in den Infusionsschlauch des jungen Soldaten und spritzte die Dosis hinein.

»Wir wollten es nicht tun«, sagte Mkele. Er flüsterte ihr beinahe ins Ohr, die Stimme klang belegt und bedrückt. »Was Sie auch von uns halten, dies müssen Sie glauben: Wir wollten ihn nicht töten. Leider sind wir dazu gezwungen.«

Entsetzt beobachtete Kira, wie die Flüssigkeit aus der Spritze durch den Schlauch lief und im Körper verschwand. Nein, dachte sie. Nein, nein.

»Ich lasse Sie jetzt los und gebe Ihren Mund frei. Sie werden nicht schreien.« Mkele wartete, bis Kira mit entsetzt aufgerissenen Augen nickte, dann nahm er die Hand weg und trat einen Schritt zurück. »So, erledigt.«

»Was haben Sie getan?«

»Wir haben ihm ein Mittel verabreicht«, sagte Mkele. »Aber ich fürchte, er wird es trotz des Medikaments nicht schaffen.«

»Sie haben ihn getötet«, sagte Kira und starrte Skousen an. »Sie haben ihn getötet.«

»Nein«, erwiderte Skousen seufzend. »Er ist leider an den Verletzungen infolge der Explosion verstorben.«

»Aber warum?«, fragte sie sie.

»Er hat zu viel gesehen«, erläuterte Mkele. »Viel mehr, als er hätte sehen dürfen. Er hätte es weitererzählt, und das lassen wir nicht zu.«

»Wir hätten ihn doch davon abhalten können«, widersprach Kira. »Ihn isolieren und ihm erklären, was wir von ihm erwarten und ...«

»Sie kennen den Jungen«, erwiderte Mkele. »Ich konnte darauf vertrauen, dass er meinen Befehlen folgte, als ich ihn losschickte. Dass er auf das Ziel schoss, das ich ihm nannte. Aber nach allem, was geschah, konnte ich nicht darauf vertrauen, dass er alles für sich behält.«

»Was ist dann mit mir? Ich kann doch offensichtlich auch nichts für mich behalten. Warum töten Sie mich nicht auch?«

»Shaylon war eine Gefahrenquelle, Sie sind ein Gewinn.«

Kira lief es kalt den Rücken hinunter.

»Es ist bald vorbei.« Skousen verstaute die Utensilien wieder in der Tasche und blickte ein letztes Mal zu Shaylon hinüber. Dann wandte er sich an Kira, schwieg jedoch und drehte sich wieder zur Seite.

»Was den Partial angeht«, erklärte Mkele, »so treffen wir uns so bald wie möglich und entscheiden, wie wir ihn am besten beseitigen.«

Kira blieb das Herz stehen. »Aber ... ich habe doch noch zwei Tage.«

»Sie haben kein Labor und können nicht einmal aufrecht sitzen. East Meadow ist inzwischen Kampfgebiet – wir dürfen uns nicht verzetteln und davon ablenken lassen, den Krieg zu gewinnen. Einen lebenden Partial aufzubewahren, ist ein viel zu großes Risiko. Ein toter dagegen …« Mkele seufzte und rieb sich die Augen. Dann sprach er leise und beinahe traurig weiter. »Ich hatte gehofft, dass Sie es schaffen, Kira. Wirklich. Vielleicht können wir es irgendwann noch einmal versuchen.«

»Wir müssen nicht aufgeben.«

»Sie sind einer Therapie nicht näher als zu Beginn vor drei Tagen. Eigentlich sind Sie sogar weiter entfernt denn je, weil Ihre Aufzeichnungen und die Ausrüstung zerstört wurden. Das meiste ist unersetzlich. Wäre die *Stimme* nicht so gefährlich, dann hätten wir vielleicht etwas retten können, so wenig es auch gewesen wäre, aber dazu blieb uns einfach keine Zeit. Wir mussten handeln.« Er richtete sich auf, und die kalte, abweisende Fassade war wieder da. »Es ist Zeit, einzuschreiten und die Gesellschaft auf die eine oder andere Weise wieder in Ordnung zu bringen. Gute Nacht, Kira!«

Damit öffneten sie die Tür und gingen.

Kira beobachtete Shaylon mit klopfendem Herzen. Er lag still auf dem Bett. Sie beobachtete die blinkenden Lichter an der Wand hinter ihm. Ich muss etwas tun, dachte sie. Sie zog die Decke weg und versuchte die Beine zu bewegen. Als der Verband auf der Brandwunde rutschte und spannte, unterdrückte sie einen Aufschrei. Wenn sie ihn vergiftet hatten, gab es vielleicht ein Gegenmittel. Sie musste ihn doch irgendwie retten können. So holte sie tief Luft, nahm ihren ganzen Mut zusammen und schwenkte die Beine über die Bettkante. Sie hielt sich am Gestänge fest und stöhnte laut, als ihr die Schmerzen durch den ganzen Körper schossen. Die Lichter hinter

Shaylon blinkten schneller, das Piepsen klang aufdringlicher. Sie stellte die Füße auf den kalten Boden und stand schließlich schief auf einem Bein, ohne das verletzte Bein zu belasten. Auch dies war noch viel schmerzhafter, als sie es sich vorgestellt hatte. Gleich darauf gab das Standbein nach, und sie stürzte. Vor Schmerzen schrie sie auf, ballte die Hände zu Fäusten und wand sich hilflos am Boden. In diesem Moment ertönte der Alarm über Shaylons Bett. Er bäumte sich auf und zuckte, die gebrochenen Knochen knirschten. Sofort waren draußen im Flur schwere Schritte zu hören. Die Schwestern stürzten herein und schalteten das Licht an. Kira nahm sich zusammen und richtete sich mühsam auf, bis sie saß.

»Herzinfarkt«, sagte eine Schwester.

»Reanimation«, ordnete ein Arzt an. Sie versuchten verzweifelt, Shaylons Leben zu retten, während sein Körper versagte und sich aufbäumte, und achteten nicht auf Kira. Sie gaben ihm Medikamente, setzten den Defibrillator an, banden ihn, schlugen ihn und taten alles, was ihnen einfiel, während Kira vom Boden aus blutend und haltlos schluchzend zusah.

26

»Sie sollten doch das Bett nicht verlassen!«

Kira zuckte zusammen und stützte sich schwer auf den Infusionsständer. »Mir geht es gut.« Das stimmte zwar nicht, aber sie hatte keine Zeit, in der Klinik herumzuliegen. Die Zeit lief: Man würde Samm töten, das Heilmittel wäre verloren, Arwen würde sterben, die ganze Insel würde in einer Staubwolke untergehen. Kira hatte einen Plan und wollte sich durch eine kleine Brandwunde am Bein nicht davon abbringen lassen.

Die Schwester schüttelte den Kopf. »Sie haben eine Verbrennung dritten Grades in der Größe eines Tennisballs. Kommen Sie, ich helfe Ihnen ins Bett.«

Kira hob eine Hand und schonte das verbrannte Bein, so gut sie konnte. »Wirklich, mir geht es gut. Die Regenerationsbox hat den größten Teil der Haut geflickt, und Muskelschäden hatte ich nicht. Lassen Sie mich einfach laufen!«

»Sind Sie sicher?«, fragte die Schwester. »Sie sehen so aus, als hätten Sie starke Schmerzen.«

»Ich bin sicher.« Kira tat einen weiteren Schritt, wobei sie den Ständer als Krücke benutzte, und schleppte das verletzte Bein vorsichtig hinter sich her. Die Schwester beobachtete sie, und sie gab sich Mühe, zu lächeln und gleichmütig auszusehen. In Wirklichkeit fühlte sie sich schrecklich. Trotz des Risikos einer Überdosis hatte sie sich selbst eine zweite Behandlung mit der Regenerationsbox verschafft, und die verbrannten Zellen wuchsen gerade erst wieder nach. Doch sie musste auf die Beine kommen und den Senat erreichen.

Sie wusste, dass die Senatoren in der Nähe waren. Höchstwahrscheinlich tagten sie weiterhin im Rathaus, wie Mkele es vorgeschlagen hatte, doch die geheimen Sitzungen ihres machthungrigen Ausschusses fanden im Krankenhaus statt, wo niemand sie sah und Wachen sie beschützten.

Sie musste nur herausfinden, in welchem Teil des Krankenhauses sie sich aufhielten.

Der Infusionsständer hatte Rollen, die leise quietschten, als sie den langen weißen Flur entlanghumpelte. Jeder Schritt wurde zur Qual. Keuchend vor Erschöpfung blieb sie an einem Stationszimmer stehen.

»Alles klar, Kira?«, fragte Sandy, die Schwester von der Entbindungsstation.

»Alles klar. Weißt du, wo Doktor Skousen ist?«

Sandy schüttelte den Kopf. »Keine Ahnung. Er hat darum gebeten, nicht gestört zu werden.«

»Sandy, ich weiß, dass er mit den anderen Senatoren eine Sitzung abhält«, flüsterte Kira. Ihr entging nicht, dass Sandy offenbar genau wusste, wovon sie redete, und verkniff sich ein Lächeln. »Es hat mit dem Geheimprojekt zu tun, auf das man mich angesetzt hat. Ich muss daran teilnehmen.«

Sandy beugte sich vor. »Hör mal, das hast du aber nicht von mir. Sie sind in dem kleinen Besprechungszimmer im dritten Stock. Tu, was du nicht lassen kannst.«

»Danke, Sandy.« Kira humpelte so schnell wie möglich zur Treppe. Der dritte Stock – zehn Stufen hoch, um eine Ecke, noch einmal zehn Stufen. Das Ganze zweimal wiederholen. Kira keuchte. Das schaffe ich nie, dachte sie. Sie erinnerte sich an Shaylons Todeskampf und an Samm. Sie musste die Senatoren finden, ihr blieb nichts anderes übrig. Entschlossen packte sie das Geländer, setzte den Infusionsständer auf die erste Stufe und zog sich langsam hinauf. Der Ständer wackelte auf der Stufe hin und her, doch sie hielt ihn fest. Bei jedem Schritt tat ihr das Bein weh, und bald darauf waren auch die Arme erschöpft, die einen großen Teil des Körpergewichts abfangen mussten. Auf dem ersten Absatz sank sie gegen die Wand und lehnte den Kopf an den Putz, während sie heftig nach Luft rang. Das Bein schmerzte stärker, als sie es je für möglich gehalten hätte, doch sie durfte nicht aufgeben. Sie wollen Samm töten, dachte sie. Sie biss die Zähne zusammen und ging weiter, überwand sich, die nächste und die übernächste und die folgende Stufe hochzusteigen. Absatz um Absatz, Stockwerk um Stockwerk. Als sie die dritte Etage erreicht hatte, stürzte sie auf die Fliesen und kroch weiter, bis ihr ein Soldat, der den Konferenzraum bewachte, zu Hilfe eilte. Der Wächter, der auch beim letzten Treffen vor der Tür gestanden hatte, erkannte sie. Kira schickte ein stummes Dankgebet zum Himmel. Hoffentlich hatte ihm niemand gesagt, dass sie dieses Mal nicht an der Konferenz teilnehmen durfte. Aber warum hätte man das tun sollen? Eigentlich war sie ja bettlägerig.

»Alles klar?« Er half ihr beim Aufstehen. »Ich wusste gar nicht, dass Sie auch kommen.«

Danke, flüsterte sie im Stillen. Sie rappelte sich auf und hielt sich mit einer Hand an dem Soldaten und mit der anderen an dem Infusionsständer fest. »Das will ich doch nicht verpassen. Helfen Sie mir bitte hinein!« Sie stützte sich auf seinen Arm und humpelte zur Tür, die sie mit aller Kraft aufriss, die ihr zu Gebote stand.

Mkele und die Senatoren saßen an einem Tisch, Samm stand gefesselt in der Ecke. Alle starrten sie erschrocken an, und Kira spürte den Hass in Kesslers Augen, als träfe sie ein Laserstrahl. Delarosa zog nur die Augenbrauen hoch.

Hobb wandte sich an Skousen. »Sie sagten doch, sie sei zu schwer verletzt, um sich zu bewegen.«

»Anscheinend ist er doch kein so guter Arzt.« Kira zuckte zusammen und schleppte sich hinein. Der Soldat packte sie an der Schulter und hielt sie fest.

»Es tut mir leid, Senatoren«, sagte er. »Ich wusste es nicht. Ich bringe sie zurück.«

»Nein«, widersprach Delarosa. »Wenn sie es bis hierher geschafft hat, wollen wir uns wenigstens anhören, was sie zu sagen hat.«

»Wir wissen genau, was sie sagen wird«, warf Kessler ein.

Delarosa wandte sich an den Soldaten. »Danke. Warten Sie bitte draußen! Und falls noch jemand auftaucht, melden Sie ihn bitte an, ehe Sie ihn einlassen.«

»Natürlich, Madam.« Der Soldat, der knallrot angelaufen war, schloss die Tür. Kira blickte zu Samm hinüber. Er war seit der Explosion nicht gewaschen worden, die Uniform hing ihm in Fetzen am Körper. Soweit sie die Haut sehen konnte, war diese mit Kratzern und Schnittwunden übersät, die bereits heilten, aber offensichtlich wehtaten. Er sagte nichts, sondern begrüßte sie mit einem kurzen Nicken.

Keuchend vor Anstrengung wandte sich Kira zu den Senatoren um und sank auf einen Stuhl. »Tut mir leid, dass ich mich verspätet habe.«

»Diese Sitzung hat nichts mit Ihnen zu tun«, erklärte Weist. »Ihr Projekt ist beendet, und wir beseitigen dieses ... dieses Ding. Wenn wir Glück haben, können wir danach das Chaos aufräumen.«

»Aber das Projekt funktioniert«, sagte Kira. »Ich war fast damit fertig, die Entwicklung des Virus nachzuzeichnen, und wenn ich nur etwas mehr Zeit habe, dann ...«

»Sie haben nichts erreicht«, fiel ihr Skousen ins Wort. »Wir haben die Sicherheit unserer Stadt und die Integrität dieses Senats in Gefahr gebracht, damit Sie einen Partial untersuchen konnten, und wenn wir nach Resultaten fragen, haben Sie nichts Besseres zu tun, als um weitere Zeit zu bitten.«

»Aber wir verstehen jetzt …«, setzte Kira an. Skousen war jedoch zu aufgebracht, um sich aufhalten zu lassen.

»Sie verstehen rein gar nichts! Sie behaupten, das Virus habe verschiedene Formen. Was löst die Verwandlung der einen in die andere Form aus? Können wir das aufhalten? Können wir es umgehen? Kann man eine der Formen angreifen oder ausschalten? Wissenschaft fragt nach konkreten Details, Miss Walker, nicht nach ebenso großartigen wie hilflosen Trotzgebärden. Wenn Sie uns den Mechanismus der Veränderung oder bestimmte Abwehrmechanismen beschreiben können, dann tun Sie das, aber wenn nicht …«

»Bitte, ich brauche doch nur etwas mehr Zeit!«

»Wir haben keine Zeit!«, rief Delarosa. Zum ersten Mal erhob sie überhaupt die Stimme. Kira verzagte vollends, als sie diese Worte hörte. »Unsere Stadt zerfällt, die ganze Insel zerfällt. Die *Stimme* greift uns auf unseren eigenen Straßen an, im Krankenhaus gehen Bomben hoch, Rebellen dringen in die Stadt ein, infiltrieren die Verteidigung und töten die Bürger. Wir müssen unsere Zivilisation retten.«

»Sie hören mir nicht zu!« Kira staunte selbst, wie heftig sie sprach. »Wenn Samm stirbt, dann sterben wir alle. Nicht heute, aber es ist unvermeidlich, und wir können es nicht verhindern.«

»Das ist eine Besessenheit«, sagte Delarosa. »Eine edle zwar, aber trotzdem eine Besessenheit und deshalb gefährlich. Wir lassen nicht zu, dass Sie die Menschheit vernichten.«

»Sie sind diejenigen, die alles zerstören.« Kira schossen Tränen in die Augen.

»Wie ich schon sagte, immer das gleiche Palaver«, bemerkte Senatorin Kessler. Sie beäugte Kira von oben bis unten. »Sie klingen genau wie Xochi. Wie eine Agentin der *Stimme*, die sinnlosen, aufrührerischen Unfug verbreitet.«

Kira rang um Worte, doch die Antwort blieb ihr in der Kehle stecken.

»Ihre Aufgabe ist die Zukunft«, sagte Mkele leise. »Unsere ist die Gegenwart. Ich sagte es Ihnen ja schon: Falls unsere Ziele jemals im Widerstreit liegen sollten, hat unser Ziel Vorrang. Ein organisierter Angriff der *Stimme* auf East Meadow steht unmittelbar bevor, und wir müssen schon viel zu viele Schlachten gleichzeitig schlagen. Bevor wir etwas anderes tun, muss der Partial vernichtet werden.«

Kira blickte zu Samm hinüber. Wie immer war ihm äußerlich nichts anzumerken, doch er wusste, was ihm bevorstand. Sie wandte sich wieder an die Senatoren. »Einfach so? Ohne Verhandlung, Anhörung oder ...«

»Die Anhörung war vor vier Tagen«, antwortete Weist. »Sie waren dabei und kennen die Entscheidung.«

»Sie haben uns fünf Tage für die Forschung gegeben«, erwiderte Kira. »Es sind erst drei Tage vergangen.«

»Das Labor wurde zerstört«, sagte Skousen. »Dazu der größte Teil Ihrer Arbeit. Sie sind nicht fähig, die Arbeit fortzusetzen, und es sind nicht genug Daten vorhanden, um zu beenden, was Sie begonnen haben. Jedenfalls nicht in absehbarer Zeit.«

»Dann stellen Sie uns ein anderes Labor zur Verfügung!«, verlangte Kira. »Irgendwo müssten wir doch noch Geräte haben. Wir brauchen nur Zeit. Die fünf Tage waren sowieso schon eine willkürliche Festsetzung.«

»Sollen wir wirklich weitere Angriffe riskieren? Keinesfalls«, widersprach Delarosa.

Hobb beugte sich vor. »Der Plan, über den wir nachdenken, lässt Spielraum für ...«

»Dann lassen Sie ihn frei!«, drängte Kira unvermittelt. Sie schluckte vor Aufregung und beobachtete, wie sich die Augen der Senatoren verdüsterten und verengten. Sie sprach weiter, ehe sie protestieren konnten. »Er hat uns in keiner Weise geschadet und sogar bei der Forschung geholfen. Es gibt keinen Grund, ihn zu töten.«

»Soll das ein Witz sein?«, fauchte Kessler.

»Es dient unseren Zielen«, erklärte Kira. »Wenn Sie ihn gehen lassen, ist er verschwunden. Wenn überhaupt, dann verringert dies die Wahrscheinlichkeit einer Vergeltungsaktion der Partials.«

Skousen und Kessler machten finstere Mienen, Weist schüttelte den Kopf. »Glauben Sie wirklich, das bringt etwas?«

»Natürlich glaubt sie das«, sagte Mkele. »Sie ist eine Idealistin.«

»Sie ist ein Seuchenbaby«, fuhr Kessler dazwischen. »Sie hängt an diesem Ding, aber sie hat keine Ahnung, wie die Partials wirklich sind.«

»Und Sie?«, gab Kira zurück. Sie wollte aufstehen, keuchte vor Schmerzen und blieb auf dem Stuhl sitzen. »Sie haben vor elf Jahren gegen die Partials gekämpft. Vor elf Jahren. Ist es denn völlig ausgeschlossen, dass sich in der Zwischenzeit etwas verändert hat?«

»Glauben Sie diesem Ding kein Wort!«, warnte Mkele.

»Er ist Soldat und kein Spion«, gab Kira zu bedenken. Sie wandte sich zu Samm um und rang in diesem letzten Augenblick mit sich, ob sie ihm tatsächlich vertrauen konnte. Ob er in den letzten Tagen aufrichtig gewesen war oder ob er wirklich das Monster war, als das die Senatoren ihn darstellten.

Er sah sie an und blieb äußerlich ruhig, konnte jedoch seine Erregung nicht völlig verbergen. Seine Entschlossenheit und seine Hoffnung. Sie erwiderte seinen Blick. »Samm hat Gefangenschaft und Folter durch die Menschen auf sich genommen, die sein ganzes Volk vernichten wollen, und er hat es ohne Klagen, ohne Beschwerden, ohne Betteln getan. Er hat nichts als Stärke und Entschlossenheit gezeigt. Wenn die anderen Partials nur halb so mitfühlend sind wie er, dann haben wir vielleicht doch noch eine Chance ...«

»Ich bin auf einer Friedensmission«, sagte Samm. Er sprach mit fester, selbstbewusster Stimme. Kira wandte sich zu ihm um. Die Tränen schossen ihm in die Augen, während er so weit vortrat, wie es die Fesseln erlaubten. Die Senatoren schwiegen. »Meine Abteilung sollte in Manhattan warten und dann herkommen, um mit Ihnen zu reden. Wir bieten einen Waffenstillstand an.«

»Lügen«, knurrte Kessler.

»Es ist die Wahrheit«, erwiderte Samm. »Wir brauchen Ihre Hilfe.«

Aber warum?, überlegte Kira. Wir können dir nicht trauen, wenn du uns nicht den Grund verrätst.

Er blickte Kira an, hielt einen Moment lang ihrem Blick stand und wandte sich dann wieder an die Senatoren. Dabei richtete er sich auf und stand so groß und stolz vor ihnen, wie es ihm nur möglich war. »Wir sterben.«

Kira riss die Augen weit auf. Alle im Raum schwiegen schockiert.

»Wie Sie können wir uns nicht fortpflanzen. Unsere Sterilität ist allerdings als Sicherung in unsere DNA eingebaut. Das machte uns nichts aus, weil wir nicht altern, also bestand nie die Gefahr, dass wir verschwinden. Anscheinend gibt es aber auch dafür eine Sicherung.«

Skousen fand als Erster die Stimme wieder. »Sie ... Sie sterben? Sie alle?«

»Wir haben festgestellt, dass ParaGen uns ein Verfallsdatum eingebaut hat«, erklärte Samm. »Nach zwanzig Jahren kehrt sich der Prozess um, der den Alterungsvorgang aufhält, und wir welken dahin und sterben binnen Wochen, manchmal binnen Tagen. Es ist kein beschleunigtes Altern, sondern Verfall. Wir verwesen bei lebendigem Leib.«

Kiras Gedanken überschlugen sich. Das war das Geheimnis, das er ihr noch nicht verraten hatte. Sie lebten genau wie die Menschen mit einer tickenden Zeitbombe. Deshalb baten sie um einen Waffenstillstand. Kira war zu entsetzt, um sich zu rühren, beobachtete aber die Senatoren und versuchte zu erraten, was in ihnen vorging. Kessler lächelte, doch Hobb und Weist starrten Samm mit weit aufgerissenen Augen und Mündern an. Delarosa beherrschte sich, um nicht in Tränen auszubrechen, doch Kira konnte nicht erkennen, ob es Tränen der Freude oder des Kummers waren. Weist murmelte etwas Unverständliches. Die Lippen bewegten sich, als hätte er nichts damit zu tun. Mkele zeigte eine versteinerte Miene und schwieg.

»Sie sterben«, sagte Kessler. Kira fuhr zusammen, als sie die bösartige Schadenfreude der Frau spürte. »Erkennen Sie, was das bedeutet? Die ersten Partials wurden im dritten Jahr des Isolationskriegs hergestellt. Das war ungefähr zehn Jahre vor dem Partialkrieg. Vor einundzwanzig Jahren. Die erste Welle dürfte im letzten Winter gestorben sein. Die Jüngsten haben noch – wie viel? Noch zwei Jahre oder höchstens drei? Dann sind sie für immer verschwunden.«

»Dann sind wir alle für immer verschwunden«, sagte Samm erregter und ernster, als Kira ihn je erlebt hatte. »Beide Spezies werden ausgerottet sein. Alles intelligente Leben auf diesem Planeten wird untergehen.«

»Unsere Lebenserwartung ist höher als Ihre«, erwiderte Delarosa. »Ich denke, wir lassen es einfach darauf ankommen.«

»Das versuche ich Ihnen doch die ganze Zeit zu erklären«, schaltete sich Kira ein, die endlich wieder sprechen konnte. »Ohne sie gibt es keine Heilung.« Sie blickte Samm an und verstand endlich, worum er bitten wollte. »Wir müssen zusammenarbeiten.«

Samm nickte. »Sie können Kinder bekommen, die jedoch an RM sterben. Wir sind völlig immun, bekommen aber keine Kinder. Erkennen Sie es nicht? Wir brauchen einander. Keine Spezies kann dieses Problem allein lösen.«

»Stellen Sie sich vor, wie sich diese Information auf die Moral auswirkt«, warf Hobb ein. »Sobald die Menschen erfahren, dass die Partials sterben, werden sie ... sie werden einen Feiertag ausrufen. Einen neuen Aufbautag.«

»Was ist denn nur los mit Ihnen?«, fragte Kira. Wieder bemühte sie sich aufzustehen und sank schwer auf den Stuhl zurück. »Er hat damit gerechnet, dass Sie ihn töten, wenn Sie von seinem Geheimnis erfahren, aber was jetzt geschieht, ist noch viel schlimmer.«

»Wir wollten ihn sowieso töten«, erwiderte Mkele. »Etwas anderes stand nie zur Debatte.«

»Genau«, schaltete sich Delarosa ein. »Mit dem einzigen Unterschied, dass wir ihn öffentlich hinrichten werden, damit sich die Neuigkeit verbreitet und ihre Wirkung entfaltet. Dies wird die Menschheit einen.«

»Versuchen Sie doch, das Gesamtbild zu sehen!«, bat Hobb eindringlich. »Sie möchten die Menschen retten, die sich gegenseitig auf den Straßen umbringen. Glauben Sie, ein Vertrag mit dem Feind ändert irgendetwas daran? Die Leute werden nicht einmal zuhören. Wie kommen Sie auf den Gedanken, sie wären bereit, irgendetwas für einen Partial zu tun?« Hobb beugte sich vor, ganz ernst und ganz einnehmend. »Die *Stimme* hat schon vor dem Auftauchen des Partials unsere Köpfe verlangt, und wenn herauskommt, dass wir einen von denen verstecken, wird es nur noch schlimmer. Die Menschen wollen Antworten hören. Sie *brauchen* Antworten, und sie erwarten von uns, dass wir die Antworten liefern. Wenn uns das gelingt, gewinnen wir die Menschen wieder für uns. Dann haben wir wieder die Kontrolle über die Insel und können in Frieden leben. Wir wissen, dass Sie den Frieden so sehr wollen wie wir.«

»Natürlich«, sagte Kira. »Aber ...«

»Seien Sie vorsichtig«, murmelte Delarosa, meinte damit jedoch nicht Kira, sondern Senator Hobb. »Wie viel wollen Sie ihr erzählen?«

»Sie kann uns helfen.« Er musterte Kira mit den tiefen blauen Augen, die sie völlig in Bann schlugen. »Sie sind Idealistin«, sagte er. »Sie möchten die Menschen retten, wir wollen Ihnen diese Gelegenheit geben. Außerdem sind Sie intelligent, also sagen Sie mir eins: Was wollen die Menschen?«

»Sie wollen Frieden«, entgegnete Kira.

»Niemand jagt ein Gebäude in die Luft, weil er Frieden will«, widersprach Hobb. »Versuchen Sie es noch einmal!«

»Sie wollen ...« Kira beobachtete Hobbs Miene und fragte sich, worauf er hinauswollte. Was wollten die Menschen? »Sie wollen eine Therapie.«

»Das ist zu spezifisch.«

»Sie wollen eine Zukunft.«

»Sie wollen einen Sinn im Leben finden.« Hobb breitete die Arme aus und vollführte eine ausholende Geste. »Sie wollen am Morgen aufwachen und wissen, was sie zu tun haben und wie sie den Tag angehen sollen. Wenn sie für die Zukunft kämpfen, hat ihr Leben einen Sinn. Die Therapie schenkt ihnen zwar die Zukunft, aber im Grunde brauchen die Menschen vor allem eine Aufgabe. Sie brauchen ein Ziel, das sie anstreben können. Bei der Gründung von East Meadow dachten wir, die Heilung von RM reiche als Ziel aus, doch dieses Ziel konnten wir bisher nicht erlangen. Nachdem wir elf Jahre lang keine Fortschritte erzielen konnten, bricht die Gesellschaft auseinander. Das Ziel scheint unerreichbar und hat seinen Sinn verloren. Wir müssen den Menschen etwas anderes anbieten, damit sie einen neuen Sinn für ihr Leben finden. Erkennen Sie, wohin das führt? Wir müssen ihnen Samm geben.«

»Nein!«, rief Kira.

»Niemand weiß, wer die Explosion ausgelöst hat«, erklärte Senatorin Delarosa. »Wahrscheinlich war es die *Stimme*, ja, aber wenn es nun ein Partial war?«

Kira hatte das Gefühl, im Raum sei es auf einmal eiskalt geworden. »Das stimmt doch gar nicht.«

»Aber was bedeutet es für die Menschen, wenn es stimmt?« Hobb leckte sich die Lippen und gestikulierte beim Sprechen. »Die Menschheit braucht ein Ziel, und jetzt hat dieser Partial unser Krankenhaus in die Luft gejagt.« Er schnippte mit den Fingern. »Da ist das Ziel: ein Feind! Die Menschen werden wütend, aber nicht auf uns, sondern mit uns zusammen. Die Insel verbündet sich gegen einen gemeinsamen Feind. Vielleicht bewegt das sogar die *Stimme* zur Umkehr. Können Sie sich vorstellen, welch ein Coup das wäre? Alle Rebellen wieder in unserem Team, der ganze Zorn und alle Gewalt richten sich nach außen statt nach innen. Die Menschheit zerbricht gerade an sich selbst, Kira, aber auf diese Weise wird sie gerettet. Das müssen Sie doch einsehen.«

»Aber es ist eine Lüge«, wandte Kira ein.

»Nur eine Lüge kann uns rechtzeitig retten«, bestätigte Delarosa. »Ich wäre glücklicher als jeder andere über eine Therapie, und eine echte Therapie könnte uns ebenfalls vereinen, aber die Uhr läuft ab. Die *Stimme* hat uns ein Ultimatum gestellt und droht mit Bürgerkrieg. Der Teufel steht vor den Toren. Wenn wir nicht sofort oder gleich morgen etwas tun, verlieren wir die Möglichkeit, überhaupt noch etwas zu tun.«

An der Geschichte stimmte etwas nicht. Abgesehen von der offensichtlichen Täuschung hatte sie noch einen dunklen, verborgenen Makel. Kira wurde unruhig »Warum erzählen Sie mir das?«

»Dieser Plan funktioniert auch ohne Sie«, erklärte Hobb. »Aber stellen Sie sich vor, wie viel besser er mit Ihnen funktionieren würde. Sie sind jung und hübsch, fähig und idealistisch und waren an allen unseren Bemühungen beteiligt. Sie sind nach Manhattan aufgebrochen und haben das Geheimnis mitgebracht, Sie haben nach der Therapie gesucht, Sie wurden während der Arbeit beim ersten Angriff der Partials seit elf Jahren verwundet.« Er deutete auf ihr Bein. »Wenn *wir* diese Geschichte erzählen, werden uns die Menschen glauben. Wenn *Sie* sie erzählen, werden die Menschen dafür sterben. Sie können dem Ganzen eine persönliche, berührende Note verleihen. Sie sind die Heldin, die die Welt vereint. Sie sind das Gesicht des Friedens.«

»Das ist böse«, erwiderte Kira. »Sie fordern mich auf, alle meine Freunde anzulügen.« Sie wies auf Samm. »Sie verlangen von mir, mich an seiner Ermordung zu beteiligen.«

»Die Wölfe sind hungrig«, erklärte Delarosa. »Wir können uns selbst umbringen, indem wir sie bekämpfen, oder wir werfen ihnen einen Bissen hin. Der Tod eines Partials ist ein lächerlich geringer Preis für den Frieden.«

Auf einmal traf es Kira wie der Blitz – das tiefere Geheimnis, das sie vorher nicht erkannt hatte. Die Senatoren wollten mit jener Explosion die *Stimme* für sich gewinnen, aber das würde nie funktionieren, wenn die *Stimme* tatsächlich hinter der Explosion steckte. Die Gegner würden die Lüge sofort durchschauen. Der einzige Weg, Samm die Schuld zu geben, war ein Ereignis, über das niemand die Wahrheit kannte. Dies bedeutete, dass die *Stimme* die Bombe nicht gelegt hatte.

Der Plan des Senats konnte nur aufgehen, wenn er selbst die Bombe gelegt hatte.

Sie hätte es fast hinausgeschrien und die Senatoren heftigst beschuldigt. So schwer es ihr auch fiel, es gelang ihr, den Mund zu halten und sich die Wahrheit zu verkneifen, für die sie auf der Stelle ermordet worden wäre. Der Senat hatte die Bombe gelegt, der Senat hatte die ganze Sache von Anfang an ausgeheckt. Der Senat wollte das Problem der *Stimme* lösen, indem er einen gemeinsamen Feind anbot, und den hatte sie selbst geliefert. Sie hatte dem Senat mit ihrem törichten Ausflug nach Manhattan Samm auf dem Präsentierteller dargeboten. Deshalb hatten sie ihn hergeholt, deshalb hatten sie ihr das Projekt anvertraut – damit sie es eines Tages in die Luft jagen konnten, ohne einen wertvollen Mitarbeiter zu verlieren. Dann konnten sie auf dem Schutt posieren und alle gegen den großen bösen Feind zusammenrufen, auf den sie einfach nicht verzichten konnten. Im Grunde war es genau der Plan, den sie ihr gerade erläutert hatten, nur älter, finsterer und böser. Davon würden sie jetzt nicht mehr abrücken, gleichgültig, wie lange sie noch redete.

Kira warf einen Blick zu Samm hinüber – nein, sie sah ihn nicht nur an, sondern starrte in ihn hinein und wollte ihn mit der Kraft ihrer Gedanken zwingen, sie zu verstehen. Sie wünschte sich von ganzem Herzen, sie könnte sich mit ihm verlinken und ihm ihre Gedanken mit dem Atem geradewegs ins Gehirn schicken. Es tut mir leid, dachte sie. Ich kann sie an dieser Stelle nicht aufhalten. Bitte … es tut mir so leid.

»Es ist an der Zeit, dass Sie sich entscheiden«, drängte Delarosa. »Schließen Sie sich uns an und bringen Sie der Insel den Frieden, beenden Sie die Bedrohung durch die *Stimme* … oder bleiben Sie eine Rebellin, und verbringen Sie den Rest Ihres Lebens im Exil. Sie könnten gemütlich auf einer der Farmen leben.« Sie beugte sich vor. »Sie sind wie eine Fackel, Miss Walker. Die Menschen folgen Ihnen, und wenn Sie sich uns anschließen, werden sie Ihnen in die beste Zukunft folgen, die wir uns nur vorstellen können. Eine neue Morgendämmerung für die Menschheit. Die Entscheidung liegt bei Ihnen.«

Es tut mir leid, dachte sie noch einmal und zog sich innerlich von Samm zurück. Sie packte den Infusionsständer und richtete sich mühsam auf. »Mir fällt nicht die geringste Möglichkeit ein, Sie aufzuhalten.«

Sie spürte Samms Schock, der sich verraten fühlte, als bräche eine Woge über ihrem Kopf zusammen.

Hobb kniff die Augen zusammen. »Dann werden Sie es tun?«

»Nein, ich werde es nicht tun.« Sie wandte sich halb um, damit sie Samm nicht ansehen musste. »Ich kann nicht gegen Sie kämpfen – sehen Sie mich doch an, ich kann nicht einmal richtig stehen. Aber das heißt nicht, dass ich ihn verkaufe und Ihnen helfe, meine Freunde anzulügen.« Sie hielt sich so aufrecht wie möglich. Die Senatoren mussten ihr glauben. »Tun Sie, was immer Sie tun müssen, und lassen Sie mich damit in Ruhe.« Sie schleppte sich zur Tür, tat einen qualvollen Schritt, hielt inne, rang nach Luft. »Und sagen Sie einem von Ihren Schlägern da draußen Bescheid, dass er mich nach unten tragen soll. Ich kann nicht mehr.«

»Natürlich«, stimmte Hobb zu. »Lassen Sie sich Zeit, und erholen Sie sich. Es dauert sowieso einige Stunden, um alles in die Wege zu leiten.«

Kira nickte. Das hatte sie gehofft.

27

Der Wächter legte Kira sanft ins Bett und zuckte zusammen, als sie vor Schmerzen aufstöhnte. Es war nicht gespielt, das Bein tat mittlerweile sogar mehr weh als beim Aufstieg die Treppe hinauf. Sie wollte sich die Decke über die Beine ziehen, und selbst das trieb ihr die Tränen in die Augen. Der Wächter half ihr, schaltete das Licht aus und ging. Kira schloss die Augen, biss die Zähne zusammen und richtete sich wieder auf.

Ihr solltet mich nicht unterschätzen, dachte sie.

Die Regenerationsbox stand noch im Zimmer. Kira behandelte sich abermals. Es war das dritte Mal in weniger als acht Stunden, und ihr Zellwachstum wurde dadurch auf ungesunde Art beschleunigt. Das zog Dauerschäden nach sich, aber kurzfristig könnte sie wenigstens gehen. Sie spähte zur Tür hinaus und lächelte verkniffen. Die Verletzung war so schwer, und sie hatte sich unter solchen Qualen bewegt, dass der Wächter nicht einmal in der Nähe geblieben war, um sie zu beobachten.

Sie fand Marcus in der Cafeteria, wo er schweigend einen unberührten Teller mit einem Reisgericht anstarrte. Würde er ihr überhaupt helfen? Er musste. Sie schob sich langsam auf ihn zu. »Hallo!«

Er hob den Kopf, riss erschrocken die Augen auf und sprang auf. »Wo warst du? Ich bin hergekommen, sobald die Klinik wieder geöffnet war, aber du warst nicht in deinem Zimmer. Ich habe das ganze Haus abgesucht, bis man mich endlich hierhergeschickt und mir gesagt hat, ich solle warten.« Er betrachtete sie von oben bis unten und runzelte besorgt die Stirn. »Wie hast du es überhaupt hierher geschafft? Du siehst aus, als könntest du kaum gehen.«

»Magie«, scherzte sie. »Tust du mir einen Gefallen?«

»Natürlich.«

»Ich brauche eine Magnetresonanztomografie.«

Die Falten in seiner Stirn vertieften sich. »Wollen die Ärzte keine vornehmen?«

»Bitte tu, was ich dir sage!«

»Warum?«

»Ich will einfach nur, dass du meine Hand hältst, während es läuft.«

»Ich ... na gut.« Er war offensichtlich verwirrt und schnitt eine Grimasse. »Aber willst du nicht lieber einen Ganzkörperscan machen? Das ist viel besser ...«

»Nein, ich brauche eine MRT.«

»Dann wart hier, und ich suche jemanden, der das Gerät bedient, während ich ...«

»Nur du«, sagte sie entschlossen. »Nur du und ich.«

Marcus nickte, er war immer noch voller Sorge, doch in seinen Augen schimmerte ein Funke. Er hatte mitbekommen, dass sie etwas im Schilde führte. »Natürlich, klar.« Er bot ihr den Arm, den sie dankbar annahm. An seiner Seite humpelte sie in den Hauptgang zurück.

»Was ist eigentlich los?«, flüsterte er.

»Nenn es eine medizinische Ahnung. Ich will etwas herausfinden.« Sie zögerte einen Moment lang und überlegte, was sie ihm sagen sollte. Seit seinem Antrag hatten sie nicht mehr miteinander geredet.

Schweigend gingen sie weiter. Ob er ihr nach allem, was sie ihm angetan hatte, überhaupt noch vertraute?

Sie erreichten die Radiologie und fanden dort einen freien Raum. Marcus half ihr auf den Untersuchungstisch, und sie keuchte, als sie das Bein entlastete. Es fühlte sich an, als hätte sie einen Marathonlauf durch ein Meer aus Glasscherben hinter sich. Dieses Gerät war kleiner als der Ganzkörperscanner in ihrem Labor. Es war nur ein großer Ring und keine Kiste, in die der ganze Körper hineingeschoben wurde, und es war längst nicht so stark, aber das elektromagnetische Feld war genau das, was sie brauchte.

»Ich muss das Gerät einschalten«, sagte Marcus. Er eilte in den Nebenraum und arbeitete an der Steuerung, während Kira tief Luft holte. Jetzt kam es darauf an. Dies war entweder der Beginn oder das Ende. Die Maschine erwachte summend zum Leben, und das starke Magnetfeld hüllte sie ein. Als Marcus zurückkam, streckte sie ihm eine Hand entgegen.

»Wir haben nicht viel Zeit, also hör mir genau zu!« Kira entspannte sich, während das Gerät seine Arbeit aufnahm. »Mkele lässt mich streng überwachen. Ich bin fast sicher, dass ich verwanzt wurde. Das Magnetfeld der Maschine stört den Sender, aber ich weiß nicht, wie viel Zeit uns bleibt, ehe seine Handlanger misstrauisch werden.« Sie warf ihm einen kurzen Blick zu und sah zur Decke hinauf. »Vertraust du mir?«

»Was?«

»Vertraust du mir?« Er starrte sie an, doch sie erwiderte den Blick nicht.

»Ja, natürlich vertraue ich dir. Was ist denn überhaupt los?«

»Der Senat hat die Bombe gelegt, die mein Labor zerstört hat. Sie haben Shaylon umgebracht und mich bedroht. Diese ganze Sache – Samm, die Untersuchungen, die Bombe – war Teil eines Plans, um große Angst zu erzeugen. Sie zielte von Anfang in eine ganz bestimmte Richtung. Die Senatoren wollen ihre Macht auf der Insel absichern. Jetzt arbeiten sie daran ...« Sie schloss die Augen, fasste sich ein Herz und erwiderte endlich seinen Blick. »Marcus, sie wollen Samm töten.«

Gefühle spielten über sein Gesicht. Sie konnte nicht erkennen, ob es Entsetzen, Erschrecken oder Eifersucht war. Jetzt blickte auch er kurz zur Decke, ehe er sich wieder an sie wandte.

»Kira«, sagte er, »sie wollten es ... Samm von Anfang an beseitigen. Das weißt du doch.« Er sprach ruhig und beherrscht, doch sie wusste, wie viel Überwindung ihn diese Worte kosteten. »Außerdem – warum sollten sie die eigenen Leute und ihr eigenes Krankenhaus in die Luft jagen?«

»Weil es Teil des Plans ist«, wiederholte Kira. »Ich konnte nicht verstehen, warum ich überhaupt den Auftrag bekam, Samm zu untersuchen, und dies ist der wahre Grund. Für sie bin ich nur ein Seuchenbaby. Die ärztliche Mitarbeiterin mit der geringsten Erfahrung, auf die man am leichtesten verzichten kann. Hätte mich die Bombe getötet, dann hätte man mich als Märtyrerin dargestellt. Nachdem ich überlebt habe, soll ich als Galionsfigur dienen. Die tapfere junge Wissenschaftlerin, die den Angriff der Partials überlebt hat.«

»Haben die Partials die Bombe gelegt?«

»Der Senat hat die Bombe gelegt, das sagte ich doch gerade. Aber man wird Samm die Schuld geben. Man wird ihn hinrichten und seinen Tod nutzen, um Unterstützung zu gewinnen.« Sie flehte ihn mit den Augen an, ihr zu glauben. »Sie haben Shaylon befohlen, ans Fenster zu treten, Marcus. Sie haben ihm gesagt, er solle sich an die Wand stellen, die sie gleich darauf in die Luft gejagt haben.«

»Nein.« Marcus schüttelte den Kopf. »Es war die *Stimme*. Sie greift East Meadow schon seit Wochen an, und wahrscheinlich ist in der Stadt mehr als eine Zelle aktiv.« Doch Kira bemerkte, dass die Zweifel in ihrem Freund wuchsen, während er sprach.

»Hat irgendjemand sie tatsächlich gesehen?«, fragte Kira. »Hat tatsächlich jemand das Krankenhaus angegriffen, oder hat das Militär dies nur behauptet, um die eigenen Spuren zu verwischen?«

Marcus starrte sie an und schwieg.

»Ich weiß, wie verrückt es klingt«, räumte Kira ein. Marcus unterbrach sie.

»Nein, es ist nicht verrückt. Würde Xochi so etwas behaupten, dann könnte man es für verrückt halten, aber aus deinem Mund ...« Er drückte ihre Hand. »Ich vertraue dir, Kira. Wenn du sagst, dass sie dich töten wollen, dann glaube ich es dir.«

Kira schloss die Augen und sprach ein stummes Stoßgebet. Danke, danke, danke. Dann wandte sie sich wieder an Marcus. »Ich weiß nicht, wie viel Zeit uns noch bleibt, bis jemand kommt und nachsieht, warum die Wanze nicht funktioniert.« Sie holte tief Luft. »Wir müssen Samm befreien. Ich erkläre es dir später, aber dies ist unser Ziel: Wir holen ihn heraus, bringen ihn nach Norden und kehren mit ihm in seine Heimat zurück. Die Partials sterben genau wie wir, und sie haben uns einen Waffenstillstand angeboten. Darauf sollten wir eingehen.«

Marcus stotterte und hatte Mühe, die richtigen Worte zu finden. »Bist du verrückt?«

»Marcus, er hat mich gerettet. Samm hatte nach der Explosion die Möglichkeit zur Flucht. Er war nicht mehr gefesselt, niemand beobachtete ihn, und in der Wand klaffte ein riesiges Loch. Er hätte weglaufen können und wäre frei gewesen, doch er räumte den Scanner weg, der mir Elektroschocks verpasst hatte, und rettete mir das Leben.«

Marcus blieb still, starrte sie an und blickte zugleich in weite Fernen, um etwas zu betrachten, das sie nicht wahrnehmen konnte. Seine schmerzerfüllte Miene brach ihr fast das Herz.

»Ich hätte ...«, setzte er an. »Ich habe versucht ...«

»Du hast versucht, mich zu retten, und ich habe nicht zugehört.« Kira unterdrückte ein Schluchzen. »Ich war rücksichtslos und dumm, und das weiß ich auch. Jetzt stecke ich schon wieder in der Klemme, und du würdest mich am liebsten herausholen und in Sicherheit bringen, aber das ist nicht möglich. Noch nicht. Du musst mich begleiten. Ich weiß, es ist gefährlich, und ich weiß, dass du es nicht gern tust, aber ich brauche dich, Marcus. Du musst mir glauben und mir vertrauen. Versprich mir, dass du mitkommst!«

Marcus schwieg. Er rieb sich die Augen, massierte sich das Kinn, knirschte mit den Zähnen. Kira hielt sich die Hände vor den Mund und atmete gedehnt aus, während sie ihn wie gebannt beobachtete. Bitte, Marcus, bitte sag Ja!, flehte sie im Stillen.

Er stand auf und wandte sich halb ab. Kira schloss die Augen und weinte lautlos.

»Ich mach's«, sagte er.

Kira riss die Augen auf.

»Wirklich?«

Er wandte sich zum Tisch um. »Ich helfe dir, ihn zu befreien und nach Hause zu bringen. Ich tue alles für dich. Für dich.«

»O Marcus ...«

»Als du das letzte Mal gegangen bist, bin ich vor Kummer fast gestorben. Ich lasse dich nicht wieder allein gehen.« Liebevoll und sehnsüchtig sah er sie an, dann wandte er sich ab und hob hilflos die Hände. »Aber wie sollen wir die Sache anfangen?«

Sie öffnete den Mund, schloss ihn wieder. Sie hatte keine Ahnung. »Was wir auch tun, es muss heute Nacht geschehen.«

»Wir brauchen Xochi«, überlegte Marcus. »Mindestens Xochi und Isolde. Jayden und Haru, wenn wir sie überzeugen können.«

Kira schüttelte den Kopf. »Einem Partial werden sie nie vertrauen. Wir müssen es ohne sie schaffen.«

Marcus pfiff leise durch die Zähne. »Das ist wirklich verrückt.« Er hob die Schultern. »Dann hol Xochi und Isolde und gib mir etwas Zeit, ein paar Sachen zu besorgen. Wir treffen uns in zwei Stunden bei dir.«

»Abgemacht«, stimmte Kira zu. »Und nun geh wieder hinüber und nimm anhand der Aufnahmen, die das Gerät gerade gemacht hat, irgendwelche Analysen vor. Ganz egal, was – wir müssen nur so tun, als hätten wir eine MRT durchgeführt.«

Marcus nickte und eilte zum Computer, um einige Eingaben zu machen. Kaum eine Minute später steckte ein Soldat den Kopf zur Tür herein. Kira lag still auf dem Tisch, und Marcus saß im Nebenraum am Bildschirm. Der Soldat sah sich um, nickte und verschwand.

Marcus wartete, bis sich die Tür geschlossen hatte, dann trat er auf Kira zu und suchte ihren Blick.

Ihnen blieben zwei Stunden.

Kira bewegte das Bein. Sie war in Versuchung gewesen, noch einmal die Regenerationsbox zu benutzen, aber anscheinend heilte die Wunde ausgezeichnet. Nur die Schmerzen quälten sie weiterhin, dabei hatte sie sich bereits eine großzügige Dosis Schmerzmittel verabreicht. Ein letztes Mal überprüfte sie den Verband auf der Brandwunde, vergewisserte sich, dass er gut saß, und zog sich die Hose an. Sie humpelte und war recht benommen, konnte aber immerhin gehen.

Dann spähte sie aus dem Zimmer. Nach wie vor wurde sie nicht bewacht. Entweder die Senatoren glaubten tatsächlich, dass sie dem Plan nicht im Weg stehen wollte, oder sie hielten Mkeles Überwachung für ausreichend, um sie an der Kandare zu halten. Dies bedeutete aber keineswegs, dass im Flur überhaupt keine Wächter zu sehen waren. Es waren mindestens zehn, vielleicht sogar mehr. Alle waren bis an die Zähne bewaffnet und bewachten eine Tür am hinteren Ende des Flurs. Wenigstens wissen wir nun, wo Samm festgehalten wird, dachte Kira. Sie huschte auf den Flur und humpelte rasch in die andere Richtung. Kira hatte Glück, denn Sandy war nicht im Schwesternzimmer.

Es dämmerte schon. Nach langen Arbeitstagen war Kira oft im Zwielicht nach Hause gegangen. Die Erinnerung schnürte ihr die Kehle zu. Sie fragte sich, ob dies ihr letzter Abend in East Meadow war – das letzte Mal, dass sie den Turnpike überquerte und an dem großen blauen Haus an der Ecke vorbeiging, das letzte Mal, dass sie die Sushiverkäufer auf den Gehwegen sah. Sie bog in ihre Straße ab, betrat das Haus und packte leise alles in den Rucksack, was er fassen konnte: Taschenlampen und Batterien, mehrere Paar trockene Socken, ein Messer und Werkzeug. Sie zerlegte das Gewehr und verstaute es ebenfalls. Dies war keine militärische Operation, daher konnten sie nur die eigenen Waffen benutzen. Isoldes Pistole trug sie an der Hüfte, wie es in diesen Zeiten auch viele andere taten. Sie vergewisserte sich, dass sie reichlich Munition für beide Waffen hatte. Zuletzt griff sie zu ihrer Sanitätstasche, verschloss alle Beutel und stellte die Sachen an der Vordertür ab. Dann wartete sie auf die anderen. Sie setzte sich und runzelte die Stirn. Nandita war immer noch nicht von ihrem Ausflug zurückgekehrt.

Diese Exkursion dauerte ungewöhnlich lange. Besorgt betrat Kira die Küche. Dort wirkte alles wie immer. Dann ging sie nach hinten, und als sie auch dort niemanden fand, suchte sie das ganze Haus ab, obwohl sie längst wusste, dass es nutzlos war. Nandita war nicht da.

Hatte die Polizei sie verhaftet? War sie beim Kräutersammeln angegriffen worden? Möglicherweise war sie einfach weggegangen, wie Kira es nun auch vorhatte, hatte ihre Habseligkeiten gepackt und lebte von nun an auf einer Farm oder in einer Gemeinde im Umland. Aber nein, sie wäre nicht gegangen, ohne eine Nachricht zu hinterlassen. Hier stimmte etwas nicht.

Marcus kam als Erster. Er nickte Kira wortlos zu und überprüfte sie mit einem digitalen Stethoskop. Sie sah ihn fragend an, doch er gab ihr ein Zeichen, sich zu gedulden. Xochi und Isolde trafen wenige Minuten später ein. Kira wies sie an, ebenfalls zu schweigen, während Marcus den Raum untersuchte. Als er sich dem Verstärker näherte, piepste das Gerät leise.

»He, Xochi, hast du was dagegen, wenn ich Musik aussuche?«, fragte er daraufhin betont laut und deutlich.

»Nein, mach nur!«, antwortete Xochi ebenso laut und gab Kira mit einer Geste zu verstehen, dass sie Marcus' Verhalten durchschaute. Man beobachtete ihn.

Marcus holte einen beschrifteten Player hervor – *Kayleigh zwanzigzweiundfünfzig* – und überprüfte auch ihn. Dann trennte er den Verstärker von der Stromversorgung, nahm ihn aus dem Regal und drehte ihn mehrmals, um ihn von allen Seiten zu begutachten. Bei der Rückseite hielt er inne und winkte den anderen, selbst einen Blick darauf zu werfen. Er deutete auf das schwarze Metallgitter, hinter dem im Innern ein kleiner Gegenstand versteckt war. Sie nickten und zogen sich wieder zurück.

»Pass auf mit deinem Glas!«, rief Xochi. »Beim letzten Mal hättest du mir fast einen Player ruiniert.«

Kira füllte in der Küche einen Eimer mit Wasser und stellte ihn vor Marcus ab. Er hielt die Anlage darüber.

»Danke. Oh, verdammt ...« Er tauchte den ganzen Verstärker ein paar Sekunden lang in den Eimer. Dann überprüfte er ihn noch einmal mit dem Stethoskop und lächelte, als er kein Signal mehr empfing. Schließlich überprüfte er Xochi und Isolde und nickte Kira zu. Sie verband *Kayleigh 2052* direkt mit einem Lautsprecher, drehte den Player so laut wie möglich und stellte beides mitten in den Raum.

Marcus hielt das digitale Stethoskop hoch. »Ich war in Rufbereitschaft, als heute Morgen die Bombe hochging. In deinem Labor bin ich mit diesem Ding zu nahe an eins von Mkeles Abhörgeräten geraten. Es ist ein ziemlich guter Detektor.« Er warf es auf das Sofa. »Dieser Raum ist sauber, und wer uns von draußen belauscht, wird vor allem die Musik hören.«

Kira betrachtete nacheinander ihre Freunde. »Wir sind drauf und dran, Hochverrat zu begehen. Falls jemand nicht mitmachen will, wäre dies der richtige Augenblick, es zu sagen.«

Xochi sah Kira an. »Ich bin nicht sicher, ob ich mit meinen Vermutungen richtigliege ...«

Kira hob die Schultern. »Glaubst du etwa, wir planen, das Krankenhaus anzugreifen, den Partial zu befreien, ihn nach Hause zu bringen und uns mit seinen Leuten zu verschwören, um die Welt zu retten?«

Xochi riss die Augen auf. »Eigentlich nicht. Nein, so hatte ich mir das nicht vorgestellt.« Sie schüttelte den

Kopf. Es sah fast aus, als wollte sie lästige Wassertropfen wegschleudern. »Du willst den Partial retten? Ist das dein Ernst?«

»Die Partials haben uns einen Waffenstillstand angeboten, und der Senat hat abgelehnt.« Kira holte tief Luft. »Wenn wir mit ihnen zusammenarbeiten, kann ich RM heilen. Ich weiß, dass es mir gelingen wird. Aber ihr müsst mir vertrauen.«

Xochis Kiefer mahlten. Dazu fiel ihr nichts mehr ein. Schließlich nickte sie. »Ich vertraue dir, Kira. Lass uns Hochverrat begehen!«

»Lass knacken!«, stimmte Marcus zu. Auch Isolde nickte. Sie war bleich und wirkte nervös.

Kira setzte sich und sprach trotz der lauten Musik leise weiter. »Die Senatoren sind völlig neben der Spur. Sie haben das Krankenhaus in die Luft gejagt und wollen es Samm in die Schuhe schieben. Sie töten ihn, um in einem politischen Machtspiel die Oberhand zu gewinnen. Madisons Baby kann jeden Tag kommen, und wir haben immer noch keine Therapie. Die *Stimme* steht kurz davor, die Macht zu übernehmen.«

Xochi schnitt eine Grimasse. »Wie sieht der Plan aus?«

»Wir müssen Samm aus dem Krankenhaus befreien und von der Insel schaffen«, erklärte Kira. »Packt eure Sachen und nehmt Campingausrüstung und Waffen mit! Wir treffen uns an der Ecke Turnpike und Prospect Avenue. Isolde«, sagte sie, während sie das Pistolenhalfter abnahm, »ich habe immer noch deine Waffe …«

»Ich kann nicht mitkommen.«

»Ich dachte, du bist dabei«, entgegnete Xochi.

»Ich helfe euch von hier aus, so gut es mir möglich ist«, versprach Isolde. »Nur mitkommen kann ich nicht.«

»Wir brauchen jeden, der uns unterstützen will, falls dort draußen etwas Schlimmes passiert«, sagte Kira.

»Ich kann nicht mitkommen«, beharrte Isolde. »Wenn es nur um mich ginge, wäre es kein Problem, aber ich ...« Sie hielt inne. »Ich bin schwanger.«

Kira sperrte den Mund auf. »Was?«

»Ich bin schwanger«, wiederholte Isolde. »Ich weiß es erst seit heute Morgen. Ich wäre wirklich gern dabei, aber ich ... ich kann es nicht riskieren.« Sie erwiderte Kiras Blick. »Es tut mir leid.«

Kira schüttelte den Kopf. Das musste sie erst einmal verarbeiten. Isoldes Bauch war jedenfalls völlig flach wie bei einem Supermodel. »War es ... eine künstliche Befruchtung?«

Isolde schüttelte den Kopf. »Senator Hobb.«

Kira keuchte.

»War es einvernehmlich?«, fauchte Xochi. »Denn andernfalls mache ich einen Umweg zum Senat und erschieße ihn.«

»Nein«, beschwichtigte Isolde. »Daran war nichts Unangemessenes – nun ja, er ist mein Vorgesetzter, und das sieht etwas komisch aus, aber er hat mich nicht gezwungen. Ich wollte es ja. Wir haben Überstunden gemacht, und ich ...«

»Warst du betrunken?«, fragte Marcus.

»Das geht nur Isolde etwas an. Sie sagte, sie habe sich frei entschieden.« Kira warf Xochi einen harten Blick zu. »Wir können ihn immer noch erschießen, wenn wir zurückkommen. Isolde bleibt also hier und deckt uns. Das hat beim letzten Mal hervorragend funktioniert.«

»Wie sieht der weitere Plan denn aus?«, fragte Marcus. »Selbst wenn wir Samm aus dem Krankenhaus herausbekommen, wie geht es dann weiter? Hinunter durch Brooklyn wie beim letzten Mal?«

Kira schüttelte den Kopf. »Sie werden diese Route beobachten, sobald sie sich zusammengereimt haben, was wir vorhaben. Wir gehen nach Norden und überqueren den Long Island Sound.«

Daraufhin herrschte Stille im Raum. Schon der Gedanke war erschreckend. Keiner von ihnen konnte ein Boot steuern, und Xochi war die einzige gute Schwimmerin unter ihnen. Außerdem war das Land zwischen dem Ort und der Meerenge von der *Stimme* besetzt.

»Sie hat recht«, stimmte Xochi bedächtig zu. »Zwischen hier und Manhattan gibt es zu viele Posten der Abwehr. Der beste Weg ist im Norden.« Sie trommelte mit den Fingern auf den Tisch. »Wie hilfsbereit wird der Partial sein? Weiß er, wo wir ein Boot finden können?«

»Am ganzen Nordufer gibt es Boote«, erklärte Kira. »Wir sehen sie ständig bei Bergungseinsätzen. Wir müssen nur eins mit einem vollen Tank finden. Der Treibstoff ist alt und wird den Motor beschädigen, aber wir gelangen sicher nach drüben, ehe der Motor verreckt.«

»Falls wir so weit kommen, müssen wir mit Angriffen der *Stimme* rechnen«, warnte Marcus. »Die *Stimme* ist in diesen Tagen auf Leute aus East Meadow nicht sonderlich gut zu sprechen.«

»Sie werden keine Gruppe unbewaffneter Jugendlicher angreifen«, meinte Xochi.

Kira schüttelte den Kopf. »Oh, wir werden bewaffnet sein.«

»Trotzdem«, wandte Xochi ein. »Sie sind Revolutionäre, keine Mörder.«

»Ihr denkt zu weit voraus«, warf Isolde ein. »All das spielt überhaupt keine Rolle, wenn ihr Samm nicht aus der Klinik holt. Und dazu müsstet ihr erst einmal hineinkommen.«

»Das ist der schwierigste Teil«, gab Kira zu. »Sie halten ihn in einem gesicherten Raum im Erdgeschoss fest. Ich habe es auf dem Weg nach draußen gesehen. Dort wimmelt es von Wachen. Wenn wir eine Möglichkeit finden, sie zu überrumpeln ...«

»Nein, dort ist er nicht«, widersprach Marcus. Kira zog die Augenbrauen hoch. Er beugte sich vor. »Mkele lässt den Raum im Erdgeschoss nur zur Tarnung scharf bewachen«, erklärte er ihr flüsternd. »Samm wird oben im Konferenzraum festgehalten. Vor der Tür stehen nur zwei Posten.«

»Woher weißt du das?«, fragte Xochi.

Marcus lächelte. »Kennt ihr den Fischverkäufer, der seit einer Weile auf dem Parkplatz des Krankenhauses steht? Ich habe einen der Wächter mit seinen Austern angefixt. Er hat mich gebeten, ihm zum Abendessen noch ein paar zu besorgen. Da oben stehen nur zwei Mann.« Er grinste. »Es zahlt sich eben aus, nett zu sein.«

»Das hilft uns, dort einzudringen«, überlegte Xochi. »Aber sobald wir den Raum betreten haben, wird Verstärkung angefordert, und wir kommen nicht mehr heraus.«

»Wie wäre es mit einem Ablenkungsmanöver?«, schlug Isolde vor. »Ich komme zwar nicht mit, aber ich kann wenigstens die Aufmerksamkeit der Soldaten ablenken.«

»Etwas in der Richtung könnte helfen«, überlegte Marcus. »Es sollte allerdings eine große Sache sein. Es reicht nicht, die Wächter einfach nur abzulenken. Sie müssen sich völlig auf etwas anderes konzentrieren, damit wir im Durcheinander entkommen können. Es müsste etwas echt Gewaltiges sein.«

Kira nickte und starrte zu Boden. Wenn schon, dann musste sie aufs Ganze gehen.

»Wie wäre es mit Unruhen in der ganzen Stadt?«, fragte sie nachdenklich.

28

Kira stand an der Ecke Turnpike und Prospect Avenue, nur einen Block vom Krankenhaus entfernt, im Schatten eines zerstörten alten Restaurants. Es hieß *Aladdin's*, und dem Äußeren nach hatte es dort früher Kebab gegeben. Inzwischen war es verfallen und überwuchert. Das Kudzudickicht half ihr, unbemerkt um die Ecke zu spähen und das Krankenhaus zu beobachten. Dort hatte sich bereits eine Menschenmenge versammelt. Die Gerüchte verbreiteten sich in Windeseile.

»Isolde hat ihre Sache gut gemacht«, murmelte Kira. »Wenn eine bekannte Assistentin eines Senators Gerüchte streut, dann hören die Leute eben zu.«

»Der Senat wird bald herausfinden, dass sie es war«, warnte Xochi. »Dafür wird man sie umbringen.«

»Selbst wenn man es bis zu ihr zurückverfolgt, wird nichts passieren«, erwiderte Kira. »Sie ist schwanger. Nicht einmal Mkele würde es wagen, ihr etwas anzutun.«

»Meinst du, er nimmt Rücksicht, nur um seinen guten Ruf zu wahren?«, fragte Xochi. »Er wird bald überhaupt keinen Ruf mehr haben. Die Tötung eines Babys dürfte noch zu den harmlosesten Handlungen gehören, die er in der letzten Woche begangen hat.«

»Isolde wird nichts passieren«, beharrte Kira. Sie tat ein paar Schritte, um das Bein zu erproben. Es tat immer noch schrecklich weh, und sie schnitt eine Grimasse, wenn sie an die Anstrengungen dachte, die ihr bevorstanden. Sie hielt inne, nahm den Rucksack ab und öffnete das Sanitätstäschchen.

Xochi sah ihr mit gerunzelter Stirn zu, als sie eine Ampulle Nalox und eine Spritze hervorholte. »Brauchst du Medikamente?«

»Ich kann kaum noch gehen«, gab Kira zu, während sie die Spritze aufzog. »Wenn ich in den nächsten Stunden vor den Schützen der Abwehr weglaufen muss, brauche ich Schmerzmittel.«

Xochi schnitt eine Grimasse. »Hast du auch genug für uns dabei?«

»Halt den Mund!« Kira setzte sich die Spritze direkt ins Bein und klebte ein Pflaster auf den kleinen Blutstropfen, der aus dem Einstich hervorquoll. Fast sofort spürte sie die Reaktion, wenngleich mehr im Kopf als im Bein. Die Wahrnehmung verschwamm, und die Bewegungen setzten mit einer kleinen Verzögerung ein. Das Morphium war stark. Hatte sie sich zu viel verpasst?

»Besser?«, fragte Xochi. Kira nickte, worauf Xochi den Kopf schüttelte. »Bleib bitte vor mir, wenn die Schießerei losgeht! Ich will nicht wegen deiner Benommenheit eine Kugel in den Arsch kriegen.«

»Da kommt Marcus.« Kira deutete auf eine Gruppe, die gerade die Straße entlangkam. Marcus war dank seiner Größe in ihrer Mitte nicht zu übersehen. Die Menschen riefen, murmelten und stritten laut. Kira schnappte Satzfetzen auf. »... angeblich ein Partial ... warum sagen sie das nicht ... neue Art von RM ... der Senat hat es gewusst ...«

»Wenn es vorher noch nicht herausgekommen war, jetzt ist das Geheimnis mit Sicherheit aufgeflogen«, sagte Kira. »So oder so wird der Plan des Senats vereitelt.«

Die Menge zog vorbei, zornige Stimmen forderten Kira und die anderen auf, sich ihnen anzuschließen. Kira nahm ihre Sachen und folgte der Gruppe. Xochi ging hinter ihr, und Marcus ließ sich etwas zurückfallen, bis er bei ihnen war.

»Ein schöner Abend für einen kleinen Aufruhr«, flüsterte Marcus.

Vor dem Krankenhaus hatte sich eine riesige Menschenmenge versammelt. Man schrie und bildete Sprechchöre. Am Haupteingang stand ein Kordon bewaffneter Soldaten. Die Menge bewegte sich frei vor ihnen und wogte hin und her wie eine Welle, die sich ihrer Richtung noch nicht sicher war. Auf einmal kamen Kira ernstliche Zweifel. Wenn die Unruhen nun weitere Todesfälle nach sich zogen? Madison und die anderen Mütter waren natürlich in Sicherheit, denn die Entbindungsstation war der am besten bewachte Bereich der ganzen Stadt. Allerdings war es zu spät, um es sich noch anders zu überlegen. Sie sprach ein stilles Gebet und ging weiter.

»Wir müssen ganz vorsichtig sein, wenn wir ihn herausholen«, sagte Marcus. »Wenn die Leute ihn entdecken, reißen sie ihm Arme und Beine einzeln aus.«

»Sie wissen doch gar nicht, wie er aussieht«, erwiderte Xochi. »Im Zweifelsfall ist er einer von uns.«

»Sie können ebenso leicht einen Menschen für einen Partial halten wie umgekehrt.« Kira beobachtete nervös die Menschenmenge. »Vielleicht haben wir es übertrieben.«

»Wir haben noch gar nichts getan«, entgegnete Xochi. »Die Meute nutzt uns überhaupt nichts, solange sie nicht eindringt und alles zerschlägt.« Sie drängte sich weiter nach vorn. »Sie haben die ganze Zeit mit den Partials unter einer Decke gesteckt!«, rief sie laut. »So machen sie das – neue Krankheiten, neue Todesfälle, neue Unterdrückung! Es ist nicht das erste Mal!«

Kira und Marcus folgten Xochi, so rasch sie konnten, und bahnten sich einen Weg durch die unruhige Menge. Kira fühlte sich vom Morphium benommen und war zugleich verängstigt, alles klang schrecklich laut und zornig und viel gefährlicher als im richtigen Leben. Sie schüttelte den Kopf. Sie musste sich konzentrieren.

Xochi war inzwischen ganz vorn, stieg auf die Haube eines alten Autos und sprach zu der Menge. »Wisst ihr, warum sie das machen? Weil sie uns kontrollieren wollen! Denn wenn wir Angst haben, tun wir alles, was sie uns befehlen.« Der Mob brüllte zustimmend. Xochi fuhr fort. »Verpetzt eure Freunde!, verlangen sie von uns. Verlasst die Stadt nicht! Werdet schwanger, ehe RM uns alle umbringt!« Die Menschen brüllten immer lauter, sie gerieten in Rage und kreisten um Kira wie die Gasmoleküle bei der Brown'schen Bewegung. Schließlich warf jemand einen Stein nach den Soldaten, verfehlte sie jedoch. Das Wurfgeschoss krachte hinter der Postenkette gegen die Glastür. Weitere Steine folgten, es war ein böser Hagelschauer. Xochi schrie unterdessen aus Leibeskräften weiter. »Wir haben genug von den Geheimnissen! Wenn der Senat dort drinnen einen Partial festhält, dann soll er ihn holen, damit wir ihn sehen können!«

Die Menge, eine Flutwelle zornig erhobener Fäuste, drängte nach vorn. Die Soldaten schossen in die Luft, worauf sich die Leute zurückzogen, aber nicht so weit wie zuvor. Die Lücke war kleiner denn je.

»Zum Glück haben sie niemanden erschossen«, sagte Kira. »Wahrscheinlich gab es einen entsprechenden Befehl. Wir müssen die Türen stürmen, ehe sie tödliche Schüsse abfeuern dürfen.«

»Sie schießen auf die eigenen Leute!« Xochi griff nach der Pistole. Kira und Marcus stürmten erschrocken nach vorn, um sie zu erreichen, ehe sie eine Schießerei anzettelte.

»Die haben Automatikgewehre!«, rief Kira, doch ihre Stimme ging in dem Getöse unter. »Xochi, nicht!«

Xochi wandte sich mit erhobener Pistole um, und in diesem Moment packte Marcus sie am Bein und riss sie nach unten. Mit lautem Krachen stürzte sie auf die Motorhaube des Autos. Kira fasste die Hand mit der Pistole und sorgte dafür, dass sie nach oben in den Himmel zielte. Xochi keuchte und rang nach Luft, dann stöhnte sie und hustete.

»Autsch!«, schnaufte sie.

»Du darfst noch nicht schießen!«, fauchte Kira. »Die Soldaten veranstalten sonst ein Massaker.«

»Wir müssen die Sache in Gang bringen.« Marcus sprang, in jeder Hand einen Stein, neben Xochi auf die Motorhaube. »Stürmt die Türen!«, rief er und warf den ersten Stein. Er traf einen Soldaten am Arm. Der Mann riss sofort das Gewehr hoch und zielte auf die Menge, doch der Offizier neben ihm drückte die Waffe nach unten und rief etwas Unverständliches. Marcus warf den zweiten Stein und traf eine Tür. Das Sicherheitsglas zersprang und rieselte in Form kleiner Würfel zu Boden. Es war, als hätte die Menge ein Signal erhalten. Die Menschen stürmten wieder vor. Xochi verstaute die Pistole unterdessen im Halfter, und dann rannten sie zusammen mit den anderen los und mussten gleich wieder anhalten, als die erste Reihe gegen die Soldaten anprallte. Kira wurde von allen Seiten gequetscht, jemand trat ihr auf den Fuß, sie bekam eine Ferse auf die Brandwunde und ging vor Schmerzen fast in die Knie. Wenn ich stürze, trampeln sie mich tot, dachte sie. Sie kam kaum zu Atem und drängte mit aller Kraft weiter.

»Der Mob wird sich nach rechts wenden, wenn wir die Türen aufgebrochen haben.« Marcus schnaufte vor Anstrengung. »Wir laufen nach links zur Treppe.«

Hinter ihr drängten die Leute, Kira konnte nicht mehr ausweichen. Der Druck presste ihr langsam die Luft aus den Lungen. Sterne tanzten ihr vor den Augen, ihr wurde schwindelig. Auf einmal brach der Damm. Die Aufständischen stürmten durch die Türen, nachdem sie die Soldaten weggestoßen oder einfach umgangen hatten. Sobald sie die Eingangshalle erreicht hatten, lag das Nadelöhr hinter ihnen, und sie kamen schneller vorwärts. Kira schüttelte den Kopf, um wieder zu sich zu kommen, dann wandte sie sich nach links, zwängte sich zwischen den aufgebrachten Menschen hindurch und behielt die nicht beschriftete Tür zum Treppenhaus im Auge. Marcus kam im gleichen Augenblick wie sie dort an, Xochi kurz danach. Sie öffneten die Tür und standen endlich in gesegneter Stille.

Keuchend kam Kira wieder zu Atem. Das Bein pochte dumpf. »Verfolgt uns jemand?«

»Sieht nicht danach aus«, meinte Xochi. »Lasst uns schnell weitergehen! Wir müssen uns beeilen, ehe die Soldaten die Lage wieder unter Kontrolle bringen.«

»Vorausgesetzt, sie schaffen es überhaupt.« Marcus nahm immer zwei Treppenstufen auf einmal und verschwand hinter der nächsten Ecke. »Hoffen wir, dass es überhaupt noch eine Insel gibt, die wir retten können!«, rief er hinunter.

Kira zog die Waffe und folgte ihm, Xochi blieb dicht hinter ihr. Dritter Stock, dachte Kira. Sie zählte die Treppenabsätze. Werden die Soldaten der Abwehr abgezogen, um unten zu helfen, oder durchschauen uns die Vorgesetzten und schicken Verstärkung?, fuhr sie in Gedanken fort.

Im dritten Stock kauerte Kira neben der Tür nieder und lehnte sich an die Wand.

»Lasst mir einen Moment Zeit, das Gewehr herauszunehmen!« Kira griff nach dem Rucksack. »Wenn wir uns auf eine Schießerei mit bewaffneten Soldaten einlassen, will ich nicht auf diese Erbsenpistole angewiesen sein …«

Ein lauter Knall, offenbar ein Pistolenschuss, unterbrach sie. Erschrocken starrte sie die Tür an.

»Schießen die jetzt schon auf uns?«

»Das war nicht gegen uns gerichtet«, beruhigte Xochi sie. »Offenbar ist jemand vor uns am Raum des Partials eingetroffen.«

»Das zweite Treppenhaus.« Kira riss die Tür auf. Auf dem Flur hatten sich die Soldaten geduckt und blickten in die andere Richtung, die Waffen hatten sie auf das ferne Ende des Flurs gerichtet. Sie keuchte. Dort hielten sich Haru, Jayden und drei andere bewaffnete Aufständische auf. Kira konnte nicht erkennen, wer das Sagen hatte. Sie duckte sich und legte die Pistole an, die ihr auf diese Entfernung allerdings nicht viel nutzen würde.

»Hinter uns!«, rief einer der Soldaten. Er wandte sich zu Kira um, und in diesem Augenblick verletzte ein Glückstreffer der Aufständischen die Schulter des Mannes. Der Soldat schrie auf und fiel der Länge nach hin. Haru legte an und gab dem Soldaten den Rest. Der einsame verbliebene Wächter suchte Deckung im Türrahmen.

»Wir sind umzingelt!«, rief er ins Funkgerät. »Wir brauchen sofort Unterstützung im dritten Stock!«

»Sie wollen Samm töten«, knurrte Kira und rannte los. »Haru! Jayden!«

Auch der zweite Soldat brach zusammen, und mindestens ein Aufständischer lag mehrere Schritte hinter den anderen am Boden. Die Gruppe legte die Gewehre an, doch Haru und Jayden erkannten Kira und untersagten den anderen zu schießen.

»Kira!«, rief Haru. »Ich bin nicht sonderlich überrascht, dich hier zu sehen.« Er überprüfte die Kammer und lud die Waffe durch. Dann zielte er in die Richtung, aus der sie gekommen waren. »Versperrt die Türen! Die Meute hat noch nicht bemerkt, dass er hier oben ist, aber früher oder später kommen sie drauf.«

»Wir sind nicht hier, um ihn zu bewachen«, erklärte Kira. »Wir wollen ihn befreien.«

Haru starrte sie an, dann lachte er und schüttelte den Kopf. »Ist das dein Ernst? Bist du verrückt? Wir haben das Ding hergebracht, um es zu verhören und zu sezieren, und jetzt willst du mit ihm gemeinsame Sache machen? Ich habe dich immer unterstützt, Kira, aber dies geht zu weit.« Er zielte auf Kiras Brust. Xochi und Marcus zielten ihrerseits auf ihn, und Jayden und die drei anderen zielten auf Marcus und Xochi. Kira stand in der Mitte und bemühte sich, gleichmäßig zu atmen und ruhig zu bleiben. Ihr war schwindelig vom Morphium.

»Samm ist unschuldig«, beteuerte Kira. »Die Gruppe, die wir trafen, wollte nach East Meadow, um einen Waffenstillstand anzubieten. Frieden, Haru.«

»Woher weißt du das?«

»Er hat es uns gesagt.«

Haru sah sich um, als fragte er sich, ob außer ihm alle anderen den Verstand verloren hatten.

»Es ist wahr«, bekräftigte Marcus.

»Er wollte uns töten.« Haru zielte auf Marcus. »Sie haben unseren Späher geschnappt, Gabe ins Gesicht geschossen und uns mit Gewehren von der Insel gejagt, und auf einmal soll das bedeuten, dass sie Frieden wollen? Auf einen solchen Frieden kann ich verzichten.«

»Er ist ein Verbündeter«, beharrte Kira. »Er kann uns beim Wiederaufbau helfen.«

Haru schüttelte den Kopf, als wäre die ganze Welt verrückt geworden. »Die verdammten Seuchenbabys! Hast du überhaupt eine Ahnung, wie viel wir verloren haben, als wir den Partials vertraut haben?« Er deutete zornig zur Stadt. »Früher waren alle Häuser dort bewohnt. Die Gebäude waren intakt, die Schulen waren voller Kinder. Neunundneunzig Komma neun Prozent der Einwohner sind tot, Kira. Wenn das noch einmal passiert, sind noch zwei Menschen übrig. Zwei auf der ganzen Insel. Da wird nichts wieder aufgebaut.«

»Sie sterben«, erklärte Kira. »Genau wie wir. Wenn wir zusammenarbeiten, können wir uns beide retten ...«

»Ich will nicht beide retten!«, rief Haru. »Ich will mein Kind retten und alle Partials auf der Erde umbringen.«

»Wir sind hier, weil wir dein Kind retten wollen.« Kira hob die Stimme. »Du kannst ihn die ganze Nacht lang bewachen, wenn du willst, aber der Senat wird ihn morgen früh töten, und wir haben immer noch keine Therapie. Wenn ich mit ihm gehe, können wir eine solche Therapie entdecken.«

Haru starrte sie an, in seinem Blick rangen Wut und Verwirrung miteinander. »Ich lasse nicht zu, dass du ihn mitnimmst.«

»Sie hat dem Kind einen Namen gegeben, Haru.« Kiras Stimme brach. Sie riss sich zusammen und sprach entschlossen weiter. »Dein Baby hat einen Namen: Arwen Sato. Deine Tochter heißt Arwen Sato.« Sie blickte zu Jayden hinüber. »Deine Nichte heißt Arwen Sato.« Dann durchbohrte sie Haru förmlich mit Blicken. »Wir können sie retten.«

»Nicht rechtzeitig.« Haru hatte Tränen in den Augen, sein Gesicht lief rot an, und er bleckte die Zähne.

»Nein«. Jayden schaltete sich ein und zielte auf Haru. »Kira hat recht. Leg die Waffe weg!«

»Bist du verrückt?«

»Ich hasse die Partials so sehr wie du«, erklärte Jayden. »Aber Maddy verlässt sich auf uns. Wenn es nur den Hauch einer Chance gibt, das Kind meiner Schwester zu retten, dann will ich sie ergreifen.«

»Willst du dann lieber ihren Mann töten?«

»Wenn er die Waffe weglegt, ist alles in Ordnung.« Jaydens Augen waren eiskalt. »Ihr anderen, legt die Waffen auf den Boden!«

Haru gehorchte langsam, und die anderen drei hinter ihm folgten seinem Beispiel. Xochi sammelte die Waffen ein, während Jayden die Männer in Schach hielt. Kira rüttelte an der verschlossenen Tür. Den Schlüsselbund fand sie nach einigem Suchen in den Taschen des toten Soldaten.

»Der lebt noch.« Marcus hatte sich unterdessen den zweiten Soldaten vorgenommen.

»Stabil?«, fragte Kira.

»Wenn wir die Blutung aufhalten.«

»Verbinde ihn!« Kira richtete sich auf. »Wir sperren ihn mit den anderen ein – sie können ihm nach dem Aufstand helfen.«

»Da wir gerade dabei sind«, sagte Xochi. »Wir müssen hier verschwinden. Der Typ hat Verstärkung angefordert, und sobald sie den Aufstand auch nur teilweise unter Kontrolle haben, schicken sie jeden entbehrlichen Soldaten hierherauf.«

Kira nickte. »Geh los und peil die Lage!« Xochi nickte und rannte zur Treppe. Kira musste mehrere Schlüssel probieren, bis sie den richtigen gefunden hatte. Das Zimmer war abgedunkelt, Samm saß mitten im Raum gefesselt auf einem Stuhl. Sein Körper war mit Schnittwunden, Schorf und Prellungen übersät.

»Du siehst grässlich aus«, sagte Kira.

»Schon gut.« Samm grunzte vor Schmerzen, doch Kira hätte schwören können, dass sie den Anflug eines Lächelns entdeckte. »Ich habe ein verstärktes Blutplättchensystem.«

Kira suchte den Schlüsselbund ab, um die richtigen Schlüssel für die Fesseln zu finden. Es gab zwei Paar Handschellen und drei Vorhängeschlösser, die sie der Reihe nach aufsperrte.

»Du hättest mich nicht retten müssen«, sagte Samm.

»Du hättest auch mich nicht retten müssen.« Sie öffnete das letzte Schloss, zog die Ketten weg und hielt inne. Er wandte den Blick von der Tür ab und richtete ihn einen Moment lang auf sie, als sie noch neben ihm kauerte. Ihre Gesichter waren nur Zentimeter voneinander entfernt. Sie spürte seinen Atem auf der Haut. »Danke.«

Samm stand auf und folgte ihr auf den Flur. Er blinzelte im Licht und drehte den Kopf hin und her, um die verkrampften Muskeln zu lockern.

Jayden bugsierte Haru und die anderen in den Raum. Haru spuckte Samm an, als er an ihm vorbeikam. Samm reagierte nicht. Marcus hatte inzwischen den Soldaten verbunden und schleppte ihn zu den anderen in den dunklen Raum. Kira schloss ab.

In diesem Moment öffnete sich die Tür am Ende des Flurs. Jayden und Kira fuhren sofort herum und hoben die Waffen, doch es war nur Xochi, die aufgeregt auf sie zurannte.

»Wir müssen sofort verschwinden. Die Soldaten haben die Verteidigung des falschen Raums aufgegeben und sich zur Entbindungsstation zurückgezogen. Jetzt durchsucht der Mob das ganze Gebäude nach diesem Ding.« Sie wies mit dem Kinn auf Samm. »Es ist nur die Frage der Zeit, bis sie hier auftauchen.«

»Gebt mir eine der erbeuteten Waffen!«, verlangte Samm.

»Können wir ihm eine Waffe anvertrauen?«, fragte Jayden.

»Über diesen Punkt sind wir längst hinaus.« Xochi überließ dem Partial Harus Gewehr. Kira spannte sich unwillkürlich an, als Samm es übernahm, doch falls er dies bemerkte, ließ er sich nichts anmerken. Er überprüfte die Waffe mit kundigen Bewegungen, ging in die Hocke und sammelte rasch die verstreute Munition vom Boden auf.

Dann stand er auf. »Wie kommen wir hinaus?«, fragte er völlig ruhig.

»Im Nordflügel gibt es eine Treppe für das Personal«, antwortete Marcus. »Sie ist auf allen Etagen abgesperrt, deshalb ist sicher niemand dort, aber wir können die Schlösser herausschießen.«

»Das kann die Meute auch«, widersprachen Samm und Jayden wie aus einem Mund. Sie wechselten einen Blick, Jayden zog die Augenbrauen hoch.

»Also der Aufzugsschacht«, entschied Kira. »Dort gibt es eine Leiter, die bis ganz nach unten führt. Wir haben uns dort umgesehen, als Marcus und ich auf der Pflegeschule waren. Von dort aus gelangen wir in den Keller und können hinten durch den Lieferanteneingang fliehen.«

Samm runzelte die Stirn. »Das könnte gefährlich werden, während der Mob das Gebäude durchsucht. Die Aufzüge sind doch höchstwahrscheinlich noch in Betrieb.«

Marcus pfiff durch die Zähne. »Jetzt möchte ich wirklich mal eure Stadt sehen. Habt ihr tatsächlich genug Saft, um Aufzüge zu betreiben?«

»Ah!« Samm nickte. »Unbenutzte Aufzugsschächte.«

Sie liefen rasch den Korridor entlang, bis sie in einem Seitenflur auf einen Lastenaufzug stießen. Der Schacht war ein Abgrund. Sie befanden sich im dritten Stock, und das Krankenhaus hatte zwei Kellergeschosse und darunter noch eine Ebene für den Antrieb der Aufzüge. Kira beugte sich über die Kante und spähte hinab. Weiter als zwei oder drei Etagen konnte sie nicht sehen. Sie nahm ihren ganzen Mut zusammen und kletterte los. Marcus folgte ihr sofort, dann die anderen. Jayden bildete den Abschluss, nachdem er die Tür hinter ihnen wieder verschlossen hatte. Kiras Rucksack war schwerer denn je, er baumelte über dem sieben Stockwerke tiefen Abgrund, und die Sanitätstasche pendelte wie wild. Eine Etage tiefer hörten sie draußen auf dem Flur laute Stimmen. Im Erdgeschoss hämmerte jemand wie wild gegen die Türen. Die lauten metallischen Schläge hallten durch den ganzen Schacht.

»Wo müssen wir raus?«, flüsterte Xochi.

»Ganz unten.« Auch Kira sprach so leise wie möglich. »Dort gibt es eine Laderampe, die früher die Lieferanten benutzt haben, außerdem kaum benutzte Gänge und Nebenausgänge. Dort wird uns niemand bemerken.«

»Und wenn doch?«, fragte Samm.

Darauf wusste Kira keine Antwort.

Die Gänge waren stockfinster, denn dieser Bereich wurde nicht mit Strom versorgt, und es gab keine Fenster, durch die das Mondlicht hereinfallen konnte. Ferne Rufe und Lärm verrieten, dass der Mob bis in den Keller vorgestoßen war. Kira suchte im Rucksack nach einer Taschenlampe und schaltete sie ein. Sie richtete den schmalen weißen Strahl gegen eine Wand. Marcus und die anderen schlossen rasch zu ihr auf und suchten im Schacht nach einem Ausgang.

»Weißt du noch, wo die Laderampe ist?«, flüsterte Marcus.

»So ungefähr.«

»Wahnsinn.«

Kira fand den Ausgang des Aufzugsschachts und schaltete die Taschenlampe aus, ehe sie die Luke öffnete, um keine unerwünschte Aufmerksamkeit zu erregen. Als sie den Flur auf der anderen Seite dunkel und leer vorfand, schaltete sie das Licht wieder ein, deckte den Strahl jedoch mit der Hand ab. Das schwache rötliche Glühen reichte gerade aus, um die Wände zu erkennen. »Hier entlang!« Vorsichtig schlichen sie den Gang hinunter. Auf einmal vernahmen sie Schritte hinter sich, Gummisohlen quietschten auf dem Linoleum, dann hörten die Geräusche auf. Kira ging mit angehaltenem Atem weiter. An der nächsten Kreuzung riskierte sie es, den vollen Strahl der Taschenlampe umherwandern zu lassen. Links war nichts zu sehen, während rechts auf einmal Gesichter auftauchten. Die Augen funkelten in der Dunkelheit.

Kira fuhr erschrocken zurück, doch Samm stürzte sofort los. Einer der Eindringlinge ging zu Boden, ehe Kira überhaupt bewusst wurde, dass Samm angegriffen hatte. Der Strahl der Taschenlampe zuckte wild hin und her, während sie sich zu orientieren versuchte. Unterdessen lief im flackernden Zwielicht auf dem Flur eine ebenso hektische wie schreckliche Diashow ab: Samm trat einem Mann gegen das Knie, worauf dieser vor Schmerzen aufschrie, Samms Gewehrkolben traf das Gesicht eines zweiten Gegners. Lichtfinger tasteten über die Abzeichen der Abwehr auf einem hilflos rudernden Arm, Blutstropfen sprühten durch die Luft, ein niedergeschlagener Mann versuchte zu fliehen. Jayden hob das Gewehr im gleichen Augenblick, als Kira wieder fähig war, die Lampe ruhig auszurichten, doch in diesem Moment war es schon vorbei. Samm stand reglos da und wartete auf einen Gegenangriff. Rings um ihn lagen bewusstlose Soldaten am Boden. Kira zählte sechs Männer, die sich nicht mehr rührten.

»Heilige …«, murmelte Jayden, als er die Szene betrachtete. Er deutete mit dem Gewehr auf Samm. »Was haben wir da freigelassen?«

»Sie leben alle noch«, erklärte Samm. »Das Blut stammt aus der Nase des dritten Mannes.«

Kira kam wieder zu sich. »Was ist da gerade passiert?«

Samm kniete nieder, sammelte die Waffen der Gegner ein und zerlegte sie mit geschickten Bewegungen. »Ich bin nicht an Menschen gewöhnt, deshalb habe ich mich zu sehr auf den Link verlassen, und sie sind zu nahe gekommen. Ich glaube aber, es hat funktioniert, weil wir niemanden erschießen mussten.«

»Vielen Dank, dass wir niemanden erschossen haben«, sagte Marcus. »Mein Beitrag beschränkte sich allerdings darauf, mir nicht in die Hose zu machen. Du darfst dich später bei mir bedanken.«

»Wir müssen gehen.« Samm richtete sich auf. Er hatte die Schlagbolzen der Waffen ausgebaut und steckte sie ein. »Hier unten halten sich mindestens noch zwei weitere Gruppen auf. Vielleicht sogar noch mehr, die ich nicht hören kann.«

»In Ordnung«, sagte Kira langsam. »Aber … mach das nicht mit Zivilisten!«

»Ja.«

Kira führte die Gruppe nach links, dann nach rechts. Ab und zu blieb sie stehen, um die Wegweiser an den Wänden zu lesen und auf Schritte zu lauschen. Wie Samm gesagt hatte, waren mindestens noch zwei Trupps im Keller unterwegs, die im Dunkeln umherschlichen, riefen und lachten. Irgendwo splitterte Glas. Eilig ging sie weiter.

Schließlich entdeckte Kira einen weiten Tunnel, der mit einer hohen Metalltür gesichert war, und rannte sofort los. »Das ist es – auf der anderen Seite beginnt eine

Rampe, die zum hinteren Parkplatz führt. Wir gehen nach Norden und achten auf Streifen. Die Abwehr ist alarmiert, aber sie ist abgelenkt. Solange wir niemanden auf uns aufmerksam machen, können wir vermutlich durch die Lücken schleichen.« Sie wandte sich an Jayden. »Danke für deine Hilfe. Ohne dich wären wir nie hier herausgekommen.«

»Was bedankst du dich? Ich komme mit.«

Kira beäugte ihn nachdenklich. Ihr Gesicht war im Strahl der Taschenlampe gespenstisch weiß. »Bist du sicher?«

»Du hast jede Hilfe nötig, die dir angeboten wird«, erklärte er. »Außerdem habe ich gerade einen Partial befreit und ein paar wütende Gegner in dessen Zelle eingesperrt. Wenn ich bleibe, kann ich von Glück reden, wenn man mich förmlich verhaftet, ehe man mich erschießt.«

Kira nickte, auch die anderen stimmten wortlos zu. Sie legte die Hand auf den Türknauf und drehte ihn langsam herum. Draußen war es dunkel, aber immer noch heller als in den stockfinsteren Gängen des Kellers. Kira arbeitete sich vorsichtig die Rampe hinauf und lauschte auf die chaotischen Geräusche in der Stadt: Rufe, Schreie, das Trampeln rennender Menschen, hin und wieder das scharfe Knallen von Schüssen. Als sie oben ankam, entdeckte sie im Osten zwischen den Bäumen einen orangenfarbenen Feuerschein. Zwei oder drei Randalierer rannten im Dunkeln vorbei.

Xochi war Kira gefolgt. »Glaubst du, Isolde hat es zum Rathaus geschafft?«, flüsterte sie.

»Das hoffe ich sehr«, antwortete Kira. »Es dürfte in den nächsten Stunden eins der wenigen sicheren Gebäude sein.«

»Glaubst du, wir haben das Richtige getan?« Xochi war nervös und sprach zögernd. »Glaubst du, wir werden danach noch eine Heimat haben, in die wir zurückkehren können?«

»Ich glaube, Mkele ist in seinem Job erheblich besser, als wir es ihm zugestehen. Vielleicht sieht es anders aus, wenn wir wiederkommen, aber es wird noch alles da sein.« Sie wandte sich um. Inzwischen hatten sich alle hinter ihr versammelt. Noch einmal blickte sie in die Dunkelheit und das Chaos. »Los jetzt!«

DRITTER TEIL

Vier Stunden später

»Das Zukunftsprojekt ist mehr als nur das Ende des Isolationskriegs. Es ist die strahlende Zukunft für alle Menschen auf der Erde. Die NeuMenschen … – die Neumänner oder Partials oder wie sie sonst von der Presse genannt wurden – bringen zustande, was uns nicht möglich ist. Sie gewinnen nicht nur den Krieg, sondern erforschen auch den Meeresgrund, arbeiten in den tiefsten Bergwerken und können im ganzen Sonnensystem und darüber hinaus neue Kolonien gründen. Wenn wir sie auf unserer Seite haben, ist nichts unmöglich.«

– Noah Freeman, Vorstandssprecher von ParaGen auf einer Pressekonferenz im Jahre 2060

29

Es war fast Mitternacht, als sie sich endlich weit genug von East Meadow entfernt hatten, um unbefangen lauter miteinander reden zu können. Abseits der Häuser durchquerten sie neben dem Highway einen weitläufigen Wald.

»Im Norden gibt es mehrere Farmen und zwei alte Golfplätze«, erklärte Jayden, während er sich vorsichtig einen Weg durch das Unterholz bahnte. »Einer von ihnen besitzt sogar einen Jachthafen, wo wir hoffentlich ein Boot finden.«

»Golfplätze am Nordufer?«, fragte Kira. »Da oben gibt es nicht viele Siedlungen.«

»Sie liegen an einer Bucht und relativ nahe am Stützpunkt der Abwehr in Queens. Mit denen bekommen wir zwar kaum Ärger«, fügte er rasch hinzu, »aber je weiter wir im Westen bleiben, desto kürzer ist die Überfahrt über den Sund.«

»Kennst du den Namen der Bucht?«, fragte Samm.

Jayden schüttelte den Kopf. »Spielt das eine Rolle?«

»Ich möchte eine Vorstellung haben, wo wir auf der anderen Seite herauskommen.«

Jayden warf ihm einen Seitenblick zu. »Wie gut kennst du unsere Insel überhaupt?«

»Wir haben natürlich Späher geschickt«, antwortete Samm, »aber sie sind nie sehr weit ins Landesinnere vorgedrungen, und die Karten, die wir aus der Zeit davor haben, sind inzwischen nutzlos.«

»Nie sehr weit«, wiederholte Xochi. »Ich sagte doch, dass niemand die Insel unterwandert.«

»Ich weiß nur, dass wir es nicht getan haben«, fügte Samm rasch hinzu. »Das heißt aber nicht, dass niemand es getan hat.«

»Wer sonst käme denn infrage?«, wollte Kira wissen. »Es gibt doch nur uns und euch, oder? Alle anderen sind tot, das hast du selbst gesagt. Es sei denn ... Haben auf dem Festland noch andere Menschen überlebt?« Ihr Herz tat einen Sprung, als sie daran dachte. Es war dumm und völlig ausgeschlossen, aber eine Sekunde lang wünschte sie sich das Unmögliche.

Samm schüttelte den Kopf. »Es gibt keine anderen Menschen.«

»Wer dann?«

Samm sah sich über die Schulter um. »Wir können später darüber reden. Lasst uns erst einmal weitergehen.«

»Nein«, widersprach Jayden. Er richtete sich vor Samm auf und ließ alle anhalten. »Wir haben gerade einen Verrat an unseren eigenen Leuten begangen, um dich aus dem Gefängnis zu befreien. Du solltest dir alle Heimlichtuerei verkneifen und uns sagen, was du weißt. Auf der Stelle.« Er starrte Samm entschlossen an, während Kira die Gewehre der beiden betrachtete. Samm erwiderte den Blick mit den dunklen Augen, als wäre Jayden ein Insekt, das über eine Wand kriecht. Schließlich seufzte er.

»Es gibt keine anderen Menschen«, wiederholte er, »aber es gibt verschiedene Gruppen von Partials.«

»Was?«, rief Marcus. »Ich dachte, ihr könnt keine neuen herstellen!«

»Es sind auch keine neuen Partials«, antwortete Samm. »Wir sind nur ... wir sind nicht mehr so geeint, wie wir es einmal waren.«

Kira konnte seine Miene im Zwielicht nicht erkennen, aber offenbar fühlte er sich nach diesem Eingeständnis höchst unwohl.

»Diese Information wäre nützlich gewesen, bevor wir unsere Insel in Stücke gerissen haben«, sagte Marcus.

»Aber was ist mit dem Link?«, fragte Kira. »Ihr besitzt doch ein chemisches Kommunikationssystem, das Gefühle und Verhalten normalisiert. Wie kann jemand dagegen rebellieren?«

»Haben sie tatsächlich ein Gruppenbewusstsein?«, staunte Jayden.

»Ganz so ist es nicht«, erklärte Samm. »Es ist ... wir denken nicht die gleichen Gedanken, sondern teilen sie nur.«

»Lasst uns weitergehen, während wir reden!«, schlug Marcus vor. »Wir sind schließlich immer noch auf der Flucht.«

Samm nickte und marschierte los, die anderen blieben neben ihm. »Der Link ist ... ich weiß immer noch nicht, wie ich es euch erklären soll. Es ist wie ein Sinn. Es kommt mir so vor, als müsste ich einem Blindgeborenen den Sehsinn erklären.«

»Ist es ein Netzwerkgerät?«, fragte Jayden. »Ein Implantat? Ich dachte, wir hätten dir alles abgenommen, als wir dich in Manhattan schnappten.«

»Es ist kein Gerät.« Samm hob die Hände. »Es ist ... ein Link. Wir sind alle verlinkt.« Er nickte zu den Häusern in der Nähe hinüber. »Wären wir eine Gruppe von Partials, die nachts durch die Ruinen wandert, dann wüssten wir alle intuitiv, wie sich die anderen fühlen. Wenn Kira etwas Beunruhigendes bemerkt, dann sendet sie chemische Impulse aus, die wir alle spüren. Binnen Sekunden wären wir alle beunruhigt. Unser Adrenalinspiegel steigt, wir entscheiden uns, wir bereiten uns auf Kampf oder

Flucht vor, und die ganze Gruppe stellt sich im Handumdrehen auf die Situation ein, die nur einer von uns wahrgenommen hat. Wird einer in der Gruppe verletzt oder gefangen genommen, dann spüren wir alle, was ihm zugestoßen ist, und folgen dem Gefühl nach bis zu dem Aufenthaltsort des Soldaten.«

»Demnach verirrt ihr euch nicht oft«, mutmaßte Marcus. »Wenn ich immer weiß, wo die anderen sind, kann ich mich nicht verlaufen.«

»Richtig«, bekräftigte Samm. »Das kann nicht passieren.«

»Es klingt, als könntet ihr damit auch Freund und Feind unterscheiden.« Jayden nickte. »Das wäre sehr hilfreich.«

»Bei Menschen funktioniert es nicht«, widersprach Samm. »Ihr sendet keine Daten. Aber es ist richtig, es hilft uns, andere Partials zu erkennen, die nicht zu unserer Einheit gehören, und damit kann ich meine Gruppe von den anderen unterscheiden. Andererseits fällt es den anderen Gruppen damit auch leicht, mich zu finden, und das könnte ein Problem sein.«

»Das ist der Teil, den ich nicht verstehe«, warf Kira ein. »Der Link hilft dir, Freund und Feind sowie eine Gruppe von einer anderen zu unterscheiden. Demnach ist anzunehmen, dass auf diesem Weg auch die Befehlshierarchie übermittelt wird, oder? Ihr wurdet als Armee geschaffen und hattet Generäle, Leutnants, Gemeine und so weiter. Überträgt der Link auch die Kommandogewalt?«

Samm antwortete knapp. »So ist es.«

»Wie konntet ihr dann in verschiedene Fraktionen zerfallen? Das passt nicht zusammen.«

Samm stampfte schweigend durchs Unterholz. Nach langem Schweigen sprach er weiter. »Nach dem ...« Er unterbrach sich und blieb mitten auf der Straße stehen. »Es ist nicht leicht, darüber zu reden.«

»Ihr hattet Meinungsverschiedenheiten«, sagte Kira. »Das kommt überall vor.«

»Aber nicht bei uns.« Samm sprach gleichmütig, doch Kira fing einen Unterton von Wut auf. Oder Enttäuschung? »Wir sind eine Armee und gehorchen den Anführern. Wir befolgen die Befehle.« Er ging weiter. »Wer es nicht tut, ist ein Verräter.«

»Wir erreichen bald eine Brücke«, warnte Xochi.

Sie wurden langsamer und beobachteten im Mondschein die Umgebung, dann hielten sie inne und berieten sich.

»Ein Fluss?«, fragte Samm.

»Nur bei ganz schlechtem Wetter«, erklärte Kira. »Die Brücke überspannt den Expressway. Hier verlaufen die meisten Straßen über ihn hinweg.«

»Wir folgen der Schnellstraße nach Westen«, schlug Jayden vor, »aber nicht auf direktem Weg. Das würde es etwaigen Verfolgern zu leicht machen.«

Kira fragte sich, wie lange Mkele brauchen würde, um ihnen auf die Schliche zu kommen. Sobald er wusste, was sie vorhatten, würde er sich auf ihre Fährte setzen. Natürlich würde er nicht sofort auf den Gedanken kommen, dass sie die Insel verlassen wollten, was ihnen ein wenig Zeit verschaffen würde. Sie nahm den Rucksack ab, streckte sich und bog sich hin und her, um die Muskeln zu lockern. »Wenden wir uns gleich nach Westen oder erst nachdem wir die Brücke überquert haben?«

»Erst danach«, entschied Jayden. »Das ist die am schlechtesten gedeckte Stelle, bis wir das Wasser erreichen, also bringen wir es am besten rasch hinter uns.«

Kira setzte den Rucksack wieder auf und schlang sich das Gewehr über die Schulter. »Dann wollen wir nicht länger herumtrödeln.«

Sie schlichen weiter zwischen den Bäumen hindurch, beobachteten die Brücke vor ihnen und lauschten auf alle Geräusche, die sich von den gewohnten nächtlichen Lauten abhoben. Sie befanden sich außerhalb der dicht besiedelten Gebiete, hier gab es Gehölze mit mächtigen Bäumen und Unterholz. Wo der Wald lichter wurde, standen vereinzelt alte Villen, die inzwischen jedoch hinter Kudzu und Hunderten winziger Schösslinge verschwanden. Schließlich überquerten sie eine weitere Nebenstraße und näherten sich zwischen den Bäumen hindurch dem Fundament der Brücke.

»Uns bleibt nichts anderes übrig, als es einfach zu versuchen«, sagte Marcus. Sie nahmen ihre Rucksäcke und Waffen, holten tief Luft und rannten los.

Die Brücke war kürzer als jene über die Wasserstraßen vor Manhattan, doch Kira fühlte sich ungeschützt und hatte Angst. Der Expressway erstreckte sich meilenweit in beide Richtungen. Wer hier wachte, würde sie sofort bemerken. Sie mussten eben hoffen, dass sie als Erste einträfen. Auf der anderen Seite verschwanden sie keuchend vor Anstrengung zwischen den Bäumen und orientierten sich.

»Alles klar.« Samm ließ das Gewehr sinken.

»Ich habe da draußen nichts gesehen«, meinte Xochi.

»Das schließt nicht aus, dass man uns bemerkt hat«, widersprach Jayden. »Wir können uns erst wieder ausruhen, wenn wir den Sund überquert haben.«

Die Straße führte noch ein Stück weiter, dann erreichten sie eine T-Kreuzung und wandten sich nach Westen, um parallel zum Expressway weiterzugehen.

Marcus eilte nach vorn an Kiras Seite. »Wie geht's deinem Bein?«

»Kaum der Rede wert, wenn man es sich richtig überlegt.« In Wirklichkeit machten sich die Nachwirkungen der Behandlung mit der Regenerationsbox bemerkbar. Die verletzte Haut juckte höllisch, und sie musste sich beherrschen, um sich nicht zu bücken und mit einem Stock daran herumzustochern. Außerdem machte sie sich Sorgen, sie könnte es übertrieben und mit der Überdosis das Gewebe zerstört haben. Darüber wollte sie jedoch nicht weiter nachdenken, denn in dieser Hinsicht konnte sie ohnehin nichts tun. »Was ist mit dir?«

»Ich unternehme im Mondschein einen Spaziergang mit dem Mädchen meiner Träume.« Er lachte. »Und mit Xochi, Jayden und einem bewaffneten Partial. So werden auf einen Schlag alle meine geheimsten Phantasien wahr.«

»Erzähl uns noch etwas über ...«, setzte Xochi an und unterbrach sich sofort, als in der Nähe ein Pferd wieherte. Alle blieben wie angewurzelt stehen.

»Jetzt habe ich die Pferde eifersüchtig gemacht«, scherzte Marcus. Jayden hieß ihn mit einer Geste schweigen.

»Das kam von dort drüben«, flüsterte der Soldat und deutete zur anderen Straßenseite. »Eine der Farmen, die ich erwähnt habe.«

»Liegt sie schon so nahe?«

»Eigentlich nicht, aber wir sind auf dem richtigen Weg. Wir folgen dem Verlauf der Schnellstraße nach Westen, bis wir ... bis wir Meerwasser riechen. Hättest du mir verraten, dass wir diese Richtung einschlagen, dann hätte ich eine Karte mitgenommen.«

»Also nach Westen«, sagte Kira. »Seid leise!«

Sie folgten der gewundenen Straße, bis sie eine kleine Siedlung erreichten. Auch hier erstreckte sich der Wald bis zum Straßenrand, und die Gebäude standen abseits. Leer und unheimlich ragten sie zwischen den Bäumen auf. Es gab kein urbares Land, also waren sie als Farmhäuser nicht zu gebrauchen, und außerdem befanden sie sich viel zu nahe an der Nordküste. Nicht einmal Banditen interessierten sich für diese Gegend.

Schweigend wanderten sie weiter. Nach anderthalb Kilometern erreichten sie eine Hauptstraße, an der Ecke lag ein verfallenes Einkaufszentrum. Sie überlegten, ob sie nach Norden gehen sollten, doch Jayden beharrte darauf, mindestens noch einen Kilometer nach Westen auszuweichen.

»Wenn wir zu früh nach Norden abschwenken, landen wir mitten zwischen den Farmen und gelangen gar nicht erst bis zum Wasser«, warnte er. »Was hattest du eigentlich vor? Nach Norden marschieren, bis das Land zu Ende ist?«

»So ungefähr«, gab Kira zu. »Dort gibt es doch überall Boote.«

Hinter sich hörten sie ein dumpfes Grollen. Ein Motor.

»Sie sind näher, als ich dachte, und dem Motorengeräusch nach setzen sie Jeeps ein«, erklärte Jayden. »Sie meinen es wirklich ernst.« Er hielt inne und atmete tief durch. »Sie haben Karten und wir nicht, also sind sie uns gegenüber im Vorteil. Aber eins verspreche ich dir: Wenn wir uns nach Norden halten, sitzen wir zwischen den Soldaten und den Farmen fest. Früher oder später wird uns jemand aufstöbern.«

»Anscheinend lag hinter dem Einkaufszentrum früher ein Neubaugebiet«, vermutete Marcus. »Wenn wir dort im Zickzack laufen, müssten wir den meisten Streifen entgehen.«

»Seid ihr sicher, dass sie uns nicht gezielt verfolgen?«, fragte Samm. »Wenn sie anhalten und suchen müssen, dürften sie eigentlich nicht so schnell sein.«

»Sie müssen uns nicht suchen, wenn sie wissen, wohin wir wollen.« Xochi sprach damit aus, was Kira befürchtet hatte. »Sie versuchen einfach, vor uns am Wasser zu sein.«

»Dann schlagen wir uns nach Norden«, entschied Samm. »Wir dürfen unseren Vorsprung nicht verlieren.«

»Wie du willst«, lenkte Jayden ein, aber Kira erkannte deutlich, dass ihm der Vorschlag nicht behagte. Sie blieben auf der Hauptstraße und eilten fast im Dauerlauf weiter. Die breite Straße war relativ frei, daher konnten sie sich auch im Zwielicht recht schnell bewegen. Xochi und Marcus keuchten und hatten Mühe mitzuhalten, während Kira bei jedem zweiten Schritt zusammenzuckte, weil ihr der Schmerz durch das verletzte Bein schoss, sobald sie es belastete. Kurz danach hörten sie weitere Motoren hinter sich, sogar näher und in größerer Zahl, und als Kira sich das nächste Mal umwandte, entdeckte sie hinter sich die Scheinwerfer wie glühende Augen.

»Wir müssen von der Straße runter!«, grunzte Kira. Sie verschwanden im Unterholz und versteckten sich hinter Baumstämmen und Kudzu. Drei kleine Jeeps dröhnten vorbei, die Motoren knurrten wie wilde Tiere. Kira zählte vier oder fünf Soldaten in jedem Fahrzeug.

»Die suchen gar nicht uns«, murmelte sie.

Marcus beugte sich vor und spähte auf die Straße. »Hinter ihnen kommt niemand mehr. Hältst du das für Zufall?«

»Sie wollen uns den Weg abschneiden«, sagte Samm. »Und wenn sie schon hier auftauchen, sind wir vermutlich auf dem richtigen Weg.«

»Das nutzt uns nichts mehr«, widersprach Jayden. »Wir müssen nach Westen.«

»Wir wissen nicht, was uns im Westen erwartet«, entgegnete Kira. »Wir könnten auch geradewegs der Abwehr in die Hände laufen. Vielleicht waren die Jeeps wirklich nur eine Vorhut.«

»Es ist klüger, auf dem Weg nach Norden zu bleiben«, pflichtete Samm ihr bei. »So wissen wir wenigstens, was uns bevorsteht.«

»Na gut«, lenkte Marcus ein. »Aber wir bleiben in Deckung. Es ist möglich, dass sie irgendwo angehalten haben und die Straße beobachten.«

Zwischen den Bäumen kamen sie langsamer voran, sie mussten sich den Weg durch den dichten Wald fast ertasten. Mehrmals überquerten sie Seitenstraßen. Kira hielt jedes Mal den Atem an, weil sie ständig mit einem Alarmruf oder gar einem Schuss rechnete. Nichts geschah. Als sie eine lange zerstörte Häuserzeile mit alten Geschäften und Büros erreichten, überquerten sie die Hauptstraße und schlugen sich auf der anderen Seite in die Büsche.

Endlich wurde der Wald lichter, und Kira entdeckte Straßen und weite, leere Parkplätze. Wie eingesunkene dicke Pilze standen ringsum gedrungene Gebäude, im rissigen Pflaster wuchsen Unkraut und kleine Bäume. Dennoch war das Gelände erschreckend offen.

»Ein weiteres Einkaufszentrum«, flüsterte sie. »Da kommen wir nicht hinüber.«

»Willst du es umgehen?« Marcus hockte sich hin, um wieder zu Atem zu kommen. »Oder biegen wir einfach nach Westen ab? Wir haben jetzt ein paar Kilometer nach Norden zurückgelegt. Eigentlich müssten wir uns in der Nähe der Bucht befinden, die Jayden erwähnt hat.«

»Entweder das, oder wir sind schon daran vorbei und stoßen gleich auf die Farmen.«

»Ich weiß nicht, wie lange ich noch weiterlaufen kann«, warnte Xochi. Ihr Gesicht konnte Kira im Zwielicht kaum erkennen, doch die Stimme klang erschöpft.

»Wir dürfen nicht stehen bleiben«, drängte Samm.

»Leider verfügen wir nicht über deine Ausdauer«, wandte Jayden ein. »Ich habe dafür trainiert, aber die anderen können jeden Moment zusammenbrechen. Wie weit sind wir mittlerweile gegangen? Fünfzehn Kilometer oder mehr?«

»Dreizehn Komma fünf«, antwortete Samm. Er war anscheinend nicht einmal müde.

»Mir geht es gut«, keuchte Marcus. Kira hatte allerdings den Eindruck, dass er kurz vor dem Umkippen stand. Xochi konnte kaum noch sprechen.

»Wir gehen nach Westen«, entschied Kira. »Je früher wir ein Boot besteigen, desto eher können wir uns ausruhen.«

Xochi nickte und schleppte sich weiter, offenbar unter Schmerzen, aber immer noch entschlossen. Samm lief nach vorn, um die Führung zu übernehmen, die anderen humpelten langsam hinter ihm her.

Die Seitenstraße verlief in westlicher Richtung um das Einkaufszentrum herum, dann zielte sie wieder nach Süden. Samm winkte ihnen und bugsierte sie ins Gebüsch, wo sie angespannt und schwer atmend warteten, während zwei Pferde vorbeitrabten. Sie blieben eine Weile hocken, bis die Reiter weit entfernt waren, richteten sich wieder auf und eilten weiter. Sie torkelten fast und waren viel zu müde, um sich rasch vorwärtsbewegen zu können. Kiras Brandwunde tat schrecklich weh, in dem Bein tobte ein grausames Feuer. Sie ballte die Hände zu Fäusten. Ich muss es bis zu diesem Baum dort schaffen, nahm sie sich vor. Und bis zu dem da. Dann ist alles gut. Nur noch ein paar Schritte. Jetzt dieser Baum dort, direkt dahinter. Mehr muss ich nicht schaffen. Ein Baum nach dem anderen.

»Ich rieche das Meer«, erklärte Samm, und bald darauf wehte auch Kira in der kühlen Nachtluft ein schwerer salziger Geruch entgegen. Sie rafften sich noch einmal auf, keuchten laut und kümmerten sich nicht mehr um Heimlichkeit. Es kostete sie schon große Überwindung, nicht einfach anzuhalten. Nach einer Weile war hinter den Bäumen ein weiteres Einkaufszentrum zu erkennen, dahinter gleich noch eins. Marcus ging inzwischen dicht neben Kira. Er schwankte selbst, bemühte sich aber nach Kräften, sie zu stützen. Sie legte ihm den Arm um die Hüften und hinkte weiter.

»Hier entlang!« An der nächsten Kreuzung bog Samm nach Norden ab. Das Mondlicht glitzerte auf dem silbrigen Wasser, das so glatt war wie schwarzes Glas. Kira sah sich nach einem Boot um, konnte aber nichts entdecken.

»Es ist hier zu flach«, keuchte sie. »Wir müssen weiter.«

»Boote gibt es an der ganzen Nordküste«, murmelte Jayden. Kira hatte nicht einmal mehr genug Reserven, um ihm zu antworten.

Samm führte sie zwischen den Häusern hindurch über einen Hof, in dem hüfthohe junge Bäume standen. Als sie hinter sich auf der Straße abermals Hufschläge hörten, ließen sie sich entkräftet ins Unterholz fallen. Dieses Mal hielten die Reiter an und bewegten sich langsam im Kreis, um die Umgebung abzusuchen.

»Ob sie das waren?«, fragte einer.

»Vielleicht nur eine Katze«, meinte der andere. Sie lenkten die Pferde näher heran. Auf den langen Gewehrläufen schimmerte das Mondlicht.

»Für eine Katze war das zu laut«, sagte der Erste. »Gib mir mal die Lampe!«

Kira wagte nicht, sich zu bewegen, und hielt den Atem an. Der zweite Reiter nahm eine Taschenlampe aus der Satteltasche und reichte sie dem ersten, der sie einschaltete und links neben ihr auf ein Gebäude richtete. Anscheinend war es eine überwucherte alte Kirche. Samm legte das Gewehr an und zielte auf den ersten Reiter. Kira schüttelte den Kopf. Der Lärm würde sie verraten.

Außerdem töteten sie ihre eigenen Leute nicht.

Etwas prallte weit entfernt auf der anderen Seite dumpf gegen eine Wand, und die Reiter warfen die Köpfe herum. Sie konzentrierten sich ganz und gar auf das Gebäude, doch Kira konnte nichts erkennen. Dann lenkten sie die Pferde darauf zu.

»Ich habe einen Stein geworfen«, flüsterte Xochi. »Lasst uns verschwinden, ehe sie zurückkommen!«

Sie krochen vorsichtig durch das Gebüsch, ohne die Reiter aus den Augen zu lassen. Marcus stand schließlich auf und warf einen zweiten Stein, sogar noch weiter als Xochi. Die Reiter hielten inne, lauschten und folgten dem Geräusch. Auch Kira stand auf und stützte sich auf Samm. Sie verschwanden hinter der Ecke der zerstörten Kirche.

»Dort drüben sind noch mehr von ihnen«, raunte Samm und deutete nach Westen zur Bucht. Er sah Kira an, die seine Augen im Dunklen nicht erkennen konnte. »Früher oder später müssen wir jemanden erschießen.«

Kira schloss die Augen und dachte nach. »Ich weiß, dass es gefährlich ist und wir möglicherweise die Waffen benutzen müssen. Dazu haben wir sie ja. Aber ich will nur im Notfall schießen.«

»Vielleicht haben wir keine andere Wahl«, wandte Samm ein.

Hinter ihnen raschelte es im Gebüsch, Kira hörte Pferde trampeln und schnauben. Als Samm das Gewehr hob, hielt sie ihn erneut auf.

Sie warteten mit angehaltenem Atem und beteten, dass die Soldaten weiterritten. Eine halbe Ewigkeit später taten sie es endlich.

»Sie wollen nach Süden«, flüsterte Samm. »Diese Gelegenheit dürfen wir nicht versäumen. Los!«

Sie rannten jetzt praktisch und achteten nur noch auf den Boden unmittelbar vor den Füßen, weil sie ohnehin nicht weit sehen konnten. Die Straße führte in einen Wald, und bald darauf erhob sich vor ihnen zwischen den Bäumen ein großes Haus.

»Da!«, rief Kira verhalten. »Viele dieser Villen haben eigene Anlegestellen.«

Sie bogen nach links ab, überquerten das Grundstück und umgingen das Haus in Richtung Jachthafen. Der Garten war ein Gewirr aus exotischen Pflanzen und Blumen und war früher einmal sehr schön gewesen. Sie folgten einem gewundenen Pfad durch den Dschungel bis zum Wasser, das leise an den Strand schwappte. Es gab jedoch weder Steg noch Boot. Auf weichem, sumpfigem Boden liefen sie nach Norden zum nächsten Wohnhaus. Der klebrige Schlamm machte die schweren Schuhe noch schwerer. Das nächste Haus besaß tatsächlich einen hölzernen Gehweg, der zu einem Steg führte. Laut polternd liefen sie auf das weiße Boot zu.

»Halleluja!«, flüsterte Kira, doch Samm schüttelte den Kopf.

»Der Wasserstand ist gesunken, oder am Grund haben sich Sedimente abgelagert. Das Boot liegt auf dem Schlamm.«

Als Kira genauer hinsah, bemerkte sie, dass das Boot tatsächlich leicht zur Seite gekippt war, weil es nicht schwamm, sondern auf dem Untergrund ruhte. »Was jetzt?«

»Der Sumpf erstreckt sich meilenweit.« Samm blickte in Richtung Norden. »Wir nehmen dieses Boot oder gar keins.«

»Dann stoßen wir es hinaus«, schlug Jayden vor. Er schlang sich das Gewehr auf den Rücken und sprang mit lautem Platschen ins Wasser, das ihm fast bis zu den Hüften reichte. Er legte eine Hand an das Boot und drückte. Es gab nicht sofort nach, schwankte aber schließlich leicht. »Helft mir!«

Kira sah sich nervös über die Schulter um, ehe sie ins Wasser sprang. Sie keuchte, weil es kälter war als erwartet. Die anderen folgten ihr, stemmten sich gegen den Rumpf und schoben gleichzeitig. Das Boot neigte sich, bewegte sich aber nicht. Kira rutschte im Schlamm aus und konnte sich gerade noch festhalten, ehe sie mit dem Gesicht voran im eiskalten Wasser landete.

»Noch einmal!« Samm lehnte sich gegen das Boot. Auch die anderen machten sich bereit. »Eins, zwei, drei, jetzt!« Sie schoben mit aller Kraft, und das Boot rutschte ein paar Handbreit weiter. »Noch einmal!«, verlangte Samm. »Eins, zwei, drei, jetzt!« Wieder legten sie sich ins Zeug und gaben alle Kraft, die sie noch hatten. Das Boot ruckte ein paar Zentimeter – weiter als beim letzten Mal, aber immer noch nicht weit genug. »Weiter!«, befahl Samm. »Eins, zwei ...«

Eine Lampe flammte auf und blendete sie, der helle Lichtstrahl erfasste das weiße Boot und die ganze Gruppe. Sie hielten sofort inne, blinzelten und waren zu erschrocken, um sich zu bewegen. Der Besitzer der Taschenlampe stand höchstens zwanzig Schritte entfernt und starrte sie stumm an.

Dieses Mal habe ich die Waffe griffbereit, dachte Kira. Sie spürte das Gewicht auf dem Rücken. Ich kann sie in ein paar Sekunden anlegen. Aber nutzt das etwas? Wir können das Boot nicht ins freie Wasser stoßen, bevor Verstärkung kommt, und wenn wir kämpfen, können wir nicht mehr fliehen.

Niemand rührte sich.

Das Licht ging aus.

»Alles klar!«, rief der Schatten. Es war ein Mädchen. Yoon. »Hier ist nichts. Ich habe das Geräusch überprüft. Es ist nur ein altes Boot, das auf den Wellen schaukelt.« Die Silhouette wartete, beobachtete sie, wandte sich um und entfernte sich. Kira schnaufte leise.

»War das etwa Yoon, die euch auch nach Manhattan begleitet hat?«, fragte Marcus. »Ich glaube, sie hat einen Keks bei uns gut.«

»Von mir aus sogar eine ganze verdammte Bäckerei«, pflichtete Xochi ihm bei. »Wenn ich nicht bis zu den Hüften im Schlamm stünde, würde ich sie auf den Mund küssen.«

»Still!«, rief Jayden leise. »Sie haben uns schon einmal gehört und können uns wieder hören.« Er stemmte sich gegen das Boot. »Eins, zwei, drei«, hauchte sie. Sie schoben das Boot einen halben Meter weiter hinaus. Noch einmal und noch einmal, immer wieder und wieder, bis sie sechs Meter vom Steg entfernt waren. Zehn Meter. Dreißig Meter. Am Strand bemerkten sie inzwischen weitere Lichter, dort waren viele Suchtrupps unterwegs. Sie stießen das Boot weiter hinaus, schoben es durch den Schlamm und beteten, dass die Soldaten nichts hörten.

Das Wasser wurde zum Jachthafen hin tiefer, und bald schwamm das Boot auf. Sie stießen es noch etwas weiter, damit es ihr Gewicht trug. Samm half ihnen beim Hochklettern und folgte ihnen. Marcus und Jayden entdeckten Ruder, mit deren Hilfe sie nach Norden zum offenen Wasser entkommen konnten.

»Endlich in Sicherheit«, seufzte Kira. Xochi war schon eingeschlafen.

»Wir sind deinen Leuten entkommen.« Samm blickte nach Norden zum Festland. »Von jetzt an haben wir es mit meinen zu tun.«

30

»Wir werden in der Nähe von Mamaroneck an Land gehen.« Samm blickte zum Himmel auf, dann wieder zum fernen Gestade hinüber. »Vermutlich jedenfalls.«

Sie hatten die lange und schmale Bucht hinter sich gelassen, starteten den Motor des Boots aber erst, als sie links und rechts die Küstenlinie kaum noch erkennen konnten und ringsum nur das dunkelblaue Wasser des Sunds sahen. Der Motor stotterte, aber er lief, und so fuhren sie geradewegs nach Norden, solange es möglich war, bis der Himmel wieder heller wurde und am Horizont die grünen und blauen Flecken des Festlands auftauchten. Dann bogen sie nach Westen ab und hielten schräg darauf zu. Kira hoffte, dass der Motor lange genug durchhielt. Sie war viel zu müde, um zu rudern.

»Mamaroneck?«, fragte Jayden. »Der Name klingt noch alberner als Asharoken.«

»Mamaroneck ist ein guter Ort«, erklärte Samm. »Ein wenig weiter im Süden, als mir lieb ist, aber dort hat man niemand stationiert. Vermutlich können wir unbemerkt an Land gehen.«

»Wie wichtig ist es denn, dass uns niemand sieht?«, wollte Marcus wissen. »Diese verschiedenen Fraktionen – reden wir über unterschiedliche Ansichten zu einem Film oder über Leute, die für ihre Überzeugung einen heiligen Krieg führen würden?«

»Wenn sie uns entdecken, greifen sie an«, erklärte Samm. »Mich wird man einsperren und in einem Streit als Druckmittel einsetzen. Was sie mit euch anstellen werden, weiß ich nicht.«

Kira blickte zu den Sternen hinauf. »Dann sind vermutlich nicht alle Fraktionen so freundlich wie deine.«

»Auch meine ist nicht sonderlich freundlich«, antwortete er rasch. »Wir haben ein Friedensangebot geschickt, aber deshalb empfangen wir nicht jeden Menschen, der hereinmarschiert, mit offenen Armen. Unsere Meinungsverschiedenheiten mit den anderen Fraktionen sind ... leidenschaftlich, und deshalb sind wir vorsichtig und mit der Zeit misstrauisch geworden. Wir müssen jedenfalls äußerst wachsam bleiben.«

»Wie können wir die verschiedenen Fraktionen voneinander unterscheiden?«, fragte Xochi. »Tragt ihr unterschiedliche Uniformen oder ... was weiß ich – verschiedenfarbige Hüte?«

»Ich weiß nicht, ob ihr sie ohne den Link unterscheiden könnt«, antwortete Samm. »Meine Fraktion heißt Gruppe D, und die meisten von uns tragen noch die Uniformen. Wenn du ihnen aber zu nahe kommst und es erkennst, ist es vermutlich schon zu spät. Wir reden hier über ein Kriegsgebiet.«

Der Motor stotterte wieder einmal und setzte aus. Jayden stand auf und riss einige Male vergeblich am Starterkabel, schlug mit dem Schraubenschlüssel auf das Gehäuse und zog erneut. Der Motor sprang an, lief aber mit erheblich schwächerer Leistung als vorher.

»Altes Benzin.« Jayden warf den Schraubenschlüssel ins Boot. »Entweder macht es den Motor kaputt, oder es ist alle. So oder so müssen wir vermutlich ein paar Kilometer rudern.«

»Auf wen werden wir stoßen?«, wollte Kira unterdessen von Samm wissen. »Wie groß ist das Kriegsgebiet überhaupt?«

»Die größte Rebellengruppe lebt im Norden in einer Gegend, die White Plains heißt, oder dahinter in Indian Point. Es sind diejenigen, die den Reaktor betreiben.«

»Mann«, staunte Xochi, »ein Atomkraftwerk?«

»Klar«, bestätigte Samm. »Woher sollen wir denn sonst den Strom nehmen?«

»Sonnenkollektoren«, antwortete Xochi. »Die benutzen wir jedenfalls.«

»Für eure Bedürfnisse reicht das vermutlich auch aus«, antwortete Samm. »Das Atomkraftwerk in Indian Point hat vor dem Krieg ein paar Millionen Haushalte versorgt. Jetzt sind wir kaum mehr als eine Million, und es erzeugt erheblich mehr Strom, als wir je brauchen. Die Rebellen unterhalten es, und die Gruppe D hat vor ein paar Jahren eine Möglichkeit gefunden, um es anzuzapfen. Bisher haben sie es nicht bemerkt.«

»Aber Atomkraft ist gefährlich«, gab Xochi zu bedenken. »Wenn nun etwas passiert? Wenn es ein Leck oder eine Kernschmelze oder sonst etwas gibt?«

»Das ist bei vielen Kraftwerken geschehen«, stimmte Samm ihr zu. »Als RM ausbrach und die Menschen starben – als ihr wirklich in großer Zahl verschwunden seid –, war uns gleich klar, dass wir nichts dagegen tun konnten. Wir haben so viele Atomkraftwerke wie möglich gesucht und sicher heruntergefahren. In Connecticut, nur neunzig Kilometer von euch entfernt auf der anderen Seite der Meerenge, gibt es noch eins.« Er deutete nach Nordosten. »Wenn es dort zu einer Kernschmelze gekommen wäre, würdet ihr vermutlich alle nicht mehr leben.«

»Genau«, sagte Jayden verächtlich. »Die edlen Partials haben die Menschheit gerettet.«

Samm nickte. »Hast du dich nie gefragt, warum die Welt nicht in einem viel schlechteren Zustand ist? Warum die Städte nicht brennen und die Luft nicht schwarz ist von nuklearem Fallout? Ihr seid viel zu schnell gestorben. Ein paar von euch hatten noch Zeit, die Kraftwerke und Fabriken abzustellen, aber das war nicht überall so. Ein einziger unkontrollierter Reaktor, eine einzige Kernschmelze – und ein riesiges Gebiet ist verstrahlt. Obwohl uns dies bewusst war, konnten wir nicht alle Reaktoren abschalten. Wir haben einen in New Jersey und einen anderen in Philadelphia verloren. Wenn man sich auf dem Kontinent weiter nach Westen bewegt, sind es mehr. Deshalb bleiben wir wenn möglich östlich des Hudson. In anderen Teilen der Welt gab es mehr Atomkraftwerke als hier. Ohne ein Heer von Partials, die eingegriffen und sie heruntergefahren haben, ist dort eine viel größere Zahl von Reaktoren außer Kontrolle geraten. Vielleicht sogar die Hälfte.«

Alle schwiegen. Das Knattern des Motors war auf einmal unnatürlich laut. Wir haben uns immer gefragt, ob es auf anderen Kontinenten noch mehr Überlebende gibt, dachte Kira. Dank der natürlichen Immunität gegenüber RM müsste doch in anderen Ländern der gleiche Prozentsatz an Menschen überlebt haben. Kann es denn wirklich sein, dass alle anderen tot sind?

»An der Frage, was mit euch geschehen sollte, sind wir letztlich zerbrochen«, fuhr Samm leise fort. »Einige wollten euch ganz und gar ausrotten, aber die meisten wollten euch retten, wie ich schon sagte. Allerdings konnten wir uns nicht verständigen, wie dies am besten zu erreichen sei. Der Streit wurde sehr ... hitzig. Vorsichtig ausgedrückt. Dann starben die ersten Anführer, und alles brach auseinander. Gruppe D ist praktisch alles, was noch von den wirklich gehorsamen Partials übrig ist. Es sind diejenigen, die einen direkten Link zum Trust hatten.«

»Was ist denn der Trust?«, fragte Kira.

»Das Oberkommando«, erklärte Samm. »Die Generäle der Partialarmee, die wahrscheinlich einen anderen genetischen Aufbau haben, weil sie alle am Leben geblieben sind. Vielmehr ist keiner aufgrund eines eingebauten Verfallsdatums gestorben. Es waren acht Männer und Frauen, aber ich glaube, die Rebellen haben zwei von ihnen getötet oder gefangen genommen.« Seine Stimme veränderte sich, und seine Miene wurde finster, als er dies berichtete. »Der Trust hat der Gruppe D gesagt, wo wir unsere Basis einrichten und wann wir auf die Menschen zugehen sollten.«

»Ich bekomme den Eindruck, dass die Gruppe D relativ klein ist«, sagte Marcus. »Es ist großartig – wir finden endlich Verbündete, aber leider ist es nur eine Splittergruppe, die genauso verzweifelt ist, wie wir es sind. Damit wird die Entschlossenheit der anderen Partials, uns zu töten, sogar noch zunehmen.«

Der Motor erstarb schon wieder, und dieses Mal half kein Reißen, Schlagen und Fluchen. Er war unwiderruflich tot. Samm und Marcus ruderten zuerst und hielten auf die Küste zu. Bald erkannten sie im Grün die ersten weißen Punkte: ein weiter Hafen voller Boote. Eine Stunde später erreichten sie die erste Reihe großer, weit vor dem Strand geankerter Jachten. Sie waren vom Bug bis zum Heck mit Möwenkot bedeckt. Kira rümpfte angewidert die Nase.

»Ich hatte gehofft, wir könnten unseres gegen ein neues Boot eintauschen, aber die sind unbrauchbar.«

»Diese Jachten sind sowieso zu groß«, meinte Samm. Er verstaute die Ruder, als sie sachte gegen ein größeres Boot prallten. »Wir können sie nicht rudern, und vermutlich kann auch niemand von uns segeln.« Alle schüttelten die Köpfe. »Wenigstens sollten wir anhalten und nach Vorräten suchen.«

»Nun gut, aber nicht auf diesem Boot«, wandte Kira ein. »Ich will nicht, dass wir ... die Vogelgrippe oder Vogelseuche oder sonst etwas bekommen.«

Samm nickte.

Sie ruderten zum nächsten, dann zum übernächsten Boot und drangen tiefer in den Hafen ein, bis sie endlich eins fanden, das sauber genug war, dass sie an Bord gingen. Es war immer noch stark verschmutzt, aber nicht so schlimm wie die anderen, und viele Möglichkeiten blieben ihnen nicht mehr. Sie fuhren um das Heck des Boots herum, das in verblichenen Lettern den Namen *Zeig mir das Geld III* trug. Marcus hielt ihr Boot am Heck fest, während Samm hinüberkletterte.

»Ihr anderen wartet dort!«, verlangte Samm. Er verschwand in den unteren Räumen der Jacht. Marcus beugte sich zu Kira vor.

»Was denkst du?«, flüsterte er. »Traust du ihm?«

»Ich hatte bisher keine Veranlassung, an ihm zu zweifeln«, antwortete sie.

»Nein, nicht unbedingt«, gab Marcus zu. »Die Geschichte war allerdings ziemlich ... ich weiß auch nicht. Sie ist schwer zu verdauen.«

»Aber durchaus plausibel«, warf Jayden ein. »Wir haben uns immer gefragt, warum die Partials vor elf Jahren einfach aufgehört und uns seitdem nicht mehr angegriffen haben. Wenn sie damit beschäftigt waren, sich gegenseitig zu bekämpfen, statt sich mit uns zu befassen, ist das eine einleuchtende Erklärung.«

»Ich bin immer noch misstrauisch«, murmelte Marcus. »Irgendwie ist mir diese Gegend nicht geheuer.«

Samm brachte eine Ladung Gegenstände aus der Jacht mit. »Schlechte Neuigkeiten«, sagte er. »Nach den Papieren des Boots gehört es nach Echo Bay und nicht nach Mamaroneck. Das bedeutet, dass wir viel weiter nach Westen gelangt sind, als ich dachte. Diese Karte sollte uns helfen, die richtige Strecke zu finden.« Er reichte Kira, die vorsichtig alles übernahm, seine Beute: eine Karte, ein Fernglas, einen Stapel Kleidung und Decken. »Ich konnte mich nicht umziehen, seit ihr mich gefangen genommen habt.« Samm legte die Reste der ramponierten Uniform ab. »Außerdem ist die Jacht völlig verdreckt.« Kira starrte den Oberkörper des Partials an. Die Muskeln waren kräftiger, als sie es nach zwei Wochen auf einem Operationstisch und einem Stuhl erwartet hätte. Nach einer Weile wandte sie den Blick ab und kam sich dumm vor. Samm zog sich bis auf die Unterwäsche aus und sprang ins Wasser. Marcus warf Kira einen Blick zu, der wohl so viel sagen sollte wie *Das ist doch nicht dein Ernst.* Xochi beobachtete unterdessen mit unverkennbarem Genuss den athletischen Partial, der kurz danach wieder auftauchte. Er kletterte in das Boot, trocknete sich so gut wie möglich mit einer Decke ab und zog frische Kleidung an.

Kira entfaltete die Karte und suchte nach der Echo Bay. »Du hast recht«, sagte sie. »Wir sind ziemlich weit im Westen gelandet. Wo hält sich denn die Gruppe D auf?«

Samm sah ihr über die Schulter und deutete auf die entsprechende Stelle an der Küste. »Dort in Greenwich. Wie ihr haben wir unsere Stadt rings um ein Krankenhaus erbaut. Es dürften fünfzehn bis zwanzig Kilometer sein.«

»Das ist gar nicht so übel«, meinte Jayden.

»Nein, ist es nicht«, stimmte Samm zu, »aber die Route führt durch Rebellengebiet. Hier.« Er deutete auf einen Punkt, der etwa auf halber Strecke lag. »Wir könnten uns ein anderes Boot suchen und an der Küste entlangfahren, aber das empfehle ich nicht. Unser Motor hat es gerade so eben bis hierher geschafft, und außerdem zieht ein Unwetter auf.«

»Andererseits will ich auch nicht unbedingt durch feindliches Gebiet wandern«, sagte Kira. »Dank deines Links können wir uns kaum verstecken. Sobald wir in der Nähe sind, wissen sie, wer du bist.«

»Auch wieder wahr«, räumte Samm ein.

»Wir haben noch Benzin.« Jayden hatte den Motor überprüft. »Also liegt das Problem an der Maschine selbst.«

»Dann nehmen wir eben ein anderes Boot«, schlug Kira vor. »Je länger wir auf diese Weise vorwärtskommen, bevor wir wieder gehen müssen, desto besser. Der Marsch über fünfzehn Kilometer hätte uns fast umgebracht.«

Sie ruderten durch den Hafen und suchten nach einem Boot, mit dem sie umgehen konnten. Auf einer viel größeren Jacht fanden sie endlich etwas Geeignetes. Es war vermutlich ein Rettungsboot oder für Notfälle gedacht. Samm stieg hinauf, hob das brüchige Segeltuch hoch und startete den Motor. Beim vierten Versuch lief er und schnurrte sogar gleichmäßiger als der in ihrem ersten Boot. Er, Marcus und Jayden lösten das Beiboot von der Jacht und ließen es zu Wasser, dann räumten sie ihre Sachen um. Das neue Boot war viel kleiner – eigentlich nur ein Kahn mit einem Hilfsantrieb und kein schönes Motorboot wie das vorherige –, doch es nahm sie alle auf, und der Motor arbeitete zuverlässig. Marcus steuerte es aus dem Hafen in Richtung Norden zur Gruppe D.

»Weiter von der Küste weg!«, verlangte Samm. Marcus ging auf die Aufforderung ein und steuerte ein Stück in den Sund hinaus. Samm beobachtete nervös den Strand. »Noch weiter!«

»Aber dann sehen wir die Küste nicht mehr«, wandte Marcus ein. »Wir könnten uns verirren.«

»Ich erkenne die Küste«, erklärte Samm. »Und das bedeutet, dass uns jeder sieht, der dort am Strand steht. Fahr weiter hinaus!«

Marcus runzelte die Stirn und warf Kira einen fragenden Blick zu, lenkte das Boot aber noch weiter hinaus. Schließlich war das Festland nur noch eine dünne, kaum sichtbare Linie am Horizont. Samm beobachtete das Gestade genau und hieß Marcus hin und wieder kleine Kurskorrekturen ausführen. Kira, Xochi und Jayden lagen im Bug unbequem auf Fiberglasbänken und versuchten zu schlafen.

Marcus bemerkte nun auch das aufziehende Unwetter.

»Wie lange sind wir unterwegs?«, fragte er, ohne das Steuerruder loszulassen. »Kann der Himmel am Vormittag wirklich so dunkel sein?«

»Der Wind frischt auf«, sagte Samm. »Es wird auch kühler.«

Jayden richtete sich auf. »Ich habe einige dieser Unwetter vom Strand aus beobachtet.« Er schien besorgt. »Hier draußen sind sie ziemlich heftig, oder wenigstens kam es mir so vor.«

»Ich steuere den Strand an«, beschloss Marcus, doch Samm hielt ihn auf.

»Wir sind gerade auf Höhe des Rebellengebiets«, gab der Partial zu bedenken. Er betrachtete die Karte und spähte nach Norden. »Es ist nicht sicher.«

»Hast du den Himmel gesehen?« Marcus deutete auf die dicken grauen Wolken. »Das da ist auch nicht gerade sicher.«

»Das Boot ist mit uns fast schon überladen«, warnte Kira. Die See war inzwischen kabbelig und wiegte das Boot hin und her, während es sich durch die Wellen schob. »Wenn der Seegang weiter zunimmt, wird es kentern.«

»Wir dürfen nicht zum Land steuern«, beharrte Samm. »Das ist zu gefährlich.«

»Dann haltet euch gut fest!«, riet Marcus. »Es wird gleich viel aufregender, als euch lieb ist.«

Das Unwetter raste auf sie zu, und sie gerieten mitten hinein. Schon spürte Kira die ersten Regentropfen im Gesicht, die sich mit der salzigen Gischt des Meerwassers mischten. Sie holten die Decken hervor und kauerten sich darunter, um etwas Schutz zu finden, doch der Wind peitschte den Regen fast horizontal über das Wasser. Über ihnen zog sich der Himmel zu, und im gespenstischen Zwielicht schaukelte das Boot auf den Wellen hin und her.

»Ich fahre näher an den Strand.« Marcus zog das Steuerruder herum, ehe Samm protestieren konnte. »Bei diesem Unwetter kann man sowieso nichts sehen, also wird uns auch niemand entdecken.«

Der Sturm wurde schlimmer, die Tropfen verwandelten sich in dünne, schneidende und eiskalte Fäden. Kira hielt sich mit einer Hand am Dollbord fest und klammerte sich mit der anderen an Xochi. Sie fürchtete, die nächste stärkere Welle könnte sie über Bord spülen. Nach kurzer Zeit war sie bis auf die Haut durchnässt, und es war fast so dunkel wie in tiefster Nacht.

»Bring uns näher an die Küste heran!«, rief sie Marcus zu und packte Xochis Arm unwillkürlich fester, als eine Welle das Schiff nach oben hob und zur Seite kippte.

»Ich halte schon darauf zu!«, rief Marcus zurück. »Jedenfalls habe ich das getan, als ich das letzte Mal Land gesehen habe. Ich fürchte nur, das Meer schiebt uns willkürlich hin und her.«

»Wir sind zu schwer!«, schrie Jayden. »Wir müssen Ballast abwerfen.«

Gehorsam schleuderte Kira den Beutel mit ihrer Ersatzkleidung über Bord. Die Waffen behielt sie, die Sanitätstasche schlang sie sich über die Schulter. Xochi wühlte in ihrem und Marcus' Beutel herum, nahm so viel Munition an sich, wie sie tragen konnte, und warf den Rest ins Wasser. Das Boot schwankte heftig, bis Kira den Eindruck hatte, sie könne nicht einmal mehr die Richtung der Wellen bestimmen. Sie hatte keine Ahnung, wohin sie überhaupt trieben und wohin die Reise ging. Auf einmal tauchte unmittelbar vor ihnen im Regen ein riesiger Felsen auf. Marcus fluchte und drehte ab, um daran vorbeizugelangen. Die nächste Welle riss sie mit, der Regen verdeckte den Felsen, und sie trieben wieder durch graues Chaos. Einmal glaubte sie, auf der linken Seite einen Baum zu erkennen – einen Baum, mitten im Meer –, doch auch er verschwand rasch wieder, und sie war ihrer Sache nicht sicher. Wir müssen nahe am Strand sein, dachte Kira. Das ist die einzige Er… Eine riesige weiße Wand ragte vor ihnen auf, und sie prallten mit einem so heftigen Ruck dagegen, dass ihr Boot fast kenterte. Es war eine große Jacht, die am Anker zerrte, während sie auf den Wellen hin und her gerissen wurde. Die nächste Woge hob sie an, einen Moment lang schwebten sie schwerelos in der Luft. Kira kreischte, ertrank beinahe am Regen, der ihr in den Mund stürzte, und am Meerwasser, das gleich darauf von der anderen Seite auf sie niederging. Im Boot schwappte Wasser, aber wenigstens waren sie nicht gekentert.

»Festhalten!«, rief sie. Es war sinnlos, zumal die anderen sich sowieso schon mit aller Kraft an das Boot klammerten, doch sie fühlte sich ohnmächtig und hatte das Bedürfnis, wenigstens irgendeine Warnung ausstoßen zu müssen. Der Wind dröhnte ihr in den Ohren, hin und wieder tauchten eigenartige Umrisse im Regen auf. Eine weitere Jacht erschien vor ihnen, die sie um Armeslänge verfehlten, dann waren sie wieder allein im brodelnden Meer.

Marcus rief etwas Unverständliches. Er deutete nach vorn, und sie kniff die Augen zusammen, um die prasselnden Tropfen abzuhalten, doch der Regen fiel so schwer, dass sie kaum etwas erkennen konnte. Sie sah es zu spät, war aber der Ansicht, dass sie ohnehin nichts hätten tun können. Eine riesige schwarze Woge, so hoch wie ein Haus, brach von der Seite auf sie herein. Kira schaffte es gerade noch, Luft zu holen und den Atem anzuhalten, dann war die Welle da und zerschmetterte die ganze Welt.

Es gab kein Oben und Unten, kein Links und Rechts mehr, nur die Gewalt des Wassers, Druck und Beschleunigung. Kira wurde durch ein kaltes, tobendes Nichts geschleudert. Sie musste Xochis Arm loslassen, fand ihn wieder und klammerte sich verzweifelt an den einzigen festen Gegenstand weit und breit. Die Welle trug sie weiter und zerrte sie durch die formlose Leere, bis ihre Lungen zu platzen drohten. Auf einmal war sie wieder an der Luft und überschlug sich. Sie schaffte es gerade noch, tief einzuatmen, ehe die nächste Wasserwand über sie hereinbrach. Eisern hielt sie den Arm fest, weil sie dem absurden Gedanken anhing, er könne ihr einzig und allein das Überleben sichern. Als die zweite Welle vorbei war, tauchte sie aus dem Wasser auf und holte tief und verzweifelt Luft, wobei sie reichlich Meerwasser schluckte. Sie hustete und atmete noch einmal durch. Die nächste Welle donnerte herbei, und sie ging unter.

Steine. Wärme. Kira fuhr erschrocken auf und wollte sich orientieren. Der unvermutete Wechsel vom tobenden Meer auf festen Boden war verwirrend. Sie hustete und spuckte Salzwasser.

»Du lebst«, sagte jemand. Es war Samm. Sie sah sich um. Sie befanden sich in einem Sumpf vor einer niedrigen Mauer. Samm kniete vor den Steinen und sah sich mit dem Fernglas um. Jenseits der Mauer lag das ruhige, friedliche Meer.

»Wir sind an Land.« Kira bemühte sich, die Eindrücke zu verarbeiten. »Was ist passiert?«, fragte sie. »Wo sind die anderen?«, fügte sie erschrocken hinzu.

»Dort drüben.« Samm deutete zur anderen Seite der Wasserfläche. Kira kroch auf den Partial zu, weil ihre Beine noch zu schwach waren, um sie zu tragen, und stützte sich an der Mauer ab. »Das große Gebäude da drüben auf der rechten Seite.« Er reichte ihr das Fernglas. »Zuerst war ich nicht sicher, ob sie es sind, aber dann habe ich sie erkannt.«

Kira beobachtete das Gebäude, das er ihr gezeigt hatte, dann suchte sie die Umgebung ab und ließ den Blick nach rechts wandern. Als sie eine Bewegung bemerkte, konzentrierte sie sich darauf und sah genauer hin: Es waren drei Menschen. Die Gesichter konnte sie nicht deutlich genug sehen, allerdings war sie recht sicher, die Kleidung zu erkennen.

»Dann haben wir alle überlebt.« Sie starrte den jungen Mann an, den sie für Marcus hielt. »Ich habe mich unter Wasser an jemandem festgehalten und gedacht, es sei Xochi.«

»Das war ich«, erwiderte Samm, der schon wieder den Horizont beobachtete.

Kira hockte sich neben ihn. »Wo sind wir hier? Auf einer Insel?«

»Auf der anderen Seite der Bucht. Anscheinend hat uns der Sturm zu unserem Ziel befördert, uns dabei jedoch voneinander getrennt. Ich denke, allzu laut sollten wir nicht jammern.«

»Ist dies Greenwich?«

»Wir sind in der Nähe«, bestätigte Samm. »Wenn ich unsere Position richtig bestimmt habe, sind unsere Freunde sogar näher am Ziel als wir.«

»Dann sollten wir ihnen ein Zeichen geben«, schlug Kira vor. »Sie blicken zum Meer und wissen nicht, dass wir hier drüben sind.«

»Das ist zu gefährlich«, warnte Samm. »Selbst wenn du so weit rufen könntest, würden es alle Partials in der Nähe viel eher hören und sich zuerst gegen uns wenden.«

»Wir können sie doch nicht ziellos umherirren lassen.«

»Wenn sie klug sind, machen sie sich ins Landesinnere auf und suchen nach Hinweisen auf ihren Aufenthaltsort. Wir können die Bucht umrunden und sie suchen.«

»Wir könnten auch ein Boot nehmen und nach drüben rudern ...«

»Nein, das sollten wir nicht«, widersprach Samm energisch. »Wir sind dicht bei Greenwich, aber noch ein Stück entfernt im Süden, also im Gebiet der Rebellen. Sie beobachten die Gewässer und achten auf die Gruppe D. Uns haben sie nur wegen des Sturms nicht bemerkt. Wenn wir nach drüben rudern, fallen wir sofort auf.«

»Werden sie nicht auch unsere Freunde bemerken?«

»Nicht wenn sie klug sind und offenes Gelände meiden«, sagte Samm. »Da drüben sind sie sogar sicherer als wir hier. Ich verlinke mich automatisch mit allen Partials in der Nähe, aber ihr Menschen seid praktisch unsichtbar. Niemand rechnet damit, auf dem Festland Menschen zu begegnen, also suchen wir auch nicht nach ihnen. Wir verlassen uns viel zu sehr auf den Link. Wenn die drei dort drüben klug sind, können sie das ganze Gebiet durchqueren, ohne erwischt zu werden.«

»Das ist schön für sie.« Kira beobachtete ihre Freunde durch das Fernglas. »Aber wie kommen wir an den Rebellen vorbei?«

Samm hob eine nasse Decke hoch. Sie stammte aus dem Vorrat, den er an Bord der alten Jacht gefunden hatte. Er riss den Stoff in Streifen. »Die Linkdaten werden vor allem durch den Atem übertragen. Wenn ich Mund und Nase bedecke, kann ich mich tarnen. Ein wenig zumindest.« Er runzelte die Stirn.

»Wie willst du dann atmen?«

»Es ist keine ideale Lösung«, gestand er. »Eine Gasmaske nutzt auch nicht viel. Ich weiß nicht, was die Rebellen über unsere Mission in Manhattan wussten, aber es ist vorstellbar, dass die Spannungen zugenommen haben. Wenn das zutrifft, tragen ihre Späher Gasmasken. Vor ihnen müssen wir uns in Acht nehmen, denn ich werde sie erst bemerken, wenn es schon zu spät ist.« Er wickelte sich das nasse schwarze Tuch um den Kopf, bedeckte Mund und Nase und verknotete die Enden hinter dem Kopf. Er holte tief Luft und atmete aus, dann band er ein zweites Tuch über das erste.

»Das sollte vorerst ausreichen.« Seine Stimme klang gedämpft, die Worte waren kaum zu verstehen. Kira nickte und folgte ihm über ein Grundstück, das zu einer alten Villa gehörte. Hätte sie in dem Chaos doch wenigstens die Waffen festhalten können! Die Aussicht, unbewaffnet auf Partials zu treffen, behagte ihr ganz und gar nicht.

Die Villa stand auf einem halbrunden kleinen Vorsprung und war mit mehreren asphaltierten Wegen an das öffentliche Straßennetz angeschlossen. Sie rannten quer über die Wege, tauchten danach sofort wieder ab und gingen hinter Büschen in Deckung, wo sie sich vergewisserten, dass niemand sie bemerkt hatte. Falls andere Partials sie beobachteten, dann hielten sie sich versteckt. Kira blickte zum Hafen hinüber, wann immer sie konnte, und hoffte, die Freunde noch einmal zu entdecken. Anscheinend bewegten sie sich dort drüben jedoch genauso vorsichtig wie sie selbst. Sie beeilte sich, um den Hafen zu umrunden und auf die Freunde zu stoßen, bevor sie sich allzu weit entfernten.

Samm führte sie durch eine kleine Werft, in der halb zerstörte Boote lagen. Verrostete Schienen führten abwärts zum Wasser. Dahinter lag ein alter Park, sicherlich so groß wie mehrere Maisfelder. Die Bäume waren mit Kudzu überwuchert. Kira wunderte sich, dass die Partials das Gelände nicht bepflanzt hatten, aber andererseits war das Kriegsgebiet wohl nicht die beste Gegend für den Ackerbau. Wenn sie es richtig verstanden hatte, befand sie sich am Rand des von Partials bewohnten Gebiets. Vielleicht lagen ihre Farmen weiter im Norden, oder sie erzeugten die Lebensmittel auf eine Weise, die ihr unbekannt war. Sie fand es beunruhigend, dass sie so wenig über die Partials wusste. Sie hielt sich im Feindesland auf und vertraute einem Feind, obwohl sie dazu erzogen war, ihn zu hassen. Er hatte sie zum Waisenkind gemacht, seinetwegen hatte sie schon mit acht Jahren gelernt, mit einem Gewehr umzugehen.

Ist mir überhaupt bewusst, was ich hier tue?, fragte sie sich im Stillen.

Samm führte sie vom Wasser weg in den bewaldeten Park, wo sie nicht mehr so ohne Weiteres zu entdecken waren. Er bewegte sich schnell, aber vorsichtig, sein Blick wanderte ständig hin und her. Er überwachte nicht nur die Flanken, sondern auch den Boden und die Bäume über ihnen. Kira lief neben ihm her und achtete auf mögliche Hinterhalte. Dabei bemühte sie sich, nicht auf herabgefallene Zweige zu treten, um keinen Lärm zu erzeugen. Als sie an einem Beerdigungsinstitut vorbeikamen, starrte sie das Gebäude bedrückt an. Überall lag der Tod in der Luft.

Schließlich erreichten sie einen Highway, der schnurgerade den Wald durchschnitt. Samm sah sich in beiden Richtungen um. Im Westen war die Schnellstraße eben, im Osten ging es einen kleinen Hügel hinauf. »Auf dem Highway kommen wir schneller voran als im Wald«, sagte er. »Er führt nicht ins Stadtzentrum, sondern streift den

Ort nur, also beobachtet uns dort möglicherweise niemand.«

»Kommen wir auf diesem Weg zu Marcus und den anderen?«

Samm nickte. »Sie müssen den Highway auch überqueren.« Er deutete auf eine Kurve weit im Osten. »Wenn ich mich recht entsinne, endet die Halbinsel dort hinten. Falls deine Freunde den Highway nicht schon überquert haben, müssten wir ihnen dort begegnen.«

Sie beeilten sich, um die verlorene Zeit wettzumachen. Der Highway war erhöht gebaut, und die dicke Asphaltschicht hatte die Pflanzen bisher an der Eroberung der Straße gehindert. Vor und hinter ihnen bewegte sich nichts auf der Fahrbahn. Sobald die Straße anstieg, erkannte Kira, dass es gar keinen Hügel gab. Die Landschaft war flach, nur der Highway war etwas höher gelegt, um kleinere Straßen zu überbrücken.

»Halt!«, rief sie. »Vielleicht haben wir sie schon verpasst.«

»Das dachte ich auch gerade.«

»Wir müssen sie finden.«

Samm schüttelte den Kopf. »Wir haben die Basis fast erreicht. Wir sollten sie sofort aufsuchen und einen Suchtrupp aussenden. Der findet deine Freunde leichter als wir.«

»Es sei denn, jemand anders entdeckt sie vor uns«, erwiderte Kira. Sie blickte von der Hochstraße nach unten und versuchte etwas zwischen den Bäumen zu erkennen. »Wir können sie doch nicht einfach hier draußen den Rebellen überlassen.«

»Ich glaube nicht, dass die Rebellen in der Nähe sind.« Samm tippte sich auf die Gesichtsmaske. *Der Link.*

»Dann geh du, und ich suche Marcus. Dein Rettungsteam kann mich genauso leicht finden, wie es meine Freunde finden kann.«

»Wir dürfen uns nicht noch einmal aufteilen«, widersprach Samm. Er sprach leise, sie verstand ihn durch die behelfsmäßige Maske hindurch kaum. Zum ersten Mal, seit sie ihn kannte, wirkte er nervös, und die Nervosität steckte Kira sofort an.

»Was ist los?«

Dann hörte sie das Motorengeräusch. Es war noch weit entfernt und drang schwach durch die Bäume. Sie erbleichte.

»Benutzt ihr auch Autos?«

»Die meisten sind elektrisch angetrieben, aber wir haben auch andere. Im Norden gibt es eine Ölraffinerie.«

Kira blickte den Highway hinauf und hinunter, um die Quelle des Geräuschs auszumachen. »Hinter uns?«

»Ich glaube schon.« Er lief los. »Wir müssen rennen.«

»Dazu bleibt uns keine Zeit.« Kira spähte über die seitliche Begrenzung hinab. Es waren mindestens sieben Meter. Die Bäume standen allerdings nicht weit entfernt. Sicher konnte sie die Äste mit einem Sprung erreichen. »Wir müssen hinunterklettern.«

»Wir können da nicht hinunter«, erwiderte Samm aufgebracht. Er eilte zu ihr zurück und fasste sie am Arm. »Wir müssen weiter.«

»Die Motoren kommen näher, wir haben keine Zeit mehr, um ...«

»Da unten sind Rebellen«, flüsterte er drängend.

Kira ging sofort hinter der Mauer in die Hocke. »Verlinkst du dich mit ihnen?«

»Ich kann nicht anders.«

Deshalb wissen sie, dass wir hier sind, dachte Kira. Sie betrachtete ihn und sah ihm in die Augen. Wir haben keine Waffen und können nicht kämpfen, fuhr sie in Gedanken fort. Die Feinde wissen bereits, dass wir hier sind. Wissen sie auch, dass meine Freunde in der Nähe sind?

»Wie weit entfernt?«, flüsterte Kira.

Samm schnitt eine Grimasse. »Mit der Maske erkenne ich nicht viel, aber ich weiß, dass sie nahe sind. Siebzig oder achtzig Meter.«

»Das ist ziemlich präzise«, sagte Kira. »Ob sie uns reden gehört haben?«

Samm schüttelte den Kopf. »Sie sind wachsam, aber es muss nicht unseretwegen sein. Das wird erst klar, wenn sie sich uns nähern, aber wenn wir uns irren, ist es dann schon zu spät.«

Kira schlug mit der Handfläche gegen die Betonwand und fluchte leise. Sie konnte nicht zulassen, dass ihre Freunde geschnappt wurden. Dann holte sie tief Luft, schüttelte über ihre eigene Dummheit den Kopf und stand auf. »Wir klettern hinunter.«

»Das können wir nicht.«

Sie lief zu einer Stelle, wo ein Baum sehr dicht neben der Straße stand, und betrachtete das zwei Stockwerke tiefer wachsende Unterholz. Dann kletterte sie über die Begrenzungsmauer. Samm zog sie zurück, doch sie schüttelte ihn ab. »Ich lasse meine Freunde nicht im Stich«, erklärte sie. »Du kannst mitkommen oder Hilfe holen.« Sie stieg wieder hinauf, balancierte auf dem Sims und schätzte die Entfernung ab. Zwei oder drei Meter. Das war für einen Sprung aus dem Stand ziemlich weit, da sich der Ast aber tiefer befand, gewann sie etwas Sprungweite hinzu. Besonders ermutigend war das allerdings nicht.

»Tu's nicht, Kira!«

Sie sprang.

Im Flug breitete sie die Arme aus und umfing den dicksten Ast, den sie erreichen konnte, hakte sich mit den Ellbogen ein und pendelte wild. Die raue Rinde schürfte ihr durch die Kleidung hindurch die Haut ab. Der Baum erbebte noch einmal. Samm war ihr gefolgt. Sie lächelte. »Danke.«

»Du bist verrückt«, murmelte er.

»Das habe ich schon öfter gehört.«

Sie kletterten rasch hinunter, während das Motorengeräusch lauter wurde. Auf einmal teilte es sich auf, und es waren zwei, dann drei und schließlich sogar vier Motoren. Kira ließ sich den letzten Meter hinunterfallen und rannte in die Unterführung, um hinter einer dicken Betonsäule in Deckung zu gehen. Samm warf sich neben ihr zu Boden. Über ihnen donnerten die Fahrzeuge in östlicher Richtung vorbei, und nach einer Weile verlor sich der Motorenlärm.

Kira pfiff durch die Zähne. »Das war knapp.«

»Nicht so knapp, wie es bald sein wird«, antwortete Samm mit gepresster Stimme.

»Bist du verletzt?«

»Nein«, grunzte er. »Aber ... was hast du vor?«

»Sie spüren mich doch nicht, oder? Also falle ich einen von hinten an und schnappe mir seine Waffe.«

»Sie spüren dich nicht über den Link, aber du bist keineswegs unsichtbar.«

»Was erfassen sie von dir?«, fragte sie. »Gedanken? Motive?«

»Nicht direkt«, antwortete er. »Vielmehr Faktoren wie Gesundheit, Nähe, emotionale Verfassung. Eher Einzelheiten dieser Art. Also nichts, mit dessen Hilfe du einen von ihnen überwältigen könntest.«

»Du sollst nicht ihre Gedanken lesen«, antwortete Kira. Sie blickte auf eine weite, verwilderte Rasenfläche neben der Straße hinaus. »Du sollst der Köder sein.«

»Wart mal!« Er hob eine Hand. »Bist du sicher?«

»Schon gut«, sagte sie. »Ich greife ein, ehe sie dir etwas antun.« Sie lächelte. »Du sagst doch, sie verlassen sich viel zu sehr auf den Link, oder? Wenn der Link ihnen sagt, dass sich hinter einer Ecke ein Partial versteckt, sehen sie hinter der anderen Ecke nicht nach.«

Er schüttelte den Kopf. Sein Atem hatte sich beschleunigt, hinter der Maske arbeitete es, er machte offenbar eine finstere Miene. »Sobald du einen anfällst, verrät er über den Link den anderen, dass er in Schwierigkeiten steckt.«

»Dann schlagen wir schnell zu und verschwinden wieder, ehe die anderen auftauchen.« Sie zog Samm weiter hinter die Säule. »Ich weiß, dass es gefährlich ist, aber meine Freunde schweben in der gleichen Gefahr. Für sie ist es sogar noch schlimmer, weil sie dich nicht haben.« Sie sprach leise weiter. »Wir schaffen es.«

»Großartig«, antwortete Samm. »Du redest davon, einen Späher zu finden, der dazu ausgebildet und ausgerüstet ist, nicht gefunden zu werden. So funktioniert das nicht.«

»Sprich leise!«, flüsterte Kira. »Er hat uns schon gefunden.« Sie deutete an der Säule vorbei. Samm spähte um die Ecke und zog den Kopf sofort wieder zurück.

»Er ist vierzig Meter entfernt«, flüsterte er.

»Wahrscheinlich hat er den Lärm gehört, als wir vom Baum heruntergesprungen sind«, flüsterte Kira zurück. »Ich glaube nicht, dass er uns gesehen hat. Er versteckt sich nicht, sondern sieht nur nach.« Sie deutete zum fernen Ausgang der Unterführung. »Du schleichst dort hinüber. Er wird dich bemerken und geradewegs an mir vorbeilaufen.« Samm wirkte, als hätten sich sämtliche Muskeln im Körper gleichzeitig verkrampft. So war es schon eine ganze Weile. Der andere Partial war zu nahe, sie konnte Samm nicht auf Verletzungen untersuchen. »Ist dir auch wirklich nichts passiert?«

»Alles klar«, grunzte er. Dann wandte er sich um und kroch zu der nächsten Säule, dann wieder zur nächsten.

Kira war beeindruckt. Wenn er sich so bewegte, kam der Späher der Rebellen nicht ganz so dicht an ihrer Säule vorbei, und sie blieb eher unbemerkt. Samm wirkte steif, als hätte er Schmerzen. Sie fragte sich erneut, ob er sich beim Sprung in den Baum verletzt hatte. Aber nein – er hatte sich schon oben auf der Hauptstraße seltsam bewegt. Was hatte das zu bedeuten?

»Keine Bewegung!« Kira erschrak. Es war eine Frauenstimme. Kira wartete hinter der Säule und hoffte, der Plan werde gelingen und die Partialspäherin werde sie nicht bemerken. Auch Samm hielt inne. Er hockte auf Händen und Knien unter der Brücke und sagte kein Wort. Kira hörte Schritte hinter sich, dann neben sich. Als die Späherin an ihr vorbei geradeaus auf Samm zuhielt, stockte ihr der Atem. Es war eindeutig eine Frau: schmale Taille, breitere Hüften, das braune Haar über dem Riemen der Gasmaske zu einem Knoten zusammengebunden. Sie zielte mit einem gefährlich aussehenden Gewehr auf Samms Rücken. Auf die Mündung war ein dicker schwarzer Schalldämpfer geschraubt. Ein Scharfschützengewehr.

Nicht weit von Kira entfernt hielt die Frau inne. Kira brauchte höchstens zwei große Schritte, um sie zu erreichen, also blieb der Späherin wahrscheinlich nicht genug Zeit für irgendeine Reaktion. Kira nickte und bereitete sich auf den Angriff vor. In der Schule hatte sie eine Nahkampfausbildung absolviert, die allerdings nicht sonderlich gründlich gewesen war. Die Abwehr war der Ansicht, wenn man einem Partial nahe genug kam, um mit ihm zu ringen, sei es ohnehin um einen geschehen, da der Gegner so viel stärker war. Kira hoffte, dass dies ein Irrtum war, und machte sich bereit.

»Kein Wort«, sagte Samm. Es klang mühsam, als spräche er mit zusammengebissenen Zähnen. »Nicht sprechen.« Er hob die Hand zum Gesicht und bedeckte Mund und Nase. Kira richtete sich auf, setzte vorsichtig einen Fuß vor den anderen und spannte sich, um zu springen.

Ins Kreuz, überlegte sie. Niedrig und fest zuschlagen. Die Arme festhalten. Die Schädelbasis treffen, um sie ...

»Samm«, sagte das Mädchen. Kira blieb wie angewurzelt stehen.

Woher kennt sie seinen Namen?, fragte sich Kira. Wird der auch mit dem Link übertragen? Oder gehört sie zu seiner Gruppe?

»Nicht sprechen«, knurrte Samm. Kiras Gedanken rasten, die Einzelheiten fügten sich zusammen. Wenn das Mädchen Samm kannte, dann gehörten sie zu derselben Fraktion, und die Soldaten in der Nähe waren Samms Kameraden. Seine eigenen Offiziere. Er hatte gesagt, der Link diene auch zur Definition der Befehlsstruktur. Sie spürten, dass Samm hier war, und befahlen ihm, zu gehorchen. Deshalb bewegte er sich so steif. Es kostete ihn seine ganze Kraft, sich den Befehlen zu widersetzen.

Aber warum versteckte er sich vor den eigenen Leuten?

»Red mit mir, Samm!« Die Frau tat einen Schritt auf ihn zu und zielte unverwandt auf seinen Rücken. »Wir dachten, du seist gefangen genommen worden.«

Samm ließ den Kopf hängen. Er war dem Zusammenbruch nahe. Lange hält er nicht mehr durch, dachte Kira. Los! Sie sprang vorgebeugt und mit ausgebreiteten Armen, um die Partialfrau im Kreuz zu treffen.

Die Frau fuhr blitzschnell herum.

Kira war ihr jedoch schon zu nahe, das Gewehr mit dem langen Lauf war nutzlos. Deshalb setzte die Frau es wie eine Keule ein und traf das Gesicht ihrer Gegnerin mit dem Lauf, gerade als Kira ihr die Arme um die Hüften schlang und sie zu Boden riss. Beide Frauen keuchten schwer, Kira war jedoch von dem Hieb benommen, und die Frau erholte sich als Erste. Sie ließ das Gewehr fallen, packte zielstrebig zu, drehte Kira den Arm auf den Rücken und rammte ihr das Knie in den Unterleib. Kira wehrte sich heftig, wollte der Feindin das Gesicht und den Hals zerkratzen und wäre beinahe aus dem Griff entkommen. Auf einmal spürte Kira eine kalte Messerklinge am Hals.

»Keine Bewegung«, sagte die Frau völlig ruhig.

Kira hielt inne. Sie konnte nichts mehr tun. Hätte sie zwei Sekunden mehr gehabt, dann hätte sie vielleicht etwas unternehmen können, aber irgendwie hatte die Fremde Kiras Anwesenheit gespürt.

»Lass sie los, Heron! Sie gehört zu mir.«

»Sie verlinkt sich nicht.«

»Sie ist ein Mensch.«

Heron war sichtlich überrascht, ließ Kira aber nicht los. »Du hast eine gefangen? Dann war die Mission erfolgreich? Wo sind die übrigen Mitglieder deines Teams?«

Gefangen?, dachte Kira. Sie schob die Hand des Mädchens weg und schrie die beiden an. »Was, zum Teufel, ist hier eigentlich los?«

»Sie sind tot.« Samm kam zu Heron herüber. »Aber es ist anders, als du denkst. Du kannst sie loslassen. Sie stellt keine Bedrohung dar. Sie steht auf unserer Seite.«

Kira wollte ihren Ohren nicht trauen. »Hast du das die ganze Zeit geplant?«, fragte sie. »War das alles nur ein Trick, um mich hierherzulocken?«

»Es ist viel komplizierter«, antwortete Samm rasch. Er stand vor ihr und nahm sich die Maske ab. »Kuso, Heron. Lass sie los, sie ist freiwillig mitgekommen.«

»Dann gab es gar kein Friedensangebot?«, fragte Kira. Sie wurde wütend, Tränen schossen ihr in die Augen, sie schämte sich und war zornig zugleich, dass sie jemals diesem Ding vertraut hatte. »Keinen Waffenstillstand?«

Heron lächelte. »Waffenstillstand? Ich bin beeindruckt, Samm. Du könntest als Spion Karriere machen.«

Aus den Augenwinkeln bemerkte Kira ein Blitzen. Das Licht schimmerte auf der Nadel einer Spritze. Sie schrie, dann spürte sie den Einstich im Hals. Die Wirkung setzte fast sofort ein. Ihre Augenlider wurden schwer, im Kopf flackerte und drehte sich alles, es wurde dunkel, und bevor sie das Bewusstsein verlor, blieb Kira gerade noch Zeit für einen letzten, schwerfälligen Gedanken.

Jetzt muss ich sterben.

31

Piep ... schschsch.

Piep ... schschsch.

Kira war unendlich schwer. Mehr als alles andere spürte sie das eigene Gewicht. Der Körper war schwach, die Muskeln konnten ihn nicht bewegen. Sie lag der Länge nach ausgestreckt.

Piep ... schschsch.

Ein rhythmisches leises Geräusch, irgendwo in der Nähe des Kopfs. Nahe? Ja, das war sicher. Wo sie sich auch befand, das Geräusch war nahe. Sie versuchte den Kopf zu drehen, aber der Hals wollte nicht gehorchen. Sie versuchte die Augen zu öffnen, doch die Lider waren bleischwer.

Piep ... schschsch.

Es gab noch ein anderes Geräusch, ein kaum wahrnehmbares Summen. Sie konzentrierte sich darauf, um es einzuordnen und zu verstehen. Stimmen. Ein leises Murmeln.

»... das Versuchsobjekt ...«

»... Verbrennungsspuren ...«

»... positiv getestet ...«

Irgendwelche Leute redeten über sie. Wo war sie?

Piep ... schschsch.

In einem Krankenhaus. Sie erinnerte sich an die Begegnung unter der Brücke. Samm hatte sie verraten, und das Mädchen, das Heron hieß, hatte ihr etwas injiziert. Wurde sie ärztlich versorgt? Oder nur untersucht?

»... alles normal bis auf ...«

»… bereit für den nächsten Schritt …«

»… ersten Einschnitt vorbereiten …«

Kira bewegte die Hand. Es erforderte eine ungeheure Anstrengung, zehn Tonnen Fleisch und Knochen zehn Zentimeter weit zu bewegen. Das Gemurmel brach ab, als ihre Hand auf einen Widerstand stieß. Ein Ledergurt. Auch die andere Hand war gefesselt. Sie war eine Gefangene.

»Sie hat sich bewegt. Ich dachte, Sie hätten sie sediert.«

Kira öffnete ein Auge und schloss es sofort wieder, als grelles Licht sie blendete. Sie hörte ein Rascheln, dann klirrte Metall.

»Nehmen Sie das da weg, sie erwacht.« Das war Samm. Kira öffnete den Mund und spürte erst jetzt den Plastikschlauch, der auf der Zunge lag und bis in die Kehle hineinreichte. Sie würgte, hustete, hätte sich beinahe übergeben. Der Schlauch glitt wie eine lange, glitschige Schlange aus ihr heraus. Noch einmal hustete sie, schluckte und öffnete ein Auge einen winzigen Spaltbreit.

Samm beugte sich über sie.

»Du«, würgte sie. »Verdammter Drecksack.«

»Wir müssen beginnen«, sagte jemand.

»Halt!«, unterbrach Samm. »Sie ist wach.«

»Dann sedieren wir sie wieder und geben ihr dieses Mal eine höhere Dosis.«

»Du verdammter … Dreckskerl!«, hustete sie.

Inzwischen hatten sich ihre Augen auf das Licht eingestellt, und sie konnte etwas erkennen. Sie war von Frauen umgeben, die Arztkittel und Operationsmasken trugen, und lag offenbar in einem Behandlungsraum, der ihr jedoch nicht bekannt vorkam. An der Decke hingen Metallarme wie die Greiforgane eines riesigen Insekts. Skalpelle, Spritzen und ein Dutzend weitere Instrumente schwebten nur Zentimeter über ihrem Gesicht. Den stumpfen, vielfarbigen Lichtschein im Hintergrund kannte sie – alle

Wände dienten als Computerbildschirme, auf denen Kurven, Diagramme und Zahlenkolonnen dargestellt wurden. Sie erkannte den eigenen Puls, denn die dünne Linie zuckte im Takt zu dem Pochen im Brustkorb. Körpertemperatur, Sauerstoffgehalt des Bluts, Größe und Gewicht konnte sie auf Tausendstel Maßeinheiten genau ablesen. Als sie den Kopf wandte, sah sie sich selbst. Man hatte sie gewaschen und ihr eine Plastikhaube aufgesetzt, und sie lag völlig nackt auf einem flachen Metalltisch. Ihre Augen waren vor Entsetzen weit aufgerissen. Sie keuchte, und mit ihr keuchte das Bild. Das wandhohe Abbild gab ihre Furcht überlebensgroß wieder, die Liveübertragung bot jedem Zuschauer im Raum einen Horrorfilm. Die Panik beschleunigte ihre Atmung, das Herz raste, und die Kurven auf den Bildschirmwänden zeigten meterhohe Ausschläge.

»Tut mir leid«, sagte Samm. »So hätte es nicht laufen sollen. Ich dachte, sie behandeln dich wie eine Verbündete und nicht ...«

»Sie sollten keine Verbündete mitbringen«, sagte eine strenge Stimme. Eine Chirurgin trat vor. Das Gesicht blieb hinter der blauen Maske verborgen, doch die Augen hatten die Farbe von poliertem Stahl und waren kalt und gefühllos. »Sie waren erfolgreich, obwohl Ihr ganzer Trupp versagt hat. Setzen Sie unsere Empfehlungen nicht aufs Spiel, indem Sie sich einmischen!«

Samm wandte sich wieder an Kira. »Sie haben mich gebeten, hier zu sein, damit du mit jemandem reden kannst, dem du vertraust ...«

»Ich vertraue dir nicht!«, rief sie. Laut und heiser hallte es durch den Operationssaal. »Ich habe dir geholfen und dich gerettet. Ich habe dir alles geglaubt, jedes Wort – dass wir nur gemeinsam überleben können. War das alles gelogen?«

»Ich habe die Wahrheit gesagt«, erklärte Samm. »Auf dem Festland wollte ich dich lange genug von ihnen fernhalten, um alles in Ruhe zu erklären – dass du freiwillig mitgekommen bist, um uns zu helfen.«

»Dann lass mich frei!«, schluchzte Kira. Mit ihr schluchzte das Gesicht an der Wand und verspottete sie. Sie bewegte die Beine, sträubte sich gegen die Fesseln, zog die Arme an, um ihre Blößen zu bedecken. Sie fühlte sich wehrlos, verletzlich und ohnmächtig. »Lass mich hier raus!«

»Ich ...« Samms Miene verhärtete sich und zeigte die Konzentration, die sie schon vorher bemerkt hatte. Sie beobachtete, wie sein ganzer Körper in den Bann des Links geriet und ihn zwang, den Vorgesetzten zu gehorchen. »Ich kann nicht.« Er atmete aus, die Spannung wich von ihm, die Muskeln entspannten sich. »Ich kann nicht«, wiederholte er. »Ich gehorche den Befehlen.« Seine Miene wurde finster.

»Sehr gut«, lobte ihn die Frau. Sie trat wieder vor, und einer der Metallarme folgte der Bewegung. Die Lampe an dessen Ende blendete Kira. »Sind Sie wirklich freiwillig mitgekommen?«

»Das ist richtig«, antwortete Kira. »Ich bin gekommen, um Ihnen zu helfen.«

»Glauben Sie etwa, Ihre mittelalterliche Technologie hat irgendeinen Wert für uns? Sie verstehen ja kaum, wie Ihre eigenen Gene funktionieren, von unseren ganz zu schweigen.«

»Das spielt keine Rolle mehr, es war ja sowieso alles gelogen.«

»Teilweise«, bestätigte die Frau. »Teilweise aber auch nicht. Es erstaunt mich, dass Samm Ihnen von unserer Notlage erzählt hat, von unserem Verfallsdatum. Dies entspricht jedenfalls der Wahrheit, und deshalb sind Sie hier.«

»Ich habe eine medizinische Ausbildung«, antwortete Kira. »Ich habe mich auf Pathologie und Reproduktionsmedizin spezialisiert und will eine Therapie für RM finden. Mein Wissen könnte nützlich für Sie sein.«

»Ihre Studien an Menschen bringen uns nicht weiter«, entgegnete die Frau. »Ich versichere Ihnen, dass unsere Bedürfnisse in eine ganz andere Richtung zielen.«

»Ich habe auch Samm untersucht«, widersprach Kira. »Nicht so, wie Sie es …« Sie hielt inne, weil ihr bewusst wurde, dass Samm ganz ähnliche Erfahrungen gemacht hatte wie sie. Nur dass seine viel schlimmer gewesen waren. »Meine Leute sind übel mit ihm umgesprungen, und das tut mir leid«, erklärte sie nachdenklich. »Aber ich habe ihm geholfen. Ich habe ihn mit nicht invasiven Methoden untersucht und ihn menschlich behandelt.«

Die Frau schnitt eine Grimasse. »Menschlich? Allein das Wort ist schon eine Beleidigung.«

»Sie haben ein Verfallsdatum, wir aber nicht«, fuhr Kira fort. »Sie sind gegen das RM-Virus immun, unsere Kinder aber nicht.« Sie sprach flehentlich. »Wir brauchen einander.«

»Das letzte Mal, als Menschen und Partials zusammengearbeitet haben, hat es nicht so gut funktioniert«, widersprach die Ärztin. »Ich glaube, wir versuchen es lieber auf eigene Faust.«

Ein weiterer Metallarm, an dessen Spitze eine Injektionsnadel schimmerte, schwenkte herum. Kira wollte protestieren, doch die Nadel schoss vor wie der Stachel eines Skorpions.

32

Die Nadel bohrte sich in Kiras Brust, und das Lokalanästhetikum betäubte den Schmerz sofort.

»Ihr könnt mich nicht wieder schlafen legen!« Kira gab sich Mühe, energischer zu sprechen, als sie sich tatsächlich fühlte. Die Ärztin mit den Stahlaugen schüttelte nur den Kopf.

»Wir legen Sie nicht schlafen, Mädchen. Wir bereiten Sie hierauf vor.« Mit einer Hand, die durch einen weißen Handschuh geschützt wurde, hob sie eine Spritze, die viel größer war als alle anderen. Die dicke Nadel war fast fünfzehn Zentimeter lang. Kira schauderte, als sie das Ding sah, und wich so weit zurück, wie es ihr in den Fesseln möglich war. »Keine Sorge«, sagte die Ärztin. In der Stimme schwang nicht das leiseste Mitgefühl mit. »Das Betäubungsmittel ist hervorragend, Sie spüren nichts. Es ist aber wichtig, dass Sie während des Tests wach sind, damit wir Ihre Reaktionen überwachen können. Wir wollten eine Weile warten und zuerst ein anderes Experiment durchführen, aber da Sie zu früh aufgewacht sind, können wir auch ebenso gut beginnen.« Die Ärztin wandte sich ab, im gleichen Augenblick schwenkte ein weiterer Arm des spinnenähnlichen Operationsroboters herunter und stach Kira in den Schenkel, um eine durchsichtige Spritze mit ihrem Blut zu füllen.

Kiras Herz raste. »Was war das?«

Die Ärztin antwortete, ohne sich umzuwenden, während sie die Daten an der Wand beobachtete. »Da Sie eine gewisse Resistenz gegenüber unseren Sedativa zeigen, analysieren wir Ihr Blut und mischen ein Mittel, das genau für Sie passt. Sie müssen wach bleiben, aber wenn Sie während des nächsten Tests zu sich kommen, ist niemandem geholfen.«

Kira kämpfte die Tränen nieder. Sie war fest entschlossen, vor diesen Ungeheuern nicht zu weinen. Ich bin stärker als meine Prüfungen, sprach sie sich gut zu. Aus den Augenwinkeln bemerkte sie eine Bewegung und zuckte zusammen, als etwas Fließendes ohne festen Umriss das Licht verdeckte. Sie unterdrückte einen Schrei. Der Schatten zog rasch an ihrem Gesicht vorbei und legte sich auf den Körper. Samm hatte sie zugedeckt.

»Der Oberkörper muss für die Injektion frei sein«, fauchte die Ärztin.

»Dann können Sie die Decke beiseiteschieben«, antwortete Samm. »Wenn sie wach sein muss, sollte ihr wenigstens ein wenig Würde bleiben.«

Die Ärztin hielt inne, kniff die Augen zusammen und nickte schließlich. »Na gut.«

Samm beugte sich über Kira. »Ich versuche, den Hauptmann zu erreichen. Aber die Ärztin, Doktor Morgan, steht leider außerhalb der Befehlshierarchie. Sie ist im Sondereinsatz für den Trust tätig und schwer von ihrem Vorhaben abzuhalten.«

»Fahr zur Hölle!«, knirschte Kira.

Samm betrachtete sie, erwiderte ihren Blick jedoch nicht und entfernte sich ohne ein weiteres Wort von dem Operationstisch.

Unterdessen diskutierten die Ärztinnen halblaut miteinander und nahmen mit den Fingerspitzen Veränderungen an den Wandbildschirmen vor.

»... andere Versuchsobjekte ... Pheromone ... RM ...«

Kira lauschte aufmerksam und konzentrierte sich auf die Unterhaltung. Die Anzeigen, vor denen die Frauen standen, konnte sie nicht erkennen, doch allmählich wurde klar, was sie besprachen.

»... geben ihr die Injektion und sehen, wie sie reagiert. Es fragt sich, wie lange der Körper braucht, um die Partikel zu absorbieren, wie weit sie sich ausbreiten und ob dabei Nekrosen entstehen.«

Sie werden jeden Augenblick beginnen, dachte Kira. Aber was wollen sie mir injizieren?

Dr. Morgan nahm die große Spritze und wandte sich an Kira. Die anderen folgten ihr und umringten den Tisch. Die Operationsspinne brachte Greifer, Klammern, Lampen und Skalpelle in Position, die sich über ihr versammelten wie ein stählerner Albtraum. Als die Ärztinnen der Bildschirmwand den Rücken kehrten, konnte Kira das Bild erkennen, das sie betrachtet hatten. Darauf war sie auch bei Samms Untersuchung gestoßen. Es war ein vergrößertes Abbild des Raubtiers, das im Blut aller Neugeborenen wütete. Daneben war der Schläfer abgebildet, den sie bei Samm entdeckt hatte und der dem Raubtier so sehr ähnelte.

Dr. Morgan zog die Decke weg und legte Kiras Oberkörper frei. »Wir haben Grund zu der Annahme, dass Sie dies sehr schnell sehr krank machen wird.« Sie zielte mit der Nadel auf Kiras Herz. »Wir überwachen natürlich Ihre Körperfunktionen, aber Sie müssen uns alles sagen, was Sie spüren: Schmerzen in den Gelenken, Atemnot, Störung des Sehsinns oder anderer Sinne sowie alle anderen Details, die unsere Instrumente nicht so präzise auffangen können.«

»Sie spritzen mir den Schläfer«, sagte Kira. Sie geriet schon wieder in Panik und hatte Mühe, tief und ruhig zu atmen. »Das Partikel, das Ihre Körper produzieren, das inaktive Stadium von RM. Was wollen Sie damit erreichen?«

»Ein inaktives Stadium von RM? Wie ich schon erwähnte, ist Ihr Wissen nutzlos für uns.« Die Ärztin stach Kira die Nadel in die Brust. Sie spürte, wie das Metall eindrang, es tat weh und drückte, und es war eine feindliche Invasion. Das Schmerzmittel wirkte nicht! Dr. Morgan leerte die Spritze, und Kira keuchte, als es tief in ihrem Brustkorb brannte. Die Ladung landete direkt im Herzen und wurde von dort aus binnen Sekunden in den ganzen Körper verteilt. Sie hielt den Atem an und umklammerte unwillkürlich mit beiden Händen die Tischkanten, weil sie das Bedürfnis hatte, sich irgendwo festzuhalten. Die Injektion schien ewig zu dauern. Als Dr. Morgan die Nadel endlich herauszog, wimmerte Kira und stellte sich vor, die Flüssigkeit noch immer im Oberkörper zu spüren.

»Bisher keine Reaktion«, berichtete eine maskierte Ärztin, die die Bilder auf der Wand beobachtet hatte. Eine andere leuchtete Kira in die Augen, prüfte die Pupillenreaktion und fühlte den Puls.

»Alles normal.«

»Wir wissen nicht genau, wie rasch es wirkt«, erklärte Dr. Morgan, die den Blick nicht von Kira abwandte. »Seit dem Partialkrieg haben wir nicht mehr mit Menschen experimentiert.«

Kira holte tief Luft und sammelte sich nach dem gewaltsamen Eingriff. Auf den Bildschirmen standen die langsam rotierenden Partikel. Muss ich sterben?, fragte sie sich. Die Ärztin behauptet, der Schläfer sei kein Stadium von RM. Was ist es dann? Und was hoffen sie zu sehen?

Sie erinnerte sich an einen geflüsterten Gesprächsfetzen, den sie aufgeschnappt hatte. Das Virus und der Schläfer, der einem Virus so ähnlich sah und doch kein Virus war. Das hatte sie von Anfang an verwirrt, zumal sie nur über unzulängliche Informationen verfügt hatte. Inzwischen wusste sie mehr, denn sie hatte die Partials darüber reden hören.

»Sie haben es ein Pheromon genannt«, sagte Kira.

Dr. Morgan hielt inne und musterte Kira neugierig, die immer noch auf die Bildschirmwand starrte. »Kennen Sie dieses Partikel?«

»Wir hielten es für ein neues Stadium von RM, weil es dem anderen so sehr ähnelt, aber Sie nannten es ein Pheromon. Deshalb produziert Samm es – es ist ein Teil Ihrer Linkdaten.«

Dr. Morgan spähte zu einer Stelle im Raum, die Kira nicht einsehen konnte, und runzelte die Stirn. Dann richtete sie den Blick wieder auf Kira. »Ihr Wissen ist umfassender als erwartet. Ich muss gestehen, dass ich es nicht ernst nahm, als Sie – ausgerechnet Sie, ein Mensch – behaupteten, Sie hätten eine medizinische Ausbildung.«

Kira kämpfte einen Anflug von Übelkeit nieder, die offenbar von der schmerzhaften Injektion herrührte. Sie sammelte sich und sah Dr. Morgan an. »Was bewirkt es?«

»Das versuchen wir gerade herauszufinden.«

»Ist es ein Teil des Links?«, fragte Kira. »Ist das RM-Virus nur ein Nebeneffekt Ihrer Fähigkeiten?«

»In den vergangenen zwölf Jahren habe ich jedes Pheromon katalogisiert, das die Partials produzieren«, erklärte Dr. Morgan. »Ich habe alle Partikel isoliert und das Organ ermittelt, das sie produziert, sowie den Reiz gefunden, der die Produktion auslöst. Ich kenne ihre Aufgaben und Funktionen. Mit einer einzigen Ausnahme.« Sie nickte in Richtung der Wand.

Kira schüttelte den Kopf. »Warum haben Sie ein Pheromon, das nichts bewirkt? Alles in Ihren Körpern dient einem bestimmten Zweck.«

»Oh, es gibt durchaus einen Zweck«, entgegnete Dr. Morgan. »Wie Sie schon sagten, überließ ParaGen nichts dem Zufall. Wie wir vor Kurzem feststellen mussten, zählt auch ein Verfallsdatum zu unseren Eigenschaften. Wir hatten gehofft, dieses geheimnisvolle Pheromon sei irgendwie dafür verantwortlich oder habe auf irgendeine Weise mit dem Prozess zu tun. Wenn wir eine Reaktion beobachten, dann können wir sie untersuchen und das Partikel ausschalten.« Sie deutete auf die Darstellungen. »Wie Sie aber auf dem Wandbildschirm erkennen können, reagiert das Pheromon nicht auf andere Partials und offenbar auch nicht auf Menschen. Es reagiert auf RM.«

Auf einmal sah Kira die beiden Abbilder in einem neuen Licht. Es waren keine unterschiedlichen Versionen derselben Substanz, sondern vielmehr Komponenten, die zusammenwirkten. Das Raubtier sah dem Partial-Pheromon nicht nur ähnlich, sondern es war das Pheromon selbst, allerdings umhüllt von einer luftgebundenen RM-Spore. So verwandelte sich die Spore in das Raubtier: nicht beim Kontakt mit Blut, sondern beim Kontakt mit dem Pheromon. Beim Kontakt mit Blut wurde die Spore zum Klecks. Kira sah das Blut des Neugeborenen vor dem inneren Auge, wo sich das bizarre Raubtier-Virus wie verrückt vermehrt hatte, ohne die Zellen in irgendeiner Weise zu schädigen. Samm hatte recht gehabt. Er hatte seit Tagen in dem Raum geatmet, und die Luft war mit dem Schläfer gesättigt. Er gelangte in die Probe, kettete sich an die Spore und deaktivierte das Virus.

Das war das Geheimnis von RM. Das war die Therapie. Ein winziges Partikel im Innern der größten Feinde.

»Als die Menschen starben, untersuchten wir die Sterilität der Partials, um festzustellen, ob wir sie beheben können.« Dr. Morgan hatte Kiras Schock nicht bemerkt oder deutete ihn als Verwirrung einer Ungebildeten. Kira bemühte sich, ihre Gefühle zu verbergen, während die Ärztin weitersprach. Sie hatte Angst, diese kalte, berechnende Frau könnte ein so mächtiges Geheimnis hüten. Wenn Dr. Morgan Kiras Reaktionen auffällig fand, so ließ sie es sich nicht anmerken. Sie trat zur Wand, tippte auf den Bildschirm und rief einige andere Darstellungen auf – Gesichter menschlicher Mädchen, so bleich und großäugig wie Kira, die auf den Tisch geschnallt und den gleichen Experimenten unterzogen worden waren. »Wir brauchten fruchtbare Versuchspersonen und mussten daher Menschen untersuchen. Erst nach dem Tod des letzten Mädchens bemerkten wir die Verbindung zwischen unserem Pheromon und dem RM-Virus. Irgendwie absorbiert das Virus das Pheromon, aber wir haben keine Ahnung, wie und warum. Schließlich waren wir auch … mit anderen Aufgaben befasst. Als aber das Problem unseres Verfallsdatums akut wurde, mussten wir die Untersuchungen fortsetzen.« Sie wandte sich zu Kira um und spielte abwesend mit der leeren Spritze. »Und da sind Sie nun.«

Kira nickte. Sie platzte fast, weil sie das Geheimnis entdeckt hatte, und wollte sich um keinen Preis verraten. Sie musste von hier entkommen. Sie musste nach Hause. Sie konnte Madisons Baby retten. Sie konnte alle retten.

»Immer noch keine Reaktion«, berichtete eine weitere Ärztin, die Kiras Vitalfunktionen überwachte. »Wenn die Reaktion stattfindet, dann zeitigt sie jedenfalls keine sichtbare Wirkung.«

»Es gibt keine Reaktion«, sagte eine andere Ärztin in völlig anderem Tonfall. »Es wird auch keine geben.« Alle, auch Kira, starrten die Frau an. Sie tippte auf einen Abschnitt, der daraufhin vergrößert wurde und den ganzen Bildschirm ausfüllte. Er zeigte Listen mit Akronymen und

Kürzeln, die Kira sofort als Bluttest erkannte. »Sie hat kein einziges Virus im Blut«, stellte die Ärztin fest.

»Das ist unmöglich. Selbst Menschen, die immun sind, haben die Erreger im Blut.«

»Sie haben recht.« Die Ärztin überlegte. »Sie hat den Code.«

Es wurde still im Raum. Kira beobachtete die Ärztinnen, die sichtlich schockiert waren. Hinter sich hörte sie Samm verwirrt fragen. »Was?«

»Lassen Sie sehen!« Dr. Morgan trat zum Wandbildschirm, tippte wild darauf herum, zog Darstellungen hin und her und vergrößerte oder verkleinerte sie aufgeregt. Bei einem Bild des DNA-Strangs hielt sie inne. Es war kein vergrößerter Scan, sondern eine grafische Darstellung, die sie anstarrte, als wollte sie ein Loch in den Bildschirm brennen. »Wer hat die Untersuchung vorgenommen?«

»Das hat der Computer automatisch erledigt«, erklärte die andere Ärztin. »Wir haben eine volle Analyse angefordert, und dies gehört dazu.«

»Sie ist nicht verlinkt«, warf Samm ein. Kiras Herz setzte fast aus, weil ihr dämmerte, was die Worte bedeuteten.

»Was reden Sie da?«, fragte sie trotzdem und versuchte, fordernd zu sprechen, obwohl ihr die Stimme brach.

Dr. Morgan wandte sich zu ihr um, nahm die Maske ab und beugte sich über Kira wie ein Gebirge aus wütendem Gestein. »Wer hat Sie geschickt?«

»Was?«

Morgan schrie es jetzt heraus. »Wer hat Sie geschickt?« Als Kira nicht antwortete, warf sie die leere Spritze durch den Raum. Sie zerschellte an dem Bildschirm, der die DNA zeigte. »Wer versucht schon wieder, mich zu unterwandern? Kronos? Prometheus? Was planen sie? Oder sind sie gar nicht hinter mir her?« Aufgeregt wandte sie sich um. »Vielleicht planen sie etwas ganz anderes, und nun bin ich über etwas gestolpert, das ich gegen sie verwenden kann.«

»Ich weiß nicht, wovon Sie reden«, protestierte Kira.

»Sie waren bei den Menschen, bis Samm Sie hergebracht hat.« Dr. Morgan dräute mit weit aufgerissenen Augen und gebleckten Zähnen über Kira. »Sagen Sie mir, was Sie da getan haben. Was war Ihr Auftrag?«

»Ich weiß nicht, wovon Sie reden!«

»Sie sind eine Partial!«, rief Dr. Morgan. »Dort an der Wand ist es zu sehen. Sie haben kein RM-Virus im Blut, Sie haben Bionaniten, die Ihr Blut von unseren Sedativa säubern, und Sie haben den Produktcode von ParaGen in Ihrer verdammten DNA. Sie sind ein Partial.« Sie hielt inne und starrte Kira an. Auf dem anderen Wandbildschirm konnte Kira ihr eigenes entsetztes und verwirrtes Gesicht betrachten. Der Ausdruck der Ärztin wechselte langsam von Zorn zu Faszination. »Aber Sie haben es nicht gewusst, oder?«, flüsterte sie schließlich.

Kira öffnete den Mund und brachte kein Wort hervor. Proteste, Einsichten und Fragen rangen miteinander um die Vorherrschaft und blockierten einander gegenseitig, bis sie nur noch schreckliche Angst hatte und ein Rauschen im Kopf wahrnahm. Dann gab es einen lauten Knall. Dr. Morgan rief etwas, es gab einen weiteren Knall, und dann meldete sich Samm zu Wort.

»Explosionen! Wir werden angegriffen.«

33

Dr. Morgan sah sich mit wilden Blicken um, als hinter der geschlossenen Tür Schreie und Schüsse laut wurden. Die Ärztinnen liefen aufgeregt durcheinander, das medizinische Insekt zog die Gliedmaßen ein, Messer und anderes tödliches Zubehör klickten, rotierten und rasteten ein. Samm stürzte zur Tür, sicherte sie und zog sich wieder zurück.

»Sie sind wegen Kira hier«, sagte er.

»Natürlich sind sie ihretwegen hier«, fauchte Dr. Morgan. »Aber wer sind sie? Welche Fraktion?«

»Wir müssen hier raus«, drängte eine andere Ärztin.

»Wir sind unbewaffnet.« Samm schüttelte den Kopf. »Wir sind auf keinen Angriff vorbereitet. Am besten bleiben wir hier und hoffen, dass die anderen Soldaten den Angriff abwehren.«

»Der Raum ist nicht luftdicht«, gab eine Ärztin zu bedenken. Sie nickte zu der schweren Tür hinüber. »Wer draußen vorbeigeht, verlinkt sich mit uns.«

»Sie wissen sowieso, dass wir hier sind«, erwiderte Dr. Morgan. »Aber sie wissen nichts von ihr. Das könnte uns kostbare Zeit verschaffen.«

»Genau das passt nicht zusammen«, wandte Samm ein. »Wie kann sie eine Partial sein, wenn sie sich nicht verlinkt?«

»Nur die militärischen Modelle nutzen den Link«, erklärte Dr. Morgan. »Jedenfalls in der Weise, die wir kennen. Der Link war ein Teil des Erweiterungspakets für Soldaten. ParaGen hat jedoch verschiedene Partials für unterschiedliche Zwecke hergestellt.«

Kira schüttelte den Kopf und bekam kaum mit, was die Ärztinnen redeten. Sie war keine Partial. Wieder einmal, da sie mit einem Problem konfrontiert wurde, schien ihr Bewusstsein auf zwei Ebenen gleichzeitig zu arbeiten: Auf der einen Seite stand die Wissenschaftlerin, die alle Gründe dafür aufzählte, dass sie keinesfalls eine Partial war. Sie alterte, die Partials aber nicht. Sie konnte sich nicht verlinken, die Partials taten es. Sie besaß weder ihre Stärke noch ihre Reflexe, von den wundersamen Selbstheilungskräften ganz zu schweigen. Dann wurde sie unsicher und stutzte. Das Bein war nach der Verbrennung ungewöhnlich rasch abgeheilt. Die unangenehmen Nebeneffekte der Regenerationsbox, mit denen sie gerechnet hatte, waren ausgeblieben.

Sie schüttelte den Kopf. Vor allem erinnerte sie sich nicht daran, eine Partial zu sein. Sie war unter Menschen aufgewachsen, hatte einen menschlichen Vater, war jahrelang in East Meadow zur Schule gegangen. Noch nie hatten Partials mit ihr Kontakt aufgenommen oder sich an sie gewandt, da war absolut nichts gewesen. Es passte nicht zusammen.

Noch während sie ihr Leben analysierte, meldete sich die andere Seite zu Wort, die emotionale Seite. Das verlorene Kind, das in der Dunkelheit weinte.

Heißt das etwa, dass ich überhaupt keine Mami habe?, fragte sie sich.

Die Kampfgeräusche näherten sich.

»Das ist doch lächerlich«, sagte eine Ärztin. »Warum versteckt man in der menschlichen Bevölkerung eine Partial-Agentin, die nicht einmal weiß, wer sie ist? Welchen Sinn sollte das haben?«

»Vielleicht war es ein Zufall, vielleicht ging sie im Chaos verloren, stieß zu den Flüchtlingen und landete auf der Insel, ohne zu wissen, warum sie dort war«, überlegte eine andere.

»Bei ParaGen hatte alles einen Sinn«, widersprach Dr. Morgan. »Wirklich alles. Ein Zufall ist das garantiert nicht.« Sie hob den Kopf. »Wenn wir herausfinden, worin ihre Aufgabe bestand, können wir sie gegen unsere Gegner einsetzen.«

Der ganze Raum erbebte, als ein Schuss die Tür traf. Die Ärztinnen schrien auf und fuhren zurück, nur Samm und Dr. Morgan blieben standhaft.

»Sie sind da!«, rief eine Ärztin voller Panik. »Was jetzt?«

»Lassen Sie mich frei!«, verlangte Kira, denn sie war immer noch auf einen Tisch geschnallt, der gleich mitten in einem Schlachtfeld stehen würde. »Binden Sie mich los!«

»Hinter die Spinne!«, zischte eine Ärztin und zog sich in die äußerste Ecke des Raums zurück. Die anderen folgten ihr und schlichen vorsichtig an den Wänden entlang nach hinten.

»Auf dem Flur ist niemand«, murmelte Samm verwirrt.

»Doch, dort ist jemand«, widersprach Dr. Morgan. »Dort nähern sich Menschen.«

Ein weiterer Schuss traf die Tür und riss sie aus den Scharnieren. Marcus erschien mit einer Schrotflinte im Eingang. Kira konnte gerade noch rechtzeitig »Runter!« rufen, ehe die Operationsspinne mit einem Skalpell nach seinem Hals schlug. Marcus tauchte ab, rollte sich unter der Klinge durch, hob die Waffe und schoss aus nächster Nähe auf den Apparat. Kira kreischte, weil sie sogar die Hitze des Schusses spürte. Die Schrotkugeln rieselten von dem zerstörten Roboter herab, und der Schuss war ohrenbetäubend laut.

»Sie ist hier!«, rief Marcus über die Schulter zurück. Er wandte sich um und nickte ihr zu. »Hallo, Kira!«

Xochi erschien geduckt hinter Marcus und richtete zwei Halbautomatikpistolen auf die Ärztinnen in der Ecke. »Ich habe gerade nachgeladen. Falls Sie sich unüberlegt bewegen wollen, nur zu!«

»Angriff«, knurrte Dr. Morgan, doch Samm blieb wie angewurzelt stehen.

Jayden kam als Letzter. Er wich einem weiteren Skalpell der Spinne aus und hockte sich in die Tür. Marcus schoss noch einmal auf das Gerät, und jetzt war es endgültig zerstört. Dann stürzte er zu Kira und löste die Riemen.

»Du hast dich aber gut versteckt.« Marcus rang sich ein Lächeln ab.

»Sie sind dicht hinter uns!«, rief Jayden. »Beeil dich!«

»Darf ich die Ärztinnen erschießen?« Xochi zielte nacheinander auf die Frauen.

Jayden gab einen Schuss in den Flur ab. »Jetzt sind sie da. Ich sagte euch doch, dass wir uns beeilen müssen. Wir sitzen in der Falle.«

»Samm, greifen Sie an!«, befahl Dr. Morgan, doch Samm rührte sich nicht. Er verkrampfte sich am ganzen Körper, seinem verkniffenen Gesicht war die Anstrengung anzumerken.

»Wie seid ihr hier hereingekommen?«, fragte Kira. Marcus hatte ihren ersten Arm befreit, den sie sofort einsetzte, um die Riemen am anderen Arm zu lösen, während Marcus die Beine losmachte.

»Wir haben deine Gefangennahme beobachtet.« Marcus warf einen giftigen Blick zu Samm hinüber. »Wir sind dir gefolgt und wussten nicht recht weiter, doch dann hat eine andere Gruppe von Partials das Krankenhaus angegriffen. Nachdem die äußere Verteidigung beseitigt war, sind wir einfach ... hineingehuscht.«

»Wir hörten sie reden«, berichtete Xochi weiter. »Samm hat gelogen. Die Gruppe D beschäftigt sich ausschließlich mit verrückten Forschungsvorhaben an Menschen und Partials. Die andere Gruppe hängt mit einer Organisation zusammen, die der Trust genannt wird.«

»*Wir* gehorchen dem Trust«, widersprach eine Ärztin. Kira warf einen Blick zu Dr. Morgan hinüber, doch die eiskalte Frau schwieg und ließ sich nichts anmerken.

Marcus hatte Kiras Füße befreit, und Kira war mit der zweiten Hand fertig. Sie hielt sich die Decke vor die Brust und richtete sich auf. Jayden gab einen weiteren Schuss in den Gang ab.

»Habt ihr einen Plan, wie wir wieder hinauskommen?«, fragte Kira.

»Ehrlich gesagt bin ich überrascht, dass wir es überhaupt so weit geschafft haben«, antwortete Marcus. »Alles klar?« Er bemerkte ihre nackten Schultern und runzelte die Stirn. »Bist du ...«

»Ja.« Kira sah sich nach ihrer Kleidung um. Abgesehen von einem Tablett mit Spritzen und der zerstörten Spinne war der Raum jedoch leer. Sie deutete auf eine Ärztin. »Sie da, geben Sie mir Ihren Kittel!«

»Sie kommen näher!«, rief Jayden.

Die Ärztin rührte sich nicht, doch eine energische Geste von Xochis Pistole ermunterte sie, den Operationskittel auszuziehen. Dr. Morgan schäumte vor Wut.

»Verdammt, Samm, halten Sie sie auf!«

Samm griff nach der Schrotflinte, die auf dem Tisch lag, seit Marcus mit Kiras Befreiung begonnen hatte. Kira fluchte und sprang auf der anderen Seite vom Tisch hinunter, doch der Partialsoldat hielt abermals inne und starrte ins Leere.

»Samm ...«, drängte Dr. Morgan. Auf einmal hob Samm das Gewehr und schoss, aber nicht auf Kira und ihre

Freunde, sondern auf Morgan. Mit erschreckender Gewandtheit wich sie aus, während hinter ihr der Bildschirm in einem Schauer aus Funken und Scherben explodierte. Auch Xochi schoss, doch Morgan war zu schnell. Eine Kugel nach der anderen fuhr in die Wandbildschirme, die Ärztinnen schrien und kauerten sich auf den Boden, doch Dr. Morgan tanzte zwischen den Kugeln umher und näherte sich unaufhaltsam der Tür. Samm sprang quer durch den Raum, schoss und verfehlte abermals, und beim dritten Mal ertönte nur ein Klicken, weil der Schlagbolzen eine leere Kammer traf. Er drehte sich um sich selbst, packte das Gewehr am Lauf und donnerte es Morgan auf den Hinterkopf, als sie auf den Flur hinausstürzen wollte. Die Ärztin ging zu Boden, und Xochi jagte ihr eine Kugel ins Bein.

»Unten bleiben!«

»Sie war zu stark.« Samm nahm Marcus den Patronengürtel ab. »Es tut mir leid, dass ich so lange gebraucht habe. Wie viele sind draußen?« Rasch und methodisch schob er eine Patrone in die Kammer, dann die nächste und wieder die nächste.

Kira richtete sich vorsichtig auf und starrte Samm erstaunt hat. Stand er wirklich auf ihrer Seite? Jayden wandte sich misstrauisch um, beäugte ihn und beobachtete wieder die offene Tür.

»Es sind nur vier«, sagte er. »Sie lauern hinter der nächsten Ecke. Der größte Teil ihrer Truppe ist durch die gegnerischen Partials gebunden.«

Samm überprüfte das Gewehr und vergewisserte sich, dass es entsichert war. »Gebt mir Deckung!«

Jayden schoss mit seinem eigenen Gewehr, damit der Flur frei blieb. Samm raste an ihm vorbei, rollte sich zur gegenüberliegenden Wand ab und stürmte den Flur hinunter, den Feinden entgegen. Jayden stellte das Schießen ein, und die Partials spähten gerade rechtzeitig um die Ecke, als Samm mit röhrender Schrotflinte über sie herfiel.

Kira nahm den Operationskittel der Ärztin an sich, streifte ihn über und zog sich die Riemen um die Taille. Dann nahm sie der Ärztin noch die Maske und das Haarnetz und schließlich die Schuhe ab.

Samm kehrte zurück, er blutete im Gesicht und an der Schulter. »Der Flur ist sauber. Ich glaube, wir schaffen es zu den Jeeps, aber wir müssen uns beeilen.«

»Ich bin es langsam leid, diesem Kerl zu trauen«, zischte Xochi.

»Er kommt mit«, entschied Kira. Sie musste ein Gespräch mit ihm führen, das sie mit keinem anderen führen konnte. Sie warf ihm einen langen Blick zu und fragte sich, was das alles zu bedeuten hatte. War sie wirklich eine Partial? War sie tatsächlich eine Agentin und all das, was diese Wesen ihr unterstellten.

»Wir müssen los!«, drängte Marcus.

»Eine Sache noch.« Kira nahm die letzte Spritze vom Tablett in der Ecke. Es war eine Probe des Partial-Pheromons.

Die Therapie für RM.

34

Samm saß am Steuer, denn er war der Einzige von ihnen, der fahren konnte. Auf dem Rücksitz untersuchte Marcus Kiras Verletzungen. Die Partials hatten ihr im Grunde nicht mehr angetan, als ihr Spritzen zu verabreichen, Blut abzunehmen und sie auf eine Operation vorzubereiten, zu der es nicht mehr gekommen war. Die Brandwunde am Bein war fast vollständig verheilt. Der Anblick des nahezu makellosen Schienbeins kam Kira plötzlich fremdartig und seltsam vor. Dies war kein Zeichen dafür, dass die Regenerationsbox besser als erwartet funktioniert hatte, sondern bewies, dass sie genau wie Samm Selbstheilungskräfte besaß, die weit über das normale menschliche Maß hinausgingen.

Sie sah ihn an, er erwiderte schweigend im Rückspiegel den Blick. Die anderen ahnten nichts, denn Kira und Samm hatten nicht darüber gesprochen.

War sie wirklich eine Partial? Wieso wusste sie dann nichts davon? Partials erholten sich rasch von Verletzungen, aber die Brandwunde war die erste größere Verwundung, die sie je erlitten hatte, also hatte sie es noch nie an sich selbst beobachten können. Sie war auch noch nie ernsthaft krank gewesen. Hatte das etwas zu bedeuten? Sie zermarterte sich das Hirn, ob ihr sonst noch etwas einfiele. Partials waren steril, aber so weit war sie noch nicht. Partials waren schnell, stark und beweglich, oder galt das nur für die Soldaten? Sie erinnerte sich an Dr.

Morgan, die etwas über unterschiedliche Baupläne für Partials und einen Krieg zwischen den Fraktionen gesprochen hatte. Wer war sie, wenn sie keine Soldatin war? Wie viele Fraktionen gab es da draußen, und was hatten sie vor? Warum schleuste eine von ihnen einen Partial in eine Gruppe menschlicher Flüchtlinge ein? Was war hier eigentlich los?

»Du bist so still«, sagte Marcus.

»Tut mir leid«, entgegnete Kira rasch. »Ich muss über vieles nachdenken.«

Marcus musterte Samm schweigend und überlegte. Dann heftete er den Blick wieder auf Kira, schließlich auf ihr Bein. »Es sieht so aus, als hättest du dich gut erholt. Bist du sicher, dass sie ... dass sie nicht noch etwas anderes mit dir angestellt haben?«

Kira fühlte sich ertappt, und ihr wurde es hinten im Wagen zu eng, obwohl die Fenster heruntergekurbelt waren und der Wind hereinwehte. »Was meinst du damit?«

Xochi zog die Brauen hoch. »Wir finden dich splitternackt auf einem Operationstisch. Was meint er demnach wohl mit seiner Frage?«

»Nein, nichts in der Art«, erwiderte Kira rasch.

»Du sagst, sie hätten dich betäubt. Woher weißt du, dass sie nicht ...«

»Es ist nichts passiert«, warf Samm ein. Er reckte das Kinn, die Augen waren kalt. »Ich bin ihr nicht eine Sekunde lang von der Seite gewichen. Sie haben ihr nichts angetan.«

»Aber sie wollten«, sagte Marcus, »und du hast kaum etwas unternommen, bevor wir aufgetaucht sind.«

»Ich habe mein Möglichstes getan.«

»Hört auf zu streiten!«, rief Kira. »Es liegt am Link. Er konnte sich ihnen nicht widersetzen.«

»Das weckt nicht gerade meine Begeisterung über seine Anwesenheit«, murmelte Jayden. Er saß auf dem Beifahrersitz und betrachtete die vorbeiziehenden Ruinen. Die Schrotflinte lag schussbereit auf den Knien.

»Ich habe euch geholfen«, erklärte Samm. »Ich habe euch bei der Flucht geholfen. Was wollt ihr sonst noch?«

»Beruhigt euch!«, verlangte Kira. »Findet ihr nicht, dass wir im Moment größere Sorgen haben?«

»Größere Sorgen als die Frage, ob wir dem feindlichen Soldaten trauen können, der uns wer weiß wohin fährt?«, schaltete sich Xochi ein.

»Ich fahre nach Osten«, erklärte Samm. »Aus dem kontrollierten Gebiet hinaus.«

»In ein unkontrolliertes Gebiet hinein«, folgerte Marcus. »Das klingt, als wären wir dort unheimlich sicher.«

»Wir sind anders als ihr«, klärte Samm ihn auf. »Wir haben keine *Stimmen*, Banditen und … Abweichler in der Umgebung. Wenn sich hier keine Fraktion oder Armee aufhält, dann ist hier gar nichts. Westlich von uns halten sich die Leute auf, die uns suchen, also fahren wir nach Osten, bis wir sie hoffentlich abgehängt haben. Dann … ich weiß nicht, was wir dann tun. Wir verstecken uns.«

»Wir suchen ein Boot und fahren nach East Meadow.«

Marcus sah Kira überrascht an. »Bist du sicher? Nach allem, was wir unternommen haben, um von dort wegzukommen?« Er schüttelte den Kopf. »Sie werden uns umbringen.«

»Nicht, wenn sie sehen, was ich mitbringe.« Kira betrachtete die Spritze, die sie im Schoß hielt. Marcus folgte dem Blick und runzelte verblüfft die Stirn.

»Du meinst doch nicht …«

»Ich bin zu neunundneunzig Prozent sicher.«

»Was?«, fragte Xochi.

»Die Therapie für RM.« Jayden wandte sich mit aufgerissenen Augen um, und sogar Samm verlor für einen Sekundenbruchteil die Kontrolle über den Wagen. Er musste gegenlenken, um wieder auf die Fahrbahn zu gelangen. Kira hielt die Spritze hoch. »Ich habe in Samms Atem ein Partikel gefunden, das RM ähnlich war, doch es war kein Virus. Nun stellt sich heraus, dass es sich um eines ihrer Pheromone handelt, für das sie aber keine Verwendung haben. Seine einzige Funktion besteht darin, sich mit dem RM-Virus zu verbinden. Die RM-Partikel, die ich im Blut des Neugeborenen beobachtet habe, waren in Wirklichkeit inaktive Formen des RM-Virus, die durch die Wechselwirkung mit dem Pheromon entstanden sind.«

»Also sterben die Kinder, weil keine Partials in der Nähe sind?«

»Genau. Wenn wir ihnen dies hier früh genug verabreichen – gleich bei der Geburt oder vielleicht sogar schon vorher mit einer intrauterinen Injektion –, werden sie gegen das Virus resistent, und wir können sie retten.« Sie umklammerte die Spritze noch fester. »Madison stand bereits kurz vor der Geburt, als wir East Meadow verließen. Vielleicht liegt Arwen schon im Sterben. Aber wir können sie retten.«

Marcus nickte, Kira sah ihm an, wie es in ihm arbeitete, wie er die Informationen so gut wie möglich verdaute. Nach einer Weile richtete er sich auf. »Es könnte stimmen.« Er nickte noch einmal. »Auf der Grundlage deiner bisherigen Arbeit, über die ich leider nur wenig weiß, scheint es mir möglich zu sein. Aber bist du bereit, dafür dein Leben aufs Spiel zu setzen?«

»Bist du bereit, unsere Spezies aufs Spiel zu setzen?«

Marcus schlug die Augen nieder. Xochi fing Kiras Blick ein, sagte aber nichts.

Der Wald wurde lichter, die Straße stieg an und führte über eine schmale Bucht. »Da unten liegen Boote«, sagte Jayden. Samm schüttelte jedoch den Kopf.

»Wir müssen weiter. Sie schicken uns ganz sicher Leute hinterher, sobald sie mit den anderen Partials fertig sind. Beide Gruppen werden uns verfolgen. Wir müssen uns so weit wie möglich entfernen, ehe sie sich organisieren und uns folgen.«

»Zuerst müssen wir dieses Auto loswerden«, sagte Jayden. »Wir sollten uns so weit wie möglich absetzen, aber dann verstecken wir den Wagen und vergessen ihn. Er ist viel zu laut. Man hört uns ja über den halben Kontinent hinweg.«

»Sie wird uns trotzdem finden«, widersprach Samm.

»Wen meinst du?«, fragte Marcus erstaunt.

»Heron. Spezialeinheit. Ganz egal, was wir tun, um die Spuren zu verwischen, sie wird uns finden.«

Das Auto lief gut – nicht sehr schnell, weil die Straßen holprig und voller Schlaglöcher waren, aber immer noch schneller, als wenn sie zu Fuß gegangen wären. Jenseits der Brücke fuhren sie auf einen großen Highway und nahmen sich die Zeit, sich nach Verfolgern umzusehen. Sie entdeckten nichts. Einige Kilometer weiter bog die Straße unvermittelt nach Norden ab. Dort verließen sie den Highway und fuhren durch eine bewaldete ländliche Siedlung nach Süden. Die Straßen waren schmal und gewunden und wechselten unberechenbar die Richtung. Nicht lange, und sie mussten das Auto am Straßenrand unter überhängendem Blattwerk stehen lassen. Kira durchsuchte das nächstbeste Haus nach Kleidung, doch aufgrund der hohen Luftfeuchtigkeit war alles verschimmelt und unbrauchbar.

Im Gegensatz zu den Menschen spürte Samm bereits das Meer, und Kira hätte schwören können, ebenfalls den schwachen Salzgeruch wahrzunehmen, behielt dies aber für sich. Sie wanderten in etwa nach Südwesten und suchten sich in dem dünn besiedelten Gebiet, das die Natur fast vollständig zurückerobert hatte, einen Weg. Junge Bäume wuchsen hier nicht nur vor, sondern sogar in den Häusern. Der Kudzu, der Schimmel und die Feuchtigkeit setzten den Gebäuden zu, bis die Dächer einsanken und die Wände unter dem Ansturm der Wildnis nachgaben. Auf Veranden sprossen Blumen, und in den Möbeln, die sie durch geborstene Fenster erkennen konnten, hatte sich Unkraut festgesetzt. Als sie den Hafen erreichten, atmete Kira tief durch, als wäre sie aus einer schlecht belüfteten Höhle ins Freie getreten.

»Wir sind auf der falschen Seite herausgekommen.« Marcus deutete nach vorn. »Hier stehen Wohnhäuser, dort drüben liegt der Hafendamm.«

»Anscheinend gibt es im Süden größere Häuser«, überlegte Jayden. »Eins von ihnen muss doch eine private Anlegestelle haben.« Sie gingen am Wasser entlang, suchten nach Booten und sahen sich gleichzeitig um, um in keinen Hinterhalt zu geraten. Kira hatte Heron in Aktion gesehen. Diesen Kampf hatte sie binnen Sekunden verloren. Mit einer solchen Gegnerin wollte sie es nicht noch einmal zu tun bekommen.

»Dort!«, rief Xochi. Sie rannten los. Vor dem Gestade erstreckte sich ein langer weißer Kai, den Wind und Wetter fast zu Treibholz zerlegt hatten. Am Ende dümpelte ein breites Motorboot mit einer zerfetzten Segeltuchplane auf den Wellen. Jayden sprang hinein und suchte nach den Schlüsseln, während Samm sich in der Nähe nach Treibstoff umsah. Keiner der beiden fand etwas. Fluchend eilten sie zum nächsten Strandhaus. Dort lag ein kleines Segelboot, das keiner von ihnen bedienen konnte. Das Boot verfügte jedoch über einen Hilfsmotor, und die Schlüssel steckten im Schloss. Der Motor stöhnte und sprang beim siebten Versuch an. Samm entdeckte sogar Benzinkanister, die allerdings leer waren.

»Ihr braucht zur Sicherheit Reserven«, sagte er. »Wir sind viel weiter im Osten als bei unserer letzten Überfahrt. Hier ist der Sund zweimal oder dreimal so breit.«

Er wollte mit den Kanistern zum Haus, um die Autos anzuzapfen, doch Kira hielt ihn auf. »Was heißt hier, *ihr* braucht das Benzin?«, fragte sie. »Kommst du nicht mit?«

Samm schüttelte den Kopf und blickte zum Wasser, dann zum Haus. Wohin auch immer, nur nicht zu Kira. »Deine Leute würden mich umbringen.«

»Die Partials bringen dich auch um«, sagte Kira. »Du bist ein Verräter. Bei uns hast du wenigstens ... Freunde. Ich weiß auch nicht ... Wir könnten einander helfen.«

»Du bist eine gesuchte Terroristin«, entgegnete er. »Wir würden einander nicht viel nutzen.« Damit ging er zum Haus.

Sie sah ihm nach und wandte sich schließlich wieder an die anderen. »Ich helfe ihm mit dem Benzin.« Schweigend starrte Marcus auf die Mole.

Samm und Kira überwanden die kurze Steigung zum Haus hinauf, bei dem es sich anscheinend um ein Strandhotel handelte. Auf dem Parkplatz standen zahlreiche Autos, in einem davon hockte ein Skelett. Samm machte sich an die Arbeit, kroch unter die Fahrzeuge und stach die Tanks mit dem Messer an, um das zähflüssige, verdorbene Benzin langsam in die Behälter tropfen zu lassen. Kira wollte mit ihm reden und fragen, wer sie nun eigentlich war. Sie wollte es laut aussprechen – *Ich bin eine Partial!* –, aber sie wagte es nicht. So schritt sie hin und her, weil sie nichts zu tun hatte, druckste herum, setzte an, schwieg und hatte so große Angst zu reden, dass sie kaum noch denken konnte. Endlich gab sie es auf, die alten Gewohnheiten gewannen die Oberhand, und sie sah sich zwischen den defekten Autos nach Fundstücken um, die sie brauchen konnte. Die meisten Fahrzeuge waren mit Gepäck beladen. Ob die Menschen vor dem Virus hatten fliehen und möglichst weit fortkommen wollen? Jedenfalls entdeckte sie in den gut verschlossenen Koffern Kleidung, die sich in weitaus besserem Zustand befand als die Lumpen in den Häusern. Sie eignete sich saubere Unterwäsche, eine robuste Jeans, die recht gut saß, und für alle Fälle eine Ladung Hemden und Socken an.

»So«, sagte Samm, der inmitten der Benzinkanister auf dem Boden saß.

Mit der Kleidung auf den Armen hielt Kira inne. »So.«

Sie sah ihm in die Augen. Sie hatte sich ihm so nahe gefühlt, und jetzt ... war das der Link? Vielleicht war sie auf eine abgeschwächte Weise auch dazu fähig und entwickelte entsprechende Gefühle. Sie schüttelte den Kopf, um sich von den widerstreitenden Emotionen zu befreien. War ihre Verbundenheit nur eine biologische Funktion der Partials gewesen, oder hatte sie etwas anderes gespürt?

Wenn es nur der Link war, war es dann weniger real? Wenn sie jemanden so tief verstehen konnte, spielte es dann eine Rolle, worauf es beruhte?

»Wusstest du es wirklich nicht?« Im schwindenden Licht betrachtete er sie mit zusammengekniffenen Augen. »Dachtest du wirklich, du seist ...« Er ließ den Satz unvollendet, und Kira war ihm dankbar, dass er nicht weitersprach.

»Ich hatte keine Ahnung. Ich bin immer noch nicht überzeugt.«

»Du bist ganz sicher nicht so wie ich.« Samm nickte in die Richtung ihrer Freunde. »Aber du bist auch nicht so wie sie. Ich weiß nicht, wer du bist.«

Kira öffnete den Mund, obwohl ihr keine Antwort einfiel. »Ich bin Kira Walker«, sagte sie schließlich. »Was muss ich sonst noch wissen?«

Schweigend sammelte Samm die Benzinkanister ein.

»Du kannst mitkommen«, schlug sie vor. »Wir verstecken dich irgendwo auf einer Farm oder in einer kleinen Gemeinde. Dort bist du sicher.«

Samm sah sie an. Die braunen Augen waren tief wie Brunnen. »Würdest du das an meiner Stelle wollen? Dich verstecken und in Sicherheit abwarten?«

Kira seufzte. »Ich weiß nicht, wer ich bin, und erst recht nicht, was ich will. In Sicherheit leben. Herausfinden, was es mit allem auf sich hat.« Auf einmal verspürte sie eine neue Entschlossenheit. »Ja, ich will herausfinden, wer dies aus welchem Grund getan hat.«

»ParaGen«, entgegnete Samm. »Sie haben uns und dich erschaffen, und wenn deine Theorie über das Pheromon zutrifft, haben sie auch RM geschaffen.«

Kira schnitt eine Grimasse. »Du hast ja immer beteuert, dass ihr es nicht gewesen seid.«

Samm verzog die Mundwinkel zu einem winzigen Lächeln. »Seit wann glaubst du mir?«

Kira starrte zu Boden und schob mit der Schuhspitze ein Steinchen hin und her. »Ich habe gesagt, was ich will.« Sie hob den Kopf. »Was willst du?«

»Was ich will?« Wie üblich dachte Samm eingehend und ernst über die Frage nach. »Ich glaube, das Gleiche wie du. Ich will wissen, was es mit allem auf sich hat, und die Gründe verstehen. Ich will die Dinge in Ordnung bringen. Nach allem, was geschehen ist, bin ich mehr denn je überzeugt, dass der Frieden …«

»… nicht möglich ist?«

»Eigentlich glaube ich, dass er unsere einzige Hoffnung ist.«

Kira lachte freudlos. »Du hast wirklich eine erstaunliche Begabung, genau das zu sagen, was ich hören will.«

»Du lernst, was du kannst, und ich werde das Gleiche tun«, sagte Samm. »Falls wir uns einmal wiedersehen, tauschen wir uns aus.«

»Wir teilen miteinander, was wir gelernt haben.«

»Genau.«

Sie warteten noch einen Moment lang, sahen sich an, jeder prägte sich den anderen ein, und für eine kurze Weile glaubte Kira den Link zu spüren, der sie wie ein unsichtbarer Draht verband. Dann kehrten sie mit der Kleidung und dem Benzin nach unten zurück. Samm wuchtete die Kanister ins Boot.

»Damit müsstet ihr bis nach drüben gelangen«, sagte er. »Immer vorausgesetzt, der Motor spielt mit.«

Jayden startete die Maschine, die sofort ansprang. Er schüttelte Samm die Hand. »Danke für deine Hilfe. Es tut mir leid, dass ich dich so unfreundlich behandelt habe.«

»Schon gut, keine Ursache.«

Xochi gab ihm ebenfalls die Hand, dann war Marcus an der Reihe, der Samm nur leicht berührte, ohne ihm in die Augen zu blicken. Kira stieg ins Boot und verteilte die Hemden und Socken an alle, die sich umziehen wollten. Marcus kletterte als Letzter hinein und löste die Taue.

»Wohin gehst du jetzt?«, fragte er Samm.

»Ich dachte, ich könnte mich verstecken, aber dazu ist es wohl zu spät.« Der Partial blickte zu den Bäumen hinüber. »Heron ist schon da.« Kira und die anderen fuhren auf und griffen nach den Waffen, doch Samm hob nur die Schultern. »Sie hat noch nicht angegriffen. Ich weiß nicht, was sie plant.«

»Bist du sicher, dass du zurechtkommst?«, fragte Kira.

»Wenn sie mich töten wollte, dann hätte sie es längst getan.«

Jayden gab Gas, und das Boot entfernte sich von der Mole.

Kira beobachtete Samm, der in der Ferne kleiner wurde und schließlich verschwand.

35

Der Motor gab sogar noch schneller den Geist auf als jener, den sie auf dem Hinweg benutzt hatten, und sie mussten den größten Teil der Strecke rudern. Die Strömung trug sie nach Osten, und sie sahen die Insel lange bevor sie sich ihr tatsächlich nähern und an Land gehen konnten. Inzwischen war es Nacht geworden. Sie nutzten ein altes Strandhaus als Unterschlupf, um ein paar Stunden Schlaf zu finden, ehe sie sich wieder auf den Weg machten. Beim ersten Tageslicht suchte Kira nach Nahrung, doch die Dosen in der Küche waren aufgequollen, und das Essen darin stank nach Verwesung, als sie trotzdem eine Büchse öffneten. Schließlich suchten sie nach Karten und fanden vor einem zusammengebrochenen Bücherregal einen Straßenatlas. Eine detaillierte Karte von Long Island gab es nicht, nur eine Umgebungskarte von New York, aber das war besser als nichts. Kira erkannte genügend Namen, um sich zu orientieren, und hoffte, die Straßenschilder in den Orten könnten ihr helfen, sich zurechtzufinden.

Bevor sie aufbrachen, verteilten sie die Waffen, die sie noch besaßen – ein Gewehr, eine Schrotflinte und zwei Pistolen –, und wanderten schweigend, weil sie sich vor der *Stimme* und den Streifen der Abwehr hüten mussten. Kira trug die Spritze so vorsichtig wie möglich. Sie hatte den Glasbehälter in mehrere Hemden gewickelt und sich um die Hüften gebunden. Einstweilen betete sie stumm, ihr möge noch genug Zeit bleiben, um Arwen zu retten. Gleichzeitig spähte sie in die Schatten, ob dort irgendwelche Gefahren lauerten.

Nachdem sie knapp eine Stunde unterwegs waren, erkannte Kira die Gegend wieder. Weite Bereiche der Insel sahen einander zum Verwechseln ähnlich – verfallene Häuser, die unter Kudzuranken verschwanden und von Bäumen umgeben waren. Irgendwie kam ihr die Straße jedoch bekannt vor. Vielleicht waren es die Kurven und die Art und Weise, wie es aufwärts und wieder abwärts ging. Sie war nicht ganz sicher. Schließlich blieb sie stehen und sah stirnrunzelnd zum Wald hinüber.

»Wir waren schon einmal hier.«

»Wir sind nicht abgebogen«, widersprach Jayden. »Wir sind bestimmt nicht im Kreis gelaufen.«

»Nicht heute Morgen«, erklärte Kira. »Ich meine ... dort!« Sie deutete auf ein Haus, das abseits von der Straße stand. »Erkennst du es nicht?«

Die anderen betrachteten es, und Marcus riss überrascht die Augen auf, als er begriff. »Ist das nicht das Versteck des Vagabunden? Tovar?«

»Ich bin ziemlich sicher. Vielleicht hat er dort Lebensmittel gelagert«, überlegte Kira.

Sobald sie sich dem Haus näherten, war es völlig klar. Beim ersten Mal hatten sie es nur von vorn, im Regen und in der Nacht gesehen, aber die Rückseite erkannten sie sofort. Kira rüttelte an den Türen und rief sich ins Gedächtnis, welchen Zugang der alte Vagabund immer unverschlossen ließ. Auf einmal aber hörte sie einen Schlagbolzen klicken und hielt inne.

»Keine Bewegung«, sagte jemand. Eindeutig, er war es. Kira nahm die Hände vom Türknauf und hob sie, um ihm zu zeigen, dass sie unbewaffnet war.

»Owen Tovar«, sagte Kira. Die anderen warteten schweigend und mit erhobenen Waffen und sahen sich um, woher die Stimme kam. Der Vagabund verstand sich darauf, sich zu verstecken. »Ich bin es, Kira Walker. Erkennen Sie uns nicht?«

»Die vier meistgesuchten Verbrecher auf Long Island?«, entgegnete er. »Ja, ich bin ziemlich sicher, dass wir euch erkennen.«

Wir, dachte Kira. Wer war noch dort?

»Meistgesuchte Verbrecher?«, warf Marcus ein. »Meine Mutter hat immer gesagt, ich würde eines Tages berühmt. Jedenfalls glaube ich mich daran zu erinnern.«

»Sie legen jetzt schön langsam die Waffen ab«, befahl Tovar. »Ganz ruhig vor die Füße.«

»Wir sind hergekommen, weil wir Sie für einen Freund hielten«, sagte Kira. »Wir brauchen etwas zu essen. Wir wollten Sie nicht ausrauben.«

Tovars Stimme klang ungerührt und kalt. »Habt ihr deshalb die Waffen gezogen und vergessen anzuklopfen?«

»Wir wollten Dolly nicht wecken«, verteidigte sich Marcus. Es gab eine Pause, dann lachte Tovar. Kira glaubte, das Lachen komme aus einem Lüftungsgitter oben in der Wand, aber sie war nicht sicher.

»Ich hatte ganz vergessen, wie sehr ich euch mag«, sagte er. »Anscheinend folgt euch niemand, also legt die Waffen nieder, und dann dürft ihr auf einen Plausch hereinkommen.«

Kira warf Jayden einen fragenden Blick zu, der die Schultern hob und das Gewehr vor den Füßen auf den Boden legte. Marcus und Xochi folgten seinem Beispiel, Kira schloss sich an. Wenn er sie ausrauben wollte ... Sie schüttelte den Kopf. Sie hatten nichts, das musste er doch sehen. Das einzig Wertvolle war die Therapie, und davon wusste niemand etwas.

»Sehr schön«, fuhr Tovar fort. »Und jetzt begrüßt meine Freunde!« Kira zuckte zusammen, als sich links neben ihr ein Busch bewegte, dann folgte ein zweiter. Ein zugenageltes Fenster klappte auf, und auf einmal standen zahlreiche Männer und Frauen in verschiedenen Tarnuniformen und selbst gemachten Rüstungen im Hof. Alle waren bewaffnet.

»Schön langsam!«, befahl die Frau, die ganz vorn stand. Kira glaubte, die Stimme zu erkennen. »Hebt die Hände und tretet von den Waffen weg!«

»Gianna«, staunte Kira. »Sie waren beim letzten Mal dabei, als wir hier waren. Sie nahmen an dem Bergungseinsatz teil, als die Bombe explodierte.«

»Kira Walker«, antwortete Gianna lächelnd. Sie musterte Jayden und schnitt eine missmutige Grimasse. »Und das faschistische Seuchenbaby. Halten Sie die Hände so, dass ich sie sehe!«

»Was ist hier los?«, fragte Kira. »Gehören Sie zur *Stimme*?«

»Allerdings«, bestätigte Tovar. Er trat mit einem schweren Schrotgewehr aus der Hintertür. »Das neue Regime greift hart durch und treibt Flüchtlinge und Deserteure zusammen. Ich weiß nicht, ob es Glück oder Pech ist, dass wir vorher auf euch gestoßen sind.«

»Sie gehören zur *Stimme*«, sagte Marcus und schien es immer noch nicht richtig zu begreifen. Dann lachte er. »So was Verrücktes habe ich noch nie erlebt.« Er wandte sich an Gianna. »Und Sie? Waren Sie damals auch schon eine *Stimme*?«

»Erst danach«, erklärte sie. »Ich werde sauer, wenn man mich grundlos einsperrt.«

»Aber Sie haben damals schon mit der *Stimme* sympathisiert«, stellte Jayden fest. »Ich hatte recht, Ihnen nicht zu trauen.«

»Selbst eine kaputte Uhr zeigt zweimal am Tag die richtige Zeit an«, erwiderte Tovar und deutete zur offenen

Tür. »Kommen Sie herein, damit wir die Falle wieder aufspannen können. Falls die Abwehr vorbeikommt, will ich nicht mit heruntergelassenen Hosen erwischt werden.«

Sie betraten das Haus, während sich die Kämpfer der *Stimme* wieder versteckten. Tovar führte sie durch einen Flur, Gianna sammelte die Waffen ein und schloss die Tür von innen. Das Haus sah mehr oder weniger so aus, wie Kira es in Erinnerung hatte, einschließlich des geduldigen Kamels im Wohnzimmer.

»Hallo, Dolly!«, rief Marcus. »Lange nicht gesehen.«

Xochi gab Tovar die Hand. »Anscheinend kennen Sie alle anderen schon. Ich bin Xochi.«

»Xochi Kessler.« Tovar übersah die Hand und suchte in seinem Karren nach Essbarem. »Die berüchtigte Xochi Kessler sollte ich vielleicht sagen. Ihre Mutter kommt fast um vor Sorge.«

»Meine arme Mutter kann sich irgendwo aufhängen.«

»Senatorin Kessler würde ganz gern Sie aufhängen.« Tovar drückte ihr eine Dose Ravioli in die Hand. »Den Dosenöffner finde ich einfach nicht.« Er wandte sich wieder zum Wagen um. »Sagte ich schon, dass Sie gesuchte Verbrecher sind? Auf Sie sind Kopfgelder ausgesetzt, auf allen Plätzen hängen Fahndungsplakate und so weiter. Ach, da ist er ja!« Er zielte mit dem Dosenöffner, der Gummigriffe hatte, auf Kira. »Sie ist die große Betrügerin, die Partial-Geliebte, die Anführerin der ganzen Sache. Die beiden da sind die Trottel, die sich drangehängt haben.« Er deutete auf Xochi. »Sie sind die undankbare Tochter. Ein Beispiel dafür, wie jemand auf die Lügen der *Stimme* hereinfällt und zum Verräter wird.« Er gab ihr den Dosenöffner. »Ich hole die Löffel.«

»Wer hat jetzt das Sagen?«, erkundigte sich Kira. »Was ist passiert, nachdem wir geflohen sind?«

»Sie meinen, nachdem Sie höchstpersönlich die Insel in die Anarchie gestürzt haben?« Tovar reichte Löffel herum, die aus unterschiedlichen Bestecken stammten.

»Was hat man über uns verbreitet?«, fragte Kira.

»Ihr habt mit der *Stimme* unter einer Decke gesteckt, und die wiederum hat mit den Partials gemeinsame Sache gemacht. Ihr seid ins Krankenhaus eingebrochen und habt einen Agenten der Partials aus dem Gewahrsam der Abwehr befreit. Momentan versteckt ihr euch entweder in der Wildnis oder kampiert auf dem Festland, um die Partials bei einer Invasion zu unterstützen. Wie viel davon kann ich eigentlich glauben?«

Kira wählte die nächsten Worte mit Bedacht. »Das kommt wohl darauf an, wie Sie über die Partials denken.«

Tovar setzte sich ihr gegenüber auf das Sofa und beäugte sie. »Abgesehen davon, dass sie alle ermordet haben, die ich kenne, spielen die Partials in meinem Leben keine große Rolle. Man könnte sagen, ich halte nicht viel von ihnen. Trotzdem nehme ich an, wir wären längst tot, wenn sie uns wirklich alle umbringen wollten. Falls Sie also neue Einsichten haben, dann lassen Sie hören.«

Kira nickte. »Halten Sie sich für unvoreingenommen, Mister Tovar?«

»Ich glaube schon.«

»Sie müssen wirklich sehr unvoreingenommen sein, um das zu schlucken, was wir Ihnen jetzt sagen müssen«, warf Marcus ein. »Erstens: Die Partials haben RM nicht geschaffen.«

»Und sie haben es nicht darauf abgesehen, uns zu vernichten«, ergänzte Kira. »Zumindest nicht alle und nicht zu diesem Zeitpunkt. Damit kommen wir zum zweiten Punkt: Ja, wir haben uns mit einem Partial verbündet. Wir haben ihn befreit und von der Insel weggebracht, und er hat uns geholfen, wieder herzukommen.«

»Gütiger Gott!«, stöhnte Tovar.

»Drittens«, fuhr Marcus fort, »haben wir das Krankenhaus nicht in die Luft gejagt, sind aber mit Pistolen dort eingebrochen und haben einen Partial aus dem Gewahrsam der Abwehr entführt.«

»Und das hat dann den Aufstand ausgelöst?«, fragte Tovar.

»Es war andersherum«, erklärte Kira verlegen. »Wir haben den Aufstand als Ablenkung für die Befreiung angezettelt.«

Tovar pfiff durch die Zähne. »Sie machen keine halben Sachen.«

»Nein, sicher nicht.«

»Ist das alles?«, wollte er wissen.

»Für den Augenblick schon«, bestätigte Jayden. »Jetzt sind Sie an der Reihe.«

»Wo soll ich anfangen?«, überlegte Tovar. »Vor zwei Tagen haben Sie die Gerüchte verbreitet und den Aufstand angezettelt. Sie sind verschwunden, als es richtig interessant wurde. Die Sporthalle hat gebrannt, ist aber nicht völlig zerstört. Auch das Rathaus stand in Flammen, und es hielten sich mehr als eine Handvoll Senatoren darin auf.«

Kira dachte an Isolde und erbleichte. Und wir dachten, sie sei dort sicher. Ob sie noch lebte? »Was ist mit dem Krankenhaus?«

»Dort hat es nicht gebrannt, aber bei den Häusern jenseits des Turnpike sah es anders aus. Das Krankenhaus war andererseits der Schauplatz der größten Unruhen in dieser Nacht, und es gab, wie man so sagt, viele Opfer.«

»Sind die Mütter unverletzt? Wie viele Menschen sind umgekommen?«

»Die Entbindungsstation ist unversehrt, und ich habe leider keine genauen Zahlen«, erklärte Tovar. »Wahrscheinlich sind es weniger, als der Senat behauptet, aber mehr, als Sie vermuten würden.«

»Was verbreitet der Senat denn?«, wollte Kira wissen.

»Zweihundert Opfer.« Tovars Stimme war hart wie Feuerstein. »Das ist ein hoher Preis für das Leben eines Partials.«

Das war es wert, fluchte Kira im Stillen, obwohl ihr schier das Herz brach, wenn sie daran dachte. Zweihundert. Sie musterte Tovar und war immer noch nicht sicher, ob sie ihm anvertrauen konnte, warum sie bereit gewesen waren, so extreme Maßnahmen zu ergreifen. Sie waren immer noch Gefangene. Außer Informationen hatte er ihnen nichts angeboten und nichts versprochen.

»Welche Senatoren haben überlebt?«, fragte Xochi. »Anscheinend meine Mutter, aber wer sonst noch?«

»Man sollte besser fragen, was vom Senat noch übrig ist«, erwiderte Tovar. »Die paar Senatoren, die überlebt hatten, erklärten einen Notstand, verhängten das Kriegsrecht und ließen die Soldaten der Abwehr in die Stadt und in die Umgebung einrücken. Die Wahlen, mit denen die Toten ersetzt werden sollen, sind verschoben. *Bis ein Mindestmaß an Ordnung und Frieden wiederhergestellt ist.* Eine umständliche Art und Weise, *Niemals* zu sagen. Es ist ein totalitäres Regime.«

»Ja«, sagte Kira, »aber wer ist es denn nun? Welche Senatoren?«

»Oh, das können Sie sich doch denken.« Tovar schüttelte sich. »Die Hardliner wie Kessler und Delarosa. Hobb ist ein Wiesel und versteht sich durchzuschlagen, also ist er natürlich auch dabei, und außerdem der Mann von der Abwehr, Senator Weist. Deshalb konnten sie so schnell die Unterstützung des Militärs gewinnen.«

»Also diejenigen, die von Anfang an die Fäden gezogen haben«, stellte Kira fest. Ihr wurde kalt, und sie ergriff

Xochis Hand, um Unterstützung zu finden. »Sie haben das alles geplant. Samm, die Explosion, sogar den Aufstand. Es ist keine Übergangsregierung infolge einer nationalen Katastrophe, sondern es war ein geplanter, kalkulierter Staatsstreich.«

»Samm konnten sie nicht einplanen«, widersprach Marcus. »Sie konnten nicht wissen, dass du losziehst und ihn holst.«

»Wer ist Samm?«, fragte Tovar.

»Der Partial«, erklärte Kira. »Nein, sie konnten seine Entführung nicht voraussehen, aber sie konnten ihn gut brauchen, sobald er einmal da war. Vermutlich planten sie schon eine ganze Weile die Machtübernahme, und als wir mit Samm auftauchten, gaben wir ihnen das Werkzeug dazu in die Hand.«

»Sie haben nur das Sagen, bis die Stadt wieder auf die Beine kommt«, wandte Jayden ein, »und sie tun es nur wegen des Aufstands, den wir ausgelöst haben. Wie sollten sie denn sonst reagieren?«

»Glaubst du das wirklich?«, fragte Xochi.

»Sie haben zu schnell eingegriffen«, widersprach Kira, die allmählich wütend würde. Die Wut war ihr inzwischen sehr vertraut, gehörte zu ihr und lauerte jederzeit unter der Oberfläche. »Sie hatten die Pläne schon in der Schublade liegen und konnten sich mühelos auf die Situation einstellen, die wir schufen. Wir haben den Aufstand ausgelöst, und sie haben Plan F oder was auch immer umgesetzt und die ganze Insel übernommen. Selbst als wir dachten, wir könnten sie aufhalten, waren sie uns noch voraus.«

»Sie versuchen, die Menschheit zu retten«, widersprach Jayden. »Ja, sie sind etwas extrem, aber vielleicht funktioniert nur diese Methode – ein eiserner Griff, der die ganze Insel umschließt, und eine einzige Vision, wie sie geführt werden muss. Dazu die Armee, mit der es durchsetzbar wird.«

»Vergessen Sie nicht, wo Sie sind!«, warnte Tovar ihn.

»Ich mag das so wenig wie Sie«, erwiderte Jayden. »Aber sie haben nicht die ...« Er unterbrach sich und warf Kira einen Blick zu. »Für sie ist es der einzige Weg, uns vor RM zu retten. Sie setzen das Zukunftsgesetz durch und hüten uns wie Vieh, bis ein Kind mit natürlicher Immunität geboren wird.«

Kira dachte an ihre Freunde in der Stadt. »Delarosa war Zoowärterin«, sagte sie leise.

Tovar schnaubte. »Ehrlich?«

Sie nickte. »Sie rettete bedrohte Arten. Ich glaube, wir sind auch nur seltene weiße Nashörner.« Kira schluckte den Zorn hinunter und holte tief Luft. »Mister Tovar.« Sie suchte seinen Blick. »Wir müssen nach East Meadow zurück.«

»Sie sind verrückt«, antwortete er.

»Verrückt oder nicht, wir müssen es tun, und Sie müssen uns hinbringen.«

»Dann sind Sie verrückt und dumm«, entgegnete Tovar. »In drei Tagen, wenn alle meine Kräfte versammelt sind, werden wir den bisher größten Angriff vortragen. Es ist so, wie Ihr Freund sagte – wenn die ganze Menschheit auf dem Spiel steht, sind wir bereit, extreme Maßnahmen zu ergreifen. Wir werden die Regierung stürzen, und wenn wir das tun, wollen Sie bestimmt nicht in der Nähe sein.«

»Drei Tage?« Kiras Gedanken rasten. »Mehr brauchen wir vielleicht gar nicht. Wenn Sie uns unbemerkt in die Stadt bringen, ist der Krieg vielleicht nicht einmal nötig.«

Tovar runzelte die Stirn. »Ich bin kein Meuchelmörder, falls Sie das gedacht haben.«

»Natürlich nicht.«

»Ich bin aber auch kein Märtyrer. Es wäre höchst gefährlich, Sie oder sonst jemanden nach East Meadow zu bringen. Wenn ich sterben soll, muss es dafür einen verdammt guten Grund geben.«

»Einen guten Grund können wir Ihnen bieten.« Kira zückte die Spritze. »Wir haben eine Therapie für RM.«

Tovar starrte sie mit offenem Mund an, dann lachte er. »Und das soll ich Ihnen glauben?«

»Sie haben die verrückten schlimmen Nachrichten geglaubt«, gab Xochi zu bedenken. »Warum nicht auch die verrückten guten Nachrichten?«

»Weil verrückte schlimme Nachrichten den allgemeinen Erwartungen entsprechen«, erwiderte Tovar. »Die Heilung von RM gehört ins Reich der Zauberfeen und der sprechenden Hunde, die Whisky pinkeln. Das ist unmöglich.«

»Es ist wahr«, erwiderte Kira. »Wir setzen unser Leben dafür aufs Spiel.«

»Mal angenommen, es stimmt«, lenkte Tovar ein. »Wie gehen wir weiter vor? Marschieren wir in die Stadt, halten das Mittel hoch und hoffen, dass die Zauberfeen alles in Ordnung bringen?«

»Vom Senat habe ich eins gelernt«, erwiderte Kira. »Die Macht kommt vom Volk, und der einzige Grund, warum sie die Kontrolle ausüben, ist die Tatsache, dass das Volk sie ihnen überlässt.«

»Und weil sie die Waffen haben«, fügte Marcus hinzu.

»Sie haben keine Waffen«, widersprach Xochi. »Ihnen steht der Gehorsam von Leuten mit Waffen zur Verfügung.«

»Genau«, stimmte Kira zu. »Wenn wir diese Loyalität verändern, befreien wir alle Menschen in der Stadt, sogar alle auf der Insel. Wenn wir ihnen ein lebendes Baby zeigen, dann ist das der klarste Beweis dafür, dass unsere Methode funktioniert, das Zukunftsgesetz aber nicht. Dann werden sich die Menschen schneller erheben, als wir den Kopf wenden können. Wir stellen die Freiheit wieder her und vereinen die Insel, ohne auch nur einen einzigen Schuss abzufeuern.«

»Mal angenommen, Ihre Therapie wirkt und wir können den Leuten tatsächlich, wie Sie sagen, ein lebendes Baby vorführen ...« Tovars Stimme brach beinahe, weil ihn starke Gefühle überwältigten. »Sie haben sich schon einmal mit den Partials eingelassen, Sie haben die Meerenge überquert und sind ihnen persönlich begegnet. Werden die Menschen nicht annehmen, es sei nur der Trick eines Partials? Ein Partial-Baby, ein künstlich hergestellter Doppelgänger oder so etwas?«

»Die Mutter muss aus East Meadow stammen«, erklärte Marcus. »Eine Frau, die jeder sofort wiedererkennt.« Er blickte Jayden an. »Seine Schwester steht kurz vor der Niederkunft. Vielleicht ist das Kind sogar schon geboren.«

Kira nickte. »Es reicht nicht aus, irgendeinen Säugling vorzuzeigen. Wir müssen hinein, Madison schnappen und sie herausholen. Unter der Nase der Abwehr.«

Tovar musterte Kira. »Ich bekomme langsam den Eindruck, wenn Sie in der Nähe sind, läuft es niemals ohne Komplikationen ab.«

»Willkommen in meinem Leben!«, erwiderte Kira. »Wie viele Soldaten haben Sie überhaupt?«

»Zehn.«

Kira zog die Augenbrauen hoch. »Allein im Hinterhof habe ich mehr als zehn gezählt.«

Tovars Stimme war hart, als er antwortete. »Reden Sie über Soldaten oder über bewaffnete Zivilisten, die mehr Mut als Ausbildung haben?«

»Hab's kapiert«, erwiderte Kira.

Tovar beäugte seine Besucher misstrauisch und ließ den Blick von einem zum anderen wandern, während er nachdachte. »Wir kennen vielleicht – vielleicht – einen Weg, Sie in die Stadt einzuschleusen. Sind Sie sicher, dass Sie das schaffen?«

Kira lächelte. »Haben Sie's noch nicht begriffen? Ich bin die meistgesuchte Verbrecherin auf der Insel. Es wird allmählich Zeit, dass ich meinem Ruf gerecht werde.«

»Teufel, ja«, stimmte Xochi zu.

Tovar betrachtete sie schweigend und mit gerunzelter Stirn. Schließlich lächelte er. »Wenn Sie es so ausdrücken, muss ich zugeben, dass ich letzte Woche wahrscheinlich einen sprechenden Hund gehört habe. Seine Pisse habe ich aber nicht probiert.« Er stand auf. »Es ist Vormittag, und das Wetter ist gut. Wenn wir gleich loslegen, sind Sie bis zum Abendessen verprügelt und in Polizeigewahrsam. Ich habe aber noch ein paar Trümpfe im Ärmel. Ich rufe meine Leute zusammen.«

36

Einer der Trümpfe in Tovars Ärmel waren Uniformen. Dutzende Uniformen der Abwehr, die aus dem Überfall auf das Depot in der alten Highschool in East Meadow stammten. »Wir haben auch einen Haufen Munition und Rationen gestohlen«, erklärte er verschlagen. »Dadurch sah es so aus, als hätten wir es vor allem auf die Vorräte abgesehen, aber die Uniformen waren die wertvollste Beute. Wenn man sie richtig einsetzt, ist jede davon Tausende Patronen wert.« Kira nickte und streifte sich eine der Uniformen über ihre Zivilkleidung.

Im ohnehin schon beengten Wohnzimmer drängten sich inzwischen auch noch mehrere Anführer der *Stimme*. Kira beobachtete, wie sie redeten und über behelfsmäßigen Karten der Insel brüteten. Sie waren entschlossen und schienen durchaus fähige Leute zu sein, ihnen fehlte jedoch die Erfahrung der Abwehr. Die Abwehr war besser organisiert, was sich bereits bei so einfachen Unternehmungen wie einem Bergungseinsatz zeigte. Ein Vorgesetzter entwarf den Plan, die Untergebenen lauschten aufmerksam. Bei der *Stimme* lief es ganz anders.

»Das ist Farad.« Tovar deutete auf einen ernsten Mann mit einem Büschel roter Haare auf dem Kopf. »Die Uniformen sind nett, aber er ist unsere eigentliche Geheimwaffe. Er ist ein Soldat der Abwehr und erst vor Kurzem zu uns übergelaufen. Die Offiziere der Abwehr wissen hoffentlich noch gar nicht, dass er abtrünnig geworden ist.«

Farad sah sich nervös in dem Raum um. Inmitten so vieler Leute, die er unlängst noch als Feinde betrachtet hatte, fühlte er sich unwohl. »Nach dem Aufstand habe ich mich bemüht und wollte die neuen Regeln anwenden, aber ... ich konnte einfach nicht mehr. Sie haben es zu weit getrieben«, gestand er leise.

»Farad war Fahrer«, fuhr Tovar fort. »Wie es der Zufall will, haben wir letztens auch einen Jeep der Abwehr ... äh ... befreit.« Er wandte sich an Kira. »Vermutlich gehörte er zu dem Konvoi, der Sie nach dem Aufstand verfolgte. Der Wagen ist in gutem Zustand, hat eine Plane über der Rückbank und trägt das Abzeichen der Abwehr. Farad kennt die Passwörter, um die Grenze zu überqueren.«

»Er *kannte* die Passwörter«, widersprach ein großer Mann, der an der Wand lehnte. Er war alt, hatte graues Haar und einen Bart. Auf den Armen zeichneten sich dicke Muskeln ab. »Sie haben die Passwörter längst geändert. Wenn sie nur etwas Grips besitzen, dann haben sie genau das getan.«

»Aber sie wissen noch gar nicht, dass ich desertiert bin«, widersprach Farad mit zaghafter, brüchiger Stimme. »Ich meine ... sie können es doch nicht so schnell herausgefunden haben.«

»Was die Abwehr betrifft, sind Sie immer noch auf einer Erkundungsmission«, stimmte Gianna zu. »Sobald Sie aber auf jemanden stoßen, der Ihren Auftrag kennt, wird es keine Rolle mehr spielen, wie viele Passwörter Sie wissen.«

»Wir fliegen trotz der Uniformen auf«, wandte Jayden ein. »Kira und Marcus fallen sofort auf, wenn wir uns dem Krankenhaus nähern. Jeder kennt sie.«

»Und sie kennen sich im Krankenhaus aus«, erklärte Tovar. »Keiner von uns weiß dort Bescheid – oder jedenfalls nicht gut genug. Hier ist der Plan: Farad fährt mit

Ihnen in die Stadt und schleust Sie durch die Grenzkontrollen. Die bekannten Gesichter hocken hinten im Wagen und ziehen die Köpfe ein. Das ist gefährlich, aber wenn Sie aufpassen, kann es klappen. Sie fahren zum Krankenhaus, genauer gesagt zum Hintereingang, den Sie erwähnt haben.«

»Der Ausgang, durch den wir am Abend des Aufstands geflohen sind«, erklärte Kira. »Dort führt eine breite Rampe in den Keller, auf der wir kaum zu beobachten sind. Die Wächter im Gebäude sehen zwar, dass wir da sind, erkennen jedoch nicht genau, wer einsteigt oder aussteigt.«

Tovar nickte. »Sie gehen durch die unteren Stockwerke bis zur Entbindungsstation hinauf und schnappen sich Ihre Freundin. Das ist der schwierigste Teil.«

»Deshalb muss ich mit«, erklärte Gianna. »Sobald wir nahe genug sind, betrete ich die Entbindungsstation und verlasse sie wieder, ohne Misstrauen zu erregen. Niemand kennt mich, und dank der Uniform bin ich unverdächtig.«

»Man kann ja hoffen«, bemerkte der Bärtige.

»Ehrlich, Rowan«, wies Tovar ihn zurecht, »muss das jetzt sein? Müssen wir über jeden kleinen Schritt des Plans streiten?«

»Dein sogenannter Plan läuft darauf hinaus, das Beste zu hoffen und unauffällig aufzutreten«, erwiderte der bärtige Mann. »Wenn du sie mitten in feindliches Gebiet schickst, würde ich gern etwas Verlässlicheres hören.«

»Ich will selbst nicht, dass sie es tun.« Tovar hob hilflos beide Hände. »Ich plane einen Großangriff auf die Stadt, und dies ist – berücksichtigt man Zeit und Ressourcen – das Beste, was mir im Moment einfällt.«

Rowan wandte sich an Gianna. »Wollen Sie Ihr Leben für das Beste riskieren, was ihm einfällt?«

»Wir sind bereit, es hierfür zu riskieren.« Kira hielt die Spritze hoch. »Es ist keine abstrakte Theorie, sondern eine reale Therapie. Eine Injektion wird das Leben eines Kinds retten. Können Sie sich das vorstellen? Ein lebendes, atmendes Kind, das eine Woche, einen Monat, ein Jahr überlebt. Ein Kind, das lacht und krabbelt und sprechen lernt.« Ihre Stimme brach. »Dafür gäbe ich ohne Zögern mein Leben.«

Betretenes Schweigen erfüllte den Raum.

Rowan regte sich als Erster. »Es mag das Risiko wert sein, aber das rechtfertigt noch keinen riskanten Plan.«

»Der Plan wird funktionieren«, erwiderte Tovar hitzig. »Farad kennt die Passwörter, und unsere Informanten in der Stadt haben uns über die Sicherheitsmaßnahmen im Krankenhaus in Kenntnis gesetzt. Wir können sie hineinbringen, und wir können Madison Sato herausholen. Wir bringen sie auf eine Farm im Osten. Dort kann sie entbinden, und das Baby wird überleben.«

»Ich teile das Mittel in mehrere Dosen auf«, erklärte Kira. »Eine bleibt bei Tovar hinter der Front und kann für Madisons Baby Arwen benutzt werden. Die zweite nehmen wir für den Fall mit, dass Arwen schon geboren ist. Je nachdem, wie weit das Virus sich bereits ausgebreitet hat, müssen wir die Injektion vielleicht sofort geben.«

Tovar deutete auf Rowan. »Die dritte Dosis nimmst du mit. Du wendest dich nach Osten in Richtung Flanders oder Riverhead, wo die Abwehr schwach ist. Impf alle Neugeborenen, die du findest!« Er betrachtete die Spritze, die Kira in Händen hielt. »Das Mittel ist zu wichtig, um es bei einer einzigen Mission aufs Spiel zu setzen.«

Kira nickte und hörte im Hinterkopf ein nörgelndes Stimmchen: *Habe ich das Pheromon? Wenn ich wirklich eine Partial bin, kann ich dann auch RM heilen?* Sie wagte fast nicht, darüber nachzudenken und es zu hoffen. Das wäre viel zu leicht gewesen, und bisher hatte sich alles als schwierig erwiesen. Sobald sie die Gelegenheit bekam und sobald sie die richtige Ausrüstung hatte, musste sie sich selbst testen.

»Wir setzen ungeheuer große Hoffnungen in dieses Mittel«, flüsterte Gianna andächtig.

»Ich weiß«, antwortete Kira.

»Damit wäre das Team vollständig«, sagte Rowan. »Gianna, der neue Mann und diese Sanitäter.«

»Und wir«, fügte Jayden hinzu. »Madison ist meine Schwester.«

Xochi nickte. »Und Kira ist meine Schwester.«

Auf einmal hatte Kira ein schlechtes Gewissen, als hätte sie alle anderen verraten. Wie hätten sie reagiert, wenn ihnen bekannt gewesen wäre, wer sie in Wirklichkeit war?

Der Jeep brach drei Kilometer nordwestlich von East Meadow zusammen. Gianna und Farad steckten fast eine Stunde lang die Köpfe unter die Motorhaube, fluchten, schlugen auf das Blech und versuchten den Motor wieder anzulassen. Kira und Marcus hockten auf dem Bordstein und planten die Route durch die Klinik: wohin sie auf welchem Weg gelangen konnten, welche medizinischen Begriffe Gianna kennen musste, um Madison aus der Obhut der Schwestern zu entführen. Kira hatte die Spritze bei sich, sie war sorgfältig eingepackt, gepolstert und an der Hüfte verstaut. Unwillkürlich tastete sie danach und vergewisserte sich, dass sich der kleine Behälter noch an Ort und Stelle befand. Farad kam müde zu ihnen und warf einen Klotz öliges schwarzes Metall auf die Straße.

»Schlechtes Benzin?«, fragte Marcus.

»Besseres Benzin ist mir seit einer ganzen Weile nicht untergekommen«, erwiderte Farad. »Es ist der Anlasser. Er ist nicht einmal brüchig, verformt oder verklemmt, er ist einfach nur alt.« Er ließ sich neben den beiden auf dem Bordstein nieder. »Es kann so viel kaputtgehen, aber damit hätte ich wirklich nicht gerechnet.«

»Aber Sie können uns doch immer noch hinbringen, oder?«, wollte Kira wissen.

»*Ich* könnte es schaffen.« Farad schüttelte den Kopf. »*Sie* sind zu bekannt, und ohne den Jeep als Versteck sehe ich keine Möglichkeit für Sie. Selbst wenn ich hineingelange, wirft ein Mann, der allein zu Fuß auftaucht, weitaus mehr misstrauische Fragen auf als ein ganzer Trupp in einem Jeep. Man hält mich auf jeden Fall fest und verhört mich, und ich schaffe es nicht mehr rechtzeitig zu Ihrer Freundin. Ganz sicher bekomme ich sie nicht heraus.«

»Lasst uns überlegen, welche Möglichkeiten wir haben«, schlug Jayden vor. »Wir können nicht einfach aufgeben und haben keine Zeit, umzukehren und es noch einmal zu versuchen.«

»Wir könnten nach einer anderen Streife der Abwehr Ausschau halten und ihnen den Jeep stehlen«, regte Xochi an.

»Ich dachte an realistische Möglichkeiten.«

»Wir könnten irgendein Auto in Gang setzen«, meinte Gianna. Farad schüttelte den Kopf.

»Die Abwehr kennt den Unterschied zwischen einem eigenen und einem geborgenen Fahrzeug«, erklärte er. »Wenn wir genug Zeit und die passende Ausrüstung hätten, könnten wir einen Wagen präparieren, aber wir müssen uns beeilen, wenn wir Tovars Großangriff zuvorkommen wollen. Viel Zeit bleibt uns nicht.«

»Dann müssen wir zu Fuß hinüber. Das war früher nicht so schwer. Die Grenze ist zu lang, um vollständig überwacht zu werden.«

»East Meadow stand noch nie unter Kriegsrecht«, wandte Gianna ein. »Wir haben Informanten befragt und das Grenzland erkundet. Der Ort ist völlig dicht.«

Kira blickte zum Himmel hinauf. Es war schon später Nachmittag. »Wir könnten im Dunkeln durchrutschen. Empfangen wir die Kanäle der Abwehr?«

»Ja«, antwortete Gianna. »Genau wie sie unsere empfangen. Alles Wichtige ist allerdings verschlüsselt.«

»Und diese Codes kenne ich nicht«, gab Farad zu.

»Dann können wir nur improvisieren.« Kira stand auf. »Wir müssen eine Schwachstelle in der Grenzüberwachung finden.«

Sie wanderten nach Süden und entdeckten schließlich ein altes Straßenschild, das die Walt Whitman Road anzeigte. Sie kamen an einem lang gestreckten Einkaufszentrum und einige Stunden später an einem stark bewaldeten Park auf der anderen Seite vorbei. Einmal bemerkten sie jenseits eines großen Parkplatzes einen Trupp Soldaten der Abwehr, der ein großes Bürohaus mit zerschmetterten Scheiben untersuchte. Die Soldaten winkten und grüßten. Es hallte laut über die weite Fläche. Farad winkte und rief zurück, und die Soldaten machten sich wieder an die Arbeit. Kira ging ruhig weiter, bis sie außer Sicht waren, dann trieb sie die anderen zur Eile an, und sie entfernten sich so schnell wie möglich aus der Gefahrenzone. Während sie sich dem östlichen Stadtrand näherten, entdeckten sie weitere Grenzpatrouillen. Das Sicherheitsnetz wurde immer enger, bis sie erkannten, dass die Straße vor ihnen vollständig mit Autos blockiert war. Es waren nicht nur die Überreste des vor elf Jahren zusammengebrochenen Straßenverkehrs, sondern eine mit Holz und Metall verstärkte Straßensperre. Kira schüttelte leise fluchend den Kopf.

»Sie haben die ganze Stadt verrammelt.«

37

»Das ist die Gardiner's Road«, verkündete Jayden. »Es kann nicht mehr weit sein.« Er hielt inne. »Was meint ihr – wie weit reicht der Wall?«

»Es wäre doch sinnlos, ihn nur hier zu bauen und woanders nicht«, überlegte Gianna. »Sonst hätten sie eine Festung errichtet und sich auf die Überwachung der Kreuzung beschränkt.«

»Wie auch immer, lasst uns irgendwo zwischen den Häusern durchschlüpfen!«, schlug Xochi vor. »Sie können nicht alle paar Meter eine Wache aufstellen.«

Die anderen stimmten zu, und so suchten sie sich in der Wohngegend einen Weg durch überwucherte Hinterhöfe. Als sie auf der Mitte zwischen zwei Kreuzungen angelangt waren, spähte Kira durch den vom Kudzu eroberten Zaun und entdeckte, dass das Hindernis an dieser Stelle niedriger war. Es waren nur einige hintereinander abgestellte Autos ohne verstärkende Bretter und Streben. Offenbar hatte man keine Zeit gehabt, die Barrikade gründlicher auszubauen. Zum Ausgleich befand sich auf der anderen Straßenseite keine Häuserzeile, sondern ein großer Parkplatz. Wer auf den nächsten beiden Kreuzungen aufpasste, bemerkte jeden, der die weite, offene Fläche überquerte.

»Diese verdammte Insel mit ihren Einkaufszentren!«, fluchte Kira. »Überall sonst steht reichlich Wald, ausgerechnet hier gibt es so viel offenes Gelände.«

»Außer ein paar Büschen«, meinte Xochi, »aber hinter denen finden wir nicht alle Deckung.«

»Seht mal dort!« Gianna deutete in Richtung Süden. »Der nächste Trupp Soldaten ist mindestens zwei Blocks entfernt. Die Lücke zwischen den Trupps scheint mir ziemlich groß. Sobald es dunkel wird, sind unsere Aussichten gar nicht so schlecht.«

Kira schätzte die Entfernung zu den Abteilungen im Norden und im Süden ab. »Suchen Sie doch mal im Funkgerät, welche Frequenz die Posten hier benutzen!«

Gianna schaltete die Kanäle durch und forschte nach einer aktiven Frequenz. Jedes Mal, wenn sie Stimmen hörte, hielt sie inne und lauschte auf Straßennamen. Kira atmete erleichtert auf, als die Gardiner's Road erwähnt wurde.

»Das hätten wir.« Kira trommelte nachdenklich mit den Fingern auf dem Zaun herum. »Überwachen Sie auch die beiden Nachbarkanäle! Wir stellen eine Wache auf, halten uns ruhig und warten auf die Dunkelheit.« Sie spähte noch einmal durch den Zaun und dachte über die Entfernungen nach. Sie sollten in der Nacht losschlagen, und wenn sie aufpassten, konnten sie es schaffen, ohne entdeckt zu werden.

Mit jeder Stunde, die verging, steigerte sich Kiras Beunruhigung. Wer war sie? Warum war sie hier, und wer steckte hinter dem Geheimnis ihrer Herkunft? Hatte sie das Schläfer-Pheromon im Blut? Oder etwas viel Schrecklicheres? Unzählige Fragen schossen ihr durch den Kopf und suchten verzweifelt nach Antworten. Sie bemühte sich, alles wegzuschieben und nur an die vor ihr liegende Aufgabe zu denken, doch dadurch wurde alles nur noch schlimmer. Wenn sie an Madison und Arwen dachte, wäre sie am liebsten sofort zum Krankenhaus gerannt. Sie klopfte auf die Spritze an der Hüfte und übte sich in Geduld.

Als es endlich dunkel wurde, brach Farad ein paar Bretter aus dem Zaun und riss ein kleines Loch in den Kudzu. Sie schulterten die Ausrüstung, zogen alle Riemen fest und warteten nebeneinander an der Grenze der offenen Fläche: Farad, Xochi, Jayden, Gianna, Kira und Marcus. Kira packte das Gewehr und atmete tief und langsam durch.

»Lassen Sie das Funkgerät eingeschaltet, aber so leise wie möglich!«, verlangte Kira. »Wenn uns die Abwehr bemerkt, will ich es sofort erfahren.«

Gianna setzte ein schmales Lächeln auf. »Schon erledigt.«

»Dann gehen wir. Duckt euch, seid leise, und wenn sie uns bemerken, rennt los!«

Farad wippte auf den Fußballen. »Achtung ... fertig ... los.« Er ließ sich zu Boden fallen und rutschte los. Fast lautlos robbte er durch das Unkraut bis zu der behelfsmäßigen Sperre aus Autos. Die anderen folgten und bemühten sich, ebenso leise zu sein. Ein paar Sekunden lang herrschte tiefes Schweigen, dann waren im Funkgerät aufgeregte Rufe, Schreie und statisches Rauschen zu hören.

»Da, da! Südlich von Dreiundzwanzig!«

Keine zwanzig Zentimeter neben Kiras Hand traf eine Kugel den Asphalt.

»Das war es dann mit der Heimlichkeit«, sagte sie. »Lauft!« Sie sprangen auf, rannten über die Straße und hechteten über die Autos hinweg. Kira stemmte die rechte Hand auf eine breite Motorhaube, um sich abzustützen. Das Metall, das sich in der Sonne stark erhitzt hatte, versengte ihr die Haut. Sie richtete sich auf und trampelte darüber hinweg, nach zwei raschen, scheppernden Schritten konnte sie dahinter auf den Boden springen. Im Funk waren inzwischen unablässig Warnrufe zu hören, und die Schüsse klangen verzerrt – zuerst im Funk, einen Sekundenbruchteil später als echtes Geräusch. Farad war schon drüben und rannte über den Parkplatz auf eine Lücke zwischen den Gebäuden des Einkaufszentrums zu. Gianna sank auf einmal wie ein Stein zu Boden, über ihr hing ein Schleier in der Luft.

»Nein!«, rief Kira. Sie war so dicht hinter Gianna hergelaufen, dass sie stolperte und zu Boden ging. Sofort rappelte sie sich wieder auf und wollte Gianna helfen, doch Marcus war inzwischen bei ihr angelangt, packte sie und zog sie weiter.

»Weiter!«

»Wir müssen ihr helfen.«

»Sie ist tot. Lauf weiter!«

Kira riss sich los und wandte sich um, während gefährlich dicht eine Kugel vom Boden abprallte. Gianna lag mit dem Gesicht nach unten in einer Blutlache. »Verzeih mir«, flüsterte Kira und griff nicht nach der Frau, sondern nach dem Funkgerät. Das war zu wichtig, um liegen gelassen zu werden.

Auf einmal spürte sie einen Schlag, der sie ins Taumeln versetzte, doch sie stürzte nicht und rannte auf Marcus und die anderen zu. Wo war sie getroffen worden? Sie ging im Laufen alle Körperteile durch und forschte nach Schmerzen, fand aber nichts. Die Wissenschaftlerin in ihrem Kopf, die seltsam ruhig und analytisch blieb, erklärte es mit dem Adrenalin im Körper. Sie würde verbluten und sterben, ohne die Kugel überhaupt zu spüren. Endlich erreichte sie den Schutz der Gasse und rannte weiter, während Marcus hinter ihr wild fluchte.

»Wolltest du dich umbringen?«

»Sei still und lauf!«, keuchte Xochi. Sie zog die anderen durch ein zerbrochenes schiefes Tor, das nur noch an einem Scharnier hing. Dahinter erstreckte sich ein vom Unkraut eroberter Hinterhof, über den sie die zerstörte Tür eines verfallenen Hauses erreichten. Die Farbe blätterte in langen, bleichen Streifen ab. So nahe am Stadtrand waren die Häuser unbewohnt. Zwischen den Trümmern des Wohnzimmers sanken sie zu Boden. Jayden wandte sich um und deckte die Tür.

»Ich bin getroffen«, murmelte Kira. Sie legte das Funkgerät weg, tastete sich ab und suchte nach Blut. Farad nahm das Funkgerät an sich, legte den Schalter um und bellte hinein. »Kontrollstelle Dreiundzwanzig, hier ist Streife Vierzig, wir sind in der Nähe, aber die *Stimmen* sind nicht durch die Häuser gekommen. Wiederhole, nicht durch die Häuser gekommen. Haben Sie Sichtkontakt? Kommen.«

»Negativ, Vierzig«, quäkte das Gerät. »Wir suchen weiter.«

»Verstanden, wir suchen ebenfalls. Ende.« Er schaltete das Gerät ab und gab es ihr zurück. »Wenn Sie für das idiotische Ding schon Ihr Leben aufs Spiel setzen, können wir es auch benutzen.«

»Was ist Streife Vierzig?«, fragte Xochi.

»Die ist im Norden eingesetzt und benutzt einen anderen Kanal. Wir haben schätzungsweise zehn Minuten, ehe sie es herausfinden. Wir müssen das Haus verlassen, bevor uns eine echte Streife aufstöbert.«

Während sie sich noch aufrafften, hörten sie im Hinterhof Schritte und Stimmen. Jayden hob das Gewehr und schlich zur Hintertür, wo er sich vor die verzogene Wand hockte.

»Hier ist die Abwehr von Long Island!«, rief er, während er den anderen zuwinkte, die Waffen zu ergreifen. »Lassen Sie die Waffen fallen, und ergeben Sie sich!«

Es gab eine kleine Pause, Jayden lauschte mit schief gelegtem Kopf. Dann rief jemand zurück. »Seid ihr das, Streife Vierzig?«

Jayden lächelte böse. »Ja. Seid ihr Kontrollpunkt Dreiundzwanzig?«

Kira hörte die Männer draußen fluchen. »Sag mir nicht, dass wir sie verloren haben!«

Farad setzte die Uniformmütze auf und trat vorsichtig zur Hintertür hinaus. Kira beobachtete ihn durch ein kleines Loch in der baufälligen Wand. »Wir haben die ganze Gegend überprüft«, berichtete er. »Hier sind sie nicht durchgekommen.«

»Was heißt das – hier sind sie nicht durchgekommen?«, fragte der Soldat. »Wir haben sie in diese Gasse gejagt.«

»In der Hälfte der Häuser habe ich meine Leute postiert.« Farad machte eine entsprechende Geste. »Keiner von ihnen hat etwas gesehen.«

»Wie konntest du sie bloß entwischen lassen?«

»Hör mal, Soldat, ihr seid diejenigen, die sie über die Grenze gelassen haben. Wir räumen hier euren Mist weg, nicht unseren eigenen«, erwiderte Farad. »Jetzt verteilt euch! Wir überprüfen die Häuser, ihr seht da drüben nach. Und vergesst nicht, jemanden abzustellen, der die Gasse bewacht! Es fehlte gerade noch, dass noch mehr von denen an eurem Kontrollpunkt vorbeilaufen.«

Die anderen Soldaten murrten ein wenig, dann trampelten sie zum nächsten Haus weiter. Farad kam herein und pfiff leise durch die Zähne. »Lasst uns verschwinden!«

»Ich kann gar nicht glauben, dass es geklappt hat«, stöhnte Xochi.

»Lange geht es nicht mehr gut. Früher oder später durchsuchen sie Gianna und entdecken, dass sie die Uniform der Abwehr trägt. Wir haben ungefähr sechzig Sekunden, um zu verschwinden.«

Sie schlichen zum Vordereingang und huschten in den benachbarten Hof, dann zum übernächsten und arbeiteten sich so weit nach East Meadow vor wie nur möglich. Nach einer Weile sahen sie weitere Menschen, und die Häuser waren in besserem Zustand. Endlich entdeckte

Kira auch das Glitzern intakter Fensterscheiben. Sie war zu Hause. Doch so vertraut die Stadt auch war, irgendetwas stimmte nicht. Die Häuser waren zwar bewohnt, aber die Türen waren geschlossen, und vor vielen Fenstern hingen Vorhänge, oder sie waren ganz und gar zugenagelt. An einem Sommerabend wie diesem waren die Straßen sonst selbst nach Sonnenuntergang voller Menschen, die redeten, lachten und es sich gut gehen ließen. Jetzt aber waren vergleichsweise wenige Passanten unterwegs, die es eilig hatten, wieder nach drinnen zu kommen. Sie wichen jedem Blickkontakt aus. Trupps der Abwehr und Mkeles Spezialeinheiten patrouillierten regelmäßig in der Stadt, und mehr als einmal beobachtete Kira, wie ein verängstigt hastender Bürger angehalten und befragt wurde. Sie suchen uns, dachte sie, aber sie drangsalieren die Falschen.

Als sie den Turnpike erreicht hatten, verkrochen sie sich in einem zerstörten Geschäft und blickten zum Krankenhaus hinüber, das sich praktisch in eine Festung verwandelt hatte. Vor den Türen standen Wächter, doch noch wichtiger waren die Streifen, die in gewissem Abstand das Gelände sicherten. Die Hintertür, die sie benutzen wollten, stand wahrscheinlich noch offen, doch ohne den Jeep der Abwehr kamen sie dort nicht hinein. Und mit Madison wieder wegfahren zu können, schien ganz ausgeschlossen zu sein.

»Das wird interessant«, meinte Xochi.

»Ehrlich?«, gab Jayden zurück. Farad schüttelte nur den Kopf.

»Schlechte Neuigkeiten.« Marcus winkte sie ans Funkgerät. Sie versammelten sich um ihn, und dann hörte Kira die von Knistern und Knacken unterbrochene Durchsage. »... wiederhole, die *Stimme* hat sich Uniformen der Abwehr angeeignet. Die Rebellen sind schon innerhalb der Stadt, vielleicht kommen sogar noch weitere. Gründliche Personenüberprüfungen sind ab sofort bei allen Begegnungen vorgeschrieben. Codeprotokoll *Sigma*.« Der Sprecher wiederholte die Botschaft. Marcus ließ den Kopf hängen. »Das wird ja immer schöner.«

»Protokoll *Sigma* kenne ich nicht«, gab Farad zu. Er schritt nervös zwischen den Trümmern auf und ab. »Vielleicht einen Teil davon, aber nicht genug. Wir kommen nicht weiter.«

Kira starrte auf das Krankenhaus, um irgendetwas zu entdecken, irgendeine Möglichkeit, ins Innere zu gelangen. Sie war eine gesuchte Kriminelle, deren Gesicht so ziemlich jeder in dem Gebäude kannte. Wenn sie hineinging, dann nur in Ketten. Sie schüttelte den Kopf und überlegte es sich in Ruhe. Sie war stärker als ihre Prüfungen. Sie konnte die Prüfungen nutzen, um zu siegen. Sie konnten ihren Zwecken dienen.

Sag nie, das schaffst du nicht, dachte sie. Sag immer: Wie kann ich die Situation zu meinen Gunsten verändern?

Sie betrachtete das Gebäude genauer, zählte die Wachen, die sie sah, schätzte die Anzahl jener ab, die sie nicht sehen konnte, und rief sich den Lageplan der Flure vor das innere Auge, um abzuschätzen, wo die Soldaten postiert waren. Sie zählte die Fenster und markierte im Geist jeden günstigen Punkt, um einzudringen, musste zu ihrem Entsetzen aber feststellen, dass sie alle mit Autos versperrt oder mit Metallplatten und Holz verbarrikadiert waren. Das Krankenhaus war bestens verteidigt. Man hatte an alles gedacht und alles vorhergesehen, was an Gefahren von außen kommen konnte.

Schließlich blickte sie zu den Scharfschützen auf dem Dach hinauf, die einen unvergleichlichen Blick auf die Umgebung hatten. Partial oder nicht, sie konnten sie mühelos niederschießen, so schnell sie auch rannte …

Als sie in einem Fenster einen Reflex bemerkte, hielt sie inne. Es war der dritte Stock, und die Senatoren waren die Einzigen, die diese Etage benutzten. Hielten sie gerade eine Sitzung ab? Konnte das Kira irgendwie weiterhelfen?

»Selbst wenn wir hineinkommen, weiß ich nicht, wie wir wieder herauskommen sollen«, gab Jayden zu bedenken. »Jedenfalls nicht mit Madison. Sie untersagen ihr ganz sicher das Aufstehen – und erst recht das Verlassen des Krankenhauses. Wir haben keinen Jeep mehr, um sie zu verstecken.«

»Du bist ein richtiger Sonnenschein.« Marcus stand auf. »Phantastisch! Wir kommen nicht ins Krankenhaus, wir können nicht fliehen, wir können wahrscheinlich nicht einmal mehr East Meadow verlassen. Die Uniformen nutzen uns überhaupt nichts mehr. Wir haben nichts gewonnen.«

»Das stimmt nicht.« Kira blickte wieder zur Klinik hinüber. Im dritten Stock brannte eindeutig Licht. »Ihr habt mich.«

»Entschuldigen Sie, wenn ich daraufhin keine Freudensprünge mache«, gab Farad zurück.

»Seht ihr das Licht?« Sie deutete auf die Fenster. »Das ist der Senat. Ihr präsentiert ihnen in Kürze die Person, die sie dringender suchen als alles andere auf der Welt: mich.«

»Nein, tun wir nicht«, widersprach Marcus, und die anderen drei stimmten sofort zu.

»Doch, das tut ihr. Unser Plan ist im Eimer, wir bekommen Madison nicht frei. Aber wir können ihr immer noch die Spritze übergeben oder das Kind impfen, falls es schon geboren ist. Ich muss nicht dabei sein, wenn ihr es tut. Ich meine es ernst und bin bereit, mein Leben dafür zu opfern. Wenn Arwen überlebt, dann ist es mir gleichgültig, was der Senat mit mir anstellt.«

»Wir geben dich nicht auf«, widersprach Xochi.

»Doch, das müsst ihr«, sagte Kira. »Ihr zieht die Hutkrempen herunter, marschiert zur Tür und sagt ihnen, ihr hättet mich gefangen genommen, als ich über die Grenze schleichen wollte. Das ist die glaubwürdigste Geschichte, die uns überhaupt einfallen kann, denn jeder Soldat, der den Funk abhören kann, weiß ganz genau, dass es Zwischenfälle an der Grenze gab. Sie werden nicht einmal nach Ausweisen fragen, denn warum sollten Spione ihre eigenen Leute ausliefern?«

»Gute Frage«, erwiderte Xochi. »Warum sollten wir das tun? Damit erreichen wir doch nichts.«

»Ihr kommt ins Krankenhaus. Übergebt mich den Wachen im Innern. Sie bringen mich zum Senat, und ihr marschiert zur Entbindungsstation.«

»Wir müssen dich nicht ausliefern«, sagte Marcus. »Sobald wir drinnen sind, könnten wir ... einfach losrennen.«

»Dann schlagen sie sofort im ganzen Gebäude Alarm«, erwiderte Kira. »Wenn der Senat mich als Gefangene in Empfang genommen hat, könnt ihr in Ruhe weitermachen.« Sie nahm Marcus' Hand. »Wenn das Mittel wirkt, hat die Menschheit eine Zukunft, und das ist doch unser einziges Ziel.«

Marcus' Stimme brach, als er antwortete. »Ich wollte die Zukunft zusammen mit dir erleben.«

»Sie bringen mich nicht sofort um.« Kira lächelte schwach. »Vielleicht haben wir Glück.«

Marcus lachte, obwohl ihm Tränen in den Augen standen. »Ja, bisher hatten wir unglaubliches Glück.«

»Wir müssten vorher Bescheid sagen.« Farad deutete auf das Funkgerät. »Genau wie beim Kontrollposten. Wenn sie uns hören, ehe sie uns sehen, steigen unsere Erfolgsaussichten.«

»Wir können nicht zweimal den gleichen Trick anwenden«, widersprach Jayden. »Inzwischen dürfte jemand, der weiß, wie viele Streifen wo unterwegs sind, genau zuhören. Es dauert nicht lange, und sie merken, dass wir lügen.«

»Wir können aber nicht einfach dort auftauchen, ohne Bescheid zu sagen«, beharrte Farad. »Damit machen wir uns doch nur verdächtig.«

Xochi zog die Pistole, legte den Sicherungshebel um und schoss auf das Funkgerät. Kira und die anderen sprangen erschrocken zur Seite. »Problem gelöst«, erklärte Xochi, während sie die Waffe wieder ins Halfter steckte. »Die böse Terroristin Kira Walker hat im Kampf unser Funkgerät erschossen. Also: Kira ist die beste Freundin, die ich auf der Welt habe, aber sie hat recht. Ihr Plan bietet den besten, einfachsten Weg, in die Klinik zu gelangen. Wir nehmen ihr die Waffen ab und ziehen es durch.«

Kira lieferte die Waffen und die übrigen Bestandteile ihrer Ausrüstung ab. Als die Männer in der Gruppe einsahen, dass die Entscheidung gefallen war, halfen sie sogar. Marcus war unglücklich, erhob aber keine Einwände mehr. Als Letztes holte Kira die Spritze hervor, die an einem zusätzlichen Gürtel sicher in alte Hemden eingewickelt unter der übrigen Kleidung befestigt war. Sie betrachtete sie noch einen Moment lang und reichte sie Marcus.

»Pass gut darauf auf!«, flüsterte sie.

»Ich will nicht, dass du das tust.«

»Ich auch nicht, aber es muss sein.«

Marcus erwiderte ihren Blick, dann nahm er den Gürtel und legte ihn vorsichtig unter dem Hemd an. Er vergewisserte sich, dass die Kleidung ihn bedeckte, dann rieb er sich Schmutz ins Gesicht, der die Hautfarbe veränderte und die Schwestern täuschte. Hoffentlich. Jayden und Xochi tarnten sich auf gleiche Weise. Kira konnte nur hoffen, dass das ausreichte. Sie musste einfach dafür sorgen, dass man vor allem sie ansah.

38

Kira wand sich, schrie und zeterte, als die Gefährten sie zum Krankenhaus schleppten. »Lasst mich los! Ich will euch doch helfen, ihr Idioten, seht ihr das nicht ein?« Es war sinnlos, noch länger auf Verstohlenheit zu setzen. Ihre Aufgabe bestand darin, so sehr aufzufallen, dass niemand auf ihre Freunde achtete. Auf Farads Seite konnte sie einen Arm losreißen, mit dem sie sofort nach Jayden schlug. Sie gab sich große Mühe, überzeugend zu wirken, und er reagierte auf die gleiche Weise, indem er ihr einen Hieb gegen die Schläfe versetzte. Dann drehte er ihr brutal den Arm auf den Rücken, bis sie keinen Finger mehr rühren konnte. »Uff«, grunzte sie. »Der war gut.«

»Halt die Klappe, *Stimme!*« Er zerrte sie herum und deckte Farad mit Beschimpfungen ein. »So hält man eine Gefangene, du Arsch. Lass sie ja nicht wieder los!«

»Du brichst mir den Arm!«, stöhnte Kira.

»Gut so!«, schrie Xochi so laut, dass es die nächsten Soldaten hörten. Sie riefen etwas zurück, doch ehe sie noch etwas unternehmen konnten, trat Xochi vor. »Wir haben sie!«, erklärte sie und schwenkte das defekte Funkgerät wie eine Trophäe. »Los, bringt uns schnell zum Senat, ehe die Zivilisten Wind davon bekommen!«

Der Sergeant der anderen Gruppe zögerte. »Wen habt ihr da?«

»Kira Walker«, antwortete Xochi. »In Fleisch und Blut. Sie gehörte zu der Gruppe, die über die Grenze wollte.

Seht selbst!« Sie deutete auf Kira, die trotzig zurückstarrte.

»Heilige Scheiße!«, fluchte der Sergeant. Er kam näher und beäugte sie genau. Kira kannte ihn nicht, doch er nickte. »Eindeutig, das ist sie.« Er hielt kurz inne, dann spuckte er ihr ins Gesicht. »Die *Stimme* hat meinen besten Freund umgebracht, Miststück.«

Marcus schritt rasch ein, um ihn aufzuhalten. »Ruhig, Soldat! Sie ist eine Gefangene, kein Hund.«

»Sie hat das Krankenhaus angegriffen«, erwiderte der Soldat. »Warum verteidigst du sie?«

»Wir bringen sie zum Senat«, erklärte Marcus. »Der entscheidet über ihre Strafe, nicht wir. Du hast gehört, was sie gesagt hat. Mach Platz!«

Die anderen Soldaten musterten ihn verärgert. Kira hielt den Atem an und betete, dass niemand nach ihren Ausweisen fragte. Sie versetzte Jayden einen Tritt vor das Schienbein und versuchte, möglichst gefährlich auszusehen. Jayden fluchte und verdrehte ihr abermals den Arm. Es tat so weh, dass sie die Reaktion nicht einmal spielen musste. Anscheinend erzielte das Schauspiel seine Wirkung.

»Wir bringen sie hinauf«, entschied der Sergeant und führte Kira zum Krankenhaus. Die Soldaten bildeten eine Gasse.

»Jetzt wird es richtig gefährlich«, murmelte Jayden. »Mit einigen dieser Leute habe ich zusammengearbeitet.«

»Ich auch.« Marcus betrachtete die Menge und hielt die Waffe bereit. Er nickte unauffällig nach links. »Mit dem da zum Beispiel.«

»Dann halten wir uns rechts.« Jayden bog ein wenig ab.

Sie müssen *mich* ansehen, nicht meine Begleiter!, dachte Kira und ließ eine weitere Tirade los. »Die Senatoren lügen euch an! Sie sind diejenigen, die den Partial hergebracht haben. Sie haben mich beauftragt, ihn zu untersuchen, und ich habe eine Therapie gefunden. Ich habe die Therapie für RM gefunden, aber der Senat wollte sie vernichten. Eure Kinder müssten nicht sterben!« Es funktionierte. Die meisten Zuschauer beobachteten nur noch sie und hörten wie gebannt zu. Sie hatten den Eingang fast erreicht. Nur noch ein paar Schritte, dachte Kira. Nur ein paar Schritte.

Der Soldat, der sie führte, blieb stehen, starrte die Tür an und wandte sich an Kira. Seine Augen waren tief und dunkel. »Hast du wirklich eine Therapie für RM?«

Kira stutzte und wusste nicht, was sie sagen sollte. War er nur neugierig? War es ihm überhaupt wichtig? Seine Frage schien viele verborgene Bedeutungen zu enthalten, kleine Andeutungen, Botschaften und Zeichen, die sie nicht einmal annähernd interpretieren konnte, weil sie den Mann nicht kannte. Stand er auf ihrer Seite? Unterstützte er den Senat? Sie blickte an ihm vorbei zur Eingangshalle des Krankenhauses. Dort war alles frei, sie und ihre Freunde mussten nur noch losgehen, nach rechts abbiegen und dem Flur folgen. Sie konnten Arwen retten. Sie konnten es schaffen.

Ihr fiel das Gespräch mit Tovar ein. Aber das Volk hat die wirkliche Macht, überlegte sie. Dies sind die Leute, die wir erreichen wollen. Sie werden entweder uns folgen oder den Senat unterstützen. Wie viele von ihnen sind wie Jayden oder Farad? Wie viele wollen rebellieren und brauchen nur noch den letzten Anstoß? Kann ich ihnen diesen Stoß versetzen?

Sie wandte sich an den Soldaten und erwiderte seinen Blick. »Ja, das ist richtig«, sagte sie. »Ich habe eine Therapie für RM. Aber der Senat bringt mich lieber um, als sie euch zukommen zu lassen.«

»Gib sie mir!«, flüsterte der Soldat. Er beugte sich zu ihr vor. »Ich kann sie brauchen. Dir kann ich nicht helfen, aber ich kann das Mittel einsetzen und die Kinder retten.«

Sprach er die Wahrheit? Bluffte er nur? Wollte er sie hereinlegen? Sie konnte ihm das Mittel nicht geben, ohne Marcus und die ganze Gruppe auffliegen zu lassen. Was würde geschehen, wenn sie der Bitte nachgab? Wer in der Menge würde sie angreifen? Wer würde ihr zu Hilfe kommen? Wer würde ihr glauben, und würde man ihr so sehr vertrauen, dass sie die Entbindungsstation betreten durfte? Es reichte nicht aus, dass ihr der Soldat Unterstützung versprach. Sie musste sich selbst überzeugen, sie brauchte einen Beweis, sonst konnte sie das Risiko nicht eingehen.

Sie suchte in seinen Augen nach einem Zeichen, nach einer Andeutung und nach Verständnis. »Du kannst kein halber Held sein«, flüsterte sie.

»Ausweiskontrolle«, sagte ein anderer Soldat, der seitlich vor ihnen stand. Er kam einen Schritt näher, und Kira sank der Mut. »Wir müssen jeden kontrollieren, auch die Soldaten. Ihr kommt nicht in die Klinik, solange ich nicht genau weiß, wer ihr seid.«

Die Soldaten blieben atemlos stehen und lauschten angestrengt, um ja nichts zu verpassen. Im Hintergrund griff man schon nach den Waffen und bereitete sich auf ein Feuergefecht vor.

In ihrer Aufregung wusste Kira nicht, wem sie noch trauen konnte. Wenn geschossen wurde, wusste sie nicht einmal, vor wem sie in Deckung gehen und auf wen sie zielen sollte. Sie wusste rein gar nichts. Sie wusste nicht einmal, was dieser Soldat von ihr wollte. Jayden ließ die freie Hand sinken und löste die Schnalle des Halfters, um die Pistole schneller ziehen zu können. Der Soldat vor ihr tat das Gleiche. Dann wandte er sich zur Seite, bis die Waffe nur Zentimeter von Kiras Fingern entfernt war.

»He, Woolf«, rief er dem Wächter zu, der sie aufgehalten hatte, »hast du Handschellen dabei? In der Menge gibt es viele Sympathisanten. Ich muss die Frau gut fesseln, ehe wir sie nach oben bringen.«

Sympathisanten in der Menge? Kira starrte die Waffe an. Das war vielleicht eine Botschaft für sie. Er missachtete die Aufforderung, sich auszuweisen, und bot ihr eine Waffe an. Stand er auf ihrer Seite? Aber was tat er? Wenn er für Kira und ihre Gefährten kämpfen wollte, warum kämpfte er dann nicht einfach? Was erwartete er von ihr? Die Soldaten beobachteten die Entwicklung und warteten, in welche Richtung sich das Blatt wendete. Wer stand auf ihrer Seite? Was sollte sie tun? Sie betrachtete den Soldaten vor ihr. Es lag an ihr, sie musste handeln. Er überließ ihr die Entscheidung. Er kämpfte noch nicht, weil er wissen wollte, ob sie es ernst meinte oder nicht. Ob sie wirklich bereit war, für diese Sache zu sterben, oder ob alles nur heiße Luft war. Wenn sie etwas unternahmen, würde Blut fließen. Viele würden sterben. Er überließ es ihr, den ersten Schritt zu tun.

»Ausweiskontrolle, sagte ich.« Der Wachtposten kam näher. Das Gewehr hielt er in den Händen. Wenn er misstrauisch wurde, konnte er sie binnen Sekunden töten. Kira fasste einen Entschluss und blickte unverwandt nach links, an Farad vorbei zu der Menge hinüber. Der Soldat folgte unwillkürlich der Bewegung, und sie schnappte sich die angebotene Pistole, zog sie, entsicherte sie mit einer fließenden Bewegung und jagte dem misstrauischen Soldaten eine Kugel in den Kopf. Er sank wie ein nasser Sack zu Boden, und sie brüllte mit voller Kraft: »Kämpft für eure Zukunft!«

Die Menschen schrien laut. Kira duckte sich, Marcus zog sie ganz zu Boden. »Die werden dich da oben erschießen!«

»Die werden mich überall erschießen!«, rief sie und wandte sich zur Tür des Krankenhauses um. Der Soldat, der ihr die Pistole überlassen hatte, ging zu Boden. Kira verfolgte die Schussbahn und zielte auf den Mann, der gefeuert hatte. Auf einmal war das Gelände vor dem Eingang frei. Kira sprang auf, zerrte Marcus mit sich und stürmte zur Tür. Jayden und Xochi folgten dicht hinter ihnen. Kaum hatten sie das Gebäude betreten, hörten sie Schüsse im Flur. Sie warfen sich hinter einer hohen Empfangstheke in Deckung.

»Das ist Sperrholz«, warnte Jayden. »Das hält keine Kugeln ab.«

»Die Leute draußen stehen nicht allesamt auf unserer Seite«, gab Xochi zu bedenken. »Ich will nicht offen sichtbar auf dem Boden liegen, wenn gerade eine Revolution stattfindet. Wir brauchen eine Strategie.«

Jayden lachte grimmig. »Angreifen und auf das Beste hoffen.«

»Hoffnung ist keine Strategie«, erwiderte Kira.

»Es ist nicht der beste und nicht einmal der zweitbeste Plan«, erklärte Jayden. »Aber in Notfällen gibt es nichts Besseres.«

Kira nickte und übernahm eine Schrotflinte von Farad. »Ich decke euch. Jemand mit hoher Reichweite muss die Schützen erledigen.« Ehe sie es sich anders überlegen konnte, sprang Kira auf und feuerte eine Schrotpatrone nach der anderen in den Gang. Es war eine langläufige Flinte, die im Nahkampf kaum von Nutzen war. Auf mittlere Entfernung verstreute sie jedoch eine vernichtende Wolke aus Schrot, und alle Gegner mussten die Köpfe einziehen. Jayden stand mit seinem Gewehr neben ihr, zielte genau und griff mit raschen, präzisen Schüssen an, sobald sich ein Gegner blicken ließ oder die Waffe hob. Marcus und die anderen rannten schon voraus und wichen

Kiras Schusslinie aus. Als sie die Waffe leer geschossen hatte, rief sie nach Xochi, die sich an einer Tür postierte und das Sperrfeuer von dort aus fortsetzte. Kira und Jayden rannten zu den anderen hinüber. Sie stürzte neben Marcus in ein Zimmer.

»Alles in Ordnung?«, fragte sie.

»Alles klar.« Er biss die Zähne zusammen, als ein lautes Donnern Wände und Decke zum Erbeben brachte. »Und selbst?«

Kira nickte. »Ist dem Mittel nichts passiert?« Sie tastete Marcus' Hüfte ab und berührte seine Finger, als er das Gleiche tat. Die Spritze war intakt und der Stoff trocken, also war nichts zerbrochen und ausgelaufen. Sie hielt einen Moment lang seine Hand fest und sah ihm in die Augen.

»Es tut mir leid«, sagte sie leise. Hinter ihnen stieß Xochi einen trotzigen Schrei aus und duckte sich, um nachzuladen, während Farad an ihrer Stelle kämpfte.

»Dieses Chaos ringsum?« Marcus machte eine ausholende Geste. »Keine Sorge, so was passiert am laufenden Band.«

»Du wolltest in Frieden leben.« Kira schob frische Patronen in die Schrotflinte. »Mehr wolltest du nicht. Nur wir zwei zusammen, und ich wollte das ja auch, aber ich ...«

»Ich weiß.« Marcus sprach völlig ernst. »Ich wollte, dass alles so bleibt, wie es ist, aber du wolltest etwas verbessern, und du hast recht gehabt. Es wird besser, aber ... aber vorher wird es erst einmal eine Weile viel schlimmer. Ich glaube, das wusste ich, und davor hatte ich Angst.«

Hinter ihnen grunzte Farad. Es war kein lautes Geräusch, er stieß nur ein kehliges Seufzen aus und brach zusammen. Xochi schrie auf, Kira erbleichte und zerrte Farad aus der Schusslinie. Marcus ertastete den Puls am Hals und beugte sich vor, um den Atem abzuhören, doch Farad blutete zu stark und konnte unmöglich überlebt haben. Mit einem Kopfschütteln bestätigte Marcus Kiras Befürchtung. »Er ist tot.«

»Was jetzt?«, fragte Jayden. Auf dem Flur war es gespenstisch still, da gerade niemand schoss. Aus der Ferne trieben schwache Geräusche heran: gedämpfte Schreie, knallende Schüsse auf dem Vorplatz, klagende Rufe der Patienten, die hilflos im Krankenhaus festsaßen, verzweifelte Schreie kleiner Kinder, die bei lebendigem Leib verbrannten, weil das Fieber ihre Körper zerfraß. Die vier Freunde hockten zitternd und verängstigt in dem Zimmer. Kira spähte durch die Tür, konnte aber außer Teilen der gegenüberliegenden Wand nicht viel erkennen. Sie fühlte sich blind und taub, da sie nicht wusste, was dort draußen geschah. Jayden lud rasch und routiniert seine Waffe nach, doch Kira entging nicht, wie seine Finger vor Müdigkeit und Anspannung zitterten.

»Ein weiterer Beitrag zur Liste unserer gescheiterten Pläne«, sagte er. »Wir konnten nicht hineinschleichen, wir schleichen mit Sicherheit nicht mehr hinaus, und es ist inzwischen sinnlos, dich zum Senat zu schleppen. Also auf kürzestem Weg zur Entbindungsstation?«

»Genau«, stimmte Marcus zu. Er schnitt eine Grimasse und schüttelte den Kopf. »Kira war bereit zu sterben, damit wir Arwen die Spritze geben können. Ich glaube, dazu sollten wir auch bereit sein. Es sind nur noch zwei Türen. Wenn wir hineinkommen und ihr die Spritze setzen, haben wir gewonnen, auch wenn wir nie mehr entkommen. Das Kind wird überleben, und dank unseres Auftritts draußen wird jeder wissen, wer es getan hat.«

Xochi holte tief Luft. »Glaubst du, wir schaffen es?«

»Nur einer von uns muss durchkommen«, sagte Jayden.

Marcus stand auf, öffnete das Hemd und nahm den Gürtel mit dem Mittel heraus. Er wandte sich an Kira. »Falls tatsächlich nur einer von uns durchkommen sollte, solltest du es sein.« Er schloss den Gürtel zu einem lockeren Ring, den er Kira über die Schultern hängte. Dann nahm er das Gewehr. »Sind wir bereit?«

»Nein«, antwortete Xochi. »Aber das hat uns ja noch nie gestört.« Sie nahm sich einen Rollstuhl, wartete kurz vor der Tür und blickte zurück. Kira und die anderen überprüften die Waffen und nickten. Dann schob Xochi den Rollstuhl auf den Flur.

Sofort donnerte eine Salve durch den Gang. Die vier Freunde sprangen hinter dem Rollstuhl her und schossen auf die verdutzten Gegner, die auf das falsche Ziel gefeuert hatten. Xochi führte sie an und stolperte, als ein Schuss ihren Arm traf, hatte aber schon die Entbindungsstation erreicht und warf sich gegen die Tür, die jedoch nicht nachgab. Sie trat zurück, schoss das Schloss heraus und stürzte hinein. Marcus folgte etwas langsamer. Entweder zielte er schlecht, oder er verfehlte die gegnerischen Soldaten absichtlich, weil er sie nicht töten, sondern nur erschrecken wollte, damit sie in Deckung blieben. Es schien zu funktionieren. Kira und Jayden schossen unablässig weiter, während sie hinüberliefen. Auf einmal hörte Kira einen einzelnen Schuss, und Xochi schrie auf. Marcus rannte gleich darauf durch die Tür in die Entbindungsstation, und Kira vernahm weitere Schritte. Auf einmal spürte sie einen unerträglichen Schmerz im Bein, wie sie es noch nie erlebt hatte, und ging zu Boden.

»Hoch!«, knurrte Jayden. Er feuerte weiter in den Flur hinein. »Ich habe es fast leer geschossen und kann die Leute nicht mehr lange unten halten.«

Kira rappelte sich auf, doch das Bein war taub und nutzlos. Blut tränkte schon das Hosenbein und lief auf den Boden. »Ich bin getroffen.«

»Das weiß ich. Mach, dass du vom Flur verschwindest!«

So schnell sie konnte, kroch Kira weiter und zog das verletzte Bein hinterher. Die Schmerzen wurden stärker, sie war der Ohnmacht nahe, weil sie bereits eine Menge Blut verloren hatte, das sich auf dem Boden sammelte. Jayden fluchte und versuchte, die gegnerischen Soldaten mit Einzelschüssen unten zu halten. Kira nahm den Gürtel mit dem Mittel von der Schulter und hielt ihn hoch.

»Nimm das und lauf!«, stieß sie hervor. »Lass mich hier und rette Arwen!«

Jayden schoss die letzte Kugel ab und warf das Gewehr weg. »Ich glaube, du kennst mich wirklich nicht sehr gut, Kira.« Er bückte sich, packte sie an der Schulter und der Hüfte, zog sie hoch und schleppte sie rückwärts zur Tür der Entbindungsstation, wobei er Kira mit dem eigenen Körper deckte. Die feindlichen Soldaten schossen, und Kira spürte, wie Jaydens Körper von einem Treffer und gleich darauf von einem weiteren erschüttert wurde. Seine Atmung wurde unregelmäßig, und er ging langsamer, blieb aber nicht stehen. Kira klammerte sich an ihn und rief verzweifelt seinen Namen, als er stöhnte, fluchte und keuchte. Endlich taumelte er seitwärts durch die Tür der Entbindungsstation, und sie brachen auf dem Boden zusammen.

»Jayden!«, rief jemand. Mühsam wandte Kira sich um und entdeckte Madison, die sich schützend über einen Inkubator beugte. Ihr sank das Herz. Sie hatte schon entbunden! Kamen sie zu spät?

Haru war bei ihr, starrte sie zerzaust und mit wilden Augen an und zielte mit einer Pistole auf Kira. »Lasst die Waffen fallen!«

»Jayden!«, schrie Madison und wollte auf ihren Bruder zustürzen. Haru hielt sie mit eisernem Griff fest.

»Bleib hier!«

»Er ist verletzt.«

»Ich sage, bleib hier!«, brüllte Haru. Madison zog sich ängstlich zurück. »Wir lassen sie nicht in die Nähe unserer Kleinen.«

»Jayden«, flüsterte Kira, »bleib bei mir!« Sie sah sich rasch um. Xochi und Marcus standen mit erhobenen Armen an der Wand, die Waffen lagen vor ihnen auf dem Boden. Marcus wollte zu ihr und helfen, doch Haru schrie, er solle sich nicht rühren.

»Keine Bewegung!«

»Mein Bruder stirbt!«, rief Madison. »Sie muss ihm helfen!«

Kira richtete sich auf, ohne auf die eigene Verletzung zu achten, und untersuchte Jaydens Rücken. Er hatte mehrere Kugeln abbekommen. Gleich darauf war auch Marcus bei ihnen und nahm Jayden vorsichtig den Rucksack ab, um die Schwere der Verletzungen zu untersuchen. Kira wusste nicht, ob Haru doch noch nachgegeben oder ob Marcus sich einfach darüber hinweggesetzt hatte.

Die Soldaten, die den Flur bewacht hatten, standen in der Tür und zielten auf sie.

»Sie ...« Jayden war fast zu schwach, um sich verständlich zu machen. »... hat ... das ... Mittel.«

»Was hat er gesagt?«, fragte Madison.

»Er verbreitet die üblen Lügen der *Stimme*«, sagte Haru. »Hör nicht auf ihn!«

»Er sagt, dass ich die Therapie habe.« Kira wandte sich unter Schmerzen um und zog das blutende Bein hinter sich her. Kam es ihr nur so vor, oder gerann das Blut bereits? Sie hielt die eingewickelte Spritze hoch. »Hier ist sie.«

»Du kommst nicht in die Nähe meiner Tochter!«, drohte Haru.

»Ich will sie retten!«, flehte Kira. Sie stützte sich an der Wand ab und zog sich langsam und unter Qualen hoch. Dann stand sie auf dem gesunden Bein, unterdrückte die

Schmerzen auf der verletzten Seite und hielt sich mit letzter Willenskraft aufrecht. »Ich habe alles geopfert, was ich hatte und bin, um deine Tochter zu retten. Willst du mich wirklich aufhalten?«

»Du bist eine Agentin der Partials«, erwiderte Haru. »Du steckst mit ihnen unter einer Decke. Gott allein weiß, was du meiner Tochter antun willst, aber lieber sterbe ich, als das zuzulassen.«

»Soll mir recht sein«, murmelte Xochi.

»Er ist tot.« Marcus wandte sich von Jayden ab und blickte Haru an. Er keuchte und schwankte vor Erschöpfung. »Er ist dafür gestorben, Haru. Denk nach!«

Madison heulte verzweifelt auf, und das Kind in der Wiege schrie mit ihr und protestierte ohne Worte gegen die Welt, die ihm bisher nur Schmerzen bereitet hatte. Kira sah Haru an. »Lass es mich versuchen!«

»Versuchen?«, wiederholte Haru. »Heißt das, du bist nicht einmal sicher?«

Kira erbleichte und dachte daran, wie sehr sie sich irren und was mit der Injektion alles misslingen konnte.

Wenn ich das alles nun umsonst getan habe?, schoss es ihr durch den Kopf. Wenn ich meine Freunde getötet und meine Welt zerstört habe, um ein schlampiges Experiment durchzuführen, das auf bloßen Mutmaßungen und meinem falschen Stolz beruht? Der Senat hat mich gewarnt: Ich dürfe nicht Tausende Menschenleben und die Zukunft der Menschheit riskieren, nur weil ich von dieser Sache besessen sei. Liegt es daran, dass ich eine Partial bin und nur Zerstörung kenne? Ich habe das ganze Land ins Chaos gestürzt, Tausende sind tot, und ohne Therapie erholen wir uns vielleicht nie wieder. Ohne Therapie ist alles sinnlos. Aber mit einer Therapie …

»Ich kann dir keine Daten vorlegen«, gestand sie. »Ich habe keine Fakten, weil meine Notizen bei der Explosion des Labors vernichtet wurden. Das Mittel selbst wurde noch nicht erprobt. Ich habe keinen Beweis, der mir mit absoluter Sicherheit recht gibt. Madison« – sie suchte den Blick ihrer Adoptivschwester –, »wenn du mich kennst, wenn du mir glaubst, dann weißt du, dass ich immer das Richtige tun will. So schmerzhaft das alles auch war, so viel wir durchgemacht haben, so viele von uns gestorben sind, dies ist das Richtige.«

»Halt den Mund!« Haru drohte mit der Pistole. Kira achtete nicht auf ihn, sondern nur auf Madison.

»Madison«, flehte sie noch einmal, »vertraust du mir?«

Langsam und unter Tränen nickte Madison. Kira hielt das Mittel hoch, das noch eingewickelt war, und Madison trat näher.

»Madison, bleib zurück!«, grollte Haru. »Ich lasse nicht zu, dass unser Baby dieser Verräterin in die Hände fällt.«

»Dann musst du mich erschießen«, erwiderte Madison entschlossen. Sie richtete sich zwischen Haru und dem Inkubator auf. Seine Hand zitterte, dann ließ er die Waffe sinken.

Kira brach zusammen, und Marcus stürzte zu den Wandschränken, um nach einer Nadel für die Spritze zu suchen. Die Soldaten an der Tür rührten sich nicht, sondern beobachteten alles mit angelegten Waffen. Xochi half Kira auf die Beine und führte sie zum Inkubator. Kira spürte die Hitze, die von dem winzigen fiebernden Körper ausging, als stünde sie vor glühenden Kohlen. Marcus reichte ihr die Nadel und wischte den Arm des Neugeborenen mit einem Desinfektionsmittel ab.

Kira bereitete die Injektion vor und zögerte kurz über dem schreienden Kind. Die Viren in Gestalt der Kleckse rasten gerade durch den Körper des Säuglings wie ein Rudel wilder Hunde, zerfleischten und zerfetzten ihn von innen. Die Spritze, das Pheromon, konnte ihn retten.

Kira beugte sich vor. »Halt die Kleine ruhig!«

Madison drückte das Baby an sich, Marcus und Xochi sahen wie gebannt zu, und sogar Haru wartete stumm im Hintergrund. Die ganze Welt konzentrierte sich auf diesen einen Moment. Arwens schwaches, heiseres Weinen erfüllte den Raum. Der letzte, verzweifelte Lebensfunke eines kleinen Menschen, der dem Tod nahe war. Kira atmete durch und injizierte mit ruhiger Hand das Mittel.

39

»Wir haben ein Heilmittel für RM entdeckt.«

Jubelrufe erfüllten die Sporthalle, die Menschen applaudierten und stießen begeisterte Rufe aus. Eine Neuigkeit war es nicht mehr, denn etwas so Wichtiges konnte man nicht geheim halten. Die Nachricht von Arwens Genesung hatte sich wie ein Lauffeuer verbreitet. Trotzdem jubelten die Menschen. Senator Hobb strahlte, und ein riesiges holografisches Abbild projizierte das Lächeln, damit alle es sehen konnten. Kira saß hinter ihm auf der Bühne, weinte und staunte, wie sie es in der letzten Woche schon tausendmal getan hatte, und fragte sich, ob das alles wirklich und tatsächlich geschah. Sie suchte Marcus' Blick, der im Publikum saß, und erwiderte sein Nicken. Es war real.

Hobb bat mit erhobenen Händen um Ruhe und wartete nachsichtig, weil die Menschen noch immer jauchzten. Sie brauchten jeden Anlass zum Jubel, und er war gern bereit, ihnen die Freude zu lassen. Kira staunte, wie schnell sich der Mann anpassen konnte. Vor knapp zwei Wochen hatte er noch dabei geholfen, die Insel in einen totalitären Staat zu verwandeln, um nach dessen Zusammenbruch lächelnd und applaudierend aufzutreten. Kessler hatte ebenfalls ihren Sitz behalten. Kira warf ihr einen heimlichen Blick zu. Die anderen Mitglieder des Ausschusses hatten weniger Glück gehabt.

Hobb bat die Menge abermals um Schweigen, und dieses Mal folgte sie seiner Aufforderung und verstummte, als der Senator weitersprach. »Wir haben eine Therapie für RM gefunden«, sagte er, »und zwar ausgerechnet in den Körpern der Partials. Es ist eine Chemikalie, die sie ausatmen. Sie reagiert auf das Virus und neutralisiert es vollständig. Wir haben dies aufgrund einer Testreihe entdeckt, die unsere Heldin Miss Kira Walker im Auftrag des Senats durchführte.« Vereinzelter Applaus wurde laut. Hobb wartete geduldig. »Wie es die Gerüchteküche schon verbreitet hat, fanden diese Tests an einem lebenden Partial statt, den Angehörige der Abwehr in einer geheimen Mission entführt hatten. Wir müssen voller Scham, aber aufrichtig zugeben, dass wir in Bezug auf die Tests nicht so offen mit Ihnen waren, wie wir es hätten sein sollen. Wir fürchteten den gewaltsamen Aufstand, der am Ende dann tatsächlich ausbrach. Ich versichere Ihnen, dass der Senat in Zukunft freimütiger über die Methoden sprechen wird, mit denen er seine Ziele und Pläne zu erreichen sucht.«

Kira schnaufte nervös und beobachtete das Publikum, ob sich dort Anzeichen von Unruhe zeigten. In gewisser Weise entsprachen Hobbs Worte sogar der Wahrheit, aber sie fühlten sich ... schmierig an. Jedenfalls für Kira. Er gab gerade genug zu, um den reuigen Sünder spielen zu können, und heimste für sich und den Senat ein viel größeres Lob ein, als es gerechtfertigt gewesen wäre. Die Menge jubelte ihm nicht zu, buhte ihn aber auch nicht aus.

»Arwen Sato geht es gut«, fuhr Hobb fort. »Sie ist kräftiger und gesünder, als wir es zu hoffen wagten. Vorsichtshalber entlassen wir sie noch nicht aus dem Krankenhaus, wo sie von den Ärzten und ihrer Mutter genau überwacht werden kann, aber wir haben dieses Hologramm aufgezeichnet, damit Sie es selbst sehen können.«

Hobb setzte sich, und das Holobild im Zentrum der Sporthalle wechselte von der Nahaufnahme seines Gesichts zu einer Szene auf der Entbindungsstation. Obwohl Kira schon wusste, was der Film zeigte, musste sie weinen, als Saladin, der jüngste lebende Mensch, neben dem Baby mit dem geröteten Gesicht stand und den Ehrentitel weiterreichte. Als die Zuschauer das Kind sahen, seufzten sie ehrfürchtig, und Kira ließ sich mitreißen. Der erste Säugling seit elf Jahren, der nicht krank war und nicht schrie, der nicht starb oder schon tot war.

Nach dem Holofilm stand Hobb auf. Auch in seinen Augen schimmerten Tränen. »Arwen Sato ist die Zukunft«, sagte er und sprach damit Kiras Gedanken aus. »Dieses kostbare kleine Mädchen ist die Erste einer neuen Generation. Jene Kinder sind die Erben der Welt, wenn man so will. Unsere Wissenschaftler arbeiten rund um die Uhr, um die Faktoren zu replizieren, die Arwen das Leben gerettet haben, damit wir das Mittel auch anderen Neugeborenen geben können. Aber das reicht noch nicht aus. Wir wollen eine schönere Zukunft, wir müssen die Schatten des Gestern hinter uns lassen. Aus diesem Grund freue ich mich, Ihnen verkünden zu dürfen, dass das Zukunftsgesetz ein für alle Mal aufgehoben ist.«

Das Publikum jubelte erneut, wenngleich nicht mehr so laut wie zuvor. Viele Einwohner von East Meadow befürworteten das Zukunftsgesetz, meinten sie doch, gerade nach der Entdeckung einer Therapie sei es wichtig, möglichst viele Kinder in die Welt zu setzen. Der Senat aber hatte beschlossen, das Gesetz als Friedensangebot an die *Stimme* aufzuheben. Ein weiterer Teil dieses Angebots waren die Rücktritte von Alma Delarosa und Oliver Weist gewesen. Vor allem ihnen galten die Vorwürfe dafür, dass die Stadt so rasch in das Kriegsrecht abgeglitten war. Skousen fehlte ebenfalls, war aber nicht in Ungnade gefallen, sondern konzentrierte sich ausschließlich auf die Herstellung des Impfstoffs. Der neue Senat setzte sich aus

Vertretern von East Meadow und der *Stimme* zusammen, sodass beide Seiten ihre Ideen und Sichtweisen einbringen und der Insel den Frieden schenken konnten. Kira betrachtete die Senatoren auf der Bühne. Es gab unterschiedlich große Lücken, weil sie unterschiedlich nahe neben ihren jeweiligen Nachbarn sitzen wollten. Manche wichen den Blicken der anderen aus, einer flüsterte verschwörerisch einem anderen ins Ohr. Die Zuschauer spiegelten dieses Verhalten in größerem Maßstab wider. Sie waren äußerlich vereint, doch zwischen ihnen klafften immer noch tiefe Gräben.

»Wir haben noch nicht über das weitere Vorgehen entschieden«, erklärte Hobb voller Ernst und Aufrichtigkeit. »Unsere Ärzte und Forscher arbeiten unermüdlich, um die Geheimnisse der Therapie zu entschlüsseln, und sobald ihnen dies gelungen ist, werden wir neuen Impfstoff herstellen. Dies ist der Plan für die nächste Zukunft, aber falls sich etwas ändern sollte, werden Sie es mit Sicherheit sofort erfahren und darüber abstimmen können. Unsere Gesellschaft beruht auf Zusammenarbeit, anders ist es gar nicht möglich. Nur eine Sache gibt es noch.«

Er hielt inne. Es war eine theatralische Geste, die – wie Kira beobachtete – wunderbar wirkte. Die Menschen verstummten und beugten sich gespannt vor. Hobb hob einen Zeigefinger, wackelte kurz damit und sprach weiter. »Es gibt noch eine Sache, die wir bei den Experimenten mit dem Partial entdeckt haben. Einen Umstand, der unser Leben und die ganze Welt völlig verändern wird.« Er holte tief Luft. »Die Partials sterben sehr schnell aus, und anscheinend kann niemand etwas dagegen unternehmen. In einem Jahr wird unser größter Feind für immer verschwunden sein.«

Der Jubelsturm, der daraufhin ausbrach, erschütterte die Sporthalle bis in die Grundfesten.

»Wir können es nicht künstlich herstellen«, erklärte Kira. Marcus hatte sie nach der Veranstaltung in der Sporthalle nach Hause begleitet, und jetzt saßen sie in ihrem Wohnzimmer. Kira kannte die Wahrheit, die wie weißglühende Kohle in ihr brannte: Das Heilmittel, der Schläfer, konnte nicht künstlich hergestellt werden, und ihre eigenen geheimen Tests hatten ergeben, dass auch sie ihn nicht produzierte. Wenn sie wirklich eine Partial war, wie Dr. Morgan und die anderen behauptet hatten, dann blieben ihre Aufgabe und Herkunft ein Geheimnis, über das sie nur Vermutungen anstellen konnte.

Sie betete, es möge kein finsteres Geheimnis sein.

»Wir können es nicht künstlich herstellen oder nachbilden. Uns fehlt einfach das Werkzeug dazu«, fuhr sie fort. »Ich bin nicht einmal sicher, ob ein solches Werkzeug überhaupt existiert. Vielleicht hatte ParaGen eines – oder wer das Virus ursprünglich hergestellt hat. Aber das ist alles verloren. Wir können es nur von den Partials selbst bekommen.«

»Isolde glaubt, der Senat plane einen Angriff auf das Festland«, sagte Marcus.

Kira nickte. »Ein Notfallplan.« Sie war die Expertin der Insel für dieses Gebiet und nahm oft an Beratungen teil, arbeitete jedoch im Grunde eher mit Skousen als mit dem Senat zusammen. Sie wusste, dass etwas im Gang war, kannte aber keine Einzelheiten. »Hat Isolde auch etwas über den Zeitrahmen verraten?«

»Womöglich in ein paar Monaten.« Marcus hob unsicher die Schultern. »Es war schlimm, die Neugeborenen sterben zu sehen. Mittlerweile gibt es zwar ein Heilmittel, aber trotzdem ... seit wir Arwen gerettet haben, sind wieder drei Kinder gestorben, und die Frauen, die Tovar geimpft hat, haben noch nicht entbunden. Wir wissen nicht, was passieren wird, aber auf jeden Fall wird man nicht untätig zusehen, wenn alles wieder so wird wie vorher. Da die Partials sterben, ist es nur eine Frage der Zeit, bis jemand nach einem neuen Plan verlangt. Es gibt Vorschläge für Friedensgespräche und den Austausch von Botschaftern, aber da wir gesehen haben, wie die Dinge drüben liegen …« Er schüttelte den Kopf. »Jeder Botschafter, den wir schicken, wird vermutlich erschossen, ehe er überhaupt ein Angebot unterbreiten kann.«

»So haben wir es auch umgekehrt gehalten.« Sie runzelte die Stirn. »Vielleicht …« Sie war nicht sicher, was sie von Samm denken sollte. Hatte er die ganze Zeit gelogen? War ein Friedensschluss mit den Partials überhaupt möglich?

»Kira«, sagte Marcus. Sie bemerkte sofort den veränderten Tonfall. Ein tiefes Durchatmen, die Stimme klang weicher und ein wenig flehend, als hätte er etwas Wichtiges zu sagen. Sie wusste genau, worauf er hinauswollte, und kam ihm so sanft wie möglich zuvor.

»Ich kann nicht bei dir bleiben.«

Er fiel buchstäblich in sich zusammen. Erst waren es nur die Augen, aus denen die Fröhlichkeit wich. Dann ließ er den Kopf und die Schultern hängen. Er sah sie traurig an.

»Warum?«, fragte er.

Er fragte nicht *Warum nicht?*, sondern *Warum?*. Das war eine schwierige Frage. Er wusste, dass er selbst nicht der Grund war. Sie fühlte sich nicht von ihm abgestoßen, sondern von etwas anderem angezogen.

»Ich muss gehen«, sagte Kira. »Ich muss etwas herausfinden.«

»Du musst jemanden finden.« Er war den Tränen nahe. »Du meinst Samm.«

»Ja«, sagte Kira, »aber nicht als … Es verhält sich anders, als du vermutest.«

»Du willst einen Krieg verhindern.« Er sagte es einfach, und es war eine Feststellung. Kira spürte jedoch die unausgesprochene Frage: *Warum?* Warum verließ sie ihn? Warum bat sie ihn nicht mitzugehen? Warum brauchte sie Samm, obwohl Marcus doch unmittelbar vor ihr stand? Er fragte nicht, und Kira hätte ihm sowieso nichts darauf antworten können.

Weil ich eine Partial bin, dachte sie. Weil ich ein einziges großes Fragezeichen bin. Weil mein Leben und meine Welt viel größer sind, als sie es vor ein paar Wochen noch waren. Ich begreife überhaupt nichts, alles ist gefährlich, und ich stehe im Brennpunkt. Weil Gruppen, von deren Existenz ich nicht einmal wusste, mich für Pläne benutzen, die ich nicht durchschaue. Weil ich herausfinden muss, wer und was ich bin.

Sie weinte, und ihr brach die Stimme. »Ich liebe dich, Marcus. Ich habe dich immer geliebt, aber ich … ich kann dir nicht mehr sagen. Noch nicht.«

»Wann denn dann?«

»Vielleicht schon bald, vielleicht auch nicht. Ich weiß nicht einmal, was ich dir nicht sagen kann. Ich … Vertrau mir bitte, Marcus!«

Er betrachtete ihre Sachen, die gepackt und für den Marsch bereit neben der Tür standen. »Willst du heute noch weg?«

»Ja.«

»Jetzt gleich?«

Sie zögerte. »Ja.«

»Ich komme mit«, sagte er. »Hier hält mich nichts.«

»Du kannst nicht mitkommen«, erwiderte sie fest. »Du musst hierbleiben.«

Sie war nicht bereit, ihn in alles einzuweihen, was sie über sich selbst herausfinden würde. Noch sollte er nicht erfahren, wer sie war.

»Na schön.« Er sprach knapp und hart, tauschte Trauer gegen Wut und konnte beides kaum verbergen. Langsam stand er auf, ging zur Tür, hielt noch einmal inne. Er wartete.

»Danke«, sagte Kira. »Danke für alles.«

»Leb wohl«, antwortete Marcus.

Kira blinzelte eine Träne weg. »Ich liebe dich.«

Er wandte sich um und ging. Kira starrte noch lange, nachdem er verschwunden war, die Tür an.

Nandita war immer noch nicht zurückgekehrt, und das Haus war kalt und leer. Kira suchte weiteres Gepäck zusammen: einen Beutel mit Kleidung, eine Bettrolle, Campingausrüstung, eine neue Sanitätstasche, ein Gewehr, das sie sich über die Schulter schlang, eine Halbautomatik an der Hüfte. Ein letztes Mal sah sie sich im Haus um und glättete die Bettdecke. Dabei fiel ihr Blick auf einen Gegenstand, der auf dem Nachttisch glänzte. Ein gerahmtes Foto. Kira runzelte die Stirn und trat näher. Es gehörte ihr nicht.

Das Foto zeigte drei Menschen, die vor einem Gebäude standen. Es lag verkehrt herum. Sie drehte das Bild langsam zu sich.

Und keuchte.

In der Mitte war sie als Kind von höchstens vier Jahren zu sehen. Rechts stand ihr Vater, wie sie ihn im Gedächtnis behalten hatte. Links daneben Nandita. Hinter ihnen, an der hohen Ziegelmauer des Gebäudes, war ein einziges Wort zu lesen: *ParaGen.*

In die Ecke des Fotos hatte jemand eine kleine Botschaft geschrieben. Die Buchstaben waren krakelig, weil sie offenbar in großer Eile hingekritzelt worden waren: *Such den Trust.*

DANKSAGUNG

Das Buch, das Sie in Händen halten, steht für die gemeinschaftliche Arbeit vieler Menschen, und ich schätze mich glücklich, sie zu kennen. Zuallererst mein Lektor Jordan Brown, der mit solcher Hingabe an diesem Buch gearbeitet hat, dass er eigentlich als zweiter Autor genannt werden müsste. Ähnliche Anerkennung gebührt Ruta Rimas, die mit ihren prägenden Ideen deutlich zu der Entstehung des Buches beigetragen hat. Auf halber Strecke wechselte sie den Verlag, widmete sich neuen Projekten, doch ihre gedanklichen Fingerabdrücke sind noch immer auf jeder Seite des Buches zu erkennen.

Viele Freunde und Leser boten uns ihre Einfälle an, unter ihnen Koryphäen wie Steve Diamond, Ben Olsen, Danielle Olsen, Peter Ahlstrom, Karen Ahlstrom, Ethan Skarstedt, Alan Layton, Kaylynn Zobell, Brandon Sanderson, Emily Sanderson und mein Bruder Rob Wells. Des Weiteren danke ich einigen Künstlern, deren Werk Einfluss auf dieses Buch nahm, insbesondere Ursula K. Le Guin, Ronald Moore, Kevin Siembieda und Muse.

Außerdem haben mich die Leser meiner Website www.fearfulsymmetry.net bei der Arbeit an diesem Roman unterstützt – sie halfen mir, einige der Schlüsselbegriffe aus »Partials« zu benennen. »Das Zukunftsgesetz« bekam seinen Namen von meiner Frau, »Der Zusammenbruch« kam von Eric James Stone, und »Die Stimme« steuerte Michele Chiapetta bei. Ich danke ihnen und allen anderen, die uns ihre großartigen Ideen zuspielten; das Crowdsourcing hat uns viel Spaß gemacht hat, und wir werden es definitiv wiederholen.

Und wie immer: Ich hätte dieses Buch nicht schreiben können ohne die unschätzbare Hilfe der drei Frauen, die mein Leben auf Kurs halten: meine Agentin Sara Crowe, meine Assistentin Janella Willis und meine wundervolle Frau und Liebe meines Lebens Dawn.

Zum Abschluss möchte ich noch Nick Dianatkhah danken, der stets zur Verfügung steht, wann immer jemand sterben muss – egal, wie überraschend oder entsetzlich es die Geschichte gerade verlangt.

FRAGMENTE

Partials

2

Dieses Buch ist allen gewidmet,
die sich schon einmal zu einem Irrtum bekannt haben.
Das ist kein Anzeichen von Schwäche oder
mangelnder Entschlossenheit, sondern
eine der größten Stärken, die eine Person
– ob Mensch oder Partial –
überhaupt an den Tag legen kann.

ERSTER TEIL

1

»Trinken wir auf den besten Offizier in Neu-Amerika«, sagte Hector.

Hundert Stimmen erhoben sich im Raum, Gläser klirrten. »Cornwell! Cornwell!« Die Männer stießen mit Bechern und Flaschen an und leerten sie in einem glucksenden Chor, setzten Gläser und Flaschen entschlossen ab oder warfen sie sogar zu Boden, wenn sich kein Alkohol mehr darin befand. Samm beobachtete alles schweigend und stellte das Spektiv ein wenig nach. Das Fenster war trüb, doch er konnte die Soldaten drinnen sehen, wie sie grinsten und Grimassen schnitten, einander auf den Rücken klopften, über derbe Scherze lachten und sich bemühten, den Colonel nicht anzusehen. Über den Link erfuhren sie ohnehin alles Wissenswerte über Cornwell.

Samm hatte sich außer Reichweite des Links auf der anderen Talseite zwischen den Bäumen versteckt und musste auf diesen Luxus verzichten.

Er verstellte den Knopf am Dreibein und verschob das Mikrofon um den Bruchteil eines Millimeters nach links. Auf diese Entfernung führte selbst eine winzige Veränderung des Winkels zu einer deutlichen Verlagerung des erfassten Bereichs. Stimmen drangen ihm ans Ohr. Abgerissene Worte und Gesprächsfetzen stürmten auf ihn ein, und dann hörte er eine Stimme, die ihm fast so vertraut war wie die von Hector. Sie gehörte Adrian, Samms altem Sergeant.

»... nicht wissen, was sie getroffen hat«, sagte Adrian gerade. »Die feindlichen Linien wurden genau wie geplant zerschmettert, aber in den ersten paar Minuten war es umso gefährlicher. Die Gegner waren desorientiert und feuerten blindlings in alle Richtungen, und wir mussten in Deckung bleiben und konnten ihn nicht unterstützen. Cornwell hielt unerschütterlich seinen Sektor, ohne mit der Wimper zu zucken. Die ganze Zeit heulte der Wachhund so laut, dass wir fast taub wurden. Kein Wachhund war jemals seinem Herrn so treu ergeben wie dieser. Er betete Cornwell an. Das war die letzte größere Schlacht, die es überhaupt in Wuhan gab, und zwei Tage später gehörte uns die Stadt.«

Samm erinnerte sich an das Gefecht. Fast auf den Tag genau vor sechzehn Jahren im März 2061 war Wuhan erobert worden, eine der letzten Städte, die im Isolationskrieg gefallen waren. Für Samm war es mehr oder weniger der erste Einsatz gegen den Feind gewesen. Alle Geräusche, Gerüche und den beißenden Schießpulverdunst nahm er wieder wahr, bis ihm vor Erinnerungen der Schädel brummte. Über den Link kamen Phantomdaten herein, die seinen Adrenalinausstoß noch verstärkten. Der Kampfinstinkt erwachte, als er auf der dunklen Anhöhe hockte und sich für eine Schlacht wappnete, die es nur in seiner Vorstellung gab. Fast sofort setzte die Gegenreaktion ein – eine sehr beruhigende Vertrautheit. Seit Tagen hatte er sich mit niemandem mehr verlinkt, und das Gefühl, das unversehens in ihm aufstieg, war fast schmerzhaft behaglich, ob es nun auf realen Gegebenheiten beruhte oder nicht. Er schloss die Augen und hielt daran fest, konzentrierte sich auf die Erinnerungen und wollte ihnen noch einmal und viel stärker nachspüren. Nach einigen flüchtigen Augenblicken entglitten sie ihm jedoch. Er war allein. Er öffnete die Augen und blickte wieder durch das Spektiv.

Die Männer hatten inzwischen den Proviant ausgepackt. Auf breiten Metalltabletts türmte sich dampfendes Fleisch. In Connecticut gab es zahlreiche Rotten verwilderter Schweine, die jedoch meist im tiefen Wald blieben, weit entfernt von den Siedlungen der Partials. Wenn die Männer ein solches Festmahl veranstalten konnten, hatten sie offenbar einen ausgedehnten Jagdausflug unternommen. Samm blieb ruhig, obwohl ihm bei dem Anblick der Magen knurrte.

In der Ferne merkten die Soldaten kurz auf. Alle zeigten im gleichen Augenblick die gleiche Reaktion, weil der Link sie vor etwas warnte, das Samm nur ahnen konnte. Der Colonel, dachte er und drehte das Spektiv, um Cornwell zu beobachten. Er sah wirklich schlimm aus, wie er da bei lebendigem Leib verfiel und verweste, aber der Brustkorb hob und senkte sich noch, und auf den ersten Blick war nichts Ungewöhnliches zu erkennen. Höchstens ein schmerzliches Zucken. Die Männer in dem Raum achteten nicht darauf, und Samm beschloss, ihrem Beispiel zu folgen. Anscheinend war Cornwells Zeit noch nicht gekommen, und die Party ging weiter. Samm belauschte eine Unterhaltung, in der es um die alten Zeiten im Isolationskrieg ging. Hier und dort fing er auch eine Geschichte über die Revolution auf, aber nichts vermochte seine Erinnerungen so stark zu beflügeln wie die Erzählung des Sergeants. Irgendwann wurde der Anblick der Schweinerippchen und das Schmatzen unerträglich, und Samm zog behutsam einen Plastikbeutel mit gedörrtem Rindfleisch aus seinem Rucksack. Es war ein schlechter Ersatz für die saftigen Koteletts, die sich seine früheren Kameraden schmecken ließen, aber immer noch besser als nichts. Dann blickte er wieder durch das Spektiv und sah, wie Major Wallace sich erhob und eine Ansprache hielt.

»Lieutenant Colonel Richard Cornwell ist nicht in der Lage, heute zu Ihnen zu sprechen, aber es ist mir eine Ehre, in seinem Namen ein paar Worte zu sagen.« Wallace bewegte sich in jeder Hinsicht langsam, was den Gang und die Gesten, aber auch die Sprechweise betraf. Jede Regung war gemessen und bewusst. Äußerlich war er nicht älter als Samm, ein achtzehnjähriger junger Mann, doch in Wahrheit war er schon beinahe zwanzig und seinem Verfallsdatum nahe. In wenigen Monaten, vielleicht schon in einigen Wochen, würde er genauso verwesen wie Cornwell. Samm fröstelte und zog die Jacke eng um die Schultern.

Nun wurde die Gruppe so still, wie Samm es bereits war. Wallace' Stimme füllte mühelos den ganzen Saal und hallte blechern in Samms Kopfhörern. »Ich hatte die Ehre, mein ganzes Leben lang unter dem Colonel zu dienen. Er zog mich persönlich aus dem Bruttank und führte mich durch das Ausbildungslager. Er ist ein besserer Mensch als die meisten, die mir begegnet sind, und er war immer ein guter Anführer. Wir haben keine Väter, aber ich stelle mir vor, dass mein Vater ein Mann wie Richard Cornwell gewesen wäre, wenn wir Väter hätten.«

Er hielt inne. Samm schüttelte den Kopf. Abgesehen von der biologischen Abstammung war Cornwell tatsächlich ihr Vater. Er hatte sie unterwiesen, sie angeführt, sie beschützt und alles getan, was die Aufgabe eines Vaters gewesen wäre. Alles, was Samm niemals selbst tun könnte. Er stellte den Zoom seines Spektivs nach und holte das Gesicht des Majors so nahe wie möglich heran. Tränen entdeckte er nicht, nur die tief in den Höhlen liegenden müden Augen.

»Man hat uns gemacht, damit wir sterben«, fuhr der Major fort. »Wir sollten töten und fallen. Unser Leben diente nur zwei Zielen, und das erste haben wir vor fünfzehn Jahren erreicht. Manchmal denke ich, das Grausamste bei allem war nicht das Verfallsdatum, sondern die Spanne von fünfzehn Jahren, die wir warten mussten, bis wir es herausfanden. Für die Jüngsten unter euch ist es am schwersten, weil ihr als Letzte untergehen werdet. Wir wurden im Krieg geboren, wir haben Ruhm erworben, und nun befinden wir uns auf dem Abstellgleis und sehen einander beim Sterben zu.«

Wieder zuckten die Partials in dem Raum zusammen, dieses Mal sprangen einige sogar auf. Samm schwenkte das Spektiv wild hin und her und suchte den Colonel, doch da er das Gesicht des Majors herangezoomt hatte, verlor er den Überblick. Hilflos und wie in Panik suchte er einige Sekunden lang und hörte die Rufe »Der Colonel!« oder »Die Zeit ist gekommen!«. Schließlich gab Samm auf, fuhr das Spektiv zurück und zoomte aus fast anderthalb Kilometern Entfernung neu heran. Er fand das Bett des Colonels am Ehrenplatz ganz vorn im Raum und beobachtete, wie der alte Mann sich schüttelte und hustete. Aus den Mundwinkeln rannen schwarze Blutstropfen. Er sah bereits aus wie eine Leiche. Die Zellen degenerierten, der Körper verfiel so schnell, dass man dabei schier zusehen konnte. Er stammelte etwas, schnitt eine Grimasse, hustete und lag wieder still. Schweigen herrschte in dem Raum.

Mit versteinertem Gesicht beobachtete Samm, wie die Soldaten das Todesritual vollzogen. Ohne ein einziges Wort zu sprechen, öffneten sie alle Fenster, zogen die Vorhänge zurück und schalteten die Ventilatoren ein. Menschen weinten, wenn sie mit Tod konfrontiert wurden. Sie hielten Reden, klagten und knirschten mit den Zähnen. Die Partials trauerten, wie es nur ihnen möglich war: über den Link. Ihre Körper waren für das Schlachtfeld erschaffen. Wenn sie starben, setzten sie einen Datenstrom frei, um ihre Gefährten vor der Gefahr zu warnen. Und wenn diese es fühlten, setzten sie ihrerseits Daten frei, um die Warnung weiter zu verbreiten. Die Ventilatoren surrten, wälzten die Luft um und bliesen die Daten in die Welt hinaus, damit jeder sich verlinken und erfahren konnte, dass ein großer Mann gestorben war.

Samm wartete angespannt, während ihm der Wind über das Gesicht strich. Er sehnte sich nach der Gemeinschaft und schreckte zugleich davor zurück. Es war eine Verbindung, die ihn quälte, diese Nähe und zugleich die Trauer. Es war niederschmetternd, wie häufig in letzter Zeit beides zusammenfiel. Unter ihm im Tal bewegten sich die Blätter an den Bäumen. Leise wiegten sich die Zweige, als der Wind hindurchstrich. Die Daten erreichten ihn nicht.

Er war zu weit entfernt.

Samm packte Spektiv und Richtmikrofon ein und verstaute beides zusammen mit der kleinen Solarbatterie im Rucksack. Zweimal suchte er seinen Lagerplatz ab und vergewisserte sich, dass er nichts vergessen hatte. Der Plastikbeutel mit dem Essen steckte schon wieder im Ranzen, die Kopfhörer waren im Rucksack verstaut, das Gewehr hatte er sich über die Schulter geschlungen. Selbst die Abdrücke des Dreibeins in der Erde glättete er mit dem Stiefel, bis es keine Spuren mehr gab.

Schließlich warf er einen letzten Blick auf die Beerdigung des Colonels, setzte die Gasmaske auf und schlich zurück in sein Exil. In jenem Lagerhaus war kein Platz für Deserteure.

2

Die Sonne schien durch die Lücken zwischen den Hochhäusern hindurch und malte gezackte gelbe Dreiecke auf die rissigen Straßen. Kira Walker hockte tief in der Straßenschlucht hinter einem verrosteten Taxi und beobachtete aufmerksam die Umgebung. Aus dem aufgeplatzten Asphalt wuchsen Büsche und kleine Bäume, die reglos in der Windstille standen. Kein Laut war in der Stadt zu hören.

Dennoch hatte sich irgendetwas bewegt.

Kira legte das Gewehr an und hoffte, mithilfe des Zielfernrohrs einen besseren Blick zu haben. Dann erinnerte sie sich – wie schon unzählige Male zuvor –, dass ihr Zielfernrohr vergangene Woche bei dem Erdrutsch entzweigegangen war. Fluchend ließ sie das Gewehr sinken. *Sobald ich hier fertig bin, muss ich ein Waffengeschäft finden und das blöde Teil ersetzen.* Sie spähte die Straße entlang und bemühte sich, Umrisse und Schatten zu unterscheiden. Wieder murmelte sie Flüche und setzte die Waffe abermals an. *Alte Gewohnheiten legt man schwer ab.* Schließlich zog sie den Kopf ein und kroch zum Heck des Taxis zurück. Dreißig Meter entfernt ragte ein Lieferwagen halb in die Straße hinein. Der Kastenaufbau sollte ihr Deckung geben vor allem, was sich dort unten herumtrieb. Sie spähte, starrte fast eine Minute lang auf die verlassene Straße, knirschte mit den Zähnen und rannte los. Kein Kugelhagel setzte ein, weder Geklapper noch Gebrüll waren zu hören. Der Lieferwagen erfüllte seinen Zweck. Sie ging in Deckung, sank auf ein Knie und spähte an der Stoßstange vorbei.

Eine Elenantilope zog durch das Unterholz. Die gedrehten langen Hörner ragten hoch auf, die lange Zunge tastete nach Sprossen und Grünzeug im Schutt. Kira wartete ab und beobachtete aufmerksam die Umgebung. Die Bewegung, die sie zuvor wahrgenommen hatte, war vermutlich nicht von der harmlosen Antilope ausgegangen. Über ihr flog ein kreischender Rotkardinal vorbei, kurz danach kam ein weiterer. Die hellroten Farbtupfer wirbelten umeinander, wichen einander aus und jagten sich zwischen den Stromleitungen und den Ampeln. Unterdessen knabberte die Elenantilope friedlich und selbstvergessen an den kleinen grünen Blättern eines Ahornschösslings. Kira beobachtete das Tier, bis sie sicher war, dass es sonst nichts zu sehen gab, und wartete vorsichtshalber noch eine Weile. In Manhattan konnte man gar nicht vorsichtig genug sein. Bei ihrem letzten Besuch hatten die Partials angegriffen, und bei diesem Ausflug waren ihr bereits ein Bär und ein Panther auf den Fersen gewesen. Als sie sich daran erinnerte, hielt sie inne, wandte sich um und überprüfte das Gelände hinter sich. Nichts. Sie schloss die Augen und konzentrierte sich, um zu fühlen, ob Partials in der Nähe waren, doch es klappte nicht. Es hatte noch nie geklappt. Noch nie hatte sie bewusst etwas Brauchbares aufgefangen, selbst dann nicht, als sie eine ganze Woche in engem Kontakt zu Samm verbracht hatte. Auch Kira war eine Partial, aber sie war anders – anscheinend fehlten ihr der Link und einige andere Eigenschaften. Außerdem wuchs und alterte sie wie ein ganz gewöhnlicher Mensch. Eigentlich wusste sie nicht, was sie war und wen sie hätte fragen sollen. Mit wem hätte sie reden können? Nur Samm und die verrückte Partialwissenschaftlerin Dr. Morgan wussten, was sie war. Nicht einmal ihren Freund und engsten Vertrauten Marcus hatte sie eingeweiht.

Sie schauderte und schnitt eine Grimasse, als sich die scheußliche Verwirrung einstellte, die immer auf solche selbstkritischen Fragen folgte. *Genau das will ich hier herausfinden,* dachte sie. *Ich brauche Antworten auf meine Fragen.*

Sie setzte sich auf den löcherigen Asphalt und lehnte sich an den platten Reifen des Lieferwagens. Wieder einmal holte sie ihren Notizblock hervor, obwohl sie die Adresse längst auswendig kannte: Vierundvierzigste, Ecke Lexington. Sie hatte Wochen gebraucht, um die Adresse herauszufinden, und dann noch einmal mehrere Tage, um sich durch die Ruinen einen Weg hierher zu bahnen. Vielleicht war sie auch viel zu vorsichtig ...

Unwirsch schüttelte sie den Kopf. Zu vorsichtig konnte man hier gar nicht sein. Die unbesiedelten Gebiete waren viel zu gefährlich, man durfte keinerlei Risiko eingehen, und Manhattan war sogar noch gefährlicher als die meisten anderen Gegenden. Sie hatte sorgfältig auf ihre Sicherheit geachtet und war noch am Leben. Eine Strategie, die sich als so wirkungsvoll erwiesen hatte, wollte sie nicht hinterfragen.

Noch einmal betrachtete sie die Adresse, dann wanderte ihr Blick zu den verwitterten Straßenschildern hinüber. Keine Frage – sie war am richtigen Ort. Sie schob den Block in die Hosentasche und wog das Gewehr in der Hand. Es wurde Zeit hineinzugehen.

Zeit, ParaGen einen Besuch abzustatten.

Das Bürogebäude war einst mit Glastüren und Fenstern vom Boden bis zur Decke ausgestattet gewesen. Nach dem Zusammenbruch hatten die Glaselemente nicht lange gehalten, und nun war das ganze Erdgeschoss der Witterung ausgesetzt. Dies war nicht der Hauptsitz von ParaGen – die Zentrale lag irgendwo im Westen auf der anderen Seite des Landes –, aber es war besser als nichts. Eine Finanzabteilung, die in Manhattan eingerichtet worden war, um als Schnittstelle zu den Buchhaltungen der anderen Konzerne zu dienen. Sie hatte Wochen gebraucht, um die Existenz dieses Büros herauszufinden. Kira tappte durch die Reste der geborstenen Sicherheitsverglasung und wich den Trümmern der Fassadenverkleidung aus, die sich in den oberen Stockwerken gelöst hatte. Nach elf Jahren der Verwahrlosung war auch der Boden im Innern von einer dicken Erdschicht bedeckt, aus der mittlerweile Unkraut und kleine Gräser hervorwuchsen. Niedrige Bänke, einst mit glattem Kunststoff bespannt, hatten im Sonnenlicht und im Regen gelitten und waren anscheinend von Katzenkrallen zerfetzt worden. Ein breiter Schreibtisch, an dem vermutlich früher eine Empfangsdame gesessen hatte, war vermodert und stand schief, ringsum lagen vergilbte Hausausweise verstreut. Einer Wandtafel war zu entnehmen, dass dieses Gebäude mehrere Dutzend Firmen beherbergt hatte. Kira überflog die verwitterten Buchstaben, bis sie ParaGen gefunden hatte: zwanzigstes Stockwerk. In der Wand hinter dem Empfangstisch gab es drei Aufzugtüren, eine hing schief im Rahmen. Kira kümmerte sich nicht weiter darum und ging zu der Tür in der hinteren Ecke, die zum Treppenhaus führte. Daneben war eine schwarze Tafel in die Wand eingelassen. Es war die Sensortafel einer elektrischen Verriegelung, die ohne Strom völlig nutzlos war. Die Scharniere stellten vermutlich das größte Problem dar. Kira stemmte sich gegen die Tür, schob sanft, um den Widerstand zu prüfen, dann fester, weil sich die alten Scharniere sperrten. Endlich gab die Tür nach, und sie konnte das turmhohe Treppenhaus betreten.

»Zwanzigster Stock.« Sie seufzte. »Na klar.«

Es war gefährlich, in den alten Gebäuden herumzuklettern, da sie schon im ersten Winter nach dem Zusammenbruch verwüstet worden waren: die Fenster geborsten, die Leitungen geplatzt. Im Frühling hatte sich in den Räumen und Wänden die Feuchtigkeit eingenistet. Zehnmal Frost und Tauwetter später, und die Wände waren verzogen, die Decken hingen durch, die Fußböden zersetzten sich. Der Schimmel eroberte das Holz und die Teppiche, Insekten bewohnten die Risse, die ehemals stabilen Gebäude verwandelten sich in gefährliche Türme aus Krümeln und Bruchstücken. Der Schutt, der noch nicht heruntergefallen war, wartete nur auf einen Tritt, einen Schritt oder eine laute Stimme, um zu Boden zu krachen. Größere Gebäude und besonders solche, die so neu waren wie dieses, erwiesen sich als erheblich widerstandsfähiger – ihr Gerippe bestand aus Stahl, das Fleisch aus versiegeltem Beton und Kohlenstofffasern. Die Haut, wenn man das Bild so weit treiben wollte, war natürlich trotzdem schwach – Glas, Putz, dünne Steinplatten und Teppiche –, aber das Gebäude selbst stand unerschütterlich. Das Treppenhaus, in dem Kira sich nun befand, war außerordentlich gut erhalten, staubig, ohne verdreckt zu sein, und die abgestandene Luft verriet, dass es seit dem Zusammenbruch mehr oder weniger gut versiegelt gewesen war. Es war gespenstisch wie eine Grabkammer, obwohl hier, soweit sie es sehen konnte, niemand gestorben war. Sie fragte sich, ob sie weiter oben auf Tote stoßen würde. Falls jemand die Treppe hinuntergelaufen war, als das RM-Virus ihn erwischt hatte, war er hier eingeschlossen worden. Doch als sie das zwanzigste Stockwerk erreichte, hatte sie noch kein einziges Opfer entdeckt. Sie spielte mit dem Gedanken, weiter hinaufzusteigen, um die seit zwanzig Stockwerken aufgestaute Neugierde zu befriedigen, entschied sich aber dagegen. In einer Stadt dieser Größe gab es genügend Leichen. Die Hälfte der Autos auf den Straßen war mit Toten besetzt, und in den Häusern und Büros lagen Millionen weitere. Ein Toter mehr oder weniger in einem verlassenen alten Treppenhaus änderte überhaupt nichts. Sie stemmte die quietschende Tür auf und betrat die Niederlassung von ParaGen.

Natürlich war dies nicht das Hauptbüro, das sie ein paar Wochen zuvor auf einem Foto gesehen hatte: sie selbst als Kind, ihr Vater und ihre Adoptivmutter Nandita vor einem großen gläsernen Gebäude, hinter dem sich schneebedeckte Berge erhoben. Sie wusste nicht, wo das Gebäude stand, und erinnerte sich nicht, wann das Foto aufgenommen worden war. Und ganz gewiss konnte sie sich nicht erinnern, Nandita schon vor dem Zusammenbruch gekannt zu haben. Aber was sollte sie machen? Sie war erst fünf gewesen, als die Welt untergegangen war, auf dem Foto vielleicht erst vier. Was hatte das zu bedeuten? Wer war Nandita überhaupt, und inwiefern stand sie mit ParaGen in Verbindung? Hatte sie dort gearbeitet? Und ihr Vater? Sie wusste noch, dass er in einem Büro gearbeitet hatte, war aber zu klein gewesen, um sich an Einzelheiten zu erinnern. Wenn Kira wirklich als Partial gelten musste, war sie dann das Ergebnis eines Experiments im Labor? Eines Unfalls? War sie ein Prototyp? Warum hatte Nandita ihr nichts davon erzählt?

Das war in gewisser Weise die wichtigste Frage überhaupt. Kira hatte fast zwölf Jahre bei Nandita gelebt. Die Vorstellung, dass die Frau die ganze Zeit Bescheid gewusst und nie ein Wort darüber verloren hatte, was Kira wirklich war, behagte ihr ganz und gar nicht.

Außerdem wurde sie schon wieder nervös, genau wie gerade vorher auf der Straße. *Ich bin nicht echt,* dachte sie. *Ich bin eine künstliche Konstruktion, die sich für eine Person hält. Ich bin ebenso unecht wie das Natursteinimitat auf diesem Schreibtisch.* Sie betrat den Vorraum und berührte den Empfangstisch, dessen Belag sich abschälte: angemalter Kunststoff über gepressten Plastikplatten. Noch nicht einmal richtig natürlich und erst recht nicht echt. Sie hob den Kopf, verdrängte das Unbehagen und konzentrierte sich auf ihre Aufgabe. Der Empfangsbereich war für die Verhältnisse in Manhattan geräumig – ein weitläufiger Raum voller aufgeplatzter Ledersofas mit einem zerklüfteten Felsgebilde, auf dem vermutlich früher ein Wasserfall oder ein Springbrunnen geplätschert hatte. An der Wand hinter dem Empfangstisch hing das Firmenzeichen von ParaGen aus massivem Metall, das sie schon auf dem Foto im Hintergrund gesehen hatte. Sie öffnete ihren Beutel, zog das sorgfältig gefaltete Bild heraus und verglich die Symbole. *Identisch.* Dann steckte sie das Foto wieder weg und trat hinter den Empfangstisch, um die Dokumente durchzusehen, die darauf verstreut waren. Wie das Treppenhaus besaß auch dieser Raum keine Öffnung nach draußen und war deshalb von den Naturgewalten verschont geblieben. Die Papiere waren alt und vergilbt, aber unversehrt und sogar geordnet. Überwiegend waren es Belanglosigkeiten: Telefonlisten, Firmenbroschüren, ein Taschenbuch, das die Empfangsdame gelesen hatte. *Tödliche Liebe*, lautete der Titel, auf dem Einband ein blutiger Dolch. Möglicherweise keine geeignete Lektüre, wenn gerade die Welt unterging, aber andererseits war die Empfangsdame während des Zusammenbruchs wahrscheinlich gar nicht mehr hier gewesen. Vermutlich hatte man sie evakuiert, als die RM-Seuche aus dem Ruder gelaufen war. Oder gleich nach Freisetzung des Virus – oder womöglich sogar noch früher, unmittelbar nach Beginn des Partialkriegs. Kira tippte mit einem Finger auf das Buch und bemerkte das Lesezeichen im letzten Viertel. *Sie hat nicht mehr herausgefunden, wer wen mit tödlichen Folgen geliebt hat.*

Kira überprüfte das Telefonverzeichnis. Einige der vierstelligen internen Nummern begannen mit einer 1, einige mit einer 2. Vielleicht hing es damit zusammen, dass dieses Büro zwei Stockwerke des Gebäudes einnahm. Sie blätterte die Seiten durch und fand hinten eine Liste mit längeren Nummern. Jede hatte zehn Ziffern, einige begannen mit 1303, andere mit 1312. Sie wusste aus Gesprächen mit Erwachsenen, die sich an die alte Welt erinnerten, dass es sich um Vorwahlnummern für verschiedene Landesteile gehandelt hatte, doch sie konnte die Nummern nicht zuordnen, und das Verzeichnis half ihr nicht weiter.

Die Broschüren waren ordentlich in einer Ecke des Schreibtischs aufgestapelt. Auf der Vorderseite prangte eine stilisierte Doppelhelix über einem Bild des Gebäudes, das Kira auf dem Foto gesehen hatte, allerdings aus einem anderen

Blickwinkel aufgenommen. Kira nahm die Broschüre in die Hand, betrachtete sie genauer und entdeckte zahlreiche ähnliche Gebäude im Hintergrund. Besonders auffällig war ein mächtiger hoher Turm, der anscheinend aus großen Glaswürfeln bestand. Unten auf der Seite stand in Schreibschrift: *Besser werden als das, was wir sind.* Die inneren Seiten zeigten viele lächelnde Gesichter und Verkaufsargumente für Genmodifikationen – kosmetische Veränderungen der Augen- oder Haarfarbe, Eingriffe zur Gesundheitsvorsorge, um Erbkrankheiten zu beseitigen oder die Widerstandskraft gegenüber anderen Leiden zu steigern, sogar Anpassungen, damit der Bauch flacher oder die Brüste größer wurden, um Körperkraft und Geschwindigkeit zu erhöhen, um die Sinne und die Reaktionszeit zu verbessern. Vor dem Zusammenbruch waren Genveränderungen sehr verbreitet gewesen. Fast alle Einwohner von Long Island hatten Veränderungen an sich vornehmen lassen. Selbst an den Seuchenbabys, den Kindern, die während des Zusammenbruchs zu klein gewesen waren, um sich an das vorherige Leben zu erinnern, waren gleich nach der Geburt verschiedene genetische Verbesserungen vorgenommen worden. Dies hatte als Standardverfahren in vielen Kliniken auf der ganzen Welt gegolten, und ParaGen hatte zahlreiche dieser Verfahren entwickelt. Kira hatte immer angenommen, sie habe die üblichen Modifikationen für Kinder erhalten, und sich gelegentlich gefragt, ob sie nicht noch einige weitere bekommen hatte. War sie eine gute Läuferin, weil sie entsprechende Gene von den Eltern geerbt hatte? Oder hatte sie dies einer frühen Genmodifikation zu verdanken? Wie sie inzwischen wusste, war sie so leistungsfähig, weil sie eine Partial war. Sie war in einem Labor als Idealbild des Menschen erschaffen worden.

Der hintere Teil der Broschüre handelte ausdrücklich von den Partials, die hier jedoch BioSynths genannt wurden, und es gab erheblich mehr *Modelle*, als sie erwartet hätte. Zuerst wurden die militärischen Partials vorgestellt, allerdings eher in Form einer Erfolgsgeschichte denn in Form von Produkten, die man erwerben konnte: eine Million erfolgreiche Feldversuche für die wichtigste Biotechnologie. Natürlich konnte man die Soldatenmodelle nicht kaufen, aber die Broschüre zeigte noch andere, weniger humanoid gestaltete Versionen dieser Produktfamilie: hyperintelligente Wachhunde, Löwen mit dicken Mähnen, die fügsam blieben und sich als Haustiere eigneten, sogar ein Geschöpf mit dem Namen *MiniDrache*®, das an eine geflügelte schlanke Eidechse in der Größe einer Hauskatze erinnerte. Die letzte Seite kündigte neue Arten von Partials an – Sicherheitskräfte auf der Grundlage des Soldatenmodells und weitere Versionen, die man online betrachten konnte. *Bin ich das? Eine Wächterin, eine Liebessklavin oder was diese Leute sonst noch an krankem Mist verkauft haben?* Sie las den Text noch einmal durch und suchte nach Hinweisen auf sich selbst, entdeckte jedoch nichts. Dann warf sie die Broschüre weg und nahm eine andere zur Hand, in der sich jedoch unter einem anderen Titelblatt der gleiche Inhalt verbarg. Auch dieses Heft warf sie fluchend weg.

Ich bin nicht nur ein Produkt aus einem Katalog, sagte sie sich. *Jemand hat mich aus einem bestimmten Grund gemacht. Nandita ist aus einem bestimmten Grund bei mir geblieben und hat mich beobachtet. Bin ich eine Agentin, eine Schläferin? Ein Abhörgerät? Eine Meuchelmörderin? Doktor Morgan, die Partialwissenschaftlerin, die mich geschnappt hat, wäre vor Aufregung fast geplatzt, als sie herausfand, was ich bin. Einem kaltschnäuzigeren Menschen bin ich noch nie begegnet. Als sie aber überlegte, was ich sein könnte, bekam sie es mit der Angst zu tun.*

Ich wurde aus einem bestimmten Grund erschaffen – doch ist es ein guter oder ein böser Grund?

Wie die Antwort auch lautete, in einer Firmenbroschüre war sie gewiss nicht zu finden. Sie nahm eins der Hefte und verstaute es in ihrem Rucksack, um später noch einmal darin zu lesen, ergriff das Gewehr und ging zur nächsten Tür. So hoch oben in dem Gebäude lauerten vermutlich keine Gefahren, aber ... der Drache auf dem Bild hatte sie nervös gemacht. Sie hatte noch nie ein lebendiges Exemplar solcher Geschöpfe gesehen, weder den Drachen noch den Löwen oder etwas anderes, aber sie war besser vorsichtig. Sie befand sich in feindlichem Gebiet. *Es sind künstliche Lebewesen,* sagte sie sich. *Sie wurden als abhängige, fügsame Haustiere erschaffen. Ich habe noch nie eins gesehen, weil sie alle tot sind. Zu Tode gehetzt von echten Tieren, die wissen, wie man in der Wildnis überlebt.* Irgendwie bedrückte sie dieser Gedanke, und er beschwichtigte auch ihre Ängste nicht gerade. Sie musste jederzeit damit rechnen, auf Räume voller Leichen zu stoßen – hier waren so viele Menschen gestorben, dass die ganze Stadt im Grunde eine riesige Gruft war. Sie legte eine Hand an die Tür, nahm ihren Mut zusammen und stieß sie auf.

Von der anderen Seite wehte ein frischer Wind herein, der kräftiger roch als die abgestandene Luft im Vorraum und im Treppenhaus. Die Tür führte auf einen kurzen Flur, an dem mehrere Büros lagen. Am Ende des Gangs war eine ganze Fensterfront geborsten, und von dort strömte die Luft herein. Sie spähte in das erste Büro, dessen Tür von einem schwarzen Drehstuhl offen gehalten wurde, und keuchte überrascht auf, als drei gelbbraune Schwalben erschrocken aus ihrem Nest in einem Bücherregal aufflogen. Durch das zerstörte Fenster wehte der warme Wind herein und spielte mit ihren Haarsträhnen, die sie nicht in den Pferdeschwanz eingebunden hatte. Früher hatte der Raum wandhohe Fenster besessen, jetzt war er eine Höhle in einer Klippe. Vorsichtig spähte sie zu den überwucherten Ruinen der Stadt hinunter.

An der Tür stand der Name DAVID HARMON. Er hatte seinen Arbeitsplatz nüchtern eingerichtet: ein durchsichtiger Schreibtisch aus Plastik, ein Bücherregal, inzwischen voller Vogelkot, eine vergilbte weiße Tafel an der Wand. Kira schulterte das Gewehr und trat ein, um nach Akten zu suchen, die sie überfliegen konnte. Dieser Raum enthielt jedoch nichts, nicht einmal einen Computer, den sie ohne Strom allerdings sowieso nicht hätte untersuchen können. Sie trat an das Bücherregal und bemühte sich, die Titel zu lesen, ohne die Exkremente zu berühren. Reihe um Reihe Handbücher für die Buchhaltung. David Harmon war anscheinend Buchhalter gewesen. Kira sah sich noch einmal um und hoffte auf eine Entdeckung in letzter Minute, doch der Raum gab nichts weiter her. Sie kehrte auf den Flur zurück und versuchte es im nächsten Büro.

Zehn Räume später hatte sie immer noch nichts gefunden, was neues Licht auf die Rätsel hätte werfen können, sondern nur einige Kassenbücher und Aktenschränke, die leer oder mit Gewinnberechnungen gefüllt waren. ParaGen hatte unverschämt viel Geld verdient. So viel wusste sie inzwischen mit Sicherheit, aber sonst so gut wie nichts.

Die wirklich wichtigen Informationen steckten offenbar in den Computern, aber dieses Büro besaß keine PCs. Nachdenklich runzelte Kira die Stirn, denn nach allem, was sie über die alte Welt wusste, hatte man dort das meiste mit Computern erledigt. Warum fand sie in diesem Büro weder die Flachbildschirme noch die Metallkästen, auf die sie sonst fast überall gestoßen war? Sie seufzte vor Enttäuschung und schüttelte den Kopf. Selbst wenn sie die Computer fand, konnte sie nichts damit anfangen. Im Krankenhaus hatte sie einige Medicomps und Scanner benutzt, wenn es für eine Behandlung oder eine Diagnose notwendig gewesen war. Das waren aber überwiegend isolierte Maschinen gewesen, die einem einzigen Zweck gedient hatten. In der alten Welt hatten die Computer zu einem riesigen Netzwerk gehört, mit dem es sich augenblicklich quer über die ganze Welt kommunizieren ließ. Bücher, Musik und anscheinend auch ParaGens hinterhältige Pläne steckten in den Rechnern. Aber in diesen Büros gab es keine Computer ...

Da steht allerdings ein Drucker. Sie hielt im letzten Büro der Etage inne und starrte einen Beistelltisch an. Dieser Raum war größer als die anderen, und an der Tür stand *Guinevere Creech*. Wahrscheinlich hatte hier die örtliche Vizepräsidentin residiert oder wie man ihren Posten sonst bezeichnet hatte. Auf dem Boden lagen leere Blätter. Das Papier war faltig und verfärbt, nachdem Regengüsse ungehindert durch die geborstenen Fenster eingedrungen waren. Den kleinen Kasten auf dem Beistelltisch hatte sie sofort als Drucker erkannt. Im Krankenhaus standen Dutzende davon herum, die jedoch nutzlos waren, weil es keine Tinte mehr gab. Einmal hatte man sie damit beauftragt, die Drucker von einem Lagerraum in einen anderen zu schaffen. Früher hatte man die Drucker benutzt, um die Dokumente direkt vom Computer auszugeben. Wenn hier ein Drucker stand, dann musste es folglich mindestens einen Computer geben. Sie hob das Gerät auf und untersuchte es genauer. Kein Kabel, nicht einmal ein Anschluss, an dem ein Kabel angebracht werden konnte. Also hatte der Drucker drahtlos funktioniert. Sie stellte ihn ab und kniete nieder, um unter den Beistelltisch zu spähen. Auch dort fand sie nichts. Warum hatte sich jemand die Mühe gemacht, alle Computer zu entfernen? Um die Daten zu verstecken, während die Welt bereits auseinanderfiel? Kira war sicher nicht die Erste, die hierhergekommen war. Teufel auch, ParaGen hatte die Partials gebaut, und sie waren die führenden Experten für Biotechnologie gewesen! Selbst wenn man ihnen nicht den Ausbruch des Partialkriegs vorgeworfen hatte, hatte die Regierung wegen RM sicherlich Verbindung mit ihnen aufgenommen. *Natürlich immer vorausgesetzt, die Regierung wusste nicht, dass die Partials das Heilmittel in sich trugen.* Sie schob den Gedanken beiseite. Sie war nicht hergekommen, um Verschwörungstheorien auszubrüten, sondern um Fakten auszugraben. Waren die Computer vielleicht beschlagnahmt worden?

Sie blickte nach oben und sah sich in dem Raum um, während sie auf Händen und Knien hockte. Aus diesem Blickwinkel heraus entdeckte sie etwas, das ihr vorher entgangen war: einen heller glänzenden schwarzen Kreis im schwarzen Tischrahmen. Als sie den Kopf bewegte, fing der Kreis das Licht ein und schien zu blinken. Mit gerunzelter Stirn stand sie auf und schüttelte den Kopf, weil des Rätsels Lösung so einfach war.

Die Tische selbst waren die Computer.

Jetzt, da sie es sah, war es offensichtlich. Die Schreibtische bestanden aus durchsichtigem Plastik und waren, wenngleich größer, exakte Nachbildungen der Medicomp-Bildschirme im Krankenhaus. Die Bauteile – vor allem die CPU und die Festplatte des Computers – waren im Metallrahmen untergebracht. Sobald das Gerät eingeschaltet wurde, verwandelte sich der Schreibtisch in einen Touchscreen, der die Tastatur und alles andere anzeigte. Wieder ging sie auf die Knie, überprüfte die Beine des Metallrahmens und stieß einen triumphierenden Schrei aus, als sie ein kurzes schwarzes Kabel entdeckte, das zu einer in den Boden eingelassenen Steckdose führte. Ein aufgeschreckter Spatzenschwarm flog davon. Kira lächelte, aber ein Sieg war es nicht – die Entdeckung der Computer nutzte ihr überhaupt nichts, wenn sie die Geräte nicht einschalten konnte. Sie brauchte ein Ladegerät, doch bei ihrem hastigen Aufbruch aus East Meadow hatte sie keins eingesteckt. Es war eine dumme Unterlassungssünde, aber daran konnte sie nichts mehr ändern. Vielleicht fand sie in Manhattan in einem Baumarkt oder Elektronikladen ein solches Teil. Seit dem Zusammenbruch galt die Insel als gefährlich, kaum jemand hatte sich noch dorthin gewagt. Deshalb waren die meisten Geschäfte nicht geplündert worden. Trotzdem, der Gedanke, einen fünfzig Pfund schweren Generator zwanzig Stockwerke hochzuschleppen, behagte ihr überhaupt nicht.

Kira atmete tief durch und sammelte sich. *Ich muss herausfinden, wer ich bin,* dachte sie. *Ich muss klären, wie mein Vater und Nandita mit allem hier verbunden sind. Ich muss den Trust entdecken.* Wieder einmal zog sie das Foto hervor, das sie selbst, ihren Vater und Nandita vor ParaGen zeigte. Irgendjemand hatte eine Botschaft auf das Bild geschrieben: *Finde den Trust.* Sie wusste weder, was der Trust überhaupt war, noch, wie sie ihn aufspüren sollte. Sie wusste nicht einmal, wer die Nachricht geschrieben und ihr das Foto hinterlassen hatte. Der Handschrift nach war es höchstwahrscheinlich Nandita gewesen. Die vielen Zusammenhänge, die sie nicht durchschaute, bedrückten sie wie eine gewaltige Last. Sie schloss die Augen und bemühte sich, ruhig zu atmen. Auf dieses Büro hatte sie ihre ganze Hoffnung gesetzt, war es doch der einzige Teil von ParaGen, der für sie erreichbar war. Es enttäuschte sie zutiefst, dass sie hier nichts Nützliches und nicht einmal eine neue Spur gefunden hatte.

Rasch stand sie auf und trat ans Fenster, um frische Luft zu atmen. Unter ihr breitete sich Manhattan aus, halb Stadt, halb Wald, eine weitläufige Ansammlung emporschießender Bäume und von Ranken eroberter bröckelnder Gebäude. Es war so groß, so ungeheuer groß, und dies war nur eine einzige Stadt. Dahinter lagen weitere Städte, andere Staaten und Nationen, sogar ganze Kontinente, die sie nie gesehen hatte. Sie fühlte sich verloren, niedergeschlagen und entmutigt, weil sie in einer so riesigen Welt nicht das kleinste Geheimnis zu lüften vermochte. In der Nähe flog ein Vogelschwarm vorbei, der sich nicht um sie und ihre Probleme kümmerte. Die Welt war untergegangen, und sie hatten es nicht einmal bemerkt. Wenn die letzten intelligenten Lebewesen auf dem Planeten verschwanden, würde die Sonne immer noch aufgehen, und die Vögel würden immer noch über den Himmel fliegen.

Welche Bedeutung hatte da ihr Erfolg oder ihr Versagen?

Schließlich hob sie den Kopf, reckte das Kinn und sprach es laut aus.

»Ich gebe nicht auf«, verkündete sie. »Es ist mir gleichgültig, wie groß die Welt ist. Je größer sie ist, desto mehr Platz habe ich für die Nachforschungen, das ist alles.«

Kira wandte sich zum Büro um, ging zum Aktenschrank und zog die erste Schublade auf. Falls der Trust irgendetwas mit ParaGen zu tun hatte, vielleicht über ein besonderes Projekt, das mit den Anführern der Partials zusammenhing, wie Samm angedeutet hatte, dann gäbe es in dieser Finanzabteilung vermutlich Hinweise auf Geldflüsse. Vielleicht existierten sogar Akten über die Vorgänge. Sie wischte den Schmutz vom Tischbildschirm und zog einige Ordner aus dem Schrank. Zeile für Zeile, Dokument um Dokument, Zahlung um Zahlung ging sie durch. Sobald sie mit einem Hefter fertig war, legte sie ihn in einer Ecke auf den Boden und nahm sich den nächsten vor. So ging es Stunde um Stunde, bis es zu dunkel zum Lesen wurde. Die Nachtluft war kalt, und sie spielte mit dem Gedanken, in einer überwachbaren Ecke ein Feuer zu entfachen, entschied sich jedoch dagegen. Die Lagerfeuer unten auf den Straßen hatte sie vor etwaigen Beobachtern verbergen können, aber ein Feuer in dieser Höhe war kilometerweit sichtbar. So zog sie sich lieber in den Vorraum an der Treppe zurück, schloss alle Türen und schlug ihr Nachtlager im Schutz des Empfangstischs auf. Zum Abendessen öffnete sie eine Dose Thunfisch und aß den Inhalt im Dunkeln, pickte den Fisch mit den Fingern aus der Dose und redete sich dabei ein, es sei Sushi. Sie schlief nur leicht, und als sie am Morgen aufwachte, machte sie sich sofort wieder an die Arbeit und durchsuchte die Akten. Am Spätvormittag fand sie endlich etwas.

»Nandita Merchant«, las sie. Nachdem sie so lange vergebens geforscht hatte, zuckte sie zusammen, sobald sie den Beleg entdeckte. »Einundfünfzigtausendeinhundertzwölf Dollar, ausgezahlt am 5. Dezember 2064 per Überweisung,

Arvada, Colorado.« Die Aufstellung der recht hohen Gehaltszahlungen erfasste offenbar die leitenden Angestellten des gesamten internationalen Konzerns. Kira runzelte die Stirn und las die Eintragung noch einmal. Es war nicht zu erkennen, welcher Tätigkeit Nandita nachgegangen war, sondern nur, wie viel Gehalt sie bezogen hatte. Allerdings hatte Kira keine Ahnung, was die Zahlen zu bedeuten hatten – war dies eine monatliche oder eine jährliche Vergütung? Oder ein einmaliges Honorar für eine bestimmte Leistung? Kira kehrte zu den Kontenbüchern zurück und fand die Dokumente des vorhergehenden Monats. Rasch blätterte sie die Seiten durch und stieß erneut auf Nanditas Namen. »Einundfünfzigtausendeinhundertzwölf Dollar am 21. November«, las sie dort. Das Gleiche noch einmal am 7. November. *Also handelt es sich um vierzehntägige Zahlungen. Damit verdiente Nandita ... etwa eins Komma zwei Millionen im Jahr. Das war sicher eine Menge Geld.* Kira hatte keinen Bezugsrahmen für die Gehälter der alten Welt. Als sie jedoch die Liste überflog, stellte sie fest, dass die 51.112 Dollar eines der höchsten Gehälter überhaupt darstellten. »Demnach hat sie in der Firma eine leitende Funktion bekleidet«, murmelte Kira halblaut, während sie nachdachte. »Sie hat mehr als die meisten anderen verdient. Aber was genau hat sie getan?«

Dann wollte sie ihren Vater nachschlagen, aber sie wusste nicht einmal seinen Nachnamen. Ihren eigenen Namen, es war nur ein Spitzname, verdankte Kira den Soldaten, die sie nach dem Zusammenbruch gefunden hatten, als sie auf der Suche nach Lebensmitteln Kilometer um Kilometer durch die leere Stadt gelaufen war. *Kira Walker*, so hatte man sie genannt. Sie war so klein gewesen, dass sie sich nicht einmal an ihren Nachnamen oder den Arbeitsplatz ihres Vaters hatte erinnern können, erst recht nicht an die Stadt, in der sie gelebt hatte ...

»Denver!«, rief sie, als ihr der Ort auf einmal einfiel. »Wir haben in Denver gewohnt. Das war doch in Colorado, oder?«

Wieder betrachtete sie Nanditas Eintragung: Arvada, Colorado. Lag das in der Nähe von Denver? Sie faltete das Blatt sorgfältig zusammen, steckte es in den Rucksack und nahm sich vor, später einen alten Buchladen aufzusuchen und einen Atlas aufzutreiben. Dann betrachtete sie wieder die Gehaltsabrechnung und suchte nach einem *Armin*, der ihr Vater sein konnte. Allerdings waren die Zahlungen nach den Nachnamen sortiert, und es war so gut wie unmöglich, unter Zehntausenden einen bestimmten Armin zu entdecken. Außerdem – wenn sie den Namen fand, würde sich doch nur bestätigen, was sie sowieso schon wusste: Nandita und ihr Vater hatten an ein und demselben Ort für eine bestimmte Firma gearbeitet. Daraus ließ sich freilich nicht entnehmen, was sie aus welchen Gründen getan hatten.

Ein weiterer Tag mit Nachforschungen erbrachte nichts Verwendbares. Schließlich knurrte sie wütend und warf den letzten Aktenordner durch das geborstene Fenster hinaus. Gleich danach machte sie sich Vorwürfe, weil sie so dumm gewesen war, die Aufmerksamkeit jener zu erwecken, die in der Stadt umherschlichen. Sehr wahrscheinlich war dies nicht, aber sie wollte das Schicksal nicht herausfordern. Sie hielt sich vom Fenster fern und hoffte, dass ein zufälliger Beobachter die fliegenden Papiere dem Wind oder einem wilden Tier zuschrieb. Es wurde Zeit für ihr nächstes Projekt: das zweite Stockwerk.

Natürlich war es die einundzwanzigste Etage, sagte sie sich, als sie die Treppe hinaufstieg. Seltsamerweise war die Tür nur angelehnt, und dahinter befand sich ein Ozean von Büroverschlägen. Hier gab es keinen Empfangsbereich und nur eine Handvoll abgetrennter Büros. Überall sonst unterteilten niedrige Trennwände den gemeinsamen Bereich. In vielen Nischen standen Computer oder Andockbuchten, in die man tragbare Computer hineinschieben konnte. Die raffinierten Schreibtischbildschirme fehlten hier, aber was sie wirklich verblüffte, waren die Abteile, in denen sie frei hängende Kabel entdeckte. Irgendjemand hatte die Computer entfernt.

Kira blieb stehen und überblickte den Raum. Hier war es zugiger als unten, weil eine lange Fensterfront zerstört war und keine Zwischenwände den Luftstrom blockierten. Hier und dort flatterte ein Blatt Papier an den Verschlägen vorbei. Kira achtete nicht weiter darauf, sondern konzentrierte sich auf die sechs Schreibtische, die ihr am nächsten standen. Vier davon wirkten völlig alltäglich – Monitore, Tastaturen, Terminplaner, Familienfotos –, doch bei zweien fehlten die Computer. Die Geräte waren nicht einfach ausgebaut, sondern in aller Eile herausgerissen worden. Terminplaner und Fotos waren zur Seite gerutscht oder gar zu Boden gefallen, als wäre jemand in großer Eile vorgegangen und hätte sich nicht um das angerichtete Durcheinander gekümmert. Kira hockte sich hin, um den ersten Schreibtisch zu untersuchen, von dem ein Foto heruntergefallen war. Auf dem Bild und ringsum hatte sich eine Staubschicht abgelagert, in der schließlich sogar Feuchtigkeit liebende Pilze Fuß gefasst hatten. Das war nicht überraschend. Nachdem sie elf Jahre lang der Witterung ausgesetzt gewesen waren, hatte sich in vielen Gebäuden in Manhattan eine Schicht Erde gesammelt. Hier jedoch fiel ihr ein kleiner gelber Stängel auf, der an einen Grashalm erinnerte. Er schlängelte sich unter dem Foto hervor. Sie blickte zum Fenster hinauf und schätzte den Winkel ab. Richtig, diese Stelle bekam jeden Tag ein paar Stunden lang das volle Sonnenlicht ab. Das war genug, damit eine Grünpflanze gedeihen konnte. Ringsum waren andere Halme gewachsen, aber darum ging es ihr nicht. Interessant war die Art und Weise, wie das Gras unter dem Foto hervorkroch. Sie hob den Rahmen hoch und kippte ihn um. Darunter kamen ein kleiner Trupp Käfer, einige Pilze und kurzes totes Gras zum Vorschein. Mit offenem Mund setzte sie sich auf. Die Folgerungen, die sie aus dieser Entdeckung ziehen musste, waren atemberaubend.

Das Foto war vom Tisch gefallen, *nachdem* das Gras gewachsen war.

Allerdings lag auch dieser Zeitpunkt schon eine ganze Weile zurück. Der Staub und Unrat auf dem Bilderrahmen ließ vermuten, dass er schon mehrere Jahre dort lag, aber eben nicht die vollen elf Jahre. Der Untergang war gekommen und gegangen, das Gebäude war verlassen worden, Erde und Unkraut hatten sich gesammelt, und dann hatte jemand den Verschlag heimgesucht. Wer kam dafür infrage? Menschen oder Partials? Kira untersuchte den Raum unter dem Schreibtisch und entdeckte eine Handvoll weiterer Kabel, aber keinen klaren Hinweis darauf, wer den dazugehörigen Rechner mitgenommen hatte. Sie kroch in das nächste Abteil, das ebenfalls ausgeplündert worden war, und stieß auf ähnliche Überreste. Irgendjemand war bis in den einundzwanzigsten Stock hochgestiegen, hatte zwei Computer gestohlen und sie wieder nach unten geschleppt.

Welchen Grund gab es für ein solches Vorgehen? Kira setzte sich wieder auf und wog die Möglichkeiten ab. Wenn jemand Informationen suchte, war es vermutlich einfacher, die Computer nach unten als einen Generator nach oben zu schleppen. Sie wandte sich um und stellte fest, dass die beiden Verschläge den Aufzügen am nächsten lagen. Das bedeutete aber nichts, denn nach dem Zusammenbruch mangelte es an Strom für die Aufzüge. Da gab es also keinen Zusammenhang. An den Wänden der Abteile standen nicht einmal Namen. Wenn jemand es auf diese beiden Computer abgesehen hatte, dann hatte er über Insiderwissen verfügt.

Kira stand auf und untersuchte die gesamte Etage. Sie ging langsam hin und her und hielt nach Veränderungen Ausschau, die ungewöhnlich waren oder auf eine Plünderung hinwiesen. Ein Drucker fehlte, es war jedoch nicht zu erkennen, ob er vor oder nach dem Zusammenbruch entwendet worden war. Als sie im zentralen Raum fertig war, nahm sie sich die Büros an der Rückwand vor. Überrascht stellte sie fest, dass eins von ihnen völlig ausgeräumt war: Der Computer fehlte, die Regale waren leer, buchstäblich alles war verschwunden. Die Rückstände – ein Telefon, ein Papierkorb, verschiedene kleine Papierstapel und weiteres Zubehör – legten den Verdacht nahe, dass der Raum früher einmal ein voll eingerichtetes Büro gewesen war, aber mehr war nicht erkennbar. In diesem Raum gab es erheblich mehr Aktenschränke als in den anderen, doch sie waren alle leer. Kira fragte sich, wie viel genau gestohlen worden war.

Schließlich hielt sie inne und starrte den leeren Schreibtisch an. Es gab noch einen anderen Unterschied, den sie jedoch nicht genau benennen konnte. Genau wie in den Verschlägen war auch hier ein kleiner Terminplaner auf den Boden gefallen. Also war auch dieses Büro mit der gleichen Eile ausgeraubt worden. Wer auch immer den Diebstahl begangen hatte, hatte alles in größter Hast mitgenommen. Die von den Rechnern befreiten Kabel hingen herab, allerdings gab es hier mehr Leitungen als in den Verschlägen. Sie zermarterte sich das Hirn, um herauszufinden, was sie misstrauisch machte, und endlich fiel es ihr auf: In dem kleinen Büro gab es keinerlei Fotos. Die meisten Schreibtische, die sie in den letzten zwei Tagen untersucht hatte, waren mit Bildern geschmückt gewesen: mit lächelnden Paaren, Gruppen von Kindern in Schuluniformen, Momentaufnahmen aus dem Leben von Familien, die längst gestorben waren. Hier entdeckte sie dagegen kein einziges Foto. Dafür gab es zwei Erklärungen. Erstens: Der ehemalige Besitzer des Arbeitsplatzes hatte keine Angehörigen, oder sie waren ihm nicht so wichtig gewesen, dass er ein Foto aufgestellt hatte. Zweitens, weitaus beunruhigender: Die Diebe hatten nicht nur die Ausrüstung, sondern auch die Fotos mitgenommen. Am wahrscheinlichsten aber war die Vermutung, dass der Unbekannte, der die Fotos mitgenommen hatte, auch jener war, der einmal in diesem Raum gearbeitet hatte.

Kira betrachtete die Tür. *AFA DEMOUX* stand darauf, darunter in Blockbuchstaben: *IT*. War *IT* ein Spitzname? Das Wort kam ihr irgendwie abfällig vor, aber ihr Wissen über die Kultur der alten Welt war mehr als begrenzt. Sie untersuchte die anderen Türen und stellte fest, dass alle auf ähnliche Weise mit einem Namen und einem weiteren Begriff beschriftet waren, wenngleich die meisten anderen Bezeichnungen erheblich länger waren: *BETRIEBSLEITUNG, VERKAUF, MARKETING*. Handelte es sich um Titel? Waren es Abteilungen? Der Begriff *IT* war offenbar eine Abkürzung, deren Bedeutung Kira allerdings nicht kannte. *Interne ... Testanlage.* Sie schüttelte den Kopf. Dies war kein Labor, und Afa Demoux war kein Wissenschaftler gewesen. Was hatte er hier getan? War er wirklich hergekommen, um die eigene Büroausstattung zu bergen? Oder war seine Arbeit so wichtig oder gefährlich gewesen, dass ein anderer sich die Mühe gemacht hatte, die Gegenstände zu stehlen? Um eine willkürliche Plünderung hatte es sich gewiss nicht gehandelt. Niemand stieg einundzwanzig Stockwerke hoch, um ein paar Computer mitzunehmen, die er auch im Erdgeschoss hätte finden können. Wer auch immer hier gewesen war, hatte in voller Absicht genau diese Computer mitgenommen – weil etwas Wichtiges darin gespeichert war. Aber wer? Afa Demoux? Jemand aus East Meadow? Ein Partial?

Wer sonst hatte sich hier eingemischt?

3

»Hiermit ist die Sitzung eröffnet.«

Marcus stand hinten im Saal und verrenkte sich den Hals, um die Menschenmenge zu überblicken, die sich hier versammelt hatte. Die Senatoren konnte er gut erkennen – Hobb, Kessler und Tovar, dazu ein neuer, dessen Namen er nicht kannte. Sie saßen an einem langen Tisch auf der Bühne, die beiden Angeklagten waren jedoch nirgends zu sehen. Das Rathaus, das sie früher für solche Sitzungen benutzt hatten, war vor zwei Monaten einem Angriff der *Stimme* zum Opfer gefallen, lange bevor Kira das Heilmittel für die RM-Seuche entdeckt und die *Stimme* sich wieder dem Rest der Gesellschaft angeschlossen hatte. Da der alte Saal zerstört war, mussten sie nun die Aula der alten East Meadow High School benutzen. Die Schule war vor einigen Monaten geschlossen worden, also warum nicht? *Natürlich,* dachte Marcus. *Die Gebäude bleiben, auch wenn sich alles andere verändert.* Der ehemalige Anführer der *Stimme* zählte jetzt zu den Senatoren, und zwei ehemalige Senatoren waren angeklagt. Marcus stellte sich auf die Zehenspitzen, aber die Aula war gerammelt voll, und alle Zuschauer mussten stehen. Anscheinend waren sämtliche Einwohner von East Meadow gekommen, um Weists und Delarosas Verhandlung zu verfolgen.

»Mir wird schlecht.« Isolde hielt sich an Marcus' Arm fest. Er stellte sich vorsichtshalber wieder mit dem ganzen Fuß auf den Boden und grinste über Isoldes Morgenübelkeit. Dann schnitt er eine schmerzliche Grimasse, weil sie energisch zupackte und ihm die Fingernägel in die Haut bohrte. »Hör auf, mich auszulachen!«, zischte sie.

»Ich habe doch gar nicht laut gelacht.«

»Ich bin schwanger«, erklärte Isolde. »Ich besitze unglaublich scharfe Supersinne und rieche deine Gedanken.«

»Du riechst sie?«

»Es ist eine stark eingeschränkte Superkraft«, gab sie zu. »Aber ehrlich, bring mich rasch an die frische Luft! Sonst wird es in diesem Raum noch unerträglicher, als es ohnehin schon ist.«

»Willst du ganz nach draußen?«

Isolde schüttelte den Kopf, schloss die Augen und atmete tief durch. Einen Bauch sah man noch nicht, aber die Morgenübelkeit war schrecklich – sie hatte sogar Gewicht verloren, statt zuzulegen, weil sie nichts im Magen behalten konnte. Schwester Hardy hatte ihr mit stationärem Aufenthalt im Krankenhaus gedroht, falls sich ihr Zustand nicht bald besserte. Sie hatte eine Woche freigenommen, um auszuspannen, und das hatte ein wenig geholfen. Allerdings war sie viel zu stark politisch interessiert, um einer solchen Verhandlung fernzubleiben. Marcus sah sich in der Aula um, bemerkte in der Nähe einer offenen Tür einen Sitzplatz und schob sie hinüber.

»Entschuldigung, Sir«, sagte er leise, »dürfte meine Freundin den Stuhl besetzen?«

Obwohl der Mann nicht einmal darauf saß, funkelte er Marcus böse an. »Wer zuerst kommt, mahlt zuerst«, entgegnete er leise. »Und jetzt halt den Mund, damit ich zuhören kann!«

»Sie ist schwanger.« Er nickte erfreut, als sich das Verhalten des Mannes schlagartig änderte.

»Warum hast du das nicht gleich gesagt?« Der Flegel trat sofort zur Seite und bot Isolde den Stuhl an. Dann entfernte er sich, um sich einen anderen Stehplatz zu suchen. *Das funktioniert jedes Mal,* dachte Marcus. Auch nach der Aufhebung des Zukunftsgesetzes, das Schwangerschaften für alle

Frauen verbindlich gemacht hatte, wurden werdende Mütter immer noch wie Heilige behandelt. Seit Kira ein Heilmittel für die RM-Seuche entdeckt hatte, bestand eine echte Hoffnung, dass die Kinder tatsächlich länger als nur ein paar Tage überlebten, und seitdem hatte sich die Hochachtung vor schwangeren Frauen sogar noch verstärkt. Isolde lächelte und fächelte sich frische Luft ins Gesicht. Marcus stellte sich hinter sie, um ihr den Zugang zur frischen Luft frei zu halten. Dann blickte er nach vorn.

»... genau das, was wir prinzipiell unterbinden sollten«, sagte Senator Tovar.

»Das kann doch nicht Ihr Ernst sein«, erklärte der neue Senator. Marcus musste sich konzentrieren, um ihn zu verstehen. »Sie waren der Anführer der *Stimme*«, sagte der Mann zu Tovar. »Sie haben mit dem Ausbruch eines Bürgerkriegs gedroht, und man könnte sogar behaupten, dass Sie ihn tatsächlich begonnen haben.«

»Gewalt gelegentlich für notwendig zu erachten, bedeutet noch lange nicht, Gewalt für etwas Gutes zu halten«, entgegnete Tovar. »Wir kämpfen, um Grausamkeiten zu verhindern, aber nicht, um sie im Nachhinein zu bestrafen ...«

»Die Todesstrafe ist im Grunde doch eine Präventivmaßnahme«, unterbrach ihn der neue Senator. Marcus blinzelte erschrocken – er hatte nicht geahnt, dass man für Weist und Delarosa die Todesstrafe in Betracht zog. Da es nur noch sechsunddreißigtausend Menschen gab, musste man mit Hinrichtungen zurückhaltend sein, ob es sich um Verbrecher handelte oder nicht. Der neue Senator wies auf die Gefangenen. »Wenn diese beiden für ihre Vergehen sterben müssen, wird in einer so kleinen Gemeinschaft zwangsläufig jeder davon erfahren, und deshalb werden sich die Verbrechen nicht wiederholen.«

»Die Angeklagten haben als Senatoren ihre Macht missbraucht«, erwiderte Tovar. »Wem genau möchten Sie denn eine Botschaft schicken?«

»Jedem, der ein Menschenleben wie einen Pokerchip behandelt«, sagte der Mann. Die Zuschauer wurden unruhig. Der neue Senator starrte Tovar kalt an, und selbst Marcus, der ganz hinten stand, erfasste die unausgesprochene Drohung: Wenn er dazu fähig wäre, würde dieser Mann Tovar am liebsten gleich zusammen mit Delarosa und Weist hinrichten.

»Die beiden haben getan, was sie für das Beste hielten«, warf Senatorin Kessler ein. Sie zählte zu den wenigen Amtsinhabern, denen es gelungen war, den Skandal zu überstehen und ihre Stellung zu behalten. Nach allem, was Marcus gesehen hatte, und aufgrund der internen Details, die er von Kira erfahren hatte, waren Kessler und die anderen ebenso schuldig wie Delarosa und Weist – sie hatten die Macht ergriffen, das Kriegsrecht verhängt und die winzige Demokratie auf Long Island in einen totalitären Staat verwandelt. Sie hatten es getan, um die Einwohner zu schützen. Jedenfalls hatten sie dies behauptet, und am Anfang hatte Marcus sie unterstützt. Die Menschheit hatte vor der Auslöschung gestanden, und angesichts eines solchen Risikos ließ sich die Behauptung, die Freiheit sei wichtiger als das Überleben, kaum aufrechterhalten. Tovar und die anderen Mitglieder der *Stimme* hatten jedoch rebelliert, der Senat hatte reagiert, und die *Stimme* hatte abermals zurückgeschlagen. So war es weitergegangen, bis die Amtsinhaber das eigene Volk belogen, das Krankenhaus in die Luft gesprengt und insgeheim einen ihrer eigenen Soldaten getötet hatten, um die Furcht vor einer fiktiven Invasion der Partials zu schüren und die Insel zu vereinen. Offiziell hieß es, Delarosa und Weist seien die Köpfe der Verschwörung gewesen, alle anderen hätten nur Befehle ausgeführt. Dafür, dass sie ihrem Anführer gefolgt war, konnte man Kessler so wenig bestrafen wie einen Abwehrsoldaten, der seinerseits Kesslers Befehlen gehorchte. Marcus war nicht sicher, was er von diesem Urteil halten sollte, aber es war offensichtlich, dass es dem neuen Senator nicht gefiel.

Marcus bückte sich und legte Isolde eine Hand auf die Schulter. »Sag mir doch mal, wer der neue Mann ist!«

»Asher Woolf«, flüsterte Isolde. »Er hat Weist als Vertreter der Abwehr ersetzt.«

»Das erklärt so einiges.« Marcus richtete sich wieder auf. *Man kann keinen Soldaten töten, ohne sich jeden anderen Soldaten in der Armee zum Todfeind zu machen.*

»Was sie für das Beste hielten«, wiederholte Woolf. Sein Blick wanderte über die Menge, dann zurück zu Kessler. »Was sie für das Beste hielten. In diesem Fall war das Beste offenbar die Ermordung eines Soldaten, der bereits seine Gesundheit und Sicherheit aufs Spiel gesetzt hatte, um die Geheimnisse dieser Verbrecher zu schützen. Wenn sie den gleichen Preis zahlen wie der Junge, dann werden die nächsten Senatoren vielleicht nicht mehr denken, so etwas sei das Beste.«

Marcus blickte zu Senator Hobb hinüber und fragte sich, warum der noch nicht das Wort ergriffen hatte. Er war der fähigste Redner im Senat, aber Marcus empfand ihn inzwischen als oberflächlich und manipulativ, sogar als opportunistisch. Außerdem hatte er Isolde geschwängert. Marcus bezweifelte, diesen Mann jemals wieder achten zu können, der keinerlei Interesse für sein ungeborenes Kind gezeigt hatte. Jetzt ging Hobb ebenso gleichgültig mit dem Urteil um. Warum hatte er sich noch nicht entschieden?

»Ich glaube, Sie haben Ihren Standpunkt nun dargelegt«, sagte Kessler. »Weist und Delarosa wurden vor Gericht gestellt und verurteilt. Sie sind mit Handschellen gefesselt und werden in ein Straflager gebracht, wo sie für ihre ...«

»Sie werden auf ein idyllisches Anwesen auf dem Land geschickt, wo sie Steaks essen und für einsame Bauernmädchen den Deckhengst spielen dürfen«, fiel Woolf ihr ins Wort.

»Hüten Sie Ihre Zunge!« Marcus zuckte zusammen, als er sah, wie zornig die Frau war. Er war mit Kesslers Adoptivtochter Xochi befreundet und hatte schon oft von diesem Zorn gehört. Woolf befand sich in einer wenig beneidenswerten Lage. »Wie auch immer Ihre frauenfeindliche Einstellung zu unseren bäuerlichen Gemeinschaften aussehen mag«, fuhr Kessler fort, »wir überstellen die Angeklagten keineswegs in ein Urlaubsdomizil. Sie sind Gefangene und kommen in ein Lager, in dem sie härter arbeiten werden, als Sie es je in Ihrem Leben getan haben.«

»Wollen Sie die Gefangenen denn nicht ernähren?«, fragte Woolf.

Kessler kochte. »Natürlich werden sie ernährt.«

Woolf legte in gespielter Verwirrung die Stirn in Falten. »Werden Sie ihnen den Zugang zu frischer Luft und Sonnenschein verwehren?«

»Wie sonst sollen sie auf einer Gefängnisfarm arbeiten, wenn nicht draußen auf dem Feld?«

»Dann bin ich verwirrt«, entgegnete Woolf. »Bisher kommt mir das nicht wie eine Strafe vor. Senator Weist hat kaltblütig die Tötung eines seiner eigenen Soldaten befohlen. Es war ein junger Kerl, der seinem Befehl unterstand. Zur Strafe bekommt er nun ein weiches Bett, drei Mahlzeiten am Tag, frischere Lebensmittel als wir hier in East Meadow und alle Mädchen, die er sich nur wünschen kann ...«

»Sie reden immer wieder von Mädchen«, unterbrach ihn Tovar. »Was genau stellen Sie sich darunter vor?«

Woolf hielt inne und starrte Tovar an, nahm ein Blatt Papier zur Hand und überflog es, während er sprach. »Vielleicht missverstehe ich auch den Grund dafür, dass die Todesstrafe abgeschafft wurde. Wir können niemanden töten, weil Ihren eigenen Worten zufolge nur noch fünfunddreißigtausend Menschen auf dem Planeten leben und weil wir nicht noch mehr Menschen verlieren dürfen.« Er hob den Kopf. »Trifft das zu?«

»Wir haben mittlerweile ein Heilmittel für RM«, erklärte Kessler. »Das bedeutet – wir haben eine Zukunft. Wir können es uns nicht erlauben, auch nur einen Menschen zu verlieren.«

»Weil wir die Menschheit erhalten wollen.« Woolf nickte. »Wir wollen uns vermehren und die Erde neu besiedeln. Selbstverständlich. Können Sie mir erklären, woher die Babys kommen? Oder sollen wir eine Tafel holen, damit ich es Ihnen aufmalen kann?«

»Es geht nicht um Sex«, widersprach Tovar.

»Damit haben Sie verdammt recht.«

Kessler hob beide Hände. »Und wenn wir den Verurteilten einfach die Fortpflanzung verbieten? Sind Sie dann glücklich?«

»Wenn sie sich nicht fortpflanzen dürfen, haben wir keinen Grund, sie am Leben zu lassen«, gab Woolf sofort zurück. »Nach Ihrer eigenen Logik sollten wir sie töten und fertig.«

»Sie sollen arbeiten«, meinte Kessler. »Sie können Felder bestellen, sie können Weizen für die ganze Insel mahlen, sie können ...«

»Wir lassen sie nicht am Leben, damit sie sich fortpflanzen«, sagte Tovar leise. »Und wir halten sie auch nicht als Sklaven am Leben. Wir lassen sie am Leben, weil es falsch wäre, sie zu töten.«

Woolf schüttelte den Kopf. »Verbrecher zu töten, ist ...«

»Senator Tovar hat recht.« Hobb stand auf. »Es geht nicht um Sex, Fortpflanzung, Hilfsarbeiten oder andere Themen, über die wir gestritten haben. Es geht nicht einmal um das Überleben. Wie gesagt, die Menschheit hat eine Zukunft, und Nahrung und Kinder sind für diese Zukunft überragend wichtig. Aber sie sind nicht das Allerwichtigste. Sie sind notwendig für unsere Existenz, aber sie dürfen nicht der Grund für unsere Existenz werden. Wir dürfen uns nicht auf die Ebene des rein körperlichen Überlebens reduzieren lassen.« Er trat zu Senator Woolf hinüber. »Unsere Kinder werden nicht nur unsere Gene und unsere Infrastruktur erben. Sie werden auch unsere Moral übernehmen. Die Zukunft, die wir dank dem Heilmittel für RM gewinnen, ist ein kostbares Geschenk. Wir müssen uns Tag für Tag und Stunde um

Stunde bewähren, indem wir die Menschen sind, die es verdienen, eine Zukunft zu haben. Wollen wir, dass unsere Kinder einander töten? Natürlich nicht. Daher geben wir ihnen ein Beispiel, dass jedes Leben wertvoll ist. Einen Mörder zu töten, könnte eine zweideutige Botschaft aussenden.«

»Für einen Mörder zu sorgen, ist ebenso zweifelhaft«, widersprach Woolf.

»Wir sorgen nicht für einen Mörder«, wandte Hobb ein. »Wir sorgen für alle – ob alt oder jung, gebunden oder frei, männlich oder weiblich. Wenn einer von ihnen ein Mörder ist – oder wenn zwei oder drei oder einhundert Mörder sind –, sorgen wir immer noch für sie.« Er lächelte humorlos. »Natürlich lassen wir nicht zu, dass sie weiterhin Schuld auf sich laden. Wir sind nicht dumm. Aber wir richten sie nicht hin, weil wir besser sein wollen als sie. Wir bemühen uns, höheren Prinzipien zu folgen. Wir haben mittlerweile eine Zukunft, also lasst uns darauf zugehen, ohne Menschen zu töten.«

Vereinzelt erhob sich Applaus im Raum, auch wenn Marcus das Gefühl hatte, einer Pflichtübung beizuwohnen. Eine Handvoll Menschen widersprach mit lauten Rufen, doch die Stimmung der Zuschauer hatte sich geändert, und Marcus wusste, dass der Streit damit entschieden war. Woolf war nicht zufrieden, aber nach Hobbs Rede verzichtete er darauf, noch einmal eine Hinrichtung zu fordern. Marcus hätte gern die Reaktionen der Gefangenen beobachtet, konnte sie jedoch immer noch nicht entdecken. Isolde murmelte etwas. Er bückte sich zu ihr hinunter.

»Was hast du gesagt?«

»Ich sagte, er ist ein aalglatter Dreckskerl«, fauchte Isolde. Marcus zuckte erschrocken zurück. Damit wollte er nichts zu tun haben. Sie hatte beteuert, ihre Affäre mit Hobbs habe auf beiderseitigem Interesse beruht. Sie war seine Assistentin gewesen, er sah gut aus und war charmant. Inzwischen war sie jedoch nicht mehr gut auf ihn zu sprechen.

»Mir scheint, die Debatte ist beendet«, sagte Tovar. »Ich rufe zur Abstimmung. Marisol Delarosa und Cameron Weist werden zum lebenslänglichen Arbeitseinsatz auf der Stillwellfarm verurteilt. Wer dafür ist, hebe die Hand.«

Tovar, Hobb und Kessler hoben die Hände, gleich darauf folgte ihnen auch Woolf. Ein einstimmiges Ergebnis. Tovar beugte sich vor, um das vor ihm liegende Dokument zu unterzeichnen. Dann traten vier Abwehrsoldaten aus dem Seitenflügel, um die Gefangenen nach draußen zu eskortieren. Es wurde laut im Raum, als unzählige Gespräche einsetzten. Man stritt sich über das Urteil und das Drama, das sich vor aller Augen abgespielt hatte. Isolde stand auf, Marcus stützte sie.

»Ich will nach draußen«, erklärte Isolde. »Ich brauche frische Luft.« Sie standen dicht am Ausgang und erreichten die Außentüren vor dem großen Ansturm der anderen Zuschauer. Marcus suchte eine Bank, damit Isolde sich setzen konnte. Mit einer Grimasse ließ sie sich nieder. »Ich brauche Fritten«, erklärte sie. »Fettig und salzig, eine große Handvoll. Am liebsten würde ich alle Fritten der Welt verdrücken.«

»Ich glaube, du musst dich eher gleich übergeben. Wie kannst du nur ans Essen denken?«

»Erzähl mir nichts vom Essen!«, rief sie und schloss die Augen. »Ich will kein Essen, ich will Fritten.«

»Schwangerschaft ist wirklich etwas Verrücktes.«

»Halt den Mund!«

Auf dem Rasen vor dem Gebäude verlief sich die Menge. Marcus beobachtete die Gruppen von Männern und Frauen, die sich entweder entfernten oder stehen blieben und leise über die Senatoren und deren Entscheidung diskutierten. Der Begriff *Rasen* war allerdings leicht irreführend. Vor der Highschool hatte es tatsächlich einmal einen Rasen gegeben, der jedoch seit Jahren nicht mehr gepflegt worden war. Inzwischen war der Rasen eine von buckligen Pfaden durchzogene Wiese, auf der einige Bäume wuchsen. Marcus hielt inne und fragte sich, ob er selbst derjenige gewesen war, der diese Wiese als Letzter gemäht hatte. Vor zwei Jahren war er für einen Streich in der Schule mit Rasenmähen bestraft worden. Hatte seitdem noch einmal irgendjemand gemäht? Das schien ihm ein zweifelhafter Weg zum Ruhm: Der letzte Mensch, der diese Wiese gemäht hat. *Ich frage mich, wie vieles ich sonst noch als Letzter tun werde.*

Er runzelte die Stirn und blickte zum Krankenhaus auf der anderen Straßenseite hinüber. Der Parkplatz vor dem Gebäude war voll. Damals war die Stadt größtenteils leer gewesen. Kaum jemand hatte Lust gehabt, auswärts zu essen und Filme anzusehen, während die Welt untergegangen war und die Seuche um sich gegriffen hatte. Im Krankenhaus jedoch hatte reger Betrieb geherrscht. Auf dem Parkplatz standen viele verrostete alte Autos mit platten Reifen, geborstenen Fenstern und zerkratztem Lack. Hunderte und Aberhunderte Menschen waren einzeln, als Paare und als Familien in der vergeblichen Hoffnung hergefahren, die Ärzte könnten sie vor RM retten. Sie waren ins Krankenhaus gekommen und gestorben, und mit ihnen alle Ärzte. Die Überlebenden hatten das Krankenhaus gesäubert, sobald sie sich in East Meadow niedergelassen hatten. Es war eine ausgezeichnete Klinik und einer der Gründe, warum die Überlebenden sich überhaupt für East Meadow als Keimzelle ihrer Siedlung entschieden hatten. Der Parkplatz war ihnen allerdings nie besonders wichtig gewesen. Die letzte Hoffnung der Menschheit war auf drei Seiten von einem Gewirr aus rostigem Alteisen umgeben, halb Schrottplatz, halb Friedhof.

Marcus wandte sich um, als er Stimmen hörte. Inmitten einer Menschenmenge wurden Weist und Delarosa von Abwehrsoldaten aus dem Gebäude geführt. Viele Zuschauer protestierten gegen das Urteil. Marcus konnte nicht erkennen, ob sie sich für ein schärferes oder ein milderes Urteil einsetzten, vermutete aber, dass beide Seiten vertreten waren. Asher Woolf führte die Gruppe an, drängte sich langsam durch die Menge und bahnte den Soldaten einen Weg. Der Wagen wartete schon – ein gepanzertes Fahrzeug mit beweglichen Achsen, das vier starke Pferde zogen. Sie stampften unruhig, schnauften und schnaubten, als sich die Menge näherte.

»Mir scheint, da könnte gleich ein Aufstand ausbrechen«, murmelte Isolde. Marcus nickte. Einige Demonstranten blockierten die Türen des Wagens, während andere den Zugang frei halten wollten. Die Soldaten der Abwehr versuchten mehr oder weniger hilflos, die Ordnung zu wahren.

Nein, dachte Marcus und beugte sich mit gerunzelter Stirn vor. *Sie versuchen nicht, die Ordnung zu wahren, sondern sie ... was tun sie da? Sie unterbinden das Gerangel nicht, sondern verlagern es. Ich habe schon einmal gesehen, wie sie Aufstände unterdrückt haben, und dabei sind sie viel wirkungsvoller vorgegangen. Viel konzentrierter. Was wollen sie jetzt ...?*

Senator Weist stürzte zu Boden, und auf seiner Brust prangte ein dunkelroter Fleck. Unmittelbar danach war ein ohrenbetäubendes Krachen zu hören. Die Welt schien einen Augenblick lang stillzustehen, die Menschenmenge und die Abwehrsoldaten waren wie erstarrt. Was war geschehen? Was hatte der rote Fleck zu bedeuten? Und der Lärm? Warum war der Mann gestürzt? Stück für Stück setzten sich die Eindrücke zusammen, bis Marcus die Benommenheit überwand und es erkannte: Ein Schuss war gefallen, der rote Fleck auf Weists Brust war Blut. Jemand hatte ihn erschossen.

Die Pferde wieherten, stiegen vor Schreck hoch, wollten weglaufen und zerrten den schweren Wagen mit. Die Panik der Tiere riss die Menschen aus der Erstarrung, und sie rannten in alle Himmelsrichtungen davon. Einige gingen in Deckung, andere suchten den Schützen, aber alle wollten sich so schnell wie möglich von dem Toten entfernen. Marcus zog Isolde hinter die Bank und drückte sie zu Boden.

»Rühr dich nicht vom Fleck!«, befahl er ihr. Dann rannte er so schnell wie möglich zu dem gestürzten Gefangenen hinüber.

»Sucht den Schützen!«, schrie Senator Woolf. Marcus beobachtete, wie der Politiker eine glänzende schwarze Halbautomatik aus dem Mantel zog. Die Zivilisten brachten sich eilig in Sicherheit, auch einige Abwehrsoldaten tauchten ab, doch Woolf und mehrere andere Soldaten waren bei den Gefangenen geblieben. Hinter ihnen platzten Splitter aus der Ziegelmauer, als ein weiterer Schuss fiel. Marcus hatte nur Augen für den gestürzten Weist. Er ging neben ihm in die Hocke und maß ihm noch in der Bewegung den Puls. Viel war nicht zu tasten, aber das Blut, das blubbernd aus der Wunde im Brustkorb strömte, verriet Marcus, dass das Herz noch schlug. Er legte beide Hände auf die Wunde und drückte so fest wie möglich zu. Als jemand ihn unsanft wegriss, schrie er auf.

»Ich will ihn retten!«

»Er ist tot«, sagte der Soldat hinter ihm. »Geh in Deckung!«

Marcus befreite sich mit einem Ruck und kroch zu dem Gefangenen zurück. Woolf rief etwas und deutete auf das Krankenhaus. Marcus achtete nicht darauf, sondern presste dem Verletzten die Hände wieder auf die Brust. Seine Finger waren rot und glitschig, das warme arterielle Blut war ihm über den ganzen Arm gespritzt. Er rief um Hilfe. »Kann mir jemand ein Hemd oder eine Jacke geben? Er blutet vorn und hinten, und ich kann die Blutung nicht mit den Händen stillen!«

»Sei nicht so dumm!«, drängte der Soldat hinter ihm. »Du musst in Deckung gehen.« Als Marcus sich zu dem Soldaten umwandte, bemerkte er Senatorin Delarosa, die noch die Handschellen trug und hinter ihm hockte.

»Rettet sie zuerst!«, rief Marcus.

»Er ist dort drüben!« Woolf deutete auf die Gebäude hinter dem Krankenhaus. »Der Schütze ist da drüben! Jemand muss ihn umgehen.«

Das Blut quoll durch Marcus' Finger, lief ihm über die Hände und breitete sich auf der Brust des Gefangenen aus. Das Blut aus der Austrittswunde sammelte sich unter dem Rücken des Mannes zu einer Lache, die schließlich auch Marcus' Knie und die Hosen erreichte. Dennoch hielt Marcus den Druck aufrecht. Der Gefangene atmete noch, und Marcus rief abermals um Hilfe. »Er stirbt gleich!«

»Lass ihn los!«, rief der Soldat laut und wütend. Blut und Adrenalin beherrschten die Welt. Marcus bemühte sich, nicht vollends die Fassung zu verlieren. Als endlich Hände auftauchten, die bei der Bekämpfung der Blutung helfen wollten, stellte er zu seiner Überraschung fest, dass sie Delarosa und nicht dem Soldaten gehörten.

»Jemand muss da rüber!«, rief Woolf. »In den Ruinen sitzt ein Heckenschütze!«

»Es ist zu gefährlich«, widersprach ein anderer Soldat, der sich ins Gebüsch gekauert hatte. »Wir können nicht angreifen, solange uns der Heckenschütze im Visier hat.«

»Er hat nicht uns im Visier, er zielt auf die Gefangenen.«

»Es ist zu gefährlich«, beharrte der Soldat.

»Dann ruft Verstärkung!«, verlangte Woolf. »Umzingelt ihn! Tut etwas und steht nicht nur herum!«

Marcus spürte keinen Herzschlag mehr. Das Blut in der Brust des Opfers pulsierte nicht mehr, der Körper war erschlafft. Er pumpte und wusste schon, dass es sinnlos war, konnte den Schock jedoch nicht überwinden und machte weiter.

»Warum kümmert es Sie überhaupt?«, fragte der Soldat. Marcus blickte zu dem Mann auf, der mit Senator Woolf sprach. »Vor fünf Minuten haben Sie eine Hinrichtung verlangt, und nun ist er tot. Und Sie wollen den Mörder fangen?«

Woolf fuhr herum und richtete sich dicht vor dem Soldaten auf. »Wie heißen Sie, Soldat?«

»Cantona, Sir. Lucas Cantona«, antwortete der Mann kleinlaut.

»Soldat Cantona, was haben Sie zu beschützen geschworen?«

»Aber er ist …«

»Was haben Sie zu beschützen geschworen?«

»Das Volk, Sir.« Cantona schluckte schwer. »Und das Gesetz.«

»In diesem Fall sollten Sie lieber genau und gründlich nachdenken, bevor Sie beides im Stich lassen.«

Delarosa, deren Hände und Arme mit dem Blut des Gefangenen besudelt waren, warf Marcus einen Blick zu. »So endet es eben manchmal.«

Marcus hörte sie zum ersten Mal seit Monaten sprechen. Der Schreck riss ihn aus seiner Benommenheit, und ihm wurde bewusst, dass er die Hände immer noch auf Weists leblosen Oberkörper presste. Keuchend zog er sie zurück und starrte den Toten an. »Was endet so?«

»Alles.«

4

»Ich glaube, es war die Abwehr«, meinte Xochi.

Haru schnaubte. »Glaubst du wirklich, die Abwehr tötet den Mann, der sie im Senat vertreten hat?«

»Das ist die einzige Erklärung«, entgegnete Xochi. Sie saßen im Wohnzimmer und verzehrten die letzten Überreste des Abendessens: gegrillten Kabeljau und frisch gedünsteten Broccoli aus Nanditas Garten. Marcus hielt inne, als ihm bewusst wurde, dass er das Grundstück immer noch als Nanditas Garten bezeichnete, obwohl die Besitzerin schon seit Monaten vermisst wurde. Sie hatte nicht einmal gepflanzt, was inzwischen geerntet wurde – das hatte Xochi getan. Xochi und Isolde waren die Einzigen, die noch in dem Haus lebten, und trotzdem betrachtete er Nandita nach wie vor als Eigentümerin.

Natürlich dachte er ebenso immer noch an *Kiras Haus*, obwohl sie schon seit zwei Monaten fort war. Wenn überhaupt, dann verbrachte Marcus hier sogar mehr Zeit als vor ihrem Aufbruch, hoffte er doch, sie werde eines Tages einfach vor der Tür stehen. Natürlich war sie nicht zurückgekehrt.

»Denk drüber nach!«, beharrte Xochi. »Die Abwehr hat nichts gefunden, richtig? Zwei Tage lang haben sie gesucht und keinen einzigen Hinweis auf den Heckenschützen gefunden: keine Patronenhülsen auf dem Boden, keinen Fußabdruck, nicht einmal eine abgewetzte Stelle auf dem Boden. Ich mag die Abwehr zwar nicht, aber unfähig ist sie gewiss nicht. Wenn diese Leute etwas finden wollen, dann finden sie es auch. Deshalb haben sie von vornherein nicht richtig hingesehen. Sie vertuschen etwas.«

»Oder der Heckenschütze ist ungewöhnlich gerissen«, überlegte Haru. »Ziehen wir das wenigstens in Betracht, oder springen wir sofort zur Verschwörungstheorie?«

»Natürlich ist er gerissen«, meinte Xochi. »Die Abwehr hat ihn ausgebildet.«

»Das klingt aber sehr nach einem Zirkelschluss«, wandte Isolde ein.

»Weist gehörte zur Abwehr«, sagte Haru. »Er war ihr Vertreter im Rat. Wenn du glaubst, ein Soldat würde einen Kameraden töten, dann weißt du nichts über Soldaten. Sie sind ungeheuer rachsüchtig, wenn einer aus ihren Reihen angegriffen wird. So etwas würden sie nicht vertuschen. Sie würden den Kerl lynchen.«

»Das meine ich doch«, beharrte Xochi. »Was immer Weist sonst getan hat, er hat kaltblütig einen Soldaten getötet – vielleicht nicht persönlich, aber er hat den Befehl dazu erteilt. Er hat dafür gesorgt, dass ein Soldat getötet wurde, der seinem Kommando unterstand. Wie du selbst sagst, lässt die Abwehr niemanden mit so etwas durchkommen. Sie würden ihn hetzen und umbringen. Woolf oder wie er auch heißt, dieser neue Senator der Abwehr, hat lautstark die Todesstrafe gefordert, wie uns Isolde berichtet hat. Da die Hinrichtung nicht durchgesetzt wurde, mussten sie auf Plan B ausweichen.«

»Noch wahrscheinlicher ist das, was die Abwehr behauptet: ein Versuch, Woolf, Tovar oder einen anderen zu töten. Einen der Senatoren, die an der Macht sind. Hingegen gibt es keinen Grund, einen verurteilten Gefangenen zu töten.«

»Dann hat der Heckenschütze einfach nur das Ziel verfehlt?«, fragte Xochi. »Dieser erstaunlich fähige Superschütze, der keine Spuren hinterlässt, zielt auf einen Senator und erweist sich dann als ausgesprochen mieser Schütze? Hör doch auf, Haru! Entweder ist er ein Profi, oder er ist es nicht.«

Marcus hielt sich aus solchen Debatten mit Haru heraus, und die aktuelle Diskussion führte ihm wieder einmal vor Augen, wie recht er damit hatte. Er hatte aus erster Hand beobachtet, wie die Soldaten auf den Angriff reagiert hatten, und war immer noch nicht sicher, ob es sich tatsächlich um eine Verschwörung handelte. Der Soldat hatte Marcus von Weist weggezogen. Hatte er Marcus schützen oder ihn an Weists Rettung hindern wollen? Senator Woolf hatte den Angriff anscheinend als persönlichen Affront aufgefasst. War das glaubhaft, oder war seine Empörung nur ein Teil seiner List gewesen? Haru und Xochi vertraten leidenschaftlich ihre jeweiligen Standpunkte, neigten aber zu voreiligen und extremen Schlussfolgerungen. Aus Erfahrung wusste Marcus, dass die beiden sich Stunden, wenn nicht Tage streiten konnten. Er ließ sie damit allein und wandte sich an Madison und Isolde, die leise über Madisons Baby Arwen gurrten.

Arwen war das Wunderkind – das erste menschliche Kind seit fast zwölf Jahren, das die RM-Seuche überlebt hatte. Kiras Heilmittel pflanzte sich im Blutkreislauf des Kindes selbstständig fort. Jetzt schlief die Kleine, eng in eine Fleecedecke gewickelt, in Madisons Armen, während die beiden Frauen über Schwangerschaft und Wehen sprachen. Sandy, Arwens persönliche Krankenschwester, wartete still in einer Ecke und sah zu. Das Wunderkind war viel zu kostbar, um es auch nur einen Augenblick lang ohne medizinische Versorgung zu lassen. Deshalb folgte Sandy der Mutter und der Tochter auf Schritt und Tritt, hatte sich jedoch nicht in den Freundeskreis eingebracht. Sandy war nicht die einzige Person im Gefolge. Zum Schutz des Kindes hatte der Senat obendrein noch zwei Leibwächter abgestellt. Nachdem eine verrückte Frau – die Mutter von zehn toten Kindern – versucht hatte, Arwen auf dem Wochenmarkt zu entführen, hatte man die Wachen verdoppelt und Haru wieder zur Abwehr einberufen. An diesem Abend waren zwei Wächter im Dienst, einer passte vor dem Haus, der andere hinter dem Haus auf. Wenn sie in festgesetzten Intervallen Meldung machten, zirpte das Funkgerät an Harus Gürtel leise.

»Hast du damit Glück gehabt?«, fragte Madison. Marcus kehrte jäh in die Gegenwart zurück.

»Womit denn?«

»Mit dem Heilmittel«, sagte Madison. »Hast du damit Glück gehabt?«

Er verzog das Gesicht, neigte sich zu Isolde hinüber und schüttelte den Kopf. »Nichts. Vor ein paar Tagen dachten wir, wir hätten einen Durchbruch erzielt, aber am Ende war es doch nur etwas, das unser D-Team bereits überprüft hatte. Eine Totgeburt.« Er schnitt eine Grimasse wegen seiner ungeschickten Wortwahl und wich Isoldes Blick aus. Es war besser, die verunglückte Formulierung einfach zu übergehen, als noch mehr Aufmerksamkeit zu erwecken.

Isolde starrte nach unten und rieb sich den Bauch, wie Madison es immer getan hatte. Marcus arbeitete so schwer, wie er nur konnte – das taten auch alle anderen Teams, die auf das Projekt angesetzt waren –, aber sie waren einer Synthetisierung des Heilmittels für RM nicht nähergekommen. Kira hatte herausgefunden, woraus es bestand, und von den Partials auf dem Festland eine Probe bekommen, doch Marcus und die anderen Mediziner konnten das Medikament immer noch nicht selbst herstellen.

»An diesem Wochenende ist wieder ein Kind gestorben«, warf Isolde leise ein. Fragend blickte sie Sandy an, worauf die Schwester traurig nickte. Isolde legte sich die Hände auf den Bauch und hielt inne. Dann wandte sie sich an Marcus. »Das ist aber noch nicht alles. Das Zukunftsgesetz ist widerrufen, die Schwangerschaften sind nicht mehr zwingend vorgeschrieben, und trotzdem gibt es mehr Schwangerschaften als je zuvor. Jeder will ein Kind haben und vertraut darauf, dass du bis zur Geburt das Heilmittel gefunden hast.« Sie schlug die Augen nieder. »Schon seltsam – im Senat haben wir vor der Heilung immer von *Geburtsfällen* gesprochen und das Wort *Kinder* vermieden. Damals gab es nur die Berichte über die Todesfälle, und wir wollten nicht an Säuglinge und Kinder denken, sondern nur an Versuchsobjekte bei gescheiterten Experimenten. Jetzt bin ich ... ich habe ... weil in mir ein neuer Mensch heranwächst, ist alles anders. Ich kann an nichts anderes mehr denken als an mein Baby.«

Sandy nickte. »Im Krankenhaus haben wir es genauso gehalten. Wir tun es heute noch. Die Todesfälle gehen uns viel zu nahe, und wir halten instinktiv den Tod auf Distanz.«

»Ich weiß nicht, wie ihr das schafft«, entgegnete Isolde leise. Die Stimme drohte ihr zu versagen, aber an ihrer Miene war nicht abzulesen, ob sie gleich in Tränen ausbrechen würde.

»Es muss doch irgendwelche Fortschritte geben«, sagte Madison zu Marcus. »Ihr habt vier Teams ...«

»Fünf«, berichtigte Marcus sie.

»Fünf Teams versuchen, das Pheromon der Partials zu synthetisieren. Ihr habt eine gute Ausrüstung, ihr habt Proben, mit denen ihr arbeiten könnt, ihr habt alles, was ihr braucht. Es ...« Sie hielt inne. »Das darf doch in keiner Sackgasse enden!«

»Wir tun unser Möglichstes«, erwiderte Marcus. »Du musst aber verstehen, wie kompliziert die chemische Zusammensetzung ist. Das Pheromon steht nicht nur in Wechselwirkung mit RM, sondern ist auch irgendwie ein Teil des Lebenszyklus von RM. Wir haben immer noch nicht völlig begriffen, wie es funktioniert. Ich meine ... wir verstehen nicht einmal, *warum* es funktioniert. Warum besitzen die Partials das Heilmittel für RM? Warum ist es ein Teil ihrer Atmung, warum ist es in ihrem Blut vorhanden? Nach allem, was uns Kira vor ihrem Aufbruch erklärte, wissen die Partials nicht einmal, dass sie es haben. Es ist einfach nur ein Teil ihrer genetischen Ausstattung.«

»Das alles ist völlig unsinnig«, bemerkte Sandy.

»Nicht, wenn es einen übergeordneten Plan gibt«, widersprach Marcus.

»Es spielt keine Rolle, ob es einen gewaltigen übergeordneten Plan gibt«, meinte Madison. »Es spielt keine Rolle, woher das Pheromon stammt, wie es hergekommen ist oder warum der Himmel blau ist. Ihr müsst es doch nur kopieren.«

»Zuerst müssen wir verstehen, wie es funktioniert«, widersprach Marcus, doch Isolde ließ den Einwand nicht gelten.

»Wir nehmen es uns«, sagte sie. In ihrer Stimme schwang eine Schärfe mit, die Marcus noch nie bei ihr bemerkt hatte. Überrascht hob er die Brauen.

»Meinst du, wir nehmen es den Partials einfach weg?«

»Der Senat redet jeden Tag darüber«, erklärte Isolde. »Es gibt ein Heilmittel, das wir jedoch nicht selbst herstellen können. Jede Woche sterben Babys, und die Menschen werden unruhig. Zugleich laufen auf der anderen Seite der Meerenge Millionen Partials herum, die jeden Tag unser Heilmittel herstellen, ohne dass es ihnen bewusst ist. Es geht nicht mehr um die Frage, ob wir die Partials angreifen, sondern lediglich darum, wie lange wir noch warten wollen.«

»Ich war auf der anderen Seite und habe erlebt, wozu die Partials im Kampf fähig sind«, wandte Marcus ein. »Wir haben keine Chance gegen sie.«

»Es muss ja kein großer Krieg sein«, gab Isolde zu bedenken. »Eher ein Überfall. Schnell hin und wieder zurück! Wir schnappen uns einen und verschwinden. Genau wie Kira und Haru es mit Samm getan haben.«

Das erregte Harus Aufmerksamkeit. Er riss sich von seinem Streit mit Xochi los. »Was ist mit mir und Samm?«

»Sie reden darüber, ob sich die Abwehr noch einen Partial schnappt«, sagte Madison.

»Natürlich werden sie das tun«, erklärte Haru. »Das ist unvermeidlich. Es war dumm, überhaupt so lange zu warten.«

Wie schön, dachte Marcus. *Ob es mir gefällt oder nicht, jetzt werde ich in eine Diskussion mit Haru verwickelt.*

»Wir müssen keinen Partial kidnappen«, überlegte Xochi. »Wir könnten einfach mit ihnen reden.«

»Beim letzten Mal wurdet ihr angegriffen«, widersprach Haru. »Ich habe die Berichte gelesen. Ihr seid mit Ach und Krach entkommen, und auch dies nur mithilfe eines Partials, dem ihr vertraut habt. Ich will mir gar nicht ausmalen, was im Kampf gegen eine Partialfraktion passiert, über die ihr nichts wisst.«

»Wir können nicht allen Partials vertrauen«, räumte Xochi ein. »Aber du musst in den Berichten auch gelesen haben, dass Samm seinem Befehlshaber nicht gehorchte, weil er uns helfen wollte. Vielleicht gibt es noch mehr Partials, die sich so verhalten wie er.«

»Könnten wir ihnen ernsthaft vertrauen, dann müssten wir nicht auf die Hilfe eines Abweichlers bauen«, widersprach Haru. »An einen Frieden mit den Partials glaube ich erst, wenn sie uns wirklich geholfen haben.«

»Große Worte«, warf Madison ein. »Aber er würde den Partials nicht einmal dann trauen.«

»Falls du dich an den Partialkrieg erinnern könntest, dann würdest du ihnen auch nicht trauen«, beharrte Haru.

»Damit wären wir wieder am Anfang«, seufzte Isolde. »Niemand, der Verantwortung trägt, will mit ihnen Frieden schließen. Aber die Mitarbeiter im Krankenhaus können ohne sie kein Heilmittel herstellen. Als einzige Möglichkeit bleibt noch der Krieg.«

»Ein kleiner Angriff«, schränkte Haru ein. »Schnell hinein, einen schnappen und wieder hinaus, bevor sie etwas bemerken.«

»Was bedeutet, dass es einen Krieg gibt.« Seufzend ließ Marcus sich auf den Streit ein. »Sie führen schon untereinander

ander Krieg und haben uns vermutlich nur deshalb nicht angegriffen. Die Gruppe, auf die wir drüben gestoßen sind, wollte Kira untersuchen, um ein Heilmittel für ihre eigene Seuche zu finden, für das eingebaute Verfallsdatum. Offensichtlich glaubt eine Fraktion der Partials, die Menschen seien der Schlüssel zur Lösung ihres Problems. Sie werden nicht davor zurückschrecken, uns alle ihren Experimenten zu unterziehen. Sobald sie den Bürgerkrieg gewonnen haben, kommen sie mit gezogener Waffe und versklaven uns.«

»Also ist der Krieg unvermeidlich«, schloss Haru aus diesen Worten.

»Fast so unvermeidlich wie die Tatsache, dass du das Wort *unvermeidlich* benutzt«, gab Marcus zurück.

Haru überhörte den Seitenhieb. »Dann gibt es auch keinen Grund, auf den Überfall zu verzichten. Es ist sogar besser, gleich zuzuschlagen, solange sie abgelenkt sind. Wir entführen ein paar von ihnen und entnehmen ihnen so viel Heilmittel, wie wir auf längere Sicht benötigen. Dann töten wir sie und verschwinden von Long Island, bevor sie uns angreifen können.«

Sandy runzelte die Stirn. »Sprichst du davon, Long Island vollständig zu räumen?«

»Wenn die Partials wieder mit einer Invasion beginnen, wäre es nur klug, sofort die Flucht zu ergreifen«, entgegnete Haru. »Würden wir sie nicht für das Heilmittel brauchen, dann wären wir längst weg.«

»Gib uns nur noch etwas Zeit!«, bat Marcus. »Wir stehen kurz vor dem Durchbruch, das weiß ich genau.«

Marcus rechnete mit Einwänden von Harus Seite, aber es war Isolde, die als Erste das Wort ergriff. »Wir haben euch eine Chance gegeben«, sagte sie kalt. »Es ist mir gleichgültig, ob wir es synthetisieren, stehlen, einen Vertrag abschließen oder was auch immer tun, aber ich werde mein Baby nicht verlieren. Die Menschen werden nicht zu den alten Zuständen zurückkehren, nachdem sie wissen, dass es ein Heilmittel gibt. Ich glaube auch nicht, dass die Partials ewig warten. Wir können sogar von Glück reden, wenn sie sich mit der Invasion noch eine Weile Zeit lassen.«

»Es ist ein Wettlauf mit der Zeit«, meinte Haru. »Stellt genügend Heilmittel her, sonst ist der Krieg unvermeidlich.«

»Ja.« Marcus stand auf. »Das sagtest du schon. Ich brauche frische Luft. Mir wird ein bisschen mulmig, wenn die Zukunft der ganzen Menschheit in meinen Händen liegt.« Er ging nach draußen und war froh, dass ihm niemand folgte. Er war nicht wütend, zumindest nicht auf seine Gefährten. Es entsprach sogar der Wahrheit, dass die Zukunft der Menschheit in seinen und den Händen seiner Kollegen lag. Da es sowieso nur noch fünfunddreißigtausend Menschen gab, war die Auswahl ohnehin beschränkt.

Er stieß die Hintertür auf und trat in die kühle Nachtluft hinaus. Vor zwölf Jahren, vor dem Zusammenbruch, hätte in der ganzen Stadt elektrisches Licht die Sterne überstrahlt. Nun war der Himmel voller blinkender Konstellationen. Marcus blickte zu ihnen hinauf und atmete tief durch. An einige konnte er sich noch aus seiner Schulzeit erinnern: Orion ließ sich mit seinem Schwertgehänge besonders leicht erkennen, und das dort war der Große Wagen. Er schloss ein Auge und fuhr mit dem Finger an der Deichsel entlang, um den Polarstern zu finden.

»Das machst du ganz falsch«, ließ sich eine Mädchenstimme vernehmen. Marcus zuckte zusammen.

»Ich wusste nicht, dass noch jemand hier draußen ist.« Hoffentlich hatte er sich mit seiner Schreckhaftigkeit nicht lächerlich gemacht. Er wandte sich um, fragte sich, wer sich in Xochis Hinterhof versteckte, und stieß einen erschrockenen Ruf aus, als eine Frau mit Sturmgewehr aus dem Schatten trat. Er stolperte rückwärts, suchte verzweifelt nach den passenden Worten und bemühte sich, die unerwartete Erscheinung einzuordnen. Die Frau legte den Finger an die Lippen. Marcus wich zum Haus zurück und stützte sich an der Seitenwand ab. Die Geste und der glänzende Gewehrlauf überzeugten ihn, dass er besser den Mund hielt.

Mit einem Katzenlächeln kam das Mädchen näher. Marcus sah, dass sie jünger war, als er anfangs angenommen hatte – groß und schlank war sie, und sie bewegte sich kraftvoll und selbstbewusst. Wahrscheinlich war sie kaum älter als neunzehn oder zwanzig Jahre. Das Gesicht wirkte asiatisch, und das pechschwarze Haar war zu einem straffen Zopf geflochten. Marcus lächelte nervös und beäugte nicht nur das Gewehr, sondern auch die Messer an ihrem Gürtel. Nicht nur eins, nein, es waren zwei. *Wer braucht zwei Messer? Was muss sie denn alles gleichzeitig durchschneiden?* Er brannte nicht gerade darauf, es herauszufinden.

»Du darfst reden«, sagte das Mädchen. »Aber schrei nicht und ruf nicht um Hilfe! Ich würde den Abend gern verbringen, ohne wegzulaufen – und ohne jemanden zu töten.«

»Das freut mich sehr.« Marcus schluckte trocken. »Falls ich dich irgendwie am Töten hindern kann, dann sag es mir bitte.«

»Ich suche jemanden, Marcus.«

»Woher kennst du meinen Namen?«

Statt zu antworten, hielt sie ihm ein Foto hin. »Kommt dir das bekannt vor?«

Er betrachtete das Foto, das drei Menschen vor einem Gebäude zeigte. Unsicher streckte er die Hand aus und sah das Mädchen fragend an. Sie nickte und kam näher, er nahm ihr das Foto ab und hielt es ins Licht der Sterne. »Es ist hier ziemlich ...«

Sie schaltete eine kleine Taschenlampe ein und richtete sie auf das Bild. Marcus nickte.

»... dunkel. Danke.« Jetzt konnte er das Foto näher betrachten, war sich aber der Nähe des Mädchens und des Gewehrs sehr bewusst. Das Foto zeigte einen Mann und eine Frau, zwischen denen ein kleines Mädchen von höchstens drei oder vier Jahren stand. Hinter ihnen erhob sich ein riesiges gläsernes Gebäude. Erschrocken las er den Firmennamen an der Seite: *PARAGEN*. Er öffnete den Mund, um etwas dazu zu sagen, und stellte zu seinem Entsetzen fest, dass er die Frau auf dem Foto schon seit Jahren kannte.

»Das ist Nandita.«

»Nandita Merchant«, bestätigte das Mädchen und schaltete die Taschenlampe aus. »Du weißt nicht zufällig, wo sie ist?«

Marcus drehte sich zu ihr um. Er verstand nicht recht, was das alles zu bedeuten hatte. »Nandita ist schon vor Monaten spurlos verschwunden«, erklärte er. »Dies hier ist ihr Haus, aber ... sie war ständig draußen auf Bergungseinsätzen unterwegs und hat Kräuter für ihren Garten gesammelt. Von ihrem letzten Ausflug ist sie nicht zurückgekehrt.« Noch einmal betrachtete er das Foto, dann wieder das Mädchen. »Gehörst du zu Mkele? Nein, vergiss die Frage! Wer bist du? Woher weißt du, wer ich bin?«

»Wir sind uns schon einmal begegnet, aber du erinnerst dich nicht«, erwiderte sie. »Wenn ich es nicht will, bekommt man mich auch nicht zu sehen.«

»Das dämmert mir auch gerade«, meinte Marcus. »Außerdem habe ich allmählich den Eindruck, dass du nicht zur Polizei von East Meadow gehörst. Warum suchst du Nandita?«

Das Mädchen lächelte etwas verschlagen und boshaft. »Weil sie vermisst wird.«

»Darauf wäre ich nie gekommen.« Auf einmal wurde Marcus bewusst, wie attraktiv das Mädchen war. »Dann formuliere ich es anders. Warum musst du sie finden?«

Das Mädchen schaltete noch einmal die Taschenlampe ein. Zuerst blendete sie Marcus, dann richtete sie den Strahl auf das Foto in seiner Hand. Er sah es noch einmal an.

»Schau genau hin!«, forderte sie ihn auf. »Erkennst du sie?«

»Das ist Nandita Merchant«, antwortete Marcus. »Ich habe doch schon ...«

»Nicht sie«, unterbrach ihn das Mädchen. »Das Kind neben ihr.«

Wieder sah sich Marcus das Bild an und hielt es sich dicht vor die Augen, um das kleine Mädchen in der Mitte genau zu betrachten. Die Haut schien hellbraun zu sein, die Zöpfe waren schwarz wie Kohle, die Augen hell und neugierig. Sie trug ein helles buntes Kleid, wie Kinder es eben an einem Sommertag im Park trugen. Solche Kleider hatte er seit zwölf Jahren nicht mehr gesehen. Die Kleine machte einen glücklichen und unschuldigen Eindruck. Ihr Gesicht wirkte ein wenig verkniffen, weil sie im Sonnenlicht mit einem Auge blinzelte.

Dieses Blinzeln kam ihm irgendwie bekannt vor ...

Marcus riss den Mund auf und hätte vor Schreck beinahe das Foto fallen gelassen. »Das ist Kira.« Verwirrter denn je sah er die geheimnisvolle Besucherin an. »Das ist ein Foto von Kira vor dem Zusammenbruch.« Noch einmal musterte er ihr Gesicht. Sie war noch sehr jung, in dem runden Gesicht zeichnete sich ein wenig Babyspeck ab, aber die Züge waren unverkennbar. Kiras Nase, ihre Augen, das Blinzeln in der Sonne. Er schüttelte den Kopf. »Warum ist sie mit Nandita zu sehen? Die beiden haben sich doch angeblich erst nach dem Zusammenbruch kennengelernt.«

»Genau«, bestätigte das Mädchen. »Nandita wusste davon und hat es nie jemandem verraten.«

Das ist aber eine seltsame Art, es auszudrücken, dachte Marcus. *Sie hat nicht gesagt:* Nandita kannte Kira schon vorher. *Sondern:* Nandita wusste davon. »Was genau wusste sie?«

Das Mädchen schaltete die Taschenlampe aus und schob sie in die Hosentasche. Dann nahm sie Marcus das Foto ab. »Weißt du, wo sie ist?«

»Kira oder Nandita?« Hilflos zuckte er mit den Achseln. »Egal, denn in beiden Fällen lautet die Antwort Nein. Kira wollte ...« Kira suchte die Partials, aber das hatte er bisher niemandem verraten. In diesem Fall spielte es aber wohl keine große Rolle. »Du bist eine Partial, nicht wahr?«

»Wenn du mit Kira sprichst, dann sag ihr, dass Heron sie grüßen lässt.«

Marcus nickte. »Du hast sie entführt und zu Doktor Morgan gebracht.«

Heron antwortete nicht, sondern verstaute das Foto und sah sich zu den Schatten hinter ihr um. »Sehr bald kommt es auf dieser Insel zu interessanten Ereignissen«, sagte sie. »Weißt du etwas über das Verfallsdatum, das Samm erwähnte?«

»Kennst du auch Samm?«

»Kira Walker und Nandita Merchant spielen bei dem Problem des Verfallsdatums eine entscheidende Rolle, und Doktor Morgan will sie finden.«

Verwirrt runzelte Marcus die Stirn. »Was haben sie denn damit zu tun?«

»Lass dich nicht von den Einzelheiten ablenken!«, erwiderte Heron. »Es spielt keine Rolle, warum Doktor Morgan sie finden will. Wichtig ist nur, dass Morgan sie finden *wird*, zumal sie überall über Spione verfügt. Die Partials kennen nur zwei Wege, etwas zu erledigen: meinen Weg und den Weg aller anderen.«

»Ich bin kein großer Anhänger deines Wegs.« Marcus beäugte das Gewehr. »Will ich überhaupt wissen, wie der Weg der anderen aussieht?«

»Du kennst ihn schon. Das war der Partialkrieg«, erwiderte Heron.

»Ich glaube, dein Weg gefällt mir doch besser.«

»Dann hilf mir!«, forderte Heron ihn auf. »Finde Nandita Merchant! Sie hält sich irgendwo auf dieser Insel auf. Ich würde mich selbst darum kümmern, wenn ich nicht anderswo zu tun hätte.«

»Außerhalb der Insel«, riet Marcus. »Du suchst Kira.«

Wieder lächelte Heron.

»Und wenn ich sie finde?«, fragte Marcus. »Vorausgesetzt ... vorausgesetzt, ich suche sie überhaupt. Du bist ja nicht mein Boss.«

»Finde sie!« Heron zog sich einen Schritt zurück. »Ganz sicher willst du nicht erleben, dass die anderen es auf ihre Weise tun.« Sie machte auf dem Absatz kehrt und verschmolz mit den Schatten.

Marcus wollte ihr folgen, doch sie war längst verschwunden.

5

Kira kauerte im Gebüsch und visierte durch das neue Zielfernrohr die Tür des Elektronikladens an. Es war der vierte, den sie aufgesucht hatte, und alle waren längst geplündert worden. Das allein wäre noch nicht besonders erstaunlich gewesen, doch der Zustand der ParaGen-Büros hatte sie misstrauisch gemacht, und die näheren Untersuchungen hatten immer wieder zu dem gleichen Schluss geführt: Der Plünderer, wer es auch war, hatte sich erst vor Kurzem hier umgesehen. Dieser Beutezug hatte ganz sicher nicht vor elf Jahren kurz nach dem Weltuntergang stattgefunden. Irgendwo in der Wildnis von Manhattan lebte jemand, der erst in den letzten Monaten Computer und Generatoren eingesammelt hatte.

Sie beobachtete den Laden bereits seit anderthalb Stunden, hielt sich zurück und versuchte, beim Aufspüren des Plünderers so vorsichtig zu sein wie er beim Verwischen der Spuren. Einige Minuten lang beobachtete sie noch, überblickte den Laden, die benachbarten Geschäfte, die vier Stockwerke mit Wohnungen darüber – nichts. Noch einmal richtete sie den Blick auf die Straße, die in beiden Richtungen völlig verlassen war. Es war niemand sonst in der Nähe, also konnte sie gefahrlos den nächsten Schritt tun. Sie überprüfte den Rucksack, packte das Sturmgewehr und rannte über die löcherige Straße. Die Ladentür hatte aus Glas bestanden. Ohne innezuhalten, sprang sie hindurch, sah sich mit erhobenem Gewehr und kampfbereit aufmerksam um und spähte vorsichtshalber in alle Gänge. Es war ein kleiner

Laden, in dem es vor allem Lautsprecher und Musikanlagen gab. Das meiste war schon bei den ersten Plünderungen ausgeräumt worden. Der einzige Mensch war der zum Skelett verweste Kassierer hinter der Theke. Als sie sich überzeugt hatte, dass ihr keine Gefahr drohte, schlang sie sich das Gewehr über die Schulter und machte sich an die Arbeit. Zuerst untersuchte sie möglichst gründlich den Fußboden. Sie brauchte nicht lange, um die ersten Hinweise zu finden: Fußspuren im Staub. Eine deutliche Fährte, entstanden lange nach der Zerstörung der Fensterfront und lange nachdem Erde und Schutt ins Gebäude eingedrungen waren. Hier waren die Abdrücke sogar besonders deutlich. Sie maß mit der Hand nach – sie stammten von riesigen Schuhen, die sie schon vorher bemerkt hatte, Größe neunundvierzig oder sogar fünfzig. Alles erschreckend gut erhalten. Besonders in der Mitte der Gänge verwischten Wind und Wasser die Spuren im Lauf der Zeit, doch hier zeichneten sich die Ränder scharf ab. Kira kniete nieder, um die Abdrücke so behutsam wie möglich zu untersuchen. Die anderen waren im Lauf des letzten Jahres entstanden, diese hier möglicherweise erst in der letzten Woche.

Wer auch immer der Dieb der Generatoren war, er stahl noch immer.

Anschließend nahm Kira sich die Regale vor und versuchte, aus dem Zustand und der Anordnung der Spuren zu rekonstruieren, was der Plünderer mitgenommen hatte. Wie nicht anders zu erwarten befanden sich die meisten Hinweise in der Ecke, wo die Generatoren ausgestellt gewesen waren. Als sie jedoch genauer hinsah, entdeckte sie eine Abweichung vom gewohnten Muster. Der Plünderer hatte sich mindestens zweimal auf der anderen Seite des Ladens umgetan – einmal langsam, als hätte er etwas gesucht, und einmal mit festen, tieferen Fußstapfen, als hätte er etwas Schweres getragen. Sie betrachtete die Regale, die staubigen Plastiktelefone, die noch an die Metallregale gekettet waren, die schlanken Notebooks und die winzigen Player, die Xochi gesammelt hatte. Vorsichtig folgte sie den Spuren durch den Schutt auf dem Boden und stand schließlich vor einem niedrigen leeren Regal hinten im Raum. Er hatte eindeutig etwas mitgenommen. Kira bückte sich, um den Staub vom Schild zu wischen, und bemühte sich, die verwitterte Beschriftung des Regals zu entziffern: *AMATEUR*. Amateure? Was hatten Amateure in einem Elektronikladen zu suchen? Das nächste Wort lautete: *FUNK*. Also handelte es sich um Sprechfunkgeräte.

Computer, Generatoren und nun auch Funkgeräte. Der geheimnisvolle Plünderer stellte eine hübsche Sammlung technischer Geräte aus der alten Welt zusammen und war offensichtlich ein Experte, denn er hatte gewusst, wozu die Geräte in diesem Regal dienten, ohne wie sie selbst das Etikett säubern zu müssen. Außerdem hatte er aus den Büros von ParaGen einige sehr spezielle Gegenstände mitgenommen. Das konnte kein Zufall sein. Er stahl nicht willkürlich alle möglichen Arten von Geräten, sondern hatte es auf ganz bestimmte Geräte abgesehen. Er sammelte alte Computer von ParaGen und die Generatoren, um sie zu betreiben. Jetzt hatte er sich also auf Funkgeräte verlegt. Aber wen wollte er anfunken?

Manhattan war Niemandsland, eine leere, ohne Absprache demilitarisierte Zone zwischen den Partials und den menschlichen Überlebenden. Niemand hielt sich dort auf. Nicht etwa, weil es verboten, sondern weil es zu gefährlich war. Wenn einem dort draußen etwas zustieß, konnte man jederzeit von den Gegnern aufgegriffen werden, und niemand konnte einem helfen. Es war nicht einmal ein lohnendes Gebiet für Spione, denn es gab nichts Interessantes zu beobachten und zu berichten. *Abgesehen natürlich,* dachte sie, *von den ParaGen-Akten.* Sie suchte danach, und der Plünderer tat das Gleiche – und er war vor ihr dort gewesen. Nach seinem Raubzug gab es keine Generatoren mehr, die sie in das Para-

Gen-Büro schaffen konnte, und keine Garantie, dass die dortigen Computer überhaupt brauchbare Informationen für sie enthielten. Sie hatte gehofft, einen Generator zu finden und den Computer der Zweigstellenleiterin zum Laufen zu bringen, aber der geheimnisvolle Plünderer suchte offenbar nach denselben Dingen wie sie und hatte dem Computer der leitenden Mitarbeiterin keine Beachtung geschenkt. Höchstwahrscheinlich hatte der Plünderer genau das abtransportiert, was sie selbst suchte. Wenn sie die Akten lesen wollte, musste sie den Plünderer auftreiben.

Es galt herauszufinden, was ParaGen mit den Partials, mit RM und mit ihr selbst zu tun hatte. Es gab aber einen weiteren Grund. Nandita hatte sie aufgefordert, den Trust zu suchen – also die Partialanführer und das Oberkommando, das den anderen die Befehle erteilte. Der Trust war hier nicht zu finden, möglicherweise aber ein Hinweis, wo sie mit der Suche ansetzen sollte. Andererseits – konnte sie Nandita überhaupt trauen? Kira schüttelte den Kopf und sah sich in dem verwüsteten Geschäft um. Früher hatte sie Nandita rückhaltlos vertraut. Die Tatsache jedoch, dass Nandita vor dem Zusammenbruch ihren Vater und Kira selbst gekannt und trotzdem kein Wort gesagt hatte ... Nandita hatte sie getäuscht, und Kira wusste nicht, welche Absichten die Frau verfolgte, wenn sie Kira riet, was als Nächstes zu tun sei. Andererseits war dies der einzige Hinweis, den Kira überhaupt hatte. Ob nun ein unheimlicher Plünderer ihren Weg kreuzte oder nicht, sie musste nach Informationen über ParaGen suchen, weil die Antworten nur auf diesem Weg zu finden waren, und dieser Fremde besaß die Informationen. Ob er ein Partial, ein Mensch, ein Doppelagent oder sonst wer war, spielte keine Rolle. Sie musste ihn aufspüren und herausfinden, was er wusste.

Plötzlich kam ihr ein anderer Gedanke. Sie erinnerte sich an den Rauch, den sie bei ihrem letzten Vorstoß mit Jayden, Haru und den anderen in diesem Gebiet bemerkt hatte. Der

Rauchfaden war von einem Schornstein oder einem Lagerfeuer aufgestiegen. Damals hatten sie sich entschlossen, die Gegend zu erkunden, und waren auf Samms Partialtruppe gestoßen. Bei ihrer Flucht hatten sie nicht mehr daran gedacht, die Quelle des Rauchs zu untersuchen. Kira hatte vermutet, sie seien auf ein Lager der Partials gestoßen, doch die späteren Erfahrungen hatten bewiesen, wie falsch ihre Annahme gewesen war. Die Partials waren viel zu klug, um so offensichtliche Hinweise auf ihre Gegenwart zu hinterlassen, und außerdem viel zu widerstandsfähig, um ein Lagerfeuer zu benötigen. Offensichtlich hatte eine dritte Gruppe den Rauch erzeugt, und die Partials hatten möglicherweise genau wie die Menschen die Quelle des Rauchs untersuchen wollen. Dann hatten sich die beiden Gruppen gegenseitig ausgelöscht, bevor eine von ihnen etwas herausgefunden hatte. Vielleicht. Es war eine wilde Vermutung, aber immer noch besser als alles, was ihr sonst einfiel. Sicherlich besser, als Elektronikläden zu bewachen und vergeblich zu hoffen, dass der Plünderer zufällig auftauchte, während sie auf der Lauer lag.

Sie würde mit dem Viertel beginnen, das sie damals erkundet hatten. Vielleicht war er weitergezogen. Nach dem heftigen Feuergefecht nur wenige Blocks entfernt wäre das durchaus verständlich gewesen. In dem Fall wollte sie nach Hinweisen suchen, wohin er sich begeben hatte. In dieser Stadt war jemand unterwegs, und sie war entschlossen, ihn zu finden.

Es war schwieriger als gedacht, die Quelle der Rauchwolke zu bestimmen. Natürlich war der Rauch verschwunden, und sie musste sich auf ihre Erinnerung verlassen. Die Stadt war jedoch ein riesiger Irrgarten, und sie war auf Anhaltspunkte angewiesen, die ihrem Gedächtnis auf die Sprünge halfen. Zunächst musste sie den ganzen Weg bis in den Süden zu der Brücke zurückgehen, auf der sie herübergekommen waren. Dann galt es, das richtige Gebäude zu finden und aus dem richtigen Fenster zu blicken. Von dort aus kam ihr die Landschaft endlich bekannt vor – sie konnte eine lange Baumreihe und die drei Wohnblocks erkennen und nachvollziehen, wie es vor so vielen Monaten zum Angriff der Partials gekommen war. Dort war sie zum ersten Mal Samm begegnet. Nein, eigentlich waren sie sich nicht begegnet, sondern sie hatte ihn bewusstlos geschlagen und gefangen genommen. Seltsam, wie sich seitdem die Umstände verändert hatten. Wenn Samm jetzt bei ihr wäre ... nun ja, dann wäre vieles erheblich einfacher.

Während sie daran dachte, wusste sie doch, dass dies keineswegs alles war. Als sie aus dem Fenster auf die grüne Stadt hinabblickte, fragte sie sich wohl zum hundertsten Mal, ob ihre Verbundenheit mit Samm auf dem Link der Partials beruhte oder ob sie etwas Tieferes bedeutete. Konnte sie das wohl noch irgendwie herausfinden? Aber war es überhaupt wichtig? Verbundenheit war gleichbedeutend mit menschlicher Nähe, und die hatte sie in letzter Zeit nicht allzu intensiv erlebt.

Dies war allerdings nicht der richtige Augenblick, um über Samm nachzudenken. Kira betrachtete die Stadtlandschaft und versuchte, die genaue Stelle zu finden, von der der Rauch aufgestiegen war, und ihren Weg in die entsprechende Richtung nachzuzeichnen. Sie zückte sogar ihren Notizblock und zeichnete eine Karte. Da sie aber nicht wusste, wie viele Straßen es gab und wie sie hießen, konnte sie kaum einschätzen, wie nützlich die Karte überhaupt war. Die Gebäude waren so hoch und die Straßen so schmal, dass ihr die Stadt wie ein Labyrinth vorkam, ein Irrgarten aus Schluchten, die von Ziegelsteinen und Metall begrenzt wurden. Beim letzten Mal hatten ihnen Späher den Weg gewiesen. Nun befürchtete Kira, sie könnte sich verlaufen und nichts mehr wiederfinden.

Sie vollendete die Karte nach bestem Bemühen, notierte Fixpunkte, die ihr bei der Orientierung helfen konnten, und stieg die lange Treppe hinunter, um sich auf den Weg durch die Stadt zu machen. Die Straßen waren uneben, vollgeparkt mit verlassenen Fahrzeugen und überwuchert von dürren Bäumen, deren Blätter im leichten Wind rauschten. Sie kam am Schauplatz eines Unfalls vorbei. Ein Dutzend oder mehr Autos waren zusammengeprallt, als die Fahrer verzweifelt versucht hatten, aus der verseuchten Stadt zu fliehen. Leider konnte sie sich nicht erinnern, schon einmal an dieser Unfallstelle vorbeigekommen zu sein. Sie wurde nervös und fürchtete schon, sie sei falsch abgebogen, doch dann spähte sie um eine Ecke und entdeckte einen Orientierungspunkt, von dem aus sie zuversichtlicher ausschreiten konnte. Der einfachste Weg führte in der Straßenmitte entlang, weil hier weniger Trümmer lagen als am Rand und auf den Gehwegen. Doch dort war sie auch deutlich sichtbar, und Kira war zu vorsichtig, um sich eine solche Blöße zu geben. Daher hielt sie sich meist dicht an den Mauern und Zäunen und umrundete vorsichtig die lockeren Schutthaufen, wo Trümmer von den turmhohen Gebäuden herabgefallen waren. Auf diese Weise kam sie zwar langsamer voran, fühlte sich aber sicherer. Zumindest redete sie sich das ein.

Die Einschusslöcher, die Kira hier und dort in Autos oder Briefkästen bemerkte, bestätigten ihr, dass sie auf dem richtigen Weg war. Hier waren sie vor einem Heckenschützen davongelaufen. Jayden hatte eine Kugel in den Arm abbekommen. Der Gedanke an Jayden ernüchterte sie. Schließlich blieb sie stehen und lauschte: Vögel. Wind. Zwei Katzen, die sich fauchend zankten. Es war dumm zu glauben, auch jetzt lauere ein Heckenschütze in der Nähe, doch sie konnte die Angst nicht abschütteln. Schwer atmend duckte sie sich hinter eine morsche Treppe und beruhigte sich, dass es nur die Nerven waren. Trotzdem musste sie ständig an Jaydens verletzten Arm denken – und wie er im Krankenhaus von East Meadow einen Schuss in die Brust abbekommen hatte. Wie er auf dem Boden verblutet war, nachdem er sich geopfert hatte, um sie zu retten. Er hatte ihr geholfen, die Angst zu überwinden, er hatte sie angetrieben, wieder aufzustehen, als sie wie gelähmt gezaudert hatte. Sie knirschte mit den Zähnen, stand auf und ging weiter. Auch wenn sie noch so viel Angst hatte, sie ließ sich nicht von ihrem Vorhaben abbringen.

Als die Sonne hoch am Himmel stand, erreichte sie die Wohnblocks: fünf Häuser, die von dem Wolkenkratzer aus den Eindruck erweckt hatten, es seien nur drei. Dies war die richtige Stelle. Die Häuser standen auf einer weitläufigen Wiese, auf der inzwischen kleine Bäume sprossen. Vorsichtig näherte Kira sich den Gebäuden. *An diesem hier sind wir zuerst vorbeigelaufen, in jenes sind wir eingedrungen ...* Sie kam um eine Ecke und blickte nach oben. Dort war das große Loch, wo sie in den oberen Stockwerken die Wand gesprengt hatten. Eine Ranke hatte sich an einem baumelnden Balken verankert, ein Vogel hockte auf dem krummen Ende einer Stahlstrebe. Die Gewalttaten waren vorüber, die Natur eroberte das Land zurück.

Bis hierher waren sie auf der Suche nach der Quelle des Rauchs gekommen, und sie hatten sich für den Wohnblock entschieden, von dem aus sie die Rückseite des vermutlich besetzten Hauses beobachten konnten. Mit angelegtem Gewehr lief Kira weiter, bog um die erste, dann um die nächste Ecke. Gleich dahinter musste die Straße verlaufen. Wenn sie ihre Karte richtig gezeichnet hatte, dann sollte das gesuchte Gebäude noch sechs Hausnummern entfernt sein. Eins, zwei, drei, vier ... nein. Kira öffnete den Mund und starrte entsetzt auf das sechste Stadthaus in der Reihe.

Es war in Stücke gesprengt, und wo es gestanden hatte, klaffte ein großer Krater.

6

»Die Sitzung des Senats ist hiermit eröffnet«, verkündete Senator Tovar. »Wir heißen unsere Gäste offiziell willkommen und freuen uns auf die Anhörung ihrer Berichte. Bevor wir beginnen, möchte ich noch darauf hinweisen, dass auf dem Parkplatz ein grüner Ford Sovereign mit eingeschalteten Scheinwerfern steht. Der Besitzer des Wagens sollte sich umgehend ...« Er hob den Kopf, ohne eine Miene zu verziehen, und die Erwachsenen im Raum lachten. Marcus runzelte verwirrt die Stirn. Tovar kicherte. »Ich entschuldige mich bei den anwesenden Seuchenbabys. Das war ein Scherz aus der alten Welt, nicht einmal ein sehr guter.« Er setzte sich. »Wir beginnen mit dem Synthese-Team. Doktor Skousen?«

Skousen stand auf, und Marcus hielt den Ordner auf den Knien bereit, falls der Arzt ihn um genauere Informationen bat. Skousen trat vor, blieb stehen, räusperte sich, hielt kurz inne und dachte nach. Dann trat er weiter vor.

»Ihrem Zögern entnehme ich, dass Sie vermutlich keine guten Neuigkeiten haben«, sagte Tovar. »Vielleicht sollten wir gleich weitergehen und jemanden aufrufen, der uns einen erfreulichen Bericht liefert.«

»Nun lassen Sie ihn doch erst mal reden!«, wandte Senatorin Kessler ein. »Sie müssen wirklich keine lahmen Scherze zum Besten geben, bevor die Leute überhaupt ihre Berichte vorgetragen haben.«

Tovar hob die Brauen. »Ich könnte natürlich auch scherzen, während ein anderer spricht, aber das wäre unhöflich.«

Kessler überhörte die Bemerkung und wandte sich an Skousen. »Doktor?«

»Ich fürchte, er hat recht«, begann Skousen. »Es gibt keine guten Neuigkeiten, aber auch keine schlechten Neuigkeiten, wenn man davon absieht, dass wir keine Fortschritte machen ...« Verunsichert hielt er inne. »Wir ... ich will damit sagen, dass wir wenigstens keine großen Rückschläge zu verzeichnen hatten.«

»Sie sind der Synthetisierung des Heilmittels also nicht näher als beim letzten Mal«, fasste Senator Woolf zusammen.

»Wir haben gewisse Irrwege und Sackgassen ausgeschlossen«, erwiderte Skousen. Sein Gesicht war faltig und wirkte müde, seine Stimme klang erschöpft. »In Erwartung von Siegen ist das nicht viel, aber mehr haben wir leider nicht vorzuweisen.«

»Das ist ein unhaltbarer Zustand.« Woolf wandte sich an die anderen Senatoren. »Wir haben ein einziges Kind gerettet, und fast zwei Monate später sind wir immer noch nicht in der Lage, weitere Kinder zu heilen. Allein in der letzten Woche haben wir vier Neugeborene verloren. Jedes tote Kind ist eine Tragödie, über die ich mich an dieser Stelle nicht weiter auslassen will, und das ist nicht einmal unsere vordringlichste Sorge. Die Menschen wissen, dass wir ein Heilmittel gefunden haben. Sie wissen, dass wir die Kinder eines Tages retten können, sehen bisher aber keinen Fortschritt. Sie kennen auch die Gründe dafür, aber das wird die Gemüter nicht unbedingt besänftigen. Ganz im Gegenteil, die Spannungen auf der Insel werden zunehmen. Alle wissen, dass Heilung in greifbare Nähe gerückt ist und dennoch unerreichbar zu sein scheint.«

»Was schlagen Sie vor?«, fragte Tovar. »Sollen wir die Partials angreifen und ihnen die Pheromone stehlen? Das können wir nicht riskieren.«

Bald bleibt euch möglicherweise nichts anderes mehr übrig, dachte Marcus. *Wenn Heron die Wahrheit gesagt hat ...* Er rutschte auf seinem Sitz herum und versuchte, den Gedanken an eine Invasion der Partials zu unterdrücken. Er wusste nicht, wo Nandita und Kira steckten, und natürlich sollten sie den Feinden nicht in die Hände fallen. Andererseits ... eine Invasion der Partials konnte das Ende der Menschheit bedeuten. Nachdem sie sich nicht fortpflanzen konnten, wäre es kein langsamer Niedergang, sondern ein blutiger, brutaler Völkermord. Die Partials hatten vor zwölf Jahren bewiesen, dass sie sich vor einem Krieg nicht fürchteten, aber ein Völkermord? Samm hatte nachdrücklich behauptet, die Partials seien nicht für die RM-Seuche verantwortlich, aber von Schuldgefühlen geplagt, weil sie, wenngleich unabsichtlich, den schrecklichen Verfall der Welt verursacht hatten. Hatten sich die Partials inzwischen stark verändert? Waren sie mittlerweile bereit, den Rest der Menschheit zu opfern, um sich selbst zu retten?

Sie verlangen etwas Ähnliches von mir, überlegte er weiter. *Ich soll Kira oder Nandita opfern, um die Menschheit zu retten. Täte ich es, wenn es wirklich darauf ankäme? Darf ich so etwas überhaupt in Betracht ziehen?*

»Wir könnten einen Unterhändler schicken«, schlug Senator Hobb vor. »Wir haben schon darüber geredet und das Team zusammengestellt. Tun wir es!«

»Zu wem sollen wir ihn schicken?«, fragte Kessler. »Bisher hatten wir nur mit einer Gruppe von Partials Kontakt, die unsere jungen Leute gleich nach der Kontaktaufnahme umbringen wollten. Wir dagegen haben versucht, den Partial zu töten, der mit uns in Verbindung treten wollte. Mir ist schleierhaft, wie wir nach dieser Vorgeschichte jemals eine friedliche Lösung aushandeln wollen.«

Genau diese Debatte hatten er und seine Freunde auch in Xochis Wohnzimmer geführt. Die Vorschläge und die Antworten drehten sich im Kreis, es war ein endloses Gezänk. *Sind die Erwachsenen genauso hilflos wie wir? Oder gibt es für dieses Problem wirklich keine Lösung?*

»Aus medizinischer Sicht muss ich trotz meiner Bedenken leider dafür plädieren, dass wir ...«, setzte Dr. Skousen an und hielt gleich wieder inne. »Ich empfehle die Gewinnung einer neuen Probe. Damit meine ich einen neuen Partial oder zumindest eine gewisse Menge des Pheromons. Von der Dosis, die wir für Arwen Sato benutzt haben, ist noch ein wenig übrig, und wir besitzen die Scans und Aufzeichnungen über die Struktur und Funktionsweise des Pheromons. Eine frische Probe indes ist durch nichts zu ersetzen. Das letzte Mal haben wir das Problem gelöst, indem wir zur Quelle vorgedrungen sind – zu den Partials. Ich glaube, wir müssen erneut auf diese Weise vorgehen, wenn wir das Problem dauerhaft lösen wollen. Ob wir die Probe durch Gewalt oder Diplomatie erwerben, spielt keine Rolle, solange wir sie nur bekommen.«

Die Zuhörer tuschelten miteinander. Es klang wie das Rascheln von Herbstlaub. *Nicht* wir *haben das Problem gelöst,* dachte Marcus. *Es war Kira, und Dr. Skousen hat ihre Vorschläge gnadenlos abgeschmettert.* Nun schlug er eine Wiederholung vor, ohne Kira überhaupt zu erwähnen.

»Sie verlangen von uns, einen zweiten Partialkrieg zu riskieren«, meinte Kessler.

»Das Risiko sind wir sowieso schon eingegangen. Der Bär ist bereits wütend, wie man so sagt, aber bisher hat er uns noch nicht gefressen.«

»Glück haben und in Sicherheit leben sind zwei verschiedene Dinge«, wandte Kessler ein. »Wenn es einen Weg gibt, das Heilmittel zu synthetisieren, ohne zu militärischen Mitteln zu greifen, dann sollten wir diesen Weg einschlagen. Falls wir die Partials noch weiter provozieren ...«

»Das ist schon längst geschehen!«, warf Woolf ein. »Sie haben die Berichte gelesen – vor der Nordküste kreuzen Boote. Schiffe der Partials überwachen unsere Grenzen ...«

Senator Hobb fiel ihm ins Wort, während das Getuschel im Zuschauerraum anschwoll. »Dies ist nicht der richtige Rahmen, um über die Berichte zu diskutieren«, sagte er.

Marcus fühlte sich, als hätte er einen Schuss in den Bauch bekommen. Die Partials patrouillierten im Long Island Sound? Vorher hatten sie sich elf Jahre lang zurückgehalten und höchstens, wie Heron, hier und dort eine rasche Aufklärungsmission durchgeführt. Sie waren stets heimlich vorgegangen, und die Menschen hatten es nicht einmal bemerkt. Jetzt überwachten sie offen die Grenze. Er bemerkte, dass ihm vor Schreck der Mund offen stand, und presste rasch die Lippen aufeinander.

»Die Einwohner müssen es erfahren«, beharrte Woolf. »Sie finden es sowieso heraus. Wenn die Boote näher kommen, wird sie jeder Farmer an der Nordküste mit bloßem Auge sehen. Möglicherweise sind bereits kleine Vorausabteilungen der Partials gelandet. Unsere Bewachung der Küste ist alles andere als lückenlos.«

»Dann ist aus dem kalten ein heißer Krieg geworden«, warf Skousen ein. Er sah grau und verfallen aus wie eine Leiche vom Straßenrand. Der Arzt hielt inne, schluckte und ließ sich wieder auf seinen Sitz fallen.

»Wenn Sie entschuldigen.« Erst nachträglich bemerkte Marcus, dass er aufgesprungen war. Er betrachtete den Ordner, den er in Händen hielt, und wusste nicht recht, was er damit anfangen sollte. Schließlich klappte er ihn zu und hielt ihn vor sich wie einen Schutzschild. Er betrachtete die Senatoren und fragte sich, ob Heron recht hatte – ob einer von ihnen oder einer der Assistenten ein Agent der Partials war. Wagte er es, vor der Versammlung zu sprechen? Durfte er schweigen? Noch einmal setzte er an. »Verzeihung. Ich bin Marcus Valencio ...«

»Wir wissen, wer Sie sind«, erwiderte Tovar.

Marcus nickte nervös. »Ich glaube, ich habe auf dem Gebiet der Partials mehr Erfahrungen gesammelt als jeder andere in diesem Raum ...«

»Deshalb wissen wir, wer Sie sind.« Tovar wedelte mit der Hand. »Sie müssen sich nicht vorstellen. Kommen Sie zur Sache!«

Marcus schluckte. Plötzlich war er sich seiner Sache gar nicht mehr so sicher. Er hatte das Bedürfnis, etwas Wichtiges beizusteuern, fühlte sich aber kaum zu einer Stellungnahme berechtigt. Er wusste nicht einmal, wie er sich ausdrücken sollte, und sah sich hilflos im Raum um, betrachtete die Mienen der versammelten Experten und Politiker und fragte sich, welcher von ihnen – falls überhaupt – ein Verräter war. Er dachte an Heron und ihre Suche nach Nandita und erkannte schließlich, dass er selbst, was immer er zu sagen hatte, es als Einziger vorbringen konnte. Er war der Einzige, der Herons Warnung gehört hatte. *Ich muss mir nur noch überlegen, wie ich es formuliere, ohne selbst als Verräter dazustehen.* »Ich will damit sagen, dass die Partials, denen wir begegnet sind, Experimente durchführten. Sie haben ein Verfallsdatum – sie werden alle sterben. Sie sind genauso stark an der Heilung ihres eigenen Leidens interessiert, wie wir nach einem Heilmittel für RM suchen. Sogar noch stärker, denn sie werden früher sterben.«

»Wir wissen vom Verfallsdatum«, entgegnete Kessler. »Das war die beste Neuigkeit, die wir seit zwölf Jahren erhalten haben.«

»Natürlich abgesehen von dem Heilmittel für RM«, warf Hobb rasch ein.

»Das ist überhaupt keine gute Nachricht«, widersprach Marcus. »Ihr Verfallsdatum schiebt uns aus der Bratpfanne in ... in den geschmolzenen Kern der Erde. Wenn sie sterben, dann sterben wir auch. Wir brauchen ihr Pheromon, um uns selbst zu heilen.«

»Deshalb wollen wir es ja synthetisch herstellen«, meinte Woolf.

»Aber wir können es nicht.« Marcus hob den Ordner. »Es würde länger als zwei Stunden dauern, Ihnen alles zu erklären, was wir versucht haben, und alle Gründe zu nennen, warum es nicht funktioniert hat. Sie würden die wissenschaftlichen Argumente nicht verstehen – nehmen Sie es nicht persönlich –, aber das ist auch unwichtig, weil es schlicht und ergreifend nicht funktioniert hat. Das Warum spielt dabei keine Rolle.« Er warf den Ordner hinter sich auf den Tisch und wandte sich wieder an die Senatoren. Als er sie ansah, wie sie ihn schweigend beobachteten, wurde ihm unbehaglich zumute. Er lächelte, um seine Unsicherheit zu überspielen. »Jubeln Sie nicht zu früh, ich habe auch schlechte Neuigkeiten.«

Tovar schürzte die Lippen. »Ich weiß nicht, wie Sie Ihren Vorgänger übertrumpfen wollen, aber ich würde es wirklich gern hören.«

Die Aufmerksamkeit des ganzen Raums lastete auf ihm und nahm ihm die Lust, weitere Witze zu reißen. Wenn er nervös war, blödelte er reflexartig herum, und mittlerweile war er nervös wie noch nie im Leben. *Ich kann das nicht,* dachte er. *Ich bin Sanitäter und kein Redner. Ich kann nicht diskutieren, ich bin kein Anführer, ich bin nicht …*

… ich bin nicht Kira. Sie sollte hier stehen.

»Mister Valencio?«, drängte Senator Woolf.

Marcus riss sich zusammen und nickte. »Also gut, Sie haben es so gewollt. Die Anführerin der Partialfraktion, die Kira verschleppt hat, war eine Art Ärztin oder Wissenschaftlerin namens Doktor Morgan. Das Verfallsdatum war der Grund, warum sie ihre Partialabteilung damals nach Manhattan geschickt hat. Man hat Kira entführt, weil Doktor Morgan glaubt, die Heilung der Partials hänge irgendwie mit RM zusammen, was bedeutet, dass es auch mit uns Menschen zu tun hat. Anscheinend hat man während des Partialkriegs schon einmal mit Menschen experimentiert. Wenn die Partials glauben, dass sie damit der Katastrophe entgehen können, dann werden sie noch viele von uns entführen. Vielleicht bleibt der Übergriff auf Kira beschränkt, aber möglicherweise dürfte es jeden von uns treffen. Wahrscheinlich halten die Partials gerade jenseits des Long Island Sound eine ganz ähnliche Sitzung ab und überlegen, wie sie ein paar von uns für ihre Experimente einfangen können. Wenn die Berichte zutreffen, die Sie erwähnten, dann könnte die Sitzung sogar schon vorbei sein, und die Partials setzen ihre Pläne bereits in die Tat um.«

»Das sind vertrauliche Informationen«, sagte Senator Hobb. »Wir müssen ...«

»Wenn ich noch einmal zusammenfassen darf«, fiel Marcus ihm mit erhobener Hand ins Wort. »Es gibt eine Gruppe von Super-Soldaten ...« Er tippte sich mit dem Zeigefinger der anderen Hand auf den Daumen. »... die besonders für militärische Eroberungen ausgebildet sind.« Der Zeigefinger folgte. »Die uns schätzungsweise dreißig zu eins überlegen sind.« Der Mittelfinger. »Die verzweifelt genug sind, alles Erdenkliche zu versuchen.« Der Ringfinger. »Die glauben, dass *alles Erdenkliche* in diesem Fall bedeutet, Menschen für Experimente zu entführen.« Er tippte sich auf den letzten Finger, ballte die Hand zur Faust und hielt einen Moment lang inne. »Senatoren, die Informationen mögen vertraulich sein, aber es gibt gute Gründe zu der Annahme, dass die Partials erheblich früher für eine öffentliche Verlautbarung sorgen, als Sie es für möglich halten.«

Es war still im Raum, alle Blicke ruhten auf Marcus. Nach einer Weile bedrückten Schweigens ergriff Tovar endlich das Wort.

»Dann meinen Sie, wir müssten uns verteidigen?«

»Ich meine, dass ich eine Heidenangst habe und möglichst schnell wieder schweigen möchte, nachdem mich alle so anstarren.«

»Wir können uns nicht verteidigen, das ist ausgeschlossen«, gab Woolf zu bedenken. Die anderen Senatoren fuhren überrascht auf. »Die Abwehr ist gut ausgebildet und so gut ausgerüstet, wie es eine menschliche Armee sein kann. Wir haben an allen Küsten Wachen aufgestellt, wir haben jede noch existierende Brücke vermint, wir haben passende Stellen für Hinterhalte vorbereitet und erreichen in kürzester

Zeit jeden möglichen Schauplatz eines Überfalls. Dennoch, wie gut wir auch vorbereitet sein mögen, wir sind kaum mehr als eine Temposchwelle, wenn eine größere Abteilung der Partials mit einer Invasion beginnt. Das ist eine unbestreitbare Tatsache, die den Anwesenden hier durchaus bekannt sein dürfte. Wir überwachen die Insel, und mehr können wir nicht tun. Wenn die Partials aber tatsächlich mit einer Invasion beginnen, dann werden sie unser Gebiet binnen Tagen, wenn nicht binnen Stunden erobern.«

»Die halbwegs gute Nachricht lautet, dass die Gesellschaft der Partials – wenn Sie mir den Vergleich erlauben – noch zersplitterter ist als unsere. Das Festland war praktisch ein einziges großes Kriegsgebiet, als wir drüben waren. Nur aus diesem Grund haben sie uns vermutlich noch nicht angegriffen.«

»Dann töten sie sich gegenseitig und lösen unser Problem«, meinte Kessler.

»Abgesehen von RM«, wandte Hobb ein.

»Wenn wir alles berücksichtigen, was Mister Valencio uns erzählt hat«, fasste Woolf zusammen, »dann gibt es nur einen einzigen halbwegs erfolgversprechenden Plan. Erstens: Wir schleichen uns ins Kriegsgebiet auf dem Festland und hoffen, dass uns niemand entdeckt. Dort entführen wir einige Partials, mit denen Doktor Skousen experimentieren kann. Zweitens: Wir evakuieren die gesamte Insel und ziehen uns so weit wie möglich zurück.«

Es wurde still im Raum. Die Insel zu verlassen, war ein völlig absurder Gedanke – dies war ihre Heimat, der einzige sichere Zufluchtsort. Deshalb waren sie doch überhaupt hergekommen. Aber das galt offenbar nicht mehr. Während des Partialkriegs war die Insel ein Refugium gewesen. Sie waren den Partials entkommen und hatten sich ein neues Leben aufgebaut. Wenn Marcus darüber nachdachte, erkannte er allerdings, dass die Sicherheit nichts mit der Insel zu tun hatte. Sie waren sicher gewesen, weil die Partials sie in Ruhe gelassen hatten. Inzwischen waren die Partials wiedergekommen. Boote kurvten im Long Island Sound herum, Heron verbarg sich im Schatten, und die bösartige Dr. Morgan brauchte sie alle als Versuchskaninchen. Die Illusion der Sicherheit war dahin. Niemand hatte es laut ausgesprochen, niemand hatte eine offizielle Entscheidung getroffen, doch Marcus wusste, dass die Würfel gefallen waren. Er las es an den Mienen aller Menschen ringsum ab. Die sofortige Evakuierung stand als Möglichkeit im Raum und wurde sogleich zur Gewissheit.

Die Seitentür öffnete sich, und davor bemerkte Marcus die Soldaten der Abwehr, die Wache hielten. Sie traten zur Seite, damit ein großer Mann eintreten konnte: Duna Mkele, der Geheimdienstexperte. Marcus hätte nicht einmal sagen können, für wen genau Mkele arbeitete. Anscheinend hatte er jederzeit Zugang zum Senat und besaß eine gewisse Befehlsgewalt über die Abwehr, doch soweit Marcus wusste, war er keiner der Gruppen wirklich verantwortlich. Ganz unabhängig davon, wie das innere Machtgefüge beschaffen war, Marcus konnte den Mann einfach nicht leiden. Wenn er auftauchte, war so gut wie immer mit schlechten Neuigkeiten zu rechnen.

Mkele näherte sich Senator Woolf und flüsterte ihm etwas ins Ohr. Marcus versuchte, von ihren Lippen zu lesen oder wenigstens das Mienenspiel einzuschätzen, doch die beiden Männer kehrten den Zuschauern den Rücken zu. Gleich darauf traten sie auf Tovar zu und flüsterten auch mit ihm. Tovar hörte ernst zu und ließ den Blick über die Zuschauerschar schweifen, von der er sich sichtlich beobachtet fühlte. Schließlich wandte er sich wieder an Woolf und sprach absichtlich so laut, dass alle ihn hören konnten.

»Einen Teil der Neuigkeiten kennen die Zuhörer bereits, nun können Sie ihnen auch den Rest erklären.«

Mkeles verschlossene Miene entging Marcus keineswegs. Woolf schien nicht sonderlich berührt. Er wandte sich an die Menge.

»Anscheinend wurde unser Zeitplan soeben über den Haufen geworfen«, verkündete Woolf. »Die Partials sind vor etwa fünf Minuten in Long Island in der Nähe von Mount Sinai Harbor gelandet.«

Im Sitzungssaal erhoben sich lautstarke Unterhaltungen. Marcus hatte das Gefühl, sein Magen krampfe sich in Todesangst zusammen. Was hatte das zu bedeuten? Nahte das Ende? War es eine Invasionstruppe oder nur ein dreister Überfall, um menschliche Versuchsobjekte zu verschleppen? War es Dr. Morgans Gruppe? Waren es Dr. Morgans Feinde, oder mischte sich eine ganz andere Truppe ein?

War Samm dabei?

Bedeutete dies, dass Herons Plan gescheitert war? Begannen sie eine groß angelegte Invasion, weil sie Kira und Nandita mit verdeckten Einsätzen nicht finden konnten? Schwere Schuldgefühle überfielen ihn, als wäre er allein für den Angriff verantwortlich, nachdem er nicht angemessen auf Herons Warnung reagiert hatte. Andererseits hatte er Kira seit Monaten und Nandita seit mehr als einem Jahr nicht mehr gesehen. Was hätte er schon tun können? Während die Zuschauer vor Angst und Verwirrung tobten, während Marcus nach und nach der Realität ins Auge blickte, dämmerte ihm, dass das alles keine Rolle spielte. Er war nicht bereit, irgendjemanden zu opfern. Er wollte lieber kämpfend sterben, als um des Friedens willen seine Seele verkaufen.

Zum zweiten Mal an diesem Tag sprang Marcus auf und erhob die Stimme. »Ich melde mich freiwillig für die Einheit, die sich ihnen entgegenstellt«, sagte er. »Ihr braucht einen Sanitäter – ich melde mich dafür.«

Senator Tovar sah ihn an, nickte und wandte sich wieder an Mkele und Woolf. Immer noch summte der Raum vor ängstlichen Spekulationen. Marcus ließ sich auf den Stuhl fallen.

Ich muss wirklich lernen, den Mund zu halten.

7

Kira durchsuchte die Trümmer des Stadthauses. Das Chaos war überwältigend: Wände waren eingestürzt, Fußböden und Decken zusammengebrochen. Möbelstücke waren zu Bruch gegangen und lagen in kunterbunten Haufen herum. Holz, Bücher, Papiere und Geschirr sowie verformte Metallstücke füllten den Krater oder waren von der Explosion bis weit auf die Straße hinausgeschleudert worden.

Das Haus war bis vor Kurzem eindeutig bewohnt gewesen. Kira hatte schon viele Ruinen der alten Welt gesehen. Sie war sogar inmitten von Trümmern aufgewachsen und an den Anblick gewöhnt: gerahmte Fotos längst verstorbener Familien, die kleinen schwarzen Kästchen der Mediaplayer und Spielkonsolen, zerbrochene Vasen voll spröder kleiner Stängel. Die Einzelheiten unterschieden sich, aber das Gefühl war in jedem Haus das gleiche – die vergessenen Welten vergessener Menschen. Die Trümmer dieses Hauses sahen jedoch ganz anders aus. Sie waren eindeutig modern: ein Haufen zerplatzter Konservendosen, deren Inhalt im Schutt versickerte, vernagelte Fenster und verstärkte Türen, Waffen und Munition, selbst gefertigte Tarnkleidung. Hier hatte jemand lange nach der Zerstörung der Welt gelebt, bis andere – die Partials? – eingedrungen waren und die Bewohner ihr Heim selbst in die Luft gejagt hatten. Das Zerstörungswerk war zu vollständig und zu scharf begrenzt, um mit einem Angriff von außen erklärt zu werden. Ein Feind hätte kleinere Ladungen verwendet, um die Wand aufzubrechen, oder eine große Menge Munition, die auch die Nachbarhäuser in Mitleidenschaft gezogen hätte. Wer dieses Haus auch zerstört haben mochte, er hatte mit kühler Überlegung und vernichtender Gründlichkeit gehandelt.

Je länger sie darüber nachdachte, desto mehr erinnerte sie der Krater an eine ähnliche Explosion, die sie ein Jahr zuvor gesehen hatte – vor dem Heilmittel, vor Samm, vor allem anderen. Zu der Zeit war sie mit Marcus und Jayden irgendwo am Nordufer von Long Island zu einem Bergungseinsatz unterwegs gewesen und war auf ein vermintes Gebäude gestoßen, das explodiert war. Es war eine ähnliche Falle wie diese hier – sie sollte nicht töten, sondern Beweise vernichten. *Wie hieß dieser kleine Ort noch gleich? Asharoken. Ich weiß noch, wie Jayden sich über den Namen lustig machte. Warum haben wir das Gebäude überhaupt untersucht? Ein Bergungsteam vor uns hatte es als interessant markiert – es hatte Spezialisten dabeigehabt, einen Computerfachmann oder so. War es nicht um Elektronik gegangen?* Sie hielt den Atem an, als die Erinnerungen erwachten: Es war eine Funkstation gewesen. Irgendjemand hatte am Nordufer eine Funkanlage eingerichtet und in die Luft gejagt, um das Geheimnis zu hüten. Nun hatte jemand das Gleiche hier getan. War es ein und derselbe Jemand?

Instinktiv wich Kira zurück, so als lauerte in dem zerstörten Gebäude eine weitere Bombe. Sie starrte die Trümmer an, nahm ihren ganzen Mut zusammen und ging hinein. Vorsichtig kletterte sie durch die brüchigen Ruinen. Es dauerte nicht lange, bis sie den ersten Toten fand. Der Soldat trug eine graue Uniform und war ein Partial. Er lag halb begraben unter einer eingestürzten Wand, ein zerschmetterter Körper in den verbeulten Resten eines Körperpanzers aus Kompositwerkstoff. Sein Gewehr lag neben ihm und ließ sich überraschend leicht aus den Trümmern ziehen. Der Abzug war etwas schwergängig, aber er bewegte sich, und in der Kammer befand sich eine Patrone. Sie warf das Magazin aus und stellte fest, dass es voll war. Der Soldat hatte vor seinem Tod keinen einzigen Schuss abgefeuert, und seine

Kameraden hatten weder die Ausrüstung geborgen noch seinen Leichnam begraben. *Dann wurden sie von der Bombe überrascht,* dachte Kira. *Die Explosion hat alle getötet, und es war niemand mehr übrig, um die Gefallenen zu bergen.*

Vorsichtig suchte sie weiter und arbeitete sich durch die eingestürzten Balken und Mauern, bis sie endlich den vertrauten Anblick vor sich hatte – die geschwärzten Überreste einer Sendeanlage, genau wie in Asharoken. Die beiden Situationen waren einander zu ähnlich, um den Fund als Zufall abzutun. Eine Gruppe von Spähern untersucht etwas Verdächtiges, findet ein befestigtes Haus voller Kommunikationsgeräte und stirbt in einer Sprengfalle. Kira und die anderen hatten angenommen, das Gebäude in Asharoken habe der *Stimme* gehört, was Owen Tovar jedoch energisch bestritten hatte. Die nächsten vermutlichen Kandidaten waren die Partials, aber in dieser Falle war eine Gruppe von ihnen gestorben. *Also eine weitere Partialfraktion,* dachte Kira. *Welche gehört nun zu Doktor Morgan? Sind es die Spione mit dem Funkgerät oder die Späher, die angegriffen haben? Oder etwa keine von beiden? Und wie steht all dies mit ParaGen in Verbindung?* Wer auch immer die Computer aus den Büros entfernt hatte, war ebenfalls für den Diebstahl der Funkgeräte aus dem Laden verantwortlich, und hier fand sie nun Trümmer von beidem an ein und demselben Ort. Es musste eine Verbindung geben. Höchstwahrscheinlich hatte die Fraktion, die Funkgeräte einsammelte, auch die Funkstationen in den Ruinen eingerichtet. Aber was taten sie? Und warum töteten sie so brutal, um die Anlagen zu schützen?

»Mir fehlt eine brauchbare Spur.« Mit gerunzelter Stirn betrachtete Kira das Trümmerfeld. In letzter Zeit hatte sie immer öfter mit sich selbst gesprochen. Im Moment kam es ihr dumm vor, in der leeren Stadt den Widerhall der eigenen Stimme zu hören. Andererseits war ihre Stimme die einzige, die sie seit Wochen gehört hatte, und sie fand es auf seltsame Weise beruhigend, mit sich selbst zu sprechen.

Schließlich schüttelte sie den Kopf. »Mit irgendjemandem muss ich doch reden, selbst wenn ich mir dabei dumm vorkomme.« Sie bückte sich und untersuchte einige Papierfetzen, die im Schutt verteilt lagen. Wer diese geschützten Häuser auch eingerichtet und die Bomben gelegt hatte, war immer noch dort draußen unterwegs. Nachdem sämtliche Beweise in die Luft geflogen waren, konnte Kira allerdings kaum noch hoffen, den Verantwortlichen zu finden. Sie lachte freudlos. »Aber das war ja wohl der Sinn der Übung.«

Sie zog ein Blatt aus den Trümmern, die vor ihren Füßen lagen. Es war ein Ausschnitt aus einer Tageszeitung der alten Welt. Das Papier war verknittert und vergilbt, die Schlagzeile kaum noch zu erkennen. *PROTEST IN DETROIT ESKALIERT – GEWALTTÄTIGE AUSEINANDERSETZUNGEN*, las sie. Die kleiner gedruckten Worte des Artikels waren nicht mehr zu entziffern, aber Kira entdeckte die Wörter *Polizei* und *Fabrik* und mehrere Bezüge auf die Partials. »Dann sammelt die Fraktion, die Funkgeräte stiehlt, offenbar auch Artikel über den Aufstand der Partials.« Sie runzelte die Stirn, betrachtete noch einmal das Blatt und ließ es fallen. »Entweder das, oder alle Zeitungen haben unmittelbar vor dem Zusammenbruch über die Partials berichtet, und diese Notiz hat nichts weiter zu bedeuten.« Sie schüttelte den Kopf. »Ich brauche etwas Konkretes. Na gut, dieses Chaos hier ist konkret, aber trotzdem nutzlos.« Sie versetzte einem der Trümmerstücke einen Tritt. Es rutschte durch den Krater und prallte mit lautem Gepolter gegen die umgestürzte Funkantenne.

Sie ging hinüber, um die Antenne zu untersuchen. Das Ding war groß – aufrecht stehend war es vermutlich mehrere Meter hoch gewesen, aber so dünn wie ein Kabel. Offenbar war es trotzdem recht stabil gewesen, doch die Explosion und der Einsturz des Hauses hatten die Stäbe mehrfach geknickt und verdreht. Kira zog daran und wollte die Antenne aus den Ziegelsteinen und den Rigipsplatten zerren, unter denen sie halb begraben lag. Sie bewegte sich knapp einen

Meter, bis sie sich irgendwo verfing. Kira zog fester, doch die Antenne rührte sich nicht mehr. Vor Erschöpfung keuchend ließ Kira die Stange fallen und sah sich um. Die Suche förderte drei weitere Zeitungsausschnitte und drei weitere verwesende Partials zutage, außerdem ein Nest Strumpfbandnattern, die sich unter einem umgekippten Sonnenkollektor zusammengerollt hatten. Leider fand sie keinen Hinweis, wohin die Bombenleger verschwunden waren oder ob sie an anderer Stelle in der Stadt eine weitere Funkanlage unterhielten. Sie setzte sich neben einen anderen Sonnenkollektor, um auszuruhen, und holte eine Feldflasche mit Wasser hervor. Da fiel es ihr auf.

Warum gab es eigentlich zwei Reihen Sonnenkollektoren?

Der Kollektor, an dem sie saß, wurde *Zoble* genannt. Kira kannte diesen Typ recht gut. Xochi hatte daheim auf dem Dach einen installiert, um die Musikplayer zu betreiben, und im Krankenhaus gab es einige weitere dieser Geräte. Sie konnten eine Menge Strom erzeugen und sehr zuverlässig verteilen, und sie waren äußerst selten. Xochi hatte sich das Teil nur dank ihrer Ziehmutter und deren Beziehungen zu den Farmen und dem Markt für frische Lebensmittel leisten können. Es war nicht ganz abwegig, einen solchen Kollektor in Manhattan zu finden, denn nachdem es kaum Plünderer gab, war die Nachfrage nicht sonderlich groß. Zwei Geräte auf einmal zu finden, die ein und dasselbe Gebäude versorgten, sprach für einen außerordentlich hohen Energiebedarf. Noch einmal durchsuchte sie den Krater und kroch dieses Mal auf Händen und Füßen umher, um den Kondensator zu finden, der so viel Energie speichern konnte. Stattdessen fand sie die Splitter eines geborstenen dritten Zoble-Sonnenkollektors.

»Drei Zobles«, flüsterte Kira. »Wozu braucht ihr so viel Saft? Nur für den Funk? Kann ein Funkgerät überhaupt so viel Strom verbrauchen?« Zu Hause hatte sie Handfunkgeräte benutzt, die bequem in ihre Hand gepasst hatten. Diese Geräte wurden mit winzigen Akkus betrieben. Welches Funkgerät benötigte drei Zoble-Kollektoren und eine fünf Meter hohe Antenne? Sie verstand es einfach nicht.

Es sei denn, sie hatten nicht nur eine Funkanlage mit Strom versorgt. Es sei denn, sie hatten beispielsweise eine ganze Batterie gestohlener ParaGen-Computer betrieben.

Kira sah sich weiter um, richtete diesmal den Blick jedoch nicht auf den Krater, sondern auf die Straße und auf die leblosen, kalten Gebäude hinter ihr. Sie fühlte sich ungeschützt, als hätte jemand einen Scheinwerfer auf sie gerichtet, und trat vorsichtshalber in den Schatten einer halb eingestürzten Mauer. *Falls es unter den Trümmern wirklich etwas Wertvolles gab, dürfte der Besitzer oder wer auch immer dieses Haus beschützt hat, längst nachgesehen und es ausgegraben haben. Der Strom diente dazu, den Funk und die Computer zu speisen, aber derjenige, der in den letzten Monaten Funkgeräte und Computer eingesammelt hat, war lange nach der Explosion des Gebäudes in dieser Gegend unterwegs. Die Täter sind immer noch dort draußen und planen etwas Gruseliges.*

Sie blickte zum Dach hinauf und betrachtete den dunkelnden Himmel darüber. *Wenn ich sie finden will, muss ich nur das suchen, was sie brauchen – eine riesige Antenne und genügend Solarenergie, um das Funkgerät zu betreiben. Wenn es noch mehr solcher Anlagen in der Stadt gibt – hier unten finde ich sie allerdings nicht.*

»Zeit für eine Kletterpartie.«

Kiras Plan war einfach: Sie wollte das höchste Gebäude erklimmen, das zu finden war, sich einen guten Überblick verschaffen und die Stadt beobachten. Wenn sie Glück hatte, entdeckte sie eine weitere Rauchfahne. Andererseits musste sie wohl annehmen, dass die Zielpersonen nach der letzten Begegnung ihre Lektion gelernt hatten. Höchstwahrscheinlich musste sie den Horizont ringsum bei allen möglichen Sonnenständen beobachten und darauf hoffen, dass sie irgendwann eine riesige Antenne und eine oder mehrere Gruppen von Sonnenkollektoren entdeckte.

»Dann muss ich mir alles notieren, die Standorte auf den Karten finden und persönlich nachsehen«, sagte Kira zu sich selbst, als sie eine weitere Treppe hinaufstieg. »Hoffentlich jagen sie mich nicht in die Luft, wie sie es bisher bei allen anderen getan haben.«

Das Gebäude, für das sie sich entschieden hatte, lag relativ nahe an der Niederlassung von ParaGen, höchstens anderthalb Kilometer entfernt im Südwesten. Es war ein mächtiger Wolkenkratzer aus Granit, der *Empire State Building* hieß. Die Außenwände waren wie bei den meisten Gebäuden der Stadt mit Ranken und Moos überwuchert, doch im Innern wirkte das Gebäude recht stabil. Sie hatte nur ein Schloss aufschießen müssen, um zur Haupttreppe zu gelangen. Inzwischen hatte sie den zweiunddreißigsten Stock erreicht und ging langsam am Geländer entlang, um die nächste Etage zu erklimmen. Nach den Schildern in der Lobby blieben ihr noch dreiundfünfzig. »Ich habe drei Liter Wasser«, überlegte sie und setzte die Bestandsaufnahme ihres Proviants halblaut fort. »Außerdem sechs Dosen Thunfisch, zwei Dosen Bier und eine letzte Proviantpackung aus dem Armeenachschublager an der Seventh Avenue. Ich muss noch mehr davon finden.« Sie erreichte den Treppenabsatz des dreiunddreißigsten Stockwerks, streckte die Zunge heraus und kletterte weiter. »Das Essen sollte mich eine Weile am Laufen halten. Ich habe keine Lust, diese Kletterpartie öfter zu machen als unbedingt nötig.«

Nach einer Weile – ihr kam es vor, als wären Stunden vergangen – brach sie im sechsundachtzigsten Stockwerk keuchend zusammen. Sie musste eine Pause einlegen und Wasser trinken, bevor sie die angeblich hier eingerichtete Aussichtsplattform überprüfte. Die Plattform bot tatsächlich einen großartigen Ausblick, doch die ehemals verglasten Wände waren größtenteils geborsten. Im ganzen Stockwerk war es zugig und kalt. Sie schlurfte zur Treppe zurück und landete schließlich im hundertzweiten Stock am Fuß eines riesigen Masts, der sich noch einmal siebzig oder hundert Meter hoch erhob. Eine Tafel an der Tür beglückwünschte sie dazu, dass sie eintausendachthundertsechzig Treppenstufen überwunden hatte. Sie nickte, als sie Atem schöpfte. »Welch ein Glück«, schnaufte sie. »Da entwickle ich die strammsten Beinmuskeln des ganzen Planeten, und niemand ist da, der sie bewundert.«

Das sechsundachtzigste Stockwerk war weit und quadratisch, und rings um das Gebäude verlief ein schmaler Balkon. Das hundertzweite Stockwerk dagegen war klein und rund und erinnerte an einen Leuchtturm. Die rundherum angebrachten Scheiben boten den einzigen Schutz, der die Besucher vom Sturz auf die Straße abhielt. Sie waren größtenteils intakt, doch Kira konnte dem Drang nicht widerstehen, sich aus einem geborstenen Fenster zu lehnen und den atemberaubenden Kitzel der unglaublichen Höhe zu verspüren. Sie hatte sich immer vorgestellt, dass die Bewohner der alten Welt aus dem Flugzeug einen solchen Anblick gehabt hatten, so hoch über der Welt, dass alles dort unten fern und klein wirkte. Noch wichtiger war der erstaunliche Ausblick, den sie auf die Stadt hatte. Es gab nur wenige Gebäude, die höher waren als dieses, und von dort aus wäre der Blick nicht besser gewesen als von ihrem Standort aus. Kira ließ ihren Rucksack fallen und holte das Fernglas hervor. Sie begann mit der Südseite und suchte den Horizont nach Funkantennen ab. Es gab weit mehr, als sie vermutet hätte. Kopfschüttelnd fragte sie sich, wie sie zwischen den tausend Gebäuden auf der Insel das einzig richtige finden sollte. Sie schloss die Augen.

»Du hast keine Chance«, sagte sie sich leise. »Nutze sie!« Sie zog den Notizblock aus dem Rucksack, wählte die nächste Antenne im Süden aus und schrieb ihre Beobachtungen nieder.

8

Die in nördlicher Richtung am weitesten entfernte Antenne befand sich nach Kiras Schätzung bereits außerhalb von Manhattan in einer Gegend, die man die Bronx nannte. Sie hoffte, dass sie nicht so weit laufen musste, denn die Nähe der Partials machte sie immer noch nervös. Aber sie nahm sich vor, das Wagnis notfalls einzugehen. Die Antworten, die sie dort zu finden hoffte, wogen jedes Risiko auf.

Die nächstgelegene Antenne war der riesige Mast auf der Spitze ihres eigenen Gebäudes, in dem sich außer ihr jedoch niemand befand. Nun ja, sie glaubte jedenfalls, dass sie allein war und keiner die Antenne benutzte, aber es war schrecklich groß. »Vielleicht leide ich ein bisschen unter Verfolgungswahn«, sagte sie sich und kletterte schließlich hinauf, um die Antenne zu überprüfen. Dann hielt sie inne und verbesserte sich. »Vielleicht leide ich auch extrem unter Verfolgungswahn. Ein bisschen ist vermutlich sogar recht gesund.« Wie sich herausstellte, führte die Antenne keinen Strom. Kira war selbst überrascht, wie erleichtert sie auf diese Erkenntnis reagierte. Anschließend beobachtete sie wieder die Stadt, notierte jede neue Antenne, die sie entdeckte, und sah zu, wie in der untergehenden Sonne nacheinander immer neue Sonnenkollektoren aufleuchteten und langsam blinkten, wenn das schwächer werdende Licht im richtigen Winkel auftraf, um eine Weile später in der Dunkelheit zu verschwinden. In der Nacht stieg sie einige Stockwerke hinunter und kroch in einem gut geschützten Raum in ihren warmen Schlafsack. In dieser Höhe waren die

Gebäude bemerkenswert sauber – keine vom Wind hereingewehte Erde, keine sprießenden Pflanzen, keine Pfotenabdrücke im Staub. Es erinnerte sie an ihr Zuhause, an die Gebäude, auf deren Sauberkeit sie und die anderen so viel Mühe verwendet hatten: ihr Haus, die Klinik, die Schule. Nicht zum ersten Mal fragte sie sich, ob sie ihre Heimat jemals wiedersehen würde.

Am vierten Tag ging ihr das Wasser aus, und sie musste den langen Abstieg zur Straße auf sich nehmen, um Nachschub zu beschaffen. Ein Park am Ende eines weitläufigen Häuserblocks erregte ihre Aufmerksamkeit. Dort fand sie, was sie gesucht hatte – keinen Teich und keine Pfütze, sondern einen Zugang zur Untergrundbahn. Dunkles Wasser schwappte ihr an der Treppe entgegen. In der alten Welt war die Untergrundbahn ein Transportmittel gewesen, doch inzwischen waren die Tunnel überflutet und bildeten ein unterirdisches Flusssystem, in dem das Wasser langsam, aber stetig dahinströmte. Kira holte den Wasseraufbereiter aus dem Rucksack und behandelte drei Liter, um die Plastikflaschen nachzufüllen. Dabei behielt sie die Umgebung ständig im Auge. Etwas später entdeckte sie einen Lebensmittelladen und versorgte sich mit mehreren Dosen Gemüse. Als sie herausfand, dass eine davon aufgequollen und sogar geplatzt war, schnitt sie eine Grimasse. Die Dosen waren mehr als elf Jahre alt und hatten mehr oder weniger die maximale Lebenserwartung von Konserven erreicht. Da der Inhalt einiger Dosen bereits verdorben war, hielt sie es für besser, ganz und gar auf diese Proviantquelle zu verzichten. Seufzend stellte sie die Dosen wieder weg und fragte sich, ob ihr genug Zeit blieb, um Wild zu jagen.

»Wenigstens ein paar Fallen«, sagte sie sich und legte neben dem Eingang zur Untergrundbahn einige Schlingen. Rings um den Zugang hatte sie Abdrücke bemerkt. Offenbar benutzten Antilopen und Kaninchen aus der näheren Umgebung den Tunnel als Wasserstelle. Sie stieg wieder zu ihrer

Aussichtsplattform hinauf, legte noch ein paar Schlingen, um Vögel zu fangen, und setzte die Beobachtungen fort. Zwei Nächte später gab es eine Gans zum Abendessen. Sie bohrte einen Spieß aus alten Drahtkleiderbügeln durch das Tier und briet es über einem rauchlosen Campingkocher. Es war die beste Mahlzeit, die sie seit mehreren Wochen genossen hatte.

Nach fünf Tagen und drei weiteren Ausflügen, bei denen sie frisches Wasser beschaffte, erzielte sie den ersten großen Durchbruch – ein Glimmen in einem Fenster, ein winziger roter Funke, der eine Sekunde lang tanzte und gleich wieder verschwand. War das ein Signal? Hatte sie es sich nur eingebildet? Sie richtete sich auf und beobachtete die Stelle durch das Fernglas. Eine Minute verging. Fünf Minuten. Als sie gerade aufgeben wollte, sah sie es wieder: eine Bewegung, einen Feuerschein, eine Tür, die geschlossen wurde. Jemand ließ Rauch abziehen, vielleicht war ein Kochfeuer außer Kontrolle geraten. Sie beeilte sich, um das Gebäude zu identifizieren, bevor es völlig dunkel wurde. Im Lauf der folgenden halben Stunde konnte sie das Licht noch dreimal beobachten. Als der Mond aufging, suchte sie nach Rauch, konnte jedoch nichts entdecken. Entweder die Personen dort drüben oder der Wind hatte das Feuer gelöscht.

Kira stand auf und blickte unverwandt in die Richtung des Gebäudes, das sie in der aufziehenden Dunkelheit kaum noch erkennen konnte. Es war eines der vielen Häuser, die sie als mögliche Ziele identifiziert hatte – auf dem Dach standen Sonnenkollektoren rings um eine große Antenne, die möglicherweise sogar zu einem Rundfunksender gehört hatte. Wenn jemand die alte Anlage wieder zum Laufen gebracht hatte, dann war sein Sender jetzt viel stärker als die beiden Anlagen, von deren Zerstörung sie wusste.

»Verschwinde ich von hier, oder warte ich bis zum Morgen?« Als sie in die Dunkelheit starrte, wurde ihr bewusst, dass sie noch keinen klaren Plan gefasst hatte. Sie wusste zwar, wo die bösen Buben hockten, doch das nutzte ihr nichts, wenn sie eine Bombe auslöste, sobald sie das Gebäude betrat. Sie konnte versuchen, einen der Gegner zu fassen, vielleicht sogar mit einer vergrößerten Ausgabe ihrer Kaninchenfallen, und ihn zu befragen. Oder sie huschte hinein, wenn die Bombe nicht scharf war – was vermutlich nur der Fall war, wenn sich die geheimnisvollen Bombenleger selbst im Gebäude aufhielten. Das war allerdings alles andere als ungefährlich.

»Am besten tue ich weiterhin genau das, was ich ohnehin schon tue«, flüsterte sie sich selbst zu, als sie am offenen Fenster hockte. »Beobachten, vorsichtig sein und hoffen, dass ich etwas Nützliches herausfinde.« Sie seufzte. »Leider bin ich damit bisher nicht weit gekommen.«

Eine Frage blieb: Sollte sie gleich aufbrechen oder bis zum Morgen warten? Im Dunklen war die Wanderung durch die Stadt gefährlicher, andererseits waren ihre Zielpersonen bisher unglaublich vorsichtig gewesen. Vielleicht ahnten sie, dass der Feuerschein ihren Aufenthaltsort verraten hatte, wechselten umgehend in ein neues Versteck und ließen eine weitere Sprengfalle zurück. Dann hätte Kira die Spur verloren. War das Feuer durch einen Unfall entstanden? Waren sie inzwischen so nervös, dass sie sofort flohen? Kira konnte es nicht wissen, und die Unsicherheit machte sie verrückt. Dies war eine der wenigen Situationen, in denen die langsame, behutsame Vorgehensweise zu riskant war. Sie hatte schon fünf Tage vergeudet. Es war besser, sich sofort auf den Weg zu machen, statt das Risiko einzugehen, ihre einzige gute Spur zu verlieren. Also packte sie, überprüfte das Gewehr und begann den langen Abstieg durch die pechschwarze Finsternis des Treppenhauses.

In den unteren Stockwerken trieben sich Wildkatzen herum und suchten mit schillernden Augen in der Dunkelheit nach Beute. Kira hörte, wie sie sich im Schatten bewegten, warteten, beobachteten und zuschlugen – das Fauchen der Raubtiere, der Todeskampf der Opfer.

Bevor sie das Gebäude verließ, beobachtete sie eine Weile die Straße, huschte dann lautlos von Fahrzeug zu Fahrzeug und blieb so gut wie möglich in Deckung. Das Gebäude, in dem sie das Lagerfeuer entdeckt hatte, befand sich ungefähr fünf Kilometer nördlich von ihr, also ungemütlich nahe an dem riesigen Wald im Central Park. In der ganzen Stadt lebten wilde Tiere, aber der Park war das Heim der meisten größeren Kreaturen. Kira lief, so schnell sie es wagte, verzichtete auf die Taschenlampe und benutzte nur das Mondlicht zur Orientierung. In dem bleichen Licht wirkten die Schatten tiefer und gefährlicher, außerdem schien der Boden ebener zu sein, als er tatsächlich war. Sobald sie sich zu schnell bewegte, stolperte Kira auf dem holperigen Untergrund. Sie machte einen Bogen um die Westseite des Parks und hielt nach Tieren Ausschau, konnte draußen im Freien jedoch kein einziges entdecken. Das war nicht gut, denn solange Hirsche umherstreiften, hatten die Raubtiere Lohnenderes zu jagen als Menschen. Verwilderte Hauskatzen waren bei Weitem nicht die schlimmsten Räuber in der Stadt.

Am Rand ihres Gesichtsfelds regte sich ein Schatten. Sofort fuhr Kira herum und sah … nichts. Sie hielt inne, um zu lauschen. Ja, da war es. Ein tiefes Schnaufen, fast zu leise, um es wahrzunehmen. In der Nähe atmete ein sehr großes Lebewesen. Nein, es atmete nicht nur, sondern es brummte und knurrte beinahe. Ein Wesen, das sich sehr gut zu verstecken verstand.

Kira wurde gejagt.

Vor ihr lag ein großer Platz, dessen Betonfläche rissig und gewellt war, überall wuchsen hohe dunkle Gräser hervor. Im Mittelpunkt stand eine reglose Statue, ringsum verlassene Autos, deren Reifen längst die Luft verloren hatten. Langsam wich Kira an eine Wand zurück und entfernte sich damit aus der unmittelbaren Angriffslinie des Räubers. Sie hielt den Atem an und lauschte. Das Schnaufen war immer noch zu hören, dieses dumpfe Grollen, wenn die riesigen Lungen Luft aufnahmen und wieder abgaben. Den genauen Standort des Räubers konnte sie jedoch nicht ausmachen.

In der Stadt gibt es Panther, dachte sie. *Ich habe sie tagsüber beobachtet. Panther und Löwen und einmal, kaum zu glauben, sogar einen Tiger. Flüchtlinge aus einem Zoo oder einem Zirkus, gut genährt dank der Herden wilder Hirsche und Pferde, die im Central Park umherstreifen. Im letzten Jahr habe ich sogar Elefanten gehört. Ob die Raubtiere auch Elefanten reißen?*

Konzentrier dich!, ermahnte sie sich selbst. *Sie fressen dich, wenn du keinen Ausweg findest. Löwen, Panther oder noch schlimmere Bestien.*

Panther. Ihr fiel etwas Schreckliches ein. *Panther jagen doch eigentlich in der Nacht, aber ich habe sie nur tagsüber beobachtet. Jagen sie mittlerweile jederzeit, oder ist dieses Wesen im Dunklen noch viel gefährlicher als tagsüber? Ein derart grässliches Geschöpf, dass sogar die Panther ihre Gewohnheiten ändern mussten, um ihm auszuweichen? Jagt mich ein Panther, oder verkriechen sich die Panther, um dem Wesen zu entgehen, das gerade hinter mir her ist?* Auf einmal fiel ihr die Broschüre von ParaGen wieder ein – Drachen und intelligente Hunde, genveränderte Löwen. Wer konnte wissen, was sie sonst noch alles ausgeheckt hatten? Sie hatten die Partials als perfekte Soldaten konstruiert – hatten sie auch ein perfektes Raubtier entworfen?

Kira blickte verstohlen zur Straße zurück, auf der sie gekommen war, und schüttelte den Kopf, als sie die lange Reihe zerstörter Autos und Lieferwagen sah. Das Wesen konnte sich hinter jedem dieser Fahrzeuge verstecken und darauf warten, dass sie vorbeikam. Das Gleiche galt für den Platz vor ihr. Am besten wechselte sie auf die andere Straßenseite und durchquerte die Lobby eines ehemaligen Einkaufszentrums. Dort lagen umgestürzte Schaufensterpuppen, an den Wänden hingen verblichene Plakate mit schönen Körpern und Gesichtern, in langen Reihen war die mottenzerfressene Kleidung ausgestellt. Natürlich konnte sich das Ungeheuer auch dort drinnen verbergen – vielleicht benutzte es die unratübersäten Gänge sogar als Bau. Aber dort gab es auch Nottüren, die man hinter sich zusperren konnte. Wenn sie durch eine Tür floh und sie hinter sich zuzog, war sie in Sicherheit. Dort konnte sie abwarten, bis das Ungeheuer weglief, sicher bis zum Morgen, falls es wirklich so lange aushielt. Abermals hörte sie das leise Knurren, näher denn je. Entschlossen reckte sie das Kinn.

»Jetzt oder nie.« Sie sprang auf, rannte über die halb zerstörte Straße zum Einkaufszentrum und huschte geduckt um ein Auto herum, gerade als hinter ihr ein heftiger Luftzug entstand. Sie stellte sich riesige Klauen vor, die ihren Rücken um wenige Zentimeter verfehlten, und verlor fast das Gleichgewicht, als sie durch die geborstene Glasfassade in das Gebäude stürzte. Hinter ihr polterte der Schutt, und es war weitaus mehr, als sie selbst aufgewühlt haben konnte. Dennoch wagte sie sich nicht umzudrehen, sondern hob die Waffe über die Schulter und schoss blindlings nach hinten. Sobald sie eine rissige Säule erreichte, bog sie scharf ab. Drinnen schien das Einkaufszentrum erheblich weitläufiger zu sein, als das Äußere vermuten ließ. Eine doppelte Rolltreppe schimmerte, im Zentrum und ein Stockwerk tiefer befand sich ein großer Innenhof. Es war zu dunkel, um das Dach oder den Boden zu erkennen. Die Tür, die sie ins Auge gefasst hatte, war auf der anderen Seite. Sie bog nach rechts ab, lief an dem offenen Zentrum vorbei, nahm das Gewehr wieder nach vorn und schaltete die Lampe ein. Hinter ihr tappte das Wesen über den glatten Boden. Kira entschied sich für die erstbeste Tür und hielt unvermittelt darauf zu.

Der Lichtstrahl zuckte wild hin und her, während sie rannte, auf und ab, vor und zurück, und spiegelte sich auf dem gefliesten Boden, der Rolltreppe und den Metalltafeln an den Wänden. Im Widerschein sah sie ihr Abbild, hinter sich bemerkte sie eine riesige schwarze Gestalt. Dann ruckte der Strahl weiter, und die Gestalt verschwand. Es war ein flackernder Albtraum aus Licht, Dunkelheit und Angst. Sie heftete den Blick auf die Tür und rannte wie noch nie in ihrem Leben. Kurz vor dem Ziel nahm sie das Gewehr herunter und gab einen kurzen Feuerstoß auf den Türknauf ab. Die Kugeln rissen das Schloss heraus, die Tür sprang auf, und Kira stürmte hindurch, ohne innezuhalten. Drinnen klatschte sie die Hand gegen die linke Wand, um sich nach rechts in die Richtung der nächsten offenen Tür abzustoßen. Sie ergriff den Türknauf, warf die Tür hinter sich zu und lehnte sich an. Auf der anderen Seite prallte etwas dagegen. Es knackte laut, aber die Tür hielt stand. Kira stemmte sich gegen die Tür, falls das Wesen Anlauf nehmen und es noch einmal versuchen sollte.

Gehetzt sah sie sich um und zielte unbeholfen mit einer Hand, um den Raum auszuleuchten. Draußen kratzten Krallen über die Tür – das Ungeheuer wollte das Hindernis offenbar zerfetzen, statt es zu zerschmettern. Sie ging das Risiko ein, sprang über den Schreibtisch und schob ihn vorwärts, um die Tür zu blockieren. Das Scharren brach ab, nun war ein Pochen zu hören. Die Tür bebte, und auf einmal hob draußen ein gewaltiges Brüllen an. Kira verlor vor Schreck das Gleichgewicht, ließ das Gewehr fallen und stemmte sich abermals gegen den Schreibtisch, um ihn gegen die Tür zu rücken. Im gleichen Moment donnerte das Ungeheuer auf der anderen Seite so heftig dagegen, dass der ganze Raum erzitterte. Der Schreibtisch hielt stand. Kira zog sich zurück, griff nach dem Gewehr mit der Lampe und zielte auf die obere Hälfte der Tür, die bereits einige Sprünge und Risse aufwies und sich allmählich aus dem Rahmen löste. Dahinter bewegte sich etwas, das fast so hoch war wie die Decke. Das Licht fing sich in einem großen bernsteinfarbenen Auge, das sich im grellen Schein zu einem Spalt zusammenzog. Kira erschrak, als ihr die Größe des Wesens bewusst wurde, und wich unwillkürlich zurück. Nun zwängte sich eine gewaltige Pranke in den Türspalt. Im Licht der Halogenlampe schimmerten die riesigen Krallen silbern. Kira gab einen Feuerstoß ab und traf den Fuß des Wesens. Wieder brüllte die Kreatur, doch dieses Mal brüllte Kira wütend und zugleich voller Angst zurück. Sie stieg auf den Schreibtisch, zielte durch die geborstene Tür und schoss auf die Mauer aus Fell und Muskeln. Das Wesen heulte vor Wut und Schmerzen laut auf und hämmerte wild auf die Tür ein. Kira warf das leere Magazin aus, schob das nächste hinein und feuerte abermals. Endlich wandte sich das Wesen um und floh. Nach einigen Augenblicken verschwand es in der Dunkelheit.

Kira stand wie gelähmt in der offenen Tür, die Knöchel der Hand, die das Gewehr hielt, waren kreidebleich. Eine Sekunde dehnte sich zu einer Minute, dann wurden es zwei. Das Ungeheuer kehrte nicht zurück. Schließlich ebbte auch das Jagdfieber ab, und Kira bebte am ganzen Leib. Leicht zuerst, dann immer heftiger, bis sie unkontrolliert zitterte. Als sie vom Schreibtisch hinunterstieg, wäre sie fast zu Boden gestürzt. In einer Ecke brach sie schluchzend zusammen.

Durch das Gewirr der Wände und Türen drang die Morgendämmerung nicht bis zu ihr durch, doch die Geräusche des Morgens hörte Kira deutlich. Vögel begrüßten zwitschernd die Sonne, Bienen summten zwischen den Blüten, die aus dem Asphalt hervorsprossen, und, tatsächlich, in der Ferne trompetete sogar ein Elefant. Kira stand langsam auf und spähte durch die geborstene Tür. Die Lampe brannte noch, aber allmählich ließen die Batterien nach. Der Raum hinter der Tür war voller blutiger Spritzer und Flecken, aber das Ungeheuer war verschwunden. Sie zog den Schreibtisch zurück und öffnete vorsichtig die Tür. Draußen war es heller, und auf dem unratübersäten Boden des Einkaufszentrums entdeckte sie sogar einen Sonnenstrahl. Rotbraune Fußabdrücke führten zur Straße und auf den Platz hinaus. Kira verzichtete darauf, ihnen zu folgen. Sie trank einen Schluck aus der Feldflasche und spritzte sich kaltes Wasser ins Gesicht. Natürlich war es dumm gewesen, nachts nach draußen zu gehen. Sie nahm sich vor, einen solchen Ausflug nicht zu wiederholen.

Dann schüttelte sie den Kopf und lockerte den verspannten Rücken, die Arme und die Finger. Die Männer, die sie jagte, waren vermutlich zu weit entfernt, um die Schüsse gehört zu haben. Doch wer wusste schon, was passieren konnte, wenn ihr die Echos einen Streich spielten? An ihrem Plan änderte dies nichts. Sie hatte sich ohnehin beeilt, das Gebäude zu finden, und musste nun so schnell wie möglich weitergehen. Sie nahm die Karte aus dem Rucksack, fand ihren derzeitigen Standort und schätzte die Entfernung zum Ziel ein, um den besten Weg auszuwählen. Seufzend trank sie einen letzten Schluck Wasser und machte sich auf den Weg durch die Stadt.

Sie bewegte sich vorsichtig, denn sie musste nicht nur die Patrouillen der Partials, sondern auch große behaarte Monster mit gefährlichen Krallen fürchten. In jedem tiefen Schatten erkannte sie ein Ungeheuer, immer wieder musste sie sich überwinden, um ruhig zu bleiben und einen klaren Kopf zu bewahren. Als sie im richtigen Viertel eintraf, brauchte sie mehrere Stunden, um das Gebäude mit der Antenne eindeutig zu identifizieren. Die Verzögerung war allerdings hauptsächlich darauf zurückzuführen, dass sie Angst vor Entdeckung hatte. Schließlich stieg sie in einem anderen Gebäude die Treppe hinauf, um die Lage von oben zu erkunden, und erkannte die Antenne ohne Mühe. In dieser Gegend waren die Gebäude kleiner, überwiegend höchstens drei bis vier Stockwerke hoch. Sie wusste, was sie suchte, und so fiel es ihr leicht, die kleinen Hinweise darauf zu entdecken, dass dieses Gebäude bewohnt war. Besonders im zweiten Stock waren viele Fenster vernagelt, und die schwachen Spuren im Staub verrieten ihr, dass unlängst jemand die Vordertreppe benutzt hatte.

Jetzt kam der schwierige Teil. Sie wagte das Gebäude nicht zu betreten, solange sie nicht wusste, wer dort lebte, wo die Bewohner sich aufhielten und ob die Bomben scharf waren. Höchstwahrscheinlich hatte sie den Vorposten einer Partialfraktion vor sich, die mit Dr. Morgan nicht auf gutem Fuß stand, nachdem die letzte Begegnung bei dem anderen Vorposten einen so zerstörerischen Verlauf genommen hatte. Das bedeutete allerdings nicht zwangsläufig, dass diese Partials den Menschen freundlich gesinnt waren. Kira wollte natürlich in keine Falle tappen. Sie musste beobachten, abwarten und sehen, was sich ergab.

Nichts geschah.

Kira verschanzte sich in dem Gebäude auf der anderen Straßenseite und beobachtete das Haus den ganzen Tag und die ganze Nacht lang. Sie aß kalte Bohnen und wickelte sich in eine mottenzerfressene Decke, weil sie kein Feuer machen wollte. Niemand ging hinein, niemand kam heraus. Am Abend war kein Feuerschein in den Fenstern zu erkennen. Kein Rauch stieg durch eine Ritze zwischen den Brettern empor. Auch der zweite Tag verlief ereignislos. Allmählich wurde Kira nervös. Die Bewohner waren verschwunden, bevor sie das Haus erreicht hatte, oder sie benutzten einen verborgenen Hintereingang. Schließlich schlich sie zur Straße hinunter und umrundete das Grundstück, um nach anderen Zugängen zu suchen, doch dort hatte sich offenbar schon längere Zeit niemand mehr blicken lassen. Wenn die Bewohner tatsächlich weggezogen waren, dann hatten sie das Haus durch die Vordertür verlassen. Also richtete Kira sich wieder ein und wartete weiter.

In dieser Nacht verließ jemand das Gebäude.

Kira beugte sich vor und achtete darauf, nicht vom Mondlicht erfasst zu werden, das ins Fenster fiel. Der Mann war groß, er maß sicherlich mehr als zwei Meter, und wies auch die passenden Muskeln und einen kräftigen Körperbau auf. Wahrscheinlich war er hundert Kilo schwerer als Kira. Seine Haut war dunkel, doch im schwachen Licht des halb verdeckten Monds war dies schwer zu erkennen. Vorsichtig öffnete er die Vordertür, schob einen kleinen Karren hinaus, trug ihn die Treppe hinunter und schloss hinter sich ab. Der Karren war voller Behälter, mit denen er vermutlich Wasser holen wollte. Außerdem trug er einen schweren, prall gefüllten Rucksack. Eine Waffe konnte Kira nicht entdecken. *Aber es ist wohl besser, das Schlimmste anzunehmen,* dachte sie. In den Falten des locker fallenden Trenchcoats konnte er mühelos eine großkalibrige Pistole oder eine Maschinenpistole verbergen.

Kira sammelte im Dunkeln lautlos ihre Sachen ein und packte, dann schlich sie die Treppe hinunter und folgte dem Mann. Er war schon eine Ecke weiter, als sie auf die Straße trat. Sie wartete, bis er hinter dem Haus verschwunden war, bevor sie auf leisen Sohlen die Verfolgung aufnahm und vorsichtig durch den Straßenschutt huschte. Als sie um die Ecke spähte, sah sie ihn, wie er sich langsam entfernte und den Karren hinter sich herzog. Er bewegte sich seltsam, beinahe watschelnd. Kira fragte sich, ob dies allein an seiner Körpergröße lag oder ob es noch andere Gründe gab. Am Ende des Häuserblocks trat er ohne Zögern auf die Straße, so als kümmerte es ihn überhaupt nicht, dass er gesehen oder – noch schlimmer – gefressen werden konnte. Wie hatte er nur so lange überlebt, ohne auf das nachtaktive Ungeheuer zu stoßen? Hinter einer niedrigen Mauer verschwand er. Kira schlich hinterher.

Er stand an der Mündung eines Untergrundbahntunnels und füllte die Plastikbehälter mit einer Pumpe, die einen langen Schlauch hatte und ihrer eigenen recht ähnlich sah. Bei der Arbeit schnaufte er, als wäre ihm die Anstrengung zu viel, doch ansonsten sprach sein Verhalten für Erfahrung und Können. Er hatte dies schon oft getan und kannte sich gut aus.

War er ein Partial? Kira stand reglos im Schatten und beobachtete ihn ... sie lauschte und schnupperte nicht, sondern versuchte, ihn zu fühlen, wie sie Samm hatte fühlen können. Über den Link. Auf dieser Ebene empfing sie gewöhnlich eher Emotionen als Informationen. Wenn sie sich überhaupt mit diesem Mann verlinken konnte, dann spürte sie vor allem seine Gefühle. Sorgfältig überprüfte sie ihr eigenes Empfinden: Sie war neugierig, sie war müde, sie war zielstrebig. Stammte etwas davon von ihm? Was ging in ihm vor? Er murmelte mit sich selbst und war nicht wütend, sondern redete einfach nur, genau wie sie vor einer Weile mit sich selbst geredet hatte. Die Worte konnte sie nicht verstehen.

Je länger sie ihn beobachtete, wie er methodisch die Behälter füllte, desto klarer wurde ihr, dass er allein schon aufgrund seiner Größe ein Mensch sein musste. Die Partials waren gezielt für bestimmte militärische Zwecke entworfen worden: junge Männer für die Infanterie, ältere Männer als Generäle. Samm hatte berichtet, alle Ärzte seien Frauen, während zierliche Mädchen, die leicht in kleine Fahrzeuge und enge Kanzeln passten, als Pilotinnen dienten. Die Rüstungsindustrie hatte damit Milliarden gespart, weil sie verkleinerte Düsenjäger herstellen konnte. Kira hatte keine Ahnung, welche Rolle Heron spielte – dieses große, langbeinige Supermodel, das Kira für Dr. Morgan eingefangen hatte –, aber anscheinend passte keine einzige Gussform auf diesen Mann. Eine Art Supersoldat unter den Supersoldaten? Ein Spezialist für schwere Waffen oder ein Nahkampfexperte? Samm hatte so etwas nie erwähnt, aber es gab sicher vieles, worüber er nicht gesprochen hatte. Kira konzentrierte sich mit allen Kräften und bemühte sich, den Riesen über den Link aufzuspüren, soweit sie überhaupt darauf zugreifen konnte. Sie empfing jedoch nicht das Geringste.

Abgesehen von der Körpergröße war auch die Tatsache aufschlussreich, dass er außer Atem war. Er war nur ein paar Häuserblocks weit gelaufen und keuchte bereits, als hätte er einen Marathonlauf absolviert. Das sah nicht nach einem körperlich vollkommenen Supersoldaten aus, sondern eher nach einem übergewichtigen Menschen.

Dank des großen Monds und des wolkenlosen Himmels war er recht gut zu erkennen. Kira zückte leise das Fernglas, um ihn genauer zu betrachten. Sie hockte kaum dreißig Meter entfernt hinter einem verrosteten Auto. Es war Zeit, sich Gewissheit über seine Bewaffnung zu verschaffen. An den Beinen oder an den Hüften trug er nichts, keine Halfter und keine Messerscheiden, und auch in dem Einkaufswagen schien sich nichts außer den Plastikbehältern zu befinden. Gerade hatte er wieder einen Kanister abgefüllt und drehte sich zu ihr um, als er ihn in den Karren stellen wollte. Dabei öffnete sich der Mantel ein wenig, und sie sah seinen Oberkörper und die Seiten des Rumpfs. Auch dort war keine Waffe untergebracht, er trug weder ein Schulterhalfter noch ein Bandelier. Kira runzelte die Stirn. Unbewaffnet überlebte in dieser Wildnis keiner lange, also hatte er seine Waffe versteckt. Aber warum verbarg er sie, wenn er sich allein wähnte?

Plötzlich wurde Kira bewusst, dass sie in eine Falle getappt war. Dieser große, langsame und unbewaffnete Mann war als Köder vorgeschickt worden, während die anderen sie einkreisten, um ihr den Fluchtweg abzuschneiden. Sie ließ sich zu Boden sinken und machte sich flach, falls jemand auf sie zielte, und sah sich in Panik nach den Angreifern um. Die Stadt war zu dunkel, in hundert Fenstern, Türen und Schatten konnten Heckenschützen lauern. Andererseits konnte sie selbst nicht weit genug blicken, um auch nur einen von ihnen zu erkennen. Als einzige Hoffnung blieb ihr die Flucht, genau wie bei dem Ungeheuer auf dem Platz. In dem Gebäude hinter ihr gab es eine Schaufensterfront, vielleicht eine ehemalige Pizzeria. Sicherlich gab es dort auch einen rückwärtigen Raum und womöglich sogar einen Keller. Wenn sie Glück hatte, fand sie eine Treppe, die tiefer in das Gebäude hinabführte. Sie konnte hineinhuschen, einen anderen Ausgang suchen und verschwinden, bevor die Falle der Gegner zuschnappte.

Der Mann an der Treppe der U-Bahn-Station streckte sich. Sein Rucksack lag neben ihm auf dem Boden. Bereitete er sich auf einen Angriff vor? Sie musste etwas unternehmen. Kira sprang auf, rannte zum Restaurant hinüber und machte sich innerlich schon auf einen Einschuss im Rücken gefasst. Hinter sich hörte sie einen Ruf oder eher einen Angstschrei, doch sie drehte sich nicht um. Im hinteren Teil der Pizzeria befand sich eine dünne Holztür, dahinter lag ein Büro. Kira stürmte hindurch und warf die Tür hinter sich zu. Dann schaltete sie die Lampe ein, um nach dem Hinterausgang zu suchen. Es gab keinen.

Sie saß in der Falle.

9

Mit gestrecktem Arm fegte Kira das Gerümpel von dem Metallschreibtisch, der mitten im Raum stand, und wirbelte den jahrzehntealten Staub und die hohen Papierstapel durcheinander. Der letzte Gegenstand war ein Flachbildschirm, den sie zur Seite warf, bevor sie den Schreibtisch umkippte und dahinter abtauchte, um zusätzliche Deckung zu gewinnen. Schließlich hockte sie mit angelegtem Gewehr hinter der Barriere und zielte mitten auf die Tür. Wenn der Knopf auch nur einen Millimeter ruckte, würde sie das ganze Magazin in den Eindringling jagen. Sie wartete und wagte kaum zu atmen.

Sie wartete.

Eine Minute verging. Fünf Minuten. Zehn Minuten. Sie stellte sich vor, wie jenseits der Tür ein anderer Schütze ebenso vorsichtig wie sie selbst auf der Lauer lag. Wer verlor als Erster die Geduld? Die anderen waren in der Überzahl, sie waren im Vorteil und konnten sich außerdem dort draußen frei bewegen. So leicht wollte sie allerdings nicht aufgeben. Wenn die Feinde sie haben wollten, dann mussten sie schon hereinkommen und sie holen.

Noch einmal vergingen zehn Minuten, bis Kira Schmerzen im Bein verspürte und das Gewicht verlagern musste. Blinzelnd wischte sie sich den Schweiß von den Augen, die sich rot und wund anfühlten. Wieder vergingen zehn Minuten. Ihr Hals war ausgedörrt und tat weh, die Finger verkrampften sich am Griff des Gewehrs. Nichts rührte sich, kein Laut störte die nächtliche Stille.

Die Lampe flackerte blass und gelb, weil die Batterien fast erschöpft waren. Die Ladung ließ schon seit Tagen nach, bisher hatte Kira aber keinen Ersatz gefunden. Zehn Minuten später ging das Licht endgültig aus. In dem stockfinsteren Raum schloss sie die nutzlosen Augen und konzentrierte sich dafür ganz und gar auf das Gehör: der Türknauf, das Knarren von Bodenbrettern, das Quietschen von Schuhen, das Klicken einer Waffe, die jemand entsicherte. Noch einmal zehn Minuten. Zwanzig. Eine Stunde. Waren die anderen wirklich so geduldig?

Oder lauerte vielleicht überhaupt niemand dort draußen?

Kira rieb sich die Augen und dachte über ihre Lage nach. Sie hatte angenommen, sie sei in eine Falle getappt – das war jedenfalls die naheliegende Erklärung –, doch sie hatte niemanden bemerkt. War es denn möglich, dass der Mann dort draußen mutterseelenallein und unbewaffnet durch eine tote Stadt voller Ungeheuer ging? Das kam ihr höchst unwahrscheinlich vor, aber ganz ausgeschlossen war es auch nicht. War sie bereit, für diese Mutmaßung ihr Leben aufs Spiel zu setzen?

Sie ließ das Gewehr sinken und wimmerte, weil die steifen Schultern schmerzten. So leise wie möglich huschte sie zur Seitenwand des Raums, um nicht mehr im Bereich einer Salve zu sein, die durch die Tür fetzen konnte, und lauschte wieder. Alles war ruhig. Eng an die Wand gepresst tastete sie mit einer Hand nach dem Türknauf und zog die Tür so rasch wie möglich auf. Dann riss sie die Hand zurück und brachte sich in Sicherheit. Keine Schüsse, keine Rufe, kein Lärm außer dem Knarren der Tür. Sie starrte in die pechschwarze Türöffnung und sammelte ihren ganzen Mut, um hindurchzutreten. Dann beschloss sie, vorher noch etwas anderes zu versuchen. Sie hob den Monitor hoch, den sie vom Schreibtisch gerissen hatte, richtete sich auf und warf ihn durch die Tür. Das Gerät sollte das Feuer der Gegner auf sich ziehen, die draußen lauerten. Der Monitor prallte zu

Boden, der Bildschirm zersprang, und dann herrschte wieder Schweigen.

»Erschießt mich nicht!«, rief sie vorsichtshalber und spähte durch den Türrahmen hinaus. Die Pizzeria war verlassen wie eh und je, draußen auf der Straße schimmerte das Mondlicht auf zerstörten Autos. Mit angelegtem Gewehr schlich sie hinaus, überprüfte die Umgebung und machte sich auf einen Hinterhalt gefasst. Sie war allein. Auf der anderen Straßenseite war der Eingang zur Untergrundbahn zu erkennen. Daneben lag einsam der Einkaufswagen des großen Mannes. Ein Kanister war zu Boden gefallen und umgekippt, das Wasser war herausgelaufen. Ein paar Schritte entfernt entdeckte sie den dicken Rucksack des Mannes an der Stelle, wo er ihn abgestellt hatte.

Kira ging einmal ganz um die Kreuzung herum, rannte von Auto zu Auto, um Deckung zu finden, und näherte sich schließlich dem Rucksack. Er war riesig, fast so groß wie sie selbst. Sie musste an die Krater und die Trümmer der beiden letzten Häuser denken. Wollte sie wirklich den Rucksack eines Bombenlegers öffnen? Möglicherweise hatte er eine Falle hinterlassen, um sie zu töten ... andererseits hatte er vermutlich zahlreiche Gelegenheiten gehabt, sie einfach zu erschießen, wenn er es wirklich gewollt hätte. Oder war der Sprengstoff die einzige Waffe, die er kannte? Vielleicht besaß er gar keine Pistole.

Vorsichtig umkreiste sie den Rucksack und rieb sich mit der Hand über das Gesicht. Sie musste sich entscheiden. War es die Mühe wert? Das Ungeheuer ging ihr nicht aus dem Sinn – als sie das letzte Mal ein großes Risiko eingegangen war, wäre sie beinahe gestorben. Vorsicht kostete sie andererseits Zeit, und so großzügig durfte sie mit dieser Ressource nicht umgehen. Ihre Fragen waren immer noch nicht beantwortet: Was war der Trust? Inwiefern standen die Partials mit RM in Verbindung? Wer war sie, und in welchem Plan spielte sie eine Rolle? Die Antworten entschieden möglicherweise über Rettung und Vernichtung der ganzen Menschheit. So gefährlich ihre Situation auch war, sie musste sich entscheiden. Schließlich schlang sie sich das Gewehr über die Schulter, griff nach dem Rucksack …

… und hörte eine Stimme.

Kira fuhr zurück und ging hinter der Mauer des U-Bahn-Eingangs in Deckung. Die Stimme war leise, trug im mitternächtlichen Schweigen jedoch recht weit. Ein leises Murmeln in einer Seitenstraße, vielleicht einen halben Häuserblock entfernt. Es kam näher. Sie griff nach dem Gewehr und sah sich nach einer Fluchtmöglichkeit um, doch sie saß im offenen Gelände fest. Also kroch sie vorsichtig zur Seite und behielt den Eingang zwischen sich und dem Sprecher im Auge. Während er sich näherte, wurde das Murmeln immer lauter, bis sie die Worte verstehen konnte.

»Nie den Rucksack stehen lassen, nie den Rucksack stehen lassen.« Es war immer und immer wieder der gleiche Satz. »Nie den Rucksack stehen lassen.« Als sie hinausspähte, erkannte sie den großen Mann, den sie schon vorher beobachtet hatte. Er watschelte die Straße herauf. »Nie den Rucksack stehen lassen.« Seine Hände zuckten, die Augen irrten über die Straße. »Nie den Rucksack stehen lassen.«

Kira war nicht sicher, was sie davon halten sollte, doch irgendetwas an der Art, wie er ging, sprach, sich die Hände rieb – oder alles zusammen und noch mehr als dies –, erleichterte ihr die Entscheidung. Sie hatte genug Zeit verschwendet und musste handeln. Sie schlang sich das Gewehr über die Schulter, spreizte die Finger, um ihm die leeren Hände zu zeigen, und richtete sich zwischen ihm und dem Rucksack auf.

»Hallo!«

Der Mann blieb wie angewurzelt stehen, riss entsetzt die Augen auf und floh auf dem Weg, auf dem er gekommen war. Kira wollte ihm instinktiv folgen, wusste aber nicht, ob das überhaupt ratsam war. Plötzlich jedoch blieb er stehen, krümmte sich, als wäre er verwundet, und schüttelte heftig den Kopf. »Nie den Rucksack stehen lassen.« Er drehte sich wieder zu ihr um. »Nie den Rucksack stehen lassen.« Als er sie sah, rannte er abermals einige Schritte weg, als wäre er erschrocken, hielt aber gleich wieder inne, wandte sich um und beäugte mit gequälter, verängstigter Miene den Rucksack. »Nie den Rucksack stehen lassen.«

»Schon gut.« Kira fragte sich, was mit dem Mann los war. Mit einer solchen Reaktion hatte sie nicht gerechnet. »Ich tue dir nichts.« Sie gab sich Mühe, so harmlos wie möglich zu klingen.

»Ich brauche den Rucksack.« Es klang sehr verzweifelt. »Ich darf den Rucksack nicht stehen lassen. Ich nehme ihn immer mit. Er ist alles, was ich habe.«

»Sind das deine Vorräte?« Sie trat beiseite. Nun konnte der Mann den Rucksack sehen und näherte sich ihm. Er streckte die Hand aus, als wollte er hastig danach greifen, obwohl er noch zwanzig Meter entfernt war. »Ich will dir nichts stehlen«, beteuerte sie und betonte jedes Wort. »Ich will nur mit dir reden. Wie viele andere gibt es noch?«

»Das ist der einzige«, flehte er. »Ich brauche ihn, ich darf ihn nicht verlieren, er ist alles, was ich habe ...«

»Nicht der Rucksack«, erwiderte sie. »Ich meine andere Leute. Wie viele andere Leute leben bei dir in dem sicheren Haus?«

»Bitte gib mir den Rucksack!« Vorsichtig schlich er auf sie zu, bis er im Licht stand. Sie entdeckte Tränen in seinen Augen. Seine Stimme klang heiser und verzweifelt. »Ich brauche ihn, ich brauche ihn, ich brauche den Rucksack. Bitte gib ihn mir zurück!«

»Hast du Medizin darin? Brauchst du Hilfe?«

»Bitte gib ihn mir!«, murmelte er immer wieder. »Nie den Rucksack stehen lassen.« Kira dachte kurz darüber nach und zog sich seitlich weiter zurück, bis sie zehn Meter hinter dem Einkaufswagen stand. Nun konnte er sich nähern und den Rucksack nehmen, ohne sich in ihre Reichweite zu begeben. Er stürzte los, brach auf dem Rucksack zusammen, umklammerte ihn und weinte. Kira sah sich unterdessen um, ob ein Hinterhalt drohte – Heckenschützen in den Fenstern oder andere Männer, die hinter ihm die Straße entlangkamen. Er schien jedoch ganz allein zu sein. *Was ist hier los? Ist er der Bombenleger, den wir bisher nicht aufspüren konnten und dessen raffinierte Fallen nicht einmal die Partials entdeckten, bevor es zu spät war?*

Da er nicht bereit schien, über irgendetwas anderes als den Rucksack zu reden, konzentrierte sie sich zunächst darauf.

»Was ist da drin?«

Er antwortete, ohne den Blick zu heben. »Alles.«

»Dein Essen? Deine Waffen?«

»Keine Waffen.« Er schüttelte energisch den Kopf. »Keine Waffen. Ich bin ein Nichtkombattant. Du darfst mich nicht erschießen. Ich habe keine Waffen.«

Kira kam mit kleinen Schritten auf ihn zu. »Also Proviant?«

»Hast du Hunger?« Als er fragte, hob er ein wenig den Kopf.

Kira überlegte, dann nickte sie. »Ja, ich habe Hunger.« Sie hielt inne und deutete auf den eigenen Rucksack. »Ich habe nur Bohnen und eine Dose Ananas aus einem Drugstore.«

»Ich habe eine Menge Ananas.« Langsam richtete er sich auf, rieb sich die Hände sauber und wuchtete den Rucksack auf die Schultern. »Den Fruchtcocktail mag ich am liebsten. Da sind Ananas, Pfirsiche, Birnen und Kirschen drin. Komm mit in mein Haus, dann zeige ich es dir.«

»Dein Haus.« Sie dachte an die Krater. Inzwischen war sie völlig sicher, dass dieser Mann kein Partial war. Wenn überhaupt, dann erinnerte er sie an ein übergroßes Kind. »Wer lebt sonst noch dort?«

»Niemand«, entgegnete er. »Niemand. Ich bin ein Nichtkombattant, du darfst mich nicht erschießen. Wir essen Fruchtcocktail in meinem Haus.«

Kira dachte darüber nach, dann nickte sie. Wenn es eine Falle war, dann die verrückteste Falle, in die sie je gelaufen war. Sie streckte eine Hand aus, in die er jedoch nicht einschlug. »Ich bin Kira Walker.«

»Ich bin Afa Demoux.« Er hob den heruntergefallenen Wasserbehälter in den Einkaufswagen, holte die Pumpe und setzte sich in die Richtung seines Hauses in Bewegung. »Du bist eine Partial, und ich bin der letzte Mensch auf der Erde.«

Sein sicheres Haus entpuppte sich als alter Fernsehsender. Genau genommen war er so alt, dass einige Teile der Ausrüstung noch aus der analogen Zeit vor der Digitalisierung stammten. Kira hatte mehrere Bergungseinsätze bei kleinen Sendern auf Long Island absolviert, deren Systeme fremdartig, aber handlich gewesen waren: Kameras, Kabel und kleine, mit Computern ausgestattete Geräte, die alles in die Cloud schickten. Solche Geräte gab es auch hier – vermutlich waren sie für einen Fernsehsender unverzichtbar, zumal die alte Welt ja vom Internet besessen gewesen war. Doch hier gab es zusätzlich noch ältere Geräte: breite Pulte mit manuell bedienten Reglern, einen Raum voller geheimnisvoller Sendeanlagen, die alles in den Himmel geschickt hatten. Die Zuschauer hatten Hausantennen benutzt, statt die Signale über eine Satellitenverbindung zu empfangen. Deshalb hatte das Gebäude über eine so große Antenne verfügt, und deshalb lebte Afa hier. Sie wusste es, weil er es ihr seit fast einer Stunde immer wieder erklärt hatte.

»Die Cloud ging kaputt«, sagte er gerade, »aber ein Funkgerät braucht keine Cloud. Man kann einfach senden, und andere können es empfangen. Man braucht nur ein Funkgerät, eine Antenne und genug Strom, um die Anlage zu betreiben. Ich kann an alle senden, und sie können zu mir senden. Wir brauchen kein Netzwerk und keine Cloud. Mit einer so großen Antenne kann ich die ganze Welt erreichen.«

»Das ist schön«, stimmte Kira zu. »Aber mit wem redest du? Wer ist da draußen?« Es musste außerhalb von Long Island noch mehr Überlebende geben – das hatte sie jedenfalls immer gehofft, aber nie zu glauben gewagt.

Afa schüttelte den großen Kopf. Der dunkelhäutige Mann hatte einen grau gesprenkelten Rauschebart. Kira hielt ihn für einen Polynesier, kannte aber die einzelnen Inseln nicht gut genug, um ihn richtig einordnen zu können. »Da draußen ist niemand mehr«, sagte er. »Ich bin der letzte Mensch auf der Erde.«

Er lebte allein, und bis zu diesem Punkt entsprach seine Behauptung der Wahrheit. Den Fernsehsender hatte er in einen verwinkelten Fuchsbau voller Lagerräume verwandelt: Generatoren, Funkgeräte, Stapel von Lebensmitteln und Sprengstoff, unzählige Papierstöße. Er hatte Schriftstücke und Akten gehortet, Zeitungsausschnitte mit Fäden gebündelt, vergilbte Ausdrucke in Kisten gesteckt, neben denen weitere Kisten mit Notizzetteln, Quittungen und beglaubigten Dokumenten standen. Dicke Hefter quollen über vor Fotos, von denen einige glänzten, während andere auf verwittertes Papier gedruckt waren. Wieder andere Fotos lugten aus Kisten hervor oder lagen lose herum. Ganze Büros waren vom Boden bis zur Decke mit Aufzeichnungen und Aktenschränken gefüllt, und überall gab es unzählige Abbildungen. An den wenigen Wänden, die nicht mit Schränken, Bücherregalen und hohen Kisten zugestellt waren, klebten Karten: der Staat New York, die Vereinigten Staaten, NADI, China, Brasilien und der Rest der Welt. In den Karten steckten unzählige Pinnnadeln, zwischen denen Fäden gespannt waren, hier und dort waren auch verbogene Flaggen aus Metall zu erkennen. Kira wurde schwindelig, wenn sie die Wand nur betrachtete, und unter ihren Füßen raschelte und knisterte überall das Papier – die vielen Blätter, die Afas Leben definierten und begrenzten.

Kira stellte ihre Dose Fruchtcocktail weg und bedrängte ihn weiter. »Was tust du hier?«

»Ich bin der letzte Mensch auf der Erde.«

»Auf Long Island leben noch andere Menschen«, widersprach sie. »Was ist mit denen?«

»Partials«, entgegnete er rasch und wedelte geringschätzig mit einer Hand. »Sie sind alle Partials. Es steht alles hier, hier in den Akten.« Er machte eine ausholende Geste, als würden die unordentlichen Papierstapel die letzte Wahrheit enthalten. Kira nickte und war auf unerklärliche Weise dankbar für diesen Anflug von Wahnsinn. Zuerst hatte sie verstört und ängstlich reagiert, weil er sie als Partial bezeichnet hatte. Er war der erste Mensch gewesen, der sie offen so genannt hatte, und diese Anklage, die Tatsache, dass jemand es wusste und aussprach, hatte sie bis ins Mark erschüttert. Es war leichter zu ertragen, seit sie wusste, dass Afa sich täuschte und auch alle anderen auf der Welt für Partials hielt.

Kira bohrte weiter und hoffte, ihm mit konkreten Fragen eindeutige Antworten zu entlocken. »Du hast für ParaGen gearbeitet.«

Er hielt inne, suchte ihren Blick, verkrampfte sich und machte sich mit gespieltem Gleichmut wieder über sein Essen her. Eine Antwort gab er ihr nicht.

»Dein Name stand im Büro von ParaGen an der Tür«, sagte sie. »Dort hast du einen Teil dieser Geräte abgeholt.« Sie deutete auf die Reihen von Computern und Monitoren. »Wozu brauchst du sie?«

Wieder schenkte Afa sich die Antwort. Kira musterte ihn genau. Keine Frage, er war nicht ganz richtig im Kopf. Es war die Art, wie er sich bewegte und redete, sogar die Haltung beim Sitzen. Er dachte nicht sonderlich schnell, zumindest nicht in den Bahnen, die Kira vertraut waren. Wie hatte er allein so lange überleben können? Gewiss, er war vorsichtig, doch seine Vorsicht erstreckte sich nur auf bestimmte Bereiche. Sein Heim war unglaublich gut verteidigt, er hatte raffinierte Fallen gelegt und Maßnahmen ergriffen, um sicher und versteckt leben zu können und seine

Schätze zu hüten, doch andererseits war er unbewaffnet draußen herumgelaufen. *Die beste Erklärung ist wohl die, dass noch jemand anders bei ihm ist,* dachte Kira. *Nach allem, was ich gesehen habe, ist er nicht fähig, sich gut zu verteidigen, und er konnte bestimmt nicht alles selbst einrichten. Er ist wie ein Kind. Vielleicht hat derjenige, dem das sichere Haus gehört, ihn als Assistenten eingesetzt.* Doch sosehr Kira sich auch bemühte, sie hatte in dem Gebäude niemanden sonst gesehen oder gehört. Wer es auch war, er wusste sich zu verstecken.

Wenn ich über ParaGen rede, verschließt er sich, dachte sie. *Also muss ich es mit einer anderen Taktik versuchen.* Als er ihre halb geleerte Dose mit Früchten beäugte, hielt sie ihm den Rest hin. »Willst du das aufessen?«

Er griff sofort zu. »Da sind Kirschen drin.«

»Ja, richtig. Magst du Kirschen?«

»Natürlich mag ich Kirschen. Ich bin ein Mensch.«

Beinahe hätte Kira gelacht, sie konnte sich gerade noch beherrschen. Sie kannte einige Menschen, die Kirschen überhaupt nicht mochten. Ihr kleines Geschenk nahm ihm anscheinend einen Teil der Nervosität, die er bei der Erwähnung von ParaGen gezeigt hatte. Sie wechselte das Thema. »Du bist sehr mutig, dass du dich nachts hinauswagst«, sagte sie. »Vor einigen Nächten hat mich etwas Großes angegriffen. Ich bin ihm nur knapp entkommen.«

»Das war mal ein Bär«, sagte Afa mit einem Mund voller Fruchtcocktail. »Du musst warten, bis er etwas gefangen hat.«

»Was geschieht, wenn er etwas fängt?«

»Er frisst es.«

Kira schüttelte den Kopf. »Ja, schon, aber ich meine, warum musst du warten, bis er das tut? Was hat das zu bedeuten?«

»Wenn er etwas frisst, hat er keinen Hunger.« Er heftete den Blick auf den Boden und starrte ins Leere. »Warten, bis er frisst, dann hinausgehen und Wasser holen, solange er beschäftigt ist. So tötet er dich nicht. Aber immer daran denken, den Rucksack mitzunehmen.« Er deutete mit dem Löffel darauf. »Den Rucksack darf man nicht zurücklassen.«

Kira staunte über die Einfachheit dieses Plans. Trotzdem warf seine Antwort ein Dutzend neue Fragen auf: Woher wusste er, wann das Monster gefressen hatte? Was meinte er damit, dass es früher mal ein Bär gewesen sei? Was war so wichtig an dem Rucksack, und wer hatte ihm diese Strategie empfohlen? Sie beschloss, sich zunächst auf die letzte Frage zu konzentrieren, denn das schien der beste Weg, wieder auf das Thema zurückzukommen.

»Wer hat dir gesagt, dass du den Rucksack nicht zurücklassen darfst?«

»Niemand hat mir das gesagt«, erwiderte er. »Ich bin ein Mensch. Mir befiehlt niemand etwas, weil ich der Einzige bin, der noch am Leben ist.«

»Natürlich erteilt dir niemand Befehle.« Allmählich ärgerte Kira sich über die fruchtlose Unterhaltung. »Aber was ist mit deinem Freund? Mit dem, der dich gewarnt hat, dass du den Rucksack nicht verlieren darfst?«

»Keine Freunde.« Afa schüttelte den Kopf und wiegte dabei den ganzen Oberkörper hin und her. »Keine Freunde. Ich bin der Letzte.«

»Waren denn vorher noch andere da? Waren hier im sicheren Haus noch andere Menschen?«

»Nur du.« Seine Stimme veränderte sich, als er die Worte aussprach. Kira überlegte, ob er vielleicht tatsächlich ganz allein gelebt hatte und ob sie der erste Mensch war, mit dem er seit Jahren sprach. Wer ihn auch gerettet und ihm das Überleben beigebracht hatte, wer dies alles und die anderen Funkanlagen eingerichtet hatte – wer auch immer sie mit Sprengstoff vermint hatte –, war möglicherweise längst tot, ein Opfer der Partials, der wilden Tiere, einer Krankheit oder eines Unfalls und hatte dieses fünfzig Jahre alte Kind allein in den Ruinen zurückgelassen. *Deshalb sagt er, dass er der Letzte sei,* dachte sie. *Er hat die anderen sterben sehen.*

Leise und fast zärtlich sprach Kira weiter. »Vermisst du sie?«

»Die anderen Menschen?« Er zuckte mit den Achseln, und sein Kopf wackelte auf den Schultern hin und her. »Es ist ruhiger geworden. Ich mag die Stille.«

Kira lehnte sich an und runzelte die Stirn. Je mehr er sagte, desto verwirrter wurde sie, und sie hatte den Eindruck, weiter denn je von einem wahren Verständnis der Situation entfernt zu sein. Am verwirrendsten war das Namensschild bei ParaGen. Afa Demoux hatte dort ein Büro mit einem Namensschild auf der Tür gehabt, und ParaGen war gewiss keine Firma gewesen, die einem geistig behinderten Mann ein Büro eingerichtet hatte, nur um ihm eine Freude zu machen. Er hatte tatsächlich dort gearbeitet, etwas Wichtiges getan oder eine bedeutende Position bekleidet.

Was hatte noch gleich auf seiner Tür gestanden? Sie zermarterte sich das Gehirn und nickte, als sie sich erinnerte: *IT. War das nur ein grausamer Witz? Haben sie den Verrückten* ES *genannt? Das mag der Grund dafür sein, dass er nicht gern über ParaGen spricht.* Aber nein, das war Unsinn. Nichts, was sie über die alte Welt wusste, konnte sein Verhalten und seine Verbindung zu der großen Firma erklären. Die Buchstaben auf der Tür mussten eine andere Bedeutung haben. Sie beobachtete seine Miene, als er den Fruchtcocktail löffelte, und versuchte, seine emotionale Verfassung zu bestimmen. Konnte sie noch einmal über ParaGen sprechen, oder würde er verstummen wie zuvor? Vielleicht sollte sie ParaGen nicht erwähnen, sondern nur nach den Buchstaben fragen ...

»Anscheinend weißt du eine Menge über IT.« Sie zuckte zusammen und hoffte, keine allzu dumme Frage gestellt oder, noch schlimmer, eine Beleidigung ausgesprochen zu haben. Afas Augen leuchteten, und Kira freute sich über ihr Erfolgserlebnis.

»Ich war IT-Direktor«, erklärte er. »Ich habe alles Mögliche gemacht. Ohne mich lief überhaupt nichts.« Er grinste breit und deutete auf die Computer, die im Raum standen. »Siehst du? Ich weiß alles über Computer. Wirklich alles.«

»Erstaunlich.« Kira konnte kaum ihr Lächeln unterdrücken. Endlich kam sie voran. Diese Gelegenheit ließ sie sich nicht entgehen. »Erzähl mir mehr darüber – über IT!«

»Du musst wissen, wie alles funktioniert und wo alles zu finden ist«, sagte er. »Manches ist in der Cloud, manches auf den Festplatten, aber wenn es die falsche Festplatte ist, dann läuft sie nicht ohne Strom. Deshalb habe ich die Zobles auf dem Dach.«

»Die Sonnenkollektoren«, sagte Kira. Afa nickte.

»Zobles und Hufongs, aber die sind viel schwerer zu finden und gehen oft kaputt. Ich habe die Generatoren im Raum C zu Kondensatoren umgebaut, um den zusätzlichen Strom von den Hufongs zu speichern. Eine Weile geht das gut, aber man muss sie abwechselnd einsetzen, sonst verschleißen sie schnell.« Er beugte sich vor und gestikulierte mit beiden Händen. »Aber wenn du den richtigen Strom hast, kannst du auf jede beliebige Festplatte zugreifen. Die meisten hier sind SSD-Speicher, aber die großen dort in der Ecke sind mechanische Festplatten. Die brauchen mehr Strom, speichern aber auch viel mehr Daten. Dort sind die meisten Sequenzen drauf.«

Er sprach schneller und viel lebhafter als vorher. Kira zog unter der plötzlichen Informationsflut den Kopf ein. Die meisten Wörter kannte sie, aber die Ideen dahinter begriff sie nicht immer. Offensichtlich redete er über die digitalen Aufzeichnungen und die verschiedenen Arten der Speicherung, der Stromversorgung und des Zugriffs, aber er sprach so rasch, und Kira verstand so wenig von dem Thema, dass ihr seine Ausführungen größtenteils unverständlich blieben.

Vor allem fiel ihr auf, dass er tatsächlich viel von diesem Gebiet verstand. Sie hatte ihn für dumm und kindisch gehalten und angenommen, er könne nicht viel mehr, als auf den Befehl eines anderen hin Wasser holen. Nun sah sie ein, dass ihr erster Eindruck völlig falsch gewesen war. Afa hatte natürlich seine Marotten, und sie zweifelte nicht daran, dass mit ihm etwas nicht stimmte, aber auf mindestens einem Gebiet war er brillant.

»Halt!« Sie hob beide Hände. »Wart mal, du bist zu schnell! Beginn bitte ganz von vorn!. Was bedeutet IT?«

»Informationstechnologie«, erwiderte Afa. »Ich war IT-Direktor. Ich habe dafür gesorgt, dass bei den Mitarbeitern die Computer liefen, ich habe die Server eingerichtet, die Sicherheit in der Cloud gewährleistet und das ganze Netzwerk überwacht.« Er beugte sich vor, starrte sie an und zielte mit dem Zeigefinger auf den Boden. »*Alles* habe ich gesehen. Ich habe verfolgt, wie es passiert ist.« Nun lehnte er sich zurück und breitete die Arme aus, als wollte er den ganzen Raum umfassen, vielleicht sogar das ganze Gebäude. »Ich habe alles hier, jedenfalls fast alles, und ich werde es jedem zeigen. Dann werden sie die ganze Geschichte erfahren. Sie sollen genau erfahren, wie es passiert ist.«

»Was denn eigentlich?«

»Das Ende der Welt«, erklärte Afa. Er schluckte, und sein Gesicht lief rot an, als er eilig weitersprach und sich kaum Zeit zum Atemholen nahm. »Die Partials, der Krieg, die Rebellion, das Virus. Alles.«

Kira nickte. Sie war so aufgeregt, dass ihre Finger kribbelten. »Wem willst du es eigentlich erzählen?«

Afa machte eine betroffene Miene und ließ die Arme hängen. »Niemandem«, sagte er. »Ich bin der letzte lebende Mensch.«

»Nein, bist du nicht«, widersprach Kira energisch. »Auf Long Island gibt es eine große Gemeinschaft, fast sechsunddreißigtausend Menschen leben dort. Und Gott weiß wie viele noch auf anderen Kontinenten. Es muss noch mehr geben. Was ist mit mir?«

»Du bist eine Partial.«

Wieder fühlte sie sich unwohl, als sie derart angeklagt wurde, zumal sie es nicht einmal guten Gewissens bestreiten konnte. Sie versuchte es mit einer Irreführung. »Woher willst du wissen, dass ich eine Partial bin?«

»Menschen kommen nicht nach Manhattan.«

»Du bist hier.«

»Ich war schon vorher hier, das ist etwas anderes.«

Kira knirschte mit den Zähnen. An Afas Zirkelschlüssen kam sie einfach nicht vorbei. »Warum hast du mich in dein Haus gelassen?«, fragte sie. »Warum vertraust du mir, wenn die Partials so böse sind?«

»Die Partials sind nicht böse.«

»Aber ...« Kira runzelte die Stirn. Seine einfache, beiläufige und völlig unverständliche Antwort trieb sie in den Wahnsinn. »Du bist allein hier draußen«, sagte sie. »Du versteckst dich, du schützt dich wie ein Irrer, und wenn jemand dir zu nahe kommt, jagst du deine Sender in die Luft. Im Osten und im Norden gibt es große Gemeinschaften, denen du dich aber nicht anschließen willst. Wenn die Partials nicht böse sind, warum bleibst du ihnen dann fern?« Noch während sie die Worte aussprach, kam ihr der Gedanke, dass sie diese Frage ebenso gut sich selbst stellen konnte. Sie war seit Monaten allein unterwegs und ging Partials und Menschen gleichermaßen aus dem Weg.

Ich gehe ihnen nicht aus dem Weg, sagte sie sich selbst. *Ich rette sie beide.* Trotzdem, der Gedanke setzte ihr zu.

Afa kratzte das Obst aus der Dose. »Ich bleibe hier, weil ich die Stille mag.«

»Du magst die Stille.« Kira lachte, eher hilflos als belustigt, stand auf, streckte sich und rieb sich die Augen. »Ich verstehe dich nicht, Afa. Du sammelst Informationen, willst sie aber niemandem zeigen. Du lebst in einem großen Sender und redest nicht gern mit anderen Menschen. Wozu brauchst du überhaupt die Funkgeräte? Geht es dir nur darum, Informationen zu sammeln und möglichst alles zu wissen?«

»Ja.«

»Glaubst du nicht, dass alle diese Informationen, die du zusammengetragen hast, für jemand anders nützlich sein könnten?«

Afa stand auf. »Ich muss jetzt schlafen.«

»Warte!«, bat Kira, die angesichts seines Unbehagens erschrak. Sie hatte mit dem brillanten IT-Direktor gestritten und ihn in ihrer Hilflosigkeit angeschrien. Nun aber hatte sie es wieder mit dem linkischen, schwerfälligen Kind zu tun, mit einem winzigen Verstand in einem riesigen Körper. Sie seufzte und erkannte, dass auch sie sehr müde war. »Tut mir leid, Afa. Es tut mir leid, dass ich dich aufgeregt habe.« Sie wollte seine Hand nehmen, zögerte und sah ihm in die Augen. Bisher hatten sie sich noch nicht berührt, Afa war schüchtern und immer auf Abstand geblieben. Schlagartig wurde ihr bewusst, dass sie seit Wochen niemanden mehr berührt hatte, weil sie mit keinem einzigen Menschen Kontakt gehabt hatte. Wenn sie sich nicht irrte, dann hatte Afa seit Jahren niemanden mehr berührt. Ihre Hand schwebte über der seinen, und sie sah in seinen Augen die gleiche Mischung aus Furcht und Sehnsucht, die auch sie empfand. Sie ließ die Handfläche sinken, legte sie auf seine Finger, und er zuckte zusammen, entzog sich aber nicht. Sie spürte seine Knochen, die weichen Muskeln, die ledrige Haut, den Puls.

Sie blinzelte, als sich in ihrem Augenwinkel eine Träne bildete. Afa weinte wie ein verirrtes Kind. Kira umarmte ihn, und er nahm sie fest in die Arme, schluchzte wie ein Baby und erdrückte sie fast mit seinen mächtigen Armen. Auch Kira ließ den Tränen freien Lauf, tätschelte ihm leicht den Rücken, beruhigte ihn und genoss die Gegenwart eines anderen Menschen, eines warmen, wirklichen, lebendigen Menschen.

10

Marcus rannte durch den Wald, so schnell er konnte. Er musste aufpassen, um das Gleichgewicht nicht zu verlieren oder gegen die niedrig hängenden Äste und die rankenüberwucherten Stämme zu prallen. Der Soldat neben ihm stürzte wie vom Blitz getroffen, auf dem Rücken blühte eine rote Schusswunde auf. Marcus zögerte und wollte dem Gefallenen instinktiv helfen, doch Haru packte ihn und zerrte ihn weiter. Hals über Kopf stürmten sie durchs Unterholz.

»Er ist tot!«, rief Haru. »Lauf weiter!«

Hinter ihnen knallten schon wieder Schüsse, die Kugeln fetzten durch das Laub und explodierten in Baumstämmen und auf morschen Brettern. Dieser Teil von Long Island war schon vor dem Zusammenbruch stark bewaldet gewesen, und in den folgenden zwölf Jahren hatte die Natur auch die Siedlungen zurückerobert, baufällige Zäune umgerissen, alte Dächer und Wände zum Einsturz gebracht. Auf den Wiesen und in den Gärten wuchsen neue Pflanzen, sogar die Gehwege waren rissig und nach einem Dutzend Frost- und Tauperioden zerstört. In allen Lücken, Spalten und Ritzen sprossen Bäume. Marcus sprang über eine niedrige Ziegelmauer und folgte Haru durch ein stark von Ranken und Büschen überwuchertes Wohnzimmer, das man kaum von der Außenwelt unterscheiden konnte. Er wich einem Schössling aus, der sich durch die Bodenbretter gebohrt hatte, und zuckte zusammen, als ihm eine Kugel der Partials dicht am Ohr vorbeizischte und keine drei Meter vor ihm ein verglastes Bild zerstörte. Haru floh in einen windschiefen Flur und ließ an der Ecke eine Handgranate zurück. Marcus riss erschrocken die Augen auf, sprang darüber hinweg und mobilisierte seine letzten Reserven, um gerade noch rechtzeitig auf der anderen Seite aus dem Haus zu taumeln, als die Granate explodierte. Haru zog ihn auf die Beine und grunzte drängend.

»Wenn sie wirklich so nahe hinter uns sind, dann müsste jetzt mindestens einer von ihnen ausgeschaltet sein«, schnaufte Haru, als sie weiterrannten. »Auf jeden Fall hält es alle auf, die uns auf den Fersen waren. Sie werden sich hüten, noch einmal hinter uns ein Haus zu betreten.«

»Sato, alles in Ordnung?«, rief eine Frau aus dem Wald herüber. Es war Grant, der weibliche Sergeant ihrer Abteilung. Haru rannte noch schneller, um zu der Vorgesetzten aufzuschließen, und Marcus knurrte vor Erschöpfung und riss sich zusammen.

»Ich habe im letzten Haus eine Handgranate gelegt«, berichtete Haru. »Der Sanitäter und ich sind unversehrt.«

»Handgranaten sind nett, aber du wirst sie vermissen, wenn sie weg sind«, meinte Grant.

»Verschwendet war sie nicht«, beharrte Haru. Neben ihnen zuckte ein anderer Soldat zusammen und stürzte mitten im Sprung. Auch ihn hatte eine Kugel der Feinde getroffen. Unwillkürlich zog Marcus den Kopf ein, bevor er losrannte. So ging es schon seit fast einer Stunde. Der Wald war ein Albtraum voller Toter, wo die üblichen Gesetze von Ursache und Wirkung nicht zu gelten schienen. Die Kugeln kamen anscheinend aus dem Nichts geflogen, die Menschen lebten in einem Moment und waren im nächsten tot, und die Überlebenden konnten nur noch rennen.

»Wir müssen uns irgendwo verschanzen«, schlug Haru vor. Er war besser in Form als Marcus, doch auch ihm war die Erschöpfung anzumerken.

Grant schüttelte fast unmerklich den Kopf, als wäre ihr im Laufen jede zusätzliche Bewegung zuwider. »Das haben wir bereits versucht und dabei die Hälfte unseres Trupps verloren. Schon vergessen?«

»Wir hatten keine gute Stelle für einen Hinterhalt«, wandte Haru ein. »Wenn wir einen geeigneten Platz finden oder uns mit weiteren Kräften vereinen, dann könnte es gelingen. Immerhin haben wir einen Überblick über ihre Stärke gewonnen. Besonders zahlreich sind sie nicht. Wir sind ihnen überlegen, und wir kennen das Gelände besser als sie. Es muss doch einen Weg geben, dies zu unserem Vorteil zu nutzen.«

Wieder zischte eine Kugel vorbei. Marcus unterdrückte einen Schrei. »Du legst einen wirklich mitreißenden Optimismus an den Tag.«

»In der Nähe liegt eine Farm«, schaltete sich Grant ein. »Früher diente das Gelände als Golfplatz. Dort können wir uns verschanzen.«

Sie strengten sich an, so gut sie konnten, warfen hier und dort im Rennen Handgranaten und hofften, dass die unberechenbaren Explosionen die Verfolger ein wenig aufhielten, damit ihnen ein paar kostbare zusätzliche Sekunden vergönnt waren. Als Marcus kurz danach ein Hinweisschild auf einen Golfplatz entdeckte, staunte er über Grants Geistesgegenwart. In seiner Angst und Panik hatte er die Umgebung nicht richtig wahrgenommen und erst recht ihre Position nicht einzuschätzen gewusst. Zwischen den Bäumen erhob sich eine Stimme und forderte sie auf, stehen zu bleiben, doch sie rannten einfach weiter. »Partials hinter uns!«, rief Grant. »Haltet die Position und schießt!« Marcus folgte den Soldaten hinter eine Reihe von Fahrzeugen, die am Rand des Parkplatzes aufgestellt waren, und ging hinter dem größten Lastwagen in Deckung.

Neben ihm hockte ein Mann in grober Landarbeiterkleidung, der mit einer Schrotflinte bewaffnet war. »Wir haben die Meldungen über Funk gehört. Ist es wirklich wahr?« Er hatte vor Angst die Augen weit aufgerissen. »Beginnen sie mit einer Invasion?«

Grant überprüfte das Magazin ihres Sturmgewehrs und schob es wieder in die Waffe, während sie antwortete. »Sie greifen mit voller Kraft an. Der Abwehrstützpunkt in Queens ist verloren, und die Wachtposten am Nordufer melden, dass die Partials auf der ganzen Strecke bis Wildwood mit Booten landen.«

»Gnädige Mutter Gottes«, murmelte der Farmer.

»Sie kommen!«, rief ein anderer Soldat. Grant, Haru und die anderen wappneten sich hinter der Barrikade aus alten Autos und schossen ungezielt in den Wald. Zehn oder mehr Farmer, die sich nach den Funkmeldungen bereits versammelt hatten, schlossen sich ihnen mit grimmigen Mienen an. Marcus hob hilflos die Hände zum Kopf und ging in Deckung. Eigentlich hätte er den anderen beispringen müssen, doch die Angst war zu groß, und er konnte sich kaum rühren. Die Partials erwiderten das Feuer, und die Autos bebten unter den einschlagenden Geschossen. Grant gab laut schreiend Anweisungen, dann brach sie mit einem schrecklichen Gurgeln mitten im Satz ab und stürzte in einem roten Dunstschleier zu Boden. Marcus eilte zu ihr, doch sie war schon tot, bevor der Körper nach dem Sturz gänzlich zur Ruhe kam.

»Zurück!«, zischte Haru.

»Sie ist tot«, murmelte Marcus.

»Ich weiß, dass sie tot ist. Zieh dich zurück!« Haru jagte ein ganzes Magazin in den Wald und ging zum Nachladen in Deckung. Mit wilden Augen starrte er Marcus an. »Die Farm liegt irgendwo da hinten, und wer sich jetzt noch dort aufhält, ist kein Kämpfer, denn sonst wäre er längst hier draußen. Such die Zivilisten und schaff sie fort!«

»Wohin soll ich mit ihnen?«, fragte Marcus. »Grant sagte, die Partials seien überall.«

»Nach Süden«, schlug Haru vor. »Wir versuchen, euch einzuholen, aber bring die Zivilisten sofort weg! Wir verschaffen dir so viel Zeit wie nur irgend möglich.«

»Nach Süden fliehen reicht nicht«, widersprach Marcus. »Dies ist kein Überfall, sondern eine Invasion. Selbst wenn wir es bis East Meadow schaffen, sind sie uns dicht auf den Fersen.«

»Willst du lieber hierbleiben?«, fragte Haru. »Ich weiß nicht, ob sie uns einfangen oder töten wollen, aber keine von beiden Möglichkeiten klingt angenehm.«

»Schon gut«, lenkte Marcus ein. »Schon gut.« Er sah sich zum Farmhaus um und nahm seinen ganzen Mut zusammen, bevor er endlich losrannte. Haru richtete sich schon wieder auf, wandte sich um und deckte den Wald mit Kugeln ein.

»Das hat man davon, wenn man sich freiwillig meldet.« Marcus rannte zur Farm hinüber.

11

Afa schlief im sechsten Stock des Gebäudes in einem Doppelbett. Der Raum hatte anscheinend früher als Garderobe gedient. Kira packte ihn ein wie ein Kind, bevor sie sich ein eigenes Zimmer suchte. Nach einer Weile stieß sie auf ein riesiges dunkles Studio mit Schalensitzen auf einer Seite und einem halben Wohnzimmer auf der anderen. Anscheinend war es die Kulisse für eine Talkshow. Das Logo auf der Rückwand weckte allerdings keine Erinnerungen. Sie wusste, was Talkshows waren, weil irgendjemand in ihrem Haus – vermutlich ihr Kindermädchen – solche Sendungen gesehen hatte, doch die Logos konnte sie natürlich nicht erkennen. Afa hatte auf den Stühlen gewissenhaft beschriftete Kartons gestapelt, dabei jedoch das Sofa frei gelassen, das für die Talkshow benutzt worden war. Kira untersuchte es auf Spinnen, bevor sie ihr Bettzeug ausbreitete und sich schlafen legte. Sie träumte von Marcus und von Samm und fragte sich, ob sie die beiden jemals wiedersehen würde.

Da Afa sorgfältig alle Fenster verhängt hatte, drang keinerlei natürliches Licht in das Gebäude ein, und im Studio war es stockfinster. Kira lebte jedoch lange genug in der Wildnis und erwachte pünktlich zur gewohnten Zeit. Sie tastete sich zu einem Fenster, spähte hinaus und sah den gleichen vertrauten Anblick wie jeden Morgen: zerstörte Gebäude, auf denen Ranken wucherten, einen blauen Schein, als der dunkle Himmel kurz vor Sonnenaufgang heller wurde.

Da Afa anscheinend noch nicht wach war, ergriff Kira die Gelegenheit, einige seiner Akten durchzusehen. Sie begann mit den Kisten im Studio, die mit den Ziffern 138 bis 427 beschriftet waren. Auf jedem Stuhl stand ein Karton, weitere waren ringsum an den Wänden aufgestapelt. Die Schachtel, vor der sie gerade stand, trug die Nummer 221. Kira zog das erste Blatt heraus. Es war ein zusammengefalteter Ausdruck mit einem militärischen Briefkopf.

»Wer auch immer hiervon betroffen sein mag«, las sie halblaut. »Ich bin Master Sergeant Corey Church und nahm mit der Siebzehnten Panzerdivision an der zweiten Nihon-Invasion teil.« Die erste Nihon-Invasion hatte mit einer der ersten großen Niederlagen der NADI-Kräfte im Isolationskrieg geendet. Es war der vergebliche Versuch der Welt gewesen, dem plötzlich feindselig gewordenen China Japan zu entreißen. Dies hatte sie in East Meadow in der Schule gelernt, die meisten Einzelheiten hatte sie allerdings vergessen. Die zweite Nihon-Invasion war erfolgreich verlaufen. Dabei hatten sie zweihunderttausend Partialsoldaten aufgeboten und die Isolationisten bis aufs Festland zurückgetrieben. So hatte der lange Feldzug begonnen, der den Krieg schließlich beenden sollte. Dies war der Grund, warum man die restlichen Partials überhaupt geschaffen hatte. Kira las den Brief, bei dem es sich um einen Bericht über eine Schlacht handelte, bis zum Ende durch. Der Mann hatte seine Erfahrungen im Kampf an der Seite der Partials festgehalten und bezeichnete sie als *neue Waffen*. Sie seien *gut ausgebildet und präzise*. Kira war in dem Glauben aufgewachsen, die Partials seien Buhmänner – Ungeheuer eben, die die Welt zerstört hatten. Selbst nach der Begegnung mit Samm und nach der Einsicht, dass sie selbst so etwas wie eine Partial war, empfand sie es als seltsam, dass jemand sie so positiv schilderte. Zugleich war die Beschreibung aber so nüchtern, als handelte es sich um einen neuen Jeep aus dem Nachschublager. Der Master Sergeant erwähnte auch, dass die Partials sich absonderten und die menschlichen Soldaten nicht zur Kenntnis nahmen. Aber das war kaum negativ zu nennen – im

Rückblick und vor dem Hintergrund der späteren Rebellion wirkte diese Aussage ein wenig unheildrohend, aber nicht unmittelbar gefährlich oder beängstigend.

»So hat es also angefangen«, sagte sie laut und legte das Dokument weg, um ein anderes aus der Schachtel zu nehmen. Auch dies war ein Gefechtsbericht, der von Sergeant Major Seamus Ogden stammte. Seine Einschätzung der Partials entsprach jener seines Kollegen. Er sah sie keineswegs als Ungeheuer, sondern als Werkzeuge. Kira las ein weiteres und noch ein Dokument, in denen ausnahmslos eine ähnliche Haltung zutrage trat – man hielt die Partials nicht für harmlos, sondern dachte im Grunde kaum über sie nach. Sie waren Waffen wie die Patronen in einem Magazin, die man verbrauchen und jederzeit ersetzen konnte.

Kira wandte sich einer anderen Schachtel mit der Aufschrift *302* zu und zog einen Zeitungsausschnitt hervor, der aus einem Blatt namens *Los Angeles Times* stammte: PARTIAL-BÜRGERRECHTSGRUPPEN PROTESTIEREN VOR KAPITOL. Dann folgten ähnliche Ausschnitte aus der *Seattle Times*, darunter ein weiterer aus der *Chicago Sun*. Alle stammten von Ende 2064, nur ein paar Monate vor dem Ausbruch des Partialkriegs. Zu jener Zeit war Kira gerade fünf gewesen. Offensichtlich hatten die Partials damals ständig für Schlagzeilen gesorgt, aber sie konnte sich nicht daran erinnern, dass ihr Vater jemals über sie gesprochen hatte. Inzwischen wusste sie, dass er für ParaGen gearbeitet hatte, und konnte seine Beweggründe besser verstehen. Wenn er mit den Partials gearbeitet oder gar zu ihrer Erschaffung beigetragen hatte, dann war seine Einstellung ganz anders als die seiner Zeitgenossen gewesen – und vermutlich auf wenig Gegenliebe gestoßen. *Und trotzdem hoffe ich, dass dem nicht so war,* dachte sie. *Warum hat er eine Partial wie seine Tochter erzogen?* Sie hatte unklare Erinnerungen an ihr Kindermädchen und eine Haushälterin, doch auch die hatten nie über die Partials gesprochen. Hatte ihr Vater die Angestellten gebeten, dieses Thema zu meiden?

Hatten sie überhaupt gewusst, was Kira wirklich war?

Sie wandte sich den Schachteln mit den niedrigsten Nummern zu, entdeckte die *138* und nahm das oberste Blatt heraus. Auch dies war ein Zeitungsausschnitt, der jedoch aus dem Finanzteil einer Zeitung namens *Wall Street Journal* stammte und in nicht sehr konkreten Begriffen den Abschluss eines gewaltigen Rüstungsvertrags behandelte. Demnach hatte die US-Regierung im März 2051 mit der rasch wachsenden Biotech-Firma ParaGen Verbindung aufgenommen und ein Heer *biosynthetischer Soldaten* in Auftrag gegeben. Der Artikel konzentrierte sich vor allem auf die Kosten des Projekts, auf die Folgen für die Anteilseigner und die Auswirkungen auf den Rest der Biotech-Industrie. Bürgerrechte, Krankheiten und die anderen wichtigen Belange, die unmittelbar vor dem Zusammenbruch das Weltgeschehen bestimmt hatten, kamen nicht zur Sprache. Es ging nur ums Geld. Sie durchsuchte die Schachtel und fand weitere ähnliche Meldungen – die Transkription eines Interviews mit dem Finanzdirektor von ParaGen, eine interne Notiz über einen lukrativen neuen Vertrag der Firma, eine Zeitschrift namens *Forbes*, auf deren Titel das Firmenlogo von ParaGen prangte, während im Hintergrund ein bewaffneter Partialsoldat wachte. Kira blätterte die Zeitschrift durch und fand zahlreiche Beiträge über Geld, über Techniken, wie man noch mehr Geld verdienen konnte, über die Ereignisse im Isolationskrieg, der einerseits eine *schreckliche Tragödie* sei, andererseits aber die amerikanische Wirtschaft beflügeln werde. Geld, Geld, Geld.

Auch in der Gesellschaft von East Meadow hatte das Geld seinen Platz, aber es spielte im Grunde keine große Rolle. Alles, was sie brauchten, bekamen sie kostenlos. Wenn man eine Konservendose, eine Hose, ein Buch, ein Haus oder was auch immer brauchte, musste man sich nur die Mühe machen und etwas Passendes suchen. Geld wurde fast ausschließlich für frische Lebensmittel wie etwa Weizen von den Farmen und Fisch aus den Küstendörfern verlangt, weil die Lieferanten arbeiten mussten, um die Waren zu beschaffen. Auch diese Produkte wurden jedoch häufig im Tauschhandel auf dem Markt verteilt. Nandita und Xochi hatten ein lukratives Geschäft mit Kräutern betrieben und dafür frische Lebensmittel eingetauscht. Deshalb hatte Kira immer gut gegessen. Geld existierte gewöhnlich nur in Form von Gutschriften für Arbeiten: Gutscheine der Regierung für die Zeit, die sie im Krankenhaus geholfen hatte, eine Belohnung für einen wichtigen Beitrag, der sich nicht direkt in greifbare Güter umsetzen ließ. Es reichte aus, um genügend frischen Fisch und Gemüse zum Essen zu bekommen, aber es blieb nicht viel übrig. Das Geld war ein unbedeutender, fast zu vernachlässigender Aspekt ihres Lebens gewesen. Die Dokumente in der Schachtel *138* beschrieben eine Welt, in der Geld einfach alles war – nicht nur das Mittel, um den Lebensunterhalt zu sichern, sondern der Sinn des Lebens schlechthin. Sie stellte sich vor, wie es wäre, sich über den Krieg mit den Partials oder gegen die *Stimme* zu freuen und zu jubeln, weil sie dadurch zusätzliche Gutschriften für ihre Arbeit bekäme, und fand die Vorstellung so fremdartig, dass sie laut lachen musste. Wenn die alte Welt tatsächlich so funktioniert hatte – wenn allen wirklich vor allem das Geld wichtig gewesen war –, dann war es vielleicht besser, dass die Welt zerfallen war. Vielleicht war es sogar unvermeidlich gewesen.

»Du bist echt«, sagte Afa.

Kira fuhr erschrocken herum und versteckte schuldbewusst die Zeitschrift hinter dem Rücken. Ob er wütend war, weil sie seine Akten durchgesehen hatte?

»Hast du gerade gesagt, ich sei …« Sie hielt inne. »Ich sei echt?«

»Ich hielt dich für einen Traum.« Afa schlurfte herein, blieb an einem Karton stehen und wühlte müßig darin herum. Es sah beinahe aus, als streichelte er ein Haustier. »Ich habe so lange mit niemandem mehr gesprochen. Gestern Abend war auf einmal jemand in meinem Haus, und ich dachte, ich hätte es nur geträumt, aber du bist immer noch da.« Er nickte. »Du bist echt.«

»Ich bin echt«, versicherte sie ihm und steckte die Zeitschrift wieder in den Karton *138*. »Ich bewundere gerade deine Sammlung.«

»Es ist alles da – oder fast alles. Ich habe sogar Videos, aber nicht in diesem Raum. Ich habe die ganze Geschichte archiviert.«

Kira ging auf ihn zu und fragte sich, wie lange er wohl dieses Mal gesprächig bliebe. »Die Geschichte des Partialkriegs und den Zusammenbruch«, sagte sie.

»Das ist nur ein Teil davon.« Afa nahm zwei zusammengeheftete Blätter in die Hand und betrachtete seine eigenen Markierungen in den oberen Ecken, dann schob er die Blätter in die Kiste zurück. »Dies ist die Geschichte vom Ende der Welt, vom Aufstieg und Fall der menschlichen Zivilisation, von der Erschaffung der Partials und dem Untergang von allem anderen.«

»Hast du das alles gelesen?«

Afa nickte wieder und ging mit hängenden Schultern von Karton zu Karton. »Alles. Ich bin der letzte Mensch auf dem Planeten.«

»Dann ist das wohl begreiflich.« Kira blieb an der Kiste *341* stehen und zog ein amtlich wirkendes Dokument heraus, dem Erscheinungsbild nach eine gerichtliche Verfügung mit einem runden Siegel in der Ecke. Sie brauchte Antworten, wollte Afa aber nicht zu sehr bedrängen und ihn nicht verschrecken, indem sie etwas erwähnte, woran er sich nicht erinnern wollte. *Ich drücke mich vorläufig lieber allgemein aus.* »Wie hast du das alles gefunden?«

»Ich habe mit Computern gearbeitet«, sagte er. »In der Cloud«, ergänzte er gleich darauf. »Dort habe ich mein ganzes Leben verbracht. Ich konnte überallhin gehen und alles finden.« Er nickte in die Richtung einer Kiste mit verstaubten Zeitungsausschnitten. »Ich war frei wie ein Vogel.«

Ich habe deinen Namen bei ParaGen gesehen, hätte sie beinahe gesagt. *Ich weiß, dass du Informationen über den Trust hast. Auch über RM, über das Verfallsdatum und über das, was ich bin.* Sie suchte schon so lange nach diesen Informationen, und nun waren sie zum Greifen nahe, einsortiert in Schachteln und gespeichert in einem beeinträchtigten Gehirn. *Hat ihm die Einsamkeit geschadet? Vielleicht arbeitet sein Gehirn einwandfrei, aber er hat so lange nicht mehr mit anderen Menschen gesprochen, dass er nicht mehr weiß, wie man sich verhält.* Sie wollte, dass er sich setzte und sie ihm eine Million Fragen stellen konnte. Nachdem sie aber so lange gewartet hatte, hielt sie es wohl noch ein Weilchen länger aus. *Gewinn sein Herz, erschreck ihn nicht, zieh ihn auf deine Seite!*

Sie las den Gerichtsbeschluss, den sie noch in der Hand hielt. Es ging um eine *Partialnation*, die als terroristisch bezeichnet wurde. Die Schüler durften den Begriff weder aufschreiben noch sagen, und wer ihn an Wände malte, wurde als Bedrohung für die nationale Sicherheit verfolgt. Sie wedelte mit dem Papier, um seine Aufmerksamkeit zu erregen. »Du hast viel über die letzten Tage vor dem Krieg gesammelt«, sagte sie. »Du hast hart gearbeitet, um das alles zusammenzustellen. Hast du auch etwas ...« Sie hielt inne, weil sie sich nicht traute, das Wort auszusprechen. Sie wollte etwas über den Trust erfahren, der, wie Samm angedeutet hatte, irgendetwas mit der Führung der Partials zu tun hatte. Allerdings musste sie befürchten, dass Afa sich wieder verschloss, wenn sie einfach damit herausplatzte, wie sie es im Fall von ParaGen getan hatte. »Hast du auch etwas über die Partials selbst? Über ihre Organisation?«

»Sie sind eine Armee«, erklärte Afa. »Sie sind wie eine Armee organisiert.« Er hockte sich auf den Boden und betrachtete zwei seiner Schachteln und die Papiere darin. Bei jedem dritten oder vierten Blatt runzelte er die Stirn und wandte sich jeweils der anderen Schachtel zu.

»Ja«, antwortete Kira. »Aber ich meine jetzt die Anführer der Armee. Die Generäle. Hast du eine Ahnung, wo sie gerade sind?«

»Der hier ist tot.« Afa hob ein Blatt, ohne den Blick von den Kartons zu wenden. Kira trat zu ihm und nahm behutsam das Blatt entgegen. Es war ein Artikel aus der *New York Times,* den anderen ähnlich, die sie schon gesehen hatte, aber kein Ausschnitt aus einer echten Zeitung, sondern der Ausdruck einer Website. Die Schlagzeile lautete: NORDATLANTISCHE FLOTTE IN LOWER BAY VERSENKT.

Kira hob überrascht den Kopf. »Haben sie tatsächlich eine Flotte der Partials versenkt?«

»Die Partials hatten gar keine Marine.« Afa sortierte immer noch seine Papiere. »Es war eine menschliche Flotte, die unmittelbar vor der Küste von Brooklyn von der Luftwaffe der Partials versenkt wurde. Das war der größte Militärschlag im ganzen Krieg, eine Vergeltungsaktion für den Tod von General Craig. Über ihn habe ich auch etwas.« Er hob ein anderes Blatt, das Kira ihm sofort abnahm, um die Informationen zu überfliegen. *General Scott Craig, Anführer des Partialaufstands und der ehemalige Sprecher der Partials-Bürgerrechtsbewegung, wurde letzte Nacht in einer handstreichartigen Aktion von menschlichen Einsatzkräften ermordet ...* »Also haben wir ihn getötet?«

»Es war Krieg.«

»Daraufhin haben sie eine ganze Flotte zerstört.« Sie zählte die im Artikel genannten Schiffe. Es war ein großer Verband gewesen, der nach Norden gefahren war, um eine Truppenkonzentration der Partials im Staat New York anzugreifen. Die Schiffe waren unterbesetzt gewesen, weil die Mannschaften schon von der Seuche dezimiert worden waren. »Zwanzig Schiffe ... und sie haben einfach alle Menschen an Bord vernichtet.«

»Es war Krieg«, sagte Afa noch einmal, nahm ihr die Papiere wieder ab und legte sie in die Schachtel.

»Aber das hätte nicht sein müssen.« Kira folgte ihm quer durch den Raum. »Die Partials wollten nicht alle töten. Du hast selbst gesagt, dass sie nicht böse waren. Sie wollten Gleichheit und ein normales Leben führen, und das hätten sie erreichen können, ohne Tausende von Menschen auf den Schiffen zu töten.«

»Sie haben Milliarden Menschen getötet«, wandte Afa ein.

»Bist du sicher?«, fragte Kira. »Du hast alle diese Dokumente, die Artikel und alles andere ... hast du auch etwas über RM? Über den Ursprung der Seuche?«

»Ich bin der letzte Mensch auf dem Planeten«, entgegnete er laut und ging schneller, damit sie ihn nicht einholte. Kira wurde klar, dass sie ihn beinahe angebrüllt hatte. Sie wich zurück und beruhigte sich mühsam. Er musste auch etwas über das Virus haben, aber ohne seine Hilfe konnte sie die Artikel nicht finden. Sie mussten beide ganz ruhig bleiben.

»Es tut mir leid«, lenkte sie ein. »Entschuldige, dass ich so laut geworden bin! Ich bin so ...« Sie holte tief Luft und sammelte sich. »Ich suche einige wichtige Antworten, und du hast sie gefunden. Ich habe mich zu sehr aufgeregt.«

»Du bist immer noch echt«, sagte er, während er sich in eine Ecke zurückzog. »Du bist immer noch da.«

»Ich bin hier, und ich bin deine Freundin«, erwiderte sie leise. »Du hast hier etwas ganz Erstaunliches zusammengetragen. Du hast alle Informationen gefunden, die ich brauche. Aber ich kenne dein System nicht. Ich weiß nicht, wie alles organisiert ist. Könntest du mir bitte helfen, alles zu finden, was ich suche?«

Afa antwortete ganz leise. »Ich habe alles.« Er nickte. »Ich habe fast alles.«

»Kannst du mir verraten, wer RM erschaffen hat?« Sie ballte die Hände zu Fäusten und nahm sich zusammen, um nicht laut oder zu aggressiv zu werden.

»Das ist einfach«, antwortete Afa. »Das war der Trust.«

»Ja.« Kira nickte eifrig. »Der Trust. Sprich weiter! Der Trust, das sind die Anführer der Partials, die Generäle, die Admiräle und die Leute, die Entscheidungen getroffen haben, richtig? Willst du damit sagen, dass sie RM geschaffen haben?« Dies war das genaue Gegenteil dessen, was Samm ihr erzählt hatte. Er hatte darauf beharrt, die Partials hätten nichts damit zu tun gehabt, aber sie hatte schon vermutet, dass es eine Lüge war – nicht unbedingt Samms Lüge, sondern eine Version, die ihm seine Vorgesetzten eingetrichtert hatten. Wenn sich das Heilmittel für RM im Atem der Partials befand, hergestellt in ihren Körpern, dann war die Verbindung zwischen ihnen und dem Virus nicht mehr von der Hand zu weisen. Daher lag auch die Annahme nahe, dass sie das Virus erschaffen und freigesetzt hatten.

Dennoch schüttelte Afa den Kopf.

»Nein, der Trust setzt sich nicht aus den Generälen der Partials zusammen«, erklärte er. »Sie sind nicht einmal Partials. Es sind die Wissenschaftler, die die Partials geschaffen haben.«

Kira öffnete schockiert den Mund. »Wissenschaftler? Von ParaGen? Menschen?« Ihr fehlten die Worte.

Afa nickte. »Die Partialgeneräle gehorchen heute noch dem Trust, aber den Grund kenne ich nicht. Von dort kommen jedenfalls alle ihre Befehle.«

»Der Trust.« Kira bekam das Wort kaum über die Lippen. »Der Trust hat RM erschaffen.«

Afa nickte schon wieder, er hörte gar nicht mehr auf zu nicken, bis sich der ganze Körper vor und zurück wiegte.

»Dann waren die Leute, die die Menschheit vernichtet haben ... ebenfalls Menschen.« Sie tastete nach einem Stuhl, erinnerte sich, dass alle Sitzmöbel voller Dokumente lagen, und ließ sich schwerfällig auf dem Boden nieder. »Aber ... warum?«

»Ich weiß alles«, sagte Afa, der sich immer noch vor und zurück wiegte. »Ich weiß *fast* alles.«

12

Kira starrte Afa an. »Was meinst du damit, dass du fast alles weißt?«

»Niemand weiß alles.«

»Das ist mir klar.« Kira beherrschte sich nur mit Mühe. »Ich verstehe, dass du nicht alles weißt, aber du hast hier sehr viel gesammelt.« Sie nahm eine Handvoll Ausdrucke aus dem nächsten Karton und schwenkte sie in der Hand. »Allein in diesem Raum hast du Hunderte von Kartons, und im ganzen Gebäude sind es noch viel mehr. Du hast Akten in jedem Raum, du hast Schränke in den Gängen, du hast mindestens zwanzig Computer in dem Saal, in dem wir gestern Abend gegessen haben. Wie kannst du so viel sammeln – die ganze Geschichte der Partials – und keinen Schnipsel über die Leute haben, die sie geschaffen haben?«

»Ich habe einige Schnipsel.« Afa hob eine Hand. Er schlurfte aus der Ecke heraus und tappte linkisch zur nächsten Tür. »Ich habe Schnipsel in meinem Rucksack. Ich darf den Rucksack nicht stehen lassen.« Er rannte den Flur entlang. »Ich darf den Rucksack nicht stehen lassen. Er enthält alles!«, rief er über die Schulter zurück. In der Cafeteria holte Kira ihn ein. Es war der behelfsmäßige Computerraum, in dem sie am vergangenen Abend den Fruchtcocktail gegessen hatten. Er ging vor seinem riesigen Rucksack in die Hocke, öffnete den Reißverschluss und legte dicke Papierstapel frei.

»Das enthält also dein Rucksack?«, fragte sie. »Noch mehr Papiere?«

»Die wichtigsten.« Afa nickte. »Die Schlüssel der Geschichte, die wichtigsten Schritte, die wichtigsten Mitspieler.« Blitzschnell blätterte er die Dokumente durch, seine Finger kannten sich offenbar blind aus. »Die wichtigsten Spieler gehörten dem Trust an.« Er zog einen dünnen braunen Umschlag heraus und reichte ihn ihr mit einer anmutigen Geste. »Der Trust.«

Kira nahm ihn so behutsam entgegen, als hätte sie in der alten gynäkologischen Abteilung ein Baby berührt. Der dünne Ordner enthielt höchstens zwanzig oder dreißig Blätter – lächerlich schmal im Vergleich zu den anderen Papieren, die aus dem vollgestopften Rucksack hervorquollen. Sie schlug ihn auf und sah, dass das erste Blatt der Ausdruck einer E-Mail war. Der Text war mit sinnlosen Symbolen eingerahmt. Oben auf dem Blatt entdeckte sie einen Namen, mit dem sie nicht gerechnet hatte: Armin Dhurvasula.

Armin.

Ihr Vater.

Die E-Mail stammte vom 28. November 2051, und die Liste der Empfänger war nicht mehr zu erkennen, weil auch dort sinnlose Symbole eingedruckt waren. Atemlos las sie. *Jetzt ist es amtlich. Die Regierung hat 250 000 BioSynth 3 bestellt. Wir stellen die Armee her, die das Ende der Welt einläuten wird.* Sie wandte sich an Afa. »Dann hat er es gewusst?«

»Lies weiter!« Er war jetzt viel klarer als vorher, als hätte das vertraute Thema sein Gehirn belebt.

»Eine Viertelmillion Soldaten«, wiederholte sie und las weiter. *Hast Du eine Ahnung, wie lächerlich das ist? Das ist eine kleine Stadt voller neuer Wesen, die eigentlich keine Menschen sind, aber trotzdem intelligent, ihrer selbst bewusst und unbedingt zu menschlichen Gefühlen fähig. Es war schon eine Leistung, als wir ein paar Tausend Wachhunde gebaut haben, aber dies ist ein neues Menschengeschlecht.* Das waren seine Worte, die Worte ihres Vaters. Sie kämpfte mit den Tränen, während sie es las. *Die Regierungsvertreter und sogar unsere eigenen Aufsichtsräte reden über sie wie Sachwerte, aber die meisten Menschen werden sie anders wahrnehmen, und sie selbst sehen sich auch nicht so. Im günstigsten Fall wiederholen wir mit den Partials die schrecklichsten Auswüchse der Sklaverei, im schlimmsten Fall schaffen wir die Menschheit ab.*

Kira schüttelte den Kopf, während sie das Blatt anstarrte. »Wie konnte er das alles wissen? Wie konnte er es wissen und nichts dagegen unternehmen?«

»Lies weiter!«, drängte Afa sie. Kira schluckte die Tränen hinunter.

Ich weiß nicht, wohin dies alles führen wird, aber ich fürchte, an diesem Punkt können wir nicht mehr verhindern, dass eine verhängnisvolle Entwicklung ihren Lauf nimmt. Das Getriebe hat sich bereits in Bewegung gesetzt, die Technologien sind erprobt. Michaels und die anderen Aufsichtsräte sind nicht mehr auf unsere Hilfe angewiesen. Wir können es nicht aufhalten, aber wir müssen etwas daran drehen und das Ganze beeinflussen. Ich will an dieser Stelle nicht weiter darauf eingehen, nicht einmal auf einem verschlüsselten Server. Wir treffen uns heute Abend um neun persönlich im Gebäude C in meinem Büro. Als Erstes werden wir uns überlegen, wem wir vertrauen können.

Kira verstummte und las die E-Mail mehrmals, bis ihr die Buchstaben vor den Augen verschwammen. Schließlich schüttelte sie den Kopf. »Ich verstehe es nicht.«

»Hier unten wird es deutlich.« Afa stand auf und deutete auf den letzten Satz. »Er sagt, sie müssten sich überlegen, wem sie vertrauen können. Nach allem, was ich mir bisher zusammengereimt habe, bildeten sie an diesem Abend bei ihrem Geheimtreffen eine feste Gruppe und benutzten den Begriff *Trust* als Codewort.«

»Er sagt auch, sie wollten etwas drehen«, sagte Kira. »Was heißt das? Wollten sie die Pläne für die Partials verändern? Oder die Partials selbst?«

»Das weiß ich nicht.« Afa nahm ihr den Ordner wieder ab, setzte sich und breitete die Dokumente auf dem Boden aus. »Alle ihre Aufzeichnungen sind verschlüsselt – es sind die unverständlichen Zeichen dort oben und hier unten. Alles, was ich finden konnte, habe ich durchgesehen. Aber sie waren sehr vorsichtig.« Er legte einen weiteren Ausdruck vor sich auf den Boden. »Dies ist das nächste Dokument, das allerdings nicht viel aussagt. Ich nehme an, es ist codiert, aber es ist kein Maschinencode, sonst hätte ich es schon entschlüsselt. Sie haben mit Passwörtern und Schlüsseln gearbeitet, damit ihre Vorgesetzten nichts verstehen konnten.«

Kira setzte sich ihm gegenüber und drehte das Dokument herum. Es war ebenfalls eine ausgedruckte E-Mail, die wie die vorherige von ihrem Vater stammte. Dieses Mal ging es allerdings um die Firmenparkplätze. Afa hatte mehrere Wörter mit Kringeln markiert: *Trust, Parallele, Sicherung.*

»Was hat das zu bedeuten?«

»Ich bin recht sicher, dass sie ihren Plan *Parallele* genannt haben«, erklärte Afa. »Das Ergebnis ihrer nächtlichen Besprechung. Vielleicht gab es auch einen zweiten Plan, der gleichzeitig mit dem anderen ablaufen sollte. Über die Sicherung kann ich nicht viel sagen. Sie haben auf verschiedenen Ebenen geredet. Manchmal schien es, als wollten sie eine zusätzliche Sicherung einbauen, manchmal haben sie aber auch Sicherungsmaßnahmen gelockert. Ich begreife es nicht richtig.«

»Was besagt diese E-Mail?«

Afa nahm ihr das Blatt ab und tippte auf einige markierte Wörter. »Wenn ich ihren Code einigermaßen richtig entziffert habe, dann sagen sie, dass der Plan angelaufen ist und dass sie mit der Arbeit an der Sicherung begonnen haben. Sie wollten sich bedeckt halten und abwarten, bevor sie ein weiteres Treffen ansetzten.« Er zuckte mit den Achseln. »Mehr als das finde ich nicht heraus. Ich bin der letzte lebende Mensch.«

Kira nickte nur, weil sie erkannte, dass Afas klare Phase schon wieder vorbei war. In wenigen Minuten wäre er wieder der Trottel, der Selbstgespräche führte. Sie drängte ihn weiter, um so viel wie möglich zu erfahren, bevor er ihr wieder entglitt. »Woher hast du das hier?«

»Ich habe es aus der Cloud heruntergeladen. Es war verschlüsselt, aber die meisten Schlüssel waren mir bekannt.«

»Weil du bei ParaGen gearbeitet hast.« Sie hielt den Atem an und hoffte, dass er sich bei der Nennung des Firmennamens nicht völlig verschloss. Er dachte kurz nach und starrte reglos ins Leere. Kira ballte die Hände hilflos zu Fäusten.

»Ich war der IT-Direktor der Zweigstelle in Manhattan«, räumte er ein. Kira seufzte erleichtert. »Ich habe diese Entwicklung über Jahre hinweg beobachtet, immer einen Schritt nach dem anderen. Ich wusste nicht, wohin sie führen und wie weit sie gehen würde.«

»Du hast das alles aus den Bürocomputern entnommen«, sagte Kira und betrachtete die in der Cafeteria aufgereihten Rechner. »Gibt es eine Möglichkeit, auch den Rest zu bekommen?«

»Es ist nicht in den Computern enthalten.« Er schüttelte den Kopf. »Es ist in der Cloud.« Er korrigierte sich, und Kira bemerkte einen weiteren Bruch in seinem Verstand. »Im Netzwerk. Weißt du, wie die Cloud funktioniert?«

»Erzähl's mir!«

»Von außen gesehen ist die Cloud fast wie eine Wolke am Himmel«, erklärte er. »Natürlich sind alle Daten irgendwo in einem Computer gespeichert. In kleinen wie diesen oder in großen, die man Server nennt. Es ist ... es ist wie ein Formicarium. Hattest du als Kind mal ein Formicarium?«

»Nein.« Kira gab ihm ein Zeichen, er möge fortfahren. »Erzähl mir mehr darüber!«

»Stell es dir wie eine Reihe von Zimmern vor, die durch Wege verbunden sind. Du kannst etwas in ein Gerät eingeben, und man sieht es in den anderen Geräten, weil die Daten auf den kleinen Straßen hin und her laufen. Jedes Gerät hatte eine eigene Straße. Aber die Cloud ist kaputt.« Er starrte den Boden und die Papiere an, als bemerkte er sie erst jetzt, und räumte sie auf. Als er eine Weile geschwiegen hatte, wurde Kira ungeduldig und versuchte ihn zurückzuholen.

»Wenn das alles in der Cloud steckt, müssten wir sie einfach nur reparieren.«

»Das ist nicht möglich.« Seine Stimme klang kräftig, er war immer noch bei der Sache. »Die Cloud ist zusammen mit der Stromversorgung untergegangen. Sie funktioniert nur, wenn alle Einzelteile funktionieren – jeder Computer von hier bis zu jenem, mit dem du dich verbinden willst. Sie sind wie Glieder in einer Kette. Als der Strom ausfiel, ging auch die Cloud kaputt. Die Straßen in dem Ameisenhaufen sind verstopft, und die Zimmer können nicht mehr miteinander reden.«

»Aber die Zimmer sind noch da«, wandte Kira ein. »Die Daten stecken immer noch in irgendeinem Computer, der nur darauf wartet, dass wir den Strom einschalten. Wenn wir den richtigen Computer finden und mit einem Generator verbinden, kannst du die Daten lesen, richtig? Du kennst das Ablagesystem und die Verschlüsselung und alles andere, oder?«

»Ich weiß alles«, bestätigte er. »Fast alles.«

»Wo ist denn der Server von ParaGen?«, bohrte sie. »Steht er nicht irgendwo? In dem Büroturm? Komm, gehen wir hin! Ich hole ihn jetzt gleich. Du musst mir nur sagen, wo ich ihn finde.«

Afa schüttelte den Kopf. »Das Büro in Manhattan war nur eine Abrechnungsstelle. Der Server, den wir brauchen, ist nicht erreichbar.«

»Wo ist er? Draußen in der Wildnis?«, fragte sie. »Hör mal, Afa, wenn nötig, gehe ich auch in die Wildnis. Wir müssen die restlichen Unterlagen finden.«

»Ohne mich.« Er presste den Ordner an sich und starrte zu Boden. »Ich bin der letzte lebende Mensch. Ich muss die Aufzeichnungen hüten.«

»Zuerst einmal müssen wir sie finden«, widersprach Kira. »Sag mir, wo sie sind!«

»Ich bin der letzte Mensch …«

»Ich bin hier, Afa.« Verzweifelt versuchte sie, ihn in die Gegenwart zurückzuholen. »Zusammen schaffen wir das. Du bist nicht allein. Sag mir nur, wo ist der Server?«

»In Denver«, erklärte Afa. »Auf der anderen Seite des Kontinents.« Wieder starrte er zu Boden. »Das ist so weit weg wie auf der anderen Seite der Welt.«

»… durch die Gefechtszone …«

Die Stimme durchbrach das statische Rauschen wie ein Wal die Wellen auf dem Meer, blieb einen Moment lang deutlich wahrnehmbar und versank gleich wieder in der Tiefe. Abermals erfüllte das Rauschen den Raum, Dutzende verschiedene Signale überlagerten einander in Kiras Ohren. Afa hatte sich völlig in sich selbst zurückgezogen. Die Unterhaltung oder die durch die Unterhaltung ausgelösten Gedanken hatten ihn verschreckt, und er konnte nichts Vernünftiges mehr beisteuern. Sie hatte ihn ins Proviantlager geführt und ihm einen Fruchtcocktail gegeben. Vielleicht beruhigte er sich mit der Zeit wieder. Dann hatte sie ihn allein gelassen und eine Weile seine Aufzeichnungen durchsucht, um vielleicht doch noch etwas Brauchbares zu finden. Ohne Afas Anleitung fand sie sich in dem Ablagesystem jedoch nicht zurecht. Auf ihrem Erkundungsgang hatte sie irgendwann das statische Rauschen wahrgenommen und den Funkraum entdeckt. Hilflos hatte sie dem Flüstern der körperlosen Stimmen gelauscht. Auf dem Pult glühten Lämpchen wie schwache grüne Sterne zwischen den Knöpfen, Anzeigen und Schaltern. Sie wagte nichts zu berühren.

Sie hörte zu.

»… B-Kompanie. Nicht … erst wenn sie …«

»… Befehle von Trimble. Nicht für …«

»… überall! Sag ihm, es ist mir egal …«

Die letzte Meldung kam von einem Menschen. Kira hatte gelernt, den Funkverkehr der Partials von dem der Menschen zu unterscheiden. Besonders schwierig war das eigentlich nicht. Die Partials waren professioneller, förmlicher und kühler, wenn sie miteinander redeten. Es lag nicht daran, dass sie keine Emotionen besaßen, sondern sie waren nicht daran gewöhnt, ihre Gefühle in Worten auszudrücken. Der Link übertrug ihre Gefühle mittels chemischer Botenstoffe, und im Funk waren sie sehr diszipliniert und brauchten keine Gefühle zu zeigen. Selbst inmitten eines Gefechts verhielten sie sich ausgesprochen pragmatisch. Und es gab viele Gefechte.

Die Partials hatten mit der Invasion von Long Island begonnen.

Die menschlichen Funksprüche klangen verzweifelt und verängstigt, manchmal wurden sie unterbrochen, und die kleinen Bruchstücke blieben unverständlich und zusammenhanglos. Die Menschen auf Long Island waren angespannt und fürchteten sich, doch anfangs konnte Kira den Grund dafür nicht feststellen. Bald jedoch hörte sie Schüsse im Hintergrund, das vertraute Knacken und Knallen, als zwischen den Sprechern die Kugeln hin und her flogen. War es etwa wieder die *Stimme*? War ein neuer Bürgerkrieg ausgebrochen? Je länger sie lauschte, desto klarer stellte sich heraus, dass die Partials die Aufregung verursachten. Nach und nach tauchten in den Meldungen Positionsangaben auf, die ihr bekannt waren. Orte auf Long Island, die sie schon aufgesucht hatte. Die Reihenfolge der Erwähnungen zeigte, dass die Partials unerbittlich vom Nordufer nach East Meadow vorrückten.

Und Kira konnte lediglich zuhören.

Sie überlegte, wie sie Afa in die Gegenwart zurückholen konnte. Inzwischen verstand sie seine gelegentlichen Rückzüge aus der Realität. Seit dem Zusammenbruch war er zwölf Jahre lang völlig allein gewesen, und die Vorstellung, immer noch allein zu sein, beruhigte ihn vielleicht sogar. Über die Ironie der Situation musste sie schließlich fast lachen: Dieser Mensch verfügte über das Wissen, nach dem sie so verzweifelt suchte, aber er war so verloren und verrückt, dass er nicht darüber reden konnte. Ringsum schwollen die Stimmen an und ebbten wieder ab.

»... mehr Platz, zurück zu den ...«

»... haben letzte Nacht auf der Farm nicht gezählt ...«

»... Verstärkung. Holt mir Satos ...«

Kira horchte auf. Der Name schreckte sie aus ihrer Tatenlosigkeit auf. *Sato? Ob damit Haru gemeint war?* Als sie aus East Meadow aufgebrochen war, hatte er Arbeitsdienst leisten müssen, nachdem er wegen Mitwirkung bei Samms Entführung unehrenhaft entlassen worden war. Hatte man ihn wieder eingesetzt? Oder handelte es sich um einen anderen Sato? *Bitte!,* dachte sie. *Hoffentlich ist Madison und der kleinen Arwen nichts passiert. Wenn ihnen etwas zustößt ...* sie wollte nicht weiter darüber nachdenken.

Unterdessen betrachtete sie das Steuerpult. Eigentlich bestand es gar nicht aus einem einzigen Stück, sondern war ein buntes Durcheinander geborgener Funkgeräte, die mit Drähten, Kabeln und Klebeband zusammengefügt worden waren. Darunter verbarg sich ein alter Sender, aber Afa hatte anscheinend das meiste aus Einzelteilen zusammengebaut. Es war zu dunkel, um alles genau zu erkennen. Kira versuchte es mit der Taschenlampe, dann gab sie enttäuscht auf und trat an die Fenster. Afa hatte sie mit Pappe und Sperrholz vernagelt. Kira riss ein Brett ab, und schon strömte Tageslicht in den Raum. Sie rannte zur Funkanlage zurück und untersuchte sie genau, um herauszufinden, aus welchem der vielen Lautsprecher die Durchsage gekommen war. *Wer hat vorhin* Sato *gerufen?*

Sie war nicht sicher, engte die Auswahl aber schließlich auf zwei Lautsprecher ein. Anscheinend war jede Steuerung mehr oder weniger um den Lautsprecher gruppiert, zu dem sie gehörte. Kira betrachtete die Knöpfe, um etwas Vertrautes zu entdecken. Bei ihren Bergungseinsätzen hatte sie schon einmal kleine Handsprechfunkgeräte benutzt, die recht einfach aufgebaut gewesen waren: ein Knopf für die Lautstärke, einer für den Kanal. Gleichgültig, wie kompliziert diese Geräte hier waren, auch sie mussten die gleichen Einstellmöglichkeiten haben. Endlich entdeckte sie auf einem Lautsprecher einen Hebel, den sie für einen Kanalschalter hielt, und drehte ihn vorsichtig hin und her. Unverändert drang das Rauschen aus dem Lautsprecher, nur hier und dort von Wortfetzen unterbrochen, die von den anderen Geräten aufgefangen wurden. Sie beugte sich vor, hielt das Ohr dicht an den Lautsprecher, konzentrierte sich auf die Durchsagen und verdrängte alle anderen Geräusche.

»... noch nicht überquert, wiederhole, die dritte ...«

Partials. Sie ließ den Kanalwähler los, wandte sich dem nächsten Lautsprecher zu und suchte das Signal. Ein Funksignal war eine heikle Angelegenheit, eine unsichtbare Stimme im Himmel. Um es deutlich aufzufangen, musste man das Gerät auf die richtige Frequenz einstellen und mit genügend Strom versorgen. Außerdem mussten die atmosphärischen Bedingungen günstig sein, und dann musste man hoffen, dass der Sender genügend Energie zum Erreichen der Gegenstelle hatte. Sogar Größe und Form der Antenne spielten eine Rolle. Inmitten der zahllosen Störungen das einsame, schwache Signal zu finden, war ...

»... Sergeant, besetzen Sie sofort die Hügelkuppe! Wir brauchen Deckung auf der rechten Flanke. Ende.«

»Ja, Sir, bin unterwegs. Ende.« Es war Harus Stimme.

»Ja!«, rief Kira und stieß die Faust in die Luft. Das Signal war schwach – vermutlich benutzten ihre Kameraden Handgeräte wie jene, die sie kennengelernt hatte. Die Sendestärke war nicht groß genug, um quer über die Insel hinweg ein klares Signal zu übermitteln. *Also sind sie in der Nähe,* dachte sie. *Sie halten sich irgendwo auf der Westseite von Long Island auf.*

Der Abwehrstützpunkt in Brooklyn? Haben die Partials dort zuerst angegriffen? Sie versuchte, sich zu erinnern, was sie im Geschichtsunterricht über die Taktik der Partials erfahren hatte, und fragte sich, welche Bedeutung ein solcher Angriff haben mochte. Es war schlimm genug, wenn sie am Nordufer vorrückten, aber wenn sie das Hauptquartier der Abwehr ausschalteten, dann war dies der Vorbote eines Großangriffs – die Verteidigung ausschalten und dann unbehindert die ganze Insel besetzen. Sie lauschte genau auf alles, was Harus Gruppe durchgab, überprüfte auch die anderen Frequenzen und empfing Fetzen von Durchsagen der Partials. Eine Nachricht erregte schließlich ihre Aufmerksamkeit.

»... auf die Hügelkuppe. Scharfschützen stehen bereit.«

Kira fluchte. Diese Meldung der Partials war über einen anderen Lautsprecher hereingekommen. Die Partials wechselten offenbar ständig die Frequenzen, denn sie waren über ganz unterschiedliche Funkgeräte zu empfangen, selbst wenn die Stimmen in einem bestimmten Gefecht dieselben blieben. Allerdings hatten sie nicht mit Afas paranoider Geschäftigkeit gerechnet. In dieser Werkstatt konnte Kira alles empfangen. Anscheinend hatten die Partials das Ziel von Harus Einheit herausgefunden und bereiteten einen Hinterhalt vor. Kira war die Einzige, die davon wusste.

Sie wollte nach einem Mikrofon greifen, aber da war nichts – kein Handmikrofon, kein Ausleger an der Decke, nichts. Sie blickte unter das Pult und suchte alles ab. Auch dort war nichts. Hatte Afa absichtlich alle Mikrofone entfernt? Die Vorstellung, dass ihre Vermutung zutraf, machte sie wütend. Er wollte mit niemandem in Verbindung treten, sondern nur zuhören. Informationen sammeln.

»... nähern sich der Hügelkuppe, hier ist alles klar ...« Das war wieder Haru. Kira fluchte laut, schrie und grunzte vor Verzweiflung. Vor einem Kistenstapel in der Ecke kniete sie nieder und riss einen Karton auf, um endlich ein Mikrofon zu finden. Die erste Kiste war leer, und sie warf die zerfetzte

Pappe weg. Die zweite war voller Kabel. Sie zerrte alles heraus, ein unübersehbares Nest aus dicken isolierten Leitungen. Als sie erkannte, dass dort ebenfalls kein Mikrofon zu finden war, warf sie auch diesen Karton hinter sich, ohne sich richtig aus dem Kabelgewirr befreit zu haben. *Ich muss ihn warnen.* Die dritte Kiste enthielt Lautsprecher, Stecker und Handbücher. In der vierten und fünften fand sie halb ausgeschlachtete alte Funkgeräte. Hinter ihr explodierten die Lautsprecher förmlich, als sie Schüsse, Schreie und heftige statische Entladungen übertrugen. Kira schrie auf, durchwühlte die letzte Kiste und fand nichts außer weiteren Kabeln.

»... unter Beschuss!«, schrie Haru. »Auf der Hügelkuppe unter Beschuss! Ich habe Murtry verloren und ...« Das Signal brach mit einem Knacken und lautem statischem Rauschen ab. Kira sank in sich zusammen.

»Sato! Sergeant Sato! Hören Sie mich?« Laut und von gelegentlichem Knistern untermalt, drang die Stimme des menschlichen Kommandanten in den Funkraum herein.

Kira schüttelte den Kopf und dachte an Madison und Arwen, die gerade eben Ehemann und Vater verloren hatten. Im Grunde war dies nichts Neues, denn jeder in East Meadow war vaterlos. So war es schon seit mehr als zehn Jahren, aber genau das war ja das Problem. Die Satos waren einzigartig gewesen, sie hatten nach elf langen Jahren endlich wieder eine richtige Familie gebildet. Sie hatten die Hoffnung verkörpert. Dies zu verlieren – und auch noch anhören zu müssen, wie es geschah –, brach Kira das Herz. Sie lag schluchzend auf dem Boden und klammerte sich an die Kabelrollen, als könnte sie dort Trost oder Schutz finden. Schließlich schniefte sie und wischte sich die Nase ab.

Dazu habe ich keine Zeit.

Sie war immer noch nicht sicher, was sie mit den Informationen anfangen konnte, die sie bisher bekommen hatte. Eines war völlig klar: Sie musste weitere Nachforschungen in Afas Aufzeichnungen anstellen, bevor sie den nächsten Schritt unternehmen konnte. Nun aber war alles, was sie retten wollte, einer neuen Bedrohung ausgesetzt. Wenn die Partials und die Menschen sich gegenseitig auslöschten, bevor sie Antworten auf die Fragen fand ...

Sie richtete sich auf und streifte die Kabel ab. Die Funkanlage war chaotisch, aber nicht undurchschaubar. Sie konnte erkennen, welche Knöpfe mit welchen Eingängen verbunden waren und welche Regler welche Lautsprecher ansteuerten. Irgendwo auf dem Dach stand eine Gruppe von Antennen, die mit Strom versorgt und sendebereit waren, und die Funkgeräte unten waren auf unterschiedliche Frequenzen eingestellt. Mit dieser Ausrüstung konnte sie jedes Funkgerät im Umkreis von tausend Kilometern abhören, wenn nicht sogar noch weiter, sofern Afa tatsächlich über so viel Strom verfügte, wie er behauptete. Wenn sie ein Mikrofon fand – nicht falls, sondern wenn –, konnte sie antworten. Irgendwo im Gebäude musste es doch Überbleibsel der alten Zeiten geben, und selbst wenn Afa irgendwie alles zerstört hatte, gab es das Zubehör in den Elektronik- und Hi-Fi-Läden der Stadt. Irgendwo ließ sich bestimmt ein Mikrofon auftreiben.

Kira würde es finden und benutzen.

»Ich brauche ein Mikrofon.«

Afa war nicht bereit für eine weitere Auseinandersetzung, doch Kira hatte keine Zeit. Menschen starben, und sie musste ihnen helfen. Der große Mann schlurfte zwischen seinem Proviant herum und betrachtete kurzsichtig die Regale mit den Konserven. »Ich rede nicht mit den Leuten«, sagte er. »Ich höre nur zu.«

»Das weiß ich«, antwortete Kira. »Aber *ich* rede mit den Leuten. Die Partials dringen nach Long Island vor, und dort habe ich Freunde. Ich muss ihnen helfen.«

»Ich helfe den Partials nicht ...«

»Ich versuche, den Menschen zu helfen«, beharrte sie. Müde und gereizt fuhr sie sich mit der Hand durch das Haar. Auch in dieser Lage fühlte sie sich zerrissen. Sie wollte nicht, dass die Menschen starben, aber sie wollte auch nicht, dass die Partials starben. Sie wollte beide retten. Was aber konnte sie tun, nun, da ein offener Krieg ausgebrochen war? »Mit einem Mikrofon und deiner Funkanlage kann ich sie mit Informationen versorgen und mithelfen, dass sie sich nicht gegenseitig vernichten, solange mir nichts Besseres einfällt.«

Afa entdeckte eine Dose gebackene Bohnen und watschelte zur Tür. »Du kannst den Menschen nicht helfen. Ich bin der einzige, der noch lebt ...«

»Nein, bist du nicht.« Sie versperrte ihm den Weg. Er war mindestens zwei Köpfe größer als sie und wog mehr als dreimal so viel, doch er sank vor ihr in sich zusammen wie ein Luftballon mit einem Loch, schlug die Augen nieder, ließ den Kopf hängen, zog die Schultern ein und wappnete sich für den Schlag, den er erwartete. Sie sprach leiser weiter, ohne ihre entschlossene Haltung aufzugeben. »Auf Long Island leben fünfunddreißigtausend Menschen, Afa. Sie brauchen unsere Hilfe – sie brauchen dein Wissen. Alles, was du hier gesammelt hast, können sie brauchen. Sie wollen RM heilen und wissen nichts darüber, aber du weißt so viel. Möglicherweise hast du irgendwo den Schlüssel, um ein Heilmittel zu entwickeln, das Geheimnis des Verfallsdatums der Partials zu lösen und einen weiteren Krieg zu vermeiden. Es gibt noch eine menschliche Gesellschaft, Afa, und die Menschen brauchen dein Wissen.« Sie sah ihn unverwandt an. »Sie brauchen dich.«

Afa scharrte mit den Füßen, drehte sich unvermittelt um und watschelte ins Lager zurück, nahm sich einen Stapel Dosen und kam durch den nächsten Gang wieder nach vorn. Kira seufzte und trat ihm wieder in den Weg. »Wo sind die Mikrofone?«

Afa hielt abermals inne und starrte nervös zu Boden, wandte sich um und zog sich erneut zurück. Kira blieb an der Tür stehen, denn sie wusste, dass er früher oder später an ihr vorbeimusste. »Du kannst dich nicht ewig verstecken«, sagte sie. »Ich rede nicht nur über diesen Raum. Ich meine die ganze Welt. Du musst den nächsten Schritt tun, dich bewegen und irgendetwas unternehmen. Du hast alle diese Informationen gesammelt, damit du sie jemandem zeigen kannst. Lass uns loslegen und mit jemandem Kontakt aufnehmen!«

»Es gibt niemanden, dem ich es zeigen könnte.« Unsicher wanderte er zwischen den aufgestapelten Dosen und Kartons umher. »Ich bin der einzige noch lebende Mensch.«

»Weißt du, was ich glaube?« Kira sprach noch leiser. »Ich glaube, du beharrst darauf, der letzte zu sein, weil du Angst hast, einem Menschen zu begegnen. Wenn alle Menschen tot sind, gibt es niemanden, mit dem du reden musst, niemanden, dem du helfen musst, und niemanden, der dich enttäuschen könnte.«

Er hielt sich wieder hinten im Raum auf und blieb im Schatten. »Ich bin der letzte.«

»Du bist der letzte IT-Direktor«, antwortete sie. »Oder jedenfalls der letzte, den ich kenne. Mit allem, was du über Computer, Netzwerke, Funkgeräte und Sonnenkollektoren weißt – im Ernst, Afa, du bist ein Genie. Wirklich, du bist ein Genie. Du warst so lange allein, aber das muss nicht so bleiben. Du hilfst mir doch auch, oder? Du redest mit mir, und ich mache dir keine Angst.«

»Doch, das tust du.«

»Es tut mir leid«, sagte sie. »Das will ich nicht. Aber du musst dich den Tatsachen stellen. Wovor versteckst du dich, Afa? Wovor hast du Angst?«

Afa starrte schweigend ins Leere. Die Jahre voller Qualen und Angst verzerrten seine Stimme, als er endlich die Antwort flüsterte. »Vor dem Ende der Welt.«

»Die Welt ist bereits untergegangen«, erwiderte Kira. »Dieses Ungeheuer ist gekommen und wieder verschwunden.« Behutsam ging sie einen Schritt auf ihn zu. »In East Meadow feiern wir diesen Tag – aber nicht das Ende, sondern den Beginn. Den Wiederaufbau. Die alte Welt ist untergegangen und tot, und das muss für dich viel schwerer sein als für mich. Ich kannte die alte Welt ja kaum.« Sie näherte sich ihm. »Aber diese Welt ist hier und heute. Sie kann uns viel geben, und sie braucht unsere Hilfe. Lass die alte Welt los und hilf uns, eine neue aufzubauen!«

Sein Gesicht war im Schatten nicht zu erkennen. »Das haben sie auch in den E-Mails geschrieben.«

»Wer?«

»Der Trust.« Sein Tonfall hatte sich verändert, es war nicht mehr das stockende Nuscheln des Verwirrten oder das kurze Aufflackern seiner Intelligenz, sondern ein fernes, beinahe gespenstisches Flüstern, als spräche die alte Welt selbst durch ihn. »Dhurvasula, Ryssdal, Trimble und die anderen. Sie wussten, dass sie eine neue Welt aufbauten, und dafür zerstörten sie die alte Welt. Sie haben es absichtlich getan.«

»Aber warum?«, drängte Kira ihn. »Warum haben sie alle getötet? Warum haben sie das einzige Heilmittel in den Partials untergebracht? Warum haben sie überhaupt eine Verbindung zwischen Partials und Menschen hergestellt? Warum haben sie uns so viele offene Fragen hinterlassen?«

»Das weiß ich nicht«, antwortete er leise. »Ich wollte es herausfinden, aber es gelang mir nicht.«

»Dann lass es uns gemeinsam herausfinden!«, bat sie. »Lass uns zusammenarbeiten! Aber zuerst müssen wir ihnen helfen.« Sie hielt inne, als sie sich an Mr. Mkeles Worte erinnerte, die ihr damals so gewissenlos vorgekommen waren. Jetzt wiederholte sie die Worte für Afa und staunte, wie sehr sich ihre Situation verändert hatte. »Die Menschheit braucht eine Zukunft, und dafür müssen wir kämpfen, aber das können wir nur tun, wenn wir in der Gegenwart damit beginnen.« Sie legte Afa eine Hand auf den Arm. »Hilf mir, ein Mikrofon zu finden! Dann sorgen wir dafür, dass noch jemand die Antworten erfahren will.«

Afa beäugte sie nervös. Im Dunkeln wirkte er wie ein ängstliches großes Kind.

»Bist du ein Mensch?«, fragte er.

Kira wurde die Kehle eng, und ihr Herz hämmerte in der Brust. Was wollte er hören? Konnte sie mit seiner Hilfe rechnen, wenn er sie für einen Menschen hielt? Würde ihn alles andere so verschrecken, dass er sich wieder einigelte?

Sie schüttelte den Kopf. Er musste die Wahrheit erfahren. Sie hielt inne, holte tief Luft, ballte die Hände zu Fäusten und nahm ihren ganzen Mut zusammen. Sie hatte es noch nie laut ausgesprochen, nicht einmal vor sich selbst. Sie überwand sich.

»Ich bin eine Partial.« Die Worte klangen zugleich richtig und falsch, wahr und unwahr, schrecklich und wundervoll. Diese Wahrheit auszusprechen, war eine Befreiung, auch wenn ihr kalte Schauer über den Rücken liefen. Die Worte fühlten sich falsch an, und zugleich empfand sie Schuldgefühle, dass sie ihr wahres Wesen nicht annehmen konnte. »Aber ich habe mein ganzes Leben und meine ganze Kraft auf die Rettung der Menschheit verwendet.« Sie lächelte leicht und wäre beinahe in lautes Lachen ausgebrochen. »Du und ich, wir sind die größte Hoffnung, die es zurzeit überhaupt noch gibt.«

Afa stellte die Dose mit den Bohnen weg, hob sie wieder auf, stellte sie abermals weg. Er ging einige Schritte, blieb stehen und nickte. »Nun gut. Komm mit!«

13

Marcus hockte im Windschatten einer halb zerstörten Betonwand, die vermutlich einmal zu einer Garage gehört hatte. Drinnen stand jedenfalls ein Auto, das er durch ein Loch in der Mauer erkennen konnte. Das Skelett des Fahrers saß noch am Lenkrad. Marcus versuchte sich vorzustellen, warum der Mann im Auto in einer geschlossenen Garage gestorben war, aber das spielte keine große Rolle mehr. Wenn die Partials Harus Patrouille fanden, waren sie alle so tot wie dieser Mann.

»Wir können es uns nicht erlauben, die Farmen zu beschützen«, sagte der Gefreite Cantona. Er flüsterte aufgeregt, ohne den Blick vom Wald zu wenden. Marcus hasste ihn inzwischen, musste aber zugeben, dass er ein guter Soldat war. »Und die Farmer auch nicht.«

»Wir lassen sie nicht im Stich!«, zischte Haru. Nach Grants Tod hatte er den Befehl übernommen. Sein Blick wanderte zu den vier Farmern, die sich neben den Soldaten versteckten – zwei Männer und zwei Frauen mit angstgeweiteten Augen. »Soweit ich weiß, schnappen sich die Partials jeden Menschen, den sie erwischen können. Wir sollen die Einwohner beschützen, also tun wir das in der ganzen Gegend von hier bis East Meadow.«

»Wir sollen Zivilisten beschützen«, wandte Cantona ein. »Dies hier war ein Arbeitslager. Gut möglich, dass die vier Verbrecher sind.«

»Wenn die Partials diese Menschen entführen wollen, dann sterbe ich lieber, bevor ich sie ausliefere«, entgegnete Haru.

Marcus betrachtete die Farmer, die mit drei Pistolen für vier Leute nur unzulänglich bewaffnet waren. Er hielt es für ausgeschlossen, dass Gefangene überhaupt Zugang zu Waffen hatten. Aber wenn eine Partialarmee anrückte, nahm man das wohl nicht mehr so genau. *Ich würde sie alle mit Pistolen ausstatten und das Beste hoffen,* dachte er. *Wenn die Partials die Feinde sind, ist jeder Mensch ein Verbündeter.*

»Sie werden uns mit in den Tod reißen«, behauptete Cantona. Anfangs hatten zwanzig Soldaten zu ihrer Einheit gehört, inzwischen war sie auf sieben Leute und die Farmer geschrumpft. Die Hälfte war bei einem Hinterhalt gefallen, die anderen beim Rückzug, als sie Hals über Kopf durch den Wald gerannt waren, um den Invasoren zu entkommen. »Sie können mühelos mithalten«, sagte Cantona. »Das ist nicht das Problem. Aber sie machen Krach. Sie wissen nicht, wie man unentdeckt bleibt.«

Die Gesichter der Farmer waren von der Sonne gegerbt und runzelig, doch Marcus beobachtete, wie sie erbleichten, als die Soldaten über ihr Schicksal diskutierten. Er schüttelte den Kopf und mischte sich ein. »Sie sind nicht lauter als ich.«

»Ich lasse unseren Sanitäter doch nicht hängen.«

»Er hat recht«, stimmte Haru zu. »In Marcus' Begleitung machen wir so viel Krach, dass wir auf jeden Fall entdeckt werden, wie viele Zivilisten auch immer bei uns sind.«

»Ganz so schlimm bin ich aber nicht«, protestierte Marcus.

»Es ist sowieso gleichgültig«, fuhr Haru fort. »Wenn sie uns nicht sprechen gehört haben, sind wir vorläufig außer Gefahr. Es wird dunkel, und warum sollten die Partials bewaffnete Soldaten verfolgen, die sie auch in einen Hinterhalt locken könnten? Höchstwahrscheinlich ziehen sie sich zurück und formieren sich neu. Jede Wette, dass sie schon zu einer anderen Farm unterwegs sind.«

»Dann müssen wir diese Leute auch nicht mehr beschützen.« Cantona deutete abermals auf die Farmer. »So oder so, wir sollten sie nach East Meadow schicken und dann versuchen, unsere Einheit zu finden.«

»Ich erreiche sie nicht über Funk«, widersprach Haru. »Wir haben keine Einheit, zu der wir stoßen könnten.«

Einer der anderen Soldaten, ein großer Mann namens Hartley, hob die Hand, und die anderen verstummten sogleich. Es war ein Zeichen, das sie nur zu oft gesehen hatten. Marcus lauschte aufmerksam und packte unwillkürlich das Gewehr fester. Die Partials besaßen überlegene Sinnesorgane – sie hörten und sahen besser und konnten Marcus' Gruppe aus größerer Entfernung orten. In einem so dichten Wald mussten sie trotzdem nahe herankommen, um anzugreifen, und aus dieser Entfernung hörten die Menschen sie manchmal anrücken. Für eine Partialtruppe waren sie allerdings keine Gegner, einerlei ob mit oder ohne Vorwarnung. Der einzige Feind, den sie bisher hatten töten können, war aus einem größeren Verband ausgeschert. Marcus und seine Gruppe waren schlicht und einfach weggelaufen, und trotzdem war ihre Einheit böse dezimiert worden.

Schweigend saßen sie im Wald, hielten die Gewehre bereit und spitzten die Ohren. Es herrschte Totenstille.

Plötzlich hörte Marcus einen Wächter fluchen. Er stieß die ersten Silben einer Warnung aus, als vor seinen Füßen eine kleine schwarze Scheibe klirrend gegen die Wand prallte. Die Explosion ging mit einem grellen Lichtblitz einher, und dann schrien alle wild durcheinander. Marcus kniff die Augen zusammen und grunzte, weil er schlagartig rasende Kopfschmerzen bekam. Außer grellen Nachbildern sah er nichts mehr. Schüsse waren zu hören. Haru rief etwas, die anderen schrien und heulten. Marcus spürte Spritzer einer warmen Flüssigkeit auf den Händen, duckte sich und kauerte sich an die Wand. Ein Toter stürzte auf ihn, woraufhin Marcus keuchend rückwärtskroch. Als er endlich wieder etwas sah, war der Kampf vorbei.

Senatorin Delarosa stand mit einem Gewehr in der Hand vor ihm, der Oberkörper steckte in einer dicken Kapuzenjacke.

Marcus dachte fieberhaft nach. »Was ist hier los?«

»Sie hatten Glück, dass es nur zwei waren«, erklärte Delarosa. »Und dass wir sie bereits beobachtet haben.« Sie lächelte. »Und dass wir einen so guten Köder hatten.«

»Zwei was?«

»Zwei Partials«, sagte Haru. Er schüttelte den Kopf und klopfte sich mit der flachen Hand aufs Ohr, als hätte es darin geklingelt. »Aber bezeichnen Sie uns nicht als Köder!«

»Ich wüsste nicht, wie ich Sie sonst nennen sollte.« Delarosa wandte sich ab und drehte mit dem Fuß einen Toten auf den Rücken. Marcus sah, dass mehrere Leute gefallen waren: Soldaten, eine Gestalt mit Kapuzenjacke wie Delarosa, zwei leblose Partials in der unverwechselbaren grauen Rüstung. Derjenige, der vor Delarosas Füßen lag, stöhnte noch. Sie erschoss ihn. »Ihr habt genügend Lärm veranstaltet, um jede Partialstreife im Umkreis von mehreren Kilometern anzulocken.«

»Sie haben uns als Köder benutzt!« Haru rappelte sich auf. Was immer ihn getroffen haben mochte, hatte seinen Gleichgewichtssinn beeinträchtigt. »Wussten Sie etwa, dass die Partials hier waren? Wie lange haben Sie sie schon beobachtet?«

»Lange genug, um sie hier gebührend zu empfangen«, erklärte Delarosa. »Wir wussten, dass Sie früher oder später einen Partialtrupp anlocken würden, also haben wir uns zurückgehalten und den Geschehnissen ihren Lauf gelassen.« Sie kniete vor dem Toten nieder und nahm ihm rasch alles ab, was nützlich war: Körperpanzerung, Reservemagazine sowie mehrere Beutel, die er am Oberkörper und an den Schultern trug. Anschließend wandte sie sich um und nickte in Richtung der schwarzen Scheibe, die vor Marcus' Füßen lag. »Das sind ihre Blendgranaten. Die Angreifer haben Sie für betäubt gehalten und sich in Sicherheit gewiegt.«

Marcus wollte sich aufrichten, stellte aber fest, dass er mindestens so benommen war wie Haru. Er nutzte die Betonwand als Stütze. Neben ihm rutschte ein Soldat auf den Boden. Jetzt erst bemerkte Marcus die Schusswunde mitten im Gesicht des Mannes. »Sie hätten uns warnen müssen.«

Delarosa ließ die Ausrüstung des ersten Partials sauber aufgestapelt liegen und zog ihm den Körperpanzer aus. »Sie hätten euch sowieso gefunden, aber auf diese Weise haben sie uns erst entdeckt, als es schon zu spät war.«

»Wir hätten uns selbst auf die Lauer legen können«, meinte Haru. Er sah sich um und verschaffte sich einen Überblick. Marcus folgte seinem Beispiel. Drei menschliche Soldaten waren tot, außerdem einer von Delarosas Leuten. In den Bäumen hielten sich mindestens noch zwei weitere auf und überwachten die Umgebung. »Wären wir vorbereitet gewesen, hätten wir nicht so viele Leute verloren.«

»Wir waren bereit.« Delarosa nahm sich den zweiten Toten vor. »Dies war ein Hinterhalt. Die Ausgangslage war ideal. Wir hatten eine überzeugende Ablenkung und haben trotzdem vier tote Soldaten und zwei verwundete Zivilisten zu beklagen.« Sie deutete auf die Farmer. »Die Bedingungen waren hervorragend, und trotzdem haben sie doppelt so viele getötet wie wir. Wollen Sie das ohne Ablenkung wirklich noch einmal probieren?«

»Ihre Ablenkung waren meine Männer!«

»Wollen Sie mit mir darüber streiten?« Delarosa richtete sich vor ihm auf. »Ich habe Ihnen das Leben gerettet.«

»Sie haben zugelassen, dass drei von uns gefallen sind.«

»Hätte ich anders gehandelt, dann wären Sie inzwischen alle tot«, fauchte Delarosa. »Oder – noch schlimmer – Sie wären Gefangene. Wir haben es mit einem überlegenen Feind mit besserer Ausrüstung, besserer Ausbildung und besseren Reflexen zu tun. Wenn Sie es auf einen fairen Kampf abgesehen haben, dann sind Sie so blind wie der Senat.«

»Der Senat hat Sie ins Gefängnis gesteckt.« Marcus kam endlich auf die Beine. »Sie waren im Arbeitslager.« Er runzelte die Stirn. »War es nicht sogar dieses Lager?«

Delarosa befasste sich wieder mit dem zweiten Partial und stapelte den Rest seiner Ausrüstung neben dem ersten auf einen Haufen. »Damals, als es noch ein Arbeitslager war, ja. Jetzt ist es ... einfach nur der Schauplatz eines Verbrechens. Wer dort überlebt hat, ist längst auf und davon.«

»Sind Sie beim Angriff geflohen, oder haben Sie sich den Weg freigeschossen?«, fragte Haru.

»Ich bin nicht hier, um Menschen zu töten.« Delarosa richtete sich wieder auf und sah ihn offen an. »Ich wurde zum Arbeitslager verurteilt, das ist richtig. Erinnern Sie sich auch noch, wofür genau?«

»Weil Sie einen Menschen getötet haben«, erwiderte Marcus. »Das spricht nicht gerade für Ihre Glaubwürdigkeit.«

»Weil ich das Notwendige getan habe«, entgegnete sie. Dann winkte sie einem ihrer Gefährten, der ähnlich gekleidet war wie sie selbst. Er kam und nahm die Ausrüstungsgegenstände an sich. »Wir stehen vor der Auslöschung der Menschheit«, erklärte sie ernst. »Das ist wichtiger als alles andere. Wichtiger als Freundlichkeit, Moral und Gesetz. Handlungen, die Sie vor zwölf Jahren niemals begangen hätten, sind mittlerweile nicht nur richtig, sondern dringend notwendig. Ein moralischer Imperativ. Ich würde hundert Shaylon Browns töten, bevor ich den Partials den Sieg gönne. Von mir aus sogar tausend.«

»Genau das meine ich«, sagte Cantona. »Nur so können wir überleben.«

»Wenn Sie tausend eigene Leute töten, müssen die Partials nicht einmal mehr kämpfen«, warf Marcus ein. »Dann haben Sie deren Job erledigt.«

Im Wald zwitscherte ein Vogel auffällig laut. Delarosa hob den Kopf. »Das ist die Warnung, dass wir verschwinden müssen. Anscheinend hatten die beiden hier Verstärkung.« Sie lief zum Rand der Lichtung. Haru schüttelte den Kopf.

»Wir kommen nicht mit.«

»Ich schon.« Cantona nahm das Gewehr eines gefallenen Soldaten an sich. »Komm, Haru! Du weißt doch, dass sie recht hat.«

»Ich lasse die Zivilisten nicht im Stich!«

»Also«, schaltete sich einer der Farmer ein, »dann gehe ich auch mit ihr.« Er war ein älterer Mann, schlank und gestählt von seiner harten Arbeit. Er hob seine Jagdflinte auf und nahm einem gefallenen Soldaten die Pistole ab.

Cantona blickte zu Delarosa hinüber. Die nickte und wandte sich ihrerseits an Haru. »Wir benutzen Sie nicht noch einmal als Köder.« Mit diesen Worten drehte sie sich um und verschwand im Wald. Ihre Leute folgten ihr, dann der Farmer und zuletzt Cantona. Er blieb noch einmal stehen, winkte und betrat den Wald.

Marcus blickte Haru, Hartley und die drei verbliebenen Farmer an. Sie hatten sich inzwischen mit den Gewehren und der Munition der gefallenen Soldaten versorgt. »Zwei von euch sind verwundet?«

»Wir können gehen«, sagte eine Frau mit grimmiger Miene.

»Schön«, antwortete Haru. »Aber könnt ihr auch rennen?«

Keuchend vor Anstrengung blieben sie im Schulhof stehen. Die Partials, die sie verfolgten, hatten noch zwei aus ihrer Gruppe erwischt. Nun waren nur noch Marcus, Haru und zwei Farmer übrig. Eine Frau, sie hieß Izzy, war verletzt. Sie lehnte sich mit geschlossenen Augen erschöpft an eine Wand. Ihr Atem ging stoßweise. Haru hatte keine Munition mehr. Marcus überließ ihm sein letztes Magazin.

»Du kannst mehr damit anfangen als ich.« Schwer atmend hielt er inne, dann nickte er in Izzys Richtung. »Sie kann nicht mehr sehr weit laufen.«

»Hol sie von der Mauer weg!«, stieß Haru hervor, der sich schon im Gebüsch versteckt hatte. »Sie sehen uns.«

»Sie kann nicht wieder aufstehen«, wandte Marcus ein.

»Dann trage ich sie.«

Marcus und der letzte Farmer, ein Mann namens Bryan, zogen die Frau sanft nach unten und setzten sie vor die Wand. Sofort sank ihr der Kopf zwischen die Knie. Marcus untersuchte die Verbände. Sie hatte einen Durchschuss in der Schulter davongetragen. Die Wunde war noch offen und blutete stark. Während zweier kurzer Pausen hatte er den Verband erneuert und ihr obendrein so viel Schmerzmittel verabreicht, wie sie vertragen konnte, ohne bewusstlos zu werden. Der Verband war blutgetränkt. Vor Erschöpfung wurde ihm schwarz vor Augen, als er ihn erneut wechselte.

»Ich wünschte, eine Truppe Guerillakämpfer würde uns als Köder benutzen«, bemerkte Haru.

Marcus runzelte die Stirn. »Das ist nicht witzig.«

»Sollte es auch nicht sein.«

»Man müsste es nur richtig anfangen«, überlegte Bryan. »Den Hinterhalt, meine ich. Genügend Gewehre im Wald, die freies Schussfeld haben, und der Köder ist überhaupt nicht in Gefahr.«

»Das könnte man durchziehen.« Haru keuchte immer noch. »Das könnte man bestimmt durchziehen.« Er zog das Funkgerät hervor und versuchte es noch einmal. Vor Verzweiflung war seine Stimme heiser. »Hier ist Haru Sato, ich sitze mit einem Sanitäter und zwei Zivilisten ...« Er blickte nach oben. »... an der Huntsman Elementary School fest. Den Namen des Orts kenne ich nicht. Wer auch immer dort draußen zuhört, soll bitte antworten. Wir wissen nicht, wie ausgedehnt dieser Angriff war, und haben keine Ahnung, wohin wir uns zurückziehen können. Wir wissen nicht einmal, wo wir uns befinden.«

Izzy hustete. Es war ein würgender, heftiger Anfall, der ihren ganzen Körper schüttelte, bis sie sich übergab. Marcus rückte von ihr ab, fuhr aber mit dem Bandagieren ihres Arms fort.

»Ich glaube, mit deinem Funkgerät stimmt etwas nicht«, meinte Bryan. »Wann hast du die letzte Antwort erhalten?«

»Seit den Heckenschützen ist nichts mehr durchgekommen«, antwortete Haru. Mutlos starrte er das Funkgerät an. Schusslöcher waren nicht zu entdecken, aber es war einigermaßen ramponiert. Marcus hätte sich nicht gewundert, wenn es tatsächlich defekt war.

»Lass sehen!« Bryan stand auf, um das Gerät an sich zu nehmen. Dabei ragte sein Kopf eine Sekunde lang aus dem Gebüsch hervor. Er zuckte zusammen, und neben seinem Ohr entstand ein roter Nebel.

Marcus und Haru tauchten sofort ab und legten sich flach auf den Bauch. Izzy, die nun nicht mehr von Marcus' Arm gestützt wurde, sank bewusstlos zur Seite.

»Das war es dann wohl«, murmelte Marcus. »Entweder deine Mörderin eilt herbei und rettet uns, oder wir dürfen Doktor Morgan die Hand schütteln.«

»Entschuldige, aber ich hoffe, dass die Mörderin als Erste hier ist.«

»Doktor Morgan könnte dir gefallen«, wandte Marcus ein. »Sie hasst die Menschen fast so sehr wie du die Partials.«

Haru überblickte unterdessen den Spielplatz. »Die Büsche, die im Asphalt wachsen, sind ungefähr einen Meter hoch. Da drüben, wo früher wohl mal ein Fußballplatz lag, sind sie ungefähr zwei Meter hoch, wenn wir es bis dorthin schaffen.« Er musterte Izzy. »Ich glaube kaum, dass wir sie tragen können.«

»Ich nehme sie und renne los«, schlug Marcus vor. »Du gibst mir Deckung. Die höheren Bäumchen sind ...«

»Nein!«, fiel Haru ihm ins Wort. »Dieser Strategie kämen unsere Verfolger sofort auf die Schliche.« Er deutete nach hinten, wo einige Schritte entfernt ein geborstenes Kellerfenster in der Wand des Schulgebäudes klaffte. »Du ziehst sie dort hinein«, verlangte Haru, während er Asphaltbrocken einsammelte. »Ich erwecke unterdessen den Eindruck, als wollten wir zum Fußballfeld hinüberkriechen.«

Marcus nickte. »Wie viel Zeit erkaufen wir uns damit?«

»Genug. Jedenfalls dann, wenn es funktioniert«, erwiderte Haru. »Anschließend suchen wir eine Tür und verlassen auf der anderen Seite das Gebäude.«

Seufzend betrachtete Marcus die schwarze Öffnung in der Mauer. »Wenn mich die Dachse fressen – oder wer auch immer dort unten haust –, dann behaupte ich vielleicht, dass dies doch nicht unser einziger Ausweg war.«

»Mach schon!«

Marcus drehte Izzy auf den Rücken, legte ihre Arme nach oben über den Kopf und packte ihre beiden Handgelenke mit der linken Hand. Dann kroch er mithilfe des rechten Ellbogens bäuchlings über den rissigen Asphalt zum Fenster und zog die Bewusstlose hinter sich her. Die scharfen Kanten zerschnitten ihm die Kleidung, und dicht über seinem Kopf prallte eine Kugel von der Wand ab. Er hielt den Kopf nach unten und wich den Büschen so gut wie möglich aus. Unterdessen warf Haru in flacher Flugbahn die Asphaltbrocken auf den Fußballplatz, um die Partials in die Irre zu führen. Wo die Steine aufschlugen, bewegten sich die Büsche. Anscheinend funktionierte es, denn der nächste Schuss eines Heckenschützen sauste sechs Meter von Marcus entfernt harmlos ins Gebüsch.

Er erreichte das Fenster und spähte hinein. Die Luft im Keller war feucht wie in einer Höhle, und es roch nach nassem Hund. Anscheinend diente der Keller inzwischen verwilderten Haustieren als Unterschlupf. Vermutlich benutzten sie allerdings nicht das Fenster als Zugang, denn der

Boden davor war locker und nicht festgetrampelt, wie es bei einem stark benutzten Pfad der Fall gewesen wäre. Er erkannte kaum etwas und beschloss, durch das Fenster einzusteigen und die Verletzte nachzuholen.

Als er halb drinnen war, kroch Haru herbei und hielt schwer atmend neben dem Fenster inne. »Wir sind ziemlich sicher im Eimer«, verkündete er. Über ihm bohrte sich eine Kugel in die Ziegelmauer. »Genau. Mach Platz!«

Marcus ließ sich hinuntergleiten, landete auf dem Boden und rutschte sofort in zentimeterhohem Schlamm aus. Er kam wieder auf die Füße und zog Izzy herein. Über ihm prallten weitere Kugeln gegen die Wand. Sobald er das Fenster frei gemacht hatte, sprang Haru hindurch und landete mit einem erstickten Stöhnen im Schlamm.

»Hier riecht es nach totem Hund.«

Marcus hielt Izzy mit einem Arm hoch und tastete mit der anderen Hand nach einer Taschenlampe. »Jede Wette, dass es nicht nur Matsch ist.«

»Kein Licht!«, warnte Haru. »Komm mit!« Mit schmatzenden Stiefeln suchte er einen Ausgang. Im dunklen Keller war er nur schemenhaft zu erkennen. Abgesehen von dem Schlamm entdeckte Marcus zahlreiche Metalltische, wurmzerfressene Bücherstapel und mehrere alte Notebooks, die mit rostigen Ketten an Rollschränken verankert waren. Haru tappte vorsichtig durch den Irrgarten voran. Als Marcus' Augen sich umgestellt hatten, entdeckte er eine Tür. Haru versuchte es, der Türknauf öffnete sich mit einem Klicken, und gleichzeitig wurde es noch dunkler. Hinter ihnen versperrte etwas die Lichtquelle. Marcus ging sofort in Deckung.

Die Kugeln sausten durch die Luft, Mündungsblitze erhellten den Keller, als die Verfolger eine Salve abfeuerten. Die dünne Holztür ging unter den Geschossen zu Bruch, und Marcus beobachtete, wie Haru hinter einem Schrank voller Notebooks abtauchte.

»Die meinen es ernst«, sagte Haru. »Ich hatte auch schon Lust, dich umzubringen, aber noch nie so heftig wie diese Partials.«

Haru schoss auf das Kellerfenster, worauf sich der Gegner eilig in Sicherheit brachte. Marcus ergriff die Gelegenheit, Izzy eilig durch die Tür zu zerren. Sobald er in Sicherheit war, stellte Haru das Schießen ein, um Munition zu sparen. Gleich darauf tauchte der Schütze wieder am Fenster auf und beharkte den ganzen Keller. Haru feuerte die letzten Patronen ab, um den Gegner abermals zu vertreiben, und kroch eilig durch den Schlamm, durch die Tür und nach draußen auf den Gang.

»Ich kann es kaum selbst glauben«, sagte Marcus, »aber vorläufig sind wir wohl in Sicherheit.«

Haru nickte und wischte sich den Schmutz aus dem Gesicht. »Solange wir noch Patronen haben und solange die Partials wissen, dass wir zurückschießen können, werden sie uns nicht weiter verfolgen. Aber sie suchen garantiert schon einen anderen Eingang.« Marcus blickte hoch, und trotz der Dunkelheit sah er das Feuer in Harus Augen lodern. »Es ist an der Zeit, eine Entscheidung zu treffen, Valencio. Willst du sterben, während du dich versteckst oder während du den Abzug durchdrückst?«

»Wo bleibt da Platz für *Ich mache mir gerade in die Hosen*?«

Haru lachte. »Das ist bei beiden Möglichkeiten vermutlich die kostenlose Dreingabe.« Er schniefte. »Außerdem sind wir sowieso schon vom Urin anderer Lebensformen durchnässt. Den Unterschied dürfte niemand bemerken.«

»Versuch's doch noch einmal mit dem Funkgerät!«, riet Marcus. »Man kann ja nie wissen.«

Haru löste es vom Gürtel und hob es im Dunkeln hoch. »Mit diesem Ding erreichen wir eher Gott als ein Lebewesen auf der Erde.«

»Dann bete ich jetzt.« Marcus nahm ihm das Gerät ab und drückte auf den Sprechknopf. »Hier ist Marcus Valencio. Ich rufe jeden, der mich da draußen hört. Ich ... ich verstecke mich in einem schlammigen Gang voller Hundeurin mit Haru Sato und weiß nicht genau, was von beidem schlimmer ist. Wir haben eine verwundete Zivilistin dabei, und anscheinend ist uns eine ganze Brigade rachsüchtiger Partials auf den Fersen. Sie haben uns mehrere Kilometer weit gehetzt, unsere zwanzig Mann starke Truppe ist auf zwei Leute dezimiert. Ich weiß nicht, ob sie die Insel erobern wollen, ob es ein Überfall ist oder ob sie uns zum Vergnügen töten wollen. Ich weiß nicht einmal, ob jemand in der Nähe ist und diese Nachricht hört. Soweit ich es beurteilen kann, sind wir die letzten lebenden Menschen.« Er ließ den Knopf los, und sofort kam die Antwort.

»Wie oft ich diesen Satz in letzter Zeit gehört habe! Wenn ich für jedes Mal einen Dollar bekäme, dann wäre ich reich«, antwortete eine Stimme über Funk. Es knisterte, manchmal gab es kurze Unterbrechungen. Marcus fiel vor Schreck fast das Gerät aus der Hand. Haru richtete sich mit großen Augen auf.

»Wer ist da?«, fragte Marcus und starrte Haru erstaunt an. Er schüttelte den Kopf, drückte auf den Knopf und wiederholte die Frage. »Wer ist da? Ich wiederhole: Wer ist da? Wir brauchen sofort Unterstützung und Hilfe und ... und jemanden, der uns rettet.« Er ließ den Knopf los und zuckte hilflos mit den Achseln. »Hoffentlich lehnen sie nicht ab, nur weil ich mich nicht an die Funkdisziplin gehalten habe.«

Wieder knackte es im Funkgerät. »Dem Funkverkehr der Partials entnehme ich, dass sie vor allem dich suchen, Marcus. Doktor Morgan braucht dich für irgendetwas.«

Marcus fuhr auf, weil ihm plötzlich bewusst wurde, warum ihm die Stimme so bekannt vorkam. »Kira?«

»Hallo, mein Lieber!«, antwortete sie. »Hast du mich vermisst?«

»Was?«, stammelte Marcus. »Wo bist du? Was ist hier los? Warum sucht Doktor Morgan nach mir?«

»Vermutlich will sie eigentlich mich haben«, erwiderte Kira. »Die gute Nachricht lautet: Sie hat keine Ahnung, wo ich bin.«

»Welche Erleichterung!«, meinte Haru abfällig. »Ich bin ja nur froh, dass Kira in Sicherheit ist.«

Marcus drückte auf die Sprechtaste. »Haru lässt dich grüßen.«

»Keine Sorge!«, fuhr Kira fort. »Ich habe auch für ihn gute Neuigkeiten. Ein Heer der Abwehr rückt auf eure Position vor.«

»Wirklich?«

»Verlasst das Gebäude und wendet euch nach Süden!«, forderte Kira. »Ihr müsstet auf ein Bataillon der Abwehr stoßen, das euch entgegenkommt. Es ist höchstens noch zwei Minuten entfernt.«

»Verdammt auch!«, fluchte Haru. »Lass uns aus diesem Dreckloch verschwinden!« Er lud sich Izzy mit einem Rettungsgriff auf den Rücken und stapfte den Gang entlang.

»Warte!« Marcus musste rennen, um Schritt zu halten. »Wo bist du? Was ist da los?« Das Funkgerät war verstummt. Sofort eilte Marcus zu der Stelle zurück, an der er zuvor gestanden hatte. Anscheinend war es eine günstige Empfangsposition, denn er hörte es sofort wieder knistern.

»... sofort. Wiederhole, ihr müsst sofort verschwinden. Das Bataillon hat ein kleines Arsenal raketengetriebener Granaten dabei. Sie wollen das Gebäude zerstören.«

»Warte!«, kreischte Marcus. »Wir sind noch nicht draußen!«

»Dann beeil dich!«

Er warf sich herum, rannte los und holte Haru am Fuß der Treppe ein. Sie stürmten hinauf, rüttelten vorsichtshalber an der Tür, bevor sie sie öffneten, und standen im breiten Flur einer Schule. Partials waren anscheinend nicht in der Nähe. Haru deutete auf eine halb geöffnete Doppeltür. »Dort entlang!«

Sie kamen auf der Südseite des Gebäudes heraus und liefen über die Straße in die Deckung eines Wohnviertels auf der anderen Seite. Hinter ihnen wurden keine Rufe laut, und keine Kugeln sausten über ihre Köpfe hinweg. Marcus bog um eine Ecke, und Haru schleppte Izzy auf den Schultern hinterher. Marcus hob das Funkgerät an den Mund und schrie hinein, während er rannte.

»Kira? Kira, kannst du mich hören? Was ist hier los?«

»Wie alt war ich, als wir uns kennengelernt haben? Spring entsprechend viele Kanäle nach oben!«, rief Kira.

Fünf, dachte Marcus. *Wir waren beide im ersten Schuljahr.* Er schaltete fünf Kanäle höher, dann hielt er inne. *Im ersten Jahr gab es noch keinen Unterricht. Wir sind uns dort begegnet, als wir sechs waren.* Er schaltete noch einen Kanal weiter. »Was ist hier los?«

»Dieser Trick funktioniert nur einmal«, antwortete Kira. »Sie überwachen eure Frequenzen, aber ich höre ihre ab. Ich habe dir mitgeteilt, dass ein Bataillon der Abwehr anrückt, und ich habe hier einen Freund, der ihnen auf einem anderen Kanal einen weiteren falschen Bericht mit diesen Angaben geliefert hat. Die beiden Partials, die euch hetzen, sind zurückgefallen. Aber sie werden nicht lange zögern, und das Bataillon im Süden befindet sich noch mindestens zehn Kilometer entfernt. Ihr müsst so schnell wie möglich dorthin, denn sie haben es ganz besonders auf dich abgesehen. Sie werden die Verfolgung aufnehmen, sobald sie die Täuschung durchschaut haben.«

»Also ...« Er lief langsamer, um zu Atem zu kommen. »Was ist mit dir?«

»Ich helfe euch, so gut ich kann«, antwortete Kira, »aber wir haben keine großen Möglichkeiten. Wir haben Morgans Funk abgehört, und es gibt schlechte Neuigkeiten: Der Angriff ist kein begrenzter militärischer Vorstoß, sondern die Partials erobern und besetzen die gesamte Insel. Binnen zwei Tagen wird jeder Mensch auf Long Island ihr Gefangener sein.«

ZWEITER TEIL

14

Der erste Alarm kam um vier Uhr morgens. Afa hatte die Türen und Fenster im Erdgeschoss mit kleinen elektrischen Meldern präpariert, die mit seinem Schlafzimmer und einigen wichtigen Archivräumen verbunden waren. Das leise Klingeln weckte Kira auf der Stelle. Inzwischen schlief sie seit einer Woche auf dem Sofa im Filmstudio. Es war die dauerhafteste Schlafgelegenheit, die sie seit langer Zeit in Anspruch nahm. Die Alarmsignale waren beharrlich, aber leise. Sie sollten schließlich nur die Bewohner des Gebäudes wecken, ohne den Eindringlingen zu verraten, dass sie aufgeflogen waren. Kira war binnen Sekunden auf den Beinen, zog die Schuhe an und griff nach ihrem Gewehr. Wenn sie fliehen musste, dann waren dies die wichtigsten Gegenstände, die sie keinesfalls missen wollte.

Da Afa inzwischen vermutlich drauf und dran war, das ganze Gebäude in die Luft zu jagen, musste sie andererseits eine völlig überstürzte, barfüßige und unbewaffnete Flucht nicht unbedingt als die schlechteste aller Möglichkeiten in Betracht ziehen.

Kira und Afa trafen sich auf dem Flur. Schweigend schaltete er den Alarm ab und lauschte. Wenn es ein falscher Alarm war, womöglich ausgelöst durch den Wind oder eine streunende Katze, die mit der Pfote auf die Scheibe geschlagen hatte, bliebe es still im Gebäude. Kira lauschte mit geschlossenen Augen und betete, dass nichts ...

Piep-piep.

Afa schaltete den Alarm noch einmal ab, diesmal dauerhaft, und schleppte sich schwerfällig durch den Flur zu einer anderen Anzahl von Schaltern. Die Sonnenkollektoren auf dem Dach speicherten große Mengen Strom, mehr als genug, um die behelfsmäßigen Alarmanlagen in der Nacht zu versorgen. Afa fuhr einen schlafenden Monitor hoch. Das Bild erschien wie bei einer Diashow gerade rechtzeitig. Sie erkannte eine schwarz gekleidete Gestalt mit einer Körperpanzerung, die durch das Fenster einstieg. Der Helm war rund und fugenlos. Dies war das allzu vertraute Kennzeichen der Partialarmee. Allerdings war die Rüstung von Gefechten vernarbt und so stark beschädigt, dass Kira sich fragte, ob sie nicht vorher ein anderer getragen hatte. Aus den Konturen des Körpers schloss Kira, dass es sich um eine Frau handelte. Unmittelbar hinter ihr folgte ein Mann. Kira blickte zu Afa hinüber, dessen Miene Angst und Unentschlossenheit zeigte. Seine anderen sicheren Häuser waren einfach in die Luft geflogen, als sie bedroht worden waren. Dieses Gebäude jedoch war sein Hauptquartier, die wichtigste Bibliothek mit seinen Dokumenten, das Lebenswerk. Er wollte es nicht in die Luft jagen.

Andererseits konnte er unter Druck nicht sonderlich klar denken.

Kira und Afa hielten sich im sechsten Stock auf. Bevor die Eindringlinge in gefährliche Nähe gelangen konnten, mussten sie zwei Etagen voller Sicherheitseinrichtungen überwinden. Ein Stockwerk war mit starken Sprengladungen präpariert, die das ganze Gebäude zum Einsturz bringen konnten. Kira schob sich vorsichtshalber zwischen Afa und den Handauslöser für die Bomben. Zerkratzte Überwachungskameras zeigten ihnen die Eindringlinge. Es waren nur zwei, die sich vorsichtig durch die Räume und Flure bewegten, von einer Kamera zur nächsten. Sie wechselten mit unberechenbaren Sprüngen zwischen den Bildschirmen: von links nach rechts zum dritten Monitor, von rechts nach links zum ersten. Gleichzeitig auf dem zweiten und vierten von oben nach unten, ein Partial vorn, der andere dahinter. Die farblosen Schatten in der Dunkelheit bewegten sich langsam und hielten die Gewehre bereit. Anscheinend waren die Helme mit Nachtsichtgeräten ausgestattet, denn sie koordinierten mühelos ihren Vorstoß. Außerdem zeigte dies, wie gut der Link funktionierte. Ja, es waren eindeutig Partials.

Kira überprüfte sorgfältig ihre Munition, ohne die Monitore aus den Augen zu verlieren. Möglicherweise konnte sie einen der Partials überrumpeln und ausschalten. Aber die Aussichten, alle beide Krieger zu überwältigen, standen eher schlecht. Wenn sie nicht floh, würde sie wahrscheinlich bald in Dr. Morgans Labor aufwachen, nackt auf den Operationstisch geschnallt, damit die verrückte Ärztin sie aufschneiden und ihre Geheimnisse entdecken konnte.

Schon wollte sie weglaufen, doch dann überwand sie sich und blieb an Ort und Stelle. *Durchatmen!*, befahl sie sich. *Tief durchatmen, ruhig bleiben! Niemand auf der Welt leidet so stark unter Verfolgungswahn wie Afa. Er weiß, wie er sein Haus beschützen muss. Lass ihm Zeit! Zwischen den Eindringlingen und uns liegen noch mehrere Stockwerke.*

Die letzte Kamera zeigte die Angreifer an der Treppe, wo sie vorsichtig die Tür öffneten und langsam weiter heraufstiegen. Im Erdgeschoss gab es keine Fallen, weil Afa vermeiden wollte, dass ein verirrtes Tier zufällig einen Sprengsatz auslöste. Ob die Partials daraufhin dem Trugschluss erlägen, es gäbe überhaupt keine Sicherheitsmaßnahmen? Ob sie im ersten Stock weniger vorsichtig weitergingen? Sie hielt den Atem an, als die Füße der Eindringlinge am obersten Treppenabsatz verschwanden. Im ersten Stock gab es keine Kameras, nur Sensoren und automatische Sprengfallen.

An der Wand blinkte eine rote Lampe, und im gleichen Augenblick hörte Kira ein lautes Klappern, das den ganzen

Bau zum Erbeben brachte. »Eine Antipersonenmine«, erklärte Afa. »Man nennt sie *Springende Betty*. Wenn jemand vorbeikommt, springt die Mine ungefähr anderthalb Meter hoch wie ein Kastenteufel und explodiert ringförmig.« Mit den Händen deutete er einen wachsenden Kreis der Zerstörung an. »Die Nägel und Metallsplitter verteilen sich in Bauchhöhe. Die Partials tragen Rüstungen, aber die Mine kann trotzdem Schaden anrichten, ohne das ganze Gebäude zum Einsturz zu bringen.« Kira nickte und beobachtete mit einem flauen Gefühl im Magen die nächste Lampe in der Reihe. Wenn die *Springende Betty* die Eindringlinge erledigt hatte, sollte keine weitere Lampe aufleuchten. Dann wäre die Gefahr beseitigt, und sie mussten nur noch aufräumen. Kira betete ...

Das zweite Licht flammte auf.

»Sie gehen durch den östlichen Flur.« Afa krümmte die Hände wie ein Kind, das die Embryonalstellung einnehmen will. Sein Gesicht war nass vor Schweiß.

»Wie kommen wir hier heraus?«, fragte Kira. Sie wusste, dass ein Notausgang existierte, der aber gleichfalls mit Fallen gespickt war, und hoffte, das es einen schnelleren Weg nach unten gab. Afa schluckte und starrte die Lampen an. Kira musste die Frage wiederholen. »Wie kommen wir hier heraus?«

»Sie sind im östlichen Flur«, sagte er. »Dort erreichen sie gleich die automatischen Schrotflinten. Die Waffen sind mit Bewegungsmeldern gekoppelt. Erst wenn es zu spät ist, werden sie merken, wovon sie getroffen wurden.« Die dritte rote Lampe brannte. Kira hörte es in der Ferne knallen. Sie wartete, knirschte nervös mit den Zähnen. Die Welt schien stillzustehen.

Das vierte Lämpchen flammte auf.

»Nein«, murmelte Kira und schüttelte den Kopf. Afa spähte den Flur entlang, öffnete und schloss die Hände, als wollte er ein nicht vorhandenes Werkzeug packen. Er besaß keine

Waffen und nahm Kiras Bewaffnung nur unter Protest hin. Er arbeitete nur mit Fallen, die in der Ferne und unpersönlich wirkten. Wenn die Gegner es bis hierher schafften, fühlte er sich verloren.

»Afa.« Kira fasste ihn am Ellbogen. »Sieh mich an!« Anscheinend suchte er etwas, denn er wandte den Kopf hin und her. Kira schob sich in sein Sichtfeld. »Sieh mich an! Sie kommen gleich herauf und werden uns töten.«

»Nein.«

»Sie werden dich töten, Afa, verstehst du mich? Sie werden mich entführen und dich töten und das ganze Gebäude niederbrennen ...«

»Nein!«

»... und dazu alle deine Aufzeichnungen. Verstehst du das? Du wirst alles verlieren. Wir müssen verschwinden.«

»Ich habe meinen Rucksack.« Er befreite sich von ihr und hob den riesigen Rucksack auf, von dem er sich nie weiter als wenige Schritte entfernte. »Ich darf den Rucksack nicht verlieren.«

»Wir müssen ihn mitnehmen und gehen.« Kira zog ihn zum Studio. Ihr blieben nur noch Sekunden, um ihre restlichen Habseligkeiten an sich zu nehmen. Dann mussten beide weglaufen, und zwar so schnell und so weit sie nur konnten. Sie dachte an die Funkstation im oberen Stockwerk, an Marcus und daran, wie sie ihm geholfen hatte. Dr. Morgan hatte East Meadow und alle anderen Siedlungen auf Long Island in Besitz genommen, und seitdem war Kira auf die Funkgeräte angewiesen, damit Marcus seinen Verfolgern immer einen Schritt voraus war. Nun musste sie alles aufgeben. Afa sträubte sich an der Tür und wollte zu seinem Steuerpult zurück. Kira rannte allein ins Studio und sammelte alles ein, was sie für die Flucht brauchte.

»Sie sind am Konferenzsaal vorbei«, berichtete er. »Sie bewegen sich langsam. Sie haben die zweite *Springende Betty* im östlichen Flur passiert. Jetzt gehen sie … es sind mehr geworden.«

Kira richtete sich auf, obwohl ihr Rucksack erst halb gepackt war. »Was?«

»Einer im östlichen Flur, einer im westlichen. Und dann ist da noch eine zweite Gruppe.« Er stotterte, und seine Stimme klang schrill. »Ich habe niemand sonst hereinkommen sehen! Ich habe die Monitore beobachtet. Ich hätte sie doch sehen müssen!«

Kira verschloss ihren Rucksack, ließ den Schlafsack liegen und rannte in den Flur. »Es sind nicht mehr geworden«, erklärte sie ihm. »Sie haben sich getrennt.« Sie deutete auf das siebte Licht. »Das ist ein zentraler Gang, richtig? Die Stockwerke gleichen sich. Wir haben es mit einem Killerkommando aus zwei Partials zu tun, genau wie ein Dutzend andere, die ich über den Funk belauscht habe. Sie brauchen kein zweites Team, sie haben sich einfach nur aufgeteilt …« Mitten im Satz unterbrach sie sich. »Sie haben sich aufgeteilt«, sagte sie noch einmal, als hätte diese Erkenntnis plötzlich eine ganz neue Bedeutung gewonnen. »Sie sind allein. Afa, wo laufen die getrennten Flure im zweiten Stock wieder zusammen?«

»An der Treppe«, murmelte er.

»Ja.« Kira schob sich wieder vor ihn. »Ich weiß, dass sie an der Treppe zusammenlaufen, aber ich brauche Einzelheiten. Du hast das ganze System gebaut, Afa. Du weißt, wohin sie als Nächstes gehen. Der hier.« Sie deutete auf einen roten Punkt. »Wo wird dieser rote Punkt den zweiten Stock erreichen?«

»Die Hintertreppe.« Er stotterte vor Angst und griff nach dem Handauslöser der Bomben. Sie hielt ihn auf und zog die Hand weg. »Die Nottreppe. Sie kommen durch die Warenannahme im hinteren Teil des Gebäudes.«

»Hervorragend.« Kira drückte ihm den Riemen seines Rucksacks in die Hand und schob ihn sanft vom Steuerpult weg.

»Du musst den Rucksack retten, verstehst du mich? Jag nur das Gebäude nicht in die Luft! Wenn du es sprengst, verlierst du deinen Rucksack.«

»Ich darf den Rucksack nicht verlieren.«

»Genau. Du benutzt jetzt deinen Fluchtweg, den du irgendwo vorbereitet hast, und verschwindest. Du läufst weit weg und kommst erst in einer Woche wieder her. Wenn die Partials weg sind, warte ich hier auf dich. Geh!«

Afa wandte sich um und rannte den Flur entlang. Kira schulterte unterdessen ihren eigenen Rucksack und lief in die andere Richtung, stürzte durch die letzte Tür und flog förmlich die Treppe hinunter. Fünfter Stock. Vierter Stock. Wenn sie den zweiten Stock vor den Gegnern erreichte … wenn sie dort eintraf, solange sie noch getrennt waren, während sie selbst wusste, woher die Eindringlinge kamen … dann konnte sie den ersten überrumpeln und sich zurückziehen, bevor der zweite als Verstärkung eintraf. So hatte sie eine echte Chance, beide zu erledigen, aber es war ein großes Risiko. Dritter Stock.

Zweiter Stock.

Sie wurde langsamer, trat möglichst vorsichtig auf und lauschte an der Ecke, bevor sie weiterging. Die Treppe war frei. Sie ließ sich auf ein Knie nieder, hob das Gewehr an die Wange und spähte um die Ecke in den ersten Stock hinunter. Der verschimmelte Teppich verlor sich in der Dunkelheit. Die Metalltür war verschwunden. Afa hatte sie als Panzerung für einen seiner Minibunker nach oben geschafft. Dorthin würde Kira sich später zurückziehen. Zuerst töten, dann Rückzug in einen Bunker und abwarten, bis dem zweiten Partial ein Fehler unterlief. Sofern Partials überhaupt Fehler begingen.

Der zweite Stock war leer, aber die Anzeichen des Chaos waren unübersehbar. Die Löcher in den Wänden und den Verdunkelungsvorhängen bewiesen, dass die letzten *Springenden Bettys* wie geplant ausgelöst worden waren. Opfer waren allerdings nicht zu entdecken. Durch die Löcher in den Vorhängen fiel schwaches Licht auf den Fußboden, und hinten an der Wand flackerte eine kleine Flamme. Kira wartete und bemühte ihr Gedächtnis. Was war die letzte Falle auf dem Stockwerk gewesen? Irgendeine Brandladung, die offensichtlich nicht gezündet hatte. Der Partial war noch dort drinnen.

Kira wartete mit angelegtem Gewehr auf der Treppe. Sobald der Partial in der Tür erschien, war er schon so gut wie tot.

Sie wartete.

Vielleicht war ich zu laut, überlegte sie. *Er hat mich kommen hören und ist andersherum gegangen. Oder, noch schlimmer, er wartet auf mich. Wenn ich mich treppauf zurückziehe, verliere ich aber meinen Vorteil. Ich kann nicht beide Partials gleichzeitig bekämpfen. Wenn es eine Möglichkeit gibt, diesen hier zu überrumpeln, dann muss ich sie ergreifen.*

Wie weit ist der andere vorgestoßen? Dies hier ist die Nottreppe, aber der andere Flur führt zur Haupttreppe. Ob der Partial sie schon erreicht hat? Ist er nach oben gestiegen? Ist Afa entkommen? Hoffentlich war Afa klug genug und lief weg, statt irgendwo im Flur mit dem Finger am Auslöser der Bombe herumzusitzen und voller Panik sein ganzes Lebenswerk und obendrein sich selbst und Kira zu vernichten. *Ich muss wieder nach oben,* dachte sie. *Ich muss aber auch hierbleiben. Und ich muss weglaufen. Ich habe keine Ahnung, was ich tun soll …*

Plötzlich, so sicher und mit einer Gewissheit, als hätten es ihr die eigenen Augen gezeigt, wusste sie, dass im zweiten Stock ein Partial in ihre Richtung schlich.

Auch die Tür des zweiten Stocks hatte, genau wie die im ersten Stock, für Afas Bunker Verwendung gefunden. Der Durchgang war offen, und wenn der Partial dort um die Ecke bog, hatte er freies Schussfeld auf sie. *Der Link,* dachte sie. *Nur deshalb empfange ich die Information so deutlich. Über den Link wird alles verbreitet, was wir tun. Ich habe nicht den vollen Zu-*

gang, den Samm beschrieben hat, aber anscheinend spüre ich immerhin, wo sie sind – und vielleicht spüren sie auch mich. Sie klopfte ihre Jacke ab und überlegte, ob sie etwas zum Werfen hatte, eine Handgranate oder auch nur einen Stein zur Ablenkung. Aber sie besaß nur das Gewehr, und wenn sie damit freies Schussfeld hatte, war es schon um sie geschehen. Sie musste etwas unternehmen. Behutsam hockte sie sich auf die Fußballen, um jederzeit ins Erdgeschoss hinunterrennen zu können, als ihr eine zweite Vision mit der gleichen Klarheit wie die erste verriet, dass unter ihr ein weiterer Partial lauerte. Die Gegner hatten nicht an den Durchgängen innegehalten und gewartet, sondern sich zügig weiterbewegt und sie eingekesselt. Nun blieb ihr kein anderer Ausweg mehr als der erste Stock, in dem eine letzte Falle noch nicht ausgelöst worden war. Sie sprang auf und rannte los.

Die Partials riefen nicht, denn der Link warnte sie viel wirkungsvoller und vor allem lautlos vor allen Gefahren. Kira hörte den chemischen Aufschrei im Kopf: SIE RENNT. Hinter ihr polterten Schritte auf der Treppe. Sie feuerte eine Salve ins Treppenhaus unter ihr, damit der zweite Partial sie nicht angreifen konnte, und rannte an ihm vorbei in die Todesfalle der ersten Etage. In der offenen Tür stolperte sie, rappelte sich sofort wieder auf und sah sich gehetzt nach der letzten Falle um, die Afa jedoch viel zu gut verborgen hatte. Hinter ihr stürmte ein Partial durch die Tür. Kira fuhr herum und zog in Brusthöhe eine tödliche Spur von Kugeln über die Wand. Es war offensichtlich eine Frau, deren Gesicht jedoch hinter dem Visier des Helms verborgen blieb. Sie stutzte, als sie Kira bemerkte, und verwandelte den Angriff in eine akrobatische Rolle, hielt das Gewehr dicht vor die Brust, zog sich zu einer Kugel zusammen und überschlug sich unterhalb von Kiras Kugelhagel, bevor Kira die Schussbahn korrigieren konnte. Höchstens zwei Meter vor ihr kam die Partialfrau wieder hoch und schoss sofort. Kira musste seitlich ausweichen. Die Gegnerin folgte ihr mit unheimlicher Geschwindigkeit, griff sofort wieder an und nahm einen vernichtenden Fußtritt vor, der Kira das Gewehr aus den Händen riss. Sie stolperte in ein Konferenzzimmer, fing sich ab und rannte, gerade einmal drei Schritte vor der Partialfrau, an dem vermoderten Holztisch vorbei zur zweiten Tür in der Rückwand des Raums. Von dort aus erreichte sie den Flur und wollte einen Haken schlagen, landete aber krachend auf dem Boden, weil die Partialfrau ihr von hinten die Beine wegtrat. Der Aufprall trieb Kira die Luft aus den Lungen. Sie rang um Atem und kämpfte wie wild mit der Partialsoldatin. Es gelang ihr, den Ellbogen seitlich gegen den Helm der Angreiferin zu dreschen. Als diese zurücktaumelte, konnte Kira sich abrollen und sich kriechend ein paar Schritte weit entfernen. Doch die Gegnerin war schon wieder auf den Beinen und verpasste ihr einen Tritt gegen den Oberschenkel. Kira grunzte vor Schmerz und kippte auf die Seite. Die Partialfrau war inzwischen ein paar Schritte entfernt, ihr Stiefel schwebte über einem winzigen Stolperdraht, die Hand deutete auf eine Stelle über Kiras Kopf. Kira blickte hoch und entdeckte die Mündung von Afas Brandsatz. Der Flammenwerfer zielte auf ihren Kopf. Nun musste die Partialsoldatin nur noch mit dem Fuß aufstampfen, damit eine Feuerlanze Kira bei lebendigem Leib briet. Sie zuckte zusammen und starrte das undurchsichtige Visier der Gegnerin an. Auf einmal hörte sie eine Männerstimme.

»Kira!«

Vor Schreck war sie wie gelähmt. Diese Stimme kannte sie. Gleich darauf riss sie den Mund auf, als er, den Helm in den Händen, aus dem Treppenhaus hereinkam.

»Samm?«

15

»Ich wollte sie gar nicht töten.« Die Partialfrau nahm den Fuß von dem Stolperdraht und zog den Helm vom Kopf. Kira erkannte sie sofort: pechschwarzes Haar, ein bezauberndes chinesisches Gesicht und dunkle Augen, in denen ein beängstigender Verstand aufblitzte. Es war Heron, die sie schon einmal ergriffen und zu Morgan geschleppt hatte. Das Mädchen lächelte geringschätzig und betrachtete Kira, wie ein Mensch ein verirrtes Kätzchen betrachtet hätte. Allerdings wie jemand, der Kätzchen eigentlich nicht ausstehen konnte. »Ich wollte ihr nur Angst einjagen.«

Samm bückte sich und half Kira beim Aufstehen. Unsicher kam sie auf die Füße und dachte fieberhaft nach, um die Eindrücke zu verarbeiten. »Samm?«

»Schön, dich zu sehen.«

»Was ... warum bist du hier?«

»Weil wir dich endlich gefunden haben.« Heron deutete nach oben. »Alle haben dich im Funk erkannt, aber nur wir haben daraus geschlossen, dass du in Manhattan bist.« Sie verneigte sich in gespielter Hochachtung. »Wir haben beschlossen, diese Information für uns zu behalten.«

Samm hob Kiras Gewehr auf. »Wir wissen seit mehreren Tagen, dass jemand in diesem Gebäude lebt, und wir haben die Spuren des Bombenlegers entdeckt, der uns schon zweimal fast in die Luft gejagt hätte. Deshalb haben wir uns Zeit gelassen. Bis vor ...« Er hielt inne und legte den Kopf schief, als müsste er nachdenken. »Bis vor dreißig Sekunden, als ich dein Gesicht sah, wussten wir nicht, dass du hier bist.« Er reichte Kira das Gewehr.

Kira nahm es verwirrt entgegen »Du hast nicht ...« Sie unterbrach sich. Beinahe wäre sie vor Heron damit herausgeplatzt, dass sie ebenfalls eine Partial war. Sie wollte fragen, warum die beiden sie nicht über den Link gespürt hatten, obwohl sie umgekehrt die beiden Partials so deutlich wahrgenommen hatte. Sie war jedoch nicht sicher, ob Samm Heron eingeweiht hatte, und wollte ihn später unter vier Augen danach fragen.

Vorerst schob Kira diese Gedanken jedoch beiseite und sah Samm fragend an. »Ihr hättet auch einfach anklopfen können ...« Seufzend schüttelte sie den Kopf. Das war natürlich nicht möglich gewesen, denn wenn sie sich geirrt hätten und es wäre eine andere Person als Kira gewesen, dann hätten sie sich einer noch viel größeren Gefahr ausgesetzt. Es hätte eine rivalisierende Fraktion der Partials sein können, oder Afas gewaltige Sprengladung hätte gezündet. *Ich frage mich, wie weit Afa gekommen ist, falls er es überhaupt geschafft hat.*

»Eine bessere Antwort auf deine Frage lautet, dass wir hier sind, weil wir dich finden wollten. Du schwebst in Gefahr«, sagte Samm.

»Doktor Morgan sucht dich.« Heron schwieg so lange, bis Kira sich äußerst unwohl fühlte. Endlich sprach die Partialagentin weiter. »Wir sorgen dafür, dass es ihr nicht gelingt.«

Kira musterte sie scharf. »Dann arbeitest du nicht mehr für sie?«

»Ich arbeite für mich selbst«, entgegnete Heron. »Immer.«

»Aber warum?«

Heron warf Samm einen kurzen Blick zu, antwortete jedoch nicht.

»Sie hilft mir«, sprang Samm ein. »Doktor Morgan bemüht sich sehr, dich zu finden.«

Kira nickte und wählte ihre nächsten Worte mit Bedacht. »Wie viel weiß sie?«

»Ich weiß, dass du eine Partial bist«, erklärte Heron. »Wenn du das meinst. Irgendeine verrückte Partial, die kein Arzt identifizieren konnte.« Sie lächelte leicht und zog die Brauen hoch. »Ich nehme an, du hältst dies immer noch geheim. Offenbar hast du es deinen menschlichen Freunden nicht verraten, bevor du sie verlassen hast.«

»Das ist nicht so einfach«, gestand Kira.

»Es ist das Einfachste auf der Welt«, widersprach Heron. »Es sei denn ... du spielst immer noch auf beiden Seiten. Du hilfst Partials und Menschen gleichzeitig und willst beide retten, nicht wahr? Das wird dir nicht gelingen.«

Kira wurde wütend. »Bist du auf einmal die große Expertin für mein Leben?«

Heron hob übertrieben beschwichtigend die Hände. »Immer mit der Ruhe, Tigermädchen! Woher auf einmal diese Feindseligkeit?«

»Als ich dich das letzte Mal sah, hast du für Doktor Morgan gearbeitet und mich auf einen Operationstisch geschnallt. Ich wüsste nicht, warum ich dir heute trauen sollte.«

»Zum Beispiel, weil ich dich noch nicht getötet habe.«

»Du hast seltsame Vorstellungen von Vertrauen.«

»Du kannst ihr trauen, weil ich ihr traue«, warf Samm ein. Er schwieg einen Moment lang. »Vorausgesetzt natürlich, du traust mir noch immer.«

Kira betrachtete ihn und erinnerte sich, wie er sie hintergangen – und wie er sie gerettet hatte. Traute sie ihm? Ein wenig sicherlich, aber wie weit genau? Sie seufzte gedehnt und machte eine hilflose Geste. »Nenn mir einen Grund!«

»Ich bin aus Doktor Morgans Fraktion desertiert, als ich dich aus dem Labor befreit habe«, erklärte Samm. »Heron ist uns gefolgt und hat gewartet, bis du fort warst. Danach haben wir über alles gesprochen, was wir beobachtet hatten, und sie schlug einen Plan vor. Wir wollen selbst ein Heilmittel für das Verfallsdatum finden. Deshalb hatten wir uns anfangs auch Morgan angeschlossen, aber ihre Methoden sind ... unappetitlich.«

Kira schüttelte den Kopf. »Das ist wirklich leicht untertrieben.«

»Das Verfallsdatum wird uns in weniger als zwei Jahren umbringen«, warf Heron ein. Kalte Wut lag in ihrer Stimme. »Jeder einzelne Partial auf der Welt wird sterben. Wenn man einen Völkermord vor Augen hat, wirken Morgans Methoden gar nicht mehr so extrem.«

Kiras Blick wanderte zwischen Heron und Samm hin und her. »Trotzdem habt ihr sie verlassen.«

»Deinetwegen«, antwortete Samm, worauf sich ein warmes Gefühl in Kiras Körper ausbreitete. Sie hörte stumm zu, während er fortfuhr. »Die Entdeckung, dass du eine Partial bist, hat alles verändert, Kira. Du bist tatsächlich das, was wir seit zwanzig Jahren zu finden hofften.«

»Eine verlorene Seele?«

»Ein Mensch. Denk an das Foto, das dich als kleines Mädchen zeigt. Du alterst, du wächst, du bist nicht in einem chemisch gesteuerten Kastensystem versklavt. Doktor Morgans erste Scans deines Körpers schienen zu beweisen, dass du nicht einmal unfruchtbar bist.«

Kira runzelte die Stirn. »Woher weißt du das?«

»Wir spionieren sie seit deiner Flucht aus«, erklärte Samm. »Wir wollen ihr immer einen Schritt voraus sein. Sie sucht dich überall. Die ganze Invasion Long Islands ist im Grunde nur der verzweifelte Versuch, dich zu finden, damit sie ihre Experimente vollenden kann.«

»Aber wieso weiß sie nicht, was ich bin?«, fragte Kira.

»Doktor Morgan ist überzeugt, dass das Geheimnis hinter unserem Verfallsdatum etwas mit dir zu tun hat«, erklärte Samm. »Sie experimentiert nach wie vor mit Menschen, hat aber vor allem zwei Ziele: Sie will dich und den Trust finden.«

»Du meinst den Rest des Trusts«, erwiderte Kira, worauf Samm sie verwirrt ansah. »Doktor Morgan ist ein Teil des

Trusts«, fuhr Kira fort. »McKenna Morgan, Expertin für Bionanotechnologie und Verbesserungen des menschlichen Körpers. Sie hat jahrelang für ParaGen gearbeitet. Ich habe ihre Personalakte oben.«

»Wie kann sie für ParaGen arbeiten und zugleich ein Teil des Trusts sein?«, wandte Samm ein. »Der Trust hat nichts mit menschlichen Wissenschaftlern zu tun. Es sind Partialgeneräle und Ärzte, die nach dem Zusammenbruch in den Vordergrund getreten sind, um uns anzuführen.«

Kira schürzte die Lippen. »Wir sollten nach oben gehen.«

Afa war verschwunden, und er hatte im siebten Stock nichts als ein rauchendes Loch hinterlassen. Mit einer genau ausgerichteten kleinen Ladung hatte er in die Außenmauer seines Gebäudes ein Loch gesprengt und war hinausgeschlüpft, während Kira mit Heron und Samm gekämpft hatte. Den Rucksack hatte er mitgenommen, aber er hatte nicht das ganze Haus in die Luft gejagt. Daraus schloss Kira, dass er bald zurückkehren würde, denn er war sicherlich nicht imstande, sein Archiv für längere Zeit zu verlassen. Unterdessen führte sie Samm und Heron zu einem der Räume, in denen die Dokumente gelagert waren. Es war ein ehemaliger Sprecherraum mit einem breiten Tisch, in dem ringsum Aktenschränke aufgestellt waren. Hier bewahrte Afa die umfangreichen und wertvollen Akten über den inneren Aufbau von ParaGen auf. Wann immer sie an den Funkgeräten eine Pause eingelegt hatte, war Kira hierhergekommen, um in den Aufzeichnungen zu lesen. Da die Partials immer raffinierter vorgingen und die Armee der Menschen zum Rückzug aus der Reichweite des Senders zwangen, waren diese Pausen mit der Zeit länger und ergiebiger ausgefallen.

»Zuerst dies hier.« Kira hängte ihre Öllampe an einen Wandhaken und zog den Ausdruck einer firmeninternen alten E-Mail hervor. »Dies ist eine Bitte um ein Treffen vom Finanzmanager an die leitenden Mitarbeiter der ParaGen-

Labors. Ganz oben steht eine Liste von E-Mail-Adressen. Es sind sozusagen Chiffren, mit deren Hilfe das Computersystem die Nachrichten an die Menschen übermitteln konnte.«

»Wir wissen, was E-Mails sind«, sagte Heron.

»He!«, antwortete Kira. »Für mich ist diese Technologie völlig neu. Vergesst nicht, dass ich erst fünf war, als ihr alles in die Luft gejagt habt!«

»Fahr fort!«, bat Samm.

Kira betrachtete die beiden Partials und bemerkte erst jetzt, wie sehr sie sich voneinander unterschieden. Samm war nach wie vor geradeheraus. Er sprach höchstens die Hälfte dessen aus, was er fühlte. Aber wenn er etwas sagte, war es einfach und hilfreich. Das schweigsame Wesen der Partials hatte er als Nebenwirkung des Links erklärt. Da der Link den größten Teil ihrer Emotionen übertrug, war die Sprache von dieser Aufgabe entbunden. Die Partials setzten die Stimmen nur ein, um Ideen zu übermitteln, während die Pheromone den sozialen Kontext der Gedanken lieferten: was sie von den Ideen hielten, wie nervös, entspannt oder aufgeregt sie waren. Einem menschlichen Betrachter, der vom Link ausgeschlossen blieb, kamen die Partials kalt und automatenhaft vor. Heron dagegen bot ein erstaunlich gutes Ebenbild eines Menschen – sie besaß eine lebhafte Mimik, modulierte ihre Stimme, konnte Mundarten und sogar die Körpersprache in einem Maß einsetzen, das Kira noch nie bei einem Partial beobachtet hatte. *Tja,* dachte Kira, *anscheinend mit Ausnahme meiner selbst. Den Link spüre ich allerdings kaum, und ich bin völlig ohne Zugang zu ihm aufgewachsen. Ich rede wie ein Mensch, weil ich mein Leben lang mit Menschen zu tun hatte.*

Welche Erklärung hat Heron für ihr Verhalten?

Samm sah sie erwartungsvoll an, und Kira konzentrierte sich wieder auf den Ausdruck. »Ich habe die E-Mail-Adressen anhand einiger anderer Dokumente überprüft, die Afa hier aufbewahrt, und ich glaube, diese sechs Leute hier bilden den Trust. Vielleicht nicht den ganzen Trust, aber ich bin ziemlich sicher, dass die meisten Anführer des Trusts dieser Gruppe angehören.« Sie deutete nacheinander auf die Adressen und nannte die Namen. »Graeme Chamberlain, Kioni Trimble, Jerry Ryssdal, McKenna Morgan, Nandita Merchant und …« Sie hielt kurz inne. »Und Armin Dhurvasala. Einige dieser Namen kommen euch vielleicht bekannt vor.«

»General Trimble befehligt die B-Kompanie«, sagte Samm. »Wir wissen schon seit einer ganzen Weile, dass sie dem Trust angehörte, aber wie ich schon sagte, der Trust besteht ausschließlich aus Partials und nicht aus Menschen. Und diese Doktor Morgan – wahrscheinlich gibt es mehr als eine Doktor Morgan auf der Welt. Wer weiß, ob es sich um ein und dieselbe Person handelt!«

»Sieh dir ihre persönliche Homepage an!« Kira reichte ihm einen Stapel Papiere. »Das sind Ausdrucke der Firmenwebsite. Hier ist auch ein Foto.«

Heron nahm den Stapel entgegen, Samm las über ihre Schulter mit, als sie die Dokumente durchging. Bei dem Foto hielten sie inne und betrachteten es genau. Die Qualität war nicht sehr gut, aber die Person auf dem Bild ließ sich eindeutig erkennen. Kira hatte die Ärztin nur einige Minuten lang gesehen, doch dieses Gesicht hatte sich in ihr Gedächtnis eingebrannt. Es war ein und dieselbe Frau.

Heron legte die Papiere weg. »Doktor Morgan ist eine Partial. Sie nutzt den Link, denn wir haben sie alle gespürt. Sie war schon vor dem Zusammenbruch bei uns, und sie ist gegenüber RM immun. Mann, sie hat in einem beengten Raum einen Schusswechsel mit Samm überlebt, als ihr geflohen seid! Das ist ein sicheres Zeichen für die verbesserten Reflexe der Partials. Sie kann keinesfalls ein Mensch sein.«

Kira nickte und griff in einen anderen Aktenschrank. »Eine dieser Akten enthält den Bericht eines firmeninternen Ermittlers. Anscheinend haben sich einige Angehörige des Trusts mit Genmaterial der Partials behandelt. Die Firmenleitung ist ausgerastet, als sie davon erfuhr.«

»Behandlungen mit Genmaterial der Partials? Was hat das zu bedeuten?«, fragte Samm.

»Vor der Entwicklung biosynthetischer Organismen hat ParaGen sich mit Biotechnologie beschäftigt und genetische Modifikationen für Menschen verkauft«, erklärte Kira. »Man hat Geburtsfehler behoben, die Körperkraft erhöht, die Reflexe verbessert und sogar kosmetische Veränderungen wie Brustvergrößerungen durchgeführt. Zum Zeitpunkt des Zusammenbruchs hatte fast jeder Mensch, der irgendwo in Amerika in einem Krankenhaus zur Welt gekommen war, eine Genveränderung durch ParaGen oder eine andere Biotech-Firma hinter sich. Dieser Bericht nennt keine Einzelheiten, spricht aber eindeutig von Genmodifikationen mit Material der Partials. Ich glaube, einige Angehörige des Trusts haben die Technologie, die sie für euch – für uns – geschaffen haben, auch bei sich selbst angewendet.«

»Sie haben sich den Link verpasst und uns damit kontrolliert«, stellte Heron voller Empörung fest.

»Also haben sie sich in ... in halbe Partials verwandelt«, sagte Samm. Bei ihm war es lange nicht so deutlich zu sehen, doch Kira erkannte, dass er ebenso erregt war wie Heron, wenngleich vielleicht nicht ganz so wütend. Er hielt inne und blickte Kira an. »Könntest du vielleicht ebenfalls in diese Kategorie fallen?«

»Das habe ich vermutet«, antwortete sie. »Aber ohne einen genauen Blick auf den Bioscan, den Morgan bei mir durchgeführt hat, kann ich nicht sicher sein. Allerdings vermuteten alle Ärzte in dem Raum, dass ich eine Partial und kein Mittelding bin. Sie erwähnten spezifische, für die Partials typische genetische Codes in meiner DNA. Andererseits will ich im Augenblick nichts von vornherein ausschließen.«

Heron betrachtete die Liste. »Morgan gehört also dem Trust an, genau wie deine Freundin Nandita.« Sie blickte auf und starrte Kira an. Kira bekam sofort das Gefühl, analysiert zu werden, allerdings nicht von einem Wissenschaftler, sondern von einem Raubtier. Beinahe erwartete sie schon, dass Heron lossprang und ihr ein großes Stück Fleisch aus dem Hals riss.

Kira senkte den Blick, als ihr die Aufmerksamkeit der Agentin unangenehm wurde. »Nandita hat mir eine Nachricht hinterlassen.« Sie holte das Foto aus dem Rucksack und zeigte es Samm. »Das Bild habe ich vor drei Monaten in meinem Haus gefunden. Es ist der Grund dafür, dass ich aufgebrochen bin. Da ist Nandita, das ist mein Vater Armin Dhurvasula, und in der Mitte das bin ich. Kira ... Dhurvasula.« Es kam ihr immer noch seltsam vor, den Namen auszusprechen. Sie war sich nicht einmal sicher, ob es überhaupt ihr Name war. Soweit sie es sagen konnte, hatte es keine förmliche Adoption gegeben. Alle Dokumente aus jener Zeitspanne, die sie gelesen hatte, besagten nämlich, dass die Partials in juristischem Sinn nicht als Menschen galten. Sie hatte so wenig wie ein Hund oder ein Fernseher das Recht, den Nachnamen ihres Vaters zu tragen.

Samm betrachtete das Foto, und sein Blick wanderte unruhig von einer Person zur anderen. Heron hingegen schien sich mehr für die auf dem Tisch ausgebreiteten Dokumente zu interessieren, die mit dem Trust zu tun hatten. »Demnach hat dich dein Vater bei ParaGen erschaffen«, sagte Samm. »Er wusste genau wie deine Pflegemutter auf Long Island, dass du eine Partial warst.«

»Sie hat mir nie davon erzählt, sondern mich wie ein menschliches Mädchen aufgezogen«, erwiderte Kira. »Ich glaube, so hat es auch mein Vater gehalten. Zumindest habe ich keinerlei Erinnerungen, die einen anderen Schluss zulassen. Aber warum?«

»Er wollte eine Tochter haben«, meinte Samm.

»Du warst ein Teil ihres Plans«, warf Heron kopfschüttelnd ein. »Das waren wir alle. Leider wissen wir nicht, wie der Plan aussieht und welchen Anteil die einzelnen Mitglieder an der Planung hatten.« Sie hob eine andere ausgedruckte

E-Mail hoch, die Kira schon am Vorabend gelesen hatte. »Hier heißt es, Doktor Morgan habe mit *Leistungsfähigkeit und besonderen Anpassungen* zu tun gehabt.«

»Das bedeutet vermutlich, dass sie eure Fähigkeiten als Supersoldaten programmiert hat«, erwiderte Kira. »Jedes Mitglied des Trusts hatte eine bestimmte Aufgabe bei der Erschaffung der Partials, und ihre Aufgabe bestand darin, die zusätzlichen Fähigkeiten beizusteuern, die euch zu echten Kampfmaschinen machen. Mit schnelleren Reflexen, verbessertem Sehsinn, beschleunigter Wundheilung, stärkeren Muskeln und so weiter. Die anderen Mitglieder ihres Teams haben euch so menschlich wie möglich gestaltet, während Doktor Morgan sich darauf konzentrierte, dass ihr ... mehr als menschlich wurdet.«

»Damit beschäftigt sie sich noch immer«, sagte Samm. Er legte das Foto weg und betrachtete Kira mit ernstem Blick. »Ich habe gehört, dass Morgan an den Partialgenen herumgebastelt hat, und Heron sagt, sie habe es sogar persönlich beobachtet.«

Heron nickte und sah noch immer die Blätter auf dem Tisch durch. »Anscheinend kann sie die Pfuscherei nicht lassen.«

»Oder versucht sie nur, das Verfallsdatum aufzuheben?«, fragte Kira. »Vielleicht findet sie die Gene nicht, die euch nach zwanzig Jahren töten, und führt neue Modifikationen ein, um die Auswirkungen wenigstens einzudämmen.«

»Kann sein«, meinte Samm. »Sofern so etwas überhaupt möglich ist. Aber überwiegend befasst sie sich wohl mit einer gewissen Aufrüstung. Sie macht bestimmte Partials stärker und schneller. Angeblich hat sie einen ganzen Trupp geschaffen, der unter Wasser atmen kann. Sie entfernt sich immer weiter vom menschlichen Ebenbild.«

»Zweifellos hat sie den Menschen im Aufsichtsrat den Rücken gekehrt«, überlegte Kira. »Oder sie verhandelt nicht mehr mit ihnen.«

»Bei ParaGen hatte sie Hilfe.« Heron nahm einen neuen Stapel Dokumente in die Hand. »Schau an! Jerry Ryssdal wurde demselben Projekt zugeteilt, aber vielleicht einer anderen Abteilung.«

Kira nickte und staunte über Herons Fähigkeit, die auf dem Tisch verstreuten Informationen so rasch zu sichten. Kira hatte Tage gebraucht, um diese Verbindungen zu entdecken, aber Heron fügte binnen Minuten alles zusammen. »Ich weiß nicht genau, worin Ryssdals Beitrag bestand«, sagte Kira. »Ich glaube aber, du hast recht. Einige von ihnen haben immer zu zweit gearbeitet.«

»Aber nicht alle?«, wollte Samm wissen.

Kira zuckte mit den Achseln. »Ehrlich gesagt habe ich keine Ahnung. Wir reden über die größten Geheimnisse einer unglaublich misstrauischen Firma und einen besonders geheimniskrämerischen inneren Zirkel, der teils für, teils gegen die Firma gearbeitet hat. Selbst die einfachsten Informationen verstecken sich hinter Sicherheitsvorkehrungen und in verschlüsselten E-Mails. Ich bin nicht einmal sicher, ob die gefundenen Hinweise tatsächlich brauchbar sind oder als gezielte Fehlinformationen neugierige Zeitgenossen in die Irre führen sollten. Afa hat schon vor dem Zusammenbruch Informationen gesammelt und auch danach viele Jahre damit verbracht, und trotzdem ist das Bild höchst unvollständig. Wir kennen die Antworten nicht. Er ist …« Kira hielt inne, weil sie nicht wusste, wie sie den Zustand des großen Mannes beschreiben sollte. »Nun ja, er war sehr lange allein. Ich glaube, das hat irgendwie seinem Kopf geschadet, aber selbst in seinem derzeitigen kranken Zustand ist er noch ein Genie. Er besitzt Daten über den Isolationskrieg, die Biotech-Industrie, die Partials und … alles andere. Er hat für ParaGen gearbeitet und einen Teil des Computersystems beaufsichtigt. Von dort stammen die meisten Dokumente.« Sie machte eine ausholende Geste, und Samm nickte anerkennend.

Heron nahm die Informationen nicht ganz so lebhaft auf, während sie eine ganze Reihe von Dokumenten gleichzeitig betrachtete. Ihr Blick wanderte hin und her, als sie die Akten las, bis sie schließlich die Stirn runzelte. »Das ist nicht gut«, sagte sie.

»Was denn?«

»Morgan gehört zum Trust. Wir haben widersprüchliche Vorstellungen, was der Trust ist, glauben aber, dass sie dazugehört. Und der Trust ist offenbar die Gruppe, die die Partials geschaffen hat.«

»Das wissen wir schon«, antwortete Kira. »Besonders schön ist das nicht, aber es ist auch nicht besonders schlimm.«

»Das liegt daran, dass du nicht aufpasst«, meinte Heron. »Zähl doch einmal alles zusammen: Morgan hat die Partials gebaut, wusste aber nichts von dem Verfallsdatum, bis vor drei Jahren die erste Generation am Aussterben war. Warum wusste sie es nicht? Das Heilmittel für RM ist in das Pheromonsystem der Partials eingebaut, aber auch das wusste sie nicht. Du bist so etwas wie ein neues Modell der Partials, und sie hatte keine Ahnung von deiner Existenz.«

Die Folgerungen daraus trafen Kira wie ein Faustschlag in den Magen. Sie ließ sich auf einen Stuhl sinken. »Das ist nicht gut.«

»Das sehe ich anders«, warf Samm ein. »Die drei Punkte, die du gerade erwähnt hast, haben nichts mit den physischen Verstärkungen zu tun, an denen sie gearbeitet hat. Deshalb ist vorstellbar, dass sie nichts davon wusste. Warum sollte das so wichtig sein?«

»Weil es bedeutet, dass wir diese Leute überschätzt haben«, erwiderte Kira. »Sie sind nicht so großartig, wie wir angenommen haben. Ich bin seit zwei Monaten unterwegs, um den Trust zu finden, und dachte, dort liefen alle Fäden zusammen – eine Gruppe von Genies, die einen Plan verfolgen und ganz genau wissen, wie alles funktioniert. Die Heilung für RM, Einzelheiten über das Verfallsdatum, die Frage, wie ich hineinpasse, einfach alles. Jetzt, da wir endlich mehr über den Trust erfahren, ist die Gruppe einfach nur ...« Kira seufzte, weil sie es endlich verstand. »Wenn Heron mit ihren Äußerungen über Morgan recht hat, dann sind diese Leute ebenso zersplittert wie alle anderen Gruppierungen. Sie haben Geheimnisse voreinander, sie haben gegenseitig in ihrer Arbeit herumgepfuscht. Ich hatte gehofft, Antworten von ihnen zu bekommen, aber allmählich glaube ich, dass sie diese Antworten möglicherweise gar nicht geben können.«

»Und wenn *sie* die Antworten nicht geben können, dann ist niemand in der Lage dazu«, ergänzte Heron.

Samm schwieg nachdenklich. Kira beleuchtete das Problem aus unterschiedlichen Blinkwinkeln und ging in Gedanken alles durch, was sie über den Trust wusste. Anscheinend vermochte jedes Mitglied des Trusts jeweils nur einige ihrer Fragen zu beantworten. Sie konnte sich nach wie vor auf die Suche machen, wie Nandita es ihr empfohlen hatte, aber sie würde nie alles in Erfahrung bringen. Falls es keinen Plan gab, konnte sie sich Gedanken darüber machen. Die Einzelteile waren ja vorhanden. Vielleicht gab es da draußen sogar ein Mitglied des Trusts, dem alles bekannt war, das die Leitung des Projekts innehatte und ihr sagen konnte, wie die Einzelteile zusammenpassten. Jemanden, der ihr erklärte, wer sie selbst war.

Daran musste sie glauben.

Samm brach das Schweigen. »Was ist mit den Wissenschaftlern, die unmittelbar mit dir zusammengearbeitet haben?«, fragte er. »Ich meine deinen Vater und Nandita. Wie sahen ihre Beiträge aus?«

»Mein Vater hat das Pheromonsystem entwickelt«, antwortete Kira. »Das liegt jedenfalls nahe. Ich habe nicht den vollständigen Link, sondern eine abgeschwächte Version. Möglicherweise hat er eine individuelle Anpassung vorgenommen.«

»Welche Teile hast du denn?«, wollte Heron wissen.

»Keine Ahnung«, sagte Kira. »Ich wusste, dass du auf der Treppe gewartet hast, und du hast auch mich wahrgenommen, aber im Augenblick spüre ich euch beide nicht.«

Heron zog die Brauen hoch. Es war ein halb spöttischer, halb neugieriger Gesichtsausdruck. »Wir wussten, dass du auf der Treppe warst, weil du dich so verstohlen wie ein Elch verhalten hast. Von dir sind überhaupt keine Linkdaten gekommen, und auch jetzt kommt nichts herein.«

»Aber ich habe euch gespürt«, beharrte Kira. »Ich wusste genau, wo ihr beide wart.«

»Interessant«, bemerkte Heron.

Kira wandte sich an Samm. »Was ist mit dir?« Sie dachte an die Verbindung, die sie im Labor gespürt hatte, und war plötzlich beunruhigt. »Empfängst du etwas?« Sie kam sich dumm vor, weil sie fragte wie ein kleines Mädchen und sich nicht traute, auch die andere Frage zu stellen: *Hast du etwas für mich übrig?*

Samm schüttelte den Kopf. »Nichts … im Moment spüre ich nichts.«

»Und vorher?«

»Ich … ich bin nicht sicher.«

Wie soll ich den Ausdruck in seinen Augen deuten?, dachte Kira. *Warum sind diese dummen Partials so schwer zu durchschauen?*

»Vielleicht kann sie nur empfangen«, meinte Heron, »und die Fähigkeit zum Senden fehlt ihr.«

»Oder der Sender wurde irgendwie abgeschaltet, auch wenn mir kein Grund dafür einfallen will«, ergänzte Samm.

»Um mich vor den anderen Partials zu verbergen«, schlug Kira vor. »Um mich vor ihnen zu schützen. Ich habe auch nie irgendwelche der Befehlsdaten erhalten, die ihr erwähnt habt. Als Doktor Morgan dich zum Gehorsam zwingen wollte, habe ich nichts gespürt.«

Samms Miene war ernst. »Sei froh!«

»Ich frage mich, ob sie ein Spionagemodell ist«, überlegte Heron. »Stärke und Reflexe sind leicht verstärkt, äußerlich attraktiv, erhöhte Intelligenz, menschliche Kommunikationsfähigkeiten und offenkundig konstruiert, um unabhängig zu arbeiten. Es passt gut zusammen.«

»Habt ihr Spionagemodelle?«, fragte Kira.

Heron lachte, und Samm legte den Kopf schief. Es war ein sehr menschlicher Ausdruck von Verwirrung, den sie noch nie bei ihm bemerkt hatte. »Was glaubst du denn, was Heron ist?«

»Aber wenn ich eine Spionin bin, was ist dann meine Aufgabe?«, fragte Kira. »Werde ich eines Tages Daten herunterladen, die mir sagen, ich solle aktiv werden und einen Senator ermorden? Wie konnten sie so etwas fünf Jahre vor dem Zusammenbruch überhaupt planen?«

»Ich habe keine Ahnung«, gestand Heron. »Ich sage nur, dass es möglich ist.«

»Überlegen wir weiter!«, drängte Samm. »Dhurvasula hat das Pheromonsystem entwickelt, aber was ist mit Nandita?«

»Das ist eine wirklich große Wissenslücke«, räumte Kira ein. »Nandita und dieser Graeme Chamberlain haben an der sogenannten Sicherung gearbeitet. Unter allen Aspekten, die bei der Erschaffung der Partials eine Rolle spielten, ist dies der geheimnisvollste. In keinem einzigen Dokument wird erklärt, was die Sicherung ist und wozu sie dienen sollte, ganz zu schweigen davon, wer sie bestellt hat.«

»Was weißt du über diesen Chamberlain?«, fragte Samm. »Von dem habe ich noch nie gehört.«

»Das kann ich dir erklären«, antwortete Kira, »aber du wirst dir vor Angst gleich in die Hosen machen.« Sie öffnete einen braunen Umschlag und zog ein einzelnes Blatt heraus. Es handelte sich um eine Sterbeurkunde. »Sobald er die Sicherung konstruiert hatte, beging er Selbstmord.«

Alle drei verstummten. Kira hatte Afas Akten so sorgfältig wie nur irgend möglich durchgesehen, aber einfach nicht die Informationen gefunden, die sie brauchten. Andererseits hatte das Aktenstudium einige quälende Fragen wie etwa die nach Chamberlain aufgeworfen. Alle wichtigen Geheimnisse waren immer noch nicht aufgedeckt: Wer oder was war der Trust? Warum war RM geschaffen worden? Was war die Sicherung?

Was bin ich?, dachte Kira. *Welchem Zweck diene ich bei alledem?* Ohne neue Informationen würde sie das Rätsel nie lösen.

Samm, wie immer pragmatisch und zielstrebig, brach schließlich das Schweigen. »Wir müssen gehen.«

»Wohin?«, fragte Kira.

»Zu ParaGen«, antwortete er. »Zum Ort des Geschehens, wo alle wichtigen Entscheidungen getroffen wurden. Wenn die Informationen hier nicht zu finden sind, dann kommt nur noch ParaGen selbst infrage.«

»Das wird nicht so einfach«, warnte Heron.

Kira nickte. »Der Hauptsitz von ParaGen befand sich in Denver. Ich habe in Geografie nicht so gut aufgepasst, aber ich bin ziemlich sicher, dass es nicht nebenan liegt.«

»Richtig«, bestätigte Heron. »Und die Straße, auf der man dorthin gelangt, ist der reinste Albtraum.«

»Wie viel schrecklicher kann es denn noch werden?« Kira deutete auf die Umgebung. »Wir haben uns bis hierher durchgekämpft. Schlimmer kann der Weg nach Denver doch auch nicht sein.«

»Ehrlich gesagt wissen wir nichts über Denver.« Samm warf Heron einen Blick zu. »Der größte Teil des Mittleren Westens ist dank Houston im Grunde unpassierbar. Dort befand sich zur Zeit des Zusammenbruchs die größte Öl- und Gasraffinerie der Erde. Als niemand mehr lebte, der die Anlage richtig zu bedienen verstand, fiel sie auseinander. Irgendwann brach ein Feuer aus, vielleicht durch einen Blitzschlag, wir wissen es nicht genau. Und zehn Jahre später brannte die Anlage immer noch. So ist eine tausendfünfhundert Kilometer breite Wolke aus giftigen Dämpfen entstanden. Der ganze Mittelwesten ist Ödland, wo immer der Wind aus dem Golf die Gase hingeweht hat.«

Kira schüttelte den Kopf. »Und in diese Hölle willst du dich begeben?«

Samm ließ sich nichts anmerken. »Es wird bestimmt kein Zuckerlecken. Aber wenn es der einzige Weg ist, dann müssen wir ihn eben gehen.«

»Es ist nicht der einzige Weg«, warf Heron ein. »Wir könnten Doktor Morgan anfunken und der ganzen Sache ein Ende bereiten – der Suche, dem Krieg, allem. Wir wissen inzwischen, dass nicht einmal sie umfassend über RM und das Verfallsdatum im Bilde ist. Aber ihr sind mehr Faktoren bekannt, als sie zugibt. Unsere Informationen könnten ihr helfen, einen Plan zu entwickeln und uns zu heilen. Wir müssten nicht einmal dieses albtraumhafte Ödland durchqueren, um unser Ziel zu erreichen.«

»Sie wird Afa umbringen«, meinte Kira.

»Wahrscheinlich.«

»Sie wird alle umbringen.« Kiras Stimme wurde stahlhart. »Sie will das Rätsel des Verfallsdatums lösen ...«

»Genau das meine ich doch«, fiel ihr Heron ins Wort.

»... ich aber will beide Rätsel lösen«, erklärte Kira. »Das Verfallsdatum *und* RM. Im Zusammenhang mit den Partials und ParaGen steht beides miteinander in Verbindung, und wenn wir die Akten von ParaGen finden, dann finden wir auch Antworten auf unsere Fragen. Wenn wir aufgeben und uns auf Morgans Seite schlagen, werden die Menschen sterben.«

»Die Menschen werden überleben«, widersprach Heron, »weil Morgan sie auf der Suche nach dir nicht mehr töten wird.«

»Dann sterben sie eben einige Jahrzehnte später«, antwortete Kira. »Aber sterben werden sie so oder so. Es wird keine Heilung für RM geben, und sie können keine Kinder bekommen. Die Menschheit wird aussterben.«

»Ist dir schon einmal der Gedanke gekommen, dass es vielleicht höchste Zeit dafür ist?«, fragte Heron. Kira hatte das Gefühl, geohrfeigt worden zu sein. »Vielleicht ist die Zeit der Menschen vorbei, und nun erben die Partials die Welt.«

»Was fällt dir ein, so etwas zu sagen?«, fauchte Kira.

»Das liegt nur daran, dass du dich immer noch für eine von ihnen hältst«, erwiderte Heron.

»Es liegt daran, dass mir die Menschen wichtig sind und ich nicht will, dass sie sterben!«

»Jeden Tag sterben Partials«, wandte Heron ein. »Sind sie dir nicht wichtig?«

»Ich sagte doch schon, ich will alle retten ...«

»Und wenn es dir nicht gelingt?«, fragte Heron. »Eine Reise quer über den Kontinent ist unglaublich gefährlich. Was ist, wenn wir es nicht schaffen? Wenn wir ankommen und keine Antworten finden? Wenn wir zu lange brauchen und alle Partials bei unserer Rückkehr längst tot sind? Ich will ihr Leben nicht aufs Spiel setzen, nur weil du dich für keine der beiden Seiten entscheiden kannst.«

Heron kochte vor Wut, doch Kira hielt ihrem Blick furchtlos stand. »Ich habe mich entschieden«, erwiderte sie ernst. »Für die Seite, auf der alle gerettet werden. Genau das werde ich tun.«

Heron funkelte sie zornig an, bis sich Samm mit seiner stoischen Art einschaltete. »Wenn wir uns auf diese Reise begeben wollen, müssen wir sofort aufbrechen. Je eher wir gehen, desto eher kehren wir zurück.« Er blickte Heron an. »Und wir brauchen dich, sonst schaffen wir es nicht.«

Kira nahm ihren ganzen Mut zusammen. »Wenn wir uns dazu entschließen, dann muss alles Hand und Fuß haben. Die Aufzeichnungen, die wir finden werden, sind stark verschlüsselt in Computern gespeichert. Weiß einer von euch, wie man solche Sicherungen überwindet?«

Samm schüttelte den Kopf, Heron starrte sie nur giftig an.

Kira seufzte tief. »Dann müssen wir Afa finden.«

16

Heron entdeckte Afa in einem Drugstore. Er hatte sich ganz hinten in einem gesicherten Bereich versteckt, den er offenbar schon Jahre zuvor angelegt hatte. Allerdings weigerte er sich herauszukommen, beharrte darauf, der letzte Mensch auf Erden zu sein, und erklärte, er dürfe seinen Rucksack nicht allein lassen. Heron holte Kira zu Hilfe. Hätte sie ihn bewusstlos geschlagen, dann hätte sie ihn zurückschleppen müssen, und das war ihr zu anstrengend. Kira redete Afa gut zu. Nichts wäre jetzt unangebrachter gewesen als eine weitere Explosion.

»Du musst uns helfen«, beschwor Kira ihn. Sie befanden sich in einem kleinen Drugstore innerhalb eines größeren Gebäudes. Essbares gab es in den Regalen schon lange nicht mehr, auf dem Boden lag Erde, in der sich Tierfährten abzeichneten. Afa hatte sich in den hinteren Raum zurückgezogen und die Tür geschlossen. Anscheinend hatte er von innen etwas Schweres gegen die Tür gerückt. Kira entdeckte keinen Sprengstoff, aber dennoch konnte er irgendwo Ladungen versteckt haben. »Ich bin mit meinen Freunden hier, und wir brauchen deine Hilfe. Sag uns, wie wir nach Denver kommen!«

»Denver existiert nicht mehr«, widersprach Afa. An seinem singenden Tonfall erkannte Kira, dass er geistig abwesend war. Er hatte sich in seine schützende Benommenheit zurückgezogen, sich innerlich so stark abgeschottet wie nie zuvor. Der Angriff auf sein Gebäude hatte ihn schwer getroffen. »Ich bin der letzte lebende Mensch auf dem Planeten.«

»Die Menschen sind fort«, erwiderte Kira, »aber die Stadt existiert noch. Die Akten sind noch vorhanden. Wir wollen dir helfen, deine Arbeit zu vollenden und alle noch fehlenden Informationen über den Trust, die Partials und die Sicherung zusammenzutragen. Wolltest du denn nicht alles herausfinden?«

Afa überlegte. »Ich habe alles in meinem Rucksack«, sagte er schließlich. »Ich lasse meinen Rucksack nie allein.«

»Du hast *fast* alles«, widersprach Kira. »Nur über den Trust weißt du nichts – über die Pläne, die Formeln, die Geheimnisse, die Beweggründe und so weiter. Afa, wir brauchen diese Informationen. Das ist möglicherweise der einzige Weg, uns zu retten, die Menschen wie die Partials.«

»Zu gefährlich«, murmelte Afa. »Du verbrennst. Du bekommst eine Vergiftung.«

Kira blickte zu Samm hinüber, dann wieder zu der Tür, hinter der Afa sich verbarrikadiert hatte. »Wir sichern uns so gut wie möglich ab«, versprach sie ihm. »Meine Freunde sind in dieser Wildnis die besten Späher, und ich selbst bin auch ziemlich clever. Wir passen auf uns auf, wir nehmen Wasser mit, wir verteidigen uns gegen wilde Tiere – wir können es schaffen. Vertrau mir, Afa! Wir besorgen dir die Akten, die du suchst.«

»Ich glaube, du überschätzt uns«, flüsterte Heron. »Das Ödland ist die Hölle, gleichgültig, wie gut wir uns vorbereiten.«

»Das muss er ja nicht wissen«, flüsterte Kira zurück.

Es wurde still im Drugstore. Alle lauschten, während Afa nachdachte. Draußen zwitscherten die Vögel zwischen den zerstörten Gebäuden, eine verwilderte Katze hockte auf einem Fensterbrett und beobachtete sie. In der Morgensonne warfen die verrosteten Autos auf der Straße lange Schatten.

»Du könntest nach Chicago gehen«, schlug Afa vor.

Kira fuhr herum und starrte auf die Tür des Bunkers. »Was?«

»ParaGen war in Denver, aber das Rechenzentrum war in Chicago«, erklärte Afa. Seine Stimme klang nun klarer, er war wach und zuversichtlich. »Weißt du noch, was ich dir über die Cloud erzählt habe? Alle Informationen der Cloud waren irgendwo in einem Computer gespeichert, und die meisten Speicher befanden sich in großen zentralen Rechenzentren. Das Rechenzentrum von ParaGen war in Chicago.«

»Warum waren die Daten nicht in den Büros der Mitarbeiter abgespeichert?«

»Weil die Cloud die Entfernungen bedeutungslos gemacht hatte«, erklärte Afa. Kira hörte, wie ein Riegel zurückglitt, doch Afa wagte sich noch nicht heraus. »Es spielte keine Rolle, ob man die digitalen Informationen in Chicago, in Denver oder Manhattan speicherte, weil man von überall darauf zugreifen konnte. Als IT-Direktor habe ich die ganze Zeit mit dem Rechenzentrum in Chicago zusammengearbeitet, Zugriffsrechte gesetzt, für die Sicherheit gesorgt und aufgepasst, dass niemand außer uns Zugang zu den Daten hatte. Die Daten befinden sich garantiert in diesem Rechenzentrum.«

»Wenn es so einfach ist, warum hast du sie dann nicht längst dort untersucht?«, fragte Samm.

»Es sind tausendeinhundertfünfundvierzig Kilometer«, wandte Afa ein. »Nachdem man heutzutage nicht mehr fliegen kann, ist es sogar noch weiter. So weit kann ich nicht reisen. Ich muss bei meinen Akten bleiben.«

Kira warf Samm einen Blick zu. »Aber wir brauchen dich, Afa. Ohne dich schaffen wir's nicht.«

»Ich kann nicht weg«, erwiderte er.

»Wir brauchen ihn nicht.« Heron sprach absichtlich so laut, dass Afa sie gut verstehen konnte. »Rechenzentren brauchen offensichtlich Strom, daher müssen wir den Hilfsgenerator anwerfen, der aber nicht sehr lange laufen wird. Allein das wird schon schwierig. Dann müssen wir herausfinden, auf welchen Servern die Daten von ParaGen liegen, welcher ParaGen-Server die Akten des Trusts hat und welche Trust-Akten die benötigten Informationen enthalten. Dabei müssen wir die stärksten Sicherheitsvorkehrungen überwinden, die man damals für Geld kaufen konnte.«

»Das alles weiß ich schon«, warf Afa ein. »Ich könnte die Daten leicht finden.«

»Dann komm mit und hilf uns!«, drängte Kira ihn.

»Ich kann mein Archiv nicht zurücklassen.«

»Ich schaffe das auch allein.« Heron grinste boshaft, als sie Afas Fachkenntnisse derart in Zweifel zog. »Wir brauchen ihn nicht.«

»Das schaffst du nie«, prophezeite Afa.

»Sobald wir die richtigen Dateien gefunden haben, müssen wir nur noch die Daten decodieren und auf einen tragbaren Bildschirm herunterladen, bevor unser Generator sein Leben aushaucht. Vermutlich haben wir nur einen einzigen Versuch. Das wird eine erstaunliche Leistung – Computerdateien einer untergegangenen Zivilisation aus einem zerstörten Gebäude holen. Das ist so ähnlich, als wollte man die Pyramiden von Gizeh hacken.«

Die Tür öffnete sich einen Spaltbreit, und Heron nickte triumphierend.

»Ihr kennt die Wildnis«, sagte Afa. »Ihr seid Späher. Kira hat es gesagt. Aber ihr kennt euch nicht mit Computern aus.«

»Ich weiß genug darüber.«

Die Tür öffnete sich etwas weiter. »Weißt du auch, wie man eine Nostromo-Sieben-Firewall knackt?« Kira entging nicht, dass Afas Stimme inzwischen ganz anders klang. Er kam zu sich, er wachte geistig auf, weil ihn der Plan beflügelte. Heron hatte ihn provoziert und behauptet, angeblich besser zu sein als er. Damit hatte sie ihn zum Mitkommen bewegen wollen. In Wirklichkeit aber weckte sie nur seine berufliche Neugier. Offenbar deutete er ihre Worte als interessante Herausforderung, die genau seinen Fähigkeiten entsprach. Kira hatte in der medizinischen Forschung mehr als einmal das Gleiche bei Marcus angewendet.

Samm schüttelte den Kopf. »Das gefällt mir nicht«, murmelte er. »Es ist gefährlich, ihn mitzunehmen.«

»Hier ist es auch gefährlich für ihn«, wandte Kira ein. »Doktor Morgan sucht mich. Früher oder später wird sie diesen Sender entdecken. Wenn ihr der geistig verwirrte Mann in die Hände fällt, ist es um ihn geschehen.«

»Er ist nicht nur geistig verwirrt«, erwiderte Samm. »Er ist ein paranoider und unberechenbarer Bombenleger, den wir nicht im Griff haben. Wenn wir ihn ins Ödland mitnehmen, kann er uns jederzeit umbringen, sofern er nicht vorher ums Leben kommt.«

»Was bleibt uns schon übrig?«, entgegnete Kira. »Morgan können wir nicht fragen. Erstens ist sie böse, und zweitens weiß sie nichts über mich, über das Verfallsdatum und die Sicherung. Es wäre schön, wenn wir Nandita fänden, aber die Einwohner von Long Island suchen seit Monaten vergeblich nach ihr.«

»Wir könnten mit Trimble reden«, schlug Samm vor. »Vorausgesetzt, die B-Kompanie tötet uns nicht sofort.«

»Sofern es überhaupt noch eine B-Kompanie gibt«, wandte Heron ein. »Morgan rekrutiert reihenweise Leute, aber Trimble hatte nichts mit den Pheromonen, der Sicherung und dem Verfallsdatum zu tun. Zumindest enthalten die Akten, die du uns gezeigt hast, keinen Hinweis, dass es anders wäre. Sie weiß nicht mehr als Morgan.«

Kira riss verwundert die Augen auf. »Weißt du denn, wo Trimble steckt?«

»Sie befehligt die B-Kompanie«, erwiderte Samm. »Sie und Morgan sind seit Jahren die Gesichter des Trusts, und nun wissen wir, dass sie nicht nur eine Botin ist, sondern dazugehört.«

»Die B-Kompanie hasst die D-Kompanie«, ergänzte Heron. »Der Bürgerkrieg, der sich auf dem Festland abgespielt hat, war hauptsächlich ein Krieg zwischen diesen beiden Gruppen.«

Kira schnitt eine Grimasse. »Um wie viel leichter wäre die Welt zu retten, wenn die Leute, die wir retten wollen, sich nicht gegenseitig an die Gurgel gingen!«

Afas Tür öffnete sich noch ein wenig weiter, und er linste schon mit einem Auge heraus. »Du hast nichts über Nostromo-Sieben gesagt. Vermutlich weißt du also nicht, wie man an der Firewall vorbeikommt. Ich weiß es.«

»Wir sollten ihn nicht mitnehmen«, flüsterte Samm.

»Er ist ein guter Mensch«, erwiderte Kira.

»Er ist verrückt.«

»Das weiß ich«, zischte sie. »Mir gefällt das so wenig wie dir, aber haben wir eine Wahl?« Sie wandte sich an Heron. »Traust du dir zu, alle unsere Probleme tatsächlich zu lösen? Kennst du jemanden, der es könnte? Ja, Afa ist unberechenbar, das gebe ich zu, aber wenn sein Kopf richtig funktioniert, ist er einfach brillant.«

»*Wenn* sein Kopf funktioniert«, wiederholte Samm.

»Deshalb passen wir auf ihn auf«, fuhr Kira fort. »Wir sorgen dafür, dass er keinen Zugriff auf Waffen oder Explosionsstoffe hat, und bemühen uns, ihn zufrieden, wach und freundlich zu erhalten.« Sie hielt inne. »Das ist die einzige Möglichkeit, um die nötigen Informationen zu bekommen.«

Die Partials starrten sie an. Samm drehte sich zur Straße um. »Wir brauchen Pferde.«

»Zu Fuß kommen wir besser voran«, widersprach Heron.

»Du und ich schon«, meinte Samm. »Aber nicht Kira und Afa. Hör ihn doch schnaufen! Er wiegt mindestens dreihundert Pfund.«

Kira hob den Kopf. »Kannst du sein Gewicht anhand seines Atems abschätzen?«

»Er atmet mühsam und unregelmäßig«, erwiderte Samm. »Er wird an einem Herzinfarkt sterben, bevor wir die Hälfte des Wegs zurückgelegt haben.«

»Nicht allzu weit entfernt im Nordosten liegt ein Partiallager«, sagte Heron. »Es ist ein Spähposten der A-Kompanie in der Bronx. Sie sind auf das D-Team nicht gerade gut zu sprechen, aber auch nicht unbedingt scharf auf einen Kampf. Samm und ich können uns hineinschleichen, die Pferde stehlen und dich dort drüben an der George Washington Bridge treffen.« Sie deutete auf das Bauwerk.

»Wollt ihr euch wirklich an einen Spähposten heranmachen?«

»So weit im Süden ist nicht viel los«, erwiderte die Agentin. »Der Posten hat lediglich die Aufgabe, euren Militärstützpunkt auf der anderen Seite der Bucht im Auge zu behalten. Wir kommen aus einer ganz anderen Richtung. Sie rechnen nicht mit uns.«

»Trotzdem, es wird sicher schwieriger, als du es darstellst«, wandte Kira ein. »Ich meine, ihr seid zwar Partials, aber das sind sie auch.«

»Allerdings ist keiner von ihnen mit mir vergleichbar«, erwiderte Heron. Sie schlang sich das Gewehr über die Schulter und lief auf die Straße. »Wenn wir das durchziehen wollen, müssen wir sofort damit anfangen. Wir treffen euch morgen Mittag auf der Brücke. Seid bereit!« Mit diesen Worten entfernte sie sich.

Kira blickte Samm an. »Du ...« Sie wusste nicht, was sie sagen sollte. »Pass auf dich auf!« Sie hielt inne. »Und komm zurück!«

»Morgen Mittag.« Samm zögerte, seine Hand schwebte einen Moment lang neben ihrem Arm, dann folgte er Heron.

Kira wandte sich wieder an Afa, der hinter der halb geöffneten Tür hockte. »Hast du das gehört?«, fragte sie. »Wir haben anderthalb Tage, um uns vorzubereiten. Wir nehmen es tatsächlich in Angriff.«

»Hältst du mich für geistig behindert?«

Kira lief puterrot an. »Es tut mir leid«, sagte sie. »Ich wusste nicht, dass du zuhören konntest.«

»Ich höre alles.«

»Ich glaube ...« Sie unterbrach sich und wusste nicht, wie sie ihre Empfindungen ausdrücken sollte. »Ich will ehrlich sein. Du bist ein brillanter Mann, und auch das habe ich gesagt.«

»Das habe ich gehört.«

»Aber du bist auch ... unberechenbar. Manchmal sehr fähig, würde ich sagen. Ich weiß, das klingt schrecklich, aber ...«

»Ich weiß, wer ich bin«, erwiderte Afa. »Ich bemühe mich. Aber ich weiß, wer ich bin.«

»Du bist mein Freund«, erklärte Kira energisch. »Und ich helfe dir nach besten Kräften.«

Er trat hinter der Tür hervor, die Genialität und die Klarheit waren verschwunden. Nun betrachtete er die Welt wieder mit den Augen eines alt gewordenen Kinds. »Dies ist mein Rucksack.« Er hievte ihn sich auf die Schultern. »Ich lasse meinen Rucksack niemals stehen.«

Kira fasste ihn am Arm. »Kehren wir in dein Haus zurück und packen für mich einen zweiten!«

17

In der Straße, in der Kira früher gelebt hatte, rannte Marcus von Baum zu Baum und suchte unablässig nach etwas Ungewöhnlichem – einem Rascheln im Laub, einem Gesicht, einem Schemen, einer geborstenen Tür, einem zersplitterten Fenster. Die Partialarmee war höchstens noch eine halbe Stunde entfernt und kämpfte gegen die letzten Reserven der Abwehr. Er musste East Meadow verlassen, aber vorher galt es, noch etwas anderes zu erledigen.

Wie alle anderen Häuser der Stadt war auch Xochis Haus verschlossen und verrammelt. Marcus klopfte und spähte misstrauisch zu den Bäumen hinüber. Immerhin war dies die Stelle, an der Heron ihn angesprochen hatte.

Drinnen wurde ein Riegel zurückgezogen, dann öffnete Xochi die Tür. »Komm herein!« Hinter ihm legte sie den Riegel sofort wieder vor. Drinnen roch es nach Basilikum, Muskat und Koriander, ein duftendes Chaos wetteifernder Zutaten. Xochi legte das Schrotgewehr weg, mit dem sie sich bewaffnet hatte, und machte sich wieder ans Packen. Unschlüssig blieb Marcus mitten im Zimmer stehen.

»Was führt dich zu mir?« Xochi blickte kurz von ihrem halb vollen Rucksack auf. »Ich vermutete dich schon fast in unserem sicheren Haus.« Xochi und Isolde hatten einen Zufluchtsort auf der Insel ausgewählt, zu dem ihre Freunde fliehen sollten, wenn – oder vielmehr sobald – die Verteidigung der Abwehr zusammenbrach. Marcus zögerte und wusste nicht recht, wie er beginnen sollte, denn er hatte viele Fragen. Ob Xochi überhaupt mit ihm darüber reden wollte?

»Brauchst du etwas? Wasser? Ich habe ein paar Zitronen, die ich nicht mitnehme, und könnte uns eine Limonade zubereiten.«

»Nein, schon gut.«

»Es dauert höchstens dreißig Sekunden. Wirklich keine große Sache, falls du ...«

»Nein, danke«, erwiderte Marcus. Sein Kinn und seine Lippen bewegten sich, als wollte sich der Mund für das Gespräch aufwärmen, aber im Grunde zögerte er noch immer. Er war einfach nicht sicher, wie er beginnen sollte, stand nervös wieder auf und winkte zum Sofa hinüber. »Setz dich!«

Xochi ließ sich mit ernster Miene nieder. »Was ist denn los, Marcus? So habe ich dich noch nie erlebt.«

»Ich habe mit Kira gesprochen«, berichtete er. Xochi riss die Augen auf, und Marcus nickte. »Das erste Mal vor drei Wochen, als Haru und ich an der Front waren. Seitdem noch sechs- oder achtmal. Ich weiß nicht, wo sie steckt, aber sie hört unseren und den Funk der Partials ab und versorgt uns mit Informationen. Offensichtlich reicht das zwar nicht aus, um den Krieg zu gewinnen, aber sie hat Haru und mich vor dem Tod bewahrt.«

»Geht es ihr gut?«

»Da bin ich sicher«, antwortete Marcus. »Auf jeden Fall ist sie besser dran als wir, auch wenn sich das rasch ändern kann, falls sie entdeckt wird. Doktor Morgan setzt alle Hebel in Bewegung, um sie zu finden.«

Xochi nickte. »Das hat mir Isolde auch schon gesagt. Anscheinend zielt die ganze Invasion darauf ab, sie aufzuspüren. Kennst du den Grund dafür?«

»Keine Ahnung«, gab er zu. »Kira wollte es mir nicht verraten. Seit sie in Morgans Labor war, verhält sie sich merkwürdig, als wäre etwas mit ihr geschehen, worüber sie nicht reden will.«

»Das war ja auch ein ziemlich traumatisches Erlebnis«, gab Xochi zu bedenken.

»Ich weiß«, stimmte Marcus rasch zu. »Das ist mir klar, aber ich meine ... Ich muss dich etwas fragen: Was ist deine früheste Erinnerung an Kira?«

Xochi spielte mit den Riemen ihres Rucksacks und rollte sie zu kleinen Zylindern zusammen, während sie sprach. »Das war in der alten Schule am Krankenhaus. Vorher hatte ich zwei Jahre bei Kessler auf den Farmen gelebt, aber wir haben uns gestritten wie Hund und Katze, und als ich acht wurde, schickte sie mich nach East Meadow auf die Schule.«

Marcus lächelte leicht, als auch er sich erinnerte. »Gleich am ersten Tag hast du Benji Haul vermöbelt.«

Xochi zuckte mit den Achseln. »Das hatte er auch verdient. Ich musste nachsitzen, und Kira war auch da, weil sie ... ich weiß es nicht mehr genau. Ich glaube, sie hat mit dem Phosphor aus den Glühlampen ein Feuer gelegt. Es war wohl einer dieser verrückten Streiche, die du immer mit Kira ausgeheckt hast.«

»Was ist mit Nandita?«

Xochi runzelte die Stirn. »Was soll mit ihr sein?«

»Wann bist du ihr zum ersten Mal begegnet?«, fragte Marcus. »War es kurz danach?«

»Es war mindestens ein Jahr später«, berichtete Xochi. »Ich bin nicht sofort in Nanditas Haus gekommen, denn auf Kesslers Anordnung hin musste ich in der Schule wohnen. Dort habe ich Nandita aber auch nicht gesehen, weil ich immer weggelaufen bin und mich versteckt habe, wenn es Vorführungen oder Ausstellungen gab. Ich hatte schon genug Probleme mit meiner eigenen Ersatzmutter und wollte mich nicht auch noch mit der Pflegemutter meiner Mitschüler abgeben. Warum fragst du nach Nandita?«

Marcus beugte sich vor. »Ich habe dir noch nicht alles verraten«, verkündete er. »Erinnerst du dich an die Partialfrau, die Samm folgte, nachdem wir Morgans Labor verlassen hatten? Sie war eine Meuchelmörderin. Samm sagte, sie habe uns beobachtet, als wir in das Boot stiegen und nach Hause fuhren.«

»Richtig, daran erinnere ich mich«, sagte Xochi. »Warum?«

»Weil sie hier war«, fuhr Marcus fort. »Vor vier oder fünf Wochen ist sie hier im Hinterhof aufgetaucht.«

»Hier hinter dem Haus?«

»Sie suchte Kira«, berichtete Marcus. »Aber nicht nur Kira, sondern auch Nandita. Sie hatte ein Foto von Kira und Nandita dabei, das die beiden vor dem Hauptsitz von ParaGen zeigte – in der Zeit vor dem Zusammenbruch.«

Xochi fuhr auf. »Nandita hat Kira doch vor dem Zusammenbruch überhaupt nicht gekannt.«

»Das dachte ich auch«, stimmte Marcus ihr zu. »Aber hat dies eine von beiden tatsächlich ausdrücklich behauptet?«

»Nandita erzählte doch immer, wie sie nacheinander die Mädchen aufgelesen hat«, platzte Xochi heraus.

»Was hatte sie über Kira zu sagen?«

Xochi schob nachdenklich die Unterlippe vor. »Nandita hat Kira auf dem Festland in einem Flüchtlingslager entdeckt«, überlegte sie. »Ein großer militärischer Verband von NADI oder von den Amerikanern hatte einen ganzen Schwung Überlebender eingesammelt und kam eines Tages anmarschiert. Nandita beobachtete, wie Kira Wächter beschimpfte, weil sie keinen Pudding bekommen hatte.«

Marcus hob die Brauen. »Sie hat ihn beschimpft?«

Xochi lachte. »Kennst du Kira überhaupt? Sie war schon immer ziemlich hitzköpfig. Nandita hat sie immer als ihre kleine Sprengmine bezeichnet. Außerdem war sie damals fünf Jahre alt und hatte wer weiß wie lange mit niemandem außer den Soldaten gesprochen. Wahrscheinlich verfügte sie über ein unglaubliches Vokabular. Der Soldat entschuldigte sich wegen des Puddings, woraufhin die Kleine die Moral seiner Mutter nachdrücklich infrage stellte. Da griff Nandita ein und wies sie zurecht.« Xochi lächelte abwesend. »Ich glaube, sie fand das Mädchen einfach unwiderstehlich.

Aber sie behauptete immer, sie habe ihr nur etwas beibringen wollen.«

»Was denn?«

»Mehr hat sie nicht gesagt«, erklärte Xochi. »Solange ich sie kenne, wollte sie ihren Mädchen etwas beibringen. Ich weiß allerdings nicht, was es war – mich hat sie jedenfalls in die Kräuterkunde eingeweiht.«

»Wenn Nandita Kira schon vorher kannte, warum steht sie dann nicht dazu?«, fragte Marcus.

»Du sagtest doch, das Foto sei vor dem Hauptsitz von ParaGen entstanden, richtig?«

»Ja.«

»Tja, wenn sie mit ParaGen zu tun hatte, dann behält sie das doch lieber für sich«, meinte Xochi. »In den ersten Tagen nach dem Zusammenbruch wurden einige ParaGen-Mitarbeiter gelyncht, bevor der Senat gewählt und die Ordnung wiederhergestellt wurde. Hätte ich für diese Firma gearbeitet, und sei es nur als Hausmeister, dann hätte ich es auch niemandem weitererzählt.«

»Aber was hat das mit Kira zu tun?«, fragte Marcus.

»Darüber denke ich noch nach.« Xochi schürzte die Lippen. »Wie wäre es damit? Niemand, der auf dieser Insel gelandet ist, hat jemals vorher einen der anderen getroffen. Die Bevölkerung der USA schrumpfte von vierhundertfünfzig Millionen auf vierzigtausend. Das heißt, einer von zwölfhundert Menschen hat überlebt. Die Wahrscheinlichkeit, dass sich zwei davon kennen, ist lächerlich gering. In den seltenen Fällen, in denen dies tatsächlich der Fall war – wie etwa bei Jayden und Madison –, haben Doktor Skousen und seine Ärzte aufwendige Befragungen durchgeführt. Sie suchten nach einem gemeinsamen Faktor für das Überleben der Betreffenden. Hätte Nandita offen erklärt, dass sie und Kira sich von früher kannten, dann hätten die Ärzte sie in die Mangel genommen und jede Einzelheit aus ihnen herausgequetscht. Hätte eine dieser Informationen darauf hingewiesen, dass Nandita bei ParaGen gearbeitet hatte, dann wären sie womöglich eingesperrt und als Gefangene verhört worden – falls man sie nicht gleich umgebracht hätte.«

»Jede Einzelheit ...«, überlegte Marcus. »Ich wünschte fast, die Ärzte hätten es getan.«

»Nandita getötet?«

»Sie befragt«, antwortete Marcus. Er legte die Hand auf den niedrigen Kaffeehaustisch und fuhr mit den Fingern über die Maserung des Holzes. »Und jedes Informationsbröckchen über die beiden Menschen herausbekommen, derentwegen die Partials inzwischen die ganze Insel zerlegen.« Er nickte. »Ja, ich wünschte, sie hätten es getan.«

»Du musst dem Senat berichten, dass du Heron getroffen hast«, sagte Xochi.

»Ich habe Mkele unterrichtet«, beruhigte Marcus sie. »Ich bin kein Dummkopf. Mkele sucht Nandita, aber ich muss den Senat nicht unbedingt über meinen Kontakt mit dem Feind unterrichten.« Langsam umkreiste sein Finger ein Astloch in der Tischplatte. »Wir haben wohl immer noch Angst, man könnte uns lynchen«, sagte er. »Oder man könnte uns erwischen. Weißt du, was mir die anderen erzählt haben?«

Xochi kniff die Augen zusammen. »Welche anderen?«

»Deine anderen Schwestern«, sagte Marcus. »Madison und Isolde. Sie wurden mit der ersten Gruppe evakuiert, um die Kinder zu schützen. Deshalb habe ich kurz vor ihrem Aufbruch noch rasch mit ihnen gesprochen. Sie sagten, Kira sei nicht das erste Mädchen gewesen, das Nandita adoptiert hatte.«

Xochi legte den Kopf schief. »Wirklich? Nun, bevor wir über das Foto geredet haben, habe ich mir keine großen Gedanken darüber gemacht. Aber nun leuchtet es mir ein.«

»Als sie Kira aufnahm, hatte sie schon ein anderes Kind«, fuhr Marcus fort. »Ariel.«

Xochi nickte, als wäre das eine ungemein wichtige Information. »Ariel ist vor zwei Jahren ausgezogen«, überlegte sie.

»Das war vor meinem Einzug. Ich kannte sie nicht gut, aber sie ist mit den anderen Mädchen nicht klargekommen und hasste Nandita abgrundtief.«

Marcus zählte es an den Fingern ab. »Ariel in Philadelphia, Kira in einem Flüchtlingslager, Isolde hier auf der Insel, Madison ein Jahr später, als Jayden die Windpocken bekam. Er blieb in Quarantäne, Madison blieb hier im Haus, und es ging so gut, dass sie nicht mehr auszog. Madison erzählte, Nandita habe wie eine Löwin gekämpft, damit sie hierher- und nicht anderswohin kam.«

»Warum?«

»Wir können nur spekulieren«, erwiderte Marcus. »Nachdem Madison im Haus eingetroffen war, soll Nandita als Erstes gesagt haben: ›Jetzt kannst du mir etwas beibringen.‹«

Xochi runzelte die Stirn. »Was hat das zu bedeuten?«

»Keine Ahnung.« Marcus stand auf. »Es gibt nur noch einen Menschen, den ich fragen kann.« Er trat zur Tür und öffnete den Riegel. »Du gehst zum Treffpunkt. Ich suche Ariel.«

18

Kira und Afa warteten schon mit der aufgestapelten Ausrüstung auf der George Washington Bridge, als Samm und Heron – nicht pünktlich zur Mittagsstunde, aber kurz danach – endlich mit den Pferden auftauchten. Afa hatte natürlich seinen Rucksack dabei, der zum Platzen mit Originalen und Kopien seiner wichtigsten Dokumente vollgestopft war. Falls es zum Äußersten käme und sein Aktenlager ausgeraubt oder zerstört würde, hatte er immer noch genug in seinem Rucksack, um ... – Kira war sich nicht ganz sicher – ... um ein wirklich gutes Geschichtsbuch über das Ende der Welt zu schreiben. Was sie noch brauchten, waren die Antworten, die alle Einzelteile zusammenfügten: Was war die Sicherung? Warum hatte der Trust den Weltuntergang herbeigeführt? Wie konnte man dieses Wissen nutzen, um zu retten, was noch vorhanden war?

»Das ist zu viel«, protestierte Heron, nachdem sie ihr Pferd gezügelt hatte. Es wieherte und schnaufte schwer. »Das meiste muss zurückbleiben.«

»Das habe ich vorausgesehen.« Kira deutete auf die Kisten. »Afa bestand darauf, einige seiner größeren Archivkästen mitzunehmen. Ich habe ihm schon gesagt, dass wir wahrscheinlich nicht genug Platz für alles haben. Wenn man die Dokumente außer Acht lässt, sieht es gar nicht so schlecht aus.«

»Wir brauchen ein weiteres Pferd«, meinte Afa, obwohl er die vier Tiere, die schon vor ihm standen, ängstlich beäugte. »Wir brauchen ein Packpferd, das ... das unser Gepäck trägt. Einen Gepäckträger für alle meine Kisten.«

»Wir müssen die Kisten zurücklassen.« Samm sprang aus dem Sattel, überprüfte die anderen Vorräte und nickte anerkennend. »Proviant, Wasser, Munition ... was ist das hier?«

»Ein Funkgerät«, erklärte Kira. »Irgendwie müssen wir doch kommunizieren, falls es nötig wird.«

»Es ist zu klein«, wandte Heron ein. »Mit dem Ding erreichen wir niemanden.«

»Afa hat überall Relaissender eingerichtet«, erklärte Kira. »Dazu waren Häuser in Asharoken und jenes Gebäude gedacht, wo wir Samm trafen.«

»Wo ihr ihn gefangen genommen habt«, erwiderte Heron. Fast schien sie zu lächeln.

»Wartet!«, unterbrach Samm. »Alle jene verminten Gebäude und die Explosionen – waren das tatsächlich nur Umsetzer für den Funk?«

»Ich habe sie eingerichtet«, erklärte Afa, während er die Vorräte neu ordnete. »Ich wollte nicht, dass jemand sie findet.«

Samm musterte ihn mit versteinertem Gesicht. »Wegen einiger Funkverstärker hast du Leute getötet?«

»Es waren auch Aktenlager«, half Kira aus. »Die meisten dienten zugleich als sichere Ausweichquartiere.«

»Das macht es nicht besser«, erklärte Samm.

»Du wusstest gestern schon, dass er ein paranoider Verrückter ist«, warf Heron ein. »Ändert das jetzt irgendetwas?«

»Es ist falsch«, beharrte Samm.

»War es gestern denn nicht falsch?«

»Entschuldigt, aber auch ich habe Freunde durch diese Bomben verloren«, mischte sich Kira ein.

»Nicht *diese* Bomben, sondern *seine* Bomben.«

»Und ich bin nicht glücklich darüber«, fuhr Kira unbeirrt fort. »Er war übereifrig und hat einige unschuldige Leute getötet. Aber wisst ihr was? In diesem bescheuerten Krieg gibt es keine Seite, die keine Leute verloren hätte.«

»Er vertritt keine Seite. Er ist ein unberechenbarer Faktor.«

»Ein unberechenbarer Faktor, den wir brauchen«, sagte Heron. »Das haben wir gestern abgesprochen, und heute führen wir es durch. Er ist unbewaffnet. Pass einfach auf, dass er keine Bombe legt, und du bist absolut sicher.«

Samm starrte sie böse an, sagte aber nichts. Dann verteilten er und Kira die Vorräte auf die Pferde.

»In den Appalachen müssen wir einen weiteren Verstärker einrichten.« Vorsichtig schob Afa das Funkgerät in eine der Satteltaschen. »Bisher können wir keine zuverlässigen Signale über eine Bergkette hinweg senden.«

»Willst du den neuen Verstärker ebenfalls mit Sprengladungen sichern?«, fragte Samm.

»Wie kommst du darauf, ich hätte Sprengstoff mitgebracht?« Afa legte die Stirn in Falten. »Kira hat es mir verboten ...«

»So war es auch vereinbart.« Samm durchsuchte hastig den Vorratsstapel und zog schließlich einen Riegel C4 aus dem Proviantpacken hervor. Er zeigte Heron den Sprengstoff. »Siehst du? Auf so etwas lassen wir uns ein.«

»Dann überprüf auch den Rest und vergewissere dich, dass du alles gefunden hast«, riet Heron. Sie nahm ihm den Riegel ab und warf ihn über das Brückengeländer. Sie befanden sich noch über der Stadt und nicht über dem Wasser. Das Päckchen fiel lautlos in die Tiefe und klatschte unten auf das Pflaster.

Samm untersuchte die gesamte Ausrüstung, sogar Afas Rucksack. Als endlich alles zu seiner Zufriedenheit durchsucht worden war, stiegen sie auf und ritten nach Westen über die Brücke in die Wildnis des Festlands, wo sich früher New Jersey erstreckt hatte. Kira blickte zu den Kisten mit den Akten zurück, die verloren am Straßenrand standen.

»Kisten voller E-Mails von ParaGen«, sagte sie. »Das wird eine Überraschung, falls jemand sie findet!«

»Falls jemand sie findet, ist uns ein unbemerkter Aufbruch nicht gelungen«, gab Heron zu bedenken.

Da Kira auf Bergungseinsätzen in East Meadow jahrelang geritten war, waren die ersten Tage nicht sonderlich anstrengend für sie. Heron und Samm waren ebenfalls gute Reiter. Afa dagegen erwies sich von Anfang an als Hemmschuh, was aber keinen überraschte. Während sie ritten, führte er außerdem seltsame, zusammenhanglose Gespräche mit sich selbst. Einmal redete er über Katzen, dann wieder über Subroutinen in Internet-Firewalls. Manchmal hörte Kira zu, meist aber schwieg sie und gelangte im Lauf von drei Wochen zu der Überzeugung, dass Afa seine Gedanken endlich einmal laut aussprechen wollte. Er war zu lange allein gewesen, um echte Antworten zu erwarten. Vermutlich sprach er ebenso ausführlich mit sich selbst, wenn niemand in der Nähe war und ihm zuhörte. Samm und Heron behielten ständig den Horizont im Auge oder beobachteten die Straße vor ihnen und die Gebäude zu beiden Seiten, ob nicht irgendwo ein Hinterhalt drohte. Hier draußen war dies allerdings eher unwahrscheinlich, denn ihres Wissens nach lebte niemand auf dieser Seite – genauso wenig wie letztendlich auf dem gesamten Kontinent. Andererseits war es sicherlich klug, keinerlei Risiko einzugehen. Die Straße schlängelte sich nach Norden, dann wieder nach Süden, abermals nach Norden und verlief in gemächlichen Windungen durch die einstmals dicht besiedelten Ortschaften von New Jersey. Am Abend befanden sie sich immer noch in einer städtischen Region, links und rechts standen Bürogebäude, Lagerhäuser und Wohnblocks. Die Nacht verbrachten sie in einem Laden für Autozubehör, die Pferde banden sie an hohen Stapeln von Gummireifen fest. Heron übernahm die erste Wache. Kira bemerkte, dass die Partialagentin sie und Afa ebenso aufmerksam beobachtete wie alles, was sich von draußen nähern mochte.

Mitten in der Nacht erwachte Kira etwas benommen, doch als sich ihre Augen an die Dunkelheit gewöhnt hatten, erkannte sie ihre Umgebung sofort wieder. Samm hatte die zweite Wache übernommen und hockte in der Ecke des Raums auf einem Schreibtisch. Kira richtete sich auf und umklammerte in der kalten Nachtluft ihre Knie.

»Hallo«, flüsterte sie.

»Hallo«, antwortete Samm.

Kira saß da, sah ihn an und war nicht sicher, was sie sagen sollte. »Danke, dass du zurückgekommen bist.«

»Das hast du mir schon gesagt.«

»Ich meine ... danke, dass du mich gesucht hast. Dass du es überhaupt versucht hast. Das hättest du nicht tun müssen.«

»Auch das hast du schon gesagt«, erwiderte Samm. »Wir wollten lernen, was es zu lernen gab, und uns wieder treffen. Dann wollten wir unsere Erfahrungen austauschen.«

»Das hatten wir verabredet.« Kira lehnte sich an die Wand. »Was weißt du nun?«

»Ich weiß, dass wir sterben.«

Kira nickte. »Das Verfallsdatum.«

»Du sprichst es zwar aus, aber kannst du wirklich erfassen, was es bedeutet?«

»Die Partials sterben nach zwanzig Jahren.«

»Die erste Welle der Partials hat sich vor einundzwanzig Jahren in den Isolationskrieg eingeschaltet«, erklärte er. »Ein Jahr vorher wurden sie geschaffen. Alle unsere Anführer, die Veteranen, die in der ersten Reihe gekämpft haben, sind bereits tot. Sie waren so etwas wie unsere Vorfahren.« Er hielt inne und dachte nach. »Ich gehörte zur letzten Gruppe, die geschaffen wurde. In einigen Monaten werde ich neunzehn. Heron wurde schon vor einer Weile neunzehn. Weißt du, wie viele von uns es noch gibt?«

»Wir sind von rund einer Million Partials ausgegangen«, entgegnete Kira. »Es hieß immer: Jenseits des Long Island Sound gibt es eine Million Partials. Aber das stimmt wohl nicht mehr, oder?«

»Wir haben mehr als die Hälfte verloren.«

Kira zog die Knie noch enger an den Oberkörper, denn plötzlich war es viel kälter geworden. Der Raum war klein und kam ihr zerbrechlich vor wie ein Haus aus Streichhölzern, das der Wind jederzeit wegfegen konnte.

Fünfhunderttausend sind tot, dachte sie. *Mehr als fünfhunderttausend sogar.* Diese ungeheure Zahl, die dem Zwanzigfachen der noch existierenden menschlichen Bevölkerung entsprach, erschreckte sie zutiefst. Ungerufen kam der nächste Gedanke. *Es wird nicht mehr lange dauern, bis wir gleich stark sind.*

Ihr wurde immer unbehaglicher zumute, je länger sie nachdachte. Im Grunde wollte sie nicht, dass überhaupt noch jemand starb, ob Mensch oder Partial, und sie wollte gewiss mit niemandem abrechnen. Früher, bevor sie deren Wesen richtig verstanden hatte, war sie auf die Partials wütend gewesen, aber das lag nun hinter ihr. Oder etwa nicht? Schließlich war sie eine von ihnen. Dann fiel ihr ein, dass sie möglicherweise selbst einem Verfallsdatum unterworfen war – und Sekunden später wurde ihr schon wieder klar, dass sie sich grundsätzlich von den anderen Partials unterschied und möglicherweise doch kein Verfallsdatum hatte. Der erste Gedanke erschreckte sie, der zweite betäubte sie mit einer tiefen, leeren Trauer. *Die letzte Partial. Die Letzte meines Volks.*

Auf welcher Seite stehe ich eigentlich?

Sie sah zu Samm hinüber, der sich auf dem Schreibtisch an die Wand lehnte und ein Bein über die Kante hängen ließ. Das Gewehr lag griffbereit neben ihm. Er war ein Beschützer, ein Hüter, der über die Hilflosen wachte. Falls sich ein Angreifer näherte, würde er ihn rechtzeitig bemerken und auch selbst als Erster wahrgenommen werden. Er hatte sich vor ihnen postiert, um ein Mädchen zu bewachen, das er kaum kannte, und einen Mann zu schützen, den er nicht mochte und dem er nicht vertraute. Er war ein Partial, und doch war er ein Freund.

Das ist das Problem, dachte sie. *Wir glauben immer noch, es gebe verschiedene Seiten. Das darf nicht sein, so geht es nicht weiter.*

Auf einmal verspürte sie den Drang, zu ihm zu kriechen und mit ihm Wache zu halten, in der schneidenden nächtlichen Kälte die Körperwärme zu teilen. Sie tat es nicht, sondern zog sich die Decke bis zum Kinn hoch.

»Wir werden das Rätsel lösen«, sagte sie. »Wir werden den Trust und dessen Akten finden. Wir werden die Hintergründe aufdecken und herausfinden, wie wir das Verfallsdatum aufheben und ein Heilmittel für RM synthetisieren können. Wer oder was immer ich sein mag und welche Rolle ich bei dem Ganzen spiele – wir werden es schaffen. Dem Trust war alles bekannt, und sobald wir im Bilde sind, können wir alle retten.«

»Deshalb bin ich zurückgekehrt«, sagte Samm.

»Um die Welt zu retten?«

»Wo um alles in der Welt sollte ich als Einzelner damit beginnen?« Sein Gesicht war eine Maske im Schatten. »Nein, ich bin gekommen, um dir bei der Rettung zu helfen. Du bist die Einzige, die es fertigbringt.«

Kira zog sich die Decke enger um Hals und Schultern. *Manchmal ist ein Vertrauensbeweis nervenaufreibender als alles andere auf der Welt.*

In der frühesten Morgendämmerung packten sie ihre Habseligkeiten und sorgten dafür, dass die Pferde vor der Tagesetappe gut gefüttert und getränkt wurden. Gegen Mittag hatten sie die Stadt hinter sich gelassen, und am Nachmittag ritten sie durch ein ländliches Gebiet. Dichte Wälder rückten langsam, aber unerbittlich gegen die Kleinstädte vor, die sich zwischen die Hügel schmiegten. Auch Afas ewiges Geplapper ebbte langsam ab, als fühlte er sich in der ausgedehnten Wildnis nicht wohl. Hin und wieder hörte Kira, wie er mit sich selbst redete, konnte das Gemurmel aber nicht verstehen.

Sie hatte keine Ahnung, wie ihre Pferde hießen, weil sie sie gestohlen hatten. Deshalb dachte sie lange über passende Namen nach. Samms Pferd war eigenwillig und störrisch. Aus diesem Grund wollte sie es Haru nennen, wusste aber auch, dass keiner ihrer Begleiter den Scherz zu würdigen wusste. Dann fiel ihr ein, dass sie ein störrisches Pferd ebenso gut Xochi nennen konnte – oder vielleicht sogar Kira. Sie überlegte noch eine Weile und entschied sich am Ende für *Buddy*. Der gleichnamige Schulkamerad hatte sich stets aus Prinzip mit den Lehrern gestritten, weil sie das Sagen gehabt hatten. Samms Pferd zeichnete sich durch eine ähnliche Einstellung aus. Herons Pferd dagegen war fast unterwürfig gehorsam. Vielleicht gelang es der Reiterin einfach nur besser, das Tier in Schach zu halten. Kira forschte abermals in ihrem Gedächtnisvorrat an Bekanntschaften und taufte es *Dug* nach einem unverbesserlichen Streber, den sie während des Praktikums kennengelernt hatte. Ihr eigenes Pferd war ein schusseliges Schlitzohr, das sie *Bobo* nannte, während Afas bedauernswerte Stute fortan *Galgenstrick* hieß. Wenn Heron am besten mit Pferden umgehen konnte, dann nahm Afa den letzten Platz ein. Das arme Tier war manchmal so verwirrt wie er, nickte heftig, schlurfte zur Seite und löste bei Afa häufig ein ratloses Knurren aus. Es war beinahe komisch, aber sie kamen nur langsam voran, und Kira erteilte ihm immer wieder Empfehlungen, wie er seinen Reitstil verbessern konnte. Leider vergeblich.

»Halt!« Samm zügelte sein Pferd Buddy und hielt es an. Die anderen folgten seinem Beispiel und lauschten, ob der Wind Geräusche herantrug. Galgenstrick stampfte und schnaubte, worauf Heron Afa einen bösen Blick zuwarf. Kira konzentrierte sich und hörte die Stimme wieder.

»Hilfe!«

»Das kommt von dort drüben.« Samm deutete auf eine Senke neben der Straße. Zwischen den Hügeln lagen viele

Seen, und kleine Flüsse und Bäche durchzogen das Gelände seit undenklichen Zeiten. In der fraglichen Mulde wuchsen Bäume und dichtes Unterholz.

»Vergiss es!«, winkte Heron ab. »Wir haben keine Zeit zum Anhalten.«

»Dort steckt jemand in Schwierigkeiten«, gab Kira zu bedenken. »Wir können einen Hilflosen doch nicht sich selbst überlassen.«

»Doch, das können wir«, beharrte Heron.

»Das ist ein Partial«, meinte Afa. »Ich bin der letzte Mensch auf dem Planeten.«

»Es ist kein Partial«, widersprach Samm. »Ich empfange keine Linkdaten.«

»Vielleicht ist die Entfernung zu groß«, überlegte Kira.

»Oder er befindet sich im Windschatten«, ergänzte Heron. »So oder so, mir gefällt das nicht. Vielleicht will jemand einen Trupp Partials in den Hinterhalt locken. Wir wissen schließlich, dass unsere Fraktion so weit nicht im Westen aktiv ist.«

»Ich dachte, du hast keine Fraktion mehr«, sagte Kira. Heron funkelte sie böse an.

»Heron hat recht«, schaltete sich Samm ein. »Wir dürfen keine Zeit verlieren oder ein Risiko eingehen.«

»Hilfe!« Der Schrei, es klang nach einer jungen Frau, war fern und verzerrt. Kira biss die Zähne zusammen. Sie wusste natürlich, dass die anderen recht hatten, aber ...

»Sie könnte im Sterben liegen«, sagte sie. »Ich will heute Nacht beim Einschlafen nicht ständig den Hilferuf eines sterbenden Mädchens hören.«

»Willst du überhaupt einschlafen?«, fragte Heron. Nun war es an Kira, sie anzufunkeln.

»Lasst uns weiterreiten!« Samm trieb Buddy mit den Knien an. Das Pferd vollführte einen Satz, und Kiras Bobo folgte ohne besondere Aufforderung.

»Hilfe!«

»Ich reite hinüber.« Kira nahm die Zügel und lenkte Bobo zum Straßenrand. »Ihr könnt mitkommen, wenn ihr wollt.«

»Warum ruft sie immer nur ›Hilfe!‹?«, fragte Afa.

»Weil sie Hilfe braucht.« Kira rutschte aus dem Sattel zu Boden. Der Abhang war steil und voller Büsche, und ihr Pferd würde es in dem schwindenden Licht sicher nicht schaffen. Sobald sie die Zügel an einem Kilometerstein angebunden hatte, nahm sie das Gewehr vom Rücken.

»Eigentlich sollte sie ›Helft mir!‹ rufen oder ›Ist da jemand?‹«, meinte Afa.

»Sie hat wohl unsere Hufschläge gehört.« Samm schüttelte den Kopf und fluchte. »Kira, ich komme mit.«

Heron blieb auf dem Pferd sitzen. »Darf ich eure Sachen an mich nehmen, wenn ihr tot seid?«

»Du bist die Spionin.« Samm deutete auf die Hügel, die sich vor ihnen erstreckten. »Vielleicht kannst du sie umgehen und sie … ich weiß nicht. Vielleicht kannst du helfen.«

»Es wird dunkel, und sie haben uns bereits bemerkt«, erwiderte Heron. »Wir wissen nicht, wer sie sind, wie viele sie sind, wie gut sie bewaffnet sind oder was sie vorhaben. Was soll ich einsetzen, um mich anzuschleichen? Magie?«

»Dann bleib einfach hier und pass auf die Pferde auf!«, verlangte Kira. »Wir sind bald zurück.« Sie kletterte über die Leitplanke. Samm folgte ihr, und dann arbeiteten sie sich vorsichtig die Böschung hinunter. Das Unterholz war dicht, Kiras Stiefel verfingen sich hin und wieder im Gestrüpp. Der Abhang war so steil, dass sie sich immer wieder an Ästen und Zweigen festhalten musste, um nicht abzurutschen. Die meiste Zeit kroch sie eher auf Händen und Knien. Unten sah es nicht besser aus, auch dort wuchs dichtes Buschwerk bis an den Wasserlauf.

Abermals hörte Kira den Schrei. Er drang offenbar aus einem schmalen Graben. Mittlerweile erschien es ihr sinnlos, sich weiter zu verstecken. »Halt durch, wir sind unterwegs!«, rief sie laut.

»Wie mag sie nur hierhergeraten sein?«, wunderte sich Samm und wühlte sich hinter ihr durch das Gebüsch. Gleich darauf stolperte Kira in einen tief ausgetretenen Pfad. Samm prallte gegen sie, als auch er das Gleichgewicht verlor.

»Das ist ein Wildwechsel«, sagte er. »Hirsche?«

»Wilde Hunde.« Kira betrachtete die festgetrampelte Erde. »Solche Spuren habe ich schon oft gesehen.«

»Dann haben wir es vielleicht mit einer verletzten Jägerin zu tun. Aber wer folgt schon einer Hundefährte?«

Wieder hörten sie den Schrei, dieses Mal etwas näher, und Kira konnte zudem erkennen, dass die Stimme nicht ganz echt klang – sie war irgendwie verzerrt. Sie arbeiteten sich weiter vorwärts. Gleich darauf vertiefte sich der Graben zu einer engen Schlucht, und rechter Hand erhob sich eine steile Felswand. Nachdem sie eine Biegung umrundet hatten, entdeckten sie eine kleine Lichtung, die höchstens drei Meter maß und in deren Mitte ein großer brauner Hund stand. Kira blieb überrascht stehen, der Hund starrte sie gelassen an.

Samm folgte ihr auf dem Fuß, entdeckte den Hund und fluchte.

»Was ist?«

»Hilfe!«, rief der Hund und setzte ein grässliches menschliches Grinsen auf. »Hilfe!«

»Zurück!«, zischte Samm, doch in diesem Moment stürzten zahlreiche weitere Hunde aus den Büschen hervor. Es waren muskelbepackte, schwere Ungeheuer, die ihnen gegen Brust und Rücken sprangen, um sie umzuwerfen. Samm ging unter dem Angriff zweier Tiere zu Boden, Kira konnte sich im letzten Augenblick abfangen und blieb auf den Beinen, erlitt aber eine tiefe Bisswunde im Arm. Ein anderer Hund zerrte an ihrem Bein und riss es zur Seite. Im Stürzen schoss sie wild um sich. Ein Hund wich mit einer großen blutenden Schulterverletzung kläffend zurück, doch ein anderer sprang sofort herbei und schnappte gierig nach Kiras Kehle.

»Samm, hilf mir!«, rief Kira. Scharfe Zähne bohrten sich in ihr Bein, ein anderes Tier biss ihr in die Schulter. Nur die dicke Reisejacke verhinderte, dass die Kreatur die Zähne tief in ihren Körper treiben konnte. Neben ihr scharrten und knurrten die Hunde, die Samm angegriffen hatten, und schnappten gierig nach ihm. Kira fragte sich, warum sie ihn nicht schon niedergedrückt hatten wie sie selbst. Sie konnte nicht einmal das Gewehr heben, weil die Hunde auch die Waffe zu Boden pressten. Ein riesiges Tier hatte sich einfach darauf niedergelassen. Sie feuerte trotzdem einen Schuss ab und hoffte, den Angreifer zu vertreiben. Tatsächlich sprang auf der anderen Seite der Lichtung ein Hund mit schmerzvollem Heulen zur Seite, doch das riesige Tier blieb auf dem Gewehr hocken, knurrte nur und fletschte die mächtigen Zähne.

Der braune Hund, auf dessen Ruf sie reagiert hatten, sprang auf Kiras Oberkörper und trieb ihr die Luft aus den Lungen. Er schnappte nach ihrer Kehle, um ihr den Garaus zu machen. Kurz bevor er sie erreichte, stürzte er zur Seite, und Kira spürte, wie ihr ein warmer Blutschwall über den Brustkorb strömte. Samm stand vor ihr. Er hatte das Gewehr verloren und hielt stattdessen ein blutiges Jagdmesser in der Hand, mit dem er nach dem Hund hackte, der sich in Kiras Schulter verbissen hatte. Die riesige Kreatur sprang nun ihn an und warf ihn wieder zu Boden. Kira riss das Gewehr hoch, woraufhin ein weiterer Hund herbeihechtete, um es ihr wegzuschnappen. Mit den Zähnen packte er den Lauf, stemmte die schweren Pfoten auf ihren Oberkörper und verhinderte, dass sie Samm zu Hilfe kommen konnte. Die Hunde hatten endgültig die Oberhand gewonnen.

Plötzlich hörte sie hinter sich einen Schuss, und der Hund an ihren Füßen sank leblos in sich zusammen. Ein weiterer Schuss, und der Hund auf ihrem Gewehr wies eine große Wunde im Rücken auf. Wie ein behaarter Felsbrocken brach er zusammen. Er richtete die Augen auf sie, als das Leben aus ihm wich, und keuchte mit schrecklicher, fremdartiger Stimme ein einziges Wort.

»Bitte!«

Der Hund starb. Keine zehn Zentimeter vor Kiras Gesicht verloren seine Augen den Glanz. Erschrocken starrte sie das Untier an. Lautlos bewegten sich ihre Lippen, und das Gewehr hielt sie umklammert wie eine Rettungsleine. Ein weiterer Schuss fiel, und die Hunde knurrten nicht mehr, sondern bellten. Dies war offenbar die Form ihrer Kommunikation. Dann warfen sich alle Tiere des Rudels herum und flohen. Das größte blieb noch einmal kurz stehen und knurrte. »Mistkerl!« Dann verschwand der Hund wie die anderen zwischen den Bäumen.

Gleich danach tauchte Heron auf. Sie hatte das Gewehr immer noch im Anschlag und nickte Kira zu, bevor sie das tote Tier mit einem Tritt von Kiras Oberkörper schob.

Auch als sie frei war, konnte Kira sich noch nicht richtig bewegen.

»Hat mich der Hund gerade einen Mistkerl genannt?«, fragte Samm.

»Lasst uns verschwinden, bevor sie sich neu formieren!«, drängte Heron. »Kommt schon!«

Endlich konnte Kira wieder sprechen. »Was?«

»Wir müssen sofort weg von hier.« Samm bückte sich und streckte eine mit Schlamm und Blut besudelte Hand aus. »Wenn sie erst einmal Blut geleckt haben, sind wir so gut wie tot.«

Kira nahm seine Hand und rappelte sich auf. »Was, zur Hölle, ist hier los?«

»Wachhunde«, erklärte Heron und führte sie an der Felswand entlang zurück. »Wir haben sie im Krieg eingesetzt.«

»Sehr intelligente Hunde, darauf abgerichtet, die Soldaten auf dem Schlachtfeld zu unterstützen«, ergänzte Samm. Er hob sein Gewehr auf und trat hinter Kira, um rückwärtsgehend in die Richtung zu zielen, in die sich das Rudel zurückgezogen hatte. »Sie sind größer und zäher als gewöhnliche Hunde und können einfache Worte sprechen. Wir haben sie dort drüben für alles Mögliche eingesetzt. Ich hätte die Stimme sofort erkennen müssen, aber es ist zu lange her.«

»Hattet ihr wirklich sprechende Monsterhunde?«

»ParaGen hat sie hergestellt«, sagte Samm. »Anscheinend sind sie verwildert.«

Kira erinnerte sich an die Broschüre, die sie im Büro von ParaGen entdeckt hatte. Dort waren ein Wachhund und ein Drache erwähnt worden. Unwillkürlich blickte sie zum Himmel hinauf, doch von dort sauste kein Ungeheuer herab, um sie mit spitzen Krallen zu zerfleischen.

Auch in einigen Gefechtsberichten in Afas Archiv hatte sie das Wort *Wachhund* gelesen. Sie fühlte sich immer noch wie betäubt und schüttelte den Kopf, während sie über den Hundepfad stolperte. Aber es war nicht nur das Wort – vor ihrem inneren Auge erschien auch eine Szene aus ihrer Kindheit. Eine der wenigen Erinnerungen an ihren Vater. Ein riesiger Hund hatte sie angegriffen. Ihr Vater war eingeschritten und hatte sie gerettet. War es ein Wachhund gewesen oder eine andere Kreatur?

Noch schlimmer war die Erkenntnis, dass dieses Wesen, dieses unmenschliche, unnatürliche Geschöpf, den gleichen Ursprung hatte wie sie selbst. Auch wenn Kira äußerlich den Menschen ähnelte, der Herkunft nach war sie viel eher mit den Wachhunden als mit irgendeinem Menschen verwandt.

»Du hast zwölf Jahre lang auf Long Island gelebt«, sagte Samm. »Das war eine geschützte Umgebung. Der Rest der Welt hat sich verändert.«

»Sie kreisen uns ein«, warnte Heron. »Lauft los!«

Bitte!, hatte der sterbende Hund gesagt. Sein Gesicht hatte sich tief in Kiras Gedächtnis eingebrannt. Sie schüttelte den Kopf und erklomm die Böschung.

19

Ariel McAdams war schon vor Jahren aus Nanditas Haus geflohen und hatte danach allein im Süden von East Meadow gelebt. Nach dem Tod ihres Kindes – dank des Zukunftsgesetzes hatten alle Frauen auf Long Island tote Kinder zu beklagen – hatte sie East Meadow verlassen. Marcus hatte in den Krankenhausakten eine ungenaue Adressenangabe gefunden. Als er sich dort herumgetrieben und die Daten herausgesucht hatte, hätte man ihn beinahe eingesperrt. Er hatte ein Handfunkgerät dabei, um die Meldungen der Truppe abzuhören und mit Kira zu reden, falls sie ihn jemals wieder rief. Als er East Meadow verließ, klangen die Neuigkeiten äußerst unerfreulich. Die Partialarmee rückte kaum eine Stunde nach seinem Aufbruch in den Ort ein. Nun musste er sein Heil in der Flucht suchen. Wieder einmal überprüfte er die Adresse auf dem kleinen Zettel: *Eine Insel in Islip.* Das war nicht viel, aber immer noch besser als nichts.

Über das Funkgerät hatte er erfahren, dass die Partials East Meadow besetzt und gesichert hatten, um möglichst viele Einwohner gefangen zu nehmen, bevor diese fliehen konnten. Außerdem hatten sie Suchtrupps losgeschickt, um die Insel nach Einzelgängern zu durchkämmen und sie alle an den zentralen Sammelpunkt zu befördern. Trotzdem, die Insel war sehr groß, und selbst hunderttausend Partials konnten nicht überall gleichzeitig sein. Marcus hielt sich bedeckt, zündete nie ein Feuer an und überquerte kein offenes Gelände. In den ersten Tagen hatte er keine Mühe, den

Verfolgern aus dem Weg zu gehen. *Das wird nicht so bleiben,* dachte er. *Aber wenn ich Ariel finde und vorläufig untertauche, statt zu reisen, halte ich noch eine Weile durch.*

Am Abend des zweiten Tages erwachte das Funkgerät zwitschernd zum Leben. Sein Herz tat einen Sprung, doch er sah schnell ein, dass es weder Kira noch ein Guerillatrupp der Abwehr war. Vielmehr meldete sich Dr. Morgan.

»Dies ist eine Botschaft an alle Einwohner von Long Island«, begann sie. »Wir wollten keine Invasion durchführen, doch die Umstände haben uns dazu gezwungen. Wir suchen ein Mädchen namens Kira Walker. Sie ist sechzehn Jahre alt, einen Meter achtundsiebzig groß und wiegt ungefähr sechzig Kilogramm. Sie ist indianischer Abstammung, hat helle Haut und pechschwarzes Haar. Möglicherweise hat sie es abgeschnitten oder gefärbt, um ihre Identität zu verschleiern. Bringen Sie uns dieses Mädchen, und die Besetzung ist sofort beendet. Wenn Sie das Mädchen weiterhin verstecken, werden wir jeden Tag einen von Ihnen hinrichten. Diese Botschaft wird nacheinander auf allen Frequenzen ausgestrahlt und wiederholt, bis Sie unsere Anweisungen befolgen. Danke.«

Damit endete die Botschaft. Marcus lauschte schockiert dem statischen Rauschen, das darauf folgte.

Nach einigen Sekunden benommenen Schweigens drehte er am Abstimmknopf und suchte die nächste Frequenz. Auch dort war die Durchsage zu hören, genau wie Morgan es angekündigt hatte. Ungläubig hörte Marcus sie sich noch einmal an. Er lauschte der Botschaft auf vier weiteren Kanälen, fühlte sich wie in einem schlechten Traum und wusste doch, dass es die bittere Wahrheit war. Die Aussage war immer die gleiche. Sie wollten Kira, sie wollten Unschuldige töten, um Kira zu finden, sie schreckten vor nichts zurück.

In dieser Nacht schritt er in seinem behelfsmäßigen Unterschlupf hin und her und dachte über die Botschaft nach. Darum war es also letzten Endes bei der Invasion gegangen!

Sie suchten Kira und taten alles, um ihrer habhaft zu werden. Warum war sie so wichtig? Warum brauchten sie Kira so dringend?

Warum hatte Kira sich nicht mehr mit ihm in Verbindung gesetzt?

Er hatte keine Sonnenkollektoren für sein Funkgerät, denn der Senat und die Abwehr hatten schon bald nach dem Zusammenbruch alle Anlagen beschlagnahmt. Er besaß aber eine Handkurbel und arbeitete wie wild, um das Funkgerät am Laufen zu halten. Nach und nach verschwamm der Zeitablauf. Tagsüber suchte er Ariel, nachts kurbelte er wie besessen, weil er hoffte, Kira werde mit ihm Verbindung aufnehmen. Als er Islip erreicht hatte, versteckte er sich in einem unauffälligen Wohnhaus und verband das Funkgerät mit einem Hometrainer. Während er trat, lauschte er dem statischen Rauschen und dem Knistern in dem stillen Haus. Es gab verrückte Momente, in denen er sich vornahm, ebenfalls nach Manhattan zu gehen, um sie zu suchen. Dann stellte er sich alle möglichen Schreckensszenarien vor: Sie war von den Partials gefangen genommen, von Löwen gefressen oder einfach bei einem Gebäudeeinsturz verschüttet worden. Es war dumm, allein zu reisen, und er war dumm gewesen, sie allein reisen zu lassen. Doch wenn Kira sich etwas in den Kopf gesetzt hatte, hatte er sie noch nie aufhalten können.

Das Radio summte, der Heimtrainer quietschte. Als die Sonne unterging, legte er eine Pause ein, um Wasser zu trinken und einen Apfel zu essen, der im Hinterhof an einem großen Baum gewachsen war. Dann strampelte er sofort weiter. Er wusste, dass die Nacht die beste Zeit für einen Funkruf war, denn dann war es unsicher zu reisen, und Kira zog sich in ein Nachtlager zurück. Bis nach Mitternacht trat er in die Pedale, bis seine Beine brannten, die Füße pochten und die Hände vom Druck auf die Handgriffe schon Blasen bekamen. Anschließend kroch er, immer noch das Rauschen des Funkgeräts in den Ohren, ins Bett und schlief bald ein.

Am Morgen strampelte er noch eine Weile, und als er es zwischen den engen Wänden nicht mehr aushielt, ging er nach draußen, um Luft zu schnappen. Er rieb sich die schmerzenden Waden und begab sich auf einen Spaziergang, um Ariel zu suchen. *Eine Insel in Islip,* dachte er. Islip war groß, aber der Küstenstreifen war übersichtlich. Er wanderte den ganzen Tag auf und ab und suchte nach Anzeichen menschlichen Lebens. Am zweiten Tag entdeckte er eine Insel, am dritten Tag ein bewohntes Haus: gemähter Rasen, ein bestellter Garten, eine Veranda voller Stockflecken, auf der früher Ranken gewuchert hatten, die jedoch gewissenhaft gesäubert worden war. Marcus stieg die verzogene Holztreppe hinauf und klopfte an.

Drinnen lud jemand eine Schrotflinte durch. Das Geräusch überraschte ihn kaum, er zuckte nicht einmal zusammen.

»Wer ist da?«

»Ich bin Marcus Valencio«, sagte er. »Wir sind uns schon einmal begegnet, aber es ist einige Jahre her. Ich bin ein Freund von Kira.«

Es gab eine Pause. »Hau ab!«, zischte die Stimme.

»Ich muss mit dir reden«, sagte Marcus.

»Ich sagte, du sollst abhauen.«

»Nandita ist verschwunden ...«

»Ein Glück.«

»Ariel, hör mal! Ich weiß nicht, warum du mit den beiden Krach hattest, und mir ist nicht klar, warum du sie so sehr hasst. Ich kann dir aber versichern, dass ich dich nicht hasse. Ich bin sowieso nicht aus persönlichen Gründen hier. Sie haben mich nicht geschickt, ich werde ihnen nichts berichten und sie nicht auffordern, dich zu besuchen. Ich versuche auch ganz sicher nicht, Kira zu finden und sie Morgan zu übergeben. Ich will nur etwas herausfinden.«

Ariel antwortete nicht, Marcus wartete. Und wartete. Nach einer Weile musste er annehmen, dass sie ihn nicht anhören wollte, und wandte sich zum Gehen. Doch in diesem Moment sah er, dass sie eine kleine Bank auf die Veranda gestellt hatte. Es war keine Hollywoodschaukel, sondern eine schlichte Sitzgelegenheit, auf der man Platz nehmen und dem Lauf der Welt zusehen konnte. Er wischte eine Staubschicht weg, ließ sich nieder und begann zu reden.

»Falls du mir überhaupt zuhörst, möchte ich dich als Erstes fragen, wie du Nandita kennengelernt hast. Ich habe mit den anderen adoptierten Mädchen gesprochen, die mir aber nur sagen konnten, dass du damals schon bei ihr warst. Isolde erwähnte Philadelphia, wo Nandita dich gefunden habe. Von dort kommt auch Xochi, aber ich weiß nicht, ob das etwas zu bedeuten hat. Was ich wissen will, ist Folgendes ... Woher kommst du ursprünglich? Wie bist du Nandita begegnet? Bist du verloren durch die Straßen gewandert? Auf der Insel gab es viele Waisen. Es sind herzerweichende Geschichten über verlorene kleine Kinder, die allein umherliefen. Die Eltern sind tot, die Nachbarn ebenfalls, du wirst hungrig und hast Angst und läufst los, um irgendetwas zu finden. Bei mir war es Milch – wir hatten Schachteln voller Müsli im Haus, und das konnte ich mir mit fünf Jahren zubereiten. Deshalb aß ich jeden Tag mehrmals Müsli, und es dauerte nicht lange, bis die Milch alle war. Anschließend probierte ich etwas anderes, Erdnussbutter und Marmelade auf Tortillas und so weiter. Ich konnte nicht einmal mit einem Dosenöffner umgehen.« Er lachte und rieb sich eine Träne aus dem Augenwinkel. »Wie auch immer, ich verließ das Haus auf der Suche nach Milch. Ich weiß nicht, wo ich überhaupt etwas finden wollte. Die ganze Welt war totenstill. Hier und dort brannte es, ein Auto oder ein Drugstore, aber ich wohnte damals in Albuquerque, wo es nicht viele Bäume gab, über die sich das Feuer hätte weiter ausbreiten können. Ein paar Hydranten liefen unbeaufsichtigt, und das

Wasser strömte in den Rinnstein. Aber nirgends waren Menschen zu sehen. Ich lief den ganzen Weg bis zu dem nächsten Laden. Es war ein kleiner Kramladen, der meinem Onkel gehörte und nur ein paar Häuserblocks entfernt lag. Doch der Laden war geschlossen, und ich kam nicht hinein. Deshalb ging ich weiter und immer weiter, aber die ganze Stadt war verlassen. Mir begegnete kein einziger lebender Mensch. Schließlich fand ich einen Walmart. Wenn du in einer Stadt weit genug läufst, stößt du früher oder später zwangsläufig auf einen Walmart. Drinnen suchte ich nach Milch und stieß auf einen Mann, den ich noch nie vorher gesehen hatte. Er lud gerade Wasserflaschen in eine Schubkarre. Er sah mich an, und ich sah ihn an, und dann hob er mich in die Schubkarre und gab mir etwas Frühstücksfleisch. Hinten im Supermarkt entdeckte er sogar haltbare Milch, die noch nicht verdorben war. Ich aß eine Schale Müsli, während er einsammelte, was er brauchte. Er hieß Tray, den Nachnamen weiß ich nicht. Tray schleppte mich bis Oklahoma City mit, wo wir endlich auf die Nationalgarde stießen. Dort verlor ich ihn aus den Augen, und ehrlich gesagt weiß ich nicht einmal, ob er es bis hierher geschafft hat. Zu meiner Schande muss ich gestehen, dass ich in den letzten Jahren kaum noch an ihn gedacht habe. Ich nehme an, er haust irgendwo in der Wildnis, falls er noch lebt. Vielleicht fischt er oder betreibt eine Farm. Hätte er in der Stadt gelebt, dann wäre ich ihm dort begegnet. Ich weiß auch nicht, warum ich dir die ganze Geschichte erzähle – abgesehen davon, dass genau dies die Leute sind, die wir meiner Meinung nach brauchen. Leute, die so sind wie wir. Die Menschen konnten nur überleben, weil sie zusammengearbeitet und einander geholfen haben, und dadurch wurden RM und der Zusammenbruch zum gründlichsten natürlichen Selektionsprozess aller Zeiten. Ich weiß nicht, wie Nandita dich gefunden hat, aber sie hat dich aufgelesen und gerettet und hierhergebracht. Nun wird sie vermisst, und ich will die

Hintergründe herausbekommen. Was wusste sie? Was hat sie getan? Warum war sie hier? Warum wird sie von den Partials gesucht?«

»Sie hat mich in keinem Walmart gefunden«, sagte Ariel durch das Fenster. Marcus hatte sich in seinen Tagträumen verloren, aus denen Ariel ihn nun jäh herausriss. Der Vorhang war zugezogen, ihre Stimme klang gedämpft, doch er konnte sie gut verstehen. »Sie kam zu meinem Haus. Meine Eltern waren etwa seit vierundzwanzig Stunden tot. Sie kam und nahm mich mit.«

Marcus runzelte die Stirn, als er angestrengt über das Rätsel nachdachte. »Ob sie wohl wusste, dass du noch dort warst? Hatte sie es ganz gezielt auf dich abgesehen?«

»Ich glaube, ich durfte nicht einmal Abschied nehmen.«

Marcus wollte sich zu ihr umdrehen, doch die Vorhänge waren immer noch geschlossen. »Tut mir leid«, sagte er. »Das war nicht nett«, fügte er hinzu, nachdem es sonst nichts mehr zu sagen gab.

Ariel antwortete nicht.

»Die Partials suchen sie«, fuhr er schließlich fort. »Sie suchen auch Kira. Weil sie vor einigen Monaten etwas getan hat. Aber Nandita suchen sie, weil sie etwas weiß. Ich bin sicher, dass sie etwas weiß. Ich habe ein Foto von Nandita und einem Mann gesehen, und zwischen beiden Erwachsenen steht Kira. Sie hielten sich auf einem Gelände von ParaGen auf. Was Nandita auch wusste, es hatte mit Kira zu tun. Die Partials haben einen Großangriff gestartet, um die Hintergründe herauszufinden. Falls du eine Ahnung hast, was dies zu bedeuten hat, dann ... Bitte, du musst es mir sagen!«

Eine ganze Weile kam keine Antwort. Marcus hörte Ariels flachen Atem hinter dem Vorhang und wartete. Er hatte sowieso nichts Besseres vor.

»Nandita war Wissenschaftlerin«, erklärte Ariel schließlich. »Sie hat Experimente durchgeführt.«

»An Kira?«

»An uns allen.«

Ariels Haus war voller Pflanzkästen. »Ich wusste gar nicht, dass du eine Gärtnerin bist«, sagte Marcus, als sich seine Augen langsam auf das Zwielicht einstellten. Da so viele Patrouillen der Partials die Insel durchkämmten, hatte Ariel die Fenster so gut wie nur irgend möglich verdunkelt.

»Ich bin bei Nandita aufgewachsen«, antwortete sie. »Das Gärtnern ist eines der wenigen Gebiete, auf denen ich mich auskenne.«

»Hasst du sie deshalb so sehr?«

»Ich habe dir schon gesagt, warum ich sie hasse«, entgegnete Ariel leise.

»Die Experimente«, drängte Marcus. »Möchtest du dich dazu äußern?«

»Nein.« Sie blickte zur Straße hinaus. »Trotzdem ist es an der Zeit, darüber zu sprechen.« Sie schloss die Tür, und es wurde völlig dunkel im Raum.

Marcus wartete, bis sich seine Augen umgestellt hatten, und heftete den Blick auf Ariels Silhouette. »Welcher Art waren die Experimente? Warum haben die anderen Mädchen nichts darüber erzählt?«

Ihre Stimme wurde schärfer. »Weißt du, wie sehr ich mich bemüht habe, die ganze Vergangenheit hinter mir zu lassen? So zu tun, als würde ich ein normales Leben führen? Ich hatte einen Job, den ich nicht brauchte, nur damit ich tagsüber beschäftigt war, ich wurde zwei Jahre früher schwanger, als es das Zukunftsgesetz verlangte, ich jäte Unkraut in diesem albernen Garten, weil ... weil es die Leute vor dem Zusammenbruch so gehalten haben. Ich habe alles Erdenkliche getan, ich bin sogar meinen eigenen Schwestern aus dem Weg gegangen ...«

»Was ist passiert?«, bohrte Marcus. »Was war so übel?«

»Es begann mit dem Frühstück«, erzählte Ariel und richtete den Blick auf den Boden. »Nandita stand früh auf und machte uns Tee – Kamille, Pfefferminze und so weiter. Sie war ein Kräuterweib und kannte sich damit aus. Deshalb hatte sie alles Mögliche im Schrank und im Gewächshaus. Manches wie die Kamille durften wir anfassen. Dann gab es noch kleine Tropfflaschen mit Nummern, das waren wohl Probenbehälter. Die durften wir nicht berühren. Ich dachte mir damals nichts dabei, denn wir bekamen auch Ärger, wenn wir nur im Gewächshaus gespielt hatten. Also kam mir das gar nicht seltsam vor. Eines Morgens stand ich jedoch früh auf und ging hinunter, um beim Tee zu helfen, und da tröpfelte sie etwas aus den Fläschchen in den Tee. Ich hatte mir dabei immer noch nichts gedacht, doch als ich sie danach fragte, wirkte sie schuldbewusst – so schuldbewusst wie ich selbst, wenn ich etwas Verbotenes getan hatte. Sie spielte es herunter, es sei einfach nur eine neue Geschmacksrichtung oder so, aber diesen Gesichtsausdruck konnte ich nicht vergessen. Am nächsten Tag schlich ich wieder hinunter, um sie zu beobachten. Sie tat es abermals, dieses Mal mit anderen Tropfflaschen, und machte sich auf einem Klemmbrett Notizen. So ging das fast jeden Tag, und ich trank keinen Tee mehr.«

»Hast du dir das Klemmbrett angesehen?«

»Einmal, als ich ins Gewächshaus geschlichen bin. Sie hat es wohl bemerkt, denn ich habe es nie wieder zu sehen bekommen. Es waren nicht nur Notizen über den Tee, sondern auch über uns – wie schnell wir wuchsen, wie gesund wir waren, wie es um die Augen, das Gehör und so weiter bestellt war. Sie schlug uns oft Spiele vor, in denen es auf Koordination und Gedächtnis ankam, und nach dem Blick auf das Klemmbrett wollte ich auch bei den Spielen nicht mehr mitmachen. Sie hat nicht mit ihren Töchtern gespielt, sondern sie getestet.«

»Vielleicht hat sie einfach nur … eure Entwicklung verfolgt«, überlegte Marcus. »Ich weiß nicht genau, wie sich eine aufmerksame Pflegemutter verhalten müsste. Vielleicht ist das ganz normal.«

»Es war nicht normal«, widersprach Ariel. »Alles war ein Test, eine Studie oder eine Beobachtung. Sie spielte nicht Völkerball, sondern warf Bälle, um unsere Reflexe zu testen. Wir spielten nicht Fangen, sondern traten in Wettläufen auf der Straße gegeneinander an. Wenn eine von uns sich in den Finger schnitt oder das Knie aufkratzte, verband sie uns, begutachtete die Wunde aber vorher ganz genau.«

»Warum haben die anderen Mädchen nichts davon erwähnt?«, wunderte sich Marcus. »Ich habe ihnen viele Fragen über Nandita gestellt und sie gebeten, mir alles zu erzählen, was sie nur wussten. Über die Experimente haben sie kein Wort verloren.«

»Ich habe einige Male versucht, mit ihnen zu reden, aber sie wollten mir nicht glauben«, antwortete Ariel. »Die Tropffläschchen und das Klemmbrett haben sie nie gesehen, und sie hielten die Wettläufe einfach nur für Spiele.«

»Du hast hinter den Vorhang geblickt und alles in einem anderen Licht gesehen.«

»Genau.«

»Aber …« Marcus hielt inne und wog seine nächsten Worte sorgfältig ab. »Ist es möglich … ich nenne dich keine Lügnerin … Aber wäre es möglich, dass die Beobachtungen, die du als kleines Mädchen gemacht hast, völlig harmlos waren? Dass du aus irgendeinem Grund … paranoid reagiert und am Ende Böses interpretiert hast, während nichts dergleichen beabsichtigt war?«

»Das frage ich mich selbst hundertmal am Tag«, antwortete Ariel. »Oder sogar tausendmal. Ich hielt mich selbst schon für verrückt und undankbar und dachte, ich hätte mir alles nur eingebildet. Aber jedes Mal, wenn ich mir das sagte, fiel mir wieder etwas anderes ein und warf mich aus der Bahn. Alles, was sie tat, war eine verrückte, gemeine Methode, um uns zu überwachen und zu einer gewissen Denk- und Handlungsweise zu nötigen.«

»Warum bist du so sicher, dass es aus Absicht geschah?«

»Weil es auf dem Klemmbrett stand«, sagte Ariel. »Es ging um Madison, und es war eine Untersuchung über Kontrolle.«

»Was stand darauf?«

»Dort stand *Madison: Kontrolle*. Warum fällt es dir so schwer, das zu verstehen?«

Marcus schüttelte den Kopf. »Es ist ... es passt so schlecht zu meinen anderen Informationen. Hast du mit jemandem darüber gesprochen?«

Ariel schnaubte. »Stell dir eine Achtjährige vor, die einem Erwachsenen erzählt, ihre Mutter überwache sie!«

»Aber hast du denn nie ...«

»Natürlich habe ich es versucht. Ich habe alles versucht, was ich mir ausdenken konnte, und wenn ich gewusst hätte, was sexueller Missbrauch ist, dann hätte ich ihr auch das vorgeworfen. Alles, nur um aus dem Haus zu entkommen. Aber sie hat ja niemanden körperlich verletzt. Meine Schwestern waren glücklich, und ich war die wütende kleine Ariel. Keiner nahm mich ernst, nicht einmal meine Schwestern glaubten mir. Vielleicht funktionierte die Kontrolle ja schon, und man hatte sie einer Gehirnwäsche unterzogen oder ihr Gedächtnis gelöscht. Mir fiel nichts anderes ein, als das Gewächshaus zu zerstören.«

Marcus runzelte die Stirn, als er an das beeindruckende Gewächshaus in Xochis Garten dachte. »Hat sie es selbst wieder aufgebaut?«

»Du denkst an das neue«, vermutete Ariel. »Ich rede über das alte. Mit einer Brechstange habe ich jede einzelne Scheibe zertrümmert, jeden Topf, jede Pflanzkiste, jede Tropfflasche, die ich fand. Ich wusste aber, dass es nicht alle waren. Nandita ist anscheinend regelrecht explodiert, als sie nach Hause kam. Das hätte ich wirklich gern gesehen. Ich bin in ein leeres Haus auf der anderen Seite der Stadt gerannt. Es dauerte fast einen Monat, bis man mich fand. Ich rechnete damit, dass Nandita ... nun ja, ich weiß nicht, womit ich rechnete. Aber ich dachte nicht, dass sie mich zurückholen würde. Anscheinend hatte sie aber Zeit gehabt, sich zu beruhigen. Sie war immer noch teuflisch wütend, aber sie holte mich zurück.«

»Weil sie dich geliebt hat«, warf Marcus hoffnungsvoll ein.

»Weil sie mich für ihre wahnsinnigen Experimente brauchte«, widersprach Ariel. »Sie konnte ja nicht einfach mit einem anderen Kind von vorn beginnen.« Seufzend klopfte sie auf die Holztreppe. »Das war im Winter. Im Frühling sind wir in das neue Haus gezogen. Sie behauptete, es habe einen Wasserschaden gegeben, aber in Wirklichkeit brauchte sie vor allem ein neues Gewächshaus für ihre Kräuter. Ich bin noch einige Male weggelaufen, aber da die Kinder die wertvollste Ressource waren, wie es damals hieß, hat man mich immer wieder zurückgeholt. Sobald ich alt genug war, um allein zu leben, zog ich aus und kehrte nie wieder zurück.«

»Vielleicht hatten die Experimente mit RM zu tun«, überlegte Marcus. »Wie lange warst du dort? Bis du sechzehn wurdest?«

»Ja.«

»Dann verfolgte sie alles, alle körperlichen Veränderungen bis zum Ende der Pubertät.«

»So sieht es aus.«

»Lass mich nachdenken – Madison hat das einzige lebende Kind auf der Insel bekommen. Offensichtlich hing dies damit zusammen, dass Kira das Heilmittel gefunden hatte. Aber was, wenn noch mehr dahintersteckt? Es ist schon ein seltsamer Zufall. Glaubst du, es gibt da eine Verbindung zu Nanditas Machenschaften? Ein verstärktes Immunsystem, ein stärkerer embryonaler ... Ich weiß auch nicht, ich greife nach Strohhalmen. Aber vielleicht hatte es mit der Fortpflanzung zu tun.«

»Das weiß ich nicht«, antwortete Ariel. »Ich habe Jahre damit verbracht, möglichst nicht darüber nachzudenken.«

»Und nun ist Nandita verschwunden«, sagte Marcus. »Sie ist spurlos verschwunden, wie vom Erdboden verschluckt. Du weißt, was das bedeutet.«

Ariel hob den Kopf und sah ihn an. »Was denn?«

»Es bedeutet, dass sie ihr Haus nicht bewacht«, fuhr Marcus fort. »Vielleicht hat sie Aufzeichnungen zurückgelassen.«

Ariel kniff die Augen zusammen. »Das Haus steht in East Meadow, und der Ort wird von den Partials überwacht.«

Marcus nickte, und plötzlich zeigte sich wieder ein Anflug seines verschlagenen Grinsens. »Nach East Meadow bringen sie alle, die sie zu fassen kriegen. Deshalb ist es für uns sehr einfach, ebenfalls dorthin zu gelangen.«

20

»Ich darf den Rucksack nicht verlieren«, sagte Afa. »Ich bin der letzte Mensch auf dem Planeten.«

»Es wird schlimmer«, meinte Samm. Sein Pferd Buddy wurde allmählich etwas umgänglicher und schnaubte freundlich, als Samm ihm den Hals tätschelte. Kira war überzeugt, dass Buddy und Bobo Brüder waren, aber vielleicht ließ sie sich auch nur durch die Farbe täuschen. Inzwischen waren sie seit einer Woche unterwegs und tief in die Appalachen vorgestoßen. Afa hatte unzählige Karten durchgesehen, kleine Straßen, Orte und Berggipfel markiert, angestrichen und schließlich darauf bestanden, einen Umweg zum Gipfel des Camelback Mountain zu machen. Es war ein beeindruckender Riese, der seine Nachbarn um dreihundert Meter überragte. Dort oben, so behauptete Afa, befinde sich ein Relaissender, den er mit einem seiner kleinen Zoble-Sonnenkollektoren in Gang bringen wolle, damit die Verbindung zu den Funkanlagen auf Long Island nicht verloren ging. Man musste es Heron zugutehalten, dass sie keine Einwände erhob. So quälten sie sich die gewundene Straße zu dem Gelände hinauf, das früher einmal ein Wintersportparadies gewesen sein mochte. Oben erlebten sie jedoch eine Enttäuschung. Sie befanden sich auf keinem Berg, sondern auf dem Ausläufer einer weitläufigen Hochebene, die sich nach Westen erstreckte, so weit die Partials blicken konnten. Heron sah sich nach nützlichen Ausrüstungsgegenständen um, während Afa inmitten von Karten und fehlerhaften Berechnungen zusammenbrach und darauf beharrte, es sei alles ganz falsch, der Berg sei da, und sie seien nur am falschen Ort. Sie brauchten fast zwei Stunden, um ihn zu beruhigen. Endlich kamen sie überein, die Nacht gleich an Ort und Stelle zu verbringen und den Zoble trotzdem anzuschließen. Ob ein Berg oder eine Hochebene, es gab in der Nähe tatsächlich einen Relaissender. Kira bewunderte das filigrane Gitter des alten Turms. Afa versicherte ihnen, er habe alles richtig eingestellt, doch die Nacht brach an, bevor er fertig war, und Gewissheit konnten sie sich erst am nächsten Morgen verschaffen. Das Warten und die Tatsache, dass sie einstweilen nichts Sinnvolles tun konnte, machten Kira nervös. Sie beschloss, Bobo zu striegeln. Samm leistete ihr Gesellschaft.

»Mir ist klar, dass wir ihn brauchen«, sagte Samm leise. »Ich weiß nur nicht, ob er in dieser Verfassung sehr nützlich ist.«

»Denkst du so über ihn?«, fragte Kira. »Betrachtest du ihn als Werkzeug?«

»Du weißt doch, dass ich es nicht so meine«, erwiderte Samm. »Ich will damit sagen, dass ich mir Sorgen mache. Wir sind erst seit einer Woche unterwegs und brauchen mindestens noch einmal drei Wochen, bis wir Chicago erreichen. Wahrscheinlich sogar noch länger. Bis dahin ist er völlig neben der Spur.«

»Dann müssen wir ihn mit allen Mitteln beruhigen«, antwortete Kira. Wie aufs Stichwort richtete Afa sich in diesem Moment auf und watschelte, den Rucksack eng umschlungen, zu den Pferden.

»Wir müssen zurück«, sagte er und versuchte, Galgenstricks Sattel mit einer Hand aufzuheben. »Alle meine Akten – alles, was wir suchen. Ich habe es bereits gefunden, wir müssen nicht ins Rechenzentrum. Wir müssen zurück. Es ist alles da. Es ist sicher ...«

»Immer mit der Ruhe, Afa!« Vorsichtig nahm ihm Kira den Sattel ab. Seine Erregung übertrug sich bereits auf die Pferde, und Samm hatte Mühe, die Tiere zu bändigen. »Komm her!« Sie ergriff die Hand des großen Mannes und führte ihn zum Lagerfeuer zurück. »Erzähl mir von deiner Sammlung!«

»Du warst zwar dort, aber du hast nicht alles gesehen. Du hast den Sprecherraum nicht gesehen.«

»Doch, der Sprecherraum hat mir gefallen.« Sie redete beschwichtigend auf ihn ein. »Dort hast du alle E-Mails von ParaGen aufbewahrt.« Er sollte weiter über dieses Thema reden, weil es hoffentlich seine Stimmung aufhellte. Nach fast einer halben Stunde schien er sich endlich zu beruhigen. Sie rollte seinen Schlafsack aus, und er umarmte den Rucksack wie einen Teddybären.

»Es wird schlimmer mit ihm«, sagte Samm noch einmal.

»Das ist bemerkenswert, wenn ich bedenke, wie schlimm es schon am Anfang war«, meinte Heron.

»Ich kümmere mich um ihn«, versprach Kira. »Er wird es bis Chicago schaffen.«

»Du redest, als könnte er schlimmstenfalls den Verstand verlieren und nutzlos werden«, wandte Heron ein. »Ich rechne eher damit, dass er ausrastet und uns tötet. Gestern dachte er, Samm wolle seinen Rucksack stehlen. Vorgestern dachte er, du wolltest seine Gedanken lesen. Heute hat er mich zweimal beschuldigt, eine Partial zu sein.«

»Du bist eine Partial«, sagte Samm.

»Umso weniger bin ich erpicht darauf, dass er gewalttätig wird«, erwiderte Heron. »In dieser Relaisstation gibt es drei Chemikalien, die sich für den Bau einer Bombe eignen. Ich garantiere dir, dass dieser Fachidiot sie alle drei einzusetzen weiß. Er ist so brillant, wie du ihn beschrieben hast, aber er ist völlig daneben. Und das ist eine Kombination, die ich nicht gern in meiner Nähe habe.«

Kira betrachtete Heron im Feuerschein. Orangefarbenes Licht und dunkelbraune Schatten tanzten über die Partialfrau. Sie wirkte müde, und allein das machte Kira schon Angst. Bisher war Heron ihr mehr oder weniger unverwundbar vorgekommen und hatte viel mehr Können an den Tag gelegt, als Kira je zu hoffen gewagt hatte. Aber wenn sie aus Angst vor dem Verrat eines Verrückten nicht mehr schlief ...

»Was willst du tun?«, flüsterte Kira.

»Ich?«, fragte Heron. »Ich will nach Hause und die Partials retten. Ich dachte, das hätte ich deutlich genug gesagt.«

»Er hat einen Bildschirm im Rucksack und dazu einen Tokamin, um ihn mit Energie zu speisen«, sagte Samm. »Wenn er Strahlung abbekommen hat, könnte dies seine geistige Verfassung erklären. Wie auch immer – falls er es nicht schafft, könnte er uns aber verraten, wie wir in Chicago vorgehen sollen.«

»Ich rede morgen mit ihm«, versprach Kira. »Er vertraut mir am meisten.«

»Du solltest aufhören, seine Gedanken zu lesen«, warnte Heron. »Mir scheint, das stört ihn mächtig.«

Kira musterte die beiden Partials – die beiden anderen Partials, um genau zu sein – und fragte sich, was sie wohl in Chicago erwartete. War die Stadt voller Wachhunde und Drachen oder sogar von noch schlimmeren Kreaturen besetzt? Würde Afa sie hintergehen? Würde Heron sie verraten? Gleichgültig, wie freundschaftlich das Geplänkel auch klingen mochte, Heron blieb immer distanziert, immer eher eine Beobachterin als eine Teilnehmerin. Was beobachtete sie? Und für wen?

Kira schlief an einem Baum mit dem Rücken zum Feuer, die Hände an das Gewehr gelegt. Am nächsten Morgen testeten sie die Sonnenkollektoren, und der Relaissender erwachte sofort zum Leben. Afa hatte tatsächlich alles fehlerlos eingerichtet. Samm nickte, und obwohl er es nicht aussprach, schien er beeindruckt zu sein – zumindest aber überrascht. Kira klopfte Afa auf den Rücken. »Gut gemacht.«

»Die Zobles sind extrem widerstandsfähig«, erklärte er und wirkte ein wenig abwesend. »Sie haben eine Blindekuhmatrix um gedopte Siliziumkristalle gelegt, um den Wirkungsgrad zu erhöhen.« Kira nickte nur, weil sie nicht wusste, welche seiner Äußerungen tatsächlich auf Wissenschaft beruhten und was reiner Unfug war. Der intelligente Erwachsene in ihm vermischte sich ständig mit der kindlichen Persönlichkeit. Kira wusste nicht immer, wer gerade die Oberhand hatte. Jedenfalls machte sie sich Sorgen, seine seelische Stabilität könnte sich mit der Zeit auflösen.

»Lasst uns das Funkgerät ausprobieren!«, schlug sie vor. Er reagierte sofort, schaltete es ein und drehte vorsichtig am Knopf. Mit rein technischen Aufgaben, die er schon oft erledigt hatte, fühlte er sich am wohlsten. Er stimmte das Funkgerät ab, lauschte, stimmte es erneut ab, lauschte wieder und entdeckte schließlich ein von Menschen oder Partials stammendes Signal. Kira beugte sich vor, während Afa sich um die Feinabstimmung kümmerte.

»... zurückgezogen. Unsere Quellen auf der Insel berichten, es sei lediglich ...«

»Das sind Partials«, stellte Heron fest.

»Erkennst du die Fraktion?«, fragte Kira. Afa hieß sie schweigen, legte den Kopf schief und hörte aufmerksam zu.

»... töten jeden Tag einen anderen.«

»Sie stammen aus dem Norden«, erklärte Heron. »Trimbles Leute aus der B-Kompanie.«

»Worüber reden sie?«, fragte Kira.

Heron kniff die Augen zusammen. »Wahrscheinlich über das Verfallsdatum.«

»Wir müssen Marcus finden.« Kira zog Afa behutsam von der Abstimmung des Senders weg. In ihren Funkkontakten während der Invasion hatten sie und Marcus ständig wechselnde Frequenzen vereinbart, um den Feinden das Abhören zu erschweren. Sie zählte im Kopf die Tage zusammen, berechnete, welcher Kanal an diesem Tag an der Reihe war, und hoffte, dass er immer noch mithörte. Sie stimmte den Sender neu ab und schaltete das Mikrofon ein. »Flachkopf, hier ist Phillips, sind Sie da? Over.« Sie schaltete das Mikrofon ab und wartete auf die Antwort.

Heron lächelte geringschätzig. »Flachkopf und Phillips?«

»Das war in der Schule sein Spitzname«, erklärte Kira. »Was soll ich sagen? Er hatte tatsächlich einen Flachkopf. Seit zwei Wochen nenne ich ihn so, weil ich weiß, dass nur er mich erkennt, aber niemand sonst.« Sie zuckte mit den Achseln. »Auch nur eine paranoide Sicherheitsvorkehrung. Phillips schien das passende Gegenstück zu sein.«

»Flachkopf und Phillips sind zwei Typen von Schraubenziehern«, erklärte Afa. »Außerdem gibt es Frearson, Sechskant, Kreuzschlitz und ...«

»Ja.« Samm klopfte ihm beruhigend auf die Schulter. »Wir sind im Bilde.«

»Fass mich nicht an!« Afa sprang auf. Samm wich zurück, und Afa schrie mit wutrotem Gesicht los. »Ich habe dir nicht erlaubt, mich zu berühren!«

»Schon gut, Afa.« Kira versuchte ihn zu besänftigen. »Es ist schon gut, aber sei still! Ich rufe noch einmal über Funk, deshalb müssen wir leise sein.« Der Hinweis auf die Erfordernisse der Funktechnik schien zu wirken, denn Afa setzte sich wieder. Kira nahm das Mikrofon in Betrieb. »Flachkopf, hier ist Phillips, hören Sie mich? Kommen Sie, Flachkopf. Bitte antworten Sie. Over.« Sie schaltete ab und lauschte auf das statische Rauschen.

»Kreuzschlitz, Pozi und Torx ...«, fuhr Afa leise fort.

»Phillips, hier ist Flachkopf.« Marcus' Stimme war verzerrt und von Knistern unterbrochen. Sofort streckte Afa die Hand aus, um die Abstimmung zu verbessern. Die Lautstärke schwankte stark. »... nur sehr schwacher Empfang ... seit mehr als einer Woche. Over.« Schließlich war Marcus' Stimme deutlich zu hören, und Kira wartete, bis er fertig war, bevor sie lächelnd auf den Sprechknopf drückte.

»Ich bedaure die Ausfallzeit, Flachkopf. Wir hatten viel zu tun. Wir mussten ...« Sie hielt inne, überlegte, wie sie ihm am besten berichten konnte, was sie tun wollten, ohne allen anderen ihre Pläne zu verraten. »Wir mussten einen Standortwechsel vornehmen. Wir mussten das Basislager verlegen, denn sie standen dicht davor, uns zu entdecken. Unsere Kommunikation wird von nun an häufiger unterbrochen sein. Over.«

»Gut zu hören«, erwiderte Marcus. »Ich habe mir schon Sorgen gemacht.« Es gab eine lange Pause. Er hatte nicht *Over* gesagt, und Kira war nicht sicher, ob sie ihm antworten oder lieber noch warten sollte. Als sie schließlich auf den Sprechknopf drücken wollte, meldete Marcus sich noch einmal. »Überwachen Sie immer noch den Funkverkehr? Over.«

»Wie gesagt, wir hatten hin und wieder Ausfälle«, antwortete Kira. »Was liegt an? Over.«

Abermals gab es eine Pause. Seine Stimme klang gequält, als er sich endlich meldete. »Doktor Morgan hat die Insel besetzt. Sie hat das ganze Gebiet erobert. Sie überwacht es nicht nur, wie Delarosa es getan hat, als sie die Macht an sich riss, sondern ... Es ist beinahe wie ein Zoo oder eine Ranch. Sie treiben alle zusammen, die sie zu fassen bekommen, setzen sie in East Meadow fest und töten sie der Reihe nach. Jeden Tag ist ein anderer dran.« Er flüsterte nur noch. »Over.«

Kira keuchte.

»Das haben wir auch von dieser anderen Person gehört«, warf Afa ein. Kira hieß ihn mit einer unwirschen Geste schweigen und drückte auf den Knopf. Im Grunde wusste sie schon, was er auf ihre nächste Frage antworten würde, aber sie konnte nicht anders und stellte sie trotzdem.

»Warum töten sie die Menschen?« Sie zögerte, dann überwand sie sich. »Over.«

»Sie suchen Kira Walker.« Es widerstrebte Marcus, ihre Identität preiszugeben, doch sie hörte, wie schrecklich er litt. Hoffentlich hörte niemand auf dieser Frequenz mit!

»Ich habe euch gewarnt, dass es schlimm enden wird.« Heron deutete auf das Funkgerät. »Ihn habe ich auch gewarnt.«

»Halt den Mund!«

»Du musst dich stellen«, drängte Heron.

»Ich sagte, du sollst den Mund halten!«, schrie Kira. »Gib mir eine Minute zum Nachdenken!«

Marcus hielt die Tarnung aufrecht. »Ich habe niemandem verraten, wo sie ist. Zwar weiß ich es auch nicht, aber ich habe auch das nicht weitergegeben, was mir bekannt ist. Wenn sie sich stellt … es liegt bei ihr. Ich kann ihr natürlich nichts vorschreiben. Over.«

Kira starrte das Funkgerät an, als könnte sie es aufknacken und eine Antwort darin finden, die auf wundersame Weise alle Probleme löste. *Sie töten jeden Tag einen Menschen,* dachte sie. *Jeden Tag.* Es war schrecklich, entsetzlich, unvorstellbar, und doch … War es wirklich schlimmer als das, was jetzt schon jeden Tag mit den Partials geschah? Natürlich wurden sie nicht hingerichtet, aber sie starben trotzdem. Kira hatte Heron gegenüber darauf beharrt, die Reise nach Chicago sei wichtiger, als die Hinrichtungen zu unterbinden. Es gelte vor allem, die Rätsel um ParaGen und die Sicherung zu ergründen. Sie mussten die Antworten finden und auf beiden Seiten die Probleme ein für alle Mal lösen. Nicht nur einen Schnellverband auflegen, sondern eine dauerhafte Heilung bewirken. Wenn sie bereit war, sterbende Partials in Kauf zu nehmen, dann musste sie auch sterbende Menschen in Kauf nehmen. Alles andere wäre unehrlich und unehrenhaft gewesen.

Sie schauderte, bekam schwache Knie, und ihr wurde beinahe übel, als sie an die vielen Toten dachte.

»Ich will diese Verantwortung nicht tragen«, murmelte sie. »Ich will nicht diejenige sein, die alle suchen und die entscheiden muss, wer leben darf und wer sterben muss.«

»Du kannst darüber in Tränen ausbrechen oder alles in Ordnung bringen«, meinte Heron. »Kehr um, und du rettest beide Seiten! Wir haben echte Aussichten, das Verfallsdatum der Partials aufzuheben, und dann stellt Morgan das Töten ein.«

»Das rettet die Menschen für kurze Zeit«, erwiderte Kira, »aber ich will sie für immer retten.« Sie hielt inne, starrte das Funkgerät an und wandte sich wieder an Heron. »Warum bist du hier?«

»Weil du störrisch bist und nicht umkehren willst.«

»Aber du hättest nicht mitzukommen brauchen«, fuhr Kira fort. »Du warst von Anfang an gegen diese Mission und hast uns trotzdem begleitet. Warum?«

Heron blickte Samm an. »Aus dem gleichen Grund wie du.« Sie wandte sich wieder an Kira. »Aus dem gleichen Grund, aus dem du mir vertraut hast. Samm vertraut mir, und das hat dir gereicht. Nun, Samm vertraut dir, und das reicht mir ebenfalls.«

Kira nickte, ohne den Blick von Heron zu wenden. »Und wenn wir weiterreiten?«

»Ich halte dich für eine Närrin«, erklärte Heron. »Aber falls Samm dir immer noch vertraut ...«

»Ihr Signal wird schwächer«, sagte Marcus plötzlich. Auch seine Stimme klang zunehmend verzerrt. »Wo sind Sie? Over.«

»Das können wir Ihnen nicht sagen«, antwortete Kira. *Ich kann dir nicht einmal verraten, wer bei mir ist.* »Wir suchen etwas. Ich wünschte, ich könnte mehr erzählen, aber ...« Sie ließ den Satz unvollendet, weil sie nicht wusste, was sie sagen sollte, und fügte nur noch »Over« hinzu.

Sie warteten, bekamen aber keine Antwort mehr.

»Vorübergehende atmosphärische Störungen«, erklärte Afa. »Unser Empfang kann durch Wolken, Gewitter oder Fallstreifen verbessert oder gestört werden.«

»Ich vertraue dir noch immer«, bekräftigte Samm. »Wenn du glaubst, wir sollten weitermachen, dann folge ich dir.«

Kira warf ihm einen langen, harten Blick zu und fragte sich, was er in ihr sah und was sie selbst nicht wahrnahm. Schließlich gab sie auf und schüttelte den Kopf. »Was ist mit der Sicherung?«

»Was soll damit sein?«, erwiderte Samm.

»Wir wissen nicht, was die Sicherung ist, aber dem Wort zufolge wird damit ein Ausfall verhindert. Eine Vorrichtung, die einspringt und alles in Ordnung bringt, wenn etwas schiefläuft. Was ist, wenn die Sicherung alle unsere Probleme löst und wir müssen sie nur noch finden und aktivieren?« Sie dachte über Graeme Chamberlain nach, der dem Trust angehört und an der Sicherung gearbeitet hatte. Nach Vollendung seiner Arbeit hatte er sich umgebracht. Trotz der Wärme lief ihr ein Schauer über den Rücken. »Was ist, wenn sich hinter der Sicherung etwas Schreckliches verbirgt? Wenn sie in genau jenem Moment anspricht, in dem wir denken, wir hätten alles in Ordnung gebracht? Wenn alles zum Teufel geht? Wir wissen ja nicht einmal, was genau die Sicherung ist. Es könnte alles Mögliche sein.«

»Woher weißt du, ob das überhaupt eine Rolle spielt?«, entgegnete Heron.

»Es muss wichtig sein«, beharrte Kira. »Der Trust hat einen Plan verfolgt. Das Heilmittel für die RM-Seuche liegt in den Hormonen der Partials, und außerdem gibt es mich – so etwas wie eine Partialfrau, die in einer Menschensiedlung gelebt hat. Das alles kann kein Zufall sein. Wir müssen herausfinden, was es zu bedeuten hat.« Sie hielt inne. »Wir müssen es einfach herausfinden. Das ist der gleiche alte Streit, den ich schon so oft mit Mkele hatte. Es geht um die Gegenwart und die Zukunft. Manchmal muss die Gegenwart zur Hölle werden, damit die Zukunft so wird, wie sie sein soll.« Sie schaltete das Mikrofon wieder ein. »Wir gehen weiter«, sagte sie nur. »Over.«

21

Vom Camelback Mountain bis zum Susquehanna River folgte ihnen eine weitere Hundemeute, ging jedoch nie zum Angriff über. Samm band die Lebensmittel und die Ausrüstung nachts hoch oben in den Bäumen fest, und Heron und Kira kümmerten sich um den Schutz der Pferde. Afa redete nicht mehr mit Samm und kaum noch mit Heron. Wenn er Heron doch ansprach, schien er die beiden Mädchen zu verwechseln. Morgens, wenn er ausgeruht war, ging es ihm besser, doch mit jedem Tag wurde er etwas misstrauischer und geheimniskrämerischer. Kira beobachtete, wie sich eine dritte Persönlichkeit entwickelte, eine gefährliche Mischung aus dem verwirrten Kind und dem paranoiden Genie. In diesem Zustand stahl Afa ein Messer aus Kiras Ausrüstung und wollte Samm niederstechen, als dieser dem Rucksack zu nahe kam. Sie nahmen ihm das Messer wieder ab, aber Kira befürchtete, dass dieser Zwischenfall auf lange Sicht noch größeren Schaden anrichten und Afas Misstrauen und seinen Verfolgungswahn weiter nähren könnte.

Unterwegs dachte Kira über ihre Erfahrungen mit dem Link nach. Manchmal spürte sie etwas, dann wieder nichts. Wirklich zusammenreimen konnte sie sich das alles nicht. Vielleicht waren aber gar keine unberechenbaren Zufälle am Werk, sondern sie verfügte einfach über zu wenig Informationen. Schließlich versuchte sie, Samms Emotionen aufzufangen oder ihm eine Nachricht zu senden, scheiterte aber kläglich. Anscheinend gelang die Übermittlung nur, wenn sie unter hohem Druck stand, beispielsweise im Gefecht. Nachdem sie es einige Tage lang vergeblich versucht hatte, wandte sie sich direkt an Samm.

»Zeig mir, wie du den Link benutzt!«

Samm musterte sie mit unbewegter Miene, und doch war ihr klar, dass er Linkdaten aussandte, die seine Gemütsverfassung widerspiegelten. War er verwirrt? Misstrauisch? Sie biss die Zähne zusammen und versuchte ihn zu spüren, fing jedoch nichts auf. Oder es gelang ihr nicht, zwischen dem Link und intuitiver Erfassung zu unterscheiden.

»Du kannst die Nutzung des Links nicht erlernen«, erklärte er. »Das ist so, als wolltest du sehen lernen. Entweder sehen deine Augen, oder sie sehen nicht.«

»Vielleicht benutze ich den Link bereits unbewusst, ohne es zu merken. Zeig mir, wie es funktioniert, damit ich es erkenne, wenn es geschieht!«

Samm ritt eine Weile schweigend weiter, schließlich schüttelte er den Kopf. Es war eine überraschend menschliche Geste, die er wohl ihr oder Heron abgeschaut hatte. »Wie soll ich es dir beschreiben? Schließlich weiß ich nicht, wie sich alles ohne Link anfühlt«, entschuldigte er sich. »Es ist so, als hättest du keine Augen. Du benutzt deine Augen ständig – der Sehsinn ist für Menschen und Partials so wichtig, dass er allen Lebensbereichen eine Färbung verleiht. Sogar das Wort *Färbung* belegt dies, denn es kann auch abstrakte Vorgänge beschreiben. Es ist eine Metapher aus dem Reich des Auges, die zur Beschreibung von etwas Unsichtbarem benutzt wird. Stell dir jemanden vor, der ohne Augenlicht lebt! Dann hast du einen Anhaltspunkt, wie ich mir das Leben ohne den Link vorstelle.«

»Aber das Auge täuscht uns immer wieder«, wandte Kira ein. »Auch Blinde können sich in der Gesellschaft bewegen, und ich möchte wetten, dass sie ohne Weiteres auch Metaphern wie *Färbung* verstehen.«

»Trotzdem gilt Blindheit als Behinderung«, widersprach Samm. »Zumindest unter Partials.«

»Auch unter Menschen.«

»Nun gut«, fuhr er fort. »Und niemand würde behaupten, Blindheit sei lediglich eine stilistische Abweichung. Es ist tatsächlich eine Minderung der Fähigkeiten.«

»Sieh dir das an!«, sagte Kira. Sie riss die Augen weit auf und machte ein übertrieben erstauntes Gesicht. Samm reagierte nicht. »Hast du's gesehen?«

»Was denn?«

»Ich habe gerade die Augen aufgerissen.«

»Das tust du öfter«, erwiderte Samm. »Wenn du sprichst, sind verschiedene Teile deines Gesichts und deines Körpers ständig in Bewegung. Heron tut es auch. Früher dachte ich, sie leidet unter Muskelkrämpfen.«

Kira lachte. »Das nennt man Körpersprache. Ein großer Teil der sozialen Interaktion, der bei euch über Pheromone läuft, findet bei uns mit dem Mienenspiel und kleinen Gesten statt. Dies bedeutet, dass ich überrascht bin.« Wieder riss sie die Augen auf. »Dies bedeutet, dass ich nichts weiß.« Sie zuckte mit den Achseln und zeigte ihm die leeren Handflächen.

»Wie ...?« Samm hielt inne, und statt wie ein Mensch die Stirn zu runzeln oder die Lippen zu schürzen, um seine Verwirrung zu zeigen, sandte er die gleiche Information mittels der Pheromone aus. »Wie bringt ihr euch das gegenseitig bei? Wie lange braucht ein neues Mitglied eurer Kultur oder ein Kind, um alle diese komplizierten kleinen Zeichen zu lernen?« Er versuchte, ein Achselzucken nachzuahmen, doch es wirkte steif und mechanisch.

»Das ist ungefähr so, als würde man einen Spanisch sprechenden Menschen fragen, warum er sich so viel Mühe mit diesen vertrackten Wörtern gibt, obwohl er doch einfach Englisch sprechen könnte«, erwiderte Kira. »Müsst ihr den neuen Partials die Linkdaten beibringen?«

»Wir haben seit Jahren keine neuen Partials mehr bekommen«, erklärte Samm. »Nein, natürlich müssen wir es ihnen nicht zeigen. Ich verstehe, worauf du hinauswillst. Du willst mir sagen, die Körpersprache sei für die Menschen ebenso selbstverständlich wie der Link für die Partials.«

»Genau.«

»Aber wie ...« Er hielt inne, und diesmal konnte Kira nur raten, welche Linkdaten er aussandte. »Ich wollte gerade fragen: Wie könnt ihr euch über Funk verständigen, wenn die Hälfte eurer Kommunikation auf dem visuellen Eindruck beruht? Aber auch der Link kann sich nicht über Funk verbreiten, also ist es auch hier wieder das Gleiche. Andererseits können Partials sich sogar in völliger Finsternis verständigen.«

»Das räume ich gern ein«, sagte Kira. »Aber zum Ausgleich haben wir viele sprachliche Ausdrucksmittel, die euch fehlen. Hör dir diese beiden Sätze an: Willst du *das* essen? Oder: Willst *du* das essen?«

Samm starrte sie nur an. Beinahe hätte Kira über seine Verwirrung gelacht. »Du wirst mir sicher gleich erklären, dass die Veränderung der Lautstärke den Sinn der Aussage beeinflusst. Für derartige Betonungen benutzen wir meist den Link.«

»Ich nehme an, damit sind wir im Funkverkehr im Vorteil.« Kira rieb sich die Nase. »Das könnte der Schlüssel für den Sieg in diesem Krieg sein.«

Samm lachte, und Kira erkannte, dass wenigstens das Lachen für die Partials nichts Ungewöhnliches war. Womöglich brauchten sie es nicht, da sie Belustigung oder Humor über den Link ausdrücken konnten, aber sie lachten trotzdem. Vielleicht war es in einen menschlichen Teil ihrer maßgeschneiderten DNA eingebaut. Eine Art instinktive Reaktion? »Genug der Körpersprache!«, sagte Kira. »Ich will mit dem Link üben, also lass knacken!«

»Ich fürchte, selbst wenn es laut knackt, wirst du den Link nicht entdecken.«

»Das ist nur so ein Ausdruck. Schick mir ein paar Linkdaten! Überflute mich damit! Ich muss lernen, die Daten aufzufangen.«

In den folgenden Tagen trainierten sie. Samm schickte ihr mittels der Pheromone einfache Botschaften, und Kira gab sich größte Mühe, sie aufzufangen und zu erkennen, welche Gefühle im Spiel waren. Einige Male glaubte sie, etwas zu spüren, doch meist war sie völlig ratlos.

Auf einer breiten Straße, die mit der Zahl 80 markiert, stellenweise zerstört und verfallen, aber meist noch gut erhalten war, ritten sie durch die Appalachen. Jenseits des Flusses kamen sie schneller voran und hofften, das Hunderudel sowie alle möglichen Beobachter weit hinter sich zu lassen. Sobald sie kaum noch Angst vor Angriffen haben mussten, ritten sie unbekümmerter weiter. Nur das ungeschützte Ackerland machte Afa zunehmend Angst. In nahezu jedem Ort wollte er anhalten und wie ein Besessener die Buchläden oder Bibliotheken durchsuchen. Die Gegend wurde von lang gestreckten niedrigen Hügelketten beherrscht. Afa ging es besser, wenn sie die Täler zwischen den Erhebungen durchquerten, die zwar keine Häuser waren, aber zu seiner Beruhigung immerhin das Blickfeld eingrenzten. Kira hoffte, dass sich das Hügelland bis Chicago erstreckte, doch je weiter sie nach Westen gelangten, desto flacher und konturloser wurde das Gelände. Als sie den Allegheny River überquerten und die Ebenen des Mittleren Westens vor ihnen lagen, murmelte Afa immer zusammenhangloser vor sich hin. An der Grenze zwischen Pennsylvania und Ohio erkannte Kira, dass er nicht nur redete, sondern sich mit einem ganzen Chor von Stimmen in seinem Kopf herumstritt.

Im Mittleren Westen waren die Städte Afas einzige Rettung. Glücklicherweise hatten die Orte eine größere Ausdehnung und lagen näher beieinander. Heron dagegen wurde immer vorsichtiger, rechnete sie doch allenthalben mit dem Angriff unsichtbarer Feinde. Soweit wie möglich blieben sie auf dem Interstate 80, durchquerten Youngstown und folgten der Straße nach Norden bis zu einem Ort namens Cleveland. Beide Städte waren gespenstisch leer. Hier fehlte sogar der Kudzu, der Kiras Heim an der Ostküste in einen Dschungel verwandelt hatte. New York war still und verlassen, aber die Pflanzen erweckten immerhin einen Anschein von Lebendigkeit. Die verfallenen Städte dieser Region waren tot und kahl, angegriffen von Wind und Wetter. Es waren untergehende Monumente in einer konturlosen weiten Ebene. Kira fühlte sich schon einsam, wenn sie sich in den Orten nur umsah, und sie war so froh wie Heron, wenn sie die Siedlungen hinter sich ließen. Die Straße führte am Südufer eines grauen Meers entlang, das laut Samm lediglich ein See war. Als sie die Wasserfläche auf der Karte betrachtete, konnte Kira kaum glauben, dass sie kein Teil des Ozeans war, den sie hinter sich zurückgelassen hatten. Sie hatte das Meer noch nie gemocht, weil sie sich am Strand immer klein und schutzlos fühlte, doch jetzt sehnte sie sich danach. Sie sehnte sich auch nach ihren Freunden – vor allem nach Marcus. Bobo wieherte und schüttelte die Mähne, und sie tätschelte ihm dankbar den Hals. Sie konnte nicht verstehen, wie die alte Welt ohne Pferde zurechtgekommen war. Autos konnte man nicht streicheln.

In einer Stadt namens Toledo mündete ein breiter Fluss, der sich von Süden heranschlängelte, in den See. Am Ufer zügelten sie die Pferde. Die Böschung fiel bis zu dem tosenden Fluss zwanzig Meter steil ab. Drunten lagen die Trümmer der Brücke, die den Interstate 80 getragen hatte.

»Was ist hier passiert?« Beim Blick in die Tiefe wurde Kira fast schwindelig. Der Wind peitschte ihr Haar. »Die Brücke war zu neu, um einfach zusammenzubrechen.«

»Sieh dir die Streben an!« Samm deutete nach unten auf die Metallträger, die auf ihrer Seite des Abgrunds schief aus dem Beton aufragten. »Sie wurde in die Luft gejagt.«

»Das sollte dich glücklich machen«, sagte Heron zu Afa. Afa ließ Galgenstrick im Kreis laufen, achtete nicht auf seine Gefährten und murmelte Drohungen, die sich nach Kiras Ansicht nur zum Teil auf das Pferd bezogen.

»Wir müssen die Schlucht umgehen.« Samm zog Buddy nach links und wollte umkehren. Kira blieb am Abhang stehen und blickte zur anderen Seite hinüber. Die Trümmer der Brücke hatten eine Barriere im Fluss geschaffen. Sie war weder groß noch hoch genug, um das Wasser aufzustauen, behinderte es aber doch so stark, dass es schäumend über das Hindernis hinwegrauschte, bevor es ein Stück weiter wieder ruhiger dahinfloss.

»Wer könnte die Brücke gesprengt haben?«, fragte sie.

»Es herrschte Krieg«, antwortete Heron. »Wahrscheinlich warst du noch zu jung, um dich daran zu erinnern.«

Am liebsten hätte Kira die Partialfrau böse angefunkelt, hielt sich aber zurück. »Ich weiß, dass Krieg herrschte«, antwortete sie. »Ich verstehe nur nicht, welche Seite gute Gründe hatte, eine Brücke in die Luft zu jagen. Du hast mir gesagt, die Partials hätten sich auf militärische Ziele konzentriert, sie kommen also nicht infrage. Und die Menschen hätten doch sicher ihre eigenen Bauwerke nicht zerstört.«

»Mit dieser Einstellung hat der Krieg begonnen«, erwiderte Heron. Kira war überrascht, welcher Zorn aus Herons Worten sprach.

»Das verstehe ich nicht.«

Heron sah sie forschend und zugleich missbilligend an, dann drehte sie sich um und blickte zum Fluss. »Du unterstellst stillschweigend, dass die Menschen die Herrscher waren. Diese Brücke gehörte den Menschen ebenso wie den Partials.«

»Die Partials bekamen zweitausendvierundsechzig das Recht, Besitz an Sachwerten zu erwerben«, warf Afa ein. Er starrte auf die Straße, während Galgenstrick weiter kreiste. »Diese Rechte wurden von staatlichen Gerichten nicht anerkannt, und die Partials sahen sich nach wie vor außerstande, Darlehen zu erhalten und etwas zu kaufen. *New York Times*, Sonntagsausgabe, vierundzwanzigster September.«

»Da hast du deine Antwort.« Samm deutete auf das schäumende Wasser, das über die Trümmer der Brücke strömte.

»Dort unten, es ragt etwa sechs Meter vor dem Ufer aus dem Wasser!« Kira blickte in die angegebene Richtung und schirmte die Augen gegen das grelle Glitzern der Wellen ab.

Dort unten ragte ein Metallstück, das sich irgendwie zwischen den Bruchstücken der Brücke verkeilt hatte, aus dem Wasser heraus. Sie holte das Fernglas hervor und betrachtete es genauer. Als sie die Linsen scharf gestellt hatte, erkannte sie die Kanone eines Panzers. Der Rumpf wölbte sich dicht unter der Wasseroberfläche und klemmte zwischen dem Beton und Stahl der Trümmer. Auf der Seite des Rohrs war die Zahl 328 zu erkennen. »Als die Brücke einstürzte, fuhr gerade ein Panzer darüber.«

»Wahrscheinlich waren es sogar Dutzende«, bestätigte Samm. »Die Dreihundertachtundzwanzigste war eine Panzerkompanie der Partials. Ich nehme an, die örtlichen Milizen haben die Brücke vermint und in die Luft gejagt, um so viele Partials wie möglich bei der Überquerung zu töten.«

»Das hätten sie nie getan«, widersprach Kira.

»Sie haben noch viel Schlimmeres getan«, fauchte Heron.

Samm reagierte etwas sanfter. »Gegen Ende des Kriegs waren sie so verzweifelt, dass sie buchstäblich alles versucht haben«, erläuterte er. »Der Sieg der Partials war schon so gut wie sicher, und die Freisetzung des RM-Erregers verschlimmerte die Lage noch. Die Menschen starben millionenfach. Einige von ihnen waren bereit, alles in die Luft zu jagen, was sie noch hatten – ihre Brücken, ihre Städte, sogar sich selbst. Hauptsache, sie konnten dabei auch nur einen von uns mitnehmen.«

»Eine wirklich lobenswerte Ethik«, meinte Heron.

»Was ist mit der Flotte in der Bucht vor New York?«, gab Kira aufgebracht zurück. »Ich habe es in Afas Dokumenten entdeckt – zwanzig Schiffe der Menschen gingen unter, die Besatzungen sind ertrunken. Es war der folgenreichste Angriff des Kriegs.«

»Dreiundzwanzig«, berichtigte Afa.

»Selbstverteidigung«, erklärte Heron.

»Machst du Witze?«, fragte Kira. »Wogegen haben sich die Partials denn überhaupt verteidigt?«

Heron hob die Brauen. »Warum sagst du das immer noch?«

»Was denn?«

»Du sprichst von den Partials, als gehörtest du nicht zu ihnen. Du bist eine Partial – du bist anders, aber du bist eine von uns. Und du bist ganz sicher keine von ihnen. Das vergisst du immer wieder, aber deine menschlichen Freunde werden es nicht vergessen. Und sie werden es herausfinden.«

»Ändert das irgendetwas?«, fragte Kira.

»Das weißt du selbst doch am besten«, entgegnete Heron. »Wie wird dein kleiner Freund Marcus reagieren, wenn er deine wahre Identität entdeckt?«

»Immer mit der Ruhe!«, unterbrach Samm. »Beruhigt euch! Dieser Streit bringt uns nicht weiter.«

»Diese Brücke auch nicht«, grollte Kira, nahm Bobo am Zügel und führte ihn in Richtung des Highways. Am liebsten hätte sie Samm, Heron und sogar Afa angeschrien. Sie sollten begreifen, dass die anderen diesen Krieg angezettelt und die Welt zerstört hatten, bevor sie selbst alt genug geworden war, um sich zu verteidigen. Aber dieses große Zerstörungswerk, diesen entvölkerten Teil der alten Welt konnte sie den Partials nicht zur Last legen. Und das war das Schlimmste daran. »Suchen wir uns einen anderen Weg!«

Chicago war überflutet.

Sie hatten fast einen Monat gebraucht, um die Stadt zu erreichen, und die Erwartung war mit jedem Tag gestiegen. Alle ihre Sonnenkollektoren waren verbraucht und versorgten eine Reihe von Relaissendern hinter ihnen. Falls sie Akten fanden, aus denen hervorging, wie das Verfallsdatum hinauszuschieben oder das Heilmittel für RM zu synthetisieren war, konnten sie die Informationen binnen Sekunden nach Hause funken. Dann mussten sie nicht noch einmal einen Monat lang durch gefährliches Gelände reiten. Afa wurde lebhafter, sobald die Stadt vor ihnen auftauchte. Es war eine riesige Metropole, womöglich sogar noch größer als New York City, sofern das überhaupt möglich war. Chicago lag am Ufer eines weiteren riesigen Sees und erstreckte sich am Ost- und Südufer und nach hinten so weit in die Ebene hinein, wie Kira blicken konnte – gewaltige Wolkenkratzer, Einschienenbahnen hoch über den Straßen, riesige Fabriken und Lagerhäuser, endlose Reihen von Häusern, Büros und Wohnblocks.

Alles zerfiel, und überall schwappte öliges und schlammiges Wasser.

»Hat das schon immer so ausgesehen?«, fragte Kira.

»Auf keinen Fall«, antwortete Samm. Sie standen auf einem Bürohaus am Stadtrand und betrachteten die Szene durch die Ferngläser. »Der größte Teil ist überschwemmt, aber nicht alles. Anscheinend ist das Gelände nicht überall gleich hoch. Der See ist wohl über die Ufer getreten.«

»In Chicago verliefen Dutzende Kanäle mitten durch die Stadt. Einige tief liegende Straßen sind inzwischen vermutlich Flüsse, aber man erkennt sie wenigstens leicht.«

»Die Kanäle waren eine Meisterleistung der Ingenieurskunst«, verkündete Afa stolz, als hätte er sie selbst konstruiert. »Die Ingenieure der alten Welt haben tatsächlich die Richtung eines Flusses umgekehrt. Solche Ruhmestaten konnte man vollbringen, als der Mensch die Natur noch beherrschte.« Seine Augen glänzten, und Kira ahnte, wie viel ihm dieser Gedanke bedeutete. Nach vier Wochen in der Wildnis kam ihm ein Ort, an dem die Technik derart im Vordergrund stand, womöglich wie ein erhörtes Gebet vor.

»Die Natur hat sich gewehrt«, warf Heron ein. »Wir wollen hoffen, dass sie dein Rechenzentrum nicht überflutet hat.«

»Hier ist die Adresse.« Eifrig zog Afa einen zusammengefalteten Zettel aus dem Rucksack. Auch dies war wieder der Ausdruck einer E-Mail, auf dem weit unten eine Straßenadresse rot eingekreist war. »Ich war noch nie hier, deshalb weiß ich nicht, wo es sich befindet.«

Samm betrachtete den Zettel und richtete den Blick anschließend auf die riesige Stadt vor ihnen. »Cermak Road. Wo sollen wir hier mit der Suche beginnen?« Wieder wanderte sein Blick zwischen dem Blatt und den Straßen hin und her. »Wir brauchen einen Stadtplan.«

»Der Turm da gehört vermutlich zu einem Flughafen.« Kira deutete auf eine hohe Betonsäule in der Nähe des Seeufers. »Dort wurden früher auch Autos vermietet, und deshalb dürfte es dort auch Straßenkarten geben.« Die anderen waren ihrer Meinung, und so stiegen sie wieder zu den Pferden hinab. Die Straßen, die zum Flughafen führten, waren überwiegend trocken, doch die wenigen überfluteten Bereiche, auf die sie stießen, bereiteten ihnen große Schwierigkeiten. An manchen Stellen stand flaches Wasser, an anderen hatte sich nur ein wenig Schlamm angesammelt. Hier und dort hatten sich die Straßen jedoch in Bachläufe oder gar in reißende Ströme verwandelt. Aus den Gullys blubberte das Wasser des Sees, das Pflaster wölbte sich, weil die Trinkwasserleitungen darunter geborsten waren, und mitunter waren ganze Straßenzüge eingebrochen und fortgeschwemmt worden, weil die überlasteten Abwasserleitungen das Gelände unterspült hatten. Der Geruch war überwältigend, es roch jedoch nach See und nicht nach Abwässern. Die Menschheit war schon so lange fort, dass sich nicht einmal mehr der Geruch gehalten hatte. Es dauerte den ganzen Tag, bis Kira und ihre Gefährten den Flughafen erreichten. Die Nacht verbrachten sie in einem ebenerdigen Büro, die Pferde banden sie an einem verrosteten Gepäckscanner fest. Wie Kira vermutet hatte, gab es in der Autovermietung eine Anzahl von Karten. Im Licht von Herons Taschenlampe beugten sie sich darüber und planten die Route des folgenden Tages.

»Hier ist das Rechenzentrum.« Samm deutete auf eine Stelle an der Küste, die mitten in der ehemaligen Innenstadt lag. »Dort ist der See, an beiden Seiten verlaufen Kanäle. Wir können vermutlich von Glück reden, wenn wir nicht hinüberschwimmen müssen. Außerdem müssen wir hoffen, dass das Wasser so dicht am kontaminierten Ödland nicht vergiftet ist.«

»Die Pferde schaffen das nicht«, gab Kira zu bedenken.

Heron betrachtete den Maßstab in der Ecke der Karte und schätzte die Entfernung ab. »Ohne Pferde wird es ein langer Marsch. Es sieht so aus, als könnten wir für die längste Strecke den Highway neunzig benutzen. Falls er erhöht gebaut ist wie früher ganz häufig, dürften die überfluteten Straßen kein Hindernis darstellen. Von den letzten Häuserblocks einmal abgesehen.«

»Und was dann?«, fragte Kira. »Lassen wir die Pferde angebunden am Freeway zurück? Wenn es in Chicago ähnlich wie in Manhattan zugeht, werden sie binnen Stunden von Löwen gefressen. Oder von diesen unheimlichen sprechenden Hunden.«

Samm lächelte. »Du hängst wirklich an den Pferden, wie?«

»Wenn wir ihnen genug Freiraum lassen, damit sie vor Raubtieren sicher sind, finden wir sie nach unserer Rückkehr nicht wieder«, wandte Heron ein. »Wenn du die Pferde behalten willst, müssen wir das Risiko eingehen und sie hier zurücklassen.«

»Wie weit ist es?« Kira sah sich die Karte genauer an. »Wir könnten die Tiere an dieser Stelle oder vielleicht dort oben anbinden. Wenn sie nicht weglaufen können, ist die Gefahr nicht so groß. Vielleicht finden wir sie bei unserer Rückkehr noch vor.«

»Ich gehe nicht zu Fuß«, erklärte Afa, der auf der anderen Seite des Raums an seinem tragbaren Bildschirm herumhantierte. Kira hatte nicht einmal bemerkt, dass er zugehört hatte.

»Dir wird schon nichts passieren«, beruhigte sie ihn, aber Samm schüttelte den Kopf.

»Können wir ihm das wirklich versprechen? Er kommt mir schwächer vor als zu Beginn der Reise.«

»Wenn er es nicht bis dorthin schafft, dann überlebt er auch den Heimweg nicht«, entgegnete Kira. »Wir lassen die Pferde an einer sicheren Stelle zurück und holen sie nach der Rückkehr wieder ab.«

Heron begutachtete die Karte und verfolgte die geplante Route mit dem Finger. »Wir gehen hier hinaus und dann zum Highway neunzig. Er ist gebührenpflichtig, aber ich habe ein paar alte Münzen dabei. Hier oben ist eine Kreuzung mit der Vierundneunzigsten, und dann führt er direkt ins Stadtzentrum. An dieser großen Kreuzung verlassen wir ihn, und von dort aus ist es nicht mehr weit bis zu ParaGen, höchstens anderthalb Kilometer auf den tiefer gelegenen Straßen.« Der Karte, die vor allem für Touristen und Geschäftsreisende gedacht war, entnahm Heron, welcher Art die Gebäude an der Straße waren. Hotels und Kongresszentren waren ebenso vermerkt wie einige berühmte Restaurants. Es gab jedoch keine Hinweise, die ihnen ihre Suche irgendwie erleichtert hätten. Schließlich entschied sich Heron für ein Gebilde, das einem schiefen Kreis ähnelte und sich unmittelbar neben dem Highway erstreckte. »Diese Anlage heißt *Wrigley Field*. Es ist ein Baseballstadion. Dort gibt es eine Ausfahrt des Highways und viele Möglichkeiten, die Pferde unterzubringen. Sie finden dort sogar Futter und sind zugleich eingeschlossen und geschützt.«

Kira blickte auf die Karte und nickte. »Das dürfte die beste Möglichkeit sein. Wenn alles verläuft wie geplant, kommen wir mit den Straßen zurecht. Lasst uns schlafen und im Morgengrauen aufbrechen!«

Im Flughafen gab es einige Restaurants, und in den Küchen fanden sie Konservendosen. Überwiegend waren es große Behälter mit Obst, aber in einem Lokal gab es Hühnchen, und in einem mexikanischen Restaurant entdeckten sie Fünfliterkanister mit tiefgefrorenen Bohnen und Käsesoße.

Die meisten Obstkonserven waren verdorben, und die Bohnen rochen so verdächtig, dass sie lieber nicht davon kosteten. Das Hühnchen und der Käse aber ergaben ein recht schmackhaftes, wenngleich klebriges Essen. In einem metallenen Abfallbehälter entfachten sie ein Feuer und wärmten das Essen auf, um es dann auf Schaumstofftabletts zu servieren, die fast neuwertig aussahen. Zum Essen benutzten sie Plastikgabeln, die sie in einem alten Sandwichimbiss gefunden hatten. Afa wandte keinen Blick vom Bildschirm und aß nur, wenn Kira ihm einen Bissen vor die Nase hielt. Er murmelte etwas über Sicherheitscodes. Sie ließen ihn in Ruhe.

Kira übernahm die erste Wache und redete leise mit Bobo, der an den wuchernden Gewächsen in einem Pflanzkasten herumknabberte. Afa arbeitete immer noch, als Heron um zwei Uhr morgens übernahm. Als Kira um sieben Uhr erwachte, schlief er auf seinem Stuhl vor dem dunklen Bildschirm. Kira fragte sich, ob er von selbst eingeschlafen war oder ob Heron ihn irgendwie bewusstlos geschlagen hatte.

Am nächsten Morgen packten sie, ritten los und orientierten sich anhand der Karte. Bald stellten sie fest, dass Heron recht hatte. Der Highway war tatsächlich erhöht gebaut. Kilometer um Kilometer ritten sie durch Chicago, als benutzten sie eine Brücke, die über einen Sumpf führte, und blickten auf die Häuser, Parks und überfluteten Schulhöfe hinab. Auf dem Wasser schimmerten Ölflecken in der Morgensonne. Hier und dort strömte sogar ein Fluss zwischen den Gebäuden dahin, was bewies, wie hoch der Grundwasserspiegel eigentlich war. Kira konnte kaum glauben, dass die Stadt einmal trocken gewesen sein sollte. Die Bewohner der alten Welt hatten anscheinend einen ungeheuren Aufwand betrieben, um den See, die Flüsse und das Grundwasser im Zaum zu halten. Wenn sie daran dachte, dass sie so erstaunliche Vorfahren hatte, empfand sie, beinahe wie Afa am vergangenen Tag, einen gewissen Stolz. Die Menschen waren intelligent, fähig und entschlossen gewesen und hatten es geschafft, das Meer zurückzuhalten und die Laufrichtung von Flüssen umzukehren. Sie hatten das sumpfige Ufer in eine riesige Stadt verwandelt. Auf diese Leistung waren sie mit Recht stolz gewesen.

Aber konnte übertriebener Stolz nicht auch aus dem Ruder laufen? Konnte eine so erstaunliche Zivilisation nicht auch den Bogen überspannen und etwas tun, das besser nicht getan worden wäre? Waren die Menschen bei einem Opfer, einem Kompromiss oder einer Rechtfertigung einen entscheidenden Schritt zu weit gegangen? Wenn eine so gewaltige Stadt gebaut werden konnte, war der Schritt zur Erschaffung einer Person nicht mehr weit. Wenn ein See in Schranken gehalten werden konnte, warum sollte dann nicht ebenso gut die gesamte Einwohnerschaft in Schranken gehalten werden? Warum sollte es jemals wieder Krankheiten geben, wenn man sich die Natur selbst untertan machen konnte?

Kira dachte über den Trust nach, über die Geheimpläne und die verborgenen Absichten. Über die Sicherung. Was war die Sicherung genau? Wollten diese Leute die Welt retten oder zerstören? Die Antworten ruhten im Rechenzentrum, das mittlerweile zum Greifen nahe gerückt war.

Sie folgten dem Interstate 90 fast schnurgerade nach Nordosten, bis er nach Westen abbog und mit dem Interstate 94 zusammentraf. Zu ihrem Entsetzen neigte sich die Straße wieder und verlief schließlich sogar unterhalb des Straßenniveaus – zwar nicht unterirdisch, aber deutlich abgesenkt. Der ehemalige Highway war hier ein träger Fluss, aus dem nur noch die Dächer der größten Lastwagen hervorragten.

»Wir müssen umkehren«, meinte Samm.

»Und was dann?«, fragte Heron. »Willst du durch die normalen Straßen laufen? Du hast die Löcher gesehen, an denen wir auf dem Weg zum Flughafen vorbeigekommen sind. Hier steht überall Wasser, und wir wissen nie, ob wir festen

Untergrund unter den Füßen haben oder unversehens in eine tiefe Grube stürzen.«

Kira betrachtete die Stadt, dann wieder den Fluss. »So weit können die Pferde nicht schwimmen.«

»Es sind mehrere Kilometer«, bestätigte Heron.

»Suchen wir uns ein Boot!«, schlug Afa vor.

Kira musterte ihn zweifelnd. »Bist du sicher?«

»Diese Straße führt doch zum Rechenzentrum, richtig? Hier ist es tief genug für ein Boot. Also lassen wir die Pferde stehen und suchen uns ein Boot.«

Samm nickte. »Zugegeben, ein ziemlich guter Einfall! Lasst uns etwas suchen, das schwimmt und uns trägt.«

Kira lenkte Bobo an den Rand des Highways und sah sich aufmerksam um. Hier an der Kreuzung war der Highway geradezu lächerlich breit – es gab mehr als ein Dutzend Fahrspuren, und er verlief fast auf dem Niveau der umliegenden Straßen. Im Norden lag ein Bahnhof, im Süden ein Wohnviertel. Dort ließ sich vermutlich tatsächlich ein Boot auftreiben. Kira glitt von Bobos Rücken, streckte die Beine und nahm das Gewehr an sich. »Einer von euch kommt mit mir. Ich bin gespannt, was wir hier finden.«

»Ich begleite dich«, bot sich Samm an. Er sprang vom Pferd und folgte Kira. Mit seinen langen, geschmeidigen Beinen hielt er mühelos Schritt mit ihr. Sie stiegen über die Betonbarriere, dann über eine weitere und schließlich über eine dritte. Unzählige Straßen und Gassen liefen hier kreuz und quer durcheinander. »Das ist ein guter Plan«, sagte Samm.

Kira schwang sich gerade wieder über eine Barriere. »Das Boot? Afa ist kein Trottel.«

»Ich glaube, ich habe ihm unrecht getan.«

Kira lächelte. »Nun übertreib's nicht gleich wegen eines einzigen guten Einfalls!«

»Das ist es nicht allein«, erwiderte er. »Er ist stärker, als ich dachte. Zumindest widerstandsfähiger.« Er folgte ihr über die Barriere.

Kira nickte abwesend und nahm die Bäume am Straßenrand in Augenschein. »Er hat viel durchgemacht.«

»Er war elf Jahre allein, ist weggelaufen und hat sich versteckt. Keiner half ihm oder hörte ihm zu«, sagte Samm. »Kein Wunder, dass sich sein Geist verwirrt hat.« Er zuckte mit den Achseln. »Er ist ja nur ein Mensch.«

Kira blieb wie angewurzelt stehen. »Warte!« Sie wandte sich zu ihm um. »Du sagst ... du meinst, es sei in Ordnung, dass er spinnt? Weil er ein Mensch ist?«

»Ich sage, dass er sich viel besser geschlagen hat, als es vielen anderen Menschen gelungen wäre.«

»Trotzdem glaubst du, es sei von Nachteil, ein Mensch zu sein«, sagte Kira. »Seine Menschlichkeit macht seine Defizite irgendwie verständlich und außerdem ... Nun ja, er macht sich wenigstens nicht dauernd in die Hose.«

»Das habe ich nicht gesagt.«

»Aber gedacht«, erwiderte Kira. »Hast du mich genauso eingeschätzt? Für ein menschliches Mädchen ist sie eigentlich ganz hübsch?«

»Du bist eine Partial.«

»Das wusstest du damals noch nicht.«

»Wir sind dazu geschaffen, vollkommen zu sein«, erklärte Samm. »Wir sind stärker, klüger und fähiger als die Menschen, weil wir so erschaffen wurden. Ich verstehe nicht, warum ich das nicht laut aussprechen darf.«

Kira wandte sich ab und sprang über die letzte Barriere. Dahinter landete sie mit lautem Platschen im Schlamm. »Und dann fragst du dich, warum dich die Menschen hassen.«

»Warte!« Samm folgte ihr auf dem Fuß. »Was ist eigentlich los? Sonst wirst du nicht so wütend.«

»Sonst machst du auch keine rassistischen Bemerkungen über die Dummheit der Menschen.«

»Heron tut das auch, aber ihr reißt du den Kopf nicht ab«, erwiderte Samm.

Sie fuhr zu ihm herum. »Dann erbittest du meine Erlaubnis, uns zu hassen? Geht es dir darum? Bin ich ungerecht dir gegenüber?«

»Das ist nicht ...« Er ließ den Satz unvollendet. »Ah!«

»*Ah*? Was heißt hier *Ah*?«

»Ich verstehe, worum es geht, und ich entschuldige mich, weil ich es zur Sprache gebracht habe.«

»Ich habe dir bereits erklärt, worum es geht. Versuch ja nicht, die Schuld von deinen perfekt modellierten Schultern abzuwerfen.«

»Du sagst immer noch *wir*, wenn du von den Menschen sprichst«, erwiderte er leise. »Du identifizierst dich immer noch mit ihnen.«

»Aber natürlich identifiziere ich mich mit ihnen«, entgegnete sie. »Das nennen die Menschen Empathie. Wir Menschen tun das einfach. Wir identifizieren uns miteinander, weil uns die anderen wichtig sind. Offensichtlich hat Heron überhaupt kein Herz, aber du ... Ich dachte, du seist anders. Du ...« Sie brach mitten im Satz ab. Wie konnte sie ihm erklären, dass sie sich verraten fühlte, wenn er so über die Menschen sprach, die sie liebte? Wenn er einfach nicht verstand, wie schrecklich seine Haltung war? Sie kehrte ihm den Rücken zu und entfernte sich.

»Es tut mir leid«, sagte er hinter ihr. »Aber Heron hat recht. Du musst dich als die annehmen, die du bist.«

Kira hob beide Hände. »Dann soll ich mich also für die eine oder die andere Seite entscheiden?«, rief sie zurück, ohne sich umzudrehen. Sie weinte, heiße Tränen liefen ihr über die Wangen.

»Damit du glücklich sein kannst«, sagte Samm. »Sonst zerreißt du dich selbst.«

22

Sie brauchten eine Stunde, um ein Boot aufzutreiben. Abgesehen von einsilbigen Rufen wie »Hier!« und »Dort!« wechselten sie kein einziges Wort mehr. Das kleine Motorboot maß von Bug bis Heck höchstens vier Meter. Es ruhte auf einem Anhänger und stand in einem Hinterhof, auf dem zwischen Trucks und Geländewagen kaum noch Platz war. Kiras Stiefel platschten im flachen Wasser, als sie es umrundete und sich überlegte, wie es befestigt war, wie sie es losmachen sollten, wo sie einen Truck wegschieben oder ein Loch in den Zaun brechen konnten, um das Boot vom Hof zu schaffen. Anscheinend gab es keine einfache Methode. Sie kochte innerlich, denn sie war immer noch wütend auf Samm. Nach einer Weile überwand sie sich und sprach mit ihm, ohne ihn anzublicken.

»Ich fürchte, wir bekommen das Boot hier nicht heraus.«

»Das sehe ich auch so.« Seine Stimme klang ruhig und verriet keinerlei Gefühl, doch so verhielt er sich immer. War er ebenso wütend auf sie wie sie auf ihn? Die Vorstellung, dass ihn die Diskussion möglicherweise kaltließ, machte sie sogar noch zorniger.

»Wer hier gelebt hat, war offenbar gern in der Natur unterwegs.« Samms Blick wanderte über die Dirt Bikes und Wohnwagen, die neben dem eingekeilten Boot herumstanden. »Vielleicht hat er noch ein kleineres Boot in der Garage.«

»Oder *sie* hat eins in *ihrer* Garage.« Sofort bereute Kira ihren gereizten Tonfall. *Du kannst wütend auf ihn sein, ohne dich wie eine Vollidiotin zu benehmen.* Also konzentrierte sie sich auf das vor ihnen liegende Problem, betrachtete noch einmal die Reifen des Trucks und fragte sich, wie weit das Fahrzeug wohl käme, wenn sie es zu starten versuchte. Die Reifen waren platt, das Benzin im Tank zwölf Jahre alt. Falls der Wagen überhaupt ansprang, führe er sicher nicht weit. Bis zum Ende der Einfahrt? Sie waren nur einen Häuserblock vom südlichen Arm des Highway-Flusses entfernt. Wenn sie es bis dorthin schafften, konnten sie das Boot zu Wasser lassen und den Rest des Wegs rudern. Sie rüttelte an der Tür des Hauses. Wahrscheinlich waren die Eigentümer daheim gestorben, und die Schlüssel des Trucks befanden sich im Haus. Tatsächlich aber war die Tür verschlossen. Sie wollte schon die Pistole ziehen, um das Schloss mit einem Schuss zu zerstören, da tauchte Samm aus der Garage auf und zog ein metallenes Ruderboot hinter sich her, das laut gegen den Türrahmen prallte.

»Dort liegen sogar Ruder.« Er nickte in Richtung der Garage.

»Es ist ziemlich klein.«

»Etwas Besseres konnte ich nicht finden«, erwiderte Samm. »Ich bin nur ein Partial.« Es klang überhaupt nicht gehässig, weil seine Stimme keine Gefühle übermitteln konnte, doch Kira spürte Wut in sich aufwallen, die sie möglicherweise über den Link empfing – vielleicht war es aber auch ihr eigenes Gefühl. Was sie auch empfand, er dachte offensichtlich immer noch über den Streit nach. Diese Erkenntnis erzeugte eine seltsame Mischung aus Zorn und Triumph in ihrem Innern. Sie beherrschte sich jedoch und holte die Ruder aus der Garage.

Als sie zur Highway-Auffahrt zurückkehrten – sie waren anfangs gerudert und hatten das Boot anschließend die kleine Rampe hinaufgetragen –, standen Heron und Afa allein auf dem Asphalt. »Ich habe die Pferde im Bahnhof angebunden«, berichtete Heron.

»Sie hat mich gezwungen abzusteigen«, beklagte sich Afa. »Ich habe das Pferd gehasst.«

»Dann solltest du froh sein, dass du's los bist.« Kira starrte Heron an. »Sind die Tiere auch wirklich in Sicherheit?«

»Für alle Fälle habe ich deinem Pferd eine Pistole gegeben.«

»Sehr schön«, antwortete Kira. »Können wir dann?« Heron blickte von Samm zu Kira und dachte schweigend nach. »Was ist los mit euch beiden?«

»Nichts«, antwortete Samm und schüttelte den Kopf.

Sie schoben das Boot wieder ins Wasser, halfen Afa beim Einsteigen und setzten ihn behutsam in die Mitte. Unter seinem Gewicht lag das Boot recht tief, doch es schwamm. Er presste sich den Rucksack verzweifelt an die Brust. »Wir brauchen ein größeres Boot. Ich habe die ganze Nacho-Soße mitgebracht.«

»Köstlich«, antwortete Kira. Gern hätte sie sich zu Samm umgedreht, ob er die Augen verdrehte oder sonst irgendwie durchblicken ließ, wie wenig er von Afas kindischem Benehmen hielt, doch sie wagte es nicht. Außerdem war ihm äußerlich sowieso nichts anzumerken.

»Sie wird nass«, warnte Afa.

»Das wissen wir zu verhindern.« Sie stießen das Boot vom flachen, abschüssigen Ufer ab, dann stiegen auch Heron und Kira ein. Sie nahmen die Ruder, und Samm stieß sie noch weiter hinaus, bevor er als Letzter einstieg. Er war bis zur Hüfte nass, das Wasser tropfte ins Boot und schwappte auf dem Boden umher. Afa streckte fast beiläufig einen Arm aus, um Samm über Bord zu stoßen, doch Kira hielt ihn auf. Dann setzten sie sich, blieben so gut wie möglich im Gleichgewicht und ruderten.

Der Fluss wurde immer tiefer, je weiter sie vorankamen. Die Autos, in denen die Fahrer ihre letzten Augenblicke erlebt hatten, wirkten wie gedrungene braune Tiere, die langsam zu einem Wasserloch wateten. Da war ein Fahrzeug, dessen Vorderreifen nur leicht feucht waren, dort ein anderes, dessen Motorhaube untergetaucht war, und hier eins, das bis auf das Dach und die Antenne versunken war. Sie ruderten schweigend weiter, und bald war sogar von den riesigen Trucks und Bussen kaum noch etwas zu sehen. Nur die höchsten Dächer ragten aus dem Wasser wie metallene Sandbänke.

Am Rand des Highway-Flusses standen Bäume, die ohne menschliche Pflege groß geworden waren. Sie hatten Höfe, Parks und sogar einige Abschnitte der Straße zurückerobert. Etwa alle zwei Kilometer mussten sie eine Unterführung passieren. Dies waren die alten Straßenverbindungen zwischen den beiden Seiten des Highways. Oft hingen dort Moos und Ranken herab – allerdings kein Kudzu, sondern eine andere Pflanze mit kleineren, dunkleren Blättern, die Kira nicht kannte. Im Vorbeifahren pflückte sie eins ab und bemerkte, dass es sich wächsern anfühlte. Sie rieb es leicht zwischen den Fingern, fragte sich, wie es hieß, und ließ es ins Wasser fallen.

Die größere Gefahr unter den Brücken waren die Schwärme von Wasservögeln, die sich dort angesiedelt und die Betonstützen mit ihren gelblich weißen Ausscheidungen eingedeckt hatten. Unter der dritten Brücke scheuchten sie eine ruhende Vogelschar auf, die zuerst herabstieß und dann hoch in die Luft hinaufflog. Afa erschrak, als er Hunderte von Vögeln kreischen hörte, schlug wild mit den Armen nach ihnen und kippte dabei fast aus dem Boot. Kira konnte ihn mit viel Mühe wieder beruhigen. Sie überließ Samm ihr Ruder und widmete sich nun vor allem Afa, den sie bei Laune zu halten versuchte. Der Fluss war lang, viel länger als erwartet. Nach einer Weile fragte sich Kira, wie genau der Stadtplan überhaupt war. Als sie fast wieder umkehren wollten, weil sie die Abzweigung offenbar verpasst hatten, kamen sie an dem Baseballplatz vorbei, den Heron auf der Karte bemerkt hatte. Kira berichtete den anderen, es sei nicht mehr weit, und nickte beruhigend, während Afa ihr etwas über die technischen Einzelheiten des Rechenzentrums erzählte.

Nur ein einziges Mal stieg die Straße wieder über die Wasseroberfläche an. Es war eine Überführung an der letzten Anschlussstelle, bevor die Fahrbahn abwärts in die Stadt führte. Sie trugen das Boot hinüber und nahmen dabei die Gebäude in Augenschein. Kira deutete schließlich auf das Haus, das sie für das Rechenzentrum hielt – einen gedrungenen Ziegelbau mit zwei quadratischen Türmen. Jenseits der Überführung setzten sie sich wieder ins Boot, konnten aber nur noch wenige Häuserblocks weit rudern, bevor das Wasser zu flach wurde. Die letzten anderthalb Kilometer mussten sie waten, wobei sie den Boden vor sich mit Stöcken prüften, um nicht in tiefe Löcher zu stürzen. Es gab zwei Gruben, und die zweite zwang sie, einen Umweg von einem ganzen Häuserblock in Kauf zu nehmen. Als sie das Rechenzentrum erreichten, lächelte Kira stolz, denn es war das Gebäude, das sie vom Hügel aus entdeckt hatte. Hier reichte ihnen das Wasser fast bis zu den Knien. Samm blickte zu dem mehrstöckigen Bauwerk hinauf.

»Hoffentlich sind die Computer, die wir suchen, nicht im Erdgeschoss oder im Keller untergebracht.«

»Ich weiß es erst, wenn wir sie einschalten.« Afa trampelte schon laut platschend zur Ecke des Gebäudes. »Die Notstromaggregate müssen irgendwo draußen stehen. Besorgt mir etwas Verdünner!«

Kira blickte zu Samm hinüber, wandte den Blick sofort wieder ab und richtete die Frage an Heron. »Verdünner?«

Heron schüttelte den Kopf. »Vielleicht will er seine vier Wände neu streichen.«

Afas Antwort war nicht zu verstehen, denn er war längst hinter der Ecke verschwunden. Kira und die Partials beeilten sich, um zu ihm aufzuschließen. »... löst das Harz auf«, sagte er. »Eine langfristige und wirkungsvolle Lösung ist das nicht, weil die dabei entstehenden Dämpfe giftig sind, aber ich kriege den Motor damit so gut zum Laufen wie seit zwölf Jahren nicht mehr.« Er war wieder völlig klar, vielleicht sogar klarer und eifriger, als Kira ihn je erlebt hatte. Nun war er in seinem Element, und das Genie ließ sich von dem Kind, das ebenfalls in ihm steckte, nicht mehr beirren. Kira dagegen kam sich begriffsstutzig vor.

»Was redest du da?« Prüfend stocherte sie vor sich auf dem glitschigen Boden herum, während sie ihm eilig folgte.

»Dort.« Afa bog um die hintere Ecke des Gebäudes. Hinter dem Rechenzentrum standen Masten, von denen zahlreiche Kabel herabhingen, sowie riesige, ursprünglich grau lackierte Metallkästen, die mittlerweile große Rostflecken aufwiesen. Afa tappte bis zum Tor und kämpfte mit den Schlössern. »Wir müssen sie anlassen – oder wenigstens einen. Und das funktioniert am besten mit Verdünner.«

»Lass mich das machen!« Heron zog zwei dünne Metallstifte aus dem Gürtel, schob sie in das Schloss, das den Zaun sicherte, und verdrehte sie ein wenig, bis das Schloss aufsprang. Afa rannte sofort hinein und verlor im seichten Wasser fast das Gleichgewicht. Die Metallkästen trugen verschiedene Symbole, Aufkleber und Warnungen. Selbst als sie dicht vor ihnen stand, wusste Kira nicht, wozu sie dienten.

»Dies war eins der größten Rechenzentren der Welt«, erklärte Afa. »Bei einem Stromausfall hätte der halbe Planet seine Daten verloren. Es wurde aus dem öffentlichen Stromnetz versorgt wie alle anderen, hatte aber diese hier für den Notfall. Für den Fall, dass im Hauptnetz etwas passierte oder dass ein Generator ausfiel, gab es noch zehn weitere auf dem Gelände, um den Verlust auszugleichen. Sie wurden mit Diesel betrieben, deshalb müssen wir einfach nur ... das verstehe ich nicht.« Er watschelte in eine andere Richtung, und Kira las die Aufkleber auf dem vorderen Kasten.

»Das sind gar keine Generatoren«, sagte sie. »Das sind ... Kältemaschinen?«

»Das Kühlsystem des Rechenzentrums!«, rief Afa. Platschend kehrte er zurück und wäre abermals beinahe gestürzt. »So große habe ich noch nie gesehen. Aber wo sind die Generatoren?«

»Sehen wir doch drinnen nach!«, schlug Heron vor. Die drei folgten ihr ins Gebäude. Im Innern gab es mehr schmückendes Beiwerk, als Kira erwartet hätte. Der alte Architekturstil hatte Ziegel, Stuck und Holzvertäfelungen verwendet. Die Decken waren sogar gewölbt. Im Erdgeschoss stand das Wasser genauso hoch wie draußen, denn die Glastüren schlossen schlecht oder waren teilweise geborsten. Das Wasser reichte ihnen bis knapp über die Knie, eine Schicht aus Staub und leichtem Schutt schwamm darauf wie eine Kruste. Es gab nur wenige Büros. Den größten Teil dieses Stockwerks nahm ein riesiger Raum ein, der von einem Ende bis zum anderen mit Computern gefüllt war – keine handlichen Bildschirme wie das portable Gerät, das Afa bei sich hatte, sondern große Regale voller Speicher- und Rechenkapazität, die allesamt größer und breiter waren als Kira. Mehrere Hundert solcher Türme waren wie Obelisken aufgereiht. Ringsum trieb Isoliermaterial auf dem Wasser.

»Das sieht nicht gut aus«, meinte Samm. »Die bekommen wir nicht mehr zum Laufen.«

»Hoffentlich finden wir das Richtige in einem höheren Stockwerk.« Afa platschte an einer Reihe von Serverregalen vorbei zu einem großen Metallbehälter. »Und hoffentlich haben sie da oben auch noch ein paar von denen hier.«

»Das ist ein Treibstofftank«, staunte Kira, worauf Afa begeistert nickte.

»Der Generator steht direkt daneben. Dort brauchen wir den Verdünner.«

»Ich verstehe es immer noch nicht«, gab Kira zu.

»Benzin zersetzt sich im Lauf der Zeit«, erklärte Samm nickend, der offenbar alles begriffen hatte. »Der Treibstoff im Motor verharzt und verwandelt sich in zähen Gummi. Deshalb laufen die Autos nicht mehr.«

»Das weiß jeder«, stimmte Kira zu.

»Aus diesem Grund braucht er Verdünner«, fuhr Samm fort. »Er löst das Harz auf und verwandelt es wieder in Treibstoff. Wie er schon sagte, sind die Auspuffdämpfe giftig, aber der Generator wird wieder laufen.«

»Wenigstens lange genug, damit wir die Daten bekommen«, ergänzte Afa. Schon kletterte er eine Metalltreppe hinauf und stemmte sich gegen den Deckel eines Tanks.

»Ich öffne ihn für dich.« Samm schob den Riesen sanft zur Seite. »Ihr zwei sucht den Verdünner.«

»Ja, Sir«, bestätigte Kira übertrieben förmlich und konnte sich gerade noch einen Knicks verkneifen, bevor sie ging. Heron folgte ihr und sprach leise mit ihr, als sie das Gebäude verließen.

»Es freut mich zu sehen, dass ihr zwei so gut miteinander auskommt«, sagte die Agentin. »Willst du mir noch etwas mitteilen, bevor du Samm ein Auge auskratzt?«

Kira antwortete nicht, sondern suchte die benachbarten Gebäude nach einem Farbenladen ab. Sie holte tief Luft, um sich zu beruhigen. »Hältst du die Menschen für minderwertig?«

»Ich halte alle anderen für minderwertig.«

Kira blieb wie angewurzelt stehen, funkelte Heron an und ging weiter. »Glaubst du wirklich, ich hätte mir eine solche Antwort erhofft?«

»Das ist eine Tatsache«, gab Heron zurück. »Tatsachen haben die Eigenschaft, wahr zu sein und sich nicht darum zu kümmern, wie du dich damit fühlst.«

»Aber du bist eine Person, keine Tatsache. Wie fühlst du dich damit?«

»Partials leben in einem Kastensystem«, erklärte Heron. »Die Soldaten sind die besten Kämpfer. Die Generäle sind die besten Anführer und Problemlöser. Die Ärzte verfügen über das meiste Wissen und sind besonders geschickt mit den Händen. So werden wir erschaffen. Es ist keine Schande zuzugeben, dass ein General klüger ist, denn genau dazu wurden die Partials entworfen. Sie sind genetisch konstruiert, klüger zu sein als alle anderen.« Sie verneigte sich leicht und verzog die Lippen zu einem unbescheidenen Lächeln. »Aber ich bin ein Spionagemodell, und wir sind ausersehen, allen anderen auf allen Gebieten überlegen zu sein. Wir sind unabhängige Agenten und arbeiten außerhalb der üblichen Kommandostruktur. Wir bekommen es mit ganz unterschiedlichen Problemen zu tun und müssen sie ohne Hilfe von außen lösen. Wie könnte ich mich nicht überlegen fühlen, wenn ich es doch offensichtlich bin?« Sie hielt inne, und ihre Miene wurde wieder ernst. »Meine Andeutung, auch du könntest ein Spionagemodell sein, war so ziemlich das größte Kompliment, das ich überhaupt machen kann.«

»Du verstehst es nicht«, erwiderte Kira. »Du, Samm oder irgendein anderer Partial …« Wieder blieb sie stehen und hob entmutigt beide Hände. »Was glaubst du, wie das enden wird? Ihr tötet uns, und wir töten euch, bis niemand mehr übrig ist?«

»Ich bin ziemlich sicher, dass wir siegen werden«, entgegnete Heron.

»Und was dann?«, fragte Kira. »In zwei Jahren seid ihr alle über zwanzig Jahre alt und tot. Falls einer von uns den Krieg überlebt, stirbt er mit euch, weil wir euer Pheromon brauchen, um zu überleben. Was ist, wenn wir den Krieg vermeiden? Wenn wir im Rechenzentrum etwas finden? Wenn wir RM und das Verfallsdatum heilen können und einfach weiterleben? Wir, Menschen und Partials, würden beide leben und einander hassen, und früher oder später gibt es den nächsten Krieg. Dem können wir nicht entkommen, solange wir unsere Denkweisen nicht ändern. Nein, Heron, mir gefallen weder deine Tatsachen noch deine Einstellung oder deine selbstgerechte Erklärung, warum es in Ordnung sei, ein rassistisches und faschistisches Arschloch zu sein. Verdammt, wo ist hier der nächste Baumarkt?« Sie bogen um eine Ecke, hinter der Kira etwas Vielversprechendes entdeckte.

In ihren nassen Stiefeln stürmte sie los. Es kümmerte sie nicht, ob Heron ihr folgen konnte.

Der Laden war alt, eine Kombination aus Zoohandlung und Reparaturwerkstatt, aber es gab tatsächlich Verdünner. Kira hob mit jeder Hand zwei Fünfliterbehälter hoch. Als sie sich umwandte, war Heron schon hinter ihr und ergriff ebenfalls vier Kanister. Dann trampelten sie durch das Wasser zu den Generatoren und achteten darauf, nicht in die Löcher zu stürzen, die sie auf dem Hinweg umgangen hatten.

Als sie im Rechenzentrum eintrafen, hatten Samm und Afa bereits den Deckel des Treibstofftanks geöffnet. Afa stocherte mit einer langen Stahlstange im Tank herum.

»Der Treibstoff ist beinahe fest geworden«, erklärte er. »Das kann eine Weile dauern.«

»Im Laden sind noch mehr Behälter, falls wir Nachschub brauchen.« Kira setzte die Kanister schwungvoll auf das Metallgitter neben dem Tank. »Ich habe auch einen Trichter mitgebracht.«

»Zuallererst müssen wir uns vergewissern, dass dies auch der richtige Tank ist«, erklärte Afa. »Samm hat sich umgesehen. Es gibt auf dieser Etage mehrere weitere Tanks, und die Leitungen lassen vermuten, dass auch oben noch einige stehen.«

»Das heißt, dass wir uns entscheiden müssen«, ergänzte Samm. »Wir müssen herausfinden, auf welchem Server die Daten von ParaGen liegen.«

Afa nickte. »Die Aufstellung, welche Server ParaGen gehört haben, kann man in der Verwaltung einsehen, die sich vermutlich oben befindet.«

Sie stiegen durch das Treppenhaus hinauf. Kira war froh, endlich das Wasser hinter sich gelassen zu haben. Im ersten und zweiten Stock gab es nichts als Server, im dritten eine Reihe kleiner Büros mit ebenso vielen geborstenen Fenstern. Afa stellte den Rucksack ab und öffnete den Reißverschluss, um einen Tokamin herauszuholen – eine wie ein Telefon geformte Batterie, die fast unendlich lange Strom in einer allerdings nur kleinen Menge lieferte. Die Vorteile des Geräts wurden leider durch die Tatsache überschattet, dass es ständig ein wenig Strahlung abgab. In der alten Welt war die Entwicklung nur bis zu den ersten Prototypen gediehen. Die Überlebenden auf Long Island hatten mit dem Gedanken gespielt, die Entwicklung weiter voranzutreiben, letzten Endes die Geräte aber für zu gefährlich gehalten, um sie tatsächlich einzusetzen. Wenn nur noch eine Handvoll Menschen lebte, war es nicht sinnvoll, auch nur einen einzigen durch Krebs zu verlieren. Afa hatte sich anscheinend selbst ein solches Gerät gebaut. Kira wich zurück und bemerkte, dass Samm und Heron ihrem Beispiel folgten. Afa drückte auf den Knopf, um es einzuschalten, und Kira wartete schaudernd auf eine energiereiche grüne Gaswolke. Abgesehen von einem ringförmigen Licht, das im Zentrum aufflammte, geschah jedoch nichts. Afa verband das Gerät mit dem Bürocomputer und schaltete ihn ein. Es war eines jener tischförmigen Modelle mit schwarz gerahmtem Glas, die Kira schon in Manhattan im Büro von ParaGen gesehen hatte.

Die einen Meter fünfzig große Arbeitsfläche flackerte und ging unablässig an und aus. Dann flammte blaues Licht auf, und der Computertisch lief hoch. Im Grunde sah die Arbeitsfläche aus wie eine größere Version von Afas Handbildschirm. Es war, als hätte sich ein Fenster in eine andere Welt geöffnet. Auf dem Glas erschien ein üppiger grüner Dschungel, der so scharf und detailreich dargestellt war, dass Kira fast die Hand danach ausgestreckt hätte. Es war immer noch dasselbe Glas, nach den vielen Jahren mit Staub und Erde bedeckt. Hier und dort waren leichte Verzerrungen im Bild zu entdecken. Im Zentrum schimmerte ein kleiner Kasten, der ein Passwort verlangte. Afa versuchte es mit einigen einfachen Wörtern, dann kehrte er zu seinem Packen zurück und kramte darin herum.

»Seht euch nach Notizen um!« Er deutete auf den Raum. »Achtundsiebzig Prozent aller Büroangestellten legen die Passwörter in der Nähe ihrer Computer ab.« Kira und Samm suchten nach Zetteln, doch nachdem die Fenster geborsten und der Raum zwölf Jahre lang der Witterung ausgesetzt gewesen war, konnte niemand damit rechnen, etwas Brauchbares zu finden. Heron nahm sich lieber die Fotos vor und drehte sie herum, weil möglicherweise Namen auf den Rückseiten standen. Während sie suchten, zog Afa einen Speicherstick aus dem Rucksack und schob ihn in einen Anschluss des Tischrechners. Bevor jemand irgendetwas gefunden hatte, stieß Afa ein kurzes Lachen aus. »Ich hab's!«

Kira hob den Kopf. »Das Passwort?«

»Nein, aber die Tischcomputer haben einen Wartungsmodus, den ich aktivieren konnte. Die Daten sehe ich nicht, und ich kann nichts verändern, aber ich erkenne damit die Einstellungen und – noch wichtiger – den Verzeichnisbaum.« Das Bild auf der Tischfläche wich schnell ablaufenden Textzeilen, die sich in Äste und Ausläufer verzweigten wie ein Wurzelsystem aus Wörtern. Afas Finger tanzten über das Bild, klappten hier etwas auf und ließen dort etwas verschwinden. Zeile um Zeile blätterte er durch die Dateinamen. »Das ist perfekt.«

»Dann wirst du die ParaGen-Server finden?«, fragte Samm. Afa nickte, ohne den Blick vom Bildschirm zu wenden. Samm wartete einen Augenblick. »Wie lange wird es dauern?«

»Wenn wir nicht riesengroßes Glück haben, die ganze Nacht. Kann mir jemand noch etwas Nacho-Soße bringen?«, fragte Afa.

23

Als Samm den Benzintank umrührte, hörte Kira ein erfreuliches Schwappen hinter den Metallwänden. »Das klingt, als wären wir so weit.«

»Damit sollten wir genug Strom erzeugen, um für den größten Teil des Tages die ganze Etage zu versorgen«, bestätigte Afa. Er schraubte den Deckel des Treibstofftanks zu, und alle traten einen Schritt zurück. Afa legte den Schalter um, der den Generator startete. Beim vierten Versuch stotterte er, weil er sich nach dem langen Stillstand offenbar sträubte, um beim siebten Versuch mit zornigem Röhren zum Leben zu erwachen. Sofort flammte die Notbeleuchtung auf – zumindest die wenigen Birnen, die nicht ausgebrannt oder zerbrochen waren. Wenige Augenblicke später schlugen die Sirenen in der Decke an. Zwei von ihnen verkündeten die dringende Warnung, dass die Stromversorgung des Rechenzentrums gefährdet sei, die dritte fauchte nur und stieß eine Staubwolke aus.

Heron betrachtete sie mit zusammengekniffenen Augen. »Das nervt.«

»Lasst uns beginnen, wir haben nicht viel Zeit«, drängte Afa.

»Ich dachte, wir haben genug Strom für den ganzen Tag?«, wandte Kira ein.

»Strom ja, aber keine Kühlung. Die ganze Anlage nebenan dient ausschließlich dazu, die Rechner zu kühlen. Die Kühlung bekommen wir aber keinesfalls zum Laufen, und selbst wenn wir sie starten können, fehlen dort einige seltene Chemikalien, die wir nicht im Zooladen an der Ecke bekommen. Ohne Kühlsystem können die Schaltungen der Server ziemlich schnell schmelzen.«

Der ParaGen-Server stand zwei Reihen weiter hinten ungefähr in der Mitte. Er war dem Generator, der ihn und etwa achtzig andere Maschinen versorgte, recht nahe. Trotz des laufenden Generators bekamen die Rechner offenbar nicht genügend Strom, um sich selbstständig hochzufahren. Afa schickte Kira und Samm zu allen anderen Computern in diesem Stromkreis, um dort die Stromversorgung zu kappen. Kira brauchte eine Weile, bis sie herausgefunden hatte, welches der vielen Kabel die Stromleitung war. Sobald sie das erste Kabel gefunden hatte, war es einfach. Sie hatte etwa zwanzig Geräte ausgeschaltet, ohne auch nur ein Wort mit Samm zu sprechen, als Afa einen triumphierenden Ruf ausstieß.

»Er läuft!«

Samm richtete sich auf und kehrte zu den anderen zurück, Kira arbeitete weiter. Wenn es half, die Hälfte abzuklemmen, half es noch mehr, auch die anderen zu trennen. Außerdem war sie immer noch auf Samm und Heron wütend und wollte nicht in ihrer Nähe sein. Wie konnten sie nur so engstirnig sein? Der Rassismus war nach dem Zusammenbruch praktisch verschwunden. Menschen mit allen nur denkbaren Körperformen und Hautfarben arbeiteten bereitwillig zusammen, weil es sonst niemanden mehr gab, mit dem man arbeiten konnte. Kira erinnerte sich an einen Schlupfwinkel in einem entlegenen Fischerdorf. Auf einem Bergungseinsatz hatte sie einen Mann getroffen, der sie wegen ihrer indianischen Vorfahren als Rothaut bezeichnet hatte. Er war jedoch ein verbitterter einsamer Kerl gewesen, und sie hatte so lange ohne jedes ethnische Vorurteil gelebt, dass die Beleidigung fast wie ein Scherz von ihr abprallte. Es war ein Witz, über den sie mit ihren Freunden lachen konnte. *War dieser Kerl wirklich echt?* Auf Long Island arbeiteten alle zusammen, alle kamen miteinander aus, und es spielte keine Rolle, wer man war, solange man ein Mensch war.

Ein Mensch und kein Partial.

Sie hielt inne, das abgezogene Stromkabel noch in der Hand, und betrachtete die Situation von der anderen Seite. Genau wie Samm und Heron sich als selbstverständlich überlegen betrachteten, waren die Partials für alle Menschen grundsätzlich böse – anders und von geringerem Wert, sodass man sie nicht einmal als Personen ansah. Bis vor ein paar Monaten hätte sie noch das Gleiche gedacht, aber das hatte sich geändert, als sie Samm begegnet war.

Samm.

Er hatte sie mit seinen Worten und Taten davon überzeugt, dass Partials intelligent und empathisch, wütend und zersplittert waren, ganz genau wie ... wie die Menschen. Biologisch unterschieden sie sich, aber ihre Gedanken und Gefühle waren fast identisch. Sie selbst war der beste Beweis dafür, denn sie fühlte sich schon lange als Mensch, und daran hatte sich auch in der letzten Zeit nichts geändert. Was, zum Teufel, war sie? Plötzlich drückte sie jeder Kilometer, den sie von East Meadow bis hierher zurückgelegt hatte, jeder Fluss, der sie von ihren Freunden trennte, und jeder Berg, der sich zwischen ihnen erhob, wie eine schwere Last. Tränen schossen ihr in die Augen, als sie überlegte, was sie eigentlich tat, warum sie dort war, was sie verändern wollte. Ihre Freunde, ihre Schwestern, Marcus, alles war so fröhlich und einfach gewesen. Sie hatten kein ideales Leben geführt, aber sie hatten gelebt und waren glücklich gewesen. Vor Einsamkeit schluchzend setzte sie sich auf den Boden.

Der Generator hörte zu summen auf, unvermittelt wurde es dunkel in dem Raum.

Stiefel polterten über den Boden, Afa schrie erschrocken auf. »Ich habe den Zugang verloren!« Sie blickte auf, bemerkte in den Lücken zwischen den hohen Computern den sanften Schein seines Bildschirms und wollte fragen, was geschehen sei.

Bevor sie auch nur ein Wort herausbekam, fielen Schüsse, Glas zersplitterte, und das Licht erlosch. Kira warf sich flach auf den Boden und kroch hinter einen Computer.

Die Computerräume des Rechenzentrums waren vollständig abgeschirmt. Es gab keine Fenster, und daher war es ohne künstliches Licht mehr oder weniger stockfinster. Unverständliche Bröckchen von Linkdaten prasselten auf Kira ein. Wenn sie unter großem Stress stand, fiel ihr die Wahrnehmung leichter: der Schock, unversehens überfallen zu werden, die Unsicherheit, woher die Angreifer kamen, der Schreck, weil ein Kamerad verwundet war. Kira versuchte es sich zusammenzureimen. Irgendjemand, der über enorme Fähigkeiten verfügte, hatte sie angegriffen. Aber wer? Sie hatten keinerlei Hinweise entdeckt, dass überhaupt noch jemand in Chicago lebte. Versteckte sich wider Erwarten eine ganze Horde in der Stadt? Oder hatte man sie verfolgt? Waren es Menschen oder Partials?

Wenn es darum ging, die Linkdaten zu verarbeiten, war sie hilflos wie ein kleines Kind. Wie hatte es sich angefühlt, als Samm und Heron in Afas Gebäude eingedrungen waren? Welche Emotionen hatte sie aufgefangen? Was sie hier spürte, schien ausschließlich von Samm und Heron zu kommen, nicht von den Angreifern. Das bedeutete, dass die Angreifer entweder Menschen oder Partials mit Gasmasken waren – eine verbreitete Taktik, wenn die Partials untereinander kämpften. Kira blieb ruhig, lauschte und versuchte herauszufinden, wo sich die verschiedenen Personen befanden. Der Generator war abgeschaltet oder sogar zerstört worden, also musste sich einer der Angreifer dort aufhalten. Afas Bildschirm war geborsten, also musste ein anderer freies Schussfeld darauf gehabt haben. Höchstwahrscheinlich befand sich einer zwei Reihen rechts von ihr, aber sie konnte nicht sagen, ob er vor ihr oder hinter ihr stand. War auch Afa angeschossen worden? Über den Link empfing sie so etwas wie den Gedanken an einen verwundeten Kameraden. Sie wusste aber nicht, wer es war und wo er war.

Links von ihr bewegte sich jemand – Freund oder Feind? Sie fand es nicht heraus und lauschte auf die Schritte, um zu erkennen, in welche Richtung der Unbekannte sich bewegte. Dann hörte sie das unverkennbare Schmatzen von Wasser. Ein nasser Stiefel – aber wem gehörte er? Sofern die Angreifer nicht über das Dach eingedrungen waren, mussten ihre Stiefel genauso nass sein wie die von Samm und Heron. Vielleicht sogar noch nasser, denn die Angreifer hatten sich erst vor Kurzem durch das Wasser bewegt. Dies konnte ein Hinweis sein, aber ohne genauere Kenntnis konnte Kira nichts damit anfangen. Sie griff nach den eigenen Stiefeln und zog sie vorsichtig und geräuschlos von den Füßen. Dann waren die nassen Socken an der Reihe, bis sie barfuß war. Nun war sie die Einzige im Raum, die beim Gehen nicht platschte und schmatzte.

Wieder schossen ihr Linkdaten durch den Kopf – SIE HABEN MICH ENTDECKT –, woraufhin einige Sekunden später eine weitere Salve folgte. Gleichzeitig war noch ein anderes Geräusch zu hören, das ein Pistolenschuss sein mochte. Kira konnte es nicht einordnen. Jedenfalls hörte das Gewehrfeuer auf, und ein Körper stürzte schwer zu Boden. Kira schätzte, dass es etwa drei Meter links hinter ihr war. Auf einmal hatte sie das widersprüchliche Gefühl, zugleich schläfrig und hellwach zu sein, und interpretierte dies als weitere Botschaft über den Link: Einer ihrer Gefährten war unter Drogen gesetzt oder betäubt worden. Der einzelne Schuss, den sie nicht hatte einordnen können, war ein Pfeil mit einem Betäubungsmittel gewesen.

Also wollen sie uns nicht umbringen, überlegte Kira. *Wer will uns gefangen nehmen? Doktor Morgan? Aber woher weiß sie, dass wir hier sind?*

Kira stand auf und schmiegte sich dicht an ein Computerregal. Dann blickte sie die Reihe, in der sie stand, hinauf und hinunter, und als sie nichts entdeckte, huschte sie so leise wie möglich zur nächsten Reihe. Ihre nackten Füße verursachten kein Geräusch auf dem Betonboden, doch auf einmal spürte sie kalte Tropfen an den Beinen. Verdutzt blickte sie nach unten. Die Stiefel hatte sie zwar ausgezogen, aber die Hose war von dem Spaziergang im Wasser immer noch nass und hinterließ eine feuchte Spur, die den Angreifern zeigte, wo sie war. Wieder hörte sie ein Schmatzen, diesmal rechts hinter sich. Der Angreifer näherte sich. Sie bückte sich und wrang die Hose aus, verdrehte die Beine, um so viel Wasser wie möglich loszuwerden. Solange sie die Hose nicht auszog, konnte sie jedoch nicht viel ausrichten. Das Schmatzen näherte sich, es war höchstens noch drei Reihen entfernt. Sie knirschte mit den Zähnen, wrang das zweite Hosenbein aus und befreite sich von dem Wasser, so gut es ging. Ein weiteres Schmatzen. Sie richtete sich wieder auf. Die Hose klebte kalt an den Beinen, tropfte aber nicht mehr. Lautlos zog sie sich in die nächste Reihe zurück. Nun hinterließ sie keine Spur mehr. Sie arbeitete sich eine und noch eine Reihe weiter und wich seitlich aus, um sich so weit wie nur irgend möglich von dem Angreifer zu entfernen und sich zudem in die Richtung zu bewegen, mit der er am wenigsten rechnete.

Abermals brach ein Höllenlärm los. Stimmen riefen durcheinander, automatische Waffen feuerten, Kugeln sausten durch die Computerregale. Dieses Mal sanken zwei Kämpfer in sich zusammen, und wieder spürte Kira die Linkdaten wie eine flüchtige Ahnung: Schlaf, Schmerzen, Sieg. Ihr letzter Gefährte war gefallen, hatte aber mindestens einen der Angreifer mitgenommen. Kira war nun allein, und sie hatte keine Ahnung, wie viele Feinde noch unterwegs waren.

Da hörte sie einen Schritt, konnte aber die Richtung nicht erkennen. Dann eine Stimme, so leise, dass sie nicht zu verstehen war. Entschlossenheit und Sachlichkeit: das letzte Ziel finden und die Mission beenden. Waren dies ihre Gedanken, oder hatte der Feind sie ausgesendet? Offenbar war sie immer noch nicht geschickt genug, um die Daten richtig zu deuten. Sie holte tief Luft und hockte sich in die Dunkelheit, um noch einmal die spärlichen Informationen durchzugehen. Wenn der letzte Eindruck aus Linkdaten bestanden hatte, dann handelte es sich bei den Feinden eindeutig um Partials, und der letzte hatte die Gasmaske abgenommen. Die Partials arbeiteten bei solchen Einsätzen immer zu zweit – das hatte sie während des Überfalls auf Long Island über den Funk herausgefunden. Aber je nach Aufgabe setzten sie manchmal auch größere Teams ein. Sie konnte es mit einem einzigen Gegner oder mit einem ganzen Dutzend zu tun haben. Die tiefe Stille im Rechenzentrum schien zu beweisen, dass nur ein kleines Team eingedrungen war. Falls weitere Kämpfer mitgekommen waren, warteten sie draußen.

Sie dachte weiter nach und überlegte fieberhaft, was sie zu ihrem Vorteil nutzen konnte. Ihr Gewehr lag auf der anderen Seite des Raums, doch die Handfeuerwaffe besaß sie noch. Nutzte sie überhaupt etwas? Partialsoldaten besaßen einen verbesserten Sehsinn und fanden sich im Dunkeln besser zurecht als Menschen. Da die Eindringlinge beim Beginn des Angriffs das Licht abgeschaltet hatten, vermochten sie wahrscheinlich im Dunkeln zu sehen. Vielleicht trugen sie Nachtsichtgeräte. Damit war Kira eindeutig im Nachteil. Vielleicht war es aber möglich, die Gegner mit der Taschenlampe zu blenden und einen Schuss abzufeuern, bevor sie sich von dem Schreck erholt hatten. Kira zog die Pistole mit der rechten Hand, hielt die Taschenlampe in der linken quer vor den Körper und zielte, den Finger auf den Schalter gelegt, geradewegs nach vorn.

Irgendwo zermalmte ein Stiefel etwas Zerbrechliches. Es klang unnatürlich laut in der Stille. Einer der Angreifer war vermutlich auf das zersplitterte Glas von Afas Bildschirm getreten. Wie es wohl Afa ging? Sie schüttelte den Kopf. *Konzentrier dich, Kira!* Wenn jemand auf Afas Glas getreten war, dann kannte sie seinen Standort und konnte ihn finden. Sie huschte von einem Regal zum nächsten und hockte sich hinter die Deckung, während sie die Stellung änderte. Gleich darauf spürte sie eine verzögerte Reaktion über den Link: DA DRÜBEN. Es war eindeutig ein Partial, vielleicht waren es sogar zwei, die sich lautlos über den Link abstimmten. Zwei gegen einen, und beide waren Partials. Sie würden sie einkreisen und festsetzen, mit Beruhigungsmitteln vollpumpen und zu Dr. Morgan schleppen.

Es sei denn ...

Kira erinnerte sich daran, was Samm und Heron nach dem Überfall auf Afas Gebäude gesagt hatten: Sie konnte die Partials über den Link spüren, aber die Partials wussten nicht, wo sie war. Gut möglich, dass sie die Linkdaten lediglich empfangen, aber nichts aussenden konnte. Diese Schwäche war nun ihr größter Vorteil. Sie konnte die anderen belauschen, während die Gegner im Dunkeln tappten.

Nur meine Bewegungen hören sie, dachte Kira und verfluchte die Tatsache, dass sie keine Spionageausbildung erhalten hatte. *Heron konnte mich nicht über den Link spüren, aber meine Bewegungen hören.* Deshalb bewegte sie sich am besten so wenig wie möglich. Stattdessen tastete sie nach dem Reservemagazin, das sie am Gürtel trug, und zog ganz vorsichtig eine Patrone heraus. Das Magazin besaß eine Feder, um nach jedem Schuss die jeweils nächste Patrone mit großer Kraft in die Waffe zu treiben. Deshalb musste sie den Finger auf dem Metall halten und die Feder langsam entspannen, statt sie hochschnellen zu lassen. Schließlich schob sie sich die Patrone in die Tasche und wiederholte sehr langsam den Vorgang, wobei sie aufmerksam lauschte, ob sie etwas von den Eindringlingen hörte. Eine dritte Kugel, dann eine vierte. Sie steckte jede in eine andere Tasche, damit sie nicht gegeneinanderprallten und ein Geräusch verursachten. Langsam hob sie die erste Kugel hoch, holte aus und warf sie in hohem Bogen über die Computer hinweg gegen die hintere Wand. Sie traf klirrend auf den Putz, prallte ab, landete auf einem Computer, fiel zu Boden, rollte noch ein Stückchen und blieb liegen. Über den Link spürte sie, wie die Angreifer aufmerksam wurden und angestrengt lauschten. Gleich darauf folgte eine taktische Warnung: DAS IST EIN TRICK. Wütend über ihre eigene Naivität schüttelte Kira den Kopf. Dann fiel ihr etwas ein. Sie zog die zweite Patrone aus der Tasche und warf sie nicht sonderlich fest gegen das Regal, das ihr am nächsten stand. Die Hülse prallte ab und fiel zu Boden. Wieder wurde der Link aktiv, und die Botschaft war die gleiche: ICH HABE EIN GERÄUSCH GEHÖRT. ES IST EIN TRICK.

Gleich darauf entfernten sich Schritte von ihr. Ihr doppelter Trick hatte funktioniert.

Sie wandte sich zur Seite und spähte an dem Regal vorbei, das sie als Deckung benutzte. Etwa zehn Reihen weiter hinten hatte ein Regal die falsche Form. Es war klobig und abgerundet. Sie nahm an, dass einer der Angreifer mit seinem Knie oder Ellbogen die Silhouette des Rechnerturms veränderte. Vorsichtshalber legte sie sich auf den Boden, hielt die Taschenlampe bereit und beobachtete das verformte Regal. Es bewegte sich, wuchs heran, und dann löste sich ein annähernd menschlicher Umriss aus dem Schatten, als der Partial seine Deckung verließ. Er entfernte sich von ihr und hatte eine schmale Pistole angelegt. Kira stand auf und eilte ihm hinterher, wobei sie sehr vorsichtig auftrat, damit ihre nackten Füße keine Geräusche erzeugten. Er bewegte sich zwei Reihen weiter, sie folgte ihm. Wenn sie so weitermachte, blieb sie in Schussweite. Allerdings war noch ein zweiter Partial unterwegs, dessen Position sie nicht kannte. Immer wenn sie einen Quergang kreuzte, lief sie Gefahr, entdeckt zu werden.

Beim nächsten Schritt berührte ihr Fuß etwas, und sie hielt inne, blickte hinab und entdeckte dünne Linien im Dunkeln, die sich ringelten wie winzige Schlangen. Sie fluchte lautlos. *Das ist eine der Reihen, die wir vom Stromnetz getrennt haben. Auf dem Boden liegen überall Kabel.* Sie verlagerte den Fuß und fand eine Stelle, wo sie sicher auftreten konnte. Vor ihr lag ein Irrgarten verschlungener Leitungen. Bei jedem Schritt musste sie aufpassen und sich neu orientieren. Hier war ein Kabel, dort schlängelte sich das nächste. Jeder Schritt schien eine Stunde lang zu dauern.

Der Partial, dem sie folgte, entfernte sich. Kira zog die dritte Patrone aus der Tasche und warf sie an dem Partial vorbei gegen die Wand. Er hielt sofort inne, und sie schlich weiter, während sie über den Link den Austausch abhörte: ICH HABE EIN GERÄUSCH GEHÖRT. ES IST EIN TRICK. IST ES WIRKLICH EIN TRICK? Die Antwort fand er eine Sekunde zu spät heraus. Er drehte sich um und wollte auf sie schießen, doch sie hatte ihn schon erreicht, stieß die Halbautomatik in den Spalt zwischen Helm und Brustpanzerung und drückte ab. Er stürzte auf den Boden, und aus der Pfeilpistole löste sich ein Schuss, der nur die Decke traf. Sofort spürte sie die Nachricht über den Link: TOD! Rasche Schritte näherten sich. Sie wich seitlich aus, ließ die Taschenlampe fallen, riss das Magazin vom Gürtel und nahm rasch die Patronen heraus, ohne auf den Lärm zu achten. Dann warf sie die ganze Handvoll in die Luft und schmiegte sich mit dem Rücken an einen Computerturm. Als die Patronen klirrend und klappernd auf den Boden fielen und ihre Bewegungen übertönten, rannte sie los. Gleichzeitig empfing sie die entmutigten Gedanken ihres letzten Verfolgers: SOLDAT GETÖTET. ZIELPERSON VERLOREN. ÄRGER.

Kira hatte die Taschenlampe verloren, und da sie keine Patronen zum Werfen mehr hatte, waren ihr auch die Tricks ausgegangen. Sie durchwühlte die Taschen nach einem geeigneten Gegenstand, was auch immer ...

HABE SIE GEFUNDEN. TOD.

Kira knirschte mit den Zähnen. Wie hatte er sie gefunden? Sie sandte keine Linkdaten aus. Der erste Gegner war nur zwei Schritte von ihr entfernt gewesen und hatte sie nicht bemerkt.

TOD.

Sie spürte es abermals, dieses überwältigende Gefühl des Todes, und fluchte lautlos. *Ich bin es selbst,* dachte sie. *Die Linkdaten bestehen aus Pheromonen, aus winzigen Partikeln, und ich habe dicht neben dem Gegner gestanden, als er eine ganze Wolke davon ausstieß. Die Todespartikel kleben an mir, ich ziehe einen Schweif hinter mir her, und der zweite kann mich jetzt verfolgen.* Sie betrachtete die Pistole, die zu klein war, um im direkten Kampf mit einem Partial etwas auszurichten. Sonst hatte sie nichts. *Hätte ich nur nicht die Taschenlampe verloren!*

Die Stiefel des Partials klickten auf dem Boden, näher als zuvor. Er hatte sie fast erreicht. *Ich habe nur einen einzigen Versuch.* Sie schloss die Augen, rief sich den Grundriss des Raums ins Gedächtnis und hoffte, nicht falsch abgebogen zu sein. Dann öffnete sie die Augen wieder und rannte los.

Hinter sich hörte sie ein leises Fauchen, als etwas vorbeiflog und sie nur um Zentimeter verfehlte. Sie brach seitlich aus, lief eine andere Reihe entlang und kehrte auf den vorherigen Weg zurück. Wieder zischte es, und ein Pfeil prallte dicht neben ihr gegen ein Computerregal. Unwillkürlich zuckte sie zusammen. Als sie über einen am Boden liegenden Partial sprang, spürte sie, ohne die Augen benutzen zu müssen, dass es Samm war. Sie hörte schwere Schritte hinter sich, die ihr mit Höchstgeschwindigkeit folgten. *Fast geschafft.* Der Partial wusste, dass er sie in die Enge getrieben hatte, denn ihr blieb kein Fluchtweg mehr. In der Dunkelheit zeichnete sich ein großer runder Umriss ab. Sie schlitterte darauf zu und suchte hastig nach dem dicken Starthebel des Generators. Als sie ihn gefunden hatte, drückte sie ihn mit Schwung nach unten und kehrte in den Gang zurück.

Das Licht flammte auf, und keine zwei Meter vor ihr stolperte der Partial, geblendet durch das grelle Licht, das ganz plötzlich das Nachtsichtgerät seines Visiers überlastete. Kira hob die Pistole und schoss dreimal auf den Helm, der knackte und splitterte und den Kopf nicht mehr schützen konnte. Er ging zu Boden wie ein nasser Sack.

TOD.

24

Einer der Angreifer hatte Afa einen glatten Durchschuss im Oberschenkel zugefügt. Es war der einzige Schuss mit einer scharfen Patrone gewesen, sonst hatten die Angreifer ausschließlich Betäubungspfeile eingesetzt, um die Opfer zu lähmen. Dieselbe Kugel hatte auch Afas Bildschirm zerstört. Kira fragte sich, ob der Mann oder die Daten das wahre Ziel gewesen waren. Hatten die Partials sie hierher verfolgt, um sie gefangen zu nehmen oder um sie davon abzuhalten, die Daten aus dem Computer zu gewinnen? Oder beides zugleich?

Kira fragte sich, ob vielleicht keine der Möglichkeiten zutraf. Sie blickte zu Heron hinunter, die auf dem Boden lag und langsam zu sich kam. Hatte sie auf Afa geschossen? Oder Samm? Welches Motiv sollte einer der beiden dafür haben? Und warum gerade in diesem Moment? Wenn sie mit den Angreifern zusammengearbeitet hatten, hätten sie sich die Mühe sparen können, sich selbst betäuben zu lassen. Das wäre nur nötig gewesen, falls sie befürchtet hätten, den Kampf zu verlieren. Aber in diesem Fall hätten die Gegner gar nicht erst angegriffen. Es passte einfach nicht zusammen, und die wahrscheinlichste Erklärung war wohl die, dass die Partials Afa töten und die anderen gefangen nehmen wollten. Und doch, Kira konnte die nagenden Zweifel nicht ganz abschütteln. Hatte jemand den Partials einen Hinweis auf das Ziel gegeben, das sie mit ihren Begleitern ansteuerte? Sie verfluchte sich, weil sie keinen der beiden am Leben gelassen hatte, um ihn zu befragen. Andererseits hatte sie selbst nur mit knapper Not überlebt.

Kira legte dem immer noch bewusstlosen Afa einen Verband an und untersuchte anschließend die Angreifer. Sie nahm die Waffen an sich und zählte die Patronen. Einer besaß tatsächlich eine Handfeuerwaffe, in der eine Patrone fehlte. Natürlich konnte Kira nicht wissen, wann die Waffe abgefeuert worden war. Es kam ihr jedoch unwahrscheinlich vor, dass ein gut ausgebildeter Soldat mit einem nicht vollständig gefüllten Magazin in den Kampf zog. Also war dieser Partial vermutlich der Schütze, der Afa getroffen hatte. *Vermutlich* war leider nicht das Gleiche wie *mit absoluter Gewissheit.*

»Sammelst du Munition ein?«, fragte Heron. Die Spionin stand etwas zerzaust, aber wach hinter ihr. Kira schob das Magazin in die Pistole zurück und warf sie auf die Brust des toten Partials.

»Er hat Afa angeschossen«, erklärte sie und richtete sich wieder auf. Sie bemühte sich, gelassen zu sprechen und nichts als Neugierde zu zeigen. »Was glaubst du, warum sie ihn mit scharfer Munition verletzt haben, während sie uns nur betäuben wollten?«

»Wahrscheinlich haben sie auf den Bildschirm geschossen, um das Licht zu löschen«, erwiderte Heron. »Sie waren auf die Dunkelheit vorbereitet, wir aber nicht – das ist die übliche Taktik bei einem Überfall. Die Betäubungspfeile sind nicht stark genug, um das Glas zu durchschlagen.«

»Das leuchtet mir ein«, gab Kira zu. Vielleicht war es tatsächlich so. Sie schüttelte den Kopf. »Ein Schuss auf den Bildschirm musste fast zwangsläufig auch Afa treffen. Wenn sie uns lebendig fassen wollten, warum haben sie dann riskiert, ihm eine tödliche Wunde zuzufügen?«

Heron schnitt eine Grimasse und zog einem toten Angreifer den Helm ab. Das Partialmädchen hatte chinesische Gesichtszüge wie Heron und sah hinreißend aus. »Sie ist eine Spionin. Da bestand keine Gefahr.«

»Wie viele?«, fragte Samm. Er kam hinter der Ecke eines Computerturms hervor und schüttelte die Benommenheit ab. Er konnte noch nicht völlig klar sprechen. Kira setzte den Begriff *Erholt sich schnell von Betäubungsmitteln* auf die lange Liste der Eigenschaften, die Heron von den anderen Partials unterschieden. *Sie hat nicht gescherzt, als sie sagte, sie sei dazu entworfen, besser zu sein.*

»Drei.« Kira betrachtete das tote Mädchen. »Eine Spionin und zwei Soldaten. Ich bin aber nicht sehr gut mit den Modellen vertraut und kann deshalb ... o Mann!« Sie kniete nieder, weil sie unter dem Haar der Partialfrau etwas Seltsames entdeckt hatte. Am Hals befanden sich drei Reihen wellenförmiger Schlitze. »Heron, hast du Kiemen?«

Heron ging in die Hocke, drehte den Kopf des Mädchens zur Seite und untersuchte den Hals. »Sie gehörte zu Morgan. Spezialagenten, die über Morgans neueste Anpassungen verfügen. Wir sollten auch die anderen überprüfen.« Sie nahmen den beiden Männern die Helme ab und entdeckten auch bei ihnen Kiemen. Heron pfiff durch die Zähne. »Das sind keine gewöhnlichen Soldaten.« Sie blickte Kira an. »Und du hast zwei von ihnen getötet?«

»Mit knapper Not«, antwortete Kira. »Anscheinend tragen sie Taucheranzüge unter den Rüstungen. Ob sie hergeschwommen sind? Wir befinden uns am Ufer des Lake Michigan, und wenn es keine sprechenden Süßwasserhaie gibt, von denen du mir noch nicht erzählt hast, dann ist eine Reise durch das Wasser erheblich sicherer als über Land.«

»Ein Teil des Wegs vielleicht«, wandte Samm ein. »Sie mussten allerdings immer noch Michigan zu Fuß durchqueren. Das Gebiet ist zu groß, um es zu umgehen.«

»Sie konnten ja mühelos an Land atmen, also spricht nichts dagegen.«

»Es passt nicht«, widersprach Heron. »Wenn sie uns von Manhattan aus beschattet hätten, wäre es sinnlos gewesen, Agenten mit Kiemen zu schicken. Sie kannten unser Ziel doch gar nicht. Wir hätten auch in die Ebenen oder nach Westen ins giftige Ödland reiten können. Aber falls Morgan sowieso schon Agenten in Chicago stationiert hatte, falls sie hier einen Vorposten unterhielt, dann gibt es natürlich keine besseren Agenten als die mit Kiemen, um eine überflutete Stadt zu bewachen.«

Kira nickte. »Das ist wahr. Oder ...« Sie hielt inne, weil sie ihren Verdacht nicht derart unverblümt aussprechen wollte. *Oder einer von euch ist ein Spion und hat unser Funkgerät benutzt, um ihnen zu verraten, wo wir waren und wohin wir wollten.*

»Oder was?«, fragte Heron.

»Nichts.« Kira betrachtete noch einmal die Kiemen und wich Herons Blicken aus. Der Link verriet allerdings die Gefühle der Partialfrau: MANGEL AN VERTRAUEN. VORSICHTIG SEIN.

VERWIRRUNG. Kira war ziemlich sicher, dass dies von Samm kam, und reagierte sehr erleichtert. Wenn er verwirrt war, dann war er kein Spion. Sie musste eine Gelegenheit finden, allein mit ihm zu reden, bevor Heron ihn ansprach.

»Wir nehmen ihnen die Ausrüstung ab«, schlug Samm vor. »Anschließend verstecke ich die Toten oben in einem Schrank.« Er und Heron beseitigten die Kampfspuren, während Kira wieder nach Afa sah. Dank der Schmerzmittel, die sie ihm gegeben hatte, atmete er ruhiger, war aber immer noch bewusstlos. Ringsum lagen die Splitter seines Bildschirms, der graue seitliche Griff war noch über ein Kabel mit dem Server verbunden. Der Bildschirm war eine verkleinerte Version des Glasschreibtischs oben. Das Glas war nur der Monitor, während der Rechner und sein Speicher im Tischrahmen oder in diesem Fall im seitlichen Griff untergebracht waren. Der Server selbst war unbeschädigt, und soweit sie es sagen konnte, war der Transfer der Daten noch im Gang. Ohne Bildschirm konnten sie die heruntergeladenen Geheimnisse von ParaGen allerdings nicht lesen.

Wir sind hier in einem Rechenzentrum, dachte sie. *Hier gibt es viele große Computer, und da vermutlich jeder, der hier gearbeitet hat, ein ebenso großer Technikfreak war wie Afa, gibt es zweifellos auch andere Geräte. Irgendwo muss doch noch ein tragbarer Bildschirm zu finden sein.* Sie sah noch einmal nach Afa, vergewisserte sich, dass es ihm gut ging, und beseitigte die gröbsten Splitter. Dann stieg sie nach oben zur Büroetage und begann in einem Eckbüro mit ihrer Suche. Solche Büros hatten wichtige Leute benutzt, die hoffentlich auch ein paar zusätzliche Computer besessen hatten. Leider fand sie nichts – mehrere Dockingstationen, aber keinen Bildschirm. *Die Dinger sind tragbar,* überlegte sie weiter. *Die Besitzer haben sie mit nach Hause genommen.* Trotzdem suchte sie weiter und überprüfte nacheinander alle Büros, um sich schließlich auch die kleinen Verschläge vorzunehmen. Dies erinnerte sie an die Büros, die sie in Manhattan untersucht hatte, und bei der Erinnerung kam ihr ein Gedanke. Einer Eingebung folgend verließ sie die Verschläge und suchte in den hinteren Fluren und Räumen nach einer Tür mit der Bezeichnung, die auch Afas Raum getragen hatte: *IT.* Informationstechnologie. Es dauerte eine Weile, bis sie, im knietiefen Wasser stehend, das IT-Büro im Erdgeschoss gefunden hatte. Der IT-Direktor saß tot an seinem Schreibtisch. Der Oberkörper war mit Schleim bedeckt, unten war alles bis auf die Knochen verschwunden. Mit angehaltenem Atem durchsuchte sie seine Regale und fand im Schreibtisch einen Bildschirm, der ein wenig kleiner war als Afas Exemplar. Dann floh sie würgend nach draußen und schloss die Tür hinter sich. Sie nahm sich etwas Zeit, sich draußen im saubereren Wasser abzuspülen, bevor sie wieder nach oben stieg. Afa war inzwischen aufgewacht.

»Mein Bildschirm wurde zerschossen«, klagte er. Seine Stimme klang leise und tonlos, das verwirrte Kind hatte sich wieder in den Vordergrund geschoben. Kira seufzte. Nach einem Angriff wie diesem war diese Veränderung offenbar unvermeidlich. Sie setzte sich neben ihn und tröstete ihn. Besorgt sah er sie an. »Wo ist mein Rucksack?«

»Gleich dort drüben.« Sie fühlte seinen Puls. Etwas beschleunigt, aber noch normal zu nennen. »Wie fühlst du dich?«

»Mein Bildschirm wurde zerschossen.« Er versuchte aufzustehen, stieß einen Schmerzensschrei aus, sobald er das Bein belastete, und brach zusammen.

»Vergiss den Bildschirm!«, sagte Kira. »Ich habe dir einen neuen besorgt, aber du wurdest auch selbst angeschossen. Du musst dich schonen.«

»Ich brauche den Rucksack.«

»Afa, man hat dich angeschossen. Hier, dein Bein ...«

»Ich brauche den Rucksack!« Sein Blick irrte hin und her, er war den Tränen nahe. Schließlich stand Kira auf und brachte ihm den Rucksack. Sie fragte sich, ob er vielleicht noch ein zweites Gerät mitgebracht hatte, das ihr die Begegnung mit dem toten IT-Direktor erspart hätte. Sie zerrte den Rucksack zu ihm. Er presste ihn an die Brust und wiegte sich hin und her. »Ich darf den Rucksack nicht stehen lassen«, sagte er. »Ich bin der letzte Mensch auf dem Planeten.«

»Er sieht übel aus«, bemerkte Samm. Kira nickte nur. Sie war zu erschöpft und hatte keine Lust, sich mit Samms Ansichten über Afa zu befassen. Davon abgesehen hatte er natürlich recht.

»Er hat sich in seinen eigenen Kopf zurückgezogen«, sagte Kira. »Es wird eine Weile dauern, bis er sich wieder heraustraut.«

Samm nickte in die Richtung des Servers, der mit dem Griff des Bildschirms verbunden war. »Haben wir alles bekommen?«

Kira hob den Griff, auf dem immer noch ein grünes Lämpchen leuchtete. »Ich weiß es nicht. Ich traue mich nicht, die Verbindung zu trennen, weil ich nicht weiß, ob noch Daten übertragen werden.«

»Wie lange wird es dauern?«

Kira zuckte mit den Achseln und deutete auf Afa. »Der Einzige, der es weiß, singt im Moment ein Schlaflied für seinen Rucksack. Er verliert Blut, und ich habe nicht die nötigen Antibiotika, um ihm zu helfen. Außerdem liegen hier Tote herum, meine Hose ist nass, und allmählich wünsche ich mir, die Ereignisse hätten einen anderen Verlauf genommen.« Überrascht über ihren eigenen Ausbruch holte sie tief Luft.

»Du stehst unter großem Stress«, sagte Samm.

Kira war dem Weinen nahe und wischte sich eine Träne aus dem Augenwinkel. »Ja. Was gibt es sonst noch Neues?«

Samm nahm den Bildschirm an sich, den sie von unten mitgebracht hatte. »Ob wir auch den hier benutzen können?«

»Es gibt nur einen Anschluss.« Kira wischte sich noch einmal die Augen trocken und richtete sich auf. »Den neuen Bildschirm können wir erst anschließen, wenn wir den Server abklemmen. Ich will aber nicht eingreifen, weil der Download möglicherweise noch läuft.«

»Dann teilen wir Wachen ein und übernachten hier«, entschied Samm. Er sah sich in dem Raum um. Die Computertürme behinderten die Sicht in alle Richtungen. »Hier drinnen können wir aber nicht bleiben. Diesen Raum kann man nicht bewachen, außerdem wurde der Generator während des Kampfs beschädigt. Auch das Auspuffrohr ist undicht. Es verteilt giftige Gase im Raum.«

»Wie schön«, meinte Kira. »Als ob das Leben nicht schon beschissen genug wäre.«

Samm richtete sich auf und gab Kira die Hand. Sie schlug ein, zog sich hoch und blieb vor ihm stehen. Keiner wandte den Blick ab. Sie blickte ihm in die Augen und spürte ... etwas. Manchmal war der Link schwer zu interpretieren.

Samm brach den Kontakt als Erster. »Ich fasse ihn an den Armen.« Er trat hinter Afa. »Wir schaffen ihn an einen sicheren Ort.«

Um zwei Uhr morgens fuhr Kira jäh auf. Sie war sicher, dass etwas nicht stimmte. Mit wilden Blicken sah sie sich um und tastete nach der Waffe. »Wer ist da? Werden wir angegriffen?«

»Beruhige dich!«, sagte Heron. »Der Generator hat sich gerade abgeschaltet. Vermutlich hat dich die Veränderung des Hintergrundgeräuschs geweckt.«

»Ich sehe mich lieber um.«

»Wahrscheinlich ist einfach nur das Benzin ausgegangen, und das heißt, dass wir ihn so schnell nicht wieder in Gang bekommen.«

»Dann hole ich den Griff des Bildschirms«, entschied Kira. »Wenn wir alles heruntergeladen haben, was wir überhaupt bekommen können, dann habe ich es lieber hier bei mir als unbewacht dort unten.«

»Nimm die Waffe mit!«, riet ihr Heron. Im Dunkeln war ihre Miene nicht zu erkennen, und der Link blieb stumm, soweit Kira es sagen konnte. »Vielleicht sind noch mehr schwimmende Monster unterwegs.«

»Danke«, sagte Kira. Automatisch überprüfte sie Afas Puls und Atmung, bevor sie nach unten ging. Inzwischen hatten sie herausgefunden, dass das giftige Gas schwerer war als Luft. Deshalb war das oberste Stockwerk der sicherste Platz für ihr Lager. Kira schaltete die Lampe auf ihrem Gewehr ein. Es war beruhigend, die Waffe schon im Anschlag zu haben, falls sich dort unten tatsächlich jemand herumtrieb. Der Gang war dunkel, die Treppe verlassen, das Gebäude still bis auf ein leises Tröpfeln und das Schwappen des Wassers. Im Rechenzentrum standen die dunklen Computertürme und warfen im tanzenden Strahl der Taschenlampe lange Schatten. Das verschmierte Blut, das nach dem letzten Kampf zurückgeblieben war, veränderte die Stimmung von gespenstisch zu bedrohlich. Kira ging leise und hielt den Atem an, während sie zwischen den hohen Regalen entlangschritt. Die Auspuffdämpfe wirbelten um ihre Füße und

Schienbeine, die Luft schmeckte bitter. Sie fand den Griff, trennte ihn vom Server und zog sich so schnell wie möglich nach oben zurück. Als sie das Lager erreicht hatte, setzte sie sich auf den Schlafsack und nahm den zweiten Bildschirm, um das Kabel dort anzuschließen.

»Willst du es gleich lesen?«, fragte Heron.

»Worauf warten wir noch?«

»Da hast du recht.« Heron setzte sich neben sie und blickte ihr über die Schulter.

Kira blinzelte, als der Bildschirm zum Leben erwachte, und regelte die Helligkeit auf ein erträgliches Maß herunter. Ein kleines Symbol in der Mitte des Bildschirms verriet ihr, dass die Verbindung zu dem anderen Griff noch nicht hergestellt war. Sie hielt den Atem an, während das Symbol unablässig rotierte. Es hielt inne und drehte sich weiter. »Nun mach schon!«, flüsterte sie. Eine Minute später stand es still. VERBINDUNG HERGESTELLT. Sie öffnete den Ordner mit den Downloads, ließ die riesige Liste abrollen, gab es auf und öffnete schließlich die Suchmaske. »Wonach suchen wir?«

»Nach dem Trust?«, schlug Heron vor. »RM? Verfallsdatum? Nach deinem eigenen Namen?«

Kira tippte K-I-R-A und startete die Suche. Wieder drehte sich das kleine Sechseck. Die Suche blieb ergebnislos. »Was jetzt?«

»Vielleicht wirst du unter einem anderen Namen geführt.«

»Ich versuche es mit meinem Vater.« Sie tippte den Nachnamen ein: D-H-U-R-V-A-S-U-L-A. Erneut drehte sich das Sechseck, während die Maschine suchte, und bald erschienen die Ergebnisse. Die Liste lief so rasch vorbei, dass die Titel kaum zu erkennen waren. Bei 3748 Resultaten brach sie ab und versuchte es mit etwas anderem. »Wir müssen die Suche einengen. Wie wäre es mit …« Sie dachte nach, nagte an der Unterlippe und tippte ein neues Wort ein:

S-I-C-H-E-R-U-N-G.

Das Sechseck drehte sich. Zwölf Ergebnisse. Sie öffnete die erste Datei auf der Liste. Es handelte sich um eine E-Mail von Bethany Michaels, der leitenden Finanzdirektorin von ParaGen, an ihren Vater. Kira las sie laut vor.

»Die Stabschefs haben nur noch eine letzte Bitte für die BioSynth-Armee. Sie brauchen eine Art Sicherung. Ich weiß, Sie sind von der unerschütterlichen Loyalität der BioSynths überzeugt, und ich weiß auch, dass diese Loyalität in ihren Gehirnen fest verdrahtet ist. Dennoch glaube ich, dass dies eine ganz vernünftige Bitte ist, wenn man bedenkt, wozu die BioSynths fähig sind, und diese Bitte sollten wir keinesfalls übergehen. Neben der neu entworfenen Armee benötigen wir ein gentechnisch manipuliertes Virus. Falls die Armee nicht richtig funktioniert, rebelliert oder sonst irgendwie außer Kontrolle gerät, müssen wir fähig sein, auf einen Knopf zu drücken und sie gewissermaßen abzuschalten. Wir brauchen ein Virus, das die BioSynths zerstört, ohne sonst irgendjemanden oder irgendetwas zu gefährden. Ich vertraue darauf, dass Ihr Team kein Problem hat, etwas Passendes zu entwickeln und herzustellen.«

Kira starrte den Bildschirm an.

»Die Sicherung ist RM«, sagte Heron. »Deine eigene Regierung hat sie in Auftrag gegeben.«

Kira konnte nur flüstern. »Und dann hat es die falschen Leute erwischt.«

25

Von den Partials gefasst zu werden, war keine Schwierigkeit. Marcus und Ariel packten ihre Habseligkeiten, suchten sich die breiteste Straße und wurden nach zwei Stunden von einer Patrouille aufgegriffen. Die beiden Partials durchsuchten sie, beschlagnahmten die Waffen und marschierten mit ihnen in Richtung East Meadow. Nach einigen Kilometern stießen sie auf einen Lastwagen, der schon zur Hälfte mit menschlichen Gefangenen besetzt war, und wurden den Rest des Wegs gefahren. Die Menschen saßen stumm auf der Ladefläche, in den Gesichtern spiegelte sich ihre Angst. Wenn er daran dachte, dass die Partials die ganze Insel besetzt hielten, musste sich Marcus nicht besonders verstellen. Obwohl Ariel und er sich absichtlich hatten gefangen nehmen lassen, wusste er nicht, was man mit ihnen vorhatte. In East Meadow wurden sie abgesetzt, noch einmal durchsucht und verhört. Keiner erkannte Marcus, und wenn doch, dann war es den Partials anscheinend gleichgültig. Mit nichts als der Kleidung, die sie am Leib trugen, wurden sie gegen Mitternacht in die Stadt entlassen. Sie suchten sich ein leeres Haus und versteckten sich bis zum Morgen.

Aus Angst, beschattet zu werden, wagten sie erst in der folgenden Nacht, Nanditas Haus aufzusuchen. Als sie dort eintrafen, stellten sie fest, dass die Partials es bereits gründlich durchwühlt und keinen Winkel und keinen Spalt übersehen hatten. »Wahrscheinlich ist nicht mehr das Geringste zu finden«, sagte Marcus. Trotzdem stöberten sie überall herum und hofften, irgendeinen Hinweis auf Nanditas Pläne zu entdecken, den die Partials übersehen hatten, auch wenn sie möglicherweise über alles im Bilde waren. Die Tage verbrachten sie im leeren Haus und durchsuchten es so vorsichtig und leise wie möglich. Nachts zogen sie sich in andere Gebäude zurück, um für die Partials unsichtbar zu bleiben.

Wer zu viel Aufmerksamkeit erregte, fand bei der allabendlichen Hinrichtung schnell den Tod.

Zuerst sahen sie in Nanditas Zimmer nach, in allen Schubladen und Schränken, in Schachteln unter dem Bett, im Spalt hinter der Kommode und im großen Schminkspiegel, sogar zwischen den Matratzen und in den Taschen ihrer Kleidung. Sie durchstöberten auch das Gewächshaus, obwohl Xochi in den Monaten nach Nanditas Verschwinden offenbar die Regie übernommen hatte. Es gab nicht viele Stellen, wo nicht irgendwelche Kräuter und Sprossen wuchsen. Als sie nichts fanden, nahmen sie sich den Rest des Hauses vor. Zuerst waren die Schubladen und Schränke an der Reihe, schließlich rissen sie sogar die Dielenbretter heraus, zerschnitten die Polstermöbel und gruben Löcher im Garten. Sie fanden nichts.

»Wir müssen es wohl einsehen«, seufzte Marcus nach einigen Tagen. Er stützte sich müde auf die Anrichte in der Küche. »Entweder gibt es keine Protokolle der Experimente, oder sie sind verschwunden.«

»Sie waren vorhanden«, beharrte Ariel. »Ich habe sie gesehen.«

»Vielleicht hat sie alle Unterlagen mitgenommen«, überlegte Marcus. Er starrte auf das große Loch, das sie in die Küchenwand geschlagen hatten. Dort hatte Nandita vor etwa einem Jahr einen Teil der Wand repariert, und die Partials hatten diesen Teil übersehen. Doch das Loch hatte nichts weiter als einige vergessene Nägel enthalten. »Vielleicht ist sie auch aus diesem Grund weggegangen – sie wollte die Untersuchungen anderswo fortsetzen, die Ergebnisse analysieren oder wer weiß was tun.«

»Oder ihre Funde verstecken«, ergänzte Ariel. »Vielleicht wollte sie auch alles zerstören. Ich weiß allerdings nicht, warum sie das hätte tun sollen.«

»Du vermutest, dass sie freiwillig gegangen ist. Wenn sie aber zusammen mit ihren Unterlagen verschleppt wurde? Das scheint mir …« Marcus hielt inne und lachte trocken. »Ich wollte gerade sagen, dass eine solche Annahme unglaublich paranoid klingt, aber angesichts der gegebenen Umstände könnte sie tatsächlich zutreffen. Inzwischen kann mich wohl nichts mehr überraschen.«

Ariel schüttelte den Kopf. »Wenn die Partials Nandita mitgenommen haben, müssten sie nicht noch einmal kommen und nach ihr suchen, oder?«

»Es gibt unter ihnen die verschiedensten Fraktionen«, gab Marcus zu bedenken. »Möglicherweise waren es Morgans Feinde.«

»Sowohl Nandita als auch Doktor Morgan haben an Kira herumexperimentiert.« Ariel nickte. »Wahrscheinlich haben sie zusammengearbeitet.«

»Ich hatte eindeutig den Eindruck, dass Heron für Morgan arbeitete, als sie mich ansprach«, erklärte Marcus. »Aber ich nehme an, Heron ist keine vertrauenswürdige Quelle. Allerdings sollten wir über Folgendes nachdenken: Soweit wir wissen, waren Morgans jüngste Experimente mit Kira eher ein Zufall. Sie suchte nach einem menschlichen Mädchen, hat sich aber nie um ein bestimmtes Mädchen bemüht.«

»Soweit du weißt«, meinte Ariel.

»Soweit wir wissen«, stimmte Marcus zu. »Aber ich war dabei und habe gesehen, wie Kira alles durchlebt und auf ihre ganz eigene Weise Entscheidungen getroffen hat. Hätte Morgan ein bestimmtes Mädchen haben wollen, dann hätte ein ähnlicher Angriff auf die Insel genügt, wie sie ihn kürzlich befohlen hat. Kira zum freiwilligen Aufsuchen des Festlands bewegen zu wollen – ein solch lachhaft komplizierter Plan wäre nicht nötig gewesen.«

»Was ist mit dem Foto, von dem du mir erzählt hast?«, fragte Ariel. »Es zeigt Kira und Nandita vor dem Zusammenbruch, und das ist für sich genommen schon bemerkenswert. Außerdem standen sie vor dem Hauptsitz von ParaGen. Leuchtet für dich nicht eine riesige rote Warnlampe auf und zeigt dir, dass hier etwas Verrücktes vor sich geht? Es muss doch noch mehr hinter dieser Beziehung stecken.«

»Was denn?«, fragte Marcus. »Natürlich werde ich misstrauisch, aber wohin soll ich den Blick nun richten? Ich versuche seit Wochen, mir alles zusammenzureimen. Deshalb haben wir ja das ganze Haus zerlegt. Aber was bedeutet es? Müssen wir den Schluss ziehen, dass Kira irgendwie anders ist, nur weil sie zusammen bei ParaGen waren? Die meisten Menschen haben in ihrer Jugend irgendwelche Genveränderungen erfahren. War es bei Kira etwas ganz Besonderes? Ist sie aus irgendeinem Grund besonders wichtig? Ich bin ganz deiner Meinung, Ariel, aber ehrlich gesagt weiß ich nicht, was das alles zu bedeuten hat.« Sie hörten ein Grollen und erkannten es sofort als Motorenlärm einer vermutlich ziemlich großen Maschine. Dank ihrer Ressourcen und ihrer Energieversorgung hatten die Partials Motorfahrzeuge nach East Meadow mitbringen können, und die Menschen achteten seitdem auf Geräusche, die eine Partialstreife ankündigten. Marcus und Ariel legten sich flach auf den Boden und taten so, als wäre niemand zu Hause. Es gelang.

»Das war knapp«, murmelte Ariel. »Aber vermutlich wissen sie, dass wir hier sind und dieses Haus bewohnen.«

»Fällt dir noch etwas zu den Dokumenten ein, die du in Nanditas Gewächshaus gesehen hast?«, fragte Marcus.

»Ich habe dir schon alles erzählt«, antwortete Ariel. »Dort stand *Madison: Kontrolle*. Das Blatt enthielt viele Informationen zu Körpergröße, Gewicht, Blutdruck und so weiter. Es gab keine Einzelwerte, sondern die Veränderungen im Lauf einer gewissen Zeitspanne waren säuberlich dokumentiert. Madison und ich waren zehn oder elf Jahre alt, die Pubertät begann gerade. Also gab es eine Menge Veränderungen, die notiert werden mussten. Mindestens die Hälfte der Aufzeichnungen bezogen sich allerdings auf Chemikalien, vermutlich auf Kräuter. Außerdem hatte Nandita einige Notizen über verschiedene Eigenschaften der Kräuter hinzugefügt und die jeweils wechselnden Mixturen in den Tropffläschchen dokumentiert. Sie hat versucht, die richtige Kombination für ... für irgendetwas zu finden. Ich weiß es nicht. Für die *Kontrolle*, was auch immer das sein sollte.«

»Oh, verdammt!« Marcus starrte zu Boden. Er schloss die Augen und schüttelte den Kopf, als es ihm dämmerte. »So ein verdammter, elender Mist!«

Ariel lächelte. »Hüte deine Zunge, Mister Valencio!«

»Es geht nicht um Kontrolle.« Marcus suchte ihren Blick. »Was weißt du über die wissenschaftliche Methode?«

»Ich habe mir das alles nicht eingebildet«, beharrte sie.

»Natürlich nicht«, bestätigte Marcus. »Aber du warst zehn Jahre alt und konntest es nicht deuten. Wenn ein Wissenschaftler ein Experiment durchführt, dann verwendet er immer mindestens zwei Testobjekte. Mit dem ersten spielt er herum, das zweite bleibt unbeeinflusst. Im Grunde wird das nicht veränderte Testobjekt nur beobachtet, damit es eine Vergleichsmöglichkeit gibt, falls mit dem eigentlichen Versuchsobjekt etwas geschieht. Nandita hat möglicherweise Madison als Kontrollperson für ihre Beobachtungen von Kira benutzt.«

»Sie hatte noch nie Kinder aufgezogen«, ergänzte Ariel, die allmählich begriff, wohin das Gespräch führte. »Wenn Kira etwas Verrücktes anstellte, wusste Nandita nicht, ob es ein ganz normales kindliches Verhalten oder ob es verrückt war, weil ... weil es mit irgendeiner Veränderung zu tun hatte, die wir über Kira immer noch nicht herausgefunden haben. Demnach waren wir alle Kontrollpersonen. Drei Kontrollpersonen und eine Versuchsperson.« Ariel runzelte die Stirn. »Das leuchtet mir ein, aber es beantwortet unsere

Fragen nicht. Wir wissen nicht, was Nandita aus welchem Grund untersuchen wollte und was das alles mit ParaGen zu tun hatte.«

Marcus zuckte mit den Achseln. »Es gibt nur drei Menschen, die Bescheid wissen: Kira, Nandita und Doktor Morgan. Jede Wette, dass Morgan mindestens teilweise eingeweiht ist! Sonst würde sie nicht die Insel auf den Kopf stellen, um die anderen beiden zu finden.«

»Also, ich suche sie bestimmt nicht auf und frage sie«, erklärte Ariel.

»Und Kira verrät mir nichts«, ergänzte Marcus. »Ich habe ungefähr einmal pro Woche Kontakt mit ihr, niemals länger als ein paar Sekunden. Wo sie sich auch aufhalten mag, das Signal ist sehr schwach.«

Ariel sah sich in dem geplünderten Haus um, das inzwischen eher einer Müllkippe glich. »Falls es hier jemals Spuren von Nandita gab, haben die Partials sie vor uns gefunden. Selbst wenn wir einen Hinweis auf ihren Aufenthaltsort entdecken, sind wir Wochen im Rückstand und hoffnungslos in der Unterzahl. Wir können Nandita unmöglich vor den Partials finden.«

»Gib noch nicht auf!« Marcus schwenkte das Funkgerät. »Bei den meisten Meldungen, die ich abhöre, geht es um Kämpfe zwischen den Partials. Eine der anderen Fraktionen greift nach wie vor die Partials an, die die Insel besetzt halten.«

»Dann werden wir also zwischen zwei Partialarmeen zermalmt«, vermutete Ariel. »Ich dachte, du wolltest mich aufheitern.«

»Ich meine damit, dass sie abgelenkt sind«, erwiderte Marcus. »Sie müssen sich ständig der anderen Partials erwehren und können sich nicht voll und ganz der Suche nach Nandita widmen.«

»Und wir sind die ganze Zeit damit beschäftigt, uns vor den Partials zu verstecken«, seufzte Ariel. »Sie sind immer noch im Vorteil.«

Marcus starrte mutlos zu Boden. »Ich habe nur versucht, einen Lichtblick zu finden, aber darauf können wir wohl nicht mehr hoffen.« Er spielte mit zerbrochenen Rigipsbrocken herum und schob sie mit dem Fuß hin und her. Dann fiel ihm etwas ein.

»Oder vielleicht doch.«

»Gibt es einen Lichtblick?«

»Wir haben eine zweite Partialarmee.«

Ariel zog die Augenbrauen hoch. »Das ist der schlimmste Lichtblick, von dem ich je gehört habe.«

»Nein«, antwortete Marcus aufgeregt. »Denk darüber nach! Doktor Morgan hat eine große Partialarmee aufgeboten, um unsere Insel zu besetzen und uns als Geiseln zu nehmen. Ein verfeindetes Heer greift sie deshalb an. Partials führen nicht grundlos Krieg. Sie sind Soldaten, aber sie sind ... sie sind keine Barbaren. Morgans Gegner überqueren den Long Island Sound und greifen ihre Truppen an, weil sie nicht mit ihr übereinstimmen.«

Ariel runzelte zweifelnd die Stirn. »Demnach steht die zweite Gruppe der Partials auf unserer Seite?«

»A hasst B, und C hasst B, also sind A und C Verbündete«, sagte Marcus. »Das ist ... das ist ein Naturgesetz des Kriegshandwerks, das ich gerade eben erfunden habe. Aber es trifft zu.«

»Der Feind meines Feindes ist mein Freund«, meinte Ariel.

»Ich wusste doch, dass es dafür ein passendes Zitat gibt.«

»Aber hilft uns das weiter?«, fragte Ariel. »Ich bin ziemlich sicher, dass einer von uns aus East Meadow entkommen und durch die Maschen der Partials schlüpfen könnte, wenn der andere für eine passende Ablenkung sorgt. Aber was dann? Nach Norden durch das streng überwachte Gebiet auf der Insel? Mitten hinein in ein Schlachtfeld, wo sich Partials bekriegen, und herausfinden, wer zu welcher Gruppe gehört? Du wärst in weniger als vierundzwanzig Stunden wieder hier, sofern du überhaupt so lange leben würdest.«

»Wir verlassen die Insel.« Marcus schüttelte den Kopf. »Wir lassen die Soldaten kämpfen und umgehen sie, um mit den Anführern im Hinterland zu verhandeln.«

»Wir marschieren also ganz allein aufs Festland und suchen nach einer bestimmten Gruppe der Partials?«

Marcus lachte. »Bin ich etwa Kira? Nein, das unternehmen wir nicht allein. Ich wende mich an den Senat.«

»Der Senat ist vor der Invasion aus East Meadow geflohen«, erinnerte Ariel ihn. »Wie willst du ihn dann finden?«

»Senator Tovar hat die *Stimme* angeführt«, erwiderte Marcus. »Und ich kenne einige alte Verstecke der *Stimme*. Hilf mir einfach bei der Flucht! Ich muss zum JFK Airport.«

26

Kira musterte ihre drei Gefährten und nickte, als wollte sie sich selbst vom Wahrheitsgehalt ihrer Worte überzeugen. »RM war die Sicherung. ParaGen hat sie auf Anweisung der Regierung erschaffen, um die Partialarmee in Schach zu halten.«

Samms Miene wurde ernst. »Die Seuche wurde demnach entwickelt, um die Partials zu töten?«

»Es war ein tödlicher Ausschaltknopf«, warf Heron ein. »Falls die Partials jemals außer Kontrolle gerieten – *peng!* Man konnte die Sicherung aktivieren, und das Problem war gelöst.«

»Das war wirklich eine gute Lösung«, sagte Afa. Er stand immer noch unter Schmerzmitteln, schien aber sonst recht klar zu sein. Zumindest äußerte er seine Gedanken klar und deutlich, auch wenn er beim Sprechen nuschelte und ihm sämtliche Hemmungen – sofern er je welche besessen hatte – völlig abhandengekommen waren. »Abgesehen vom Völkermord natürlich. Nimm es nicht persönlich!«

»Du bist ein echtes Schätzchen«, entgegnete Heron. Ihre Miene sprach allerdings eine andere Sprache.

»Also haben sie uns die Sicherung eingebaut«, meinte Samm. »Einen biologischen Selbstzerstörungsmechanismus.«

»Der die falschen Leute getötet hat«, ergänzte Afa.

»Ich glaube nicht«, schaltete sich Kira ein. Sie hatte den Bildschirm an sich genommen und blätterte den Verzeichnisbaum durch, bis sie eine bestimmte Datei gefunden hatte. Dann hielt sie ihn hoch, damit ihn alle sahen. »Hier ist eine gespeicherte E-Mail aus den ersten Tagen der RM-Seuche, im Anhang befindet sich ein Artikel über eine geheimnisvolle Krankheit, die aus dem Nichts auftauchte. Die Akten verraten uns nicht genau, wann die Sicherung aktiviert wurde oder wer dahintersteckte, aber meiner Schätzung nach geschah es etwa drei Tage vorher. Diese E-Mail war von Nandita an meinen Vater gerichtet.« Sie drehte den Bildschirm wieder zu sich herum und las die Schlagzeile laut vor. *»Neue Super-Krankheit fordert angeblich Menschenleben in San Diego. Dutzende weiterer Fälle möglich.«* Sie hob den Kopf. »Im Text der E-Mail steht nur: *Das passierte schneller als erwartet.* Nicht etwa: *O nein! Da sterben die falschen Leute.* Nur dies: *Das passierte schneller als erwartet.*«

»Also haben sie absichtlich die Menschen als Ziele ausgewählt«, sagte Samm. »Aber das ... das verstehe ich überhaupt nicht.«

»Genau«, pflichtete Kira ihm bei. »Deshalb bin ich von dieser Einschätzung noch nicht gänzlich überzeugt. Ich deute lediglich eine Möglichkeit an.«

»Willst du auf Grundlage deiner spärlichen Informationen auch über alles andere wild spekulieren?«, fragte Heron. »Oder nur über diesen Teil? Ich wüsste gern, wann sich das Zuhören wieder lohnt.«

Kira verdrehte innerlich die Augen, unterdrückte aber die entsprechende Bewegung. »Das ist der springende Punkt«, entgegnete sie. »Die meisten anderen Informationen sind völlig klar. Wir finden hier keine Formel für ein Virus oder Ähnliches, aber es gibt Dokumente, die fast alles andere beschreiben. Wir wissen, wie sie es getan haben: Sie haben die Pheromondrüsen entwickelt, die den Link bedienen, damit diese die Virenbausteine absondern, sobald sie durch bestimmte Chemikalien angeregt werden. Wir wissen, warum sie es getan haben: Sie waren besorgt, eine Partialarmee könne rebellieren oder Schlimmeres tun, und sie wollten über einen einfachen Ausschaltknopf verfügen. Das war keine ethisch hochstehende Entscheidung, aber so haben sie eben gedacht.« Sie legte die Hand auf den schimmernden Bildschirm. »Hier gibt es Dokumente, in denen ihre Diskussionen darüber festgehalten sind, es gibt Akten zur Planung und Aufzeichnungen, in denen sie über die konkreten Einzelheiten der Seuche reden und vorherzusagen versuchen, wie rasch sie sich ausbreitet. Doch alle diese Diskussionen beziehen sich auf die Partials. Es gibt keine einzige Anmerkung darüber, wie eigenartig es war, dass das Virus auf einmal die Menschen angriff. Jedenfalls liegt vonseiten des Trusts nichts vor. Eine einzige UUE-Mail von Noah Freeman, dem Vorstandschef von ParaGen, an den Aufsichtsrat scheint allerdings den Verdacht zu untermauern.« Sie rief den Text auf und las vor. *»Wir können nicht bestätigen, dass das Partialteam daran arbeitet, das Sicherungsprojekt zu unterlaufen. Für alle Fälle haben wir jedoch neue Ingenieure eingestellt, die die Sicherung in die neuen Modelle einbauen sollen. Auch wenn uns das Team hintergeht, wird die Sicherung benutzbar bleiben.«*

»Das scheint deine Worte zu bestätigen«, meinte Samm.

»Genau. Wir wissen, dass der Trust RM in die Gene der Partials eingebaut hat, und diese E-Mail verrät uns, dass der Aufsichtsrat darüber informiert war. Wir wissen zudem, dass der Trust den Partials auch das Heilmittel eingebaut hat, allerdings heimlich. In den E-Mails zwischen dem Trust und den Vorgesetzten wird dies niemals erwähnt, und die erwähnte E-Mail des Vorstandschefs deutet an, dass der Trust die Sicherung unterlaufen wollte. Allerdings wusste er nicht, wie sie das bewerkstelligen wollten. Dieses *Unterlaufen* muss das Heilmittel sein. Es wird nur zweimal von den Angehörigen des Trusts erwähnt, und diese Texte sind stark verschlüsselt. Ohne Afa, der sie für uns geknackt hat, hätten wir sie nie lesen können.«

Afa merkte auf. »Sie benutzen einen Paolo-Scalini-Algorithmus der Stufe sechs mit dynamischen ...«

»Das interessiert uns wenig«, fiel Heron ihm ins Wort. »Wichtig und auffällig ist, dass die Informationen verschlüsselt wurden. Den Vorgesetzten sollte verschwiegen werden, dass man die schreckliche Sicherung, die eingebaut werden musste, mit einer zweiten Sicherung aufheben wollte.«

»Und das scheint der Beweis zu sein, dass die erste Sicherung vorsätzlich zum Einsatz gegen Menschen konstruiert war«, meinte Samm. »Wäre es eine Mutation gewesen, dann hätte das vorher erschaffene Heilmittel nicht gewirkt.«

»Auf jeden Fall.« Kira nickte zustimmend. »Es kann kein Zufall sein, die Teilstücke passen viel zu gut zusammen.«

»Was ist mit dem Verfallsdatum?«, fragte Heron. »Das ist doch der zweite Grund unseres Hierseins. Gibt es Hinweise, wie man es aufheben kann?«

»Auch das wurde offenbar geheim gehalten«, erwiderte Kira. »Alle E-Mails sind verschlüsselt. Einige Mitglieder des Trusts wussten davon. Andere wie Morgan anscheinend nicht. Allerdings müsste ich alle E-Mails lesen, die in einer Zeitspanne von mehreren Wochen innerhalb des Trusts hin und her gingen, um etwas herauszufinden.«

»Vielleicht hatten einige von ihnen Bedenken«, überlegte Samm. »Sagtest du nicht, es habe einen Streit über die Sicherung gegeben? Daher nehme ich an, dass es Mitarbeiter gab, die nicht einverstanden waren.«

Kira nickte. »Die gab es. Mein Vater hielt es beispielsweise für gewissenlos, eine neue Lebensform mit einem eingebauten Tötungsschalter zu erschaffen.« Sie musste lächeln, und ihr wurde bewusst, dass sich auch ihr Vater gegen ein Vorgehen gewandt hatte, das sie selbst so leidenschaftlich ablehnte. Es kümmerte sie wenig, dass es keine biologische Verbindung zwischen ihnen gab – vielleicht waren ihr diese anderen Verbindungen gerade deshalb viel wichtiger.

Afa nickte aufgeregt und malte beim Reden mit dem Finger Umrisse auf den Boden. »Der Trust hatte also einen Plan, in den er ParaGen nicht einweihte, und obendrein gab es interne Streitigkeiten. Oder alle verfolgten eigene Pläne, von denen die anderen nichts wussten. Vielleicht trifft beides zu, vielleicht liegt die Wahrheit irgendwo dazwischen.«

»Richtig«, bestätigte Kira. »Es gab einen Plan. Mindestens einen.«

»Aber was ist mit dem Verfallsdatum?«, fragte Heron noch einmal. »Du sagtest, da sei etwas zu finden – was war es denn?«

»Nur Theorien und Vorstellungen«, antwortete Kira. Sie hielt den Bildschirm hoch. »Lies selbst, wenn du willst! Lange Unterhaltungen über die Notwendigkeit eines Verfallsdatums für die Partials – wie lange sie überhaupt leben sollten und wer die Konstruktion übernehmen sollte. Es sind schier endlose Debatten. Aber nirgends eine Formel, keine genetischen Codes, keine medizinischen Einzelheiten.«

»Genau wie bei dem Virus«, warf Samm ein. »Ich dachte, in diesem Rechenzentrum seien alle Akten von ParaGen gespeichert.«

Afa spielte nervös mit den Fingern. »Das dachte ich auch.«

»Wo sind dann die anderen Dokumente?«, fragte Kira. »In einem anderen Serverregal? Ich weiß nicht, ob wir den Generator noch einmal anwerfen können.«

»Ich habe das ganze Verzeichnis durchgesehen«, erklärte Afa. »Alles von ParaGen war in diesem Rechner.«

»Aber offensichtlich ist es nicht vollständig«, wandte Heron ein. »Wo befindet sich der Rest?«

»Das weiß ich nicht«, gestand Afa.

»Vielleicht müssen wir noch einmal im Wegweiser nachsehen«, schlug Samm vor. Kira schüttelte den Kopf.

»Offensichtlich wollten sie ihre wichtigsten Daten nicht in der Cloud lassen, wie Afa es nennt. Die übrigen Dateien sind genau dort, wo wir sie vermutet haben.« Sie holte tief

Luft, weil sie sich vor ihren nächsten Worten fürchtete. »Und dorthin werden wir uns aufmachen.«

Heron schüttelte den Kopf. »Du meinst hoffentlich nicht, dass wir nach Denver müssen.«

»Natürlich meine ich das.«

»Wir reiten nicht nach Denver«, erklärte Heron. »Wir haben hier alles versucht, und es hat nicht geklappt. Nun ist es an der Zeit, vernünftig zu werden und nach Hause zurückzukehren.«

»Zu Hause hilft uns absolut nichts weiter«, widersprach Kira.

»Dort gibt es Leben«, widersprach Heron. »Es gibt Rettung, es gibt vernünftige Gedanken. Wir haben doch schon darüber gesprochen ...«

»Und wir haben beschlossen, nach Denver zu reiten. Das war von Anfang an unser Plan. Dann hofften wir, hier fündig zu werden, vergeblich. Also müssen wir weiter.«

»Mein Bein ist gebrochen«, gab Afa zu bedenken.

»Ich weiß.«

»Die Kugel hat den Knochen getroffen ...«

»Ich weiß«, wiederholte Kira, »und es tut mir leid. Aber was können wir schon tun? Wollen wir einfach umkehren und aufgeben, nur weil ein riskanter Versuch gescheitert ist?«

»Denver wäre der riskante Versuch gewesen«, wandte Heron ein. »Chicago war das einzig Vernünftige an diesem Plan.«

»Wir sind hergekommen, um den Trust zu finden«, fuhr Kira fort. »Wir wollten ParaGen durchschauen und die Pläne aufdecken, wir wollten die Formeln suchen, damit wir die Krankheiten heilen können ...«

»Wir können sie viel eher heilen, wenn wir umkehren«, unterbrach sie Heron.

»Nein, können wir nicht«, widersprach Kira. »Wir können den Verlauf verzögern, wir können uns herantasten. Und wenn

Doktor Morgan mich untersucht und großes Glück hat, kann sie vielleicht sogar etwas gegen das Verfallsdatum ausrichten. Aber RM wird es noch immer geben, die Kinder werden nach wie vor sterben, und niemand kann etwas dagegen unternehmen.«

Herons Gesicht war wie versteinert. »Wenn du beide Probleme nicht zusammen lösen kannst, sollen also beide scheitern.«

»Ich kann beide Probleme lösen«, behauptete Kira. »Wir können beide bewältigen, wenn wir zusammenarbeiten, nach Denver reiten und die Dokumente finden.«

Heron schüttelte den Kopf. »Und wenn sie dort auch nicht sind?«

»Sie sind dort.«

»Und wo suchen wir anschließend?«, fragte Heron. »Geht es weiter bis zur Küste? Über das Meer?«

»Sie sind dort«, beharrte Kira.

»Aber wenn sie nun doch nicht dort sind?«

»Dann suchen wir weiter!«, rief Kira. »Weil sie irgendwo dort draußen sind. Ich weiß es einfach.«

»Du hast keine Ahnung! Deine verzweifelte, kranke Psyche will es einfach glauben.«

»Es ist die einzige Erklärung, die alles zusammenfügt, was wir bisher herausgefunden haben. Ich gebe nicht auf, und ich kehre nicht um.«

Es wurde still im Raum. Kira und Heron starrten sich an wie wütende Raubkatzen.

»Ich will nicht zur Hölle fahren«, klagte Afa.

»Du bringst uns alle um«, warf Heron Kira vor.

»Du musst nicht mitkommen.«

»Dann bringst du dich immer noch selbst um«, sagte Heron. »Und falls du der Schlüssel zur Aufhebung des Verfallsdatums bist, läuft es aufs Gleiche hinaus.«

»Dann komm doch mit!«, drängte Kira. »Wir schaffen es. Ich schwöre dir, alles, was der Trust getan hat, jede Formel, die benutzt wurde, jedes veränderte Gen, das man geschaffen hat – das alles wartet nur darauf, dass wir es entdecken. Wir finden es und nehmen es mit, und dann retten wir alle. Beide Seiten.«

»Beide Seiten.« Heron holte tief Luft. »Wir oder die Menschen. Du solltest dich verdammt anstrengen, denn falls letztlich doch nur die eine oder die andere Seite überleben kann, werden wir Partials es sein, das versichere ich dir.« Sie wandte sich um und stolzierte hinaus. »Wenn wir aufbrechen wollen, dann lasst uns keine Zeit verlieren! In jeder Minute, die wir hier vertrödeln, stirbt jemand.«

Auch Kira atmete tief durch. Sie war noch immer aufgeregt.

»Ich mag sie nicht besonders«, sagte Afa und blickte Heron hinterher.

»Das ist noch das geringste ihrer Probleme«, erwiderte Kira. Dann wandte sie sich an Samm. »Du warst die ganze Zeit so still.«

»Du weißt, wo ich stehe«, erwiderte er. »Ich vertraue dir.«

Auf einmal schossen Kira die Tränen in die Augen. Sie wischte sie mit dem Ärmel ab. »Warum?«, schniefte sie. »Ich irre mich doch so oft.«

»Aber wenn es nur einen einzigen erfolgversprechenden Weg gibt, dann wirst du Berge versetzen, um ihn gehen zu können.«

»Aus deinem Mund klingt es so einfach.«

Samm hielt ihrem Blick stand. »Einfach heißt nicht, dass es leicht wird.«

»Wir sollten zuerst zu Hause anrufen«, schlug Afa vor. »Der Kerl, mit dem du immer redest … wir müssen ihm sagen, dass es länger dauert.«

»Nein.« Samm stand auf. »Wir wurden gerade eben angegriffen. Ich weiß nicht, ob es nur Wachtposten waren oder ob sie uns von Anfang an gefolgt sind. So oder so schweben wir in größerer Gefahr, als uns klar war. Wir dürfen niemandem verraten, dass wir noch leben, ganz zu schweigen davon, wohin wir aufbrechen.«

»Wir müssen dem Gewährsmann ja nicht unser Ziel nennen«, sagte Afa. »Wir könnten ein Codewort benutzen wie etwa Mortorq. Das ist ein Schraubenzieher.«

»Nein«, widersprach Kira. »Jede Äußerung könnte ein Hinweis sein. Wir machen uns heimlich auf den Weg.« Sie betrachtete den Bildschirm, den sie in der Hand hielt, und steckte ihn in den Rucksack. »Und wir brechen sofort auf.«

27

Die Ruinen des JFK Airport waren von einem weiten Ring aus völlig ebenen Landebahnen umgeben. Das zwang jeden Angreifer, sich offen zu nähern. Ein entschlossener Angriff mit gepanzerten Fahrzeugen hätte die Verteidiger bezwungen, doch in dieser Welt gab es nicht mehr viele Panzerwagen, und Dr. Morgans Guerillaarmee besaß keinen einzigen. Die *Stimme* hatte das Gelände mit einer Handvoll Späher und Scharfschützen gegen die Abwehr gehalten, und inzwischen hatten sich die früheren Gesetzlosen und die Abwehr verbündet, um das Gebiet gegen die Partials zu verteidigen. Marcus überquerte das offene Flugfeld mit einem unguten Gefühl und hoffte, dass ihn die Verteidiger als Menschen erkannten – dass sie ihn überhaupt erkennen wollten.

Der JFK Expressway, der zum Flughafen führte, war zusammen mit dem größten Teil des Terminal 8 zerbombt worden, um eventuell anrückenden Feinden weitere Deckungsmöglichkeiten zu nehmen. Marcus hielt geradewegs auf Terminal 7 zu, und als er sich näherte, bemerkte er die Scharfschützen im Schatten, die ihn mit angelegten Gewehren aufmerksam verfolgten. »Stehen bleiben!«, rief eine Stimme. Marcus gehorchte. »Lass die Waffen fallen!«

»Ich bin unbewaffnet.«

»Dann lass alles andere fallen!«

Marcus hatte nicht viel bei sich, nur einen Rucksack mit steinharten Süßigkeiten und zwei Liter Wasser. Er stellte den Rucksack auf dem Boden ab und entfernte sich einige

Schritte. Dann streckte er beide Arme aus, um zu zeigen, dass er nichts verbarg.

»Umdrehen!« Auch dieses Mal gehorchte Marcus.

»Ich bin nur ein dürrer kleiner Mexikaner«, behauptete er. »Oh, halt – ich habe etwas vergessen!« Er griff in die Tasche seiner Jeans und zog ein zusammengefaltetes Stück Papier und einen Bleistiftstummel hervor, hielt beides hoch, damit es inspiziert werden konnte, und legte es auf den Boden.

»Machst du dich über uns lustig?«, fragte jemand.

»Ja.«

Es gab ein langes Schweigen, bis sich an der Tür endlich ein Mann blicken ließ, der ihn nach drinnen winkte. Er eilte auf die offene Tür zu und stieß auf gefechtsbereite Abwehrsoldaten mit Maschinenpistolen. Nervös musterte er sie. »Ihr seid doch Menschen, oder?«

»Und ob, und wenn du ein Partial bist, dann bist du tot«, erwiderte der Soldat. »Gehörst du zu Delarosa?«

»Was?«

»Senatorin Delarosa«, erklärte der Soldat. »Arbeitest du für sie? Hast du eine Nachricht?«

Marcus runzelte die Stirn. »Warte! Ist sie noch immer ...« Er erinnerte sich an die Begegnung mit Delarosa, als er und Haru sich nach dem ersten Angriff der Partials zurückgezogen hatten. Anscheinend hielt sie sich tatsächlich im Wald versteckt und griff Patrouillen an. »Kämpft sie immer noch gegen die Partials?«

»Mit voller Unterstützung der Abwehr«, erklärte der Soldat. »Und sie ist verdammt erfolgreich.«

Marcus dachte darüber nach. Eigentlich hatte er sie eher als Terroristin denn als Freiheitskämpferin in Erinnerung. *Vermutlich gibt es irgendwo einen Punkt, an dem sich die Unterschiede verwischen,* dachte er. *An dem man verzweifelt ist und zu verzweifelten Mitteln greift ...*

Nein, das darf nicht sein, dachte er entschlossen. *Am Ende des Kriegs müssen wir immer noch so gut sein, wie wir es am Anfang waren.*

»Ich bin nur ein einzelner Mann«, erwiderte Marcus. »Ich habe keine Nachricht und nichts abzuliefern.«

»Der Bereich für die Flüchtlinge befindet sich unten«, erklärte der Soldat. »Iss möglichst nicht zu viel! Wir haben nur noch wenig.«

»Keine Sorge«, erwiderte Marcus. »Ich bleibe nicht lange. Gibt es wohl eine Möglichkeit, mit Senator Tovar zu reden?«

Der Soldat wechselte einen Blick mit seinem Kameraden, dann wandte er sich wieder an Marcus. »Mister Mkele weist alle Neuen persönlich ein. Sprich doch zuerst mit ihm!« Er führte Marcus durch den Flughafen. Sie verließen rasch die Oberfläche und bewegten sich durch die weitläufigen unterirdischen Gänge, die das ganze Gelände durchzogen. Marcus war überrascht, dass sich im Keller ein regelrechtes Flüchtlingslager befand. Anscheinend hatte er sich nicht als Erster entschlossen, hier Zuflucht zu suchen.

»Wissen die Partials nicht, dass ihr hier seid?«, fragte Marcus. »Eine solche Stellung übernähmen sie doch liebend gern selbst.«

»Sie haben zwei Patrouillen geschickt«, erklärte der Soldat. »Bisher versetzen wir ihnen nur Nadelstiche und sind der Mühe nicht wert.«

»Das wird nicht lange so bleiben«, meinte Marcus.

»An den Flanken werden sie von Delarosa und einer gegnerischen Partialfraktion angegriffen. Ihr Hauptverband ist sehr beschäftigt und kann sich nicht um uns kümmern.«

Marcus nickte. »Genau deshalb bin ich hier.«

Der Soldat begleitete ihn bis zu einem kleinen Büro und klopfte an. Marcus erkannte Mkeles Stimme, die die Besucher hereinbat. Der Soldat stieß die Tür auf. »Ein neuer Flüchtling. Er sagt, er will mit dem Senat reden.«

Marcus empfand ein wenig Genugtuung, als er die verblüffte Miene des Sicherheitsexperten sah. »Marcus Valencio?« Einen Mann zu überraschen, der so gut wie alles zu wissen vorgab, war schon eine beeindruckende Leistung.

Auf die Genugtuung folgte fast augenblicklich tiefe Verzweiflung. Dass sich Mkele nicht völlig unter Kontrolle hatte, war ein höchst beunruhigendes Alarmzeichen, wie weit es mit ihnen gekommen war.

»Hallo!« Marcus trat ein. »Ich habe … eine Bitte. Oder einen Vorschlag.«

Immer noch unsicher, blickte Mkele den Soldaten an, dann wandte er sich an Marcus und deutete auf einen Stuhl. »Setzen Sie sich!« Der Soldat ging und schloss die Tür hinter sich. Um sich zu beruhigen, holte Marcus tief Luft.

»Wir müssen aufs Festland vorstoßen«, begann Marcus.

Mkele riss die Augen auf, und wieder empfand Marcus einen kleinen Triumph, weil er diesen Mann abermals überrascht hatte. Gleich darauf nickte Mkele, als hätte er bereits verstanden. »Sie wollen Kira Walker suchen.«

»Ich würde mich freuen, wenn ich sie finden könnte«, erwiderte Marcus, »aber sie ist nicht das Ziel. Wir müssen eine Gruppe nach Norden in eine Stadt namens White Plains schicken und mit den Partials reden, die Doktor Morgan angreifen.«

Mkele antwortete nicht.

»Ich weiß nicht genau, welche Fraktion sich dort aufhält«, fuhr Marcus fort, »aber ich weiß, dass sie gegen Doktor Morgan vorgeht. Eine Abteilung dieser Fraktion hat das Krankenhaus überfallen, in dem Kira vor einigen Monaten gefangen war. Während sich die Partials gegenseitig bekämpften, konnten wir Kira befreien. Nun greifen sie abermals Morgans Kräfte an – sie sind ihnen sogar über den Sund gefolgt. Ein deutlicher Hinweis darauf, dass sie die Invasion verhindern wollen.«

»Und deshalb glauben Sie, diese Partials seien unsere Freunde?«

»Wenn A zu B … Ariel hatte einen besseren Ausdruck dafür, doch ich erinnere mich nicht mehr daran. Aber ja, wir haben einen gemeinsamen Feind. Also können wir uns vielleicht gegenseitig helfen.«

Mkele musterte Marcus noch eine Weile, bevor er das Wort ergriff. »Ich muss zugeben, dass wir ähnliche Überlegungen angestellt haben, aber wir wussten nicht, wie oder wo wir mit diesen Partials Kontakt aufnehmen sollten. Sind Sie sicher, was White Plains angeht?«

»Ganz sicher«, erwiderte Marcus. »Samm hat es uns erzählt. Die Partials betreiben einen Atomreaktor, der die ganze Region mit Strom versorgt, also bleiben sie vor Ort und unterhalten ihn. Wenn wir es bis dorthin schaffen und mit ihnen reden, was zugegebenermaßen recht schwierig scheint, können wir sie vielleicht zu einer Zusammenarbeit überreden und die Besetzung beenden. Bevor es endgültig zu spät ist, finden wir dort vielleicht sogar Antworten auf einige unserer Fragen. Es ist ein Schuss ins Blaue, aber den Versuch wert.«

»Schüsse werden Sie reichlich zu hören bekommen«, erwiderte Mkele. »Es ist eine höchst gefährliche Mission in feindlichem Gebiet und ohne die geringste Sicherheit. Wenn Sie es wagen, werden Sie womöglich umkommen.«

»Deshalb wende ich mich an Sie«, erklärte Marcus. »Ich bin nicht Kira – ich bin nicht bereit, eine Aktion wie diese ohne langes Überlegen einfach anzupacken. Ich habe mir nur Gedanken gemacht.«

»Und Sie dachten also – wenn jemand sterben muss, dann soll ich es sein, nicht Sie.«

»Im Idealfall wird überhaupt niemand sterben«, erwiderte Marcus. »Planen Sie Ihre Missionen, wie es Ihnen gefällt. Ich möchte nur empfehlen, dass Sie wenigstens lange genug leben, um Erfolg zu haben.«

Mkele trommelte mit den Fingern auf den Schreibtisch. Diese überraschend alltägliche Reaktion machte den strengen Mann in Marcus' Augen erheblich menschlicher. »Vor einem Jahr wären Sie für Ihre Unbotmäßigkeit bestraft worden«, sagte Mkele. »Heute sind wir bereit, beinahe alles zu versuchen. Eine Einheit bereitet sich gerade auf eine Mission auf dem Festland vor. Da Sie uns nun ein klares Ziel genannt haben, können wir den Startschuss geben. Wie es der Zufall will, braucht das Team noch einen Sanitäter und jemanden, der sich im Hinterland der Partials auskennt.«

»Und nun suchen Sie einen Freiwilligen.«

»Dies ist die Abwehr«, erwiderte Mkele. »Wir warten nicht auf Freiwillige. Sie brechen morgen früh auf.«

28

Kira und ihre Gefährten waren unterwegs nach Denver.

Sie hatten Afas verletztes Bein so fest wie möglich bandagiert, bevor sie ihm halfen, drei Kilometer durch das schmutzige Wasser zu tappen. Das Ruderboot war noch dort, wo sie es zurückgelassen hatten. Schweigend paddelten sie zu den Pferden zurück. Samm ruderte mit langen, kräftigen Zügen, während Heron und Kira die überhängenden Bäume nach Anzeichen von Feinden absuchten. Auf einer Brücke stand ein einsamer Hund und sah ihnen nach, doch er sprach nicht und bellte nicht einmal. Kira konnte nicht erkennen, ob es ein Wachhund oder nur ein verwildertes Haustier war.

Die Pferde waren unversehrt, aber verängstigt. Samm und Heron mussten sie eine ganze Weile beruhigen, bis sie sich satteln ließen. Kira versorgte Afas Wunde mit trockenen Verbänden, dann hoben sie ihn mit vereinten Kräften auf Galgenstricks Rücken, wo er schwankte und vor Schmerzen das Gesicht verzog, sobald sich der Druck auf den verletzten Oberschenkelmuskel veränderte. Kira biss sich vor Wut auf die Unterlippe, weil sie Afa noch weiter von seinem Zuhause verschleppen musste. Allerdings war sie nicht auf ihn oder auf ihre Gefährten wütend, sondern einfach nur auf die Umstände. *Wütend, weil das Leben so schwer ist,* dachte sie. *Nandita hat mich dazu erzogen, mich durchzuschlagen: Wenn du die Kraft hast zu heulen, dann hast du auch die Kraft, etwas zu ändern.*

Die halbe Strecke von Long Island bis Denver hatten sie bereits zurückgelegt. Sie würden zwei ganze Monate brauchen, um Afa wieder nach Hause zu bringen. Zwei Monate, die sie nicht hatten. Natürlich konnten sie ihn nicht irgendwo zurücklassen, also mussten sie ihn mitnehmen, so beschwerlich die Reise auch war. *Außerdem brauchen wir Afa, falls es auch in Denver ein Computersystem gibt, in das wir eindringen müssen. Er ist der Einzige, der dazu fähig ist. Wir müssen nur dafür sorgen, dass er überlebt.*

Als alle aufgesessen hatten und bereit waren, führte Kira sie statt zum Freeway zu einem großen Krankenhaus auf der anderen Seite. »St. Bernard's«, sagte sie, als sie das verwitterte Schild an der Parkplatzzufahrt erkennen konnte.

»Sollen wir in der Apotheke nach Antibiotika suchen?«, fragte Heron. »Oder rechnen wir lieber gleich mit Gewehrläufen, die an den Kragen riesiger zottiger Hunde hängen?«

»Solange die Hunde nicht reden, ist mir das gleichgültig«, erwiderte Kira. Die sprechenden Hunde ließen ihr keine Ruhe. In der vergangenen Nacht hatte sie wieder von ihnen geträumt – wie sie als wildes Raubtier mit ihnen gelebt hatte, weder von den Menschen noch von den Partials geduldet. Natürlich wusste sie, dass ihr Hass auf die Hunde unberechtigt war. Die Tiere konnten ebenso wenig etwas für ihre Existenz wie sie selbst. Schließlich schob sie die düsteren Gedanken beiseite und betrat das Krankenhaus, um Samm zu zeigen, wie er die erforderlichen Medikamente sortieren musste, während Heron Afa und die Pferde bewachte. Sie füllten eine ganze Satteltasche mit Antibiotika und Schmerzmitteln und ritten weiter nach Westen.

In das vergiftete Ödland.

Der schnellste Weg aus der Stadt war eine Eisenbahnstrecke, die in gerader Linie nach Südsüdwest den Highwayfluss überspannte. Die Gleise verliefen hoch über dem überschwemmten Gebiet auf einer Brücke, der sie mehrere Kilometer weit nach Süden folgen konnten. Sie kamen an Güterbahnhöfen, Schulen und verfallenen Wohnhäusern vorbei. Irgendwann überquerten sie auch einen über die Ufer getretenen Fluss. Die Gleise verliefen völlig gerade, und sie kamen weitgehend trockenen Fußes voran. Allerdings war der Untergrund steinig und schwierig für die Pferde. Sie hatten das Stadtgebiet noch nicht ganz hinter sich gelassen, da wurde es schon zu dunkel zum Weiterreiten. In einer verfallenen Stadtbibliothek schlugen sie ihr Nachtlager auf und ließen die Pferde das hohe Sumpfgras vor dem Haus abweiden, bevor sie die Tiere vorsichtig über die Rampe ins trockene Innere des Gebäudes führten. Kira überprüfte Afas Verband, verpasste ihm eine Ladung Schmerzmittel und säuberte die Wunde, während er schlief. Heron fing draußen im Sumpf Frösche und Eidechsen und grillte sie auf einem Feuer, das von alten Stühlen und Zeitschriften gespeist wurde. Die Bücher in der Bibliothek waren vermodert und verrottet. Obwohl niemand auf der Welt sie noch las, verhinderte Kira, dass sie ins Feuer geworfen wurden. Es wäre ihr falsch vorgekommen.

Am nächsten Morgen stellten sie fest, dass sie nicht mehr weit vom Interstate 80 entfernt waren. Es war die breite Straße, der sie von Manhattan aus gefolgt waren. Hier befanden sie sich jedoch hundertfünfzig Kilometer westlich von jener Stelle, an der sie auf dem Weg nach Chicago abgebogen waren. Sie ritten auf die höher gelegene Straße hinauf. Sie war trockener als die Eisenbahnstrecke und für die Pferde viel leichter zu begehen. Diesem Highway folgten sie den ganzen Tag. Ringsum breitete sich das endlose Stadtgebiet aus, Gebäude um Gebäude, Straße um Straße, Ruine um Ruine. Vororte zogen vorbei – Mokena, New Lenox, Joliet, Rockdale. Sie gingen ineinander über und verschmolzen zu einer einzigen Metropole. Als der Abend nahte, erreichten sie den Rand des Stadtteils Minooka, um den die Straße im Süden einen Bogen schlug. Erst hier entdeckte Kira das offene Weideland, das sich weit nach Westen erstreckte. Der Horizont war flach und konturlos, ein Meer aus Erde, Gras und Marschland. Sie schliefen in einem riesigen Lagerhaus, das früher einmal als Pausenraum für Fernfahrer gedient haben mochte. Ein Gewitter zog auf, und der Regen trommelte heftig auf das Metalldach. Afas Wunde sah nicht besser aus als am vergangenen Abend, aber wenigstens auch nicht schlimmer. Kira rollte sich im Schlafsack zusammen und las im Mondschein einen Krimi, den sie aus der Bibliothek mitgenommen hatte. *Dieser Mann wird gewiss von Dämonen gehetzt,* dachte sie, *aber wenigstens kann er am nächsten Morgen warm duschen.*

Sie schlief mit der Nase im Buch ein und wachte wieder auf, in eine warme Decke gehüllt. Samm starrte aus dem Fenster in den Sonnenaufgang über der Stadtlandschaft. Er warf ihr einen kurzen Blick zu, bevor er sich wieder dem heller werdenden Himmel zuwandte.

Kira richtete sich auf, streckte Rücken und Schultern und hörte einen Halswirbel knacken. »Guten Morgen«, sagte sie. »Danke für die Decke.«

»Guten Morgen«, antwortete Samm. Er wandte sich nicht um. »Keine Ursache.«

Kira stand auf und hängte die Decke über eine Stuhlreihe in der Nähe, ging in die Hocke und öffnete ihren Rucksack. Heron und Afa schliefen noch, daher sprach sie leise. »Was möchtest du zum Frühstück? Ich habe gedörrtes Rindfleisch, nicht mehr ganz so gut schmeckendes gedörrtes Rindfleisch und … Erdnüsse. Alles aus der Zeit vor dem Zusammenbruch aus dem Haus in Pennsylvania.« Sie warf einen kritischen Blick in den Rucksack. »Der Proviant wird knapp.«

»Bevor wir aufbrechen, sollten wir uns in der Stadt etwas besorgen«, stimmte Samm ihr zu. »Wir sind nicht mehr weit von dem verseuchten Gebiet entfernt. Ob wir den Lebensmitteln trauen können, die wir dort finden?«

»Gestern Abend sind wir an einem Supermarkt vorbeigekommen.« Kira legte ihre Essensangebote auf den Tisch. Dann setzte sie sich und öffnete die Packung mit den Erdnüssen. »Wir könnten uns dort umsehen und dann weiterreiten. Aber nun lass es dir erst mal schmecken!«

Samm betrachtete den Proviant, entschied sich für eine Tüte gedörrtes Rindfleisch und riss sie auf. Bevor er den verdrehten schwarzen Strang herauszog, der so hart war wie Rohleder, schnüffelte er misstrauisch. »Wie muss Fleisch behandelt werden, damit es zwölf Jahre genießbar bleibt?«

»Es kommt darauf an, was du unter *genießbar* verstehst«, erwiderte Kira. »Du musst den ganzen Tag an dem Streifen herumlutschen, bevor es weich genug zum Kauen und Hinunterschlucken ist.«

Er riss einen langen dünnen Streifen ab, der sehr sehnig zu sein schien. »Wir müssten es kochen.« Er schob den Proviant in die Tüte zurück. »Aber trotzdem – viele genießbare Lebensmittel sind fast so alt wie wir selbst. Diese Kuh war vielleicht sogar noch älter und starb, bevor der Baum dort drüben zu wachsen anfing.« Er deutete auf eine sechs Meter hohe Pappel, die in den Ritzen des welligen Asphalts auf dem Parkplatz Halt gefunden hatte. »Trotzdem können wir das Fleisch noch essen. Heutzutage kennen wir keine Methode zum Konservieren von Lebensmitteln mehr. Vielleicht werden wir es nie wieder lernen.«

»Ich weiß nicht, ob wir das überhaupt wollen«, wandte Kira ein. »Ich hab's lieber frisch.«

»Es ist nur ...« Samm hielt inne. »Eins kommt zum anderen. Autos, die nicht mehr fahren. Flugzeuge, die nie wieder fliegen. Computersysteme, die wir kaum noch benutzen können, von der Konstruktion ganz zu schweigen. Es ist ... als bewegten wir uns rückwärts in der Zeit. Wir sind wie Steinzeitarchäologen in den Ruinen der Zukunft.«

Kira schwieg und zerkaute die weichen Erdnüsse. Die Sonne ging gerade über der gewaltigen Stadt auf. Sie schluckte und antwortete ihm endlich doch noch. »Es tut mir leid, Samm.«

»Es ist nicht deine Schuld.«

»Ich meinte nicht die Steinzeitmenschen oder das Fleisch«, fuhr sie fort. »Es tut mir leid, dass ich so wütend auf dich war und dich mit Worten verletzt habe.«

Er beobachtete schweigend die Sonne. Kira versuchte vergeblich, ihn über den Link zu erreichen. »Mir tut es auch leid«, erwiderte er. »Ich weiß nicht, wie ich es in Ordnung bringen kann.«

»Es herrscht Krieg«, antwortete sie. »Und diesen Krieg kann niemand gewinnen. Menschen und Partials töten sich gegenseitig, sie töten sich untereinander, und sie töten alles, was sich ihnen in den Weg stellt. Sie kennen keine andere Möglichkeit, um ihre Probleme zu lösen. Nach dem Motto: *Wenn wir nicht kämpfen, müssen wir sterben*. Wir sollten aber bedenken, dass wir auf jeden Fall sterben werden, selbst wenn wir kämpfen. Aber das wollen wir nicht einsehen, weil es uns Angst macht. Lieber fallen wir in die alten Muster von Hass und Vergeltung zurück und haben wenigstens das Gefühl, nicht ohnmächtig zu sein.«

»Ich hasse dich nicht«, sagte Samm. »Aber ich hasste dich, nachdem du mich gefangen genommen hattest, als ich aufwachte, dich sah und entdeckte, dass alle Angehörigen meiner Einheit tot waren. Du warst gerade in der Nähe, und deshalb hasste ich dich abgrundtief. Das tut mir leid.«

»Schon gut«, antwortete Kira. »Ich bin ja auch kein Unschuldslamm.« Sie lächelte. »Eigentlich müssten wir jeden Menschen zusammen mit einem Partial auf eine lebensgefährliche Reise durchs Land schicken. Dann würden sie lernen, einander zu vertrauen und zu verstehen.«

»Wie schön zu hören, dass es eine so einfache Lösung geben könnte.« Samm lächelte nicht, doch Kira glaubte einen Anflug von Belustigung über den Link wahrzunehmen. Sie aß eine weitere Handvoll Erdnüsse.

»Das wünschst du dir aus tiefstem Herzen, nicht wahr?«, fragte Samm.

Kira sah ihn neugierig an.

»Eine geeinte Welt.« Er blickte immer noch aus dem Fenster. »Eine Welt, in der Partials und Menschen friedlich zusammenleben.« Aus den Augenwinkeln warf er ihr einen Blick zu.

Kira nickte nachdenklich, kaute ihre Erdnüsse und schluckte sie hinunter. Ja, genau das wollte sie, seit … seit sie herausgefunden hatte, wer sie wirklich war. Eine Partial, die als Mensch aufgewachsen war, sich mit beiden Gruppen verbunden fühlte, aber keiner Seite hundertprozentig angehörte. »Manchmal glaube ich …« Sie hielt inne. *Manchmal glaube ich, nur dann bin ich mit mir und meiner Umwelt im Reinen. Ich gehöre keiner Gruppe wirklich an, aber wenn beide geeint sind, dann bin ich keine Außenseiterin mehr. Dann gehöre ich einfach dazu.* Sie seufzte. Sie war zu befangen, um ihre Gedanken einfach auszusprechen. »Manchmal denke ich, das ist der einzige Weg, um alle zu retten«, sagte sie leise. »Wenn alle geeint sind.«

»Das wird viel schwieriger, als einfach nur unsere Krankheiten zu heilen«, mutmaßte Samm.

»Ich weiß«, stimmte sie ihm zu. »Wir suchen die Labors von ParaGen, entdecken Pläne und Formeln, heilen RM und das Verfallsdatum. Letzten Endes spielt das aber alles keine Rolle, weil die Gegner einander nicht trauen.«

»Eines Tages bleibt ihnen nichts anderes übrig«, prophezeite Samm. »Wenn es um die Frage geht, ob man vertraut oder ausgelöscht wird, ob man vertraut oder untergeht – wenn sie endlich erkennen, dass ihnen nichts anderes übrig bleibt, dann werden sie es auch tun.«

»Das mag ich so an dir, Samm«, sagte Kira. »Du bist ein unverbesserlicher Optimist.«

Während der ersten Tage verlief die Straße geradeaus und eben. Alles ging beinahe beunruhigend glatt. Links und rechts lagen Farmen, die inzwischen vom Gras und den Herden verwilderter Pferde und Rinder erobert worden waren. Jeder neue Ausblick schien dem vorigen zu gleichen, so als tauchte bis in alle Unendlichkeit immer wieder ein und dieselbe Farm auf, bis Kira das Gefühl hatte, überhaupt nicht voranzukommen. Gelegentlich verlief der Illinois River im

Süden gleich neben der Straße, und Kira konnte feststellen, dass sie durchaus beträchtliche Strecken zurücklegten. Sie ritten langsam, fütterten und tränkten die Pferde und versorgten Afa mit Medikamenten. Seine Verletzung heilte nur langsam ab. Kira gab ihr Bestes, um ihn bei Laune zu halten.

Drei Tage nachdem sie Chicago verlassen hatten, erreichten sie eine Stadt auf einer Insel am Zusammenfluss zweier Ströme. Sie überquerten den Rock River und drangen nach Moline ein. Der Ort war sumpfig, aber passierbar, doch der Fluss auf der anderen Seite stellte ein unüberwindliches Hindernis dar. Es war der Mississippi, und die Brücken waren verschwunden.

»Das gefällt mir nicht.« Kira betrachtete den mächtigen Strom. Sie hatte schon vom Mississippi gehört, der bis zu anderthalb Kilometer breit werden konnte. Hier war er schmaler, maß stellenweise aber immer noch achthundert Meter, wenn nicht mehr. So weit konnten die Pferde auf keinen Fall schwimmen, und mit Afa auf dem Rücken sowieso nicht. »War es der Krieg oder einfach nur der natürliche Verschleiß?«

»Schwer zu sagen«, antwortete Samm.

Heron schnaubte. »Spielt das eine Rolle?«

Kira betrachtete das vorbeiströmende Wasser. »Vermutlich nicht. Was jetzt?«

»Ohne Brücke kann Afa den Fluss nicht überqueren«, überlegte Samm. »Außerdem würden die Funkgeräte nass. Ob sie wirklich so wasserdicht sind, wie die Aufschrift behauptet? Ich würde sagen, wir folgen dem Flussufer, bis wir eine intakte Brücke finden.«

»Nach Norden oder Süden?«, erkundigte sich Heron. »Diese Frage ist wirklich von Bedeutung.«

»Nach unserer Karte sind wir immer noch ein Stück nördlich von Denver«, überlegte Kira. »Wir reiten nach Süden.« Sie wendeten die Pferde, Kira flüsterte Bobo etwas Ermutigendes ins Ohr und tätschelte ihm sanft den Hals. Unmittelbar am Flussufer kamen sie nicht vorwärts, manchmal mussten sie sogar zweihundert Meter Abstand halten, weil es entweder zu steil, zu sumpfig oder zu dicht mit Bäumen bewachsen war, wenn nicht sogar alle drei Hinderungsgründe gleichzeitig zutrafen. So weit wie möglich folgten sie einer schmalen Straße, mehr als einmal mussten sie jedoch feststellen, dass die Fahrbahn vom unerbittlichen Wasser unterspült und abgetragen worden war. Als die Straße in die falsche Richtung verlief, folgten sie einer anderen, auf der es ihnen jedoch nicht viel besser erging. Die nächste Brücke, auf die sie stießen, führte zu der größten Stadt hinüber, die sie seit Chicago gesehen hatten. Aber auch diese Brücke war eingestürzt, genau wie die letzte. Am zweiten Tag gerieten sie in eine Sackgasse, weil die Straße völlig zerstört war. Auf einer Seite strömte der Fluss, auf der anderen lag ein See. Sie mussten mehrere Kilometer weit zurückreiten. Zusammen mit den sumpfigen Niederungen war der Fluss hier mehr als drei Kilometer breit. Allerdings fragte sich Kira, inwiefern ihre Schätzung auf genauer Beobachtung beruhte und ob sie nicht eher Ausdruck hilfloser Enttäuschung war. Die Landschaft war wunderschön, voller Vögel, Blumen und Libellen, die über den Sümpfen kreisten, aber sie war auch undurchdringlich. Endlich fanden sie eine Straße, beteten, dass sie endlich zu einer Brücke führte, und drangen weiter nach Süden vor.

Nach zwei Tagen erreichten sie Gulfport, eine Stadt, die mehr unter als über dem Wasser lag. Dicke Steinsäulen zeigten ihnen, wo früher einmal eine Brücke zu der erheblich größeren Stadt auf der anderen Seite geführt hatte. Abgesehen von einigen einsamen Trägern, die aus dem Fluss aufragten, war nichts außer den Säulen geblieben. Kira fluchte, und Afa sank vor Schmerzen auf seinem Sattel in sich zusammen. Sogar sein Pferd, das während der Pausen umherzuwandern und grüne Triebe zu naschen pflegte, wirkte zu niedergeschlagen, um sich zu bewegen.

»Wahrscheinlich hat der Fluss die Brücke zerstört«, sagte Samm. »Diese Orte waren zu klein, um im Krieg eine wichtige Rolle zu spielen, und sie waren keine militärischen Ziele. Ich glaube, der Fluss ist einfach … zu groß und mächtig.«

»Auf jeden Fall zu groß und mächtig für uns«, meinte Heron.

»Aber irgendjemand muss ihn als Erster überquert haben«, wandte Kira ein. Sie trieb Bobo an und lenkte ihn zum Wasser, um an den Bäumen vorbei so weit wie möglich nach Süden zu blicken. »Ich meine, irgendjemand wollte die Brücken bauen, und dazu musste jemand auf die andere Seite.«

»Sie mussten auch keinen Afa mitschleppen.« Herons Kommentar klang so, als hätte sie den verletzten Riesen gern zurückgelassen. Kira war jedoch so in Gedanken versunken, dass sie der Partialagentin nicht einmal einen wütenden Blick zuwarf. Afa hockte halb schlafend und sicher festgebunden im Sattel. Ab und zu hob er den Kopf und kam zu sich, wenn ihm trotz der Schmerzmittel die unbequeme Sitzhaltung bewusst wurde.

»Wir könnten ein Floß bauen«, überlegte Kira. »Es gibt hier viele Bäume, und wenn wir uns in der verlassenen Stadt umsehen, finden wir reichlich Planken und Bretter. Wenn das Floß groß genug ist, können wir sogar die Pferde und Afa mitnehmen.«

»Die Strömung ist erheblich stärker, als es den Anschein hat«, warnte Samm, doch Kira fiel ihm ins Wort.

»Ich weiß«, fauchte sie schärfer als beabsichtigt. »Deshalb haben wir es bisher noch nicht versucht. Aber was bleibt uns anderes übrig? Wir haben nicht viel Zeit, und das war schon so, bevor wir einen zweitägigen Umweg in Kauf nehmen mussten. Wir müssen nach Westen, also … also reiten wir nach Westen. Entweder in die Richtung – oder wir müssen noch einmal wochenlang nach Süden ziehen.«

»Du hast recht«, stimmte Samm ihr zu. »Aber ein Floß zu bauen, ist ein Akt der Verzweiflung. Wenn wir endlich so weit sind, wissen wir im Grunde schon, dass alles umsonst war. Sieh dir die Stadt dort drüben an! Alle diese Orte hatten kleine Häfen, in denen in der alten Welt Fracht umgeschlagen wurde. Wir müssen nur ein Boot suchen, das noch schwimmt und das uns trägt.«

»Bisher lagen alle größeren Städte auf der anderen Seite«, warf Heron ein. »Es sei denn, du willst zwei Tage in nördlicher Richtung nach Moline zurück. Ich kann mich aber nicht erinnern, dort geeignete Boote gesehen zu haben.«

»Dann weiter nach Süden!«, rief Samm und lenkte Buddy in die entsprechende Richtung. »Wenn wir so weit gekommen sind, können wir auch weiterreiten.«

»Ist das wirklich ein überzeugender Grund?«, widersprach Heron. »Wir sind ziemlich gut im Scheitern, also kann es nicht schlimmer werden.«

»Du weißt, dass ich mit Sarkasmus nicht gut umgehen kann«, erwiderte Samm.

Heron grinste humorlos. »Dann drücke ich mich klarer aus: Es ist eine Dummheit. Kira hat ihre Gründe, warum sie diese Reise unternimmt, ich hingegen bin deinetwegen mitgekommen. Ich habe dir vertraut und bemühe mich, dieses Vertrauen nicht zu verlieren. Aber sieh uns nur an! Wir stecken im Sumpf, haben uns in einem toten Land verlaufen und warten nur auf den nächsten Angriff, die nächste Verletzung oder die nächste verschlammte Sackgasse, damit wir in den Fluss stürzen und ertrinken können.«

»Du bist die Beste von uns allen«, sagte Samm. »Du wirst alles überleben.«

»Ich überlebe, weil ich klug bin«, gab Heron zurück. »Weil ich mich nicht in Situationen begebe, in denen ich umkommen könnte. Genau das haben wir in den letzten Wochen aber ständig getan.«

»Wir schaffen das«, behauptete Kira. »Wir müssen nur die Ruhe bewahren.«

»Ich weiß, dass wir es schaffen können«, erwiderte Heron. »Auch wenn ich mich beklage, bin ich nicht dumm. Ich weiß, dass wir den verdammten Fluss überqueren können. Nennt mir nur einen einzigen guten Grund, warum wir es tun sollten.«

Kira wollte etwas sagen, doch Heron fiel ihr ins Wort. »Nicht du sollst es mir sagen, sondern Samm. Und bitte behaupte nicht, dass du es nur wegen dieses …« Sie wedelte zornig mit der Hand in Kiras Richtung. »… Mädchens tust.«

Samm blickte zu Heron hinüber, dann zum Fluss. »Es reicht nicht, immer nur anderen zu folgen. Es reicht nicht, an jemanden zu glauben, der größer, klüger und besser informiert ist. So sind wir konstruiert, so sind alle Partials gebaut – wir befolgen Befehle und vertrauen den Anführern. Aber das reicht nicht. Es hat noch nie gereicht.« Er wandte sich wieder an Heron. »Wir haben immer unseren Anführern gehorcht. Manchmal siegen sie, manchmal verlieren sie, und wir tun, was sie uns sagen, und spielen unsere Rolle. Aber für diese Unternehmung haben wir uns freiwillig entschieden. Es ist unsere eigene Mission. Letzten Endes wird es allein unser Sieg oder unsere Niederlage sein. Ich will nicht scheitern, aber wenn, dann will ich wenigstens zurückblicken und sagen können: *Ich habe es getan und bin gescheitert, aber ich habe alles versucht.«*

Kira hörte schweigend zu und staunte über die Kraft, die von Samms Worten ausging, und über seine Entschlossenheit. Zum ersten Mal hatte er sich deutlich erklärt – abgesehen von seinen Beteuerungen, dass er ihr vertraue. Auf dieser Ebene hatte seine Haltung mit Vertrauen freilich nichts mehr zu tun. Er war hier, weil er sich für diese Mission entschieden hatte. War sie wirklich so wichtig für ihn? War sie etwas so Kostbares? Und wie wollte er Heron umstimmen, die bereits über eine große Unabhängigkeit verfügte? Sie war eine Partial wie die anderen, aber Samm spielte auf etwas in seiner und in Herons gemeinsamer Erfahrung an, das Kira nicht nachvollziehen konnte. Samm und Heron starrten sich an, und Kira ahnte nicht einmal, welche Gedanken sie mithilfe der Linkdaten austauschten.

»Nun gut.« Heron wendete das Pferd und folgte ihm. Sie ritten nach Süden, Galgenstrick folgte, und Kira übernahm gedankenverloren die Nachhut.

Der Mississippi führte sie in weitere überflutete Orte, die zumeist sogar noch kleiner waren als Gulfport: Dallas City, Pontoosuc, Niota. In Niota hatte früher eine Brücke in Richtung der ersten Hügel geführt, die sie seit Wochen zu Gesicht bekamen. In der Nähe gab es sogar einen Felsvorsprung und einen Ort namens Fort Madison. Niota war besser erhalten als die letzten drei Siedlungen. Sie wateten so weit in den Strom hinein, wie sie stehen konnten, und suchten nach einem geeigneten Hilfsmittel für die Überfahrt. Samm entdeckte das Heck eines Kahns, das schräg aus dem Wasser aufragte, aber nichts, was wirklich schwamm. Die Strömung war tatsächlich stärker, als Kira erwartet hatte. Sobald sie sich umgesehen hatten, verließen sie die gespenstische, überflutete Stadt.

»Tja«, meinte Heron, nachdem sie sich zum Trocknen ins Gras gesetzt hatten. »Wir stecken immer noch fest, aber nun sind wir klatschnass. Erklärt mir jemand, inwiefern das ein Fortschritt ist?«

»Keine Sorge!«, gab Kira zurück. »Hier ist es so heiß und schwül, dass du jeden Augenblick einen neuen Grund zum Jammern findest.«

»Lasst uns zu Afa und den Pferden zurückkehren!«, schlug Samm vor. »Wir schaffen heute noch einmal fünfzehn Kilometer, wenn wir bald aufbrechen.«

»Wartet!« Kira starrte zu der untergegangenen Stadt hinüber. Irgendetwas hatte sich bewegt. Sie suchte gründlich und hob die Hand, um die Augen gegen das grelle Schimmern und Blitzen des Wassers abzuschirmen. Eine Welle kam, und es bewegte sich noch einmal, groß und schwarz vor dem funkelnden Wasser dahinter. »Der Kahn dort schaukelt.«

Samm und Heron spähten hinüber. Kira drängte sie flüsternd, noch eine kleine Weile zu warten. Dann schwappte eine weitere Welle dagegen, und das Boot bewegte sich abermals ganz leicht. »Es hat noch Auftrieb«, meinte Samm. »Ich dachte, es sei untergegangen.«

»Es schwimmt zu frei, um am Grund festzusitzen. Vielleicht ist es festgebunden«, überlegte Heron.

»Und wenn wir es losmachen, können wir es vielleicht benutzen«, sagte Kira.

Sie legten die Waffen und die schweren Ausrüstungsgegenstände ab und wateten in die Stadt zurück. Diesmal stießen sie sich ab und schwammen, sobald der Fluss zu tief zum Stehen wurde. Die Strömung war stark, doch sie blieben im Schutz der Gebäude und arbeiteten sich Hand über Hand an den Dächern zu dem Kahn vor, der sich recht weit vom Ufer entfernt leicht in den Wellen wiegte. Auf dem Dach des letzten Gebäudes hielten sie inne und beobachteten das tief im Wasser verankerte Boot.

»Eindeutig, es bewegt sich!«, rief Kira. »Sobald wir es losschneiden, wird es ganz auftauchen und wegschwimmen.«

»Wir müssen es vorher mit einem längeren Seil an anderer Stelle sichern«, riet Samm. »Und wir brauchen eine Rettungsleine für den Schwimmer, der sich auf den Weg macht.«

»Eins, zwei, drei, ich bin nicht dabei«, sagte Heron. »Aber ich besorge dir ein Seil. In dem letzten Gebäude, an dem wir vorbeikamen, gibt es einen Baumarkt.« Sie glitt wieder ins Wasser, Kira folgte ihr. Auch wenn sie Heron misstraute, sie wollte niemanden ohne Rückendeckung in ein zerstörtes, halb überflutetes Gebäude eindringen lassen. Sobald sie sich einige Meter von der Mauer gelöst hatten, erfasste sie die Strömung und zog sie zwischen den Gebäuden nach Süden, während sie nach Osten zum nächsten Haus zu gelangen versuchten. Heron konnte mit der Rechten das verrostete Regenrohr packen und streckte die Linke zu Kira aus, die gerade vorbeitrieb. Kira spürte etwas Festes unter den Füßen, wahrscheinlich ein Auto oder das Führerhaus eines Trucks, und stieß sich ab, während Heron sie zum Baumarkt zog. Kira erwischte die Fensterbank und war dankbar, dass keine Glassplitter herausragten. Sie tauchte unter und schwamm ins Innere.

Im Gebäude blieb zwischen der Wasseroberfläche und der Decke ein halber Meter Platz. Ein leichter Durchzug und ein Lichtbalken zeigten ihr, dass der Luftaustausch durch mindestens ein Loch im Dach gewährleistet war. Dank der Feuchtigkeit war an der Decke und im sichtbaren Bereich der Wände Moos gewachsen. Als Kira sich einige Flechten aus dem Haar klaubte, tauchte Heron neben ihr auf. »Der Fluss hat hier ziemlich aufgeräumt«, sagte Kira. Den größten Teil der Rigipsplatten und alles, was einmal daran angebracht gewesen war, hatte das Wasser längst mitgerissen.

»Vielleicht werden wir etwas tiefer fündig«, schlug Heron vor. Sie schwammen zu der breiten Südwand, wo die Gegenstände, die sie brauchten, hoffentlich noch nicht in den Fluss gezogen worden waren. Heron tauchte zuerst und blieb so lange unten, dass Kira sich schon ernstlich Sorgen machte. Endlich brach die Agentin durch die Oberfläche und wischte sich das pechschwarze Haar aus dem Gesicht. »Kein Seil«, berichtete sie. »Aber ich glaube, ich habe so etwas wie eine Kette gefunden.«

»Lass sehen!« Kira stieß sich von der Wand ab und stellte bald fest, dass das Wasser zu trüb war, um etwas erkennen zu können. Sie spürte etwas Schweres, das aufgewickelt war und sich glatter anfühlte als ein Seil. Sie versuchte es hochzuhieven. Es ruckte ein wenig, war aber zu schwer und ließ sich nicht an die Oberfläche ziehen. Sie stieß sich ab, tauchte auf und hielt sich an der Wand fest. »Ich glaube, ich habe einen Schlauch gefunden.«

»Wird er halten?«

»Ich glaube schon. Hoffentlich ist er auch lang genug.«

Heron zog ihr Messer aus der Scheide, klappte es auf und nahm es zwischen die Zähne, bevor sie abermals tauchte. Fast eine Minute später kam sie mit dem Messer in einer und dem Ende des Schlauchs in der anderen Hand wieder hoch.

»Wie lange kannst du den Atem anhalten?«, fragte Kira.

»Ich bin biologisch überlegen«, erwiderte Heron. »Ich sag's ja immer wieder. Nimm das hier! Das andere Ende klemmt noch im Regal.«

»Wahrscheinlich ist es nur deshalb noch nicht weggeschwemmt worden«, meinte Kira, doch Heron war schon wieder verschwunden. Nach einer Weile tauchte sie erneut auf und nickte. Sie hatte Erfolg gehabt. Kira rollte den Schlauch so gut wie möglich auf und hielt nach den ersten zwanzig Schlingen inne. »Das müssen mindestens dreißig Meter sein.«

»Dann nehmen wir es.« Heron griff nach einem Stück des Schlauchs, während Kira durch das offene Fenster nach draußen schwamm. Weiter südlich als beabsichtigt gelangte sie an die Oberfläche. Samm beobachtete sie vom Dach aus. Lächelte er, als er sie sah? Natürlich hatte er sich Sorgen gemacht, weil sie so lange verschwunden waren. Kira indes hoffte, dass es ihm vor allem um sie ging, statt nur um den Erfolg oder das Scheitern ihrer Suche nach einem Seil.

Sie schob den Gedanken beiseite und hielt ihr Ende hoch. »Schlauch«, sagte sie nur, denn vom Kampf gegen die Strömung war sie außer Atem geraten. Sie arbeitete sich bis zu Samm zurück, der sie hinaufzog. Heron erklomm das Dach aus eigener Kraft. Sie war nicht annähernd so erschöpft wie Kira. Samm holte den Schlauch ein und legte die Schlingen auf das moosbewachsene Dach. Dann deutete er quer über die Stadt zum Ufer, wo Herons Pferd Dug stand und sie schweigend beobachtete.

»Ich glaube, wir bringen den Schlauch am besten ans Ufer hinüber«, schlug er vor. »Bis dorthin haben wir freie Bahn. Leider wissen wir nicht, wie viel Tiefgang der Kahn hat, aber er scheint recht flach zu sein. Wenn wir dort entlang zurückkehren und ein Ende irgendwo festbinden ...« Er hielt inne und betrachtete die verschiedenen Gebäudeteile, die aus dem Wasser aufragten. »Dort an dem Lichtmast. Von der Stelle aus schwimme ich los, binde den Schlauch fest und befreie das Boot. Dann können wir es ans Ufer ziehen.«

»So einfach, ja?«

»Es sei denn, der Kahn ist mit Metallketten gesichert«, erwiderte Samm. »Der schwierige Teil kommt erst noch. Dann müssen wir das Boot mit den Pferden beladen über den Fluss bringen, ohne die Häuser zu rammen.«

»Ich nehme an, wir sind die Ersten, die ein Boot auf der Main Street festmachen wollen«, meinte Heron. »Man hat die Stadt sicher nicht dafür konstruiert, dass man mit Booten hin und her manövriert.«

»Wir benutzen Stangen, um uns abzustoßen«, schlug Kira vor. »Dann kämpfen wir gegen die mahlende, Brücken zerstörende Strömung des mächtigen Mississippi an.«

»So einfach?«, fragte Samm. Kira bemerkte den Anflug eines Lächelns in seiner Miene – zögernd nur, als müsste er es erst ausprobieren. Sie erwiderte das Lächeln.

»Ja«, sagte sie. »So einfach ist das.«

Natürlich war es nicht einfach. Samm konnte mit dem Schlauch im Schlepp kaum den Kahn erreichen. Die Strömung war fast zu stark, als er nach den Haltetauen tauchte. Leider gab es nicht nur ein Seil, wie sie gehofft hatten, sondern fünf davon. Insgesamt verbrachte er fast eine halbe Stunde unter Wasser, hackte auf die Taue ein und tauchte zwischendurch nur kurz auf. Kira konnte ihn nicht gut erkennen, doch er wirkte nach einer Weile leichenblass und zitterte vor Kälte. Jedes Mal, wenn er tauchte, hielt sie ebenfalls den Atem an, um zu überprüfen, wie lange sie es schaffte, und jedes Mal schien er länger unten zu bleiben. Die Sekunden dehnten sich, bis sie schon befürchtete, er sei ertrunken. Endlich aber ruckte der Kahn, denn nachdem die ersten Seile durchgeschnitten waren, lag er nicht mehr stabil im Wasser. Samm kam immer noch nicht hoch. Kira zählte bis zehn. Nichts. Sie watete in den Fluss, zählte noch einmal bis zehn, dann bis zwanzig. Gleich darauf schwamm Heron neben ihr. Sie benutzten den straff gespannten Wasserschlauch als Führungsseil. Wieder bewegte sich der Kahn, drehte sich und prallte stromabwärts gegen ein Gebäude. Endlich kam Samm verzweifelt keuchend wieder hoch. Kira fing ihn ab und hielt seinen Kopf über Wasser, während er gierig einatmete.

»Ich hab's«, berichtete er mit klappernden Zähnen. »Lasst uns das Boot an Land holen!«

»Zuerst müssen wir dich aufwärmen«, sagte Kira. »Du könntest eine Unterkühlung haben.«

»Der Schlauch wird reißen, wenn wir noch viel länger warten«, widersprach Heron.

»Er könnte sterben«, beharrte Kira.

»Es geht mir gut«, meinte Samm schaudernd. »Ich bin ein Partial.«

Sie arbeiteten sich am Schlauch entlang zurück. Kira beobachtete Samm und betete, dass aus dem Schaudern keine Krämpfe entstanden. Als sie eine flache Stelle erreichten, wo sie stehen konnten, rieb sie ihm den Rücken und die Brust ab. Die schnellen, ungestümen Bewegungen dienten eher der Beruhigung ihres Gewissens, als dass sie ihm tatsächlich halfen. Als sie ihn berührte und die festen Konturen seines muskulösen Oberkörpers spürte, empfand sie einen kleinen Kitzel, der so unpassend schien, dass sie zurückschreckte und die Hände gleich darauf wieder sinken ließ. Andererseits war sie eine Sanitäterin und konnte doch wohl den Oberkörper eines Mannes berühren, ohne weiche Knie zu bekommen. Er zitterte immer noch und klapperte vor Kälte mit den Zähnen. Abermals rieb sie ihn ab, bearbeitete seine Brustmuskeln und das Brustbein, um seinen Körper etwas aufzuwärmen. Kurz danach packten sie zu dritt den Schlauch und zogen den Kahn die überflutete Straße entlang. Afa sah gleichgültig vom Ufer aus zu. Er stand unter starken Schmerzmitteln und konnte kaum aufrecht stehen. Langsam trieb das Boot auf sie zu, und als sie etwa sechs Meter gewonnen hatten, band Kira den Schlauch los, befestigte ihn am nächsten Sicherungspunkt und begann noch einmal von vorn. Der Kahn schleifte an den Häusern entlang und verhakte sich schließlich sogar an einem Dach. Heron musste hinüberschwimmen und ihn mit einem Stück Treibholz als Hebel befreien. Nach mehr als zwei Stunden hatten sie knapp hundert Meter überwunden, und das Boot lag endlich so dicht am Ufer, dass die Pferde an Bord gehen konnten.

Als sie den Kahn ein letztes Mal losbanden, um eine geeignetere Stelle zu finden, schnellte ihnen beinahe der Schlauch davon, und sie hätten ihn fast verloren. Samm wickelte sich das freie Ende um den Arm und hielt sich mit der anderen Hand an einer Ziegelmauer fest. Sein Gesicht lief vor Schmerzen rot an, während Kira und Heron das Boot erneut und besser zu sichern versuchten. Eine schwere Holztür, die sie in der Nähe aus einem Rahmen rissen, diente als steile Gangway. Nacheinander bugsierten sie die Pferde in das Boot. Kira lockte sie mit sanften Worten, während Samm und Heron sie seitlich führten, damit sie in einer Reihe liefen. Samm schauderte immer noch, und sein Pferd Buddy reagierte darauf mit Unruhe. Es wieherte, wich zurück, und unter ihm knackte das Türblatt verdächtig. Bevor das Holz endgültig brach, lockten sie das Tier an Bord. Dann mussten sie eine neue Tür suchen und Galgenstrick ganz hinten unterbringen. Afa bildete den Abschluss. Sein Gesicht war schlaff, die großen Arme hatte er um den Rucksack geschlungen, als wäre er seine private Rettungsinsel.

»Ich darf den Rucksack nicht stehen lassen«, sagte er. »Ich darf den Rucksack nicht stehen lassen.«

»Musst du auch nicht«, beruhigte Kira ihn. »Setz dich einfach hin und beweg dich nicht! Dann passiert nichts.«

Heron kappte die Taue und lief zu ihrem Platz im Bug zurück. Sie kam gerade rechtzeitig an, um ein Brett zu ergreifen und den Kahn von dem Haus abzustoßen, gegen das ihn die Strömung zu drücken drohte. Samm war auf der gleichen Seite wie sie. Seine Hände und Arme waren immer noch bleich von der Kälte. Kira stand in der Mitte und beruhigte die Pferde. Sie wieherten aufgeregt, während das Boot schwankte, wackelte und kippte, wie es die Erde nie getan hatte. Als das Boot gegen den kleinen Heimwerkermarkt prallte, waren sie kaum noch zu bändigen.

»Achtet auf die Häuser!«, rief Kira, die alle Mühe mit Bobo hatte. Das Pferd wäre beinahe hochgestiegen und hätte sich losgerissen.

»Fahr doch zur Hölle!«, fauchte Heron. Sie biss die Zähne zusammen, denn sie war vollauf damit beschäftigt, den Kahn, der inzwischen der Strömung ausgeliefert war, von den Gebäuden fernzuhalten. Der Fluss zog sie zugleich gegen die Häuser und weiter hinaus. Die Bewegung war nicht sehr schnell, aber unwiderstehlich. Es war kein Wildwasser, doch Kira bemerkte, dass selbst ein träger Fluss eine ungeheure Kraft besaß, wenn er so mächtig war. Samm unterstützte Heron inzwischen am Heck. Zusammen gelang es ihnen, das Boot vom letzten Gebäude in der Reihe wegzudrücken, und dann waren sie endlich frei. Befreit aus der versunkenen Stadt, befreit von dem Schutt, der in Ufernähe trieb, befreit von dem fragwürdigen Schutz, den ihnen die Gebäude geschenkt hatten. Der Kahn drehte sich im Wasser langsam um sich selbst, und die Pferde stampften und zitterten vor Furcht. Samm eilte zu Kira, um ihr zu helfen, Heron sprang unterdessen hin und her und sicherte den Bereich des Kahns, der jeweils gerade vorn war.

»Sandbank!«, rief sie auf einmal und kniete nieder, um sich am Dollbord festzuhalten. Ein heftiger Ruck fuhr durch das Boot, Kira verlor das Gleichgewicht. Afa stürzte auf die Seite, schloss die Augen und umklammerte seinen Rucksack. Samm und Kira trennten sich, jeder nahm zwei Tiere an den Zügeln und führte sie voneinander weg. Als die Sandbank sie freigab, drehte sich das Boot und steuerte eine Weile geradeaus. Kira stand wieder auf und sicherte die Pferde. Da warnte Heron sie schon wieder, noch drängender als vorher. »Eingestürzte Brücke!«

»Was?«, rief Kira zurück.

»Halt dich irgendwo fest!«, schrie Heron, und schon prallte das Boot gegen vorstehende und verdrehte Stahlstreben, die von oben kaum sichtbar waren, unter Wasser aber eine massive und tödliche Gefahr darstellten. Die Pferde schrien, und der Kahn knarrte laut. Metall kratzte auf Metall. Das Boot neigte sich bedenklich und wiegte sich zur anderen Seite, als sie das Hindernis passierten. Wieder einmal hatte Kira alle Hände voll zu tun, die Pferde zu beruhigen.

»Wir müssen irgendwie steuern!«, rief sie.

»Das müssen wir«, bestätigte Samm. »Aber ich glaube nicht, dass wir im Moment dazu kommen.«

»Und noch eine!«, rief Heron. Kira hielt sich fest, als das Boot heftig wackelte und erbebte. Wasser spritzte hoch. Sie fuhren jetzt in der Flussmitte, wo die Strömung stärker und tiefer war. Zu ihrem Entsetzen sah Kira, dass sie mitten durch die Trümmer der Brücke gezogen wurden. Das Boot tanzte wie ein Korken auf dem Wasser, wurde zwischen den Steinen und den stählernen Trümmern hin und her geworfen. Als es besonders laut krachte, sah Kira sich aufgeregt um, ob irgendwo etwas geborsten war. Heron kroch über den Boden und blickte zornig nach oben. »Wir ziehen Wasser.«

»Wundervoll«, antwortete Kira. »Schmeiß es raus!«

Heron funkelte sie an, fand aber ein loses Stück Holz und versuchte, das Loch zu stopfen. Es war ein Riss in der Seitenwand, glücklicherweise nicht im Boden, denn sonst wären sie schnell gesunken. Das Brett half nicht viel, und Heron gab es auf und benutzte es lieber als Ruder. Der Kahn reagierte nicht auf ihre Bemühungen und trieb führerlos im Strom. Wieder gab es eine Erschütterung, dann eine weitere. Kira schrie auf, als sich der Boden unter ihren Füßen wellte. *Das sollte ein Bootsboden nicht tun.*

»Der Boden wirft Wellen!«, keuchte sie.

Samm hielt seine beiden Pferde eisern fest, obwohl sie ihn in zwei Stücke zu reißen drohten. »Wellt er sich, oder bekommt er Beulen?«

»Ich glaube, es war ...« Kira konnte den Satz nicht vollenden, weil der Kahn gegen ein weiteres Hindernis prallte. Der Metallboden stöhnte unter der Belastung.

»Verbeult«, berichtete Heron, die ihr Brett auf den Boden stemmte, um das Gleichgewicht zu halten. »Das nimmt kein gutes Ende.«

»Wie ungut wird das Ende, wenn wir es zumindest auf die andere Seite des Flusses schaffen?«, fragte Kira.

»Äußerst ungut«, erwiderte Heron. »Wir verlieren Ausrüstung, vielleicht sogar den größten Teil davon. Ein Pferd, wenn wir Pech haben. Oder Afa, wenn es besser läuft.«

»Afa werden wir nicht verlieren«, widersprach Samm. »Wenn nötig, schleppe ich ihn selbst ans Ufer.«

»Das wirst du wohl müssen«, erklärte Heron. »Dieser rostige Eimer zerfällt unter unseren Füßen, und der Fluss gibt sich große Mühe, den Untergang zu beschleunigen.«

»Steuere uns näher ans Ufer!«, verlangte Kira.

Heron sah sie mit ungläubigen Augen an.

»Was glaubst du, was ich in den letzten fünf Minuten getan habe?«

»Im Moment versuchst du es jedenfalls nicht«, fauchte Kira.

»Hoffentlich kannst du schwimmen.« Heron warf ihr einen eiskalten Blick zu und eilte ans Dollbord zurück. »Samm wird nämlich Afa retten, aber ich rette dich nicht.« Sie hielt das Brett wieder ins Wasser und dämpfte das Kreiseln, schaffte es aber nicht, das Boot in eine bestimmte Richtung zu steuern. Am jenseitigen Ufer prallten sie fast gegen einen Felsvorsprung, doch die Strömung, die sie vom Ostufer weggezogen hatte, hinderte sie nun am Erreichen des Westufers. Selbst als sie aus dem Trümmerfeld heraus waren, knarrte ihr Kahn, sank langsam und ließ sich nicht aus der starken Strömung befreien. Das Wasser schwappte schon um Kiras Füße. Sie blickte nach vorn, wo der Fluss hinter der u-förmigen Kurve wieder nach Süden strömte.

»Steure weiter in diese Richtung!«, rief sie Heron zu. »Der Fluss beschreibt eine enge Biegung. Vielleicht werden wir dort unten ans Ufer gespült.«

»Das ist kein Ufer, sondern eine Mole. Wenn wir dort aufprallen, tut es weh«, warnte Samm.

»Rettet ... vor allem Afa!« Kira ließ das Ufer nicht aus den Augen. Für ein so mächtiges Gewässer strömte der Fluss überraschend langsam. Es dauerte eine halbe Ewigkeit, bis sie die Kurve hinter sich ließen. Sie fragte sich, ob sie genügend Schwung aufnehmen konnten, um auf die andere Seite zu gelangen, doch langsam rückte das westliche Ufer näher, und das leckgeschlagene Boot blieb auf Kurs. *Wir werden mitten in dieser Stadt an Land gehen,* dachte sie. Inzwischen erkannte sie Gebäude und Kaianlagen, die sich hinter der überwucherten Uferböschung und dem hohen Schilf erhoben. Die Stadt befand sich in geradezu idealer Lage, um Strandgut aufzunehmen, das der Fluss um die Biegung schwemmte. Kira überlegte, ob sie nicht vielleicht sogar deshalb an genau dieser Stelle entstanden war. Als sie sich dem Ufer näherten, nahmen ihre Gedanken eine ganz andere Richtung. Die Hoffnung auf Land wich der Furcht, gegen die Mole zu prallen, die sich vor ihnen erhob. Wie die meisten Städte am Fluss war auch dieser Ort überflutet, und Kira nahm an, dass sie mitten in ein Durcheinander aus Booten, Baumstämmen und anderem Treibgut schießen würden, das sich zwischen den alten Lagerhäusern und Gebäuden angesammelt hatte. »Können wir nicht woanders aufschlagen?«, fragte sie.

»Nein, nicht möglich.« Heron stand auf und warf ihr Ruder weg. »Rettet, was ihr retten könnt!« Sie nahm Kira Dugs Zügel ab und bereitete das Pferd anscheinend auf den Sprung über Bord vor. Samm betrachtete die Stelle, wo sie aufprallen würden, ließ beide Zügel los und eilte zu Afa. Die Pferde tänzelten nervös, die plötzliche Gewichtsverlagerung versetzte das Boot ins Schwanken, und Kira verlor das Gleichgewicht. Galgenstrick stürzte über Bord. Kira hielt sich an Bobos Zügeln fest und versuchte sich wieder aufzurichten. Dann rammte der Kahn das Trümmerfeld und faltete sich zusammen wie eine dünne Blechfolie. Kira ging unter, und der Fluss verschlang sie.

29

Das Wasser schwappte gegen das Boot, als die Soldaten von der Mole ablegten. Marcus hielt sich an der Reling der ehemaligen Luxusjacht fest. Sie war für die Bedürfnisse der Abwehr umgebaut und mit dem saubersten Benzin betankt worden, das man hatte herstellen können. Einschließlich Marcus und Senator Woolf waren sie zu zwölft. Alle nannten ihn nur Commander Woolf, und man konnte sofort erkennen, dass er sich in dieser Rolle viel wohler fühlte als in der eines Politikers. Ihr Startpunkt befand sich im äußersten Südwesten von Long Island in einem Industriegebiet an der Gravesend Bay. Marcus dachte lieber nicht darüber nach, wie die Reise enden würde.

Der Plan war recht einfach. In Manhattan gab es möglicherweise unfreundliche Partials, aber alles, was sie von Samm erfahren hatten, deutete darauf hin, dass die Feinde nie weiter als bis Manhattan nach Süden vorstießen. Sie waren offenbar vollauf damit beschäftigt, ihre zersplitterten Vorposten in New York und Connecticut zu halten. Commander Woolf hatte einen Kurs durch die Lower New York Bay festgelegt, der kilometerweit von allen Wachtposten in Manhattan entfernt war. Sie wollten am Südufer von Staten Island entlang und weiter durch den Arthur Kill Canal fahren. Dort konnten sie außer Sichtweite aller Späher bis zur Tappan Zee Bridge und anschließend über Land nach White Plains gelangen. Falls Morgans Partials sie entdeckten, waren sie so gut wie tot. Wenn die andere Fraktion der Partials in einem ungünstigen Moment oder bei falschem Licht auf sie aufmerksam wurde oder wenn sie einfach nur mordlüstern waren, passierte das Gleiche. Die Soldaten der Abwehr waren bis an die Zähne bewaffnet. Marcus aber wusste, dass ihnen das wenig nutzen würde, wenn sie auf einen Partialtrupp stießen, dem nicht nach Plaudern zumute war. Genau deshalb gaben sie sich auch größte Mühe, möglichst niemandem zu begegnen.

Die Lower Bay war ein trügerischer Irrgarten voller Masten von Wracks, Gerüsten und Radarantennen, die wie ein metallener Wald aus dem Wasser ragten. Ihr Schiffsführer war der beste der ganzen Insel, doch auch seine Knöchel wurden vor Anspannung weiß. Ihre Jacht war ein wenig schwerfällig, und die Steuerung war alt und sperrig. Marcus lief quer über das schmale Boot – was ihm mehr Mut abverlangte, als er zugegeben hätte – und hielt sich neben Woolf an der Reling fest. Der Commander betrachtete die vorbeigleitenden Schiffswracks.

»Hoffentlich sind dies nicht die Überreste Ihrer früheren Missionen«, sagte Marcus.

»In gewisser Weise sind sie es tatsächlich«, erwiderte Woolf. »Allerdings scheiterten unsere Missionen schon vor zwölf Jahren. Dies war die letzte große NADI-Flotte. Sie war nach Norden unterwegs, um eine Festung der Partials in New York anzugreifen. Es ist gut möglich, dass es genau diejenige ist, die wir in White Plains aufsuchen wollen. Die Schiffe wurden von Flugzeugen der Partials versenkt, bevor sie überhaupt in die Meerenge vorstoßen konnten.«

»Warum sind sie immer noch hier?« Marcus sah sich um. »Einige Schiffe ragen so weit aus dem Wasser, dass man sie kaum als gesunken bezeichnen kann. Eher sind sie auf Grund gelaufen.«

»An dieser Stelle war die Bucht nur fünfzehn Meter tief«, erklärte Woolf. »In der Mitte, wo man eine Fahrrinne ausgehoben hatte, war das Wasser natürlich tiefer. Inzwischen dürfte sich das geändert haben, nachdem sich mehr als ein

Jahrzehnt lang der Schlick ablagern konnte. Die größeren Schiffe sind dort drüben zu sehen.« Er deutete nach Südosten. »Sie liegen südlich von Long Island auf einem Schelf. Dort befinden sich alle größeren Einheiten, die es nicht bis hierher geschafft haben.«

»Warum haben die Schiffe überhaupt versucht, so weit hereinzukommen?«, fragte Marcus. »Eine Flotte dieser Größe auf so engem Raum war doch vermutlich des Guten zu viel.«

»Ich glaube, das war tatsächlich so gedacht«, erwiderte Woolf, der gerade ein vorbeiziehendes Monstrum aus Metall betrachtete. Vom Boden des Meers wuchsen riesige Metalltentakel empor wie die starren Überreste eines verrosteten Kraken. »Für meine Einheit galt das ganz sicher.«

Als sie Staten Island im Süden passierten und von der Lower Bay in die Raritan Bay gelangten, hatten sie das Schlimmste überstanden, doch auch hier gab es noch viele Wracks und Gefahrenstellen. Der Steuermann beobachtete die Küste mit geübtem Auge und lenkte ihr Schiff schließlich in eine kleine Bucht, hinter der sich sumpfige Niederungen erstreckten.

»Warum halten wir an?«, fragte Woolf.

»Wir sind am Ziel«, erklärte der Schiffsführer. »Dies ist der Arthur Kill Canal.«

»Das soll ein Kanal sein?« Das Gewässer glich eher einem Bach, der sich durch einen Park wand, als der tiefen Schifffahrtsstraße, die sie auf der Karte gesehen hatten. »Sind Sie sicher?«

»Vertrauen Sie mir!«, erwiderte der Steuermann. »Ich habe hier in der Gegend gelebt. Dort drüben im Westen ist der Raritan River, und dies hier ist der Arthur Kill Canal. Es ist eine künstliche Wasserstraße, die vor dem Zusammenbruch jedes Jahr ausgebaggert werden musste. Das ist lange her, und inzwischen hat sie sich wohl mit Schlick gefüllt.«

»So sehr, dass an beiden Seiten das Schilf wächst«, meinte Woolf. »Kommen wir trotzdem durch?«

»Ich kann's versuchen.« Der Steuermann ließ das Schiff langsam weiterfahren. Fast gemächlich tuckerte es durch die schmale Passage. Sumpfvögel kreischten, sangen und riefen ringsum. Marcus hatte den Eindruck, sich auf einer Safari in einer riesigen Schlucht aus Metall zu befinden. Auf beiden Seiten ragten bedrückende Industriebauten auf – ganz anders als im einstmals strahlenden Manhattan dominierten hier die von der Witterung angegriffenen Zweckbauten chemischer Fabriken. Das Wasser hatte einen Ölfilm, und Marcus fragte sich, wie die Vögel in dieser Umgebung überleben konnten. Dicht vor ihnen sprang ein großer Fisch in die Höhe und schnappte nach irgendeiner Beute. Unwillkürlich stellte Marcus sich vor, im Schilf würden Horden hungriger mutierter Krokodile lauern.

Der Steuermann fuhr bis zum Rahway River hinauf, bevor er einen Umweg einschlagen musste. Der Rahway entließ genügend Wasser in den Kanal, um ihn südlich der Mündung frei zu halten, doch die Nebenflüsse im Norden waren weniger ergiebig, und der folgende Abschnitt bis zur Newark Bay war mit Sedimenten und Schilf verstopft. Deshalb bogen sie am Rahway nach Westen ab und fuhren zwischen hohen Chemietanks entlang, bis sie eine Reihe riesiger Brücken erreichten, die das Gewässer überquerten: eine Eisenbahnstrecke und ein Highway mit vielen Fahrspuren, die auf insgesamt vier einzelne Brücken verteilt waren. »Das ist der New Jersey Turnpike«, erklärte der Steuermann. In der Nähe der Eisenbahnbrücke hielt er auf das Ufer zu. »Ich habe an der Ausfahrt 17E gewohnt.«

Woolf stimmte mit dem Steuermann die Stelle ab, wo sie an Land gehen wollten, und die Soldaten der Abwehr nahmen ihre Ausrüstung an sich und wateten ans Ufer. Marcus beäugte beunruhigt das Schilf am Ufer, denn er rechnete noch immer mit Krokodilen. Dann sprang er ins Wasser.

Der New Jersey Turnpike verlief schnurgerade durch die Stadt am Fluss. Es war eine riesige Metropole, die durch eine weitere große Metropole, die zwischen ihnen lag, von Manhattan getrennt wurde. »Entweder sie beobachten uns so weit im Westen nicht, oder sie bemerken uns so oder so«, meinte Woolf. »Ich würde sagen, wir verzichten auf Heimlichkeit und sehen zu, dass wir möglichst schnell vorankommen.«

30

»Nur noch ein paar Minuten«, sagte Haru. »Dann sind sie dort.«

»Und mit ihnen die Partials«, erwiderte der Gefreite Kabza.

»Alles wird gut«, beruhigte Haru ihn. »Wie viele solcher Lieferungen haben wir schon durchgeführt? Und wie oft haben dich die Partials schon ermordet?«

»Es so darzustellen, ist wirklich etwas unfair«, meinte Kabza.

Haru wollte nichts davon wissen. »Ich sagte doch, uns wird schon nichts passieren. Melde dich noch einmal bei der rückwärtigen Wache!«

Kabza schickte den Wachtposten eine kurze codierte Nachricht über Funk. Flüsternd sprach er ins Mikrofon und hörte aufmerksam zu, als der Soldat am anderen Ende genauso leise antwortete. Dann schaltete er ab und wandte sich wieder an Haru. »Unsere Rückzugsroute ist immer noch frei. Ich würde sagen, wir werfen die Sachen ab und verschwinden. Die *Stimme* kann die Sachen auch allein finden. Wir müssen sie ihnen nicht in die Hand drücken. Es ist ja nicht so, als würden sie uns dafür bezahlen.«

»Sagtest du die *Stimme*?«, fragte Haru.

»Aber sicher«, antwortete Kabza. »Wie nennst du sie denn?«

»Delarosa hat die *Stimme* gehasst«, erklärte Haru. »Sie würde nie im Leben diesen Namen für sich übernehmen.«

Das Funkgerät blinkte, Kabza hielt es ans Ohr. »Verstanden, over«, hauchte er und sah Haru an. »Der Posten an der Spitze hat sie gesichtet. Sie müssten in wenigen Minuten eintreffen.«

»Sind die Partials hinter ihnen her?«

»Davon hat er nichts gesagt«, entgegnete Kabza. »Wenn es so wäre, hätte er es sicher gleich erwähnt. Aber ich kann ihn noch einmal rufen und fragen, ob er es einfach nur versäumt hat.«

»Immer mit der Ruhe!«, wiederholte Haru. »Wie ich schon sagte, uns wird nichts passieren.«

»Phantastisch«, bemerkte Kabza sarkastisch. »Wie schön, dass du dieser Frau so unerschütterlich vertraust.« Er hielt inne, beobachtete den Wald und sprach nach einer Weile weiter. »Da wir gerade dabei sind – warum vertraust du ihr so sehr? Ich dachte, du hasst sie.«

»Delarosa und ich ... wir vertreten manchmal gegensätzliche Ansichten«, erklärte Haru. »Nach ihrer Flucht setzte sie unschuldige Zivilisten als Köder ein, unter anderem auch mich, was ich mit einem gewissen Recht empörend fand. Aber mit ihren Prinzipien stimme ich grundsätzlich überein: Wir müssen unsere Küste beschützen, wir müssen die Partials vernichten, und verzweifelte Zeiten erfordern verzweifelte Maßnahmen. Delarosa ist willens, das Nötige zu tun, und sie weiß, dass ich sie unterstütze, solange keine unschuldigen Menschen unnötig in Gefahr geraten.«

»Könntest du den Begriff *unnötig in Gefahr* genauer erklären?«, verlangte Kabza. »Ich habe die letzten drei Tage in feindlichem Gebiet verbracht, mir in der Nase gebohrt und gehofft, dass niemand mich erschießt, wenn ich Delarosa etwas bringe, das wir ebenso gut an einer Übergabestelle hätten hinterlegen können. Gilt das als *unnötig*?«

»Sie hat diesmal um etwas Ungewöhnliches gebeten«, erwiderte Haru, während er den Waldrand im Blick behielt. »Ich will herausfinden, was sie damit vorhat.«

Gleich darauf gab der Vorposten ein Blinksignal, und Haru und Kabza konnten drei Gestalten mit Kapuzenjacken beobachten, die aus dem Wald heraustraten. Delarosa nahm die Kapuze ab und wartete schweigend. Haru stand auf und ging ihr entgegen. »Sie sind spät dran.«

Delarosas Miene war wie versteinert. »Sie sind ungeduldig. Haben Sie meine Sachen?«

Haru winkte, worauf Kabza und ein anderer Soldat zwei schwere Kisten mit Taucherausrüstungen herbeischleppten: Masken, Schwimmflossen, Anzüge und vier frisch gefüllte Flaschen mit Atemluft. »Die Flaschen sind fast fabrikneu«, erklärte Haru. »Das Beste, was man auf Long Island finden kann, und unter großem persönlichem Risiko aus den Trümmern des alten Lagers der Abwehr geborgen.« Delarosa winkte ihren Gefolgsleuten, doch Haru trat ihnen in den Weg. »Bevor Sie die Sachen mitnehmen, will ich wissen, wozu Sie sie brauchen.«

»Um unter Wasser zu atmen«, erklärte Delarosa. Haru antwortete nicht, und Delarosa legte den Kopf schief. »Sie haben mich noch nie nach meinen Plänen gefragt.«

»Bisher diente alles, was Sie angefordert haben, einem offensichtlichen Zweck«, erläuterte Haru. »Munition, Sprengstoff, Sonnenkollektoren, Funkanlagen – alle diese Dinge sind für eine Guerillatruppe natürlich wichtig. Aber Sie kennen meine Regeln und die Bedingungen, unter denen ich Ihnen die Ausrüstung überlasse. Deshalb brauche ich eine Bestätigung von Ihnen: Es werden keine Zivilisten verletzt, gleichgültig, was Sie vorhaben.«

»In jeder Sekunde, die wir hier vertrödeln, werden Zivilisten verletzt«, wandte Delarosa ein.

Haru durchbohrte sie mit Blicken. »Wozu brauchen Sie die Taucherausrüstungen?«

»Zum Plündern«, entgegnete Delarosa. »In den letzten zwölf Jahren haben wir den größten Teil der Insel abgeräumt, aber vor der Küste gibt es noch eine Menge zu finden. Wenn Sie mir die Ausrüstungen übergeben, muss ich Sie in Zukunft viel seltener um einen Gefallen bitten.«

»Was könnte zwölf Jahre lang unter Wasser liegen und heute noch brauchbar sein?«, fragte Haru. »Proviant und Waffen sind inzwischen längst verdorben und verrostet.«

»Das werden wir schon sehen.«

Haru musterte sie zweifelnd, wandte sich um und entfernte sich. »Sorgen Sie dafür, dass mir meine Unterstützung nie leidtun muss!« Er kehrte zu seinen Männern zurück und winkte ihnen, dass es Zeit für den Aufbruch sei. Der Gefreite Kabza schob sich neben ihn.

»Für uns ist das eine Erleichterung«, sagte er. »Je mehr sie selbst bergen, desto seltener müssen wir bei solchen Einsätzen unser Leben riskieren.«

»Mag sein.« Haru dachte immer noch über Delarosas Antwort und ihren Tonfall nach.

»Was hast du vor?«

Haru runzelte die Stirn. Nach und nach kristallisierte sich ein Plan heraus. »Wir folgen ihnen.«

DRITTER TEIL

31

Kira und ihre Gefährten verloren den größten Teil der Ausrüstung im Fluss: Samms Gewehr, Afas Funkgerät und fast den gesamten Proviant. Afa hielt seinen Rucksack fest, aber die Dokumente darin waren durchnässt und unbrauchbar geworden. Das Papier löste sich auf, die Tinte zerfloss. Glücklicherweise überlebte sein Bildschirm, aber der Tokamin, der ihn mit Strom speisen sollte, wurde fortgeschwemmt. Dieser Verlust wog in Kiras Augen am schwersten, stimmte sie aber nicht so traurig wie ein anderes Unglück. Herons Pferd Dug hatte sich beim Aufprall beide Vorderbeine gebrochen. Es hatte zwar überlebt, schrie jedoch vor Schmerzen und Angst, atmete stoßweise und hatte Schaum vor dem Mund. Samm setzte seinem Leiden mit einer Kugel ein Ende.

Sobald sie sich halbwegs erholt hatten, machten sie sich auf den Weg. Samm, Heron und Kira ritten abwechselnd auf Buddy und Bobo, während der verletzte und fast betäubte Afa auf Galgenstricks Sattel festgebunden werden musste, damit er nicht herunterfiel. Kira war überzeugt, dass Afas Bein infiziert war. Deshalb plünderten sie jede Apotheke, an der sie vorbeikamen, um die verlorenen Medikamente zu ersetzen. Unterwegs staunte Kira, dass sie fähig war, mit den anderen Schritt zu halten. Sie konnte nicht nur im gleichen Tempo wie die Pferde marschieren, sondern besaß auch eine enorme Ausdauer. Sie war schon immer recht kräftig gewesen und hatte ihre Zähigkeit bislang dem ständigen Kampf ums Überleben zugeschrieben. Für alles, was sie haben wollte, musste sie sich anstrengen und war dadurch körperlich in bester Form. Allmählich aber dämmerte ihr, dass dies nicht die ganze Wahrheit war. Sie konnte es Schritt für Schritt, Kilometer um Kilometer mit den Partials aufnehmen. Das war ein Segen, und zugleich verstörte sie die Erkenntnis. Ein weiterer Beweis dafür, dass sie in ihrem Innersten kein Mensch war.

Sie gingen einige Kilometer nach Norden, um am Fluss entlang zum Highway 34 zu gelangen, und folgten der Straße nach Westen. Das Gelände glich weitgehend der Landschaft, die sie bereits östlich des Flusses gesehen hatten: flache Prärie, so weit das Auge reichte, hier und dort eine Baumgruppe oder ein Gebüsch und etwas Unterholz, wo ein Abzugskanal oder ein Graben verlief oder ein altes Farmhaus stand. Kira fand die Gegend besonders reizvoll, wenn die Sonne unterging und die ganze Szenerie, die Erde wie der Himmel, feuerrot, gelb und orangefarben aufflammte. Sie suchte Samms Blick, weil sie diese Schönheit mit jemandem teilen wollte, doch seine Miene war finster und verdrossen. Sie schob sich näher an ihn heran und erregte mit einem Nicken seine Aufmerksamkeit.

»Was ist los?«

»Was? Nichts.«

»Samm.«

Er sah sie kurz an und richtete den Blick gleich wieder auf den glühenden Sonnenuntergang. »Es ist nur ...«

Kira folgte seinem Blick. »Es ist wunderschön.«

»Das ist es«, stimmte Samm zu. »Aber es ist auch ... Ich war hier stationiert oder bin während der Revolution oft hier durchgekommen. Es war ...« Wieder hielt er inne, als wären die Erinnerungen zu schmerzlich. »Daheim im Osten ist alles so kaputt und heruntergekommen. Die Gebäude sind zerstört und mit Kudzu überwuchert. Alles sieht so ... alt aus. Jede Minute unseres Lebens haben wir die Beweise vor Augen, was wir zerstört haben. Hier draußen ...« Wieder hielt er inne. »Sieh dich um! Hier gibt es kilometerweit kein einziges Haus, nur eine ebene Straße, die immer noch in recht gutem Zustand ist, als wäre der Krieg nie ausgebrochen.«

»Dann vermisst du die Erinnerungen an die Zerstörung?«, fragte Kira.

»Das ist es nicht«, antwortete er. »Ich ... ich dachte, der Zustand der Welt habe sich wegen des Unheils verschlechtert, das wir – Menschen wie Partials – angerichtet haben. Inzwischen aber glaube ich, dass es der Welt gleichgültig ist, was wir tun, wer wir sind oder waren. Wir sind gekommen und verschwunden. Das Leben geht weiter, und das Land, das schon immer hier war, wird auch noch hier sein, wenn wir längst untergegangen und tot sind. Die Vögel werden immer noch fliegen, der Regen wird weiter fallen. Die Welt ist gar nicht untergegangen, sondern sie ... sie erlebt nur einen Neuanfang.«

Schweigend dachte Kira über Samms Worte nach. Sie leuchteten ihr ein, und von dem Samm, den sie zu kennen glaubte, hätte sie solche Gedanken nicht erwartet. Er war ein Soldat und ein Kämpfer, ein unerschütterlicher Schutzwall, und doch hatte er auch eine weiche und beinahe poetische Seite, von deren Vorhandensein sie nichts geahnt hatte. Während sie ritten, warf sie ihm einen langen Blick zu. Wie alle Infanteristen der Partials sah er aus wie achtzehn, lebte aber schon seit neunzehn Jahren. Er war seit neunzehn Jahren achtzehn Jahre alt. Da er sein Leben als Achtzehnjähriger begonnen hatte, war er jetzt ... siebenunddreißig? Diese Gedanken verflochten sich in ihrem Kopf zu Knoten. Es gelang ihr einfach nicht, sein seelisches Alter zu bestimmen und zu ergründen, wie er über sich selbst dachte. Wie er über sie dachte.

Schon wieder drängte sich der Gedanke in ihr Bewusstsein! Seufzend schüttelte sie den Kopf, als könnte sie ihn wegschleudern wie Wassertropfen aus dem Haar. *Was hält Samm von mir? Was halte ich von Samm?* Sie rief sich zur Ordnung, dass solche Überlegungen keine Rolle spielen sollten, dass es wichtigere Fragen gab, die sie beantworten musste, aber ihr Herz hörte nicht darauf. Es war sinnlos, über ihre Beziehung zu Samm nachzudenken, da sie nicht einmal wusste, wie eine solche Beziehung überhaupt beschaffen sein sollte. Ihr fehlte jeglicher Bezugsrahmen. Ihr Herz aber ließ alle vernünftigen Erwägungen außer Acht. Der Kopf arbeitete hektisch, unentwegt grübelte sie darüber, wer Samm war, was er war, woher er kam, was er wollte und wie Kira, die sein Leben immer wieder gefährdete, in das Bild hineinpasste. Er sprach darüber, dass sich die Welt erneuerte, und sie fragte sich, ob sie überhaupt in diese Welt gehörte. Solche Gespräche hatte sie schon hundertmal mit Marcus geführt und immer eine unerfüllte Sehnsucht verspürt. Bei Samm dagegen ...

Nein. Deshalb bin ich nicht hier. Ich habe eine ganz andere Aufgabe. Über eine Zukunft mit Samm nachzudenken, ist eine sinnlose Übung. Aufgrund des Verfallsdatums wird er in einem Jahr sterben. Such die Antworten! Löse das Problem! Dir steht kein Leben zu, wenn du dir nicht selbst eins erschaffst, das lebenswert ist.

Sie ritt weiter und betrachtete den Sonnenuntergang. Der Himmel verfärbte sich von Rot zu Rosa und Blau. Dann breitete sich das tiefste Violett aus, das sie je gesehen hatte. Schließlich gingen die Sterne auf und strahlten, bis sie die ganze Prärie zu beleuchten schienen. Die Gefährten lagerten auf freiem Feld und brieten Kaninchen, die Heron mit einer Schlinge gefangen hatte. Kira schloss die Augen und tat so, als wäre die Welt nicht untergegangen, als wäre dies erst der Anfang und als wäre die ganze Welt am nächsten Morgen wie dieser Ort: heil und unversehrt, nicht verschandelt durch die Eingriffe der Menschen, die Rebellion der Partials und irgendwelche Anzeichen von Zivilisation. Sie schlief ein und träumte von der Dunkelheit.

Am nächsten Tag entdeckten sie den ersten vergifteten Baum.

Der Wind wehte aus einer anderen Richtung. Mit jedem Kilometer, den sie weiterkamen, wich der kräftige Ostwind von den großen Seen den südlichen Luftströmungen aus dem Golf von Mexiko. Noch roch die Luft sauber, doch der verdrehte, verstümmelte und strahlend weiße Baum war der erste Hinweis, dass der unbeschwerte Abschnitt der Reise nun hinter ihnen lag. Sie näherten sich dem vergifteten Ödland.

Am zweiten Tag roch sie es auch – zuerst war es nur ein Hauch, nicht mehr als eine kurze Bö, die ihr der Wind ins Gesicht trieb. Ein säuerlicher, leicht metallischer Geruch hing in der giftigen Luft, eine Mischung aus Schwefel, Rauch und Ozon. Es war nur eine kurze Andeutung, dann war es vorbei. Am nächsten Morgen hatte sie den Geruch schon beim Erwachen in der Nase. Er hielt sich fast den ganzen Tag über, und hier und dort standen weitere gebleichte Bäume wie gespenstische Skelette in den Wäldchen am Straßenrand. Das Gras, das sich im Windschatten der Zaunpfähle halten konnte, war bleich, zottelig und dem Verdorren nahe, und mit jedem Tag wurde es schlimmer. Die nächste Stadt, die sie erreichten, hieß Ottumwa. Dort hatten sich auf den Straßen, an den Wänden und auf den Dächern chemische Rückstände abgelagert. Also schien selbst das Regenwasser ätzend und tödlich zu sein. Mitten durch die Stadt verlief ein Fluss, allerdings nicht annähernd so breit wie der Mississippi und mit erheblich weniger beeindruckenden Brücken gesegnet, die zudem alle eingestürzt waren. Ob dies nun an früheren Sabotageakten oder an der erbarmungslosen Witterung lag, vermochte Kira nicht zu sagen. Das Wasser wirkte immerhin sauber, zumal es von Norden kam, wo das Land nicht so stark verseucht war. Sie rasteten einige Stunden und durchsuchten die baufälligen Läden und Restaurants nach nützlichen Medikamenten und Konserven, die noch brauchbar zu sein schienen. Heron war eine gute Jägerin, doch seit sie in das Ödland eingedrungen waren, konnten sie nicht mehr bedenkenlos alles essen, was die Agentin fing. Kira überprüfte abermals Afas Verletzung.

Seit dem Bootsuntergang war sein Zustand weder schlimmer noch besser geworden. Sie murmelte ihm beruhigende Worte ins Ohr.

»Bald überqueren wir den Fluss«, erklärte sie ihm und träufelte ein wenig Frischwasser über die Schusswunde im Bein. »Wir müssen schwimmen, aber es wird nicht so schlimm wie am Mississippi. Diesmal ist alles einfacher.«

»Dabei geht das Funkgerät kaputt.« Afa bekam vor Schmerzen und Schmerzmitteln kaum die Augen auf. »Wenn wir nass werden, geht es kaputt.«

»Wir haben das Funkgerät schon verloren«, erwiderte sie. »Mach dir deshalb keine Sorgen.«

»Dann suchen wir uns ein neues.«

»Ja, bestimmt«, antwortete sie ruhig und verteilte großzügig Neosporin auf der Wunde. »Nachdem wir den Fluss überquert haben.«

»Ich will den Fluss nicht überqueren. Dabei wird unser Boot wieder untergehen.« So plapperte er endlos weiter, während Kira ihm einen festen Verband anlegte und darüber Plastiktüten mit Klebeband befestigte, damit das Bein möglichst wasserdicht verpackt war. Als sie fertig war, wandte sie sich an Samm.

»Er weiß nicht einmal, wo wir sind«, sagte sie. »Wir dürfen ihn nicht weiter mitnehmen, wir haben nicht das Recht dazu.«

»Wir können ihn doch nicht einfach zurücklassen ...«

»Natürlich nicht«, erwiderte sie aufgebracht. Dann zwang sie sich wieder zur Ruhe. »Ich weiß ja, dass wir alles Erdenkliche für ihn tun, aber es gefällt mir trotzdem nicht. Wenn wir ihn durch ein vergiftetes Ödland schleppen müssen, dann stimmt etwas nicht mit den Entscheidungen, die uns hierhergeführt haben.«

»Wie hättest du denn anders entschieden?«

Kira warf ihm einen erbosten Blick zu – seine erbarmungslose Sachlichkeit ging ihr auf die Nerven. Dann aber schüttelte sie den Kopf und gab sich geschlagen. »Bisher ist alles nach Plan gelaufen, von dem Angriff im Rechenzentrum einmal abgesehen. Aber darauf hatten wir keinen Einfluss. Es gefällt mir nicht, Afa all diese Strapazen zuzumuten, und es gefiel mir schon nicht, ihn überhaupt mitzunehmen. Ohne ihn schaffen wir es jedoch nicht, und er überlebt nicht ohne uns. Ich ...« Sie blickte Samm an und suchte Mitgefühl in seiner Miene. »Ich habe seinetwegen ein schlechtes Gewissen. Wie geht es dir damit?«

»Ich auch.« Er nickte. »Aber ich bin machtlos dagegen.«

Kira schnitt eine Grimasse und spähte über den Fluss hinweg. »Man sollte doch meinen, dass die Partials ihre Supersoldaten ohne Gefühle konstruieren, damit sie rücksichtsloser töten können. Im Krieg kann das nur nützlich sein.«

»Genau das Gegenteil ist geschehen«, erwiderte Samm. Kira sah ihn fragend an. »Wusstest du das nicht? Es war eine der wichtigsten Vorschriften für den Entwurf, damit ParaGen die Genehmigung zur Herstellung militärischer BioSynths bekam. Afa hat eine Kopie der UN-Resolution im Rucksack, die man inzwischen aber vermutlich nicht mehr lesen kann. Sie bekamen Probleme mit automatisierten Drohnensoldaten und Fahrzeugen, die im Kampfeinsatz moralisch fragwürdige Entscheidungen trafen. Wer in der Biotech-Branche danach noch Aufträge für autonome militärische Einheiten bekommen wollte, musste Waffen mit menschlichen Gefühlsregungen herstellen.«

Kira nickte. »Das kann ich nachvollziehen. Ich meine ... ich habe mich emotional immer vollkommen als Mensch gefühlt, also ...« Sie zuckte mit den Achseln, weil sie nicht wusste, wie sie den Satz zu Ende bringen sollte. Nach kurzem Überlegen runzelte sie die Stirn und sah ihn wieder an. »Wenn du ... wenn wir dazu entworfen sind, Richtig und Falsch zu unterscheiden, dann sind wir weniger anfällig dafür, im Kampf gewisse Grenzen zu überschreiten.«

»Sie haben uns den Unterschied zwischen Richtig und Falsch beigebracht und uns dann in eine unmögliche Situation gebracht«, ergänzte Samm. »Ich glaube, der Aufstand war die menschlichste Tat, die wir je vollbracht haben. Du musst das verstehen ... Denk über dein eigenes Leben nach, das ist das beste Beispiel. Du musst in jedem Augenblick unbedingt das Richtige tun – du siehst Menschen, die in Schwierigkeiten stecken, und musst ihnen helfen. Du musstest mir helfen, obwohl mich wirklich alle – du eingeschlossen – für einen unversöhnlichen Feind hielten. Man hat uns nicht einfach nur ein Gewissen eingepflanzt, Kira, sondern sogar ein überaktives Gewissen. Eine starke Empathie, die uns ständig drängt, Leben zu retten, Falsches in Ordnung zu bringen und den Unterdrückten zu helfen. Aber dann waren wir selbst die Unterdrückten, und uns blieb nur eine Möglichkeit zu reagieren.«

Wieder nickte Kira, doch als ihr dämmerte, was seine Worte wirklich bedeuteten, starrte sie ihn entsetzt an. »Sie haben euch mit einer starken Empathie versehen und euch dann in den Krieg geschickt?«

Samm wandte den Blick ab und sah zum Fluss hinüber. »Darin unterscheiden wir uns eigentlich nicht von kämpfenden Menschen, und ich glaube, genau darauf kam es ihnen auch an.«

Heron erschien und warf einen Beutel mit Vorräten auf den Boden. »Das ist der Rest – Hühnchen und Thunfisch in Dosen, gefriergetrocknetes Gemüse und ein neuer Wasseraufbereiter. Er war noch versiegelt, der Filter sieht gut aus.«

»Hervorragend«, sagte Samm. »Lasst uns aufbrechen.«

Sie stopften die Rucksäcke in Plastikmüllsäcke aus dem Supermarkt und wickelten alles doppelt und dreifach ein, um den Inhalt zu schützen. Mit Klebeband versiegelten sie die Pakete so gut wie möglich. Dann hoben sie Afa wieder auf Galgenstricks Sattel, banden ihn fest und verstauten das Gepäck auf Buddy und Bobo. Das Wasser war kalt, strömte aber relativ langsam, und die Überquerung verlief erfreulicherweise ohne besondere Zwischenfälle. Am fernen Ufer wuchs dank des sauberen Flusses gesundes grünes Gras, doch keine sechs Meter die Böschung hinauf stießen sie schon wieder auf kränklich gelbe Pflanzen. Auf dieser Seite waren die Gebäude gleichfalls von Chemikalien in Mitleidenschaft gezogen. Kira überprüfte Afas wasserdichten Verband, kam zu dem Schluss, dass alles in Ordnung war, und beließ es vorerst dabei.

Am Himmel sammelten sich Wolken, und Kira fürchtete sich vor möglichem Regen. Als sie, immer noch auf dem Highway 34, die Stadt zwei Wegstunden hinter sich gelassen hatten, fielen die ersten Tropfen.

Das Wasser zischte auf der Fahrbahn.

Kira ging gerade neben den Pferden her und bückte sich, um die Hitze zu fühlen, die der Asphalt ausstrahlte. Er war nicht heiß. Der Abend nahte, und nach dem bedeckten Tag war der Boden relativ kühl. Ein weiterer Tropfen fiel herab und zischte, als verdampfte er beim Aufprall. »Es ist nicht heiß.« Sie richtete sich wieder auf. »Das Zischen entsteht nicht durch Verdampfung.«

Ein weiterer Tropfen fiel, dann noch einer.

»Das ist auch kein Dampf«, erklärte Heron. »Das ist Säure.«

Ein Regentropfen traf Galgenstrick, und das Pferd wieherte vor Schmerzen. Immer mehr Tropfen fielen, und plötzlich spürte Kira ein starkes Brennen am Arm. Der Regentropfen hatte ein kleines rotes Mal hinterlassen, und die Schmerzen wurden stärker, je länger sie es anstarrte. Sie schüttelte den Kopf und blickte zum Himmel. »Sind die Wolken nicht von Süden gekommen?«

»Lauft!«, rief Samm und ergriff Galgenstricks Zügel. Afa schrie vor Schmerzen und Angst und hielt sich an seinem nassen Rucksack fest. Kira sah sich nach ihrer Jacke um, die sie jedoch vor der Flussüberquerung ausgezogen hatte. Zusammen mit allen anderen Habseligkeiten steckte die Jacke in den versiegelten Plastiksäcken auf den Pferden. Sie nahm Bobo, rannte hinter Samm her, zog das Pferd eilig mit und versuchte es zu beruhigen, während der saure Regen dem Tier den Kopf und die Flanken versengte. Heron rannte mit Buddy im Schlepptau an ihr vorbei, Kira folgte ihr so schnell wie möglich. Der Regen nahm zu, Kiras Arme und das Gesicht brannten und juckten schon nach wenigen Sekunden. Mit der freien Hand griff sie nach hinten, löste den Pferdeschwanz und schüttelte das lange Haar aus, bis es so etwas wie eine Art Kapuze bildete, die Ohren und Schultern schützte. Einige Strähnen zog sie nach vorn, um die beißenden Regentropfen von den Augen fernzuhalten. Halb geblendet stolperte sie weiter.

Samm hatte abseits der Straße ein Bauernhaus entdeckt und versuchte, am Stacheldrahtzaun eines Feldes vorbeizukommen, während Galgenstrick wie wild an den Zügeln zerrte und kreischte, um dem schmerzhaften Guss zu entkommen. Sobald Heron ihn erreicht hatte, reichte sie Samm die Zügel ihres Tiers. Sie hatte sich das Haar ebenfalls über Ohren und Gesicht gebreitet, während Samm auf diesen Schutz verzichten musste. Er hatte lange rote Striemen im Gesicht, seine Augen waren blutunterlaufen und verquollen. Heron hielt in jeder Hand ein Messer und zerschnitt mit hastigen Bewegungen die Drähte. Gleich darauf waren alle vier durchtrennt, und im Zaun klaffte ein Loch. Sofort stürmte Kira mit Bobo durch die Öffnung und ergriff im Vorbeilaufen auch Buddys Zügel. Heron folgte mit Galgenstrick und Afa, Samm holte Kira gleich danach ein und wollte ihr Buddys Zügel abnehmen.

»Lass mich helfen!«, rief er. »Du kannst nicht beide im Zaum halten!«

Die Pferde bockten unwillig, doch Kira hielt die Zügel eisern fest und stieß Samm mit dem Fuß fort. »Verschwinde aus dem Regen, sonst wirst du blind!«

»Ich lasse dich nicht hier draußen zurück!«

»Öffne uns die Haustür, damit wir so schnell wie möglich nach drinnen gelangen!«, rief sie und versetzte ihm einen weiteren Stoß. Er warf sich herum und rannte quer über das brachliegende Feld auf das Gebäude zu. Kira knirschte mit den Zähnen und fragte sich, wie er überhaupt etwas sehen konnte. Sie zog die Pferde so schnell wie möglich hinter sich her und benutzte jeweils eines als Leittier, um das andere im Zaum zu halten. Dabei hoffte sie, ihre Schultern durch die Zugbelastung nicht zu sehr zu strapazieren. Nach kurzem Sträuben bemerkten die Pferde, dass Kira sie zum Laufen bewegen wollte, und auf dem freien Feld gaben sie endlich nach, zogen die Köpfe ein und galoppierten mit höchster Geschwindigkeit zum Farmhaus. Dabei rissen sie Kira um und zerrten sie mit sich. Als sie Buddys trommelnden Hufen gefährlich nahe kam, ließ sie los und blieb stolpernd im aufgewühlten giftigen Schlamm zurück. Die Pferde rasten Kopf an Kopf zum Haus. Hinter ihnen richtete Kira sich wieder auf und folgte ihnen. Sie rannte und konnte nicht unterscheiden, ob sie Kampfrufe ausstieß oder ob sie vor Schmerzen schrie.

Als Samm und Heron die Pferde einfingen, erreichte auch Kira das Haus. Sie litt Höllenqualen, als sie durch die Tür stolperte. Im vorderen Raum gab es ein Sofa und einen Lehnstuhl, in denen Skelette saßen und einen alten Fernseher an der Wand anstarrten. Die Säure hatte Kiras freie Hautpartien versengt und sogar ein Loch in ihr Hemd gefressen. Eilig zog sie es aus, entdeckte ein halbes Dutzend weitere Löcher im Rücken und warf es quer durch den Raum. Inzwischen waren auch Samm und Heron im Haus angelangt und schlossen die Tür, damit die Pferde nicht wieder nach draußen in den Regen stürmten. Die Tiere hatten Angst, bockten, kreischten und zerstörten die gesamte Einrichtung, trampelten den Fernseher, die Möbel, sogar die Skelette nieder. Kira versuchte, Afa zu erreichen, der noch in Galgenstricks Sattel hockte, kam aber nicht nahe genug an ihn heran. Heron schlich mit Samm im Schlepptau an der Wand entlang. Sein Gesicht war stark gerötet, und er kniff die Augen zusammen. Als die Pferde eine Lücke ließen, rannte Heron los, zog sich aber gleich wieder zurück, weil ihr die Tiere zu nahe kamen. Schließlich konnten sie und Kira Samm an den Schultern packen und durch die Hintertür in die Küche schieben, wo er vor den fliegenden Hufen sicher war. Kira hörte die Säure auf der Kleidung zischen. Entschlossen zerrte sie Samm das Hemd vom Leib. Es riss entzwei wie feuchtes Papier, weil die Säure den Stoff schon halb zerfressen hatte. Sie warf die Sachen sofort weg. Auch Heron entkleidete sich, und am Ende lag ein rauchender Haufen Kleidung in der Ecke, den die Säure weiter zerfraß. Alle drei hatten pochende rote Verbrennungen davongetragen. Samm hatte die Augen immer noch fest geschlossen. Hilflos fingerte er an seinem Gürtel herum. Kira half ihm und öffnete ihren eigenen. Kurz danach standen sie schwer atmend in ihrer Unterwäsche im Raum und überlegten sich die nächsten Schritte. Nebenan im Wohnzimmer tobten noch immer die Pferde.

Afa kreischte und schluchzte hysterisch, doch wenigstens lebte er noch. Kira fahndete in der Küche nach Nützlichem – Handtüchern zum Abtrocknen oder Lebensmitteln zur Beruhigung. Dabei bemerkte sie, dass das Waschbecken zwei Hähne besaß. Einer war normal geformt, der andere war eine Handpumpe. Sie starrte die Armaturen an, weil sie nicht gleich begriff. Schließlich dämmerte es ihr.

»Dies ist ein Farmhaus!«, rief sie und rannte zum Schrank. »Es gibt einen Brunnen!«

»Was?«, fragte Heron.

»Die Farm liegt zu weit von der Stadt entfernt und war nicht an die öffentlichen Wasserleitungen angeschlossen. Deshalb benutzte man Brunnenwasser. Es gibt hier Grundwasser, und die Pumpe holt es herauf.« Sie suchte in den Schränken, bis sie einen großen Eimer fand, und stürzte zum Waschbecken zurück. »Zu Hause habe ich auf den Farmen solche Pumpen gesehen, die dort das Wasser geliefert haben. Die Vorrichtung funktioniert rein mechanisch und sollte noch intakt sein.« Prüfend bewegte sie den steifen Hebel. Dann öffnete sie den Kühlschrank, fand ein Glas mit verfaulten Gurken und kippte den stechend riechenden Saft in die Pumpe, um sie zu laden. Anschließend bewegte sie den Griff wieder auf und ab und pumpte unermüdlich. Heron half ihr, bis endlich das Wasser in den Eimer schwappte. Kira füllte ihn, während Heron schon den zweiten holte. Als der Behälter voll war, kippten sie das Wasser über die Pferde, um die Säure abzuspülen. Wieder pumpten sie und wiederholten den Vorgang, gossen Eimer um Eimer über die Pferde, bis Kira schon fürchtete, der Brunnen könnte versiegen. Nach und nach beruhigten sich die Tiere, sobald sie von der Säure befreit waren. Dann endlich konnten die beiden Mädchen Afa befreien und den schluchzenden Mann in die Küche schleppen. Die Kleidung, die er noch am Leib trug, war fast völlig zerfressen, und sein Rücken war von unzähligen Verbrennungen und Blasen verunstaltet. Heron füllte einen weiteren Eimer, während Kira die Pferde absattelte und die Beutel mit den Medikamenten öffnete. Afa war inzwischen so heiser, dass er nicht einmal mehr schreien konnte. Er hockte auf dem Boden und wiegte sich hin und her. Samm schien bewusstlos zu sein – vielleicht war er aber auch in tiefe Meditation versunken, um die Schmerzen auszublenden. Kira fragte sich, wie stark seine Augen in Mitleidenschaft gezogen waren. Schließlich hielt sie erschöpft inne und musterte Heron.

Die Partialagentin, die ebenso erschöpft war wie Kira, erwiderte ihren Blick und schüttelte den Kopf. »Glaubst du immer noch, dass wir uns richtig entschieden haben, Kira?«

Nein, dachte Kira, doch sie riss sich zusammen. »Ja«, stieß sie trotzig hervor.

»Das will ich doch hoffen«, erwiderte Heron. »Wir sind gerade eben dreißig Kilometer in das vergiftete Ödland vorgedrungen. Mehr als tausend liegen noch vor uns.«

32

Marcus und die Soldaten wanderten durch die Ruinen von Jersey City und Hoboken und die riesige Stadtlandschaft westlich des Hudson. Sie wollten einen weiten Bogen schlagen und alle feindlichen Partialspäher umgehen, die sich in Manhattan oder der Bronx herumtrieben. Aus diesem Grund mussten sie viel weiter nach Norden vorstoßen, als es eigentlich nötig gewesen wäre, bis sie endlich einen Weg zurück über den Hudson fanden. Nördlich von Manhattan wurde er deutlich breiter und ähnelte eher einer Bucht als einem Fluss. Die Brücke, die sie schließlich fanden, überquerte ihn an der nahezu breitesten Stelle. Sie war eine weiße Nadel im Himmel und trug den Namen Tappan Zee Bridge. Das Bauwerk war neuer als jede andere Brücke, die Marcus je gesehen hatte. Er vermutete, dass sie erst kurze Zeit vor dem Zusammenbruch fertiggestellt worden war. Sie war mehrere Kilometer lang, und der Marsch auf die andere Seite dauerte fast einen ganzen Tag. Es war erstaunlich, dass sie überhaupt noch stand. Dass sie in fast unbeschädigtem Zustand überlebt hatte, war ein Beweis für die Überlegenheit der alten Welt. Er fragte sich, ob spätere Generationen, sofern es sie überhaupt geben würde, dieses unglaubliche architektonische Wunderwerk mit der gleichen Ehrfurcht und Verehrung betrachten würden wie die Pyramiden oder die Chinesische Mauer. *Wahrscheinlich erfinden sie eine lächerliche religiöse Erklärung,* dachte er. *Dass wir sie beispielsweise als Weg in den Himmel gebaut hätten und dass jede Säule einen Bereich unseres Glaubens repräsentiere, während die Länge der Brücke multipliziert mit ihrer*

Höhe die Frühlingstagundnachtgleiche symbolisiere. Auf der Brücke standen zahllose Autos, viele von ihnen waren zusammengestoßen, gegen die Leitplanken geprallt oder standen in eigenartigen Gruppen versammelt. Es war schwierig, in diesem Durcheinander voranzukommen. Immer wieder mussten sie anhalten, nach einem anderen Weg suchen und die heißen Metallrelikte überklettern, die in der Sonne brieten.

Die Stadt auf der anderen Seite des Flusses hieß Tarrytown. Als sie sich auf der Rampe den Straßen der Ortschaft näherten, erscholl eine laute Stimme zwischen den Ruinen.

»Halt!«

Die Soldaten hoben die Gewehre, doch Commander Woolf winkte ihnen, die Waffen sinken zu lassen. »Wir kommen ohne böse Absichten!«, rief er. »Wir wollen reden.«

»Ihr seid Menschen«, antwortete die Stimme. Woolf nickte, fasste sein Gewehr am Lauf und hob es hoch, um zu zeigen, dass er den Finger nicht am Abzug hatte.

»Unsere Waffen dienen nur der Verteidigung«, erklärte er. »Wir wollen nicht kämpfen, sondern mit dem Kommandanten reden.«

Es folgte ein langes Schweigen, und als die Stimme antwortete, hatte Marcus den Eindruck, dass sie irgendwie zögerte.

»Was wollen Sie hier?«

»Eine Partialärztin namens Morgan hat unsere Siedlung angegriffen und unsere Leute als Geiseln genommen. Wir wissen, dass diese Frau ebenso Ihre wie unsere Feindin ist. Es gibt bei uns einen alten Spruch: *Der Feind meines Feindes ist mein Freund.* Wir hoffen, das reicht Ihnen, damit Sie wenigstens eine Minute lang mit uns reden.«

Wieder gab es eine lange Pause. »Legen Sie die Waffen auf den Boden, und entfernen Sie sich von ihnen!«, sagte die Stimme schließlich.

»Tut, was er sagt!« Woolf bückte sich und legte sein Gewehr ab. Marcus und die anderen Soldaten folgten seinem Beispiel, einige allerdings widerwilliger als die anderen. Sie waren deutlich in der Überzahl, aber die drei Partials, die auf die Rampe traten, schienen zuversichtlich, dass sie es im Notfall mit zwölf Menschen aufnehmen konnten. Marcus war geneigt, ihnen zuzustimmen. Der Anführer der Partials war ein junger Mann in Samms Alter, was aber nicht weiter erstaunen konnte. Die Infanteristen waren alle im gleichen Alter und blieben ewig achtzehn Jahre alt. *In White Plains werden wir dann wohl die Generäle treffen.*

»Ich bin Vinci«, sagte der Partial. Marcus erkannte die Stimme des Mannes wieder, der vor einigen Minuten mit ihnen verhandelt hatte.

»Wir wollen über ein Abkommen sprechen«, begann Woolf. »Über ein Bündnis zwischen Ihnen und uns.«

Falls Vinci überrascht war, ließ er sich nichts anmerken. Marcus hatte allerdings schon immer Schwierigkeiten gehabt, die Mienen der Partials zu deuten. Der Mann musterte die Besucher und wandte sich wieder an Woolf. »Ich fürchte, wir können Ihnen nicht helfen.«

Marcus fuhr überrascht auf.

»Einfach so?«, antwortete Woolf. »Sie hören sich an, was wir sagen, und wollen nicht einmal darüber nachdenken?«

»Es ist nicht meine Aufgabe, darüber nachzudenken«, erwiderte Vinci. »Ich bin ein Wächter bei der Grenzsicherung, kein General oder Diplomat.«

»Dann bringen Sie uns zu den Generälen und Diplomaten!«, verlangte Woolf. »Bringen Sie uns zu jemandem, der uns anhört!«

»Ich fürchte, auch das kann ich nicht tun«, erwiderte Vinci.

»Dürfen Sie uns nicht in Ihr Gebiet lassen?«, fragte Woolf. »Dann schicken Sie eine Botschaft! Wir lagern hier oder meinetwegen auf der Brücke, wenn Ihnen das lieber ist. Aber berichten Sie einem Verantwortlichen, dass wir hier sind und was wir anzubieten haben. Tun Sie wenigstens dies!«

Vinci schwieg nachdenklich. Marcus konnte allerdings nicht erkennen, ob der Mann daran dachte, auf Woolfs Forderung einzugehen, oder ob er einfach nur nach einer neuen Ausrede suchte, um den Commander abzuweisen.

»Tut mir leid«, sagte er schließlich. »Es ist im Augenblick zu gefährlich. Der Krieg mit Morgans Kräften ist …« Er hielt inne und suchte offenbar nach den richtigen Worten. »Er gerät außer Kontrolle.«

»Wir sind bereit, es zu riskieren«, warf Marcus ein.

»Wir nicht«, erwiderte Vinci.

»Warum hören Sie uns nicht wenigstens an?«, schrie Woolf. Er trat einen Schritt nach vorn, worauf die Partials sofort die Waffen hoben. Woolf kochte vor Wut. Würde er Gewalt anwenden und auf eigene Faust nach jemandem suchen, der ihm half?, fragte sich Marcus. Fieberhaft überlegte er, wie sich die Situation entspannen ließ. Er dachte über Samm nach, über die Art, wie er geredet hatte, wie er reagiert oder nicht reagiert hatte. Er war ungeheuer pragmatisch und seinen Anführern gegenüber fast bedingungslos ergeben gewesen, selbst wenn er nicht mit ihnen übereingestimmt hatte. Marcus bedachte alles und stellte sich Woolf in den Weg, bevor der alte Mann alles verderben konnte.

»Warten Sie!« Marcus war nervös und rechnete schon fast damit, sich Prügel einzufangen – entweder von vorn oder von hinten. »Ich bin Marcus Valencio«, begann er. »Ich bin bei uns der Fachmann für den Kontakt mit den Partials.« Diese Worte richtete er nicht nur an die Partials, sondern auch an Woolf. Hoffentlich verschaffte ihm das Zögern auf beiden Seiten eine Gelegenheit zum Reden. »Erlauben Sie mir, eine politisch heikle Frage zu stellen«, wandte er sich an den Partial. »Was genau meinen Sie mit Ihren Worten, dass Sie uns nicht helfen können?«

»Er meint, dass er uns nicht helfen *will*«, warf Woolf ein.

Vinci antwortete nicht, nickte aber nach einigen Augenblicken.

»Ich glaube nicht, dass dies das wahre Problem ist«, fuhr Marcus fort. Vinci sah ihn die ganze Zeit über an, doch nun richtete Marcus seine ganze Aufmerksamkeit mit der Intensität eines Laserstrahls auf ihn. Marcus war sich des Unterschieds mehr als bewusst. Er lächelte verunsichert und sagte sich, dass der Raubtierblick in den Augen des Partials ein Beweis für die Richtigkeit seiner Annahme war. Es gab tatsächlich ein Geheimnis, und Vinci war zu loyal, um es preiszugeben.

»Sie sterben«, fuhr Marcus fort. »Nicht Sie persönlich – jedenfalls noch nicht so bald –, aber Ihre Leute. Ihre Anführer. Jeder Partial hat ein Verfallsdatum und stirbt nach zwanzig Jahren, und Sie haben dies erst erfahren, als die ersten von Ihnen tot waren. Inzwischen haben Sie zwei, drei oder gar vier Generationen von Partials verloren, und wenn ich mich nicht irre, dann zählen Ihre Generäle dazu. Alle, die etwas zu sagen hatten.«

Vinci bestätigte die Behauptung nicht, bestritt sie aber auch nicht. Marcus betrachtete sein Gesicht, um eine Emotion oder eine Veränderung der Mimik aufzufangen, doch diese reglose Miene verriet nicht, was der Mann dachte. Marcus sprach weiter.

»Sie wollen uns sicher sagen, dass wir nicht über ein Bündnis verhandeln können«, fuhr Marcus fort, »weil niemand mehr über genügend Autorität verfügt, um solche Verhandlungen zu führen.«

Die Gruppe schwieg. Marcus beobachtete unverwandt Vincis Miene und wagte nicht, sich umzudrehen und Woolfs Reaktion einzuschätzen. Der alte Mann schnaufte. »Gütiger Himmel!«, sagte er leise. »Junge, wenn das Ihr Problem ist, dann lassen Sie uns helfen ...«

»Wir brauchen Ihre Hilfe nicht«, fiel Vinci ihm ins Wort.

»Sie sind eine Nation ohne Anführer«, erklärte Woolf. »Eine Nation junger Männer ...«

»Wir sind junge Männer, die Sie in die Knie gezwungen haben«, erwiderte Vinci hitzig. »Wir werden wieder siegen, wenn Sie uns einen Anlass dazu geben.«

»Das will ich verhindern.« Abermals ging Marcus dazwischen. Er wurde nervös und zuckte bereits vor dem Angriff zusammen, der früher oder später von der einen oder anderen Seite kommen musste. Dennoch blieb er stehen, schnitt eine Grimasse und hoffte, die Zügel in der Hand zu behalten. »Vinci, mein kommandierender Offizier hält Sie nicht für unfähig, Entscheidungen zu treffen. Er meint auch nicht, dass Sie einen alten Mann brauchen, der ihnen die Richtung vorgibt.« Er warf Woolf einen scharfen Blick zu. »Er weiß genau, wie beleidigend das wäre, und er würde es niemals sagen oder andeuten, richtig?«

Woolf nickte einigermaßen betreten, doch Marcus hörte, wie er mit den Zähnen knirschte. »Unbedingt. Ich wollte Sie nicht beleidigen.«

»Schön«, fuhr Marcus fort. Er warf Vinci einen Blick zu, bevor er sich wieder an Woolf wandte. »Commander Woolf, Vinci wollte natürlich nicht sagen, dass Hilfe völlig ausgeschlossen ist oder dass er lieber einen neuen Völkermord beginnt als ein Bündnis mit Ihnen schließt.«

»Sie sprechen nicht für ihn«, sagte Woolf.

Marcus wandte sich zu Vinci um. »Irre ich mich? Sie wollten doch nicht im Entferntesten so etwas andeuten, oder? Ich meine, Sie wissen doch, dass dies umgekehrt in ähnlicher Weise beleidigend wäre, nicht wahr?«

Vinci holte tief Luft. Es war die erste Regung, die Marcus bei ihm wahrnahm. Der Partial schüttelte den Kopf. »Wir wollen keinen weiteren Krieg gegen die Menschen führen.«

»Wie schön«, erklärte Marcus. »Glauben Sie beide, Sie können nun eine höfliche Unterhaltung führen? Oder muss ich die ganze Zeit vermitteln? Ich mache mir nämlich gleich in die Hose.«

Vinci sah Woolf an. »Ist das Ihr Berater für Beziehungen zu den Partials?«

»Er arbeitet mit ungewöhnlichen Mitteln, ist aber durchaus erfolgreich.« Woolf rieb sich das Kinn. »Trifft denn zu, was er sagte? Sind alle Ihre befehlshabenden Offiziere tot?«

»Nicht alle«, erwiderte Vinci. Er zögerte, und dieser kurze Moment verriet Marcus, wie schwer dem Partial der nächste Satz über die Lippen kam. »Aber die meisten, ja. Einer lebt noch. Wie Sie unseren Operationen auf Long Island entnehmen konnten, führen wir einen Kleinkrieg gegen Morgans Fraktion. Genau wie Morgan versuchen auch wir, das Verfallsdatum aufzuheben, wie Sie es nennen. Allerdings sind Morgans Methoden inzwischen zu extrem.«

»Die Zeit wird knapp«, gab Marcus zu bedenken. »Wir glauben, Ihnen helfen zu können. Wir haben einige der besten Mediziner auf der Erde, die sich Tag und Nacht bemühen, eine Lösung für unser eigenes Problem zu finden. Mit Ihrer Hilfe können wir binnen Wochen ein Heilmittel für RM finden, jedenfalls glauben wir das. Dann würden sich die sachkundigen Mediziner voll auf Ihr Verfallsdatum konzentrieren, und wir retten uns gegenseitig.«

»Aber wir müssten mit dem Anführer sprechen, den Sie erwähnt haben«, sagte Woolf. »Können Sie uns zu ihm – oder ihr – bringen?«

»Ich kann Sie zu ihr bringen, aber ich garantiere nicht dafür, dass irgendetwas dabei herauskommt.«

Woolf runzelte die Stirn. »Stirbt sie auch? Ist es ...« Er rang um Worte. »Ist ihre Zeit gekommen?«

»Sie gehört dem Trust an«, erklärte Vinci. »Damit zählt sie zu unseren Anführern, die, soweit wir es sagen können, kein Verfallsdatum haben. Aber General Trimble ist ... nun, Sie werden es sehen. Folgen Sie mir, aber lassen Sie Ihre Waffen hier! Außerdem ist es gefährlich, wie ich schon sagte. Nehmen Sie es nicht persönlich, aber eine Gruppe von Menschen ist auf einem Schlachtfeld von Partials nichts als eine Bürde. Wenn Sie irgendetwas sehen oder hören, das nur entfernt an Schüsse erinnert, dann verstecken Sie sich!«

Woolf runzelte die Stirn. »Wir sollen uns einfach nur verstecken? Mehr nicht?«

Vinci zuckte mit den Achseln. »Nun ja, Sie können sich auch verstecken und beten.«

White Plains war anders als alles, was Marcus bislang gesehen hatte, auch wenn ihn die Fahrt dorthin hätte vorbereiten sollen. Sie gingen nicht und fuhren auf keinem Fuhrwerk, sondern saßen auf der Ladefläche eines Trucks. Es war ein richtiger Lastwagen mit einem richtigen Motor. Die Fahrerin war eine Partialfrau namens Mandy, bei der es sich vermutlich um eine der Pilotinnen handelte, die Samm erwähnt hatte. Sie beäugte die Neuankömmlinge misstrauisch, bis sie die Stadt erreichten, obwohl alle Menschen entwaffnet, durchsucht und des größten Teils ihrer Ausrüstung beraubt worden waren. Marcus hatte natürlich schon einmal motorgetriebene Fahrzeuge gesehen, aber noch nie so häufig wie hier. In East Meadow hatte man sie nur in Notfällen benutzt, wenn es auf jede Sekunde angekommen war. Zu seinem Erstaunen fuhren die Wagen hier umher, als wäre es nichts Besonderes.

An einer Kreuzung überholten sie ein Fahrzeug und später ein weiteres.

Dann erreichten sie die Stadt selbst.

Marcus hatte so lange zwischen Ruinen gelebt, dass ihn der Anblick einer durchweg intakten Stadt geradezu verstörte. Hier gab es weniger Fußgänger, dafür waren die Straßen voller Autos. Hier gab es keine Laternen und Kerzen, sondern die Straßen wurden elektrisch beleuchtet – Lampen auf Veranden, Straßenlaternen, Deckenbeleuchtung, sogar Leuchtschriften an Gebäuden. Die ganze Stadt schien hell zu strahlen. Dann, noch verwirrender, bemerkte er, dass alle Gebäude Fenster hatten. Sehr bald nach dem Zusammenbruch waren alle Glasscheiben zersprungen, denn in den Frostperioden hatten sich die Fensterrahmen der unbewohnten Gebäude verzogen. Vogelschwärme und andere Tiere hatten den Rest erledigt. In East Meadow besaßen nur die bewohnten Gebäude und die ständig benutzten unteren Stockwerke des Krankenhauses intakte Fenster. Alle anderen waren geborsten. Das Gleiche galt für fast alle Glasflächen, die sie in Brooklyn, Manhattan und New Jersey gesehen hatten. Hier bot sich ein völlig anderes Bild. White Plains ähnelte viel eher einer Stadt aus der Zeit vor dem Zusammenbruch, die von der Apokalypse in der übrigen Welt verschont geblieben war.

Doch auch das, erkannte Marcus, traf nicht zu. Die Partials waren eine Armee, und dies war eine Stadt im Kriegszustand, in der es keine Zivilisten gab. *Bis auf mich,* dachte er. *Ich bin seit zwölf Jahren der erste Nichtkombattant, der White Plains betritt. Hoffentlich kann ich lange genug ein Nichtkombattant bleiben, um meine Aufgabe zu erledigen und wieder zu verschwinden.*

Mandy fuhr sie zu einem großen Haus im Stadtzentrum, das von Barrikaden aus Sandsäcken umgeben und mit Suchscheinwerfern und Stellungen für Heckenschützen gesichert war. Hier herrschte eine düstere Stimmung. Alle Partialsoldaten schienen zu warten – wahrscheinlich auf einen Angriff. Marcus fragte sich allerdings, warum die Partials so nervös waren. Vinci führte sie ins Innere des Gebäudes und erklärte den Wachtposten der abgestuften Sicherheitsbereiche – es gab eine ganze Reihe von ihnen –, dass er einen Gesandten der Menschen mitbrachte, der mit General Trimble reden wollte, und dass er die Waffen bereits beschlagnahmt hatte. Marcus fühlte sich mit jeder Etappe und jedem Wachtposten unsicherer, so als beträte er ein Gefängnis und keine Regierungszentrale. An Wänden und Decken bewegten sich gedämpfte Lauflichter und erzeugten eine gespenstische Atmosphäre. Marcus' Unsicherheit wurde immer größer. Vinci führte sie in einen großen Raum im obersten Stockwerk. Eigentlich war es ein überdachter Platz mit Bänken und niedrigen Tischen, der ringsum von Wohnquartieren umgeben war. Ein vergittertes Oberlicht bildete den Deckenabschluss. Hinter ihnen schloss ein Wächter den Zugang zum äußeren Flur sofort wieder ab.

»Hier werden Sie wohnen«, erklärte Vinci. »Es ist nicht das komfortabelste Quartier, aber vermutlich immer noch besser als Ihre sonstigen Unterkünfte.«

»Ohne Frage«, erwiderte Marcus. »Wo ist der Schokoladenspringbrunnen? Ich fände es echt enttäuschend, wenn er nicht vom Rücken eines verzauberten Eisbären sprudeln würde.«

»Wir bleiben nicht lange«, schaltete sich Woolf ein. »Wir wollen mit Trimble sprechen. Ist sie im Haus?«

Vinci schüttelte den Kopf. »Sie ist beschäftigt«, sagte er. »Warten Sie hier!«

»Wie lange sollen wir warten?«, fragte Marcus. »Eine Stunde? Zwei Stunden?«

Eine der äußeren Türen öffnete sich, und dahinter kam eine kleine, aber ordentliche Wohnung zum Vorschein. Eine Frau trat eilig nach draußen und verzog das Gesicht, als sie die Besucher entdeckte. »Gehören Sie nicht zu Trimbles Leuten?«

»Sind Sie etwa gar nicht Trimble?«, fragte Woolf die Frau. Er wandte sich an Vinci. »Was geht hier vor?«

»Ich warte schon seit gestern«, erklärte die Frau. Sie kam auf die Neuankömmlinge zu. Marcus schätzte sie auf Ende fünfzig – durchtrainiert und attraktiv wie offenbar alle Partials. Allerdings zählte sie zweifellos nicht zu den jungen Pilotinnen wie Mandy und den umwerfend gut aussehenden Serienmördern – oder was auch immer Heron war. Soweit Marcus es beurteilen konnte, war die Frau eine Ärztin. Marcus streckte die Hand aus.

»Hallo, Doktor!«

Sie schlug nicht ein, sondern musterte ihn nur streng. »Sie sind Menschen ...«

»Sie warten schon seit gestern?«, unterbrach Woolf die Frau. Er wandte sich wieder zu Vinci um. »Morgan tötet unsere Leute, wir sterben im Krieg und in den Krankenhäusern, jeden Tag und zu jeder Stunde. Bringen Sie uns umgehend zu ihr!«

»Aber erst nach mir«, widersprach die Partialärztin. »Wir alle haben Anliegen, die keinen Aufschub dulden.« Sie wandte sich an Vinci. »Sind Sie ihr Assistent? Können Sie ihr eine Botschaft übermitteln?«

»Ich bin nur ein Soldat, Madam.«

»Ist sie nicht hier?«, fragte Marcus. »Ich meine, ist sie draußen an der Front? In einer anderen Stadt? Wir könnten sie dort aufsuchen, falls die Angelegenheit dadurch schneller vorankommt.«

»Sie ist hier.« Die Ärztin deutete auf eine breite Doppeltür an der nördlichen Wand. »Sie ist nur ... nicht verfügbar.«

»Wieso kann sie nicht einmal uns empfangen?«, fragte Woolf. »Ist sie zu beschäftigt? Mit wem redet sie, wenn nicht mit den Leuten, die sie brauchen?«

»Wir befinden uns mitten im Krieg«, erwiderte Vinci. »Sie führt den Krieg von einem zentralen Befehlsstand aus und kann nicht einfach alles stehen und liegen lassen, wenn jemand zu Besuch kommt.«

Einer der menschlichen Soldaten schnitt eine Grimasse. Es war ein riesiger Mann, dessen Muskeln sich unter der Kleidung abzeichneten. »Wir könnten auch mit Gewalt eindringen.«

»Das wäre unklug, nachdem wir eine diplomatische Lösung zu finden versuchen«, widersprach Woolf.

»Können Sie die Sache nicht beschleunigen?«, fragte Marcus die Ärztin. »Ich meine, Sie haben sich vermutlich schon alles Mögliche überlegt, aber ... Sollten wir ihr eine Nachricht schicken und ihr unser Anliegen übermitteln? Wir sind seit zwölf Jahren die ersten menschlichen Besucher in dieser Stadt, wir schlagen einen Friedensvertrag und medizinische Zusammenarbeit vor. Das sollte doch ein gewichtiges Argument sein.«

»Ich weiß, wie wichtig es ist«, erwiderte Vinci. »Deshalb habe ich Sie hergebracht. Aber ich habe Sie gewarnt, dass es schwierig wird, und Sie müssen sich gedulden.«

»Einverstanden«, sagte Marcus. »Also warten wir.«

»Diese Geschichte hat man mir schon gestern erzählt«, warf die Ärztin mit hochgezogenen Augenbrauen ein. »Mein Bericht ist ebenso wichtig, vielleicht sogar noch wichtiger. Aber Trimble empfängt ihre Besucher nach Lust und Laune und keine Sekunde früher.«

»Dann warten wir, solange es nötig ist«, erklärte Woolf.

Marcus fragte sich, wie viele Leute hier und zu Hause sterben mussten, während sie untätig herumsaßen.

33

Die Ärztin hieß Diadem, verriet den Besuchern aber nicht viel mehr als ihren Namen. Ihre Feindseligkeit Marcus und den anderen Menschen gegenüber war geradezu körperlich spürbar. Dies lag offenbar nicht nur daran, dass sie sich in Trimbles Warteschlange vorgedrängt hatten. Hinzu kamen die ständige Beobachtung durch bewaffnete Partialwächter und die zunehmende Gefahr eines großen Kriegs zwischen den Partials. Bald glich die Atmosphäre im Raum einem Dampfkochtopf. Marcus befürchtete, dass die menschlichen Soldaten die Geduld verlieren könnten, wenn man sie nicht bald zu Trimble vorließ.

Die Minuten dehnten sich zu Stunden. Jedes Mal, wenn die Uhr eine neue Stunde schlug, verdrehten alle seufzend die Augen. Schleppend verging die Zeit. Die Sonne zog über dem breiten Oberlicht ihre Bahn, ständig kamen und gingen Partialsoldaten und führten erregt geflüsterte Unterhaltungen, über deren Inhalt Marcus nur rätseln konnte. Keine seiner Vermutungen war erfreulich. Commander Woolf konnte sich kaum noch beherrschen, schritt ruhelos auf und ab und scheiterte mit seinen ständigen Fragen nach dem Grund der Verzögerung. Die Partialsoldaten ließen ihn nicht in ihre Nähe, sondern wehrten ihn mit Handbewegungen ab und stießen ihn, als er nicht nachgab, sogar mit den Gewehrkolben. Doch die Aktivitäten in der Nähe nahmen zu. Marcus spürte die Spannung im Raum wie einen zornig tobenden Geist. Er wandte sich noch einmal an Diadem und fragte sie, was eigentlich vor sich ging. Sie aber starrte die Soldaten nur mit einem Gesichtsausdruck an, den er allmählich als erboste Miene einer Partialfrau zu deuten lernte.

»Sie bereiten sich auf eine Schlacht vor«, erklärte die Ärztin schließlich. »Der Krieg kommt nach White Plains.«

»Aber Morgans Streitkräfte sind alle auf Long Island stationiert«, widersprach Marcus. »Gegen wen kämpfen sie?«

Diadem antwortete nicht.

Als die Abenddämmerung einsetzte, bezweifelte Marcus, dass sie Trimble überhaupt je zu sehen bekämen. Er schwor sich, keinesfalls einzuschlafen, damit er nicht etwa mitten in der Nacht die einzige Gelegenheit verpasste. Deshalb beschäftigte er sich mit der genauen Untersuchung der verschiedenen technischen Gegenstände, die im Raum verteilt waren. Manche Objekte waren so fremdartig, dass er sich den Verwendungszweck kaum vorstellen konnte, obwohl die Partials sie anscheinend jeden Tag benutzten. Auf einem Tisch entdeckte er einen kleinen Plastikstab. Irgendwann hatte er einmal gewusst, wozu das Teil diente, konnte sich aber beim besten Willen nicht daran erinnern. Er hatte so etwas in seiner Kindheit gesehen, aber wozu diente es? Da es mit Tasten bedeckt war, drückte er willkürlich hier und dort und wartete ab. Doch nichts geschah. Diadem beobachtete ihn mit den Augen eines hungrigen Raubtiers.

»Wollen Sie sich etwas ansehen?«, fragte sie schließlich.

»Nein danke«, antwortete er. »Ich probiere gerade aus, wozu dieses Ding dient.«

»Das meinte ich doch«, fuhr sie fort. »Es ist eine Fernbedienung, die das Holovideo steuert.«

»Es ist lange her, dass ich so etwas das letzte Mal gesehen habe«, gab er zu. »In den meisten Häusern in East Meadow sind Bildschirme an der Wand befestigt, die durch Sprachbefehle und Gesten aktiviert werden. Eine Fernbedienung wie diese hatte ich seit meiner Kindheit nicht mehr in der Hand.«

»Ich habe zu Hause ein Gerät an der Wand hängen.« Endlich schien Diadem zu einer Unterhaltung bereit zu sein. Marcus schenkte ihr seine ganze Aufmerksamkeit. »Aber dieser Warteraum ist so groß und so voll, dass eine Steuerung über Gesten oder Sprache unmöglich ist. Es kommt mir seltsam vor, diese primitiven Dinger zu benutzen, aber wenn sie funktionieren, soll es mir recht sein.«

»Was Sie primitiv nennen, ist für mich futuristisch«, sagte Marcus, der immer noch die Fernbedienung anstarrte. »Sie haben ein Atomkraftwerk, das Ihnen mehr Energie liefert, als Sie überhaupt verbrauchen können. Wir haben eine Handvoll Sonnenkollektoren, die gerade ausreichen, um unser Krankenhaus zu betreiben. Eine Freundin von mir besitzt eine Musikanlage, aber ein funktionierendes Holovideo habe ich seit zwölf Jahren nicht mehr gesehen.« Er stand auf und suchte den Raum nach dem Projektor ab. »Wo ist es überhaupt?«

»Sie stehen mittendrin.« Diadem erhob sich, nahm ihm die Fernbedienung ab und zielte auf das Oberlicht. Ein Tastendruck verdunkelte das Glas, ein weiterer erzeugte zwischen den Sofas einen hellen holografischen Schleier, der aus Hunderten winziger Lichter im Gitterwerk abwärts projiziert wurde. Marcus und Diadem standen inmitten eines sanft wabernden Lichtnebels, in dem verschiedene Bedienungssymbole träge umherschwebten wie Sedimente in einem Teich. Marcus trat vor, um alles besser betrachten zu können. Er grinste wie ein kleiner Junge, als er den ersten Titel und dann zwei weitere sah. Belustigt stellte er fest, dass er nur die Titel von Kinderfilmen erkannte: *Der Drache Flüsterwind, Die Albtraumschule, Dampfroboter*. Sie stammten aus der Zeit vor dem Zusammenbruch, an die er sich kaum noch erinnerte. Die meisten Titel für Erwachsene waren Polizeithriller, verfilmte Arztromane und brutale Streifen über außerirdische Invasionen, die er nie hatte ansehen dürfen. Als er die Liste durchging, versammelten sich auch die anderen Menschen um ihn und schienen ebenso fasziniert wie er selbst. Marcus erkannte, dass sie sich möglicherweise lächerlich machten – gaffende Landeier, die vor ganz alltäglicher Technologie in Ehrfurcht erstarrten. Er fragte sich, ob Diadem das Holovideo eingeschaltet hatte, um sich über die Reaktionen der Besucher zu amüsieren. Doch das kümmerte ihn nicht im Geringsten. Dies war ein verlorener Teil seines Lebens, und es brach ihm fast das Herz, seiner eigenen Vergangenheit zu begegnen.

»Was wollen Sie ansehen?«, fragte Diadem.

Marcus wollte schon *Flüsterwind* vorschlagen, den liebsten Zeichentrickfilm seiner Kindheit. Aber die Soldaten standen dicht neben ihm, und er wäre sich mit seinem Wunsch ein wenig lächerlich vorgekommen. Er suchte im wabernden Nebel nach einem Actionfilm, doch bevor er etwas Passendes gefunden hatte, strahlte der Soldat neben ihm, der riesige Kerl mit den Gewaltphantasien. »*Flüsterwind?*«, fragte er. »Den habe ich früher gern gesehen.«

Er ist Soldat, dachte Marcus. *Als die Welt unterging, war er höchstens sieben oder acht.*

Diadem schwenkte die Fernbedienung, vertrieb den holografischen Dunst und zielte auf *Flüsterwind*. Auf einmal erfüllte ein riesiges Hologramm die Mitte des Raums, und der niedliche purpurfarbene Drache segelte durch den Vorspann des Films. »Flüsterwind!«, sang ein Chor den Titelsong. Marcus und die Soldaten sangen die nächste Zeile mit. »Klapp die Flügel auf und flieg!« Sie sahen sich die ganze Episode an, lachten und jubelten und erlebten eine halbe Stunde lang noch einmal die Kindheit, die sie verloren hatten. Doch mit jeder Minute, die verging, verflog auch der Zauber. Die Farben waren zu satt, die Emotionen zu dick aufgetragen, die Musik war zu laut und der Spannungsbogen viel zu durchsichtig. Der Film kam ihnen hohl und fad vor, als hätten sie zu viel Zucker gegessen. *Habe ich das tatsächlich vermisst? Sah die alte Welt wirklich so aus?*, fragte sich

Marcus am Ende. Das Leben nach dem Zusammenbruch war hart, und sie hatten mit schweren Problemen zu kämpfen, aber das alles war wenigstens real. Als Kind hatte er Stunden vor dem Holovideo verbracht und eine Serie nach der anderen, einen Spezialeffekt nach dem anderen, eine Plattheit nach der anderen konsumiert. Als die Episode vorbei war und Diadem ihn mit erhobener Fernbedienung fragend ansah, schüttelte er den Kopf.

Sie schaltete das Gerät ab. »Sie haben gerade zugesehen, wie ein freundlicher Purpurdrache einen Zauberer in einen See aus Zitronenschaum stößt. Dafür sehen Sie jetzt ziemlich traurig aus.«

»Ja, das stimmt wohl«, erwiderte Marcus. »Tut mir leid.«

Sie legte die Fernbedienung weg. »Den Anfang haben Sie genossen, das Ende nicht mehr.«

Marcus schnitt eine Grimasse und ließ sich auf einem Sofa nieder. »Nein, es ist so, dass ...« Er wusste nicht recht, wie er es ausdrücken sollte. »Es ist nicht real.«

»Natürlich ist es nicht real. Es ist ein Zeichentrickfilm.« Diadem setzte sich neben ihn. »Ein dreidimensionaler Zeichentrickfilm mit fotorealistischem Hintergrund. Trotzdem – es ist nur eine Geschichte.«

»Ich weiß.« Marcus schloss die Augen. »Ich habe mich nicht ganz richtig ausgedrückt. Früher habe ich gern gesehen, wie der böse Zauberer an seiner Heimtücke scheiterte. Jede Woche ein neuer Plan, und jede Woche hielt Flüsterwind ihn auf. So ging es immer hin und her. Eine Schwierigkeit tauchte auf und ließ sich in zweiundzwanzig Minuten beheben. Das hielt ich für phantastisch, aber ... es ist nicht real. Die Guten sind immer gut, der böse Zauberer ist immer böse. Der Name sagt es ja schon.«

»In den Kindersendungen gab es nicht viel Raum für Zweideutigkeiten und unlösbare moralische Probleme«, meinte Diadem. »Ich glaube, die meisten Fünfjährigen könnten so etwas auch nicht richtig erfassen.«

Marcus seufzte. »Keiner von uns konnte das.«

Nach Einbruch der Dunkelheit kam Vinci und redete mit ihnen. Er entschuldigte sich, dass sie Trimble immer noch nicht sprechen konnten, und berichtete ihnen die Neuigkeiten von der Außenwelt. Der Krieg lief nicht gut, die Front näherte sich der Stadt.

»Aber wer bekämpft sich da?«, fragte Woolf. »Morgans Kräfte sind doch auf Long Island gebunden.«

»Es gibt noch weitere ... Schwierigkeiten«, erwiderte Vinci.

»Schwierigkeiten?«, fragte Marcus. »Ich hätte damit gerechnet, dass Sie andere Fraktionen erwähnen. Was hat es zu bedeuten, wenn Sie von Schwierigkeiten sprechen?«

Vinci schwieg. Marcus hätte nicht zu sagen vermocht, ob der Partial über eine Antwort nachdachte oder die Antwort verweigerte. Marcus und die anderen menschlichen Gäste warteten und konnten nur spekulieren. Schließlich war eine Stimme von der anderen Seite des Raums zu hören.

»Trimble empfängt Sie!«

Alle sprangen auf. Diadem rannte zu dem Wächter an der großen Doppeltür, doch der Mann gebot ihr mit einem Blick Einhalt und sandte ihr vermutlich auch eine Menge Linkdaten. »Nicht Sie. Die Menschen.«

»Ich warte schon viel länger.«

»Trimble will die Menschen sehen«, erklärte der Wächter und wandte sich an Vinci. »Bring den Kommandanten und den Experten für Partialkontakte mit und folge mir!«

Der Flur hinter der Doppeltür war breit, sauber und so gut wie leer. Ein Ausdruck des praktischen Verstands, den die Partials überall an den Tag legten. Pflanzen, Bilder und zierliche Tischchen wären hier nur Zierrat gewesen, also gab es das alles nicht. Am Ende des Korridors gingen mehrere Türen ab, und hinter einer Tür ging es überraschend laut zu. Marcus hörte einen lauten Streit und ... *Ja, das sind Schüsse. Warum höre ich Schüsse?* Der Wächter öffnete die Tür, der Lärm drang heraus und hüllte sie ein: Rufe, Schreie,

Flüstern, Kampflärm. Alle diese Geräusche drangen aus zahlreichen Funkgeräten, die gleichzeitig liefen. Der Raum war mit Wandbildschirmen, tragbaren Bildschirmen und Lautsprechern in allen Formen und Größen ausgestattet. In einer Ecke zeigte ein Holovideo sogar eine riesige Landkarte von New York, die Long Island, Teile von New Jersey, Rhode Island und sogar einige noch weiter im Norden liegende Gebiete einschloss. Der Lärm rührte nicht von Funkgeräten, sondern von Videoübertragungen her. Auf der Karte blinkten rote Punkte, auf den Bildschirmen huschten Gesichter und Körper hin und her. Jeeps, Lastwagen und sogar Panzer polterten durch Mauern, Städte und Wälder. Inmitten des Lichts und der Geräusche von hundert verschiedenen Bildschirmen saß eine Frau an einem kreisrunden Schreibtisch.

»Da ist sie.« Der Wächter trat zur Seite und schloss die Tür hinter ihnen. »Warten Sie, bis Sie angesprochen werden!«

Woolf und Vinci traten vor, Marcus war etwas schüchterner und blieb in der Nähe des Wächters an der Tür stehen. Die Frau wandte ihnen den Rücken zu. Um ihre Aufmerksamkeit zu erregen, räusperte sich Woolf vernehmlich. Entweder hörte sie ihn nicht, oder sie ließ ihn bewusst warten.

Marcus betrachtete die Bildschirme an den Wänden. Viele zeigten die gleiche Szene, oft sogar aus der gleichen Perspektive. Allerdings vermutete er, dass auf den zahllosen anderen Bildschirmen auch andere Kriegsschauplätze dargestellt wurden. Vermutlich handelte es sich um Liveübertragungen der Kämpfe. Trimble verfolgte von ihrem zentralen Standort aus die Entwicklung des Kriegs, wie Kira es mithilfe der Funkgeräte getan hatte. Wieder einmal fragte er sich, wohin Kira verschwunden war und ob er sie jemals wiedersähe. Die meisten Einwohner von East Meadow hatten sie längst als tot abgeschrieben, und bisher war niemand angetreten, um die mörderische Besetzung durch die D-Kompanie zu beenden. Trotzdem hegte er immer noch Hoffnungen – wahrscheinlich vergebliche Hoffnungen, wie er sich eingestehen musste –, dass sie überlebt hatte.

Auf einem der größten Bildschirme wurde eine bestimmte Szene ständig wiederholt: ein rennender Soldat, eine Explosion, bei der Erde und Gras hochgewirbelt wurden. Dann lief alles blitzschnell rückwärts ab. Der hingestreckte Mann flog durch die Luft, landete auf den Füßen und rannte rückwärts, während sich die Erde wieder glättete. Dann änderte der Film die Richtung, und der Mann rannte wieder vorwärts, während unter ihm der Boden explodierte. Nach dem vierten Durchlauf erkannte Marcus, dass sich die Geschwindigkeit und die Zeitpunkte veränderten, zu denen die Abspielrichtung wechselte. Dies war keine Endlosschleife, sondern jemand steuerte die Bilder bewusst und suchte anscheinend irgendetwas. Er trat weiter vor und dann einen Schritt zur Seite. Nun erkannte er, dass Trimble an einem schwach glühenden Tischbildschirm saß und mit den Fingern eine Reihe digitaler Steuerungen und Schieberegler bediente. Sie zoomte hinein und heraus, spulte das Video vor, zurück und wieder vor. Immer wieder starb der junge Mann in der Explosion.

»Verzeihung«, sagte Woolf.

»Warten Sie, bis sie mit Ihnen redet!«, warnte der Wachtposten.

»Ich warte schon eine halbe Ewigkeit«, entgegnete Woolf und trat vor. Der Wächter machte Anstalten, ihm den Weg zu versperren, doch Vinci hielt ihn auf. »General Trimble«, begann Woolf, »ich bin Asher Woolf. Ich bin Kommandant bei der Abwehr von Long Island und Senator in der Regierung der Insel. Ich komme zu Ihnen als ordnungsgemäß ernannter Abgesandter der letzten verbliebenen menschlichen Einwohnerschaft auf der Erde und möchte Ihnen einen Friedensvertrag anbieten und über die gemeinsame Nutzung unserer Ressourcen verhandeln.« Trimble antwortete nicht und sah nicht einmal auf. Er ging einen weiteren Schritt auf sie zu. »Ihre Leute sterben.« Er deutete auf die

Bildschirme, die Tod und Zerstörung zeigten. »Auch meine Leute sterben, und wir wissen beide, dass dies nicht nur an den Kämpfen liegt. Unsere beiden Gruppen sind steril und leiden unter Krankheiten. In einigen Jahren sind wir tot, gleichgültig, wie sehr wir uns anstrengen. Gleichgültig, wie viele Kriege wir gewinnen oder verlieren. Und gleichgültig, wie oft wir schießen, zurückschießen oder die Waffen strecken. Soweit ich weiß, bleiben Ihren Leuten noch zwei Jahre. Meine werden länger leben, am Ende aber genauso tot sein. Wir müssen zusammenarbeiten, um etwas zu verändern.« Er trat noch näher. »Hören Sie mich?«

Der Wächter regte sich, als Woolf die Stimme erhob, doch Vinci eilte nach vorn an Woolfs Seite. »Vielen Dank, dass Sie uns empfangen, General«, sagte Vinci. »Uns ist klar, dass Sie sehr beschäftigt sind und so viele Schlachten gleichzeitig koordinieren ...«

»Sie koordiniert überhaupt nichts«, wandte Woolf rasch ein. Er deutete geringschätzig auf die Bildschirme. »Sie sieht nur zu.«

»Bitte achten Sie auf Ihren Tonfall! Andernfalls müssen Sie gehen«, zischte der Wächter.

»Wollen Sie wirklich, dass ich noch länger stillhalte?«, fragte Woolf. »Ich habe dort draußen lange genug gewartet, und wir haben keine Zeit ...«

»Seien Sie ruhig!«, sagte Trimble leise. Marcus wich überrascht zurück. Vinci und der Wächter taumelten unter der Macht ihres Willens. Der Wächter fing sich als Erster und starrte Woolf schweigend an. Vinci öffnete den Mund und lief vor Anstrengung rot an, bekam aber kein Wort heraus. Marcus hatte eine ähnliche Beobachtung gemacht, als Dr. Morgan von Samm Gehorsam verlangt hatte – die Anführer erteilten Befehle, und dank des Links blieb den Partials nichts anderes übrig, als zu gehorchen.

»Wir sind keine Partials«, ließ Woolf sie wissen. »Mit Ihrem Link können Sie unser Bewusstsein nicht beeinflussen.«

»Ich bin auch keine Partial«, erklärte Trimble.

Woolf schwieg verblüfft und suchte nach einer Erwiderung. Damit das Gespräch nicht abbrach, ergriff Marcus spontan das Wort.

»Sind Sie ein Mensch?«, fragte er.

»Das war ich.«

»Was sind Sie jetzt?«

»Schuldig«, erwiderte Trimble.

Entsetzt hielt Marcus inne und wusste nichts weiter zu sagen. Also ging er einfach nach vorn, schob sich zwischen Trimble und den Bildschirm und zwang sie, ihn anzusehen. Sie war eine ältere Frau, vielleicht Ende sechzig, somit ungefähr im gleichen Alter wie Nandita und von ähnlicher Hautfarbe. *Wir sind auch hier, um Nandita zu suchen,* dachte er. *Wir müssen sie finden, genau wie Kira.* Er klammerte sich an diesen Gedanken, und als sie endlich seinen Blick erwiderte, sprach er leise weiter.

»Ich suche eine Freundin«, sagte er. »Einen anderen Menschen. Eine Frau namens Nandita Merchant. Kennen Sie sie?«

In Trimbles Augen flackerte der Funke des Erkennens, und Marcus dachte an ihre Bemerkung, sie sei einmal ein Mensch gewesen. Kein Partial, dem er bisher begegnet war, hatte Gefühle über die Augen ausgedrückt. Sie aber hob die Hände, hielt sie vor den Mund, und ihre Augen weiteten sich. »Lebt Nandita noch?«

»Das weiß ich nicht.« Marcus war überrascht, dass die Frau Nandita tatsächlich zu kennen schien. »Wir haben sie schon lange nicht mehr gesehen. Wissen Sie irgendetwas über Nandita? Haben Sie auf den Bildschirmen etwas beobachtet, das uns bei unserer Suche weiterhelfen könnte?« Er hielt inne und beobachtete ihre Miene. Ihre Augen füllten sich mit Tränen. Er beschloss, sein Glück auf die Probe zu stellen. »Auch Kira Walker haben wir schon lange nicht mehr gesehen.«

Nun bekam ihr Gesicht einen seltsamen Ausdruck, als wäre eine alte Erinnerung in ihr erwacht. »Nandita hatte nichts mit Kira zu tun.« Sie legte den Kopf schief. »Ihr Mädchen hieß ... Aura, glaube ich. Oder Aria. Nein, Ariel. Sie hieß Ariel.«

Marcus griff sich an den Hals. Tausend Fragen schossen ihm durch den Kopf, und er bekam keine einzige heraus. Ariel? Trimble kannte Nandita und Ariel? Dies konnte nur bedeuten, dass Nandita irgendwann mit Trimble in Verbindung gestanden hatte. Vielleicht war sie sogar hier gewesen. Warum fragte Trimble dann aber, ob Nandita noch lebte? Selbst wenn Nandita sich hier aufgehalten hatte, sie war längst wieder verschwunden. Während er noch nach den richtigen Worten suchte, wurde ein Alarm ausgelöst. Trimble drehte den Stuhl herum und tippte auf einen Knopf auf ihrem Pult, der die Darstellungen aller Wandbildschirme veränderte. Dutzende neuer Videos und Standbilder waren zu sehen: röhrende Artillerie, zerfallende Gebäude. Lange Listen mit Namen und Zahlen liefen so schnell vorbei, dass Marcus sie nicht lesen konnte.

»Ein neuer Angriff.« Der Wächter hatte sich anscheinend von seinem erzwungenen Schweigen erholt. Er trat vor und bediente ein eigenes kleines Pult, dann betrachtete er die Holovideo-Karte. »Diesmal innerhalb der Stadt.«

»Sie greifen hier an?«, fragte Woolf. Unwillkürlich wanderte seine Hand zur Hüfte und wollte die Waffe ziehen, vergeblich. Instinktiv folgte Marcus seinem Beispiel. Wenn eine Armee von Partials angriff, saßen die Menschen mitten im Kampfgeschehen fest und kamen nicht mehr lebend davon.

Sie hat uns immer noch nicht verraten, wer da angreift, dachte Marcus. Die Tatsache, dass Trimble etwas verheimlichte, machte ihm Angst.

»Das sollte nicht passieren.« Trimble achtete kaum auf die Karten und Videos an der Wand. »Das sollte einfach nicht passieren.«

»Sie müssen uns helfen!«, verlangte Woolf. »Wir müssen uns gegenseitig helfen!«

»Lassen Sie mich in Ruhe!« Plötzlich schritten die Partials zur Tür und schleppten Woolf und Marcus mit sich. Die Hände packten zu wie Eisenklammern und bugsierten die Besucher hinaus wie kleine Kinder. Woolf und Marcus setzten sich lautstark zur Wehr, doch es nutzte nichts. Der Wächter schloss die Tür hinter ihnen. Erst draußen bemerkte Marcus, dass Vinci vor Anstrengung keuchte, die leeren Hände anspannte und wieder öffnete und dabei zu Boden starrte. Marcus konnte nicht erkennen, ob es Wut, Erschöpfung oder etwas anderes war. Hass? Scham?

»Es tut mir leid«, sagte Vinci. »Ich hatte gehofft ... Ich habe Sie gewarnt, aber trotzdem. Ich hatte mir mehr erhofft.«

34

»Lassen Sie uns wieder hinein!«, knurrte Woolf.

»Wir befinden uns mitten in einem Krieg«, erwiderte Vinci. »In der Stadt wird gekämpft. Wenn es schlecht läuft, greifen die Kämpfe auch auf dieses Gebäude über. Trimble hat keine Zeit, mit Ihnen zu reden.«

»Aber sie tut überhaupt nichts«, widersprach Marcus. Er sah sich zu den anderen um. Die Partials erwiderten seine Blicke nicht. »Wir alle haben die Frau gesehen – ein traumatisches Stresssyndrom wie aus dem Lehrbuch. Sie konzentriert sich nicht, sie reagiert nur noch mechanisch, sie nimmt nicht einmal ihre Umgebung wahr. Das kann doch nicht die Frau sein, die Ihre Truppen anführt.«

Die Partials schwiegen.

»Sie sagte, sie sei menschlich«, ergänzte Woolf. »Noch schlimmer, sie sei menschlich gewesen. Was heißt das? Ich dachte, sie sei ein Partialgeneral.«

»Die Partialgeneräle sind eigentlich immer Männer«, entgegnete Marcus, der sich an Samms Erklärung des Kastensystems erinnern konnte. »Jedes Modell wurde für eine bestimmte Aufgabe geschaffen. Die älteren Partialfrauen waren alle Ärztinnen.«

»Sie war keine Partialfrau«, erwiderte Woolf. »Sie war ein Mensch, aber sie ist es wohl nicht mehr.« Allmählich kochte Zorn in ihm hoch. »Erklären Sie uns, was hier los ist!«

»Es tut mir leid, dass wir Sie hinausgeschleppt haben«, sagte Vinci. »Wir konnten uns nicht dagegen wehren.«

»Hätten Sie doch den Befehl verweigert!«, knurrte Woolf.

»Nein, das konnten sie nicht«, sprang Marcus dem Partial bei, denn ihm wurde plötzlich einiges klar. »Sie hat den Link benutzt. Sie hat ihnen befohlen, uns hinauszubefördern, und das mussten sie befolgen, ob sie es wollten oder nicht.«

Woolf runzelte die Stirn. »Wie kann eine menschliche Frau ein Partialgeneral werden und Zugang zu den Pheromonen des Links bekommen?« Er durchbohrte die beiden Partials mit Blicken. »Was ist hier los?«

Als Vinci zu einer Antwort ansetzte, legte ihm der andere Soldat eine Hand auf den Arm und wollte ihn aufhalten. Vinci übersah die Geste und setzte zu einer Erklärung an. »Sie ist schon seit einer ganzen Weile so. Wir kämpfen seit Jahren gegen Morgan. Überwiegend sind es kleine Scharmützel, die alle aus einer grundlegenden Meinungsverschiedenheit heraus entstanden. Wir sind uneins, was mit euch Menschen auf Long Island geschehen soll. Die Frage ist, ob eure Existenz eine Bedrohung oder eine Notwendigkeit ist, ob wir das Recht haben, euch auszulöschen, ob wir euch in Ruhe leben und sterben lassen sollten oder ob es vielleicht sogar in unserem Interesse wäre, eine menschliche Bevölkerung am Leben zu erhalten ... Als aber das Verfallsdatum seine Wirkung zeitigte und unsere Leute starben, hat sich die Kluft vertieft. Morgan wollte die Menschen als Versuchsobjekte benutzen und mit ihnen experimentieren, Trimble hielt dies jedoch für falsch. Zumindest dachte sie, es sei nicht der richtige Zeitpunkt. Während Morgan immer stärker wurde und unter den Partials zunehmend Unterstützung gewann, während ihre Methoden immer aggressiver wurden, weigerte sich Trimble einzugreifen. Wenn sie sich überhaupt äußert, dann lehnt sie jede Vorgehensweise ab, die zur Auslöschung der Menschheit führt. Doch sie kann keine Alternative anbieten und schlägt keine anderen Handlungsmöglichkeiten vor. Nachdem jeden Tag weitere Partials ihr Verfallsdatum erreichen, sieht Trimbles Haltung eher wie Furchtsamkeit und Unentschlossenheit aus. Wir haben zahlreiche Soldaten an Morgans Fraktion verloren, und Trimble rührt noch immer keinen Finger, um dies zu unterbinden.« Er sah Marcus an. »Wir wollen euch helfen. Wir haben so viele Teams wie möglich geschickt, um Morgans Flanken unter Druck zu setzen, um sie zu stören und die Vernichtung der letzten menschlichen Einwohnerschaft zu verhindern. Doch ohne eine echte Führung durch Trimble ...« Er ließ den Satz unvollendet. In der Ferne war eine Explosion zu hören.

»Gegen wen kämpfen Sie hier überhaupt?«, fragte Marcus. »Morgans Kompanie kann es nicht sein, das haben Sie auch schon bestätigt.«

»Sie kämpfen untereinander«, sagte Woolf leise. Marcus sah ihn überrascht an, dann heftete er den Blick auf Vinci und den anderen Soldaten. Sie antworteten nicht, sondern starrten nur zu Boden.

»Gibt es tatsächlich Kämpfe innerhalb Ihrer Fraktion?«, fragte Marcus. Diese Vorstellung machte ihm Angst. Er konnte sich noch gut an die Aufstände in East Meadow erinnern, als der Kampf zwischen dem Senat und der *Stimme* seinen Höhepunkt gefunden hatte. Er wusste auch noch, wie bösartig eine Auseinandersetzung werden konnte, wenn Freunde sich auf einmal gegeneinander wandten, weil sich ideologische Differenzen aufgetan hatten. »Die Front, die sich nähert – ist das eine Revolution?«, fragte er. »Sind es Soldaten aus Ihrer Fraktion, die mittlerweile Morgan unterstützen? Zerstört sich diese Stadt selbst?«

»In diesem Gebäude müssten wir eigentlich sicher sein.« Vinci zögerte. »Wir sollten zumindest sicher sein. Jeder in diesem Gebäude ist General Trimble treu ergeben.«

Woolf runzelte die Stirn. »Warum? Selbst wenn Sie nicht mit Morgan übereinstimmen, Trimble ist nutzlos.«

»Wir sind loyal. So hat man uns erschaffen«, erklärte Vinci. »So sind wir einfach.«

Wieder erschütterte eine Explosion das Gebäude. Vinci und der Wächter nahmen eine wachsame Haltung ein, die Marcus inzwischen als Kommunikationsversuch zu deuten wusste. Sie forschten im Link nach Informationen über die Ereignisse. In der Ferne hörte Marcus Schüsse knallen.

»Die Kämpfe sind jetzt näher«, sagte Vinci. »Kehren Sie zu Ihren Leuten zurück! Ich muss mit den Verteidigern des Gebäudes sprechen.«

Sie eilten durch den spartanisch eingerichteten Gang. »Wir können Ihnen helfen«, bot Woolf an. »Ich habe hier zehn ausgebildete Soldaten ...«

»Bitte!«, wehrte Vinci ab. »Es ist ein Kampf zwischen Partials. Sie würden nur stören.«

Er führte sie durch die Doppeltür in den Warteraum und verließ sie dort, um tiefer in den Gebäudekomplex vorzudringen. Trimbles Wächter schloss die Türen hinter ihnen und sperrte ab. Im Warteraum befand sich nur einer von Woolfs Männern. Er stand an der Tür des Quartiers. Als er sie bemerkte, winkte er aufgeregt. »Beeilen Sie sich, Commander! Das müssen Sie sehen!« Woolf und Marcus eilten auf ihn zu. Drinnen drängten sich die anderen Soldaten wie neugierige Kinder am Fenster und spähten hinaus.

»Weg da!«, befahl Woolf. »Da draußen wird gekämpft ...« Er ließ den Satz unvollendet, als ihm die Soldaten Platz machten. Nun konnte er selbst sehen, was ihre Aufmerksamkeit gefesselt hatte. Tausende Partials – eine feste Schlachtordnung gab es anscheinend nicht – rannten schießend durch die Straßen und über die Dächer und töteten sich gegenseitig. Der Ausguck von Marcus und seinen Kameraden lag im fünfzehnten Stockwerk, hoch über dem Kampfgeschehen, sodass alle einen weiten Ausblick auf das Schlachtfeld hatten. Buchstäblich überall in der Stadt, wohin sie auch blickten, brachten sich die Partials um.

Noch erschreckender als das Ausmaß war die Art und Weise der Kämpfe. Selbst ein verletzter und schlecht ausgerüsteter Partialsoldat vollbrachte Leistungen, die einen Menschen zum Helden der Abwehr gemacht hätten. Schockiert sah Marcus zu, wie ein Infanterist leichtfüßig über das Dach eines Gebäudes tänzelte und dabei einhändig mit dem Gewehr Scharfschützen auf dem Nachbargebäude ausschaltete. Als er die Dachkante erreichte, sprang er mühelos auf ein anderes Haus und landete, nachdem er die Lücke von zehn Metern überwunden hatte, mitten in einer Maschinengewehrstellung, deren Besatzung gerade in die andere Richtung schoss. Noch beeindruckender waren die Gegner, auf die er feuerte. Trotz der Zielsicherheit des Läufers wichen sie mit übermenschlicher Wendigkeit aus, sodass die Kugeln sie um Millimeter verfehlten, und erwiderten beinahe lässig das Feuer. In der Maschinengewehrstellung, in der der Läufer gelandet war, flogen die Messer und Bajonette. Angesichts der kalten Wut, mit der dies alles geschah, erbleichte Marcus. Zugleich wurden die Hiebe mit fast verächtlicher Leichtigkeit abgewehrt. Es war ein Krieg der Superhelden, und jeder Einzelne schoss zu präzise, um das Ziel zu verfehlen, und war zu schnell, um selbst getroffen zu werden.

Marcus deutete auf die Flugzeuge, die über die Stadt hinwegdonnerten. Es waren Jäger mit nur einem Piloten als Besatzung oder Helikopter mit fünf Soldaten an Bord, die umherschwirrten wie zornige Bienen. »Haben sie tatsächlich Hubschrauber?«, rief Marcus plötzlich überrascht. Seit dem Zusammenbruch hatte er keine Luftfahrzeuge mehr gesehen.

»Diese Stadt wartet mit einer unangenehmen Überraschung nach der anderen auf«, sagte Woolf. Wie um seine Einschätzung zu bekräftigen, schwebte ein weiterer Hubschrauber hinter einem hohen Gebäude hervor. Er war viel größer als die anderen. »Ein Transporter.« Woolf wich vom Fenster zurück. »Er kommt in unsere Richtung – anscheinend wollen sie sich General Trimble schnappen.« Auch die Soldaten brachten sich in Sicherheit. Eine verirrte Kugel sprengte ein

Loch in die Scheibe und zerstörte ein Stück der Wand über Marcus' Kopf. Sofort warf er sich flach zu Boden. »Aufstehen und hinaus!«, befahl Woolf. »Wir müssen ins Zentrum des Gebäudes, in den Wartebereich!« Die Soldaten rannten in gewohnter Formation geduckt durch die Tür und nutzten geschickt jede Deckung. Früher hätte Marcus sich bei diesem Anblick sicher gefühlt, doch inzwischen boten seine Kameraden lediglich einen matten Abglanz der überlegenen Präzision der Partials. Er folgte seinen Leuten und blieb in Woolfs Nähe. Obwohl er wusste, dass ihm Waffen nichts genutzt hätten, vermisste er sie.

Ein kleiner Hubschrauber sauste mit röhrenden Kanonen über das Oberlicht hinweg. Marcus hörte eine Explosion, als entweder die Maschine oder ihr Ziel in die Luft flog. Er hatte keine Ahnung, was zutraf, und ahnte nicht einmal, wo welches Team kämpfte. An der Farbgebung der Fahrzeuge konnte er jedenfalls keine Unterschiede entdecken. Er hörte eine ferne Explosion, wahrscheinlich in einem anderen Stadtteil. Im Hintergrund schwoll das Gewehr- und Kanonenfeuer an und ebbte wieder ab. Marcus fühlte sich blind und hilflos, als er hinter einer niedrigen Bank kauerte und nicht wusste, was vor sich ging, wer aus welchem Grund auf wen schoss und wo sich die Kämpfer aufhielten.

Wieder flog ein leichter Hubschrauber über das Oberlicht, wenige Augenblicke später folgte ein Kampfflugzeug in einem Bogen. Ein dunkler Schatten fiel über den Warteraum, das dumpfe Dröhnen von Maschinen erfüllte das Gebäude.

»Hier sind wir nicht sicher«, erklärte Woolf.

Der große Transporthubschrauber schwebte näher und füllte das ganze Oberlicht aus. Zu spät erkannte Marcus, dass die Maschine durch das Oberlicht herabstoßen und landen wollte. Der Metallrumpf zerstörte das Gitterwerk des Oberlichts, und im gleichen Augenblick strömten die Verteidiger des Gebäudes herein. Ein Geschützturm auf dem

Transporter deckte die Verteidiger mit Kugeln ein, doch sie waren schon eine halbe Sekunde vorher ausgewichen. Noch bevor die Maschine aufsetzte, öffneten sich Flügeltüren, und gepanzerte Partials sprangen mit dröhnenden Gewehren heraus.

»Hinunter!«, rief Woolf. Die Soldaten gingen hinter Sofas und Tischen in Deckung und versuchten, in den Raum zurückzukehren, den sie gerade erst verlassen hatten. Marcus bemerkte, dass die Angreifer vorübergehend verwirrt waren und kurz innehielten, während sie die Lage einschätzten. Irgendwie und aus irgendeinem Grund betrachteten sie die fliehenden Menschen als Bedrohung. Eine halbe Sekunde später griffen sie die Menschen an und schossen sie gezielt und erbarmungslos nieder. Die Menschen erbebten und kreischten, als die Kugeln sie trafen. Marcus schloss die Augen, während ringsum seine toten Kameraden zu Boden sanken.

Aus dem Innern des Gebäudes rückten weitere Verstärkungen nach, zugleich stürmte jedoch eine schier endlose Welle angreifender Partials aus dem Transporthubschrauber. Marcus beobachtete die tobende Schlacht, und was er sah, nahm ihm den letzten Mut. Er zog den Kopf ein und wollte einfach nur still liegen bleiben und sich tot stellen, bis der Kampf vorbei war. In dem Raum herrschte ein ohrenbetäubender Lärm, weil Dutzende automatischer Waffen gleichzeitig feuerten. Wenn das so weiterging, nahmen seine Ohren dauerhaft Schaden. Plötzlich wurde er am Bein gepackt und stieß einen entsetzten Schrei aus. Hastig rollte er sich herum, um zu sehen, wer ihn angriff, und erkannte Commander Woolf. Der Mann rief etwas, aber Marcus konnte nichts verstehen. In der Nähe des Commanders kauerten zwei weitere menschliche Soldaten in der zweifelhaften Deckung einer Couch. Woolf stieß wieder unverständliche Worte aus und bedeutete Marcus mit einer Geste, ihm zu folgen. Dann kroch er zur nächsten Tür. Die Soldaten taten es ihm gleich, und auch Marcus setzte sich in Bewegung. Da traf eine Kugel den Soldaten vor ihm. Der Mann ging wie ein nasser Sack zu Boden. In Panik kroch Marcus weiter, um möglichst rasch den Ausgang zu erreichen. Er spürte einen schmerzhaften Stich im Arm, dann hatte er keuchend die Schwelle überwunden. Woolf und der letzte Soldat warfen die Tür zu.

Wieder rief ihm Woolf etwas zu, aber Marcus' dröhnende Ohren verweigerten ihm den Dienst. Sie blieben unten und krochen an einer Wand entlang, um möglichst großen Abstand zu dem Feuergefecht zu gewinnen. Marcus konnte den rechten Arm nicht bewegen. Als er ihn untersuchte, entdeckte er eine lange Schürfwunde im Trizeps – einen Streifschuss, der den Muskel verletzt, den Knochen aber verschont hatte. Benommen stand er auf und wollte nach Verbandmaterial suchen, doch Woolf zog ihn sofort wieder hinunter und schrie etwas Unverständliches. Marcus schüttelte den Kopf und deutete auf seine Ohren. Der Kommandant runzelte verwirrt die Stirn und fischte zwei orangefarbene Ohrstöpsel aus der Brusttasche, die er Marcus in die Hand drückte. Woolf und Galen, der letzte lebende Soldat, verständigten sich über irgendetwas. Marcus schob sich die Stöpsel in die Ohren.

Wir werden sterben, dachte er. *Es gibt keinen Ausweg mehr, und es ist gleichgültig, wer den Kampf im Warteraum gewinnt. Die ganze Stadt ist Kriegsgebiet.* Noch einmal führte Marcus sich vor Augen, womit sie es zu tun hatten: mit einer ganzen Armee perfekt ausgebildeter Soldaten. Die Menschen waren weniger beweglich, reagierten langsamer, waren dem Link nicht angeschlossen ...

»Wir sind nicht im Link!«, rief Marcus und packte Woolf am Arm. Der Commander starrte ihn verdutzt an. Marcus erläuterte ihm seine Gedanken. Die eigene Stimme klang fern und gedämpft in den überlasteten Ohren. »Der Link ... das Pheromonsystem, mit dem sie kommunizieren ... sie können gegenseitig ihre Gedanken lesen. Einer hebt das Gewehr und schießt. Auf einem gewöhnlichen Schlachtfeld ist der Gegner tot. Aber in diesen beengten Verhältnissen ist der andere nahe genug, um die Linkdaten des Angreifers aufzufangen. Daher weiß er, dass der Gegner schießen wird, und bringt sich in Sicherheit. Deshalb können sie sich gegenseitig nicht treffen.«

Wieder sagte Woolf etwas Unverständliches. Er sprach einfach weiter. »Die Partials benutzen den Link, um sich gegenseitig aufzuspüren. Wenn sie sich verstecken wollen, tragen sie Gasmasken. Wenn man sie über den Link nicht wahrnimmt, kann man sich nicht gegen sie wehren. Im Land der Partials sind wir ... natürliche Tarnkappenjäger.«

Woolf hatte es offensichtlich begriffen. Er wandte sich zu Galen um und sprach rasch mit ihm. Marcus konnte nichts verstehen, hatte aber immerhin den Eindruck, dass sein Gehör allmählich wieder die Arbeit aufnahm. Das dumpfe Dröhnen, das vorher seine ganze Wahrnehmung beherrscht hatte, löste sich langsam zu einem Chor verschiedener Schusswaffen auf, die im benachbarten Raum abgefeuert wurden. Er ging in die Hocke und überlegte, wie er das Fehlen des Links zum Vorteil und zur Flucht nutzen konnte. Samm hatte gesagt, der Link sei für Partials so selbstverständlich, dass sie nach zwölf Jahren kaum noch wussten, wie Feinde ohne Link bekämpft werden sollten. *Es muss doch einen Weg geben ...*

Woolf packte Marcus am unverletzten Arm und deutete auf die Ausrüstungsgegenstände auf der anderen Seite des Raums. Marcus beugte sich vor, und Woolf brüllte ihm etwas ins Ohr. »Wir haben einige Klappspaten in unserer Ausrüstung – wir versuchen, durch die Seitenwand nach außen durchzubrechen.«

»Was erwartet uns auf der anderen Seite?«, fragte Marcus.

Woolf malte es mit dem Finger auf den Teppich. Der Umriss entsprach mehr oder weniger dem Warteraum und den umgebenden Nebenräumen. »Wenn ich es richtig berechnet habe, sind wir nur zwei Räume von Trimbles Flur entfernt. Der Durchbruch ist der kürzeste Weg, um das Gebäude zu verlassen.«

Marcus nickte. »Und wenn die Wände verstärkt sind?«

»Dann lassen wir uns etwas anderes einfallen.«

Die drei Männer rannten geduckt zu ihrer Ausrüstung. Die kleinen Klappspaten waren mehr oder weniger die einzigen Ausrüstungsgegenstände, die sie hatten behalten dürfen. Damit konnte man einen Partial kaum verletzen, aber die Wände ließen sich damit durchaus durchlöchern. Im benachbarten Raum tobte nach wie vor der Kampf. Woolf nutzte den Lärm, um seinen Angriff auf die Wand vorzunehmen.

»Das wird schwierig.« Er schlug mit der Schaufel gegen die Wand ... und hinterließ ein großes Loch.

»Oh – nur Rigips!« Woolf zog den Klappspaten zurück, schlug ein zweites Mal zu und demolierte ein weiteres Stück der Wand. Dahinter lag eine rosafarbene Schicht Isoliermaterial, darauf folgte abermals Rigips. Woolf brummte vor sich hin – wahrscheinlich war es ein Fluch oder ein zufriedenes Grunzen – und versorgte auch Galen und Marcus mit Klappspaten. Niemand kam durch die Tür und gebot ihnen Einhalt. Die Partials waren viel zu sehr mit sich selbst beschäftigt, um auf die Menschen zu achten, und ohne den verräterischen Link konnten die drei Überlebenden ungestört weiterarbeiten. Marcus attackierte seinerseits die Wand, und bald hatten sie ein mannsgroßes Loch geschlagen, durch das sie sich in den nächsten Raum zwängen konnten.

Dieser Raum war leer und unberührt, abgesehen von einer Reihe von Einschusslöchern in der Wand, wo die Kugeln der Partials durchgeschlagen waren. Sie liefen zur anderen Seite und bearbeiteten dort die nächste Wand. Sobald sie ein gezacktes Loch aufgerissen hatten, spähte Woolf hindurch und grinste. »Das ist der Flur, und er ist leer. Los!« Mit ganzer Kraft zerlegten sie nun die Wand. Marcus hackte ungeschickt mit der linken Hand, weil der rechte Arm verletzt war und schmerzte, obwohl er ihn ruhig hielt. Er wollte aufhören und die Wunde versorgen oder wenigstens ein Schmerzmittel nehmen, doch dazu blieb keine Zeit. Also schlug er auf die Wand ein, als müsste er der Hölle selbst entfliehen und als wären alle Teufel hinter ihm her.

Endlich krochen sie auf den Flur und eilten, die Schaufeln wie Äxte erhoben, zu Trimbles Raum. Hinter ihnen war der Schlachtenlärm zu hören. Vinci war hinter einer Ecke in Deckung gegangen.

»Wohin wollt ihr?«, rief der Partial, als sie sich näherten.

»Jemand ist mit einem Transporter im Warte...«

»Ich weiß«, sagte Vinci. Die Doppeltür des Raums, in dem die Schlacht tobte, öffnete sich. Vinci winkte sie weiter und überreichte ihnen einige überzählige Pistolen. »Wir haben keine Zeit!«, rief er. »Ziehen Sie sich in Trimbles Raum zurück, und schließen Sie die Tür!«

Woolf packte Marcus am verwundeten Arm. Die Schmerzen waren schier unerträglich, doch er ließ sich ohne Gegenwehr von dem Commander weiterschleppen. Als Letzter huschte Vinci durch die Tür und schlang sich das Gewehr über die Schulter. Dann drückten sie die Tür zu und schlossen ab. Gleich danach trommelte jemand von außen dagegen. »Die Tür wird einige Minuten lang halten, aber wir brauchen einen anderen Ausgang.«

»Gibt es denn hier einen zweiten Ausgang?«, fragte Woolf.

»Das wollen wir hoffen«, erwiderte Vinci.

»Großartig!«, bemerkte Marcus. »Der Einzige, der uns helfen will, erhofft sich von uns einen wundersamen Rettungsplan.«

»General Trimble!« Vinci eilte in den Raum. Die alte Frau saß auf ihrem Stuhl und beobachtete die Bildschirme, auf denen die stadtweite Revolution aus den verschiedensten

Winkeln und Perspektiven dargestellt wurde. »Wir holen Sie hier heraus!«

»Es muss doch einen weiteren Ausgang geben«, meinte Woolf, der ihm gefolgt war. Marcus beeilte sich, um in Hörweite zu bleiben.

»In dem Raum über uns parkt ein Hubschrauber«, erklärte Trimble und sprach so leise, dass Marcus sie kaum verstand. Sie war sogar noch abwesender als zuvor und kaum fähig, der eigenen Verwirrung Herr zu werden.

»Setzen Sie dem Chaos ein Ende!« Marcus drängte sich nach vorn, während er sich einen Verband aus dem Erste-Hilfe-Paket um den Arm wickelte, um die Blutung zu stillen. »Laufen Sie nicht weg, tun Sie etwas! Erteilen Sie Befehle, koordinieren Sie den Kampf, unternehmen Sie etwas! Irgendetwas!« Er trat dicht an sie heran, aber sie schien ihn kaum wahrzunehmen. Sie wirkte benommen oder befand sich gar im Halbschlaf. »Diese Leute halten seit Jahren zu Ihnen und warten darauf, dass Sie die Führung übernehmen. So viel Hingabe hätte ich mir nie vorstellen können – wären es Menschen gewesen, dann hätte man Sie schon vor Jahren hochkantig hinausgeworfen. Aber es sind Partials, und Partials sind ihren Vorgesetzten völlig ergeben. Wie man sieht, sind sie geradezu lächerlich gehorsam. Sie folgen Ihnen in jeder Situation, aber Sie müssen die Führung übernehmen.«

Trimble wandte ganz leicht den Kopf. Marcus erkannte, dass sie ihm nun ihre ganze Aufmerksamkeit schenkte, intensiv und halb betäubt zugleich.

»Ich habe schon einmal die Welt zerstört«, erklärte sie. »Ich heiße keine Maßnahmen gut, die sie noch einmal zerstören.«

»Passivität ist ein ebenso schweres Verbrechen wie falsches Handeln«, widersprach Woolf. Der zweite Teil seiner Bemerkung ging in einem lauten Knall unter, als die versperrte Tür hinter ihnen zerbarst. Partials stürzten herein und nahmen geübt und blitzschnell ihre Stellungen ein.

Vinci hob das Gewehr und wollte schießen, doch sofort richtete sich ein Dutzend Läufe auf ihn, um das Feuer zu erwidern. Marcus ließ sich zu Boden fallen. In Sekundenbruchteilen lief sein ganzes Leben vor ihm ab: der Job im Krankenhaus. Kira. Die Schule. Der Zusammenbruch. Seine Eltern, an die er sich so deutlich erinnerte wie seit Jahren nicht mehr.

»Es tut mir leid, Mom«, sagte er. »Wir sehen uns bald wieder.«

Die rebellierenden Partials drohten Trimble schreiend den Tod an. Vinci richtete sich vor ihr auf, um sie mit dem eigenen Körper zu schützen. Woolf und Galen hoben die Pistolen.

Trimble stand auf und richtete ein einziges Wort an die eingedrungenen Partials.

»Halt!«

Marcus gewann den Eindruck, als breitete sich im Gedränge eine unsichtbare Welle aus, die jeden einzelnen Partial auf der Stelle zum Innehalten zwang. Leblos und starr wie Statuen wirkten sie plötzlich. Sogar Vinci blieb wie angewurzelt stehen, als hätte ihr Befehl ihn versteinert.

Der Link, dachte Marcus. *Eine so machtvolle Demonstration habe ich noch nie erlebt.*

»In dem Raum über uns parkt ein Hubschrauber«, erklärte Trimble. Sie wandte sich an Marcus. »Können Sie ihn fliegen?«

»Ich kann das«, antwortete Woolf.

»Dann gehen Sie!«, sagte Trimble. »Die Reichweite ist nicht groß, aber bis Manhattan müssten Sie kommen.« Auf dem Bildschirm, der vor ihr glühte, tippte sie einen Code ein. »Niemand wird Sie verfolgen.«

»Was wird aus Ihnen?«, fragte Marcus.

Trimble nickte in die Richtung der gelähmten Partials. »Sie werden mich töten.«

»Sie bewegen sich nicht einmal mehr.«

»Ich hatte gehofft, sie in den Kampf führen zu können«, sagte Trimble. »Leider konnte ich sie lediglich aufhalten. Auch jetzt kann ich nichts weiter tun, als sie aufzuhalten. Gehen Sie!«

»Und Vinci? Werden sie auch ihn töten?«, fragte Marcus.

»Ich kann sie nicht davon abhalten.«

Marcus blickte zu Woolf hinüber, der nickte und ergriff das Wort. »Wir nehmen ihn mit.«

»Beeilen Sie sich!«

Marcus griff nach dem Erste-Hilfe-Set und eilte zur Treppe. Woolf und Galen hoben Vinci hoch – er war steif wie ein Brett – und trugen ihn hinter Marcus her. Oben auf der Treppe blieb Marcus stehen. »Danke.«

»Wenn Sie Nandita finden, dann ... dann richten Sie ihr aus, dass ich es versucht habe«, sagte Trimble leise.

»Das werde ich tun.« Er schob sich durch die Tür in einen kleinen Hangar und schloss sie sofort wieder, sobald ihm Woolf und Galen mit Vinci gefolgt waren. Der Hubschrauber war klein, reichte aber für vier Passagiere aus, nachdem sie etwas zusammengerückt waren. Als sie Vinci auf seinen Platz bugsierten, erschlaffte er auf einmal, rang nach Luft und erhob krächzend die Stimme.

»Wir müssen zurück!« Hinter ihnen ertönten zahlreiche Stimmen, die ihnen bewiesen, dass auch die anderen Partials befreit waren. »Wir müssen ihr helfen, sie werden ...« Draußen fielen Schüsse. Vinci senkte den Kopf. »Zu spät«, murmelte er. »Öffnet die Fenster und verbreitet die Daten! Alle sollen erfahren, dass ein General gefallen ist.«

35

Kira beobachtete den Himmel und hielt Ausschau nach Regenwolken. Dann wieder überwachte sie die Felder in der Umgebung. In dem vergifteten Ödland durften sie sich nie weit von einem Unterschlupf entfernen, doch in den Ebenen des Mittleren Westens waren die Abstände zwischen sicheren Unterständen manchmal riesengroß.

Im ersten Unwetter mit saurem Regen hatten sie ein weiteres Pferd verloren. *Nein,* sagte Kira zu sich selbst, *wir haben Buddy nicht im Gewitter verloren, sondern in dem Haus, in das ich ihn gebracht habe.* Die Tiere hatten wild ausgekeilt und getreten, weil ihnen die Säure die Haut verbrannt hatte. Dabei waren das Zimmer und die ganze Einrichtung zu Bruch gegangen. Sie hatten die Pferde zwar abgewaschen und schließlich beruhigt, aber in seiner Panik hatte sich Buddy einen Vorderlauf und zwei Rippen gebrochen sowie den Unterkiefer zerschmettert. Kira hatte ihn von seinem Leiden erlöst. *Ich hätte nichts anderes tun können,* sagte sie sich wohl zum hundertsten Mal. *Ich konnte ihn nur nach drinnen bringen oder ihn in der Säure sterben lassen. Und das kam sowieso nicht infrage.* Diese Gedanken beruhigten ihr Gewissen nicht, doch sie riss sich zusammen und wandte sich anderen Aufgaben zu. Das tote Pferd war keineswegs das größte Problem, das sie hatten.

Kira und Heron hatten in dem Säureregen Verbrennungen erlitten, die nach einigen Tagen zu roten Schwielen verheilten. Samm war schlimmer dran. Er hatte drei Tage fast blind zubringen müssen, bevor seine verstärkten Heilkräfte die Gifte abbauten und die beschädigten Hornhäute regenerierten. Afa, der einzige Mensch in der Gruppe, war am schlimmsten betroffen. Er hatte schreckliche fünfzehn Minuten lang überlebt, während die Pferde ausgekeilt hatten und wild umhergesprungen waren, doch sein Rücken, die Arme und die Beine waren von der Säure grässlich verbrannt. Er war sogar noch schwerer verletzt als Samm, und bei ihm war kein Anzeichen einer Heilung zu entdecken. In jeder Stadt, durch die sie kamen, machte sich Kira auf die Suche nach Salben und Schmerzmitteln, doch die meiste Zeit betäubte sie ihn. Dann hing er benommen im Sattel und konnte zumindest die Fortsetzung der Reise nicht gefährden. Noch wusste Kira nicht, was sie auf dem ParaGen-Gelände in Denver erwartete, hoffte aber, dort wenigstens Schutz und eine Klinik vorzufinden, in der es wirksame Medikamente für Afa gab. Afa verdiente eine bessere Behandlung als die notdürftige Versorgung, die sie ihm unterwegs bieten konnte.

Der Highway 34 führte durch Iowa mit seinem weiten, schachbrettartig in Felder unterteilten Ackerland, in dem nur noch gebleichte weiße Zäune und kranke gelbe Bäume standen. Von Süden her wehte ständig ein giftiger Wind, hin und wieder kam ein Unwetter mit Säureregen auf. Noch erschreckender waren die gewaltigen schwarzen Staubstürme, die wie Heuschreckenschwärme über das Land fegten, die Sonne verdunkelten und die letzten Blätter von den wenigen Büschen rissen, die sich noch in der giftigen Erde behaupteten. Anfangs hatte Kira versucht, das ölige gelbe Wasser aus den spärlichen Bächen mit dem Wasseraufbereiter zu behandeln. Den Versuch musste sie allerdings rasch beenden, da der Filter der giftigen Brühe nicht gewachsen war. Seitdem suchten sie in jedem Lebensmittelladen und Einkaufszentrum nach Wasserflaschen und luden sich immer möglichst viele auf den Rücken. Bobo, das einzige noch lebende Reittier außer Galgenstrick, diente inzwischen als

Packpferd für die wenigen verbliebenen Vorräte. Mit der Zeit wurde es immer schwieriger, sauberes Futter für die Pferde zu finden. Immer öfter musste Kira sie während ihrer Pausen von dem giftigen Gras wegziehen, das im Staub spross. Die gute Reisekleidung hatten sie als rauchenden Haufen in dem ersten Farmhaus zurückgelassen. Seitdem trugen sie das, was den Farmern gehört hatte. Die Sachen waren zu weit, aber Kira meinte scherzend, nun seien sie wenigstens für den Mittleren Westen richtig angezogen. Sie fand, dass es ein Witz war, wie Marcus ihn hätte reißen können.

Schließlich tauchte der Missouri vor ihnen auf, eine tiefe, gefährliche Grenzlinie zwischen Iowa und Nebraska. »Selbst wenn ich nie wieder einen Fluss zu sehen bekomme, ist es auf jeden Fall zu früh.«

»Das ist ein sinnloser Satz …«, erwiderte Samm, doch Kira fiel ihm ins Wort.

»Das ist ein Gefühlsausdruck«, sagte sie und seufzte. »Und ich stimme völlig mit dem Inhalt überein.« Der Missouri war breit und stank, die graugrüne Fläche wurde von gelben und rosafarbenen Streifen durchzogen. Es roch nach verbranntem Reinigungsmittel, und die Luft hatte einen seltsamen metallischen Beigeschmack. Kira schüttelte den Kopf. »Er ist nicht so breit wie der letzte Fluss, aber immer noch gefährlich. Wir sollten kein Risiko eingehen. Wo ist die nächste Brücke?«

»Ich sehe mich schon um.« Samm hatte in einem Buchladen einen Ersatz für die Karte entdeckt, die sie bei der Überquerung des Mississippi verloren hatten. Vorsichtig faltete er sie auf. Kira tätschelte Bobos Hals und beruhigte ihn, dann ging sie zu Galgenstrick und Afa hinüber. Der große Mann schlief und schwankte gefährlich in dem Geschirr hin und her, mit dem sie ihn im Sattel festgebunden hatte. Bisher war er noch nicht gestürzt, doch Kira überprüfte sicherheitshalber die Riemen und redete beruhigend auf Afa ein. »Willst du nach Norden oder nach Süden?«, fragte Samm, der die Straßenkarte betrachtete. »Nördlich in Omaha gibt es einen Übergang, einen weiteren im Süden in Nebraska City. Wir befinden uns ziemlich genau zwischen den beiden Städten.«

»Omaha ist größer«, gab Heron zu bedenken. »Die Wahrscheinlichkeit, dass die Brücke noch intakt ist, dürfte dort höher sein.«

»Es liegt nicht an unserer Route.« Kira überprüfte Afas Verband. Der Bruch war immer noch nicht verheilt. »Wir sollten die Ebene bald verlassen, weil Afa sonst stirbt. Früher oder später müssen wir sowieso nach Süden, also brechen wir besser gleich in diese Richtung auf.«

»Wenn wir keine Zeit für einen Umweg haben, dann haben wir auch keine Zeit, wieder nach Norden zu gehen, falls die Brücke in Nebraska City am Grund des Flusses liegt. Wir sollten auf Nummer sicher gehen.«

»Auf dem Weg nach Norden ist noch ein zweiter Fluss im Weg«, gab Samm zu bedenken, der immer noch in die Karte vertieft war. »Nur ein paar Kilometer im Norden fließt der Platte in den Missouri. Wenn wir nach Omaha wollen, müssen wir beide Gewässer überqueren.«

»Also gut, dann nach Süden«, sagte Heron. »Der zweite Fluss kann mich mal.«

»Ich stimme dir zu.« Samm faltete die Karte wieder zusammen und blickte auf. »Nebraska City scheint sogar recht groß zu sein, und falls dort die Brücken zerstört sind, können wir weiter nach Süden bis Kansas City reisen. Die Brücken dort waren riesig und müssten noch stehen.«

»Sofern sie im Partialkrieg nicht absichtlich zerstört wurden.« Kira fuhr sich mit den Fingern durch das Haar. Nach vielen Wochen ohne sauberes Waschwasser waren sie nur noch ein fettiges Gestrüpp. Sie zuckte mit den Achseln. Im Grunde war sie zu erschöpft, um über irgendetwas gründlicher nachzudenken. »Hoffentlich wird das Ödland im Süden nicht noch schlimmer.«

Die Brücke in Nebraska City stand tatsächlich noch. Als sie sie überquerten, sprach Kira ein stummes Dankgebet. An einem Deich im Süden hatte sich eine Menge Treibgut angesammelt, der Fluss war unter der Brücke angeschwollen und bildete einen kleinen See, der nach Chemikalien stank und mit einer Schicht aus Schaumstoff überzogen war wie eine Torte mit Zuckerguss. Es tat weh, die Luft über dieser Brühe zu atmen. Kira hielt sich ein Hemd vor den Mund und schützte Afa auf die gleiche Weise, um das schlimmste Gift herauszufiltern. Auf halbem Weg blockierten Autos den Weg, die sich ineinander verkeilt hatten und die Straße vollständig versperrten. Kira und Samm versuchten, sie wegzuschieben, während Heron das Gebiet vor ihnen erkundete. Als sie eine Lücke geschaffen hatten, durch die sie die Pferde führen konnten, kehrte Heron zurück und berichtete, einige Teile der Brücke seien defekt. Der Fluss und der Regen hatten das Material zersetzt. Vorsichtig gingen sie weiter und atmeten so flach wie möglich. An einer Stelle konnte Kira durch die Risse bis nach unten zum träge fließenden bunten Wasser blicken, das im bleichen Sonnenlicht schimmerte. Sie hielt Galgenstricks Zügel mit aller Kraft fest und hoffte, auf der letzten Wegstrecke bis zum anderen Ufer auf keine Löcher mehr zu stoßen. Nach fast einer halben Stunde hatten sie es geschafft. Wäre der Boden nicht vergiftet gewesen, dann hätte Kira ihn am liebsten geküsst.

Westlich des Flusses war das Land, sofern dies überhaupt möglich war, noch langweiliger als im Osten. Die Karte wies ihnen den Weg zum I-80 und zu einer Stadt namens Lincoln. Auf einem bemerkenswert geraden Stück des Highways, das tagelang nicht einmal um einen Zentimeter vom Kurs abwich, kamen sie gut voran. Den Platte, den sie bald erreichten, mussten sie nicht überqueren, und als die Straße nach Norden abschwenkte, um dem Flussverlauf zu folgen, hielten sie sich südlich und stießen am Ufer des Republican schließlich wieder auf den Highway 34. Sie blieben zwischen den beiden Flüssen und bewegten sich in dem breiten Korridor zwischen gebleichten Feldern und verrosteten Städten vorwärts. Tagsüber erhitzte die Sonne die giftigen Chemikalien im Boden, beißender Rauch oder Dampf stiegen von den Feldern in Fahnen auf wie Gespenster. Nachts war das Land gespenstisch still, denn es gab keine Grillen, keine Vögel und keine heulenden Wölfe mehr. Nur der Wind war allgegenwärtig, strich durch das bleiche Gras und seufzte in den geborstenen Fenstern der Häuser, in denen sie übernachteten. Kira dachte an Buddy und Afas blasenübersätes Gesicht und achtete weiter auf den Regen.

Auch ohne Beruhigungsmittel schlief Afa fast den ganzen Tag. Kira machte sich mittlerweile große Sorgen. Das gebrochene Bein wollte einfach nicht heilen, so als bräuchte sein Körper die ganze Kraft für einen anderen Zweck. In einer Stadt namens Benkelman verbrauchte sie fast ihr ganzes Wasser, um ihn vom Kopf bis zu den Zehen zu waschen und sein Haar, die Wunde im Bein und die Verätzungen von der Säure zu säubern. Dann pumpte sie ihn mit Antibiotika voll. Sie wusste nicht, ob die Mittel überhaupt halfen, denn die oberflächlichen Wunden waren anscheinend nicht entzündet. Ihr fiel jedoch nichts ein, was sie sonst noch für ihn hätte tun können. Im Krankenhaus von East Meadow hätte sie mehr Möglichkeiten gehabt, während ihr in einem verfallenen Farmhaus im Nirgendwo nichts als die Hoffnung blieb. Sie wickelte ihn fest ein und deckte ihn gut zu. Am nächsten Tag banden sie ihn wieder auf das Pferd, verließen die Straße und wanderten querfeldein weiter nach Westen, denn der Highway, der einst den Fluss überquert hatte, endete vor einer zerstörten Brücke. Sie kamen durch den Ort Parks und eine größere Ansiedlung namens Wray. Bald verloren sie den Fluss aus den Augen, und in alle Richtungen erstreckten sich Felder, als wären der Welt die Landschaften ausgegangen. Es gab nichts mehr außer Himmel und Erde, eine Vorhölle aus Eintönigkeit.

Wenige Tage später, die Wanderer waren immer noch in der gelben Einöde unterwegs, starb Afa.

Sie begruben ihn in der Erde, die nach ausgelaufenen Batterien roch, und hockten sich in einen Schuppen aus Fiberglas, als saurer Regen niederging, der seinen Körper auflösen und die Knochen bleichen würde.

»Was, zum Teufel, tun wir hier?«, fragte Heron. Samm sah sie an. Kira war zu müde, um sich zu bewegen, und blieb mit geschlossenen Augen in ihrer Ecke liegen.

»Wir retten den Menschen das Leben«, erwiderte Samm.

»Wen retten wir?«, forschte Heron nach. Nun blickte Kira auf. Ihr Kopf wackelte hin und her. Nach Wochen der Unterernährung, der Erschöpfung und der Angst waren ihre Bewegungen zittrig und unkoordiniert. »Haben wir jemanden gerettet? Wir haben jemanden getötet. Wir haben zwei Pferde getötet. Afa hat zwölf Jahre völlig allein in einer der gefährlichsten Gegenden der Welt überlebt, und nun ist er tot.« Sie spuckte aus und wischte sich den Mund mit dem Ärmel ab. »Wir müssen uns eingestehen – wir haben versagt.«

Samm beäugte im Dunkeln seine abgegriffene Karte, die an den Kniffen beinahe auseinanderfiel. Über ihnen trommelte giftiger Regen auf das Fiberglas. »Wir sind in Colorado«, verkündete er. »Die Staatsgrenze haben wir schon vor einigen Tagen überschritten. Ganz sicher bin ich nicht, wo genau wir uns befinden, aber nach unserer bisherigen Reisegeschwindigkeit sind wir wahrscheinlich hier.« Er deutete auf einen Punkt auf der Karte, weit entfernt von allen Straßen und Städten.

»Schön.« Heron sah nicht einmal hin. »Hierher wollte ich schon immer mal.«

»Heron ist müde«, warf Kira ein. Sie war den Tränen nahe, an Afas Tod war sie beinahe zerbrochen. Doch sie konnte die Flinte nicht ins Korn werfen. Sie richtete sich auf und nahm Samm die Karte ab. Ihre Hände zitterten vor Anstrengung.

»Wir sind alle müde. Wir sind genetisch perfekte Supersoldaten, die unter schwierigsten Bedingungen weitermachen, und doch können wir uns kaum noch rühren. Wir müssen unsere Kräfte schonen, wenn wir Denver erreichen wollen.«

»Machst du Witze?«, entgegnete Heron. »Du willst doch nicht etwa immer noch diese wahnsinnige Mission vollenden, oder?« Ungläubig wandte sie sich an Samm. »Samm, du weißt, was wir schon vor Wochen hätten tun sollen. Wir müssen umkehren.«

»Wenn ich richtigliege, ist es kaum noch eine Tagesreise bis Denver. Wir könnten morgen dort eintreffen«, antwortete er.

»Und was wollen wir dort?«, fragte Heron. »Ein weiteres zerstörtes Gebäude aufsuchen? Unser Leben riskieren, um den Generator zum Laufen zu bringen? Mit den Köpfen gegen den Computer schlagen, weil alles, was wir suchen, mit Firewalls, Verschlüsselungen, Passwörtern und allen möglichen anderen Sicherungen verbarrikadiert ist? Afa war der Einzige, der wusste, wie man diese Schutzmechanismen aufhebt. Ohne ihn können wir nicht einmal durch das Dateisystem navigieren.«

»Wir sind zu dicht dran, um noch aufzugeben«, wandte Samm ein.

»Wir sind überhaupt nicht dicht dran«, beharrte Heron. »Wir gehen immer weiter, wir finden gar nichts, und die ganze Reise ist eine gigantische Zeitverschwendung. Wir finden kein Heilmittel für RM, wir heben das Verfallsdatum nicht auf, aber wir sterben ganz sicher in der Einöde.« Sie richtete sich auf. »Ich muss es nicht einmal eigens betonen.«

»Was denn?«, fragte Kira. »Dass du es gleich gesagt hast? Dass wir nach Chicago hätten umkehren sollen? Dass wir New York gar nicht erst hätten verlassen sollen?«

»Such's dir aus!«

Keuchend vor Erschöpfung stand auch Kira auf. »Du irrst dich. Wir sind hergekommen, weil wir eine Aufgabe zu erledigen haben. Wenn wir es nicht tun, ist Afa umsonst gestorben. Wir alle sterben dann umsonst. Und wir nehmen den ganzen Planeten mit.«

»Nun hört schon auf!«, rief Samm, doch die Mädchen lenkten nicht ein. Heron kam auf Kira zu, bevor diese die Bewegung überhaupt bemerkte. Die Faust traf Kiras Kinn mit der Wucht eines Vorschlaghammers. Sie taumelte zurück, wollte sogleich zurückschlagen und ihrerseits angreifen, kaum dass sie den Hieb wahrgenommen hatte. Doch da schob sich Samm zwischen die Streitenden. »Schluss damit!«

»Sie hat den Verstand verloren«, behauptete Heron. »Wären wir nach Chicago umgekehrt, dann hätten wir noch eine Chance gehabt. Wir hätten Doktor Morgan oder sogar Trimble aufsuchen können. Was auch immer – wir hätten bessere Aussichten gehabt als hier. Was suchst du eigentlich, Kira?« Sie starrte Kira über Samms Schulter hinweg an. »Was soll das alles? Geht es dir überhaupt darum, unsere Leute zu retten? Oder die Menschen? Oder willst du bei dieser wahnsinnigen Expedition nur herausfinden, wer du bist? Du selbstsüchtiges kleines Miststück!«

Kira war sprachlos. Am liebsten hätte sie Herons Kopf auf den Boden geschmettert, doch Samm blieb unbeirrt zwischen ihnen stehen. Während er Kira mit einem Arm zurückhielt, wandte er sich mit ernster Miene an Heron.

»Warum bist du mitgekommen?«, fragte Samm.

»Du hast ihr vertraut«, fauchte Heron. »Du hast mich darum gebeten, also bin ich mitgekommen.«

»Seit ich dich kenne, hast du dich nie um die Wünsche oder Bitten anderer gekümmert«, erwiderte Samm. »Du machst, was du willst und wann du es willst, und wenn dir jemand in die Quere kommt, dann schaltest du ihn aus. Du hättest uns jederzeit aufhalten können. Du hättest mich ausschalten, Kira entführen und zu Morgan bringen können. Du hättest alles nach deinen Vorstellungen durchziehen können, aber du hast es nicht getan. Nenn mir den Grund!«

Mit finsterem Gesicht starrte die Agentin Kira an. »Weil ich ihr tatsächlich geglaubt habe. Sie hat davon geredet, alles über ParaGen herauszubekommen, um ein Heilmittel zu finden. Aus irgendeinem lächerlichen Grund habe ich sie ernst genommen.«

»Ja, genau das wollte ich.« Kiras Kampfgeist war erloschen, sie fühlte sich nur noch erschöpft und leer, hohl wie der Schuppen, in dem sie sich versteckten.

»Und du!«, fauchte Heron Samm an. »Ich kann nicht fassen, dass du dich auf ihre Seite geschlagen hast. Ich habe dich für klüger gehalten und dir vertraut. Aber das ist wohl die gerechte Strafe, wenn man irgendetwas glaubt.«

Heron wollte Samm verletzen, und es brach Kira schier das Herz, wusste sie doch, wie Samm sich fühlen musste. Doch falls es ihn wirklich traf, ließ er sich nichts anmerken. Vielmehr hob er eine Hand, um Heron zum Schweigen zu bringen, und wandte sich an Kira. Seine Augen waren dunkel vor Müdigkeit. »Du sagst, du wolltest es. Willst du es immer noch?«

Kira hatte sich noch nicht ganz von Herons Anschuldigungen erholt, und als sie in ihrem Innern nach einer Antwort suchte, fühlte sie sich leerer denn je. Sie hatte die Gefährten durch die Hölle gehetzt, ihre Freunde hatten gehungert, die Pferde waren verendet, und auch Afa war gestorben. Hatte sie das alles wirklich nur aus selbstsüchtigen Gründen getan? Sie wusste nicht, was sie darauf antworten sollte, und stand eine halbe Ewigkeit angespannt und stumm vor Samm.

»Ich habe noch immer Hoffnung«, sagte sie schließlich. »Wir erreichen unser Ziel, und was wir auch finden, es wird mehr sein als das, was wir derzeit in Händen halten. Wenigstens besteht die Möglichkeit, dass es so ist. Wenigstens …« Sie ließ den Satz unvollendet, ihr fehlten die Worte.

»Du hast den Verstand verloren« Heron hielt inne, als Kira sich abwandte und hilflos zusammenbrach, weil ihre Knie nachgaben. Sie blieb auf dem Boden des Schuppens liegen und hätte gern geweint.

36

Haru Sato schlich durch das Gewirr der Tunnel unter JFK und hielt sich von den anderen Soldaten fern, so gut es eben ging. Wenn die engen Durchgänge eine Begegnung unvermeidlich machten, nickte er ihnen beiläufig zu. Den zerbeulten Hut tief in die Stirn gezogen, mied er jeden Blickkontakt und hoffte, dass niemand ihn ansprach oder gar fragte, wohin er des Wegs war. Wenn jemand herausfand, dass er sich von seiner Einheit abgesetzt hatte, würde man ihn verhaften oder Schlimmeres mit ihm anstellen. Es waren schlechte Zeiten, als Verräter zu gelten.

Mkeles Büro befand sich an einem langen Flur in einem Gebäude, das früher einmal einer Exportfirma gehört haben mochte. Inzwischen war es das letzte Nervenzentrum der sterbenden menschlichen Zivilisation. Morgans Truppen hatten East Meadow eingenommen und alle Menschen auf der Insel zusammengetrieben. Nur noch wenige Tage, und sie würden auch dieses Versteck angreifen. Damit wäre das Ende der menschlichen Welt besiegelt, die Zeit als dominierende Spezies wäre vorbei. Der letzte verzweifelte Widerstand wurde von diesem Büro aus koordiniert.

Tja, dachte Haru, *dieses Büro und Delarosas bewegliches Lager. Delarosa ist viel gefährlicher, als wir je gedacht hätten.*

Vor der geschlossenen Tür hielt ein einsamer Soldat Wache. Seine Uniform war zerknittert und schmutzig. Die Zeit der Makellosigkeit schien endgültig vorbei. Haru blickte den leeren Flur entlang. Die meisten Soldaten der Abwehr waren oben und kümmerten sich um die Verteidigung, oder sie waren draußen in der Wildnis und griffen Morgans Flanken an. Im Augenblick war Haru mit dem Wächter allein. Noch einmal sah er sich um, fasste seinen Entschluss und ging auf ihn zu.

»Mister Mkele ist beschäftigt«, sagte der Posten.

»Ich will Sie etwas fragen.« Haru trat noch näher. Im letzten Moment drehte er sich nach rechts und hob den Arm, als wollte er auf etwas deuten. Als der Wächter instinktiv den Kopf wandte, rammte Haru ihm das Knie in den Unterleib und hob den linken Arm, um das Gewehr zu packen, das der Mann über der Schulter trug. Der Soldat griff danach, obwohl er sich krümmte und kaum noch atmen konnte, doch Haru zog ihn rasch herum und drosch ihm das andere Knie ins Gesicht. Der Mann brach zusammen. Haru öffnete die Tür, zerrte den Bewusstlosen nach drinnen und trat auf ihn ein. Mkele sprang auf, doch Haru hatte die Tür bereits geschlossen.

»Schreien Sie nicht!«, sagte er. »Ich tue Ihnen nichts.«

»Was Sie nicht sagen.«

»Ich habe mich letzte Nacht unerlaubt von der Truppe entfernt«, gestand Haru. »Er sollte keinen Alarm schlagen.« Sanft bettete er den Mann in einer Ecke auf den Boden. »Schenken Sie mir einfach nur fünf Minuten!«

In Mkeles Büro häuften sich die Papiere. Es herrschte allerdings kein Chaos wie bei einem Menschen, der sich überfordert fühlte. Vielmehr wirkte alles aufgeräumt und durchorganisiert. Mkele war ein Mann, der sein Büro nicht zum Vorzeigen oder als Lager nutzte, sondern für langwierige, arbeitsintensive Tätigkeiten. Im Augenblick hatte er eine Karte von Long Island vor sich ausgebreitet, auf der die Schauplätze von Partialangriffen, die Gegenangriffe der Abwehr und einige von Harus angeblich geheimen Treffen mit Delarosa und ihren Kriegern eingezeichnet waren. *Anscheinend kann ich Geheimnisse doch nicht so gut hüten, wie ich dachte. Vielleicht weiß er es sogar schon.*

Nein, dachte Haru gleich darauf. *Wenn er wüsste, was Delarosa plant, wäre er sicher nicht so ruhig.*

»Dann wollen Sie sich also stellen«, sagte Mkele.

»So könnte man es ausdrücken«, erwiderte Haru. »Ich habe Informationen, und wenn diese teilweise ein schlechtes Licht auf mich werfen, dann übernehme ich die Verantwortung dafür.«

»Es müssen sehr wichtige Informationen sein.«

»Was haben Sie vorher getan?«, fragte Haru. »Vor dem Zusammenbruch?«

Mkele starrte ihn an, als wüsste er nicht, was er darauf antworten sollte, dann deutete er auf die Karte. »Das hier.«

»Aufklärung?«

»Ich habe Karten entworfen.« Mkele lächelte leicht. »Nach dem Weltuntergang mussten wir uns neue Tätigkeitsfelder suchen.«

Haru nickte. »Kennen Sie die letzte Flotte? Den offiziellen Namen weiß ich nicht. Ich war sieben, als es geschah. Die Flotte fuhr in den Hafen von New York hinein und wurde von der Luftwaffe der Partials in Grund und Boden gebombt. Man nennt sie die letzte Flotte, denn sie war unsere letzte Hoffnung, gegen die Partials zu siegen. Nach ihrem Untergang war der Krieg vorbei.«

»Ich weiß.« Mkeles Miene blieb ruhig – angespannt, aber nicht nervös. Haru sprach weiter.

»Wissen Sie, warum die Partials die Schiffe zerstört haben?«

»Es herrschte Krieg.«

»Deshalb haben sie uns angegriffen«, stimmte Haru zu. »Aber wissen Sie auch, warum sie uns mit so überwältigenden Kräften angegriffen haben? Warum sie jedes einzelne Schiff der Flotte versenkt und jeden Seemann an Bord getötet haben? So sind sie bei keinem anderen Angriff oder Gegenangriff im Verlauf des gesamten Kriegs vorgegangen. Die älteren Angehörigen der Abwehr haben mir die Geschichte unzählige Male erzählt – wie die Partials, die viel eher an Befriedung und Besetzung interessiert waren, auf einmal beschlossen haben, eine ganze Flotte zu versenken. Angeblich sei die grausame Aktion eine Botschaft gewesen. Die Partials hätten uns sagen wollen: *Wenn ihr das Kämpfen nicht sofort einstellt, werdet ihr es bereuen!* Das kam mir immer sehr einleuchtend vor, und ich habe es nie hinterfragt. Gestern erfuhr ich die Wahrheit.«

»Von wem?«

»Von Marisol Delarosa«, berichtete Haru. »Sie hat seltsame Ausrüstungsgegenstände angefordert. Zubehör, das nicht zu ihren bisherigen Methoden passte. Deshalb habe ich sie beschattet.«

»Um welche Gegenstände handelte es sich?«

»Um Taucheranzüge«, entgegnete Haru. »Unterwasserschweißgeräte. Hilfsmittel, deren Zweck ich anfangs nicht nachvollziehen konnte. Mit der Zeit ergab sich aber ein Bild.«

»Bergungsarbeiten unter Wasser.« Mkele nickte. »Ich nehme an, sie will die letzte Flotte untersuchen.«

»Die letzte Flotte wurde nicht zerstört, um uns eine Botschaft zu schicken«, erwiderte Haru. »Sie beförderte eine Atomwaffe.«

Jetzt zeigten Mkeles Gesichtszüge eine deutliche Reaktion. Unbeirrt fuhr Haru mit seiner Erklärung fort. »Die US-Regierung hatte den radikalen Entschluss gefasst, das Hauptquartier der Partials in White Plains mit einer Atombombe auszuschalten und so mit einem einzigen Angriff den größten Teil ihrer militärischen Operationen lahmzulegen, selbst wenn sie damit dicht besiedelte Gebiete des Landes trafen. Sie mussten nahe herankommen, um die Raketenabwehr der Partials zu unterlaufen. Es war von Anfang an ein Selbstmordkommando, noch bevor die Partials herausfanden, was im Gang war. Ein alter Mann in Delarosas Team war vor dem Zusammenbruch Militärgeistlicher und erzählte ihr von dieser radikalen Lösung. Das brachte sie auf die Idee. Sobald sie wusste, welche Fragen sie stellen musste, erhielt sie ausführliche Informationen von ihm. Die Rakete befand sich auf einem Zerstörer der Arleigh-Burke-Klasse namens *The Sullivan*.« Haru beugte sich vor. »Ich habe versucht, Sie über Funk zu warnen, aber meine Einheit schlug sich auf Delarosas Seite. Ich allein kann sie nicht aufhalten, deshalb bin ich so schnell wie möglich hergekommen. Wenn Delarosas Operation gelingt, befindet sich die Atomwaffe schon heute Abend in ihren Händen.«

»Gnade uns Gott«, flüsterte Mkele nur.

37

Zuerst sahen sie die Berge – mächtige Gipfel, die sich wie die Mauer am Ende der Welt aus der Ebene des Mittleren Westens erhoben. Auf den Gipfeln lag auch im Sommer noch Schnee. Kurz danach erreichten sie die Ausläufer der Stadt. Den Vorort namens Bennett hatte der Säureregen wie alle anderen Gebiete gebleicht. Die Straßen bedeckte eine schwefelgelbe Schicht, und die braunen Pflanzen waren trocken und spröde. Die tote Ebene schwappte wie ein Ozean aus giftigem Gras gegen den Stadtrand. Kein einziger Vogel hockte auf den Dächern und Stromleitungen. Die Orte, in denen Kira aufgewachsen war, sogar die riesigen Städte Chicago und New York hatten wie Monumente in einem überwucherten Friedhof gestanden und den Ruheplatz der Toten markiert, doch sie waren von Ranken, Moos und frischem Leben bedeckt gewesen. Denver dagegen war ein lebloses, ödes Mausoleum.

Die Reisenden hatten ihre Ausrüstung auf die verbliebenen Pferde verteilt. Kira führte Bobo, Samm hatte Galgenstrick übernommen. Die Stute war missmutig, seit Afa nicht mehr auf ihren Rücken geschnallt war. Kira fragte sich, ob die Verpflegung aus Dosenobst und Hafermehl – dem einzigen sauberen Proviant, den sie in der giftigen Einöde finden konnten – den Tieren womöglich schadete. Hätten sie Afa in Chicago verloren oder allein zurückgeschickt, dann hätten sie die Pferde freilassen und ihnen die Schrecken der Reise ersparen können. Sie inmitten der vergifteten Ebene freizugeben, wäre jedoch äußerst grausam gewesen. Kira wollte nichts davon wissen. Sie hatten Afa verloren, würden aber wenigstens sein Pferd retten, und wenn sie dabei ihr eigenes Leben aufs Spiel setzte.

Dabei weiß ich genau, dass ich mir etwas vormache, dachte sie. *Wenn es hart auf hart kommt, dann rette ich mich selbst.* Sie bekam Gewissensbisse, und ihr wurde fast übel, als sie daran dachte. Schon deshalb schob sie diese Gedanken lieber beiseite.

Denver wirkte mindestens so groß wie Chicago. Der Vorort Bennett erstreckte sich nach Westen bis zum Vorort Nieveen, dann kamen Lawrence, Watkins und Watkins Farm, und so ging es endlos weiter. Es war ein Ozean aus Wohngebieten, Einkaufszentren und Parkplätzen. Einsam strich der Wind durch spröde Blätter und über die Glassplitter, die sich in den Abflüssen und vor den Mauern der verfallenen Gebäude gesammelt hatten. Mehr aus Gewohnheit als aus Notwendigkeit war Heron weit vor ihnen und erkundete das Gebiet, um regelmäßig zurückzukehren und zu erzählen, dass sie an zwei Flughäfen und einem Golfplatz vorbeikommen würden. Es gab nichts Wichtiges zu berichten, es gab nichts zu sehen außer den verrosteten Metallkästen der Gebäude und den gebleichten Knochen der Millionen Menschen, die beim Zusammenbruch gestorben waren. In einer alten Tankstelle entdeckte Samm einen Stadtplan, den er auf der Motorhaube eines leeren Fahrzeugs ausbreitete. Mitten auf der Seite liefen die Straßen zusammen wie in einem Nervenzentrum.

»Afas Unterlagen zufolge liegt der ParaGen-Komplex hier in der Nähe der Berge.« Kira deutete am westlichen Stadtrand auf ein Gebiet, das Arvada hieß. Sie las den Namen auf der Karte laut vor. »Rocky Flats Memorial Preserve. Warum errichtete man ein Industriegebiet in einem Naturschutzreservat?«

Samm deutete auf ihren derzeitigen Standort und maß die Entfernung. »Das sind noch sechzig Kilometer. Wie groß ist diese Stadt?«

»Sechzig Kilometer. Wir durchqueren sie von Ost nach West. Von Norden nach Süden ist sie mindestens doppelt so groß, also seid dankbar, dass wir aus dieser Richtung gekommen sind.«

Kira blickte zum Himmel auf und schätzte den Sonnenstand ein. »Es ist schon … drei Uhr nachmittags. Oder halb vier? Bis zum Einbruch der Dämmerung schaffen wir die sechzig Kilometer nicht mehr.«

»Nicht einmal bis morgen Abend, wenn die Pferde weiterhin so langsam vorwärtskommen«, sagte Heron. »Wir sollten sie einfach zurücklassen und allein weiterziehen.«

»Wir lassen sie nicht zurück«, entschied Kira.

»Hartherzigkeit macht den Weg nicht kürzer.« Samm faltete die Karte zusammen. »Brechen wir auf!«

Kira hegte die vergebliche Hoffnung, Denver sei nicht ganz so stark vergiftet wie das Ödland, weil Berge und Hochhäuser oder die Launen der Witterung die Stadt schützten. Stattdessen war es zwischen den Gebäuden offenbar noch gefährlicher als auf dem Land, das sie gerade durchquert hatten. Die beißenden Flüssigkeiten hatten sich in Schlaglöchern und Mulden auf der Straße gesammelt und bildeten tückische Teiche, wenn die Abflüsse mit Müll verstopft waren. Ladeflächen von Lastwagen hatten sich in kleine Salzpfannen verwandelt. Nach jedem Regen waren flüchtige Anteile verdampft, bis Kristalle gewachsen waren, die der Wind aufwirbelte und den Reisenden in Augen und Münder trieb. Sie umwickelten die Gesichter mit der Reservekleidung, spähten vorsichtig durch die Augenschlitze und hielten Ausschau nach möglichen Gefahren. Einige der Chemikalien, die sich in der Stadt angesammelt hatten, waren sogar brennbar. Hier und dort knackten kleine Feuer, einige entzündeten sich von selbst in der Hitze und entließen mit dem Rauch und der Asche immer neue giftige Dämpfe in die Luft.

Die Nacht verbrachten sie in einem Gebäude, das früher offenbar einmal ein Luxushotel gewesen war. Der dicke grüne Teppich in der Lobby war an den Rändern ausgebleicht und mit Staub bedeckt. Sie führten die Pferde durch die breite Doppeltür und lagerten in einem ehemaligen Fünfsternerestaurant. Die Tür verschlossen sie hinter sich so gut wie möglich, um die verheerenden Böen abzuhalten. Samm baute aus alten Edelholztischen eine Koppel für die Pferde, und dann fütterten sie die Tiere aus dem riesigen Konservenlager der Küche mit Apfelkuchen. Kira aß eine Dose Thunfisch und dazu Rinderbouillon, um den Geschmack zu überdecken. Sie wäre froh gewesen, nie wieder im Leben eine Dose Thunfisch öffnen zu müssen. Eine Wache stellten sie nicht auf, sie brachen einfach auf einem dicken Teppichstapel zusammen, ohne die Schlafsäcke auszurollen.

Als Kira am nächsten Morgen erwachte, war Heron schon fort. Wahrscheinlich erkundete sie die Umgebung, oder sie hatte sich endgültig abgesetzt. Nach der Auseinandersetzung hatten sie kaum noch miteinander gesprochen. Heron hatte sich anscheinend ins Unvermeidliche gefügt und sie nach Denver begleitet, doch ihr Verhalten hatte sich geändert.

Samm durchsuchte mehrere Kisten, die neben der Küche an der Wand aufgestapelt waren. »Die meisten Konserven sind verdorben.« Er warf Kira eine aufgeblähte Metalldose mit Tomatensoße zu. »Hotels sind sowieso nicht ergiebig – man verwendete vor allem frische Lebensmittel, und die meisten Büchsen sind unbrauchbare Vorprodukte.«

Kira nickte in die Richtung des Zwanzigliterkanisters mit Tomatensoße, der neben ihm auf dem Tisch stand. »Willst du das Ding dort etwa fünfzig Kilometer weit schleppen?«

»Ob du es glaubst oder nicht«, sagte er und sah sie traurig an. »Es tut mir leid, dass Afa tot ist.«

»Mir auch.«

»Soll heißen, ich bedaure, dass ich am Anfang so ... anmaßend war«, meinte Samm.

»Anmaßend warst du nie.«

»Dann überheblich«, fuhr Samm fort. »Die Gesellschaft der Partials ist stark reglementiert. Wir wissen immer, wem wir Bericht erstatten müssen und wer uns Meldung zu machen hat, wer über uns und wer unter uns steht. Ich habe ihn nicht als Gleichgestellten behandelt, weil ... Ich glaube, ich war einfach nicht daran gewöhnt.«

Kira lachte freudlos und ließ sich auf einen Stuhl fallen. »Nun ja, das klingt wirklich ein wenig anmaßend.«

»Du machst es mir schwer, mich zu entschuldigen.«

»Ich weiß.« Kira schlug die Augen nieder. »Ich weiß, und es tut mir leid. Das wollte ich nicht. Du hast uns sehr geholfen, und Afa war auch nicht unbedingt ein Mann, den man ernst nehmen konnte.«

»Geschehen ist geschehen.« Samm setzte die Begutachtung der Lebensmittelvorräte fort. Kira beobachtete ihn, nicht weil es so interessant war, sondern weil sie zu erschöpft war, um den Blick abzuwenden.

»Glaubst du, wir finden das Gesuchte?«, fragte sie schließlich.

Samm forschte unbeirrt nach brauchbaren Konserven. »Jetzt sag nur nicht, dass du auf Heron hörst!«

»Ich habe mir immer vorgestellt, dass es einen Plan gab«, fuhr Kira fort. »Ich wusste zwar nicht, wie RM, das Verfallsdatum und alles andere zusammenpassten, doch ich war mir sicher, dass es eine Verbindung gab. Aber wenn es wirklich einen Plan gab, dann muss er schon vor langer Zeit gründlich gescheitert sein.«

»Sag das nicht!« Samm stellte einige Konservendosen ab und kam zu ihr. »Wir werden es erst wissen, wenn wir ParaGen erreicht haben. Selbstzweifel sind sinnlos. Übrigens, ich habe niemals gezweifelt.«

Kira musste lächeln. Sie hatte immer wieder über Herons Behauptung nachgedacht, dass sie die beiden Spezies gar nicht retten, sondern nur herausfinden wollte, ob die eigene Existenz auf einem Zufall oder auf einem bösen Plan beruhte … oder ob alles nur eine Lüge war. Und doch, Samm zweifelte nicht. Wieder einmal fehlten ihr die Worte. Er hob die Hand und berührte sie an der Wange.

In diesem Moment hörten sie Lärm in der Lobby. Samm hatte die Waffe bereits in der Hand, bevor Kira überhaupt reagieren konnte. Er ließ sie rasch wieder sinken, als Heron erschien. Sie blieb kurz in der Tür stehen und betrachtete Samm und Kira.

»Packt die Sachen!«, verlangte sie. »Wir ziehen um.«

Samm sah sie stumm an, dann packte er rasch den Proviant ein. Kira folgte Heron von der Küche zum Speiseraum des Restaurants. »Hast du etwas entdeckt?«, fragte sie.

Heron schnallte die Riemen von Galgenstricks Sattel fest und nahm sich Bobo vor. »Grün.«

»Was meinst du damit?«

»Die Farbe«, erwiderte Heron. »Ich nehme an, du kennst sie?«

»Du hast etwas Grünes gesehen? Also etwas wie Gras?« Heron nickte, und Kira öffnete den Mund vor Erstaunen »Wie weit bist du gelaufen?«

»Zwanzig Stockwerke hoch.« Heron hatte Bobo gesattelt. »Hilfst du mir?«

»Klar.« Kira eilte zu ihrem Schlafsack und packte so schnell wie möglich ihre Habseligkeiten zusammen. »Aber erklär es mir bitte ausführlicher, damit ich nicht alle fünf Sekunden eine neue Frage stellen muss!«

»Es ist eins der höchsten Gebäude in der Gegend«, entgegnete Heron. »Statt in die Stadt zu gehen, bin ich nach oben gestiegen und habe mich umgesehen. In Richtung der Rocky Flats habe ich Grün bemerkt – Gras und Bäume. Einen kleinen Flecken in den Vorbergen.«

»Genau dort, wo das ParaGen-Gebäude stehen soll?«, fragte Samm.

»Das konnte ich nicht erkennen.« Heron schulterte ihr Gepäck. »Aber ich bin ziemlich sicher, dass ich dort drüben auch Rauch entdeckt habe.«

»Überall steigt Rauch auf«, wandte Kira ein. »Die halbe Stadt brennt.«

»Das sind chemische Feuer«, erwiderte Heron. »Der Rauch, den ich meine, sah verdächtig nach einem Kochfeuer aus. Deshalb will ich vor Einbruch der Dunkelheit dort eintreffen. Wer immer dort leben mag, entdeckt uns möglicherweise, bevor wir ihn ausfindig machen. Und das könnte zum Problem werden. Ihr könnt mich gern einholen, aber ich warte nicht auf euch.« Mit dem Gewehr in der Hand schlüpfte sie zur Tür hinaus und eilte durch die Lobby nach draußen in die Stadt.

Kira wandte sich an Samm. »Was für Leute sind das wohl?«

»Keine Ahnung.«

»Dann finden wir es heraus.«

Eilig packte Kira weiter. Die überbeanspruchten Muskeln schmerzten, als sie die letzten Gepäckstücke auf die Pferderücken schnallte und die Tiere nach draußen führte. In der Nacht hatte es geregnet, und nun war die Stadt sogar noch gefährlicher als zuvor. Von den Dächern rannen ätzende Tropfen herab, und in den Schlaglöchern wuchsen gewundene, fremdartige Pflanzen wie Tumore, saugten das Gift auf und fügten jedem, der mit ihnen in Berührung kam, schmerzhafte Verbrennungen zu.

Sie folgten dem geeignetsten Orientierungspunkt, den sie finden konnten – einem hohen dunklen Gebäude, das ungefähr in die angestrebte Richtung wies. Im Lauf des Tages gelangten sie sogar zu der Überzeugung, dass dieser Wolkenkratzer tatsächlich das ParaGen-Gebäude war – ein einsamer Turm am Fuß der Berge. Samm und Kira schritten so rasch wie möglich aus und trieben die Pferde erbarmungslos vorwärts, doch am Abend hatten sie erst die Ausläufer von Arvada erreicht. Dieser Teil der Stadt war so öde und von Säure zerfressen wie alle anderen.

»Wir können doch jetzt nicht anhalten«, drängte Kira. »Wir sind doch gleich am Ziel.« Sie deutete auf den schwarzen Turm und die Berge dahinter, die zum Greifen nahe schienen. »Ich kann mein Nachtlager nicht hier aufschlagen, wenn das Ziel gleich dort drüben liegt ... wir müssen weiter.«

»Wir sehen kaum noch etwas«, wandte Samm ein. Er betrachtete die unzähligen Straßenlaternen, die in einer Welt ohne Strom nutzlos waren. »Es ist schon dunkel, die Pferde sind am Ende, und die Wolke über uns verheißt Regen.«

Kira seufzte vor Enttäuschung und ballte die Hände zu Fäusten. Was konnte ihr in dieser Situation noch helfen? Als sie einen Lebensmittelladen entdeckte, zog sie Bobo über die Straße hinter sich her. »Komm mit! Wir binden die Pferde dort drinnen fest und gehen zu Fuß weiter.« Im Pausenraum des Geschäfts sattelten sie die Pferde ab und füllten eine Plastikwanne aus Wasserflaschen, dann schlossen sie die Tür. Kira ließ außerdem den größten Teil ihres Gepäcks zurück und nahm nur das Wichtigste mit: Trinkwasser, eine dicke Plane als Schutz und den stromlosen Computerbildschirm mit den Informationen, die sie im Rechenzentrum in Chicago heruntergeladen hatten. Ohne das Gerät wollte sie keinen Schritt mehr tun. Samm nahm sein Gewehr und mehrere Patronenmagazine mit. Plötzlich wurde auch Kira klar, dass sie nicht ohne Waffe aufbrechen sollte, und sie folgte seinem Beispiel. Dann schlichen sie in die Nacht hinaus. Der Himmel klarte auf, und im Sternenlicht wirkte die Stadt farblos und leer.

In Arvada gab es weniger Firmen als in den anderen Stadtvierteln, aber dadurch wirkte alles nur noch trostloser. Kira und Samm kamen nicht länger an bleichen Gebäuden vorbei, sondern schritten durch staubtrockene Parks und Wohnstraßen mit verfallenen Häusern und verkümmerten Bäumen. Samm wirkte eher nervös als zielstrebig, doch seine Stimmung änderte sich, als sie einen breiten Süßwassersee erreichten – er war tatsächlich sauber und obendrein frei von den Giften und Chemikalien, die sie seit einem Monat in allen Gewässern vorgefunden hatten. Von den Bergen wehte ein sanfter Wind. Zum ersten Mal seit Wochen roch Kira reine Luft: grüne Blätter, saftige Früchte und ... *Ja,* dachte sie. *Es duftet fast nach frisch gebackenem Brot.*

Was ist hier los?

Das Land hinter dem See war grün – sie konnten es zwar nicht sehen, doch sie rochen es, und sie spürten das weiche Gras unter den Füßen. Irgendwie gab es am Fuß der Berge wider Erwarten eine Fläche mit gesundem Gras. Die Grenze war der Zaun, der zugleich die Rocky Flats Preserve einfriedete. Kira runzelte die Stirn und trat vorsichtig näher. Der Zaun war alt und rostig, doch das Land dahinter schien fruchtbar und blühend. Eine Oase des Lebens, die mitten in der Einöde überlebt hatte. Der Turm erhob sich wie eine klaffende schwarze Wunde vor dem Himmel. Zwischen den Bäumen flackerte Licht. Kira hob sichernd das Gewehr.

Samm nickte nach rechts. So leise wie möglich folgten sie dem Zaun und huschten über die Wiese und zwischen den Büschen hindurch, die rings um das geheimnisvolle Gebiet wuchsen. Bald erreichten sie ein breites offenes Tor, in dessen Nähe sich anscheinend niemand aufhielt. Beinahe zehn Minuten lang beobachteten sie den Eingang aus dem Schatten. Dann waren sie sicher, dass dort tatsächlich keine Bewacher standen. Das hohe Gras unter dem Tor bestätigte Kiras Vermutung, dass es schon seit Jahren nicht mehr geschlossen worden war.

»Ob hier jemand lebt?«, flüsterte Kira.

»Ich ...« Samm wusste keine Antwort. »Ich habe keine Ahnung.«

»Gibt es hier einen Vorposten?«, überlegte sie. »Einen ... Stützpunkt der Partials oder ...«

»Wüsste ich es, würde ich es sagen.«

»Aber wer sonst könnte hier sein?«

Sie starrten auf das offene Tor und fanden nicht den Mut, einfach einzutreten.

»Wir haben Heron noch nicht getroffen«, überlegte Samm. »Sie könnte schon drinnen sein, sich verstecken und auf uns warten.«

»Das werden wir gleich herausfinden.« Kira hielt das Gewehr bereit und schlich weiter. Sie wollte nicht länger warten, nachdem sie dem Ziel so nahe waren. Selbst wenn es hier von Partials wimmeln sollte. Nach kurzer Überlegung schien Samm ihr zuzustimmen und folgte ihr.

Jenseits des Tors betraten sie ein bizarres Paradies. Kira staunte über die wuchernden Pflanzen ringsum, und dann entdeckten sie abermals das Licht. Dort brannte etwas, es waren aber nicht die schwelenden Katastrophen in der Stadt, sondern bewachte kleine Feuer, genau wie Heron es beschrieben hatte. Lagerfeuer oder Freudenfeuer. Die beiden schlichen weiter durch die Dunkelheit, und bald nahmen sie auch Geräusche wahr.

Stimmen. Fröhliche, lachende, singende Stimmen und dazwischen Laute, mit denen Kira nie mehr im Leben gerechnet hatte. Sie vergaß jegliche Vorsicht und rannte los, und als sie sie erkannte, sank sie auf die Knie. Die Gefühle überwältigten sie, sie konnte sich keinen Schritt mehr bewegen.

Kinder.

Inmitten der Lichtung knackte und knisterte das Lagerfeuer, ringsum standen niedrige Gebäude, Menschen tanzten, und in ihrer Mitte waren Kinder. Säuglinge, ältere Kinder, Jugendliche, Dutzende Kinder aller Altersstufen und Größen lachten, johlten und klatschten in die Hände, während im Feuerschein eine kleine Band mit Flöten und Geigen musizierte. Kira sank ins Gras und weinte, schluchzte und heulte, wollte sprechen und bekam kein Wort heraus. Samm kniete neben ihr nieder, und sie klammerte sich an ihn, hielt ihn fest und deutete auf die Kinder. Samm versuchte sie wegzuziehen, doch sie wollte sich ihnen nähern, sie berühren und hochheben. Inzwischen hatten die Menschen, Kinder wie Erwachsene, die Neuankömmlinge bemerkt.

Die Musik und der Gesang brachen ab, einige sprangen überrascht auf. Noch einmal versuchte Samm, Kira auf die Füße zu ziehen. Endlich konnte sie sich an die Fremden wenden und bekam einige Worte über die Lippen.

»Ihr habt ja Kinder.«

Die Menschen standen im Halbkreis vor ihr, sie waren mit Speeren, Bogen und gelegentlich sogar mit Handfeuerwaffen ausgerüstet. Eine junge Frau in Kiras Alter trat vor und legte mit geübten Bewegungen das Jagdgewehr an, um auf Kira zu zielen.

»Lasst die Waffen fallen!«

VIERTER TEIL

38

»Wer seid ihr?«, fragte Samm.

Das Mädchen mit dem Gewehr zielte unbeirrt auf Kiras Oberkörper. »Ich sagte, lasst die Waffen fallen!«

Samm warf sein Gewehr auf den Boden. Kira war zu geschockt, um sich zu rühren. Unverwandt starrte sie die Kinder an, bis Samm ihr das Gewehr abnahm und ebenfalls ins Gras warf. »Wir tun euch nichts«, beteuerte er. »Wir wollen nur wissen, wer ihr seid.«

Das Mädchen ließ das Jagdgewehr ein wenig sinken, visierte Kira nicht mehr über den Lauf hinweg an, zielte aber weiterhin auf sie. Sie hatte ihr langes blondes Haar zu einem Pferdeschwanz gebunden, die grobe Lederweste schien handgemacht zu sein. »Ihr zuerst«, verlangte sie. »Woher seid ihr? Seit zwölf Jahren ist niemand mehr über die Berge gekommen.«

Kira schüttelte den Kopf, endlich hatte sie ihre Stimme wiedergefunden. »Wir sind nicht über die Berge gekommen, sondern durch das Ödland. Wir kommen aus New York.«

Das blonde Mädchen runzelte die Stirn, und die Umstehenden murmelten ungläubig vor sich hin. Eine ältere Frau, die ein Kleinkind auf den Armen hielt, trat vor. Kira starrte den kleinen Jungen an, als wäre er ein Wunder in Menschengestalt: drei Jahre alt, rundlich und mit rosigen Wangen, das Gesicht mit Erde und klebrigem Brei verschmiert. Unschuldig starrte er Kira an und musterte ihr Gesicht, als wäre sie ein gewohnter Anblick. Dann fing er ihren Blick auf und lächelte. Kira konnte nicht anders und erwiderte das Lächeln.

»Nun?«, hakte die Frau nach. »Willst du nicht antworten?«

»Was?«, fragte Kira.

»Ich sagte, ihr könnt nicht aus dem Ödland kommen«, erklärte die Frau. »Weil es außer dem Ödland nichts mehr gibt.«

Samm legte Kira eine Hand auf die Schulter. »Ich glaube, du hast es nicht gehört, weil du das Kind angesehen hast.«

»Entschuldigung.« Kira richtete sich auf. Die Menschen wichen ein wenig zurück, hielten aber die Waffen bereit. Samm stellte sich neben sie, und sie nahm seine Hand, um sich zu stützen. »Es ist nur ... es sieht so aus, als hätten wir uns gegenseitig eine Menge zu erklären. Lasst uns beginnen!« Sie wandte sich an das blonde Mädchen. »Das Einfachste zuerst ... seid ihr Menschen oder Partials?«

Die ältere Frau kniff die Augen zusammen. Der Zorn, der darin flackerte, war nicht zu übersehen. Kira erkannte sofort, dass sie eine Menschenfrau war. *Am besten tun wir so, als gehörten wir zu ihnen,* dachte Kira.

»Ich bin Kira Walker, mein Begleiter heißt Samm. Ich bin Sanitäterin und habe auf Long Island an der Ostküste gelebt. Bis vor fünf Minuten dachten wir noch, dort habe sich die letzte menschliche Gemeinschaft auf der Welt befunden. Euren Reaktionen entnehme ich, dass ihr das Gleiche über eure Siedlung gedacht habt. Wir konnten nicht ahnen, dass es hier draußen noch weitere Überlebende gibt, aber ... da seid ihr nun. Und hier sind wir.« Sie streckte die Hand aus und hoffte, dass jemand einschlug. »Schöne Grüße von ...« Beinahe hätte sie gesagt: ... *von einem anderen menschlichen Wesen.* Das Verlustgefühl, das sich auf einmal in ihrem Innern ausbreitete, verschlug ihr jedoch die Sprache. Sie bekam die Worte nicht über die Lippen, schluckte und wählte eine andere Formulierung. »... von einer anderen menschlichen Gemeinschaft.«

Kira ließ eine Hand ausgestreckt und wischte sich mit der anderen über die Augen. Die bewaffneten Siedler starrten sie schweigend an. Nach einer kleinen Pause nickte das Mädchen in Richtung Osten. »Seid ihr wirklich durch das Ödland gekommen?«

»Ja«, bestätigte Kira.

»Ihr müsst am Verhungern sein.« Endlich ließ sie das Gewehr sinken und reichte der Besucherin eine Hand, die sich ebenso grob und schwielig anfühlte wie Kiras eigene Hand. »Ich heiße Calix. Kommt mit zum Feuer und esst etwas!«

Samm hob die Gewehre auf und folgte Calix und Kira zum Feuer. Einige Einwohner beäugten sie weiterhin misstrauisch, wirkten jedoch eher neugierig als ängstlich. Unwillkürlich wollte Kira einem etwa neunjährigen Mädchen über das schwarze Lockenhaar streichen, zuckte aber zurück. Das Mädchen bemerkte es, lächelte und nahm Kira bei der Hand.

»Ich bin Bayley«, stellte sich die Kleine vor.

Kira lachte und war so sehr von Freude erfüllt, dass sie nicht sofort antworten konnte. »Ich freue mich, dich kennenzulernen, Bayley. Du erinnerst mich an meine Schwester. Sie heißt Ariel.«

»Das ist ein schöner Name«, antwortete Bayley. »Ich habe keine Schwester, nur Brüder.«

Dieser Ort war verzaubert – Kira redete mit einem Kind, und das Kind hatte Brüder. »Wie viele?«, fragte Kira, die ihre Aufregung kaum verbergen konnte.

»Drei«, antwortete Bayley. »Roland ist der Älteste, aber Mama sagt, ich trage mehr Verantwortung.«

»Daran zweifle ich nicht.« Kira setzte sich am Feuer auf eine niedrige Bank. Eine Kinderschar stürmte herbei und begaffte die Neuankömmlinge, dann rannten sie wieder weg, weil sie viel zu energiegeladen waren, um länger als eine Sekunde innezuhalten. Ein stattlicher Mann mit einer fettigen Schürze reichte ihr einen Teller Stampfkartoffeln, die reichlich mit Knoblauch und Schnittlauch gewürzt waren. Obenauf saß ein Klecks geräucherter weißer Käse. Bevor sie sich bedanken konnte, kippte er mit der Schöpfkelle noch eine Ladung üppiges Chili con Carne darüber. Der Geruch der scharfen Chilischoten kitzelte sie in der Nase, und ihr lief das Wasser im Mund zusammen. Dennoch war sie noch immer zu überwältigt, um auch nur einen Bissen hinunterzubekommen. Ein anderes kleines Mädchen schenkte ihr ein Glas kühles Wasser ein, das Kira dankbar trank. Samm bedankte sich leise, aß höflich kleine Bissen, blieb aber ständig auf der Hut und behielt die Menschen ringsum im Auge.

Calix und die ältere Frau zogen eine Bank heran und setzten sich vor die Neuankömmlinge. Der Dreijährige wand sich aus den Armen der Mutter und lief weg, um zu spielen. »Esst nur!«, forderte die Frau sie auf. »Aber redet dabei mit mir! Eure Ankunft ist ... nun ja, wie du schon gesagt hast ... wir dachten nicht, dass es noch andere Menschen gibt. Auch wenn wir euch zu essen geben, vertrauen wir euch trotzdem nicht. Wenigstens noch nicht.« Sie lächelte unsicher. »Ich heiße Laura und gelte hier als Bürgermeisterin.«

Kira stellte ihren Teller weg. »Es tut mir leid, Laura! Ich wollte dich nicht übergehen, aber ich ... wie kommt es, dass ihr Kinder habt?«

Laura lachte. »Sie entstehen wie bei allen anderen Menschen.«

»Aber das ist es ja gerade«, erwiderte Kira. »Wir können keine Kinder bekommen.« Auf einmal fiel ihr etwas ein, und sie sprang auf, fürchtete sie doch, die Krankheit in die Siedlung eingeschleppt zu haben. »Leidet ihr nicht an RM?«

»Natürlich haben wir RM«, antwortete Calix. »Alle haben RM.« Sie hielt inne und betrachtete Kira mit gerunzelter Stirn. »Willst du damit sagen, dass ihr kein Heilmittel dafür habt?«

»Habt ihr denn eins?«

Calix schien ebenso überrascht wie Kira. »Wie könnt ihr denn ohne Heilmittel überleben?«

»Wie habt ihr das geschafft?«, fragte Kira. »Es ist das Pheromon – konntet ihr es synthetisieren?«

»Welches Pheromon?«

»Das Pheromon der Partials«, erklärte Kira. »Das war unser bester Ansatz. Ist euch die Heilung denn anders gelungen? Bitte, ihr müsst es mir erzählen! Wir müssen das Mittel nach East Meadow bringen ...«

»Natürlich ist es kein Partialpheromon«, räumte Laura ein. »Die Partials sind ebenfalls alle tot.« Sie hielt inne und blickte beunruhigt zwischen Samm und Kira hin und her. »Es sei denn, ihr habt außer den guten auch schlechte Neuigkeiten.«

»Ich würde nicht unbedingt von schlechten Neuigkeiten reden«, meinte Samm, doch Kira fiel ihm ins Wort, bevor er zu viel verraten konnte. Ihre Gastgeber waren ohnehin schon misstrauisch. Warum mussten sie dann erfahren, dass ihre Besucher Partials waren, solange sie nicht mehr Vertrauen gefasst hatten?

»Die Partials leben noch«, berichtete Kira. »Nicht alle, es dürften etwa eine halbe Million sein. Einige sind ... freundlicher als die anderen.«

»Eine halbe Million.« Calix nahm die Zahl offensichtlich mit Entsetzen zur Kenntnis. »Das ist ...« Sie wich zurück, als fehlten ihr die Worte.

»Wie viele Menschen gibt es noch?«, wollte Laura wissen.

»Früher kannte ich die genaue Zahl«, antwortete Kira. »Ich würde sagen, es sind etwa fünfunddreißigtausend.«

»Gott sei Dank!« Laura liefen Tränen über die Wangen. Auch Calix schien erfreut, als wäre die zweite Zahl ein Ausgleich für die erste. Kira kam es so vor, als hätte das Mädchen keinen Begriff von der Größe der Zahlen.

Sie beugte sich vor. »Wie viele seid ihr?«

»Fast zweitausend«, antwortete Laura und lächelte stolz und wehmütig zugleich. »In den nächsten Monaten müssten wir diese Schwelle überschreiten. Aber fünfunddreißigtausend … ich hätte mir nie träumen lassen, dass es so viele sind.«

»Wie ist es denn bei euch?« Calix richtete die Frage an Kira, warf aber immer wieder verstohlene Blicke zu Samm hinüber. »Wie ist die Welt außerhalb des Reservats? Wir haben einen Teil der Berge erkundet und versucht, ins Ödland vorzustoßen, aber es ist zu groß. Wir dachten, es bedeckt die ganze Welt.«

»Nur den Mittleren Westen«, erwiderte Samm, »und nicht einmal das ganze Gebiet. Es reicht mehr oder weniger von hier bis zum Mississippi.«

»Erzählt mir von dem Heilmittel!«, bat Kira, um das Gespräch auf den wichtigsten Punkt zurückzulenken. »Wie habt ihr es hergestellt? Wie habt ihr überhaupt den Zusammenbruch überlebt?«

»Das war Doktor Vales Werk«, erklärte Laura. »Calix, lauf doch und sieh, ob er noch wach ist und unsere Besucher kennenlernen will!« Calix stand auf, warf Samm einen letzten Blick zu und verschwand in der Dunkelheit. Unterdessen wandte sich Laura wieder an Kira. »Er hat uns gerettet, als RM ausbrach – nun ja, nicht sofort. Es dauerte Wochen, bis alle begriffen hatten, dass das Ende wirklich bevorstand. Er nahm so viele wie möglich von uns mit, Freunde von Freunden oder wen immer wir noch lebendig antrafen, und verabreichte uns das Heilmittel. Anscheinend hat er es irgendwie selbst synthetisiert. Dann haben wir uns hierher in das Naturschutzgebiet zurückgezogen.«

»So lange habt ihr … das Heilmittel schon?«, fragte Kira verblüfft. Sie stammelte und überlegte, wie sie die nächste Frage möglichst höflich formulieren sollte. Dann gab sie es auf. »Warum habt ihr die Rezeptur für euch behalten?«, fragte sie unverblümt. »Warum habt ihr nicht möglichst viele Menschen gerettet?«

»Das haben wir getan«, antwortete Laura. »Wie gesagt, wir haben alle ausfindig gemacht, ob jung oder alt. Alle, die nach dem Krieg und der Virusepidemie noch am Leben waren. Wochenlang haben wir die Stadt abgesucht und Fahrer in alle Richtungen geschickt. Wir haben alle hergeholt, die wir finden konnten, aber zu jenem Zeitpunkt waren nicht mehr viele am Leben. Ich lüge dich nicht an, Kira. Wir waren ehrlich überzeugt, die letzten Menschen auf der Welt zu sein.«

»Wir sind alle nach Osten gegangen«, erwiderte Kira. »Die letzten Überreste der Armee haben uns an einem Ort versammelt.«

Laura schüttelte den Kopf. »Anscheinend haben sie einige übersehen.«

»Wie seid ihr eigentlich auf den Gedanken gekommen, alle Partials seien tot?«, fragte Samm. Wie gewohnt klang seine Stimme emotionslos, doch Kira erkannte, dass ihn seit dem Betreten des Reservats etwas beschäftigte. Sie bemühte sich, seine Gefühle über den Link aufzufangen, doch ohne die erhöhte Bewusstheit einer Gefechtssituation waren ihre Sinne zu schwach.

»Das lag doch nahe«, gab Laura zurück. »RM hat sie genauso getötet wie uns.«

»Warte – wie war das?«, fragte Kira. Diese Information war ihr neu, nicht nur neu, sondern ein regelrechter Schock. »RM hat auf die Partials keinen Einfluss«, fuhr sie fort. »Sie sind immun. Das ... genau das ist doch der springende Punkt.« Sie geriet in Panik. Wenn es in diesem Teil der Welt eine mutierte Version von RM gab, die auch Partials umbrachte, dann schwebten sie in größter Gefahr.

Und wenn es zutraf, dann waren sie bereits infiziert. Es war besser, ruhig zu bleiben und so viel wie möglich zu erfahren.

»Das stimmt«, räumte Laura ein. »Aber dann mutierte das Virus. Es ist hier in Denver geschehen – wie aus dem Nichts erschien ein neuer Stamm, der die Partialarmee vernichtete wie ein Flächenbrand.«

Unwillkürlich warf Kira einen Blick zu Samm hinüber und suchte nach irgendeinem Hinweis in seinem Gesicht, doch er war äußerlich unbewegt wie immer. Allerdings hörte er aufmerksam zu, und Lauras Erklärungen schienen ihm neu zu sein. Sie wollte ihn allerdings nicht vor allen anderen ansprechen und verschob ihre Frage auf einen späteren Zeitpunkt.

Kira wandte sich wieder an Laura. »Wenn in Denver ein neuer Virenstamm zugeschlagen hat, dann müssen die Partials ihre Kräfte unter Quarantäne gestellt und verhindert haben, dass sich die Seuche weiter ausbreitete. Im Osten haben wir nie von einer RM-Variante gehört, die auch die Partials infiziert.«

Aus der Dunkelheit kam Calix angelaufen und deutete auf ein unsichtbares Ziel irgendwo im Naturschutzgebiet. »Doktor Vale ist wach!«, rief sie atemlos. »Er will euch sehen.«

Kira sprang auf. Wenn dieser Dr. Vale RM geheilt hatte, dann wusste er womöglich auch mehr über die Beschaffenheit der Menschen und Partials. Vielleicht hatte er sogar die Unterlagen gefunden, nach denen sie suchten, und konnte ihnen etwas über den Trust und das Verfallsdatum erzählen. Eventuell wusste er sogar, wer und was Kira selbst war. Sie rannte vor Calix her, als das Mädchen sie durch das Dorf führte. Es handelte sich um eine weitläufige Anlage von Bürogebäuden, die zu Unterkünften umgebaut worden waren. Hier waren viele Bewohner unterwegs, die sich nicht am Lagerfeuer gezeigt hatten, doch anscheinend hatte die Neuigkeit schon die Runde gemacht. Kira fühlte sich von Neugierigen beobachtet, die vor Türen standen, sich aus Fenstern lehnten oder sich an Straßenecken versammelt hatten. Sie starrten Kira und Samm mit der gleichen Verwunderung an, die auch Kira bei ihrem Anblick empfunden hatte. Sie winkte im Vorübergehen. Es gab noch mehr Menschen, sie hatten ein Heilmittel und lebten im Paradies. Eine so große Hoffnung hatte sie im ganzen Leben noch nicht verspürt.

In der Ferne, hinter dem Dorf der Bürogebäude, erhob sich ein mächtiger Turm, der sich mühelos mit den Gebäuden in Manhattan messen konnte. Er war pechschwarz und wirkte wie ein Loch im Nachthimmel. Sie konnte ihn nur als dunklen Fleck vor dem Hintergrund der schneebedeckten Berge erkennen, der sich leicht bewegte, wenn sie weiterging. Zuerst glaubte sie, Calix wolle sie zu diesem Turm führen, aber dann blieb das Mädchen vor einem niedrigen Gebäude stehen, das früher einmal als Lagerhaus gedient haben mochte. Inzwischen hatten es die Einwohner zu einem Krankenhaus umgebaut.

»Er erwartet euch.« Calix öffnete die Glastür. Erst jetzt bemerkte Kira, dass fast alle Fenster im Naturschutzgebiet noch intakt waren – ein typisches Zeichen für die Anwesenheit von Menschen und ein Phänomen, das Kira sonst nur in East Meadow beobachtet hatte. Sofort fühlte sie sich heimisch, und die Tatsache, dass sie ein Krankenhaus betrat, verstärkte dieses Gefühl. Samm hingegen ließ sich zurückfallen. Nach kurzem Zögern kehrte Kira um und zog ihn mit sich.

»Komm schon!«, sagte sie. »Wir haben unser Ziel erreicht. Hier finden wir, was wir die ganze Zeit gesucht haben.«

»Wir haben die Pferde zurückgelassen«, wandte Samm ein. Es war kaum mehr als ein Flüstern. »Wir sollten sie nicht über Nacht dort draußen lassen, sondern sie hereinholen. Morgen können wir uns dann mit diesem Mann treffen.«

»Machst du dir wirklich nur wegen der Pferde Sorgen?« Sie zupfte ihn am Ärmel. »Komm schon! Den Pferden geht es gut. Wir können sie auch morgen früh noch holen.«

»Sie haben uns unsere Waffen gelassen«, flüsterte Samm und zerrte zur Bekräftigung an seinem Gürtel. »Sie scheinen uns zu trauen, aber das ist mir unheimlich. Woher wollen sie wissen, ob wir die Wahrheit sagen? Also können sich hinter dem Lächeln und der Gastfreundlichkeit nur starke Sicherheitsvorkehrungen verbergen, die wir nicht bemerken. Das gefällt mir nicht. Lass uns morgen früh wieder herkommen!«

Kira hielt inne und betrachtete ihn. Sie glaubte, seine Besorgnis über den Link zu erkennen, und wenn sie es schon fühlen konnte, dann mussten seine Vorbehalte wirklich stark sein. »Du bist echt nervös, wie?«

»Du etwa nicht?«

Kira sah sich um. Nach wie vor wurden sie beobachtet, und Calix wartete ungeduldig an der Tür. Niemand stand dicht genug, um sie zu belauschen – zumindest nicht mit menschlichen Sinnen. »Es gibt eine Gruppe lebender Menschen, die ein Heilmittel gefunden haben«, flüsterte sie Samm zu. »Sie leben nahe dem Gebäude, das die Heilung von RM und des Verfallsdatums birgt und wo ich erfahren kann, wer ich bin, Samm. Genau das haben wir gesucht.«

»Hier stimmt etwas nicht.«

»Niemand hat uns bedroht ...«

»Und wo steckt Heron?«, fragte er. »Sie hat sich vor uns hier umgesehen, aber ich entdecke sie nirgends. Also hat sie entweder etwas Verdächtiges beobachtet und hält sich versteckt, oder unsere Gastgeber haben sie aufgegriffen und außer Gefecht gesetzt. Wenn sie Heron überhaupt nicht erwähnen, dann haben sie ihr wahrscheinlich etwas angetan. Stell dir nur vor, diese Leute haben Heron gefangen genommen und ausgeschaltet!«

Er hat recht, dachte Kira. *Es ist verdächtig und gefährlich ... und zu schön, um wahr zu sein. Und doch ...* »Sie haben das Heilmittel«, sagte Kira. »Ob sie lügen oder nicht – in diesem Punkt sagen sie die Wahrheit, denn überall sehe ich Kinder. Und wenn sie Kinder haben, dann verfügen sie vielleicht auch über andere Errungenschaften. Ich muss in das Gebäude, Samm. Ich muss einfach. Wenn du draußen warten willst, soll es mir recht sein.«

»Ich lasse dich nicht allein«, erwiderte er und betrachtete das beleuchtete Krankenhaus vor ihnen. »Also gehen wir hinein.«

39

Calix führte sie durch lange Flure, und unterwegs entdeckte Kira, dass die Klinik kein umgebautes Lagerhaus, sondern ein ehemaliges Labor war, das mit hochmodernen Gerätschaften aufwarten konnte. Anscheinend hatte die Einrichtung früher einmal zu ParaGen gehört. Die Flure waren relativ leer, doch Kiras Herz schlug schneller, als sie weinende Babys hörte – es waren keineswegs die kranken, kreischenden Neugeborenen, mit denen sie in East Meadow zu tun gehabt hatte, sondern gesunde Kinder in den tröstenden Armen glücklicher Mütter. Sie wollte loslaufen und die Kinder sehen, blinzelte aber tapfer die Tränen weg und folgte Calix. Erst musste sie das Heilmittel finden, dann konnte sie sich um die Antworten auf ihre Fragen kümmern.

Plötzlich fuhr Samm zusammen und wendete den Kopf hin und her, als suchte er etwas. Instinktiv nahm Kira ihre Kampfhaltung ein und bereitete sich auf einen Angriff vor. Samm atmete tief durch, spähte den Flur entlang und suchte schließlich Kiras Blick. Sie wollte etwas sagen, doch er schüttelte den Kopf und nickte in Calix' Richtung. Das blonde Mädchen war an einer Bürotür stehen geblieben und musterte die Besucher aufmerksam.

»Stimmt etwas nicht?« Kira entging nicht, dass Calix vor allem Samm angesprochen hatte. Er wollte antworten, doch Kira kam ihm zuvor.

»Ist das sein Büro?«

»Ja.« Calix klopfte an. Von drinnen rief eine ärgerliche Stimme, sie sollten eintreten, und dann folgten sie Calix in den Raum. Dr. Vale war klein, von durchschnittlichem Aussehen, alt, aber gesund. Kira konnte nicht erkennen, ob er älter war als Dr. Skousen, und fragte sich, ob er nicht einige der Langlebigkeitsgene in sich trug, die sich ältere und reiche Menschen vor dem Zusammenbruch hatten verabreichen lassen. Falls dies zutraf, gab es keine Möglichkeit, sein wahres Alter zu schätzen – er konnte zwischen sechzig und hundertzwanzig Jahre alt sein. Samm starrte ihn einen Augenblick lang an, und Kira spürte ein leichtes Misstrauen. Samm mochte den Arzt nicht. Sie brauchte nicht einmal den Link zu befragen, um dies zu spüren. Sie nahm sich zusammen, bereitete sich innerlich auf das Gespräch vor und war auf alles gefasst, was kommen mochte.

»Nehmen Sie doch Platz!« Dr. Vale deutete auf die Stühle vor seinem Schreibtisch. Als Calix sich zu ihnen setzen wollte, hielt Vale sie freundlich lächelnd auf und deutete auf die Tür. »Bist du so nett und wartest draußen, meine Liebe? Unsere Gäste haben gewiss viele Fragen, und wir wollen nicht gestört werden.«

Darüber war Calix ganz und gar nicht erfreut. Seufzend verließ sie den Raum, nicht ohne Samm zum Abschied rasch noch einmal zuzulächeln. Samm schien es nicht zu bemerken, denn er konzentrierte sich ganz und gar auf Vale. Kira empfing eine unerklärliche Ausstrahlung großer Befriedigung.

Sobald Calix die Tür hinter sich geschlossen hatte, wandte Vale sich an Samm und Kira. »Nun«, begann er, »Sie sind also die beiden Wanderer, die das Ödland überwunden haben.«

»Ja, Sir«, antwortete Kira. »Wir sind hergekommen, weil wir ... weil wir Antworten suchen. Und wir brauchen ein Heilmittel für RM. Wie wir erfahren haben, konnten Sie ein solches Medikament synthetisieren.«

»So ist es«, bestätigte der Arzt. »So ist es. Sagen Sie mir, wie viele gibt es denn noch?«

»Menschen oder Partials?«, fragte Kira.

Vale lächelte. »Beide.«

»Fünfunddreißigtausend Menschen«, antwortete Kira. »In etwa. Außerdem rund eine halbe Million Partials.«

Vale strahlte. »Dann haben wir ein lachendes und ein weinendes Auge, wie? In einer winzigen Sekunde erfahren wir, dass unser Weltbild überholt ist. Ehrlich gesagt überrascht mich diese Nachricht, obwohl ich mir einbilde, für alles gewappnet zu sein.«

»Bitte, Sir«, sagte Kira, »erzählen Sie mir von dem Heilmittel!«

»Es wirkt.« Zufrieden hob Vale beide Hände und zuckte mit den Achseln. »Was sonst soll ich sagen? Wir impfen alle Kinder gleich nach der Geburt, und RM kann ihnen nie mehr etwas anhaben. Dies ist natürlich langfristig keine ideale Lösung, und ich verabscheue die Vorstellung, dass wir in hundert Jahren immer noch alle Neugeborenen impfen müssen. Andererseits haben wir dies auch schon vor dem Zusammenbruch getan, nicht wahr? Impfungen gegen Krankheiten, Antibiotika und einen ganzen chemischen Cocktail haben wir ihnen verabreicht. Schon vor RM war die Welt für unsere Spezies viel unwirtlicher, als wir es zugeben wollten.«

Dr. Vale war irgendwie seltsam, obwohl Kira es nicht recht einordnen konnte. Sie besaß Erfahrung als Praktikantin im medizinischen Dienst und hatte ihr ganzes Leben in der Nähe von Ärzten verbracht, aber dieser Dr. Vale war ... irgendwie anders. Er redete nicht wie ein Arzt.

»Was wir brauchen«, fuhr er fort und deutete zum dunklen Fenster hinter sich, »ist ein Heilmittel, das genauso wirkt wie unser Reservat.«

»Wie meinen Sie das?«, fragte Kira.

Wieder lächelte Vale. »Das Paradies, in dem wir leben, war früher gefährlich, und der Zugang war beschränkt. Hier lebten weder Tiere noch Menschen, und es gab auch keine Pflanzen. Ringsum war alles so unfruchtbar wie das Ödland, das Sie durchquert haben. Inzwischen hat sich die Lage vollständig umgekehrt. Was die Nukleartechnik zerstört hatte, konnte die Biotechnologie wiederaufbauen.«

Kira runzelte die Stirn. »Wurde hier eine Atombombe abgeworfen?«

»Nein, nein!«, wehrte Vale ab. »Oder wenigstens nicht in der Form, wie Sie es sich vorstellen. Die Anlage in Rocky Flats diente im Zweiten Weltkrieg der Produktion von Atomwaffen. Es war die erste Fabrik, die Wasserstoffbomben herstellte. Hier war mehr radioaktives Material gelagert, als jemals in Hiroshima freigesetzt wurde, und wie wir gesehen haben, gerät die Technik eben manchmal außer Kontrolle. Schließlich stellte die Anlage eine zu große Gesundheitsgefahr dar und wurde zurückgebaut. Nach jahrzehntelangen Aufräumarbeiten entschied man, dass die Gegend für neue Bewohner sicher genug sei. Natürlich nicht für Menschen, so sicher war sie keineswegs! Aber wer kümmert sich schon um Hirsche? Sollen sie ruhig Krebs bekommen, wir versichern sie sowieso nicht. So entstand im Jahr zweitausend die Rocky Flats Wildlife Preserve, und dabei blieb es mehrere Jahrzehnte lang. Immerhin war die Gegend so sauber, dass wir unser Gewissen beruhigen konnten, aber nicht wirklich sauber genug für Menschen. So viel zum menschlichen Edelmut.«

»Sie haben die Biotechnologie erwähnt«, sagte Kira. Sie war nicht sicher, wohin das Gespräch führen würde. Aber wenigstens redete er, und Kira drängte ihn, um noch mehr zu erfahren. »Ich nehme an, hier kommt ParaGen ins Spiel.«

»Da haben Sie recht«, erwiderte Vale. »ParaGen, das Paradepferd einer aufstrebenden neuen Industrie. Wir waren nicht immer hier – wir haben im Süden begonnen, in Parker. Unser erster Vorstoß in den Bereich der Biotechnologie waren verschiedene hungrige Mikroben, die auf Nahrung scharf waren, die sonst niemand mochte ...«

»Haben Sie für ParaGen gearbeitet?«, platzte Kira heraus.

»Natürlich«, erwiderte Vale. Er warf einen Blick zu Samm hinüber, der stocksteif auf seinem Stuhl saß, dann sah er

Kira an. »Dank meiner biotechnischen Ausbildung konnte ich das Heilmittel entwickeln.«

Kira musste sich beherrschen, um nicht aufzuspringen. Ein Biotechnologe von ParaGen? Gehörte er zum Trust? Unzählige Fragen schossen ihr durch den Kopf, doch sie war nicht sicher, wie sie sich ihm gegenüber verhalten sollte. Würde er ihr antworten, wenn sie ganz offen nach den Partials, dem Verfallsdatum, der Sicherung und allem anderen fragte? Oder würde er augenblicklich verstummen? Oder einen Wutanfall bekommen? Sie beschloss, ihn reden zu lassen, um einen Eindruck von seiner Persönlichkeit zu gewinnen. »Sie haben also Mikroben hergestellt?«

»Mikroben, die Abfallprodukte gefressen haben.« Er war offenbar begeistert, über dieses Thema reden zu können. »Strahlung, Schwermetalle, giftige Chemikalien – unterschiedlichste Materie, aber höchst ergiebige Energiequellen für Organismen, die sich solche Materie zunutze machen konnten. Zwei Verträge mit der Regierung, einige Jahre Zeit für die Mikroben, um ihre Wirkung zu entfalten, und auf einmal waren die verschmutzten Rocky Flats ein Garten Eden geworden. Ein solcher Erfolg zieht weitere Verträge nach sich und bringt der Firma größere Schecks ein. Noch einige weitere Erfolge, und Sie können sich die Schecks selbst ausstellen. Eine der Prämien war die volle Verfügungsgewalt über die Rocky Flats, ein weitläufiges Gebiet im Grünen, das niemand haben wollte. Unsere karmische Belohnung dafür, dass wir das Gelände gerettet haben. Die Mikroben wühlen heute noch in der Erde, weisen das giftige Ödland in seine Schranken und erhalten unseren paradiesischen Winkel am Leben.«

Er redet gern über dieses Thema, dachte Kira. *Soll ich ihn weiterdrängen?* Sie räusperte sich. »Dann gehörten Sie also zu dem Forschungsteam, das neue Organismen erschuf.«

»Allerdings«, bestätigte Vale. Abermals musterte er Samm, der kühl und schweigsam wie eine Statue auf dem Stuhl saß. Kira fragte sich, was nicht in Ordnung war, doch Vale wandte sich freundlich lächelnd schon wieder an sie. »Ich bin Genetiker – jedenfalls in dem Maß, wie genetische Arbeiten heute noch möglich sind. Das Heilmittel, das ich entwickelt habe, funktioniert derzeit, aber ich brauche etwas, das so wirkt wie die Mikroben – etwas, das unter der Oberfläche lebt, sich ausbreitet und uns ohne weiteres Zutun beschützt. Etwas, das von der Mutter auf das Kind übertragen wird.«

»Aber was Sie haben, ist auf jeden Fall schon einmal ein Heilmittel«, sagte Kira. »Es funktioniert. In New York hat seit dem Zusammenbruch kein einziges Kind länger als drei Tage überlebt. Vor einigen Monaten konnten wir ein Kind heilen, aber das war der einzige Fall. Wir haben ein Wunderkind, und Sie haben Hunderte. Alle Versuche, unser Heilmittel zu reproduzieren, sind gescheitert. Sie könnten uns eine Zukunft schenken. Bitte … ich bin Sanitäterin, ich wurde mein ganzes Leben lang für genau diesen Augenblick ausgebildet. Bringen Sie mich in Ihr Labor, und zeigen Sie es mir! Dann können wir Zehntausende Kinder retten. Eine ganze Generation.« Kira brach in Tränen aus. »Wir hätten wieder eine Zukunft.«

»Das Heilmittel ist leider nicht transportabel«, entgegnete Vale.

»Was?« Verwirrt runzelte sie die Stirn. »Warum ist es nicht transportabel?«

»Sie werden schon sehen«, erwiderte Vale.

Kira stand auf. »Sofort.«

»Nur Geduld!« Er bedeutete ihr, sich wieder zu setzen. Sie weigerte sich. »Ich will helfen, aber wir müssen vorsichtig sein.«

»Warum sollten wir vorsichtig sein?«

»In diesem Naturschutzgebiet leben wir in einem empfindlichen Gleichgewicht«, erläuterte er. »Ich helfe Ihnen, aber das Gleichgewicht darf nicht gestört werden.«

»Dann helfen wir Ihnen!«, rief Kira voller Eifer. »Ich habe RM studiert, wir haben das Ödland durchquert, wir kennen das Gelände, die Gegebenheiten und alles andere. Was müssen Sie wissen?«

»Heute Abend nichts mehr«, erwiderte Vale. »Wir reden morgen weiter.«

Enttäuscht ballte Kira die Hände zu Fäusten. »Was ist mit dem Verfallsdatum?«, fragte sie. Er sah sie mit neugierigen Augen an, als wüsste er nicht, wovon sie redete. »Das Verfallsdatum der Partials«, wiederholte sie. »Der Mechanismus in ihren Genen, der sie nach zwanzig Jahren tötet. Wissen Sie nichts darüber? Oder haben Sie herausgefunden, wie es funktioniert?«

»Die anderen weisen Ihnen ein Nachtquartier zu«, sagte Vale. Er stand auf und ging zur Tür. Seine Stimme klang ein wenig unsicher, die anfängliche Freude über die Erörterung der Mikroben war offenbar verflogen. »Es wird heute Nacht regnen, und so hilfreich die Mikroben auch sind, Sie sollten sich keinesfalls im Freien aufhalten.«

»Warum antworten Sie mir nicht?«, beharrte Kira.

»Ich antworte Ihnen morgen«, wehrte er ab. »Folgen Sie Calix, und ich rufe Sie morgen früh zu mir.« Er öffnete die Tür und winkte in den Flur hinein.

»Gleich morgen früh!«, verlangte Kira. »Versprechen Sie es uns!« Samm stand auf und folgte ihr.

»Selbstverständlich«, bekräftigte Vale. »Gleich morgen früh.«

Calix hatte sich im Flur auf den Boden gesetzt. Sie stand rasch auf. »Wir müssen uns beeilen«, warnte sie. »Der Säureregen beginnt bald, und dann müssen alle in den Häusern sein.« Sie sah Samm an. »Du kannst bei mir wohnen – ihr beide –, aber wir müssen uns beeilen.«

Kira durchbohrte Vale mit Blicken, und sein Lächeln trieb sie schier in den Wahnsinn. »Gleich morgen früh«, wiederholte sie noch einmal. Dann folgte sie Calix, die schon den Flur entlanglief.

Als sie die Vordertür erreichten, spähte Calix vorsichtig nach draußen zu den dicken schwarzen Regenwolken, die sich am Himmel gesammelt hatten. »Es regnet noch nicht. Kommt mit!« Sie rannte los, doch als Kira folgen wollte, hielt Samm sie am Arm fest.

»Warte!« Er beugte sich vor und flüsterte ihr so leise ins Ohr, dass sie es kaum verstehen konnte. »Hast du es auch bemerkt?«

»Was denn?«

»Doktor Vale«, sagte Samm. »Ich habe ihn über den Link gespürt. Er ist ein Partial.«

40

Calix lebte ein paar Gebäude entfernt. Sie trafen dort ein, als gerade eben die ersten beißenden Tropfen fielen und auf dem Boden zerplatzten. »Das Zeug, das ParaGen in den Boden gespritzt hat, hilft den Pflanzen«, erklärte Calix. »Die Säure sollte aber keine menschliche Haut berühren.« Ein großer Mann hielt ihnen die Tür auf, damit sie eintreten konnten, und schalt sie, weil sie so spät kamen.

»Willst du dich umbringen, Callie?«,

»Bisher hat es mich noch nie erwischt.« Sie klopfte ihm liebevoll auf den Arm, als sie vorbeiging. »Danke, dass du die Tür aufgehalten hast!«

»Gern geschehen. Sind das die Reisenden?«

Samm sah sich in dem Vorraum des Gebäudes um, in dem sich neugierige Bewohner versammelt hatten. Er nickte dem großen Mann zu. »Die sind wir. Wir brauchen ein Nachtquartier.«

»Er wollte eigentlich *bitte* sagen«, warf Kira ein. »Und vielen Dank für eure Gastfreundschaft.«

»Ich habe genug Platz.« Calix drückte auf den Rufknopf des Aufzugs.

Kira ging an ihr vorbei, weil sie nach der Treppe suchte, und zuckte leicht zusammen, als die Fahrstuhltür aufglitt. »Heiliger Bimbam!«

Calix runzelte die Stirn. »Alles in Ordnung?«

»Wo ich herkomme, muss ich ...« Kira schüttelte sich und folgte dem Mädchen vorsichtig in die Kabine. »Wir haben zu

Hause nicht genügend Strom, um Aufzüge zu betreiben. Ich habe noch nie einen benutzt.«

»Ich auch nicht«, sagte Samm, obwohl Kira wusste, dass das nicht stimmte. Vermutlich wollte er die andernfalls unvermeidliche Frage vermeiden, warum sich ihre Erfahrungen so sehr voneinander unterschieden. In der Kabine drückte Calix auf den Knopf für das oberste Stockwerk, und die Türen schlossen sich.

»Anscheinend wird das ganze Gelände mit Strom versorgt, nicht nur das Krankenhaus«, überlegte Kira. »Woher bekommt ihr so viel Energie?«

»ParaGen hatte schon einige Jahre vor dem Zusammenbruch auf Selbstversorgung umgestellt«, erklärte Calix. »Wir haben Strom, fließendes Wasser und natürlich das Naturschutzgebiet, das uns vor dem Ödland schützt. Es gibt sogar genug Land, um Vieh zu züchten, falls wir lebende Tiere finden.«

»Das Chili zum Abendessen enthielt Fleisch«, sagte Kira.

»Eigentlich war es Wild.« Calix blickte Samm stolz an. »Ich habe den Hirsch selbst erlegt. Seit zwei Jahren bin ich eine voll zugelassene Jägerin.«

Samm nickte – für seine Begriffe eine äußerst starke Gefühlsäußerung. »Sehr beeindruckend.«

Kira bemühte sich, keine beleidigte Miene aufzusetzen. Calix jagte schließlich nicht gerade Ungeheuer wie das Wesen, mit dem Kira es in New York zu tun gehabt hatte.

Der Aufzug entließ sie im obersten Stockwerk, das früher offenbar als Großraumbüro gedient hatte, auch wenn inzwischen die meisten Zwischenwände verschwunden waren. Die verbliebenen Schreibtische standen an den Wänden und waren mit Topfpflanzen, Bücherstapeln und Brettspielen vollgestellt. In einer Ecke lagen Gummibälle. »Das ist unser Pausenhof«, sagte Calix. »Meine Wohnung ist da drüben: Konferenzraum Zwei.« Die Büros und Konferenzräume, an denen sie vorbeikamen, waren zu kleinen Wohnungen umgebaut worden und größtenteils belegt. Calix winkte ihren Nachbarn freundlich zu. Die Bewohner bestaunten die Neuankömmlinge, näherten sich ihnen aber nicht. Konferenzraum Zwei war spärlicher eingerichtet als die meisten anderen Behausungen. Kira fragte sich, ob Calix einfach keinen Wert auf Zimmerschmuck legte, ob sie weniger handwerkliches Geschick besaß oder bedürftiger war. In dieser Gesellschaft gab es anscheinend kein Geld, aber inzwischen war ihr klar, dass hier so gut wie alles anders war, als sie es erwartete.

Wie beispielsweise die Tatsache, dass der Arzt ein Partial war.

Es gab ein Einzelbett, das Calix freundlicherweise Kira anbot. Kira aber bestand darauf, auf dem Boden zu schlafen – und zwar auf der anderen Seite des Raums, wo sie und Samm sich ungestört unterhalten konnten, sobald ihre Gastgeberin eingeschlafen wäre. Nachdem Calix ihre Gäste eine Stunde lang intensiv über das Leben außerhalb des Reservats ausgefragt hatte, musste Kira einsehen, dass sie nicht länger durchhalten würde. Nach der zweiten Stunde war Kira zu müde, um noch an dem Gespräch teilzunehmen. Ihr fielen die Augen zu, während Samm unermüdlich eine Frage nach der anderen beantwortete.

Langsam sank sie, nur wenige Handbreit von dem aufrecht sitzenden Samm entfernt, in einem Gewirr von Decken in den Schlaf. Einige Augenblicke vergingen, sie atmete tief und ruhig, und auf einmal spürte sie etwas auf dem Handrücken.

Er hatte seine Hand auf die ihre gelegt.

Am Morgen fuhr sie erschrocken hoch, richtete sich auf und tastete umher, ohne zu wissen, wonach sie suchte. Durch die Vorhänge fiel Sonnenlicht in das Zimmer, Calix' Bett war verlassen. Samm schlief ausgestreckt wie ein Toter neben Kira auf dem Boden. Rasch stand Kira auf, warf einen Blick nach draußen und rüttelte Samm.

»Samm!«

Er wachte auf wie ein Raubtier und nahm blitzschnell die Kampfstellung ein. Kira musste sich ducken, um keinen Hieb abzubekommen. Er hielt inne, sah sich in dem Raum um und blickte Kira an. »Tut mir leid«, sagte er. »Diese Umgebung macht mich nervös.«

»Mich auch«, erwiderte sie. »Wir müssen herausfinden, was hier vor sich geht. Im Augenblick sind wir allein, aber ich weiß nicht, wann Calix wieder auftaucht.«

»Der Arzt ist kein Partial«, erklärte Samm.

»Du sagtest aber, er sei ein Partial.«

»Er passt zu keinem Modell, das mir je begegnet ist«, fuhr er fort. »Ich habe die ganze Nacht darüber nachgedacht. Er ist weder General noch Arzt, und damit bleiben nur zwei Möglichkeiten. Erstens, er ist ein Modell, das dir ähnelt, das wir aber noch nicht gesehen haben und das nicht in Massenproduktion ging. Das halte ich vor allem deshalb für unwahrscheinlich, weil du keine Linkdaten aussendest, während er es tut. Außerdem alterst du. Er hingegen könnte nicht so alt sein, wie er es ist, wenn er sein Leben vor siebzehn Jahren als Kind begonnen hätte. Die zweite und wahrscheinlichere Möglichkeit ist die, dass er Morgan ähnelt – ein Mensch mit Genmanipulationen, der den Link benutzen kann. Das führt mich zu einer ziemlich sicheren Schlussfolgerung.«

»Er ist außerdem ein Mitglied des Trusts«, sagte Kira. »Nach allem, was er über seine Vorgeschichte bei ParaGen erzählt hat, ist das sehr einleuchtend. Er hat von Anfang an für die Firma gearbeitet und war vermutlich sogar einer ihrer führenden Wissenschaftler.«

»Außerdem kann er mich außer Gefecht setzen, wann immer er will.« Samms Stimme klang völlig sachlich, obwohl die Aussage bitterernst war. »Gestern Abend erteilte er mir keine Befehle, aber falls er es je tun sollte, kann ich ihm möglicherweise den Gehorsam nicht verweigern.«

»Du hast dich Morgan verweigert.«

»Ich brauchte mehrere Minuten dazu und musste mich sehr stark konzentrieren«, wandte Samm ein. »Diese Kontrolle ist praktisch nicht zu durchbrechen, und für den Trust gilt das noch mehr als für die Offiziere. Wenn er sich wirklich anstrengt und mir nahe genug ist, komme ich wahrscheinlich überhaupt nicht dagegen an. Selbst im günstigsten Fall kann er mich lange genug lähmen, um dich anzugreifen.«

»Im schlimmsten Fall hat er auch mich im Griff«, ergänzte Kira. »Vorausgesetzt, er weiß, wer ich bin.«

»Morgan wusste es nicht, aber das hat nichts zu bedeuten«, überlegte Samm. »Offensichtlich wussten dein Vater und Nandita, dass du eine Partial bist, aber Morgan wusste es nicht. Keine Ahnung, was Vale weiß oder nicht weiß!«

»Allmählich keimt in mir der Verdacht, dass es im Trust nicht sehr vertrauensvoll zuging«, meinte Kira. »Mir scheint, als hätte es dort mindestens zwei verschiedene Gruppierungen mit ganz unterschiedlichen Zielen gegeben.«

Samm nickte. »Das erklärt die widersprüchlichen Hinweise, die wir haben, verrät uns aber nicht, was das alles wirklich zu bedeuten hat. Wir brauchen mehr Informationen.«

»Die befinden sich wahrscheinlich in dem Hauptturm«, vermutete Kira. »Das Gebäude, in dem wir gestern waren, diente offenbar ausschließlich medizinischen Zwecken. Wenn Vale uns noch weiter hinhält, ist der Turm unser nächstes Ziel.«

Samm nickte, dann wurde er nachdenklich. »Hat Nandita dich jemals beeinflusst?«

»Meinst du mit dem Link?«

»Ja. Hattest du jemals den Eindruck, zu irgendetwas gezwungen worden zu sein?«

»Nicht, dass ich wüsste«, erwiderte Kira. Sie sah ihn an und empfand Mitgefühl, weil er so viel durchgemacht hatte. »Wie fühlt es sich an?«

Samm seufzte tief auf. »Manchmal ist es schwer zu erkennen«, räumte er ein. Wieder hielt er inne, dann lächelte er leicht. »Und einer fanatisch unabhängigen Person wie dir fällt es natürlich eher auf.«

Kira tätschelte seinen Arm. »Ich wusste gar nicht, dass Partials ironisch werden können.«

»Ich lerne schnell.«

»Wie auch immer«, sagte Kira, »ich glaube nicht, dass Nandita mich je über den Link beeinflusst hat, und ich weiß nicht, ob Vale es jemals versuchen wird.« Plötzlich fiel ihr etwas ein. »Ob er mich nun kennt oder nicht – er muss bemerkt haben, dass du ein Partial bist, oder?«

»Ich kann mir nicht vorstellen, dass es ihm entgangen ist«, gab Samm zu. »Andererseits ist mir schleierhaft, warum er dazu schweigt. Was hat er zu gewinnen, wenn er es für sich behält? Es sei denn ... vielleicht weiß er, dass wir beide Partials sind, will uns aber in dem Glauben wiegen, er wisse von nichts.«

Kira starrte die immer noch geschlossene Tür an. »Das ist gut möglich. Wir sollten davon ausgehen, dass er uns etwas verheimlicht, selbst wenn es nur seinem eigenen Interesse dient. Er kann dich nicht als Partial bloßstellen, ohne sich als einer der Wissenschaftler zu erkennen zu geben, die uns geschaffen haben. Hier sind die Einwohner nicht so militant wie wir in East Meadow, aber auch sie können die Partials nicht leiden. Wenn sie herausfinden, dass ihr Arzt beim Aufbau der Rebellenarmee mitgeholfen hat, könnten sie ungehalten reagieren.«

»Meine Annahmen gehen in die gleiche Richtung«, antwortete Samm. »So oder so, für uns sieht es nicht gut aus. Er hat hier eine schöne Sache auf die Beine gestellt und eine perfekte kleine Gesellschaft geschaffen. Unsere Ankunft – unsere bloße Existenz – gefährdet das alles. Falls uns die Partials hierher folgen, ist er erledigt. Wenn uns die Menschen hierher folgen, ist er ebenfalls erledigt. Wenn die Wahrheit über dich, über mich oder ihn herauskommt, werden alle Geheimnisse gelüftet, und er ist auch wieder erledigt. Für ihn wäre es das Beste, uns zu töten oder unbeschränkt lange hier festzusetzen. Wahrscheinlich hat er sich gestern aus diesem Grund gesträubt, uns das Heilmittel für RM zu zeigen.«

Kira runzelte die Stirn, weil sie einen Haken sah. »Es sei denn, er hat vorher die Wahrheit gesagt, und das Heilmittel ist tatsächlich nicht transportfähig. Das könnte bedeuten, dass es tiefgefroren bleiben muss. So etwas können wir offensichtlich nicht quer über den Kontinent schleppen. Er hätte uns aber wenigstens die Formel geben oder den Prozess zeigen können. Doch er hat sich geweigert. Was hier auch los ist – du hast recht, was die Gefahren betrifft.«

»Obendrein wissen wir immer noch nicht, wo Heron steckt«, ergänzte Samm.

»Richtig.« Kira trommelte mit den Fingern auf den Boden und versuchte, die verwirrende Vielfalt der Möglichkeiten zu ordnen. »Wenn sie ihm zu nahe gekommen ist, hat er sie entdeckt. Vielleicht hat er den Link eingesetzt, um sie gefangen zu nehmen.«

»Heron steht in der Hierarchie des Links viel höher als die meisten anderen von uns«, erwiderte Samm. »Sie ist ein Spionagemodell und deshalb grundsätzlich unabhängig.« Er hielt inne, dachte schweigend nach und seufzte – eine sehr menschliche Äußerung, die er wahrscheinlich nach der langen gemeinsam verbrachten Zeit von Kira übernommen hatte. Sie fand es faszinierend. »Trotzdem«, fuhr er fort. »Sie war Morgan unterworfen, und ich nehme an, Vale kann mit dem Link ebenso gut umgehen. Vielleicht hält er sie irgendwo fest.«

»Es ist auch möglich, dass sie ihn als Erste bemerkt und sich zurückgehalten hat«, überlegte Kira. »Da ich Heron kenne, finde ich dies wahrscheinlicher. Gut möglich, dass sie bereits versucht, in einem anderen Bereich des Geländes die Antworten zu finden, auf die wir es abgesehen haben.«

»Der Hauptturm«, wiederholte Samm. »Da alle Gebäude mit Strom versorgt sind, kann sie leicht auf die Computer zugreifen. Das heißt aber nicht, dass ihr auch die Informationen zugänglich sind. Afa konnte die Sicherheitsvorkehrungen umgehen, aber ohne ihn wüsste ich nicht, wie wir unser Ziel erreichen sollen.«

»Dann muss sie mit den schriftlichen Dokumenten beginnen«, sagte Kira. »Immer vorausgesetzt, Doktor Vale hat nicht alles zerstört – denn falls er seine Identität verschleiern will, hat er möglicherweise alte Daten vernichtet.«

»Fraglich ist, ob er sich überhaupt tarnen will«, meinte Samm. »Es besteht durchaus die Möglichkeit, dass wir völlig falschliegen. Vielleicht wissen sowieso schon alle, wer er ist. Wir könnten erheblich mehr erfahren, wenn wir jemanden fänden, auf den Verlass ist und der unsere Fragen aufrichtig beantwortet.«

»Ich traue Calix nicht«, warf Kira rasch ein, bevor er einen entsprechenden Vorschlag machen konnte. »Sie ist offensichtlich Vale völlig ergeben.«

»Er ist ihr Anführer«, erwiderte Samm. »Warum sollte sie ihm gegenüber nicht treu ergeben sein?«

»Das meine ich doch«, sagte Kira. »Ich will nicht behaupten, dass ich sie für eine Spionin, aber ... wenn wir neugierige Fragen stellen, wird er davon erfahren.«

»Du vermutest also eine Verschwörung«, antwortete Samm. »Nur weil Vale verschlagen ist, sind nicht alle hier von Haus aus unsere Feinde. Am wahrscheinlichsten wäre die Annahme, dass alle nur glücklich und vergesslich sind.«

Kira schüttelte den Kopf. »Das ist möglich, aber nicht sicher. Ich will niemandem vertrauen, solange man mir nicht verrät, was hier vor sich geht.«

»Genau dazu ist diese Gesellschaft nicht bereit«, sagte Samm. Kira hob den Kopf, und Samm lächelte ganz leicht und ein wenig schief. »Kira Walker, du bist eine Rebellin. Selbst dann, wenn es nichts zum Auflehnen gibt.«

Kira erwiderte das Lächeln. »Vielleicht wurde ich so konstruiert. Gibt es viele Rebellenmodelle unter den Partials?«

»Wir haben den Partialkrieg begonnen«, gab er zurück. »Rebellion ist für uns etwas völlig Natürliches.«

Der Türriegel klickte, und Kira hob erschrocken den Kopf, als hätte sie Angst, ertappt zu werden. Zu spät fiel ihr ein, dass ihr Verhalten auf den ersten Blick keineswegs verdächtig wirkte. Warum sollten die beiden Neuankömmlinge nicht unter vier Augen miteinander reden? Sie hoffte nur, dass niemand sie belauscht hatte.

Calix stieß die Tür mit der Hüfte auf und trug zwei mit Eiern und Kartoffeln beladene Teller herein. Das Essen war großzügig mit roten und grünen Chilischoten bestreut. Nach dem Chili con Carne des vergangenen Abends gewann Kira den Eindruck, dass der Koch scharf gewürzte Speisen bevorzugte. »Schön, ihr seid wach.« Calix stellte die Teller auf einen Tisch an der Wand. Es war ein seltsam geformtes Überbleibsel des viel größeren Konferenztischs, der früher den Raum beherrscht hatte. Anschließend zog sie Gabeln aus der Tasche und lud die Gäste mit weit ausholender Geste zum Essen ein. »Das Frühstück ist serviert. Hoffentlich stört es euch nicht, dass ich einen Freund eingeladen habe. Allein konnte ich sowieso nicht alles tragen.«

Wie auf Stichwort klopfte es leise an der Tür. Calix öffnete, und ein gedrungener junger Mann mit breitem Gesicht und verschmitztem Grinsen trat ein. Er brachte dicke Plastikbecher und eine große Flasche Wasser mit. »Danke, Cal. Hallo, Leute! Ich heiße Phan.«

»Hallo«, begrüßte Kira ihn. Ihr Magen knurrte vernehmlich, und sie schnitt eine verlegene Grimasse. »Entschuldigung. Wir haben seit Monaten nichts Anständiges mehr gegessen. Das sieht köstlich aus.«

Phan lachte. »Kein Problem. Haut rein!« Er schraubte die Flasche auf und verteilte das Wasser auf die Becher. Kira schätzte, dass der Bursche etwa in ihrem Alter war. »Tut mir leid, dass ich so in euer Frühstück platze, aber ihr seid so ziemlich das Erstaunlichste, was hier seit Menschengedenken hereingeschneit ist.«

Kira kicherte. »Das könnte ich auch über euch sagen. Wir haben immer gehofft, es gäbe noch mehr Überlebende, konnten aber nie mit jemandem Kontakt aufnehmen.«

»Setz dich doch und iss!« Calix berührte Samm leicht am Arm und bugsierte ihn zum Tisch. »Kümmert euch nicht um uns, wir haben schon gegessen.«

»Aber wechselt euch ab, damit immer einer von euch reden kann.« Phan verteilte die Becher mit dem Wasser. »Beginnt am besten damit, wie ihr es geschafft habt, das Ödland zu durchqueren! Bisher ist keiner von uns weiter als bis Kansas gekommen. Wir dachten, wenn überhaupt noch Siedlungen existieren, dann müssen sie jenseits der Berge im Westen liegen.«

Kira schluckte einen Happen Kartoffeln – äußerst pikant gewürzt, aber Nanditas würzige Kochkünste waren eine gute Schule gewesen – und stellte ihrerseits eine Frage. »Hat jemand irgendwann einmal die Berge überquert?«

»Ja, aber sie sind nie zurückgekehrt«, entgegnete Calix. »Wir sind weit genug vorgestoßen, um zu wissen, dass sich die verseuchte Einöde nicht sehr weit nach Westen erstreckt. Die Berge halten den Wind ab, sodass die meisten giftigen Stoffe hier draußen in der Ebene bleiben. Aber auch ohne Säureregen sind die Berge ziemlich gefährlich. Man muss einige sehr hohe Pässe überwinden, und viele Straßen wurden weggeschwemmt.«

»Die beste Möglichkeit wäre ein Vorstoß nach Norden«, erklärte Phan. »Durch Wyoming und um die Ausläufer der Bergkette herum, doch Vale genehmigt solche Unternehmungen nicht. Dort oben ist alles ziemlich öde, und es gibt keinen echten Schutz vor den Stürmen. Er muss solche Regeln aufstellen, weil manche Leute wie Calix so dumm sind, es trotzdem zu versuchen.«

»Halt den Mund!« Das blonde Mädchen warf mit einer Wollsocke nach Phan.

»Müsst ihr immer tun, was Vale sagt?«, fragte Kira. »Ich dachte, Laura sei die Bürgermeisterin.«

»Ich bin kein Jäger geworden, indem ich gute Ratschläge missachtet habe«, meinte Phan. »Vale, Laura und die anderen Erwachsenen wollen nur unser Leben beschützen.«

Samm schob sich ein großes Stück Peperoni in den Mund. Die Schärfe störte ihn anscheinend nicht. »Dann bist du auch ein Jäger?«

»Ich habe ihm alles beigebracht, was er weiß«, warf Calix ein.

»Und dann habe ich es verbessert«, ergänzte Phan grinsend. Er nickte in Samms Richtung. »Wie ist es mit dir?«

»Bei uns gibt es eigentlich keine Jäger«, sagte Samm. »Oder wenigstens nicht als Kaste. Ich bin Soldat.«

Calix runzelte die Stirn. »Sieht es wirklich so übel aus? Ich meine, greifen euch die Partials so oft an, dass ihr ausgebildete Soldaten braucht?«

»Wir müssen eine Abwehr unterhalten«, sprang Kira ein. »Aber die meisten von uns erledigen andere Aufgaben. Sie sind Farmer, Sanitäter und so weiter. Wir haben kein Heilmittel wie ihr, daher richtet sich ein großer Teil unserer Aktivitäten darauf, ein Medikament zu finden.«

»Warum seid ihr am Leben, wenn ihr kein Heilmittel habt?«, fragte Phan.

»Aus dem gleichen Grund wie ihr«, erwiderte Kira. »Wir sind einfach immun. Vor allem die Neugeborenen brauchen das Heilmittel.«

»Seid ihr von Geburt an immun?«, fragte Calix. »Einfach so?«

Kira runzelte die Stirn. »Ihr denn nicht?«

»Alle Bewohner des Naturschutzgebiets wurden vor zwölf Jahren geimpft«, erklärte Calix. »Das war unmittelbar nach dem Zusammenbruch. Von einer natürlichen Immunität haben wir noch nie etwas gehört. Ich dachte, RM bringt alle Menschen um.«

Kira konnte es nach wie vor kaum fassen, dass diese Menschen schon so lange ein Heilmittel besaßen. Natürlich wusste sie, dass es von hier aus nicht in den Osten hätte gelangen können. Aber der Gedanke, dass es ein Mittel gab, mit dem alle Kinder gerettet worden wären, die vor ihren Augen gestorben waren, brach ihr schier das Herz.

»Wenn manche Menschen eine natürliche Immunität besitzen, dann könnte es überall auf der Welt noch Überlebende geben«, sagte Phan. »Wir könnten Menschen vom ganzen Kontinent oder aus der ganzen Welt herholen.«

Kira warf Samm einen raschen Blick zu. »Lasst ihr denn neue Bewohner herein? Wenn wir beispielsweise Leute von uns herbrächten?«

»Machst du Witze?«, fragte Phan. »Das wäre traumhaft. Wir würden wahrscheinlich einen roten Teppich knüpfen, nur damit wir ihn für euch ausrollen können.«

»Uns erlaubt man keine weiteren Erkundungsmissionen«, erklärte Calix. Plötzlich wurde sie ernst und wandte sich an Kira. Überhaupt sprach sie zum ersten Mal Kira und nicht Samm an. »Wir – und besonders die Jüngeren – dringen darauf, weitere Vorstöße in das Ödland zu unternehmen, aber die Anführer wollen nichts davon wissen. Wir sollen in der Nähe bleiben, wo wir sicher sind. Sie sagen, das Naturschutzgebiet könne uns alles bieten, was wir brauchen, aber ...« Sie deutete auf Samm und Kira. »Ihr seid der Beweis, dass es dort draußen viel zu erleben gibt. Deshalb müsst ihr uns beschreiben, wie es dort aussieht und wer dort lebt. Dann können wir vielleicht Forschungsreisen durchsetzen. Ob dies nun ein Paradies ist oder nicht – wir können nicht ewig hierbleiben.«

»Das klingt sehr nach einer Person, die ich kenne«, sagte Samm. Kira ließ sich nichts anmerken. Calix musste schon mehr vorweisen als eine Abneigung gegen Autoritäten, um sich Kiras Vertrauen zu verdienen.

»Erzählt uns von den Partials!«, bat Phan. »Wir haben als Kinder Geschichten über sie gehört, als wir uns nach dem Zusammenbruch hier versteckt haben. Stimmt es, dass ein Partial mit einem Auto werfen kann?«

41

Marcus und die Soldaten flohen mit dem gestohlenen Hubschrauber so weit wie möglich, doch die aufständischen Partials verfolgten sie unerbittlich. Ein Zufallstreffer beschädigte irgendwo über La Rochelle den Rotor. Woolf schaffte es, noch einige Kilometer aus der Maschine herauszuholen, bis sie eine Luftabwehrstellung an der Küste in Pelham Bay zur Notlandung zwang. Vinci wollte nach Südwesten und über die Throgs Neck Bridge nach Long Island gelangen, doch Woolf hielt dies für zu gefährlich. Die Brücke war voller Fallen und vermint. Seiner Meinung nach kam man dort nicht unbeschadet hinüber. Deshalb suchten sie sich auf City Island ein Motorboot, füllten es mit möglichst viel gutem Benzin und setzten auf diese Weise über. Die Partials schossen auf sie, als sie über das Wasser rasten, trafen jedoch nicht. In Queens landeten sie in der Nähe des zerstörten Abwehrstützpunkts.

Nach der Bombardierung standen dort nur noch verbrannte schwarze Ruinen.

»Willkommen in der letzten Zuflucht der Menschheit!«, sagte Woolf. »Wie Sie sehen, sind wir nicht auf Besucher eingerichtet.«

»Wie schön«, erwiderte Galen. »Wir sind vor einer Partialarmee geflohen und landen im Rücken einer anderen.«

»Aber wenigstens sind wir davongekommen«, wandte Marcus ein. »Wie geht es jetzt weiter?«

»Wahrscheinlich hat die Morgan-Fraktion den Bürgerkrieg dort drüben gewonnen«, sagte Vinci. »Nachdem Trimble tot ist, besitzt Morgan die größte Macht in dem Gebiet. Es gibt jedoch noch andere Fraktionen, die uns gewogen sein könnten. Auch wenn sie bisher nicht offen Stellung bezogen haben, könnte Morgans Vorgehen sie zu unseren Gunsten beeinflussen.«

»Weit genug, um offen Widerstand zu leisten?«, fragte Woolf.

»Das ist nicht sicher«, erwiderte Vinci. »Es kommt darauf an, wie schnell wir die verbliebenen Fraktionen einen können oder ob sie sich womöglich schon Morgan angeschlossen haben. Ich fürchte, in dieser Hinsicht habe ich keine zuverlässigen Informationen.«

»Dann müssen wir dorthin zurück«, überlegte Marcus. »Wir müssen sie finden und rekrutieren.«

»Sofern sie überhaupt noch gegen Morgan eingestellt sind«, gab Woolf zu bedenken. Er wandte sich an Vinci. »Vor zwölf Jahren hätten eure Leute bei der Rebellion unsere Spezies fast ausgelöscht. Glauben Sie wirklich, einige Partials schlagen sich gegen ihre eigenen Leute auf die Seite der Menschen?«

Vinci dachte nach, bevor er antwortete. »Ich habe vor Kurzem gelernt, meine Verbündeten anhand ideologischer Kriterien und nicht mehr anhand ihrer Herkunft auszuwählen. Das war eine Lektion, die Sie mich gelehrt haben. Ich stimme nicht mit Doktor Morgan überein, und ich weiß nicht, ob ich mit demjenigen übereinstimme, der in White Plains den Bürgerkrieg gewinnt. Aber ich stimme mit Ihnen überein. Sie wollen mit uns zusammenarbeiten und uns heilen – unser Verfallsdatum und Ihre Krankheit. Trifft das noch zu?«

Woolf antwortete nicht, doch Marcus nickte entschlossen. »Unbedingt. Wir tun unser Möglichstes.«

»Dann stehe ich vorläufig auf eurer Seite.« Vinci wandte sich an Woolf. »Wir haben einen Krieg begonnen, aber wir hatten nie die Absicht, den Weltuntergang heraufzubeschwören. Das Virus kam nicht von uns. Seit zwölf Jahren schlagen wir uns mit Schuldgefühlen herum. Viele Partials suchen nur nach einem Anlass, den Menschen wieder zu trauen oder wenigstens in Frieden zu leben. Die Hölle, der wir gerade entronnen sind, sollte das hinreichend belegen.« Er streckte die Hand aus. »Ich kann nicht für jeden Partial sprechen, aber wenn Sie mir vertrauen, dann will ich auch Ihnen vertrauen.«

Woolf zögerte und starrte die Hand des Partials an. Marcus beobachtete die Augen des alten Soldaten und konnte nur ahnen, welche Erinnerungen, Hassgefühle und Hoffnungen in der Seele des Veteranen miteinander rangen. Schließlich schlug Woolf ein. »Ich hätte nie gedacht, einmal so etwas zu erleben.« Er suchte den Blick des Partials. »Als Kommandant der Abwehr und als Senator der letzten menschlichen Gemeinschaft biete ich Ihnen an, dies als offiziellen Vertrag zu betrachten.«

»Sie haben meine und die Unterstützung aller anderen Partials, die wir rekrutieren können«, erwiderte Vinci.

»Ich könnte euch beide umarmen«, sagte Marcus. »Aber dieser bewegende Augenblick bedeutet überhaupt nichts, solange wir nicht wissen, was hier vor sich geht. Selbst wenn wir ein Funkgerät fänden, wüsste ich nicht, wie viele Informationen wir überhaupt weitergeben können. Morgans Kräfte überwachen alle Frequenzen, und sie sollen auf keinen Fall erfahren, dass wir eine gemeinsame Armee von Partials und Menschen aufstellen.«

»Aber wohin jetzt?«, fragte Vinci. »Besitzen Sie denn eine Operationsbasis, die Morgan noch nicht erobert hat?«

»Diese Frage kann ich beim besten Willen nicht beantworten«, gestand Woolf. »Der Senat ist in ein altes Versteck der Gesetzlosen geflohen. Ich fürchte allerdings, Morgan hat es längst eingenommen. Unsere besten Aussichten bietet Senatorin Delarosas Guerillatruppe.«

»Sind Sie sicher?«, fragte Marcus. »Sie könnte unfreundlich auf den Vorschlag reagieren, einen Partial in ihre Reihen aufzunehmen.«

Vinci wandte sich an Woolf. »Wollen Sie sich mit einer Rassistin verbünden?«

»Sie ist eher eine Extremistin«, erwiderte Woolf. »Nach der Invasion war sie dank ihrer ausgefallenen Methoden eine unserer wirkungsvollsten Kämpferinnen auf dem Schlachtfeld. Sie kennt die Insel besser als die Invasoren, und wenn es jemandem gelungen ist, frei zu bleiben, dann ist sie es.«

»Sind Sie sicher, dass Sie ihr trauen können? Dass sie mich nicht auf der Stelle erschießt?«

»Sie ist pragmatisch«, sagte Woolf. »Sie benutzt die Waffen, die sie hat, und zwar so wirkungsvoll wie möglich.« Er klopfte Vinci auf den Rücken. »Könnte es eine bessere Waffe geben als einen Partial?«

42

Calix breitete die Arme aus. Die Geste schloss das ganze Reservat ein. »Was wollt ihr zuerst sehen?«

»Doktor Vale«, antwortete Kira.

»Das ist erst am Nachmittag möglich«, antwortete Calix. »Ich habe mich im Krankenhaus erkundigt, er betreut heute Morgen eine Geburt.«

Kiras Herz raste, als sie an die Geburt eines Kindes dachte. Sie wollte mit eigenen Augen sehen, wie ihm das Heilmittel verabreicht wurde, doch sie überwand sich und konzentrierte sich auf das Naheliegende. Sie mussten noch so viele andere Aufgaben lösen. »Dieser große schwarze Turm im Zentrum«, schlug sie vor.

»Zu gefährlich«, wandte Phan ein. »Er war das Hauptgebäude von ParaGen. Während des Aufstands haben die Partials dort jede Menge Bomben abgeworfen. Ich staune, dass er überhaupt noch steht.«

Es war einen Versuch wert, dachte Kira. *Falls Heron nicht geschnappt wurde, hält sie sich genau dort auf.*

Samm bückte sich, um den Rasen zu untersuchen, und fuhr mit den Fingern behutsam durch die Halme, bevor er die flache Hand darauflegte. »Wie überlebt das Gras eigentlich den Regen?«

»Das liegt an den genmanipulierten Mikroben in der Erde«, erklärte Calix. »Sie absorbieren das Gift so schnell, dass es den Pflanzen nicht schaden kann.«

Auch Kira kniete nieder und strich durch das weiche, saftige Gras. »Die Stängel sind nicht einmal verfärbt.

Die Mikroben leben anscheinend sogar in der Pflanze selbst.«

»Das ist möglich«, erklärte Calix. »Ich bin aber keine Wissenschaftlerin und verstehe nichts davon.«

»Aber ihr bekommt doch eine wissenschaftliche Ausbildung.« Kira erhob sich wieder. »Ich meine, es gibt hier doch eine Schule, oder?«

»Klar«, bestätigte Calix. »Wollt ihr sie sehen?«

Kira spähte wieder zum Hauptturm hinüber, der das Reservat überragte wie ein schwarzes Grabmal. Der Turm war ihr wichtigstes Ziel, aber sie mussten warten, bis der richtige Augenblick gekommen war. Beinahe wäre sie vor Ungeduld geplatzt, doch sie holte nur tief Luft und hoffte, dass Calix ihre Anspannung nicht bemerkte. *Die Zeit wird kommen,* sagte sie sich. *Wir müssen erst ihr Vertrauen gewinnen.*

»Die Schule ist großartig.« Phan schritt neben Kira her. Er besaß mehr Energie als jeder Mensch, dem sie je begegnet war. Beim Gehen sprang er beinahe neben ihr her, lächelte und winkte allen Vorübergehenden, betrachtete jeden Baum und jede Mauer, während er sich gleichzeitig mit ihr unterhielt. »Zuerst lernen wir die Grundlagen: Lesen, Schreiben und Rechnen. Vale hat etliche Lehrer gerettet, die wissen, wie man unterrichtet. Während des Zusammenbruchs war ich sogar bei den Lehrern. Ich war im Kindergarten, und wir haben uns nach einem Angriff der Partials gleich zu Beginn des Kriegs in einem Bunker versteckt. Der Angriff kam so schnell, dass der Unterricht nicht mehr abgesagt werden konnte. Deshalb weiß ich nicht, was aus meinen Angehörigen wurde. Wahrscheinlich bin ich der einzige Überlebende. Meine Eltern hatten weniger Glück. Sie waren nicht in der Schule, und danach konnten wir sie nicht mehr finden. Aber ihr sagt, einige Menschen seien von Natur aus immun. Vielleicht leben sie ja noch. Das ist irre – die besten Neuigkeiten, die ich je gehört habe.«

Kira musste lächeln, obwohl sie Mühe hatte, seinem atemberaubenden Tempo zu folgen. »Es tut mir leid, dass du deine Eltern verloren hast.«

Phan sah sie fragend an. »Leben deine Eltern noch?«

Kira schüttelte den Kopf. »Leider nicht. Keiner von uns hat noch Eltern.«

»Bei uns schon.« Phan zuckte mit den Achseln. »Vale konnte einige Familien retten und impfen. Mir macht es nichts aus – ich hätte die zwölf Jahre nicht überlebt, wenn ich immer nur um meine toten Verwandten getrauert hätte. Der Mensch muss irgendwie weiterleben.«

Samm und Calix schienen in ein ähnliches Gespräch vertieft zu sein. Kira hoffte nur, dass Samm sich zurückhielt und seine wahre Identität nicht verriet. Calix bemühte sich sehr um ihn, lächelte und lachte, berührte ihn hin und wieder leicht am Arm oder an der Schulter. Kira erlitt einen Anfall von Verfolgungswahn, fürchtete sie doch, Calix könnte Samm verführen, um die Wahrheit herauszubekommen. Doch gleich darauf erkannte sie, wie dumm dieser Gedanke war. Viel eher war Calix einfach nur hingerissen, weil die Auswahl an attraktiven jungen Männern auf einmal um ein Exemplar bereichert worden war.

Aber irgendwie machte diese Vorstellung Kira nur noch wütender.

»Ein Jäger hat nicht unbedingt die verantwortungsvollsten Aufgaben«, erklärte Phan. »Aber er ist sehr wichtig, denn nur durch ihn bekommen wir Proteine auf unseren Speiseplan. Proteine, die nicht aus Eiern stammen, meine ich. In den Bergen leben Hirsche, Elche und Bergziegen, und bei uns finden sie Futter. Daher lassen wir die Tore offen und haben sogar einige Zäune eingerissen, damit die Tiere hereinkommen können. Das klingt vielleicht ganz einfach, ist es aber nicht. Manchmal trauen sie sich gar nicht näher, manchmal greifen Wölfe die Hühner und Lämmer an. Die Jäger müssen also Fallen stellen, Fährten lesen und dafür sorgen, dass sich die Nahrungskette in die richtige Richtung bewegt.«

Er hatte etwas ungeheuer Fröhliches an sich und wirkte weder angeberisch noch überheblich. Er war einfach nur stolz auf seine Erfolge und übte seine Tätigkeit gern aus. Seine Begeisterung über jedes neue Gesprächsthema war eher ansteckend als abstoßend. Bald gab Kira jeden Versuch auf, sein eifriges Geplapper zu unterbrechen, und hörte stumm zu, wie Phan über Wolfspelze, das Überleben im Ödland und die Probleme bei der Umwandlung von Büroraum in Wohnquartiere sprach. Sie kamen an mehreren großen Gebäuden vorbei. Die eigenartige Mischung aus Wohlstand und nacktem Überleben, die in der Lebensform dieser Gemeinschaft zutage trat, fand Kira immer wieder verblüffend. Die Menschen verfügten über fließendes Wasser, elektrischen Strom und beschäftigten sogar einige Gärtner, die gemächlich die Wiesen mähten und die Büsche schnitten. Andererseits mussten sie jedoch auf die Beute aus den Bergungseinsätzen verzichten, die Kira seit ihrer Kindheit kannte. Sämtliche Bekleidungsgeschäfte in der Umgebung waren entweder vom Säureregen zerstört oder von brennbaren Chemikalien vernichtet worden. Deshalb trugen die Bewohner selbst gefertigte Kleidung, die sie aus Tierfellen, alten Vorhängen und Bettlaken zusammengestückelt hatten. Wahrscheinlich hätten diese Menschen Kiras früheres Leben umgekehrt genauso bizarr gefunden – eine Versammlung elegant gekleideter Diven, die in ihren weitläufigen Ruinen Kerzen und Holzöfen benutzten. Gab es überhaupt noch einen Ort auf der Erde, wo das Leben normal verlief? Was bedeutete der Begriff *normal* eigentlich noch?

Auch die Schule befand sich in einem ehemaligen Bürogebäude. In den beiden untersten Stockwerken schrien, kreischten und johlten glückliche Kinder. Kiras Herz schlug höher, als sie sich dem Lärm näherten. Sie konnte es noch immer nicht fassen, dass es in diesem Reservat überhaupt

Kinder gab, ganz zu schweigen von so vielen. *Dafür habe ich gearbeitet,* dachte sie. *Diese Geräusche, dieses verrückte, wundervolle Chaos. Eine neue Generation entdeckt und erobert die Welt.* Tränen standen ihr in den Augen, als sie sich hin- und hergerissen fühlte zwischen dem Wunsch, stehen zu bleiben, alles in sich aufzunehmen und sich dem Glücksgefühl hinzugeben, oder einfach loszurennen, die Türen aufzureißen und in der Freude so vieler Kinder aufzugehen. Ihr Tagtraum fand ein jähes Ende, als Samm das Wort ergriff.

»Du gehst hinein«, sagte er. »Ich hole die Pferde.«

Kira sah ihn überrascht an. »Allein? Lass mich mitkommen! Für einen allein ist es in den Ruinen zu gefährlich.«

»Schon gut«, erwiderte er. »Ich sehe, dass du bei den Kindern bleiben möchtest. Calix wird mich begleiten. Die Ruinen in der Nähe des Reservats kennt sie recht gut.«

Calix lächelte, und Kira war zu verwirrt, um die Miene des Mädchens deuten zu können. Wirkte sie erfreut? Allzu erfreut? Triumphierend? Kira wusste nicht, was sie antworten sollte, und stammelte etwas Unverständliches. Natürlich, Calix kannte sich in dieser Gegend gut aus und war deshalb eine geeignete Begleiterin. Andererseits wäre ein Ausflug in die Ruinen eine gute Gelegenheit gewesen, um ungestört mit Samm zu reden und nach Heron zu suchen. Falls sich die Agentin versteckt hielt, würde sie sich nicht zeigen, solange sich Calix in der Nähe aufhielt. Und außerdem ... Kira traute Calix immer noch nicht über den Weg, auch wenn sie die Gründe dafür nicht benennen konnte. Wenn sie ehrlich war, ging ihr natürlich Calix' unübersehbare Schwärmerei für Samm gegen den Strich, aber das war nicht alles.

»Wir kommen schon zurecht«, meinte Calix. »Ich war Dutzende Male dort draußen. Ich weiß sogar, in welchem Laden ihr die Tiere zurückgelassen habt. Seit dem Zusammenbruch habe ich kein Pferd mehr gesehen, und ich würde sie wirklich gern holen.«

»Das Wetter ist gut«, warf Phan ein. »Wenn ihr gleich aufbrecht, seid ihr vor dem Abendessen zurück. Ich möchte wetten, die Pferde lechzen darauf, endlich wieder echtes Gras zu fressen, nachdem sie so lange im Ödland unterwegs waren. Wie lange habt ihr eigentlich dort draußen zugebracht?«

»Äh … drei oder vier Wochen.« Kira versuchte immer noch, einen überzeugenden Einwand zu finden, um Calix zurückzuhalten, aber sie entfernte sich bereits zusammen mit Samm.

»Komm doch herein!«, lud Phan sie ein. »Die Schule wird dir gefallen. Heute führen die Dritt- und Viertklässler ein Theaterstück auf. Es geht um irgendein Märchen wie jedes Jahr.« Er zog Kira durch die Tür, und sie folgte ihm widerstrebend, während Samm und Calix hinter der nächsten Ecke verschwanden.

Tagsüber sah Arvada ganz anders aus. Wenn die Sonne aus dem wolkenlosen Himmel niederbrannte, wirkte der Ort verlassener denn je. Samm atmete tief durch und achtete darauf, ob er über den Link irgendein Signal von Heron auffing, doch er roch nichts als Unrat, Schwefel und Bleiche. Der Giftgestank des Ödlands.

Calix führte ihn weitläufig um eine flimmernde Kreuzung herum und deutete mit kundiger Miene auf die schwachen Rauchfahnen. »Giftige Dämpfe«, bemerkte sie. »Der Regen der vergangenen Nacht reagiert mit den Chemikalien, die sich in trockenen Mulden sammeln. Daraus entsteht Giftgas. Wenn der Wind ungünstig steht, weht er in unser Naturschutzgebiet hinein, aber an einem ruhigen Tag wie heute kann man leicht ausweichen.« Sie führte ihn weiter und erzählte ihm hin und wieder mit leiser Stimme etwas über die Stadt, über die Gefahren und Möglichkeiten. Manchmal wanderten sie auch schweigend nebeneinanderher. Sie besaß ein beeindruckendes Wissen über das Ödland. Samm bedauerte, dass sie auf der Reise hierher nicht dabei gewesen war. Sicher wären sie viel leichter vorangekommen und hätten vielleicht sogar Afas Leben retten können. *Vielleicht kann sie mit uns zurückkehren,* dachte er. *Sie will doch das Land erforschen. Unterwegs wäre sie eine große Hilfe, nachdem sie so viel Erfahrung mit dem Überleben im Ödland besitzt. Andererseits kommt sie vielleicht gar nicht mit, wenn sie erfährt, wie es bei uns aussieht. Es wäre wirklich eine einschneidende Veränderung, das paradiesische Reservat zu verlassen und sich den Schrecken des Kriegs im Osten zu stellen. Ich muss Kira nach ihrer Meinung fragen, bevor ich einen entsprechenden Vorschlag mache.*

»Es ist dort drüben, richtig?« Sie deutete auf eine verwahrloste breite Straße. Samm erkannte das Einkaufszentrum und nickte.

»Genau.« Gelassen gingen sie weiter. Feinde oder Raubtiere mussten sie nicht fürchten, die gab es nicht. *Die Einöde hält sie gefangen, schützt sie aber auch vor den Gefahren. Hier sind sie sicher, und hier können sie ruhig leben. Auf echte Bedrohungen sind sie allerdings nicht vorbereitet.* Er beobachtete Calix, die selbstsicher und zielstrebig ausschritt und nur ganz bestimmte Gefahren berücksichtigte – sie bemerkte das Giftgas, ging jedoch unbefangen an einer Stelle vorbei, die sich hervorragend für einen Hinterhalt geeignet hätte. An eine solche Gefahr schien sie überhaupt nicht zu denken. *Gegen einen ernsthaften Feind könnten sie sich keinen einzigen Tag lang behaupten. Sie sollten beten, dass Doktor Morgan sie niemals ausfindig macht.*

Die hungrigen Pferde wieherten, als Samm sich näherte. Ihr Futter war verbraucht, und der Wasservorrat fast erschöpft. Er sprach leise mit ihnen und versuchte, Kiras beruhigenden Tonfall nachzuahmen, wirkte dabei jedoch eher nüchtern und sachlich, so als würde er mit einem anderen Partialsoldaten reden. »Tut mir leid, dass wir über Nacht weg waren«, begann er. »Wir haben auf dem Gelände von ParaGen Menschen entdeckt. Sie haben dort echtes Gras und sogar Apfelbäume auf der Wiese, obendrein auch sauberes Wasser. Wir bringen euch jetzt dorthin.« Er deutete auf Calix. »Das ist Calix, eine Freundin.« Die Pferde starrten sie mit tiefen dunklen Augen an und stampften ungeduldig mit den Hufen auf.

»Sie sind riesig«, staunte Calix. »Größer als jeder Elch, den ich je gesehen habe.«

»Sie haben Hunger und wollen hinaus«, sagte Samm. »Sie mögen es nicht, mit ihrem eigenen Kot eingesperrt zu sein. Diese Stute ist besonders ungeduldig.« Er streichelte Galgenstricks Nüstern und kraulte ihr den Rücken, um sie zu beruhigen. »Sie heißt Galgenstrick, das andere Pferd heißt Bobo. Kira hat ihnen die Namen gegeben.« Er zeigte Calix, wie sie mit den Tieren umgehen musste, dann luden sie die Ausrüstung auf. Zuerst wurde eine Decke über den Pferderücken gebreitet, dann kam der Sattel, dessen Riemen stramm gezogen werden mussten, ohne das Pferd zu beengen oder gar zu verletzen. Bobo und Galgenstrick waren magerer als zu Beginn der Reise. Hoffentlich gewannen sie durch den Aufenthalt im Reservat einen Teil ihrer Kräfte zurück und legten auch etwas Gewicht zu. Auf der Rückreise würden er und Kira die Tiere dringend brauchen.

Calix' Gedanken bewegten sich offenbar in eine ähnliche Richtung, denn als sie Bobos Sattel festzurrte, stellte sie ihm eine entsprechende Frage. »Wie lange bleibt ihr eigentlich bei uns?«

»Das weiß ich nicht.« Diese Frage beschäftigte Samm, seit sie die Siedlung entdeckt hatten. Er musste vorsichtig sein, wie viel er Calix offenbarte. »Lange können wir jedenfalls nicht bleiben. Wir haben den Hauptsitz von ParaGen gesucht, um ein Heilmittel für RM zu finden. Nachdem wir es nun entdeckt haben, müssen wir es so schnell wie möglich zurückbringen. Unsere Leute befinden sich im Krieg, und wir brauchen …« Er unterbrach sich, weil er nicht sicher war, wie er sich ausdrücken sollte, ohne Geheimnisse auszuplaudern. »Um ehrlich zu sein, wir suchen mehr als nur ein

Heilmittel für RM«, fuhr er fort. »Wir brauchen auch Informationen über die Partials. Wir versuchen ...« Was durfte er verraten? Was konnte er Calix zumuten? Die Bewohner des Reservats hatten sich über die Partials bisher kaum geäußert, machten sie aber offenbar für den Zusammenbruch verantwortlich. Wie würde Calix auf die Vorstellung reagieren, dass zwischen den Spezies Frieden herrschen sollte? Sie starrte ihn an, ihre Augen waren voller ... Vertrauen? Freundlichkeit? Er konnte menschliche Gefühle nicht deuten und fragte sich nicht zum ersten Mal, wie die Menschen ohne den Link zurechtkamen. Diesen Ausdruck hatte er schon einmal bei ihr und auch bei Kira bemerkt, war jedoch nicht sicher, was er zu bedeuten hatte.

Er entschloss sich, einen vorsichtigen Schritt zu wagen und etwas zielstrebiger vorzugehen. Vielleicht hatte Calix doch mehr Vertrauen verdient, als Kira zugeben wollte. »Wir versuchen, den Partials zu helfen«, fuhr er fort. »Sie haben ein ganz eigenes Problem, eine Krankheit, die sie tötet. Wenn wir sie heilen können, dann kehrt zwischen unseren Spezies vielleicht Frieden ein. Deshalb sind wir zum ParaGen-Hauptsitz gekommen. Um etwas zu finden, das uns, aber auch ihnen hilft ...«

»Darüber müsst ihr mit Doktor Vale reden«, unterbrach ihn Calix. »Er weiß alles Mögliche über RM und andere Krankheiten. Vielleicht weiß er auch etwas zum Schicksal der Partials zu sagen.«

»Wir haben im Osten ähnliche Ärzte wie ihn.« Dabei dachte Samm vor allem an Morgan. *Ob sich Vale und Morgan kennen? Gehört Vale wirklich zum Trust?*

»Aber Doktor Vale hat RM geheilt«, erklärte Calix. »Das war wohl schon vor zwölf Jahren. Eure Ärzte haben das bisher nicht geschafft.«

»Kommt dir das nicht seltsam vor?«, fragte Samm. »Kaum war RM aufgetaucht, hatte er schon ein Heilmittel zur Hand, womöglich sogar binnen weniger Wochen.«

»Das hat anscheinend noch niemand hinterfragt«, räumte Calix ein. »Mir ist aber auch nicht klar, worauf du hinauswillst … Unterstellst du ihm finstere Motive? Wie kann es anrüchig sein, Menschen das Leben zu retten?«

Falls er schon vor dem Zusammenbruch ein funktionierendes Heilmittel hatte und es für sich und sein Reservat zurückhielt, wäre das durchaus anrüchig gewesen, dachte Samm. *Die anderen Angehörigen des Trusts hatten es offensichtlich nicht, oder? Morgan, Nandita oder Trimble von der B-Kompanie … wo war deren Heilmittel?* Es passte nicht zusammen, und die Ungereimtheiten machten Samm zu schaffen. Hier steckte mehr dahinter, als er im Moment erfassen konnte, und das gefiel ihm nicht.

»Wirklich schlimm, dass ihr so lange ohne Heilmittel leben musstet.« Calix ließ Bobo stehen und kam auf Samm zu. »Ob du von Natur aus immun bist oder nicht … es muss schrecklich gewesen sein, alle Menschen ringsum sterben zu sehen und Jahr um Jahr alle Kinder zu verlieren …«

»Ja, das muss schlimm gewesen sein«, stimmte Samm zu und erkannte in der gleichen Sekunde, dass ihn dieser Satz verraten hatte. Calix musste daraus schließen, dass er nicht zur menschlichen Gesellschaft gehörte. Doch ihr war die Bemerkung anscheinend nicht aufgefallen. Sie nahm seine Hand. Die ihre war grob und schwielig, aber angenehm warm. Entschlossen versuchte er, den Fehler wettzumachen. »Seit dem Zusammenbruch ist jedes Kind gestorben.«

»Habt ihr überhaupt keine Kinder?« Traurig dachte sie über das Leben in East Meadow nach. »Kein Wunder, dass Kira so ergriffen war.« Sie hielt kurz inne und betrachtete Samms Hand. »Habt ihr … ich meine, du und Kira, seid ihr …«

»Ja?«, antwortete Samm.

»Seid ihr zusammen?«, fragte Calix. »Seid ihr verheiratet, oder seid ihr ein Paar?«

Samm schüttelte den Kopf. »Nein.« Bevor er ein weiteres Wort sagen konnte, küsste ihn Calix, presste ihm die weichen, warmen Lippen auf den Mund und schmiegte sich innig an ihn, legte ihm den Arm um den Hals und zog ihn an sich. Samm erstarrte vor Entsetzen. Unter dem Ansturm ihrer Lippen schien ihm das Gehirn zu schmelzen, doch dann fing er sich wieder und schob sie sanft weg. »Es tut mir leid«, sagte er. »Ich bin nicht sehr gut darin ...«

»Ich bringe es dir bei.«

»Ich meine ... ich bin nicht sehr gut darin, mich mitzuteilen«, entgegnete Samm. »Ich verstehe nicht immer ... ach, das ist nicht wichtig! Jedenfalls tut es mir leid, falls ich ... falls ich dich zu falschen Hoffnungen verleitet habe.«

Calix' Miene zeigte eine Mischung aus Überraschung und Verwirrung. »Entschuldige«, sagte sie. »Ich hatte den Eindruck, dass du ... interessiert bist.«

»Es tut mir leid«, wiederholte er. »Ich glaube, ich bin verliebt ...« Er hielt inne. »Aber sie weiß es wohl nicht.«

Calix lachte. Es war ein hohles Geräusch, das eher traurig als belustigt klang. Sie wischte sich eine Träne aus dem Auge und lachte abermals. »Tja, und ich stehe da wie ein Riesentrottel, nicht wahr?«

»Ich bin der Trottel«, wandte Samm ein. »Du hast nichts Falsches getan.«

»Das ist sehr freundlich von dir.« Calix holte tief Luft, schüttelte den Kopf und wischte sich über die Wangen. »Vielleicht verrätst du niemandem, dass ich ... äh, dass ich mich dir an den Hals geworfen habe wie ein Flittchen. Das wäre nett von dir.«

»Natürlich«, versprach Samm ihr. Plötzlich war es ihm peinlich, sie anzublicken, und er starrte stattdessen zu Boden. »Du bist viel ... spontaner als sie.«

»Anscheinend«, antwortete Calix. Samm beobachtete sie aus den Augenwinkeln, als sie zu den Pferden zurückkehrte. »Ihr habt zusammen den ganzen Kontinent durchquert, und die ganze Zeit hat sich keiner von euch gerührt?« Wieder stieß sie ein hohles Lachen aus. »Kein Wunder, dass ihr keine Kinder habt.«

»Das ist nicht der Grund …«, setzte Samm an, doch Calix unterbrach ihn mit ihrem Gekicher.

»Schon gut, schon gut! Das war ein dummer Scherz. Tut mir leid, ich mache mich heute wirklich lächerlich. Typisch Calix.«

»Du bist sehr attraktiv«, sagte Samm.

Sie stöhnte. »Das wollte ich jetzt nicht unbedingt von dir hören.«

Samm fühlte sich schrecklich, vor allem weil er nicht wusste, wie er mit der jungen Frau umgehen sollte. *Der verdammte Link!*, dachte er. *Ich weiß, wie ich mit Partialfrauen reden muss, aber Menschen sind so …* Er verdrehte die Augen. *Sie sind eine andere Spezies.* Er hatte Schuldgefühle, weil er Calix gegenüber Signale ausgesandt hatte, die ihm nicht bewusst geworden waren. Und nun konnte er sie nicht einmal trösten.

»Ich weiß nicht … was ich sagen soll«, stammelte er. »Wie ich schon sagte, ich kommuniziere nicht gut … Ich kann nicht so flott reden …«

»Schon gut«, unterbrach Calix ihn rasch.

»Nein, gar nichts ist gut«, widersprach Samm. »Ich bin es leid. Ich will besser werden, aber ich bin dafür nicht gemacht. Ich wollte nicht mit Kira den ganzen Kontinent durchqueren, ohne etwas zu sagen, aber genauso ist es gekommen. Ich weiß nicht, wie ich es sagen soll. Ich kann so vieles nicht ändern, aber … es tut mir wirklich leid. Ehrlich.«

Als er den Kopf hob, sah er, dass Calix die Arbeit an den Pferden eingestellt hatte und ihn anstarrte. »Was wolltest du Kira sagen?«, fragte sie leise.

Samm verharrte reglos und schickte tausend verschiedene Daten aus, von deren Existenz Calix nichts ahnte. Es war nie der richtige Zeitpunkt gewesen, etwas zu Kira zu sagen. Sie hatten Wichtigeres zu tun gehabt. Und doch … *Kira hält mich für eine Statue,* dachte er. *Eine gefühllose Schaufensterpuppe.* Absichtlich zeigte er die äußeren Zeichen von Trauer und Resignation, die er bei anderen Menschen beobachtet hatte, atmete tief ein und langsam wieder aus. Er seufzte. »Ich weiß nicht, was sie will«, sagte er. »Du hast deine Absichten deutlich gemacht. Kira ist mir ein Rätsel.«

»Du weißt nicht, ob sie dich auch liebt.«

»Wir sind so unterschiedlich.« Es fiel ihm schwer, mit ihr zu reden, ohne zu viel zu verraten. »Ich weiß nicht, ob sie das will ... was ich bin.«

»Klar«, erwiderte Calix. »Nach allem, was wir wissen, findet sie einen gut aussehenden, tüchtigen und freundlichen Mann bestimmt völlig abstoßend.«

»Du bist sehr freundlich«, sagte Samm.

»Als ob mir das weiterhilft.« Nun seufzte auch Calix, ließ die Pferde stehen und setzte sich mit untergeschlagenen Beinen auf einen verwitterten alten Tisch. »Ich hatte eigentlich nicht die Absicht, mit dir über deine Beziehung zu Kira zu reden. Aber ich habe oft genug mit Phan über ähnliche Themen gesprochen und bin ziemlich sicher, dass ich dir einige nützliche Hinweise geben kann. Erstens einmal die Tatsache, dass du nicht weißt, was sie will. Ich sage dir – sie empfindet das Gleiche wie du. Ich habe nicht mit ihr geredet, aber ich schwöre dir, sie liebt dich. Garantiert. Ich habe dich beobachtet, seit ihr in die Stadt gekommen seid. Du hast ihr gegenüber nie die kleinste Andeutung gemacht, du könntest an ihr interessiert sein. Deshalb bin ich auf dich zugegangen. Wenn ich es nicht erkenne, dann erkennt sie es auch nicht.«

»Ich bin nicht gut im Kommunizieren ...«

»Ich weiß«, fiel Calix ihm ins Wort. »Ich werde schnell zur Expertin, was deine schlechten Kommunikationsfähigkeiten angeht. So weit waren wir ja schon, und nun gehen wir weiter. Zweitens: Du warst dankbar, dass ich dir meine Empfindungen so unverblümt gezeigt habe. Ehrlich gesagt bin ich dir auch dankbar, dass du genauso offen warst, nachdem ich dich mehr oder weniger überrumpelt hatte. Es ist mir lieber, Bescheid zu wissen, als mir sinnlose Hoffnungen zu machen, mir etwas in die Tasche zu lügen und mich wochenlang damit zu quälen wie Kira.«

»Das kannst du nicht wissen«, antwortete Samm.

»Natürlich weiß ich das«, gab Calix zurück. »In diesem Bereich ist nicht jeder so hilflos wie du, Samm. Wer Augen im Kopf hat, der sieht, dass sie viel für dich übrig hat.«

Samm verharrte stocksteif auf der Stelle. Ein Partial, der sich mit ihm verlinkt hätte, wäre allerdings angesichts der Heftigkeit seiner Gefühle erschrocken. Er fragte sich, ob Calix recht hatte, ob Kira wirklich etwas für ihn empfand – für einen Partial, der ihr Volk angegriffen und sie an eine Verrückte verraten hatte, der ihr mehr Schwierigkeiten bereitet hatte, als an einer Hand aufzuzählen waren. Für einen Mann, der höchstens noch ein Jahr zu leben hatte, bevor das Verfallsdatum sein Leben und seine Zukunft auslöschte. Das hielt er für ausgeschlossen.

»Sie hat einen Freund«, erklärte Samm. »Er ist in New York ebenfalls Sanitäter.«

»New York ist ziemlich weit weg.«

»Aber wir kehren zurück.«

»Wenn du den ganzen Weg mit ihr zurücklegst, ohne ein Wort zu sagen, dann verlierst du sie zu Recht«, sagte Calix.

Samm konnte nicht umhin, ihr zuzustimmen. »Marcus bringt sie zum Lachen«, wandte er ein. »Das schaffe ich nicht.«

»Du könntest es vielleicht mit einem Kuss versuchen«, schlug Calix mit sprödem Lächeln vor. »Das hat bei mir zwar nicht so gut funktioniert, aber man weiß ja nie.«

»Ich glaube, das ist nicht mein Stil.«

»Dein Stil ist schweigsame Enthaltsamkeit«, spottete Calix. »Ich garantiere dir, das funktioniert auch nicht. Rede wenigstens mit ihr!«

»Ich rede die ganze Zeit mit ihr.«

»Dann sag das Richtige!«, drängte Calix.

43

»Vale will immer noch nicht mit uns sprechen«, berichtete Kira. Sie saßen in einem parkähnlichen Gelände. Im Grunde waren es nur einige Picknicktische, die in einem Wäldchen im Reservat aufgestellt worden waren. Samm und Calix waren rechtzeitig zum Mittagessen zurückgekehrt, und Calix hatte sie danach sofort wieder verlassen, um in der Nähe mit einer größeren Gruppe Jugendlicher Football zu spielen. Phan spielte ebenfalls mit, kam jedoch ab und zu herüber, um Kira und Samm zum Mitmachen einzuladen. Kira hatte jedoch viel mit Samm zu bereden und ergriff die Gelegenheit, sich ungestört mit ihm austauschen zu können. Samm wirkte noch ruhiger als gewöhnlich, was Kira sich jedoch mit seiner Konzentration auf die bevorstehende Aufgabe erklärte. Er beteuerte, dass Calix keinerlei verborgene Motive habe, erwähnte aber sonst kaum etwas über ihren Ausflug in die Ruinen.

»Vale verschweigt uns offensichtlich irgendetwas«, fuhr Kira fort. »Selbst wenn wir noch eine Ewigkeit hier herumsitzen und darauf warten, dass er uns wie versprochen empfängt, wird er uns am Ende doch wieder ausweichen. Er hat etwas zu verbergen, und das gefällt mir nicht. Zudem haben wir immer noch nichts von Heron gehört, und das gefällt mir erst recht nicht. Es ist Zeit, den Turm aufzusuchen.« Sie blickte zu dem hohen schwarzen Gebäude hinüber, das hinter den anderen Häusern aufragte. »Phan hat mich herumgeführt, um mir das Gelände zu zeigen. Einige Gebäude liegen recht dicht am Turm. Den größten Teil der Strecke können wir zurücklegen, ohne Verdacht zu erregen, und dann … könnten wir vermutlich sogar unbemerkt hineinschleichen. Ich glaube nicht einmal, dass es überhaupt jemanden stören würde. Phan meint, das Gebäude sei nach dem Bombardement der Partials nicht mehr standsicher. Anscheinend ist jedoch niemand sonderlich besorgt, unmittelbar daneben zu wohnen. Wahrscheinlich denkt einfach keiner weiter darüber nach.«

»Gibt es einen Zaun?«, fragte Samm.

»Eine niedrige Barrikade«, erklärte Kira. »Sie besteht vor allem aus Schrott und alten Möbeln. Die Kinder sollen nicht versehentlich auf das Gelände laufen, aber aktive Sicherheitsvorkehrungen gibt es nicht. Das ist für diese Gesellschaft ziemlich typisch. Man rechnet einfach nicht mit Angriffen, Rebellion oder Gesetzesbrechern, und soweit ich sehe, benehmen sich diese Leute tatsächlich anständig.«

»Und das macht dich natürlich erst recht misstrauisch«, ergänzte Samm.

»Das würde jeden misstrauisch machen«, bestätigte Kira. »Es gibt keine ideale Gesellschaft. Es gibt immer Unruhe oder Verbrecher, etwas Finsteres im Untergrund, das sich dem oberflächlichen Blick entzieht. Vielleicht setzt Vale so etwas wie Gedankenkontrolle ein, um die Leute bei der Stange zu halten. Eine Art Link, aber auf Menschen ausgerichtet.« Samm zeigte eine durchaus überzeugende zweifelnde Miene. Sie lächelte verlegen. »Ich weiß nicht, irgendwo muss man ja ansetzen.«

Vom Spielfeld drang ein triumphierender Schrei herüber, und einige Spieler sprangen aufgeregt umher. Ein junger Mann krümmte sich stöhnend am Boden, der Ball lag dicht neben ihm, und Calix entfernte sich gerade vom Schauplatz eines offenbar recht brutalen Zweikampfs. Sie hatte Blutspritzer auf der Wange. Kira riss erstaunt die Augen auf. »O Mann! Ich hatte keine Ahnung, dass sie so heißblütig ist.«

»Sie muss sich wohl ein wenig abreagieren.« Samm kniff die Augen zusammen und spähte zum Spielfeld. »Hoffentlich tut sie niemandem weh.«

»Das ist *die* Gelegenheit!« Kira legte ihm eine Hand auf den Arm. »Wir warten, bis sie sich neu aufgestellt haben, und dann verschwinden wir. Wenn wir hinter den Bäumen dort sind und dann nach links zu dem Gebäude hinüberlaufen, sind wir außer Sicht, bevor es jemand bemerkt.«

»Und wenn wir doch beobachtet werden?«

»Man hat uns nichts ausdrücklich verboten«, sagte Kira. »Wenn uns jemand sieht, sind wir neu hier. Wir kennen uns nicht aus und bedanken uns, dass man uns vor dem gefährlichen Hochhaus gewarnt hat. Dann versuchen wir es noch einmal während der Nacht. Doch wenn die Möglichkeit besteht, jetzt gleich einzudringen, dann will ich es wenigstens versuchen.«

»Nun gut«, erwiderte Samm. »Bist du bewaffnet?«

»Ich habe eine Halbautomatik im Hosenbund stecken.«

»Wadenhalfter«, sagte Samm. »Hoffentlich brauchen wir sie nicht.« Schweigend saßen sie da und beobachteten das Spielfeld. Phan war mit Feuereifer dabei und verzichtete sogar darauf, Kira und Samm immer wieder zu einem Match einzuladen. Die Spieler stellten sich auf, der Quarterback gab das Startsignal, und Kira und Samm stahlen sich davon. Sie waren schon hinter der Ecke verschwunden, bevor das Spiel richtig begonnen hatte.

»Hier entlang!« Kira führte Samm am Gebäude vorbei zum Zentrum des Geländes. Hinter dem Haus ragte der Turm auf, der dank seiner Höhe von fast jeder Stelle des Reservats aus zu sehen war. Hier und dort begegneten sie Menschen, die sie grüßten, aber niemand schien Kira nach ihrem kurzen Rundgang mit Phan wiederzuerkennen. Sie winkte zurück und hoffte, in kein Gespräch verwickelt zu werden. Tatsächlich kamen sie ungehindert voran. Zwei Gebäude weiter hatten sie schon den Rand der großen Lichtung erreicht. Der niedrige äußere Schutzwall, ein Durcheinander aus zerbrochenen Tischen und Aktenschränken, Findlingen und umgestürzten Bäumen, schloss sich unmittelbar daran an, und dahinter erhob sich der mächtige schwarze Turm von ParaGen. Die Außenmauer glich einem der üblichen Wolkenkratzer – einst mit Fenstern versehen, inzwischen ein Schachbrett voller Löcher. Trümmerteile hingen herab, und Glassplitter bedeckten den Boden. Im Gegensatz zu anderen Gebäuden war dieses Hochhaus jedoch direkt angegriffen worden und danach jahrelang zersetzendem Regen ausgesetzt gewesen. Einige Teile waren geschwärzt, verzogen oder durch groteske Löcher verunstaltet. Außerdem war es seltsam geformt, besaß eigenwillige Vorsprünge und Winkel, die früher einmal modern und schön gewirkt haben mochten, nun aber die düstere, bedrohliche Ausstrahlung noch verstärkten. Kira glaubte sogar, im Innern Lichter zu erkennen, und stellte sich vor, dass die Geister der früheren Büroangestellten in den Räumen umgingen und bis in alle Ewigkeit in ihrem schwarzen Grabmal arbeiten mussten. Dann schalt sie sich für ihre albernen Vorstellungen eine Närrin und dachte über einleuchtendere Erklärungen nach. Belieferte die Stromversorgung des Reservats auch dieses Gebäude? Aber warum wurde hier noch Strom benötigt? Die Lichtung war überwuchert und verwildert, als hätte seit Jahren niemand mehr das Hochhaus betreten.

»Heron war hier«, sagte Samm.

»War sie hier, oder ist sie hier?«

»Die Daten sind so schwach, dass ich es nicht feststellen kann«, antwortete er.

»Zumindest wissen wir nun, dass Vale uns etwas verheimlicht.« Sie sah sich um. »Hinter dem Wall bekommen wir zusätzliche Deckung durch die Büsche«, überlegte Kira. »Wahrscheinlich gelangen wir ins Innere, ohne entdeckt zu werden.«

»Sollten wir nicht besser bis zum Einbruch der Dunkelheit warten?«

»Dann kleben wieder Phan und Calix an uns«, widersprach sie. »Eine bessere Gelegenheit als diese bekommen wir nicht mehr.« Sie sah sich um. »Ich kann niemanden entdecken – wahrscheinlich sind alle beim Mittagessen, spielen Football oder vertreiben sich die Zeit sonstwie an diesem gespenstischen Ort.«

»Man nennt das ein normales Leben führen.«

»Es könnte alles nur Schauspielerei sein, um uns zu täuschen«, wandte Kira ein.

»Glaubst du wirklich ...« Samm schüttelte den Kopf. »Wie dem auch sei, lass uns gehen!«

»Mir tut das alles wirklich leid«, sagte Kira leise. Die schier unendliche Suche bedrückte sie plötzlich sehr. »Tut mir leid, dass ich dich da hineingezogen habe.«

»Du weißt, dass ich genau wie du an unseren Erfolg glaube«, erwiderte Samm. »Das normale Leben anderer ist der Lohn für unser verrücktes Dasein.«

Kira ging das Herz auf. »Sobald wir die Welt gerettet haben, gehen wir essen und spielen Football. Versprochen.«

»Abgemacht«, stimmte Samm zu.

Kira spähte wieder zum Turm hinauf. »Bist du bereit?«

»Ich versuche mitzuhalten.« Samm sah sich um, ob sie beobachtet wurden, und kniff die Augen zusammen. »Los!«

Sie rannten über die offene Lichtung und wichen den Stümpfen umgestürzter Bäume aus, die überall im Gras lagen. Samm erreichte den Wall als Erster und sprang hinüber in das hohe Präriegras. Kira folgte ihm und ging im dichten Gebüsch in die Hocke. Sie warteten, lauschten auf Schreie etwaiger Verfolger oder Alarmsignale. Kira hörte nichts.

Samm keuchte.

»Geht dir die Luft aus?«, flüsterte Kira. »Ich hätte nie gedacht, dass du außer Atem geraten könntest.«

»Nach der Durchquerung der Einöde sind wir immer noch geschwächt«, entschuldigte sich Samm. »Unsere Körper sind nicht zu Höchstleistungen fähig.«

»Ich fühle mich gut«, erklärte Kira.

»Ich mich auch. Lass uns gehen!«

Auf dem Bauch krochen sie durch das Unterholz und das hohe Gras, das ihnen Deckung gab. Samm atmete wieder normal, und Kira schob sich rasch weiter, um so schnell wie möglich das Gebäude zu erreichen. Ob sie sich versteckten oder nicht, solange sie nicht drinnen waren, konnten sie von neugierigen Beobachtern entdeckt werden. Nach einer Weile wurde sie nervös und spähte geduckt über das Gras hinweg. Im Reservat blieb es still und ruhig. Sie ließ sich wieder auf Hände und Knie sinken und kroch noch schneller vorwärts. Das Gebäude war schon fast in Reichweite. Samm folgte ihr mit entschlossener Miene. Als sie das Hochhaus erreichten, klang sein Atem wieder seltsam. Er keuchte nicht, atmete jedoch gedehnt und tief durch.

»Alles in Ordnung?«

»Ich fühle mich sonderbar«, gestand er. »So erschöpft, als hätte ich seit Tagen nicht geschlafen.«

Kira hatte plötzlich ein schlechtes Gewissen. *Ich bin überhaupt nicht müde. Hat Samm sich viel stärker angestrengt als ich? Habe ich auf der Reise eine viel zu kleine Bürde getragen und es nicht einmal bemerkt?* »Willst du dich ausruhen?«

»Nicht hier. Wir müssen hinein«, antwortete Samm.

Die hohen Büsche reichten bis dicht vor das Gebäude. Dort boten viele riesige Öffnungen, die vom Boden bis zur Decke reichten, einen ungehinderten Zugang, nachdem der Angriff der Partials die Verglasung zerstört hatte. Fast das ganze Erdgeschoss war offen und von außen zugänglich, im Eingangsbereich stützten Säulen die höheren Stockwerke. Hier gab es nichts als Empfangstische und Wartebereiche. Die Unterlagen, die sie suchten, befanden sich höchstwahrscheinlich in den höheren Etagen. Kira entdeckte die halb offen stehende Tür eines Treppenhauses. Sie deutete in die Richtung, und Samm nickte. Immer noch atmete er langsam und sehr bewusst. Leise zählte sie die Sekunden. »Eins, zwei, drei.« Dann sprangen sie auf und rannten quer über den mit Schutt übersäten Boden zu der Tür. Kira erreichte sie einige Schritte vor Samm. Nachdem er hindurchgetaumelt war, schlug sie die Tür zu. Er lehnte sich schwer an die Wand und keuchte mit geschlossenen Augen.

»Ich glaube nicht, dass uns jemand bemerkt hat«, sagte sie. »Wir können uns einen Augenblick lang ausruhen, bevor wir hinaufsteigen.«

»Wenn ich mich ausruhe, schlafe ich ein.« Samm hatte Mühe, die Augen offen zu halten. Seine Lider waren bleischwer und fielen ihm zu. »Geh weiter!«

»Kommst du klar?«

»Wir müssen so oder so weitergehen«, antwortete Samm. »Alles in Ordnung.«

Kira protestierte und schlug vor, später wiederzukommen, doch davon wollte er nichts wissen. »Das ist unsere einzige Chance. Ich schaffe es schon.« Er umklammerte das Geländer mit beiden Händen und hob ein Bein, das bleischwer zu sein schien. Kira legte sich seinen Arm über die Schulter und stützte ihn mit der freien Hand. Er atmete tiefer, als wäre er schon fast eingeschlafen, und seine Schritte waren nicht mehr gleich groß. Manchmal brauchte er drei oder vier Anläufe, um den Fuß auf die nächste Treppenstufe zu setzen.

»Das wird schon«, munterte Kira ihn auf, obwohl sie wusste, dass irgendetwas nicht stimmte. *Was ist hier bloß los?* »Nur noch ein paar Stufen.« Sie hielt ihn fest und stützte ihn mit ihrer ganzen Kraft, während sie hinaufstiegen. »Gut so, nur noch vier Stufen.« Auf dem ersten Treppenabsatz öffnete sie die Tür. Er sank zu Boden. Der Geruch von Erde und Pflanzen erfüllte die Luft, und im Staub, der sich auf dem Teppich gesammelt hatte, erkannte sie die Spuren von Katzen und Vögeln. »Samm, alles in Ordnung?« In diesem Bereich des Gebäudes konnten sie nicht mehr von draußen entdeckt werden. Ein besseres Versteck ließ sich kaum finden. »Samm, rede mit mir!«

»Nicht ...« Er sprach schleppend und leise, als müsste er mit jedem Wort gegen einen gewaltigen Widerstand ankämpfen und fände kaum noch die Kraft, überhaupt einen Laut hervorzubringen. Er wandte den Kopf hin und her, riss die Augen weit auf und hatte große Mühe, bei Bewusstsein zu bleiben. Sie wartete, dass er den Satz beendete, doch die folgenden Worte zielten in eine ganz andere Richtung. »Heron ... hier.« Wieder eine Pause. »Schläft.« Sein Blick wirkte verschwommen und richtete sich ins Leere. »Finde ... es.«

»Ich soll es finden? Was denn?« Sie schüttelte ihn und flüsterte ihm drängend ins Ohr, doch er reagierte kaum noch. *Er schläft ... fast. Anscheinend ist auch Heron in der Nähe.* Kira strengte sich an, um über den Link eine Spur von Heron zu entdecken. Allerdings hatte sie diese Fähigkeit noch nie bewusst zu steuern vermocht, sondern immer nur im Kampfrausch darüber verfügt, wenn ihr Körper genügend Adrenalin ausgeschüttet hatte. *Aber diese Situation ist so stressig, dass ich etwas über den Link empfangen sollte,* dachte sie. *Was gerade mit Samm passiert, bringt mich völlig aus der Fassung, und doch spüre ich nichts. Sind die Kampfpheromone etwa stärker? Oder bin ich dazu konstruiert, ausschließlich Kampfpheromone und nichts anderes wahrzunehmen?*

Sie überprüfte Samms Puls und seine Atmung. Beides schien normal. Seit er den Widerstand eingestellt und sich dem Schlaf ergeben hatte, waren seine Körperfunktionen offenbar wiederhergestellt. Kira stand auf und überlegte, was sie als Nächstes tun sollte – bei ihm bleiben, bis er aufwachte? Ihn liegen lassen und weitergehen? Das schien die einzig sinnvolle Vorgehensweise zu sein, die ihr allerdings nicht behagte. Sie schleppte ihn zur Wand und richtete ihn auf. Den Oberkörper lehnte sie gegen zwei Computer, die sie aus benachbarten Büroräumen holte. Er schlief inzwischen so fest, dass sie befürchtete, er sei zu träge, um zu reagieren. Vielleicht erstickte er, wenn er sich übergab oder Speichel absonderte. Solange er saß, war zumindest diese Gefahr gebannt.

Hat ihm etwa jemand ein Beruhigungsmittel verabreicht?, überlegte Kira. *Aber warum sollte jemand so etwas tun – und vor allem: wie? Hat Calix ihm etwas eingeflößt? Aber warum hat sie ihn erst betäubt und ist dann weggegangen?* Kira schüttelte den Kopf. *Ich werde ihn befragen, wenn er zu sich kommt. Inzwischen bin ich allerdings auf mich allein gestellt. Unsere Mission ist fast erfüllt, und ich weiß nicht, wann man im Reservat misstrauisch wird und nach uns sucht. Wenn ich jetzt aufgebe, bekomme ich vielleicht keine zweite Gelegenheit mehr, die Suche fortzusetzen. In dieser Hinsicht hat Samm recht. Ich muss die Akten finden.*

Stumm bat sie Samm um Verzeihung und durchsuchte die Schreibtische nach einem Hinweis oder einer Karte, nach irgendeinem Fingerzeig, wo sie mit der Suche beginnen sollte. Sie war zwar überzeugt, dass der Trust namentlich nirgends erwähnt wurde, aber die meisten Namen waren ihr aus den Akten bekannt, die sie in Chicago gefunden hatte. Im Geist ging sie alle noch einmal durch: Graeme Chamberlain, Kioni Trimble, Jerry Ryssdal, McKenna Morgan, Nandita Merchant und Armin Dhurvasula. *Mein Vater.* Sie entdeckte ein kleines Verzeichnis und forschte nach den Namen, fand jedoch keinen einzigen.

Dann beschloss sie, das Problem aus einem anderen Blickwinkel zu betrachten. Welche Hinweise hatte sie bereits gesammelt? Welche Puzzleteile kannte sie schon? Sie brauchte eine Weile, um ihre Gedanken zu ordnen. In den letzten Wochen hatte ihre Aufmerksamkeit nur der Durchquerung des Ödlands und dem nackten Überleben gegolten, sodass in ihrem Kopf kaum etwas anderes Platz gehabt hatte. Sie rief sich die Rätsel vor Augen, die sie lösen musste. Dr. Morgan hatte den Auftrag erhalten, die übermenschlichen körperlichen Eigenschaften der Partials zu erschaffen: die Muskelkraft, die Reflexe, die Widerstandsfähigkeit gegenüber Krankheiten und die erstaunlichen Selbstheilungskräfte. Jerry Ryssdal hatte an den Sinnesorganen gearbeitet. Kiras Vater hatte den Link und das ganze System der pheromonischen Kommunikation entwickelt. Über Trimble wusste sie immer noch nichts. Die Letzten auf ihrer Liste waren Grame Chamberlain und Nandita, die dem Sicherungsprojekt zugeordnet gewesen waren – der RM genannten Seuche, die die Welt in den Untergang gestürzt hatte. In Chicago hatte sie erfahren, dass die Sicherung die Partials töten sollte, falls diese jemals außer Kontrolle gerieten. Die amerikanische Regierung hatte dies verlangt, und die Leitung von ParaGen hatte einen entsprechenden Auftrag erteilt. Allem Anschein nach hatte dieser Auftrag die führenden Wissenschaftler zur Bildung des Trusts veranlasst. Als das Virus dann auf der Bildfläche erschienen war, hatte es aus irgendeinem Grund die Menschen getötet. Das beruhte wohl kaum auf einer Entscheidung des Trusts. Sie mochte sich nicht vorstellen, dass irgendjemand wissentlich und vorsätzlich so viele Menschen vernichtet hatte – erst recht nicht ihr Vater oder die einzige mütterliche Person, die sie je gekannt hatte. Graeme hatte sich selbst umgebracht, ein ungeklärter Fall, der sie zutiefst beunruhigte.

Trotzdem, dachte sie. *Der Trust war bereits zersplittert, als die Mitglieder ihre Pläne schmiedeten.* Dr. Morgan wusste beispielsweise nichts über das Verfallsdatum, aber irgendjemand hatte es in die DNA der Partials einprogrammiert und damit einen ganz bestimmten Plan verfolgt. Es gab noch andere, deren Namen Morgan genannt hatte, als sie Kira für eine Spionin gehalten hatte: Kronos und Prometheus. *Waren dies Tarnnamen für zwei Personen auf der Liste? Oder handelte es sich um ganz andere Leute? Und wie passt Doktor Vale in diesen Zusammenhang?*

Kira nahm sich wieder das Verzeichnis vor und suchte nach Stichworten, die mit dem Trust zu tun haben mochten: *Verfallsdatum, Sicherung, Virus, Virologie, Pathologie, Epide-*

miologie. Sie suchte nach allen passenden Begriffen, die ihr einfallen wollten, anschließend auch noch nach *Labor, Forschung* und *Genetik.* Sie suchte sogar nach *RM* – halt! *RM* gab es nicht, aber dafür *EA. Entwicklungsabteilung? Ist das ein Hinweis auf die Produktion des Virus? Vielleicht wurde dort eine frühe Version hergestellt. Etwas so Geheimes taucht aber schwerlich in einem öffentlichen Verzeichnis auf, das nicht einmal die Namen der führenden Wissenschaftler enthält.* Sie erinnerte sich an ihre Verwirrung hinsichtlich der Abkürzung *IT*, die für *Informationstechnologie* gestanden hatte. EA *muss demnach ebenfalls eine Abkürzung sein. Vielleicht gab es hier früher wirklich eine Entwicklungsabteilung.*

Wenn der Trust irgendwo beheimatet war, dann dort. Aber wo ist die Ebene C? Hier sind die Etagen mit Ziffern beschriftet. Sie sah sich nach einem Lageplan um und durchsuchte alle Schreibtische, die in Betracht kamen. Als sie das dritte Mal die Haupthalle durchquerte, blieb sie oberhalb der Treppe stehen, starrte aber nicht die Stufen an, sondern die Türen daneben. Es waren drei nebeneinander angeordnete Doppeltüren.

Aufzüge.

Das Reservat besaß eine eigene zuverlässige Stromversorgung. Die Aufzüge in den anderen Gebäuden funktionierten noch. Wenn dies auch hier der Fall war, dann musste sie in der Kabine nur auf einen Knopf drücken und wäre schon fast am Ziel. Als sie davorstand, zögerte ihr Zeigefinger kurz über dem Rufknopf, dann drückte sie darauf.

Tief im Innern des Gebäudes summte ein Motor. Der Boden bebte leicht, als die Zahnräder und Seilzüge ihre Arbeit aufnahmen. Im Aufzugschacht klapperte und knarrte es. Kira wich zurück, als die Tür mit lautem Kreischen halb aufging. Die Ränder der Kabine schlossen nicht mit der Tür ab. Ein breiter Spalt, durch den sie in die Schwärze des Schachts blicken konnte, blieb frei. *Der Strom zum Betrieb ist vorhanden, aber das heißt noch lange nicht, dass sich in den letzten zwölf Jahren irgendjemand um die Wartung gekümmert hat.* Erstaunlich, dass sich die Kabine überhaupt noch bewegt hatte. Die Türen wollten sich wieder schließen, hatten beim Öffnen jedoch zu großen Schaden genommen und blockierten. Kira zögerte an der Tür und überlegte, ob sie dem Fahrstuhl trauen und die Kabine besteigen sollte. Sie spähte in den Abgrund und bemerkte am Boden des Schachts, der anscheinend mindestens sieben Stockwerke tief war, mehrere dunkelrote Lichter. *Also fünf Etagen unter der Erde,* überlegte sie. *Ein oder zwei Kellergeschosse dienen der Wartung, dann folgen drei weitere unterirdische Stockwerke.*

A, B und C.

Sie beschloss, dem Lift besser nicht zu vertrauen, und hoffte, einen anderen Ausstieg zu entdecken. Tatsächlich erspähte sie eine Notleiter, die sie ohne Weiteres erreichen konnte. Als sie in den schwarzen Schacht hinabblickte, wurde ihr leicht schwindelig. Sie hielt sich an den Metallstangen fest, schwang sich hinüber, ertastete die nächsten Sprossen mit den Füßen und kletterte hinunter. Die Türen der Stockwerke waren beschriftet. Erleichtert atmete sie auf, als sie das Erdgeschoss hinter sich ließ und weiter unten ein großes *A* entdeckte. In der Etage *C* hielt sie inne und suchte den Ausgang. Neben der Leiter gab es eine Wartungsluke. Sie drehte den Knopf herum, und die Klappe öffnete sich geräuschlos.

Der Flur dahinter war hell erleuchtet. Die Luft roch frisch und wurde offenbar ständig umgewälzt. Weit entfernt hörte sie Schritte, nicht mehr als ein schwaches Echo in der Leere.

Das Herz schlug ihr bis zum Hals, und lähmende Angst ergriff Besitz von ihr. War Heron schon hier? Oder jemand anders? Hatte man den Lärm bemerkt, als sie den Aufzug geholt hatte? Schlich nur eine Person durch das Gebäude, oder waren es mehrere? Näherten sich die Schritte, oder entfernten sie sich? Sie wusste es nicht, und diese Unsicherheit versetzte sie in große Angst. Allmählich kam sie wieder zu sich und dachte nach. *Wer immer es sein mag, ich muss durch diese*

Luke steigen. Nein, ich kehre nicht um! Endlich kann ich erfahren, wer oder was ich bin. Sie zögerte kurz und überlegte, ob es in diesem Hochhaus wohl ein Sicherheitssystem gab, das sie angreifen würde. Allerdings hatte sie beim Öffnen der Luke keinen Alarm ausgelöst. Schließlich nahm sie ihren ganzen Mut zusammen, zog die Pistole aus dem Hosenbund und kletterte in den Abgrund.

Der Flur hatte weiße Wände, aber auch der Boden sowie die Decke reflektierten das Licht und trugen zur Helligkeit bei. So gewann Kira den Eindruck, sich in einem Krankenhaus zu befinden. Im Boden spürte sie schwache Vibrationen, ähnlich dem Motor des Aufzugs, aber beständiger, wie ein leises Summen im Hintergrund. *Das Kraftwerk?*, überlegte sie. *Oder die Luftumwälzung.* Sie spürte einen leichten Luftzug, weder warm noch kalt, sondern einfach nur eine Luftbewegung. Dann hörte sie wieder Schritte. Diesmal war sie sicher, dass es sich um eine einzige Person handelte. Sie bemühte sich, etwas über den Link aufzufangen und vielleicht Heron zu entdecken, empfing aber nicht das Geringste. Dann überprüfte sie die Waffe – die Kammer und das Magazin – und vergewisserte sich, dass sie schussbereit war. Leise ging sie weiter. Falls wirklich jemand umherschlich, wollte sie sich nicht zu früh verraten.

Ebene C war ein Labor und erheblich besser erhalten als die höheren Stockwerke. Was auch immer die Partials mit dem Gebäude angestellt hatten, die tieferen Etagen hatten sie nicht beschädigt. Kira ging weiter und entdeckte Büros, Konferenzräume, Labors, Duschen und sterile weiße Räume mit Gerätschaften, die sie nicht kannte. War dies die Einrichtung, in der Vale sein Heilmittel herstellte? Das schien durchaus einleuchtend. ParaGen verfügte zweifellos über eine hervorragende gentechnische Ausrüstung. Waren diese Hilfsmittel der Grund, warum das Heilmittel angeblich nicht transportfähig war? Vielleicht hatte sie gerade eben sogar Vale gehört. Kira bewegte sich schneller voran.

Abermals hallten Schritte durch einen Flur, und als sie weiterging, vernahm sie schließlich sogar eine Stimme, die etwas Unverständliches murmelte. Irgendjemand sprach dort leise. Beinahe lautlos schlich sie weiter, wusste sie doch nicht, ob sie auf Freund oder Feind stoßen würde. Würde ein Eindringling sofort angreifen? Galt Kiras Gegenwart von vornherein als Bedrohung? Welche Waffen benutzten die Unbekannten, und wie gut wussten sie sie einzusetzen? Würde man sie sofort töten, um das Geheimnis dieses Hauses zu wahren?

Ich muss die Gefahr in Kauf nehmen. Nun bin ich so weit gekommen, nun will ich es wissen.

Sie bog um die letzte Ecke, betrat einen großen Raum und schrak zusammen. In zwei langen Reihen waren zehn Metalltische hintereinander aufgestellt, und auf jedem Tisch lag ein ausgemergelter, bis zum Skelett abgemagerter Mensch. Alle waren mit dicken Bündeln von Schläuchen, Leitungen und Kabeln verbunden, die Nährmittel in die Körper pumpten beziehungsweise Abfallstoffe oder aufbereitetes Blut ableiteten. Die Gesichter waren nicht zugedeckt, und im Hals jeder Versuchsperson steckte ein dünner Schlauch, der mit den Anschlüssen verbunden war. Diese Gestalten sahen eher wie tot aus, hätten sich nicht die Brustkörbe gehoben und gesenkt und hätten nicht die Herzen hinter den heraussstehenden Rippen gepocht. Es waren lebende Leichen, bewusstlos und ohne Empfindung für ihre Umgebung. Sie schienen schon seit Jahren vor sich hin zu vegetieren.

»Was ist hier los?«, flüsterte sie.

»Es sind Partials«, erklärte Dr. Vale. Jetzt erst bemerkte Kira, dass der Arzt auf der anderen Seite des Raums stand. Reflexartig zog sie die Pistole und zielte auf ihn. Er hob die Arme. »Sie wollten wissen, wie ich das Heilmittel synthetisiere«, fuhr Vale fort. »Ich synthetisiere es nicht, ich ernte es.« Er deutete auf die Tische. »Hier sehen Sie das Heilmittel für RM.«

44

Kira starrte ihn schockiert an. »Was hat das zu bedeuten?«

»Unsere Rettung«, erklärte Vale. »Alle, die Sie bei uns getroffen haben, alle Kinder, die Sie gesehen haben ... Sie haben von einem Wunder gesprochen ... Das alles ist dank dieser zehn Partials möglich geworden.«

»Das ist ...« Sie hielt inne, wollte auf ihn zugehen, schüttelte den Kopf und konnte immer noch nicht fassen, was sie sah. »Schlafen sie?«

»Sie sind betäubt«, erwiderte Vale. »Sie hören nichts, sie sehen nichts, aber unsere Stimmen dringen vermutlich in ihre Träume vor.«

»Sie träumen?«

»Das ist möglich«, bestätigte Vale. »Ihre Hirnaktivität ist allerdings kein wesentlicher Teil des Prozesses, und deshalb habe ich nicht weiter darauf geachtet.«

Kira ging einen weiteren Schritt auf die Metalltische zu. »Demnach wachen sie nie wieder auf?«

»Welchen Vorteil hätte das?«, entgegnete Vale. »Ich kann sie viel leichter betreuen, wenn sie schlafen. Und sie bereiten mir erheblich weniger Ärger.«

»Sie können sie doch nicht behandeln, als wären sie Topfpflanzen«, wandte Kira ein.

»Streng genommen sind sie das nicht, aber im Grunde stimmt Ihre Beschreibung durchaus.« Vale trat zu einem Partial und überprüfte die Schläuche und Drähte, die zu einem Apparat an der Decke führten. »Sie sind keine Pflanzen. Für mich sind sie jedoch ein Garten, den ich gewissenhaft pflege, um die Ernte einzubringen und das menschliche Überleben zu sichern.«

»Das Pheromon«, sagte Kira.

»Die technische Bezeichnung lautet *Partikel 223*«, verbesserte Vale. »Aber ich nenne es inzwischen Ambrosia.« Er lächelte. »Die Götternahrung.«

»Wie können Sie das nur tun?«, platzte Kira heraus.

»Oh, und ob ich das tun kann!«

»Ja, Sie können es … uns ist schon lange klar, dass die direkte Entnahme eine theoretische Möglichkeit ist, aber … es ist nicht richtig.«

»Sagen Sie das den Tausenden, die ich gerettet habe, und den Hunderten, die ich allein dieses Jahr noch retten werde!« Vales Lächeln verblasste, er wurde ernst. »Zehn für zweitausend, das sind zweihundert Leben für einen von ihnen. So mildtätig sollten wir alle sein.«

»Aber … es sind Sklaven«, widersprach Kira. »Nein, sie sind noch schlimmer dran als Sklaven. Sie sind … sie sind Ihr garstiger menschlicher Garten!«

»Menschlich sind sie nicht«, korrigierte Vale sie entschieden. »Sie sind Sachen. Ja, sie leben, aber die Menschheit benutzt lebende Sachen als Werkzeuge, seit sie den ersten bewussten Gedanken fassen konnte. Ein Busch in der Wildnis ist einfach nur ein Busch – unter menschlicher Pflege wird er eine Hecke und bildet einen Schutzwall. Beeren kann man in Tinte und Farbe umwandeln, Pilze werden Arzneimittel. Kühe geben uns Milch, Fleisch und Leder, Pferde ziehen unsere Pflüge und Fuhrwerke. Sie selbst haben Pferde eingesetzt, um das vergiftete Ödland zu durchqueren. Ich bin sicher, dass die Pferde sich nicht freiwillig für diese Aufgabe entschieden hätten.«

»Das ist etwas anderes«, wandte Kira ein.

»Nein, das ist ganz und gar nichts anderes«, widersprach Vale. »Ein Pferd ist wenigstens ein natürlicher Teil der Welt. Diese Tiere existieren heute, weil sie trotz einer Millionen

Jahre währenden Selektion nicht ausgestorben sind. Sie haben sich ihr Recht auf Leben redlich verdient. Die Partials wurden im Labor gezüchtet, sie wurden von Menschen zum Nutzen der Menschheit hergestellt. Sie sind wie ... wie Wassermelonen ohne Samen oder wie krankheitsresistenter Weizen. Lassen Sie sich nicht durch die menschlichen Gesichter täuschen!«

»Es sind nicht nur die Gesichter«, gab Kira hitzig zurück. »Es ist auch das Bewusstsein. Wenn Sie mit einem Partial reden, können Sie ihn nicht von einem richtigen Menschen unterscheiden.«

»Irgendwann haben sogar die Computer das Sprechen gelernt«, sagte Vale. »Das macht sie aber noch lange nicht zu Menschen.«

Kira schloss wütend und entnervt die Augen und schüttelte den Kopf. Sie fand diese Enthüllungen so widerwärtig, dass sie kaum noch sprechen konnte. »Sie müssen die Partials freilassen!«

»Und was dann?« Vale machte eine umfassende Geste, die nicht nur das Labor, sondern das ganze Reservat oder womöglich sogar die ganze Welt einschloss. »Sollen wir alle so leben wie Ihre Leute? Sollen wir uns vergeblich abrackern, um eine Krankheit zu heilen, die nicht geheilt werden kann? Zusehen, wie Tausende unserer Kinder sterben, damit zehn Männer – zehn Feinde, die rebelliert und Menschen ermordet haben – nicht mehr leiden müssen?«

»Es ist viel komplizierter«, hielt Kira dagegen.

Vale nickte. »Genau das meine ich. Sie finden es grausam, dass Partials bewusstlos und ausgezehrt auf diese Weise festgehalten werden? Ich dagegen sage: Es wäre viel grausamer, sie freizulassen. Wissen Sie, wie ich die Partials unter Betäubung halte? Kommen Sie!« Er trat ans Ende der ersten Reihe. Der Partial auf dem letzten Tisch sah seinen Leidensgenossen zwar ähnlich, war jedoch anders ausgerüstet. Bei ihm steckte nicht nur ein Schlauch im Kehlkopf, sondern die ganze Kehle wurde von einem Beatmungsgerät verdeckt. Kira näherte sich langsam, die Waffe in ihrer Hand war längst vergessen. Schließlich erkannte sie, dass in die Apparatur eine Reihe kleiner Ventilatoren eingebaut war.

»Was ist das?«, fragte sie.

»Ein Luftumwälzer«, erklärte Vale. »Ich nenne diesen Partial Williams. Er war meine letzte Schöpfung, bevor Zeit und Krieg unsere gentechnische Ausrüstung unbrauchbar machten. Er produziert kein Ambrosia, sondern ein anderes von mir entwickeltes Medikament – ein extrem starkes Betäubungsmittel, das nur auf Partials wirkt. Ich kann Ihnen versichern, dass die zugrunde liegende Biomechanik ungeheuer kompliziert ist.«

Kira wurde die Kehle eng, als sie an Samm dachte. Vale nickte und schien zu erraten, was ihr durch den Kopf ging. »Ich nehme an, Ihr Partialfreund liegt irgendwo dort oben in tiefem Schlaf.« Er deutete an die Decke hinauf. »Das Ventilationssystem des Turms funktioniert noch erstaunlich gut und befördert das Mittel durch das ganze Gebäude und sogar in das Reservat hinaus. Mich würde interessieren, wie weit er gekommen ist, bevor er zusammenbrach. Williams könnte zu unserer wichtigsten Verteidigungswaffe werden, falls uns die Partials, die Sie erwähnt haben, jemals angreifen sollten.«

Kira dachte nach. Samm hatte die Wirkung des Mittels erst in der Nähe der großen Lichtung verspürt, höchstens fünfzig Meter vom Turm entfernt, war aber den ganzen Nachmittag über seltsam antriebslos gewesen. Lag dies am Beruhigungsmittel, oder gab es noch andere Gründe?

Wie weit musste sie ihn schleppen, damit die Wirkung nachließ?

Sie wandte sich wieder an Vale. »Das können Sie nicht tun!«

»Das sagten Sie schon.«

»Sie können doch nicht einfach eine Person in eine Waffe verwandeln.«

»Mein Kind«, erwiderte er, »was sind denn die Partials Ihrer Meinung nach?«

»Nun ... natürlich sind sie genau das«, gab Kira zu. »Aber sehen Sie sich an, was dann geschehen ist! Haben Sie aus dem Ende der Welt nichts gelernt?«

»Ich habe gelernt, menschliches Leben um jeden Preis zu schützen«, sagte Vale. »Solange wir falsche Rücksicht genommen haben, waren wir dem Abgrund gefährlich nahe.«

»Sie tun das alles doch nicht, um die Menschheit zu schützen!«, zischte Kira. Sie wich zurück und hob die Pistole. »Sie tun es aus Machtgier. Sie haben die Macht über das Heilmittel, also haben Sie Macht über alles, und jeder muss nach Ihrer Pfeife tanzen.«

Vale lachte laut heraus. Der Ausbruch kam völlig unerwartet und klang ehrlich belustigt. Kira wich unwillkürlich noch weiter zurück. *Was übersehe ich jetzt schon wieder?*, fragte sie sich.

»Haben Sie hier irgendwelche Unterdrückungsmaßnahmen bemerkt?«, entgegnete er. »Regiere ich mit unsichtbarer eiserner Faust? Wirken die Menschen im Reservat unglücklich?«

»Das heißt nicht, dass sie auch frei sind«, erwiderte Kira.

»Aber natürlich sind sie frei«, antwortete Vale. »Sie können nach Belieben kommen und gehen. Wir haben weder Wächter noch Polizei. Es gibt keine Sperrstunde, sondern nur die Gefahren durch den Säureregen. Nirgends sind Grenzzäune errichtet – nur das Ödland ringsum beschränkt unsere Bewegungsfreiheit. Ich verlange keinen Tribut, ich überwache weder die Schulen, noch hüte ich Geheimnisse außer dem einen hier.« Er deutete auf die bewusstlosen Partials.

Kira wollte nicht so rasch einlenken. »Phan und Calix dürfen die Umgebung nicht erkunden.«

»Natürlich habe ich ihnen verboten, das Reservat weiträumig zu verlassen«, räumte Vale ein. »Es ist gefährlich dort draußen. Phan, Calix und alle anderen Menschen sind wichtig für unsere Gemeinschaft. Aber sie haben trotzdem die Freiheit, jederzeit zu gehen, wenn sie es wollen. Ich bin kein Tyrann, nur weil sie meiner Empfehlung folgen.« Er deutete auf Kira. »Sogar Sie waren die ganze Zeit frei und konnten sich frei bewegen – die Unruhestifterin und ihr gefährlicher Lieblingspartial. Niemand hat Sie aufgehalten, niemand hat Sie beschattet. Nun beantworten Sie mir eine Frage, Kira: Wogegen protestieren Sie eigentlich noch?«

Verwirrt und betroffen schüttelte Kira den Kopf. »Sie beherrschen die Menschen.«

»Aber nur wenn man den Begriff sehr weit fasst«, schränkte Vale ein. »Nach allem, was ich weiß, kommen Sie aus einem Land, in dem Machtausübung mithilfe von Schusswaffen erfolgt. Die Regierung erkauft sich Ihren Gehorsam, indem sie alles knapp hält. Ich erhalte die Ordnung, indem ich den Menschen genau das gebe, was sie brauchen: ein Heilmittel für RM, Nahrung und Unterkunft, eine Gemeinschaft, der sie sich zugehörig fühlen. Sie erkennen mich als Anführer an, weil ich sie gut und umsichtig lenke. Nicht jede Autoritätsperson ist zwangsläufig auch böse.«

»Aus dem Mund eines Mannes, der ein Geheimlabor mit halb toten Gefangenen betreibt, klingt das ziemlich selbstgerecht.«

Vale seufzte und starrte Kira an. Schließlich trat er an die Seitenwand des Raums und nahm eine Spritze mit einer durchsichtigen Flüssigkeit von einem Tablett. »Kommen Sie mit, Kira! Ich zeige Ihnen etwas.« Er bewegte sich auf eine Tür an der Rückwand zu. Kira zögerte kurz, dann folgte sie ihm. »Das ganze Gelände ist von unterirdischen Tunneln durchzogen«, erklärte er. »Bevor wir zu den anderen zurückkehren, noch ein Hinweis: Niemand weiß von meinen Partials. Seien Sie in dieser Hinsicht bitte diskret!«

»Weil Sie sich dafür schämen?«

»Weil viele Einwohner ähnlich reagieren würden wie Sie«, antwortete er. »Einige hätten vermutlich auch den Wunsch, die Partials noch härter zu bestrafen.«

»Sie kennen mich kaum, Doktor, aber wenn mir etwas missfällt, halte ich selten meinen Mund.«

»Andererseits können Sie Geheimnisse recht gut bewahren«, gab er zurück.

Kira warf ihm einen raschen Blick zu. »Meinen Sie Samm?«

»Haben Sie denn noch andere Geheimnisse?«

Kira musterte ihn kurz und überlegte, wie viel er wusste oder ob er ahnte, wer sie in Wirklichkeit war. *Wahrscheinlich nicht,* dachte sie. *Sonst hätte er mich gefragt, warum das Beruhigungsmittel bei mir nicht wirkt. Es sei denn, er weiß mehr über mich als ich selbst ...*

Natürlich weiß er mehr, dachte sie. *Er gehört zum Trust. Er weiß alles, was wir herausbekommen wollten. Ich allein kann ihn nicht an seinem Tun hindern, jedenfalls nicht jetzt gleich. Wenn ich allerdings die gewünschten Antworten habe, ist das vielleicht gar nicht mehr nötig.* Sie zögerte noch einen Moment lang, bevor sie ihm antwortete.

»Vorläufig hüte ich Ihr Geheimnis, aber Sie müssen mir dafür etwas geben.«

»Das Heilmittel?«, fragte er. »Wie Sie sehen, ist es genau das Mittel, das Sie bereits entdeckt haben. Wie ich schon erklärte, ist es nicht transportfähig.«

»Dieses Heilmittel will ich nicht«, sagte sie. »Es ist böse, und was immer Sie mir zeigen wollen, wird meine Ansicht darüber nicht ändern.«

»Wir werden sehen«, erwiderte Vale.

Kira ließ nicht locker. »Vielmehr brauche ich Informationen.«

»Welche Informationen?«

»Alles«, verlangte sie. »Sie haben bei der Konstruktion der Partials geholfen, also wissen Sie über RM, das Verfallsdatum und die Sicherung Bescheid. Ich will wissen, wie Ihre Pläne aussahen und wie alles zusammenpasst.«

»Sie sollen alle Informationen bekommen, über die ich verfüge«, versprach er ihr. »Im Gegenzug verlange ich Ihr Stillschweigen.«

»Abgemacht«, willigte Kira ein.

»Gut.« Vale blieb vor einer Tür im Flur stehen. »Aber zuerst gehen wir nach oben.«

Kira las das Schild an der Tür. »Gebäude Sechs. Das müsste das Haus sein, das Sie in eine Klinik umgewandelt haben.«

»Das ist richtig.«

»Ich habe die Klinik bereits gesehen.«

Vale öffnete die Tür. »Das Baby, das heute Nachmittag zur Welt gekommen ist, haben Sie allerdings noch nicht gesehen. Folgen Sie mir!«

Er stieg mehrere Treppenabsätze hinauf. Zunehmend beunruhigt folgte ihm Kira. Natürlich war ein Kind zur Welt gekommen – warum sonst hatte er den Turm aufgesucht und eine Spritze mit dem Heilmittel geholt? Ihr Magen verkrampfte sich. Sie hatte einen großen Teil ihres Lebens im Krankenhaus von East Meadow verbracht und auf der Entbindungsstation Dienst getan. Dort waren Kinder gestorben, und die Mütter hatten vor Verzweiflung geweint. Plötzlich verspürte sie wieder die Anspannung, unter der sie damals gestanden hatte. Es gab allerdings eine wesentliche Veränderung: Vale besaß das Heilmittel. Dieses Kind musste nicht sterben. Andererseits wusste sie, woher das Heilmittel stammte. Sie schloss die Augen und sah die hageren, ausgemergelten Gesichter der Partials vor sich. Es war falsch, sie auf diese Weise gefangen zu halten, gleichgültig, was Vale zu seiner Entschuldigung vorbringen mochte. *Und trotzdem ...*

Sie betraten einen Flur. Vorsichtig schloss Vale die Tür hinter ihnen. Frauen, Männer und Kinder gingen hin und her, und Kira stellte verblüfft fest, dass die meisten glücklich aussahen. Sie lachten, redeten, lächelten und drückten winzige Bündel an ihre Brust. Mütter und Väter, Brüder und Schwestern. Familien. Echte, genetisch verwandte Familien.

So etwas hatte sie noch nie gesehen. Die Entbindungsstation, in der sie gearbeitet hatte, war ein Ort des Todes und des Kummers gewesen, ein Ort des verzweifelten Kampfs gegen einen erbarmungslosen, unversöhnlichen Feind. Es war die einzige Entbindungsstation, die sie je kennengelernt hatte. Hier aber sah alles völlig anders aus. Die Mütter, die Kinder zur Welt brachten, wussten, dass die Kinder überleben würden. Dies war eine erfolgreiche Entbindungsstation, die den Menschen Hoffnung schenkte. Kira musste innehalten und sich gegen die Wand lehnen. *Genau das habe ich immer gewollt,* dachte sie. *Das will ich mit nach Hause nehmen, das will ich den Menschen mitbringen. Hoffnung und Erfolg. Glück.*

Und doch ...

Neben den vielen freudigen Geräuschen vernahm Kira allzu bekannte Laute – das Klagen eines sterbenden Kindes. Aus eigener bitterer Erfahrung wusste sie, wie das Virus seine Wirkung entfaltete, wie es das Kind unerbittlich angriff. Vale erklärte, bei dem erst wenige Stunden alten Kind sei RM derzeit noch auf den Blutkreislauf beschränkt. Bald bekäme der Säugling Fieber, das jedoch nicht tödlich wäre. Das Virus breitete sich dann langsam Zelle um Zelle aus, vermehrte sich und zerfraß den winzigen Körper von innen, bis sich das Kind – vielleicht schon morgen – bei dem Versuch, den Eindringling zu bekämpfen, buchstäblich selbst zerkochte. Zu einem so frühen Zeitpunkt konnte man die Schmerzen lindern und das Fieber senken, aber der Prozess selbst ließ sich nicht aufhalten. Ohne das heilende Pheromon war der Tod unausweichlich.

Höflich nickte Vale den Menschen zu, denen sie unterwegs begegneten. Kira folgte ihm wie betäubt. Was wollte er ihr zeigen? Wie das Heilmittel ein unschuldiges Kind rettete? Was er damit erreichen wollte, war ihr allerdings nicht klar. Wahrscheinlich wusste sie sogar besser als er, wie viel auf dem Spiel stand, kannte sie doch die Zustände, wenn kein Heilmittel zur Verfügung stand. Ihre Ansicht über die gefangenen Partials würde sich nicht ändern, und sie würde sich ganz sicher nicht auf Vales Seite schlagen. Dr. Vale schritt gerade durch die letzte Tür und betrat das Krankenzimmer. Die Mutter war fast außer sich vor Freude, und der ebenso dankbare wie aufgeregte Vater schüttelte Vale begeistert die Hand. Vale beruhigte ihn mit einigen Belanglosigkeiten und einem Lächeln und bereitete die Spritze vor. Kira stand unterdessen an der Wand und betrachtete das Kind, das in der Wiege schrie. Die Eltern musterten sie kurz, achteten dann aber kaum noch auf sie und widmeten ihre Aufmerksamkeit dem Kind. Genau wie es Madison und Haru getan hatten, kümmerten sich die Eltern um ihr Baby. Wie alle Eltern, die ihr je begegnet waren.

Erfolg hin oder her, dachte sie. *Die Rettung der Neugeborenen kann nicht rechtfertigen, was Vale den Männern im Keller antut. Wenn die Eltern wüssten, dass lebende, atmende Personen so leiden müssen – wären sie dann immer noch so glücklich über das Heilmittel? Würden sie der Behandlung überhaupt zustimmen?* Sie wollte die Eltern aufklären, ihnen alles offenbaren, doch sie war wie erstarrt.

Als Vale die Spritze vorbereitet hatte, wandte er sich an die Eltern. »Bitte«, sagte er leise, »lassen Sie mich kurz mit Ihrem Kind allein!«

Die Augen der Mutter weiteten sich vor Furcht. »Was haben Sie vor?«

»Keine Sorge«, erwiderte Vale. »Es dauert nur einen kurzen Augenblick.« Sie gingen nicht gern, schienen ihm aber zu vertrauen und verließen nach sanftem Drängen und einem weiteren fragenden Blick den Raum. Vale schloss die Tür hinter ihnen und drehte sich mit der Spritze in der Hand nicht etwa zu dem Kind, sondern zu Kira um und hielt sie ihr hin wie ein Geschenk. »Ich sagte bereits, dass ich die Menschen anführe, indem ich ihnen gebe, was sie brauchen. Jetzt geschieht das Gleiche mit Ihnen. Nehmen Sie die Spritze!«

»Ich will Ihr Heilmittel nicht«, erwiderte Kira.

»Ich gebe Ihnen nicht das Heilmittel, sondern lasse Ihnen die Wahl – Leben oder Tod. Das wollten Sie doch, oder? Sie wollen für alle anderen entscheiden, was richtig und falsch ist. Was gerechtfertigt werden kann und was unverzeihlich ist.« Wieder bot er ihr die Spritze an, trat auf sie zu und hielt sie hoch wie eine Opfergabe. »Manchmal müssen wir dem einen Schmerzen zufügen, wenn wir dem anderen helfen wollen. Das gefällt uns nicht, aber wir müssen es tun, weil die Alternative noch schlimmer wäre. Ich habe zehn Leben zerstört, um zweitausend zu retten. Ich glaube, das ist ein besseres Verhältnis, als viele Nationen für sich je in Anspruch nehmen konnten. Es gibt bei uns keine Verbrechen, keine Armut und kein Leiden außer dem der Partials. Außer meinem eigenen Leid und jetzt auch dem Ihren.« Abermals hielt er ihr die Spritze hin. »Wenn Sie glauben, Sie wüssten besser als ich, wie man ein Leben gegen das andere abwägt, wenn Sie glauben, Sie sollten entscheiden, wer lebt und wer stirbt, dann tun Sie es! Retten Sie das Kind, oder verurteilen Sie es zum Tod.«

»Das ist nicht fair.«

»Es ist auch nicht fair, wenn ich es tun muss«, erwiderte Vale grob. »Trotzdem muss einer es tun.«

Kira betrachtete die Spritze, dann das schreiende Baby, die geschlossene Tür, vor der die Eltern warteten. »Sie werden es erfahren«, überlegte Kira. »Sie werden auf jeden Fall erfahren, wie ich mich entschieden habe.«

»Selbstverständlich«, stimmte Vale zu. »Oder wollen Sie andeuten, Ihre Entscheidung könnte unterschiedlich ausfallen, je nachdem, wer davon erfährt? So funktioniert die Moral leider nicht.«

»Das habe ich auch nicht behauptet.«

»Dann entscheiden Sie sich!«

Kira blickte wieder zur Tür. »Warum schicken Sie die Eltern hinaus, wenn sie es am Ende doch erfahren?«

»Damit die beiden Sie nicht anschreien, während wir diese Diskussion führen«, erklärte Vale. »Entscheiden Sie sich!«

»Das ist nicht meine Aufgabe.«

»Vor zehn Minuten, als Sie mir sagten, mein Vorgehen sei böse, hat Sie das nicht gekümmert«, erwiderte Vale. »Sie sagten, die Partials müssten freigelassen werden. Was hat sich seitdem verändert?«

»Sie wissen, was sich verändert hat!«, rief Kira und deutete auf das schreiende Kind.

»Der einzige Unterschied besteht darin, dass Ihre anmaßende Moralität auf einmal mit den Konsequenzen konfrontiert wird«, sagte Vale. »Die gibt es bei jeder Entscheidung. Wir haben es mit der greifbaren Gefahr zu tun, dass die Menschheit ausgelöscht werden könnte. Das macht die Entscheidungen schwieriger und die Konsequenzen schrecklicher. Manchmal steht sehr viel auf dem Spiel. Dann kommt lediglich eine Möglichkeit infrage, die Sie vorher unter keinen Umständen in Betracht gezogen hätten. Damit Sie sich am nächsten Morgen im Spiegel in die Augen blicken können, gibt es nur eine einzige Entscheidung.« Er drückte ihr die Spritze in die Hand. »Sie haben mich einen Tyrannen genannt. Nun töten Sie das Kind, oder werden Sie selbst zur Tyrannin.«

Kira betrachtete die Spritze – die Rettung der Menschheit. Aber nur dann, wenn sie sie auch anwendete. Sie hatte Partials im Kampf getötet – lag hier eine andere Situation vor? Ein Leben nehmen, um ein anderes zu retten. Zweitausend andere retten, vielleicht sogar zehntausend, wenn sie sich anstrengten. In gewisser Weise war dies gnädiger als der Tod, denn die Partials schliefen nur …

Nein, sagte sie sich. *Es gibt keine Entschuldigung und keine Rechtfertigung. Wenn ich dem Kind das Heilmittel verabreiche, dann unterstütze ich die Folter und die Gefangennahme der Partials – die Misshandlung vernunftbegabter Wesen. Wesen, die mir ähnlich sind.*

Ich kann nicht so tun, als wäre das in Ordnung. Ich darf die Augen vor meinem eigenen Handeln nicht verschließen.

Läuft es am Ende immer nur darauf hinaus, dass ich mich entscheiden muss?

Sie hielt das Neugeborene am Fuß fest, stach die Nadel durch die Haut und gab ihm die Injektion.

45

Ariel überlebte die Besetzung durch die Partials genauso wie alles andere: indem sie allein war. Viele verängstigte Einwohner von East Meadow waren vor der Partialarmee in die Schutzräume der Gemeinde geflohen, wo sie sich zusammendrängten, sich gegenseitig unterstützten und Proviant und Wasser horteten. Dadurch hatten es die Partials besonders leicht, sie gefangen zu nehmen, als sie die Stadt eroberten. Sie stürzten sich auf die Opfer und schleppten sie fort, um sie Experimenten zu unterziehen oder hinzurichten. Was genau mit ihnen geschah, konnte niemand mehr sagen. Da die Gruppen groß waren und Lärm erzeugten, waren sie leicht zu orten und einzukesseln, und ein Haufen unausgebildeter Zivilisten konnte gegen einen Angriff der Partials ohnehin nichts ausrichten. Nachdem Marcus fort war, blieb Ariel allein, zog von einem Haus zum nächsten und ernährte sich von den Lebensmitteln, die andere zurückgelassen hatten. So war sie den Angreifern immer einen Schritt voraus. Sie versteckte sich und fühlte sich einigermaßen sicher.

Bis die Partials sie entdeckten.

Ariel rang nach Luft und schleppte sich weiter. Sie kannte die Stadt in- und auswendig, doch die Partials waren schneller als sie und besaßen die schärferen Sinne. Sie hörte die schweren Stiefel über den Asphalt trampeln. Der erbarmungslose Rhythmus kam mit jedem keuchenden Atemzug näher. Sie schlüpfte links durch die Lücke in einem Zaun, bog sofort danach rechts und noch einmal links ab, um einen zweiten Holzzaun zu umgehen. Ihre Schritte waren leiser als die der Partials, kaum mehr als ein Flüstern im Dunkeln. Mit angehaltenem Atem schlich sie auf Zehenspitzen durch das verdorrte Gras und hielt im Zwielicht angestrengt Ausschau, um nicht versehentlich auf einen Zweig, einen Ast oder eine Flasche zu treten und sich zu verraten. Ein Gegner rannte mit seinen schweren Stiefeln an ihr vorbei, brach krachend durch das Loch im Zaun und stürmte wild über den Hof dahinter. Dann folgte das zweite Stiefelpaar, und sie nickte. *Nur noch einer. Nur noch einen Partial überlisten, und ich bin frei.* Leise schlich sie weiter bis fast zum Ende der Grasfläche. Dort erreichte sie über eine Treppe den Keller eines sicheren Hauses, in das sie schon ein- oder zweimal eingestiegen war. In diesem Versteck wollte sie ausharren, bis die Verfolger aufgaben und verschwanden, um sich leichtere Beute zu suchen. Sie musste es nur bis zu der Treppe schaffen ...

Das dritte Stiefelpaar hielt inne, fast auf einer Höhe mit ihr auf der anderen Seite des Doppelzauns. Ariel blieb mucksmäuschenstill, rührte sich nicht, gab keinen Laut von sich und wagte kaum zu atmen. Der Partial ging weiter und blieb abermals stehen. Dann wandte er sich in die andere Richtung und verharrte wieder. *Was tut er dort?* Doch noch während sie sich diese Frage stellte, durchschaute sie sein Verhalten. Er hatte etwas bemerkt. Er wusste, wohin sie verschwunden war.

Sie hörte ein zufriedenes Kichern. »Oh, du bist gut!« Der Partial lachte, sprang über den Zaun und kam auf sie zu. Ariel fluchte halblaut und rannte los. Jeder Gedanke an Heimlichkeit war verflogen, nun ging es ums nackte Überleben. Der Partial sprang auch über den zweiten Zaun und folgte ihr, er war nur noch wenige Schritte hinter ihr und konnte beinahe schon die Hand ausstrecken und sie am Hals packen. Ariel rannte mit aller Kraft weiter und fragte sich in ihrer Panik, wie er sie hatte entdecken können. Sie war still gewesen, hatte sich versteckt, hatte alles Erlernte angewandt. Und doch hatte er sie aufgespürt, als besäße er einen sechsten Sinn. Marcus hatte ihr von dem Link erzählt, mit dem sich Partials gegenseitig erkennen konnten, doch er hatte auch erwähnt, dass dies bei Menschen nicht gelang. Menschen waren ein blinder Fleck in ihrem Sinnesorgan, auf das sie sich viel zu sehr verließen. Sie hatte dies schon früher zu ihrem Vorteil genutzt, und bisher hatte es immer funktioniert. Wie hatte sie sich diesmal verraten?

Der Partial hatte sie fast erreicht, und sie hörte ihn keuchen. Das Geräusch war so laut, dass er nur noch Zentimeter hinter ihr sein konnte. Wahrscheinlich spielte er mit ihr. Sie roch seinen Schweiß, seinen stark riechenden Atem. *Das ist es,* dachte sie. *Es ist mein Geruch. Ich bin so schnell gelaufen und verstecke mich schon so lange, dass ich grässlich stinke. Er musste mich nicht sehen, hören oder über den Link wahrnehmen. Er hat mich gerochen wie ein Bluthund.*

Aber ich gebe nicht auf.

Sie senkte den Kopf und rannte so schnell wie noch nie in ihrem Leben. Doch plötzlich verkrampfte sich ihr ganzer Körper, und sie stürzte zu Boden. Als ihre Muskeln sie im Stich ließen, überschlug sie sich und rutschte noch ein ganzes Stück weiter. Alles drehte sich um sie, die Welt stand kopf und kippte wieder in die richtige Lage. Aufrichten konnte sie sich nicht, weil ihr ganzer Körper vor Schmerzen zuckte. Es war, als hätte sie einen kräftigen Schlag mit einem Baseballschläger abbekommen, doch es war nicht zu erkennen, woher der Schlag gekommen war. Langsam stellten sich ihre Augen auf die Umgebung ein. Der Partial stand mit einem Schockstab vor ihr. Er drückte einige Male auf den Auslöser, und ein blauer Lichtbogen tanzte zwischen den Kontakten.

»Du bist eine Kämpferin.« Er schob den Stab in einen Ring am Gürtel, kniete nieder und lächelte sie an. Im Mondlicht schimmerten seine weißen Zähne. »Vielleicht habe ich noch etwas Spaß mit dir, bevor ich dich beim Boss abliefere.« Ariel wollte sich bewegen, doch die Gliedmaßen gehorchten ihr immer noch nicht. Der Partial griff nach ihrem Hals.

»Halt!«, sagte jemand, und der Partial hielt inne. Seine Hand schwebte reglos wenige Zentimeter über Ariels Gesicht. »Aufstehen!«, befahl die Frauenstimme. Die Sprecherin blieb für Ariel unsichtbar. Zwar kam ihr die Stimme bekannt vor, doch sie konnte sie nicht einordnen. Der Partial richtete sich auf und starrte ins Leere. »Zieh deine Waffe!« Der Partial gehorchte. »Betäube dich selbst!« Der Partial schaltete den Schockstab ein und hob ihn bis vor die Brust, zögerte jedoch eine Handbreit vor dem Körper. In seinen Augen schimmerte eine Härte, als wehrte er sich gegen den Befehl, und Schweiß rann ihm über das Gesicht. »Tu's!«, befahl die Frau, und die Abwehr des Partials brach zusammen. Er presste sich den Taser auf die Brust und brach sofort zusammen. Die Kurzschlüsse in seinem Nervensystem verursachten ein wildes Zucken seiner Gliedmaßen. Irgendwie schaffte er es, sich den Taser weiter auf die Brust zu pressen, obwohl sich der ganze Körper aufbäumte. Endlich verlor er das Bewusstsein und beruhigte sich. Der Taser fiel zu Boden.

Es ist Doktor Morgan, dachte Ariel, die sich immer noch nicht rühren konnte. Schließlich schaffte sie es, einen Arm auf den Boden zu stemmen und den Kopf ein wenig zu heben, doch alles verschwamm ihr vor den Augen, und sie hatte Mühe, sich weiter aufzurichten. *Als Morgan Samm kontrollierte, geschah das Gleiche. Genauso haben Marcus und Xochi es beschrieben. Doktor Morgan ist hier. Sie will mich persönlich einfangen wie ein Vampir in der Nacht.* Endlich konnte Ariel auch den zweiten Arm aufstützen und drückte sich langsam und benommen hoch. Scharf sehen konnte sie immer noch nicht, als sie sich zu der Gestalt umwandte, die hinter ihr im Dunkel stand. Ihr Bein pochte, an Weglaufen war nicht zu denken. »Doktor Morgan«, krächzte sie. Auch die Stimmbänder gehorchten ihr noch nicht. Mehr als ein unverständliches

Gebrabbel bekam sie nicht heraus. Die Gestalt trat ins Mondlicht.

Es war eine gebeugte und dunkle alte Frau. Kein Vampir, sondern eine Hexe mit struppigem Haar.

»Du«, sagte Ariel.

»Hallo, mein Kind!«, antwortete Nandita. »Komm, wir müssen deine Schwestern finden! Unsere Welt steht schon wieder vor dem Untergang.«

46

Kira lief schweigend durch den dunklen unterirdischen Gang. Die leere Spritze in ihrer Hand kam ihr schwerer vor als in gefülltem Zustand.

»Ich verstehe nicht, wie Sie das tun können«, sagte Kira.

»Das ist mir klar«, meinte Vale. »Immerhin haben Sie darauf beharrt, ich müsse es sein lassen. Jetzt haben Sie allerdings einen kleinen Eindruck gewonnen, welchen Preis ein Anführer zu zahlen hat.«

»Es war nicht richtig«, beharrte Kira. »Es war nicht richtig, so etwas zu tun. Aber ... ich musste es tun.«

»Wenn Sie damit heute Nacht besser schlafen können ...« Vale seufzte, und als er fortfuhr, klang seine Stimme distanziert und nachdenklich. »Wenn ich nicht gerade die Partials überwacht und das Heilmittel geerntet habe, war ich in den letzten zwölf Jahren beständig auf der Suche nach einer Lösung, um ohne die Partials auszukommen. Sie bleiben nicht ewig am Leben, aber diese Kolonie muss überleben. Die Kinder wachsen auf und bekommen eigene Kinder. Wie sind diese Neugeborenen dann zu retten? Ich kann genügend Ambrosia für eine, vielleicht für zwei Generationen einlagern, aber was dann? Auch ein geheilter Mensch ist immer noch ein Überträger. RM lässt uns niemals wieder los.«

»Sie haben noch ein Jahr, um es herauszufinden«, erklärte Kira. »Höchstens achtzehn Monate. Dann werden alle Partials sterben, und wir verlieren sie unwiderruflich.«

»Das Verfallsdatum.« Vale nickte. »Es ist so tragisch wie die Sicherung.«

Nur der Trust weiß von der Sicherung. Es ist Zeit, ihn zur Rede zu stellen. »Sie sind einer von ihnen, nicht wahr?«, fragte Kira. »Einer der Wissenschaftler, die die Partials erschaffen haben. Der Trust.«

Vale blieb unvermittelt stehen und sah sie an. Als er weiterging, klang seine Stimme verändert, allerdings konnte Kira seine Gemütsverfassung nicht erkennen. War er neugierig? Betroffen? Hatte sie ihn gegen sich aufgebracht?

»Sie wissen viel über die Zusammenhänge, die ich für ein Geheimnis hielt«, erklärte Vale.

»Der Trust ist der Grund für unser Hiersein«, erwiderte Kira. »Ich ...« Sie hielt inne und wusste nicht, wie viel sie ihm offenbaren sollte. Schließlich beschloss sie, vorsichtig zu sein und sich so allgemein wie möglich auszudrücken. »Ich kannte eine Frau namens Nandita Merchant. Sie riet mir, den Trust zu suchen, und deutete an, dort könnten wir alle Hinweise zur Rettung der beiden Spezies finden. Leider verschwand sie, bevor ich mit ihr ausführlich darüber sprechen konnte.«

»Nandita Merchant.« Diesmal erkannte Kira Vales Gefühle ohne Mühe. Er war von tiefer Trauer erfüllt. »Wahrscheinlich wird sie sich nie verzeihen, was sie mit der Sicherung angerichtet hat. Sie hat ebenso große Schuld auf sich geladen wie alle anderen.«

Nun blieb Kira ihrerseits überrascht stehen. »Warten Sie!«, rief sie. »Steckt der Trust dahinter? Die Sicherung war ein Virus, wie wir in Chicago erfahren konnten. Wollen Sie behaupten, Nandita beziehungsweise Sie alle hätten das Virus vorsätzlich erschaffen, um Menschen anzugreifen?«

»Ich habe es überhaupt nicht erschaffen.« Vale ging schon wieder weiter. »Ich habe den Lebenszyklus der Partials entworfen. Also ihr Wachstum, ihre Entwicklung sowie die Art und Weise, wie sie möglichst schnell ein ideales Alter erreichen und ewig halten – das heißt, bis das Verfallsdatum eintritt. Ich versichere Ihnen, es war reine Poesie und die schönste biotechnische Arbeit in dem gesamten Projekt.«

Kira öffnete vor Erstaunen den Mund. »Sie haben das Verfallsdatum erschaffen?«

»Glauben Sie mir, es war ein Akt der Freundlichkeit. Als die Regierung eine Sicherung verlangte, schlug ich das Verfallsdatum als die menschlichste Möglichkeit vor ...«

»Was ist menschlich daran, die Partials zu töten?«

»Menschlich ist es nicht, nur ein wenig menschlicher. Natürlich haben auch wir Menschen ein Verfallsdatum, denn wir sterben an Altersschwäche. Es ist das gleiche Prinzip. Das Verfallsdatum der Partials bringt übrigens keine Menschen in Gefahr, was bei einer anderen Sicherung hätte geschehen können – und wie es schließlich auch geschehen ist. Aber meine Argumente im Zusammenhang mit der Sicherung und dem Verfallsdatum habe ich ganz am Anfang vorgetragen, als wir das Gesamtbild noch nicht überblicken konnten. Graeme und Nandita hatten die Aufgabe, die Sicherung zu entwickeln. Sie durchschauten es lange vor uns anderen, und sie waren diejenigen, die RM erschufen.«

»Ich kannte Nandita«, gab Kira zu. »Ich ...« Wieder zögerte sie, beschloss dann aber, ihm etwas mehr zu verraten. »Ich habe mehrere Jahre bei ihr gelebt. Sie leitete so etwas wie ein Waisenhaus, und ich war eins der Kinder, denen sie half. Sie ist keine Massenmörderin.«

»So wenig wie jeder andere Mensch in vergleichbarer Stellung«, lautete Vales rätselhafte Antwort. »Aber wenn ich es recht betrachte, sind wir alle, Nandita eingeschlossen, tatsächlich Massenmörder.«

»Das passt doch nicht zusammen!«, gab Kira hitzig zurück. »Wenn Nandita die Menschheit hätte auslöschen und völlig ausrotten wollen, dann hätte sie uns an die Partials verraten, Gift streuen oder uns auf zahllose andere Arten umbringen können. Das hat sie aber nicht getan. Schuld war bestimmt ihr Partner.« Kira folgte Dr. Vale auf dem Fuß und durchdachte, was sie gerade gehört hatte. »Graeme Chamberlain, der Mann, der Selbstmord beging. Könnte er … ich weiß auch nicht … hat er vielleicht alle getäuscht und insgeheim die Sicherung manipuliert?«

»Sie erkennen das Gesamtbild immer noch nicht.« Vale sah sie nicht einmal an, während er rasch durch den Flur schritt. Er verheimlichte ihr etwas Wichtiges, so viel war klar. Kira bedrängte ihn weiter.

»Aber Chamberlain kann nicht allein gehandelt haben.« Kira wurde ein wenig langsamer, als sie tiefer in das Problem eindrang. Dann eilte sie dem Arzt wieder hinterher. »Das Heilmittel gehörte zur Konstruktion der Partials, es war in ihren Genen verankert. Warum sollte Chamberlain ein Virus erschaffen, das offensichtlich nur dazu geeignet war, jeden Menschen auf der Erde zu töten, um anschließend ein Heilmittel herzustellen, das die Seuche bekämpft? Das verstehe ich nicht. Es wird allerdings verständlich, wenn …« Ihr lag die Antwort auf der Zunge. Sie rang um Worte, wollte alles auf einen Nenner bringen und einen einzigen zusammenhängenden Gedanken daraus schmieden. *So viele haben mitgearbeitet, jeder an einem bestimmten Teil. Wie passt das alles zusammen?*

Vale ging einige Schritte weiter und blieb dann stehen. Er sah starr geradeaus, und Kira musste sich anstrengen, um ihn zu verstehen. »Ich war am Anfang dagegen«, gestand er.

»Aber ist es wahr?« Kira näherte sich langsam. »Haben Sie und die anderen Angehörigen des Trusts alles dies beabsichtigt? Haben Sie die Sicherung der Partials verändert, damit sie die Menschen an deren Stelle tötet, und dann die Partials so angelegt, dass sie das Heilmittel in sich tragen, damit … wozu denn überhaupt?«

Offensichtlich erzürnt wandte Vale sich um. »Denken Sie nur einen Moment über die Sicherung nach – darüber, was sie wirklich ist und bedeutet! Man hat uns gebeten, eine neue Spezies bewusster Geschöpfe zu erschaffen. Atmende

Individuen, die denken und dank der *UN-Resolution zur künstlichen emotionalen Reaktionsfähigkeit* auch fühlen konnten. Denken Sie darüber nach – wir bekamen die klare Anweisung, Wesen herzustellen, die denken und fühlen konnten, die ihrer selbst bewusst waren. Und dann trug man uns auf, ihnen eine Bombe in die Brust zu pflanzen, damit man sie töten konnte, wann immer es nötig schien. Noch vor wenigen Minuten wollten Sie zehn im Koma liegende Partials befreien, und Sie konnten es nicht über sich bringen, ein einziges menschliches Kind zu töten. Wären Sie fähig, eine ganze Spezies zum Tod zu verurteilen?«

Kira geriet ins Stottern, als er sie mit diesen Fragen überschüttete, suchte verzweifelt nach Worten und konnte ihm nichts entgegensetzen, als er weitersprach, ohne ihre Antwort abzuwarten. »Wer eine Million unschuldiger Wesen erschaffen lässt und im gleichen Moment ein Mittel verlangt, um sie alle erbarmungslos zu töten, ist nicht fähig, die Verantwortung für diese Million Lebewesen zu tragen. Wir haben erkannt, was wir mit den BioSynths erschaffen haben – Wesen, die genauso menschlich sind wie wir selbst. Doch der Aufsichtsrat von ParaGen und die US-Regierung betrachteten sie lediglich als Maschinen oder als Produkte. Das Leben dieser Partials zu zerstören, war allerdings eine Gräueltat, die sich mit jedem Massenmord der Menschheitsgeschichte messen konnte. Trotzdem, noch bevor wir den Ersten von ihnen für die Kampferprobung freigaben, erkannten wir, dass man sie immer nur als Waffen betrachten würde, die man wegwerfen konnte, sobald sie ihren Zweck erfüllt hatten.«

Kira rechnete damit, dass seine Miene härter wurde, je länger er über diese Themen sprach, doch stattdessen wurde sie weicher und verletzlicher. Er war ein gebrochener Mann und gab ohne jede Leidenschaft einen alten Streit wieder.

»Auf einer ganz grundlegenden Ebene war die Menschheit nicht bereit, Menschlichkeit zu lernen, solange ihr eigenes Überleben nicht auf dem Spiel stand«, fuhr er fort. »Deshalb erschufen wir RM und mit der Seuche auch das Heilmittel, und beides war in den Partials verankert. Solange die Sicherung nicht aktiviert wurde – solange die Menschheit nicht an den Punkt gelangte, an dem sie alle Partials auf einmal vernichten wollte –, hätte niemand etwas erfahren. Aber die Menschheit beschloss, auf den Knopf zu drücken, und ... nun ja.« Vale atmete tief durch. »Die einzige Möglichkeit, am Leben zu bleiben, bestand darin, die Partials leben zu lassen. Mit der Vernichtung der Partials sollten die Menschen nicht nur ihre Menschlichkeit, sondern auch ihr Leben verlieren.«

Kira konnte kaum noch einen klaren Gedanken fassen. »Sie ...« Ihr fiel keine passende Formulierung ein. »Sie haben das alles absichtlich getan.«

»Ich bat sie, es nicht zu tun«, erwiderte Vale. »Der Plan war aus der Verzweiflung heraus geboren und wartete mit schrecklichen Konsequenzen auf, die am Ende sogar noch schlimmer waren, als ich es mir je ausgemalt hätte. Aber Sie müssen verstehen, dass wir keine andere Möglichkeit mehr sahen.«

»Keine andere Möglichkeit?«, erwiderte sie. »Wenn Sie so sehr dagegen waren, warum haben Sie sich nicht an die Manager oder an die Regierung gewandt? Warum haben Sie nicht gesagt, dass es böse war, statt bei dieser grauenvollen Vergeltungsaktion mitzumachen?«

»Meinen Sie, wir hätten es nicht versucht?«, erwiderte Vale. »Natürlich haben wir es versucht. Wir haben mit Engelszungen geredet, getobt und geschrien. Wir haben den Aufsichtsräten von ParaGen erklärt, was die Partials wirklich sind: eine intelligente neue Lebensform, die wir in die Welt entlassen hatten – allerdings hatten wir keinen Gedanken darauf verschwendet, was nach dem Ende des Kriegs aus ihnen werden sollte. Wir haben zu erklären versucht, dass die Regierung keinerlei Pläne für die Assimilierung der Partials hatte, dass kein anderes Ende zu erwarten war als Apartheid, Gewalt und Revolution. Dass es besser wäre, das ganze Programm sofort zu beenden, statt die Menschheit zu dem Schicksal zu verdammen, das sie dann auch ereilt hat. Aber in den Augen der Verantwortlichen lagen die Fakten auf der Hand. Erstens: Die Armee brauchte Soldaten. Ohne Soldaten konnten wir den Krieg nicht gewinnen, und die Regierung hätte sie in jedem Fall irgendwoher rekrutiert. Zweitens: ParaGen konnte die Soldaten für die Regierung produzieren, und zwar besser als jede andere Firma irgendeiner anderen Branche. Wir vollbrachten Wunder. Wir ließen riesige Bäume mit Blättern in Form zierlicher, zarter Schmetterlingsflügel wachsen, die wie eine Regebogenwolke flatterten, wenn der Wind wehte. Wenn die Sonne dahinter unterging, schillerten sie in unzähligen Farbtönen. Wir erschufen ein Heilmittel für Malaria, an der zuvor jeden Tag Tausende von Kindern gestorben waren, und verbannten die Krankheit aus unserer Welt. Das ist nicht nur Fachwissen, mein liebes Kind, das ist echte Macht, und mit dieser Macht entsteht die Gier. Damit wären wir beim dritten und schrecklichsten Punkt. Der Vorstandsvorsitzende, der Präsident, die Aufsichtsräte ... die Regierung brauchte eine Armee, und ParaGen wollte ihr eine Armee verkaufen. Welches Gewicht hatten die Argumente des Trusts angesichts eines Gewinns von fünf Billionen Dollar? Hätten *wir* die Partialarmee nicht konstruiert, hätte man eine Firma mit elastischeren Moralvorstellungen gefunden. Kira, Sie erinnern sich nicht an die alte Welt, aber dort war Geld wirklich alles. Geld war das Einzige, worauf es ankam, und alle unsere Einwände halfen nichts. Wir konnten weder die Regierung vom Einkauf noch ParaGen vom Verkauf abhalten. Natürlich wussten wir, was geschehen würde. Die Armee würde gebaut, und niemand dachte auch nur im Traum daran, den Partials die gleichen Rechte zu gewähren wie den Menschen. So gab es nur noch zwei Möglichkeiten. Entweder die Partials würden mithilfe der Sicherung getötet, was einem Völkermord gleichgekommen wäre, oder eine gewalttätige Revolution würde ausbrechen, bei der die in jeder Hinsicht überlegenen Partials zwangsläufig siegen und die Menschheit in ihrer jetzigen Form vernichten würden. Wie man es auch drehte und wendete, eine Spezies würde vernichtet werden, und der Tod der einen würde der anderen die Seele kosten. Daher blieb uns nur die Möglichkeit, die beiden Spezies auf irgendeine Weise zur Zusammenarbeit zu bewegen, damit sie beide überlebten. Als Armin uns seinen Plan vorlegte, waren wir ... nun ja, er gefiel uns überhaupt nicht. Weder am Anfang noch später. Es war jedoch der einzige Plan, der das Überleben beider Spezies gewährleistete.«

Kira blieb der Name fast in der Kehle stecken. »Armin Dhurvasula.«

»Dann kennen Sie ihn auch?«

Entschieden schüttelte sie den Kopf und hoffte, dass ihre Miene sie nicht verriet. »Ich habe von ihm gehört.«

»Er war ein Genie unter Genies«, fuhr Vale fort. »Die ganze Sache war sein Plan – er entwarf das Pheromonsystem und die ganze Wechselwirkung zwischen der Sicherung, dem Heilmittel und allem anderen. Es war ein wissenschaftliches Meisterwerk. Trotz seines Plans und unserer Bemühungen ist es dennoch zum Schlimmsten gekommen. Ich versichere Ihnen, dass wir ein solches Zerstörungswerk nie beabsichtigt hatten. Wir verstehen nicht einmal, wie RM eine derart vernichtende Wirkung entfalten konnte. Es ist letzten Endes wohl nur ein schwacher Trost, dass es im Grunde sowieso unvermeidlich war. Von dem Moment an, als wir die Partials erschaffen hatten, von dem Moment an, als wir über ihre Erschaffung nachdachten, war kein anderer Ausgang denkbar. Die Menschheit wird sich selbst zerstören, bevor sie auch nur eine einzige Lektion lernt.«

Kira war viel zu betroffen, um sprechen zu können. Sie hatte einen Plan erwartet, sie hatte gehofft und gebetet, dass der Trust einen Plan hatte. Aber zu erfahren, dass der Plan auf die gegenseitige Vernichtung abzielte – um beide Spezies zu zwingen, entweder zusammenzuarbeiten oder getrennt zu sterben –, war zu viel für sie. Als sie endlich wieder etwas sagen konnte, klang ihre Stimme klein und ängstlich, so kindlich wie seit vielen Jahren nicht mehr. Die Frage, die ihr über die Lippen kam, überraschte sie selbst. »Haben Sie ihn … haben Sie ihn irgendwo wiedergesehen?« Sie schluckte und kämpfte gegen ihre Nervosität an. »Wissen Sie, wo sich Armin Dhurvasula derzeit aufhält?«

Vale schüttelte den Kopf. »Ich habe ihn seit dem Zusammenbruch nicht mehr gesehen. Er sagte, er müsse ParaGen verlassen. Aber ich weiß nicht, wo er steckt und was er treibt. Soweit mir bekannt ist, sind Jerry und ich die Einzigen, die noch übrig sind – und vermutlich auch Nandita.«

Kira ging im Geist die Liste der Trustmitglieder durch. »Jerry Ryssdal«, sagte sie. »Er gehörte auch zu Ihnen. Wo ist er?«

»Im Süden«, erwiderte Vale ernst. »Im Herzen des Ödlandes.«

»Wie kann er dort überleben?«

»Genveränderungen«, erklärte Vale. »Einmal kam er in der Nacht hierher. Ich habe ihn kaum noch erkannt, weil er jetzt … noch unmenschlicher ist als die Partials. Er versucht, die Erde zu heilen und den Überlebenden etwas zu hinterlassen. Ich sagte ihm, er solle mir lieber helfen, RM zu bekämpfen, aber er war schon immer sehr eigensinnig.«

»Im Osten gibt es noch weitere«, berichtete Kira. »Dort werden zwei Partialfraktionen von Angehörigen des Trusts angeführt, von Kioni Trimble und McKenna Morgan.«

»Haben die beiden etwa überlebt?« Dr. Vales Augen weiteten sich. Kira konnte nicht erkennen, ob er sich darüber freute oder nicht. »Sie sagen, die beiden seien Anführer der Partials? Demnach haben sie sich mit den Partials gegen die Menschen verbündet.«

»Ich glaube schon«, erwiderte Kira. »Trimble bin ich nie begegnet, aber Doktor Morgan hat völlig den Verstand verloren. Sie entführt Menschen und untersucht sie, um das Verfallsdatum der Partials aufzuheben. Anscheinend erfuhr sie erst davon, als das Sterben der Partials anfing. Sie ist jedoch überzeugt, das Problem mithilfe der menschlichen Biologie lösen zu können.« *Und durch mich,* dachte sie, sprach den Gedanken aber nicht laut aus. Sie wusste immer noch nicht, was sie war oder was Vale tun würde, wenn er es herausfand. Andererseits musste sie ihn unbedingt fragen. Sie war zwischen Hoffnung und Verzweiflung hin- und hergerissen.

»Trimble kannte unseren Plan«, erklärte Vale. »Morgan und Jerry dagegen nicht. Sie haben den größten Teil der Partialbiologie entwickelt, aber wir waren unschlüssig, ob wir ihnen hinsichtlich der Sicherung vertrauen konnten. Da es ihre Arbeit nicht berührte, haben wir sie auch nicht eingeweiht.«

»Wer sind die anderen?«, fragte Kira.

»Welche anderen?«

»Bei meinen Nachforschungen habe ich alle Namen entdeckt«, erklärte Kira. »Aber ich bin nirgends auf Sie gestoßen, und ich habe von zwei anderen gehört, über die ich noch nichts weiß.«

»Ich heiße Kronos Vale«, sagte er, und Kira nickte, weil sie den Namen wiedererkannte.

»Ihren Vornamen habe ich schon einmal gehört.« Vale beäugte sie misstrauisch. »Doktor Morgan hält Sie anscheinend für gefährlich.«

»Sind Sie ihr etwa begegnet?«

»Es war nicht die angenehmste Erfahrung meines Lebens.«

»Sie ist hübsch, überheblich und herzlos«, meinte Vale. »Am Ende hat sie die Menschheit als Spezies im Grunde abgeschrieben.«

»Das passt zu meinem eigenen Eindruck.«

»Wenn sie jemals dieses Reservat entdecken sollte, sind wir alle dem Untergang geweiht«, fuhr Vale fort. »Wie Sie gesehen haben, weichen meine Vorstellungen ein wenig von den ihren ab.«

»Sie versuchen die Menschheit zu beschützen, auch wenn dadurch die Partials versklavt werden«, sagte Kira. Allmählich dämmerte ihr die Wahrheit. »Was ist aus Ihren Idealen geworden? Wie sieht Ihr Plan aus? Wie wollen Sie das Überleben beider Spezies gewährleisten?«

»Nach zwölf Jahren habe ich endlich etwas Wichtiges erkannt«, sagte Vale. »Die drohende Auslöschung zwingt uns dazu, Partei zu ergreifen. Ich will niemandem wehtun, aber wenn ich nur eine Spezies retten kann, dann weiß ich, wie ich mich zu entscheiden habe.«

»Es muss kein Entweder-oder sein«, widersprach Kira. »Es gibt einen Weg, um beide zu retten.«

»Den gab es, aber dieser Traum ist beim Zusammenbruch zerplatzt«, wehrte Vale ab.

»Sie irren sich«, beharrte Kira. Tränen schossen ihr in die Augen. »Sie, Armin, Nandita und Graeme ... Ihre ganze Arbeit drehte sich um das Überleben beider Spezies. Ich muss doch etwas tun können!«

»Ich habe Ihnen Informationen versprochen«, erinnerte Vale sie, »und ich halte mein Wort. Sagen Sie mir, was Sie wissen wollen, und ich erzähle Ihnen alles, was ich weiß.«

Über die Treppe kehrten sie zum verborgenen Labor im Turm zurück, und Kira überlegte, welche der unzähligen Fragen, die sie bedrängten, sie zuerst stellen sollte. Sie wollte wissen, wie RM funktionierte und wie genau die Beziehung zwischen dem Virus und dem Heilmittel beschaffen war. Wie sah die Wechselwirkung aus, wenn ein und dasselbe Wesen beides produzierte? Auch über das Verfallsdatum wollte sie etwas erfahren: wie es funktionierte und wie man es umgehen konnte. Vale hatte jahrelang an RM gearbeitet und das Rätsel nicht gelöst, interessierte sich aber anscheinend nicht für das Verfallsdatum. Möglicherweise wusste er etwas Wichtiges, um das er sich nicht weiter gekümmert hatte. »Erzählen Sie mir etwas über das Verfallsdatum!«, verlangte sie.

»Eigentlich ist es nur eine Abwandlung meiner eigenen Arbeit im Zusammenhang mit dem Lebenszyklus«, erklärte er. »Mein Entwurf der Partials sah vor, dass sie sich bis zu einem bestimmten Alter sehr schnell entwickeln und dann dort verharren. Der Alterungsprozess wird eingefroren, indem die DNA ständig regeneriert wird. Im Alter von zwanzig Jahren kehrt sich der Prozess um, und die DNA verfällt sehr schnell. Im Grunde altern sie binnen weniger Tage um ein ganzes Jahrhundert.«

»Samm sagte nichts davon, dass sie altern«, erwiderte Kira. »Sie ... sie verfallen einfach, als würden sie innerlich verwesen.«

»Bei dieser Geschwindigkeit sieht es tatsächlich so aus«, bestätigte Vale. »Es ist kein sehr schöner Tod, aber es war aus biologischer Sicht die eleganteste Lösung.«

Kira runzelte die Stirn und suchte weiter nach den Teilen, die das Puzzle vervollständigen konnten. »Wie ist es Ihnen gelungen, das Verfallsdatum vor Morgan geheim zu halten?«

»ParaGen war ein Irrgarten voller Geheimnisse. Jeder misstraute jedem, und der Aufsichtsrat traute unseren führenden Wissenschaftlern schon gar nicht. Deshalb mussten wir zwei Sicherungen einbauen.«

Kira zog die Augenbrauen hoch. »Zwei Sicherungen?«

»Den Partialkiller, den sie haben wollten, und die menschliche Epidemie, die Graeme und Nandita wie geplant entwarfen. Die Sicherung der Partials ging natürlich nie in Produktion, doch ich erschuf sie trotzdem, um den Rest unseres Plans zu tarnen. Der Aufsichtsrat konnte die Sicherung für die Partials begutachten, Berichte über die Fortschritte und Testdaten anfordern und sich in dem Glauben wiegen, wir hätten die Anweisungen befolgt. Inzwischen konnten wir die zweite Sicherung in die massenhaft produzierten Partials einbauen.«

»Warten Sie!« Kira öffnete den Rucksack und suchte nach dem Griff des zerbrochenen Computers, der Afa gehört hatte und auf dem sich alle in Chicago heruntergeladenen Informationen befanden. »Haben Sie einen Monitor, wo ich das hier anschließen kann?«

»Natürlich.« Er reichte ihr ein Kabel, und sie startete den Griff.

»Bevor wir hierherkamen, konnten wir eine Menge Aufzeichnungen aus einem Rechenzentrum in Chicago kopieren«, erklärte sie. »Darunter war eine Aktennotiz des Vorstandsvorsitzenden von ParaGen an den Aufsichtsrat. Wir haben sie gelesen, weil dort die Sicherung erwähnt wurde, aber wir haben es damals nicht verstanden. Im Lichte dessen, was Sie gerade gesagt haben ...« Auf dem Bildschirm erschien die Dateiliste, die Kira rasch durchsuchte, bis sie die Nachricht des Managers fand. »Hier.« Sie öffnete die Datei und las die entsprechende Zeile: *»Wir können nicht bestätigen, dass das Partialteam daran arbeitet, das Sicherungsprojekt zu unterlaufen, aber für alle Fälle haben wir neue Ingenieure eingestellt, um die Sicherung in die neuen Modelle einzubauen. Auch wenn uns das Team hintergeht, wird die Sicherung* benutzbar bleiben.«

Vale schien wie vom Donner gerührt. »Sie haben uns hintergangen.«

»Das dachten wir auch, als wir es lasen«, erwiderte Kira. »Nach allem, was Sie mir erzählt haben, muss aber mehr dahinterstecken. Wenn der Aufsichtsrat nichts von der zweiten Sicherung wusste, dann war die einzige Sicherung, die man den neuen Modellen einbauen konnte, Ihr Ablenkungsmanöver. Dasjenige, das die Partials tötet. Diese Sicherung ist dort draußen immer noch aktiv, und wenn sie die Partials tötet, dann tötet sie auch die Menschen, weil dies unsere einzige Quelle für das Heilmittel ist.«

»Das ist wahr«, bestätigte Vale. »Aber betrachten Sie das Datum: einundzwanzigster Juli zweitausendsechzig. Das war volle zwei Jahre nachdem die letzte Partie militärischer Partials geschaffen wurde. Ich kann mir nur vorstellen, dass sich diese E-Mail auf eine neue Produktionslinie bezieht, die nie in die Massenfertigung ging.«

»Neue Modelle …« Kira ließ den Satz unvollendet und dachte nach. *Damit bin ich gemeint. Genau das bin ich – ein neues Partialmodell. Das Jahr entspricht meinem Geburtsdatum, fünf Jahre vor dem Zusammenbruch. Es geht um mich.*

Ich trage die Sicherung der Partials in mir.

»Sie sehen verängstigt aus«, meinte Vale.

Kira strich sich das Haar aus dem Gesicht und bemühte sich um eine ruhige Atmung. »Mit mir ist alles in Ordnung.«

»Das kommt mir aber nicht so vor.«

Kira betrachtete die zehn Partials, die reglos auf den Tischen lagen. *Wenn die Sicherung in mir aktiviert wird, töte ich sie und Samm.* Es fiel ihr schwer, mit fester Stimme zu antworten. »Was war der Auslöser?«

»Für die Sicherung? Eine Chemikalie, die entweder über die Luft oder mithilfe einer Injektion eingebracht wurde. Nur einige wenige Partials waren die Träger – man könnte sie als Virenfabriken bezeichnen, die in einem bestimmten Moment eingeschaltet werden konnten. Auf gleiche Weise war es uns auch gelungen, das Heilmittel zu aktivieren.«

»Ja«, antwortete Kira. »Aber was ist der Auslöser? Wie genau ist er beschaffen? Und wirkt er auch bei den neuen Modellen?«

»Das ist alles nicht mehr wichtig«, entgegnete Vale. »Der Präsident aktivierte die Sicherung, um den Aufstand der Partials zu unterdrücken, und als ich sah, wie bösartig RM geworden war, aktivierte ich das Heilmittel. Es ist aus und vorbei. Die neuen Modelle, die in der E-Mail erwähnt werden, waren lediglich Prototypen, und soweit ich weiß, hat kein einziger von ihnen den Zusammenbruch überstanden. Sie waren damals noch Kinder.«

»Und wenn sie doch überlebt haben?«, bohrte Kira weiter. *Was ist, wenn ich zufällig aktiviert werde und vernichte jeden Partial, der noch lebt?*

Vale starrte sie verwirrt und nachdenklich an. Langsam veränderte sich seine Miene, und Kira wich unwillkürlich einen Schritt zurück.

Auch Vale bekam es mit der Angst zu tun. »Sie sagten doch, Sie hätten bei Nandita gelebt, nicht wahr? In einem Waisenhaus? Wie hat sie die Mädchen gefunden, die sie dann adoptierte?«

Kira beobachtete aufmerksam das Gesicht des Arztes und überlegte, ob er sie durchschaut hatte. Er wirkte misstrauisch, aber wie viel wusste er tatsächlich? Wie viel musste er wissen, bevor er zur Tat schritt – und was genau würde er tun? Würde er sie auf der Stelle töten, wenn er sie für eine Gefahr hielt?

Sie setzte zu einer Antwort an, doch ihr fiel nichts Unverfängliches ein. *Er darf nicht erfahren, wie viel ich weiß,* dachte sie. *Aber ich darf auch nicht den Eindruck erwecken, ich wolle das Thema meiden.* »Sie hatte vier Mädchen«, berichtete Kira. »Sie fand uns auf die gleiche Weise, wie alle anderen Pflegeeltern auf der Insel ihre Kinder fanden. Ich glaube, einige von uns hat ihr der Senat zugeteilt.« Sie war nicht sicher, ob dies der Wahrheit entsprach, aber es klang gut und verriet doch nicht zu viele Einzelheiten. »Warum fragen Sie danach?«

»Einige wurden also zugeteilt, aber andere nicht?«, wollte er wissen.

»Nandita zog uns auf wie alle anderen Kinder.« Plötzlich fielen ihr Marcus' Fragen zu den Experimenten wieder ein. *Das ist es! Genau das bin ich. Es ist völlig einleuchtend.*

Vale beobachtete sie genau und wich einen weiteren Schritt zurück. Kira blickte über seine Schulter hinweg. Zog er sich vor einer Gefahr zurück, oder näherte er sich einem Alarmknopf? *Wie viel Zeit bleibt mir noch?* Die Luft in dem Raum war zum Schneiden dick. Schweiß lief ihr über den Rücken.

»Ist Ihnen klar, welchen Schaden die Sicherung der Partials im Reservat, in East Meadow und auf der ganzen Welt anrichten könnte, wenn sie in diesem Augenblick unkontrolliert ausgelöst würde?«

»Bitte, überlegen Sie, was Sie tun ...« Kaum hatte sie die Worte ausgesprochen, erkannte Kira, dass ihr Flehen einem Geständnis gleichkam. Vale fuhr herum und verschwand hinter einem Tisch. Kira wartete nicht einmal ab, was er dort suchte. Sie warf sich herum, rannte los und floh aus dem Raum. Hinter ihr knallte ein Schuss, nur wenige Zentimeter von ihrem Kopf entfernt flogen Funken aus dem Türrahmen. Geduckt rannte sie um die Ecke und stürmte zum Ende des Flurs.

Hinter ihr ertönten weitere Schüsse, doch sie war schneller als er und für den ungeübten Schützen schon viel zu weit entfernt. An jeder Ecke stolperte sie, weil sie kaum abbremste, um die Richtung zu wechseln, und eilte zum Aufzugschacht zurück, durch den sie heruntergekommen war. Erst als sie ihn erreichte, erinnerte sie sich, dass sie den Griff des Computers in Vales Büro vergessen hatte. »Keine Zeit«, murmelte sie, sprang auf die Leiter und zog sich hinauf. »Das Teil kann ich später immer noch holen.« Je nachdem, welche Genveränderungen Vale an sich selbst vorgenommen hatte, war sie möglicherweise dennoch fähig, ihn zu überwältigen. Inzwischen hatte er aber sicher Alarm geschlagen und um Hilfe gerufen. Gegen das gesamte Reservat konnte sie natürlich nichts ausrichten. Ihre einzige Hoffnung bestand darin, Samm ins Freie zu schleppen, bevor draußen jemand erfuhr, was geschehen war.

Wie weit musste sie ihn tragen, bis der Einfluss des Beruhigungsmittels nachließ? Und wie lange würde es dauern, bis sein Kreislauf die Reste der Droge abgebaut hätte?

Endlich erreichte sie den ersten Stock und stieg durch die halb geöffnete Aufzugtür hinaus. Samm lag an der Stelle, an der sie ihn zurückgelassen hatte. Sie schulterte seinen Rucksack zusätzlich zu ihrem eigenen und zog ihn hoch. Schlaff und schwer hing er in ihren Armen – achtzig Kilo Muskeln, die im Augenblick nur ein nutzloses Gewicht darstellten. Zunächst legte sie sich seinen Arm über die Schultern, dann hob sie ihn hoch und grunzte vor Anstrengung. Dabei lauschte sie, ob sich irgendwelche Verfolger näherten. Hinter ihr war es still, und auch von draußen hörte sie nichts. Dann schleppte sie sich zur Treppe und hievte Samm hinter sich her. Im Erdgeschoss musste sie sich an eine Wand lehnen und ausruhen. Dabei beobachtete sie die verwilderte Lichtung vor dem Turm. In der Nähe unterhielten sich zwei Männer. Sie hatten offenbar im Schatten eines behelfsmäßigen Wohnblocks eine Pause eingelegt und wirkten nicht sonderlich aufgeregt. Kira packte Samm und schleifte ihn durch die Lobby zur anderen Seite des Gebäudes. Auf der Ostseite, wo niemand zu sehen war, schlich sie nach draußen. Der Boden war uneben, Wurzeln und die Höhlen von Erdhörnchen bildeten Stolperfallen. Mit Samm im Schlepptau kam sie nur langsam voran.

Wenn ich nur wüsste, wo die Pferde sind!, dachte sie, aber ihr blieb keine Zeit, nach ihnen zu suchen. Wenn sie die Sicherung der Partials in sich trug, dann konnte sie Vales Partials und damit auch dem Reservat den Tod bringen – letzten Endes sogar allen Menschen und Partials. Kira war eine lebende Bombe, und sie zu zerstören, bevor sie losging, war Vale möglicherweise wichtiger als jedes andere Ziel. Er würde sein Geheimnis, seine Autorität, buchstäblich alles aufs Spiel setzen, um die Menschheit zu beschützen. Also blieb ihr nur die Wahl zwischen Flucht und Tod.

Als sie den Rand der Lichtung erreichte, kam ein Mann um die Ecke des nächsten Gebäudes. Er hielt überrascht inne.

Sie biss die Zähne zusammen, weil Samms Gewicht sie fast zu Boden zwang, und drängte sich an ihm vorbei. »Hallo!«, sagte er. »Geht es ihm nicht gut?«

»Er ist ohnmächtig«, erklärte Kira. »Er braucht nur etwas frische Luft.« *Wir müssen zum Tor,* dachte sie. *Wenn wir das Tor erreicht haben, wird alles gut.*

»Ihr seid doch die Neuankömmlinge, nicht wahr?.« Er ging neben ihr her. »Wart ihr im Turm?«

»Wir wollten uns nur ein wenig die Füße vertreten.« Kira blickte starr geradeaus, wo sich eine weitere Lichtung ausbreitete. Dort stand ein Gebäude, und dahinter erstreckte sich der Zaun, der den Stadtrand begrenzte. *Wenn wir das Ödland erreichen, können wir uns verstecken … aber ich muss diesen Kerl loswerden.* »Kennst du Calix?«, fragte sie.

»Natürlich.«

»Bitte, such sie!«, bat Kira. »Sag ihr, dass wir ein wichtiges Medikament in ihrem Zimmer vergessen haben. Es ist eine keilförmige rote Flasche mit einem grünen Ring um den Verschluss.« Dabei handelte es sich um ein Antibiotikum, aber das musste der Mann nicht wissen. Es kam nur darauf an, ihn wegzuschicken. Er nickte und eilte davon. Kira schleppte sich weiter, erreichte das nächste Haus und bemerkte, dass dort mehr Menschen unterwegs waren, Erwachsene wie Kinder. *Nur noch ein paar Dutzend Schritte,* dachte sie. *Wir haben es fast geschafft.* Einige Leute erkundigten sich besorgt nach Samms Befinden. Kira wehrte sie ab und bemühte sich, so wenig Aufmerksamkeit wie möglich zu erregen, doch die Menge schwoll rasch an.

»Was ist denn los?«

»Wohin wollt ihr?«

»Was ist passiert?«

Dann war in einiger Entfernung hinter ihnen eine andere Stimme zu hören. »Haltet sie auf!« Die Menschen sahen sich erstaunt um. Kira drängte sich durch. »Haltet sie auf!«, rief Vale noch einmal. Sie ging weiter und brauchte ihre ganze

Kraft, damit Samm nicht zu Boden stürzte. Eine Frau trat aus der Menge vor und packte sie am Arm.

»Doktor Vale verlangt, dass ihr stehen bleibt«, sagte sie.

Kira zog die Pistole, worauf die Frau sofort zurückwich. »Doktor Vale will uns töten. Lasst uns einfach gehen!« *Nur noch fünfzig Schritte.*

Die Frau zog sich mit erhobenen Armen zurück, und Kira schleppte sich weiter. Sie ging gebeugt, um Samm zu stützen. Eine Hand hielt ihn fest, die andere bedrohte die Gaffer mit der Waffe. Rasch sah sie sich über die Schulter um. Vale schloss mit einer Gruppe bewaffneter Wächter zu ihnen auf.

Samm stöhnte. Er war benommen, aber immerhin wach. »Wo sind wir?«

»Wir haben Schwierigkeiten«, berichtete Kira. »Kannst du gehen?«

»Was ist los?«

»Vertrau mir einfach und komm zu dir!«

»Haltet sie auf!«, rief Vale noch einmal. »Sie sind Spione und wollen das Reservat zerstören!«

»Wir verschwinden«, ergänzte Kira mit zusammengebissenen Zähnen. Schritt für Schritt schleppte sie sich zum offenen Tor. Samm stützte sich immer noch schwer auf ihre Schultern. Seine Versuche, aus eigener Kraft zu gehen, waren nicht sonderlich erfolgreich. Die Bewohner des Reservats hatten bisher nicht eingegriffen und fragten sich offenbar immer noch, wie sie sich verhalten sollten. »Lasst uns einfach nur gehen!«

»Wenn ihr sie laufen lasst, kehren sie mit tausend anderen Leuten zurück!«, rief Vale. »Sie sind Partials!«

Samm konnte noch nicht klar sprechen. »Dann war die Erkundung ... nicht erfolgreich?«

»Du bist mir keine Hilfe«, antwortete Kira. »Kannst du denn immer noch nicht allein gehen?«

Samm wollte sich aufrichten, taumelte jedoch und stützte sich wieder auf Kiras Schulter. »Es ... fällt mir schwer.«

»Ist das wahr?«, fragte jemand. Kira wandte den Kopf herum. Es war Phan, und sein enttäuschtes Gesicht schmerzte Kira.

»Ich bin eine Person«, erwiderte sie. »Die Partials …«

»Die Partials haben die Welt zerstört.« Vale hatte sie eingeholt. »Sie sind hergekommen, um ihr Werk zu vollenden.«

»Sie lügen!«, fauchte Kira. »Sie selbst haben die Welt zerstört, und nun leben Sie in einer Traumwelt und leugnen die Vergangenheit.«

»Hört nicht auf ihre Lügen!«, rief Vale.

Die Bewohner kamen auf Kira zu und schnitten ihr den Weg zum offenen Tor ab. Kira fuchtelte wild mit der Pistole herum und versuchte, Samm mit dem anderen Arm aufrecht zu halten. »Bitte, Samm, wach endlich auf!«

»Ich bin wach«, behauptete er. Die Menge befand sich nur noch wenige Meter von ihnen entfernt. »Ich kann gehen.«

Kira ließ ihn los, und tatsächlich blieb er aus eigener Kraft auf den Beinen. »Wir müssen …«

Vale schoss.

47

»Ich entschuldige mich für meine Abwesenheit«, erklärte Nandita. »Ich habe versucht, die Welt zu retten.« Sie stand im Wohnzimmer ihres alten Hauses, aus dem Ariel vor so vielen Jahren weggelaufen war und in das sie nie mehr hatte zurückkehren wollen.

Ariel ballte die Hände zu Fäusten. »Du hast uns schon früher angelogen«, fauchte sie. »Warum sollten wir dir jetzt Glauben schenken?«

»Ihr seid erwachsen geworden«, erwiderte Nandita. »Oder fast erwachsen. Kinder müssen vor der Wahrheit beschützt werden, aber heranwachsende Mädchen müssen sich ihr stellen.«

Fünf Frauen starrten sie an – Menschen, die in Ariels Leben eine Rolle gespielt hatten: ihre Schwestern Madison und Isolde, ihre Freundin Xochi Kessler und Xochis Mutter, die ehemalige Senatorin Kessler. Sogar das Wunderkind Arwen war anwesend. Die Armee der Partials hatte sie gefangen genommen und hergeschleppt, wo sie vor Angst fast vergingen und dem Tod ins Auge blickten. Sie hatten sich in Nanditas Haus versammelt, nachdem ihnen keine andere Zuflucht mehr geblieben war. *Wenn herauskäme, wie nahe wir Kira standen, dann gäbe es noch viel größere Schwierigkeiten,* dachte Ariel.

»Die Abwehr sucht Sie schon seit mehr als einem Jahr«, sagte Senatorin Kessler. »Wo, zum Teufel, haben Sie gesteckt, und in welcher Verbindung stehen Sie zur Armee der Partials?«

»Ich habe sie erschaffen«, erklärte Nandita.

»Was?«, stammelte Kessler, die als Erste die Sprache wiederfand. Ariel war viel zu schockiert, um auch nur ein Wort herauszubringen. »Sie haben die Partials erschaffen?«

»Ich gehörte zu dem Team, das den genetischen Code entwickelte«, erklärte Nandita, während sie Mantel und Schal ablegte. Ihre Hände waren faltig, aber ohne die Schwielen, an die sich Ariel von früher erinnerte. Wo sie sich auch aufgehalten hatte, sie hatte dort weder im Garten gearbeitet noch eine andere manuelle Tätigkeit verrichtet.

Kessler kochte vor Wut. »Sie geben es also zu? Einfach so? Sie haben eine der mächtigsten bösartigen Kräfte erschaffen, die je auf diesem Planeten existierten und ...«

»Ich habe Menschen erschaffen«, fiel Nandita ihr ins Wort. »Genau wie jede andere Mutter. Und Partials haben wie jedes Kind die Fähigkeit, Gutes von Bösem zu unterscheiden. Ich habe sie nicht erzogen, und ich habe sie nicht so massiv unterdrückt, dass sie zur Rebellion förmlich gezwungen wurden.«

»Gezwungen?«, fauchte Kessler.

»Sie selbst hätten genauso gehandelt«, wandte Nandita ein. »Außer Kira ist mir niemand bekannt, der so verbissen gegen alles kämpft, was nicht den eigenen Ansichten entspricht.«

»Lass sie doch reden, Erin!«, warf Xochi ein. Ariel hatte nie gehört, dass Xochi ihre Mutter anders als mit dem Vornamen anredete.

»Also hast du die Partials erschaffen«, warf Isolde ein. »Das erklärt aber nicht, warum du verschwunden bist.«

»Als wir sie erschufen, statteten wir sie auch mit der Seuche aus«, erklärte Nandita. »Es war allerdings nicht die Krankheit, die später als RM bekannt wurde. Die Seuche, die dann ausbrach, war viel heftiger als alles, was wir geplant hatten, und die Gründe dafür sind auch für uns nicht völlig nachvollziehbar. Wir erschufen aber auch ein Heilmittel, das alle Partials in sich trugen und das mithilfe eines zweiten chemischen Auslösers aktiviert wurde. Dann aber ging bekanntlich alles zum Teufel.«

»Du hast uns immer noch nicht verraten, wo du gewesen bist.« Ariel verschränkte die Arme vor der Brust. Der Hass auf Nandita war so tief in ihr verwurzelt, dass die jüngsten Eingeständnisse sie völlig aus der Fassung brachten. Einerseits bekam ihr Hass auf diese Frau neue Nahrung, denn ihr ganzes Misstrauen und alle ihre Vorwürfe erwiesen sich als begründet. Andererseits fragte sie sich, warum sie Nandita überhaupt irgendein Wort glauben sollte – selbst dann, wenn sie sich selbst belastete.

»Nur Geduld!«, entgegnete Nandita. »Darauf komme ich noch. Zuerst muss ich die Begleitumstände schildern.«

»Nein, musst du nicht«, widersprach Ariel. »Wir wollen Antworten hören.«

»Ich dachte, ich hätte dir gutes Benehmen beigebracht.«

»Von dir habe ich gelernt, dass ich allen deinen Worten misstrauen muss«, gab Ariel zurück. »Halt uns nicht zum Narren, sondern beantworte unsere Fragen! Sonst übergeben wir dich den Partials.«

Nandita starrte sie an, in ihren müden Augen glomm ein heller Funke. »Nun gut«, lenkte sie ein. »Ich bin fortgegangen, weil ich den chemischen Auslöser für das Heilmittel neu erzeugen wollte.«

Xochi runzelte die Stirn. »Das kann ich sogar noch nachvollziehen.«

»Und ich will es euch auch weiterhin genau erklären«, erwiderte Nandita. »Elf Jahre lang habe ich alle Mittel eingesetzt, über die ich verfügte. Ich habe Kräuter verwendet, um die benötigten Chemikalien zu destillieren. Als ich im letzten Jahr unterwegs war und nach Zutaten suchte, machte ich eine Entdeckung, von der ich nicht zu träumen gewagt hätte – ein Labor mit funktionierender gentechnischer Ausrüstung und genügend Strom, um die ganze Anlage zu betreiben. Ich wollte hierher zurückkehren, euch mitnehmen und euch alles erklären, um das Problem ein für alle Mal zu lösen. Der Bürgerkrieg und die Invasion der Partials haben mich daran gehindert. Ich konnte mich nicht mehr gefahrlos auf die Straße wagen.«

»Aber warum wir?«, fragte Ariel. »Warum wolltest du uns zum Labor mitnehmen? Und warum hast du uns für deine Experimente eingesetzt?«

»Was diesen Teil betrifft, waren euch die Zusammenhänge bisher noch nicht bekannt«, erklärte Nandita. »Der chemische Auslöser war für euch gedacht, denn ihr tragt das Heilmittel in euch – Kira, Ariel und Isolde.«

»Was?«, fragte Madison.

Isolde starrte Nandita schockiert an und legte die Hände auf den Neunmonatsbauch, als wollte sie ihr Kind vor Nanditas Worten beschützen.

Ariel lächelte. Verwirrung und Angst wichen endlich dem lang ersehnten Triumph. »Also hast du tatsächlich mit uns experimentiert.«

»Ich musste den Auslöser von Grund auf neu erschaffen«, erklärte Nandita. »Dabei war ich vor allem auf Versuch und Irrtum angewiesen.«

»Warte!«, schaltete sich Xochi ein. »Du sagst, das Heilmittel sei in die Partials eingebaut – warum hast du versucht, es mithilfe der drei Mädchen zu gewinnen?«

»Du hast deine Frage schon teilweise selbst beantwortet«, erwiderte Nandita.

»Wir sind Partials.« Ariel starrte Nandita an. »Du hast ein kleines Partialwaisenhaus betrieben.« In ihrem Kopf drehte sich alles, während sie über die schockierende Neuigkeit nachdachte. Doch in ihrer Wut verlor sie wenigstens das Ziel nicht aus den Augen. Sie hasste Nandita schon so lange und hatte so viele Theorien über das Verhalten dieser Frau ausgebrütet, dass die neuen Offenbarungen kaum noch eine Steigerung bedeuteten. »Wie konntest du uns das antun? Wir sahen eine Mutter in dir!«

»Ich kann keine Partialfrau sein«, warf Isolde trotzig ein. »Ich bin nicht … ich bin doch schwanger. Partials sind unfruchtbar.« Sie zitterte, lachte und weinte zugleich. »Ich bin ein Mensch wie alle anderen.«

»Ich habe sie aufwachsen sehen«, bestätigte Kessler. »Partials wachsen nicht.«

»Es sind neue Modelle«, erklärte Nandita. »Die ersten Generationen wurden für den Krieg erschaffen, aber alle wussten, dass der Krieg nicht ewig dauern würde. ParaGen war eine profitorientierte Firma, die Partials waren ein Produkt, und der Aufsichtsrat blickte in die Zukunft, um das nächste gewinnträchtige Produkt auf den Markt zu werfen. Wie macht man sich die BioSynth-Technologie zunutze, wenn man keine Soldaten mehr braucht?«

Ariel wurde übel, und auf einmal fühlte sie sich in der eigenen Haut fremd. »Wir waren Kinder.« Sie schnitt eine Grimasse. »Du hast Kinder verkauft!«

»Wir haben Partials erschaffen, die von Menschen geliebt wurden«, erläuterte Nandita. »Starke, gesunde Kinder, die man adoptieren und aufziehen konnte wie menschliche Kinder. Wir haben eine Marktlücke gefunden, und so konnten wir unsere Vorgesetzten überzeugen, in diese Sparte zu investieren. Gleichzeitig konnte die Menschheit die Partials assimilieren und sich an ihre Existenz gewöhnen. Die Kinder waren das fehlende Bindeglied und machten aus fremdartigen Schreckensgestalten vollwertige Mitglieder der Gesellschaft. Wir erschufen sie so menschlich wie nur irgend möglich. Sie lernen und wachsen, sie altern und pflanzen sich sogar fort.« Sie deutete auf Isolde. »Außerdem besitzen sie alle Vorzüge der Partials: stärkere Körper und Knochen, kräftigere Muskeln und Organe, bessere Sinnesorgane und einen schärferen Verstand.«

»Und nach zwanzig Jahren wird das Todesurteil vollstreckt«, warf Xochi ein.

»Nein«, widersprach Nandita. »Es gibt kein Verfallsdatum. Die neuen Modelle waren dazu gedacht, das menschliche

Leben zu verbessern. Es gab keine Beschränkungen und keine Sicherung, die alles wieder aufhob.«

»Also hast du ganz einfach Kinder hergestellt«, meinte Ariel. »Du hast die menschliche Spezies neu erschaffen.«

Nandita schwieg.

»Das ist nicht wahr.« Isolde hob die Stimme. »Was du sagst, ist einfach nicht wahr. Du bist eine verrückte alte Frau und eine Lügnerin!«

Ariel betrachtete ihre Adoptivschwester. Isoldes Hass auf Nandita wich allmählich einem tiefen Entsetzen. Wenn sie Partials waren, dann waren sie Ungeheuer. Sie hatten die Welt zerstört – vielleicht nicht persönlich, aber sie waren ein Teil der zerstörerischen Kräfte. Zumindest würden alle, mit denen sie aufgewachsen waren, so denken. Schon trat Senatorin Kessler vor und schob sich zwischen Xochi und die Partialungeheuer, die sie zuvor als Freundinnen ihrer Tochter betrachtet hatte. Was sollte nach Ansicht der Senatorin nun geschehen? Würde Ariel, die erfahren hatte, dass sie eine Partialfrau war, plötzlich Menschen umbringen? Würden die Bewohner der Insel sie für eine Verräterin und Schläferin halten? Für eine Närrin oder ein Ungeheuer? Ariel hatte wenigstens keine Freunde, die sie verraten konnte. Sie war isoliert, nachdem sie jahrelang draußen gelebt hatte. Isolde dagegen hatte Freunde, Angehörige, einen Job – sogar einen Job im Senat, im Herzen der Regierung der Menschen. Würde man sie für eine Spionin halten? Wie würde man mit einer Spionin der Partials verfahren, ob sie nun schwanger war oder nicht?

Wie würden sich die Partials verhalten, wenn sie es herausfanden? Oder wussten sie es etwa schon? Konnte Ariel sich an sie wenden, sie um Hilfe bitten oder zur Beendigung der Besetzung veranlassen? Vielleicht gaben sie nach, wenn jemand aus den eigenen Reihen sie darauf ansprach …

Jemand aus den eigenen Reihen. Eine Partialfrau. Ariel lehnte sich von ganzem Herzen gegen diese Vorstellung auf, und ihr wurde übel. Sie rannte in die Küche und übergab sich ins Spülbecken. Eine Partialfrau. Alle ihre Vermutungen über Nandita entsprachen der Wahrheit. Es war sogar noch viel schlimmer.

Niemand kam in die Küche, um ihr beizustehen.

»Was ist mit Isoldes Baby?«, fragte Xochi unsicher. »Ist es ... was wird es sein? Ein Mensch oder ein Partial?«

»Ich bin keine Partialfrau!«, kreischte Isolde.

Ariel reinigte sich Gesicht und Mund und starrte durch das Küchenfenster in die Dunkelheit hinaus.

»Ich nehme an, es wird beides sein«, erklärte Nandita. »Eine Mischform zwischen Mensch und Partial. Wir haben eine Kreuzung immer für möglich gehalten, aber ... Ich müsste weitere Untersuchungen durchführen und die Konsequenzen erst noch erforschen.«

Ariel kehrte zurück. Sie fühlte sich plötzlich anders, sehr viel distanzierter. Stärker als je zuvor.

»Du hast also jahrelang versucht, das Heilmittel zu aktivieren«, überlegte Madison. »Und dann ... bist du einfach losgezogen, um es anderswo anzuwenden? Ohne die Mädchen?«

»Wie ich schon sagte, ich fand ein Labor, das mit Strom versorgt und funktionstüchtig war. Ich hätte die Mädchen geholt, aber das politische Klima war nicht gerade freundlich.«

»Wir sind nicht dumm«, zischte Kessler. »Hätten Sie uns gesagt, dass Sie an einem Heilmittel arbeiten ...«

»Dann hätten Sie mich ebenso abgeblockt wie Kira«, erwiderte Nandita. »Und wenn ich Ihnen eröffnet hätte, was Sie gerade erfahren haben, dann hätten Sie mich ins Gefängnis geworfen oder auf der Stelle getötet.«

»Dann hör auf, darüber zu reden, und tu es endlich!«, verlangte Isolde. »Du bist doch zurückgekehrt, weil du das Heilmittel gefunden hast, oder? Setz es frei, dann können wir alle retten.« Wieder legte sie die Hände auf den Bauch. Ariel verspürte neue Hoffnung, bis Nandita den Kopf schüttelte.

»Was ist?«, fragte Xochi. »Hast du es nicht gefunden?«

»Natürlich habe ich es gefunden«, erwiderte Nandita. »Ich habe ursprünglich im Projekt mitgewirkt, elf Jahre lang die biologischen Daten der Mädchen gesammelt und in einem vorzüglichen Labor gearbeitet. Ich wusste, dass es einen Auslöser gibt, und ich habe die richtige chemische Mischung gefunden, um ihn zu aktivieren.« Aus dem Beutel, den sie um den Hals trug, zog sie ein kleines Reagenzglas und hielt es hoch. Es funkelte im Licht. »Aber dies ist nicht das Heilmittel. Irgendjemand hat das Heilmittel bereits aktiviert – bei jedem Partial, der es in sich trägt.« Sie wandte sich an Madison. »Kira hat es herausgefunden, während ich fort war, und so hat sie dein Baby gerettet.«

»Und was hast du denn nun herausgefunden?«, fragte Isolde. »Was löst der Inhalt des Reagenzglases aus?«

»Ich habe eine Ahnung«, erklärte Nandita. »Nur eine ungute Vorahnung.«

48

»Ich glaube, wir haben sie abgehängt«, flüsterte Kira. Sie keuchte vor Anstrengung, nachdem sie fast eine Stunde lang durch die Ruinen gerannt waren. Anscheinend waren so gut wie alle Bewohner des Reservats auf den Beinen und verfolgten sie. Inzwischen war Kira so müde, dass sie kaum noch stehen konnte. In einer alten Bank hatten sie Zuflucht gefunden. »Ich weiß nicht, ob ich noch einen Schritt weitergehen kann. Inzwischen weiß ich, wie du dich im Turm gefühlt hast.«

»So fühle ich mich immer noch«, gestand Samm. Er brach an der Wand zusammen und sank langsam zu Boden. Seine Armwunde hinterließ einen blutigen Streifen. »Was immer er als Betäubungsmittel eingesetzt hat – es ist äußerst wirksam. Flick mich zusammen!«

Kira blieb noch kurz am Fenster stehen und beobachtete die Straße, ob sich etwas bewegte oder ob sie verfolgt wurden. Immer noch nervös, gesellte sie sich schließlich zu Samm und packte die Reste ihrer Erste-Hilfe-Ausrüstung aus. Den Großteil ihrer Habseligkeiten hatte sie in Calix' Zimmer zurückgelassen und in ihrem Rucksack nur das Allerwichtigste verstaut: die Waffe, für die sie keine Munition mehr besaß, und einen Stoß Dokumente mit Wasserflecken aus Afas Lager. Eigentlich ließ sie auch den Computergriff nie aus den Augen, der mittlerweile allerdings in Vales Geheimlabor lag. Sie tupfte die Wunde auf Samms Arm ab. Vales Kugel hatte eine blutige Furche hinterlassen und den Trizeps verletzt. Kira verabreichte Samm eine Handvoll Antibiotika.

»Wie ich dein Immunsystem kenne, brauchst du die Medikamente wahrscheinlich gar nicht, aber schluck sie trotzdem! Dann habe ich ein besseres Gefühl.«

»Es ist nicht deine Schuld.«

»Er hat auf mich gezielt«, erwiderte Kira. »Ich bin diejenige, die ihn in Zorn versetzt hat.«

»Und ich bin ihm absichtlich in die Quere gekommen«, entgegnete Samm. »Ich sagte dir ja schon, dass er den Link benutzt – ich wusste, auf wen er schießen wollte, bevor er abdrücken konnte.«

»Damit fühle ich mich auch nicht besser.« Kira suchte in ihrem Rucksack nach Verbandsmaterial, vergeblich. »Wir haben alles im Reservat zurückgelassen«, sagte sie. »Warte, ich sehe mich um.« Sie versteckten sich in den rückwärtigen Büros der Bank, weit entfernt von der Straße. Dort konnte sie gefahrlos aufstehen und sich nach einem Stück Stoff umsehen.

»Nachdem wir hier ein wenig verschnaufen können, solltest du mir erzählen, warum Vale uns plötzlich umbringen will«, sagte Samm. »Hat er uns erwischt, als wir im Turm herumgeschlichen sind?«

»Ich habe sein Geheimnis aufgedeckt.« Kira öffnete die Schubladen eines hölzernen alten Schreibtischs. *Und er hat mein Geheimnis gelüftet.* Sie war noch nicht bereit, Samm in alle Einzelheiten einzuweihen. *Was würde er dazu sagen, dass ich die Krankheit in mir trage, die jeden Partial auf der ganzen Welt töten kann?* »Er hat kein neues Heilmittel. Er erntet das Pheromon von einigen Partials, die er im Turm betäubt gefangen hält. Einer von ihnen wurde modifiziert und produziert inzwischen ein starkes Beruhigungsmittel für Partials. Deshalb bist du beim Betreten des Gebäudes ohnmächtig geworden, und deshalb sind seine Opfer so wehrlos.«

Samm schwieg eine ganze Weile, bevor er antwortete. »Das klingt schrecklich.«

»Ich weiß.«

»Wir müssen ihn aufhalten.«

»Ich weiß«, wiederholte Kira. »Vorher sollten wir aber noch einige andere Punkte bedenken. Zum Beispiel müssen wir aufpassen, dass du nicht an Blutverlust stirbst.« In einem kleinen Wandschrank entdeckte sie eine Anzugjacke. Auf Long Island wäre dieses Kleidungsstück wegen hoher Luftfeuchtigkeit nach zwölf Jahren verschimmelt gewesen, doch hier in der Wüstenstadt war es noch recht gut erhalten. Sie ging neben Samm in die Hocke und schnitt den Stoff mit dem Messer in breite Streifen. »Ich wollte dich schon immer in einem Anzug sehen.«

»Wir müssen sie befreien.«

Kira hielt mitten in der Bewegung inne. »So einfach ist das nicht.«

»Wir kehren in der Nacht zurück. Und nachdem Heron schon so lange verschwunden ist, befindet sie sich vermutlich gleichfalls im Turm. Wir müssen sie finden und die Opfer befreien, die Vale gefangen hält.«

»Ich weiß«, stimmte Kira zu. »Aber es ist nicht so einfach. Die gefangenen Partials sind nur noch Skelette. Ich weiß nicht, ob sie außerhalb des Labors überhaupt überleben würden. Und bei einem Befreiungsversuch könnten sie uns auch gar nicht unterstützen.«

»Würdest du das Gleiche sagen, wenn es menschliche Gefangene wären?«

Die Frage traf Kira, als hätte er ihr eine Ohrfeige gegeben. »Ich sage nicht, dass du unrecht hast. Ich sage nur, dass es nicht so einfach ist. Warum bist du so wütend auf mich?«

»Genau das hatte Doktor Morgan mit dir vor«, erklärte er. »Für ein wissenschaftliches Experiment wollte sie einen lebendigen Menschen in eine Petrischale verwandeln. Ich habe mein Leben riskiert und Freundschaften zerstört, um dich zu befreien.«

»Du hast geholfen, mich gefangen zu nehmen.«

»Und dann habe ich dich befreit«, erwiderte Samm. »Gut möglich, dass Doktor Morgans Plan bei dir geglückt wäre –

sie hätte aus deinen biologischen Eigenschaften durchaus etwas lernen können, um das Verfallsdatum aufzuheben. Aber ich habe dich trotzdem befreit. Dass du nicht mit mir zurückkehren willst, hat also nichts damit zu tun, dass die Partials zur Rettung von Menschenleben benutzt werden, oder?«

Kira öffnete den Mund, um seine Frage zu verneinen, aber sie bekam keinen Ton heraus. Sie konnte Samm nicht anlügen. »Also willst du die menschlichen Kinder hier einfach sterben lassen.« Sie formulierte den Satz nicht als Frage.

»Du weißt nicht, ob es wirklich so weit käme …«

»Ich weiß verdammt genau, dass es so weit käme«, fiel sie ihm ins Wort. »In East Meadow ist das zwölf Jahre lang jeden Tag geschehen. Ich habe auf der Entbindungsstation gearbeitet und alles beobachtet. Wenn wir die Partials aus dem Labor befreien, werden die neugeborenen menschlichen Kinder sterben. Das kann ich nicht zulassen.«

»Aber du lässt zu, dass die Partials wie Maschinen benutzt werden«, gab er zurück. So wütend hatte sie ihn noch nie erlebt. Es klang beinahe … menschlich. »Du bist eine Partial, Kira. Verdammt, es wird Zeit, dass du dich damit abfindest.«

»Darum geht es doch gar nicht.«

»Und ob! Schämst du dich etwa? Schämst du dich, dass du zu den Partials gehörst? Oder dass ich ein Partial bin? Ich dachte, du wolltest beide Spezies retten. Als es jedoch darauf ankam, hast du dich sofort auf die Seite der Menschen geschlagen. Heron hatte von Anfang an eine Vorstellung davon, wie wir die Partials retten könnten, aber darauf wolltest du dich nicht einlassen. Du wolltest zuerst die Menschen retten.«

»So einfach ist das nicht!«, rief Kira. »Wenn du die Partials befreist, sterben die Kinder, und die Gemeinschaft des Reservats zerfällt. Ich mag das Aufrechnen nicht, aber in diesem Fall sieht es so aus: zehn Leute gegen zweitausend oder gar zehntausend oder zwanzigtausend, wenn die Gemeinschaft wächst. Lägen dort in dem Labor Menschen, die ein Krankenhaus voller Partialkinder am Leben erhalten könnten, würde ich das Gleiche sagen.«

»Warum behandelst du sie dann nicht wie Menschen?«, erwiderte Samm. »Gut möglich, dass die Partials freiwillig bleiben würden. Hat er sie überhaupt gefragt? Hat er ihnen die Situation erklärt? Wir sind keine herzlosen Ungeheuer, Kira. Man darf uns nicht so behandeln, als wären wir Monster.«

»Würdest du bleiben?«, fragte sie und kehrte ihm den Rücken zu. »Würdest du alles aufgeben, jede Hoffnung und jedes Bestreben, um eine ... um eine Kuh zu werden, die man melken kann? Würdest du hierbleiben und deine Pheromone zum Ernten darbieten? Immerhin hättest du dann Calix, die dir Gesellschaft leisten könnte.«

»Kira, du weißt nicht, was du redest!«

»Wie wäre es hiermit?« Sie war zu wütend, um ihre Tirade zu unterbrechen. »Der Partial, der das Betäubungsmittel produziert, heißt Williams. Er ist eine lebende Waffe, die nicht in ein und demselben Raum mit anderen Partials existieren kann. Vale hat seine DNA verändert, und er kann die Veränderung nicht rückgängig machen, weil die Geräte defekt sind. Die einzige Möglichkeit, sie zu retten, besteht darin, ihn zu ...« Sie hielt inne, als ihr bewusst wurde, dass sie nicht mehr über Williams sprach, sondern über sich selbst. Über die lebende Waffe, die allein durch ihre Existenz jeden Partial auf der Welt bedrohte. »Sie können nur frei sein, wenn er stirbt«, sagte sie mit erstickter Stimme. Nach einer Weile überwand sie sich und stellte die entscheidende Frage. »Was willst du tun?« *Bitte sag mir nicht, du würdest ihn töten!*, dachte sie. *Bitte sag nicht, du würdest mich töten!*

»Ich glaube ...« Er hielt inne, und Kira konnte erkennen, dass er angestrengt nachdachte. »Daran habe ich noch nicht gedacht. Es ist nicht einfach, aber es ...«

Bitte sag, dass du es nicht tätest!

»Ich glaube, manchmal muss eine Person leiden, damit alle anderen frei sein können.« Kira erbleichte.

»Dann würdest du ihn töten?«

»Ich wäre nicht glücklich darüber«, entgegnete Samm. »Aber wie sähe die Alternative aus? Eine ganze Gemeinschaft für eine einzige Person opfern? Man muss tun, was für die Mehrheit am besten ist, sonst verfällt man in die Tyrannei.«

»Dann würdest du einen für die anderen neun opfern«, sagte Kira. »Aber du willst nicht zehn opfern, um Tausende zu retten. Das passt doch nicht zusammen. Ist es diese Stadt voller Menschen denn nicht auch wert, dass man das Beste für sie anstrebt?«

»Ich will damit sagen, dass wir lebendige Wesen nicht benutzen sollten, weil lebendige Wesen keine Dinge sind«, erwiderte Samm. »Andererseits dürfte mich das nicht stören, nachdem wir genau das Afa angetan haben.«

»Entschuldigung!«, gab Kira zurück. »Ich bin diejenige, die ihn unentwegt verteidigte. Ich bin immer wieder für ihn eingetreten und habe alles getan, damit er gesund blieb. Ich war freundlich zu ihm …«

»Wir haben ihn in eine Situation gezerrt, mit der er nichts zu tun hatte, weil wir ihn brauchten«, widersprach Samm. »Wir haben ihn für unsere eigenen Zwecke benutzt. Ich sage nicht, dass *du* es getan hast – wir alle haben es getan, wir haben ihn mitgeschleppt. Aber es war falsch, und nun ist er tot. Das sollte uns eine Lehre sein.«

»Soll denn die Lehre darin bestehen, dass noch mehr Leute sterben?«, entgegnete sie. »Ich weiß nicht, inwieweit Afas Tod unsere Schuld war. Im Grunde trage ich die größte Verantwortung, doch ich will mein Gewissen nicht damit belasten. Gleichgültig, wie sehr ich mich bemühte, ich konnte ihn nicht retten. Ich konnte auch die nächste Generation menschlicher Kinder nicht retten. Darüber bin ich nicht glücklich, und Vale ist auch nicht glücklich. Wir reden hier jedoch über unwiderrufliche Entscheidungen. Gleichgültig, was wir tun, für eine Seite ist es immer tragisch und furchtbar. Aber welche Möglichkeiten bleiben uns überhaupt noch? Gar nicht entscheiden? Uns hinsetzen und alle sterben lassen? Das wäre das Schlimmste überhaupt.«

Samm antwortete leise, nicht mehr aggressiv, sondern nur noch traurig. »Ich glaube nicht an ausweglose Situationen.«

»Wie lautet dann die Antwort?«

»Das weiß ich noch nicht«, erwiderte er. »Aber ich weiß, dass sie dort draußen auf uns wartet.«

Kira wischte sich die Tränen mit dem Handrücken ab und wedelte mit dem Streifen, den sie aus dem Jackett geschnitten hatte. »Reich mir deinen Arm!«, sagte sie. »Ich muss ihn verbinden.«

»Immer schön langsam«, sagte Calix. Kira und Samm fuhren zu dem blonden Mädchen herum, das mit gezogener Pistole hinter ihnen stand. Das Gewehr hatte sie sich über den Rücken geschlungen. »Vielen Dank für die hitzige Debatte«, sagte Calix. »So konnte ich euch viel leichter finden.«

»Ich habe keine Patronen mehr.« Kira blickte zu ihrem Rucksack auf der anderen Seite des Büros hinüber.

»Ich habe noch welche«, sagte Samm. »Aber bevor ich die Waffe erreiche, könnte sie uns beide erschießen.«

»Das siehst du völlig richtig«, bestätigte Calix. »Wie wäre es, wenn du die Pistole schön langsam herausziehst und zu mir herüberschiebst?« Samm gehorchte, hob die Waffe mit zwei Fingern hoch, ohne dem Abzug zu nahe zu kommen, und legte sie auf den Boden. »Gut so«, lobte Calix. »Und jetzt schieb sie herüber!« Er versetzte der Pistole im Sitzen einen unbeholfenen Tritt, sie bückte sich und hob sie auf. Dabei hielt sie ihre eigene Halbautomatik die ganze Zeit mit der anderen Hand auf Samm und Kira gerichtet. Calix vergewisserte sich, dass Samms Waffe gesichert war, und steckte sie in eine Tasche am Gürtel. »Und bevor ich euch ins Reservat zurückbringe, verlange ich Antworten auf einige Fragen. Zuerst einmal …« Ihre Stimme schwankte leicht. »Seid ihr wirklich Partials?«

»Das sind wir«, erwiderte Kira, »aber das macht uns nicht zu Feinden.«

»Doktor Vale sagt, ihr wollt uns das Heilmittel für RM wegnehmen.«

»Das ist …« Kira wandte sich an Samm, dann wieder an Calix. »Wir wollen nicht, dass jemand stirbt.«

»Aber ihr habt darüber gesprochen, sein Labor stillzulegen.«

»Weißt du, woraus das Heilmittel besteht?«, fragte Samm.

»Es ist eine Spritze«, erklärte Calix.

»Aber weißt du auch, wie er das Medikament herstellt?«

Calix' Verwirrung verflog, und ihre Miene zeigte Entschlossenheit. »Das spielt doch keine Rolle.«

»Das Mittel wird aus Partials gewonnen«, erklärte Kira. »Er hält zehn von ihnen in seinem Labor im Keller gefangen. Sie liegen dort seit zwölf Jahren in künstlichem Koma.«

»Das ist nicht wahr«, widersprach Calix.

»Ich habe sie gesehen«, beharrte Kira.

»Du lügst.«

»Doktor Vale hat die Partials erschaffen«, schaltete sich Samm ein. »Du weißt nur wenig über ihn.«

»Steht auf!«, befahl Calix. »Ich bringe euch zurück, und dann reden wir mit Doktor Vale. Er wird beweisen, dass eure Behauptungen falsch sind.«

»Dann wirst du einige Überraschungen erleben.« Als Kira aufstand, knallte ganz in der Nähe ein Schuss. Sie ließ sich sofort fallen und zog den Kopf ein. *Hat sie auf mich geschossen? Oder auf Samm?* Dann hörte sie einen zweiten Schuss und einen Schmerzensschrei. Auch Calix ging zu Boden. Kira sah sich überrascht um. Samm war so verwirrt wie sie selbst. Calix wand sich in einer Blutlache auf dem Boden und presste die Hände gegen die Brust. Kira stieß einen Schrei aus und eilte zu dem Mädchen.

Mit zusammengebissenen Zähnen stieß Calix ein schmerzvolles und zugleich wütendes Stöhnen aus. »Was hast du getan?«

»Überhaupt nichts. Wer hat auf dich geschossen?« Kira zog Calix' Hand von ihrem blutverschmierten Oberkörper weg und suchte nach der Schusswunde. Nicht der Rumpf war verletzt, sondern die Hand selbst, und die Blutlache stammte vor allem aus einer zweiten Schusswunde im Oberschenkel. »Drück darauf!« Kira legte dem Mädchen die Hände wieder auf den Oberkörper. »Samm, hilf mir mit dem Bein!«

»Wer hat auf sie geschossen?« Samm umfasste bereits Calix' Schultern, um sie zu stabilisieren.

»Dreimal darfst du raten.« Kira fuhr zu Heron herum, die gerade vom Trümmerfeld der Straße hereinkam. »Das Ziel war weit entfernt, und die Pistole ist nicht so präzise, wie ich es mir gewünscht hätte. Weg da, damit ich sie erledigen kann!«

»Du wirst sie nicht erledigen.« Kira stellte sich in Herons Schussbahn. »Wo warst du?«

»Ich habe meine Arbeit erledigt«, erklärte Heron. »Hast du den Turm gesehen?«

»Natürlich«, erwiderte Kira. »Und das Labor im Keller.«

»Ich kam nicht dicht genug heran«, gab Heron zu. »Dort wirkt ein Betäubungsmittel über den Link. Aber ich beobachte seit zwei Tagen einen Mann namens Vale und bin ziemlich sicher, dass er zum Trust gehört. Außerdem halten sich hier irgendwo Partials auf. Etwa in diesem Gebäude?«

»Du meinst eine Pheromonfarm mit zehn bewusstlosen, hirntoten Partials?«

»Eigentlich nicht«, gab Heron zurück. »Aber das ist ... ich wusste, dass es auf etwas Schlimmes hinausläuft, doch das ist ... das überrascht mich nun wirklich. Wie auch immer, ich hätte mich lieber geirrt.« Sie betrachtete Calix, die vor Schmerzen wimmerte und sich am Boden wand. »Aber nun sollte ich sie wirklich von ihrem Leiden erlösen.«

»Keine Morde mehr!«, schrie Samm. Kira und Heron sahen ihn an. Er kämpfte die Schmerzen seiner Beinverletzung nieder und richtete sich auf. Kira nickte. »Genau. Keine Morde mehr! Hilf mir, damit sie ruhig bleibt! Ich sehe mir die Wunde an.«

»Was hast du vor? Willst du diese Menschenfrau retten?« Heron wandte sich an Samm. »Dich muss ich vermutlich gar nicht mehr fragen, oder?«

»Sie ist eine Jägerin, keine feindliche Kämpferin«, erwiderte Samm. »Die Leute hier haben keine richtigen Soldaten. Bis zu unserer Ankunft wussten sie nicht einmal, dass es überhaupt einen Krieg gab. Niemand außer ihrem Anführer wusste etwas von den Partials im Keller. Ich werde Calix nicht für Vales Vergehen bestrafen.«

»Ganz genau«, stimmte Kira aus ganzem Herzen zu.

»Dann töten wir keinen von ihnen«, lenkte Heron ein. »Wir schleichen im Schutz der Nacht hinein. Samm und ich geben dir Deckung, während du die Gefangenen holst. Du bist die Einzige, bei der das Betäubungsmittel nicht wirkt.«

Samm ergriff das Wort, bevor Kira antworten konnte. »Wir befreien sie«, erklärte er energisch, »aber wir gehen nicht von hier weg. Das heißt – *ich* gehe nicht von hier weg.«

»Was?«, fragten Kira und Heron wie aus einem Mund.

Er wandte sich an Kira. »Das ist der Weg aus der verfahrenen Situation. Ich werde tun, was du gesagt hast: Ich bleibe bei ihnen.«

»Das ist dumm«, wandte Heron ein.

»Ich kann kein Leben opfern und die Freiheit anderer aufs Spiel setzen, ohne selbst zu einem Opfer bereit zu sein. Wir befreien die gefangenen Partials, und dann können die Menschen das Pheromon von mir bekommen.«

»Du …« Kira war wie vor den Kopf geschlagen. Verzweifelt suchte sie nach einem Ausweg, nach einem Argument, das ihn umzustimmen vermochte. »Dir bleibt nur noch ein Jahr«, brachte sie schließlich vor. »Bis zu deinem Verfallsdatum kannst du ihnen nur noch ein Jahr lang helfen.«

»Dann bleibt dir ein Jahr, das Problem zu lösen«, sagte Samm. »Mach dich lieber gleich an die Arbeit ...«

»Das ist wirklich rührend«, unterbrach ihn Heron, »aber völlig bedeutungslos. Du bleibst nicht hier, Samm.«

Kira öffnete den Mund, verzichtete jedoch auf jeden Kommentar, als sie Samms Miene bemerkte. Anscheinend hatte er etwas über den Link aufgefangen. Heron hatte ihm nicht widersprochen, sondern lediglich eine Feststellung gemacht.

»Heron«, fragte Samm langsam, »was hast du getan?«

»Was ich schon vor einem Monat hätte tun sollen«, erwiderte sie. Ihre Augen waren dunkel und glühten. »Ich habe Meldung gemacht.«

Schweigen senkte sich über den Raum. Sogar Calix schwieg, knirschte mit den Zähnen und presste eine Hand auf die Verletzung.

Kira warf Samm einen fragenden Blick zu, doch sie wusste bereits, was er dachte. Seine Verwirrung und sein Zorn waren mehr als deutlich über den Link zu spüren.

»Welche Meldung meint sie?«, fragte Calix mit zusammengebissenen Zähnen.

»Hast du Morgan gerufen?«, fragte Kira. »Hast du uns verraten?«

»Wenn du es so nennen willst, ja«, bestätigte Heron. »Ich habe lange genug bei deiner sentimentalen Selbsterforschung mitgemacht. Nun wurde es Zeit, die Sache zu beenden und die Dinge ins Rollen zu bringen. Wenn Doktor Morgan deinen Körper nutzen kann, um das Verfallsdatum aufzuheben, dann soll sie dich bekommen.«

»Wann wirst du es endlich verstehen?«, fragte Kira. »Genau das meinte Samm – wir können nicht mehr zwischen der einen und der anderen Seite unterscheiden!«

»Ja, er argumentierte recht leidenschaftlich«, höhnte Heron.

»Was genau hast du getan?«, wollte Samm wissen.

»Ich habe ein funktionierendes Funkgerät gefunden und über die Verstärker, die wir unterwegs aufgebaut haben, die D-Kompanie gerufen«, erklärte Heron und sah Kira unverwandt an. »Du hast deine Gelegenheit bekommen, und ich habe dir nach Kräften geholfen. Die Antworten, die du suchst, findest du hier aber nicht. Ich bin es leid, meine Zeit zu vertrödeln.«

»Wir sind eine friedliche Gemeinschaft!«, flehte Calix. »Wenn du eine Partialarmee herbeirufst, wird man uns zerstören.«

»Sie sind schon gekommen.« Samm hob den Kopf. Kira starrte ebenfalls zur Decke hinauf, sah aber nichts und wandte sich wieder an Samm. Doch der legte den Kopf schief und lauschte. Sie runzelte die Stirn und versuchte aufzufangen, was er bemerkt hatte.

»Was ist los?«, fragte Calix.

»Ich höre nichts«, entgegnete Kira. »Nur ein Dröhnen oder Summen. Es ist sehr leise.«

»Das war früher eines der häufigsten Geräusche auf dem Planeten«, erklärte Heron. »Aber du hast es seit fast zwölf Jahren nicht mehr gehört.«

»Was ist es denn?«, fragte Kira.

»Ein Flugzeugtriebwerk«, erklärte Heron. »Eine Frachtmaschine. Morgans Armee trifft gerade ein.«

49

Kira bückte sich zu den Stoffstreifen hinunter, die sie für Samms Arm aus der Anzugjacke zurechtgeschnitten hatte. »Tut mir leid, Samm, du musst noch eine Weile auf den Verband warten.«

»Die Medikamente reichen erst einmal aus«, behauptete er, biss dabei aber die Zähne zusammen.

Kira lief zu Calix zurück, presste ein Stück Stoff auf die Beinwunde und wickelte rasch einen zweiten Streifen darum.

»Warum machst du dir die Mühe?«, fragte Heron. »Du weißt nicht einmal, ob ...«

»Halt den Mund!«, fauchte Kira. Sie verknotete den behelfsmäßigen Verband und erhöhte den Druck auf die blutende Wunde, ohne den Kreislauf gänzlich zu unterbrechen. »Wie fühlt sich das an?«

»Gut«, sagte Calix. »Wie lange dauert es noch, bis ich diesem Partialmädchen in den Hintern treten kann?«

Heron zog die Brauen hoch.

»Bleib hier!« Kira umwickelte Calix' Hand mit einem weiteren Stoffstreifen. »In meinem Gepäck findest du Schmerzmittel – aber nimm nicht zu viele! Früher oder später wird dich jemand finden.«

»Was hast du vor?«, fragte Calix.

»Ich gehe ihnen entgegen.« Kira schüttelte den Kopf. »Wenn niemand kommt, sieh dich nach Antibiotika um und sammle deine Kräfte, so gut es geht, ehe du das Ödland durchquerst. Für Leute mit Beinwunden ist es keine heilsame Gegend.«

»Bitte«, flehte Calix, »bitte, lass nicht zu, dass sie jemanden verletzen!«

Kira ergriff das Gewehr des Mädchens und rannte auf die Straße. Samm und Heron folgten ihr.

Heron schloss zu ihr auf. »Was willst du erreichen?«

Kira suchte den Himmel nach dem Flugzeug ab.

»Dort.« Samm deutete nach Osten. Nun erkannte auch Kira die Maschine als kleines schwarzes Kreuz am hellgrauen Himmel. »Sie ist noch weit weg, aber sie fliegt schnell.«

»Wir laufen weg«, entschied Kira. »Zurück zum Reservat. Niemand kann sagen, was Morgan mit den Leuten anstellt, die gegen RM resistent sind. Wir müssen so viele wie möglich von dort wegbringen.«

»Das ist eine kluge Wahl, um deine letzten Minuten zu verbringen«, bemerkte Heron.

»Wer hat dich nach deiner Meinung gefragt?«

»Ich will ebenso wenig wie du, dass sie sterben«, entgegnete die Agentin. »Andererseits ist es mir nicht so wichtig wie dir, ob sie überleben oder nicht. Soweit ich weiß, hat Morgan es nur auf dich abgesehen.«

»Du weißt nicht, was sie mit den Leuten anstellt, wenn sie ihrer habhaft wird«, gab Kira zu bedenken.

»Wir sollten in die andere Richtung laufen«, schlug Samm vor. »Wir könnten uns in den Ruinen verstecken und dich retten, Kira.«

»Dann versucht es ruhig!«, bemerkte Heron.

»Wir laufen nicht weg«, widersprach Kira. »Ich bin geflohen, als Morgan mit der Invasion von Long Island begann. Um mich zur Aufgabe zu bewegen, tötete sie daraufhin Geiseln. Ich dachte, ich hätte mich richtig entschieden, aber ... ich will nicht, das so etwas noch einmal geschieht.«

»Was willst du damit sagen?«, fragte Samm. Kira deutete zu dem großen Flugzeug, das sich auf einer niedrigen Flugbahn näherte.

»Wir müssen sofort ins Reservat!« Sie rannte los und wählte den kürzesten Weg durch die Straßen des Vororts, in dem sie sich inzwischen gut auskannte. Samm und Heron folgten ihr. Immer wieder spähte Kira nach oben, um Geschwindigkeit und Entfernung der Maschine einzuschätzen. *Wir schaffen es nicht rechtzeitig,* dachte sie. *Das Flugzeug ist zu schnell.* Sie strengte sich an und wagte nicht, langsamer zu werden, ließ nicht nach und achtete darauf, keinesfalls vom richtigen Weg abzukommen. Unterdessen wuchs das Flugzeug heran und sank, und bald schwoll das dumpfe Dröhnen zu ohrenbetäubendem Lärm an. Endlich erreichte Kira das Reservat. Am Tor standen neuerdings Wächter, um Eindringlinge fernzuhalten, doch durch das riesige herandonnernde Flugzeug waren sie abgelenkt und achteten nicht auf Kira und ihre Begleiter. In die Flügel der Maschine waren große Rotoren eingebaut, damit sie senkrecht landen konnte. Als Kira durch das Tor schoss, schwebte das Flugzeug gerade über den Zaun hinweg.

Sie rief, um die Aufmerksamkeit der Wächter zu erregen, konnte aber in dem Lärm der Rotoren nicht einmal die eigene Stimme hören. Schließlich packte sie eine Wächterin und riss sie zu sich herum, um ihr ins Ohr zu schreien. »Das ist eine Partialarmee. Ihr müsst alle sofort das Reservat verlassen und zu den Ruinen laufen.«

»Wir ...«, stammelte die Wächterin und blickte zwischen Kira und dem Flugzeug hin und her. »Wir müssen ...«

»Ihr müsst verschwunden sein, wenn sie landen!«, rief Kira. »Ruf alle zusammen und versteck dich mit ihnen in der Stadt!« Sie ließ den Arm der Frau los und rannte in das Reservat hinein. Aus den Augenwinkeln nahm sie wahr, dass die Wächterin sich fasste und in das nächste Gebäude stürzte. Bald darauf stürmte eine Menschenmenge heraus, vor allem verschreckte Kinder sowie Eltern mit Säuglingen auf den Armen, die voller Angst schrien, während sie in die vergifteten Überreste von Denver hineinliefen.

Kira und Samm eilten dem Flugzeug entgegen und forderten alle Entgegenkommenden auf, sich rasch in Sicherheit zu bringen. Hinter ihnen kam Heron und sorgte dafür, dass die Leute sich tatsächlich zurückzogen. Inzwischen war die Maschine im Gras gelandet, und die ersten Partialsoldaten sprangen heraus, sicherten mit rücksichtsloser Umsicht eine Schutzzone, die sie von einer Deckung zur nächsten erweiterten, wobei jedes Team die jeweils folgende Gruppe im Auge behielt. Sie richteten die Gewehre auf Samm und Kira, gaben aber keinen Schuss ab.

»Sie haben sich mit mir verlinkt und wissen, wer wir sind«, erklärte Samm.

»Lasst die Waffen fallen!«, befahl der Soldat am Rand des Landeplatzes. Kira hielt das Gewehr seitlich vom Körper weg, ließ es zwar nicht fallen, zeigte dem Mann aber, dass sich ihre Hände nicht in der Nähe des Abzugs befanden.

»Ich ergebe mich«, sagte sie. »Ich bin freiwillig hier.«

»Lasst die Waffen fallen!«, wiederholte der Soldat. Der Wind von den Rotoren fegte herbei, riss ihnen die Worte von den Lippen und wehte Kira Staub und die eigenen Haarsträhnen ins Gesicht. Sie schnitt eine Grimasse und ließ das Gewehr fallen. Samm war unbewaffnet.

»Lasst die Zivilisten in Ruhe!«, verlangte Kira.

»Kira Walker«, sagte Dr. Morgan, die gerade aus dem Flugzeug stieg. Der Laborkittel war einem eleganten schwarzen Geschäftsanzug gewichen. »Es freut mich, Sie wiederzusehen.«

»Tun Sie ihnen nichts!«, verlangte Kira noch einmal. »Die Leute sind unschuldig.«

Morgan richtete sich vor den beiden auf. »Samm«, sagte sie. »Es geschieht nicht jeden Tag, dass ich einen rebellischen Soldaten aus meinem eigenen Kommando treffe.«

»Sie haben ihr noch nicht geantwortet«, erinnerte Samm sie.

»Das werde ich auch nicht tun«, erwiderte Morgan. »Du bist ein Verräter, und sie ist eine feindliche Kombattantin. Das sind nicht unbedingt die Leute, auf die ich höre.«

»Ich will nicht gegen Sie kämpfen«, beschwichtigte Kira die Frau.

Morgan lächelte. »Das würde ich Ihnen auch nicht raten. Beim letzten Mal haben Sie uns überrumpelt, aber heute haben Sie keine rebellische Partialarmee, die uns in die Flanke fällt, während Ihre Freunde einen chaotischen Rettungsversuch unternehmen. Hier liegt die ganze Macht in meinen Händen, und ich hoffe, das ist Ihnen klar.«

»Nicht die ganze Macht.« Vale näherte sich inmitten eines Partialtrupps, der eher an eine Ehrenwache als an die Begleitung eines Gefangenen erinnerte. »Ich muss schon sagen, Ihre Soldaten sind sehr gehorsam.«

Morgan runzelte die Stirn, worauf Vale mit den Zähnen knirschte. Kira wusste nicht genau, was geschah, bis sie erkannte, dass die Soldaten unruhig hin und her stampften, weil die beiden Mitglieder des Trusts ihnen widersprüchliche Befehle gaben. Auch Samm schwankte, und Schweißperlen liefen ihm über die Stirn. Sie nahm ihn bei der Hand.

»Du bist stärker als sie«, flüsterte sie. »Du musst keinem der beiden gehorchen.« Er umklammerte ihre Finger so fest, dass sie schon um ihre Knöchel fürchtete.

Der Wettstreit der Willenskräfte ging weiter. Vale und Morgan starrten sich an, zwischen ihnen schwankten die Soldaten. Kira beobachtete, wie die Knöchel der Partials weiß anliefen, als sie die Gewehre packten. Einer hob die Hand und griff sich an die Stirn.

»Genug!«, rief Kira. »Das führt doch zu nichts. Doktor Morgan, was wollen Sie?«

Morgan starrte Vale noch eine Weile an, dann wandte sie sich ab und seufzte leise. Vale erging es nicht besser. Die Aufstellung der Soldaten hatte sich nicht verändert. Sie blieben dem treu, dem sie am nächsten standen. Kira blickte zu Samm hinüber, konnte seiner Miene aber nichts entnehmen. Ihr Herz raste, weil sie fürchtete, ihn wieder an Morgan zu verlieren, doch er drückte ihr die Hand.

So erleichtert wie in diesem Augenblick war sie noch nie im Leben gewesen.

»Ich bin hier, um meinen geschätzten Kollegen zu treffen«, sagte Morgan, während sie Vale lächelnd betrachtete. »Ich bringe die alte Truppe zusammen, Kronos. Es reicht, und es wird Zeit, dass wir Ihr Verfallsdatum ein für alle Mal aufheben.«

»Wollen Sie es mit den Genveränderungen versuchen?«, fragte er. »Sie haben gesehen, was aus Graeme und Jerry geworden ist.« Er legte die Hand auf die Schulter des Partialsoldaten vor ihm. »Unser Bewusstsein kann das so wenig verarbeiten wie das ihre.«

»Wir können sie in alles verwandeln, was uns nur einfällt«, widersprach Morgan. »Das haben wir schon einmal getan, und das können wir jederzeit wiederholen. Sie sind die Zukunft. Unsere Kinder, die wir nach jedem Bild formen können, das uns gefällt.«

»Gentherapie ist nicht die Antwort auf alle Fragen«, widersprach Vale.

»Was wissen Sie schon darüber?«, entgegnete Morgan. »Aber ich habe keine Zeit, genetische Rätsel für Sie zu lösen.« Sie wandte sich an Kira. »Deshalb will ich Sie und das Mädchen haben. Das neue Modell, das nicht diesen lächerlichen genetischen Beschränkungen unterworfen ist.«

»Ich lasse nicht zu, dass Sie sie mitnehmen«, wandte Samm ein.

Morgan wollte etwas antworten, doch Kira kam ihr zuvor. »Ich komme freiwillig mit.«

Samm wollte protestieren, und Morgan schien ehrlich verblüfft, doch Kira nickte nur und holte tief Luft. »Doktor Vales Wissen, Doktor Morgans Forschungen und meine Biologie. Heron hatte recht. Dies ist der einzige gangbare Weg, um das Verfallsdatum aufzuheben.« Sie blickte Samm an. »Das entspricht genau deinen eigenen Worten. Die einzige moralisch vertretbare Entscheidung besteht darin, dich selbst zu opfern. Irgendjemand muss den ersten Schritt tun.« Sie war nach Denver gekommen, um Antworten zu finden und einen Plan zu entwickeln. Sie hatte gehofft, zu etwas Größerem zu gehören und ihren Beitrag zu leisten, um Menschen und Partials zu retten. Doch dieser Plan war schon vor langer Zeit gescheitert, und sie war gar nichts. Ein fehlgeschlagenes Experiment. Sie hatte ihr Leben der Rettung der Welt gewidmet, doch nun erkannte sie, dass es nicht ausreichte, ihr Leben einem Zweck zu widmen. Sie musste es hergeben.

Sie wandte sich wieder an Morgan. »Ich bin bereit.«

»Ich ...« Morgan ließ den Satz unvollendet und beäugte Kira misstrauisch. »Damit hatte ich nicht gerechnet.«

»Ich auch nicht.« Kira reckte das Kinn und unterdrückte die Tränen. »Gehen wir!«, sagte sie leise. »Bevor ich es mir anders überlege.«

»Sie sollten das nicht tun, McKenna«, warf Vale ein. »Wenn Sie mit Kira experimentieren, könnten Sie versehentlich die Sicherung auslösen.«

Morgan sah ihn fragend an. »Wie bitte?«

»Die Sicherung der Partials«, erklärte Vale. »Die Tarnung, die wir eingebaut haben, um ParaGen zu täuschen. Es ist der Mechanismus, der alle Partials tötet. Der Aufsichtsrat baute ihn ohne unser Wissen in eine neue Produktionslinie von Partialprototypen ein. Wenn Sie versehentlich auf den chemischen Auslöser stoßen, spricht die Sicherung an.«

»Worauf wollen Sie hinaus, Kronos?« In Morgans Augen flackerten Zweifel auf. »Ich habe ihre medizinischen Scans gesehen und monatelang jede einzelne Zelle in ihrem Körper durchsucht. Wenn es noch ein weiteres virales Paket gäbe, dann hätte ich es bemerkt.«

»Sie wissen nicht, wonach Sie suchen müssen«, wandte Vale ein.

Morgan starrte ihn an und wandte sich an Kira. »Ist das wahr?«

»Ich …« Kira wagte nicht, Samm anzusehen. »Ich glaube, er hat recht.«

Morgan nickte, und ihr Blick schweifte in weite Fernen. »Dann müssen wir vorsichtig sein.« Sie machte kehrt und ging auf das Flugzeug zu. »Nehmt sie mit! Und dann verschwinden wir.«

»Was wird aus dem Reservat?«, fragte Vale. Die Haltung der Soldaten, die ihn umringten und völlig von seinem Link beherrscht wurden, machte deutlich, dass sie jederzeit zum Kampf bereit waren. Doch konnte diese kleine Gruppe, wie loyal sie auch war, Morgan wirklich von der Durchsetzung ihrer Pläne abhalten?

Morgan sah sich um, betrachtete die intakten Gebäude, das wuchernde Gras, die Bäume und die Familien, die das Flugzeug umstanden, als hätte sie so etwas noch nie gesehen. »Falls Sie freiwillig mitkommen, sehe ich keinen Grund, warum Ihre kleine Ameisenfarm nicht friedlich aussterben sollte.«

»Dann komme ich mit«, willigte Vale ein.

»Ich bleibe hier«, erklärte Samm.

Morgan verdrehte gereizt die Augen. »Wie kannst du dich erdreisten, eine solche Bitte zu äußern?«

Samm blieb aufrecht stehen und sah entschlossener aus, als Kira ihn je gesehen hatte. »Es ist keine Bitte.«

Morgan dachte kurz nach, bevor sie antwortete. »Nun gut.« Sie wedelte geringschätzig mit der Hand. »Das Exil scheint mir schlimmer zu sein als die Lösung, die ich für dich vorgesehen hatte.« Sie musterte Heron. »Und du? Ich würde sagen, du hast dir den Zugang in den inneren Kreis redlich verdient, meine Liebe.«

»Ich bleibe auch«, erklärte Heron.

Das überraschte Morgan noch mehr. »Und das Verfallsdatum?«

»Ich kehre rechtzeitig in den Osten zurück.« Heron blickte Samm an. Kira war nicht sicher, aber es schien, als tauschten sie sich über den Link aus. Sie rechnete damit, dass Heron die Partials im Turm erwähnte, und war überrascht, dass die nächsten Worte sehr allgemein klangen. »Ich habe hier noch einiges zu erledigen.«

»Also gut.« Morgan schritt endgültig auf das Flugzeug zu und winkte den Soldaten, Kira und Vale mitzubringen. Die Bewohner des Reservats blieben im Hintergrund und sahen entsetzt und gebannt zu, wie der Feind aus dem Himmel ihren Anführer mitnahm und sie ihrem Schicksal überließ.

Ich muss mit ihnen gehen, dachte Kira. *Ich muss einen Schritt tun, dann noch einen. Ich muss ins Flugzeug steigen und fortfliegen ... Ich weiß nicht einmal, wohin die Reise geht. Dem Ende entgegen.* Sie schüttelte den Kopf. *Ich muss mitgehen, aber ich will nicht.*

»Kira«, sagte Samm. In ihrem Augenwinkel bildete sich eine Träne.

»Samm«, antwortete sie. »Ich ... es tut mir leid ... ich weiß nicht ...« Sie suchte nach den richtigen Worten und wollte ihm sagen, was sie fühlte, doch sie wusste es nicht einmal selbst. Plötzlich jedoch umarmte er sie, nahm sie in die Arme und küsste sie leidenschaftlicher, als ein Mann sie je geküsst hatte. Sie erwiderte den Kuss, ihre Körper verschmolzen miteinander, Lippen, Arme, Beine, und sie waren völlig vereint. Sie hielt ihn fest, so lange sie konnte, und als er sich zurückzog, um Atem zu holen, schmiegte sie das Gesicht an seine Brust.

»Es tut mir leid, dass ich uns hierhergebracht habe und dir das alles angetan habe. Es tut mir unendlich leid«, sagte sie.

»Ich habe mich entschieden, dir zu folgen, und ich werde dich wiederfinden.« Seine Stimme war tief und voller Gefühl.

Sie küssten sich ein letztes Mal. Dann standen die Partialsoldaten neben ihnen und zerrten sie ins Flugzeug. Auf der Treppe wandte sie sich noch einmal zu ihm um. Reglos erwiderte er ihren Blick.

Dann schloss sich die Tür hinter ihr, und mit ohrenbetäubendem Lärm nahmen die großen Rotoren ihre Arbeit auf.

50

Isoldes Kind kam zwei Tage später im Schlafzimmer in Nanditas Haus zur Welt. Die Partials hatten das Krankenhaus längst geplündert, alle Geräte und Medikamente mitgenommen. Daher hatten sie nicht viel, um Isolde zu helfen. Madison hielt ihre Hände, führte und ermunterte sie, Senatorin Kessler nahm das Baby entgegen, Nandita beobachtete Mutter und Kind, ob alles in Ordnung war. Es war ein Junge, den Isolde Mohammed Khan nannte. Binnen weniger Stunden wurde er krank. Seine Haut entwickelte einen Ausschlag, der stellenweise verhärtete wie das Fell einer Kuh und dann anschwoll und Blasen bildete. Isolde sah tränenüberströmt zu, wiegte ihr Kind und hatte keine Hoffnung auf Rettung.

Es war jedoch nicht RM, wie man es bisher gekannt hatte.

Senatorin Kessler schützte sich mit einer Maske aus Papier und betrachtete die Blasen. »So etwas ist noch nie passiert.« Sie schüttelte den Kopf und unterdrückte ihre Angst. »Es gab Zehntausende von RM-Fällen, aber ein solches Krankheitsbild ist neu.«

»Der erste Mischling zwischen Menschen und Partials«, erklärte Nandita. »Der erste Partial, der jemals RM bekommen hat. Wir wissen nicht, wie es auf ihn wirkt und wie sich die Krankheit in ihm verändert.« Nachdenklich betrachtete sie den jammernden Säugling. »Du räudiges Tier, dessen Zeit nun gekommen ist ...« Mit diesen Worten machte sie kehrt und entfernte sich.

Zitternd betrachtete Ariel das Kind.

DANKSAGUNG

Danksagungen schreibe ich besonders gern, weil mir so viele Menschen geholfen haben und alle eine Erwähnung verdienen. Zugleich schreibe ich Danksagungen ungern, weil ich immer fürchte, jemanden zu vergessen. Ich will mich dieses Mal kurzfassen. Ich danke meinem Lektor Jordan Brown, meiner Agentin Sara Crowe, meiner Pressesprecherin Caroline Sun und allen anderen bei HarperCollins und Balzer + Bray. Ihr seid wirklich unglaublich.

Danke sage ich auch allen Autoren, die ich bei spannenden Lesungen und Veranstaltungen begleiten durfte, und den vielen emsigen Buchhändlern, die diese Veranstaltungen organisierten und im Lauf der Zeit gute Freunde geworden sind. Vor allem aber danke ich Ihnen, den Lesern, die diese Angebote wahrgenommen haben. Nur dank Ihnen ist alles so großartig verlaufen.

Meine Frau Dawn ist der wundervollste Mensch, den ich kenne. Ohne sie gäbe es dieses Buch nicht. Ohne die Anregungen meines Bruders Rob und meines Freundes Ben Olsen hätte dem Buch viel gefehlt. Beide haben wertvolle Juwelen zur Erzählung beigesteuert; aber natürlich verrate ich euch nicht, welche es waren.

Schließlich und endlich danke ich der ganzen Menschheit, die zugleich dumm, schwer zu ertragen, wundervoll und inspirierend ist. Die Menschen sind die erstaunlichsten Schöpfungen, die das Universum je hervorgebracht hat. Freut euch über eure Vielschichtigkeit, nutzt eure Kreativität und lebt eure Möglichkeiten. Ihr macht diese Welt zu einem wundervollen Ort.

RUINEN

Partials

№ 3

Dieses Buch ist allen gewidmet, die du hasst.
Tut mir leid, aber so ist das Leben manchmal.

ERSTER TEIL

1

»Dies ist eine Botschaft für alle Einwohner von Long Island.«

Bei der ersten Durchsage hatte niemand die Stimme erkannt. Allerdings wurde der Text unablässig, Tag für Tag und Woche um Woche, auf sämtlichen verfügbaren Frequenzen wiederholt, damit es alle Bewohner der Insel hörten. Die verschreckten Flüchtlinge, die in Gruppen oder allein in der Wildnis hockten, kannten den Wortlaut bald auswendig. Erbarmungslos plärrte die Drohung aus den Funkgeräten und brannte sich ihnen unauslöschlich ins Gehirn und in die Erinnerungen ein. Nach einigen Wochen suchte sie die Stimme sogar in ihren Träumen heim, bis nicht einmal mehr der Schlaf Erholung von der gelassenen, nüchternen Drohung bot.

»Wir wollten keine Invasion durchführen, doch die Umstände zwangen uns dazu.«

Schließlich erfuhren sie, dass die Sprecherin eine Wissenschaftlerin namens McKenna Morgan war und dass sich das *Wir* in der Botschaft auf die Partials bezog – unbesiegbare Supersoldaten, in Laboratorien erschaffen und in Bruttanks gezüchtet, um einen Krieg zu führen, den die Menschen aus eigener Kraft nicht gewinnen konnten. Sie kämpften und siegten, doch als sie in die Vereinigten Staaten zurückkehrten und sahen, dass sie heimatlos und verloren waren, wandten sie sich gegen ihre Schöpfer und zogen abermals in den Krieg. Dies war der Partialkrieg, der das Ende der Welt heraufbeschwor.

Allerdings war der Krieg, in dem die Welt unterging,

nicht der letzte Krieg, den es auf der Erde geben sollte. Zwölf Jahre später standen Partials und Menschen kurz vor der Ausrottung, und beide Gruppen waren bereit, die jeweils andere zu vernichten, um selbst zu überleben.

»Wir suchen ein Mädchen namens Kira Walker. Sie ist sechzehn Jahre alt, einen Meter achtundsiebzig groß und wiegt etwa sechzig Kilogramm. Sie ist indianischer Abstammung und hat helle Haut und pechschwarzes Haar. Möglicherweise hat sie es abgeschnitten oder gefärbt, um ihre Identität zu verschleiern.«

Nur wenige Bewohner der Insel kannten Kira Walker persönlich, doch jeder wusste, wer sie war: eine Sanitäterin, die im Krankenhaus ausgebildet worden war und nach einem Mittel gegen die RM-Seuche gesucht hatte. Dabei hatte sie dem Wunderkind Arwen Sato das Leben gerettet. Die Kleine war seit zwölf Jahren das erste menschliche Kind, das mehr als drei Tage überlebt hatte. Kira war berüchtigt, weil sie während der Suche nach dem Heilmittel zwei willkürliche Angriffe auf die Partialarmee durchgeführt und dadurch vermutlich das Ungeheuer geweckt hatte, das nach dem Partialkrieg in Schlaf gefallen war. Sie hatte die Welt sowohl gerettet als auch zum Untergang verdammt. Bei der ersten Ausstrahlung der Botschaft hatten die Menschen noch nicht gewusst, ob sie Kira Walker lieben oder hassen sollten. Mit jedem neuen Einwohner, der starb, sollte sich das Bild verändern.

»Bringen Sie uns dieses Mädchen, und die Besetzung ist sofort beendet. Wenn Sie das Mädchen weiterhin verstecken, richten wir jeden Tag einen von Ihnen hin. Diese Botschaft wird nacheinander auf allen Frequenzen ausgestrahlt und wiederholt, bis Sie unsere Anweisungen befolgen. Danke.«

Am ersten Tag hatten die Partials einen alten Mann getötet, der in den Zeiten, als es noch Schulkinder gegeben hatte, Lehrer gewesen war. John Dianatkah hatte fünf Bienenstöcke betrieben, um für die Schüler Honigbonbons herzustellen. Die Soldaten hatten ihn mitten in East Meadow, der größten Siedlung auf Long Island, durch einen Schuss in den Hinterkopf getötet. Zum Zeichen dafür, dass sie es ernst meinten, hatten sie ihn danach auf der Straße liegen gelassen. Niemand hatte Kira verraten, weil die Menschen damals noch stolz und unbeugsam gewesen waren. Die Partials sollten mit den Säbeln rasseln, so viel sie wollten, die Menschen gaben nicht klein bei. Doch die Botschaft spielte unablässig ab, und am nächsten Tag töteten die Besatzer ein gerade siebzehn Jahre altes Mädchen, am Tag darauf eine alte Dame und danach einen Mann in mittleren Jahren.

»Bitte zwingen Sie uns nicht, dies länger als nötig zu tun.«

Eine Woche verging, sieben Menschen starben. Zwei Wochen, und vierzehn Einwohner waren umgebracht worden. In der Zwischenzeit führten die Partials keine Angriffe auf die Menschen mehr durch und trieben sie nicht in Arbeitslagern zusammen, sondern sperrten sie einfach in East Meadow ein und nahmen jeden fest, der fliehen wollte. Wer einen Partial angriff, wurde ausgepeitscht oder geschlagen, und wer allzu großen Ärger machte, diente am folgenden Tag als Opfer. Wenn ein Mensch spurlos verschwand, machten getuschelte Gerüchte die Runde: Vielleicht war er entkommen. Vielleicht hatte Dr. Morgan ihn in ihr blutfleckiges Labor verschleppt. Oder der Betreffende kniete am folgenden Tag vor einem Partial, während in der ganzen Stadt die Botschaft aus den Lautsprechern plärrte, und bekam eine Kugel in den Kopf. Jeden Tag gab es eine neue Hinrichtung. Jede Stunde wurde die Botschaft wiederholt, immer wieder, unerbittlich.

»Wir suchen ein Mädchen namens Kira Walker.«

Dennoch verriet sie niemand – aber schließlich nicht mehr deshalb, weil die Menschen so stolz waren, sondern weil niemand Kiras Aufenthaltsort kannte. Einige behaupteten, sie habe die Insel verlassen, andere meinten, sie verstecke sich im Wald. *Natürlich würden wir Kira ausliefern, wenn wir ihrer habhaft würden, aber sie ist nicht auffindbar, verstehen Sie das denn nicht? Können Sie das nicht begreifen? Können Sie nicht aufhören, uns zu töten? Es sind doch kaum noch Menschen am Leben. Gibt es denn keinen anderen Weg? Wir wollen Ihnen ja helfen, aber wir können es einfach nicht.*

»Sechzehn Jahre alt ... einen Meter achtundsiebzig groß ... pechschwarzes Haar.«

Nach einem Monat hatten die Menschen genauso große Angst voreinander wie vor den Partials. Die Hexenjagd vergiftete die Gemeinschaft der Flüchtlinge ... *Du siehst aus wie Kira, vielleicht akzeptieren sie dich, vielleicht reicht das.* Junge Mädchen, Frauen mit schwarzem Haar, alle, die auch nur entfernt indianisch wirkten oder den Eindruck erweckten, sie hätten etwas zu verbergen. *Woher soll ich wissen, ob du nicht Kira bist? Und wie sollen es die Partials wissen? Vielleicht stellen sie das Töten ein, und sei es nur für eine Weile. Und wie sollen wir wissen, ob du sie nicht versteckst? Ich will dich ja nicht hinhängen, aber wir sterben. Ich will dir nicht wehtun, aber sie zwingen uns dazu.*

»Wenn Sie das Mädchen weiterhin verstecken, richten wir jeden Tag einen von Ihnen hin.«

Die Partials waren von Natur aus stärker als die Menschen. Sie bewegten sich schneller, waren widerstandsfähiger und in jeder Hinsicht überlegen. Sobald sie aus den Bruttanks geholt wurden, begann die militärische Ausbildung. Die Partials kämpften wie Löwen, bis sie zwanzig wurden und das genetisch eingebaute Verfallsdatum sie umbrachte. Sie wollten Kira Walker fassen, weil Dr. Morgan den Menschen eine Information voraushatte: Kira war eine Partial. Ein Modell, das vorher nie in Erscheinung getreten war und von dessen Existenz keiner wusste. Nach Morgans Ansicht konnte Kiras DNA dazu beitragen, das Verfallsdatum aufzuheben. Doch selbst wenn die Menschen Bescheid gewusst hätten, wäre es ihnen gleichgültig gewesen. Sie wollten einfach nur überleben. Einige Widerstandskämpfer schlugen sich in der Wildnis durch, nutzten ihre Ortskenntnis und kämpften auf verlorenem Posten gegen die endgültige Auslöschung. Den fünfhunderttausend Partials standen fünfunddreißigtausend Menschen gegenüber, und zum Zahlenverhältnis von mehr als zehn zu eins kam die Tatsache hinzu, dass die Partials erheblich bessere Kämpfer waren. Wenn sie beschlossen, die Menschen zu töten, dann entkamen ihnen die Menschen auf keinen Fall.

Dann fanden die Widerstandskämpfer in einem untergegangenen Zerstörer der Kriegsmarine einen Atomsprengkopf.

»Wir wollten keine Invasion durchführen, doch die Umstände haben uns dazu gezwungen«, hieß es in der Botschaft.

Die Widerstandskämpfer sagten sich das Gleiche, als sie die Bombe ins Heimatland der Partials schmuggelten.

2

Senator Owen Tovar atmete gedehnt aus. »Woher wusste Delarosa, dass eins der versenkten Schiffe eine Atombombe an Bord hatte?« Er warf Haru Sato, dem Soldaten, der ihm die Neuigkeiten übermittelt hatte, einen Blick zu und wandte sich an Mr. Mkele, den Geheimdienstchef der Insel. »Genauer gesagt – wie kommt es, dass Sie es *nicht* wussten?«

»Die versenkte Flotte war mir bekannt«, erwiderte Mkele. »Hingegen hatte ich keine Ahnung, dass sie eine Atombombe transportierte.« Haru hatte Mkele immer als fähigen und selbstbewussten Mann betrachtet – furchtbar, wenn er und Haru unterschiedlicher Meinung waren, und äußerst zielstrebig, solange sie die gleichen Ziele verfolgten. Nun wirkte der Geheimdienstler niedergeschlagen und überfordert. Mkele derart ratlos zu sehen, war in gewisser Weise sogar noch verstörender als die Schrecken, die dieser Situation vorausgegangen waren.

»Ein Mitglied von Delarosas Widerstandsgruppe wusste davon«, erklärte Haru. »Ich kann nicht sagen, wer. Nur so viel, dass es wohl ein alter Marineoffizier war.«

»Und das hat er all die Jahre für sich behalten?«, fragte Tovar. »Wollte er irgendjemanden damit überraschen?«

Senator Hobb trommelte mit den Fingern auf den Tisch. »Wahrscheinlich hegte er die begründete Befürchtung, man könne die Bombe bergen und einsetzen, falls er jemandem davon erzählte. Offenbar wird nun genau das passieren.«

»Delarosa behauptet, die Partials überrennen uns«, meinte Haru. Die vier Männer saßen tief unter dem ehemaligen

JFK Airport in einem Tunnel. Die Anlage war zerstört und zerbombt, doch dank der weiten freien Flächen konnten anrückende Partials früh entdeckt werden. Dies war der letzte Rückzugsort des verzweifelten Senats. »Nicht nur jetzt – sie würden bis in alle Ewigkeit damit fortfahren. Sie denkt, die Menschen könnten ihre Welt nie wieder aufbauen, solange sich die Partials dort draußen herumtreiben. Damit hat sie recht, so schrecklich es auch ist. Das heißt aber noch längst nicht, dass alles besser wird, wenn wir eine Atombombe zünden. Ich hätte sie nur zu gern aufgehalten, doch sie verfügt über ein ganzes Heer an Guerillakämpfern, und die meisten Soldaten meiner Einheit haben sich ihr angeschlossen.« Er schüttelte den Kopf. Haru war mit seinen gerade dreiundzwanzig Jahren der jüngste der vier Männer. Schon lange hatte er sich nicht mehr so klein und hilflos gefühlt – genau genommen seit dem Zusammenbruch nicht mehr. Der Untergang und das Chaos waren schon schlimm genug, aber die Tatsache, dass er das alles bereits kannte, machte ihm noch viel mehr zu schaffen. Vor zwölf Jahren war die Welt schon einmal untergegangen, und nun wiederholte sich die Geschichte. Damals war er noch ein Kind gewesen, und plötzlich fühlte er sich abermals wie ein Kind: verloren, verwirrt und von dem verzweifelten Wunsch beseelt, irgendjemand möge einschreiten und alles zum Besseren wenden. Dieses Gefühl mochte er überhaupt nicht, und er verachtete sich sogar selbst, weil es überhaupt in ihm aufgekommen war. Immerhin war er selbst Vater – der erste Vater seit zwölf Jahren, der ein lebendes, gesundes, atmendes Kind hatte. Die Kleine und ihre Mutter saßen zusammen mit ihm in der Patsche. Um ihretwillen musste er sich zusammenreißen.

»Mir gefiel Delarosa besser, als sie noch im Gefängnis saß«, erklärte Hobb. »Das haben wir davon, dass wir einer Terroristin vertraut haben.« Er warf Tovar einen raschen Blick zu. »Anwesende natürlich ausgenommen.«

»Nein, Sie haben ganz recht«, erwiderte Tovar. »Wir haben viel zu oft Fanatikern vertraut, und das ist für uns selten gut ausgegangen. Ich war ein ziemlich gerissener Terrorist – jedenfalls klug genug, um mich als Freiheitskämpfer zu verkaufen und eine führende Position zu übernehmen. Aber ich bin ein schrecklicher Senator. Wir mögen es, wenn sich die Menschen erheben und kämpfen, ganz besonders, wenn wir mit ihnen übereinstimmen, aber es ist der nächste Schritt, auf den es wirklich ankommt. Was geschieht, wenn die Kämpfe vorüber sind?« Er lächelte traurig. »Ich habe Sie alle enttäuscht.«

»Die Invasion der Partials war nicht Ihre Schuld«, widersprach Mkele.

»Die letzten Reste der Menschheit werden sich freuen, das zu hören«, erwiderte Tovar. »Es sei denn, die Invasion der Partials erweist sich als wundervolles Geschenk. In diesem Fall würde ich alle Belobigungen für mich beanspruchen.«

»Aber nur, wenn Hobb Ihnen nicht zuvorkommt«, warf Haru ein.

Senator Hobb stotterte etwas Unzusammenhängendes, um sich zu verteidigen, und Mkele warf Haru einen missbilligenden Blick zu. »Wir haben Wichtigeres zu tun, als Sticheleien auszutauschen.«

»Selbst wenn sie wahr sind«, sagte Tovar. Daraufhin starrten Mkele und Hobb ihn an, doch Tovar zuckte nur mit den Achseln. »Was denn? Bin ich etwa als Einziger bereit, persönliches Versagen einzugestehen?«

»Auf unserer Insel läuft eine abgeurteilte Kriegsverbrecherin mit einer Atombombe herum«, erklärte Hobb. »Ganz zu schweigen von der Armee von Supersoldaten, die uns abschlachten wie Vieh. Könnten wir uns vielleicht darauf statt auf persönliche Angriffe konzentrieren?«

»Sie wird die Bombe nicht auf der Insel einsetzen«, gab Haru zu bedenken. »Nicht einmal Delarosa ist derart blutrünstig. Sie will nicht um jeden Preis Partials töten, sondern vor allem die Menschen retten. Natürlich bringt sie Partials um, aber nicht auf Kosten der wenigen Menschen, die noch übrig sind.«

»Das ist ein guter Einwand«, räumte Mkele ein. »Aber eine Atombombe ist eine sehr ungenaue Waffe. Woher wissen wir, dass sie klug damit umgeht? Im günstigsten Fall schafft sie die Bombe aufs Festland und zündet sie irgendwo nördlich der Partials, damit sie der strahlende Fallout tötet. Wahrscheinlicher ist aber, dass sie die Basis der Partials in die Luft jagt, worauf der Fallout anschließend uns umbringt.«

»Das könnte der einzige Plan sein, der überhaupt gelingen kann«, überlegte Hobb. »Soweit wir wissen, sterben die Partials nicht einmal an Strahlenvergiftung.«

»Wie weit ist White Plains entfernt?«, fragte Tovar. »Hat jemand eine Landkarte?«

»Aber klar.« Mkele legte die Aktentasche auf den Tisch, und die Schlösser öffneten sich mit leisem Klicken. »Die Reise von hier nach White Plains dauert eine gewisse Zeit, weil der Long Island Sound umgangen werden muss.« Er entfaltete eine Karte und breitete sie auf dem Tisch aus. »Selbst wenn Delarosa den Sund mit dem Boot überquert, braucht sie eine ganze Weile, um das Ziel zu erreichen. Wobei sie allerdings höchstwahrscheinlich erwischt wird. Sofern sie sehr vorsichtig ist und heimlich vorgeht, dauert die Reise vielleicht sogar mehrere Monate. Betrachtet man lediglich die Luftlinie, scheint es nicht sonderlich weit zu sein. Von White Plains bis East Meadow sind es …« Er betrachtete die Karte und maß die Entfernung mit einem abgegriffenen Plastiklineal. »Ungefähr sechzig Kilometer.« Er hob den Kopf. »Wissen wir, welche Atomwaffe sie besitzt? Wie stark ist die Ladung?«

»Sie sagte, die Bombe stamme aus einem Schiff namens *The Sullivans*«, berichtete Haru. »Ich weiß nicht, warum der Name die Pluralform hat.«

»Das war ein Zerstörer«, ergänzte Tovar. »Arleigh-Burke-Klasse. Das Schiff war schon vor zwölf Jahren recht alt, aber sehr zuverlässig. Die Navy setzte diesen Typ lange ein. Die *The Sullivans* ist nach fünf Brüdern benannt, die im Zweiten Weltkrieg gemeinsam in einer Schlacht gefallen sind.«

»Ich dachte, Sie wussten nichts von der Atombombe«, meinte Hobb.

»Das trifft auch zu«, erwiderte Tovar. »Aber Sie reden hier mit einem ehemaligen Marinesoldaten. Das Schiff, dessen Beschreibung ich nicht kenne, muss erst noch gebaut werden.«

»Dann klären Sie uns doch mal über die Daten dieses Schiffs auf!«, drängte ihn Mkele. »Trägt ein Zerstörer dieser Bauart Atomraketen, oder hatte er eine Bombe geladen, die von einem Selbstmordkommando direkt an Bord gezündet werden sollte?«

»Die Zerstörer der Arleigh-Burke-Klasse sind mit Tomahawks ausgerüstet«, erklärte Tovar. »Das sind Marschflugkörper mit Zweihundert- bis Dreihundertkilotonnenbomben. Die Waffen sind für Langstreckenangriffe gedacht, aber die Partials hatten eine starke Raketenabwehr und konnten sie abschießen, bevor sie einschlugen. Ich vermute, diese Bombe ist unmittelbar vor der Küste von Long Island gelandet, weil man sie dicht heranbringen und direkt am feindlichen Stützpunkt zünden wollte. Damit hätten sie die Flotte, den größten Teil von New York sowie New Jersey und Connecticut geopfert, aber die Partials wären auf jeden Fall vernichtet worden.«

Haru schnitt eine Grimasse und staunte wieder einmal darüber, wie verzweifelt die damalige Regierung gewesen war, um so etwas in Erwägung zu ziehen. Allerdings sah ihre eigene Situation derzeit auch nicht viel besser aus. Kurz vor dem Weltuntergang und wenn bereits klar war, wohin die Reise ging, war eine Atomexplosion ein kleiner Preis. Zwar kämen alle Menschen in Reichweite um, und die ganze Gegend bliebe für Jahrzehnte unbewohnbar, aber auch die Partials wären verschwunden. Das wäre es vielleicht sogar wert gewesen. Aber nun, da sich die letzten Vertreter der Menschheit nur sechzig Kilometer entfernt aufhielten ...

»Wie sieht der Zerstörungsradius aus?«, fragte Haru. »Ist anschließend die ganze Insel tot?«

»Nicht unbedingt«, sagte Tovar. »Aber wenn es irgendwie möglich ist, wollen wir dann nicht hier sein. Bei dieser Ladung ist der Feuerball sofort nach der Zündung etwa zwei Kilometer groß. In diesem Bereich herrschen bis zu zweihundert Millionen Grad. Im Umkreis von etwa zehn Kilometern wird die Druckwelle alles zerstören. In diesem Bereich geht alles sofort in Flammen auf, und der jäh ausbrechende Brand saugt genügend Luft an, um einen Hurrikan mit Lufttemperaturen zu erzeugen, bei denen Wasser verkocht. Alle Lebewesen in einem Umkreis von ... von zehn Kilometern sterben binnen weniger Minuten. Zehn bis fünfzehn Kilometer weiter entfernt sterben immer noch so viele Lebewesen, dass man den Unterschied kaum bemerkt. Die primären Auswirkungen würden wir hier auf der Insel nicht spüren. Der Boden bebt, und wer in die Richtung der Explosion blickt, wird erblinden, aber das dürfte auch schon das Schlimmste sein. Theoretisch jedenfalls. Dann aber geht die radioaktive Asche nieder, und wir bekommen alle Leukämie und sterben qualvoll und langsam.«

»Wie groß ist die Wolke?«, fragte Haru.

»Eine radioaktive Staubwolke breitet sich nicht so schnell aus wie eine Druckwelle«, erklärte Mkele. »Die Wolke verteilt Feststoffe, deren Niederschlag vom Wetter abhängt. In dieser Gegend weht der Wind meistens nach Nordosten, daher wird die Aschewolke größtenteils in diese Richtung ziehen, doch wir bekommen auf jeden Fall am Rand noch etwas Fallout mit – Turbulenzen am Rand der Strömung und Mitbringsel der Winde, die beim Brand entstehen.«

»Alles, was weniger als zweihundertfünfzig Kilometer in Windrichtung entfernt ist, stirbt binnen zwei Wochen«, ergänzte Tovar. »Wir müssen einfach hoffen, dass sich der Wind nicht dreht.«

»Aber die Partials werden dabei auf jeden Fall umkommen«, meinte Hobb.

»Ja, auf dem Festland wird es keine Überlebenden geben«, bestätigte Mkele. »Da wir der Explosion sehr nahe sind, werden wir allerdings – selbst unter idealen Bedingungen – viele Menschen verlieren.«

»Richtig, aber die Partials sind dann vernichtet«, wiederholte Hobb. »Delarosas Plan wird funktionieren.«

»Ich glaube, Sie begreifen nicht, welche Auswirkungen ...«, setzte Haru an, doch Hobb fiel ihm ins Wort.

»Sie begreifen es anscheinend auch nicht«, fauchte Hobb. »Welche Möglichkeiten stehen uns denn überhaupt noch offen, wenn wir es nüchtern betrachten? Glauben Sie, wir können Delarosa aufhalten? Seit Wochen sucht die ganze Partialarmee vergeblich nach der Frau. Wir können nicht einmal diesen Stützpunkt verlassen, ohne beschossen zu werden. Deshalb bin ich ziemlich sicher, dass auch wir sie nicht finden werden. Möglicherweise könnten wir ihre Truppen entdecken, weil wir wissen, wie wir es anstellen müssen. Aber das Team, das den Sprengkopf befördert, kann vermutlich sowieso nicht mehr zurückgerufen werden. Die Bombe wird explodieren, ob es uns gefällt oder nicht, und darauf müssen wir uns vorbereiten.«

»Die Partials werden sie schnappen«, widersprach Mkele. »Einen Atomsprengkopf kann man nicht so leicht transportieren. Sie dürfte Schwierigkeiten haben, sich damit zu verstecken.«

»Und wenn sie erwischt wird, jagt sie ihn womöglich auf der Stelle in die Luft«, wandte Hobb ein. »Solange sie mehr als dreißig Kilometer von East Meadow entfernt ist, kann unseren Einwohnern nichts passieren, und der Wind weht den Fallout immer noch nach Norden in Richtung White Plains.«

»Sofern sie überhaupt dreißig Kilometer weit kommt«, gab Haru zu bedenken.

Tovar zog die Augenbrauen hoch. »Sind wir bereit, für eine Reihe von Ungewissheiten das Überleben der Menschheit aufs Spiel zu setzen?«

»Was riskieren wir schon?«, meinte Hobb. »Wir schicken jemanden los, der sie aufhalten soll, und die anderen verlassen die Insel. Erst wenn wir die Hände in den Schoß legen, wird es gefährlich.«

»Hobb hat mit seiner Aussage nicht übertrieben, dass es schwierig ist, sich dort draußen zu bewegen«, meinte Mkele. »Haru kann es, weil er dazu ausgebildet ist und die Insel kennt. Aber wie wollen Sie eine Massenevakuierung durchführen, ohne Aufmerksamkeit zu erregen?«

»Wir nehmen es nach der Explosion in Angriff«, schlug Hobb vor. »Wir informieren die Menschen und bereiten sie darauf vor. Sobald die Bombe explodiert ist und die Besatzungstruppen abgelenkt sind, erheben wir uns, töten möglichst viele Partials und fliehen nach Süden.«

»Ihr Plan besteht also darin, eine überlegene Armee auszuschalten und dann vor dem Wind davonzulaufen«, fasste Tovar zusammen. »Es freut mich, dass es so einfach ist.«

»Wir müssen vorher evakuieren«, sagte Haru. »Am besten sofort, um nach Möglichkeit auch der Peripherie des Fallout zu entgehen.«

»Wir haben schon geklärt, dass dies nicht möglich ist«, widersprach Hobb. »So viele Menschen können wir nicht transportieren, ohne die Aufmerksamkeit der Partials zu erregen, die uns natürlich sofort daran hindern würden.« Er wandte sich an die anderen. »Könnte mir mal jemand erklären, warum der Junge überhaupt hier ist?«

»Er hat sich als wertvoll erwiesen«, sagte Mkele. »Wir müssen jede nur mögliche Hilfe in Anspruch nehmen.«

»Aus diesem Grund sind übrigens auch Sie selbst hier«, warf Tovar ein.

»Meine Frau und mein Kind leben in East Meadow«, drängte Haru. »Sie wissen, wer die beiden sind – jeder lebende Mensch kennt die Namen. Daher wissen Sie auch, dass wir keine Zeit verschwenden dürfen. Arwen ist das einzige Kind auf der Welt, und sie wird früher oder später Aufmerksamkeit erregen. Soweit wir informiert sind, befinden sich beide bereits im Gewahrsam der Partials und könnten jederzeit seziert und untersucht werden.«

»Das Kind dürfen wir keinesfalls verlieren.« Haru sah, dass der Mann große Angst hatte. »Arwen repräsentiert unsere Zukunft. Wenn sie bei der Explosion oder beim anschließenden Fallout stirbt ...«

»Deshalb müssen wir sofort mit der Evakuierung beginnen«, fiel Haru ihm ins Wort. »Noch bevor Delarosa die Bombe zündet. Es muss doch einen Weg geben.«

»Hobb wollte die Explosion als Ablenkung nutzen«, sagte Mkele. »Vielleicht können wir für eine andere Ablenkung sorgen.«

»Wären wir zu einer Ablenkung fähig, um die Partials zu überwinden, dann hätten wir sie längst vorgenommen«, widersprach Hobb. »Die Atombombe ist die einzig wirksame Waffe, die wir haben.«

Mkele schüttelte den Kopf. »Wir müssen sie ja nicht besiegen, sondern nur ihre Aufmerksamkeit ablenken. Delarosas Guerillakämpfer tun das mehr oder weniger jetzt schon. Wenn wir nun alle losziehen ...«

»Dann sterben wir«, wandte Tovar ein. »Wie Hobb schon sagte – gäbe es eine Möglichkeit, die uns selbst nicht gefährden würde, hätten wir sie längst ergriffen.«

»Dann gefährden wir uns eben«, sagte Mkele.

Die anderen Männer schwiegen.

»Die Situation ist sowieso schon bedrohlich und lebensgefährlich«, fuhr Mkele fort. »Wir reden über eine Atombombenexplosion in sechzig Kilometern Entfernung von der letzten Gruppe menschlicher Bewohner auf dem Planeten. Selbst im günstigsten Fall, wenn wir nämlich davon ausgehen, dass Delarosa gefunden und rechtzeitig von ihrem Vorhaben abgebracht wird, sind wir einer Besatzungstruppe nicht menschlicher Wesen ausgeliefert, die uns wie Tiere einpferchen. Bei einem offenen Angriff auf die Partials stirbt jeder Soldat, den wir noch haben, darüber dürfen wir uns keine Illusionen machen. Wenn es aber eine Fluchtmöglichkeit für die restlichen Menschen gibt, dann sollten wir zumindest überlegen, ob es die Sache nicht wert ist.«

Haru dachte an seine Familie: an seine Frau Madison und seine kleine Tochter. Die Vorstellung, Arwen ohne Vater aufwachsen zu lassen, war schrecklich, doch Mkele hatte recht. Wenn die Alternative die völlige Ausrottung war, dann wurden viele Schrecken auf einmal tragbar. »Wir sterben sowieso«, sagte er. »Auf diese Weise könnten wir mit unserem Tod wenigstens noch etwas bewegen.«

»Melden Sie sich nicht zu früh als Freiwilliger!«, gab Tovar zu bedenken. »Der Plan muss zwei Teile haben: Eine Gruppe sorgt für die Ablenkung, die andere führt die Einwohner so weit nach Süden, wie es überhaupt menschenmöglich ist, und das meine ich nicht ironisch.«

»Also laufen wir weg.« Mkeles Stimme klang belegt. »Wir entfernen uns von der einzigen Quelle des Heilmittels. Haben Sie das alle schon vergessen?«

Wieder herrschte Schweigen im Raum. Haru war wie betäubt. Gleichgültig, wie weit sie wegliefen, sie litten immer noch an der RM-Seuche. Arwen hatte allein deshalb überlebt, weil Kira im Pheromonsystem der Partials ein Heilmittel gefunden hatte, das die Menschen bisher allerdings nicht im Labor hatten replizieren können. Sie mussten in einer anderen medizinischen Einrichtung noch einmal von vorn beginnen. Es konnte Jahre dauern, überhaupt ein passendes Labor zu finden und in Betrieb zu nehmen. Es gab keinerlei Garantie, dass ihre Forschungen jemals von Erfolg gekrönt wären. Wenn die Partials starben, ging das Heilmittel höchstwahrscheinlich zusammen mit ihnen unter.

Haru sah den Männern an, dass sie über das gleiche unlösbare Problem nachdachten. Mit trockener Kehle und schwacher Stimme brach er das Schweigen. »Der günstigste Fall verwandelt sich nach und nach in den schlimmsten.«

»Die Partials sind unser größter Feind, aber sie sind auch die einzige Hoffnung für unsere Zukunft«, sagte Mkele. Er legte die Fingerspitzen zusammen und presste die Hände an die Stirn, bevor er fortfuhr. »Vielleicht sollten wir einige von ihnen mitnehmen.«

»Sie sagen das, als wäre das kinderleicht«, meinte Haru.

»Was wollen Sie denn tun? Partials in Käfige einsperren und ihnen die Pheromone entziehen, sobald Sie sie brauchen? Finden Sie das nicht verwerflich?«

»Es ist meine Aufgabe, die Menschen zu beschützen«, erwiderte Mkele. »Wenn es auf die Frage hinausläuft, ob wir überleben oder sterben, ja, dann bin ich bereit, die Partials in Käfigen zu halten.«

Tovar machte eine grimmige Miene. »Ich vergesse immer wieder, dass Sie unter Delarosa den gleichen Job hatten.«

»Delarosa hat versucht, die Menschheit zu retten«, antwortete Mkele. »Als einziges Verbrechen ist ihr vorzuwerfen, dass sie dabei zu weit gehen wollte. Wir haben beschlossen, ihr auf diesem Weg nicht zu folgen, aber nun betrachten Sie unsere Lage! Wir verstecken uns im Keller, lassen Delarosa unsere Kämpfe ausfechten und spielen ernsthaft mit dem Gedanken, sie eine Atombombe zünden zu lassen. Wir sind längst über den Punkt hinaus, an dem wir moralisch urteilen und entscheiden können. Entweder retten wir die Menschheit, oder wir lassen es sein.«

»Ja«, entgegnete Tovar, »aber danach sollten wir es immer noch wert sein, gerettet zu werden.«

»Entweder wir retten die Menschheit, oder wir lassen es

sein«, wiederholte Mkele mit größerem Nachdruck. Nacheinander, bei Hobb beginnend, musterte er die anderen Männer. Der amoralische Senator nickte beinahe sofort. Dann wandte Mkele sich an Haru, der kurz zurückstarrte und schließlich ebenfalls nickte. *Wenn die Alternative die Ausrottung ist, dann sind auf einmal viele Schrecken tragbar.*

»Die Sache gefällt mir nicht, ist aber immer noch besser, als wenn alle sterben«, sagte Haru. »Für einen anderen Versuch haben wir keine Zeit mehr.«

Mkele wandte sich an Tovar, der ergeben beide Hände hob. »Wissen Sie, wie lange ich gegen eine solche Art von faschistischer Politik gekämpft habe?«

»Ich weiß es«, antwortete Mkele ruhig.

»Ich habe einen Bürgerkrieg begonnen«, fuhr Tovar fort. »Ich habe mein eigenes Volk bombardiert, weil ich die Freiheit für wichtiger hielt als das Überleben. Es nutzt aber nichts, wenn wir uns retten und dabei die Menschlichkeit verlieren.«

»Wenn wir überleben, können wir uns verändern«, sagte Mkele. »Sogar eine Nation, die auf Sklaverei aufbaut, kann sich verändern, sofern wir nicht alle sterben.«

»Das ist falsch«, beharrte Tovar.

»Ich habe nie behauptet, es sei richtig«, räumte Mkele ein. »Jede Entscheidung, die wir treffen könnten, ist falsch. Dies ist das kleinste von neunundneunzig anderen Übeln.«

»Ich sorge für die Ablenkung«, sagte Tovar. »Ich gebe mein Leben, damit ihr anderen fliehen könnt, und ich will mich so teuer wie möglich verkaufen. Teufel auch, ich bin als Senator sowieso nicht so gut wie als Terrorist!« Er starrte alle herausfordernd an. »Aber geben Sie den Glauben an das Gute nicht völlig auf! Irgendwo dort draußen gibt es einen Weg, das alles zu überstehen.« Er öffnete den Mund, um noch etwas hinzuzufügen, schüttelte schließlich aber nur den Kopf und wandte sich zum Gehen. »Ich hoffe nur, wir finden diesen Weg auch rechtzeitig.«

Tovars Hand war nur noch Zentimeter vom Türknauf entfernt, als die Tür plötzlich in den Scharnieren erbebte, weil von draußen jemand kräftig anklopfte.

»Senator!« Es war eine junge Stimme, die nach Harus Vermutung einem Soldaten gehörte. Tovar sah sich neugierig nach den anderen um, bevor er öffnete.

»Senator Tovar«, sagte der Soldat so aufgeregt, dass sich seine Stimme schier überschlug. »Die Botschaft hat aufgehört.«

Tovar runzelte die Stirn. »Die Botschaft hat ... aufgehört?«

»Die Sendung der Partials«, erklärte der Soldat. »Sie haben die Sendung eingestellt. Alle Kanäle sind frei.«

Mkele stand auf. »Sind Sie sicher?«

»Wir haben alle Frequenzen überprüft«, bekräftigte der Soldat.

»Sie haben sie gefunden.« Die Mischung aus Erleichterung und Entsetzen lähmte Haru. Er kannte Kira seit Jahren, und ihm wurde übel bei der Vorstellung, dass sie sich in den Händen der Partials befand. Kira hätte allerdings sofort dagegengehalten, dass ein einziges Mädchen ein guter Preis für die vielen Menschen sei, die die Partials auf der Suche nach ihr töten würden. Er hatte sie gehasst, weil sie sich nicht freiwillig gestellt hatte, und sich schließlich eingeredet, sie sei entweder tot oder von der Insel geflohen. Sonst hätte sie sich seiner Meinung nach doch längst gemeldet. Niemand konnte stumm zusehen, wie Menschen hingerichtet wurden. *Wenn sie tatsächlich gefasst wurde, muss ich annehmen, dass sie die ganze Zeit in der Nähe war ...* Der Gedanke machte ihn wütend.

»Wir haben keine Gewissheit, dass sie das Mädchen gefunden haben«, sagte Mkele. »Möglicherweise sind nur die Sender vorübergehend ausgefallen.«

»Oder sie haben es einfach aufgegeben«, meinte Hobb.

»Überwachen Sie weiter die Frequenzen!«, wies Tovar den Soldaten an. »Geben Sie mir sofort Bescheid, wenn Sie etwas herausfinden! Ich komme so bald wie möglich zu Ihnen.« Der Soldat nickte und rannte los. Tovar schloss die Tür und sperrte ab, damit ihre Unterhaltung geheim blieb. Bisher wusste niemand sonst von der Atombombe, und nach Harus Meinung war das sinnvoll und sollte so bleiben. »Inwieweit beeinflusst dies unsere Pläne?«, fragte Tovar und betrachtete die anwesenden Männer. »Hat es überhaupt einen Einfluss? Die Atombombe ist noch immer unterwegs, und Delarosa will ihren Plan zweifellos weiter ausführen. Auch ohne tägliche Hinrichtungen ist es nur eine Frage der Zeit, und dies ist nach wie vor der schwerste Schlag, den wir ihnen versetzen können.«

»Wenn sich die Partials zurückziehen, ist die Atombombe sogar eine noch attraktivere Möglichkeit«, sagte Mkele. »Denn dann erwischen wir bei der Explosion eine größere Anzahl von ihnen.«

»Und außerdem Kira«, warf Haru ein und wusste nicht recht, wie er sich damit fühlen sollte.

Tovar lächelte traurig. »Vor zwanzig Minuten haben wir um eine Rechtfertigung für den Angriff gerungen, und nun ertragen wir es nicht, den Plan aufzugeben.«

»Delarosa wird ihren Plan umsetzen, und wir sollten mit dem unseren fortfahren«, bekräftigte Hobb.

»Ich glaube, dann ist es Zeit, den überwältigend starken Feind nachhaltig zu ärgern.« Tovar salutierte ungelenk. Wie durch Zauberhand kam der ehemalige Marinesoldat in dem erfahrenen alten Mann zum Vorschein. »Es war mir ein Vergnügen, gemeinsam mit Ihnen zu dienen.«

Mkele erwiderte den militärischen Gruß und wandte sich an Hobb und Haru. »Sie leiten die Evakuierung.«

»Damit meint er mich«, sagte Hobb.

»Er meint uns beide«, entgegnete Haru. »Nur weil Sie Senator sind, haben Sie nicht das Kommando.«

»Ich bin doppelt so alt wie Sie.«

»Wenn Ihnen kein besserer Grund einfällt, sollten Sie

eindeutig nicht das Kommando haben.« Haru stand auf. »Können Sie schießen?«

»Ich habe seit der Gründung von East Meadow mit dem Gewehr trainiert«, erklärte Hobb beleidigt.

»Dann packen Sie Ihre Sachen!«, verlangte Haru. »Wir brechen in einer Stunde auf.« Gedankenverloren verließ er den Raum. Vielleicht hatten die Partials tatsächlich Kira gefunden – aber wo? Und warum nach so langer Zeit?

Und was würden sie als Nächstes tun, nachdem sie Kira gefasst hatten?

3

Kira starrte den spinnenähnlichen Operationsroboter an, der unter der Decke hing. Zwölf dünne Arme mit vielen Gelenken fuhren in die vorgeschriebenen Positionen. Jeder Arm war mit einem anderen chirurgischen Instrument ausgerüstet: mit einem halben Dutzend Skalpellen und Klammern in verschiedenen Größen, Spritzen mit auswechselbaren Kolben, die bunte Flüssigkeiten enthielten, mit Wundspreizern, Kanülen und anderen Geräten, deren Zweck Kira nur ahnen konnte. Bereits mit zehn – also vor beinahe acht Jahren – hatte ihre medizinische Ausbildung begonnen, doch hier entdeckte sie Gegenstände, die sie sich in ihren kühnsten Träumen nicht vorgestellt hatte.

Dafür spielten sie nun in ihren Albträumen eine Rolle. Alles entsprach haargenau der Einrichtung in Greenwich, Connecticut, wo Dr. Morgan sie schon einmal gefangen gehalten und gefoltert hatte, bevor Marcus und Samm sie befreit hatten. Jetzt hatte sie sich von beiden losgesagt und war aus freien Stücken zurückgekehrt.

Die Spinne rotierte lautlos und griff mit schlanken Metalltentakeln nach ihr. Kira unterdrückte einen Schrei und versuchte, einen klaren Gedanken zu fassen.

»Örtliche Betäubung für die Punkte vier, sechs und sieben.« Morgan tippte mehrmals auf den riesigen Wandbildschirm, der Kiras Körper als Diagramm zeigte. »Ausführen.« Augenblicklich und ganz unzeremoniell senkte sich die Spinne ab und stach Kira Nadeln in die Hüfte und in den Bauch. Wieder einmal unterdrückte Kira einen Schrei, knirschte mit den Zähnen und beschränkte sich auf ein leises Grunzen.

»Sie sind wirklich der Inbegriff der Höflichkeit am Krankenbett«, stichelte Dr. Vale, der an einer anderen Wand stand. »Es wärmt mir das Herz, McKenna. Sie sind eine richtige Glucke.«

»Ich habe einen Krieg begonnen, um das Mädchen zu finden«, entgegnete Morgan. »Soll ich sie jedes Mal um Erlaubnis bitten, wenn ich sie berühre?«

»Ein freundlicher Hinweis wie etwa ›Das tut jetzt vielleicht etwas weh‹ wäre nicht schlecht«, meinte Vale. »Vielleicht auch die Frage ›Sind Sie bereit, Kira?‹, bevor wir mit der Operation beginnen.«

»Würde meine Antwort irgendetwas ändern?«, warf Kira ein.

Morgan sah sie an. »Sie haben sich freiwillig entschieden herzukommen.«

Vale schnaubte. »Auch das ist eine Bemerkung, die im Grunde nichts ändert.«

»Es hat sich sogar eine Menge verändert.« Morgan betrachtete den Wandbildschirm und zeichnete die Einschnitte vor. »Ich bin beeindruckt.«

»Nun gut«, entgegnete Vale. »Dann behandeln Sie das Mädchen eben wie ein dummes Versuchskaninchen.«

»Beim letzten Mal war ich ein dummes Versuchskaninchen«, warf Kira ein. »Glauben Sie mir, dieses Mal ist es viel besser.«

»Das ist nun wieder eine Antwort, die alles nur noch schlimmer macht.« Vale schüttelte den Kopf. »Sie waren schon immer gefühllos, McKenna, aber dies hier ist eine quälende, menschenunwürdige ...«

»Ich bin kein Mensch.« Kira erschrak, weil Morgan im gleichen Moment fast das Gleiche gesagt hatte: »Sie ist kein Mensch ...« Die Frauen wechselten einen Blick, dann konzentrierte Morgan sich wieder auf den Wandbildschirm.

»Im Interesse der ...« Morgan hielt inne, als suchte sie erst nach den richtigen Worten. »Im Interesse einer gedeihlichen Arbeitsbeziehung werde ich mich mitteilsamer verhalten.« Sie tippte auf einige Symbole auf dem Wandbildschirm, der sich daraufhin in drei Abschnitte aufteilte – auf einer Seite Kiras Körper, in der Mitte und auf der anderen Seite Daten. Eine Gruppe war mit *Verfallsdatum*, die andere mit *Kira Walker* überschrieben. »Doktor Vale und ich haben dem Trust angehört. Das war die Gruppe von Wissenschaftlern, die bei ParaGen die Partials und die RM-Seuche erschaffen haben. Natürlich sollte die Seuche die Menschheit nicht ausrotten, aber der Schaden ist angerichtet. Sobald mir bewusst wurde, dass die Menschen nicht mehr zu retten waren, richtete ich meine Aufmerksamkeit auf die Partials. In den letzten zwölf Jahren habe ich ihnen beim Aufbau einer neuen Zivilisation geholfen und nach Wegen gesucht, ihre Sterilität und andere Einschränkungen zu beheben, die in ihrer DNA angelegt sind. Sie können sich meine Überraschung kaum vorstellen, als sie genau zwanzig Jahre nach ihrer Erschaffung aus unersichtlichem Grund zu sterben begannen.«

Vale schaltete sich wieder ein. »Das Verfallsdatum ...«

»Das Verfallsdatum war ein sicheres Anzeichen dafür, dass der Trust eine verbrecherische Organisation war«, unterbrach Morgan ihn. »Lebende und denkende Wesen, bei deren Erschaffung ich mitwirkte, wurden darauf programmiert, binnen Stunden zu Staub zu zerfallen, sobald sie ihr biologisches Ablaufdatum erreicht hatten. Davon wusste ich nichts und tat alles in meinen Kräften Stehende, um dies in Ordnung zu bringen. Genau deshalb sind wir heute hier.«

»Sie glauben, ich könnte ein Heilmittel finden«, ergänzte Kira.

»Ich glaube, irgendwo in Ihrem Körper verbirgt sich das Geheimnis, das mir bei der Heilung der Partials hilft«, erklärte Morgan. »Als Sie das letzte Mal in meinem Labor waren, fanden wir heraus, dass Sie eine Partial sind. Auch das war ein Geheimnis, in das mich der Trust nicht eingeweiht hatte. Schon während der ersten Untersuchungen wurde allerdings klar, dass Sie nicht unter den genetischen Einschränkungen leiden, die man den anderen Partials zugemutet hat: Sie sind nicht unfruchtbar, Sie altern, Ihr Wachstum ist so wenig gehemmt wie alle anderen menschlichen Funktionen. Wenn sich herausstellt, dass Sie auch kein Verfallsdatum haben, lässt sich vielleicht Ihr genetischer Code entschlüsseln, und die anderen Partials können gerettet werden.«

»Ich habe Ihnen doch schon gesagt, dass das unmöglich ist«, wandte Vale ein. »Ich bin derjenige, der das Verfallsdatum programmiert hat – es tut mir leid, dass ich es Ihnen damals nicht sagen konnte, aber es ist nun einmal so. Sie waren instabil, und tatsächlich vertrauten wir Ihnen nicht. Aber Sie waren nicht die Einzige. Auch mir enthielt Armin einige Puzzleteile vor.«

Armin, dachte Kira. *Mein Vater – oder der Mann, den ich für meinen Vater hielt. Er nahm mich mit nach Hause, erzog mich wie sein eigenes Kind und verriet mir nie, wer ich in Wirklichkeit war. Vielleicht hätte er es eines Tages getan. Nun weiß niemand, wo er sich aufhält.* Sie fragte sich, ob er tot war. Alle anderen Angehörigen des Trusts hatten den Zusammenbruch überlebt – Trimble und Morgan waren hier bei den Partials gewesen, Vale hatte sich mit einer Gruppe von Menschen im Reservat versteckt, Ryssdal hatte in Houston an *Umweltproblemen* gearbeitet, was auch immer das bedeuten mochte, während Nandita auf Long Island bei den Menschen gelebt hatte.

Nandita. Die Frau, die mich aufzog, und auch sie verriet mir nicht, dass ich eine Partial bin.

Doktor Morgan wollte mich umbringen, aber sie hat sich wenigstens nicht verstellt.

»Selbst wenn Sie etwas finden, wissen Sie immer noch nicht, wie Sie es in den genetischen Code der Partials integrieren können. Genveränderungen? Wir reden hier über mehrere Hunderttausend Partials. Uns bliebe nicht einmal genug Zeit, wenn wir die nötigen Einrichtungen und das Personal hätten, um eine solche Massenbehandlung durchzuführen. Wie viele Partials sind noch am Leben? Eine halbe Million?«

»Zweihunderttausend«, entgegnete Morgan. Kira keuchte, als sie die unerwartet niedrige Zahl hörte. Morgans Antwort klang ebenso aufgebracht wie erschöpft. »Sie wurden in mehreren Schüben erschaffen, daher sterben sie auch in entsprechenden Wellen. Die nächste Welle beginnt in wenigen Wochen.«

»Und es sind alles Soldaten«, überlegte Vale. »Infanteristen, Piloten und einige Einzelkämpfer. Die Anführer sind schon alle tot. Noch wichtiger ist die Tatsache, dass sämtliche Ärzte tot sind. Es bleibt an Ihnen und an mir hängen, und wir könnten nicht einmal ein Zehntel von ihnen behandeln, bevor die Zeit abläuft – selbst wenn wir schon wüssten, was zu tun ist.«

»Deshalb müssen wir unbedingt etwas unternehmen«, schaltete sich Kira ein. Sie dachte an Samm und an die Beziehung zu ihm, an den letzten, schrecklichen, leidenschaftlichen Augenblick vor der Trennung. Sie liebte ihn, und wenn ihr Opfer dazu beitrug, dass er überlebte ... »Alle Geschöpfe auf der Welt, Menschen wie Partials, sterben jetzt. Ich habe mich Ihnen gestellt, weil auf diese Weise überhaupt jemand gerettet werden kann. Also lassen Sie uns endlich weitermachen!«

Vales Miene verdüsterte sich. »Ich will Ihnen doch helfen, Kira. Werden Sie nicht frech!«

»Offenbar kennen Sie das Mädchen nicht besonders gut«, entgegnete Morgan, und es klang nicht einmal unfreundlich.

Vale starrte sie an, schnitt eine Grimasse und wandte sich ab.

Morgan betrachtete Kira. »Beim letzten Mal haben wir Ihren Fortpflanzungsapparat nur oberflächlich untersucht. Da wir Sie für menschlich hielten, schien dies nicht so wichtig zu sein. Heute werden wir mehrere Biopsien durchführen.«

Kiras Hüften und der Bauch waren bereits örtlich betäubt und gefühllos. Sie erwiderte Morgans Blick, nahm sich zusammen und nickte stumm.

»Ausführen!«, befahl Morgan, und die Spinne klappte die Messer auf.

4

»Den letzten Schlauch lösen!« Über Funk klang Herons Stimme blechern und entfernt. Samm gefiel es nicht, ohne Linkdaten mit ihr zu sprechen. Die Partials verständigten sich gewöhnlich mithilfe von Pheromonen, weil es viel effizienter war, Worte, Gefühle und taktische Informationen in einem einzigen stummen Paket zu übermitteln. Seite an Seite zu arbeiten und trotzdem über die Helmfunkgeräte zu kommunizieren, fühlte sich an, als wären sie taubstumm. Er begriff immer noch nicht, wie die Menschen damit zurechtkamen.

So schwierig der Umgang mit dem umgebauten Taucheranzug auch war, es war notwendig. Wenn einer von ihnen im Labor auch nur eine winzige Menge Luft einatmete, fiel er binnen Sekunden in Ohnmacht.

Langsam löste Samm den letzten Schlauch von der seltsamen metallenen Maske des Partials. In Dr. Vales altem Labor, verborgen in einem geheimen Tiefkeller unter dem Reservat, lagen zehn Partials im Koma. Dreizehn Jahre lang hatte Vale sie hier bewusstlos festgehalten und wie Zimmerpflanzen versorgt, um das Schläfer-Pheromon aus ihren Körpern zu ernten. Diese gentechnisch entworfene Chemikalie, die alle Partials ständig im Körper produzierten, war das einzige bekannte Heilmittel für die RM-Seuche. Die gefangenen Partials hatten die Menschen im Reservat mehr als ein Jahrzehnt lang am Leben erhalten, und im Gegensatz zu Long Island waren dort auch gesunde Kinder zur Welt gekommen. Diese zehn Partials ... *Nein, es sind nur noch neun*, berichtigte Samm sich in Gedanken. Diese neun Partials hatten dem Reservat das Leben und eine Hoffnung geschenkt, die seit dem Weltuntergang keine anderen Menschen mehr empfunden hatten. Vielleicht sogar noch länger. Sie waren die Retter, die ihre Hilfeleistung allerdings bewusstlos, unwissentlich und gegen ihren Willen erbrachten. Samm konnte nicht zulassen, dass es so weiterging. Den zehnten Partial, es war der letzte in der Reihe, der eine eigenartige Gesichtsmaske trug, hatte Dr. Vale verändert, damit er ein ganz anderes Pheromon produzierte. Es sollte dafür sorgen, dass jeder andere Partial, der sich ihm näherte, sofort ohnmächtig wurde. Er war eine Waffe.

Samm und Heron klemmten die Anschlüsse ab, wussten aber immer noch nicht, was sie mit ihm tun sollten.

»Dieser Schlauch hat das Betäubungsmittel durch das ganze Gebäude gepumpt«, erklärte Heron. »Da wir ihn jetzt abgekoppelt haben, dürfte es nur noch in seiner unmittelbaren Umgebung gefährlich sein.«

Samm beugte sich vor. »Da ist ein Namensschild. Williams.« Er drehte das Schild um und las die Ziffern auf der Rückseite. Für eine genaue Bestimmung reichte es nicht, doch er kannte die Codierung gut genug und erfasste, dass Williams der Dritten Division zugeteilt gewesen war. *Die Gruppe, die wir damals beim Aufstand zurückgelassen haben, um Denver und NORAD zu bewachen, nachdem wir die Gegend erobert hatten.* Er vermutete, dass die anderen Partials im Raum aus derselben Gruppe stammten. Wieder drehte er den Anhänger um und hoffte, doch noch etwas zu finden, das er übersehen hatte. Vergeblich. Das war nicht überraschend, denn die meisten Partials hatten nur einen Vornamen. Es war jedoch seltsam, einen Soldaten zu finden, der nur einen Nachnamen hatte. Er fragte sich, was der Mann erlebt hatte, wie er diesen Namen bekommen, was er getan, gedacht und wie er gelebt hatte. Das alles war freilich unwiederbringlich verloren. Seine eigenen Gene sorgten dafür, dass er für den Rest seines Lebens im Koma blieb.

Etwas so Grausames hatte Samm noch nie gesehen, und er hatte den Weltuntergang erlebt.

»Die Maske ist eingepflanzt«, verkündete Heron, nachdem sie vergeblich versucht hatte, Williams die Maske abzunehmen. Samm betrachtete es aus der Nähe. Sie hatte recht – eigentlich war es gar keine Maske, sondern eher ein kybernetisches Implantat, das die Nase, den Mund, das Kinn und den Hals des Mannes bedeckte oder vielleicht sogar ersetzte. An den Seiten waren Lüftungsöffnungen angebracht, die an Kiemen erinnerten, und obenauf saßen zahlreiche Rohrstücke und Ventile. *Sein ganzer Körper wurde umgebaut, damit er das Schlafmittel verteilt,* dachte Samm. Dann hielt er inne und dachte an seinen eigenen Körper. *Auch ich wurde gebaut, um einem bestimmten Zweck zu dienen. Das gilt für uns alle. Wir sind Waffen, genau wie er.*

Ich bin sogar so gebaut, dass ich mich selbst zerstöre, wenn mein Verfallsdatum erreicht ist.

In acht Monaten.

»Wir haben immer noch nicht entschieden, was wir mit ihm anfangen wollen«, sagte Samm.

»Vorerst können wir ihn hier liegen lassen«, erwiderte Heron. »Vale hat ihn jahrelang am Leben erhalten, und derzeit ist er noch mit der Lebenserhaltung verbunden. Da die anderen Schläuche entfernt wurden, können wir den Rest des Gebäudes ohne diese dummen Helme betreten. Wir sollten zunächst die anderen Partials herausholen und außer Reichweite ablegen, bis sie aufwachen.«

»Und dann?«, fragte Samm. »Wollen wir ihn ewig hier liegen lassen?«

»Bis zu seinem Verfallsdatum, ja«, meinte Heron.

»Er ist ein lebender Toter«, widersprach Samm. »Das ist grausam.«

»Ihn zu töten, wäre ebenfalls grausam.«

»Wirklich?« Samm seufzte, schüttelte den Kopf und ließ den Blick durch den Raum mit den ausgemergelten, halb toten Partials wandern. »In acht Monaten sind wir sowieso alle gestorben. Das war eine Bedingung für die letzte Bestellung. Wenn wir tot sind, ist niemand mehr da. Die Menschen leben länger, aber ohne Heilmittel für RM können sie sich nicht fortpflanzen und sterben am Ende genauso aus wie wir. Die ganze Welt hängt am seidenen Faden und ...«

»Samm«, unterbrach Heron ihn. Es klang kalt und sachlich. Samm fragte sich, ob sie es wirklich so meinte oder ob er ihr Mitgefühl nur deshalb nicht spürte, weil sie den Link nicht benutzen konnten. Bei Heron war er sich auch unter den günstigsten Umständen nie ganz sicher. »Mehr als den Willen zum Überleben besitzen wir nicht mehr. Wenn es zu Ende geht, dann geht es eben zu Ende, aber wenn wir einen weiteren Tag leben, dann besteht immerhin die Möglichkeit, dass wir einen dritten, einen vierten, einen hundertsten und einen tausendsten Tag erleben – so unwahrscheinlich es auch erscheinen mag. Vielleicht bringt uns die Welt um, vielleicht auch nicht. Doch wenn wir aufgeben, können wir uns ebenso gut auch gleich selbst töten. Aber das werden wir ganz gewiss nicht tun.«

Samm musterte sie und staunte, dass sie so um sein Wohlergehen bemüht war. Das sah ihr gar nicht ähnlich, und ohne die Hinweise des Links hatte er keine Ahnung, warum sie sich so seltsam verhielt. Anhand ihrer Miene versuchte er ihre Gedanken zu erraten, wie Kira es bei den Menschen gelernt hatte. Heron war ein Spionagemodell und die menschlichste aller Partial-Versionen. In ihrem Gesicht spiegelten sich viele Emotionen, doch auch ohne den gekrümmten Taucherhelm, der alles verzerrte, hätte Samm mangels Übung kaum etwas herauszulesen vermocht.

Am besten antwortete er ihr. »Ich habe nicht ernsthaft darüber nachgedacht«, gestand Samm. »Aber ich gebe niemals auf.« Er betrachtete Williams. »Er könnte nicht einmal dann aufgeben, wenn er es wollte. Soweit wir es beurteilen können, geht es ihm schlecht – vielleicht hat er Schmerzen, oder sein Bewusstsein ist klar genug, und er fühlt sich gefangen oder sonst ganz elend. Wir wissen es nicht. Wie du sagst, haben wir immer die Möglichkeit, etwas Neues zu entdecken. Aber was ist mit ihm? Vale behauptet, er habe die Technologie verloren, um noch einmal einen Partial wie ihn zu erschaffen, und das schließt die Technologie ein, die ihn zurückverwandeln könnte. Er wird nie wieder zu sich kommen und wirklich leben. Ich weiß nicht, ob eine solche Existenz erhaltenswert ist. Vielleicht wäre Sterbehilfe sogar eine Gnade.«

Heron sah ihn eine Weile nachdenklich an, bevor sie antwortete. »Willst du ihn wirklich töten?«

»Nein.«

»Warum reden wir dann überhaupt darüber?«

»Weil mein Wille vielleicht gar keine Rolle spielt. Möglicherweise ist die schwerste Entscheidung auch die beste.«

Heron wandte sich ab und kümmerte sich um den Partial, der neben Williams lag. Sie überprüfte seine Vitalfunktionen und löste ihn dann vorsichtig, Schlauch um Schlauch, von der lebenserhaltenden Maschinerie. Sie tötete ihn nicht, sondern befreite ihn, wie sie es mit Samm besprochen hatte. Er überprüfte unterdessen den Sauerstoffvorrat seines Taucherhelms. Das war eine sinnlose Vorsichtsmaßnahme, weil sie einen Vorrat von mehreren Stunden hatten. Dann las er ein letztes Mal Williams' Werte ab. In technischer Hinsicht lebte der Mann noch, und sein Körper war so gesund, wie man es bei einem langjährigen Komapatienten nur erwarten konnte. Dann wandte er sich zu den anderen neun Partials um und half Heron, sie von den Apparaten abzukoppeln.

Schließlich rollten sie die beiden ersten Liegen zum Aufzug und brachten sie nach oben. Draußen warteten die Menschen, die im Reservat lebten. Ganz vorn standen die beiden einzigen, denen Samm Vertrauen schenkte: Phan, der kleine, ewig fröhliche Jäger, und Calix, die geschickteste Späherin des Reservats, die im Rollstuhl sitzen musste, seit

Heron ihr ins Bein geschossen hatte. Sie beäugte Heron mit kaltem Blick, als die beiden ersten Partials nach draußen gerollt wurden, doch gleich darauf verschwand die Ablehnung, und sie war ganz bei der Sache.

»Zuerst wollte ich es gar nicht glauben«, sagte Calix, als sie die ohnmächtigen Partials betrachtete.

»Dort unten liegen noch acht weitere.« Samm nahm den Helm ab. Die Luft roch frisch, das Betäubungsmittel hatte sich restlos verflüchtigt. »Sie sind alle genauso ausgemergelt wie diese beiden hier.«

»So hat Doktor Vale also das Heilmittel gewonnen«, murmelte Phan. Er legte einem bewusstlosen Partial leicht die Hand auf den Arm. »Wir wussten es nicht. Wir hätten doch nie ...« Er suchte Samms Blick. »Es tut mir leid. Hätten wir gewusst, dass er Partials versklavt, dann hätten wir ... ich weiß auch nicht. Aber wir hätten etwas unternommen.«

»Seit dem Zusammenbruch sind bei uns mehr als tausend Kinder zur Welt gekommen«, wandte Laura ein. Die ältere Frau fungierte als Leiterin der Kolonie, seit Vale nicht mehr da war. »Willst du wirklich sagen, du hättest sie alle sterben lassen?«

Phan erbleichte, was bei seinem dunklen Gesicht eine beeindruckende Leistung war. »Das meinte ich nicht. Ich wollte doch nur ...«

»Wollen Sie sagen, die Partials sollten lieber wieder dort unten liegen?«, fragte Heron. Sie beobachtete die Frau wie eine Schlange, die gleich zuschnappen wird. Da sie noch den Helm trug, klang ihre Stimme über den Lautsprecher drohend und mechanisch. Samm schaltete sich ein, bevor die Situation außer Kontrolle geriet.

»Ich habe doch schon gesagt, dass ich einspringe«, erklärte er. »Sie brauchen das Heilmittel, und das kann ich verstehen. Sie können es von mir bekommen, und ich gebe es Ihnen freiwillig. Die Sklaven werden befreit, und alle sind zufrieden.«

»Jedenfalls bis Samm stirbt.« Herons gedankenlose Art gefiel ihm nicht, und er sandte ein scharfes »Pass auf!« aus, als ihm bewusst wurde, dass sie die Linkdaten wegen des Helms nicht empfangen konnte. So funkelte er sie nur an und vermittelte ihr auf diese Weise die Empörung, die Kira oft an den Tag legte, wenn sie auf Heron wütend war. Heron grinste nur belustigt. Er musste annehmen, dass die Grimasse misslungen war. *Wenigstens weiß sie, was ich denke, auch wenn es ihr gleichgültig ist.*

Calix drehte sich halb zu den Einwohnern um, die sich hinter ihr versammelt hatten. »Bringt die beiden ins Krankenhaus und sorgt dafür, dass die Mitarbeiter auf weitere Notfälle vorbereitet sind!« Die Gaffer zögerten, bis Calix einen scharfen Befehl ausstieß, den sogar Samm als kräftige verbale Ohrfeige verstand. »Los jetzt!«

Ein älterer Mann ergriff das Wort. »Das sind Partials, Calix.« Sein misstrauischer Blick streifte auch Samm und Heron.

»Und sie haben tausend unserer Kinder vor RM gerettet«, antwortete Calix. »Sie haben für unsere Gemeinschaft mehr getan als jeder andere von uns und schweben deshalb am Rand des Todes. Wer ein Problem damit hat, ihnen zu helfen, bekommt es mit mir zu tun.«

Der Mann starrte Calix an, ein schlankes sechzehnjähriges Mädchen im Rollstuhl. Ihre Augen bekamen einen harten Glanz.

»Glaubst du, ich kann meinen Worten keine Taten folgen lassen?«, flüsterte sie.

»Bringt sie ins Krankenhaus!« Laura übernahm die erste Liege. »Ich begleite euch. Ihr anderen geht mit ihnen dort hinunter. Wir wissen inzwischen, dass dort keine Gefahr mehr droht.«

Samm ließ Laura die Liege wegfahren und setzte behutsam den Taucherhelm wieder auf, um abermals nach unten zu gehen. Ihm war klar, dass es den Menschen nicht leichtfiel, aber immerhin taten sie es, und das beeindruckte ihn. Allerdings gab er insgeheim zu, dass Herons rascher, abfälliger Kommentar den Nagel auf den Kopf getroffen hatte. Gleichgültig, was die Leute unternahmen und wie viel sie opferten, die Partials würden sterben. Anschließend starben die Menschen, und dann war alles vorbei.

Kira war aufgebrochen, um ein Heilmittel zu finden. Würden sie und Dr. Morgan es rechtzeitig entdecken? Und wenn, würden sie es dann auch hierherbringen?

Kira ...

Würde Samm sie je wiedersehen?

5

Dr. Morgan führte Biopsien von Kiras Gebärmutter, den Eierstöcken, den Lungen, den Nebenhöhlen, dem Herzen, der Rückenmarksflüssigkeit und des Gehirngewebes durch. Sie fertigte komplexe Modelle von Kiras DNA an, veränderte sie auf molekularer Ebene mithilfe eines riesigen holografischen Displays und ließ zahlreiche Simulationen ablaufen, die einen Zentralcomputer des Krankenhauses überlasteten und zum Absturz brachten. Alle Partialtechniker, die das Gerät zu warten wussten, waren bereits verstorben. Daher arbeiteten sie mit den verbliebenen beiden Rechnern weiter und hofften, dass nichts mehr passierte.

Mehr als unsere Hoffnung besitzen wir wohl nicht mehr, dachte Kira.

Dr. Vale hingegen verbrachte seine Zeit damit, Morgans umfangreiche Aufzeichnungen zur Genetik der Partials durchzusehen und seine Arbeiten zum Verfallsdatum zu rekonstruieren, soweit es überhaupt machbar war. Wenn Kira nicht auf dem Operationstisch lag oder sich im Ruheraum erholte, saß sie, meist mit einem fahrbaren Infusionsständer ausgerüstet, bei ihm und versuchte, so viel wie möglich zu lernen.

»Dies ist ein Teil der Alterungssequenz«, erklärte Vale. Er deutete auf einen Abschnitt des DNA-Strangs, der schwach glühend auf dem Bildschirm dargestellt war. Dann hob er mit Fingergesten eine Reihe von Aminosäuren hervor, die in einer anderen Farbe glühten. »Ein normaler Partial wächst in einem gläsernen Behälter binnen zehn Monaten bis zur vollen körperlichen Reife heran. Wir nennen die Behälter Bruttanks, und sie ähneln den durchsichtigen Salatschachteln, die man im Schnellimbiss bekommt.«

Kira schüttelte den Kopf. »Ich habe keine Ahnung, was Sie damit sagen wollen.«

»Entschuldigung. Ein anderer Vergleich wäre ein ... eine kleine gläserne Aufzugkabine.«

»Beim Zusammenbruch war ich fünf Jahre alt«, wandte Kira ein. »Ich bin aufgewachsen, als die Welt schon zusammengebrochen war. Sie müssen es mir mit Vergleichen erklären, die sich nicht auf die alte Welt beziehen.«

»Nun gut.« Nachdenklich legte Vale die Fingerspitzen an die Lippen. »Also, stell dir einen durchsichtigen Zylinder vor, der etwa zwei Meter zehn lang und etwas mehr als einen halben Meter dick ist. Auf beiden Enden sitzen Metallkappen, aus denen Schläuche und Leitungen herausragen. Wir hatten einige davon im ParaGen-Gebäude im Reservat. Ich hätte sie dir zeigen sollen. Die anderen befanden sich in den Aufzucht- und Ausbildungszentren in Montana und Wyoming, die jedoch während des Partialkrieges durch Bomben schwer beschädigt wurden. Wie auch immer, die Techniker erzeugten die Zygoten im Labor und pflanzten sie in das Nährgel, das Doktor Morgan erfunden hatte. Im ausgewachsenen Zustand füllten die Partials zusammen mit der Flüssigkeit den Behälter mehr oder weniger aus. Den Lebenszyklus habe ich entworfen.« Er deutete auf das leuchtende DNA-Stück auf dem Bildschirm. »Sie brauchten erstaunlich viel Energie, um derart schnell zu wachsen. Den größten Teil bezogen sie aus Doktor Morgans Gel, aber wir mussten sie auch warm halten. Die kleinen Partials waren so entworfen, dass sie die Energie sehr effizient nutzten und praktisch nichts in Form von Wärmeenergie verloren. Dadurch wuchsen sie sehr schnell, waren aber unnatürlich kalt. Sobald der beschleunigte Alterungsprozess beendet war, fuhr der stark angeregte Stoffwechsel wieder herunter, und sie lebten relativ normal. Nach Ablauf von zwanzig Jahren setzt die Beschleunigung erneut ein. Es sieht so aus, als würden sie verwesen, in Wirklichkeit aber altern sie binnen weniger Wochen um hundert Jahre.«

»Und zugleich erfrieren sie«, ergänzte Kira.

»Nun ja«, bestätigte Vale. »Die Energie muss von irgendwoher kommen.« Er seufzte. »Ich weiß, dass Sie dies nicht gutheißen, und ich versichere Ihnen, dass es auch mir nicht gefällt. Ich mochte es damals nicht, und ich mag es heute immer noch nicht. Aber es gab keine andere Möglichkeit.«

»Sie hätten sich weigern können.«

»Mich weigern, die Partials zu erschaffen? ParaGen war drauf und dran, Milliarden Dollar zu verdienen. Hätten wir nicht mitgewirkt, dann hätte sich eine andere Firma gefunden. Auf diese Weise konnten wir wenigstens den Prozess steuern.«

»Sie hätten sich weigern können, ein Verfallsdatum einzubauen.«

»Das sollte eine provisorische Maßnahme sein, um uns Zeit zu erkaufen. Die Regierung verlangte einen Abschaltknopf, und ich dachte, diese Sicherung sei auch in Sie eingebaut worden. Hätten wir den Plan umgesetzt, dann wären die Partials schon alle tot, und die Menschheit hätte überhaupt keine Hoffnung mehr. So aber hatten wir wenigstens zwanzig Jahre Zeit, um eine andere Lösung zu finden. Leider kam uns der Weltuntergang zuvor.«

Die Sicherung. Kira hatte auf der Suche nach Informationen über die Sicherung den ganzen Kontinent durchquert und nichts als ein riesiges Durcheinander entdeckt: Die Regierung hatte die Entwicklung einer Seuche verlangt, welche die Partials umbrachte, falls sie jemals außer Kontrolle gerieten. Der Trust hatte zwei Versionen erschaffen. Die erste war die Seuche, die eigentlich nur die Partials treffen sollte. Sie wurde nie eingesetzt und diente lediglich als

Tarnung und Vorwand, damit ParaGen glaubte, der Trust befolge die Anweisungen. Die zweite Sicherung, der ausschließlich Menschen zum Opfer fielen, wurde später als RM-Seuche bekannt. Aus Gründen, die nicht einmal der Trust völlig verstand, war sie erheblich gefährlicher als geplant. Ursprünglich sollten die Menschen von den Partials abhängig werden und an einer Krankheit leiden, die nur durch die Partials geheilt werden konnte. Dies hielten die Wissenschaftler für den einzigen Weg, die Partials vor einem Völkermord zu bewahren. Stattdessen hatten sie den Völkermord selbst begangen.

Schweigend beobachtete Kira den Wissenschaftler, der über die DNA-Abbilder nachdachte und sie las, wie ein Archäologe eine alte Sprache entzifferte. Es waren organische Hieroglyphen, die er leise und angespannt murmelnd kommentierte. Nach einer Weile ergriff Kira wieder das Wort.

»Welche Pläne hatten Sie für diese zwanzig Jahre?«

»Wie bitte?«

»Sie sagten, Sie hätten sich zwanzig Jahre Zeit verschafft, um sich mit dem Verfallsdatum zu beschäftigen. Sie wollten eine Lösung finden, bevor es akut wurde. Welche Pläne hatten Sie?«

»Es war Armins Plan«, erwiderte er leise, ohne den Blick von der DNA zu wenden. »Jeder hatte seine Aufgaben, und wir haben heimlich gearbeitet. Deshalb wusste Morgan nichts vom Verfallsdatum.«

Als Armins Name fiel, verlor Kira sich wieder einmal in dunklen Träumen. Er hatte den Trust gegründet und überstürzt den Plan gefasst, Millionen Partial-*Kinder* vor dem Tod zu retten. Wenn er einen Plan gehabt hatte, das Verfallsdatum aufzuheben, wie hatte dieser dann ausgesehen? Hatte Armin die gleiche gentechnische Ausrüstung wie Morgan benutzt? Vor dem Zusammenbruch und mit den gesamten Ressourcen von ParaGen im Rücken mochte es möglich gewesen sein, eine Million Partials einer genetischen

Behandlung zu unterziehen, die DNA zu untersuchen und den Code für das Verfallsdatum herauszuschneiden wie eine faule Stelle aus einem Apfel. Sie konnte nur mutmaßen, was Armin beabsichtigt hatte. Ungefähr fünf Jahre hatte sie bei dem Mann gelebt, aber sie wusste nicht, wie lange sie vorher in einem Bruttank gereift war, bevor er sie herausgeholt und bei sich aufgenommen hatte. Armin hatte sie wie seine eigene Tochter erzogen und sich dabei große Mühe gegeben. Nie hatte sie auch nur den Hauch einer Ahnung gehabt, dass sie kein Mensch und irgendetwas anderes als seine Tochter war. Sie kannte nicht einmal den Zweck, dem sie diente. Würde sie ihm jemals wieder begegnen? Bekäme sie jemals eine Gelegenheit, ihn zu fragen?

War er kein richtiger Vater mehr, nur weil sie wusste, wer er war und was sie war? Die Erinnerungen an ihn waren durchaus liebevoll – war diese Beziehung nun auf einmal entwertet? Darüber war sie sich noch nicht schlüssig und konnte diesbezüglich vielleicht überhaupt keine Entscheidung treffen. Man brauchte keine biologische Verbindung, um eine Familie zu bilden. Alle familiären Beziehungen nach dem Zusammenbruch waren durch Adoption entstanden, und die Liebe, die die Menschen empfanden, war echt. Aber alle diese Adoptiveltern hatten die Kinder nicht über deren Herkunft und die Zugehörigkeit zu einer anderen Spezies belogen. Diese Adoptiveltern hatten ihre Kinder nicht synthetisch hergestellt und in einem Glasbottich aufgezogen.

Diese Adoptiveltern hatten nicht den Weltuntergang heraufbeschworen.

Nun ja, mit Ausnahme von Nandita. Mit Eltern habe ich anscheinend Pech.

»Wissen Sie, was mit Armin ist?«, fragte sie leise.

»Sie haben schon einmal nach ihm gefragt.« Vale hielt inne und wandte sich zu ihr um. »Warum interessieren Sie sich so für ihn?«

Kira war noch nicht bereit, Vale oder Morgan die wahren Gründe anzuvertrauen. »Er ist der Einzige, dessen Aufenthaltsort wir nicht kennen.«

»Wir wissen auch nicht viel über Jerry Ryssdal.«

»Jerry Ryssdal war allerdings nicht der Gründer des Trusts.«

Vale schüttelte mutlos den Kopf. »Angesichts der Begleitumstände würde ich sagen, dass Armin tot ist.«

Kira schluckte schwer und bemühte sich, keine Gefühle zu zeigen, obwohl sie unsicher war, was sie überhaupt empfand. »Aber alle Trustmitglieder sind gegen RM immun. Sie haben ihre eigenen Gene verändert, um sich zu schützen.«

»Es gibt viele Todesarten, die nichts mit RM zu tun haben«, wandte Vale ein. »Als alles zerfiel ... er könnte bei einer Schlägerei während einer Plünderung oder während einer Bombardierung der Partials gestorben sein ...«

»Ich dachte, die Partials haben keine Zivilisten angegriffen.«

»In diesem Krieg war ParaGen ganz sicher kein ziviles Ziel«, erklärte Vale. »Viele unserer Einrichtungen wurden angegriffen, und er könnte im falschen Moment am falschen Ort gewesen sein.«

»Aber Sie haben überlebt.«

»Was denn? Wollen Sie mich verhören?«

Kira holte tief Luft und schüttelte müde den Kopf. »Sie versuchen zu arbeiten, und ich bin ... mit ganz anderen Gedanken beschäftigt. Tut mir leid. Zwanzig Stunden am Tag versuchen Sie die Seuche zu heilen. Ich sollte Ihnen helfen, statt Sie ...«

Nun war es Vale, der den Kopf schüttelte und Kiras Blick auswich. »Sie helfen mir mehr als jeder andere.« Er schien stärker verärgert, als Kira es für möglich gehalten hätte. »Sie sind ein sechzehnjähriges Mädchen, und ich lasse zu, dass Morgan Sie behandelt wie eine Zellkultur.«

»Ich habe mich freiwillig gemeldet.«

»Das heißt nicht, dass es richtig ist.«

»Im Augenblick ist es das einzig Richtige, was wir tun können.«

»Das heißt nicht, dass ich es gutheißen muss.«

Sie schwiegen eine Weile, bis Kira traurig lächelte. »Ich bin sogar schon siebzehn. Fast achtzehn.«

Vale erwiderte das Lächeln, das allerdings genauso traurig und gezwungen wirkte wie bei Kira selbst. »Wann haben Sie Geburtstag?«

»Keine Ahnung. Irgendwann im Januar. Ich feiere einfach immer am Neujahrstag.«

Vale nickte, als hätte sie etwas Tiefschürfendes von sich gegeben. »Ein Schneebaby.«

»Schnee?«

Wieder seufzte Vale. »Ich habe ganz vergessen, dass ihr Kinder keinen Schnee kennt. Wann schneite es das letzte Mal ... ich erinnere mich nicht. Ich war wohl selbst noch ein Kind. Also sagen wir, Sie sind ein Neujahrsbaby.« Er wandte sich wieder dem Monitor zu. »Das verheißt Glück, und das können wir brauchen.«

Kira betrachtete den glühenden DNA-Strang und versuchte ihn so zu lesen wie er, doch das Bild sagte ihr nichts. Sie hatte eine medizinische Ausbildung genossen und kannte die Terminologie, war allerdings nicht auf Genetik spezialisiert. Unschlüssig strich sie mit den Fingern über das Klebeband, das den Infusionsschlauch an ihrem Arm fixierte. »Sind Sie sicher, dass ich sonst nichts tun kann?«

»Suchen Sie Armin!«, murmelte er, während er den Bildschirm anstarrte. »Fragen Sie ihn, was zum Teufel wir tun sollen!«

Kira wurde ganz aufgeregt, als sie Vales Worte hörte, obwohl es ein hoffnungsloses Unterfangen war. Sie hatten viel zu wenig Zeit und wussten nicht, wo sie mit der Suche beginnen sollten. Bei genauerem Nachdenken war sie nicht einmal sicher, ob sie ihren Vater überhaupt finden wollte.

Was sollte sie zu ihm sagen? Sollte sie wütend sein oder sich freuen? »Ich habe schon nach dem Trust gesucht«, antwortete sie schließlich. »Ich bin nützlicher, wenn ich Ihnen und Morgan bei der Forschung helfe.«

»Das haben Sie schon einmal gesagt.«

»Mir ist klar, dass Sie mir beistehen wollen, und das weiß ich zu schätzen«, erklärte Kira. »Aber ich meine es ernst.« Wie immer, wenn sie über ihre Situation nachdachte, erwachte eine leise Angst, die sie sofort wieder unterdrückte. Sie dachte an Samm und nahm sich zusammen. »Ich breche meine Versprechen nicht.«

»Nicht einmal dann, wenn sie sinnlos sind?«

Kira runzelte die Stirn. »Glauben Sie denn, Morgan findet nichts?«

»Ich glaube, sie sucht an der falschen Stelle. In Ihnen wird sie lediglich den normalen Bauplan der Partials finden, dem allerdings die Auslöser für das Verfallsdatum fehlen.«

»Genau darum geht es doch«, meinte Kira.

Mit einer Handbewegung tat er den Einwand ab. »Das ist eine Lösung, die sie nicht anwenden kann. Wie geht es weiter, wenn sie die richtigen Gene findet? Wir haben weder die Zeit noch die Kapazität, um das Heilmittel an mehr als eine Handvoll Partials auszugeben, ganz zu schweigen von allen Partials auf der Welt. Ich habe mit ihr darüber geredet, aber sie lässt sich nicht beirren.«

Kira wollte etwas erwidern, hielt sich aber zurück, weil sie unsicher wurde und Angst bekam. »Aber wenn ich nicht ...« Es war eine Angst, von deren Existenz sie noch nichts gewusst hatte, die sie nun aber wie ein Albtraum ansprang und bis ins Mark durchdrang.

Ich bin kein Heilmittel gegen RM, und in mir gibt es keine besonderen Kräfte oder Fähigkeiten zu entdecken. Alle Tests sagen, dass nicht einmal die Sicherung der Partials in mir steckt. Ich dachte, man habe mich zu einem bestimmten Zweck erschaffen, ich habe alles Mögliche vergeblich probiert, und nun ist die Suche nach dem Heilmittel gegen das Verfallsdatum alles, was mir noch bleibt.

Aber wenn ich nicht das Heilmittel bin, wozu bin ich dann überhaupt zu gebrauchen?

Sie wollte die Tränen zurückhalten, doch plötzlich brach es aus ihr heraus. Überrascht und verwirrt hob Vale den Kopf. Er zeigte Mitgefühl, auch wenn er keine Vorstellung hatte, was er tun oder sagen konnte. Kira stand rasch auf, packte den fahrbaren Infusionsständer und entfernte sich, bevor er sie trösten konnte. Vor Schluchzen sah sie kaum noch etwas. Ein einziges Wort von irgendjemandem, selbst ein freundliches, und sie wäre gänzlich zusammengebrochen. So taumelte sie hinaus, schloss die Tür hinter sich und lehnte sich draußen tränenüberströmt an die Wand.

Ich dachte, der Trust habe einen Plan gehabt, um alle zu retten, aber je tiefer ich eindringe, desto öfter stoße ich auf meinen Vater, auf mich und auf Fragen, die niemand beantworten kann. Warum hat er mich gemacht? Warum hat er eine Partial unter den Menschen versteckt? Was sollte ich tun oder leisten? Was habe ich …? Sie schluchzte und konnte nicht einmal mehr denken. Bislang hatte sie sich in dem Glauben gewiegt, sie selbst sei der Plan, und ihr Vater habe sie genau für diese Zeit und zu diesem Zweck erschaffen, damit sie beide Spezies heilen und die Welt retten konnte. Es schmerzte, den Traum aufzugeben, aber als sie die ungeheure Überheblichkeit erkannte, mit der sie diesen Traum genährt hatte, zerbrach sie förmlich.

Dr. Morgan fand sie zwanzig Minuten später im Krankenhauskittel auf dem Boden hockend und am ganzen Körper zitternd.

»Die Rückenmarksflüssigkeit erwies sich ebenfalls als Sackgasse. Jetzt brauche ich Gehirngewebe.«

Kira fragte nicht einmal nach dem Grund, nach den Entnahmemethoden und wie viel Material Morgan benötigte. Sie raffte sich auf, hielt den Infusionsständer wie einen

Gehstock und schlurfte zum Operationssaal. Die Biopsien waren invasiv und schmerzhaft, eher eine Folter als eine medizinische Prozedur, doch Kira setzte eine starre Miene auf und legte sich unter die Spinne. Das Krankenhaus war fast leer, unterwegs war ihnen kein einziger Patient begegnet. Zu viele Partials waren bereits gestorben.

Die Nadeln funkelten und bohrten sich wie Dolche in ihren Körper. Fast genoss sie den Schmerz. Er war alles, was sie noch hatte.

6

Ariel trommelte mit den Fingern auf den Gewehrkolben, während sie Nandita und die anderen Frauen beobachtete, die sich im Haus auf den Aufbruch vorbereiteten. Es wäre so leicht gewesen, sie zu töten – eine halbe Sekunde zum Zielen, dann abdrücken. *Peng.* Tot. So einfach wäre es gewesen, die Welt von einem herzlosen, hinterhältigen und unbelehrbaren Menschen zu befreien. Nandita Merchant hatte die Partials und die RM-Seuche erschaffen, sie hatte Ariel und drei weitere Mädchen entführt und jahrelang unter den Augen der anderen Menschen mit ihnen experimentiert und die Mädchen über ihr wahres Wesen belogen. Ariel war eine Partial. Ihre Adoptivschwestern Kira und Isolde waren ebenfalls Partials. Feinde der Menschheit.

Ariel kam es so vor, als hätte Nandita sie mit einem einzigen Satz wie mit einem Zauberspruch verändert. Die ältere Frau hatte ihr die Menschlichkeit genommen und sie in einen schwarzen Abgrund gestoßen. Nun war sie ein Monster, von dessen Klauen das Blut der Welt tropfte. Zuerst hatte sie keinen klaren Gedanken mehr fassen können. Es war viel zu schrecklich gewesen. Die Welt hatte sich verändert und würde nie mehr so sein, wie sie einmal gewesen war.

Nur ein Gefühl blieb nach der Ankündigung das gleiche: Sie hatte Nandita vorher gehasst, und sie hasste die alte Frau noch immer. Ganz leicht und ohne auf Nandita zu zielen, berührte sie den Abzug. Das gekrümmte Metall jagte ihr einen dunklen, kranken Schauer über den Rücken. *Es wäre so einfach.*

Isolde betrat das Zimmer. In jeder Hand schleppte sie einen prall gefüllten Rucksack. Ihr Kleinkind Mohammad Khan hing mit rotem Gesichtchen plärrend in einer Schlinge vor ihrer Brust. Ariels Hand wanderte wieder zum Gewehrkolben.

»Ich habe Decken, Kleidung und alles im Haus zusammengesucht, was als Windel dienen könnte«, erklärte Isolde. Ihre Augen waren blutunterlaufen, und die Stimme war heiser vor Sorge und Müdigkeit. »Wahrscheinlich habe ich jetzt alles, aber sicher bin ich nicht. Nein, ich bin sogar sicher, dass ich irgendetwas vergessen habe.«

»Schon gut.« Nandita streichelte Khans Wange, ohne eine sichtbare Wirkung zu erzielen. Das Kind war fünf Tage alt – ein echtes Wunder in der Welt nach dem Zusammenbruch, in der die meisten Kinder nach drei Tagen starben. Die vermeintliche Immunität gegen RM half dem Kleinen aber nicht, die andere Krankheit zu bekämpfen, an der er seit der Geburt litt. Es war ein eigenartiges Gebrechen, verbunden mit hohem Fieber und Entzündungen der Haut, die raue, ledrige Stellen hinterließen. Nandita glaubte, sie könne ihn retten, zumal die gemischte DNA, teils menschlich und teils von den Partials, angeblich seine Widerstandsfähigkeit erhöhte. Ariel dagegen kannte die Wahrheit. Vor zwei Jahren hatte es auch ihrem Kind nicht geholfen, ein Mischling zu sein, und es würde Isoldes Kind jetzt ebenso wenig retten.

Isolde stellte die Rucksäcke auf das Sofa, wo Xochi und ihre Adoptivmutter, Senatorin Erin Kessler, bereits das übrige Gepäck aufgetürmt hatten. Madisons Rucksack lag auf dem Boden. Er enthielt überwiegend Sachen für ihre Tochter Arwen, die seit dem Zusammenbruch das einzige gesunde menschliche Kind war.

Isolde fuhr erschrocken auf, als es laut an der Vordertür klopfte. Alle Frauen im Haus sahen sich mit weit aufgerissenen Augen entsetzt um. Das Klopfen konnte nur eines bedeuten.

Partialsoldaten.

Ariel blickte sich rasch um. Im Haus gab es unzählige Gründe, sie alle auf der Stelle zu verhaften, an allererster Stelle natürlich die kleine Arwen. Die Partials hatten Gerüchte über ein gedeihendes menschliches Kind gehört, das fast ein Jahr alt war, und suchten danach, um mit ihm zu experimentieren. Khan war für einen unbefangenen Beobachter nichts Besonderes – dem äußeren Anschein nach einfach nur ein weiteres dem Untergang geweihtes Kind. Allerdings waren die Feuerwaffen verboten, und die vollen Rucksäcke wiesen darauf hin, dass die Besitzerinnen fliehen wollten. Niemand durfte East Meadow verlassen, und sobald die Partials Verdacht schöpften, dass jemand die Flucht plante, nahmen sie vorsichtshalber ihn und alle anderen im Umkreis fest.

Ariel schob das Gewehr hinter ein Bücherregal, wo sie es im Notfall leicht erreichen konnte, und fing die Rucksäcke auf, die Xochi ihr herüberwarf. Nandita, nach der die Partials fast ebenso intensiv wie nach Kira gefahndet hatten, versteckte sich im hinteren Zimmer, und Senatorin Kessler folgte ihrem Beispiel. Zwar wurde sie nicht unbedingt als Kriminelle gesucht, doch wenn die Partials die Senatorin erkannten, nahmen sie sie möglicherweise in Gewahrsam. Isolde bemühte sich, ihr schreiendes Kind zu beruhigen, und weit hinten, unter einem falschen Bodenbrett, hielt Madison die kleine Arwen unterdessen so still wie möglich. Ariel verstaute den letzten Rucksack im Küchenschrank. Seit dem ersten Klopfen an der Tür waren kaum zehn Sekunden vergangen. Der Soldat klopfte abermals laut an, und nun öffnete ihm Ariel.

»Was willst du?« Ihre Stimme klang mürrischer, als sie es beabsichtigt hatte. Eigentlich wollte sie unschuldig tun und sich unauffällig verhalten. Als die Partials nicht auf ihre wütende Frage reagierten, wurde ihr bewusst, dass Wut vielleicht sogar die unschuldigste Reaktion war, die in einer besetzten Stadt überhaupt zu erwarten war. Sie zog eine finstere Miene und war selbst überrascht, wie gut ihr das gelang.

Die beiden Partialsoldaten auf der vorderen Veranda wirkten jung – dem äußeren Anschein nach etwa achtzehn Jahre alt. So sahen sie alle aus, obwohl sie fast zwanzig sein mussten. Ariel fragte sich, ob sie diesen beiden schon einmal in der Stadt begegnet war. Vielleicht hatten sie eine Straßenecke bewacht, als Ariel Proviant gesucht hatte. Allerdings waren die Partials einander so ähnlich, dass sie nie sicher war. Ariel jedenfalls konnte sie nicht voneinander unterscheiden und fragte sich, ob die Partials das Gleiche über die Menschen dachten.

Bei diesem Gedanken schnitt sie eine Grimasse. Vor drei Tagen hatten die Begriffe *wir* und *sie* noch etwas ganz anderes bedeutet.

»Miss«, begann der erste Partial, »wir haben hier auf dem Grundstück ein Kind schreien gehört und wollten nachsehen, ob alles in Ordnung ist.«

Ihr wollt nachsehen, ob es Arwen ist, dachte Ariel. Sie warf Isolde einen Blick zu, in deren Augen ohnmächtiger Zorn flackerte, knirschte mit den Zähnen und nickte fast unmerklich. Sie hatten verabredet, Khan einzusetzen, um Arwen zu schützen. Isolde war einverstanden gewesen und hatte zugleich empört reagiert.

»Ja.« Ariel deutete auf das dick eingepackte Kind. »Können Sie uns helfen? Wir haben alles nur Mögliche getan, aber er stirbt.« Die Partials beäugten Isolde und das Kind. Ariel trat dichter an die beiden heran. »Es ist die RM-Seuche. Sie bringt ihn um.« Abermals kochte ihr Zorn hoch. Sie entließ den Impuls wie mit einem Flammenwerfer. »Haben Sie denn keine Arznei? Angeblich besitzen die Partials doch ein Heilmittel. Können Sie ihm helfen? Oder wollen Sie einfach nur zusehen, wie er stirbt?«

Der erste Partial kam herein, trat auf Isolde zu und betrachtete den Säugling aus der Nähe. Isolde spielte mit und zeigte sich nun weniger wütend als eher flehend. Ariel betrachtete unterdessen den zweiten Partial, der an der Tür stand und seinem Partner Rückendeckung gab, wie es bei gut ausgebildeten Kriegern üblich war. Er hatte das Gewehr nicht angelegt, war aber bereit, es jederzeit einzusetzen. Alle wussten, wie schnell ein Partial im Zweifelsfall reagieren konnte.

Nicht zum ersten Mal spielte Ariel mit dem Gedanken, Nandita an die Besatzer auszuliefern. Die alte Frau verbarg sich in einem Schrank und saß in der Falle, falls Ariel die Soldaten zu ihr führen sollte. Was würden die Partials mit ihr anstellen? Sie foltern? Sie sofort umbringen? Nichts Gutes, so viel war klar, denn sonst hätte Nandita sich nicht versteckt. Ariel ballte die Hände zu Fäusten und unterdrückte den Impuls, Nanditas Aufenthaltsort zu verraten. Es gab zwei Gründe zu schweigen. Zuerst einmal konnten die Fragen, mit denen Nandita im Verhör konfrontiert würde, auch zu Arwens Entdeckung führen, und vielleicht käme sogar Khans einzigartige Herkunft ans Licht. Zweitens – und das war noch entmutigender – übte Nandita eine geheimnisvolle Macht über die Partials aus. Anscheinend konnte sie deren Verhalten steuern, und die beiden Soldaten wären für sie möglicherweise nichts weiter als zwei neue Schachfiguren.

Diese Macht, so viel wusste Ariel, hatte mit dem sogenannten Link zu tun. Kira hatte entdeckt, dass die Partials mittels ihrer Körperchemie kommunizierten, ganz ähnlich den Pheromonen in einem Ameisenhaufen. Sie konnten mit einem Lufthauch Gefühle übermitteln und die Gedanken der anderen wahrnehmen. Ariel atmete tief durch und ließ sich äußerlich nichts anmerken. Nicht das Geringste. Gleichzeitig fragte sie sich, ob Nandita log. Womöglich waren sie und die anderen Mädchen gar keine neuen Partialmodelle, sondern gewöhnliche Menschen. Nandita hatte schon öfter gelogen, warum also nicht auch in diesem Fall?

»Hallo«, sagte der Partial, der an der Tür stand. »Ich bin Eric. Das dort ist Chas.«

Ariel starrte ihn an. Der Versuch des Soldaten, freundlich mit ihr zu sprechen, machte sie erst recht wütend. Wie konnte er es wagen, sie wie Freunde oder Gleichgestellte zu behandeln, obwohl die Partials mit Waffengewalt eine Invasion durchgeführt und die ganze Insel wie Feindesland besetzt hatten? Sie hätte gern den Link benutzt, um ihm das ganze Ausmaß ihres Zorns zu übermitteln.

Ohne darüber nachzudenken, atmete sie langsam und tief in seine Richtung aus, mitten in sein Gesicht. Ein wenig fester, und er hätte den Luftzug gespürt. Fast stockte ihr das Herz, als sie auf eine Reaktion wartete, doch ihm war nichts anzumerken. Er erschrak nicht, und in seinen Augen war kein Erkennen abzulesen. Sie war nicht sicher, ob sie triumphieren oder enttäuscht sein sollte, und die Verwirrung verschlechterte ihre Laune noch weiter. Finster starrte sie ihn an und hielt sich unsicher am Türrahmen fest. Der Partial an der Tür musterte sie kurz, entdeckte nichts Wichtiges und beobachtete weiter das Wohnzimmer.

Der andere Partial, der Chas hieß, untersuchte Khan und überlegte vermutlich, ob das an hohem Fieber leidende Neugeborene das sagenhafte Wunderkind war. Der Plan, den Xochi ausgeheckt hatte, lief darauf hinaus, dass sie den Spähern der Partials Khan zeigten und beteten, dass sich die Besatzer nicht die Mühe machten, nach einem zweiten Kind zu suchen. Das einzige Problem stellten die Nachbarn dar. Wer hungerte oder einen nahen Angehörigen aus dem Gefängnis der Partials freibekommen wollte, konnte durchaus bereit sein, sie zu verraten. Die Menschen wussten über Arwen und ihr Versteck Bescheid, und es war nur zu hoffen, dass niemand das Wunderkind den Feinden auslieferte. Ariel hielt den Atem an und bemühte sich nach Kräften, sich die Angst nicht anmerken zu lassen. Ungeduldig wartete sie darauf, dass die Partials endlich wieder verschwanden.

»Was sind das für Blasen?«

Die Angst schnürte Ariel die Kehle zu. Sie stand immer noch zur Tür gewandt, hörte jedoch, wie Xochi oder Isolde, vielleicht sogar beide, hinter ihr vor Angst scharf einatmeten. Hatten die Partials die plötzliche Furcht bemerkt? Vermuteten sie, dass die Mädchen etwas verbargen? Am liebsten hätte sie sich umgedreht und verfolgt, was sich im Zimmer abspielte, doch sie beherrschte sich und blieb ruhig. Stattdessen beobachtete sie Eric, der an der Tür stand, und suchte in dessen Miene nach einem Anzeichen von Beunruhigung. *Vielleicht hat es nichts zu bedeuten,* sagte sie sich selbst. *Über den Link drücken sie Gefühle ganz anders aus als wir. Er könnte uns töten wollen, und wir wüssten es nicht.*

Das Schweigen dehnte sich aus, die Frage des Soldaten stand unbeantwortet im Raum. Ariel erkannte, dass Isolde so schockiert war, dass sie kein Wort herausbekam. Vielleicht entging den Partials ein heftiger Atemzug, doch das Ausbleiben einer Antwort auf eine direkte Frage erregte ganz bestimmt ihr Misstrauen.

Ariel wandte sich langsam um. »Er ist krank. Das habe ich euch doch schon gesagt.«

Chas rückte sein Gewehr zurecht und beugte sich über Khan. Das Kind greinte leise. Durch die ständigen Schmerzen war es zu geschwächt, um zu schreien. »Das sieht nicht wie RM aus.«

»RM ist nicht die einzige Krankheit, die ein Kind hier draußen ohne Krankenhaus bekommen kann«, entgegnete Ariel wütend, obwohl sie große Angst hatte. *Warum verschwinden sie nicht einfach?* Sie schluckte nervös.

Isolde drehte sich um und schirmte das Kind vor der Hand des Soldaten ab. »Nicht anfassen!«, fauchte sie. »Die Blasen sind sehr schmerzhaft.«

Eric hob das Gewehr – nicht ganz, sondern gerade weit genug, um zu zeigen, dass es schussbereit war und dass die Partials die Macht besaßen. Ariel befürchtete schon, die Situation könnte außer Kontrolle geraten und die Anspannung in Gewalttaten ausarten. Sie hob die Hand, wusste aber nicht recht, wonach sie greifen sollte. Chas streckte abermals die Hand nach dem kleinen Khan aus. Die Geste wirkte aggressiver als beim ersten Mal, und Isolde wollte dazwischengehen.

»Isolde!« Es kostete Ariel größte Überwindung, fröhlich und unbefangen zu sprechen. Das blonde Mädchen merkte auf und hielt mitten in der Bewegung inne, die als Schlag oder Hieb hätte enden können. »Soll ich dir etwas zu trinken holen?«

Isolde funkelte sie an, das sonst eher bleiche Gesicht war vor Zorn rot angelaufen. Wenigstens ließ sie zu, dass der Soldat Khans Gesicht berührte und vorsichtig auf die verhärteten rauen Stellen drückte. Isolde unterdrückte einen Aufschrei und nickte Ariel mechanisch zu. »Danke.«

Ariel ging in die Küche, doch Chas rief einen scharfen Befehl.

»Halt!«

Ariel blieb stehen. Aus den Augenwinkeln erkannte sie Xochi, die zur Vitrine blickte, in der sie ihre Pistole versteckt hatte.

»Niemand verlässt den Raum!«, fuhr Chas barsch fort. »Ihr bleibt genau dort, wo ihr seid und wo wir euch sehen können.«

Ariel wandte sich ab, blieb aber stehen und zählte im Geist die Schritte bis zum Versteck ihres Gewehrs. *Drei Schritte, und dort finde ich sogar Deckung.*

Es reicht trotzdem nicht.

Wenn sie kämpften, wäre Senatorin Kessler binnen Sekunden zur Stelle und würde die Partials überraschen. Mit etwas Glück konnten sie einen der beiden Soldaten ausschalten. Wenn der Kampf lange genug dauerte, würde sich auch Nandita zeigen und ihre Kräfte einsetzen, um die Partials aufzuhalten. Aus Furcht, die Aufmerksamkeit der Gegner zu erregen und unbeherrschbare Kräfte auf den Plan zu rufen, wagte Nandita ihre Kontrollfähigkeit jedoch nicht einzusetzen. In einer Situation wie dieser griff sie möglicherweise trotzdem ein. Xochi und Isolde wären allerdings wahrscheinlich schon tot, wenn Nandita zum Vorschein kam. Vielleicht sogar Ariel selbst.

Endlich wandte Chas sich ab.

»Gehen wir!«

Er steuerte die Tür an, und damit war es vorbei – keine Warnung, kein Gruß zum Abschied, kein Kommentar zu Khans Krankheit oder Isoldes verzweifelten Hilferufen. Sie suchten Arwen, und dieser kleine Junge war nicht Arwen, also gingen sie wieder. Isolde hielt das Baby vor der Brust, und Xochi warf die Tür zu, die zu schließen sich die Partials nicht die Mühe gemacht hatten.

Ariel schnappte sich das Gewehr, überprüfte die Patronen und beruhigte sich allmählich wieder.

»Wir müssen noch heute Nacht aus der Stadt verschwinden«, sagte Kessler, die mit ihrem eigenen Gewehr hinzutrat. »Das war knapp.«

»Ich glaube, wir haben es ganz gut hingekriegt«, fauchte Xochi.

Kessler knurrte und verdrehte die Augen. »Etwas anderes habe ich auch nicht behauptet.«

»Seid still, sonst weint er wieder!« Isolde eilte mit dem Kind hinaus. Widerwillig entschloss sich Ariel, die Waffe wegzulegen. Sie konnte den Blick nicht von der Tür und den Fenstern wenden, die sorgfältig zugestellt waren, um das Innere vor neugierigen Blicken zu schützen. Mit einer Hand berührte sie immer noch den Kolben des Gewehrs, das längst auf dem Tisch lag.

»Wahrscheinlich hast du ihnen das Leben gerettet, Ariel«,

sagte Nandita. Die alte Frau stand auf einmal so dicht hinter ihr, dass Ariel vor Schreck zusammenzuckte. Mit bösem Blick sah sie sich über die Schulter um und ging in die Küche, um mit den Rucksäcken zu helfen.

»Die anderen Mädchen waren wie gelähmt«, fuhr Nandita fort. »Du nicht. Dafür bin ich dir dankbar.«

Kessler funkelte Xochi an, doch die beiden schwiegen.

»Nandita, du hast uns immer noch nicht verraten, wohin wir aufbrechen«, sagte Ariel.

»Spielt das eine Rolle?« Madison kam mit Arwen auf der Hüfte herein. »Wir müssen hier weg, gleichgültig wohin.«

»Wohin diese Gruppe sich aufmacht, ist wichtiger als fast alles andere auf der Welt.« Kessler hatte einen leichten irischen Akzent. Ihre Adoptivtochter Xochi war zwar in Mexiko geboren, hatte jedoch so lange bei Kessler gelebt, dass sie mit dem gleichen Zungenschlag sprach, wenn sie aufgebracht war.

In diesem Augenblick war der Akzent sehr deutlich herauszuhören. »Du weißt, dass sie das nicht so meinte, Erin.«

»Nun ja, wir müssen vor allem die Kinder vor den Partials in Sicherheit bringen …«, begann Madison. Sie verstummte und sprach den Gedanken nicht aus. Ariel spürte, wie die Blicke aller auf ihr ruhten, sagte aber nichts dazu. »Vor den Partialsoldaten«, berichtigte Madison sich. »Wir hatten heute eine perfekte Tarnung, und doch wäre es fast schiefgegangen.«

»Ich schlage ja gar nicht vor, dass wir bleiben sollten«, erklärte Kessler. »Ich bin allerdings Ariels Ansicht, dass wir uns vorher überlegen sollten, wohin wir wollen.«

»Wir ziehen uns in das Labor zurück, in dem ich den größten Teil des vergangenen Jahrs verbracht habe«, schlug Nandita vor.

»Leider hast du uns nie verraten, wo das ist«, entgegnete Ariel.

Nandita seufzte. »Was passiert, wenn eine von euch geschnappt wird? Sie könnten euch foltern, unser Ziel herausfinden und die anderen abfangen, bevor sie überhaupt dort eintreffen.«

»Wie wollen wir überhaupt dorthin gelangen?«, fragte Ariel. »Zwei kleine Kinder und eine alte Frau, und keiner von uns ist gut genug ausgebildet, um sich erfolgreich durchzuschlagen. Wir halten zusammen und bleiben gerade so eben am Leben. Wenn eine von uns entdeckt wird, dann sind wir alle dran.«

Nandita funkelte Ariel an und ließ sich Zeit mit ihrer Antwort. »Vor dem Zusammenbruch betrieb die Regierung auf Plum Island, einer winzigen Insel im Osten von Long Island, ein Forschungslabor für ansteckende Krankheiten. Da Plum Island in weiter Entfernung vom Rest des Kontinents lag, konnte man dort gefahrlos extrem ansteckende Erreger untersuchen. Die isolierte Lage rettete das Eiland, als die Welt zerbrach. Die Insel hat ein eigenes Kraftwerk, eine eigene Luft- und Wasseraufbereitung und hermetisch abgesperrte Innenräume. Als alles andere entzweiging, blieb die Anlage intakt. Dort habe ich das hier hergestellt.« Sie hob den handgroßen Lederbeutel, den sie am Hals trug. Er enthielt eine kleine Glasampulle mit einem chemischen Auslöser, der in Ariels und Isoldes Körper irgendetwas anrichten konnte. Nandita hatte gehofft, es sei das Heilmittel für RM, doch nachdem der kleine Khan so unerwartete Beschwerden zeigte, waren Zweifel durchaus angebracht. »Wenn es auf der Welt überhaupt noch eine Einrichtung gibt, wo ich Khans Krankheit erforschen und heilen kann, dann ist es Plum Island.«

Ariel unterstellte instinktiv, dass Nandita insgeheim noch andere Ziele verfolgte, doch ihr blieb keine Zeit, länger darüber nachzudenken. Isolde betrat das Zimmer, und Khan war endlich einmal eingeschlafen und ruhte friedlich an ihrer Brust. Isolde wirkte ebenso erschöpft wie das Kind.

Ariel sah Nandita scharf an. »Kannst du ihn wirklich retten?«

»Ich werde nicht rasten und nicht ruhen, bis es mir gelungen ist.«

Sie starrten sich eine Weile an und schätzten einander ab. Ariel fragte sich, was die ältere Frau dachte und was Nandita ihrem Gesicht und ihrer Körperhaltung entnehmen konnte.

»Wenn du ihm wirklich helfen kannst, dann unterstütze ich dich rückhaltlos.«

Und sobald er über den Berg ist, bringe ich dich um.

7

General Shon, Oberbefehlshaber der Partial-Invasionstruppe, stieg im Hof des Vorpostens Dogwood vom Pferd und überließ seinem Adjutanten Mattson die Zügel. Die Abwehr der Menschen hatte Dogwood als Stützpunkt benutzt, um in East Meadow zu patrouillieren und etwaigen Bedrohungen zu begegnen. Shon benutzte ihn nun, um die Menschen zu unterdrücken und in der Stadt festzuhalten. Dieser entlegene Vorposten war außerdem der ideale Ort, um gewisse Dinge aufzubewahren, die weder die Menschen noch die Partials entdecken sollten. Die Linkdaten im Hof übermittelten vor allem Sorge. Überall spürte Shon die Anspannung und Unsicherheit der Soldaten in seiner Truppe, doch die Abteilung in Dogwood war aus gutem Grund besonders verängstigt.

Wie es schien, hatten die Menschen eine biologische Waffe eingesetzt, und in Dogwood bewahrte Shon die Leichen jener Partialbrüder auf, die der Infektionskrankheit zum Opfer gefallen waren.

»Sind wir hier auch sicher, Sir?«, fragte Mattson.

»Ich hätte niemanden hierher beordert, wenn es anders wäre«, entgegnete Shon. »Wir sollten hineingehen.« Er bemühte sich, möglichst viel Tatkraft und Zuversicht auszustrahlen, und hoffte, dass sein Beispiel die Soldaten beflügelte. Im Idealfall wäre hier ein echter General im Einsatz gewesen und nicht jemand wie er selbst. Er war ein Infanterist wie alle anderen, der dem Bauplan nach höchstens den Posten eines Sergeants bekleiden sollte, doch er war derjenige, den Dr. Morgan befördert hatte, nachdem die höheren Offiziere das Verfallsdatum erreicht hatten. Autorität war bei den Partials mehr als nur ein Rang. Ein General konnte die Untergebenen mittels der Linkdaten in Schach halten und Gehorsam erzwingen. Sie gaben dann die Befehle mit der Autorität des Links an die eigenen Untergebenen weiter. Jeder kannte seinen Platz und seine Aufgabe, und es funktionierte. Mittlerweile aber zerfiel die ganze Armee, weil es keine Anführer mehr gab. Niemand spürte dies deutlicher als Shon selbst. Er schob die Gedanken zur Seite und raffte sich abermals auf, um so viel Zuversicht wie nur irgend möglich auszustrahlen.

»General.« Die Wächter salutierten, als er sich ihnen näherte. Die Besatzung von Dogwood hatte er eigenhändig ausgesucht, und die Männer ließen sich durch einen Infanteristen in der Uniform eines Generals nicht aus der Fassung bringen. Er erwiderte den Gruß und öffnete die Tür des Hauptgebäudes. Ein starker Geruch nach Desinfektionsmitteln schlug ihm entgegen. Ein Wächter reichte Shon eine Papiermaske, mit der er Mund und Nase schützen konnte.

Shon zögerte. Eigentlich wollte er den Link nicht dämpfen, indem er das Gesicht bedeckte, doch der Wächter schüttelte den Kopf. »Glauben Sie mir, Sir, Sie werden es brauchen. Der Link funktioniert trotz des Schutzes, er ist lediglich etwas schwächer.«

Shon nahm die Maske entgegen und winkte Mattson, seinem Beispiel zu folgen. Sie traten ein, und eine alte Freundin empfing sie mit zackigem militärischem Gruß.

»Sir, willkommen in Dogwood!« Michelle war ebenfalls nur Sergeant. Während des Isolationskriegs hatte sie Shons persönliches Panzerfahrzeug gesteuert, und nach dem Zusammenbruch hatten sie bei zehn oder zwölf Feldzügen gemeinsam gekämpft, meist gegen andere Partials. Da es auf Long Island kaum Treibstoff für die Panzerwagen gab, hätte

Michelle nach dem erfolgreichen Abschluss der Invasion aufs Festland zurückkehren sollen, doch Shon hatte sie gebeten, als taktische Beraterin zu bleiben. Inzwischen leitete sie Dogwood. Der müde Beigeschmack ihrer Linkdaten verriet Shon, dass sie aufgrund der außerplanmäßigen Beförderung ebenso erschöpft war wie er selbst.

Shon erwiderte den Gruß. »Sergeant.«

»Danke, dass Sie gekommen sind, General«, sagte Michelle. »Ich hätte Ihnen gern bessere Neuigkeiten überbracht.«

»Gibt es neue Opfer?«

»Es sind zwei, und alle Opfer waren innerhalb von East Meadow eingesetzt. Ich habe die Toten isoliert und alle, die den betreffenden Einheiten angehörten, zur Duckett Farm geschickt.«

Shon seufzte. »Wissen die Leute, dass sie unter Quarantäne stehen?«

»Sie haben Befehl, die Farm nicht zu verlassen, und vielleicht ahnen sie die Wahrheit. Mehr vermag ich nicht zu sagen. Zumindest dürfte ihnen nicht klar sein, dass wir es mit einer Biowaffe zu tun haben.«

»Wir sind genetisch darauf angelegt, alle Krankheiten mühelos zu bekämpfen«, erklärte Shon. »Nun gibt es eine Krankheit, gegen die wir nichts ausrichten können. Ich frage mich, was sie davon halten.«

»Ich hoffe einfach das Beste, Sir«, erwiderte Michelle. »Bisher ist keiner von ihnen erkrankt, genau wie bei den anderen Einheiten, die wir unter Quarantäne gestellt haben. Wenn die Soldaten keine versteckten Erreger mitgeschleppt haben, können wir davon ausgehen, dass wir sie alle gerettet haben.«

»Leider nicht alle«, erwiderte Shon bedrückt.

Michelle schüttelte den Kopf. »Nein, nicht alle. Folgen Sie mir bitte!« Sie führte ihn in einen kleinen Raum, in dem weiße Schutzanzüge lagerten. Während sie sich umzogen, berichtete sie weiter. »Der Arzt ist erst vor zwei

Tagen eingetroffen, hat jedoch schon einige Fortschritte bei der näheren Bestimmung der Biowaffe gemacht.«

»Das ist eine gute Nachricht.«

»Ja, wir kommen voran«, entgegnete Michelle. »Allerdings kann man keinesfalls von erfreulichen Erkenntnissen sprechen. Die Blasen entstehen anscheinend aufgrund einer Autoimmunreaktion. Die Biowaffe beeinflusst den Körper der Partials, bis dieser allergisch auf die eigene Haut reagiert. Die Hautzellen können sich nicht mehr richtig miteinander verbinden, und die Haut löst sich gänzlich auf. Es gibt ein Wort dafür, an das ich mich nicht erinnere, aber es war lang und hatte mindestens fünf Silben.«

Shon wunderte sich darüber, wie klein sie sich machte, und warf ihr einen Seitenblick zu. »Sie kennen viele fünfsilbige Wörter.« Fast sofort spürte er ihre Verlegenheit in den Linkdaten. Sie wollte die Übersicht behalten und hatte das Wort gelernt, aber dies ging weit über ihr normales Tätigkeitsfeld hinaus, und sie hatte seit Tagen nicht geschlafen. Eigentlich sollte ein Arzt oder General und keine Fahrerin den Stützpunkt leiten, und ...

Beschwichtigend hob er die Hand. »Schon gut, Michelle! Ich weiß, dass Sie alles tun, was in Ihren Kräften steht.«

»Akantholyse«, sagte sie rasch. Sofort sprachen ihre Linkdaten wieder von professioneller Gelassenheit. »Es tut mir leid, Sir. Das wird nicht wieder passieren.«

»Es ist nicht unsere Aufgabe, uns die Namen der Krankheiten einzuprägen«, erwiderte Shon. »Das ist Aufgabe der Ärzte. Wenn diese ...« Er schüttelte den Kopf, versuchte sich an das Wort zu erinnern und gab auf. »Wenn die Blasen durch eine Autoimmunreaktion entstehen, ist die Erkrankung doch sicher schwer zu heilen.«

»Viel schwerer als alle anderen.« Michelle öffnete eine Tür, hinter der eine Treppe abwärtsführte. Hier roch es noch stärker nach Desinfektionsmitteln, auf den mit Plastik beschichteten Treppenstufen standen sogar einige Pfützen. Shon presste sich die Gesichtsmaske fest auf Mund und Nase, um nicht zu husten.

»Das Schlimmste habe ich Ihnen noch nicht berichtet. Das andere primäre Symptom sind raue, schuppige Hautstellen. Die einzige Diagnose, die dem Arzt dazu einfällt, lautet Ichthyose.«

Shon analysierte den lateinischen Ursprung des Worts und runzelte verwirrt die Stirn. »Fisch? Vermutlich wegen der Schuppen, oder?«

»Genau. Allerdings ist die Ichthyose nicht ansteckend, sondern genetisch bedingt.«

Unvermittelt blieb Shon stehen, eine Hand auf dem Treppengeländer. »Es handelt sich also um eine genetische Erkrankung?«

»Die Menschen haben es irgendwie geschafft, eine genetische Erkrankung ansteckend zu machen.«

Mattson fluchte, und Shon pflichtete ihm innerlich bei. Mattsons und Michelles Linkdaten verrieten eine Angst, die trotz der Gesichtsmasken deutlich erkennbar blieb. Shon betrachtete die Tür am Fuß der Treppe, die Michelles Team mit Plastikplanen und Gummidichtungen zu einer Luftschleuse umgebaut hatte. Verunsichert zögerte Shon einen Augenblick lang und kämpfte den fast übermächtigen Drang nieder, sich einfach umzudrehen und zu fliehen. Wenn er die Linkdaten durch die Maske empfangen konnte, dann war er vermutlich auch nicht vor einer durch die Luft übertragbaren Krankheit geschützt. Trotzdem behielt er sie auf.

»Gehen wir weiter!«

Michelle öffnete die Tür, und sie folgten ihr hinein.

Das Innere des Kellers war ebenso sorgfältig abgedichtet wie die Tür. Nicht nur die Fenster, sondern auch die Wände waren mit mehreren Schichten Plastik verkleidet. In dem Raum standen große medizinische Computer und zwei Krankenbetten. Die Partials, die dort gepflegt wurden, hatten Blasen und raue, schuppige Hautstellen. Shon hatte mit dem Gedanken gespielt, die Opfer und die Forscher im Krankenhaus von East Meadow einzuquartieren, doch er musste befürchten, dass sich die Krankheit ausbreitete. Daher hatte er die betroffenen Partials so weit entfernt einquartiert, wie es auf der Insel nur möglich war. Allerdings hatte er einige Sonnenkollektoren aus dem Krankenhaus mitgebracht und aufstellen lassen, um die medizinischen Geräte und die Luftaufbereitung mit Strom zu versorgen.

Außerdem hatte er die besten menschlichen Ärzte nach Dogwood geschickt, nachdem die Partialärzte bereits das Verfallsdatum erreicht hatten.

»Das ist Doktor Skousen«, stellte Michelle ihm einen alten Mann vor, der einen Arztkittel und eine Gesichtsmaske trug. Der Mensch ließ den zuckenden und schwitzenden Patienten allein und musterte Shon mit finsterem Blick.

Shon nickte, verzichtete jedoch darauf, dem Mann die Hand zu geben. »Wir sind uns schon einmal begegnet«, erklärte der General. »Doktor Skousen, ist es Ihnen inzwischen gelungen, den Krankheitserreger zu isolieren?«

Shon besaß nicht viel Erfahrung darin, die Mienen der Menschen zu verstehen, doch der Hass, der Dr. Skousens Miene verzerrte, war unverkennbar. »Ich suche vor allem nach dem Erreger und will ihm die Hand schütteln, da er Sie auf so spektakuläre Weise töten kann.«

Shon strahlte Gereiztheit über den Link ab, obwohl er wusste, dass der Mensch davon nichts spüren konnte. »Trotzdem suchen Sie danach?«

Skousen behielt seinen finsteren Gesichtsausdruck bei. Michelle antwortete anstelle des Arztes. »Soweit wir es beurteilen können, sucht er danach. Allerdings verstehen wir zu wenig davon, und er könnte hier unten ebenso gut Zaubersprüche anwenden.«

»Er tut niemandem weh.« Shon suchte den Blick des aufgebrachten Arztes. »Das entspricht ihm nicht.« Dann wandte er sich wieder an Michelle. »Gewähren Sie ihm als Gegenleistung ein wenig freie Zeit, damit er unsere Widerstandsfähigkeit gegenüber der RM-Seuche erforschen kann?«

»Zwei Stunden am Tag«, knurrte Skousen. »Und ich habe keinen Zugang zu meinen Notizen und meinem Team im Krankenhaus.«

»Einige Ihrer Wünsche könnte ich erfüllen«, erklärte Shon. »Wenn Michelle sich für Sie und Ihre Arbeit verbürgt, lasse ich einen Teil Ihrer Notizen aus East Meadow holen.«

»Und mein Team.«

»Ich kann das Risiko nicht eingehen, dass Sie sich gegen uns verschwören.«

»Ich dachte, das entspricht mir nicht.«

Shon schüttelte den Kopf. »Ich vertraue Ihnen, Doktor, Ihren Kollegen allerdings nicht.«

»Dann brauche ich mehr Zeit«, verlangte Skousen. »Zwei Stunden am Tag sind gar nichts. Meine Leute sterben, und ich bin möglicherweise der einzige lebende Mensch, der ihnen helfen kann.«

»Er schläft jeweils nur vier Stunden«, warf Michelle ein. »Wir rechnen täglich mit seinem Zusammenbruch.«

»Wenn Sie mir genug Zeit lassen, kann ich die Arbeit schaffen!«, knurrte Skousen.

»Ihre wichtigste Aufgabe besteht darin, diese Partials zu heilen«, befahl Shon.

Dr. Skousen lachte humorlos. »Das deckt sich ganz und gar nicht mit meinen Prioritäten.«

»Wenn Sie tot sind, können Sie niemanden heilen.«

»Sie haben schon versucht, mich zu töten«, erwiderte Skousen. »Das war vor dreizehn Jahren, als ich mich um ein ganzes Krankenhaus voller RM-Opfer kümmern musste. Halten Sie das hier für schlimm?« Er deutete ungestüm auf die sterbenden Partials. Seine Hand zitterte ebenso vor Wut wie vor Erschöpfung. »Wenn die Leichen so hoch gestapelt sind, dass Sie über die Toten steigen müssen, um die Sterbenden zu erreichen, dann dürfen Sie mir sagen, wie schlimm Sie es finden. Dann dürfen Sie mir sagen, dass ich zu hart arbeite und Ruhe brauche. Dann sehen Sie, wie es ist, wenn man ein unsichtbares Monster vor sich hat, das jeden tötet, den Sie je geliebt haben. Vorausgesetzt, Sie wissen überhaupt, was Liebe ist.«

Skousen atmete erregt ein und aus, der alte Körper bekam offenbar nicht genug Sauerstoff, und er zitterte nach dem Ausbruch. Shon beobachtete ihn unbewegt und beschränkte sich darauf, Michelle am Arm festzuhalten, als sie wütend auf den Arzt losgehen wollte.

»Erklären Sie mir doch noch einmal, warum wir Ihnen überhaupt vertrauen sollten!«, verlangte Michelle. Es klang sachlich, doch ihre Gefühle tobten im Link wie ein Buschfeuer. »Ihre Leute haben die Biowaffe erschaffen ...«

»Das wissen wir nicht mit Sicherheit«, wandte Shon ein.

»... und als Einziger auf dieser Insel verfügen Sie über genügend medizinisches Wissen, um so etwas zu erzeugen.« Michelle sträubte sich gegen Shons Griff. »Sie sollten an einem Laternenpfahl hängen und von Krähen gefressen werden, statt sich hier unten vor Lachen zu krümmen, während wir Ihnen immer neue Opfer anliefern.«

»Er hat die Waffe nicht erschaffen«, gab Shon zu bedenken.

»Woher kennen Sie mich so gut?«, höhnte Dr. Skousen.

»Als meine Abteilung in East Meadow eintraf, haben Sie unsere verwundete Vorhut im Krankenhaus behandelt. Selbst als Morgan mit ihren täglichen Hinrichtungen begann, haben Sie die Behandlung fortgesetzt«, erklärte Shon einfach und leise. »Sie sind ein Heiler, und Sie heilen uns, obwohl Sie uns hassen. Sie erinnern sich viel zu gut an RM und bringen es nicht übers Herz, eine neue Seuche zu erschaffen.«

Erbost erwiderte Skousen Shons Blick und ließ die Schultern hängen. »Seit dreizehn Jahren träume ich jede Nacht davon, Sie sterben zu sehen, aber nicht auf diese Weise. Niemand sollte so sterben.«

Michelle machte keine Anstalten mehr, den alten Mann anzugreifen, und Shon ließ sie los. Außer dem lauten Summen und dem kalten Zischen der Luftaufbereiter war in dem plastikverkleideten Raum nichts zu hören. Shon deutete auf die sterbenden Partialsoldaten. »Wissen Sie, wie man sie heilen kann?«

»Ich kenne nicht einmal den Verursacher des Leidens«, flüsterte Skousen.

»Michelle sagte, es sei eine genetisch verursachte Krankheit.«

»Wenn ich die Daten richtig deute, sind es zwei unterschiedliche Erkrankungen«, erklärte Skousen. »Es könnte eine Biowaffe sein, aber Sie müssen auch mit der Möglichkeit rechnen, dass es sich um ... um eine Fehlfunktion handelt. Ein Fabrikationsfehler in Ihrer DNA, der möglicherweise mit dem Verfallsdatum zusammenhängt.«

»Nach dem Verfallsdatum sieht dies hier aber nicht aus«, wandte Shon ein.

»Nichts in Ihrer Geschichte sieht so aus wie dies hier«, bestätigte Skousen. »Wir müssen unsere Theorien auf Analysen statt auf Vorurteile stützen.«

»Was ist also die Ursache?«, fragte Shon. »Warum bricht die Krankheit nur in East Meadow aus – und warum dort nur in bestimmten Sektoren? Alle Opfer, die wir bisher gesehen haben, gehörten zwei Patrouillen an, deren Reviere sich an einer bestimmten Stelle der Stadt überschnitten. Es muss mit den Umweltbedingungen zu tun haben.«

»Alle Opfer, die uns bekannt sind, traten in den letzten vier Tagen in Erscheinung«, erwiderte Skousen. »Die Krankheit ist zu neu, als dass ich Mutmaßungen anstellen könnte. Was wie ein Trend anmutet, könnte ein bloßer Zufall sein, weil aufgrund der viel zu kleinen Anzahl von Ereignissen das Bild verfälscht wird.«

Durch die isolierte Decke drang ein Alarmsignal, gedämpft, aber gerade noch wahrnehmbar. Michelle hob den Kopf.

»Neue Opfer.«

»Verdammt!« Shon ging zur Tür, doch Michelle versperrte ihm den Weg.

»Die Desinfektionsprozedur beim Verlassen des Raums dauert zehn Minuten. Wir können ebenso gut warten.« Sie seufzte. »Die Opfer werden sowieso gleich zu uns gebracht.«

Hilflos und voller Unbehagen warteten sie, lauschten den Rufen und Schritten über ihnen. Endlich öffnete sich die Tür, und zwei Soldaten mit Gasmasken schleppten einen stolpernden, mit Blasen übersäten Partial in das Labor. Skousen half ihnen, den Mann auf einen Tisch zu legen, während Shon den Link einsetzte und einen Bericht anforderte.

»Dieselbe Patrouille.« Der erste Soldat salutierte. »Die Symptome sind vor zwei Stunden aufgetreten. Wir haben ihn festgenommen, sobald seine Einheit Meldung machte.«

»Stehen die anderen unter Quarantäne?«

»Sie warten im Hof«, erwiderte der Soldat. »Wir dachten, Sie wollen vorher mit ihnen reden.«

Shon nickte und wandte sich an den Kranken. »Wie lautet Ihr Name, Soldat?«

»Chas«, antwortete der Mann. Er grunzte und knirschte mit den Zähnen. »Die Schmerzen sind ...«

»Wir tun alles, was in unseren Kräften steht.« Shon wandte sich wieder zu Michelle um. »Sie bleiben hier und bringen alles Wissenswerte in Erfahrung. Ich muss nach oben und mit den anderen sprechen.« Er musterte Skousen. »Finden Sie heraus, warum das alles passiert.«

»Bringen Sie mir endlich das Verlangte: meine Aufzeichnungen!«, erwiderte der Mensch mit fester Stimme.

»Dafür haben wir keine Zeit.«

Wieder fühlte sich Shon von der unerträglichen Bürde

der Aufgaben niedergedrückt. Fast schien es ihm, als könnte die Last seine Knochen jeden Augenblick zu Boden drücken und zu Staub zermalmen. Die Insel besetzen, die Menschen unterwerfen, diese Kira finden, die Menschen töten, die Menschen in Schach halten ... und jetzt schweigen. Morgans Befehle hatten in Form von Leichenbergen einen Ausdruck gefunden, und dann hatte sie das Mädchen entdeckt, sich eingeigelt und überhaupt keine neuen Befehle mehr erteilt. Shon war zu schlecht ausgebildet, hatte zu wenig Leute und war völlig auf sich allein gestellt. Inzwischen wurde die Lage auf der Insel unsicher, eine Katastrophe drohte, und er war hoffnungslos überfordert. Er nickte Skousen knapp zu und versprach ihm stumm, ihm bei nächster Gelegenheit die Notizen zu besorgen. Dann eilte er zum Dekontaminationsraum, wo er, Mattson und die beiden neu eingetroffenen Soldaten sich selbst, die Stiefel und die Plastikanzüge mit ätzenden Chemikalien abschrubbten. Angewidert warf Shon die Gesichtsmaske weg, nahm sich eine neue und eilte hinaus, um mit den übrigen Mitgliedern von Chas' Patrouille zu sprechen.

Was er im Hof vorfand, entsprach ganz und gar nicht seinen Erwartungen.

Die Soldaten im Hof hatten einen weiten Halbkreis gebildet, die Wächter aus Dogwood und die neu eingetroffenen Soldaten standen mehr oder weniger willkürlich verteilt, und alle hatten die Gewehre gehoben und zielten auf das ... auf die Kreatur, die sich mitten im Hof befand.

Shon zog ebenfalls die Pistole, als er sich dem Wesen näherte, das einen schockierenden Anblick bot. Es besaß annähernd die Gestalt eines Menschen – zwei Arme, zwei Beine, ein Torso, ein Kopf –, war aber mindestens zwei Meter vierzig groß, hatte einen breiten Oberkörper und dicke, starke Arme. Die Haut war dunkel, ein purpurn schimmerndes Schwarz, und mit Platten geschützt, die an ein Nashorn erinnerten. Die Finger und Zehen trugen Krallen, und der am wenigsten menschlich wirkende Körperteil war der massige Kopf – haarlos, ohne Nase, mit schartigem Mund und zwei dunklen Knopfaugen, die gelassen die Umgebung betrachteten. Endlich erreichte Shon den Halbkreis der Soldaten und hob die Waffe, obwohl er kaum begriff, was er da sah.

»Was, zum Teufel, ist das?«

»Keine Ahnung, Sir«, keuchte der Soldat, der neben ihm stand. »Es ... es wartet auf Sie.«

»Kann es reden?«

»Ja, wenn man das so nennen will.«

Shon sah sich über die Schulter um. Auch Mattson hatte die Waffe gezogen. Dann schluckte er schwer und trat einen Schritt auf die Kreatur zu, die ihn reglos beobachtete.

Shon ging einen weiteren Schritt auf den Eindringling zu und sprach ihn an. »Wer bist du?«

»Ich bin hier, um mit eurem General zu reden.« Die Stimme des Ungeheuers war tief und grollend, erschütterte Shons Oberkörper wie ein Erdbeben und hallte erschreckend laut im Kopf nach. Anscheinend hatte das Wesen nicht einmal den Mund benutzt.

Shon zuckte erschrocken zusammen. »Wieso kannst du den Link benutzen?«

»Ich bin hier, um mit eurem General zu sprechen.«

»Ich bin der General.« Shon ging noch einen Schritt weiter und ließ die Waffe sinken, um dem Wesen seine Uniform zu zeigen. »Du kannst mit mir sprechen.«

Am Hals der Kreatur öffneten sich Klappen, durch die sie schnüffelte wie durch Nüstern oder ein Blasloch. »Du bist kein General.«

»Ich bin auf dem Schlachtfeld befördert worden«, erwiderte Shon. »Die alten Generäle sind alle tot.«

Daraufhin spürte Shon eine so tiefe Verwirrung, dass er fast die Pistole fallen ließ. Am Rand seines Gesichtsfelds bemerkte er, dass andere Soldaten eine ähnliche Wirkung verspürten und taumelten. Er richtete sich auf und versuchte, so viel Stärke und Selbstvertrauen wie nur möglich auszustrahlen.

»Was willst du uns sagen?«

»Ich bin gekommen, um euch zu warnen, weil sich die Erde verändert«, grollte das Wesen. Es verlagerte das Gewicht von einem mächtigen Bein auf das andere und sprach weiter, ohne den Mund zu benutzen. »Ihr müsst euch vorbereiten.«

»Worauf denn?«

»Auf den Schnee.«

Damit drehte sich der Riese um und marschierte davon.

»Auf den Schnee?« Shon tat einen Schritt, als wollte er ihm folgen. Die seltsame Ankündigung hatte ihn verwirrt, von dem plötzlichen Aufbruch des Wesens ganz zu schweigen. »Warte – was meinst du damit? Den Winter? Was soll das? Wer bist du?«

»Bereitet euch vor!«, sagte das Wesen. Wieder öffneten sich die Schlitze über den Schlüsselbeinen, und nun taumelte Shon vor Müdigkeit. Sein Körper wurde taub, und er konnte kaum noch die Augen offen halten. Er wollte etwas sagen und vergaß die Worte, ohne eine Silbe herausgebracht zu haben. Ihm wurde schwarz vor Augen, ringsum sanken die Soldaten auf die Knie und brachen im Staub zusammen.

Shon konnte noch einmal »Warte!« rufen, bevor das unbezwingbare Schlafbedürfnis auch ihn übermannte und ihm die Augen zufielen. Als Letztes sah er das trampelnde Ungeheuer, das sich langsam entfernte.

8

»Das Mädchen ist völlig nutzlos.« Dr. Morgan starrte auf die Wandbildschirme, die vor Daten über Kiras Körper, ihr Immunsystem, ihre DNA und alles andere geradezu barsten. Wochenlang hatten sie Kira aus allen nur denkbaren Blickwinkeln untersucht. Morgan, Vale und Kira hatten eng zusammengearbeitet und nichts gefunden. Ihre Gene enthielten nichts, was das Verfallsdatum aufzuheben oder auch nur hinauszuschieben vermochte. Absolut nichts, um die Partials vor dem Tod zu retten. Für Kira war es ein schreckliches Gefühl. Mutlos lag sie auf dem Operationstisch. Sie war körperlich, geistig und emotional am Ende und fühlte sich wund wie ein freigelegter Nerv, sie war verzweifelt und tatsächlich so nutzlos, wie Morgan es ausgedrückt hatte. Niedergeschlagen betrachtete sie ihr Gesicht auf dem Wandbildschirm: hager, grau, voller Narben und Verbände nach einem Dutzend schmerzhafter Eingriffe. Das Gesicht gehörte einem Geschöpf, das sie verraten hatte. Ihr eigener Körper war ein unlösbares Rätsel und ein unerbittlicher Feind.

Auch Morgan setzte die Niederlage zu, sie schrie vor Enttäuschung, bekam einen Wutanfall, zog die Pistole und schoss auf den Bildschirm, der zersprang. Nur einige böse Zacken blieben stehen wie Reißzähne. Das Bild brach nicht zusammen, sondern zersplitterte zu scharfkantigen Scherben. Plötzlich sah Kira das eigene Gesicht in vielen Facetten – hier ein Auge, dort eine Haarsträhne oder der große, isolierte Mundwinkel.

»Nutzlos!«, schrie Morgan noch einmal. Dann stand sie auf und drehte sich mit ausgestreckter Waffe um sich selbst. Vale sprang erschrocken vor Kira und versuchte verzweifelt, die aufgebrachte Wissenschaftlerin zu beruhigen. Kira dagegen war viel zu deprimiert, um sich zu rühren.

»Seien Sie doch vernünftig, McKenna!«

»Wie viel Zeit habe ich mit ihr verschwendet?«, klagte Morgan. »Wie viele Partials sind abgelaufen, während ich meine Zeit mit einer Sackgasse vergeudet habe?«

»Das ist doch nicht Kiras Schuld«, wandte Vale ein. »Legen Sie die Pistole weg!«

»Wessen Schuld ist es denn sonst?« Wütend hielt Morgan Vale die Pistole unter die Nase. Dann wandte sie sich dem beschädigten Bildschirm zu und gab noch drei weitere Schüsse ab – *peng-peng-peng* –, bis Kiras Gesicht vollends zerstört war. »Es ist unsere Schuld, wenn überhaupt«, sagte sie etwas leiser, aber immer noch wütend. »Genau genommen sogar meine Schuld, obwohl ich damals nur die Hälfte des Plans kannte. Wahrscheinlich ist auch Armin dafür verantwortlich, weil er anscheinend der Einzige ist, der alles überblickte. Leider ist er nicht mehr da.« Sie schnitt eine Grimasse und warf die Pistole auf den Boden. »Deshalb kann ich ihn dummerweise nicht erschießen.« Morgan packte die Kante eines kleinen fahrbaren Tischs. Kira rechnete damit, dass die Frau ihn umwerfen und die Skalpelle und Spritzen auf dem weiß gekachelten Boden verteilen würde, doch Morgans Wut ließ allmählich nach. Sie wollte den Tisch nicht umkippen, sondern hielt sich daran fest. »Es spielt keine Rolle, wessen Schuld es ist«, erklärte sie schließlich. »Wir können nur noch nach einem anderen Weg suchen.« Hoffnungslos starrte sie auf die Computer ... oder auch auf etwas Fernes weit dahinter.

Kira zog sich das dünne Tuch, mit dem sie bedeckt war, eng um die Schultern, drehte sich auf dem Operationstisch zur Seite um und zog die Beine an. Vale stand mit offenem

Mund da und wollte anscheinend etwas sagen, hielt sich aber zurück. Offenbar fand er noch nicht den Mut, sich Morgans Zorn zu stellen. Sein Zögern weckte Kiras Wut – in viel stärkerem Maß, als es der Situation angemessen war, doch auch sie war mit den Nerven am Ende.

»Sagen Sie's doch endlich!«, krächzte sie.

Er sah sie an. »Was denn?«

»Was immer Sie sagen wollen. Sie kauen doch schon den ganzen Morgen darauf herum. Spucken Sie's endlich aus!«

Er holte tief Luft. »Es ist ...« Er schnitt eine Grimasse und starrte unverwandt Morgans Hinterkopf an. »Also, verstehen Sie mich nicht falsch ... Und ich will nicht darauf herumreiten, dass ich längst gesagt habe ...«

»Fangen Sie lieber nicht damit an!«, gab Morgan zurück.

»Aber wir müssen uns doch mit der Möglichkeit auseinandersetzen, dass wir gewissermaßen aufs falsche Pferd gesetzt haben«, beharrte Vale, ohne auf die Warnung zu achten. »Beide Spezies sterben, und wir kennen das Heilmittel für eine Spezies. Darauf sollten wir uns konzentrieren und möglichst viele Menschen retten ...«

»Und die Partials lassen wir sterben?«, fragte Morgan. »Zweihunderttausend Personen, bei deren Erschaffung wir geholfen haben – es sind praktisch unsere Kinder –, und wir sollen überhaupt nichts tun? Oder sie versklaven, was noch schlimmer wäre? Sollen wir sie im Keller einsperren, wie Sie es schon einmal getan haben, und sie wie ... wie ein Wirtschaftsgut benutzen? Als vergängliches Heilmittel für die glückliche Spezies, die zu retten wir uns entschlossen haben?«

»Wir sind über den Punkt hinaus, an dem wir Lösungen finden können, mit denen alle einverstanden sind«, erwiderte Vale. »Wir sterben alle. Uns läuft die Zeit davon, und wir sind in eine Sackgasse geraten. Ich halte mich für kein Ungeheuer, wenn ich vorschlage, die verbliebene Zeit für die einzige Lösung zu verwenden, die bisher überhaupt jemand gefunden hat.«

»Ihr Mittel gegen RM ist ebenfalls eine Sackgasse«, wandte Kira ein. »In zehn Monaten sind alle Partials tot, und mit ihnen verschwindet das Heilmittel. Dann ist sowieso alles sinnlos.« Sehnsüchtig dachte sie an Samm – sie wollte ihn noch einmal sehen, bevor er das Verfallsdatum erreichte. Leider befand er sich auf der anderen Seite des Kontinents, durch eine vergiftete Einöde und feierliche Gelübde von ihr getrennt.

»Deshalb müssen wir sofort handeln«, drängte Vale. »Wir müssen möglichst viel von dem Heilmittel extrahieren und es einlagern. So bekommen wir einen Zeitpuffer, um nach einer anderen Lösung zu suchen.«

»Uns bleiben noch zehn Monate ...«, meinte Morgan.

Vale seufzte angesichts ihrer mangelnden Einsicht. »Zehn Monate sind gar nichts.«

»Aber wir können es trotz allem schaffen«, fauchte Morgan. »Und wenn wir es geschafft haben, sind die Menschen immer noch da.«

»Halten Sie beide den Mund!« Mühsam richtete sich Kira auf. Am liebsten wäre sie liegen geblieben und hätte sich nach den wochenlangen anstrengenden Eingriffen erholt, die Augen geschlossen und abgewartet, bis sich das ganze Problem in Wohlgefallen aufgelöst hätte. Das konnte sie aber nicht. Das Loslassen war ihr noch nie leichtgefallen, und sosehr sie sich innerlich selbst verfluchte, stemmte sie sich hoch, knirschte mit den Zähnen und stellte die Füße auf den Boden. »Halten Sie den Mund!«, wiederholte sie. »Sie zanken sich wie meine Schwestern, und dafür habe ich derzeit nicht das geringste Verständnis.« Vor Kälte schaudernd raffte sie die Decke um sich und trat vor einen unbeschädigten Wandbildschirm.

»Verdammt, wir sind Mediziner und sollten uns auch so verhalten!«

»Das tun wir seit Wochen«, erwiderte Vale. »Allerdings haben wir meiner Ansicht nach eine kurze Pause des Selbstmitleids verdient.«

»Außerdem sind hier nur zwei Ärzte anwesend«, fügte Morgan schnippisch hinzu. »Sie sind keine Ärztin.«

»Nur zwei von uns haben ein Heilmittel gegen RM gefunden«, gab Kira zurück, während sie die Monitore betrachtete. »Welche beiden waren das denn wohl?«

Morgan schnitt eine Grimasse und stolzierte zur Tür. »Schwelgen Sie meinetwegen in Selbstmitleid«, sagte sie zu Vale. »Ich habe zu tun.« Damit stürmte sie auf den Flur hinaus und knallte die Tür hinter sich zu.

»Ich freue mich über jeden, der diesem Drachen die Stirn bietet«, sagte Vale. »Allerdings ist sie zweifellos der mächtigste Mensch auf der Erde. Hüten Sie Ihre Zunge!«

»Das rät man mir bereits, seit ich auf der Welt bin«, räumte Kira abwesend ein. Unverwandt starrte sie den großen Bildschirm an und sortierte im Geist die Daten, um in dem Chaos irgendeine Ordnung zu entdecken – irgendeinen Schlüssel, der es ihnen erlaubte, alles zusammenzufügen und zu verstehen. »Was sehen Sie hier?«

»Ihr ganzes Leben, in Zahlen ausgedrückt«, antwortete Vale. »Zerfallsraten von Zellen, Gensequenzen, pH-Werte, Zählungen der weißen Blutkörperchen, Knochenmarksproben ...«

»Die Antwort ist nicht hier zu finden«, sagte Kira.

»Natürlich nicht.«

Die alte Erregung erwachte in ihr. Wenn es galt, ein Rätsel zu lösen, hatte sie dieses Gefühl oft gehabt. »Das ist die gründlichste biologische Untersuchung, die ich je gesehen habe. Es sind nicht nur meine Daten, hier sind jahrelange Forschungen über das Verfallsdatum der Partials, über gesunde Partials, menschliche Versuchspersonen und so weiter dokumentiert. Was Sie ihr auch sonst vorwerfen würden, Doktor Morgan ist außerordentlich gründlich vorgegangen.«

»Sie reden, als wäre das etwas Gutes«, erwiderte Vale. »Aber was Sie sagen, macht es nur noch schlimmer. Morgan ist eine brillante Wissenschaftlerin. Sie sammelt die Daten seit mehr als einem Jahrzehnt und hat trotzdem keine Antwort erhalten. Wenn überall nachgesehen wurde und keine Antwort zu finden war, dann gibt es kein Heilmittel gegen das Verfallsdatum.«

Kira fuhr herum, ihre Augen strahlten vor Eifer. »Wissen Sie, wie ich das Heilmittel gegen RM gefunden habe?«

»Sie haben einen Partial gefangen und mit ihm experimentiert«, entgegnete Vale. »Vom karmischen Standpunkt aus bringt Sie das in eine interessante Lage.«

Kira überhörte den Seitenhieb. »Wir haben im Hinblick auf RM so viel getan wie Morgan in Bezug auf das Verfallsdatum und sind gegen die gleiche Wand gelaufen. Wir haben alles ausprobiert, sind gescheitert und waren mit unserer Weisheit am Ende. Das Heilmittel fanden wir nur, weil wir einen Partial untersuchten, und er war buchstäblich das einzige Objekt, das wir noch nicht näher betrachtet hatten. Das Ergebnis schien sinnlos und entsprach in keiner Weise den Daten, die wir vorher gesammelt hatten. Was uns antrieb, war nicht mehr als eine Ahnung oder ein frommer Wunsch, aber es funktionierte, nachdem wir alle anderen Möglichkeiten bereits eliminiert hatten. Wenn Sie überall nachgesehen und die Antwort nicht gefunden haben, dann haben Sie eben doch noch nicht überall nachgesehen.«

Vale kam zum Bildschirm und betrachtete die glühenden Wörter und Ziffern. »Die Mitglieder des Trusts hatten auch voreinander Geheimnisse«, führte er ihren Gedankengang fort. »Aber ich kann Ihnen versichern, dass es da draußen keine geheimnisvolle Spezies mehr gibt, die wir einfangen und untersuchen können.«

»Das stimmt nicht ganz«, wandte Kira ein. »Auf dem Weg zum Reservat wurden wir von sprechenden Hunden angegriffen.«

»Die Wachhunde sind kein Heilmittel für das Verfallsdatum«, hielt Vale dagegen. Er tippte auf den Bildschirm und rief eine Akte über die halb intelligenten Tiere auf. »Ob Sie es glauben oder nicht, Morgan hat sie bereits untersucht, um herauszufinden, ob sie ein ähnliches Verfallsdatum haben wie die Partials. In den Hunden versteckt das Heilmittel so wenig wie in Ihnen.«

»Genau deshalb ist diese riesige nutzlose Datenmenge ein großes Geschenk«, meinte Kira. »Eine Landkarte, die nur neunundneunzig Prozent des Landes zeigt. Jetzt müssen wir nur noch herausfinden, was sich nicht auf der Karte befindet, und dort muss die Antwort zu finden sein. Das eine Prozent des Landes, das wir noch nicht erkundet haben.«

»Na schön«, sagte Vale etwas halbherzig, während er einige weitere Ordner durchging. »Was ist nicht hier drinnen?« Er hielt inne und sah zu, wie seine Berührungen eine Kaskade unzähliger Ordner auslösten, die auf dem Bildschirm vorbeiflogen. »Wie klären wir überhaupt, wo wir beginnen sollen?«

»Wir beginnen, indem wir über die Menschen und nicht über die Zahlen nachdenken«, erwiderte Kira. »Dies sind nicht einfach nur Daten. Es sind Morgans Daten, die sie aufgrund ihrer eigenen Annahmen gesammelt hat. Sie hat jedoch nicht nach einem natürlichen, unberechenbaren Phänomen gesucht, sondern nach etwas, das ein anderer Mensch erschaffen hat – Armin Dhurvasula genauer gesagt. Sie selbst sagten doch, er habe für alles einen Plan gehabt. Also müssen wir nur noch überlegen, wie dieser Plan aussieht.«

»Wenn dies darauf hinausläuft, die Gedanken eines toten Wissenschaftlers zu lesen, der vielleicht einen Plan zur Rettung der Welt entwickelt hat, dann konzentriere ich mich lieber auf eine andere Vorgehensweise.«

»Es geht doch gar nicht ums Gedankenlesen«, widersprach Kira. »Wir können durchaus einige plausible Überlegungen anstellen. Welche Ressourcen standen Armin zur Verfügung?«

»Die gesamte moderne Gentechnik.«

»Unterteilt in sehr spezielle Sparten und Verfahren«, fügte Kira hinzu. »Im Trust hatten Sie alle ganz bestimmte Aufgaben, richtig? Was war sein Bereich?«

Vale kniff die Augen zusammen, als ihm bewusst wurde, wie einleuchtend Kiras Gedankengang war. »Er hat sich mit den Pheromonen und dem Linksystem beschäftigt.«

Kira schnitt eine Grimasse und rief die Ordner auf, in denen Morgan die Forschungen zu den Pheromonen abgelegt hatte. Es war eine der größten Abteilungen in der Datenbank. »Morgan hat alle nur denkbaren Aspekte der Pheromone erforscht.« Kopfschüttelnd blätterte sie die Themengebiete durch: Kommunikation, Taktik, Verwundbarkeit. Dutzende von Ordnern, jeweils mit Dutzenden Unterordnern, Berge von Notizen und Experimenten, Fotos und Videos. »Kaum anzunehmen, dass sie irgendetwas übersehen hat.«

»Sie hat das Heilmittel gegen RM übersehen«, wandte Vale ein.

Kira hätte fast laut gelacht. »Ja, das stimmt. Dadurch wird die Suche nach dem richtigen Ansatz aber nicht einfacher.«

»Wir müssen also denken wie McKenna Morgan«, fuhr Vale fort. »Warum hat sie unter den zahllosen Daten das Heilmittel übersehen?«

»Weil sie nicht danach gesucht hat«, entgegnete Kira. »Sie hat versucht, das Verfallsdatum der Partials, aber nicht die menschliche Empfänglichkeit für RM zu beheben. Deshalb hat sie sich nie gezielt um die Menschen gekümmert.«

»Also sollten wir vielleicht die jeweils andere Spezies genauer betrachten.« Vale legte sich die Hände vor den Mund und atmete durch die Finger – eine nervöse Geste, die Kira bei ihm in den letzten Wochen schon mehrmals beobachtet hatte. Er starrte auf die Daten. »Gehen wir es aus folgendem Blickwinkel an: Weil Morgan nicht damit rechnete, dass Armin eine Spezies als Heilmittel für die andere vorgesehen hatte, übersah sie die Verbindung. Nun ist die Sache allerdings nicht ganz so einfach, denn die Situation ist keinesfalls umkehrbar. Er konnte das Heilmittel für die Menschen in den Partials verstecken, weil er die Partials gebaut hatte. Er erschuf das Pheromonsystem, das die Heilung für die Menschen enthält. Aber offensichtlich entwarf er nicht das menschliche Genom, und sofern er nicht eine umfassende Genmanipulation veranstaltete, von der wir noch nichts wissen ...«

»Ach, du großer Mist!«, stieß Kira hervor.

»Ich sagte Ihnen doch, Sie sollen Ihre Zunge hüten«, ermahnte Vale sie.

»Er hat ein entsprechendes Programm durchgezogen«, meinte Kira. Sie zitterte beinahe vor Erregung, als sie es durchschaute. »Ein riesiges weltweites Programm, das jeden Menschen erfasste und veränderte, und zwar vor unseren Augen. Er versah die Menschen mit aktiven biologischen Wirkstoffen, die seine speziell veränderte DNA übertrugen. Wenn er die Heilung für die Partials in den Menschen verstecken wollte, dann ergab sich für ihn die ideale Gelegenheit dazu.«

Vale starrte sie an, verzog verwirrt das Gesicht, dann öffnete er den Mund und riss die Augen weit auf. Er rang um Worte, war aber völlig verblüfft. »Ach, du großer Mist!«

»Was Sie nicht sagen.«

»RM.« Vale kehrte zum Wandbildschirm zurück und fasste sich an den Kopf, als befürchtete er, dass sein Gehirn zerbarst. »Jeder Mensch auf der Welt trägt RM in sich. Er benutzte das ansteckendste Virus auf der Welt, um das Heilmittel dort unterzubringen, wo niemand danach sucht.«

Kira nickte. »Vielleicht war es so. Letzte Gewissheit haben wir nicht, aber es ist ein Anfang.«

»Dann wollen wir uns an die Arbeit machen.«

9

Kira las unermüdlich in Dr. Morgans Archiv, sie schlief nicht, verließ den Raum nicht und nahm sich nicht einmal Zeit zum Essen. Die verbitterte Wissenschaftlerin hatte RM nur oberflächlich erforscht und nie eine Verbindung zum Verfallsdatum der Partials in Betracht gezogen. Der größte Teil ihrer Forschungen zu diesem Thema bezog sich auf Pheromon 47, das geheimnisvolle Partikel, das Kira als *Schläfer* bezeichnet hatte, weil es keinem offenkundigen Zweck diente. Morgans Hypothese besagte, dass der Schläfer RM verursachte oder bei einem Menschen auslöste, der den Erreger bereits in sich trug, aber noch keine Symptome entwickelt hatte. Seinerzeit – vor mehr als einem Jahr – hatte Kira angenommen, der Schläfer sei in Wirklichkeit das Heilmittel gegen RM. Auf diesen Gedanken war sie allerdings nur gekommen, weil sie im Gegensatz zu Morgan monatelang RM untersucht hatte.

Die Unterlagen enthielten auch recht ausführliche Informationen über die anderen Partialfraktionen, die sich Morgans Herrschaftsansprüchen noch widersetzten. In den Pausen, wenn sie die endlose Reihe biologischer Untersuchungen vorübergehend liegen ließ, nahm sie sich hin und wieder einen dieser Berichte vor. Die kleinen Fraktionen waren als Ziele für die großen Armeen zu unbedeutend, und nachdem Morgan mittlerweile auch über Trimbles Streitmacht verfügte, neigte sie anscheinend dazu, die Splittergruppen völlig außer Acht zu lassen. Der Standort der Gruppen war mehr oder weniger genau dargestellt, und einige Textzeilen beschrieben die Gründe, warum sie Morgan nicht unterstützten: *Mit unseren Methoden nicht einverstanden ... Vorbehalte gegenüber medizinischen Experimenten ... bilden einen neuen pazifistischen Kult* und so weiter. Die nächstgelegene Gruppe nannte sich die Ivies und lebte irgendwo im Norden von Connecticut. Kira las fasziniert die Eintragungen und staunte nicht nur über die Bandbreite, sondern über das einzige Merkmal, das sie alle verband: Als sie vor der Frage gestanden hatten, ob sie Dr. Morgan unterstützen oder durch das Verfallsdatum sterben sollten, hatten sie sich für Letzteres entschieden. Keine Gruppe verfolgte Pläne, das Problem aus eigener Kraft zu lösen – oder wenn, dann war dies in Morgans Akten nicht vermerkt. Kira fragte sich, ob sich Dr. Morgans Stolz als blinder Fleck in den Aufzeichnungen niederschlug oder ob die anderen Fraktionen wirklich bereit waren, einfach zu sterben. Trimble hatte jedenfalls ausgeharrt und gehofft, irgendwie werde sich etwas ergeben, und alles werde gut enden. Dachten die anderen genauso?

Konnte letzten Endes überhaupt jemand auf Rettung hoffen?

Während sie die medizinischen Aufzeichnungen durchsah, dachte Kira oft an Arwen, an das Baby, das sie vor RM gerettet hatte. Aber nein, die Kleine war kein Baby mehr. Inzwischen war doch mehr als ein Jahr vergangen. Sie war jetzt wohl im Krabbelalter. Abgesehen von den flüchtigen Begegnungen mit den Kindern im Reservat hatte Kira seit dem Zusammenbruch vor mehr als dreizehn Jahren kein Kleinkind mehr gesehen, obwohl sie Schwangerschaften und Geburten mehr als ausgiebig studiert hatte. Wie schnell wuchsen Kinder eigentlich heran? Ob Arwen inzwischen laufen oder gar sprechen konnte? Bisher hatte Kira nie über die Entwicklung von Kindern nachgedacht, weil es nicht nötig gewesen war. Madison musste von Grund auf alles neu lernen.

Voller Verzweiflung dachte Kira an Arwens kostbares kleines Leben, das sinnlos würde, wenn sie keinen Weg zur vollständigen Heilung aller Menschen fand.

Sie kehrte zu ihren Nachforschungen zurück und beschloss, sich nicht mehr ablenken zu lassen.

RM war ein erschreckend komplexes Virus, das im Lauf seines Lebenszyklus verschiedene Entwicklungsstadien durchmachte. Bei Sams Untersuchung – *vor mehr als einem Jahr,* dachte sie traurig – hatte sie den Stadien Namen gegeben: die Spore, der Klecks, das Raubtier. Die Spore war die einfachste Version des Virus. Sie entstand in den Atemwegen der Partials, entwich in die Luft und gelangte früher oder später in einen menschlichen Körper. Sobald die Partikel, meist über die Lungen, in den Blutkreislauf eingedrungen waren, verwandelten sich die Sporen in die Raubtiere, in bösartige Killer, die keine andere Aufgabe hatten, als sich zu vermehren und neue Sporen zu erzeugen, um den Wirt anzugreifen und praktisch bei lebendigem Leib zu fressen. Dabei wurden alle Zellen und das ganze Körpergewebe zerlegt, während das Virus wie besessen versuchte, sich auf so viele neue Wirte wie möglich auszubreiten. Ins Extrem übersteigert, konnte dieser Prozess den menschlichen Körper in einen formlosen Brei verwandeln, doch der Infizierte starb natürlich schon lange vorher, weil die Organe und Körpersysteme versagten. Die meisten Opfer gingen sogar am Fieber zugrunde, weil die Körper sich mit aller Kraft so heftig wehrten und förmlich von innen heraus zerkochten.

So gefährlich das Raubtier auch war, die menschlichen Ärzte wussten nur wenig darüber, weil es die Opfer viel zu schnell dahinraffte. Wer lange genug lebte, um gründlich untersucht zu werden, war entweder immun – was für einen verschwindend kleinen Teil der Bevölkerung galt – oder mit dem dritten Stadium des Virus infiziert, das Kira als *Klecks* bezeichnet hatte. Sie hatte den Klecks für den Killer gehalten, doch bei diesem Gebilde handelte es sich tatsächlich um die Vereinigung zweier verschiedener Partikel. Genau wie die Spore mit dem menschlichen Blut reagierte und sich in das Raubtier verwandelte, reagierte das Raubtier mit dem Schläfer, dem geheimnisvollen Pheromon 47, und verwandelte sich in den Klecks – eine riesige, harmlose und fast völlig passive Version des Virus. Die Partials atmeten die Krankheit aus, aber sie verbreiteten auch das Heilmittel, das sie auf die Menschen in der Nähe verteilten. Vale und Morgan beharrten darauf, dass der Trust nie die Absicht verfolgt hatte, mit RM die ganze Menschheit zu vernichten, und meinten damit vermutlich das Raubtier – RM war einfach zu wirkungsvoll und viel aggressiver, als es die Schöpfer jemals erwartet hatten. Die Krankheit hatte sich vor allem bei den Menschen, die weit von den Partials entfernt lebten, ungeheuer schnell ausgebreitet. Graeme Chamberlain hatte sie ersonnen und sich bald danach selbst getötet. Man konnte ihn nicht mehr fragen, ob er es absichtlich getan hatte. Die entscheidende Wechselwirkung, der wichtigste Teil des Prozesses, war jedoch das dritte Stadium. Der *Klecks*. Er verriet viel über den Trust, über dessen Plan und über den Mann, der sich alles ausgedacht hatte.

Armin Dhurvasula. Kiras Vater.

Bisher war es ihr noch nicht gelungen, eine plausible Verbindung zwischen RM und dem Verfallsdatum herzustellen, aber es gab einige Spuren. Zuerst einmal wusste sie von Dr. Vale, dass RM die Aufgabe hatte, ein unauflösliches Band zwischen den Menschen und ihren künstlich erschaffenen Kindern zu knüpfen. Die Partials waren denkende, fühlende Wesen, und die Menschheit durfte sie nicht einfach wegwerfen wie Werkzeug, das man nicht mehr brauchte. Die Tatsache, dass die Wissenschaftler das Heilmittel für RM in die Partials eingepflanzt hatten, war eine klare Aussage über die Lösung des Problems: Wenn die Menschen die Partials vernichteten, wurden sie krank, und wenn sie die Partials achteten, ging es ihnen gut. Die Partials atmeten das Heilmittel aus, die Menschen atmeten es ein, und alle blieben gesund. Wäre das Raubtier weniger aggressiv gewesen, dann hätte der Plan wahrscheinlich funktioniert. Hätte dieser Plan auch die Partials gerettet?

Wenn Kira recht hatte, war die Heilung für das Verfallsdatum irgendwo im Lebenszyklus des RM-Virus zu finden. Offensichtlich war es nicht die Spore, denn sonst hätten sich die Partials selbst heilen können. Auch das Raubtier war es nicht, denn die bloße Gegenwart der Partials entfernte das Raubtier aus dem Blutkreislauf der Menschen. Nein, die Heilmittel wurden offenbar nur aktiv, wenn die beiden Spezies eng miteinander zu tun hatten. Was Kira suchte, musste daher im *Klecks* verborgen sein. Die Partials gaben den Menschen den Schläfer und retteten sie damit, und dann erwiderten die Menschen die Gefälligkeit und gaben den Partials etwas zurück, um sie zu retten ... aber was war es? Gab es ein viertes Stadium des Virus, das sie noch nicht entdeckt hatte? Eine weitere Wechselwirkung, auf die sie noch nicht gestoßen war? Gut möglich, dass manche Partials, die viel Zeit in der Nähe von Menschen verbracht hatten, bereits in den Genuss des Heilmittels gekommen waren. Die einzige Möglichkeit, dies zu überprüfen, bestand derzeit darin, bis zum Verfallsdatum zu warten und zu beobachten, welche Partials starben. Kira öffnete eine neue Datei auf dem Medicomp und nahm sich vor, in den Unterlagen auf entsprechende Hinweise zu achten, obwohl sie sich keine große Hoffnung machte. Es wäre eine Sensation gewesen, wenn irgendein Partial sein Verfallsdatum überlebt hätte. In den letzten elf Jahren waren nur wenige Partials überhaupt mit den Menschen in Berührung gekommen. Die Partials, die an der Besetzung von East Meadow beteiligt waren, hatten dagegen ständig Kontakt mit Menschen, aber reichte das aus? Wie viel Kontakt war nötig?

Wie schnell wirkte er? Es gab zu viele Unbekannte, und die Zeit wurde knapp. Daten über Beobachtungen reichten nicht aus. Sie musste ihre Theorie direkt testen, und das bedeutete, dass sie experimentieren musste. Sie brauchte eine Probe vom Klecks und musste sie im Körper eines Partials testen.

Das war ein guter Plan. Der einzige Plan, der ihr einfiel. Aber bei dem Gedanken an die notwendigen Schritte starb etwas in ihr ab.

»Wir müssen einen Menschen entführen.«

Dr. Vale blickte von seinem Medicomp auf, wo er Abwandlungen der Daten überprüfte, über denen Kira seit Tagen gebrütet hatte. Er starrte sie kurz an und blinzelte, bis sich die Augen vom Bildschirm auf ihr Gesicht umgestellt hatten. »Wie bitte?«

»Wir brauchen eine menschliche Versuchsperson«, erklärte Kira. »Wir müssen die Wechselwirkung zwischen dem dritten Stadium des RM-Virus und einem lebenden Partial untersuchen. Die einzige Möglichkeit, RM in der dritten Stufe zu bekommen, ist ein lebender Mensch. Ich bin kein Mensch, und Sie haben bereits Genveränderungen eingesetzt, um sich selbst zu immunisieren. Wir brauchen einen ganz normalen Menschen. Das gefällt mir nicht, aber es ist die einzige Möglichkeit. Was wir bei diesem Experiment lernen, könnte die Welt retten.«

Vale starrte sie eine Weile mit leerer Miene an, bis er schließlich die Stirn runzelte und sich ganz ihr zuwandte. »Verzeihen Sie, wenn ich so ungläubig bin, aber ist dies tatsächlich dieselbe junge Frau, die mich ein Monster nannte, weil ich es für medizinisch notwendig hielt, Partials einzusperren?«

»Ich sagte Ihnen doch schon, dass es mir nicht gefällt. Ich rede auch nur davon, Blutproben zu nehmen, und nicht darüber, ein Opfer jahrelang im Koma zu halten und ...«

»Ist dies tatsächlich dieselbe junge Frau«, fuhr Vale fort, »die selbst entführt und untersucht wurde? In eben dieser Einrichtung hier?«

Genervt knirschte Kira mit den Zähnen. Warum sträubte er sich so? Warum hatte sie den Vorschlag überhaupt gemacht? Es zerriss sie innerlich, wenn sie nur daran dachte. Aber welche anderen Möglichkeiten gab es schon? »Was soll ich darauf antworten?«

»Das weiß ich nicht«, entgegnete Vale. Es klang mutlos und müde. »Ich habe keine bestimmte Antwort erwartet. Ich bin nur ... überrascht. Und vermutlich wohl auch traurig.«

»Traurig, weil es unsere einzige Möglichkeit ist?«

»Nein, weil ich vielleicht gerade den Tod der letzten Idealistin auf der Welt vorausgesehen habe.«

Kira ballte die Hände zu Fäusten und beherrschte sich mühsam, obwohl ihr schon die Tränen in den Augen standen. »Falls wir die Wechselwirkung zwischen den Spezies entdecken, wobei RM als Katalysator für beide Heilmittel betrachtet werden muss, könnten wir die Welt retten. Alle, die auf dieser Welt leben. Ist das nicht jedes Opfer wert?«

»Als Sie sich für die Forschungen zur Verfügung stellten, war es ein Opfer«, erwiderte Vale. »Es hat mir nicht gefallen, aber ich habe Sie dafür bewundert. Jetzt aber ...«

»Jetzt haben wir sogar noch weniger Zeit, über ethische Gesichtspunkte ...«

»Wie ich sehe, habe ich mich in Ihnen getäuscht«, fiel Vale ihr mit erhobener Stimme ins Wort. »Sie wollten sich nicht für ein wichtiges Anliegen opfern, sondern waren einfach nur besessen. Genauso besessen wie Morgan, und Sie boten sich nur deshalb selbst an, weil Sie sonst niemanden vorschicken konnten.«

»Warum greifen Sie mich so an?«, schrie sie, und heiße Tränen rannen ihr über die Wangen.

»Weil ich weiß, wie es sich anfühlt!«, schrie er zurück. Er

starrte sie an, atmete schwer unter dem Ansturm der Gefühle, und sie erwiderte verblüfft und schweigend seinen Blick. Nach einigen bebenden Atemzügen sprach er leise weiter. »Ich weiß, wie es ist, wenn man die eigene Ethik und Menschlichkeit verrät. Wenn man alles verrät, was einem wichtig war. Das sollen Sie nicht erleben müssen. Im Reservat habe ich zehn Lebewesen vernichtet. Zehn Partials, die ich nicht nur versklavt, sondern auch gefoltert habe. Ich liebte sie so sehr, dass ich die ganze Welt verriet. Ich wollte ihnen das Leben schenken, das sie verdienten. Als der Plan auf denkbar schreckliche Weise scheiterte, habe ich die Partials verraten, um ... wie viele eigentlich? Um eintausend oder zweitausend Menschen zu retten, die am Ende dennoch einsam sterben werden, sobald die einzige Quelle des Heilmittels versiegt ist.«

»Nicht, wenn dieses Experiment gelingt.«

»Und selbst wenn es gelingt – was dann?«, fragte Vale. »Angenommen, die Menschen können nicht ohne die Partials, und die Partials können nicht ohne die Menschen leben – wie soll das gut ausgehen? Hoffen Sie wirklich auf eine wundervolle kulturelle Vermischung der beiden Spezies? Das ist bisher nicht geschehen und wird auch in Zukunft nicht geschehen, denn die Mächtigen unterdrückten schon immer die Ohnmächtigen. Zuerst stellten die Menschen die Partials her und zwangen sie, zu kämpfen und zu sterben oder als minderwertige Zeitgenossen zurückzukehren. Dann kam der Partialkrieg, schließlich meine Arbeit im Reservat. Doktor Morgans Experimente mit lebenden Versuchspersonen. Sogar Sie haben einen Partial gefangen und untersucht und wurden umgekehrt selbst gefangen genommen. Inzwischen hat Morgan East Meadow besetzt, und die Menschen kämpfen mit Zähnen und Klauen dagegen an. Die Partialfrau Kira will nun einen Menschen fangen. Erkennen Sie nicht, wie sinnlos das alles ist? Sie kennen beide Seiten besser als jeder andere, und wenn Sie nicht in

Frieden leben können, wie sollte dann irgendjemand sonst darauf hoffen?«

Kira wollte protestieren, denn ihrer Meinung nach lag er völlig falsch. Es konnte gar nicht anders sein. Leider fiel ihr kein einziges Argument ein, das seinen Irrtum bewies. Sie wollte, dass er sich irrte, aber der Wunsch allein vermochte die Realität nicht zu verändern.

»Es wird keine kulturelle Vermischung geben«, prophezeite Vale. »Es wird keine Begegnung unter Gleichgestellten sein. Die Zukunft, wenn wir überhaupt eine Zukunft haben, wird eine einzige kulturelle Vergewaltigung sein. Sagen Sie mir ins Gesicht, dass Ihnen das ausreicht und dass Sie das in jeder Hinsicht hinnehmen können.«

»Ich ...« Kira blieben die Worte im Hals stecken.

Es gab nichts mehr zu sagen.

10

»Ich glaube, der hier wacht auf!«, rief Samm in den Flur hinaus. Sobald sich draußen etwas rührte, eilte er zu dem Bett zurück, in dem der Partial Nummer Fünf langsam zu sich kam. Die Partials aus Vales Labor hatten schon einige Wochen lang kein Betäubungsmittel mehr bekommen. Nachdem sie fast dreizehn Jahre lang im Koma gelegen hatten, wollten die Körper aber nicht mehr aufwachen. Viele Bewohner des Reservats hatten die Hoffnung bereits aufgegeben, dass sie überhaupt noch einmal zu sich kämen. Samm hatte sich jedoch geweigert, die Partials im Stich zu lassen. Nummer Fünf – die richtigen Namen kannten sie nicht – bewegte sich. Er zuckte nicht nur, sondern warf sich herum, hustete und stöhnte sogar durch das Beatmungsgerät. Samm hatte ihn den ganzen Morgen über mit wachsender Erregung beobachtet, und als die Augenlider des Mannes schließlich flatterten und Nummer Fünf endgültig zu erwachen schien, hatte Samm die anderen gerufen. Schon eilten sie herbei: Phan, Laura und Calix, die inzwischen auf Krücken ging, nachdem die Beinwunde, die Herons Kugel ihr zugefügt hatte, allmählich verheilte. Das Mädchen vermied es demonstrativ, auch nur in Herons Richtung zu blicken.

Es war allerdings recht einfach, Heron auszuweichen, denn die Partialagentin hatte sich anscheinend weitgehend aus der Gemeinschaft zurückgezogen. Sie war nicht ganz und gar verschwunden, sondern schlich allein durch die Gänge und hielt Abstand. Nun blieb sie ebenfalls im Hintergrund des Krankenzimmers, im Grunde durchaus in Reichweite der Menschen, aber irgendwie dennoch Kilometer von ihnen entfernt. Ohne sich umzudrehen, wusste Samm, dass sie über das Verhalten der Menschen ebenso staunte wie über den langsam erwachenden Partial. Die Linkdaten entsprachen ihrem analytischen Verstand, doch dahinter war eine zunehmende Verwirrung zu spüren, die Samm in der letzten Zeit schon öfter bei ihr wahrgenommen hatte.

Warum?

Samm antwortete nicht, sondern beschränkte seine Wahrnehmung und damit auch die Linkdaten auf den erwachenden Partial. Er hatte Heron mehr als einmal nach dem Grund ihrer Verwirrung gefragt, doch sie hatte ihn bei jedem Vorstoß brüsk stehen gelassen. Er hatte keine Ahnung, was sie beschäftigte, und sie schien nicht darüber reden zu wollen. Andererseits war sie auch nicht bereit, das Reservat endgültig zu verlassen. Mit Sicherheit wusste er nur, dass man sie nur deshalb im Schatten umherschleichen sah, weil sie gesehen werden wollte. Was strebte sie an? Er musste später darüber nachdenken, wenn ihn der Link nicht verriet.

Der Partial Nummer Fünf sendete inzwischen eigene Linkdaten, auf die Samm sich konzentrierte. Es war ebenso faszinierend wie tragisch. Der Link sollte auf dem Schlachtfeld taktische Informationen übermitteln, die Kameraden über Gefahren und sichere Deckungsmöglichkeiten unterrichten und dafür sorgen, dass alle gleich gut informiert und in der gleichen emotionalen Verfassung kämpften. Eine Eigenart des Systems bestand darin, dass es ebenso leicht durch eingebildete Reize wie durch die Realität angeregt werden konnte. So erhielten die Partialsoldaten sogar einen verschwommenen Eindruck von den Träumen ihrer Gefährten. Die Wirkung war gedämpft – ein Traum von einer Pizza oder eine Erinnerung an die Grundausbildung war gewöhnlich für die anderen nicht spürbar –, doch ein starkes Gefühl breitete sich oft wie durch Zauberhand in der ganzen Truppe aus, bis sie alle den gleichen oder einen ähnlichen Traum miteinander teilten. Wie eine ansteckende Vision. Hatte ein Soldat einen Albtraum, litten bald darauf auch alle anderen darunter. Träumte ein Soldat von einem Mädchen, wachte möglicherweise die ganze Abteilung mit einer seltsamen Mischung aus Übermut und verlegenem Kichern auf. Einmal hatte Samms Sergeant geträumt, dass er stürzte, und die ganze Gruppe war im gleichen Augenblick erwacht und hatte erschrocken gekeucht, bis die Angst abgeebbt war. Ein Partialsoldat, der oft angenehme Träume oder einfach nur starke Erinnerungen an eine Frau hatte, war in jeder Gruppe willkommen. Wer von düsteren Albträumen geplagt wurde, wirkte manchmal wie eine Heimsuchung auf seine Kameraden.

Die bewusstlosen Partials aus Dr. Vales Labor waren schwarze Abgründe, deren Nähe Samm kaum ertrug. Die Träume waren nicht unbedingt düster, es gab viele aktive, aufgeregte und sogar glückliche Aspekte in den Daten, die Samm als die Träume der schlafenden Partials identifizieren konnte. Was ihm das Herz brach, waren die übrigen Phasen – die langen, unruhigen, hoffnungslosen Stunden, in denen Nummer Fünf überhaupt nicht träumte. Der Soldat hatte anscheinend ständig Schmerzen und war zutiefst verzweifelt. Auf einer unbewussten Ebene spürte er, dass etwas Schreckliches mit ihm geschah, obwohl er es nicht richtig wahrzunehmen und rational einzuordnen wusste. Den anderen schlafenden Partials ging es ähnlich, nur die Dauer und die Heftigkeit der Atempausen und der kurzen Träume unterschieden sich. Eine dunkle Wolke schien über dem Stockwerk des Krankenhauses zu schweben, und Samm war besorgt, welchen Gefühlssturm die Partials auslösen würden, wenn sie alle erwachten. Man konnte nicht dreizehn Jahre in diesem Abgrund verbringen, ohne schrecklich und womöglich unheilbar verletzt zu werden. Wie würden sie reagieren, wenn sie erwachten? Sich über die Rettung freuen oder durch ihr Trauma gezeichnet dahinsiechen? Samm wusste es nicht.

Als er den Partial im Bett betrachtete und diese Überlegungen anstellte, wurde Samm wieder einmal bewusst, wie ungeeignet er für diese Aufgabe war: Die Führung des Reservats drohte ihn zu erdrücken. Er war nicht dazu gebaut und nicht fähig, ein Anführer zu sein. Bestenfalls war er ein Untergebener, ein Soldat im besten Sinn, der dem Kommandanten bis in die Hölle folgte. Sobald es darum ging, selbst den Angriff zu befehligen, zerfraßen ihn die Zweifel. Nun aber stand er hier, war stärker und besser informiert als fast alle anderen Bewohner des Reservats, und sie wandten sich an ihn, weil sie einen Anführer brauchten. Genau genommen hatte Laura die Leitung inne, doch Samm war derjenige, der sich mit den schlafenden Partials auskannte. Samm war derjenige, der wusste, wohin und aus welchem Grund Kira und Vale verschleppt worden waren. Samm war derjenige, der Atem und Körper zur Verfügung stellte, um das Heilmittel für RM zu produzieren und die Neugeborenen zu retten. Er besaß die Macht, und sie wussten es. Außerdem konnte er jederzeit zehn Menschen besiegen, wenn es darauf ankam, und auch das wussten sie nur zu gut. Sogar Heron folgte ihm oft wortlos, obwohl ihr Motiv vermutlich nicht der Wille zur Unterordnung, sondern eher die Abneigung war, selbst eine Führungsrolle zu übernehmen.

Samm beobachtete den Partial, der zuckte und langsam erwachte, spürte den Schrecken in dessen Seele und fragte sich wieder einmal, ob es sinnvoll gewesen war, sie zum Leben zu erwecken. Neun Partials würden eine Gemeinschaft wie diese im Handumdrehen zerstören. Neun zornige, möglicherweise instabile Partials konnten sie ohne Weiteres vernichten. *Kira sollte die Entscheidung treffen,* dachte er. *Sie ist die Anführerin, die Denkerin, die Visionärin. Das alles bin ich nicht, ich bin nur ein einfacher Soldat.*

Doch ob es ihm gefiel oder nicht, er trug die Verantwortung und wollte sich nicht gegen die eigenen Leute wenden. Also wurden die Partials trotz aller Risiken gepflegt und kamen langsam zu sich, und wenn sie endlich erwachten, würde jemand namens Samm vor ihnen stehen und sie begrüßen. Er würde sein Bestes geben. Manchmal nahm er Kinder mit in die Krankenzimmer und sandte über den Link glückliche Gedanken, die hoffentlich den dreizehn Jahren der Dunkelheit etwas Positives entgegensetzten. Es war ein einfacher Plan, doch er war ein einfacher Mann, und manchmal war das Einfachste das Beste. Hoffentlich traf das auch im vorliegenden Fall zu.

»Da ist er.« Samm drehte sich überrascht zu Heron um, weil ausgerechnet sie angekündigt hatte, dass Nummer Fünf zu sich kam. Calix stieß einen Schrei aus, und er betrachtete wieder den Partial. Heron hatte recht, der ausgemergelte Soldat bewegte sich jetzt aktiv. Es war kein natürliches Aufwachen, sondern er klammerte sich an die reale Welt und kämpfte sich mühsam zum vollen Bewusstsein zurück. Als er hustete und spuckte, griff Samm sogleich nach dem Schlauch des Beatmungsgeräts und zog ihn aus dem Hals des Partials. Der schlug die Augen auf, packte Samms Arm und umklammerte ihn mit überraschender Kraft.

»Hilfe.« Es klang heiser, schwach und unsicher, nachdem er so lange nicht gesprochen hatte, doch die Linkdaten trafen Samm, als hätte ihn ein Lastwagen gestreift. Der Partial riss vor Angst die Augen weit auf, und sofort spürte Samm den gleichen Schrecken im eigenen Körper – ein überwältigendes, bedrückendes Gefühl, dass etwas nicht stimmte, Hilflosigkeit und grenzenlose Angst. Samm wappnete sich innerlich, um das eigene Bewusstsein vor der irrationalen Angst abzuschirmen, bevor ihn die Linkdaten überwältigten. Er schloss die Augen und wiederholte nacheinander alle beruhigenden Gedanken, die ihm nur einfallen wollten, einen nach dem anderen, wie ein Mantra.

Du bist in Sicherheit. Wir sind deine Freunde. Wir beschützen dich. Wir heilen dich. Du bist in Sicherheit. Der Soldat dachte vermutlich, man habe ihn gefangen genommen und er erwache gerade wieder, ohne die Kameraden und einen Offizier zu spüren, die ihm beistanden. Die Gefährten, soweit er sie überhaupt über den Link wahrnehmen konnte, strahlten die gleiche tiefe Verunsicherung aus wie er. *Wir sind deine Freunde. Wir beschützen dich. Wir heilen dich. Du bist in Sicherheit.*

»Hilfe.« Den Zuhörern tat es weh, die Stimme des Soldaten zu hören. Es schien, als bluteten sogar die Worte. »Waffe.«

»Was will er?«, fragte Calix. »Will er eine Waffe haben? In diesem Zustand?«

»Er ist Soldat und weiß, dass er unbewaffnet ist«, erwiderte Phan. »Deshalb hat er Angst.«

»Er ist noch nicht ganz bei sich.« Laura schüttelte den Kopf. »Er kann nicht klar denken. Lasst ihm etwas Zeit!«

»Vielleicht wird er nie wieder ganz klar im Kopf«, warf Heron ein. »Nach dreizehn Jahren im Koma könnte er einen Gehirnschaden zurückbehalten haben.«

»Du bist keine Hilfe«, beschwerte sich Calix.

»Ich könnte noch einmal auf dich schießen«, antwortete Heron. »Wäre das eine Lösung?«

»Du bist in Sicherheit«, sagte Samm. »Wir sind deine Freunde. Wir beschützen dich. Wir heilen dich.«

»Wunde«, sagte der Soldat. »Blut.«

Eine Krankenschwester stürzte herein. »Einer der Soldaten wacht auf.« Als in der Ferne jemand rief, drehte sie sich sofort wieder um. »Es sind sogar zwei.«

Bis zum nächsten Morgen waren fünf der neun Partials erwacht, aber alle bis auf einen mussten fixiert werden. Anscheinend hatten sie den Verstand verloren, sie drehten durch und kreischten wie zu groß geratene Säuglinge mit übermenschlichen Kräften. Laura war der Ansicht, das künstliche Koma habe das Bewusstsein zerstört, während Calix etwas freundlicher urteilte und meinte, sie lägen im Grunde noch im Schlaf und nur die Körper seien erwacht. Samm dachte darüber nach und fand, dass er ohne weitere Informationen keine Entscheidung treffen konnte. Die nächsten Schritte waren davon unabhängig, was den Partials fehlte. Er half dabei, die auskeilenden Gliedmaßen festzuhalten, während die Schwestern die Partials mit kräftigen Ledergurten bändigten.

Einen Moment lang machte er sich Vorwürfe, er selbst sei für die Gehirnschäden der Partials verantwortlich, weil er sie beim Lösen der Verbindungen zum Lebenserhaltungssystem womöglich verletzt hatte. Dann aber schob er den Gedanken beiseite. Es war ohnehin zu spät, und es ließ sich nichts mehr ändern. Außerdem konnte er sich nicht um alles gleichzeitig kümmern, und er wollte keine Zeit mit unnützen Überlegungen verschwenden.

Als die Sonne aufging und die neuen Krankenschwestern die nächste Schicht antraten, wies Samm sie ausführlich ein, bevor er den Nachtdienst nach Hause schickte. Murmelnd bedankte er sich, als sie gingen. Er selbst harrte aus, denn die letzten vier Partials waren noch bewusstlos. Vorsichtshalber trugen sie bereits Fesseln, doch er wollte zur Stelle sein, wenn sie erwachten.

Sie sollen nicht zu sich kommen und glauben, sie seien im Gefängnis, dachte er. Phan drängte ihn, sich schlafen zu legen, doch Samm ging es gut – er war müde, hielt aber noch eine Weile durch. Immerhin war er dazu gebaut, viel schlimmere körperliche Strapazen zu ertragen als eine einzige schlaflose Nacht. Belastende Gefühle dagegen ...

Auch das war ein Problem, das er nicht lösen konnte und vorläufig verdrängte. Andere konnten den erwachenden Partials helfen, beruhigende Worte flüstern und die aufgewühlten Patienten beruhigen, doch ihm standen mehr als nur Worte zur Verfügung. Er war der Einzige, der über den Link mit ihnen sprechen konnte, also blieb er. Die Luft, in der die Linkdaten von neun traumatischen Katastrophen schwirrten, schmeckte giftig. Er saß bei Partial Nummer Drei, der als Nächster erwachen sollte, und konzentrierte sich auf positive Gedanken.

Warum?

Der Gedanke hallte fast eine Minute lang im Kopf nach, als ihm bewusst wurde, dass nicht er selbst der Ursprung war. Er hob den Kopf und bemerkte Heron, die plötzlich neben der Tür in der Ecke stand. Kurz zuvor hatte sie sich noch nicht dort aufgehalten. Entweder wurde er verrückt, oder sie wollte besonders geheimnisvoll tun. Er vermutete, dass Letzteres zutraf, und fragte sich, welche Laune ein so seltsames Verhalten hervorrief. Vielleicht wollte sie auch einfach nur von niemandem gesehen werden.

»Du bist kein Geist«, sagte Samm. »Ich weiß, dass du nicht durch die Wand gegangen bist.«

»Und du bist nicht so aufmerksam, wie du glaubst«, entgegnete Heron. Sie trat aus der dunklen Ecke hervor und kam näher. Wie eine Katze tappte sie über den Boden. Samm stellte sich vor, wie sie ihn mit gebleckten Zähnen ansprang und ihm die Haut vom Gesicht riss. Erst in diesem Augenblick merkte er, dass er möglicherweise doch erschöpfter war, als er angenommen hatte. Gewöhnlich hatten Partials keine so farbenprächtigen Tagträume. Heron drehte den zweiten Stuhl herum und ließ sich mit bemerkenswertem Mangel an Anmut auf die Sitzfläche fallen. Auch sie war erschöpft. »In der Luft ist die Hölle los, und es ist schon erstaunlich, dass du mich überhaupt wahrgenommen hast.«

»Ich habe dich über den Link gespürt.« Samm fand es zu anstrengend, sich näher zu erklären, und hielt inne. »Ich nehme aber an, im Link gibt es noch viel mehr ablenkende Einflüsse als für das Auge.«

»Du musst das alles nicht tun.«

Samm musterte sie. »Ich sitze nur in einem Zimmer. Das täte ich auch, wenn ich zu Hause wäre.«

»Das Zuhause ist einige Tausend Kilometer entfernt.«

»Du weißt, was ich meine.«

»Nein, das weiß ich nicht«, entgegnete Heron. »Hältst du diesen Ort für dein Zuhause? Wir wären besser nicht hier.«

»Du musstest nicht bleiben.«

»Du auch nicht.«

»Ich habe es versprochen«, erwiderte Samm. »Das heißt, ich muss bleiben. Dieses Versprechen hält mich hier fest, als wäre ich angekettet.«

»Wenn Versprechen wie Ketten sind, dann hättest du dich nicht darauf einlassen sollen«, wandte Heron ein.

»Du verstehst das nicht«, entgegnete Samm. Er beobachtete den Partial Nummer Drei, der im Krankenbett lag. Seine Augen zuckten schnell hin und her – er träumte. Den intensiven Linkdaten konnte Samm entnehmen, dass es ein schrecklicher Traum war. Der Partial rannte aus Leibeskräften und erfüllte den Raum mit seiner Angst.

Weg hier!

Dahinter, zurückhaltender, aber unüberhörbar, war Herons stumme Frage zu hören: *Warum?*

Samm sah sie an. Er war die Spielchen leid und fragte sie geradeheraus. »Warum was?«

Sie kniff die Augen zusammen.

Samm beugte sich vor. »Du verstehst im Grunde nicht, warum ich hier bin, oder? Deshalb stellst du immer wieder diese Frage.« Er betrachtete Herons Gesicht, lauschte dem Link und versuchte, in den Augen, im Mund und in der Miene zu lesen, wie es die Menschen taten. Das Gesicht sagte ihm nichts.

Vielleicht hatte Heron keine Gefühle, die sie im Gesicht oder über den Link ausdrücken wollte, sondern nur Fragen in einer leeren Hülle.

»Auch du bist geblieben«, fuhr er fort. »Du hast uns an Morgan verraten, aber du bist geblieben. Warum bist du noch hier?«

»Du wirst nur noch wenige Monate leben«, antwortete Heron. »Doktor Morgan sucht ein Heilmittel, aber du kannst es hier draußen nicht bekommen.«

»Also bist du geblieben, um mir auf dem Rückweg zu helfen?«

»Willst du denn zurück?«

Ja, dachte Samm, sprach das Wort aber nicht laut aus. Es war nicht mehr so einfach wie früher. Er zögerte, weil seine Verwirrung über den Link deutlich zu erkennen war, aber dagegen konnte er nichts tun.

Weg hier!, sendete der Soldat über den Link. Er sträubte sich gegen die Gurte und blieb in dem Albtraum gefangen.

Samm holte tief Luft. »Ich habe versprochen zu bleiben.«

»Trotzdem willst du es nicht.«

»Ich habe mich dazu entschieden.«

»Aber warum?« Sie sprach mittlerweile etwas lauter und schoss die Frage auch über den Link ab. »Warum bist du hier? Sag mir, was dich bewegt! Fragst du dich, warum ich geblieben bin? Weil ich wissen wollte, warum du es getan hast. Wir kennen uns seit fast zwanzig Jahren, wir haben in zwei Kriegen gekämpft. Ich bin dir durch eine giftige Hölle gefolgt, weil ich dir vertraue und weil du mein Freund bist, falls ich überhaupt Freunde habe. Jetzt tötest du dich selbst, indem du passiv bleibst. Das ist keine Entscheidung, die eine rational denkende Person trifft. Dein Verfallsdatum rückt näher, und du wirst sterben, und ... warum? Du glaubst, du dienst diesen Menschen, aber du erkaufst ihnen höchstens ... wie viel Zeit? Acht Monate? Einige Kinder, die überleben, eine etwas zahlreichere Generation, die aufwächst, und dann stirbst du. Sie bekommen keine Kinder mehr, die etwas zahlreichere Generation wird erwachsen und kann keine eigenen Kinder haben, und schließlich stirbt die ganze Welt. Ganze acht Monate später, als es ohne dich geschehen wäre.« Sie sprach hitzig und zornig und stieß die Worte zwischen zusammengebissenen Zähnen hervor. »Warum?«

Samm deutete auf Nummer Drei. »Ich helfe auch ihnen.«

»Indem du ihnen das hier zumutest?« Heron zerrte an einem Ledergurt.

Weg hier weg hier weg hier!

»Ihr Verfallsdatum kommt sogar früher als deines«, fuhr Heron fort. »Du weckst sie auf, reinigst die Körper von den Giften, mit denen Vale ihr Bewusstsein vernebelt hat, und unterziehst sie all den Qualen, nur damit sie aufwachen und sterben können?«

»Ich helfe ihnen.«

»Wirklich?«

»Ich gebe ihnen eine neue Möglichkeit«, erwiderte Samm. »Das ist mehr, als sie vorher hatten.«

»Dann gib dir selbst die gleiche Möglichkeit!«, drängte Heron ihn. »Leb heute und überleg dir morgen, wie du weiterleben kannst. Diese Leute sind schon so gut wie tot, also gib sie auf! Komm mit mir zu Morgan und hol dir das Heilmittel, um das Verfallsdatum zu überleben. Lass uns nach Hause zurückkehren!«

»Wir wissen nicht einmal, ob sie ein Heilmittel gefunden hat.«

»Aber wenn du nach Hause zurückkehrst, gibt es immerhin diese Möglichkeit!«, schrie Heron. »Geh nach Hause, und du stirbst vielleicht trotzdem, aber wenn du hierbleibst, stirbst du auf jeden Fall, gleichgültig, was sonst geschieht.«

»Es geht nicht nur um das Überleben ...«

»Verdammt, worum geht es denn sonst?«

»Es geht darum, richtig zu leben.«

Darauf schwieg Heron und starrte ihn mit brennenden Augen an.

»Die Soldaten haben das Reservat dreizehn Jahre lang erhalten«, fuhr Samm fort. »Tausende Kinder leben heute, weil diese neun Männer ihnen geholfen haben – vielleicht nicht freiwillig. Sie waren nicht einmal bei Bewusstsein, aber sie haben es getan. Sie sind dabei durch die Hölle gegangen, und ich kann sie nicht einfach sterben lassen. Wenn nur die Hälfte von ihnen geistig gesund erwacht, und wenn wieder die Hälfte davon fähig ist, die Reise zu Morgans Labor zu überstehen, dann sind es immer noch zwei, denen sie das Heilmittel geben kann. Sie sind zwei, und ich bin nur einer. Wenn ich bleibe, kann ich die Anzahl der Partials, die ich vor dem Verfallsdatum rette, mindestens verdoppeln. Selbst die gefühllose Rechenmaschine in deinem Kopf muss doch einsehen, dass es die Mühe wert ist.«

Er hatte sich in Zorn geredet und die letzten Worte wie eine Anklage hervorgestoßen. Es tat gut, die Gefühle herauszulassen. Er saß da, beobachtete Heron und wartete auf eine Antwort, doch der Link blieb leer. Der Soldat schlief inzwischen traumlos, und Heron war ein unbeschriebenes Blatt. Eine leere Hülle.

»Du kannst mehr Partials retten ...« Sie zögerte. »Aber du selbst gehörst nicht dazu.«

Sie stand auf und ging lautlos wie ein Schatten hinaus. Samm sah ihr nach und fragte sich, ob er ihr Gespräch falsch aufgefasst hatte.

11

Durch ein zerstörtes altes Fenster beobachtete Marcus mit angehaltenem Atem den Wald. Commander Woolf hatte das Versteck knapp außerhalb von Roslyn Heights ausgewählt. Es war ein guter Unterschlupf, denn das Haus verbarg sich hinter Ranken, die über die Außenwände wucherten. Die Fensteröffnungen waren kaum zu erkennen, und es gab keinerlei Hinweise, dass sich im Innern vier Menschen versteckten. Galen, einer von Woolfs Soldaten, bewachte die Vordertür. Er verfügte über die stärkste Waffe, die sie besaßen – ein Sturmgewehr, das einem gefallenen Soldaten der Abwehr gehört hatte. Der Vierte im bunt zusammengewürfelten Haufen, ein Partial namens Vinci, hockte an einem der anderen Fenster. Nach Woolfs gescheiterter diplomatischer Mission bei den Partials waren sie die einzigen Überlebenden. Sie hatten gehofft, mit der größten Fraktion ein Bündnis zu schmieden, um sich mit letzter Kraft Dr. Morgans Invasion entgegenzustemmen. Eine Spaltung in den Reihen der Partials hatte den Plan jedoch vereitelt, bevor er umgesetzt werden konnte. Die freundlich gesinnte Fraktion war besiegt, und nun herrschte Morgan unumschränkt über alle Partials, wenn man von Vinci und einer Handvoll winziger Splittergruppen absah, die weit verstreut auf dem Festland lebten. Woolfs neuer Plan lief darauf hinaus, diese kleinen Gruppen zu vereinen, um doch noch gegen Morgans Armee vorzugehen, doch das schafften sie nicht allein. Sie mussten die einzige erfolgreiche menschliche Widerstandsgruppe finden.

Sie mussten Marisol Delarosa aufspüren.

Aus den Augenwinkeln bemerkte Marcus eine Bewegung – nur ein Blatt, das sich bewegt hatte, aber aus Erfahrung wusste er, dass er nichts von vornherein für belanglos halten durfte. Aufmerksam beobachtete er das Blatt und das dazugehörige Gebüsch, während er im Geist einige gleichermaßen erschreckende Möglichkeiten durchspielte: Es konnte einer von Delarosas Guerillakämpfern oder ein Partialsoldat sein, vielleicht sogar eine ganze Abteilung feindlicher Kämpfer, die sie langsam umzingelten und sich auf den Angriff vorbereiteten. Vielleicht auch ein Scharfschütze der Partials in Tarnkleidung, der sich im Gebüsch versteckte und gerade die ideale Position suchte, um Marcus einen Schuss ins Auge zu verpassen.

Das wäre jetzt der Moment, in dem der kleine Vogel auf den Zweig hüpft und ich verächtlich über meine eigenen Ängste kichere, dachte Marcus. Nichts rührte sich. *Mach schon, kleiner Vogel! Ich warte auf dich.* Zwei Minuten, fünf Minuten, zehn Minuten lang starrte er auf das Gebüsch, in dem sich anscheinend weder ein Vogel noch ein feindlicher Soldat verbarg. *Auch gut,* dachte er. *Hätte ich über meine Ängste gekichert, dann hätte ich meinen Standort verraten, und der Scharfschütze hätte mich erwischt. Danke, dass du mich vor einer Dummheit bewahrt hast, du theoretischer kleiner Vogel!*

Commander Woolf kroch neben ihn und ging in die Hocke, damit sie sich flüsternd austauschen konnten.

»Neuigkeiten?«, fragte Woolf.

»Ich fluche über eingebildete Tiere.«

»Verrückt oder gelangweilt?«

»Tja«, flüsterte Marcus zurück, »da fällt es mir schwer, mich zu entscheiden.«

»Vinci spürt über den Link keine anderen Partials«, berichtete Woolf. »Wir können also ziemlich sicher sein, dass hier keine Patrouillen unterwegs sind. Ich weiß nicht, ob es für uns nun einfacher oder schwieriger wird, Delarosa zu finden. Aber so sieht es aus.«

»Auf jeden Fall sinkt die Wahrscheinlichkeit, dass uns die Partials umbringen«, erwiderte Marcus. »Und damit bin ich ganz zufrieden.«

Delarosas Weiße Nashörner, so nannte sie ihre Truppe, entzog sich schon seit Monaten dem Zugriff der Partials. Die einzelnen Abteilungen waren klein, bewegten sich auf vertrautem Gelände und benutzten ein raffiniertes System von Täuschungen und Ablenkungen. Es waren die klassischen Manöver einer defensiven Guerillaarmee, die sich als höchst wirkungsvoll erwiesen. Marcus und seine Begleiter hatten bei der Suche nach der Geheimarmee bisher ebenso wenig Glück gehabt wie die Partials, doch sie verfügten über einige Tricks, die den Partials fremd waren. Hin und wieder hatten sie andere menschliche Flüchtlinge entdeckt, die sich einzeln vor den Besatzern versteckt hielten. Aus diesen Quellen wussten sie, dass sich die Weißen Nashörner nach Norden bewegten und langsam, aber sicher die Küste ansteuerten. Die Guerillakämpfer hatten sogar einige Flüchtlinge gerettet. Manche hatten sie mit Lebensmitteln versorgt oder ihnen andere Vorräte überlassen. Alle erzählten die gleiche Geschichte. Die Widerstandskämpfer verfolgten einen Plan und strebten in jene Richtung. Marcus' Gruppe musste nur auf sie warten.

»Sie sind bald an der Reihe, sich auszuruhen«, sagte Woolf. »Gehen Sie früh zu Bett und schlafen Sie! Ich übernehme Ihre Wache.«

»Wie viel Proviant haben wir noch?«, fragte Marcus.

»Es reicht für einen Tag, vielleicht etwas länger«, antwortete Woolf. »Ich glaube, Vinci nimmt nicht seinen vollen Anteil in Anspruch.«

»Vielleicht muss er das auch nicht«, flüsterte Marcus. »Vielleicht kann er sich auch mittels ... mittels Photosynthese ernähren. Oder er isst so was hier.« Marcus zupfte an den

Ranken, die auch an den Innenwänden hafteten. Als er zu fest zog, riss ein Blatt ab, und drinnen wie draußen geriet ein langer Pflanzenstrang in Schwingung. Erschrocken zuckte Marcus zusammen. »Mist!«

Eine Salve prasselte gegen die Ziegelmauer, durchdrang sie, und ein Splitterschauer ging nieder. Marcus warf sich flach auf den Boden, Woolf suchte neben ihm Deckung. Die Schüsse waren leiser als sonst und klangen, als setzten die Gegner Nagelpistolen ein. Jedenfalls war es nicht das gewohnte laute Knallen. Kriechend erreichten beide Männer den Flur, wo sie durch eine zweite Wand zusätzlich geschützt waren, dann brach die Salve ab.

»Können sie uns sehen?«, fragte Marcus.

»Das finden wir gleich heraus.« Woolf wedelte mit der Hand in der offenen Tür herum. Kein Schuss fiel. »Wahrscheinlich nicht.«

»Oder sie wollen sich nicht mit Ihrer Hand zufriedengeben«, meinte Marcus.

»Wenn sie uns deutlich sehen könnten, dann hätten sie längst geschossen«, sagte Woolf. »Wahrscheinlich sind sie in der Nähe vorbeigekommen, haben die Bewegung bemerkt und gedacht, es handle sich um einen Hinterhalt.«

»Ich habe nur schallgedämpfte Schüsse gehört«, überlegte Marcus. »Das bedeutet, dass Galen das Feuer nicht erwidert hat.«

Woolf schüttelte den Kopf. »Sie haben nicht direkt auf ihn gezielt, sondern nur auf Ihre Bewegung hin das Feuer eröffnet.«

»Das ist ebenso gut wie peinlich«, erwiderte Marcus nickend. »Aber warum hat er nicht geschossen? Er müsste doch von seinem Standort aus den Ursprung des Angriffs gesehen haben.«

Woolf erhob sich halb und überprüfte in der Hocke seine Waffe, als wollte er gleich losrennen. »Wenn das so stimmt, wäre es seit einem Monat die beste Neuigkeit überhaupt.

Wen könnte Galen erblickt haben, auf den er nicht schießen will?«

Marcus grinste. »Meinen Sie wirklich?«

»Wir wollen es herausfinden.«

Sie huschten den Flur entlang zur Treppe und von dort aus ins Erdgeschoss, wo Galen ebenfalls in Deckung lag. »Menschen«, flüsterte Galen.

»Woher wissen Sie das?«

»Zu viele verschiedene Figuren«, erklärte der Soldat. »Die Partials sind alle junge Männer wie Vinci. In dieser Gruppe gibt es Frauen, von denen einige schon älter sind.«

»Klug«, lobte Woolf ihn. »Haben Sie noch nicht gerufen?«

»Ich habe auf Sie gewartet.«

Woolf nickte und suchte sich ein anderes Fenster, durch das er hinausspähen konnte. Beunruhigt erkannte Marcus, wie umsichtig der Mann auf ihre Sicherheit achtete. Wenn die Feinde das Feuer wieder eröffneten, sobald Woolf sie rief, war er der Einzige, der getroffen wurde. Marcus bewunderte die kluge Entscheidung und spürte doch einen Druck im Magen, weil sie überhaupt notwendig war.

»Nashörner!«, rief Woolf. Er sah nicht aus dem Fenster, sondern lag dicht darunter und benutzte eine kleine Anrichte als zusätzliche Deckung. Die drei Männer hielten den Atem an und warteten auf die Antwort. Würde sie aus Worten oder aus Kugeln bestehen?

»Ruhig!« Es war eine Frau, deren Stimme Marcus zu kennen glaubte, aber Delarosa war es nicht. *Zu jung,* dachte er.

Als sie nichts weiter sagte, spähte Marcus durch die Lücken in den Ranken, konnte aber nichts entdecken. Galen schüttelte den Kopf. »Sie sind verschwunden. Nachdem sie unseren Aufenthaltsort inzwischen kennen, fällt ihnen das Verstecken leicht.«

»Wo steckt Vinci?«, flüsterte Marcus. Auch wenn sie mit Morgans Leuten zu tun hatten, wollten sie Vincis wahre Natur vorläufig geheim halten. Ein Partial war ein wertvoller

Verbündeter, aber sie mussten eine günstige Gelegenheit abwarten, um alles genau zu erklären.

Galen schüttelte den Kopf. »Ich glaube, er ist noch oben und hält sich zurück.«

»He!«, sagte Marcus. »Es ist nicht meine Schuld, dass ich unseren Standort verraten habe.«

Galen sah ihn an und zog die Augenbrauen hoch. »Du hast ihnen unseren Standort verraten?«

Marcus verdrehte die Augen. »Es ist auch nicht meine Schuld, dass ich es dir gesagt habe.«

»Ich kann nicht glauben, dass du uns verraten hast.«

»Nicht absichtlich«, widersprach Marcus. »Wenn du das nächste Mal nicht weißt, dass ich eine Dummheit begangen habe, dann gib mir vorher Bescheid, damit ich es dir gar nicht erst sage.«

»Wie kann ich ...?«

Hinten im Haus gab es einen dumpfen Knall, dann war ein erstickter Ruf zu vernehmen. Bevor er laut genug wurde, um auch draußen gehört zu werden, brach er ab. Marcus fuhr zur schief hängenden Küchentür herum und hob das Gewehr, hielt jedoch überrascht inne, als er Vincis leise Warnung hörte.

»Ich bin's nur.«

Verblüfft runzelte Marcus die Stirn. »Was war ...?«

»Sie haben an den Flanken Leute geschickt, die von hinten ins Haus eindringen wollten«, erklärte Vinci. »Ich weiß nicht, ob sie von Delarosa kommen, aber es sind eindeutig Menschen.«

»Haben Sie angegriffen?«, fragte Woolf.

»Ich habe sie nur entwaffnet«, berichtete Vinci. »Nicht schießen, ich öffne jetzt die Tür.« Er stieß die Küchentür auf und führte zwei in Kapuzenmäntel gekleidete Gestalten herein. Marcus starrte sie überrascht an, und als er das Mädchen erkannte, das vorn stand, sprang er auf.

»Yoon?«

Die junge Frau sah ihn an und lächelte leicht, als sie auch ihn erkannte. »Marcus?« Das Lächeln schwand sofort wieder, und sie runzelte streng die Stirn. »Willst du dich hier draußen umbringen?«

»Wir sind auf der Suche nach Delarosa.«

»Indem ihr uns furchtbar erschreckt und dann so laut schreit, dass euch alle Partials im Wald hören?«, gab Yoon zurück.

»Tut mir leid«, antwortete Marcus. »Das ist alles nicht so gelaufen wie gedacht.«

Woolf erhob sich. »Ich kenne Sie«, sagte er. »Sie waren bei den Soldaten der Abwehr, die Kira begleitet und einen Partial namens Samm gefangen genommen haben. Ich erinnere mich an die Anhörung bei Ihrem Disziplinarverfahren.«

»Ich wurde auf einen Vorposten am Nordufer versetzt«, erklärte Yoon. »Als die Invasion der Partials begann, flohen wir nach Süden, die Einheit wurde aufgerieben. Schließlich bin ich den Nashörnern begegnet.« Sie deutete auf ihren Begleiter, einen jungen Mann, der höchstens sechzehn Jahre alt war. Erschrocken erkannte Marcus, dass der Bursche wahrscheinlich der jüngste Mensch auf der Welt war. »Das ist McArthur.«

Marcus reichte ihm die Hand. »Hast du auch einen Vornamen?«

»Nein, Sir.« Marcus nickte. Viele junge Menschen verzichteten völlig auf den Vornamen und benutzten ausschließlich den Nachnamen, der eine Verbindung zur Vergangenheit herstellte. Wer als dreijähriges Kind alles verloren hatte, erinnerte sich gewöhnlich nur noch verschwommen an die Eltern, nicht aber an die Einzelheiten. Indem er seinen Nachnamen benutzte, machte McArthur gleichzeitig klar, dass er von irgendwoher kam und eine Geschichte hatte. Manchmal war das wichtiger als die Individualität.

»Also gut«, sagte Marcus. »Yoon, McArthur, dies sind Galen, Vinci und Commander Asher Woolf. Wir suchen schon eine ganze Weile nach euch.«

»Wir sind nicht leicht zu finden«, meinte Yoon. »Aber wahrscheinlich gibt es einen besseren Weg, um Hallo zu sagen, als die Ranken vor dem Haus in Bewegung zu versetzen. Wir dachten, es sei ein Hinterhalt.«

»Das war ein Versehen«, gestand Marcus und nickte knapp und verlegen. »Aber es hat ja funktioniert, also ist alles in Ordnung.«

McArthur runzelte die Stirn. »Wie kommt es, dass ihr noch lebt? Wir dachten, ihr wärt schon vor Monaten gestorben.«

Woolf klopfte dem jungen Mann auf die Schulter. »Ich mag den Jungen. Aber wir haben hier so viel Krach gemacht, dass wir jeden Partial im Wald hätten anlocken können. Ich schlage vor, wir gehen zu eurer Gruppe und setzen die Unterhaltung an einem sicheren Ort fort.«

Yoon wandte sich an Vinci. »Können wir unsere Waffen zurückbekommen?«

Vinci leistete der Bitte sofort Folge und überreichte ihnen zwei robuste Gewehre und ein großes Messer mit gekrümmter Klinge. »Ich wollte nur dafür sorgen, dass es keinen weiteren versehentlichen Hinterhalt gibt.«

Yoon nahm ihr Gewehr und das Messer an sich, das sie in eine schmale Lederscheide auf dem Rücken schob. Dann trat sie ans Fenster und pfiff einen kurzen Vogelruf. Schweigend wartete sie auf die Antwort. Marcus rechnete mit einem zweiten Pfiff und war überrascht, als er ein leises Knurren hörte. Yoon öffnete die Tür, eine riesige schwarze Katze spähte herein, gähnte und marschierte in den Wald zurück.

»Ist das ein Haustier?«, fragte Marcus. Die kleineren ehemaligen Hauskatzen hatten sich hervorragend an die Welt nach dem Zusammenbruch angepasst und lebten fast überall auf der Insel, doch ein so großes Tier hatte Marcus noch nie gesehen. »Der sieht ja aus wie ein Panther.«

Yoon lächelte verschlagen. »Das liegt sicher daran, dass es ein Panther ist.«

»Haltet Ihr Panther als Haustiere?« Vincis Frage klang ruhig und gleichmütig, doch Marcus kannte ihn inzwischen gut genug, um die Überraschung zu erkennen.

»Eigentlich nicht«, entgegnete Marcus. »Aber Yoon ist … manchmal irgendwie seltsam.«

»Wir haben wilde Panther in Brooklyn entdeckt«, erklärte Yoon. »Wahrscheinlich sind sie aus einem Zoo ausgebrochen. Den hier habe ich letztes Jahr auf einem Streifengang als Jungtier gefunden und selbst aufgezogen. Er ist ziemlich zahm.«

»Bis Yoon ihm sagt, er solle jemandem den Kopf abreißen«, ergänzte McArthur. »Dann haben wir alle ein paar Nächte lang Albträume.«

In diesem Augenblick tauchte ein Mann in dunkelgrünem Mantel an der Tür auf. Er hielt ein Gewehr in der Hand und trug eine Nachtsichtbrille, die er sich auf die Stirn hochgeschoben hatte. »Ihr habt Signal gegeben, dass hier alles in Ordnung ist. Was ist hier los?«

»Commander Asher Woolf.« Er gab dem Neuankömmling die Hand. »Wir suchen Delarosa.«

Der Soldat musterte die Gruppe und schätzte sie ein. »Euch kenne ich von der Abwehr.« Er deutete auf Woolf und Galen. Dann wandte er sich an Marcus. »Du siehst aus wie Marcus Valencio.«

»Genau der bin ich«, bestätigte Marcus. Seit er Kira bei der Gewinnung des Heilmittels geholfen hatte, war er geradezu berühmt geworden.

Mit gerunzelter Stirn musterte der Soldat Vinci, so lange, bis Marcus nervös wurde. Wussten sie, wer Vinci war? Hatten sie Verdacht geschöpft?

»Sie kenne ich nicht«, erklärte der Soldat.

»Ich verbürge mich für ihn«, erklärte Woolf. »Aber jetzt müssen wir von hier verschwinden.«

Nachdenklich betrachtete sie der Mann noch eine Weile und nickte schließlich. »Gehen wir!« Marcus und seine Begleiter packten ihre Sachen – da Proviant und Munition weitgehend verbraucht waren, mussten sie im Grunde nur das Schlafzeug aufheben. Dann folgten sie den Weißen Nashörnern in den Wald. Eigentlich war es gar kein richtiger Wald, sondern eher eine überwucherte Siedlung. Die verlassenen Häuser und die Zäune hatten dreizehn Jahre lang Zeit gehabt, um zu verwittern, während die alten Bäume und eine wahre Explosion von Schösslingen die Gärten erobert hatten. Als Unterschlupf hatte Woolf ein Gebäude auf einer kleinen Anhöhe ausgewählt, von dem aus sie den Weg überwachen konnten, den Delarosa vermutlich einschlagen würde. Die Weißen Nashörner hatten jedoch querfeldein ihr Haus angesteuert, statt sich an die einfachste Route zu halten. Genau deshalb, überlegte Marcus, waren sie kaum ausfindig zu machen. Ihnen war klar, dass die Partialarmee nach ihnen suchte, und sie wussten sich geschickt zu verbergen.

Der Rest der Gruppe wartete in Angriffsformation rings um Marcus' Versteck zwischen den Bäumen. Sie hatten sich unauffällig im Unterholz eingerichtet. Delarosa hielt sich inmitten der Gruppe bei einem niedrigen Karren auf. Marcus runzelte die Stirn, als er ihn erkannte. Er fragte sich, was so wichtig und so schwer sein konnte, dass sie beim Transport Reifenspuren zu hinterlassen wagten. Er bekam jedoch keine Gelegenheit, sich zu erkundigen, denn Delarosa erkannte Woolf sofort, nickte unwirsch und kam jeglichem Gesprächsversuch mit einer knappen Frage zuvor.

»Hat Sie der Senat geschickt?«

»Vom Senat haben wir schon lange nichts mehr gehört«, erwiderte Woolf. »Vermutlich wurden alle Mitglieder gefangen genommen.«

»Wir können später noch reden.« Delarosa warf ihnen dunkle Mäntel mit grünen und braunen Flecken zu. »Ziehen Sie die an und bewegen Sie sich so leise wie möglich! Wenn Sie Partials anlocken, lassen wir Sie zurück.«

»Verstanden«, erklärte Woolf.

Marcus warf sich den Mantel über die Schultern und zog die Kapuze hoch. Nun waren der Rucksack, die Waffe und alles andere getarnt. Fast lautlos schlichen die Weißen Nashörner durch den Wald. Yoons schwarzer Panther lief wie ein böser Schatten voraus. Marcus bemühte sich nach Kräften, leise aufzutreten, geriet aber immer wieder auf Zweige oder stieß gegen Betonbrocken, die über den Boden polterten. Mehr als einmal warf Delarosa ihm einen zornigen Blick zu, genauso oft starrte sie aber auch Woolf und Galen an. Vinci bewegte sich weitaus geschickter, doch Yoon und die anderen Guerillakämpfer waren auch ihm deutlich überlegen. Wieder einmal dachte Marcus über die unterschiedlichen Fähigkeiten der Partialmodelle nach. Vinci war Infanterist und wahrscheinlich nicht für heimliche Einsätze vorgesehen. Heron dagegen hatte Marcus einmal einen furchtbaren Schrecken eingejagt, als sie wie ein Gespenst aus dem Schatten aufgetaucht war.

Unterwegs musterte Marcus die Weißen Nashörner. Die meisten trugen Partialuniformen, die zwar alt und zerschlissen wirkten, aber immer noch eindeutig zu erkennen waren. *Von getöteten Gegnern?,* überlegte Marcus. Er bemerkte auch, dass sie alle Gasmasken besaßen, die am Gürtel oder am Rucksack hingen. Das kam ihm seltsam vor, denn die Partials hatten keine chemischen Waffen eingesetzt. Sobald sein Blick wieder auf die Partialuniformen fiel, musste er allerdings lächeln und lobte sich selbst. Er hatte es begriffen! Bei der nächsten Rast sprach er Yoon darauf an.

»Ihr verkleidet euch als Partials«, sagte er leise, fast flüsternd. »Die Gasmasken blockieren den Link, deshalb setzt ihr sie auf und tragt die Uniformen. Dann können die Partials aus der Ferne nicht erkennen, dass ihr Menschen seid.«

Yoon grinste selbstgefällig. »Geschickt, nicht wahr?«

Marcus pfiff leise durch die Zähne. »Erstaunlich. Wir haben uns immer gefragt, wie ihr euch so lange verstecken konntet. Mit solcher Verkleidung kommt ihr jedoch sehr nahe an die Partials heran.«

»Nur diejenigen, die wie Partials aussehen«, widersprach Yoon. »McArthur ist zu jung, Delarosa ist zu alt, aber ich gehe für eine Partial durch. Aus irgendeinem Grund glauben sie immer, ich sei eine Panzerfahrerin.«

»Samm behauptete, Fahrerinnen und Pilotinnen seien ausnahmslos zierliche Mädchen.« Marcus staunte noch immer über den raffinierten Trick. »Anscheinend konnte die Regierung durch den Bau kleinerer Panzer und Flugzeuge viel Geld sparen. Hast du wirklich einmal mit Partials gesprochen? Und sie haben keinen Verdacht geschöpft?«

»Zuerst war es schwierig«, gab Yoon zu. »Sonst tragen sie die Gasmasken nur, wenn sie gegeneinander kämpfen. Sofern es gegen Menschen geht, ist der Schutz nicht nötig. Wir haben das Gerücht gestreut, die Menschen würden eine biologische Waffe einsetzen, und anscheinend hat sich die Geschichte rasch verbreitet.« Sie lachte. »Wir haben sogar Hinweise erhalten, dass in East Meadow Partials sterben. Anscheinend hat das Märchen ein Eigenleben entwickelt.«

»Wirklich lustig«, kommentierte Marcus. »Benutzt ihr die Verkleidungen nur im Notfall, wenn euch zum Beispiel eine Gruppe Partials im Wald begegnet? Oder sucht ihr aktiv ihre Nähe, um zum Beispiel Informationen zu gewinnen?« Als Yoon antworten wollte, stieß Delarosa einen Vogelruf aus, und die Gruppe marschierte weiter.

Sie wanderten mehrere Stunden lang, bis die Abenddämmerung einsetzte, und schlugen ihr Nachtlager in einem dichten Hain auf. Marcus war überrascht, weil er sonst immer in verlassenen Gebäuden übernachtet hatte, die er überall auf der Insel vorfand. Dort war er vor der Witterung geschützt, konnte sich verstecken und hätte sich im Fall eines Angriffs besser verteidigen können. Sogar die Partials

benutzten die leer stehenden Häuser. Auch in dieser Hinsicht entsprachen die Weißen Nashörner bewusst nicht den allgemeinen Erwartungen. Nach Marcus' Ansicht mieden sie die Häuser gerade deshalb, weil man sie dort erwartete. Delarosa entschied sich für einen Lagerplatz in der Nähe eines Bachs, dessen Geplätscher alle zufälligen Geräusche überlagerte, und wies ihre Truppe an, unten zu bleiben, um nicht unnötig aufzufallen. Ringsum stellte sie Wachen auf, und der geheimnisvolle Wagen wurde mitten ins Lager gezogen.

»Hilf mir, eine Grube für das Feuer auszuheben!«, bat Yoon.

Marcus riss die Augen weit auf. »Zündet ihr wirklich ein Lagerfeuer an?«

»Das ist einer der Vorteile, wenn man draußen kampiert.« Yoon hob zwei Kaninchen hoch. »Wie sollen wir die sonst braten?«

»Aber genau das ist doch das Problem«, widersprach Marcus. »Wir sind draußen. Wer sich in der Nähe herumtreibt, entdeckt unweigerlich das Feuer.«

Yoon verdrehte die Augen. »Pass auf und lern etwas, Stadtjunge! Halt fest!« Sie drückte ihm die Kaninchen in die Hand, zog eine kleine Schaufel aus dem Rucksack und untersuchte den Boden im Lager. »Dort wäre die beste Stelle gewesen.« Sie deutete auf eine kleine Mulde, neben der Delarosa den Wagen abgestellt hatte. »Aber wir finden auch einen anderen Platz.«

»Wir könnten den Wagen doch wegschieben«, schlug Marcus vor.

»Dem Wagen gilt unser höchstes Augenmerk.« Yoon schien ein ehernes Gesetz, wenn nicht gar ein religiöses Gebot zu zitieren. »Glaub mir, in der Nähe des Wagens willst du kein Feuer anzünden. Versuchen wir es hier drüben!« Sie entfernte sich zehn Schritte in östlicher Richtung, kniete nieder und begann zu graben.

Marcus ging neben ihr in die Hocke und sprach noch leiser als gewöhnlich. »Was ist denn in dem Wagen?«

»Großes Geheimnis.«

»Ja, schon«, erwiderte Marcus. »Wirst du es mir verraten?«

Yoon grub weiter. »Nö.«

»Dir ist aber schon klar, dass wir auf der gleichen Seite kämpfen, oder?«, bohrte Marcus. Er schüttelte die Kaninchen. Sie fühlten sich weich und flauschig an. Er fand sie sogar niedlich, bis ihm einfiel, dass sie tot waren.

»Dem Wagen gilt unser höchstes Augenmerk«, wiederholte Yoon. »Delarosa entscheidet, wann du das Geheimnis erfährst. Wahrscheinlich noch heute Abend. Also reg dich nicht auf! Bis dahin bin ich aber ein guter Soldat und hüte die Geheimnisse meiner Kommandantin.«

»Deine Kommandantin ist eine abgeurteilte Kriminelle«, entgegnete Marcus.

»Ich auch, weißt du noch? Jeder schleppt sein Päckchen mit sich herum.« Yoon hielt beim Graben inne und musterte ihn. »Delarosa traut sich, was sich sonst niemand traut«, fuhr sie fort. »Das entspricht ihrem Wesen. Im letzten Jahr war sie eine Kriminelle, mittlerweile ist sie möglicherweise die einzige Hoffnung der Menschheit.«

Marcus dachte über das Gesagte nach und beugte sich dann verschwörerisch vor. »Habt ihr wirklich so viel erreicht? Allen Gerüchten zufolge seid ihr nichts als ein Stachel im Fleisch und versetzt die Armee lediglich in Unruhe. Um grundsätzlich etwas zu bewegen, seid ihr nicht stark genug. Glaubt ihr wirklich, ihr könnt sie besiegen?«

»Noch nicht«, sagte Yoon. »Aber früher oder später durchaus. Danach.«

»Wonach?«

Yoon grinste schief. »Dem Wagen gilt unser höchstes Augenmerk.«

»Gut, gut.« Marcus nickte. »Ich hatte schon gehofft, dass

du deine Worte wiederholst. Geheimnisvolle Antworten sind immer die besten.«

Yoon hatte inzwischen das Loch gegraben. Eine schmale Grube, die aussah, als könnte sie einen Pfosten aufnehmen – etwa dreißig Zentimeter im Durchmesser und mindestens doppelt so tief. Ein Stückchen daneben hob sie ein weiteres Loch aus und häufte die weggeräumte Erde in der Nähe auf. Als das zweite Loch fertig war, bohrte sie zwischen den Schächten einen Tunnel, der die Löcher tief unten miteinander verband. McArthur brachte ihr einen Berg Zweige, Stöcke und Rinde. Der Panther schleppte eine tote Katze an, die er locker im Maul hielt, und legte sie zu Marcus' Entsetzen vor dessen Füßen ab. Dann beäugte ihn die Raubkatze argwöhnisch und trabte im Zwielicht davon.

Yoon musste lachen, als Marcus schockiert die verstümmelte Katze anstarrte. »Hast du ihm beigebracht, dir Nahrung zu besorgen?«

»Das wäre ein typisches Hundeverhalten«, erklärte sie und unterdrückte mühsam ein Kichern. »Wenn Katzen dir tote Tiere bringen, dann halten sie dich für hilflos und wollen dir das Jagen beibringen. In East Meadow hatte ich eine Katze, die mir dauernd tote Mäuse auf die Veranda legte.« Sie lächelte und tätschelte ihm den Kopf. »Armer kleiner Marcus, du bist viel zu hilflos, um dir selbst die Kätzchen zu jagen.«

»Ich weiß nicht einmal, ob ich meine Kätzchen essen könnte.«

»Ich weiß genau, wie dir zumute ist«, vertraute sie ihm an. »Aber Fleisch ist Fleisch, und die beiden Kaninchen waren auf keinen Fall ausreichend. Ich behalte Mackey im Auge, während sie kocht, und sage dir dann, welche Stücke von welchem Tier stammen.«

»Ein zweifelhafteres Gefühl von Dankbarkeit habe ich noch nie empfunden«, gestand Marcus.

Yoon schob das Holz ins erste Loch. Der dickste Klotz

kam ganz nach unten, die kleinen Stücke, kaum größer als Zahnstocher, legte sie obenauf. Dann zückte sie ein Streichholz. »Der Augenblick der Wahrheit.« Sie schirmte es mit der hohlen Hand ab, riss es an und warf es auf das Holz, das sofort Feuer fing. Langsam arbeiteten sich die Flammen von den Zweigen zur Rinde und den weiter unten liegenden dicken Stücken vor. Das zweite Loch diente als Kamin, der unten die Luft ansaugte. Gleich darauf brannte das Feuer heiß und ruhig und völlig ohne Rauchentwicklung, und das Loch verbarg die Flammen. »Ein einziges Streichholz«, verkündete Yoon. »Verneige dich vor meiner Größe!«

»Hilf mir lieber, die Tiere zu häuten!«, verlangte eine andere Frau und nahm Marcus die Kaninchen ab. Sie begann mit dem ersten, Yoon übernahm das zweite Tier. Die getötete Katze lag einstweilen vor ihnen auf dem Boden, solange sie noch nicht an der Reihe war. Marcus war Chirurg oder hatte sich zumindest in der Ausbildung zum Chirurgen befunden, bevor die Welt durchgeknallt war. Blut hatte ihn noch nie gestört. Trotzdem waren die beiden Kaninchen und die Katze zu viel für ihn. Er schlenderte zu Woolf und den anderen hinüber, die in eine geflüsterte Unterhaltung mit Delarosa vertieft waren.

»Deshalb benötigen wir Ihre Hilfe«, sagte Woolf gerade. »Wir wollen die kleinen Partialfraktionen rekrutieren und einen schlagkräftigen Widerstand aufbauen. Das schaffen wir aber nicht allein. Sie und Ihre Guerillakämpfer haben die nötigen Kenntnisse, um sich durch Morgans Linien zu schlagen und die Widerstandsnester auf der anderen Seite ausfindig zu machen.«

»Bisher haben Sie sich auch allein ganz gut behauptet«, gab Delarosa zu bedenken. Dann warf sie Marcus einen scharfen Blick zu. »Meistens jedenfalls.«

»Eine einzige kleine Ranke«, verteidigte sich Marcus.

»Je mehr Mitstreiter wir haben, desto schneller kommen wir voran«, fuhr Woolf fort. »Wir sind nicht sicher, wie viele

Partialfraktionen es überhaupt gibt, aber wir brauchen auf jeden Fall Ihre Leute. Die Zeit wird knapp.«

»Haben Sie die Gerüchte gehört?«, fragte Delarosa.

Woolf schüttelte den Kopf, Marcus beugte sich vor. »Wir haben nicht viel mitbekommen«, erklärte er. »Gibt es Eskalationen bei Morgans Invasion?«

»Nicht aufseiten der Partials«, erwiderte Delarosa. »Aber es gibt Neuigkeiten. Auf einigen entlegenen Farmen kamen uns Gerüchte zu Ohren, und als wir Informationen sammelten, wurden sie von den Partials bestätigt.« Sie wandte sich an Woolf. »Es ist ein ... ein Ding.«

»Der letzte Satz ist ungefähr so hilfreich, wie wenn gar nichts gesagt worden wäre«, lautete Marcus' Kommentar.

»Was für ein Ding?«, erkundigte sich Woolf.

»Ich weiß nicht einmal, wie ich es nennen soll«, gestand Delarosa. Wieder warf sie Marcus einen Blick zu. Ihm war klar, dass er eine Grenze überschritt, aber Nervosität machte ihn vorlaut. Er beschloss, sich zu zügeln. Delarosa schnitt eine Grimasse und schien nur mit Mühe die richtigen Worte zu finden. »Ein Monster? Eine ... Kreatur? Es ist kaum zu glauben, aber die Geschichten ähneln einander auf erstaunliche Weise. Ein Wesen mit menschlichen Körperformen, aber zwei Meter fünfzig oder drei Meter groß und von der Färbung einer frischen Prellung. Es dringt in menschliche Dörfer und Siedlungen vor und warnt die Bewohner.«

»Wovor?«, fragte Woolf.

»Vor dem Schnee«, antwortete Delarosa.

Marcus nickte bedächtig und legte sich eine Antwort zurecht, die ihm keine Ohrfeige einhandeln würde. Woolf dachte anscheinend in ähnliche Richtung, auch wenn er diplomatisch antwortete. »Glauben Sie den Geschichten?«

»Ich weiß nicht, was ich glauben soll«, antwortete Delarosa. »Ich bestreite nicht, dass es völlig verrückt klingt – viel eher nach einem Volksmärchen als nach einer echten Warnung.« Sie schüttelte den Kopf. »Aber wie gesagt – die

Berichte ähneln einander so sehr, dass sie sich nicht einfach abtun lassen. Entweder hat sich eine Insel voller traumatisierter Flüchtlinge verschworen und spielt uns einen dreisten Streich, oder dort ist wirklich etwas im Gange.«

»Eine Insel voller Partials«, gab Marcus zu bedenken. »Vielleicht streuen sie die Gerüchte aus Gründen, die wir noch nicht verstehen.«

»Die Partials sind ebenso verwirrt wie wir«, wandte Delarosa ein. »Dieses Wesen ist auch bei ihnen erschienen, und ich schenke ihren Schilderungen sogar noch mehr Glauben als allen anderen. Hätten sie gewusst, dass unsere Agenten Menschen waren, dann hätten sie sie festgenommen, statt ihnen immer wieder die gleiche verrückte Geschichte aufzutischen.«

»Trimble hatte keine derartigen Kreaturen«, ergänzte Vinci. »Ich glaube, auch Morgan nicht.«

Delarosa warf ihm einen scharfen Blick zu. »Woher wissen Sie ...?«

»Dazu kommen wir gleich«, unterbrach sie Woolf. »Was meinen Sie damit, dass er vor dem Schnee warnt?«

»Der Winter ist wohl kein ausreichender Grund, um jemanden ausdrücklich zu warnen«, meinte Marcus. »Vielleicht will uns das riesige Monster auffordern, einen Pullover anzuziehen.«

Nun wandte Woolf sich zu Marcus um, doch statt Spott zeigte sein Blick nur Trauer. Verwundert runzelte Marcus die Stirn und fragte sich, was er falsch gemacht hatte. Dann wurde ihm bewusst, dass Delarosa ihn auf die gleiche seltsame Weise musterte. »Was übersehe ich denn?«

»Wir hatten seit dreißig Jahren keinen richtigen Winter mehr«, erklärte Woolf. »Vielleicht ist das der Hintergrund.«

»Ein richtiger Winter?«, fragte Marcus.

Delarosa nickte. »Mit Schnee.«

Marcus hatte von Schnee gehört, ihn aber noch nie selbst gesehen. »So weit im Süden schneit es nicht.«

»Wir sind auf Long Island«, widersprach Delarosa. »Früher hat es hier oft geschneit, und *weit im Süden* waren Florida oder Mexiko. Das Klima hat sich verändert, und zur Zeit des Zusammenbruchs war es sogar in Kanada zu warm für einen richtigen Schneesturm.«

»Das ist nach dem Krieg passiert«, fügte Woolf hinzu. »Ich meine nicht den Isolationskrieg, sondern den Krieg davor, als wir den Nahen Osten verloren haben. Es war eine Nebenwirkung der Vernichtungswaffen, die dort eingesetzt wurden.« Er klang sehr ernst. »Die kalten Zonen des Planeten erwärmten sich, in den warmen Zonen wurde es heiß, und in den heißen Zonen wurde es unerträglich. Man sagte uns, es sei eine dauerhafte Veränderung.«

»Im geologischen Maßstab ist nichts dauerhaft«, warf Marcus ein.

»Dauerhaft aus menschlicher Sicht«, meinte Delarosa. »Was in geologischen Größenordnungen gemessen wird, kann sich nicht binnen dreißig Jahren verändern.«

»Dann bezieht sich die Warnung auf etwas anderes«, folgerte Marcus. »Warum taucht da ein großes rotes Monster auf und warnt uns vor einer Wetterlage, die es seit Jahrzehnten nicht mehr gibt?«

»Warum taucht überhaupt ein großes rotes Monster auf?«, fragte Delarosa. »Wie gesagt, es ist völlig unverständlich, und ich behaupte nicht, die Antwort zu kennen. Es ist verrückt.« Sie zuckte mit den Achseln. »Aber es ist da.«

»Wo wurde das Wesen beobachtet?«, fragte Vinci.

»Im Süden, und es bewegt sich langsam nach Norden«, antwortete Delarosa.

»Ziehen Sie deshalb ebenfalls nach Norden?«, wollte Woolf wissen.

»Wir haben andere Gründe.« Delarosa deutete auf den geheimnisvollen Karren. »Wir wollen nach Norden, um den Krieg zu beenden.«

Vor Verblüffung legte Marcus den Kopf schief. »Wollen Sie uns helfen, die anderen Partials zu rekrutieren?«

»Wir haben etwas viel Besseres vor«, erwiderte Delarosa. »Wir wollen sie vernichten.«

Marcus beäugte den Wagen. »Haben Sie dort Gewehre versteckt?«

»Gewehre reichen nicht aus«, gab Galen zu bedenken. »Es müssen Bomben sein.«

»Nur eine«, erwiderte Delarosa.

Woolf erbleichte. »Nein.«

Delarosa musterte ihn streng. »Es ist die einzige Möglichkeit, den Krieg zu gewinnen. Sie sind uns im Verhältnis von mindestens zehn zu eins überlegen, und angesichts ihrer Kampfkraft stehen wir sogar noch schlechter da. Wenn wir diesen Krieg überleben wollen, dann müssen wir das Kräfteverhältnis ausgleichen, und dies ist der einzige Weg.«

»Könnten Sie uns anderen erklären, worüber Sie da reden?«, fragte Marcus.

»Es ist ein Atomsprengkopf«, erläuterte Woolf. »Sie will die Partials in die Luft jagen.«

»Das ist ein ganz übler Plan«, warf Vinci ein.

Plötzlich wurde Marcus bewusst, dass Delarosas Guerillas sie umringten und die Waffen griffbereit in Reichweite hatten. Falls es zu einem Kampf kam, waren sie hoffnungslos unterlegen, selbst mit Vinci auf ihrer Seite.

»Ich wüsste nicht, was mich davon abhalten könnte«, sagte Delarosa.

»Das sind …« Vinci hielt inne, bevor er sich verriet. »Gleichgültig, auf welcher Seite des Kriegs sie stehen, ich lasse nicht zu, dass Sie …«

»Sie lassen es nicht zu?«, fauchte Delarosa. Die Spannung im Lager verstärkte sich noch, Marcus spürte den Druck bei jedem Atemzug wie ein bleiernes Gewicht. Delarosa betrachtete Woolf mit brennenden Augen. »Ich habe Sie schon einmal gefragt, wer er ist«, zischte sie. »Sagen Sie es mir jetzt!«

»Ich bin ein Partial«, antwortete Vinci gelassen. »Ich bin ein Feind von Doktor Morgan und mit diesen Männern verbündet. Ich bin hergekommen, weil ich auch Ihr Verbündeter sein will, aber ich lasse nicht zu, dass Sie Ihren Plan ausführen.«

Die Waffen schienen den Guerillas förmlich in die Hände zu fliegen. Marcus und seine Begleiter sahen sich auf einmal von geladenen und auf sie gerichteten Gewehren umgeben. Sogar Yoon zielte mit grimmiger Miene auf sie. Von dem Messer, mit dem sie das Kaninchen gehäutet hatte, tropfte das Blut. Delarosa beherrschte sich mühsam.

»Haben Sie wirklich einen Partial in mein Lager mitgebracht?«

»Er steht auf unserer Seite«, knurrte Woolf. »Nicht alle Partials sind unsere Feinde.«

»Natürlich sind sie das«, widersprach Delarosa. »Sie sind nicht einmal fähig, frei zu entscheiden. Ihr chemischer Link zwingt sie zum Gehorsam.«

»Ich habe bei meiner Ehre geschworen, Ihnen zu helfen«, erklärte Vinci.

»Bis ein Partialoffizier auftaucht und Ihnen befiehlt, alle Ihre Geheimnisse auszuplaudern«, knurrte Delarosa. Als sie sich an Woolf wandte, bemerkte Marcus überrascht, dass ihr die Tränen in den Augen standen. »Verdammt, sie sind biologisch unfähig, einen Befehl zu verweigern! Wir können den Plan nicht gefährden, indem wir uns mit dem Feind einlassen.«

»Der Plan ist viel zu gefährlich«, beharrte Woolf. »Sie können nicht die Partials mit einer Atombombe vernichten, ohne auch die menschliche Bevölkerung zu dezimieren. Wir sind ihnen viel zu nahe.«

»Ganz zu schweigen von den Partials, die dabei sterben«, ergänzte Marcus. »Aber dieser Teil Ihres bösen Plans ist vermutlich sowieso nicht verhandelbar.«

»Fesselt ihn!«, befahl Delarosa.

»Rühren Sie ihn nicht an!«, rief Woolf.

»Wir nehmen ihn gefangen, was immer Sie einzuwenden haben«, entschied Delarosa. »Sie dürfen nur noch entscheiden, ob Sie auch selbst Gefangene sein wollen.«

Im Lager herrschte tiefe Stille, während sich die Gruppen gegenseitig anstarrten. Marcus trat einen Schritt vor. »Wenn Sie mich unbedingt erledigen wollen, um ihn zu bekommen, dann soll es eben so sein. Aber ich warne Sie. Ich werde laut schreien, wenn Sie mir Schmerzen zufügen, und danach fühlen Sie sich absolut mies.«

Vinci sah ihn an. »Und das sind deine Einwände?«

»Gewöhn dich dran!«, erwiderte Marcus. »Dort, wo ich herkomme, gibt es noch viel mehr sinnloses Heldentum.«

12

Kira stand vor Dr. Morgans Büro auf dem Flur, die Hand schwebte über dem Türknauf. Wenn sie den Plan vorschlug, würde die Wissenschaftlerin ihn ausführen: Sie würden einen Menschen einfangen, das Virus extrahieren und prüfen, ob es gegen das Verfallsdatum wirkte. Kira war sicher, dass sie entsprechende Hinweise finden würden. In einer Welt, in der sonst nichts sinnvoll schien, war dies außerordentlich plausibel. Die Geheimnisse, die sie in den letzten Jahren aufgedeckt hatte, der Plan, den sie nach einer Reise um die halbe Welt durchschaut hatte, die unlösbaren Rätsel in den Menschen, den Partials und den Sporen des Virus – das alles deutete auf diese Antwort hin, auf dieses komplizierte und brillant ersonnene Geflecht zwischen Biologie, Politik und menschlicher Natur. Die Zusammenarbeit war die Antwort: Die Partials konnten die Menschen heilen, und jetzt konnten die Menschen die Partials heilen. Sie war ihrer Sache völlig sicher. Nun musste sie es nur noch beweisen, und dabei konnte ihr Morgan helfen.

Aber was würde anschließend geschehen?

Dr. Vale hatte Partials versklavt, um das Leben einer kleinen Gruppe von Menschen zu erhalten. Morgan war durchaus fähig, das Gleiche umgekehrt zu tun. Kira dachte über die Partials im Reservat nach, die über lange Zeit betäubt gewesen waren, gepflegt wie ein Garten mit menschlichen Pflanzen. Die hageren, zu Skeletten abgemagerten Opfer hatten ewig am Rand des Todes geschwebt. Morgan würde das Gleiche mit Menschen anstellen. Die Aufzeichnungen über ihre früheren Experimente erzählten wahre Horrorgeschichten über Versuchspersonen, die ausgehungert und nackt in Käfigen gehalten und schrecklichen Torturen unterworfen worden waren. Alles nur, um die Partials zu retten. Morgan besaß die Macht, so etwas noch einmal zu tun, und Kira war drauf und dran, ihr einen Grund dafür zu liefern. Im Grunde musste es nicht so weit kommen, dass eine Seite die andere bis aufs Blut aussaugte, aber genau das würde geschehen. So war es schon immer gewesen, und Kiras jüngste Entdeckung machte alles nur noch schlimmer. Die Situation würde sich nicht verändern.

Es sei denn, Kira veränderte sie selbst.

Aber wie?

Im Krankenhaus war es still. Im ganzen Gebäude arbeitete nur eine Handvoll Partials, die Morgan als Laborassistenten verpflichtet hatte. An diesem Tag hielten sie sich allerdings in einem anderen Gebäudeflügel auf. Sie hatten Strom, doch die meisten Räume und Flure waren leer und verlassen. Hier gab es kein Leben, keine Geräusche und keine Bewegung. Niemand war in der Nähe, der sie unschlüssig vor der Tür stehen sah ... wenn sie wollte, konnte sie sich einfach umdrehen und wieder gehen. Wahrscheinlich konnte sie das Gebäude sogar verlassen, ohne bemerkt zu werden oder Alarm auszulösen. Morgan hatte jedes Interesse an ihr verloren und würde sie nicht mehr festhalten. Sie war ein gescheitertes Experiment, ein zerschlagener Traum.

Ich könnte gehen, sagte sie sich. *Aber wohin?* Was blieb ihr noch in dieser zerstörten Welt? Welche Antworten konnte sie zu finden hoffen? Welche Möglichkeiten gab es? Die Lösung lag auf der Hand. Sie musste sich nur entscheiden, musste die Idee ausformen und in Realität verwandeln. Was sich dann ergäbe, wäre schrecklich, die Folgen wären katastrophal. Aber wenn sie richtiglag, würde die Zivilisation überleben – die Menschen wie die Partials. Versklavt, ohne jede Moral und gewissenlos, aber sie würden leben. Zuerst würde sich alles zum Schlechteren wenden, aber mit der Zeit würde es bestimmt wieder besser. Vielleicht nicht während der nächsten Generationen, doch irgendwann ganz sicher.

Reicht mir das?, überlegte Kira. *Kommt es wirklich nur aufs nackte Überleben an? Wenn ich es Morgan sage, und sie versklavt daraufhin die Menschen, um die Partials zu retten, dann werden die Menschen nicht untergehen, aber es wird die Hölle sein. Wie kann ich diese Entscheidung treffen? Bin ich eine Mörderin, wenn ich die Möglichkeit habe, auch nur ein Leben zu retten, und mich dagegen entscheide? Wenn ich die Möglichkeit habe, die ganze Welt zu retten, und sie sterben lasse – wie viel schlimmer bin ich dann? Trotzdem wäre ich für die schlimmste Unterdrückung der Menschheitsgeschichte verantwortlich. Alle, die ich rette, würden von heute bis in alle Ewigkeit meinen Namen verfluchen.*

Leider fällt mir nichts Besseres ein, und doch kann ich mich nicht überwinden, es zu tun.

Ihre Hand verharrte über dem Türknauf, vier Zentimeter von der Entscheidung entfernt. Die Wärme der Hand strahlte zu dem Metall aus, das Blut strömte durch die Adern, und jeder Herzschlag zeugte davon, dass sie lebte. Wenn sie jetzt wegging, blieb die Wärme im Metall, ein gespenstisches Nachbild ihrer Gegenwart, eine kleine Weile noch spürbar, dann für immer verloren. Noch einige Monate für die Partials, einige Jahre für die Menschen. Der Regen fiel wie immer, die Pflanzen wuchsen, die Tiere fraßen, töteten, zeugten Nachkommen und starben, und die Gespenster des intelligenten Lebens würden verblassen, eine unbedeutende Erscheinung in der Erinnerung der Erde. Eines Tages, vielleicht in Millionen oder in einer Milliarde Jahre, würde sich eine andere Spezies weit genug entwickeln, erwachen oder von den Sternen herabsteigen und vielleicht nicht einmal wissen, dass hier einst Menschen gelebt hatten.

Möglicherweise gibt es dann noch Ruinen, Plastikrückstände oder sonstige Reste, aus denen Spuren unseres Lebens abzulesen sind. Aber niemand wird sagen können, warum wir es wert waren, in Erinnerung zu bleiben.

Ich könnte jetzt weggehen, dachte sie noch einmal. *Ich könnte Samm, Xochi, Isolde oder Madison suchen. Arwen ein letztes Mal sehen. Ich könnte Marcus finden.*

Marcus.

Er wollte mich heiraten, und ich wollte ihn auch. Was hat sich verändert? Es lag wohl an mir. Ich musste herausfinden, wer ich bin und welchen Sinn mein Leben hat. Inzwischen weiß ich, dass ich gar nichts bin. Nur ein Mädchen, das die Welt nicht retten kann.

Nun ja, es sei denn, ich schicke alle gleichzeitig in die Hölle.

Marcus wollte das Ende der Welt hinnehmen und die restliche Zeit mit mir genießen. Das war alles, was wir noch besaßen. War das richtig? Ich habe Nein gesagt und bin gegangen, und was habe ich nun davon? Ich bin genauso verloren und hoffnungslos wie immer. Nein, es ist sogar noch schlimmer, denn ich habe es versucht und bin gescheitert.

Aber wenigstens habe ich es versucht.

Und dann Samm – auch er hat mich gelehrt, nicht das Ende der Welt hinzunehmen, sondern mein eigenes. Mich zu opfern, weil das die einzige moralische Entscheidung war, weil alle anderen Möglichkeiten viel zu schrecklich waren, um sie überhaupt in Betracht zu ziehen. Ich habe die Entscheidung getroffen, mich selbst aufgegeben und bin keinen Schritt weitergekommen. Unsere Welt geht trotzdem unter, und die Erinnerungen an uns verschwinden von der Erde.

Nein, das stimmt nicht. Die Welt ging schon vor dreizehn Jahren unter, und inzwischen sind Menschen und Partials nur noch ein Nachbild. Wir sind tot wie ein abgeschnittener Kopf, der mit zuckenden Augenlidern am Boden liegt.

Ich habe noch nie die Flinte ins Korn geworfen, dachte Kira. *Aber ich hatte immer verschiedene Möglichkeiten, die ich in Betracht ziehen konnte. Andere Wege, die ich einschlagen konnte, an-*

dere Möglichkeiten, die ich ausprobieren konnte. Trifft das auch jetzt zu? Besteht die einzige Antwort wirklich nur darin, meine Freunde, meine Familie und die ganze Menschheit zu verraten? Kann ich damit leben, wenn ich mich dazu entschließe?

Kann überhaupt noch jemand leben, wenn ich mich dagegen entscheide?

Sie legte die Hand auf den Türknauf und griff fest zu. Das glatte Metall schmiegte sich in ihre Handfläche. Es war Zeit. Jetzt oder nie.

Sie ließ den Türknauf los und wich einen Schritt zurück.

Dann einen zweiten Schritt.

Wenn Ausrottung die einzige Möglichkeit ist, dachte sie, *dann wird eine Entscheidung, die sonst nie in Erwägung gezogen würde, plötzlich zur einzigen moralischen Entscheidung, die überhaupt noch zu treffen ist. Sklaverei bedeutet die Hölle, aber sie führt nicht unausweichlich zur Vernichtung. Wir könnten uns immer noch erheben. Manchmal ist auch eine falsche Entscheidung die richtige.*

Aber manchmal ist sie einfach nur falsch.

Wieder wich sie einen Schritt zurück.

Die Menschen sind mehr als Blut und Knochen, überlegte Kira. *Die Partials sind mehr als nur eine Doppelhelix und ein im Labor entworfenes Pheromonsystem. Sie sind Personen. Personen, die ich kenne. Samm, Xochi, Madison und Haru, Arwen, Isolde und Marcus und alle anderen, denen ich je begegnet bin, alle, die ich je geliebt oder gehasst habe. Vale und Morgan. Und ich.*

Es reicht nicht, dass wir gerettet werden. Wir müssen uns der Rettung auch als würdig erweisen.

Sie wich einen weiteren Schritt zurück, bis sie mitten auf dem breiten Gang des Krankenhauses stand und die geschlossene Tür anstarrte.

Es gibt noch andere Partials, sagte sie sich. *Andere Fraktionen, die draußen in den Städten, in den Wäldern und in der Einöde leben. Sie haben sich nicht auf Morgans Seite geschlagen, und ich muss es auch nicht tun. Wenn ich eine oder mehrere dieser Gruppen dazu bewegen kann, sich mir anzuschließen, wenn ich sie dazu bringe, den Menschen zu helfen, zu ihnen zu gehen, bei ihnen zu leben und mit ihnen zusammenzuarbeiten, wie Samm es getan hat, dann können wir es schaffen. Wir können die Welt retten. Nicht nur überleben, sondern den Beweis erbringen, dass wir uns der Rettung als würdig erweisen. Unsere Gedanken und Träume.*

Unsere Hoffnungen.

Kira drehte sich um und ging den Flur entlang. Jetzt, da die Entscheidung gefallen war, zögerte sie nicht mehr, sondern schritt zielstrebig aus.

Hoffentlich hatte sie sich richtig entschieden.

13

Ariel rannte und hielt das Gewehr fest umklammert, der schwere Rucksack wippte bei jedem Schritt auf dem Rücken. Die anderen liefen vor ihr her und keuchten vor Atemnot. Sie wagten sich nicht einmal umzudrehen. Isolde und Madison trugen die Kinder, Nandita zeigte sich überraschend rüstig. Xochi und ihre Mutter hatten die Führung übernommen. Keiner von ihnen wusste, warum sie aufgeflogen waren, aber das spielte keine Rolle mehr. Eine Routinepatrouille hatte sie in der Wildnis entdeckt, und jetzt waren ihnen die Partials auf den Fersen und brausten mit dröhnenden Jeeps und Motorrädern über die löcherigen Straßen. Hinter ihnen brummte ein Lastwagen, dessen offene Ladefläche mit Eisenstäben und Maschendraht gesichert war.

Ein Käfig.

Kessler bog hastig nach links in einen verwilderten Hinterhof ab und suchte einen Fluchtweg. Xochi wartete und winkte den anderen, ihr durch das Loch im Zaun zu folgen. Khan und Arwen brachten schreiend die Ängste ihrer Mütter zum Ausdruck. Ariel holte rasch auf, als Nandita mit steifen Gliedern durch die Lücke im Zaun kroch. Sie wandte sich um und wagte einen Blick zurück. Die Partials hatten sie schon fast eingeholt. Xochi gab mit dem Gewehr eine Salve ab, zerstörte die Frontscheibe eines Jeeps und zwang den Fahrer, den Kopf einzuziehen. Das Fahrzeug bremste ab, und sie konnten durch den Zaun fliehen. Dahinter rannten die Frauen sofort wieder los, bahnten sich zwischen Büschen, kleinen Bäumen und überwuchertem Schutt einen Weg. Im Hof lagerten Berge alter Küchengeräte. Vielleicht hatte es hier einmal eine Werkstatt gegeben. Geschirrspülmaschinen und Kühlschränke standen wie Monolithen im Unterholz. Als Ariel an einem Gerät vorbeikam, schlug dicht neben ihr mit metallischem Klicken eine Kugel ein.

»Die sind viel zu nahe«, schnaufte Xochi atemlos. Sie konnte kaum sprechen, während sie durch das Gestrüpp hastete. »Diesmal entkommen wir ihnen nicht.«

Während sie weiterrannte, packte sie Ariel am Arm und zog sie durch das Gewirr der Hindernisse. »Wie einfach wäre es, wenn unsere verrückte alte Hexe mit ihren magischen Kräften die Gedanken der Partials beeinflussen würde!«

»Du weißt, dass sie das nicht kann.« Auch Nandita keuchte vor Erschöpfung. »Sie erinnern sich bestimmt, dass ich sie unter Kontrolle hatte. Also müssten wir sie ständig bei uns behalten oder mit dem Wissen nach Hause schicken, dass ein Trustmitglied auf der Insel unterwegs ist.«

»Das ist mir egal«, fauchte Ariel und ging in Deckung, als ein neuer Kugelhagel einsetzte. »Wenn sie uns hetzen wie jetzt, dann wird es ernst.«

»Das ist nur eine Streife, die Nachzügler einsammelt«, entgegnete Nandita. »Eine gezielte Hetzjagd wäre um mehrere Größenordnungen schlimmer.«

Xochi feuerte über einen verrosteten Geschirrspüler hinweg und zwang die Verfolger, ebenfalls in Deckung zu gehen. »In zwei Minuten bleibt uns nichts anderes übrig«, wandte sie ein. »Sie sind bessere Kämpfer als wir, und sie sind in der Überzahl.«

»Warte!« Ariel horchte und legte den Kopf schief. Irgendetwas hatte sich verändert. Xochi feuerte noch einmal, doch Ariel winkte, um sie aufzuhalten. »Sei still! Hörst du das nicht?«

Xochi ging wieder in Deckung, und dann lauschten die drei Frauen aufmerksam, während die anderen vorausliefen. Ariel schloss die Augen und konzentrierte sich. *Was war das?*

»Die Motoren«, sagte Nandita. »Sie sind im Leerlauf.«

Ja, dachte Ariel. *Das Motorengeräusch hat sich verändert, aber vorher ist etwas anderes passiert. Etwas Größeres wie ein …* Ihr fehlten die Worte.

»Erklärst du mir, was so ein Leerlauf bedeutet? Ich habe im Leben höchstens vier Motoren gehört«, sagte Xochi.

»Es bedeutet wohl, dass sie auf etwas warten«, überlegte Nandita. »Sie verfolgen uns nicht mehr.«

»Die Fahrzeuge schaffen es sowieso nicht über diesen Schrottplatz.«

»Jetzt drehen sie wieder auf.« Ariel konzentrierte sich auf die Geräusche. »Aber es klingt, als ob … ja, sie fahren weg.«

»Woher weißt du das?«, fragte Xochi. »Ich höre die Motoren, aber ich kann die Geräusche nicht so genau deuten wie ihr.«

»Du bist ein Mensch«, gab Nandita zu bedenken, »und du verfügst nicht über den Bruchteil der genetischen Veränderungen, denen ich mich unterzogen habe.«

»Sie geben doch gewiss nicht so einfach auf«, wandte Ariel ein. »Sie waren uns schon viel zu nahe. Ob sie uns umzingeln wollen?« Sie sah sich nach den restlichen Mitgliedern ihrer Gruppe um, die jedoch inzwischen hinter einer Ecke verschwunden waren. »Wir müssen sie einholen. Kessler kann die Mütter nicht allein verteidigen.«

»Möglicherweise sind immer noch Partials hinter uns her«, warnte Xochi. »Sie bringen uns um, wenn wir uns aus der Deckung wagen.«

Nandita schüttelte den Kopf. »Sie wollen uns einfangen, aber nicht töten.«

»Das war, bevor wir auf sie geschossen haben«, widersprach Ariel. »Inzwischen sind wir feindliche Kämpfer.«

»Einen Moment!« Nandita schloss die Augen und holte

tief Luft. Sie verharrte völlig reglos, als konzentrierte sie sich. Ariel begriff, dass sie die Partials in der Nähe über den Link zu spüren versuchte. Als sie selbst einatmete, bemerkte sie nichts. Das war ihr noch nie gelungen. *Vielleicht gelingt es mir, wenn ich genug übe?*

Nandita riss die Augen wieder auf. »Vor uns«, keuchte sie. »Lauft zu den Kindern!«

Die drei Frauen sprangen auf und rannten los, um die anderen zu retten. Ariel sah sich rasch um, konnte aber nichts entdecken. *Warum kommen sie nicht? Selbst wenn sie Leute nach vorn geschickt haben und uns den Fluchtweg abschneiden wollen, gibt es keinen Grund, die Positionen hinter uns zu räumen.*

Ariel überholte die anderen. An der Ecke des nächsten großen Gebäudes wurde sie langsamer, legte das Gewehr an und trat vorsichtig ins Freie. Der Lauf zielte in die Richtung, in der sie die Feinde vermutete. Alles, was sie sah, waren ein Stiefel und ein Unterschenkel, die in der Tür verschwanden, durch die der Partial in das Haus eingedrungen war. Gleich darauf schrie ein Kind. Kaum hatte Xochi zu ihr aufgeschlossen, rannte sie los.

»Wo?«, fragte Xochi.

Ariel deutete auf die offene Tür, Xochi nickte. Sie waren beide mit M16-Sturmgewehren bewaffnet, die sie als Angehörige der früheren Miliz von East Meadow erhalten hatten. Während ihrer Schulzeit hatten alle Kinder der Siedlung auch eine Ausbildung an Feuerwaffen bekommen, und die Gewehre waren stark genug, um sogar einen gepanzerten Partial zu töten, wenn die richtigen Stellen getroffen wurden. *Wir schaffen es,* dachte Ariel.

Nur dass wir nicht wissen, wie viele es sind und wo sie stecken.

Sie hatten die Tür fast erreicht. Ariel sprach so leise, wie es ihr beim Rennen möglich war. »Huschen wir unbemerkt hinein, oder greifen wir mit einer vollen Salve an?«

»Für beides ist es zu spät«, ließ sich eine strenge Männerstimme vernehmen. Xochi und Ariel blieben wie angewurzelt stehen. »Lasst die Gewehre fallen und stellt euch an die Wand!«, befahl der Mann. Sie gehorchten, und Ariel verfluchte sich insgeheim für ihre Achtlosigkeit. Sie sah sich um, konnte Nandita aber nirgends entdecken. Drinnen weinten die Kinder, hinter sich hörte sie Schritte, dann beförderte der Partialsoldat die Gewehre mit einem Tritt zur Seite. »Sagt uns, was ihr über den Widerstand ...«

Ohne dass Ariel irgendetwas wahrnahm, schien er plötzlich zu erschrecken und hielt unvermittelt inne. Gleich darauf rief ihm ein anderer Partial aus dem Gebäude etwas zu.

»Ced, das musst du sehen!«

»Zwei Kämpfer in Gewahrsam«, erwiderte ihr Häscher. »Position nicht gesichert.«

»Bring sie her!«, verlangte der andere Partial. »Und frag sie, was sie über ein einjähriges menschliches Kind wissen!«

Ariel fluchte halblaut, und Xochi keuchte entsetzt auf. Sie sah sich wieder um. Nandita versteckte sich immer noch.

»Worauf wartest du?«, fragte ihr Häscher.

Wieder fluchte Ariel, dieses Mal allerdings lautlos. Sie hoffte, dass sie Nandita nicht verraten hatte. »Eine zweite Gruppe von euch hat uns verfolgt. Es wundert mich, dass sie uns noch nicht eingeholt haben.«

»Sie halten die Position, während wir in eurer Flanke vorgestoßen sind«, behauptete der Partial. Ariel wusste, dass er log. *Die anderen sind weg,* dachte sie. *Sie sind mit Höchstgeschwindigkeit weggefahren. Das entspricht bestimmt nicht der üblichen Vorgehensweise. Sogar der Lastwagen mit dem Käfig ist verschwunden. Wie wollen sie uns transportieren? Was ist hier los?*

»Durch die Tür!«, befahl der Partial. »Und kommt nur nicht auf dumme Gedanken!«

Mit erhobenen Händen betraten Xochi und Ariel die Ruine, ein ehemaliges Lagerhaus, in dem ähnliche Haushaltsgeräte wie jene herumstanden, die draußen verrosteten. Drinnen herrschte Zwielicht, es war aber nicht völlig dunkel, weil ein großer Teil des Dachs zusammengebrochen war und das Tageslicht eindrang. Im Innern hielt sich nur ein einziger Partial auf, der sein eigenes Gewehr und die Waffe hielt, die er Senatorin Kessler abgenommen hatte. Kessler selbst, Madison und Isolde hockten mit den beiden Kindern in einer Ecke. Besorgt beäugte der Partial die Neuankömmlinge, doch sein Blick wanderte fast zwanghaft immer wieder zu Arwen. Ein einjähriges Kind war ein außerordentlicher, schockierender Anblick, der jeden in Bann zog. Er winkte Ariel und Xochi, sich zu den anderen in die Ecke zu hocken. Als sie vorbeiging, suchte Ariel unauffällig den Boden ab, ob dort vielleicht noch eine Waffe herumlag. Vergeblich. Sie, Xochi und Kessler waren entwaffnet, aber Madison und Isolde hatten vielleicht noch die halb automatischen Pistolen.

Außerdem hielt sich Nandita draußen auf, und der Häscher hatte die Gewehre im Gras liegen gelassen.

»Cedric, dies ist ein einjähriges Kind«, erklärte der zweite Partial.

»Das ist …« Der Partial, der sie gefangen genommen hatte, folgte ihnen nach drinnen und hielt unvermittelt an, als er Arwen sah. Ehrfürchtig blieb er mit dem Rücken zur Tür stehen und betrachtete das kleine Mädchen. Als seine Wachsamkeit einen Moment lang nachließ, rechnete Ariel schon damit, dass Nandita auftauchte und ihn von hinten erschoss. Nichts geschah. Dann fasste sich der Partial wieder und zog sich auf eine defensive Position zurück, von der aus er die Frauen und die Tür im Auge behalten konnte. Inzwischen war Ariel recht sicher, dass die beiden Partials den sechs Frauen allein gegenüberstanden. Das war selbst für Partials ein schwieriges Zahlenverhältnis. Auf einmal wurde Ariel bewusst, dass ihre Gefangennahme nicht das ursprüngliche Ziel der Partials gewesen war.

»Erzählen Sie uns alles, was Sie wissen!«, forderte Cedric.

»Partials sind herzlose Mörder und außerdem zu dumm, um sich in der Nase zu bohren, solange kein Offizier in der Nähe ist, der ihnen zeigen kann, wie es funktioniert«, gab Kessler zurück. »Entspricht das Ihren Wünschen? Oder wollen Sie die idiotische Frage ein wenig präzisieren?«

»Beginnen Sie mit ihr!« Der zweite Partial deutete auf Arwen. »Wir dachten, alle Kinder der Menschen sterben nach der Geburt.«

»Sie haben sich jedenfalls große Mühe gegeben, damit es so kommt«, entgegnete Isolde. Kira hatte zwar behauptet, die Partials hätten die Seuche gar nicht freigesetzt, doch kaum jemand hatte ihr Glauben geschenkt. Ariel war nicht sicher, was sie davon halten sollte. Die beiden Partials bestätigten es nicht, stritten es aber auch nicht ab.

»Ist dies das Kind, das ihr gerettet habt? Das Kind, das Kira Walker geheilt hat?«

»Wir wissen nichts über Kira Walker«, entgegnete Ariel ausweichend. Es kostete sie viel Überwindung, nicht zur Tür zu blicken und sich damit zu verraten. Selbst wenn Nandita nicht den Link einsetzte, um die Partials in Schach zu halten, konnte sie ein weggeworfenes Gewehr aufheben und angreifen. Ein überraschender Schuss, der einen der Gegner erledigte, mehr brauchten sie nicht. In der Verwirrung konnte Ariel Isoldes Pistole an sich nehmen und den zweiten Partial ausschalten. *Aber wenn wir sie sowieso erschießen wollen, kann sie auch die verdammte Gedankenkontrolle einsetzen und es uns leichter machen.* War Nandita wirklich so vorsichtig – oder gar paranoid und ängstlich –, dass sie es riskierte, sie alle in einem Feuergefecht zu verlieren, nur um die Geheimwaffe nicht zu offenbaren?

Natürlich ist sie das, dachte Ariel wütend. *So ist Nandita, so war sie schon immer, so wird sie immer sein. Sie brächte es jederzeit fertig, uns alle zu verraten und zu verkaufen, nur um sich selbst zu schützen.*

»Wir wissen nicht, warum meine Tochter nicht gestorben ist«, erklärte Madison. Das war die Lüge, auf die sie sich verständigt hatten, falls sie erwischt würden. »Sie ist immun, genau wie wir. Bitte tun Sie uns nichts!«

»Wir haben das sogenannte Zukunftsgesetz erlassen«, ergänzte Kessler. »Es sollte so viele Schwangerschaften wie möglich geben, da aus statistischen Gründen früher oder später Kinder zur Welt kommen mussten, die wie die Eltern immun waren. Bei diesem Mädchen ist das der Fall.«

»Gibt es noch mehr?«, fragte Cedric. Der andere Partial behielt die Tür im Auge, Ariel beobachtete ihn.

Kessler zuckte mit den Achseln. »Das wissen wir nicht. Ich habe gehört, dass es im Osten welche geben soll, aber den genauen Ort kennen wir nicht.«

»Dorthin wollten wir«, fügte Madison hinzu. »Wenn es dort weitere Kinder gäbe, könnten wir uns zusammentun und uns gegenseitig unterstützen. Das ist alles.«

»Im östlichen Teil der Insel lebt niemand mehr«, erklärte Cedric. »Wir haben alle Einwohner in East Meadow versammelt.«

»Warum?«, fragte Ariel. Sie machte sich keine Hoffnung auf eine Antwort, konnte sich die Frage jedoch nicht verkneifen. Welchen Sinn hatte es, alle Menschen an einem einzigen Ort zusammenzupferchen? Was hatten die Partials mit den Gefangenen vor? Wie erwartet ging der Soldat mit keinem Wort auf die Frage ein.

»Sagen Sie uns, was Sie über den Widerstand wissen!«, verlangte der andere Partial. Diese Frage hatte Cedric ihnen bereits draußen gestellt. Sie hatte nicht einmal gewusst, dass es eine Widerstandsbewegung gab, und fand die Vorstellung großartig.

»Es gibt keinen Widerstand«, behauptete Xochi. »Höchstens eine Handvoll Leute wie uns, die aus East Meadow entkommen wollen, aber das ist auch schon alles.«

»Seit Beginn der Besetzung führen die Menschen einen

Guerillakrieg«, warf Cedric ein. »Erzählen Sie uns etwas über die biologische Waffe!«

»Welche biologische Waffe?«, fragte Ariel.

»Erzählen Sie uns etwas über die Raketeneinschläge in Plainview!«, verlangte Cedric. »Woher haben Sie die Raketen bekommen? Wo verstecken sich die Rädelsführer?«

»Darüber wissen wir nichts«, wehrte Ariel ab. »Wir gehören nicht zum Widerstand. Wir wollen nur die Kinder beschützen.«

»Sie fliehen vom Schauplatz des größten Gegenangriffs der Menschen seit Beginn der Besetzung«, erwiderte der Partial energisch. »Sie haben damit zu tun, und Sie werden uns sagen, was Sie wissen.«

Soweit es ihr noch gelang, rief sich Ariel die Karte mit den alten Straßen von Long Island ins Gedächtnis. Sie hatten East Meadow verlassen und Levittown passiert, dann Bethpage und danach ... Plainview. *Wir waren heute Morgen in Plainview,* dachte sie. *Dort gab es keinen Raketeneinschlag und keinerlei Angriff. Vielleicht ist es nach unserem Aufbruch passiert? Aber das ist doch erst wenige Stunden her ...*

Dieser Lärm ..., dachte sie auf einmal. *Ich hörte Geräusche, irgendetwas Großes und Fernes, dann setzten die Motoren aus, und gleich darauf fuhren die Partials weg. War das der Angriff? Vor einigen Minuten griff eine Widerstandsbewegung der Menschen Plainview an, und die Patrouille, die uns verfolgte, wurde zurückgerufen. Die beiden hier sollen uns nicht festnehmen, sondern verhören.*

Sie öffnete den Mund und wollte antworten, doch in diesem Moment richteten sich Cedric und der andere Partial fast gleichzeitig auf, wechselten einen Blick und sahen sich um. Ariel konnte nicht erkennen, ob sie Angst hatten oder eher verwirrt waren.

»Was, zum Teufel, ist das?«, fragte Cedric.

»Es kommt näher«, antwortete der andere.

Ariel musterte die anderen Frauen, die die Köpfe einzogen und sich Schutz suchend aneinanderschmiegten. Ariel rückte an Isolde heran und tastete nach der Waffe, die das Mädchen unter dem Hemd versteckt hatte. »Die brauche ich jetzt«, flüsterte sie.

»Sie spüren etwas im Link«, gab Isolde genauso leise zurück und nickte, als Ariel die Pistole an sich nahm.

»Ob es Nandita ist?«, überlegte Xochi.

Ariel schüttelte den Kopf. »Ich habe schon einmal gesehen, wie Nandita es getan hat, und das war völlig anders.« Sie betrachtete die Partials, die sich gerade nach besserer Deckung umsahen.

»Habt ihr noch weitere Waffen?«, fragte Cedric. Ariel verstand erst nach einer Weile, dass er sie meinte.

»Was ist denn los?«

»Da kommt etwas«, erklärte Cedric. »Wenn ihr Waffen habt, dann haltet sie bereit!«

»Es muss Nandita sein«, flüsterte Isolde.

Wie um ihr zu antworten, stolperte Nandita rückwärts durch die Tür. Zu Ariels Überraschung nahmen die Partials sie kaum zur Kenntnis und richteten die Waffen auf die Tür. »Hinunter!«, riefen sie. Nandita riss die Augen weit auf und beeilte sich, eine Deckung zu finden. Cedrics Stimme klang hart wie Stahl. »Haben Sie es gesehen?«

»Nein«, antwortete Nandita. »Was ist es?«

»Wir wissen es nicht«, entgegnete der andere Partial, »aber wir haben Geschichten darüber gehört.«

Ariel starrte sie schockiert an und fragte sich, was so erschreckend sein konnte, dass die Partials das Verhör abbrachen und Nandita ihr Versteck aufgab. Gleich darauf gelangte sie zu der Ansicht, dass es keine Rolle spielte. Wenn die Partials Angst hatten, dann musste auch sie sich fürchten. Sie hob Isoldes Pistole, eine schwere Halbautomatik, und sah, dass Xochi inzwischen Madisons Waffe übernommen hatte. So hockten sie in der Ruine und warteten, die Augen auf die Tür gerichtet.

Dann kam es.

Ariel spürte es als Erste – nicht körperlich, sondern irgendwo im Bewusstsein. Es war etwas Massives, das zugleich unsichtbar blieb. Sie taumelte, auch Isolde verlor das Gleichgewicht. *Der Link,* dachte sie. *Wir spüren es über den Link.* Khan, der gerade noch ruhig gewesen war, begann zu schreien, also spürte er es auch.

Ein Schatten verdunkelte die Tür, und gleich darauf erschien eine riesige Gestalt – menschenähnlich, aber eindeutig kein Mensch. Es war dunkelrot oder purpurn und mit Panzerplatten bedeckt. Ariel konnte nicht erkennen, ob sie zum Körper gehörten oder abnehmbar waren. Das riesige Wesen musste sich bücken, um durch die Tür zu spähen. Einen Moment lang betrachtete es sie mit winzigen schwarzen Augen. Es sprach mit tiefer Stimme, obwohl Ariel keinen Mund erkennen konnte.

»Macht euch bereit!«, sagte das Wesen. »Bereitet euch auf den Schnee vor!«

»Wer bist du?«, fragte Cedric. Das Wesen antwortete nicht.

»Sagt es den anderen!«, fuhr das Ungeheuer fort. Dann richtete es sich auf und ging. Cedric gab einen einzigen Schuss aus dem Gewehr ab und traf das Bein des Wesens. Ariel konnte nicht erkennen, ob die Kugel irgendeinen Schaden anrichtete. Allerdings kam das Wesen mit gemessenen, zielstrebigen Bewegungen zurück und bückte sich erneut vor der Tür. Auf den Schultern öffneten sich Klappen wie riesige Nüstern. Die beiden Partials verloren das Bewusstsein, und Ariel wurde schwindlig, als wäre auch sie einer Ohnmacht nahe. Sie musste sich an Xochi klammern und hatte Mühe, die Augen offen zu halten. Am Rand bemerkte sie, dass Isolde und Nandita ebenso die Fassung zu verlieren drohten. Das Wesen beobachtete sie noch einen Augenblick lang und schien abzuwarten, ob sie stürzten. Dann ergriff es wieder das Wort. »Folgt mir nicht!«, sagte es.

»Ihr müsst es den anderen sagen.« Es hielt kurz inne. Ariel war sich völlig sicher, dass es überrascht war, denn das Gefühl überkam sie wie eine schwere, zähe Woge. Fast hätte sie aus einer Angst heraus, die nicht einmal ihre eigene war, einen Schrei ausgestoßen.

»Nandita«, sagte die Kreatur. Ariel wusste nicht, wo deren Überraschung endete und wo die eigene begann.

»Wer bist du?«, fragte Nandita herrisch.

»Es ist fast so weit«, erklärte der Riese. »Ich bringe es in Ordnung, und es ist fast vollbracht.«

»Was bringst du in Ordnung?«, fragte Nandita. »Wer bist du?«

»Ich bin ich«, antwortete das Ungeheuer. »Die Welt wird in Ordnung gebracht. Es wird wieder schneien.«

Damit drehte es sich um und stapfte davon.

14

Samm stand mitten in der Cafeteria des Krankenhauses und beobachtete, wie die anderen Partials auf die Neuigkeit reagierten. Inzwischen waren alle neun bei Bewusstsein und hatten sich in Rollstühlen oder fahrbaren Betten versammelt. Die meisten waren noch zu schwach, um aus eigener Kraft zu gehen, einige waren in denkbar schlechter Verfassung. Nummer Acht, ein Soldat namens Gorman, musste mit Sauerstoff versorgt werden, weil die Lungen zu sehr verfallen waren und nicht mehr eigenständig arbeiteten. Unter ihnen war kein einziger Offizier, aber sie hatten vor dem Zusammenbruch in derselben Einheit gedient und betrachteten Gorman als ihren Anführer.

»Zwölf Jahre«, sagte Gorman. Sein Gesicht war hager, unter den wässrigen Augen lagen tiefe Ringe. Körperlich war er achtzehn Jahre alt, genau wie alle anderen Infanteristen der Partials, doch er war so krank, dass er Jahrzehnte älter zu sein schien. »Das ist ...« Er war sprachlos. »Zwölf Jahre.«

»Fast dreizehn«, antwortete Samm. »Ich weiß nicht genau, wann ihr betäubt wurdet, aber jetzt schreiben wir das Jahr zweitausendachtundsiebzig.« Er blickte zu Heron hinüber, die stumm in der Ecke saß, dann zur Tür. Sie war nicht verschlossen, doch Calix hatte versprochen, alle anderen draußen zu halten, damit sie sich ungestört austauschen konnten. Bisher hatte sie ihre Aufgabe gut erledigt, und die Partials blieben unter sich.

»Der Aufstand begann zweitausendfünfundsechzig«, sagte ein Soldat, der im Rollstuhl saß. »Vielleicht gibt es eine Abweichung von ein, zwei Monaten, aber es sind so oder so rund dreizehn Jahre, und die Differenz spielt keine nennenswerte Rolle.« Samm hatte bereits erfahren, dass der Mann Dwain hieß.

»Ich erinnere mich nur noch, wie ich hierherkam«, erklärte Gorman. Er machte eine schwache Geste, die den ganzen Gebäudekomplex umschloss. »Da war die RM-Seuche gerade voll ausgebrochen, und die Offiziere gelangten zu der Ansicht, die Menschen würden sich nicht mehr davon erholen. Wir hatten den Auftrag, das Gelände von ParaGen nach einem Mittel zu durchsuchen, das sich gegen die Seuche einsetzen ließ. Dann ... nun ja. Auf einmal bin ich hier.«

»Erinnert ihr euch nicht, wer euch betäubt hat?«

»Wir haben niemanden bemerkt«, erklärte ein Soldat, der Ritter hieß. »Ich trug die volle Ausrüstung, als es passierte. Die Einzelheiten weiß ich nicht mehr, aber es ist wohl auf einem Streifengang geschehen. Ich glaube, es war ...« Über den Link strahlte er tiefe Ratlosigkeit aus. »Ich erinnere mich nicht. In einem Laborgebäude, vielleicht sogar in diesem hier. Es war wie ein Angriff mit einer chemischen Waffe.«

Die anderen Partials stimmten über den Link zu, worauf Samm nickte. »Der Mann, der euch gefangen nahm, hielt noch einen Soldaten namens Williams fest. Ihn hat er verändert, damit er über den Atem ein bei Partials besonders wirkungsvolles Betäubungsmittel absondert. Wir ... wir konnten ihn nicht mehr zurückverwandeln.«

Die Partials regten sich unbehaglich.

»Die Welt, in der ihr aufgewacht seid, ist anders als jene, die ihr kanntet«, fuhr Samm fort. »Den Zusammenbruch, RM und das Reservat habe ich schon erwähnt. Was man euch angetan hat, geschah aus Angst vor der Ausrottung. Das ist zwar keine Rechtfertigung, aber es ist zumindest verständlich. Die Welt außerhalb des Reservats ist verlassen.

Die anderen Siedlungen auf dem Kontinent – vermutlich die letzten auf der ganzen Welt – befinden sich im Osten. Die Menschen haben sich auf Long Island in einer Stadt namens East Meadow versammelt. Dort leben noch etwa fünfunddreißigtausend.«

Die Linkdaten verrieten die Überraschung der Partials. Als ihnen bewusst wurde, welche Auswirkungen der Zusammenbruch tatsächlich gehabt hatte, breitete sich erhebliche Verwirrung aus. Schließlich ergriff Dwain als Erster das Wort.

»Es gibt also auf der ganzen Welt nur noch fünfunddreißigtausend Menschen?«

»Das sind alle Überlebenden ihrer Spezies«, bestätigte Samm. »Es könnte hier und dort noch kleine Gruppen geben, doch innerhalb der nächsten hundert Jahre werden sie alle aussterben.«

Samm wurde die Kehle eng, und er zögerte. Es fiel ihm schwer, die nächsten Neuigkeiten möglichst schonend vorzubringen. »Die Partials leben nördlich von den Menschen in unserem alten Hauptquartier in White Plains. Es sind insgesamt …« Er zögerte. »Es sind noch zweihunderttausend.«

»Zweihunderttausend?«, fragte Ritter. »Soll das ein Witz sein.«

»Nein, ganz gewiss nicht.«

»Was ist aus den anderen geworden?«, fragte Gorman. »Haben die Menschen angegriffen? Wir haben Gerüchte über einen Angriff mit Kriegsschiffen gehört, aber dann sind wir hergekommen, und …« Seine Stimme brach, und die Linkdaten, die durch den Raum flogen, schmeckten traurig. »Sie haben es getan, oder? Die letzte Flotte ist durchgebrochen und hat unsere Armee vernichtet.«

»Die letzte Flotte wurde versenkt«, widersprach Samm. »Die Menschen haben niemanden getötet.«

»Wenigstens nicht direkt«, warf Heron ein.

Gorman blickte sie kurz an, dann wandte er sich wieder an Samm. Seine Stimme war schwach, er keuchte am Beatmungsgerät, doch die Linkdaten knisterten vor Empörung. »Was ist geschehen?«

»Vor ungefähr drei Jahren starb die erste Generation aus«, berichtete Samm. »Es war die erste Welle jener Partials, die für den Krieg gebaut worden waren. Alle Veteranen, die im Isolationskrieg als Erste den Fuß ans Ufer gesetzt hatten ... sie starben einfach. An einem Tag waren sie völlig gesund, am nächsten verwesten sie wie ein Stück Obst, das zu lange in der Sonne lag. Wir fanden heraus, dass wir alle ein eingebautes Verfallsdatum haben. Alle Partials sterben ungefähr an ihrem zwanzigsten Geburtstag.« Samm hielt inne und ließ seinen Zuhörern ein wenig Zeit, um die Neuigkeiten zu verarbeiten. »Die nächste Gruppe ist in einem Monat an der Reihe. Die letzte – zu der auch ich gehöre – hat ungefähr noch acht Monate zu leben. Je nachdem, wann ihr aus den Bruttanks gekommen seid, bleiben euch noch vier bis zweiunddreißig Wochen.«

Schweigen herrschte im Raum. Die Partials saßen stumm da, dachten nach und rechneten. Sogar Heron war still und beobachtete Samm aus tiefen dunklen Augen. Die Linkdaten übermittelten eine Mischung aus Verwirrung und Verzweiflung.

»Und es tötet tatsächlich alle Partials?«, wollte Gorman wissen.

Samm nickte. »Es ist keine Krankheit, sondern ein fester Bestandteil unserer DNA. Es ist unaufhaltsam, unheilbar und nicht umkehrbar.«

»Zwanzig Jahre?«

»Ja.«

»Und wir schreiben das Jahr zweitausendachtundsiebzig?«, fragte Gorman.

Samm runzelte die Stirn, weil er die Zielrichtung der Fragen nicht verstand. Er hatte mit Ungläubigkeit gerechnet, doch Gormans Verwirrung, die über den Link deutlich zu erkennen war, enthielt keine Niedergeschlagenheit mehr. »Jetzt haben wir Oktober. Warum?«

»Soldat«, sagte Gorman, »wir gehören zur Dritten Division. zweitausendsiebenundfünfzig haben wir die Bruttanks verlassen.« Er riss die Augen weit auf, weil er selbst kaum glauben konnte, was ihm auf der Zunge lag. »Vor fünf Monaten sind wir alle einundzwanzig geworden.«

Samm starrte ihn an. »Das ist unmöglich.«

»Offensichtlich nicht.«

»Niemand hat bisher das Verfallsdatum überlebt«, erklärte Samm. »Wir haben alles versucht ...«

»Woher wissen wir überhaupt, dass das Verfallsdatum der Wirklichkeit entspricht?«, fragte Ritter.

»Ich habe es nicht erfunden, falls du das meinst«, erwiderte Samm.

»Wenn er in dieser Hinsicht lügt, dann könnte auch alles andere falsch sein«, fügte Dwain hinzu.

»Ich lüge nicht«, beharrte Samm. »Wir schreiben das Jahr zweitausendachtundsiebzig, die ganze Welt stirbt, und irgendwie ist euch der Tod erspart geblieben. Wir müssen herausfinden, warum ...«

Blitzschnell löste sich Heron von der Wand, zog ein Messer aus einer Scheide am Gürtel und packte Ritter an den Schultern. Bevor Samm überhaupt blinzeln konnte, lag Ritter schon am Boden. Der Rollstuhl rutschte klappernd zur Seite. Heron stemmte ihm ein Knie auf die Brust und setzte ihm die Messerklinge an die Kehle. »Sag mir die Wahrheit!«, befahl sie.

Samm sprang auf. »Heron, was tust du da?« Die anderen Partials schrien im Chor auf, die meisten waren jedoch zu schwach, um aufzustehen. Gorman kämpfte mit den Beatmungsschläuchen am Hals und wollte sich hochdrücken. Er schaffte es nicht und sank auf das Bett zurück. Sein Zorn war über den Link allerdings deutlich zu spüren.

»Wie alt bist du?«, fragte Heron. Sie drückte mit dem Messer noch fester zu. »Zwing mich nicht, dir zu zeigen, wie ernst es mir ist!«

»Er kann kaum noch atmen!«, rief Dwain. »Wie soll er etwas sagen, wenn du ihm den Brustkorb zerquetschst?«

»Dann antwortet ein anderer an seiner Stelle«, verlangte Heron. »Sonst erlöse ich ihn von seinem Leiden und suche mir ein neues Opfer.«

»Wir sind einundzwanzig«, beharrte Gorman. Er hustete und atmete gurgelnd. »Wir haben die Wahrheit gesagt. Wir sind einundzwanzig.«

Heron erhob sich und verstaute das Messer in der Scheide, und zwar genauso schnell, wie sie es gezogen hatte. Sie bot Ritter die Hand, doch er schlug sie mit finsterer Miene weg und blieb keuchend am Boden liegen.

Sie wandte sich an Samm. »Irgendetwas hält sie am Leben.«

Samm zog die Brauen hoch. »Vielleicht etwas in der Lebenserhaltung?«

»Kann es wirklich so einfach sein?«, entgegnete Heron.

»Woher willst du wissen, dass es nicht am Koma lag?«, warf ein Partial namens Aaron ein, der im Bett an der Wand lag.

Samm blickte den Soldaten an und dachte über den Einwand nach. »Das ist möglich, aber ich halte es für unwahrscheinlich. Wenn die Verlangsamung des Stoffwechsels das Verfallsdatum hinauszögert, dann hätten wir schon längst größere Abweichungen der Verfallsdaten sehen müssen.«

»Nicht das Koma selbst«, meinte Aaron. »Ich dachte an die Ursache der Bewusstlosigkeit. An das Betäubungsmittel. Die Menschen, die uns diese Behandlung angetan haben, wollten vielleicht dafür sorgen, dass wir länger in Betrieb bleiben.«

Heron hatte Samm nicht aus den Augen gelassen. »Ob Williams das Heilmittel ist?«

»Das wäre ironisch«, entgegnete Samm.

»Und sinnlos«, fügte Gorman hinzu. »Ihr habt gesehen, was diese Tortur bei uns angerichtet hat. Ist es denn eine Lösung, wenn wir dreizehn Jahre lang im Koma liegen? Wir sterben trotzdem nach zwanzig Jahren, nachdem wir die Zwischenzeit mit körperlichen und seelischen Qualen überbrückt haben.«

»Unterschiedliche Anwendungen ziehen vielleicht unterschiedliche Wirkungen nach sich«, gab Heron zu bedenken. »In kleinen Dosierungen ist es womöglich ein gutes Schlafmittel, das unser Leben verlängert.«

»Er ist kein Schlafmittel«, widersprach Dwain. »Er ist ein Mitglied unseres Teams. Man darf ihn nicht auf diese Weise benutzen.«

»Das dürfte sowieso nicht der Grund sein«, erklärte Samm. »Doktor Morgan hat Vale mitgenommen, weil sie ein Heilmittel für das Verfallsdatum sucht. Hätte er bereits eins gefunden, dann hätte er etwas erwähnt.«

»Damit hätte er allerdings offenbaren müssen, was er mit den zehn Gefangenen hier getan hat«, wandte Heron ein. »Morgan hätte ihn und die Hälfte der Menschen im Reservat auspeitschen lassen.«

»Ich hätte nicht übel Lust, das Gleiche zu tun«, gestand Gorman.

»Sie haben dir nichts getan«, fauchte Samm.

Gorman machte eine schwache Geste, die das Beatmungsgerät, die Liege und den ganzen Raum mit den kranken, verkrüppelten Partials einschloss. »Nennst du das gar nichts?«

»Ich würde das als Doktor Vales Werk bezeichnen«, sagte Samm. »Die Einwohner haben nichts damit zu tun.«

»Wir reden nicht nur über das Koma«, fuhr Gorman fort. »Was ist mit allem anderen? Wir haben einen Krieg begonnen, um der menschlichen Unterdrückung zu entfliehen. Du sagst uns, der Krieg habe den Weltuntergang herbeigeführt, und nun, dreizehn Jahre später, wachen wir auf und sind noch stärker, viel stärker unterdrückt. Unsere ganze Spezies stirbt aus, und du kommst hier herein wie der Lieblingspartial der Menschen und erzählst uns, wie übel die Unterdrücker dran sind. Hast du denn überhaupt kein Rückgrat, Soldat? Hast du überhaupt keine Selbstachtung?«

Samm schwieg. Er musste sie nicht einmal ansehen, um ihren Abscheu, den Zorn und das Mitleid zu spüren. Die Gefühle hingen wie eine giftige Wolke in der Luft. Er hatte versucht, sich mit ihnen anzufreunden und sie schonend auf die neue Welt vorzubereiten, in der sie jetzt lebten, aber sie sahen in ihm nur den Verräter. Er öffnete den Mund und wollte protestieren, wollte ihnen sagen, dass er kein willenloses Werkzeug der Menschen war, wollte ihnen schildern, was geschehen war, und seine Gründe darlegen, doch ... er war außerstande dazu. Er blickte Gorman an. »Calix!«, rief er dann zum Flur hinaus.

Er wartete und fragte sich, ob sie weggelaufen war. Insgeheim betete er, dass sie die Tür nicht abgeschlossen hatte. Es kam ihm vor wie eine Ewigkeit, doch es dauerte kaum eine Sekunde, bis sie von draußen öffnete. Calix blieb an der Tür stehen und balancierte auf dem gesunden Bein.

»Brauchst du etwas?«

Er behielt sie im Auge, achtete zugleich aber auf Gorman. *Hört genau zu!*, dachte er und hoffte, dass die Soldaten seine Aufforderung befolgten. »Sind die Jäger schon zurück?«

Sie blinzelte, was Samm inzwischen als Ausdruck von Verwirrung zu deuten gelernt hatte. Es war nicht die Frage, mit der sie gerechnet hatte, doch sie antwortete. »Phan hat ein Reh erlegt. Er und Frank schleppen es her. Sie müssten bald hier sein.«

»Und die Ernte?«

Wieder blinzelte sie. Diesmal zögerte sie etwas länger und wusste offenbar nicht, worauf er hinauswollte. »Alles ist gepflückt, sie sind noch … sie kochen gerade das Obst und die Bohnen ein … Ist etwas nicht in Ordnung?«

»Alles ist gut«, antwortete Samm, während er Gorman genau beobachtete. »Was ist mit den Bienenstöcken? Gewinnen wir genug Honig?«

Falls sie seine Fragen immer noch verwirrend fand, ließ sie sich nichts mehr anmerken. »Sie geben nicht so viel her wie im letzten Jahr, aber es wird reichen«, entgegnete sie und hielt kurz inne. »Auf jeden Fall für die nächsten zehn Monate«, fügte sie schließlich hinzu.

»Schön.« Samm wählte die nächsten Worte bewusst sorgfältig. Es war keine Bitte, aber auch kein Befehl. »Ich habe dich gebeten, die Partials in den ersten Tagen mit sehr leichter und einfacher Kost zu ernähren, aber sie haben viel durchgemacht und brauchen noch etwas zur Stärkung. Laura hat aus dem Honig erstaunliche Bonbons hergestellt. Holst du uns welche?«

Calix lächelte. Sie hatte Laura unlängst bei der Produktion geholfen und prahlte gern damit. »Zitrone oder Pfefferminz?«

Samm wandte sich an die Partials. »Zitrone oder Pfefferminz?«

Dwain schüttelte ungläubig den Kopf. »Willst du uns mit Bonbons bestechen?«

»Wir nehmen Pfefferminz«, entschied Gorman. Calix nickte und schloss die Tür. Dann musterte Gorman Dwain mit finsterer Miene. »Das war keine Bestechung, das war eine Demonstration.« Er warf Samm einen langen Blick zu. »Er zeigt uns, dass sie gleichgestellt sind.«

»Wir arbeiten zusammen«, ergänzte Samm. »Wir sind Partner oder Freunde, wie man es auch nennen will.«

»Wie willst du es denn nennen?«, fragte Heron. Samm sah sie kurz an, antwortete aber nicht.

»Aber warum?«, wollte Gorman wissen. »Nach allem, was passiert ist, nach allem, was du uns über die Menschen und diese Welt und die Millionen Geschehnisse erzählt hast, die hier schieflaufen ... warum?«

Samm wandte den Blick nicht von Heron ab, als er antwortete. »Wenn du in dieser Welt überleben willst, darfst du dich nicht länger fragen, warum Leute zusammenarbeiten. Du musst es einfach tun.«

15

Kira hockte im Schatten und betrachtete das Bild der Zerstörung, das sich vor ihr ausbreitete. Die Asche war mindestens einen Monat alt, vielleicht noch älter. Tiere – vielleicht Füchse, wahrscheinlich aber Katzen und offenbar mindestens ein verwildertes Schwein – hatten das Gelände schon durchwühlt und Kleidung und Rucksäcke durch den Dreck geschleift. Die Überreste der verwitterten alten Ausrüstung lagen weit verstreut, die Knochen der Toten waren abgenagt.

Kira hob die Fetzen einer gepanzerten Weste hoch und drehte sie eine Weile in den Händen hin und her, bevor sie sie fallen ließ. Mit einem dumpfen Aufprall landeten sie im Staub. Dr. Morgans Angaben zu den verstreut lebenden Fraktionen trafen im Prinzip zu, waren aber anscheinend veraltet. Sie hatte in dieser Gegend eine Patrouille eingesetzt, jedoch keinen Bericht über die Schlacht archiviert. Bei den Leichen mochte es sich um Morgans Soldaten, feindliche Kämpfer oder vielleicht auch um beides zugleich handeln. Kira fragte sich, ob irgendwo auf einer Festplatte vielleicht neuere und präzisere Informationen versteckt waren, verschlüsselt und niemandem zugänglich, oder ob Morgan einfach darauf verzichtet hatte, die Daten zu vervollständigen. Beides war denkbar, aber Kira hatte den Eindruck, dass die zweite Erklärung die zutreffende war. Morgan war besessen und suchte mit fanatischem Eifer nach einem Heilmittel für das Verfallsdatum. Alles andere trat demgegenüber in den Hintergrund, was gelegentlich auch diejenigen einschloss, die Morgan eigentlich retten wollte. Das alte Schlachtfeld war möglicherweise der Schauplatz des letzten Angriffs gewesen, den sie befohlen hatte. Kira betete, dass dies zutraf.

In einem Explosionskrater spielten leichte Windböen mit der Asche. Kira saß auf einem umgestürzten Baumstamm mit dem Rücken zum Wasser, weil von dort aus kaum mit einem Angriff zu rechnen war, und studierte die Karte. Fünfzehn bis zwanzig Kilometer von Morgans Hauptquartier in Greenwich entfernt, befand sie sich in einem dichten Buchenwald am Ufer des North Stamford Reservoir. Hier hatten Morgans Späher einen Kundschafterposten eingezeichnet, der den Ivies gehörte. Offensichtlich war der Vorposten dieser Partialfraktion verschwunden, doch wo hielt sich der Rest der Splittergruppe auf? Kira hatte über die Ansichten und Strukturen der Fraktionen keine klaren Angaben gefunden, doch dem Vernehmen nach galten die Ivies als strikte Gegner medizinischer Experimente. Damit kamen sie für Kira als Verbündete infrage, und das Gebiet, in dem sie lebten, lag relativ nahe.

Sie betrachtete die Karte, die sie nach der Abreise aus Greenwich in einer Highschool gefunden hatte. Morgans Informationen hatte sie auf einen Datenbildschirm übertragen, auf den sie schnell zugreifen konnte. Allerdings würden die Batterien nur noch wenige Tage halten. Sobald sie außer Morgans Reichweite gewesen war, hatte sie sich hingesetzt und mühsam so viele Informationen wie nur möglich in ein schimmeliges Notizbuch übertragen. Auch die Karte hatte sie intensiv mit dem Bleistift bearbeitet und alle vermeintlichen Lager der Fraktionen und die besten Reiserouten zwischen ihnen markiert. Manche waren Wochen entfernt und befanden sich entweder weit im Norden am Hudson oder im Osten in Connecticut und Rhode Island. Eine Gruppe war angeblich sogar bis nach Boston vorgestoßen und hatte sich aus dem Krieg zwischen den Fraktionen weitgehend herausgehalten. Falls Morgans Späher richtiglagen, hatten sich die Ivies in die Wildnis dazwischen zurückgezogen und sich am Candlewood Lake niedergelassen. Der See war in Luftlinie etwa dreißig Kilometer entfernt. Kira überprüfte ihre Ausrüstung – Schlafsack, Poncho, Pistole, Kompass und Messer. Ein Beutel Äpfel. Mehr hatte sie im Krankenhaus nicht mitnehmen können, ohne Aufmerksamkeit zu erregen. Unterwegs fand sich bestimmt genügend Proviant und anderer Nachschub.

Im Stausee hatte sie die Feldflasche gefüllt. *Es wird Zeit.*

Auf dem ersten Abschnitt der Reise hatte sie die Straßen gemieden und war querfeldein gegangen. Der Karte zufolge hätte der Landstrich ein zusammenhängendes Waldgebiet sein sollen, doch es gab nur rissige Asphaltstraßen, die sich zwischen hohen Wohnhäusern entlangwanden. Jedes Gebäude besaß einen eigenen stinkenden Swimmingpool, die meisten sogar eigene Tennisplätze. Für den Fall, dass ihr jemand folgte, blieb Kira möglichst im Schutz des Waldes, doch als sie New Canaan erreichte, bog sie auf der Route 123 nach Norden ab und kam schneller voran. Der Herbst nahte, die meisten Bäume hatten schon die Farbe gewechselt, und die Blätter glühten in strahlendem Gelb und Orange. Bald würde das Laub fallen – eine Erinnerung an die alten Zeiten, als es noch harte, lange Winter gegeben hatte. Nur die Buchen würden die Blätter bis weit in den Frühling hinein behalten. Kira fragte sich, ob es schon immer so gewesen war oder ob es sich um eine neue Entwicklung handelte, um eine Anpassung der Natur an die von Menschen geschaffene Welt, in der es keinen Winter mehr gab.

Sie kam an einem Golfplatz vorbei, dessen weite Grasflächen von Schösslingen bedeckt waren. So etwas empfand sie immer als Verschwendung. Die alten Golfplätze waren besonders leicht in Äcker zu verwandeln, weil dort keine Bäume gerodet werden mussten. Dies war wohl ein Hinweis darauf, dass die Ivies nicht in der Nähe lebten.

Das Nachtlager schlug Kira in einer Feuerwache auf. Die riesigen Tore standen offen, und die Fahrzeuge waren verschwunden. Kira fragte sich, ob die Feuerwehrleute mitten im Einsatz RM zum Opfer gefallen waren. Gewöhnlich tötete die Krankheit die Menschen nicht so schnell, aber wenn sie schon infiziert gewesen waren und trotz der Erkrankung gearbeitet hatten ... in den letzten dreizehn Jahren hatte sie keinen infizierten Erwachsenen mehr gesehen. Sie wusste aber, dass die Krankheit schmerzhaft verlief, und konnte sich kaum ausmalen, wie viel Kraft die Brandbekämpfung erforderte, während man an der Seuche starb. In der offenen Wache, die an eine Scheune erinnerte, entrollte sie ihren Schlafsack. Hier war sie vor dem Regen geschützt, während sie die kühle Nachtluft atmete. Bald schlief sie ein und träumte von Feuer und Tod. Am Morgen fühlte sie sich zerschlagen, als hätte sie überhaupt nicht geruht. Sie packte ihre Ausrüstung zusammen und wanderte weiter.

Zunächst folgte sie der Route 123 nach Norden bis zu deren Ende, dann wanderte sie auf der Old Post Road weiter nach Osten. Offenbar wechselte sie hier ständig zwischen New York und Connecticut hin und her. Sie fragte sich, wie man damals diese Unterteilungen vorgenommen hatte und was es für die Menschen bedeutet hatte, hier oder dort zu leben. Tore und Mauern gab es so wenig wie klare Hinweise, wo ein Bundesstaat endete und der andere begann. Früher war es für die Erwachsenen wohl ganz offensichtlich gewesen, aber wer nach dem Zusammenbruch zur Welt gekommen war, konnte damit nichts anfangen, und deshalb hatten sie in der Schule nichts darüber gelernt.

Wie auch immer die Beziehungen zwischen den Staaten funktioniert hatten, das war nun vorbei. Die Häuser standen leer, die Autos waren verrostet und unbrauchbar, die Straßen voller Buckel und Risse, während Gräser und Bäume erbarmungslos ihr altes Reich zurückeroberten. In den oberen Stockwerken verfallener Häuser nisteten Vögel. Rehe und andere Tiere wanderten gemächlich durch die überwucherten Gärten und zupften an den Sträuchern, die sich zwischen den Ruinen ausbreiteten. Noch einmal hundert Jahre, überlegte Kira, und die Häuser würden vollends zusammenbrechen und vom Wald verschlungen werden. Rehe, Wildschweine und Wölfe würden nicht ahnen, dass hier jemals Menschen gelebt hatten.

Als sie an die Wölfe dachte, fielen ihr die Wachhunde ein, diese bizarren sprechenden Wesen, die ParaGen als Späher und Begleiter für die Partialsoldaten produziert hatte. Auf Long Island gab es keine, doch auf dem Weg nach Chicago waren sie und Samm von einem Rudel angegriffen worden. Samm hatte ihr versichert, dass die Tiere nicht wirklich intelligent waren, jedenfalls nicht nach menschlichen Maßstäben, doch Kira war nicht sicher, ob sie dieses Wissen beruhigte oder erst recht nervös machte. Sie wusste nicht, wie verbreitet die Hunde waren, betete aber, dass sie auf dem Weg zum Candlewood Lake keinem von ihnen begegnete.

Schließlich endete auch die Old Post Road, und sie schritt auf der Route 35 nach Norden in Richtung Ridgefield. Der Ort war recht klein, aber in deutlich besserem Zustand als die Einzelhäuser im Wald, die sie seit dem Aufbruch aus Greenwich gesehen hatte. Sie zögerte, weil sie im offenen Gelände leichter zu entdecken war. Höchstwahrscheinlich war kilometerweit im Umkreis niemand sonst unterwegs. Falls doch, dann waren es so weit draußen höchstens Späher und Kundschafter der Ivies und keine Agenten von Dr. Morgan. Trotzdem fürchtete sie dieses kleine Ballungszentrum. Statt der Bäume und der nackten Erde gab es hier vor allem Beton. Der Wald hatte die Stadt noch nicht erobert. Die Sichtlinien waren länger und offener, etwaige Feinde konnten sie früh entdecken, obwohl es kaum Möglichkeiten zu unbemerktem Anschleichen gab. Aber mühelos konnten ihr die Gegner einen Hinterhalt legen oder sie aus großer Entfernung erschießen. Am Waldrand zögerte sie und redete sich ein, an Verfolgungswahn zu leiden. Schließlich zog sie sich aber doch zurück und suchte sich einen Weg durch die Gärten und Hinterhöfe, stieg über wackelige Zäune und rannte quer über offene Straßen. Der Umweg betrug kaum mehr als zwei oder drei Kilometer, doch sie atmete auf, als sie endlich das letzte Einkaufszentrum hinter sich ließ und wieder auf eine schmale Straße gelangte, die durch den Wald verlief.

Schließlich mündete die Route 35 in die Route 7, und dort lagerte Kira in einem kleinen Haus in der Nähe der Kreuzung. Die Fenster waren wie in allen Häusern außerhalb der bewohnten Gebiete geborsten, doch das Dach war noch intakt, und abgesehen von den Abdrücken von Katzenpfoten im Flur fanden sich keine Hinweise auf andere Tiere, die sich hier verkrochen hatten. Im Schlafzimmer entdeckte sie zwei menschliche Skelette, die sich lose umarmten. Auf den Rippen lagen die Fetzen einer vermoderten Decke. Zwei Opfer der RM-Seuche. Im Wohnzimmer schuf sie sich Platz und schlief nach einem letzten Blick auf die verblichenen alten Familienfotos an der Wand bald ein.

16

Am nächsten Tag würde sie den Candlewood Lake erreichen. Vorher musste sie allerdings eine Stadt namens Danbury durchqueren, die um ein Mehrfaches größer war als der Ort, in dem sie am Vortag so große Angst ausgestanden hatte. Zudem umschloss das Stadtgebiet den südlichen Ausläufer des Sees. Wenn sich die Ivies wirklich dort aufhielten, konnte sie sich dem Gewässer nicht unbemerkt nähern.

»Vielleicht ist das gar nicht so schlecht«, dachte sie halblaut nach. Die alte Gewohnheit, mit sich selbst zu sprechen, hatte sie immer noch nicht abgelegt. In Manhattan hatte sie einige Monate allein verbracht. Dort war sie im Umkreis von mehreren Kilometern die einzige lebende Seele gewesen, als sie ein altes Büro von ParaGen gesucht hatte. Am Ende hatte sie mit sich selbst ausführliche Unterhaltungen geführt, weil sie sich verzweifelt nach irgendeiner Art von Gesellschaft gesehnt hatte. Manchmal kam sie sich albern vor, fand es andererseits aber genauso albern, sich zur Stille zu zwingen. In der Stadt hielt sie besser den Mund, aber hier draußen in der Wildnis? Warum sollte sie nicht laut mit sich selbst reden?

Die Frage war, wie tief sie tatsächlich in die Stadt eindringen wollte. In der Morgendämmerung saß sie nicht mehr drinnen bei den Skeletten und den gespenstischen Gesichtern, die sie aus den Fotos anstarrten, sondern draußen auf der Veranda und knabberte an einem Apfel. Die Karte hatte sie auf den Knien ausgebreitet, doch die Daten waren längst nicht so detailliert, wie sie es sich gewünscht hätte.

»Wenn die Ivies hier sind und mich bemerken, dann ist das gut«, überlegte sie. »Ich will sowieso Kontakt mit ihnen aufnehmen. Genau aus diesem Grund bin ich ja gekommen.« Sie schluckte ein Stück Apfel hinunter. »Es sei denn, sie erschießen mich auf der Stelle. Vermutlich werden sie das nicht tun, aber wie kann ich das wissen? Will ich das Risiko wirklich eingehen? Wenn sie mir nahe genug kommen, um den Link zu benutzen, finden sie sofort heraus, dass ich nichts aussende, und werden mich für einen Menschen halten.« Sie biss in den Apfel. »Soweit ich es sagen kann, erschießen sie eher Menschen als Partials. Leider weiß ich überhaupt nichts über sie.« Sie schluckte den Bissen hinunter. »Und wenn Morgan hier oben wirklich Spione hat? Was passiert, wenn sie mich zuerst entdecken? Vielleicht sollte ich mich doch lieber so lange wie möglich verstecken. Außerdem brauche ich eine bessere Karte, um die Route zu planen.«

Sie packte ihre spärlichen Besitztümer ein und kehrte zur Kreuzung zurück. An einer Ecke stand eine verfallene Tankstelle. Das breite Metalldach war über den Zapfsäulen zusammengebrochen. Dort und hinter den verrosteten Gerippen alter Autos fand sie reichlich Deckung, als sie über das Gelände huschte. Ursprünglich hatte die ganze Vorderfront aus Glas bestanden, doch die Scheiben waren längst geborsten. Die Scherben knirschten unter ihren Füßen. Jahrelang war der Regen in den Verkaufsraum eingedrungen, die Zeitschriften im vorderen Regal waren gewellt, die Farben ausgewaschen. Kira sah sich um und suchte nach Straßenkarten, die sie endlich in einem drehbaren Drahtgestell fand, das schon vor langer Zeit umgestürzt war. Viele Karten waren feucht, an einigen hatten sogar die Ratten geknabbert, doch schließlich entdeckte sie einen Plan von Connecticut, der einigermaßen gut erhalten war. Ein umgekipptes Metallregal, auf dem keine Glassplitter gelandet waren, bot ihr einen Sitzplatz, um die Karte genauer zu studieren.

Der Highway, auf dem sie sich gerade befand, lief schnurgerade nach Danbury hinein. Dort wurde er breiter und traf auf die Interstate 84, eine riesige mehrspurige Straße, die Danbury umrundete und weiter am Candlewood Lake entlanglief. »Das dürfte der einfachste Weg sein«, überlegte sie leise, »aber es ist auch der offensichtlichste. Wenn irgendjemand überhaupt aufpasst, dann dort.« Anschließend betrachtete sie die Stadt, verfolgte die Durchgangsstraßen und suchte nach anderen Möglichkeiten. Mit dem Bleistift markierte sie die beiden großen Krankenhäuser. Seit dem Zusammenbruch gruppierten sich die Siedlungen der Menschen und der Partials um Krankenhäuser, und so sah es vermutlich auch bei den Ivies aus. »Es *könnte* so sein«, warnte sie sich selbst. Aus Morgans Unterlagen ging hervor, dass die Ivies im Norden am See lebten. Da der See und die Stadt so dicht beieinanderlagen, war es möglicherweise aufschlussreich, dass die Späher vor allem den See und nicht die Stadt erwähnt hatten. »Vielleicht mögen die Ivies keine Städte«, überlegte sie. »Ich mag sie ja auch nicht besonders gern, aber ich bin hier fremd. Wenn dies ihre Heimat ist, dann haben sie womöglich die Stadt gesichert und Verteidigungsposten eingerichtet, die ihnen der See nicht bieten kann. Es sei denn, sie haben es auf irgendetwas abgesehen, woran ich noch nicht gedacht habe.« Ausgiebig musterte sie den See und fragte sich, welche Vorteile er bieten mochte. Süßwasser natürlich und ein freies Blickfeld über die Oberfläche. Jagd oder Ackerbau waren in der Stadt ebenso einfach zu betreiben wie in der Wildnis. In den dicht besiedelten Regionen auf Long Island hatte es nicht anders ausgesehen. Irgendwie passte das alles nicht recht zusammen. Wieder einmal überprüfte sie ihre Notizen. Die Ivies waren demnach *strikt gegen medizinische Experimente eingestellt*. Das war alles, was sie über die Gruppe wusste. Unschlüssig starrte sie auf die Karte. Sie wusste nicht, wie es weitergehen sollte.

»Im Zweifelsfall gebe ich der Sicherheit den Vorzug«, entschied sie sich nach einer Weile und plante einen Weg, der sie zunächst nach Westen führte. Sie wollte die Stadt umgehen und sich dem See durch den kleinen Vorort New Fairfield nähern. Die Straßen mied sie, soweit es nur möglich war. Dank der Vorarbeit mit der Karte hatte sie genügend Orientierungspunkte gefunden, um mit dem Kompass allein zurechtzukommen. Die erste Landmarke lag im Westen und war ein Teich namens Bennett's Pond. Er war von dichtem Wald umgeben, und die Hügel waren so steil wie jene, die sie auf dem Weg hierher überwunden hatte. In dem unebenen Gelände ermüdete sie rasch. Gegen zehn Uhr überquerte sie im Westen der Stadt den I-84, folgte einem Bach und durchquerte einen weiteren dichten Wald. Mittags erreichte sie einen größeren Teich, der von mehreren Golfplätzen umgeben war. Der Rasen war längst überwuchert. Am Westufer des Gewässers erstreckte sich flaches Marschland voller leerer Nester. Ob es kalt wurde oder nicht, in den winzigen Vogelgehirnen war der Drang nach Süden angelegt. Das Marschland wirkte still und verlassen. Einmal stieß sie auf eine Gruppe glänzender kleiner Kugeln und staunte, dass es um diese Jahreszeit noch Eier gab, doch dann erkannte sie, dass es sich um Golfbälle handelte, die in der Sonne vergilbt und aufgesprungen waren.

Durch den Wald wanderte sie weiter nach Norden, überschritt wieder einmal die unsichtbare Grenze zwischen den Bundesstaaten und fasste eine Gruppe von Häusern als Zeichen auf, sich wieder nach Osten zu wenden. Während sie sich New Fairfield näherte, tauchten weitere Gebäude auf, die verfallen und verloren zwischen den Bäumen standen. Kira stellte sich vor, dass sie nicht den Häusern, sondern lediglich deren Geistern begegnete, die sich störrisch und bis in alle Ewigkeit hielten, nachdem die Mauern längst verschwunden waren. Sie umrundete den Corner Pond, überquerte eine schmale Straße und hielt sich nahezu exakt nach Osten. Der Wald lichtete sich rasch.

Dann bemerkte sie an einem Baumstamm eine helle weiße Markierung, höchstens vor drei Tagen in die Rinde geritzt. Die Zeichen entsprachen der römischen Zahl Vier. IV.

Die Ivies.

Es fiel ihr wie Schuppen von den Augen, und sie staunte, dass sie es nicht schon längst durchschaut hatte. Die Ivies hatten sich nach ihrer alten Militärabteilung benannt: IV. Die Vierte Division, das Vierte Regiment oder irgendein anderer Teil der Partialarmee. Die Ivies gab es wirklich, sie lebten hier, und dieses Zeichen markierte die Grenze ihres Gebiets oder den Weg zu ihnen. Kira fragte sich, ob die Partials diesen bewaldeten Landstrich genutzt hatten, um den bewohnten Bereichen auf beiden Seiten auszuweichen. Das war gut möglich und sogar wahrscheinlich – aber warum? Was hatte eine defensive Truppe von den Häusern und offenen Straßen eines verlassenen Vororts zu befürchten?

Dann fiel ihr etwas ein. Sie schlich näher an die Markierung heran und untersuchte sie genauer. Hunde und andere Tiere markierten ihre Reviere mit Gerüchen. Das Linksystem der Partials funktionierte ganz ähnlich. Hielten sich die Pheromone und die Daten ebenso lange wie Gerüche? Vielleicht war dieses Zeichen nicht in erster Linie ein sichtbares Symbol, sondern vor allem ein Hinweis, wo die Daten zu finden waren. Sie hatte mit Samm geübt, um ihre dürftige Verbindung zu dem Link zu trainieren, und wenn es hier etwas gab, dann spürte sie es vielleicht. Vorsichtig beugte sie sich über die Markierung am Baum und atmete tief ein. Sie spürte nichts. Dann strich sie sacht mit den Fingern über die Rinde und verfolgte die Ränder der hellen Linien: IV. Die Furchen schienen mit einem Beil in die Rinde gehackt worden zu sein. Zwei rasche Schläge pro Linie, um die Borke aufzubrechen und das weiße Holz darunter freizulegen. Unten waren die weißen Streifen leicht verfärbt, als wäre dort etwas heruntergetropft oder absichtlich verschmiert worden.

Es war Blut.

Kira zögerte und sah sich beunruhigt um. Nichts rührte sich im Wald, kein Lüftchen bewegte die Blätter. Dann betrachtete sie die eingeritzten Zeichen und fragte sich, warum dort Blut klebte. Ein Unfall? Eine Warnung? Oder war dies einfach nur die beste Möglichkeit, dauerhafte Linkdaten zu hinterlassen? Sie beugte sich vor, wappnete sich innerlich und holte tief Luft.

TOD SCHMERZEN BLUT VERRAT

Sie fuhr zurück, rang nach Luft und rieb sich die Nase, um die Witterung zu vertreiben.

TOD VERRAT SCHMERZEN SIE TÖTEN UNS

Sie stolperte über eine Baumwurzel, stürzte mit einem Schrei zu Boden, rollte sich ab, kam wieder in die Hocke und griff mit beiden Händen in Erde, Laub und Gras, während sie sich aufrichtete. Anschließend rannte sie blindlings durch den Wald. Sie hatte schreckliche Angst, hob immer wieder Laub auf und presste es vor das Gesicht, um einen anderen Geruch einzuatmen und die entsetzlichen Linkdaten endlich zu überdecken.

TOD SCHMERZEN

TOD

Irgendwann war es vorbei. Mit rasendem Herzschlag brach Kira zusammen, das Blut pochte ihr in den Ohren. Der Link war ein Hilfsmittel für den Kampf, eine schnelle, lautlose Verständigungsmöglichkeit, damit sich die Partials gegenseitig vor Gefahren warnen und die Manöver auf dem Schlachtfeld koordinieren konnten. Ein sterbender Soldat entließ einen Schwall von Todespheromonen, die seine Gefährten warnten, dass etwas nicht in Ordnung war. Kira hatte es schon einmal gespürt, aber noch nie so intensiv. Bisher hatte sie immer nur sachbezogene Daten aufgefangen – Meldungen über Ereignisse an einem bestimmten Ort.

Hier nun hatte sie einen panischen, schrillen Aufschrei vernommen, eine pheromonische Warnung. Der Tod eines einzelnen Soldaten konnte so etwas nicht auslösen, und sie wollte nicht weiter darüber nachdenken, was die Ursache für diesen Ausbruch war. Hier waren Partials ermordet und wahrscheinlich gefoltert worden – vielleicht sogar einzig und allein, um genau diese Daten zu erzeugen. Sie hatte es erst aus unmittelbarer Nähe aufgefangen, weil ihre Verbindung zum Link nur schwach ausgebildet war.

Roch der ganze Wald so? War die Warnung rings um den ganzen See wahrzunehmen?

Auf ihrer wilden Flucht hatte Kira die Orientierung verloren. Nun zückte sie mit zitternden Händen den Kompass. Im Moment blickte sie nach Süden und war demnach in diese Richtung gerannt, offensichtlich aber nicht sehr weit, denn sie hatte keine Häuser bemerkt. Sie blickte nach oben und orientierte sich. *Renne ich weiter in diese Richtung, oder bleibe ich auf dem ursprünglich geplanten Weg?* Sie hatte zu große Angst, um die naheliegenden Gedanken laut auszusprechen. *Die Ivies sind gegen medizinische Experimente, aber wenn sie zu solchen Methoden greifen, um andere Partials abzuschrecken, dann ist ihre Abneigung viel ausgeprägter, als ich je vermutet hätte. Vielleicht lehnen sie nicht nur Morgans Experimente ab. Deren Unterlagen beziehen sich immer nur darauf, weil dieser Aspekt für die Wissenschaftlerin wichtig war. Die Ivies unterstützten Morgan nicht, lebten jedoch zu weit entfernt, um zu stören. Also vergaß Morgan sie gleich wieder, ohne sich näher mit ihnen zu befassen, und wandte sich wichtigeren Fragen zu.*

Kira atmete bewusst langsam, beruhigte sich und bemühte sich, einen klaren Gedanken zu fassen. Das fiel ihr allerdings ungewöhnlich schwer, und sie fragte sich, wie viele warnende Pheromone noch in der Nase steckten und den Adrenalinspiegel im Kreislauf anhoben. Sie schloss die Augen und sammelte sich. *Die Ivies könnten trotzdem Verbündete sein,* sagte sie sich. *Sie verbreiten Warnungen an andere*

Partials und vor allem an Morgans Streitkräfte. Folglich könnte diese Gruppe den Menschen gegenüber freundlich gesinnt sein. Auf jeden Fall müsste sie einen Plan begrüßen, der sich gegen Doktor Morgan richtet. Und falls gar nichts anderes Eindruck macht, kann ich mit ihnen wenigstens über eine Lösung für das Problem des Verfallsdatums reden. Wieder dachte sie an die Qualen und die Angst, die das Warnzeichen am Baum in ihr ausgelöst hatten, und schauderte. *Sind das wirklich Leute, mit denen ich mich verbünden will? Morgan hat schlimme Taten begangen. Sind diese Leute hier vielleicht noch schlimmer?*

Sie schüttelte den Kopf. *Möglicherweise verstehe ich das alles auch falsch, und dies ist nicht einmal eine Grenzmarkierung. Vielleicht haben Morgans Soldaten einen der Ivies überfallen und die Markierung als Warnung für dessen Freunde hinterlassen. Das kann ich nicht beurteilen, solange ich so wenig weiß.*

Sie warf einen Blick auf den Kompass, reckte das Kinn und wanderte nach Osten zum See.

17

Marcus saß so still wie nur möglich und bemühte sich, nicht an den Handschellen zu zerren, die ihn an eine Metallstange ketteten. In der ersten Nacht hatte er sich gewehrt und sich befreien wollen, dabei aber nur die Haut wund gerieben. Inzwischen bescherte ihm jede Bewegung stechende Schmerzen, bei denen er sich von innen in die Wangen biss. Woolf, Galen und Vinci waren neben ihm angekettet, sie alle hockten im Büro eines alten Supermarkts schweigend an der Wand. Keiner der anderen schien jedoch ähnliche Schmerzen zu erleiden wie Marcus. Er fragte sich, ob sie sich nur besser verstellen konnten oder ob sie von Anfang an behutsamer mit ihren Handgelenken umgegangen waren. Wie auch immer, er kam sich recht dumm vor.

Seiner Ansicht nach war das allerdings entschuldbar, wenn man von einer Terroristin gefesselt wurde, die man kurz vorher noch gesucht hatte.

»Das haben wir nun davon, dass wir ihr vertraut haben«, meinte Marcus.

»Sie war der letzte Strohhalm«, erklärte Galen.

»Außerdem ist sie eine verurteilte Kriminelle.« Er musterte die anderen und grinste schief. »Dieser Tatsache hätten wir mehr Beachtung schenken sollen, als wir sie zu suchen beschlossen.«

»Sie hat mit dem Senat und der Abwehr zusammengearbeitet«, wandte Woolf ein. »Seit Beginn der Invasion hat sie nichts Verdächtiges oder Illegales mehr getan ... soweit wir es jedenfalls wissen«, fügte er hinzu.

Marcus hielt den Mund und verkniff sich eine bissige Bemerkung.

Woolf schüttelte den Kopf. »Hätten wir gewusst, dass sie sich einen Atomsprengkopf besorgt hat, dann hätten wir es uns natürlich zweimal überlegt.«

»Hätten wir gewusst, dass sie eine Atombombe besitzt, dann hätten wir genau das Gleiche getan wie bisher«, wandte Vinci ein. »Wir wären nur anders vorgegangen und hätten vermutlich ihre Truppe unterwandert.«

»Dafür ist es nun zu spät, oder?« Marcus sah den Wächter auf der anderen Seite des Raums fragend an.

Der Wächter nickte. »Allerdings.«

»So ein Pech aber auch«, fuhr Marcus fort. »Ich dachte, wir hätten vielleicht doch noch einen guten Einfall gehabt.«

»Warum tut sie das?«, fragte Vinci. »Eine Bombe, groß genug, um die Invasionsarmee der Partials auszulöschen, tötet gleichzeitig auch fast alle Menschen auf der Insel. Neunzig Prozent beider Gruppen sind in East Meadow versammelt. Das kann sie doch nicht als unvermeidliche Verluste hinnehmen.«

»Sie will die Bombe nicht auf Long Island zünden«, gab Woolf zu bedenken. »Sie transportiert sie nach Norden, nach White Plains oder zumindest in die Nähe, und zündet sie dort. Wie sie sagte, will sie das Zahlenverhältnis ausgleichen.«

»Das ist Völkermord«, warf Vinci ein.

»Meinst du, das ist so ähnlich wie RM?«, fragte ihn der Wächter zornig. »Wie das, was die Partials uns vor dreizehn Jahren angetan haben?«

»Die Partials hatten nichts mit RM zu tun«, widersprach Vinci ruhig und fast beiläufig. Er stritt sich nicht mit seinem Aufpasser, sondern erklärte ihm einfach die Sachlage. Ein rascher Blick zeigte Marcus, wie wenig dieser bereit war, Vernunftgründe zur Kenntnis zu nehmen.

»Du redest mit einem Mann, der achtzig Kilometer von den letzten menschlichen Überlebenden entfernt eine Atombombe zünden will«, sagte Marcus. »Nehmen wir einfach an, dass er dir nicht glaubt, und wechseln wir das Thema.«

»Die Partials müssen vernichtet werden!« Drohend hob der Wächter das Gewehr. »Bis zum letzten Mann. Ich verstehe nicht, warum wir noch keinen Befehl zu eurer Hinrichtung bekommen haben.« Mit versteinertem Gesicht stand er auf. Marcus presste sich so dicht wie möglich an die Wand.

»Siehst du?« Vor Angst drohte ihm die Stimme zu versagen. »Ich sagte doch, dass es noch lustig wird.« Die Augen des Wächters brannten vor Wut, und Marcus rechnete schon damit, dass der Mann sie mit einer Salve umbrachte.

In diesem Moment öffnete sich die Tür des Hinterzimmers, und Delarosa trat mit Yoon und einem weiteren Guerillakämpfer ein. Marcus seufzte erleichtert auf. »Sie haben ein beeindruckendes Zeitgefühl.«

»Sofern sie uns nicht auch umbringen will«, gab Vinci zu bedenken.

»Trotzdem ein gutes Zeitgefühl«, beharrte Marcus. »Wie schade, wenn der Kerl uns abgeknallt hätte und sie wäre nicht dabei gewesen.«

»Niemand wird Sie erschießen«, verkündete Delarosa. Sie musterte die Gefangenen keineswegs zornig, sondern eher nachdenklich. »Wir sind keine Ungeheuer.«

»Außerdem sind wir wertvoller, solange wir noch leben«, ergänzte Marcus.

Delarosa legte den Kopf schief. »Wie das?«

»Weil, ähm ...« Er schnitt eine Grimasse. »Im Grunde weiß ich es nicht so genau, aber das sagt man in solchen Momenten immer.«

»Du hast zu viele Filme gesehen«, erklärte Delarosa.

»Ich habe noch nie Filme gesehen.« Marcus zuckte mit

den Achseln. »Ich bin ein Seuchenbaby. Aber ich habe Spionageromane gelesen. Die benötigen keine Batterien.«

»Wie auch immer«, fuhr Delarosa fort. »Abgesehen von unserem menschlichen Anstand gibt es keinen Grund, euch am Leben zu lassen. Es wäre bequemer, euch einfach zu töten.«

»Menschlicher Anstand? Ist das eine stehende Redewendung?«, fragte Vinci.

»Finden Sie den Ausdruck beleidigend?«, erkundigte sich Delarosa.

»Ich finde ihn verwirrend. Vor allem seit ich Ihren Plan kenne.«

»Ich bin nicht sonderlich glücklich damit«, räumte Delarosa ein. »Ich hatte sogar schlaflose Nächte, als ich mir Alternativen überlegen wollte. Die Partials sterben sowieso – sollte ich einfach noch ein Jahr warten, bis es vorbei ist? Dann wären wir befreit, ohne einen Finger rühren zu müssen.«

»Ich bin für einen Versuch«, warf Marcus ein. »Wollen wir abstimmen? Lasst mich nicht hängen, hebt alle die Hände!« Er wollte der eigenen Aufforderung folgen und zuckte zusammen, weil ihm schon wieder ein stechender Schmerz durch die Handgelenke fuhr.

»Daraus wird nichts«, erwiderte Delarosa. »Die Besatzer in East Meadow töten zu viele Menschen. Inzwischen müssen die Partials vielleicht gar nicht mehr sterben, weil sie Kira gefunden haben …«

»Ach, du großer Mist!«, rief Marcus. »Sie haben Kira gefunden?«

»Sie haben die Sendungen eingestellt«, bestätigte Delarosa. »Die Geiselnahme ist beendet, und die wahrscheinlichste Erklärung dafür lautet – sie haben bekommen, was sie wollten.«

»Wir müssen sie zu uns holen«, drängte Marcus.

»Die Partials glauben, sie könnten Kira benutzen, um das

Verfallsdatum aufzuheben«, erklärte Delarosa. »Ich weiß nicht, wie sie ihnen dabei helfen will, aber so sieht es aus. Je länger wir warten, desto weniger wahrscheinlich wird eine Änderung der Situation. Wenn wir die Partials beseitigen wollen, dann müssen wir sofort und mit überwältigender Macht zuschlagen. Wir haben keine große Armee, also ist eine Atomwaffe die einzige Möglichkeit. Ein einzelner Mensch kann sie unter dem Radar hindurch ans Ziel bringen und die Partials mit nur einem vernichtenden Schlag ausschalten.«

»Aber die Invasionsarmee ist immer noch präsent«, widersprach Galen. »Eine Bombe auf dem Festland beendet die Besatzung nicht.«

»Vinci«, sagte Delarosa. »Wie reagieren die Partialsoldaten, wenn White Plains in einer Feuerkugel in die Luft fliegt?«

»Sie kehren zurück«, antwortete Vinci ruhig. »Sie suchen auf dem Festland nach möglichst vielen Überlebenden.«

»Selbst wenn sie nicht weggehen, sterben sie wenige Monate später«, ergänzte Marcus. »Alle Forschungen über das Verfallsdatum werden bei der Explosion zerstört, und außerdem sind dann alle tot, die die Forschungen hätten fortsetzen können.«

»Es muss geschehen«, bekräftigte Delarosa, »und es muss bald geschehen. Mit der Erschaffung der Partials haben wir das Gleichgewicht der Natur gestört, und das müssen wir wieder in Ordnung bringen.«

»Sie können den Sprengkopf nicht aus der Ferne zünden«, wandte Woolf ein. »Welchen dieser gehirngewaschenen Trottel haben Sie zu der Tat verleitet?«

»Ich bin kein Ungeheuer«, wiederholte Delarosa. »Es ist mein Plan und meine Verantwortung.«

»Dann wollen Sie es selbst erledigen?«, fragte Marcus.

»Ich bin hier, um mich zu verabschieden«, erklärte Delarosa. »Ich will Sie nicht töten, aber wir können Sie nicht mitnehmen, ohne Aufmerksamkeit zu erregen. Ich breche heute Abend auf und überlasse Yoon Bak die Aufsicht über diesen Vorposten. Sie bekommt den ausdrücklichen Befehl, dass man Ihnen kein Haar krümmt.«

»Sagen Sie das auch dem Kerl dort!« Marcus nickte dem Wächter zu. »Du hast es gehört, ja? Kein Härchen.«

Vinci musterte Delarosa. »Warum lassen Sie mich leben, obwohl Sie meine ganze Spezies ausrotten wollen?«

»Weil es nicht um Mord geht«, erwiderte Delarosa. »Es ist schlichte Notwendigkeit.«

»Was nicht heißt, dass es kein Mord ist«, widersprach Marcus.

»Oh, Marcus!« Delarosa musterte ihn kalt. »Ich dachte, du kannst nur Witze reißen.«

Damit drehte sie sich um und ging. Yoon starrte den Wächter mit dem Gewehr grimmig an, bis dieser sich widerwillig setzte.

»Ihr lebt noch«, erklärte Yoon, »aber ihr geltet weiterhin als feindliche Kämpfer. Wir halten euch hier fest und bewachen euch.«

»Bis wir an Altersschwäche sterben?«, fragte Woolf.

»Bis ihr keine Gefahr mehr darstellt«, antwortete Yoon. »Oder bis es keine Rolle mehr spielt.«

»Du kannst doch diesen irrsinnigen Plan nicht unterstützen«, bedrängte Marcus sie. »Du willst doch so wenig wie wir, dass eine Atombombe explodiert.«

»Es kommt nicht darauf an, was ich will oder nicht will«, antwortete Yoon. »Manchmal müssen wir uns über unsere Bedenken hinwegsetzen, um unsere Ziele zu erreichen.«

»Ist es die Sache wirklich wert, wenn du dabei so viele Leute umbringen musst?«, gab Marcus zu bedenken.

»Ich weiß nicht.« Yoon warf Vinci einen Blick zu. »Ist es das wert?«

»Ich schäme mich nicht für unsere Taten«, erwiderte der Partial. »Die Ausrottung eurer Spezies war allerdings nie Teil unseres Plans.«

»Das behauptet ihr Partials immer wieder.« Yoon drehte sich ganz zu ihm um. »Aber hättet ihr es nicht versuchen müssen? Du siehst doch, wo wir mittlerweile stehen.«

Vinci schwieg. Yoon stand auf und ging hinaus.

18

Ariel richtete sich vor Nandita auf und war fest entschlossen, keinen Millimeter nachzugeben. »Sag uns, was das war!«

»Ich kann mich nur wiederholen«, antwortete Nandita. »Ich weiß es nicht.«

»Das Ungeheuer kannte dich.«

»So etwas habe ich noch nie im Leben gesehen«, verteidigte sich Nandita. »Hier nicht und an keinem anderen Ort.«

»Es hätte geradewegs aus einem Labor von ParaGen kommen können«, meinte Kessler. »Dort hat man vor dem Zusammenbruch mit eurer Gentechnik alle möglichen Monster hergestellt – Wachhunde, Drachen und wer weiß was sonst noch alles. Angeblich haben alle Angehörigen des Trusts Genmanipulationen an sich selbst vorgenommen. Zugunsten eines längeren Lebens, besserer Gehirnleistung, verstärkter Körperkräfte. Diese Kreatur sieht mir verdächtig nach einem Ihrer Produkte aus.«

Ariel musterte Xochi und Kessler, die sich sonst mit Zähnen und Klauen bekämpften, im Moment jedoch völlig einer Meinung waren. Sogar die Körperhaltung war ähnlich. Sie brachten ihre Wut mit den gleichen erbosten Gesten und Mienen zum Ausdruck. Sosehr sie sich sonst auch bemühten, sich voneinander abzusetzen, hier waren sie vereint. *Gilt das auch für Nandita und mich?*, fragte sich Ariel. *Ist mein Hass nur ein Widerhall ihres eigenen? Elf Jahre lang hat sie mich aufgezogen – mehr als doppelt so lange wie meine richtigen Eltern.*

Nur dass sie gar nicht meine leiblichen Eltern waren. Mir scheint nichts mehr wirklich zu gehören.

Nicht einmal meine Wut.

»Hätte ich an einem solchen Projekt gearbeitet oder nur davon gehört«, erklärte Nandita, »dann würde ich mich mit Sicherheit daran erinnern.«

»Du hast uns erzählt, dass die Mitglieder des Trusts einander misstrauten«, schaltete sich Isolde ein. »Ihr habt an eigenen Projekten gearbeitet, ohne die anderen einzuweihen. Könnte diese Kreatur nicht etwas in dieser Richtung sein?«

»Ein Prototyp der Partials?«, überlegte Nandita. »Ein Modell, das aus unerfindlichen Gründen länger als dreißig Jahre lang versteckt gehalten wurde? Ausgeschlossen.«

»Also stammt das Wesen aus einer anderen Produktion«, warf Madison ein. »Eine konkurrierende gentechnische Firma hat eine eigene Version der gleichen Technologie hergestellt.«

»Dann hätte der Riese Nandita nicht erkannt«, widersprach Ariel. »Er hat sie aber erkannt, was bedeutet, dass er von ParaGen kommt. Also weiß sie mehr, als sie uns verrät.«

Nandita seufzte und starrte durch sie hindurch. »Können wir wenigstens weitergehen und unterwegs reden? Hier sind wir ungeschützt.«

»Wir sollten nach Süden abbiegen«, schlug Kessler vor. »Bald sind wir in Commack, wo wir früher zwei Gehöfte unterhalten haben. Wir müssen annehmen, dass die Partials die Gegend überwachen, auch wenn es vielleicht nur einige Späher sind.«

»Das bedeutet, dass wir den Long Island Expressway überqueren müssen.« Xochi zog die Karte zurate. »Wenn du schon hier besorgt bist, weil wir ungeschützt sind, dann wirst du dort vermutlich erst richtig nervös.«

»Wenn es sein muss, dann muss es eben sein.« Ariel schloss im Laufschritt zu Nandita auf. »Und nun sprich!«

»Das Wesen stammt mit ziemlicher Sicherheit von ParaGen«, räumte die ältere Frau ein. »Aber ich kenne es nicht, und mir ist schleierhaft, wer seinerzeit die Möglichkeit zur Erschaffung eines solchen Monsters besaß. Nachdem ich es noch nie gesehen habe, ist es vermutlich erst nach dem Zusammenbruch entstanden.«

»Wer besitzt denn die erforderliche Technologie?«, fragte Ariel.

»Ich dachte immer, dass keiner sie besitzt«, antwortete Nandita. »Aber nachdem wir die Einrichtung auf Plum Island entdeckt haben, muss ich meine Ansicht revidieren. Wenn dieses Labor weiterarbeiten konnte, dann gibt es vielleicht noch andere Überreste der alten Industrie mit einer autarken Energieversorgung. Dabei denke ich natürlich zuerst an das Werksgelände von ParaGen.«

»ParaGen wurde im Partialkrieg stark bombardiert«, wandte Kessler ein.

»Ich weiß«, erwiderte Nandita eisig. »Ich war ja dabei. Aber in dieser weitläufigen Anlage könnte irgendetwas überlebt haben. ParaGen besaß die nötige Ausrüstung, um eine solche Kreatur zu erschaffen. Früher hätten wir allerdings geringere Veränderungen vorgenommen und das Wesen menschenähnlicher gemacht. Und wir hätten auch das tun können, wovon das Wesen sprach – die Welt und das Klima in Ordnung bringen.«

Ariel lächelte höhnisch. »Wie könnte ParaGen das Klima in Ordnung bringen? Ihr wart doch eine gentechnische Firma und konntet nicht einfach den Wind beeinflussen.«

»Mit genügend Zeit und Energie lässt sich mithilfe der Gentechnik so gut wie alles in Ordnung bringen«, erwiderte Nandita. »Die Gentechnik ist die mächtigste Kraft auf dem Planeten. ParaGen wurde auf dem Gelände eines Unternehmens angesiedelt, das früher mit radioaktivem Material zu tun hatte. Wir stellten Bakterien her, die die Strahlung aufnehmen und neutralisieren sollten, und andere Bakterien, um die Erde und die Pflanzen zu ernähren. Zur Zeit des Zusammenbruchs war es ein Paradies. Ich behaupte nicht, dass dies die richtige Erklärung ist, denn ich weiß es nicht genau. Aber mit genügend Zeit und ausreichenden Mitteln kann das Klima verändert werden. Dazu werden Bakterien hergestellt, die Wärme abstrahlen oder absorbieren. Oder es wird Wasser freigesetzt, das in gewissen Gegenden oder Grundwasserschichten gebunden ist. Ist der Maßstab groß genug, lassen sich das Wetter und damit auch die Jahreszeiten steuern. Allerdings erfordert dies eine unglaubliche Energiemenge, damit so viele Bakterien entstehen und Veränderungen in wirklich großem Maßstab eintreten. Das alte Gelände von ParaGen besitzt vielleicht sogar noch eine Energieversorgung, aber dafür reicht es nicht aus.«

»Also hat jemand eine Riesenmenge Bakterien erzeugt, um das Wetter zu manipulieren«, schlussfolgerte Isolde. »Außerdem wurde das unheimliche Monster erschaffen, um uns davor zu warnen. Die Tatsache, dass dieser Satz alles erklärt, beweist den Irrsinn, der die ganze Welt inzwischen erfasst hat.«

»Wir wissen immer noch nicht, warum das Wesen Nandita erkannte«, entgegnete Ariel. »Es ist nicht zufällig aus einem Bruttank gekrochen. Es kannte dich, Nandita, es hat dich schon einmal gesehen. Und seinen Worten zufolge rechnete es damit, auch von dir erkannt zu werden.«

»Wenn es nun eine Genmanipulation war?«, überlegte Xochi. »Kein neues Wesen, sondern ein Mann, den du von früher kennst? Er hat sich verändert und ... ist verrückt geworden. Du weißt schon, was ich meine.«

»Eine derart umfassende genetische Veränderung bringt einen Menschen tatsächlich um den Verstand«, räumte Nandita ein. »Wir haben dies in kleinerem Maßstab schon früher beobachtet. An etwas so Drastischem würde das Bewusstsein eines Menschen zerbrechen.«

»Das erklärt es vielleicht sogar«, meinte Ariel. »Kennst du jemanden, der es sein könnte?«

»Hier – der Expressway!«, schaltete sich Kessler ein. Sie waren einer kleinen Straße mit Wohnhäusern und Läden gefolgt, die von Telegrafenmasten gesäumt war. Der Weg entpuppte sich allerdings als Sackgasse. Die Telefondrähte, die noch an den Masten hingen, überspannten einen breiten Einschnitt. Auf dem Asphalt standen alte Autos. Ariel zwängte sich durch das Unterholz, sah sich um und zählte zweimal fünf Fahrspuren und einen Mittelstreifen zwischen den Böschungen. »Das sind mindestens sechzig Meter freies Gelände«, überlegte Kessler. »Die Fahrzeuge bieten nicht genügend Deckung. Wenn wir über die Straße wollen, müssen wir schnell sein und brauchen Glück.«

»Das letzte Mal haben wir den Expressway unterquert«, sagte Isolde. »Das hat mir besser gefallen.«

»Hier gibt es weit und breit keine Unterführung«, wandte Kessler ein. »Nur Brücken, die darüber hinwegführen wie die dort drüben. Sie hat nicht einmal seitliche Begrenzungen, und dort oben sind wir vermutlich noch schlechter geschützt als hier unten.«

»Ich habe das schon einmal gemacht«, widersprach Xochi. »Wir sind gut durchgekommen.«

»Was erwartet uns, wenn wir auf dieser Seite bleiben?«, fragte Madison. »Ist es wirklich das Risiko wert, die Straße zu überqueren?«

»Auf dieser Seite sind vermutlich mehr Patrouillen der Partials unterwegs«, meinte Kessler. Sie nahm Xochis Karte an sich und entfaltete sie, damit es alle sehen konnten. »Außerdem erreichen wir nach zwei oder drei Kilometern diese Kreuzung hier, und dahinter erstreckt sich ein Gewerbegebiet mit breiten Straßen und weitläufigen Parkplätzen. Dort sind wir schlechter geschützt. Wenn wir gleich auf die andere Seite wechseln, können wir in den Wohnvierteln verschwinden und auf diesem Universitätscampus übernachten. Auch dort gibt es offenes Gelände, aber es sind keine Parkplätze, sondern Wiesen, wo wir uns hinter den Büschen verstecken können. Diese Gegend haben wir nie für den Ackerbau genutzt, deshalb dürfte es dort auch keine Siedlungen oder Partials geben.«

»Wie groß ist die Wahrscheinlichkeit, dass jemand genau zu diesem Zeitpunkt genau diesen Abschnitt der Straße überwacht?«, überlegte Xochi. »Nicht so gering, wie wir es gern hätten, aber auch nicht sonderlich hoch. Wir können es schaffen, wenn wir einfach losrennen.«

»Dann los!«, schlug Isolde vor. »Khan wacht bald auf, und dann möchte ich so weit wie möglich von den Patrouillen der Partials entfernt sein.«

Ariel nickte und betrachtete das schlafende Kind, das genau genommen sogar betäubt war. Der Kleine hatte ständig geschrien, bis Nandita ihn zur Sicherheit mit der kleinen Gabe eines Schlafmittels ruhiggestellt hatte. Doch die Wirkung ließ nach einer gewissen Zeit nach, und wenn das Baby wieder Krach schlug, mussten alle bereits ein gutes Versteck gefunden haben. Sie bahnten sich ihren Weg zwischen den Bäumen hindurch. Der Wald war hier anscheinend dichter als längs des Wegs, dem sie bisher gefolgt waren. Schließlich erreichten sie den Rand der breiten Schnellstraße.

»Alles bereit?«, flüsterte Ariel. Sie wartete, bis alle Frauen genickt hatten, und holte tief Luft. »Also dann!«

Sie rannten los, die Rucksäcke trommelten ihnen auf den Rücken, als die Füße eilig über den Asphalt tappten. Der Straßenrand war rissig und geborsten, nachdem sich die Pflanzen ihren Lebensraum zurückerobert hatten. In der Mitte war die Straße jedoch noch unversehrt und eben. Dort lagen nur altes Laub und vom Wind herbeigewehter Sand. Sie huschten hinter einen Lieferwagen, dann vor einen Pick-up. Drei Fahrspuren hatten sie geschafft, dann vier. Als Ariel die mittlere Leitplanke fast erreicht hatte, hörte sie einen Ruf, hob den Kopf und bemerkte auf einer Brücke in der Nähe drei Gestalten.

»Partials!«, schrie sie. »Lauft weiter!« Neben einem verrosteten Geländewagen ging sie in die Hocke und eröffnete das Feuer, um die feindlichen Soldaten in die Deckung zu zwingen. Die Gestalten verschwanden zwar, doch Ariel behielt die Brücke weiterhin im Auge und war bereit, auf jeden zu schießen, der sich dort drüben blicken ließ. »Lauft weiter!«, wiederholte sie. »Wir müssen nach Süden!«

Xochi hechtete als Erste über die Leitplanke, drehte sich um und hielt Arwen, während Madison ihr folgte. Die beiden Mädchen rannten nach Süden zu den Bäumen auf der anderen Seite, während Kessler, die dicht hinter ihnen blieb, einen Lieferwagen als Deckung benutzte und eine Salve abgab.

»Ariel!«, rief sie. »Ich decke dich. Komm herüber!«

Nandita sprang gewandt über die Leitplanke und half anschließend Isolde, die sich Khan vor den Oberkörper gebunden hatte. Das Baby schrie, wahrscheinlich war es von der Schießerei aufgewacht. Kurz hinter Isolde erreichte auch Ariel die Barriere und sprang hinüber.

Als es einen Augenblick lang still war, erhob sich eine Stimme auf der Brücke. »Nicht schießen!«

»Das hättet ihr wohl gern«, knurrte Ariel. Sie rannte an Kessler vorbei, um hinter einer ehemals weißen Limousine, die schräg auf der Straße stehen geblieben war, in Deckung zu gehen. Ein Skelett war über dem Lenkrad zusammengebrochen. Ariel zielte auf die Brücke und rief Kessler, sie solle sich beeilen. »In den Wald!«, drängte sie und feuerte eine weitere Salve ab. »Auf der anderen Seite können wir sie zwischen den Häusern abhängen!«

»Dort vorn ist ein Maschendrahtzaun!«, rief Xochi zurück. »Du musst noch etwas Zeit schinden, bis wir ihn niedergelegt haben!«

Mit knirschenden Zähnen eröffnete Ariel wieder das Feuer. »Kommt schon, ihr Dreckskerle, hebt nur die Köpfe!« Abermals gab sie einige Schüsse ab. »Kommt, wenn ihr euch traut!«

»Nicht schießen!«, riefen die Gestalten auf der Brücke. »Madison!«

Verwirrt runzelte Ariel die Stirn. Madison fuhr herum. »Habe ich gerade meinen Namen gehört?«

»Woher kennen die uns?« Kessler hatte die andere Seite erreicht und warf sich gegen den Zaun.

»Madison!«, rief der Mann erneut. »Ich bin es! Madison, endlich haben wir dich gefunden!«

Madison rannte auf die Straße zurück. »Das ist Haru!«

»Es ist nicht Haru«, knurrte Ariel. »Das ist bloß ein Trick. Nimm den Kopf herunter, bevor sie dich erschießen!«

»Wir haben den Zaun überwunden!«, rief Xochi.

»Madison, sag ihnen, dass sie nicht schießen sollen!« Die Stimme hallte durch den von Bäumen gesäumten Einschnitt. »Ich bin es. Ich stehe jetzt auf!«

»Schieß nicht auf ihn!«, zischelte Madison. »Das ist mein Mann.«

»Das kann nicht sein«, widersprach Isolde.

Auf der Brücke richtete sich eine Gestalt auf, neben ihm eine weitere, dann noch eine. Sie waren mehr als hundert Meter entfernt und schwer zu erkennen, aber Ariel sah sofort, dass sie keine Partialuniformen trugen.

»Er ist es!« Von heftigem Schluchzen geschüttelt, sank Madison auf die Knie. »Er ist es, er lebt noch!«

»Wir treffen uns auf der anderen Seite!«, rief Haru, dann rannte er auf der Brücke nach Süden. Einige der Gestalten folgten ihm, andere blieben stehen, um Schusspositionen einzunehmen und die letzten Schritte der Frauen auf der Straße zu decken. Ariel wusste nicht, was sie davon halten sollte, blieb vorsichtshalber selbst in Deckung und zielte auf die Männer.

»Komm schon!«, drängte Isolde. »Wenn sie die Bösen wären, hätten sie längst auf uns geschossen.«

»Es sei denn, sie wollen uns lebend schnappen«, wandte Ariel ein.

»Das ist Haru«, beharrte Isolde. »Du kennst ihn nicht so gut wie wir – ich erkenne seine Stimme.«

»Weg von der Straße!«, rief Kessler. »Gleichgültig, wer das ist, wir müssen das freie Gelände meiden.«

Ariel knurrte gereizt, aber Kessler hatte natürlich recht. Sie warf einen letzten Blick auf die Schützen auf der Brücke, sprang auf und rannte zwischen die Bäume. Xochi und die anderen hatten den Zaun so weit umgelegt, dass sie darüber hinwegklettern konnten. Kessler und Nandita halfen Isolde. Khan schrie zum Herzerweichen, seit er erwacht war und wieder die ewigen Schmerzen spürte. Endlich hatte Isolde den Zaun überwunden. Kessler und Nandita blieben dicht hinter ihr. Sie hatten noch nicht einmal die Nebenstraße auf dem Hügel erreicht, als Haru durch das Unterholz stürmte und Madisons Namen rief. Sie rief zurück und rannte ihm entgegen, und dann fielen sie sich in die Arme und erdrückten Arwen beinahe zwischen sich. Es war das erste Mal seit dreizehn Jahren, dass eine Familie getrennt und wieder vereint worden war. Isolde und Xochi weinten, sogar Kesslers Augen wurden feucht. Auch Ariel hätte gern geweint, aber die Tränen wollten nicht fließen. Nandita war so unbewegt wie immer.

»Ich habe dich gefunden!«, staunte Haru. »Endlich habe ich dich gefunden!«

»Ich dachte, du seist tot«, antwortete Madison.

»Wir müssen uns zurückziehen«, warnte Haru. »Wir haben schon zu viel Lärm gemacht. Alle Partials auf der Insel können uns hören und …« Unvermittelt hielt er inne und blickte zwischen Arwen und Khan hin und her. »Dann war das schreiende Kind gar nicht Arwen? Gibt es wirklich zwei Babys?«

»Dies ist meins.« Isoldes Augen lagen tief in den Höhlen, und ihre Stimme klang völlig übermüdet. »Er ist fast einen Monat alt.«

»Dann wird es jetzt wirklich interessant«, meinte Haru.

Madison runzelte die Stirn. »Was ist denn los?«

Harus Begleiter kamen raschelnd durch das Gebüsch, und als Erster tauchte Senator Hobb auf.

»Wir müssen uns verstecken«, drängte Hobb. »Können wir das Kind nicht ruhigstellen?«

»Herzlichen Glückwunsch«, bemerkte Haru trocken. »Sie sind Vater.«

19

Schockiert starrte Isolde Senator Hobb an. »Was tust du denn hier?«

»Isolde?« Hobb war halb überrascht, halb entsetzt.

»Wir können nicht bleiben.« Ariel drängte sich an ihnen vorbei zu den Bäumen. »Hier kann jederzeit eine Streife der Partials auftauchen. Wir müssen sofort verschwinden.«

»Ist das ...?« Hobb starrte auf das kreischende Baby und war viel zu verblüfft, um sich zu bewegen. »Ist das etwa mein Kind?«

»Wir können auch unterwegs reden«, sagte Nandita. Sie wandte sich an Haru. »Kommt ihr aus dem Norden oder aus dem Süden?«

»Aus dem Süden«, berichtete Haru. »Wir haben seit zwei Tagen keine Partials mehr gesehen.«

»Dann wenden wir uns nach Süden«, entschied Nandita. »Xochi, such uns ein Versteck für die kommende Nacht!«

»Wir haben in der Nähe einen guten Unterschlupf entdeckt«, schaltete sich Hobb ein. »Es ist eine Mittelschule, die ungefähr vier Blocks entfernt an dieser Straße liegt ...«

»Danke«, unterbrach ihn Nandita. »Aber wir finden auch selbst ein Versteck. Die Kinder stellen gewisse Ansprüche an unsere Unterkunft, und eine Schule ist nicht geeignet.«

Die Männer reihten sich bei den Frauen ein. Xochi und Kessler übernahmen die Führung, Harus Schützen von der Brücke stießen eine Minute später dazu und bildeten die Nachhut. Ariel eilte nach vorn, um zu Isolde aufzuschließen. Insgesamt waren es nun sechs Männer und ebenso viele Frauen.

»Ist es ein Junge oder ein Mädchen?«, fragte Hobb.

»Ein Junge.« Isolde würdigte ihn keines Blicks.

Hobbs Stimme klang beinahe ehrfürchtig. »Ich habe einen Sohn.«

»Du hattest mir deutlich zu verstehen gegeben, dass du weder an mir noch an dem Kind in irgendeiner Weise interessiert seist, nachdem du mich geschwängert hattest«, erwiderte Isolde. »Demnach habe ich einen Sohn, und dir bleibt lediglich die Erinnerung an etwas, das du nie wieder haben wirst.«

»Du benimmst dich, als hätte ich dich abgewiesen«, erwiderte Hobb. »Dabei hatte ich einfach nur viel zu tun. Nur weil ich nicht täglich Zeit für eine innige Unterhaltung hatte, empfand ich keinen Hass auf dich.«

»Ich habe in deinem Büro gearbeitet«, entgegnete Isolde. »Du hattest nicht einmal Zeit, mir einen guten Morgen zu wünschen. Das spricht doch eine deutliche Sprache.«

»Wir lebten unter dem Zukunftsgesetz« erklärte Hobb empört. »Es war unsere Bürgerpflicht – deine und meine Pflicht –, dass du schwanger wurdest. Dabei rechnete ich doch nicht damit, dass unser Kind am Leben blieb. Kein Neugeborenes hatte eine Überlebenschance. Hätte ich gewusst, dass ...«

Isolde fiel ihm ins Wort. »Glaubst du wirklich, dass deine Beteuerungen für dich sprechen?«

»Aber ich ...«

»Es wird Zeit, dass Sie den Mund halten.« Ariel drängte sich zwischen die beiden Streitenden. »Wir können später noch darüber reden.«

»Oder nie«, ergänzte Isolde.

»Nie ist auch gut«, stimmte Ariel zu. Hobb zog eine finstere Miene, hielt sich aber zurück.

Xochi führte sie von der Hauptstraße in die erste gut erhaltene Querstraße hinein, die sich durch den Ort schlängelte. Sie kamen an baumgesäumten schmalen Wegen vorbei, bis sie ein Haus entdeckten, das abseits von den anderen stand und an drei Seiten von dichtem Wald umgeben war. Die Gruppe drang von hinten durch ein geborstenes Fenster ein und ließ die Vordertür unbeschädigt. Dann versammelten sich alle im Keller. Die Räume waren feucht und rochen nach Schimmel, trotzdem schlossen sie die Kellertür und stellten eine Matratze davor, um alle Geräusche so gut wie möglich zu dämpfen. Arwen durfte auf dem modrigen Teppich spielen, wo sie aufgeregt etwas Unverständliches plapperte, weil sie endlich ihren Daddy wiedersah. Isolde nahm das Baby aus dem Brusttuch und wollte es stillen, doch der kleine Khan hatte zu große Schmerzen, um das Angebot anzunehmen. Isolde bemühte sich, ihn zu beruhigen. Ariel fand, dass die Blasen schlimmer aussahen als sonst, äußerte ihre Bedenken aber nicht.

Hobb starrte das Kind erschrocken an. »Was fehlt ihm denn? Er ist krank!«

»Er wurde damit geboren«, erklärte Nandita. »Wir geben ihm Schmerzmittel und fiebersenkende Medikamente, damit er es leichter hat, aber mehr können wir zurzeit nicht tun.«

»Ihnen ist sicher klar, wonach das aussieht.« Hobb betrachtete das Kind aus der Nähe.

»Es ist die Biowaffe.« Auch Haru beugte sich vor. »Die Symptome sind die gleichen.«

»Welche Biowaffe?«, fragte Isolde.

»Genau wissen wir es nicht«, berichtete Haru. »Die Partials erkranken. Wir hielten es für eine Nebenwirkung des Verfallsdatums, doch alles, was wir bisher in Erfahrung brachten, weist in eine andere Richtung. Sie halten es für eine Biowaffe, die wir gegen sie eingesetzt hätten.«

»Das haben auch die beiden behauptet, denen wir außerhalb von Plainview begegnet sind«, erklärte Ariel. »Aber warum halten sie es für eine Biowaffe und nicht einfach nur für eine Seuche?«

»Sie wirkt nur in ganz bestimmten Bereichen«, erläuterte Haru. »Wir waren auch in der Nähe von Plainview, wo es uns zwei Opfer erklärten. Ich glaube, sie waren Späher, die sich auf einem Einsatz infiziert hatten und den Rückweg zur Heimatbasis nicht schafften. Als wir sie fanden, waren sie zu krank zur Gegenwehr. Als Gegenleistung für einen gnädigen Tod bekamen wir von ihnen die Informationen.«

Madison erbleichte. »Haben sie euch tatsächlich gebeten, sie zu töten?«

»Anscheinend ist die Krankheit äußerst schmerzhaft«, bestätigte Haru. »Die Partials glaubten, dass die Biowaffe zuerst in East Meadow in der Nähe von Nanditas altem Haus eingesetzt wurde. Dann habe derjenige, der sie besaß, eine bestimmte Route nach Osten genommen. Diese Strecke konnten die Partials noch nicht ganz nachverfolgen. Die Krankheitssymptome sind ähnlich wie bei deinem Kind – schuppige Haut, gelbe Blasen, hohes Fieber. Außerdem hatten die beiden Partials, denen wir begegneten, offenbar Halluzinationen. Sie sprachen von einem riesigen Ungeheuer und von Schnee ...«

»Keineswegs«, fiel Ariel ihm ins Wort. Sie starrte Isolde an, die ebenso entgeistert war wie sie selbst. Auch die anderen Frauen waren offenbar zur gleichen Schlussfolgerung gelangt.

»Das ist aber ein sehr beunruhigendes und plötzliches Schweigen«, bemerkte Haru. »Was ist los?«

»Es kann doch nicht an ihm liegen ...«, stammelte Isolde.

»Das ist durchaus möglich«, wandte Kessler ein. »Überall, wo wir waren ...«

»Ich weiß«, murmelte Isolde. »Ich weiß, dass es wahrscheinlich an Khan liegt. Ich will aber nicht, dass es so ist.«

»So hast du ihn genannt?«, fragte Hobb. »Khan?«

»Es passt aber nicht, dass Khan auch selbst erkrankt!«, widersprach Haru. »Der Wirkstoff ist auf Partials zugeschnitten ...«

»Er ist ein Partial«, fauchte Isolde. »Genau wie ich.« Sie deutete auf Ariel. »Wir beide sind Partials. Frag Nandita!«

Die Männer blickten zuerst Ariel und dann Nandita an. »Was?«, rief Hobb.

»Das ist eine lange Geschichte, und Nandita erzählt sie nicht gut«, schaltete sich Ariel ein. »Dies sind die entscheidenden Punkte: Nandita war Genetikerin bei ParaGen. Dort schuf man die Partials und befrachtete sie mit einer Reihe verrückter Krankheiten, darunter mit RM und einer anderen Krankheit, die lediglich Partials tötet. Als die Partials rebellierten, wurde der falsche Erreger freigesetzt, weil der Partialkiller nur in einigen spät erschaffenen Partialmodellen vorhanden war, die einen normalen menschlichen Lebenszyklus erhalten sollten. Diese Partials sind Isolde, Kira und ich.«

Hobb starrte sie fassungslos an. »Was?«, stieß er noch einmal hervor.

Haru schüttelte den Kopf. »Ich glaube, Sie meinen: Was, zum Teufel, hat das zu bedeuten?«

»Ariel ließ unerwähnt, welche Gründe uns zu unseren Entscheidungen veranlassten«, sagte Nandita, »aber im Kern trifft der Sachverhalt zu. Isoldes DNA birgt die Keimzellen einer Seuche, die die Partials tötet. Als sich bei Khans Zeugung diese DNA mit Hobbs Genen vermischte, wurde der Erreger ... möglicherweise freigesetzt.«

»Er wurde möglicherweise freigesetzt?«, fragte Hobb. »Mein Sohn stirbt an einer Seuche, die Sie erfunden haben, und Sie behaupten, da wurde etwas freigesetzt?«

»Vielleicht bin ich fähig, ihn zu heilen«, erklärte Nandita. »Die menschlichen Anteile erhalten sein Leben, und wenn ich das Labor auf Plum Island erreiche, finde ich dort hoffentlich die gentechnische Ausrüstung, mit der ich die Krankheit endgültig besiegen kann.«

Isolde drückte Khan an sich und wiegte ihn leicht hin und her. Ihr standen die Tränen in den Augen.

Hobb war entsetzt. »Ihr seid Partials?«

»Beruhigen Sie sich!«, antwortete Ariel. »Bis vor einigen Wochen wussten wir das selbst noch nicht.«

»Gehen wir einen Schritt zurück und überlegen es uns in Ruhe«, schlug Kessler vor. »Wir wollen nach Plum Island und werden früher oder später auch dort eintreffen. Falls er aber eine Biowaffe ist …«

»Nein«, widersprach Isolde.

»Falls der kleine Khan die beiden Soldaten außerhalb von Plainview wirklich so schnell getötet hat, sollten wir uns überlegen, was er bewirken könnte, wenn wir ihn mitten in eine Partialarmee einschleusen«, fuhr Kessler fort.

»Kommt nicht infrage!«, fauchte Isolde. »Er ist mein Kind und keine Bombe.«

»Die Partials haben alles zerstört, was uns wichtig war«, fuhr Kessler fort. »Wir könnten es auf einen Schlag beenden – den Krieg, die Besetzung, sogar die Jagd auf uns …«

»Wollen Sie die Jagd beenden, indem wir uns stellen?«, höhnte Ariel.

»Wir wären höchstens zwei Tage in Gewahrsam«, erwiderte Kessler. »Dann wären alle, die uns gehetzt haben, und alle, mit denen sie zusammengearbeitet haben – alle wären tot. Wir könnten uns nach Plum Island aufmachen, ohne dauernd anzuhalten und uns zu verstecken. Vielleicht könnten wir den Kleinen auf diese Weise sogar schneller heilen.«

»Sie setzen meinen Sohn nicht als Waffe ein!«, widersprach Isolde.

»Es spielt sowieso keine Rolle mehr«, erklärte Haru. »Wir sind quer über die ganze Insel eurer Spur gefolgt, weil wir alle sofort verschwinden müssen. Es bleibt keine Zeit mehr, die Partials anzugreifen, und wir haben ganz sicher keine Zeit, irgendein Labor aufzusuchen.«

»Wenn wir Plum Island nicht erreichen, stirbt er«, wandte Nandita ein.

»Wenn wir nicht so schnell wie möglich nach Süden aufbrechen, stirbt er sowieso«, sagte Haru. »Habt ihr schon von dem Raketenangriff auf Plainview gehört?«

Ariel nickte. »Die Soldaten dachten, wir seien dafür verantwortlich.«

»Ihr wart nur zur falschen Zeit am falschen Ort«, erklärte Haru. »Es war der erste Schlag eines Feldzugs, der die Partials ablenken und nach Norden locken soll, fort von East Meadow und allen Orten weiter südlich. Wir evakuieren alle Menschen, die wir antreffen. Sie verlassen East Meadow und die Insel und folgen der Küste so weit wie möglich nach Süden.«

»Wir können nicht vor den Partials weglaufen«, widersprach Xochi. »Wir brauchen die Pheromone, um RM zu heilen.«

»Ich bin sicher, dass einige uns folgen werden«, sagte Haru. »Es gibt keine andere Richtung, die man nehmen kann.«

»Was redest du da?«, fragte Ariel. »Was wird geschehen?«

»Die ehemalige Senatorin Marisol Delarosa bringt eine Atombombe nach White Plains«, entgegnete Haru. »Der Fallout wird auch Long Island erreichen. Wir wissen nicht, wie schlimm es wird und wo die Radioaktivität niedergeht, aber wir sollten uns besser nicht in der Nähe aufhalten. Wenn ihr euch in Richtung Norden und Osten zu dem Labor begebt, holt euch der Wind ein, und ihr geratet nur noch tiefer in Schwierigkeiten.«

»Wie um alles in der Welt ist sie in den Besitz einer Atombombe gekommen?«, fragte Kessler.

»Spielt das Wie überhaupt eine Rolle?«, entgegnete Xochi. Sie wandte sich an Haru. »Wie viel Zeit haben wir noch?«

»Das wissen wir nicht genau«, antwortete Haru. »Wahrscheinlich reist sie langsam, um nicht entdeckt zu werden. Mir ist nicht bekannt, wie groß ein Atomsprengkopf ist, aber ich vermute, er ist nicht so leicht zu transportieren. Ihr seid allerdings wegen der Kinder noch langsamer vorangekommen. Wenn ihr ein sicheres Gebiet erreichen wollt, müsst ihr sofort aufbrechen.«

»Wir können nicht einfach weglaufen«, wandte Isolde ein. »Wenn uns der Fallout trifft, stirbt Khan vielleicht, aber wenn wir das Labor nicht aufsuchen, stirbt er ganz bestimmt. Lieber nehme ich die Gefahr auf mich und setze uns dem Fallout aus.«

»Ich ...« Madison unterbrach sich. Sie sprach leise und hatte offenbar Schuldgefühle. »Ich lasse nicht zu, dass Arwen in Gefahr gerät.«

Stille herrschte im Raum. Ariel blickte von einer Mutter zur anderen und fühlte sich wie in einen Schraubstock eingeklemmt.

»Du weißt, dass ich dir bis ans Ende der Welt folgen würde«, fuhr Madison fort. Mit Tränen in den Augen sah sie Isolde an. »Ich täte alles, um deinem Kind zu helfen, aber ich kann nicht nur an mich denken. Ich muss Arwen beschützen, und das bedeutet ...« Sie schloss die Augen. »Ich glaube, wir müssen uns trennen.«

»Wir trennen uns auf keinen Fall!«, widersprach Haru.

Madison geriet in Zorn. »Ich bringe Arwen nicht in Gefahr ...«

»Niemand verlangt so etwas von dir«, fiel Haru ihr ins Wort. »Ich schlage vor, dass wir alle gemeinsam die Gefahrenzone verlassen.« Isolde wollte protestieren, doch Haru ließ sie nicht zu Wort kommen. »Ich weiß, dass du deinem Sohn helfen willst, aber es ist keineswegs gesagt, dass dein Plan überhaupt gelingt. Falls du der Partialarmee ausweichst ... falls du das Labor erreichst ... falls Nandita eine Heilmöglichkeit entdeckt ... Nein, das sind zu viele Unwägbarkeiten. Nein, es ist ganz und gar unmöglich. Komm mit uns nach Süden und weich der Explosion aus! Dort suchen wir dann nach einem anderen Weg, um deinem Sohn zu helfen.«

»Wenn wir zu lange warten, stirbt das Kind!«, rief Ariel.

»Nicht so laut!«, warnte Xochi. »Wir wollen doch nicht entdeckt werden.«

»Wir finden keine ähnliche Einrichtung wie die auf Plum Island«, widersprach Isolde. »Dort lagern Lebensmittel, das Labor versorgt sich selbst mit Energie, und es ist für die Erforschung ansteckender Krankheiten ausgerüstet. Wenn wir Khans Leben retten wollen, dann kann es nur dort geschehen.«

»Wir sollten uns aufteilen«, schaltete sich Senator Hobb ein. Er wirkte ernst, und Ariel erkannte in ihm einen Anflug des alten Hobb, des charismatischen Anführers, der sich in den schlimmsten Tagen des Bürgerkriegs bewährt hatte. Er wandte sich an Haru. »Sie nehmen Ihre Frau, das Kind und alle anderen, die Sie nach Süden begleiten wollen. Treffen Sie sich mit den anderen Flüchtlingen und verlassen Sie die Insel! Ich reise mit Isolde und Nandita zum Labor. Wir kommen so schnell wie möglich nach.«

»Sie werden sterben«, wandte Haru ein.

»Dann sterbe ich, während ich meinen Sohn beschütze«, sagte Hobb. »Das ist es mir wert.«

»Ich bleibe bei Isolde«, entschied Ariel.

Xochi nickte. »Ich auch.«

»Dann bleibe ich auch.« Kessler warf Xochi einen Blick zu. »Auch ich bin eine Mutter.«

»Das ist doch etwas anderes«, wollte Xochi einwenden, doch Kessler schüttelte den Kopf.

»Ich mag dein Verhalten nicht. Das heißt aber nicht, dass ich dich nicht liebe«, erklärte Kessler. »Ich habe dich zehn Jahre lang aufgezogen, und du bist meine Tochter, ob es dir gefällt oder nicht.«

»Es tut mir so leid, Isolde.« Madison wischte sich die Tränen aus den Augen. »Ach, könnte ich doch mitkommen!«

»Beschütz die kleine Arwen!«, bat Isolde. »Ich hätte genauso entschieden wie du. Es ist gut so.«

»Ich liebe dich, Isolde.« Bekümmert umarmte Madison ihre Adoptivschwester.

Isolde erwiderte die Umarmung. »Ich liebe dich auch, Madison.«

Nun wandte Hobb sich an die vier Soldaten der Abwehr. »Ich will niemanden auffordern, uns zu begleiten. Die Mädchen sind bisher auch allein gut zurechtgekommen. Ihr könnt etwas Sinnvolles tun, wenn ihr Haru nach Süden folgt und so viele Menschen wie möglich zum Gehen bewegt.«

»Dann brechen wir gleich morgen früh auf«, sagte Haru. »Ruht euch aus, solange ihr es noch könnt, denn wir haben eine weite Reise vor uns.«

20

Auf Kiras Karte war ein Gefängnis eingezeichnet. Es stand in der Nähe eines lang gestreckten Ausläufers des Candlewood Lake, der Danbury Bay hieß. Das war ihrer Ansicht nach das beste Versteck für ein Hauptquartier rebellischer Partials. Eine Anlage, die Gefangene drinnen hielt, war auch nützlich, um Feinde draußen zu halten. Die Ivies hatten sich bestimmt gut darauf vorbereitet, Morgans Streitkräfte abzuwehren. Kira verließ den Weg, den sie als sicher betrachtet hatte, und schlich durch die Straßen der Wohnviertel. Sie mied die Wäldchen dazwischen und hoffte, nicht mehr auf schreckliche Markierungen zu stoßen – und hoffentlich auch nicht auf die Leute, die sie angebracht hatten. Noch immer wusste sie nicht, was sie von den Ivies halten sollte. Wenn sie ihnen schließlich begegnete, sollte dies unter möglichst günstigen Bedingungen geschehen.

Obwohl sie den Wald verlassen hatte, war sie hin und wieder doch gezwungen, dicht bewachsene Hügel zu erklimmen und überwucherte Talmulden zu durchqueren. Als sie in der Nähe der Padanaram Road einen Bach kreuzte, stieß sie auf ein weiteres IV, das in einen Baum geschnitzt war, und machte einen weiten Bogen darum. Hier ging es sanft, aber stetig bergauf, und nach einem halben Kilometer kam sie an einer brachliegenden Farm vorbei. Zehn Jahre alte Bäume hatten die Äcker erobert. Jenseits der Felder stand das Gefängnis. Langsam und vorsichtig schlich sie durch das Unterholz, manchmal kroch sie fast auf dem Bauch, alle paar Sekunden blieb sie stehen, um vor und hinter sich auf ungewöhnliche Geräusche zu lauschen. Sie hörte nichts, und wenn sie den Link zu benutzen wagte, nahm sie auch dort nichts wahr. Sie hatte das Gefühl, mehrere Stunden unterwegs zu sein, und als sie sich endlich dem Gefängnis näherte, war die Mittagszeit schon vorbei. *Jetzt befindet sich die Lichtquelle hinter mir,* überlegte sie, als sie sich im Gras duckte und das weitere Vorgehen plante. *Wenn ich aufstehe, bin ich als Silhouette gut zu sehen. Solange ich unten bleibe, blendet sie die Sonne, und ich bin im Schatten.* Also kroch sie leise und mit angehaltenem Atem weiter.

Das Gefängnis war ebenso leer und verfallen wie alle anderen Gebäude, an denen sie vorbeigekommen war.

Sie beobachtete es noch eine Stunde lang, um ganz sicher zu sein, kämpfte gegen die Ungeduld an und achtete darauf, sich nicht zu verraten. Erst als die Sonne hinter dem Horizont versank, verließ sie ihr Versteck am Waldrand und lief über den buckligen Parkplatz zum ramponierten Zaun des Gefängnisses. Er war schief und verformt, und drinnen entdeckte sie gekrümmte Skelette in verblichenen orangefarbenen Overalls. Hier war vor dreizehn Jahren eine Gefängnisrevolte gescheitert, als die letzten sterbenden Gefangenen der Anstalt entkommen wollten, bevor die Seuche auch sie umbrachte. Kira fragte sich, wie viele tatsächlich geflohen waren, um im Feld gleich hinter ihr zusammenzubrechen. Krähen hatten die Leichen im Gefängnis zerlegt, die Kleidung war zerfetzt und zerrissen. Durch die Lücken im Zaun waren verwilderte Hunde eingedrungen, hatten die Knochen weiter abgenagt und aufs Feld geschleppt. Seit dem Zusammenbruch hatte kein intelligentes Wesen, ob Mensch oder Partial, den Fuß auf das Gelände gesetzt. Kira umrundete das Gebäude, bis sie ihrer Sache völlig sicher war. Es sah überall gleich aus. Nun blieb nur noch der See. Vielleicht hatten sich die Ivies dort in den Wohnhäusern niedergelassen.

Die Nacht verbrachte sie im Gefängnis. Sie wagte kein

Feuer anzuzünden und aß den letzten Apfel. Ihr knurrte der Magen, doch es war zu gefährlich, sich nach Proviant umzusehen. Was ihr die Linkdaten des blutigen Baums gesagt hatten, ließ sie nicht los.

TOD.

BLUT.

Ein schmaler Weg führte vom Gefängnis zur Anlegestelle in der Bucht. Als Kira am Morgen nach draußen schlich, blieb sie jedoch im Wald und mied den Weg. Die Bucht war an der schmalsten Stelle immer noch hundertfünfzig Meter breit. Auf ihrer Seite erstreckte sich der Wald, in dem es keine Wege gab, und drüben standen Häuser, die alle private Stege besaßen. Soweit sie es überblicken konnte, waren die Häuser überwuchert und verlassen. Sie ging am Westufer nach Norden und blieb ein paar Dutzend Meter vom Ufer entfernt, um nicht entdeckt zu werden, während sie aufmerksam auf Lebenszeichen und Bewegungen achtete.

Nach anderthalb Kilometern erreichte sie eine breite Landzunge, wo die Bucht in den See überging. Am Ende gab es eine kleine Anlegestelle. Vorsichtig ging sie darauf zu, um von dort aus das Wasser zu überblicken, blieb jedoch nach wenigen Schritten erschrocken stehen. Am Rand des Stegs stand ein Pfahl, bei dem es sich um einen alten Wegweiser handeln mochte. Das Schild war verschwunden, und an dessen Stelle war mit einem dicken gefiederten Pfeil eine Hand angenagelt, die von einem Menschen oder einem Partial stammte.

Kira riss die Augen weit auf und unterdrückte einen entsetzten Aufschrei. Sie schlich weiter, um den grausigen Fund aus der Nähe zu betrachten, ohne sich zu verraten. Die Hand war am Gelenk abgetrennt, die Handfläche lag fest auf dem Pfahl, der Pfeil ragte aus dem Handrücken. Unter dem Holz war das Holz dunkel und verfärbt. Kira glaubte, im Holz den Abdruck einer Klinge zu erkennen.

Irgendjemand hatte die Hand angenagelt, als sie noch am Körper gehangen hatte. Dann erst hatte er sie abgehackt und ausbluten lassen. Die Haut war grau, aber nicht verwest. Die Tat war offenbar erst in den letzten Tagen begangen worden.

Kira bewegte sich weiter und sah sich nach dem Körper um, zu dem die Hand gehörte, dann hielt sie inne und zog sich wieder in den Wald zurück. Im Windschatten eines Findlings hockte sie sich hin und schüttelte heftig den Kopf. »Das ist nicht richtig«, flüsterte sie. »Das ist nicht richtig.« Sie zog die Pistole, fand deren Gewicht beruhigend und spähte zwischen den Bäumen umher. Ein leichter Wind spielte mit der Befiederung des Pfeils. »Das ist nur eine Warnung«, redete sie sich ein. »Eine Warnung für Morgans Streitkräfte, die in diesem Teil des Landes die einzigen Feinde der Ivies sind. Mir gegenüber sind sie bestimmt freundlich gesinnt, vielleicht sogar den Menschen gegenüber ...«

Sie verdrehte die Augen. »Wem mache ich hier eigentlich etwas vor? So dumm bin ich doch nicht.« Sie stand auf. »Es gibt noch andere Partialfraktionen, mit denen ich reden kann. Ich muss eine finden, die ihre Feinde nicht verstümmelt, um die Körperteile als Dekoration aufzuhängen.«

Kira wandte sich zum Gehen, bemerkte aber von ihrem neuen Standort aus einen Fuß auf der Anlegestelle, der anscheinend noch mit dem Körper verbunden war. Sie hielt inne. Wenn sie einen Blick auf die Kleidung des Toten erhaschen konnte, bekam sie vielleicht einen Hinweis, wer ihn getötet und auf wessen Seite er gestanden hatte. Noch einmal betrachtete sie den Pfeil und die graue Hand. *Morgans Leute benutzen keine Pfeile. Aber vielleicht waren es auch nicht die Ivies.* Sie stöhnte. *Letzten Endes ist es gleichgültig, wer der Tote ist. Ich muss hier sofort verschwinden ...*

Der Fuß bewegte sich.

Kira fluchte halblaut, knirschte mit den Zähnen und starrte den gruseligen Steg an. Wenn dort noch jemand lebte, musste sie ihm helfen ... aber der Steg befand sich jenseits der schützenden Bäume. Jeder, der am See unterwegs war, konnte sie sehen. Sie hatte immer noch nicht geklärt, wo genau die Ivies lebten und welche anderen Gruppen gegen sie kämpften. Nur zu gern hätte sie sich umgedreht und wäre gegangen, aber das brachte sie nicht über sich. Wenn das Opfer noch lebte, brauchte es ihre Hilfe. Sie überprüfte die Pistole, vergewisserte sich, dass das Magazin voll und eine Patrone in die Kammer geladen war, und schlich zum Steg.

Der See glitzerte in der Morgensonne, die im Osten aufging. Es war das genaue Gegenteil ihrer Position vom vergangenen Abend. Sie selbst war gut zu sehen, das grelle Blitzen der Wellen blendete sie. Sie ging weiter und sah sich nervös um. Hatte sich dort zwischen den Bäumen nicht etwas bewegt? Oder auf dem Wasser? Mit zitternden Händen hielt sie die Waffe fest umklammert und redete sich gut zu. *Dies ist kein Hinterhalt. Sie haben dem Mann die Hand abgeschnitten und ihn liegen gelassen. Das ist die einzige plausible Erklärung.*

Oder etwa nicht?

Sie erreichte den Pfad, der vor der Anlegestelle verlief. Wahrscheinlich war es ein alter Wanderweg, den Rehe oder Füchse freigehalten hatten. Am Rand der schmalen Schneise blickte sie nach links und rechts, doch der Wald war zu dicht, und der Weg verlief gewunden, sodass sie nicht weit blicken konnte. Noch einmal betrachtete sie das Opfer auf dem Steg. Erst war es hinter einer Baumgruppe halb verborgen, doch sobald sie weiterging, tauchte es langsam auf. Wieder bewegte sich das Bein. Sie hätte schwören können, dass die leichte Bewegung zielgerichtet war – nicht das willkürliche Zucken eines sterbenden Nervensystems, sondern eine bewusste Regung. Der Mann lebte noch und war vielleicht sogar halb bei Bewusstsein.

Am Waldrand hielt sie inne und versteckte sich hinter einem Baumstamm. Noch ein Schritt, und sie stand im

Freien und war quer über den See hinweg gut zu sehen. »Falls ich Doktor Morgan jemals wiedersehe, verpasse ich ihr einen Faustschlag auf den Mund«, sagte sie leise. »Gegen medizinische Experimente eingestellt? Mehr hattest du über diese Leute nicht zu sagen? Nicht einmal einen Satz wie: *Psychopathische Wilde, die an einem gespenstischen See Leute ermorden?* Wäre es nicht sinnvoll gewesen, etwas in dieser Art aufzuschreiben?«

Wieder rührte sich das Bein. Aus den Augenwinkeln bemerkte Kira eine weitere Bewegung und fuhr herum. Ihre Ausbildung und der Kampfgeist übernahmen die Regie, die Pistole war blitzschnell auf das Ziel ausgerichtet. Es war nur ein Ast, der im Wind schwankte.

Sie trat auf den Steg hinaus. Nun sah sie die ganze Gestalt. Der Mann lag ausgestreckt auf den hölzernen Brettern und presste die gesunde Hand auf den Armstumpf. Wie Morgans Soldaten trug er die übliche graue Uniform der Partialarmee. Auf der Uniform hafteten blutige Krusten, dazwischen war frisches hellrotes Blut zu erkennen. Kira wich dem Pfahl aus und nahm die Linkdaten des Mannes wahr, als sie sich ihm näherte: SCHMERZEN BLUT HILFE HELFT MIR. Vor ihr lag, verstörend idyllisch neben der grausamen Szene, der breite See. Sie schob die Pistole in den Rucksack und kniete neben dem Mann nieder, um am Hals nach dem Puls zu tasten. Er zuckte zusammen, als sie ihn berührte, war aber zu schwach, um sich ihr zu entziehen.

»Nicht …«, krächzte er.

»Ich will dir helfen.« Sie riss einen Streifen von seiner zerlumpten Kleidung ab und wickelte ihn fest um das Handgelenk. »Weißt du, wer dir das angetan hat?«

VERRAT, sagte der Link. Der Mann wollte sprechen, doch die heisere Stimme brach. BLUT.

»Du musst es mir sagen«, drängte sie ihn. »Waren es die Ivies? Wo sind sie? Was tun sie?«

»Es war der … der Blutmann.«

»Der Blutmann?« Kira befestigte den Verband und untersuchte den Körper auf weitere Verletzungen. Diese Menge an Blut konnte nicht nur vom Handgelenk stammen. Dann fand sie es – eine klaffende Wunde im Bauch, aus der blutige Eingeweide hervorquollen. Sie wich zurück, als ihr der Gestank in die Nase drang. »Der Stich hat deine Därme geöffnet.« Sie schluckte schwer. »Du brauchst Antibiotika.«

»Der Blutmann«, krächzte er. »Sie dienen dem Blutmann.«

»Die Ivies?«, fragte Kira. Obwohl sie längst wusste, dass er es nicht schaffen würde, wollte sie die Blutung im Bauchraum stillen und sah sich hektisch nach einem Hilfsmittel um. Weit und breit gab es keine Hilfe, selbst wenn sie den Verletzten hätte transportieren können. Verzweifelt stöhnend riss sie schließlich einen Streifen vom eigenen Hemdsaum ab, knüllte den Stoff zusammen und schob ihn in die Wunde.

»Lauf weg!«, röchelte er. Sie ertrug es kaum, dieser heiseren Stimme zu lauschen. »Sie wollen auch deins.«

»Was denn?«

»Dein Blut.«

Da bemerkte sie im See eine rasche Bewegung – nicht auf der Oberfläche, sondern darunter. Der dunkle Schatten eines großen Fischs.

»Was ist hier los?«

TOD.

Eine Fontäne schoss empor, als dicht vor dem Steg eine bleiche Gestalt aus dem Wasser sprang und Kira am Arm packte. Sie schrie auf, wich zurück, tastete nach der Waffe, doch die bleiche Gestalt riss sie nach vorn, und sie verlor das Gleichgewicht, taumelte wider Willen zum Wasser. Als Letztes sah sie Öffnungen am Hals, die wie Kiemen flatterten. Dann prallte sie mit dem Gesicht voran auf die Wasseroberfläche, und ringsum wurde es dunkel.

21

Samm träumte von Kira.

Sie wanderten zusammen durch die Ruinen des alten Illinois. Es war nicht die überflutete Totenstadt Chicago, auch nicht das giftige Ödland westlich des Mississippi, sondern sie befanden sich inmitten weiter, völlig flacher Felder. Sie gingen Hand in Hand. Über ihnen kreisten die Vögel träge am Himmel, wilde Mustangherden donnerten über die Ebene und trampelten die Zäune nieder, die einst das Schachbrettmuster der verwaisten Farmen unterteilt hatten. In dieser Welt, die sich nicht an Krieg und Zusammenbruch erinnerte, wo es nur Sonne, Wind, Regen und die Sterne gab, waren sie frei. Kira und Samm tranken aus kühlen Bächen, lagen auf dem Rücken und betrachteten den Mond, in dessen Kratern sie Gestalten und Gesichter entdeckten. Die Welt war still, alt und neu zugleich, und sie waren zusammen.

Lange währten die Träume nie. Übernächtigt erwachte Samm und starrte benommen die kahlen Wände des alten Büros an, in dem er derzeit wohnte.

»Heute lasse ich alles hinter mir zurück und suche Kira«, flüsterte er. Das sagte er sich jeden Morgen. Er zog Hemd und Schuhe an, stieg die Treppe hinunter und lief über das Gelände zum Krankenhaus. Alle sechs Tage lieferte sein Körper eine ausreichende Menge des Partikels 223, und er war bereit für eine weitere Entnahme. Calix half freiwillig im Krankenhaus, solange sie noch nicht sicher genug auf den Beinen war, um wieder auf die Jagd zu gehen. Lächelnd empfing sie ihn im Labor. Samm lächelte müde zurück und legte sich auf die selbst gehäkelte Decke, die die rissige Plastikplane des Untersuchungstischs bedeckte.

»Guten Morgen«, begrüßte Calix ihn. Sie zog eine Spritze mit einem Betäubungsmittel auf, denn im Rahmen der Prozedur war es nötig, Samm eine sehr lange Kanüle tief in die Nasenhöhle zu schieben und längere Zeit dort zu belassen. Es gefiel ihm nicht, örtlich betäubt zu werden, aber die Kanüle behagte ihm noch weniger. Er blieb auf dem Rücken liegen, während Calix ihm die erste Spritze verabreichte – ein kleiner Stich, und die Taubheit breitete sich aus. Sie warteten, bis das Mittel wirkte, und unterdessen plauderte Calix munter mit ihm. »Gorman war gestern Abend ziemlich sicher auf den Beinen.«

Das war eine gute Neuigkeit. Die Verfassung des Soldaten hatte sich in den letzten Tagen immer mehr gebessert. »Wie weit ist er gegangen?«

»Bis zum Bad und wieder zurück«, berichtete Calix. »Auf dem Hinweg rief er nicht nach uns, nur beim Rückweg brauchte er Hilfe.«

»Er mag es nicht, von jemandem abhängig zu sein«, sagte Samm.

»Das mag niemand.« Calix nahm die Spritze mit dem Betäubungsmittel wieder in die Hand. »Zeit für Nummer zwei.« Samm hielt still, damit sie ihm die Nadel tief ins Nasenloch schieben konnte. Noch ein Stich, viel weiter hinten, und Calix setzte sich boshaft lächelnd hin. »Willst du die Nadel sehen?«

»Nein«, antwortete Samm. »Aber zeig sie mir trotzdem!«

Lachend hielt Calix die Betäubungsspritze mit der zehn Zentimeter langen Nadel hoch. »Du willst sie doch sonst immer sehen.«

»Ja, weil ich immer das Gefühl habe, dass du sie mir bis ins Gehirn stichst«, antwortete Samm.

»So weit stecke ich sie nie rein.« Mit den Fingern, die in

Operationshandschuhen steckten, strich Calix über die Nadel. »Warte nur auf die nächste Spritze! Mit der piesacken wir dich ganz hinten. Das wird lustig.«

Samm schloss die Augen. »Die mag ich immer am liebsten.«

»Hast du letzte Nacht etwas Schönes geträumt?«

»Ich habe von Illinois geträumt.«

»Ein seltsames Motiv«, meinte sie. »Was gibt es denn Interessantes in Illinois?«

Samm dachte an Kira, an die Pferde und den Mond. »Nichts.«

Calix schwatzte noch eine Weile über das Krankenhaus und die anderen Partials, über die Aussichten ihrer Fußballmannschaft beim laufenden Turnier. Aufgrund der Schussverletzung konnte sie nicht spielen, aber sie jubelte an der Seitenlinie lauter als alle anderen Fans. Samm nickte lächelnd und freute sich aufrichtig für sie, aber er war zu ... *zu beschäftigt? Zu beschäftigt, um mich wirklich darauf einzulassen? Das ist nicht das richtige Wort,* dachte er. *Zu müde? Zu einsam?*

Verloren, dachte er schließlich. *Ich fühle mich verloren.*

Calix verpasste ihm die dritte örtliche Betäubung und rief kurz darauf eine erfahrene Schwester herein. Diese fand die richtige Drüse und wusste, wie das Pheromon zu entnehmen war, das RM heilte. Während der Entnahme durfte Samm nicht reden. Er musste vierzig Minuten lang ruhig liegen und hatte Zeit, sich den Tag einzuteilen, die Arbeiten zu planen, die es zu erledigen galt, und sich die Reihenfolge zu überlegen, in der er sie am besten in Angriff nahm. Phan nannte ihn einen wandelnden Terminplaner, doch Samm fand dies überhaupt nicht seltsam. Er hatte viel zu tun und nur eine begrenzte Zeitspanne. Was sollte falsch daran sein, ein wenig zu planen? Als Erstes wollte er die Entbindungsstation aufsuchen, mit den jungen Müttern sprechen und sich erkundigen, wie es den Kindern ging. Eigentlich war er für diesen Bereich nicht verantwortlich, doch er wollte gern sehen, was seine Sitzungen im Labor bewirkten.

Sobald die Entnahme beendet war, verließ die ältere Schwester den Raum, um die Weiterverarbeitung der Ampulle zu veranlassen. Calix half Samm beim Aufsetzen. Das Betäubungsmittel hinterließ immer eine gewisse Benommenheit. Er knabberte ein Stück Fladenbrot und wartete, bis der Kopf wieder klar war. Calix beobachtete ihn nachdenklicher als sonst. Nach kurzem Schweigen stellte sie ihm eine Frage.

»Gefällt es dir bei uns, Samm?«

»Hier ist es großartig«, antwortete er automatisch. »Ihr habt genug zu essen und Wasser, ihr habt Strom, und man bringt sich nicht gegenseitig um. Es ist schön.«

»Trotzdem bist du nicht glücklich.«

Samm kaute nachdenklich. »Ich helfe den Leuten«, antwortete er schließlich. »Das Pheromon, das wir gerade entnommen haben, rettet ihnen das Leben, und wir helfen den anderen Partials, wieder auf die Beine zu kommen. Ich bin froh, dass ich dabei mitwirken kann.«

»Du bist stolz darauf, aber du bist nicht glücklich«, widersprach Calix.

»Das Glücksgefühl im Reservat ist insgesamt höher, wenn ich hier bin und nicht anderswo.«

»Das ist die traurigste Definition von Glück, die ich je gehört habe.«

»Was soll ich denn tun?«, fragte Samm. »Ich kann nicht einfach weggehen.«

»Doch, das kannst du«, widersprach Calix. »Niemand hält dich zurück. Wir könnten es versuchen, aber wir wollen doch realistisch sein. Besonders wenn Heron dir hilft – von diesem Mädchen bekommen die Monster unter meinem Bett Albträume.«

Samm lächelte. »Es tut ihr leid, dass sie auf dich geschossen hat.«

»Sie würde sofort wieder auf mich zielen.«

»Das würde sie.« Samm nickte. »Ich wollte dir nur helfen, damit du dich besser fühlst.«

Calix lachte und tätschelte seinen Arm. »Eins will ich dir sagen. Wir sind dir sehr dankbar, dass du geblieben bist. Du schenkst uns eine Zukunft. Aber du musst nicht ...« Sie ließ den Satz unvollendet. Samm hob den Kopf und beendete ihn für sie.

»Ich muss nicht hierbleiben? Doch, das muss ich. Ich habe es versprochen, und das bindet mich viel stärker als irgendwelche Ketten, in die ihr mich legen könntet.«

Calix biss sich auf die Unterlippe, dachte nach und nickte schließlich. »Das verstehe ich, und ich bin dir dankbar. Wir alle sind dankbar. Aber ... ich habe dich gefragt, ob du glücklich bist, und du hast vom Weggehen gesprochen. Du findest es hier großartig, sprichst aber vom Weggehen. Welches Gefühl hinterlässt du in uns, wenn deine Vorstellung vom Glück nichts mit uns zu tun hat? Du könntest hier glücklich sein, Samm, das weiß ich genau. Wir geben uns alle Mühe, es dir so schön wie möglich zu machen.«

Unvermittelt hielt sie inne und wischte sich mit der Hand über die Wange. Samm hätte nicht sagen können, ob dort tatsächlich eine Träne gerollt war. Er bekam Schuldgefühle und fragte sich, wie beleidigend seine Haltung für die Menschen im Reservat sein mochte. Sie brauchten ihn, um die Pheromone zu bekommen, behandelten ihn aber wie einen Menschen. Sie sahen ihn als einen der Ihren an, genau wie Samm es Gorman vorgeführt hatte. Trotz aller Bemühungen, ihn zu integrieren, kam Samm ihnen nicht aus freien Stücken entgegen. Er wusste nicht einmal, ob er das überhaupt konnte.

Calix starrte zu Boden und wich seinem Blick aus. Plötzlich wurde ihm noch etwas anderes bewusst. Calix hatte ihn gleich nach ihrer Ankunft begehrt. Er hatte ihr gesagt, dass er Kira liebe, doch Kira war fort. Warum sollten Samm und Calix also nicht zusammenkommen? Hatte sie die ganze Zeit gewartet und war zu höflich gewesen, um Kiras Abwesenheit auszunutzen? Hatte sie die Tage gezählt, bis auch Samm dies erkannte? Er hatte versprochen, für immer zu bleiben. Worauf wartete er noch? Warum hielt er sie hin? Wenn dies wirklich seine Heimat war – nicht nur der Ort, an dem er gerade lebte, sondern ein echtes Heim mit einer neuen Familie –, warum verhielt er sich dann immer noch wie ein Besucher?

Calix war freundlich und klug, sie war witzig und trotz der Schussverletzung am Bein durchaus fähig, einen Beitrag für das Reservat zu leisten. Sie hatten in den letzten Wochen viel Zeit miteinander verbracht, und inzwischen zählte Samm sie zu seinen besten Freunden. Obendrein musste er zugeben, dass sie schön war. Calix war nicht Kira, aber Kira war auch nicht Calix.

Und Kira war nicht hier.

Calix hob den Kopf, als hätte sie seinen Blick gespürt. Er sah sie an und betrachtete sie, erinnerte sich an ihren Kuss. War es wirklich so falsch, wenn er bei ihr blieb?

»Samm«, sagte sie zögernd und scheu.

»Calix«, antwortete er.

»Es tut mir leid ...«

»Nein, nicht«, erwiderte er rasch. »Du hast mir etwas klargemacht.«

Wieder biss sie sich auf die Unterlippe. »Was denn?«

Er sah sie noch einmal lange an, schließlich schüttelte er den Kopf. »Ich habe versprochen zu bleiben«, sagte Samm. »Die anderen Partials aber nicht.« Seufzend stand er auf. »Ich kann nicht erwarten, dass sie die gleiche Entscheidung treffen und für immer bleiben. Ich muss sie fragen, was sie wollen.«

Calix nickte. »Und dann?«

»Dann erfüllen wir ihnen ihre Wünsche.«

»Und dann?«, fragte sie noch einmal. Sie stand schief und

schonte das verletzte Bein. »Wo ist die nächste große Krise, für die du dein Leben riskieren kannst?«

Samm legte ihr die Hand auf die Schulter. »Du bist die beste Freundin, die ich habe.«

»Ich wette, das sagst du zu allen Mädchen.«

»Ich habe das noch nie zu jemandem gesagt.«

Samm ging durch die Flure zu dem Gebäudeflügel, den die Partials während ihrer Genesung vorläufig ihr Heim nannten. Eine Mischung aus Hoffnung und Unrast lag in der Luft. Es war ein typischer Morgen. Gorman saß aufrecht im Bett und hielt mit einer Hand die Kanüle des Beatmungsgeräts fest.

»Es funktioniert viel besser, wenn du dir die Schläuche in die Nase steckst«, riet Samm ihm.

»Und ein Bett funktioniert am besten, wenn man sich hineinlegt«, entgegnete Gorman. »Ich will aber nicht, dass die Geräte gut funktionieren, sondern mein Körper soll in Ordnung kommen.«

»Dann übe weiter«, sagte Samm. »Wie ich hörte, bist du gestern Abend aus eigener Kraft gelaufen.«

»Dann haben sie dir auch von meinem Haufen erzählt? Wenn sie dem ganzen Reservat berichten, was ich nachts so treibe, sollten sie die wirklich interessanten Meldungen nicht einfach weglassen.«

»Die Einzelheiten kannst du mir später noch schildern.« Samm sah sich in dem Raum um. Nur drei Partials waren anwesend. Gorman ruhte auf dem Bett, die beiden anderen saßen in Rollstühlen am offenen Fenster und genossen das Sonnenlicht. »Wo sind die anderen?«

»Dwain ist noch bettlägerig«, erklärte Gorman. »Ich glaube, er ist heiß auf die Schwester und dehnt die Genesungszeit unverschämt lange aus.«

»Calix oder Tiffany?«

»Tiffany.«

»Daraus wird wohl nichts«, meinte Samm. Er hielt inne.

»Es wäre mir allerdings auch nicht recht, wenn er hinter Calix her wäre.«

Gorman beäugte ihn. »Seid ihr zwei …«

»Nein«, antwortete Samm. »Wie geht es den anderen?«

Gorman überhörte das Ablenkungsmanöver. »Was ist mit Heron?«

»Hinter wie vielen Mädchen bin ich nach deiner Meinung wohl her?«

»Es sind jedenfalls weniger, als zu erwarten wäre, wenn ich die Zeichen richtig deute.« Er nahm einen tiefen Atemzug aus dem Schlauch. »Calix folgt dir wie ein ergebenes Hündchen, und Heron … Ich sage nicht, dass sie dir folgt wie eine Schlange, aber du weißt schon, was ich meine.«

»Heron ist eine alte Freundin«, widersprach Samm. »Wir haben zusammen im Isolationskrieg gekämpft.«

»Und jetzt?«

»Jetzt sind wir …« Samm wusste nicht, wie er die Beziehung beschreiben sollte. Im Lauf der letzten Woche hatte er Heron kaum noch gesehen, wusste jedoch, dass sie immer in der Nähe war. Genau wie vorher hatte sie ihm deutlich zu verstehen gegeben, dass sie ihn beobachtete. Anscheinend war dies auch Gorman nicht verborgen geblieben. »Heron ist eine gute Freundin«, sagte er noch einmal. »Trotzdem weiß ich nichts über ihre Absichten. Sie ist ein Spionagemodell und grundsätzlich darauf ausgerichtet, alles geheim zu halten und falsche Fährten zu legen.«

»Außerdem ist sie in der Kunst der Verführung ausgebildet.« Gorman zielte mit dem Schlauch auf ihn. »Das sollte dir doch etwas sagen.«

»Wenn eine Frau in dieser Kunst ausgebildet wurde und es auf mich abgesehen hat, dann müsste ich es doch eigentlich bemerken«, erwiderte Samm. Dann deutete er auf den nahezu leeren Raum und widmete sich wieder seinem Gesprächspartner und dessen Teamgefährten. »Wo sind die anderen?«

»Sie gehen draußen spazieren«, erklärte Gorman. »Ritter ist so gesund wie du und braucht das Krankenhaus nicht mehr. Für Aaron und Bradley gilt das Gleiche.«

»Darüber wollte ich mit euch reden.« Samm zog einen Stuhl ans Bett des Soldaten. »Es geht euch besser, obwohl es vielleicht noch kleine Hindernisse gibt.« Er wies auf den Schlauch, und Gorman verdrehte die Augen. »Es wird Zeit, dass ihr die Genesungsphase abschließt und ins Leben zurückkehrt. Ihr könnt nicht ewig im Krankenhaus bleiben.«

»Das wollen wir doch hoffen.« Gorman schürzte die Lippen und dachte kurz nach. »Was ist mit dem Reservat?«

»Ihr dürft gern bleiben, wenn ihr wollt. Die Leute hier halten euch nicht fest.«

»Wenn wir neun uns beteiligen und dir helfen, könnten sie erheblich mehr Pheromone bekommen. Sie könnten die Vorräte aufstocken, bevor unser Verfallsdatum einsetzt, sofern das überhaupt geschieht, und noch einige Jahre mehr herausschlagen.«

Samm nickte. »Es sind gute Menschen«, sagte er. »Ich will sie nicht ohne Heilmittel zurücklassen, aber sie empfinden ebenso wie ich. Sie würden euch nicht noch einmal versklaven, um es zu erhalten, denn das wollen sie nicht.«

»Da bekomme ich ja sofort Schuldgefühle.«

»Das war nicht meine Absicht«, entgegnete Samm. »Früher oder später geht ihnen das Mittel auf jeden Fall aus, ob es nun an meinem Tod im nächsten Jahr oder an eurem liegt, wann immer das geschieht. Ihr seid zu nichts verpflichtet.«

»Wenn man in diesem Kampf von vornherein nur verlieren kann, brauchen wir es gar nicht erst zu versuchen«, sagte Gorman. »Trotzdem gibst du dein Leben dafür hin.«

»Ich habe es ihnen versprochen«, erwiderte Samm. »Ihr dürft gern bleiben, solange ihr wollt, und ihr könnt natürlich auch das Pheromon beisteuern, das sie heilt. Aber das müsst ihr selbst entscheiden.« Samm rieb sich über die

Nase, die von der Entnahme immer noch ein wenig taub war. »Wenn man einen Job sucht, dann ist eine Stunde pro Woche auf einem Laborstuhl eigentlich eine leichte Tätigkeit.« Er lächelte. »Ehrlich gesagt würdet ihr derzeit sowieso nicht mehr schaffen.«

Gorman hielt sich den Schlauch unter die Nase, holte tief Luft und legte die Hände müde in den Schoß. »Ich will etwas zurückgeben. Anfangs war ich misstrauisch, aber man hat uns gut behandelt. Als Dank dafür wollen wir unser Möglichstes tun.«

»Das wissen die Einwohner sicher sehr zu schätzen.« Samm blickte zu den beiden Soldaten am Fenster hinüber und dann zum sonnigen Hof hinaus. »Hast du schon mit deinen Gefährten gesprochen?«

»Ich fürchte, ich sitze hier fest, selbst wenn ich mir etwas anderes wünschen würde«, sagte Gorman. »Die Gesünderen hingegen wollen möglichst bald zurückkehren.«

»Nach White Plains?«

»Wohin auch immer«, antwortete Gorman. »Die Welt hat sich verändert, und sie wollen sich umsehen. Wenn es dort draußen wirklich so schlecht steht, wie du sagst, dann wollen sie helfen. Partials töten Partials, die Menschen sterben immer noch an RM, der Krieg tobt weiter zwischen den Spezies ... es ist schwer, auf der falschen Seite der Welt im Paradies zu sitzen und zu wissen, dass alle anderen Partials untergehen.«

Samm zog die Brauen hoch. »Erzähl mir mehr darüber!«

»Ist dir klar, dass wir es verhindern können?«

»Wovon sprichst du?«, fragte Samm. »Meinst du den Krieg?«

»Die Seuche«, antwortete Gorman. »Wie du sagst, sind es gute Leute, aber sie sind nur ein Bruchteil der Menschen, die noch leben. Die Gruppe in East Meadow hat keinen wie dich, um gesund zu bleiben. Hier im Krankenhaus kommt fast jede Woche ein Kind zur Welt, manchmal sind es sogar mehrere. In East Meadow gibt es mindestens genauso viele Geburten, aber weil die Menschen dort kein Heilmittel haben, sterben ausnahmslos alle Kinder. Das könnten wir verhindern.«

»Daran habe ich auch schon gedacht«, gab Samm zu. »Wir haben es in der Hand ... wenn wir dorthin gelangen könnten und falls sie uns zuhören ... und falls sie unsere Hilfe annehmen ... dann könnten wir viel Gutes tun.«

Gorman nickte. »Und sofern sie sich nicht schon gegenseitig umgebracht haben.«

»Du schaffst die Reise nicht«, wandte Samm ein. »Die Giftwüste ist die Hölle, und dabei macht sie nur die Hälfte der gesamten Entfernung aus.«

»Dann gehst du an meiner Stelle«, schlug Gorman vor. »Nimm Ritter, Aaron, Bradley und alle mit, die dich begleiten wollen!«

Samm wusste, dass die Luft mit seinen widerstreitenden Gefühlen befrachtet war – plötzlich empfand er Angst und Sorge, außerdem Verzweiflung und zugleich eine schier überwältigende neue Hoffnung. Durfte er wirklich weggehen? Er hatte bleiben wollen und sein Wort gegeben.

»Nimm den kleinen Jäger mit!«, riet Gorman ihm. »Phan oder wie er heißt. Er kommt gut im Ödland zurecht, obwohl er ein Mensch ist. Den Sturm möchte ich erleben, der ihn auf dieser Erde töten könnte!«

Samm rieb sich über die Narben, die der Säureregen auf den Armen hinterlassen hatte. »Nein, das möchtest du nicht.«

»Im Ernst«, beharrte Gorman und beugte sich vor. »Ich kann hier nicht weg. Der Arzt sagt, meine Lungen heilen vielleicht nie wieder richtig ab, und ich kann ja schlecht die Sauerstoffflaschen mit auf die Reise durch das lebensgefährliche Gebiet nehmen. Selbst wenn ich eines Tages wieder laufen und sogar rennen kann, muss ich für den Rest meines Lebens in diesem Gebäude schlafen und mir jeden Tag diese Plastikdinger umhängen.« Er schüttelte den Sauerstoffschlauch. »Ich täte nichts lieber, als diesen Dreckskerl von Vale zu finden und ihm in die Eier zu treten, aber die Leute hier trifft keine Schuld. Sie haben sogar alles getan, um mir zu helfen. Jetzt will ich ihnen helfen.« Er hielt inne. »Lass mich an deiner Stelle hierbleiben und ihnen diese Partikel geben! Du gehst nach Hause. Geh nach East Meadow und rette die Menschen! Geh nach White Plains und verprügele ein paar Typen! Und wenn du Doktor Vale triffst, dann darfst du ihn mit den Stahlkappen deines Stiefels kastrieren. Aber immer hübsch eins nach dem anderen.«

»Willst du das wirklich tun?«, fragte Samm.

»Was bleibt mir sonst übrig?«

Es klopfte laut an der Tür. Samm hatte kaum Zeit, den Kopf zu heben, als Calix die Tür aufriss und atemlos hereinstürmte. »Das musst du sehen!«

Samm sprang auf. »Was ist passiert?«

»Nichts Schlimmes«, versicherte sie ihm, nahm ihn an der Hand und zerrte ihn zur Tür. »Es geht um Monicas Baby. Um das Kind, das letzte Nacht geboren wurde.«

»Hast du der Kleinen die Spritze gegeben?«, fragte Samm.

»Sie braucht keine Spritze«, erwiderte Calix. »Sie ist nicht krank.«

Samm blieb wie angewurzelt stehen und starrte Calix an, dann wandte er sich an Gorman. »Sie ist nicht krank?«

»Sie hat überhaupt kein Fieber bekommen. Sie haben das Kind die ganze Nacht über beobachtet und auf deine Entnahme heute Morgen gewartet, aber die Kleine ist überhaupt nicht krank geworden.«

Samm rannte los und stürmte den Flur entlang, so schnell, dass Calix humpelnd hinter ihm zurückblieb. In weniger als einer Minute erreichte er die Wöchnerinnenstation und drängte sich durch die plappernden Schwestern und Gaffer, die draußen vor der Tür standen. Auch Heron war da, hielt sich aber abseits in einer Ecke.

»Wo ist sie?«, fragte Samm.

»Dort!« Laura deutete auf eine Mutter, die in einem Krankenzimmer ehrfürchtig ihr schlafendes Kind betrachtete. »Das Baby ist stark wie ein Ochse.«

Auch Samm besah sich das Neugeborene und begriff es nicht. Warum war es nicht erkrankt? War es immun auf die Welt gekommen? Die RM-Erreger befanden sich noch immer in der Luft, jeder Mensch war ein Überträger. Warum war das Kind nicht krank?

Ein Arzt eilte herbei und hielt Laura einen kleinen Datenbildschirm hin. »Wir haben gerade den Bluttest abgeschlossen. Das Pheromon ist bereits in ihrem Kreislauf.«

»Wer hat es ihr gegeben?«, fragte Laura.

»Niemand«, antwortete der Arzt.

Samm betrachtete den Datenbildschirm und las die Werte ab, soweit er sie verstand. »War es vielleicht einer der anderen Partials?«

»Das Mädchen wurde ständig beobachtet«, sagte der Arzt. »Nach der Geburt lassen wir die Kinder keine Sekunde lang aus den Augen und notieren jede kleinste Einzelheit. Niemand hat ihr etwas gegeben, wenn man von den üblichen Antibiotika und etwas Muttermilch absieht.«

»Es verbreitet sich durch die Luft«, erklärte Heron.

Endlich traf auch Calix ein und gesellte sich humpelnd zu ihnen. »Was meinst du?«

Samm drehte sich zu Heron um, als ihm dämmerte, was sie meinte. »Seit einem Monat leben neun Partials im Krankenhaus«, sagte er. »Eigentlich sogar zehn, weil ich so oft hier bin. Wir haben den Wirkstoff direkt in den Blutkreislauf injiziert, genau wie Vale es getan hat. Aber es ist ein Pheromon – es breitet sich ganz von selbst in der Luft aus. Die Mütter sind rund um die Uhr im Krankenhaus und atmen die gleiche Luft wie wir, und ... es ist überall.«

Calix betrachtete den Datenbildschirm, dann das Baby, dann Samm. »Wie viele von uns brechen auf?«

»Wohin?«

»Nach East Meadow«, sagte Calix. »Das ist die Antwort. Wir müssen es ihnen sagen.«

»Wenn die Versorgung mit dem Pheromon sichergestellt sein soll, brauchen wir Samm«, wandte Laura ein.

»Gorman bleibt hier«, widersprach Calix. »Außerdem einige andere. Die meisten würden die Reise sowieso nicht schaffen.«

»Keiner von euch schafft es«, bemerkte Heron. »Das Ödland bringt euch um.«

»Es ist das Risiko wert«, sagte Calix.

Samm schüttelte den Kopf. »Es ist zu gefährlich ...«

»Du wirst Kira wiedersehen«, ergänzte sie.

Samm verstummte.

Calix sah ihn mit harten Augen an. »Wenn es hier bei uns funktioniert, wenn Partials und Menschen Seite an Seite zusammenleben können, dann können wir auch die anderen Menschen retten – und wer weiß, vielleicht auch die Partials. Gorman und sein Team leben noch, und wir kennen den Grund nicht.« Sie schlug die Augen nieder. »Wir können auch Kira retten. Genau dies wollte sie doch erreichen.«

Samm atmete tief durch und wusste nicht, was er sagen sollte. Schließlich wandte er sich an Laura. »Sie hat recht.«

»Natürlich hat sie recht«, stimmte die Frau zu. »Wenn dort draußen weitere Menschen leben, dann müssen wir unser Möglichstes für sie tun.«

»Ich weiß nicht, ob ich jemals zurückkomme«, gab Samm zu bedenken.

»Wir«, berichtigte Calix ihn aufgebracht. »Ich begleite dich.«

»Nicht mit diesem Bein«, widersprach Samm.

»Du musst schon auf mich schießen, um mich davon abzuhalten.«

Heron legte die Hand auf den Griff ihrer Halbautomatik.

»Noch einmal das gleiche Bein oder jetzt lieber das andere?«

»In der Wildnis bin ich weit und breit die beste Kundschafterin«, fuhr Calix hitzig fort. »Sogar mit dem verletzten Bein. Ehrlich gesagt glaube ich nicht, dass ihr es ohne mich schafft.«

Samm dachte über das Ödland nach: die Pfützen voller vergiftetem Wasser, die endlosen Kilometer zwischen bleichen Baumgerippen. Er und Heron waren widerstandsfähiger als jeder Mensch, aber sie waren keine Späher. Eine Begleiterin, die dort draußen zu überleben wusste, war eine Bereicherung. Er rieb sich über die Narben der Säureverätzungen und runzelte die Stirn. »Vielleicht täten wir dir sogar einen Gefallen, wenn wir auf dich schießen.« Calix wollte protestieren, doch Samm unterbrach sie mit einer Geste. »Wir brechen morgen früh auf. Wenn du bereit bist, für unsere Sache zu sterben, dann sei im Morgengrauen da.«

ZWEITER TEIL

22

»General.«

Shon riss sich von den Karten los, mit deren Hilfe er den nächsten Schritt ihrer Hetzjagd auf die menschlichen Terroristen geplant hatte. Im Lauf der letzten Wochen hatten die Widerstandsgruppen die Angriffe verstärkt und öfter und an zahlreicheren Stellen als je zuvor zugeschlagen. Nach jedem Attentat verschwanden die Guerillakrieger wie Gespenster im Wald und zwischen den Ruinen. Außerdem wurden sie immer frecher. Die ganze Nacht und den Morgen über hatten Shons Soldaten im Lager die Köpfe unten gehalten, während ein Scharfschütze auf sie gefeuert hatte. Müde musterte der Befehlshaber den Boten. »Was gibt es Neues?«

»Wir haben den Standort des Scharfschützen entdeckt, aber es war niemand mehr da. Es war nur ein Gewehr, das mit einem Wecker verbunden war.«

Shon zog die Augenbrauen hoch. »Sie machen Witze.«

Der Link verriet ihm, dass der Melder es völlig ernst meinte und trotzdem selbst kaum glauben wollte, was er zu berichten hatte. »Ich habe es mit eigenen Augen gesehen, Sir. Der Abzug war umgebaut und mit dem Uhrwerk eines Weckers verbunden. Es war ein alter mechanischer Wecker, und alles war von Hand gebastelt. Wir glauben, das Gewehr sollte in regelmäßigen Abständen ins Lager schießen, und das Dreibein war gerade weit genug gelockert, damit der Rückstoß bei jedem Schuss die Zielrichtung veränderte, sodass nicht immer wieder dieselbe Stelle getroffen wird. Die

Späher glauben, dass seit dem ersten Schuss gestern Abend niemand mehr dort oben war.«

Shon ballte die Hände zu Fäusten und jagte seinen Zorn so heftig durch den Link, dass der Bote zurücktaumelte.

»Das erklärt, warum niemand getroffen wurde, Sir«, fuhr der Melder fort. »Wir dachten, es liege daran, dass die Menschen schlechte Schützen sind ... nun wissen wir Bescheid. Das Gerät hat nicht einmal richtig gezielt, sondern nur jede halbe Stunde einen Schuss abgegeben. Vielleicht haben sie es einfach aufs Geratewohl aufgebaut und gehofft, sie könnten einen Glückstreffer landen.«

»Nein, sie wollten uns lediglich aufhalten«, berichtigte Shon. »Und das ist ihnen hervorragend gelungen. Kaum bilde ich mir ein, wir hätten die Taktik der Weißen Nashörner durchschaut, wechseln sie die Vorgehensweise.«

»Da komme ich zur zweiten Sache, Sir ...«, begann der Bote. »Wir glauben nicht, dass es die Nashörner waren. Wenn doch, dann war es eine Splittergruppe. Wir haben eine Nachricht gefunden.« Er trat vor und überreichte dem Vorgesetzten den Zettel.

Mit gerunzelter Stirn nahm Shon das zerknitterte Papier entgegen. »Sie haben noch nie eine Nachricht hinterlassen.«

»Genau, Sir. Dieser Anschlag unterscheidet sich von allem, was wir bisher erlebt haben.«

Shon las die Botschaft laut vor. »*Es tut uns leid, dass wir nicht auf Sie warten konnten. Wir haben noch einige weitere Überraschungen vorbereitet. Alles Gute und tausend Küsse. Owen Tovar.* Was soll das?«

»Wir wissen noch nicht, wer Owen Tovar ist«, erklärte der Bote. »Aber wir arbeiten daran.«

»Er war Senator«, antwortete Shon. »Wir dachten, sie hätten sich alle verkrochen. Aber warum ...« Er starrte den Zettel an, drehte ihn um und hoffte, auf der Rückseite einen weiteren Hinweis zu entdecken. Er fand nichts. »Warum nennt er seinen Namen? Ist das eine Provokation, oder steckt noch mehr dahinter?«

»Vielleicht will er uns nur ärgern«, meinte der Melder. »Nach den Schüssen auf das Lager sind die Soldaten bereit, den ganzen Wald niederzubrennen, um die Schützen aufzuspüren.«

Seufzend rieb sich Shon die Augen. Mehr denn je spürte er, wie anstrengend der lange Tag gewesen war. »Wie heißen Sie, Soldat?«

Der Bote nahm Haltung an. »Thom, Sir.«

»Thom, folgen Sie den Spähern und versuchen Sie, diejenigen aufzuspüren, die das Gewehr aufgebaut haben. Erstatten Sie mir sofort Bericht, wenn Sie die Verantwortlichen gefunden haben. Besitzen Sie ein Funkgerät?«

»Ich kann mir eins aus dem Lager holen, Sir. Aber wir haben kaum noch geladene Batterien.«

Shon nickte. »Wir lassen die Gefangenen rund um die Uhr an den Generatoren kurbeln, um möglichst viele Batterien aufzuladen.« *Und wenn wir Glück haben, bekommen wir bald neue Befehle von Morgan und kehren nach Hause zurück. Bis dahin …*

»Darf ich etwas fragen, Sir?«

Shon betrachtete den Mann eine Weile, dann nickte er. »Ja.«

»Warum vertreiben wir sie nicht mithilfe der Geiseln, Sir? Fast jeden Tag treffen neue Guerillas in den Wäldern ein, aber wir haben East Meadow noch immer abgeriegelt. Wenn wir mit der Tötung einiger Einwohner drohen, hören die Rebellen vielleicht auf …«

»Wir sind keine Mörder, Soldat.« Shons Worte gingen mit einer scharfen Zurechtweisung über den Link einher. Befriedigt stellte er fest, dass Thom zusammenzuckte. »Die Rebellen sind feindliche Kombattanten, und solche Feinde zu bekämpfen, entspricht unserer genetischen Programmierung. Wir wurden dazu konstruiert, Kriege zu gewinnen und das Leben Unschuldiger zu schonen. Wenn Sie die Ihnen zugedachte Aufgabe nicht erfüllen können, dann sind Sie möglicherweise ungeeignet für die Tätigkeit in dieser Armee.« Es war ein beißender Gegenangriff und die grausamste Beleidigung, die ein Partial einem anderen zufügen konnte. Shon indessen hatte bemerkt, dass eben diese Einstellung in den Reihen der Soldaten um sich griff, und war entschlossen, sie mit Stumpf und Stiel auszumerzen. Thom fuhr zusammen, die Linkdaten verrieten eine Mischung aus Beschämung und Entsetzen, doch gleich darauf wallte seine Wut auf, und er antwortete mit einem ebenso hitzigen Kommentar.

»Doktor Morgan hat uns angewiesen, Zivilisten zu töten, Sir. Sie hatte ein größeres Anrecht auf die Befehlsgewalt als ein aufgestiegener Infanterist ...«

»Soldat!« Shons Zorn donnerte so heftig im Link, dass die Wächter aus dem Nachbarzimmer mit den Händen an den Halftern hereinstürmten, um die Quelle des Aufruhrs zu bekämpfen. »Stellt den Mann vor ein Kriegsgericht«, befahl Shon, »und sperrt ihn für die Dauer der Besatzung ein!«

Die Wächter zeigten sich schockiert, gehorchten jedoch ohne weitere Fragen. Sie entwaffneten Thom und führten ihn ab. *In den Käfig mit ihm!*, dachte Shon. Hier draußen in der Wildnis waren die umgebauten Lastwagen die einzigen Gefängnisse, die zur Verfügung standen. *Wir haben sie noch nie benutzt, um unsere eigenen Leute festzusetzen. Wenn es so weitergeht, wird das vielleicht noch öfter nötig werden.*

Noch einmal betrachtete Shon den Zettel. Was hatte der Name zu bedeuten? Was sollte diese überhebliche Haltung? Und was hatten die Gegner vor? Der andauernde Beschuss durch die Heckenschützen hatte das ganze Lager beschäftigt – in Deckung gehen, um nicht getroffen zu werden, die Schützen suchen, zum Lagerfeuer zurückkehren, sobald es möglich schien. All das war sinnlos gewesen, wie sich inzwischen herausgestellt hatte. Doch welchem Zweck diente dieses Manöver? Die letzten Guerillaangriffe wirkten beinahe willkürlich und waren anscheinend nicht einmal Finten, um sie in eine bestimmte Richtung zu locken. *Natürlich nicht,* dachte Shon. *Wenn wir erkennen, dass sie uns in eine bestimmte Richtung locken wollen, sehen wir sofort auf der anderen Seite nach, und das wissen sie. Sie wollen uns nicht weglocken, sondern einfach nur beschäftigen. Also ist es ein Ablenkungsmanöver. Aber was soll es tarnen?*

Sie wollen uns beschäftigen, bis früher oder später die ganze Armee auseinanderfällt, dachte er seufzend. *In unseren eigenen Reihen gibt es Widerstand, die Biowaffe rafft die Patrouillen dahin, und wir haben wochenlang nichts mehr von Morgan gehört. Ich weiß nicht einmal, ob meine Melder zu ihr durchgekommen sind. Die ursprünglichen Befehle sind weiterhin gültig und verlangen, die Einwohner zusammenzutreiben und die Insel zu halten. Eine Erklärung, warum wir das tun sollen, haben wir nicht bekommen. Es hieß einfach nur, wir sollen die Insel besetzt halten. Das ist doch sinnlos.*

Den Berichten seiner Späher zufolge hatte das geheimnisvolle riesige Wesen die Insel verlassen und hatte sich nach Norden gewandt, um alle anzusprechen, denen es begegnete. Es war nach Norden gewandert, und am Nordufer war es einfach weitergegangen und schließlich im Wasser verschwunden. *Ein Problem weniger, um das ich mich kümmern muss,* dachte er. *Vielleicht erkennt Morgan, wie hier alles auseinanderbricht, wenn sie das Wesen mit eigenen Augen sieht. Vielleicht übernimmt sie dann endlich wieder das Kommando und erklärt mir, warum sie mir diese Aufgabe erteilt hat.*

Aber ich bin nicht Thom, dachte er. *Ich stelle meine Befehle nicht infrage. Sie hat uns aufgetragen, die Insel zu halten, und genau das werden wir tun.*

Oder wir scheitern und sterben.

23

Kira erwachte vom Geräusch tropfenden Wassers. Als sie sich bewegen wollte, spürte sie Metallfesseln an Händen und Füßen. Die Kettenglieder klirrten, sobald sie sich aufrichten wollte. Das Gesicht und der ganze Körper waren nass, und sie lag auf etwas Weichem und Feuchtem, das glitschig war wie Moos. Schimmelgeruch stieg ihr in die Nase. Sie öffnete die Augen, doch es war so dunkel, dass sie nichts erkennen konnte.

Sie hustete, spuckte Wasser und versuchte abermals, sich aufzusetzen. Die Hände waren hinter dem Rücken gefesselt, und als sie sich umdrehte, um tief einzuatmen, drangen ihre Finger tief in den nassen und weichen Bodenbelag. Noch einmal hustete sie, dann sah sie sich mit immer noch blinden Augen um. Allmählich schälten sich dunkle Umrisse heraus: eine Wand, ein Fenster, ein schwach glühender blauer Stern. Sie wandte den Blick ab und bemühte sich, die Schwärze in den Ecken ihres Gefängnisses zu durchdringen.

Etwas Schweres und Langsames bewegte sich.

»Wer ist da?« Es war kaum mehr als ein Flüstern, die Worte lösten sofort wieder den Hustenreiz aus. Sie spuckte schmutziges Wasser aus, würgte und wich zurück. Dann wurde ihr bewusst, dass sie nicht einmal erkennen konnte, woher das Geräusch kam. Möglicherweise näherte sie sich der Quelle sogar, obwohl sie glaubte, sich zurückzuziehen. »Wer ist da?«

Wieder eine Bewegung, näher als zuvor. Ein dunkler Schatten regte sich in der Finsternis.

Kira zog die Knie an und führte die gefesselten Hände an den Hüften und Fersen vorbei nach vorn. Die Füße waren so stramm gefesselt, dass sie nicht sicher stehen konnte und auf Händen und Knien zu der Wand kroch, in der sie ein Fenster entdeckt hatte. Irgendetwas folgte ihr und bewegte sich viel schneller als sie selbst. Schließlich erhob sie sich und stellte fest, dass das Fenster kein Glas mehr besaß und offen war. Sie lehnte sich an die Fensterbank und war bereit, nach draußen zu springen, doch auf einmal packten sie zwei große Hände von hinten. Eine Hand legte sich um ihre Hüften, die andere presste sich auf den Mund, um ihren Schrei zu unterdrücken. Der Angreifer zerrte sie zu Boden. Sie trat und strampelte, sie spürte heißen Atem im Ohr.

»Bleib unten und sei ruhig, sonst hören sie dich!«

Kira trat weiter um sich und wehrte sich mit allen Kräften. Der Mann, der sie festhielt, war stark, und seine Arme waren wie Eisenbänder.

»Ich stehe auf deiner Seite«, zischte er. »Versprich mir nur, dass du nicht schreist!«

Kira konnte nicht fliehen, also blieb sie trotz des rasenden Herzschlags ruhig und unterdrückte den Impuls, sich weiter aufzulehnen. Sie ballte die Hände zu Fäusten und konzentrierte sich. Auf dem Mund lag noch die Hand des Mannes, doch sie konnte tief durch die Nase einatmen.

ANGST.

Der Raum war gesättigt mit dem Gefühl. Der Mann war ein Partial und hatte ebenso große Angst wie sie. Nach und nach beruhigte sich ihr Atem, bis sie schließlich nickte.

Der Unbekannte ließ sie los. Sofort rollte sie sich zur Seite ab, entfernte sich aber nur einen Schritt weit und blieb dem Fenster fern. Da sich ihre Augen inzwischen an die Dunkelheit angepasst hatten, konnte sie ihn betrachten. Er war ein gewöhnliches Infanteriemodell. Die Uniform war zerfetzt, und das Gesicht war, so viel konnte sie auch im Dunkeln erkennen, völlig verdreckt.

»Du bist ein Mensch«, sagte er.

Sie gab sich nicht die Mühe, ihn aufzuklären. »Du trägst keine Handschellen.«

»Die Handschellen sind ihnen egal.« Geringschätzig hielt er einen kleinen Metallschlüssel hoch. »Die benutzen sie nur, um uns zu transportieren.«

»Dann ist es ihnen egal, wenn wir fliehen?«

»Wohin willst du denn?« Er kroch auf sie zu, und nach kurzem Zögern hielt sie ihm die Hände hin, damit er aufschloss. »Du wirst es verstehen, wenn du nach draußen blickst. Aber sei vorsichtig! Wenn sie bemerken, dass du wach bist, kommen sie wieder.«

Er schloss auf, und sie rieb sich die Handgelenke, während er die Fußfesseln löste. »Also wollen sie, dass wir bewusstlos sind?«

»Eigentlich ist ihnen auch das egal«, antwortete er. »Aber du bist neu. Wenn du wach bist, kommen sie zu dir. Das wollen wir so lange wie möglich hinauszögern, oder?«

Sobald ihre Füße frei waren, zog sie die Beine an. Durchnässt bis auf die Knochen, fror sie in der feuchten Luft. Eine rasche Überprüfung ergab, dass man ihr die gesamte Ausrüstung abgenommen hatte, und ein Blick in die Runde verriet ihr, dass sie sich in einem Wohnhaus befand. Vor dem Zusammenbruch hatten hier offenbar wohlhabende Menschen gelebt. Der feuchte, nachgiebige Untergrund entpuppte sich als wassergesättigter Teppich. Anscheinend war das ganze Gebäude völlig nass. In den Ecken wuchs Moos, an den Wänden hatten sich Schimmelflecken gebildet, und selbst die Decke hing durch und tropfte.

»Wo sind wir?«, fragte sie.

»Komm her und sieh es dir an!« Er kroch über den Boden bis zu einer tropfnassen Treppe und führte sie in den ersten und dann in den zweiten Stock hinauf. Dort oben war es trockener, aber auch hier waren überall die Spuren von Wasserschäden zu erkennen. Der Raum im zweiten Stock hatte an drei Seiten Fenster, die mit Decken verhängt waren. Im dritten Stock gab es einen Flur, von dem mehrere kleinere Räume abgingen. Die offene Treppe war mit einer niedrigen Mauer gesichert, hinter der Kira bis zum ersten Stock hinunterblicken konnte. Die Holzmöbel waren zerhackt, die Teile lagen wie Feuerholz in einer Ecke, und anscheinend waren sämtliche Matratzen des Hauses an den Wänden aufgestellt worden. Kira nahm an, dass dies der Isolierung diente, denn es war kälter als vermutet.

»Ich lebe hier oben«, erklärte der Partial. »Auch die anderen waren hier, bevor sie geholt wurden. Du kannst aus dem Fenster spähen, aber sei vorsichtig! Wenn du die Vorhänge zu stark bewegst, bemerken sie es. Nachdem du neu hier angekommen bist, passt bestimmt jemand auf.«

Kira schlich zum nächsten Fenster, legte eine Hand auf die steife Decke und zog sie leicht zur Seite, bis sie durch den schmalen Spalt nach draußen blicken konnte. Knapp unterhalb des Fensters entdeckte sie Baumwipfel, weiter entfernt dehnte sich die schwarze Fläche des Sees aus. Auf den kleinen Wellen glitzerten die Sterne. Land war nicht zu sehen, also reichte das Wasser wohl bis dicht an das Haus heran. Die anderen Fenster boten einen ähnlichen Ausblick, und als er sie in ein weiteres Zimmer führte, von dem aus sie die vierte Himmelsrichtung erkunden konnte, merkte sie, dass sie sich auf einer Insel befanden. Es gab keine Straßen und keine Brücke, sondern nur Wasser. Von der Vorderfront des Hauses aus war etwa sechzig Meter weiter eine zweite Insel zu erkennen, und auf der Rückseite gab es eine dritte, die etwa dreimal so weit entfernt lag. Das Wasser war dunkel und unheildrohend. Kira erinnerte sich an den bleichen Mann mit den Kiemen, der durch die Oberfläche gebrochen war. Schaudernd hockte sie sich auf den Boden.

»Deshalb fesseln sie uns nicht«, erklärte der Partial. »Niemand ist so dumm, ins Wasser zu springen.«

»Hat es jemand versucht?«

»Sie sind tot.« Er flüsterte und war im Dunkeln kaum zu sehen. »Wir glauben, dies war früher das Ferienhaus eines reichen Menschen, ein Anwesen auf einer kleinen Insel. Draußen gibt es eine Anlegestelle und andere Hinweise, aber das Boot ist natürlich verschwunden.«

»Anscheinend haben wir noch Glück gehabt«, meinte Kira. »Die Insel ist das beste Gefängnis in der Nähe, ob nun ein Haus darauf steht oder nicht.« Sie zuckte mit den Achseln. »So haben wir wenigstens ein Dach über dem Kopf.«

»So ist es wohl.«

Sie kroch zum Seitenfenster und spähte wieder hinaus. Am fernen Ufer war ein weiß schimmernder Steg zu erkennen. Ob es derjenige war, von dem das Wesen sie hinuntergezerrt hatte, war allerdings nicht feststellbar. Sie setzte sich und betrachtete den Partial, der sich im Zwielicht nur als Silhouette abzeichnete. »Wie heißt du?«

»Green.«

Kira nickte in die Richtung der Wand und des schwarzen Sees dahinter. »Beginnen wir mit dem Offensichtlichen. Was, zum Teufel, ist hier eigentlich los?«

Green lachte humorlos. »Die Soldaten, die dich gefangen genommen haben, sind Partials, auch wenn wir dieses Modell noch nie gesehen haben.«

Kira runzelte die Stirn. Sie war schon einmal Partials mit Kiemen begegnet, die auch Heron nicht hatte einordnen können. Schließlich hatten sie gefolgert, dass es sich um Morgans Spezialagenten handelte. »Stehen sie nicht auf Morgans Seite?«

Green schüttelte den Kopf. »Ich bin praktisch seit dem Zusammenbruch bei Morgan, aber Modelle wie diese sind mir noch nie begegnet. Bei einigen Partials hat sie interessante Genmanipulationen vorgenommen, die Wahrnehmung verstärkt und so weiter, aber Kiemen habe ich noch nie gesehen.«

Kira erinnerte sich an den kurzen Eintrag über die Ivies

in Morgans Akten und stellte wieder einmal fest, dass sie so gut wie nichts wusste. »Leben sie tatsächlich im See?«

»Der Wärmehaushalt ihrer Körper wurde verändert, damit sie die niedrigen Temperaturen ertragen. Ich glaube, sie mögen die Kälte sogar.«

Mit gerunzelter Stirn dachte Kira über die Informationen nach. »Amphibische Soldaten? Der Isolationskrieg begann mit zwei Angriffen vom Meer her auf das Festland. Vielleicht handelt es sich um ein besonderes Modell, das eigens für Seeschlachten entworfen wurde.«

Green legte den Kopf schief. »Du bist lange nicht so überwältigt, wie ich es erwartet hätte.«

»Ich bin ziemlich weit herumgekommen.«

»Das scheint mir auch so«, antwortete Green. »Ich hätte nicht gedacht, dass die Menschen Long Island jemals verlassen. Du bist hier ziemlich weit von zu Hause weg.«

Kira lächelte. »Das ist keine große Sache. Was würdest du sagen, wenn ich dir erzähle, dass ich früher schon einmal Partials mit Kiemen gesehen habe?«

»Ich würde dich fragen, wo das war.«

»In Chicago.«

Green pfiff leise durch die Zähne. »Jetzt muss ich annehmen, dass du entweder lügst oder ...« Unvermittelt hielt er inne. »Wie war noch mal dein Name?«

»Ich habe ihn dir nicht genannt, und ich bin nicht sicher, ob ich ihn dir verraten soll«, antwortete Kira. »Bist du immer noch bei Morgan?«

»Nicht mehr, seit ich abgehauen bin.«

»In diesem Fall sage ich Hallo.« Sie gab ihm die Hand. »Kira Walker.«

»Das erklärt alles. Die letzte Information über dich lautete, dass Morgan dich gefunden habe.«

»Ihre Experimente haben zu nichts geführt«, erklärte Kira. »Vor einer Woche habe ich ihr Labor verlassen.«

»Verdammt«, antwortete Green leise. »Ob ich mich verdrückt habe oder nicht – ich habe trotzdem noch gehofft, dass sie das Verfallsdatum irgendwie aufheben kann.«

»Warum bist du gegangen?«

»Meine ganze Einheit ist desertiert«, berichtete Green. »Wir wollten uns einer Fraktion anschließen, die noch nicht ihrer Befehlsgewalt unterworfen war. Die Ivies schienen uns eine gute Wahl zu sein. Nun siehst du, wie falsch wir damit lagen.«

»Aber warum?«, fragte Kira. »Du warst doch vorher so lange bei ihr.«

Green antwortete nicht. Kira trommelte mit den Fingern auf den feuchten Teppich. »Ich habe dort draußen einen anderen Partial gefunden. Er lag auf einem Steg am See. Ich vermute, er gehörte zu euch.«

»Lebte er noch?«

»Er lag im Sterben. Wahrscheinlich ist er inzwischen tot.« Sie berührte ihn an der Hand. »Es tut mir leid.«

»Das war vermutlich Alan. Vor fünf Tagen wollte er ans Ufer schwimmen. Ich sah, wie sie ihn unter Wasser zogen und dann … Nun ja, er war der Letzte. Seitdem bin ich allein.«

Kira brachte es nicht über sich, ihm die grässlichen Einzelheiten zu berichten. »Ich wollte ihm helfen, aber es war zu spät.« Unvermittelt richtete sie sich auf, weil ihr die letzten Worte des Mannes einfielen. »Er hat mich gewarnt und einen Blutmann erwähnt.«

»So nennen wir ihn«, bestätigte Green nickend. »Die Soldaten mit den Kiemen gehorchen ihm anscheinend, obwohl er vermutlich nicht zu ihnen gehört.«

»Das ist ein ziemlich dramatischer Name«, meinte Kira. »Mir war gar nicht klar, dass Partials auch abergläubisch sein können.«

»Das sind wir nicht«, widersprach Green. »Wir nennen ihn den Blutmann, weil er uns tatsächlich das Blut entnimmt. Wir glauben, er sammelt es.«

»Wie sieht er aus?«

»Gesehen haben wir ihn noch nie«, erzählte Green. »Die Ivies … oder wer sie auch sind … holten einige aus unserer Gruppe, alle paar Tage einen anderen. Unseren Sergeant, den Fahrer, einen Infanteristen.«

»Jeweils einen aus jeder Gruppe der noch lebenden Partialmodelle?«, fragte Kira.

»Genau.«

»Das klingt so, als würde er die DNA sammeln«, überlegte Kira. »Habt ihr denn nicht mit ihm geredet? Haben die Ivies nichts über ihn erzählt?«

»Nur, dass er das Blut brauchte«, erklärte Green. »Dann ließen sie uns wissen, er sei aufgebrochen, um noch mehr zu finden.«

Kira sank das Herz. »Sag bitte nicht, dass er nach Süden gegangen ist!«

»Wohin sonst?« erwiderte Green. »Sie meinten, er habe den Partials so viel Blut abgenommen, wie er brauchte, und es sei Zeit, die Menschen aufzusuchen.«

»Dann jagt er mittlerweile Menschen? Warum braucht er deren DNA?«

»Warum braucht er überhaupt die DNA von irgendjemandem?« Trotz seines ruhigen Äußeren waren Greens Furcht und Nervosität deutlich zu erkennen. »Er ist ein Psychopath, der Blut als Fetisch benutzt und eine Armee von Superpartials befehligt.«

»Wir müssen ihn aufhalten«, überlegte Kira. Was sie sonst noch sagen wollte, blieb ihr im Hals stecken, als sie unten ein lautes metallisches Klicken hörte.

»Das war die Tür«, flüsterte Green. »Sie sind gekommen.«

24

Kira sah Green mit weit aufgerissenen Augen an.

ANGST.

»Kommt heraus!«, rief jemand von unten herauf. »Wir wollen nur mit euch reden.«

»Was jetzt?« flüsterte Kira.

»Sie sind bestimmt bewaffnet«, sagte Green. »Wahrscheinlich tragen sie auch Körperpanzer.«

Kira erinnerte sich an den Kampf in Chicago und nickte. »Sie spüren dich über den Link und wissen, dass wir hier oben sind. Lohnt es sich zu kämpfen?«

»Wenn sie dich töten wollten, hätten sie es längst getan.«

»Oder sie töten mich nach dem Verhör«, antwortete Kira. »Wenn der Blutmann weg ist, haben sie keinen Grund, uns am Leben zu lassen.«

»Soweit wir es beurteilen können, haben sie mich noch nicht umgebracht«, gab Green zu bedenken.

»Willst du warten, bis sie es tun?«

»Zwingt uns nicht, euch zu suchen!«, rief eine andere Stimme. »Ihr wisst, dass wir dann leicht böse werden.«

»Was soll ich tun?«, zischelte Green. »Selbst wenn wir einige Bewaffnete überwältigen, bleibt die Frage, was danach passieren soll. Soweit ich weiß, wimmelt der See von diesen Ivies. Unter Wasser lauern wahrscheinlich noch Hunderte.«

Eine Treppenstufe knarrte laut und gespenstisch. *Sie kommen herauf und finden uns,* dachte Kira. *Wir haben keine Zeit mehr. Sie sind mit Pistolen bewaffnet und …*

»Warte!«, raunte Kira. »Sie sind bewaffnet, richtig?« Sie dachte an die Soldaten in Chicago, die Betäubungspistolen und gewöhnliche Sturmgewehre besessen hatten. »Die Ivies können vielleicht unter Wasser überleben, aber den Waffen schadet die Feuchtigkeit. Normale Feuerwaffen funktionieren nicht, wenn sie feucht sind.«

»Im Isolationskrieg hatten wir wasserdichte Gewehre im Arsenal«, erwiderte Green.

»Hast du seitdem noch einmal welche gesehen?«

»Vielleicht sind sie ja damit ausgerüstet.«

»Oder diese Waffen sind zu selten, und die Ivies haben die gleiche Ausrüstung wie alle anderen.« Kira fasste Green an der Schulter und flüsterte ihm drängend ins Ohr. »Sie müssen die Waffen an Land lagern und auf irgendeine Weise transportieren.«

Wieder knarrte eine Treppenstufe. Green starrte Kira an. »Denkst du, sie sind mit einem Boot gekommen? Manchmal benutzen sie Boote, wenn sie Gefangene verlegen. Aber …«

»Sie haben ein Boot, und wer dort draußen zusieht, denkt nicht weiter darüber nach, wenn das Boot die Insel verlässt«, fiel Kira ihm ins Wort. »Wir müssen nur die sechzig Meter bis zu der anderen Insel überwinden. Von dort aus führt ein erhöhter Fahrdamm zum Festland, wenn ich mich richtig an die Karte erinnere. Dort sind wir wieder auf festem Boden und können fliehen.«

»Bis sie erkennen, was los ist, und dann ist der ganze See hinter uns her.«

»Willst du weglaufen oder nicht?«

Der Schlitten einer Pistole klickte. Anscheinend waren die Angreifer bereits im ersten Stock und kurz vor der letzten Treppenflucht. In Greens Linkdaten herrschte nackte Angst vor. »Was tun wir jetzt?«

Kira hatte keine Zeit zu planen, sie musste schnell handeln und flüsterte Green ihre Anweisungen ins Ohr. »Sie können mich über den Link nicht spüren. Lock sie zum

Fenster!« Dann löste sie sich von ihm und kroch auf allen vieren weg. Die Zehen und Fingerspitzen berührten kaum den Boden, als sie auf dem Flur hinter der Ecke verschwand. Green zögerte, hatte offenbar aber verstanden, worauf sie hinauswollte, denn plötzlich sprang er auf, rannte zum Fenster und riss die Decke herunter, um auf das schräge Dach hinauszuklettern. Als er hinter der Ecke des Fensterrahmens verschwand, tauchte der erste Partial auf der Treppe auf.

»Sie sind durch das Fenster geflohen«, sagte einer.

»Überprüf das!«

Außer Sicht schmiegte sich Kira hinter der Ecke an die Wand und überlegte, wie viele Ivies es wohl waren. Bisher hatten nur zwei gesprochen, doch ohne sie gesehen zu haben, konnte sie nicht sicher sein. Jetzt musste es schnell gehen. Auch in diesem Teil des Flurs waren zertrümmerte Möbel wie Feuerholz aufgestapelt, und in einem Raum stand die aufgebogene Metallhülle eines Wäschetrockners, den die Gefangenen als Behälter für ihr Feuer benutzt hatten. Ein Tischbein in dem Holzstapel schien eine brauchbare Keule abzugeben, auch wenn sie einem Sturmgewehr gegenüber hoffnungslos unterlegen war. Sie brauchte etwas Besseres und musste obendrein auf den einzigen Vorteil bauen, über den sie tatsächlich verfügte: auf den Überraschungseffekt. An einer Wand lehnte ein großer verzierter Spiegel. Wäre er nicht so unhandlich gewesen, hätte er eine tödliche Waffe abgegeben. Daneben stand ein alter 3-D-Projektor, der zu leicht war, um größeren Schaden anzurichten. Kira fluchte leise und griff nach dem Tischbein. Ihr lief die Zeit davon.

»Sie sind auf den Balkon hinuntergesprungen«, sagte jemand neben dem Fenster. Die Gegner sprachen leise und koordinierten sich nicht über den Link, was in diesem Fall sehr sinnvoll war. Da sie Partials jagten, konnte sie der Link verraten. Sie wussten allerdings nicht, dass Kira sie belauschte. »Ich folge ihnen. Geh du nach unten und schneide ihnen den Weg ab!«

Kira sah die Szene im Kopf – ein Partial kletterte aus dem Fenster, der andere stieg im Treppenhaus nach unten. Blitzschnell entschloss sie sich, packte den riesigen Spiegel mit beiden Händen, wuchtete ihn mühsam hoch und hielt den Atem an, um sich nicht durch lautes Keuchen zu verraten. Dann lief sie eilig und fast lautlos durch den Flur. Der Rahmen wog gut zwanzig Kilo. An der Wand, die das Treppenhaus umgab, hob sie ihn noch höher, zögerte kurz, zielte und ließ los. Der Partial hörte sie oder bemerkte die Bewegung, doch es war zu spät. Als er nach oben blickte, krachte ihm der Spiegel ins Gesicht. Die ganze Wucht der zwanzig Kilo traf, in einer Kante gebündelt, seinen Nasenrücken. Der Aufprall zerschmetterte ihm das Gesicht, er brach auf der Treppe zusammen, und Kira rannte hinunter.

TOD.

Schon verbreitete sich die Nachricht von seinem Tod über den Link. Auch der Partner, der sich draußen aufhielt, musste es spüren. Kira nahm die Waffe des Gegners, drehte sich zur Treppe um und legte das Gewehr an. Im Licht der Sterne zeichnete sich das Fenster als trapezförmiges Loch ab, das sie aufmerksam beobachtete. Der Finger lag schussbereit auf dem Abzug und wartete, bis der zweite Partial auftauchte.

WAS IST PASSIERT?

Sie wusste nicht, ob es Green oder der Partial mit den Kiemen war. Der kalte Eindruck von ANGST, der darauf folgte, konnte von beiden stammen. Sie dachte an Green, der mit einem ängstlichen, wütenden Krieger draußen allein war, und wich langsam zurück. Nach einigen Schritten konnte sie das Fenster nicht mehr sehen. Sofort drehte sie sich um, falls in der Dunkelheit noch weitere Angreifer lauerten. Als sich niemand näherte, vermutete sie, dass es nur zwei Partials waren – oder dass die anderen im Boot warteten. Im Flur war es dunkel, es gab kaum Öffnungen, durch die Licht hereinfiel, und nach dem Sternenhimmel, den sie oben betrachtet hatte, mussten sich ihre Augen erst wieder umstellen. Sie verhielt sich still, lauschte auf Schritte oder Atemgeräusche und versuchte gleichzeitig, über den Link zu spüren, wer da möglicherweise im Schatten lauerte. Alles, was sie fühlte, war der TOD, der auf der Zunge bitter schmeckte wie altes Metall.

Als sie an einem Zimmer vorbeikam, warf sie einen Blick ins Innere. Anscheinend war es ein Schlafzimmer, die Möbel waren allerdings verschwunden, und in einer Ecke lag ein Kleiderhaufen. Es waren die Sachen eines kleinen Mädchens, rosa, voller Rüschen und inzwischen von Motten zerfressen. Das nächste Zimmer war ein Büro, dahinter befand sich ein weiteres Schlafzimmer. Das Haus war leer, still und beinahe stockdunkel.

Ein Hauch von Linkdaten drang ihr in die Nase: HIER IST ETWAS. Rasch betrat sie den nächsten Raum auf dem Flur. Es war ein großzügiges Elternschlafzimmer mit einem Balkon. Die Scheiben der breiten Türen waren geborsten, dünn und zart wie Gespenster hingen die Vorhänge noch davor und blähten sich sacht im nächtlichen Wind. Beinahe hätte Kira einen Schuss abgegeben, als draußen ein Schatten vorbeizog. Es war die Silhouette eines Mannes, der auf dem Balkon stand, allerdings so undeutlich, dass sie ihn nicht erkannte.

»Keine Bewegung.«

Ein zweiter Schatten stellte den ersten zur Rede. Anscheinend waren beide unbewaffnet, und beide sahen aus, als trügen sie einen Helm. Unschlüssig bewegte sie das Gewehr hin und her. *Welcher der beiden ist Green?*

»Erschieß mich nicht!«

»Wo ist die andere Gefangene?«

»Das weiß ich nicht, sie ist weggelaufen.«

»Sie ist im Haus.«

»Ich sagte doch, ich weiß es nicht.«

Kira legte das Gewehr an, hielt es fest und zielte sorgfältig. Sie konnte nur einen einzigen Schuss abgeben, musste das richtige Ziel auswählen und genau treffen. Wieder wallten die Vorhänge. Erschrocken stellte sie fest, dass sie nicht einmal wusste, wo sich die Männer befanden. Je nachdem, wo der Mond stand, fielen die Schatten ganz unterschiedlich. Leise zog sie sich auf den Flur zurück. Sie musste einen anderen Aussichtspunkt finden. Einen Moment lang blieb sie vor der Treppe stehen, die zum Erdgeschoss hinunterführte. Dieser Weg kam nicht infrage, denn sie wollte nicht von unten nach oben schießen müssen. Andererseits durfte der Soldat auch keine freie Bahn zum Boot haben. Schließlich schlich sie wieder in den zweiten Stock hinauf, wich dem toten Partial aus und nahm abermals die starken Partikel wahr, die seinen TOD verkündeten. Sie erinnerte sich an die Linkdaten, die sie zwei Tage zuvor an der Grenzmarkierung bemerkt hatte. Das Gefühl hatte sie völlig überwältigt, denn das Pheromon war so stark konzentriert gewesen, dass sie sich kaum hatte bewegen können, solange sie den Geruch in der Nase gehabt hatte. Einen echten Partial mit einem empfindlicheren Linkmechanismus hätte es sogar noch stärker getroffen. Sie sah sich um, legte das Gewehr weg und zog den toten Soldaten in das Schlafzimmer des kleinen Mädchens.

»Es tut mir wirklich leid«, flüsterte sie. Dann zog sie das Hemd aus, wickelte es sich fest um das Gesicht, während sie vom Körpergeruch und dem allgegenwärtigen Schimmel beinahe würgte, und hoffte verzweifelt, dass der Stoff ausreichte und sie schützte. *Das Gesicht ist zu stark verstümmelt,* dachte sie. *Ich muss einen anderen Zugang suchen, wenn ich die richtige Stelle finden will.* Sie zog das Kampfmesser des Soldaten aus der Scheide am Gürtel, rief sich ihre medizinische Ausbildung ins Gedächtnis und stellte sich die Nasenhöhle vor, um die Lage der Pheromone produzierenden

Drüsen einzuschätzen. Vorsichtig schob sie dem Toten das Messer in den Mund, bis die Spitze mitten unter dem weichen Gaumen lag, und stieß zu.

ANGST VERRAT TOD BLUT WEGLAUFEN VERSTECKEN TOD SCHREI ANGST BLUT

Die Linkdaten überwältigten sie. Gedanken, Gefühle und sogar Erinnerungen drangen aus dem Kopf des Toten und überfluteten sie. Als sie das Messer aus dem Schädel zog, sah sie, dass es feucht war – Blut, Lymphflüssigkeit und dunkelbraune Daten, die flüssige Form eines Dutzends verschiedener Pheromone, deren Signale sich chaotisch mischten. Die Luft schien zu pulsieren, Umrisse, Farben, Gerüche und Stimmen brandeten durch den dunklen Raum. Taumelnd richtete Kira sich auf und kehrte in den Flur zurück.

»Was ist das?«

Die Stimmen waren inzwischen näher, aber sie waren nicht die einzigen im Haus, nicht mehr ...

Jetzt fielen die Bomben, sie sah sich im Isolationskrieg an einem Strand ... sie schlief im Wasser und blickte zum Mond hinauf, der auf der Oberfläche schmolz und die Form verlor.

TOD.

WEGLAUFEN.

HILFE.

Eine Waffe fiel klappernd auf den Boden. Der Flur lachte sie aus, Schatten verdichteten sich zu Gesichtern und riefen: WEGLAUFEN HILFE AUFHÖREN TÖTEN. Stimmen kreischten, und sie wusste nicht, ob sie in die Vergangenheit oder die Gegenwart gehörten, ob sie echt waren oder Halluzinationen. Sie stolperte ins Schlafzimmer und sah sie endlich, den Partial mit den Schuppen und Green. Sie pressten sich die Hände auf die Köpfe, schluchzten und schrien. Zwischen ihnen stand ihr Vater mit bluttriefenden Händen. Als sie blinzelte, verschwand er.

»Garrett«, schluchzte der Partial. Die Linkdaten strahlten

von ihrem Dolch wie die Tropfen einer dunklen Flüssigkeit aus, die Luft war zum Schneiden dick. Sie ging weiter, schob die Wolke Nervengas in einem Bunker in Shanghai, den Rauch der Geschütze beim Angriff in Atlanta, den blutigen Nebel vom Überfall auf White Plains zur Seite. Sie wollte hinter den Bäumen in Deckung gehen, sich hinter der Wand verbergen, in den kalten, dunklen See eintauchen, wo sie in Sicherheit war.

Ich bin Kira Walker, sagte sie sich. Ein donnernder Strom von Identitäten rauschte durch ihren Kopf, alles floss ineinander und vermischte sich. Sie betrachtete die beiden Männer, die sich am Boden wanden, und konnte nicht erkennen, welcher der Feind war. *Ich bin Kira Walker,* dachte sie noch einmal. *Ich verliere nicht die Nerven. Green ist mein Freund.* Sie fand den richtigen Partial, dessen Kiemen auf dem bleichen, feuchten Hals wie wild flappten, und jagte das Messer direkt unter dem Arm durch die Lücke im Körperpanzer. In dem wahnwitzigen Tumult, der in ihr herrschte, nahm sie den TOD über den Link kaum noch wahr. Kira ging zu Boden, kroch zu Green und zerrte ihn zur Tür hinaus auf den Balkon. Die frische Luft empfing sie wie ein heilender Engel, die Gedanken klärten sich nach und nach. Vom Balkon aus führte eine Holztreppe nach unten. Sie mussten nicht in das Gebäude zurückkehren.

»Ich will nicht«, murmelte Green. »Ich will nicht.«

»Schon gut«, beruhigte ihn Kira. Hinter der behelfsmäßigen Maske klang ihre Stimme dumpf und undeutlich. Sie spähte über den Hof zu der niedrigen gemauerten Anlegestelle am Rand der Insel hinüber, wo sich im Schatten und zwischen den Bäumen halb verborgen ein Boot sanft im Wasser wiegte. Ihre Theorie war richtig gewesen. Dort lag wirklich ein Boot, und es war leer.

»Alles wird gut«, sagte sie. »Wir rudern los.«

25

Dunkle Schatten huschten durch das Wasser. Kira zog das Boot so dicht wie möglich an den kleinen steinernen Steg und half Green beim Einsteigen. Die frische Nachtluft vertrieb allmählich die konzentrierten Pheromone aus ihrem Kopf. Green war allerdings in chemischen Erinnerungen verloren und rollte sich auf dem Aluminiumboden des Boots wie ein Fötus zusammen. Kira wollte schon den Fuß in das Boot setzen, hielt aber inne und knirschte mit den Zähnen. Dann wandte sie sich um und kehrte ins Haus zurück. Sie brauchte eine Waffe.

Über die Außentreppe stieg sie wieder zum Balkon hinauf, holte tief Luft und eilte in das Schlafzimmer. In der Finsternis konnte sie sich nur mit dem Tastsinn orientieren. Der tote Partial lag neben seinem Gewehr auf dem Boden. Sie ergriff die Waffe und rannte wieder hinaus. Erst auf der Treppe wagte sie zu atmen. Im Schatten der Bäume auf dem kühlen Hof atmete sie gierig ein. Als sie das Boot erreichte, lag Green immer noch keuchend am Boden, allerdings hatte er inzwischen die Augen geöffnet. Vorsichtig stieg sie hinein und verdrängte jeden Gedanken an die Gefahr, die unter der Wasseroberfläche lauerte.

»Wo bin ich?«, fragte Green.

»Draußen und in einem Boot«, antwortete Kira. »Sei still!«

Sie nahm das Ruder und tauchte es behutsam ein. Fast rechnete sie schon damit, dass ein Partial mit Kiemen das Ruder packte und daran zog, um sie ins Wasser zu befördern. Doch ungehindert machte sie das Boot los und ließ es vom Steg wegtreiben – dreißig Zentimeter, vierzig, anderthalb Meter, drei Meter. Das Ufer fiel steil ab, das tintenschwarze Wasser war tief und undurchdringlich. Wer lebte dort unten und blickte zu ihr herauf? Wie viele waren es? Was sahen und dachten sie? Es hätte eines einzigen Partials bedurft, einer einzigen bleichen, feuchten Hand, die sich nach oben reckte und das Boot umwarf. Dann würden sie und Green im Wasser landen und hilflos untergehen, hinabgezogen von den Ungeheuern mit den toten Augen. Vorsichtig ruderte sie und bemühte sich, keine allzu große Eile an den Tag zu legen. Falls die feindlichen Partials misstrauisch wurden, tauchten sie möglicherweise auf, spürten sofort die toten Gefährten und schnappten sich Kira und Green. Die Angreifer waren zur Insel gerudert, und nun mussten deren Kumpane glauben, dass sie den Rückweg antraten und die Waffen ins trockene Lager brachten, bevor sie wieder in ihr Heim eintauchten.

Warum leben sie überhaupt unter Wasser?, überlegte Kira. *Offenbar können sie auch auf dem Land wenigstens eine Zeit lang existieren.* Morgan und Vale hatten übereinstimmend erklärt, dass starke genetische Veränderungen einem Menschen den Verstand rauben konnten. War das auch in diesem Fall geschehen? Partials, die unter Wasser lebten, andere Partials töteten und deren Hände wie Wilde an Pfähle nagelten? *Wie viel ihres Bewusstseins ist noch menschlich? Wie viel ist … etwas anderes?*

Sechzig Meter bis zur nächsten Insel. Noch dreißig. Fünfzehn. Zehn. Vor ihnen ragte ein kleiner Steg ins Wasser, dahinter stand ein Haus, halb hinter Bäumen versteckt. Die Karte und die gesamte Ausrüstung waren verloren gegangen, doch Kira erinnerte sich an die Form der Bucht. Wenn das Stück Land vor ihr wirklich zu der großen Hauptinsel gehörte, dann führte etwa drei Kilometer entfernt ein Fahrdamm zum Westufer des Sees. Dort konnten sie nach drüben gelangen, falls der Fahrdamm noch intakt war.

Noch drei Meter. Anderthalb Meter.

Als das Boot gegen die Anlegestelle prallte, sprang Kira heraus und wickelte das Seil um einen kurzen Pfosten. Dann reichte sie Green die Hand. Sobald sie die Holzbohlen unter den Füßen spürte und ringsum das dunkle Wasser sah, musste sie wieder an die schrecklichen Augenblicke denken, als sie auf dem anderen Steg gefangen genommen worden war. Fast fürchtete sie, auch hier könnte ein Partial durch die Seeoberfläche brechen, um sie am ausgestreckten Arm zu packen. Aber nichts geschah. Green nahm ihre Hand und richtete sich auf, stand inzwischen sicherer als zuvor. Nervös tastete sie nach dem Gewehr, das sie sich über den Rücken geschlungen hatte, und vergewisserte sich, dass es noch an Ort und Stelle war. Anschließend führte sie Green zum Haus. Der Fußweg war stark ausgetreten – ein weiterer Beweis dafür, dass die Partials wasserempfindliche Gerätschaften auf trockenem Land in der Nähe lagerten.

Folglich können uns hier noch weitere Ivies auflauern, überlegte sie. Kira versuchte, sie über den Link aufzuspüren, doch ohne die erhöhte Aufmerksamkeit, die sich nur im Kampf oder im Zustand großer Angst einstellte, waren die Daten – falls sie überhaupt existierten – so schwach, dass sie sie mit ihren begrenzten Fähigkeiten nicht wahrnahm. Flüsternd wandte sie sich an Green. »Spürst du hier oben etwas über den Link?«

»Im Moment nicht«, antwortete er leise. »Aber sie kommen oft hierher.«

»Sag mir Bescheid, falls es stärker wird!«, bat Kira ihn. Dann ging sie weiter. Der Weg führte von der Anlegestelle durch einen überwucherten Hinterhof. Auf dem Gelände, das früher einmal eine Wiese gewesen war, wuchsen Sträucher, Unkraut und kleine Bäume. Das Haus war weitläufig, alt und sicher einst luxuriös gewesen. Mittlerweile war es verfallen und baufällig, wurde aber offenbar weiterhin von den Ivies benutzt. Die Fenster waren verrammelt, und der

Trampelpfad führte geradewegs zur Tür. Green warnte sie nicht vor Partials, die sich womöglich drinnen aufhielten, und sie spürte auch selbst niemanden. Trotzdem beschloss sie, das Gebäude vorsichtshalber nicht zu betreten. Derzeit waren sie in Sicherheit, mussten sich aber so schnell wie möglich vom See entfernen, bevor die Ivies das Verschwinden der Gefangenen bemerkten.

Sie verließen den Pfad und schlugen einen weiten Bogen um das Haus. Nachdem sie sich einen Weg durch dichten Wald gebahnt hatten, erreichten sie eine rissige Asphaltstraße, die sich nach Norden zwischen verfallenen Häusern am Seeufer entlangschlängelte. Ohne sich ausdrücklich abgesprochen zu haben, bewegten sie sich im Dauerlauf. Die nassen Schuhe patschten hörbar auf den Straßenbelag. Nach knapp einem Kilometer ergriff Green wieder das Wort.

»Weißt du, wohin wir laufen müssen?«

»Mehr oder weniger.«

»Und dieses Wissen soll reichen?«

»Vor meiner Gefangennahme hatte ich eine Karte«, erklärte Kira. »Dort vorn gibt es einen Fahrdamm, sofern wir auf der richtigen Insel sind.«

»Und wenn nicht?«

»Dann müssen wir das Wasser nochmals überqueren«, erwiderte sie. »Also wollen wir hoffen, dass wir hier richtig sind.«

Wieder liefen sie schweigend, bis Green eine weitere Frage stellte. Es klang bedrückt und bekümmert. »Was ist dort hinten passiert?«

»In dem Haus?«

»Ich dachte, ich sei wieder in China. Wirklich, ich hatte das Gefühl, mitten im Isolationskrieg in einem U-Bahn-Tunnel zu stecken, durch den wir in die großen Städte vorstießen. Nur dass ... ich musste in diesen Tunneln nie kämpfen. Andere Einheiten kämpften dort, meine aber nicht.«

»Den ersten Wächter konnte ich ausschalten, weil mich

dort niemand vermutete«, erklärte Kira. »Am zweiten kam ich nur vorbei, weil ich den Link gegen ihn benutzte.«

»Ich dachte, du kannst dich nicht aktiv verlinken.«

»Es waren nicht meine eigenen Daten«, erklärte Kira. Sie zögerte. »Ich habe sie mir von dem anderen toten Partial ausgeborgt.«

Neugierig betrachtete er sie. »Ausgeborgt?«

»Mit einem Kampfmesser extrahiert«, erklärte sie. Er zuckte entsetzt zusammen, und auch ihr selbst war bei dem Gedanken nicht ganz wohl. »Ja, ich hätte es auch lieber nicht getan, aber es war die einzige Möglichkeit. Gewöhnlich spürt ihr die Daten erst, wenn sie sich in der Luft verteilen. Im Innern der Drüsen, die Pheromone produzieren, ist es eine hoch konzentrierte Flüssigkeit.« Sie zuckte unsicher mit den Achseln. »Anscheinend kämpfte seine Einheit in den U-Bahn-Tunneln, und wir haben uns durch seine Linkdaten daran erinnert.«

»Wer …?«, setzte Green an. Plötzlich hielt er inne. Kira blieb sofort stehen und wäre beinahe gestolpert. Er musterte sie verwirrt. »Hast du gerade gesagt, *wir* hätten uns daran erinnert?«

Mist, dachte Kira. Zwar musste sie nicht um jeden Preis ihre wahre Natur geheim halten, doch sie hatte ihn bisher nicht eingeweiht und wollte nicht den Eindruck erwecken, sie verschwiege ihm etwas Wichtiges. Sie räusperte sich.

»Du bist nicht verlinkt«, bohrte Green nach und näherte sich ihr mit gerunzelter Stirn. »Vielleicht liegt es an der hohen Konzentration der Daten, wie du gesagt hast. Vielleicht können auch Menschen sie spüren, wenn sie so stark sind.«

Das wäre eine Möglichkeit, Green für mich zu gewinnen, dachte sie. *Wenn er glaubt, dass Menschen die Linkdaten auffangen können, und sei es nur in einem besonderen Fall wie diesem, dann sieht er vielleicht eine engere Verbundenheit zwischen den beiden Spezies. Vielleicht wäre er dann eher bereit, mir und den Menschen zu helfen.*

Aber es entspräche nicht der Wahrheit. Wenn wir zusammenarbeiten wollen – wir zwei hier oder die beiden Spezies insgesamt –, dann müssen wir einander vertrauen und dürfen die Beziehung nicht mit einer Lüge beginnen.

Sie schüttelte den Kopf. »Ich bin kein Mensch.«

»Aber du hast gesagt, dass du einer bist.«

»Das dachte ich selbst auch«, erwiderte Kira. »Mein Leben lang habe ich daran geglaubt. Ich bin unter Menschen aufgewachsen und habe menschliche Gefühle, aber ich bin eine Partial.«

»Partials verlinken sich«, entgegnete er. »Partials altern nicht. Du gleichst keinem Partialmodell, das ich schon einmal gesehen habe.«

»Ich war ein neues Modell«, erwiderte Kira. »Der Prototyp einer neuen Produktlinie nach dem Krieg. Deshalb wollte Doktor Morgan mich untersuchen. Sie dachte, meine DNA könne bei der Aufhebung des Verfallsdatums helfen. Aber es hat nicht funktioniert. Ich besitze keine eurer verstärkten Fähigkeiten, nicht die Körperkraft und nicht die Reflexe. Höchstens ein leicht verbessertes Selbstheilungsvermögen. Und ich kann den Link benutzen, aber nur in eine Richtung.«

Green war schockiert. »Das heißt, du kannst …« Sein Mund stand offen, und er schlug sich beide Hände vor das Gesicht, als wollte er den Atem zurückhalten. »Heißt das, du kannst mich über den Link spüren, aber ich kann dich nicht empfangen? Du spürst alles, was in mir vorgeht, gibst aber nichts zurück?«

»Nicht alles«, schränkte Kira ein, obwohl sie ihn in diesem Moment zweifellos wahrnahm: eine Mischung aus Schrecken und Widerwillen. Sie fühlte sich entblößt, weil sie Green ihr Geheimnis anvertraut hatte. Seine Verlegenheit hingegen musste noch viel schlimmer sein, wenn er glaubte, sie könne ständig unbemerkt und gegen seinen Willen seine Gefühle auffangen. Die Partials waren daran gewöhnt, alles miteinander zu teilen und ständig in einem gemeinsamen emotionalen Zustand zu leben. Wenn aber eine Außenseiterin in dieses gemeinsame Gebiet eindrang, die nicht umgekehrt auch ihre Gefühle offenbarte, musste er dies wie einen schlimmen Übergriff empfinden.

»Entschuldige«, sagte Kira. »Es tut mir leid, dass ich es dir noch nicht gesagt habe. Das hätte ich längst tun sollen.«

»Lauf weiter!« Green setzte sich wieder in Bewegung und eilte an ihr vorbei. »Wir müssen von hier verschwinden, bevor die Ivies unsere Flucht bemerken.«

Kira folgte ihm, blieb aber rücksichtsvoll weit genug auf Abstand, um seine Linkdaten nicht aufzufangen. Dennoch konnte sie nicht verhindern, dass sie gelegentlich seine Verwirrung, Trauer und Angst wahrnahm.

So hat Samm nie reagiert, überlegte sie. *Andererseits hatte er mehr Zeit, sich daran zu gewöhnen. Wir hatten praktisch wochenlang zusammengelebt, bevor wir herausfanden, dass ich eine Partial bin. Und Heron ... wer weiß, was sie von alledem hält? Sie hatte ständig mit Menschen zu tun, also ist es für sie vielleicht gar nicht so wichtig.*

Aber es ist wichtig. Für Green und wahrscheinlich auch für andere.

Einige Minuten später erreichten sie den Fahrdamm. Kira zitterte fast vor Erleichterung, dass er intakt war. Bei der Überquerung blieben sie in der Mitte und hielten sich dem Wasser so fern wie nur irgend möglich. Als Geste des guten Willens überließ Kira Green die nächste Entscheidung.

»Wohin jetzt?«

Er grunzte leise, als sie im Dauerlauf ein Bootshaus und einen offenen Parkplatz passierten. »Wenn wir uns nach Süden wenden, müssen wir mehrere Kilometer weit laufen, bevor wir uns vom See entfernen«, antwortete er. »Offensichtlich können sich die Ivies auch auf dem Festland mühelos bewegen. Trotzdem wären wir umso besser dran, je weiter wir dem Wasser ausweichen.« Leider bog die Straße mehr und mehr nach links ab, beschrieb eine scharfe Kurve und verlief schließlich geradewegs nach Süden. Anscheinend bildete sie die Grenze einer kleinen Gemeinde direkt am See. Auf der abgelegenen Seite wuchs dichter Wald, in den die beiden eindrangen, um den See geradlinig hinter sich zu lassen.

»Achte auf Grenzmarkierungen!«, warnte Kira ihren Begleiter. »Ich habe eine auf dem Herweg entdeckt. Die Ivies haben Linkdaten benutzt, die genauso konzentriert waren wie im Haus, um eine unsichtbare Grenze zu markieren und Eindringlinge zu vertreiben. Falls du aus keinem ersichtlichen Grund ausrastest, liegt es genau daran.«

Green nickte schweigend.

Wortlos liefen sie weiter durch den dichten Wald und erreichten nach einiger Zeit eine andere Straße, die jedoch ebenfalls nach Süden abschwenkte. Auch diese Straße verließen sie, um wieder den Wald zu durchqueren. Als sie zwei weitere Hügel und einen kleinen Bach überwunden hatten, ging die Sonne auf, und als Nächstes kreuzten sie eine breite Landstraße. Sie beschlossen, das Risiko einzugehen und sich nach Süden vorzuwagen. Fast sofort bog die Landstraße nach Osten zurück zum See ab, als hätte sich das ganze Land verschworen, sie immer wieder in die Gefahr zu führen. So schlugen sie sich abermals zwischen den Bäumen hindurch. Mittlerweile war Kira erschöpft, sie hatte Hunger, und ihr war kalt. Schließlich blieb sie im Hinterhof eines verlassenen Hauses stehen.

»Wir müssen uns überlegen, wo wir sind.«

Green nickte in Richtung des Hauses. »Ob wir dort eine Karte finden?«

»Sieh du in den Bücherregalen nach! Vielleicht finde ich ein Büro.«

Green schüttelte den Kopf. »In einem Haus sucht man nicht nach Landkarten. Wir müssen in den Autos nachsehen.« Er führte sie um die Vorderseite des Gebäudes herum, wo zwei Fahrzeuge in der Einfahrt standen. Kira wollte sie ansteuern, doch Green schüttelte abermals den Kopf. »Diese Wagen sind ungeeignet. Die reichen Menschen hatten ihre Karten in Computern gespeichert, auch in den Autos. Viele Mittelklassewagen benutzten die gleiche Technik. Wenn wir eine Karte aus Papier suchen, dann müssen wir uns das älteste und hässlichste Auto vornehmen, das es hier weit und breit gibt.«

Kira hielt den Vorschlag für lächerlich, doch immerhin redete Green wieder mit ihr, und sie wollte es sich nicht mit ihm verderben. So folgte sie ihm widerspruchslos auf der Wohnstraße durch den Wald. Er kontrollierte die eine, sie die andere Seite. Hier standen recht große Häuser, die alle ein ganzes Stück von der Straße entfernt erbaut worden waren. Deshalb waren die geparkten Autos nur schwer zu erkennen, und Kira hegte Zweifel, ob überhaupt ein älteres Fahrzeug ausfindig zu machen war, doch sie ließ nicht locker. Die Straße bog nach Süden ab wie offenbar alle Straßen in dieser Gegend. Inzwischen hatten sie sich mehrere Kilometer vom See entfernt und kamen besser voran als zwischen den Bäumen. Endlich entdeckte sie einen Wagen – nicht stärker verrostet als die anderen, aber mit einer deutlich anderen Karosserie. Er war länger und hatte schärfere Kanten. Sie machte Green darauf aufmerksam. Der Partial nahm das Fahrzeug in Augenschein.

»Ich plündere die Ruinen der alten Welt, solange ich zurückdenken kann«, sagte Kira, »aber um Autos habe ich mich nie gekümmert.«

»Die Menschen haben praktisch in den Autos gewohnt«, erklärte Green.

Kira nickte. »Ja, sicher, aber wir suchten vor allem Lebensmittel und Medikamente. Manchmal hatten wir auch Glück und fanden einen Überlebenskünstler, der auf halben Weg nach Hause mit einem Kofferraum voller Konservendosen gestorben war, aber meistens lohnte sich die Mühe nicht.«

»Dann pass gut auf!« Green ging zur Beifahrerseite, beugte sich durch das Fenster hinein und drückte auf einen Knopf, der den Zugang zu einem kleinen Kasten freigab. »Dies ist ein Handschuhfach«, erläuterte er, während er den Inhalt durchsuchte. »Aha.« Er zog den Kopf aus dem Fenster und hielt eine zusammengefaltete Straßenkarte von Connecticut hoch, die in besserem Zustand war als alles Material, das Kira je gesehen hatte. »Das Handschuhfach ist wasserdicht und hat den Inhalt vor der Witterung geschützt. Lass uns sehen, wo wir sind!«

»Im Rita Drive.« Kira deutete auf ein verwittertes Schild. »Eine kleine U-förmige Straße, die von einer Landstraße abzweigt.«

Green breitete die Karte auf der Kühlerhaube aus. Nach einigem Suchen hatte er es gefunden. Kira sank das Herz, als sie auf die betreffende Stelle deutete.

»Wir sind hier praktisch von Seen umgeben.«

»In dieser Gegend gibt es viele Seen.« Green zeigte ihr mit dem Finger einen gewundenen Weg. »Am besten sollten wir hier querfeldein gehen, dann dieser Straße und dann dieser folgen ... und schließlich der hier. Möglicherweise müssen wir über einige Zäune klettern, aber wir kommen nicht mehr in die Nähe der Seen.«

»Es gibt nur ein Problem.« Kira wies auf eine bestimmte Stelle der vorgeschlagenen Route. »Ich bin durch diese Lücke hereingekommen, weil ich den großen Straßen ausweichen wollte. Genau dort bin ich auf die erste Grenzmarkierung gestoßen.«

»Damit wäre die Grenze viel weiter vom See entfernt, als ich dachte«, sagte Green.

Da sie sich nicht mehr im Gefecht befanden, nahm Kira über den Link kaum noch etwas wahr und konnte nicht erkennen, wie er sich angesichts ihrer Situation fühlte. War er verärgert oder aggressiv? Hatte er Angst? Seine Stimme klang unbeteiligt. »Ich frage mich, warum wir nicht schon längst auf eine solche Sperre gestoßen sind.«

»Sei dankbar, dass es nicht passiert ist.«

»Vielleicht hier entlang«, schlug Green vor. »In die Richtung, die nicht mehr eingezeichnet ist. Wir könnten eine Karte von New York suchen, sobald wir die Staatsgrenze überschritten haben.«

»Das nutzt nichts«, wandte Kira ein. Sie dachte an die Karte, die sie vorher benutzt hatte. »Dort im Westen gibt es noch mehr Seen, es sind buchstäblich Hunderte. Ich weiß nicht, ob die Ivies dort Patrouillen einsetzen, möchte um die Gegend aber vorsichtshalber einen Bogen machen. Am besten wenden wir uns nach Süden.«

»Nach Süden? Aber wohin?«, fragte Green. »Wenn wir unsere weitere Reise gründlich planen wollen, können wir auch gleich darüber nachdenken. Ich bin ein Deserteur und kann mich nicht in die Nähe von Morgans Gebiet wagen. Nach den Erlebnissen mit den Ivies bin ich auch nicht scharf darauf, den anderen Fraktionen zu begegnen.«

»Ich weiß, wie du dich fühlst«, räumte Kira ein. »Eigentlich wollte ich möglichst viele kleinere Fraktionen aufsuchen, aber inzwischen ...« Ob die anderen Gruppen auch so gewalttätig waren wie die Ivies? Noch inbrünstiger hoffte sie, dass sie es nie wieder mit dem Einfluss so gespenstischer Gestalten wie dem Blutmann zu tun bekam. Aber sie konnte nicht sicher sein. Sollte sie es riskieren? *Ist es die Sache wert, wenn mich eine weitere Fraktion festsetzt, um so etwas wie ein rituelles Opfer zu zelebrieren?*

Ich will die Welt retten, dachte sie. *Das ist jedes Risiko wert.*

Sie wandte sich an Green. »Ich habe dir noch nicht erklärt, warum ich hergekommen bin.«

»Ich habe mir schon Gedanken darüber gemacht.«

»Doktor Morgan ist gefährlich«, fuhr Kira fort. »Nachdem

du vor ihr weggelaufen bist, muss ich dir das sicher nicht näher erläutern.«

Da Green schwieg, sprach Kira weiter. Zum ersten Mal redete sie offen über ihren Plan, und sie war dankbar, dass sie nur eine einzige Person statt einer großen Gruppe vor sich hatte. Sie wusste nicht recht, wie sie es formulieren sollte. Es war schon seltsam, dass sie überhaupt bei Morgan begonnen hatte. Sie verschob den Blickwinkel.

»Die Menschen sterben an RM«, erklärte sie. »Die Partials sterben am Verfallsdatum. Aus Morgans Akten weiß ich, dass die Heilung für beide gleich aussieht. Die Partials produzieren das Heilmittel für RM, und die Menschen können ein Partikel erzeugen, das bei den Partials das Verfallsdatum aufhebt. So wurden die beiden Heilmittel konstruiert, und deshalb besteht die einzige Hoffnung zur Rettung beider Spezies im friedlichen Zusammenleben.«

Greens Schweigen verriet, wie skeptisch er war. Kira erklärte es ihm noch einmal.

»Ich meine, wir müssen miteinander leben und uns nahe sein. In der gleichen Region, und es muss eine Zusammenarbeit geben. Im Grunde so, als gehörten wir einer einzigen und nicht zwei Spezies an.«

»Was für ein Unfug!«

»Ich versuche gerade, dir die Gründe zu erläutern«, beharrte Kira. »Die Aussendung der Partikel ist im Labor nicht zu replizieren. Jedenfalls nicht in dem Ausmaß, wie es nötig wäre. Es gibt Zehntausende Menschen und Hunderttausende Partials. Die beiden Spezies können einander heilen, aber sie müssen ständig die gleiche Luft atmen. Sie müssen zusammenleben, ohne sich zu bekämpfen.«

Green dachte schweigend nach. Schließlich richtete er den Blick wieder auf Kira. »Und Doktor Morgan?«

»Was ist mit ihr?«

»Gerade hast du gesagt, sie sei gefährlich.«

»Richtig«, bestätigte Kira. »Sobald mir dies bewusst wurde,

bin ich aufgebrochen, weil ich ihr nicht getraut habe. Sie wird die Menschen eher versklaven, als mit ihnen zusammenarbeiten.«

»Also traust du Morgan nicht und bist ausgezogen, um andere Partials zu finden, die dem Gedanken eines friedlichen Zusammenlebens aufgeschlossener gegenüberstehen.«

»Genau.«

Wieder schwieg Green eine Weile. »Bist du sicher, dass dieser Prozess auch funktioniert? Ist es wirklich so einfach?«

»Ich bin über den ganzen Kontinent gereist, um die Leute aufzuspüren, die RM erschaffen haben. Es sind genau dieselben, die auch die Partials konstruiert haben. Und ich fand heraus, dass ihre Arbeit einem einzigen Plan diente. Dieser Plan ist jedoch auf schreckliche Weise fehlgeschlagen, und die Menschen, die ihn erdachten, sind verrückt geworden oder ... oder haben aufgegeben. Aber der Plan ist noch vorhanden, er steckt in unserer DNA. Und er ist alles, was wir besitzen.«

»Also heilen die Partials die Menschen, und die Menschen heilen die Partials.« Er sah sie an. »Wie passt du in dieses System hinein?«

Kira holte tief Luft und empfand einen Nachhall der Verzweiflung, die sie in Morgans Operationssaal übermannt hatte. Mittlerweile war sie völlig überzeugt, dass sie nutzlos war. »Ich kann überhaupt nichts heilen«, gestand sie leise. »Ich glaube auch nicht, dass ich ein Verfallsdatum habe. Ich weiß nicht, wie ich hineinpasse.«

Green blickte zum Himmel hinauf. Das Blau wurde kräftiger, während die Sonne aufging. »Was hältst du von einer Rast? Am besten aber erst dann, wenn wir das Gebiet der Ivies verlassen haben.«

»Das klingt sehr vernünftig.«

»Wir sollten uns nach Westen halten. Mag sein, dass es dort viele Seen gibt, aber wenn die Ivies an jenem See eine

Grenzmarkierung angebracht haben, dann treffen wir sie dahinter hoffentlich nicht mehr an.«

Kira fand den Vorschlag nicht gut, musste aber einräumen, dass sie sich in westlicher Richtung am schnellsten von den Gegnern entfernten. »Also ziehen wir erst einmal nach Westen«, lenkte sie ein, »aber sobald wir außer Gefahr sind, muss ich mich wieder um meine Mission kümmern, ob du dabei mitmachst oder nicht.«

Schweigend faltete Green die Karte zusammen. »Weißt du denn schon, wohin du als Nächstes willst?«

»Ich würde gern mit den anderen Fraktionen reden, aber ich habe sämtliche Unterlagen im See verloren«, sagte Kira. »Alle Karten, die Notizen, einfach alles. Ich habe keine Ahnung, wo die anderen Fraktionen sich aufhalten. Selbst wenn ich es wüsste, hätte ich wahrscheinlich kaum noch Zeit, sie aufzusuchen. Manche sind erst nach mehreren Wochen Fußmarsch zu erreichen.«

»Das ist keine Antwort auf meine Frage«, wandte Green ein.

»Ich will damit sagen, dass ich nach Long Island zurückkehren muss«, erklärte Kira. »Morgan traue ich nicht, aber ihre Soldaten sind vielleicht vernünftigen Argumenten zugänglich. Diejenigen, die sich an der Besetzung beteiligt haben, leben schon seit Monaten mit Menschen zusammen. Möglicherweise erleben sie bereits den Prozess, den ich dir gerade beschrieben habe. Wenn ich jemanden überzeugen kann, dann sind sie es.«

»Und die Menschen?«

»Die sind mindestens genauso schwer umzustimmen«, gestand Kira nickend. »Aber sie leben auf Long Island, und deshalb muss ich dorthin.«

»Dir ist sicher klar, dass wir damit nicht aus der Gefahrenzone entkommen«, entgegnete Green. »Wir müssen durch Morgans Bereich wandern und dringen in ein Kriegsgebiet ein. Wir entfernen uns nicht einmal von den Ivies, die sich in die gleiche Richtung bewegen. Wie der Blutmann sagte, will er als Nächstes die Menschen angreifen.«

»Dann halte ich auch ihn auf.« Kira stutzte. »Augenblick – sagtest du gerade, *wir* gehen dorthin?«

»Du willst die Welt retten«, antwortete er einfach. »Da bin ich natürlich mit von der Partie.«

26

Owen Tovar rannte durch die Straßen von Huntingdon und nahm es in Kauf, dass er dabei Lärm verursachte. Es kam ihm nur darauf an, sich so schnell wie möglich von dem Café zu entfernen. Obwohl er mit dem verletzten Fuß nur mühsam humpeln konnte, trieb er sich unerbittlich an. Die Partials hatten die meisten Mitglieder seiner Gruppe gehetzt und getötet. Er hatte Mkele mit den restlichen Soldaten nach Osten geschickt und war selbst zurückgeblieben, um die Partials auf eine falsche Fährte zu locken. Diese Strategie hatte bislang hervorragend funktioniert, war vermutlich aber nicht mehr lange durchzuhalten. Sie hatten keine Kämpfer, keine Zeit und keinen Sprengstoff mehr.

Genau genommen habe ich sogar eine große Menge Sprengstoff, dachte er, als er sich zwischen den Fahrzeugen hindurchzwängte. Die Partialsoldaten hatten ihn bemerkt, einige Kugeln flogen dicht an ihm vorbei. *Aber das wird sich gleich ändern. Drei … zwei … eins …*

Hinter ihm flog das Café in die Luft. Die Erschütterung war stark genug, um auch ihn niederzustrecken, obwohl er schon anderthalb Blocks entfernt war. Die Partials hinter ihm waren von der Sprengung völlig zerfetzt worden. Tovar drehte sich auf den Bauch und legte die Hände auf den Kopf, während ringsum ein Splitterregen niederging. Es klingelte ihm in den Ohren, und er war vorübergehend taub. Deshalb vertraute er darauf, dass es den überlebenden Partials nicht besser ging, und kroch zur nächsten Ecke, wo er sich aufrichtete und weiterrannte. Die feindlichen Soldaten waren sicher noch einige Minuten lang viel zu sehr mit sich selbst beschäftigt, um die Jagd nach ihm fortzusetzen. Diese Atempause wollte er nutzen und sich so weit wie möglich von ihnen entfernen.

Unterwegs überlegte er sich, dass ihm sowieso kaum etwas anderes übrig blieb. Delarosas Streitkräfte hatten mithilfe ihrer Guerillataktik im Kampf gegen die Partials überlebt – sie hatten die Flanken attackiert und die Nachschubwege gestört, um blitzschnell wieder in der Wildnis zu verschwinden. Tovar hatte sich noch mehr ins Zeug legen müssen, um ihre Aufmerksamkeit zu erregen und sie von den menschlichen Flüchtlingen abzulenken, die nach Süden unterwegs waren. Er war erheblich aggressiver vorgegangen, und nun jagten sie ihn bis hinauf zum Nordufer. Auf drei Seiten war er von Wasser umgeben, auf der vierten lauerten die Partials. Er hatte keinen Fluchtweg mehr.

Wenn ich es bis zum Wasser schaffe, kann ich ihnen vielleicht doch noch entkommen, redete er sich ein. *Vielleicht finde ich ein Boot oder ein Stück Treibholz, das groß genug ist, um mit dem Kopf über Wasser zu bleiben. Vielleicht kann ich mich irgendwo verstecken und eine Zeit lang durchhalten, eine Woche oder wie lange es dauern mag.* Ein rascher Blick über die Schulter beruhigte ihn. Er war immer noch allein. Früher oder später würden sie ihn finden, ihre Aufmerksamkeit aber sicherlich weiterhin auf ihn richten. Das war ihm überaus wichtig. *Hauptsache, sie konzentrieren sich auf mich, damit die anderen East Meadow verlassen und von der Insel fliehen können.*

Dass ich mich freiwillig gemeldet habe, kommt einem Todesurteil gleich, dachte er. *Dad hat mir immer eingeschärft, mich nie freiwillig zu melden. Hätte ich nur auf ihn gehört!*

Vor ihm flammte ein grelles weißes Licht auf. Er stolperte über den verletzten Fuß, dann prallte ihm etwas in den Rücken. Es war ein stechender Schmerz, als hätte ihn eine riesige Biene angegriffen. Sofort ging er zu Boden und zuckte hilflos, während ihm Stromstöße durch den Körper rasten. Als er wieder zu sich kam, lag er in einem grasbewachsenen Graben auf dem Bauch. Die Gliedmaßen waren verdreht wie bei einer Lumpenpuppe, und er konnte sich nicht rühren. Er wollte etwas sagen, hatte aber das Gefühl, der Mund bestünde aus Blei.

Die Partials benutzen keine Betäubungsgewehre, dachte er. *Wer hat genug Strom, um Elektroschocker zu betreiben?*

Zwei Hände drehten ihn überraschend sanft auf den Rücken. Der Mann, der vor ihm stand, war nur eine dunkle Silhouette, das Gesicht konnte Tovar nicht erkennen. »Verstehen Sie bitte, dass dies kein gewöhnlicher Angriff ist«, erklärte der Mann. Er sprach leise und mit einem Timbre, das ihn eindeutig als Menschen auswies. Tovar wollte antworten, konnte aber nur schwach das Kinn bewegen und bekam keinen Ton heraus. »Es wird Ihnen wehtun, aber es rettet Sie, wenn man das Ganze betrachtet«, fuhr der Mann fort. »Damit meine ich Ihr ganzes Volk, das Menschengeschlecht.«

Der Mann stellte neben Tovar einen Plastikkasten ab und öffnete mit einem Klicken die Verschlüsse. Tovar konnte nicht erkennen, was sich darin befand. Dann holte der Mann, immer noch kaum mehr als ein Schatten, einen gläsernen Behälter heraus und schraubte den Deckel ab. »Jeder muss sterben, aber das überrascht Sie sicher nicht.« Er stellte das geöffnete Glas auf den Boden und zückte ein langes, scharfes Messer. Tovar wollte fliehen, war aber immer noch gelähmt. »Ich sage das, damit Sie sich der Ehre bewusst werden, hier und heute zu sterben. Sie wären sowieso gestorben, aber Ihr Tod wäre völlig bedeutungslos gewesen. Auf diese Weise wirken Sie jedoch bei einem Neuanfang mit. Das neue Leben wird das alte ersetzen. Es wird jetzt ein wenig schmerzen.« Der Mann setzte das Messer an, drückte und schnitt Tovar den Zeigefinger ab. Tovar kreischte innerlich, die Schmerzen loderten in ihm wie ein Großbrand, doch er brachte keinen Laut heraus. Der Mann legte den

Finger in das Glas und nahm sich den nächsten Finger vor. »Sie müssen wissen, dass es einen Plan gab, nach dem alle überlebt hätten.« Der nächste Schnitt. »Sie hätten nicht nur überlebt, sondern wären gediehen – Menschen wie Partials, alle zusammen. Es wäre gar nicht so schwierig gewesen. Aber der Plan ist hinfällig geworden, und ich muss mich den Gegebenheiten anpassen.« Der nächste Finger war an der Reihe. Die ganze Zeit sprach er ruhig, als hätte er einen defekten Toaster vor sich, den er methodisch zerlegte. »Jetzt kommt der Teil, der am meisten wehtun wird – biologisch gesprochen jedenfalls. Ich weiß nicht, ob die Schmerzen stärker sind als bei den Fingern, aber der Schaden ist sicherlich größer. Kurz gesagt – dies ist der Teil, den Sie nicht überleben werden.« Er hielt das Glas hoch und schüttelte es leicht. Auf dem Boden klapperten die drei Finger. »Ich muss den Rest mit Blut füllen.«

Tovars Stimme setzte gerade früh genug wieder ein, um laut losschreien zu können.

27

So sehr hatte Kira noch nie gefroren. Sie hatten in einem Ort namens Brewster Hill angehalten, um zu rasten und sich neue Kleidung zu besorgen, danach noch einmal in North Salem, weil sie wärmere Sachen und Jacken benötigten. Auch dies reichte jedoch nicht aus. Green war in Bezug auf die Witterung widerstandsfähiger und schneller zu Fuß, doch auch ihm setzte die Kälte inzwischen zu. In drei Tagen waren sie fast fünfzig Kilometer bis Norwalk gewandert, und während dieser Zeit war die Temperatur um gut zwanzig Grad gesunken. Kira war daran gewöhnt, dass es im Winter mitunter empfindlich kalt wurde, aber so schlimm war es noch nie gewesen. Der Atem stand als weiße Wolke vor dem Gesicht, und die Nase fühlte sich taub an, wenn sie mit kribbelnden roten Fingern darüberrieb.

Die Straßen von Norwalk waren dunkle Schluchten, wie sie es auch schon in Manhattan erlebt hatte. Hier lag allerdings Raureif auf dem dunkelgrünen Kudzu, der auf den Gebäuden rankte und sich durch die geborstenen Fenster schlängelte. Sie hielt durch, so lange sie konnte, und ertrug schweigend die Kälte, bis sie den Entschluss fasste, dass sich die Mühe nicht lohnte. Es nutzte ja nichts, wenn sie einen Tag oder auch nur eine Stunde früher auf Long Island eintraf und gleich danach an Unterkühlung starb. Deshalb brach Kira in das nächstbeste Bekleidungsgeschäft ein und suchte nach einem dicken Mantel. Leider ließ sich im ganzen Gebäude kein einziger finden.

»Ich glaube, der Zusammenbruch geschah im Sommer«,

überlegte Kira. »Auf solches Wetter war der Laden nicht vorbereitet.« Sie hielt inne. »Darauf bin ich noch gar nicht gekommen, aber bisher habe ich auch noch nie so dringend einen Mantel gebraucht.«

Green schüttelte den Kopf und betrachtete die dunkelgrauen Wolken jenseits des zerstörten Fensters. »Wann war es deiner Erinnerung nach das letzte Mal so kalt wie zurzeit?«

»Noch nie«, räumte Kira ein. Schaudernd erinnerte sie sich an Vales wehmütige Worte über die alten Winterzeiten, über den echten Winter. »Glaubst du, das Wetter hält sich?«

»Falls es so bleibt, könnte es sogar schneien.« Green kehrte dem Fenster den Rücken. »Wir müssen einen Baumarkt finden. Dort gibt es wenigstens Arbeitshandschuhe, und die sind besser als nichts. Vielleicht noch einen Möbelladen, wo wir ein paar Tische verbrennen und uns wärmen können. Den Long Island Sound will ich nicht überqueren, solange es nicht aufklart.«

»Wie kommst du auf den Gedanken, dass es bald besser wird?«

»Eine Wetterlage wie diese habe ich im ganzen Leben noch nicht erlebt«, erklärte Green. »Die langfristigen Witterungsbedingungen verändern sich nicht über Nacht. Wir bekommen vielleicht ein außergewöhnliches Unwetter, aber das war es dann auch.«

»Hoffentlich hast du recht.« Kira sprang von der Theke, auf der sie gesessen hatte, und lief auf die eiskalte Straße hinaus. Der Wind war aufgefrischt und zerzauste ihr das Haar, bis es ihr wild um den Kopf flatterte. »Weißt du denn, wo wir einen Baumarkt finden?«

»Keine Ahnung. Höchstwahrscheinlich eher außerhalb der Stadt als im Zentrum.«

»Dann müssen wir umkehren«, überlegte Kira. »Vor uns gibt es nur noch die Stadt und den Sund.«

Green schüttelte den Kopf. »Ich will nicht umkehren. Am besten suchen wir uns ein Boot und warten in einem Haus, bis der Sturm vorbei ist. Sobald das Wetter wieder normal ist, springen wir ins Boot und setzen rasch über.«

Kira nickte. »Achte auf Parks, Spielplätze und Schulen! Dort gab es oft Platzwarte, die einen Schuppen voller Werkzeug und Arbeitshandschuhen hatten.«

»Das klingt gut.«

»Du weißt, wie man Landkarten findet, und ich weiß, wo man Gartenwerkzeug entdeckt. Meine Adoptivmutter hat Kräuter gezogen.« Der Gedanke an Nandita dämpfte die fröhliche Stimmung. Nandita hatte bei Kiras Erschaffung mitgewirkt und kein Sterbenswörtchen verlauten lassen, obwohl sie alles gewusst hatte. Warum? Warum hatte die Frau sie getäuscht? Hatte Nandita gehofft, die Probleme würden sich ganz von selbst in Wohlgefallen auflösen und Kira würde aufwachsen, altern und sterben, ohne sich jemals der Frage stellen zu müssen, wer sie war und woher sie kam? *Wäre ich ihr wirklich wichtig gewesen, dann hätte sie mir einen Anhaltspunkt gegeben,* überlegte Kira. *Irgendeinen Hinweis, eine Anleitung oder einen Ratschlag, der mir hilft, mit allem umzugehen. Sie hätte mir verraten, zu welchem Zweck ich erschaffen wurde und was ich tun sollte.*

Auf einmal fiel ihr ein Gespräch wieder ein. Es war fast zwei Jahre her, eine der letzten Gelegenheiten, bei denen sie Nandita gesehen hatte, bevor die alte Frau verschwunden war. Kira war gerade von einem Bergungseinsatz aus Asharoken zurückgekehrt, nachdem dort versehentlich eine Sprengfalle gezündet worden war. Nandita war gerade dabei, ihre Kräuter einzulagern. *Ich war wohl wegen der Explosion noch sehr aufgewühlt,* dachte Kira. *Nandita hat mir gesagt …* Ungläubig schüttelte Kira den Kopf, als ihr die Worte wieder einfielen. *Sie hat genau das gesagt, was für mich wichtig war – nicht damals, sondern jetzt: Jedes Leben hat einen Sinn. Vor allem aber darf nie vergessen werden, dass einem auch dann noch andere Möglichkeiten offenstehen, wenn man den Sinn des Lebens gefunden hat.*

»Platzwart«, sagte Green. Kira hob den Kopf und richtete den Blick auf einen großen Ziegelbau, dessen weißes Satteldach rissig und vom Alter vergilbt war. Ringsum erstreckte sich eine weitläufige Wiese, auf der Büsche, Unkraut und ein lichter Wald aus zehn Jahre alten Bäumen wuchsen. Mitten im Blattwerk stand ein Schild, das von Ranken überwuchert und nicht mehr lesbar war.

»Das kommt mir wie ein Verwaltungsgebäude vor«, meinte Kira. »Vielleicht ein Rathaus. Nicht in jedem Gebäude lagerten Gerätschaften für die Außenanlagen. Oft wurden Grünflächen und Parks von einem zentralen Betriebshof aus betreut.«

»Vielleicht ist dies der Betriebshof«, überlegte Green. »Es kann nicht schaden, wenn wir nachsehen.« Sie umrundeten das Gebäude und entdeckten einen Parkplatz, aber keinen Geräteschuppen. Hinter dem Gebäude lag ein Baseballplatz, doch auch dort gab es kein Werkzeug, keine Handschuhe und keine Lagermöglichkeiten. Sie kehrten zur Hauptstraße zurück und wollten weiterziehen, um einen Park oder eine Schule zu suchen. Plötzlich hielt Kira vor einem Nachbarhaus inne. Green schüttelte den Kopf. »Das sieht zu teuer aus. Die haben die Gartenarbeit nicht selbst erledigt.«

»Ich denke nicht an Gartenarbeit«, widersprach Kira. »Sieh dir das Firmenschild an! *Heimkino – Einrichtung und Installation.* Ich weiß nicht, was ein Heimkino ist, aber für die Einrichtung brauchte man doch bestimmt Handschuhe.«

Sie durchstöberten den ersten Raum und dehnten die Suche rasch auf das ganze Gebäude aus. Das ehemalige Wohnhaus war zu einem Firmensitz umgebaut worden und größtenteils leer. Im hinteren Raum lagerte ein unnützes Vermögen in Form von Holovideo-Projektoren. Sie hätte den gesamten Bestand sofort gegen ein Paar Handschuhe eingetauscht. Endlich stießen sie auf dem hinteren Parkplatz auf einen verrosteten weißen Lieferwagen, um dessen platte und verformte Reifen das Unkraut spross. Das Firmenlogo war verblasst, der Lack schälte sich ab. Kira stemmte die Tür auf und spähte in den Laderaum, der voller Stromkabel und alter Projektorteile war. Im obersten Fach einer Werkzeugkiste entdeckten sie vier Paar Arbeitshandschuhe aus Leinen. Jeder nahm sich zwei Paar, dann eilten sie zur Hauptstraße, um die verlorene Zeit wettzumachen. Der Himmel hatte sich verfinstert. Es war viel dunkler als für diese Tageszeit üblich, und der Wind heulte immer stärker.

»Wir müssen einen Unterschlupf finden«, drängte Kira.

»Vor allem müssen wir ein Boot finden«, entgegnete Green. »Wie gesagt, sobald es aufklart, sollten wir das Wasser überqueren.«

»Hast du Angst, der Sturm könnte noch einmal an Kraft gewinnen?«

»Ich habe Angst, weil wir keine Zeit mehr haben.«

»Hör zu!«, sagte Kira. »Ich will genauso dringend wie du weiterkommen, aber was bringt uns das, wenn wir an Unterkühlung sterben? Es kommt mir so vor, als wäre es in den letzten Stunden noch einmal fünf Grad kälter geworden. Die Temperatur liegt sicher schon unter dem Gefrierpunkt, und ob wir Partials sind oder nicht, die Kälte stellt eine echte Gefahr dar.«

»Wir haben keine Zeit, herumzusitzen und zu warten«, fauchte Green und beschleunigte seine Schritte.

»Wir leben viel länger, wenn wir nach drinnen gehen ...«

»Wirklich?«, gab Green zurück.

Kira blieb stehen und überlegte, was er damit meinte. Sobald sie es begriff, fühlte sie sich, als hätte man ihr einen Fausthieb in den Magen versetzt. Sie schlang die Arme eng um den durchgefrorenen Oberkörper und rannte los, um mit ihm Schritt zu halten.

»Wie lange hast du noch Zeit?«

Die Antwort klang emotionslos, was umso gespenstischer wirkte, wenn man bedachte, was er sagte. »Fällt dir das jetzt erst ein?«

»Tut mir leid«, antwortete Kira. »Ich habe mich nur theoretisch mit dem Verfallsdatum beschäftigt wie mit einem Feind, den ich besiegen muss. Du hast Morgans Armee verlassen. Fürchtest du, sie könnte das Heilmittel nicht schnell genug finden, um dir zu helfen?«

Green ging schweigend und mit gesenktem Kopf weiter.

»Die jüngste Gruppe hat noch sieben Monate«, fuhr Kira fort. *Samms Gruppe,* dachte sie. Sie schluckte nervös und spürte schon die Tränen, die sich hinter den Augen sammelten. »Hast du noch halb so lange Zeit?« Green antwortete nicht. Ihr Herz sank. »Zwei Monate?«

»Einen Monat«, sagte Green. »Ende des Jahres bin ich tot.«

»Das ist vielleicht noch genug Zeit, um dir zu helfen«, versicherte Kira ihm hastig. »Je eher wir auf die andere Seite gelangen und Menschen finden, desto eher können wir ...«

»Dann hör auf, mit mir zu streiten, und such ein Boot!«

Kira verstummte und geriet ins Grübeln. Wie fühlte man sich bei der Vorstellung, in einem Monat sterben zu müssen? Noch schlimmer – wenn man nichts daran ändern konnte? *Aber wir können doch etwas ändern,* dachte sie. *Der Plan wird gelingen.*

Hoffentlich.

Auf einmal blieb Green stehen und wies sie mit erhobener Hand an, seinem Beispiel zu folgen. »Spürst du das?«

Kira konzentrierte sich auf den Link, fing jedoch nichts auf. »Was ist los?«

»Keine Ahnung«, sagte Green. »Etwas Großes – Linkdaten, die so stark sind, dass sie von einem ganzen Trupp stammen könnten. Es ist nur so, dass ... es fühlt sich an wie eine einzige Person.« Langsam wendete er den Kopf hin und her, als wollte er den Ursprung der Daten anpeilen. »Hier entlang. Komm mit!«

Kira musste mehrere Schritte rennen, um ihn einzuholen. »Warte! Oder willst du geradewegs darauf zugehen?«

»Natürlich.«

»Aber wir haben es eilig«, wandte Kira ein. »Wir haben keine Zeit, anzuhalten und uns womöglich von einer Patrouille festsetzen zu lassen.«

»Ich sage doch, es ist nur ein einziger Partial.« Green ging ungerührt weiter.

»Aber du stirbst«, drängte Kira. »Was hat sich jetzt geändert?«

»Verstehst du nicht? Wir müssen ihn finden, weil ...« Er ließ den Satz unvollendet und schüttelte den Kopf. »Weil wir müssen. Weil er uns etwas mitzuteilen hat.«

»Das ist doch Unsinn.«

»Ganz im Gegenteil, es ist sogar sehr sinnvoll.« Greens Antwort klang leicht verärgert, so als müsste er einem Dummkopf die Nässe des Wassers erklären.

Kira schüttelte den Kopf. »Green, hör mir zu! Das ist der Link. Was du auch spürst, es lockt dich absichtlich an.«

»Vielleicht. Aber wir kommen damit zurecht.«

»Nein, kommen wir nicht«, widersprach Kira. Sie dachte an Morgans Ankunft im Reservat, als Vale und die Wissenschaftlerin verbissen um die Herrschaft über den Link gekämpft hatten, damit ihnen die Partials in der Nähe gehorchten. »Ich habe schon einmal sehr intensive Linkdaten wahrgenommen. So etwas strahlen nur die Mitglieder des Trusts aus. Die Leute, die die Partials erschaffen haben. In dieser Gegend gibt es nur zwei – Doktor Morgan und Doktor Vale. Wir wollen keinem der beiden begegnen.« Sie richtete sich vor Green auf. »Wenn du weitergehst, wird man uns gefangen nehmen und einsperren, vielleicht sogar hinrichten. Das willst du doch sicher nicht.«

Er schob sich an ihr vorbei und rannte los.

»Green, warte!«

Sie setzte ihm nach, doch er lief mit voller Geschwindigkeit und ruderte heftig mit den Armen. Sie konnte kaum Schritt halten. Kira besaß teilweise die körperliche Leistungsfähigkeit einer Partialfrau, war jedoch nicht so gut durchtrainiert wie er. Scharf atmete sie die kalte Luft ein, spürte den Schweiß auf Armen und Oberkörper und schauderte gleichzeitig, als er sich abkühlte und verdunstete.

An einer Unterführung bog Green nach rechts ab, kletterte eine steinige, steile Böschung hinauf und sprang auf die Eisenbahnstrecke, die sich oben auf dem Damm befand. Kira folgte ihm, wollte ihn unbedingt einholen und aufhalten. Auf einmal fegte ihr eine Bö die Linkdaten in die Lungen. Der Eindruck war stärker, als sie es je erlebt hatte. Nun rannte sie nicht mehr hinter, sondern neben ihm her, denn sie musste diese Person sofort treffen und ihre Botschaft hören. So stolperten sie eine Weile am Gleis entlang, verließen schließlich die Eisenbahnstrecke und bogen ab. Es ging einen Hügel hinunter auf einen Parkplatz, sie überquerten Straßen und sprangen über Zäune, bis sich endlich vor ihnen ein weites offenes Gelände auftat. Es war ein alter Park, dessen Bäume im eiskalten Wind schwankten, dahinter wogte das graue Meer. Sie rannten an Parkbänken, Büschen und ehemaligen Baseballfeldern vorbei, die im dichten Unterholz, das den Park eroberte, kaum noch zu erkennen waren. Hinter der Grünanlage verlief eine Straße, wieder dahinter gab es einen Streifen Sand voller Felsen, an denen sich die Wellen krachend brachen. Von der Stelle aus, wo Green erstmals den Befehl empfangen hatte, waren sie fast anderthalb Kilometer gerannt. Anscheinend hatten andere den gleichen Ruf vernommen. Auf den Felsen hockte eine zehnköpfige Patrouille von Partials mit leeren Gesichtern, von den Linkdaten ebenso überwältigt wie Green.

Vor der Gruppe saß eine riesige Gestalt und blickte zum Meer hinaus. Der Körper war dunkelrot, die Haut erinnerte an ein Nashorn. Kira wurde langsamer und hielt inne. Der schockierende Anblick half ihr, allmählich wieder zu sich zu kommen. Sie versuchte zu bestimmen, welche Gefühle ihre eigenen waren und welche über den Link gesendet wurden. Allerdings war sie die Einzige, die diese Klarheit genießen konnte. Alle Partials standen hingerissen da.

»Ihr kommt gerade rechtzeitig«, grollte das Wesen. »Nun beginnt es.«

Green taumelte nach vorn, rieb sich über die Brust, um sich zu wärmen, und reihte sich in den Halbkreis der anderen zehn Partials ein. Kira gesellte sich nicht zu der Gruppe, sondern näherte sich dem Riesen.

»Wer bist du?«

»Ich habe euch gerufen, um euch zu warnen«, erklärte das Wesen. Sie sah nicht, wie sich der Mund bewegte, spürte aber das Vibrieren der tiefen Stimme im eigenen Oberkörper. »Ich habe die Menschen auf der Insel und die Partials in White Plains gewarnt, aber sie wollten nicht auf mich hören.«

»Warst du in White Plains?«, fragte Kira. »Hast du Doktor Morgan gesehen?«

»Es war kein erfreuliches Wiedersehen«, erwiderte der Gigant und schlug die Augen nieder. Kira folgte dem Blick und bemerkte die Schusswunden in seiner Brust. Ein Arm hing lahm herab, die andere Hand hatte er auf eine klaffende Bauchwunde gepresst. »Dieser Körper kann erlittene Schäden meist heilen, aber nicht so viele auf einmal. Ich sterbe.« Es wandte sich zu ihr um, und nun entdeckte Kira zwei beinahe menschliche Augen im Antlitz des Ungeheuers. »Wenigstens habe ich die Warnung überbracht.«

Kira trat näher, um die Wunden genauer zu betrachten.

»Welche Warnung?«

»Ich habe das Klima repariert«, erwiderte das Wesen. »Ich habe den Planeten repariert, der vor langer Zeit entzweiging. Jetzt kann sich die Welt selbst heilen.«

Kira schüttelte den Kopf, weil sie den Sinn der Worte nicht verstand. »Heißt das, du hast diese Kälte erzeugt?«

»Ich habe die Luft, das Wasser und die Atmosphäre gereinigt. Die Schutzschichten der Erde. Ich habe alle Schäden beseitigt, die unsere Waffen im alten Krieg verursacht haben. Ich habe das Gleichgewicht wiederhergestellt. Jetzt gibt es wieder Jahreszeiten. Der erste Winter wird hart, und niemand ist vorbereitet. Ich habe sie gewarnt, damit sie überleben.«

»Du gehörst zum Trust«, stellte Kira fest und ging im Geist die Namensliste durch. Wen konnte sie zuordnen und wen nicht? Und wie fand sie heraus, wer dieses Wesen war? Es gab nur zwei Mitglieder, über die nichts weiter bekannt war. Einer war ihr Vater Armin Dhurvasula. Erschüttert überlegte sie, ob dieses unglaubliche Geschöpf – durch Genmanipulation derart verändert, dass es jede Menschenähnlichkeit verloren hatte – ihr Vater sein konnte.

Sie wollte etwas sagen, doch ihr brach die Stimme. Dann hustete sie, schauderte in der kalten Gischt des Meeres und versuchte es noch einmal. »Wer bist du? Wie heißt du?«

»Meinen Namen hat seit ... seit dreizehn Jahren niemand mehr benutzt.«

Sie starrte die Verletzungen an, das dunkle Blut, das auf die kalten grauen Steine tropfte. Sie wagte kaum, es auszusprechen. »Armin?«

»Nein«, antwortete das Wesen, das wehmütig den aufziehenden Sturm beobachtete. »Mein Name war Jerry Ryssdal.«

Kira empfand ein seltsames Durcheinander von Gefühlen – Einsamkeit und Trauer, weil sie ihren Vater nicht gefunden hatte, zugleich auch Freude, weil es nicht ihr Vater war, der hier am Strand starb. Schuldgefühle, weil die Freude darauf beruhte, dass es einen anderen Mann traf. Sie fragte sich, ob diese Gefühle zum Teil die seinen waren – Trauer über den eigenen Tod und die Freude, weil er das Wetter in

Ordnung gebracht hatte. Schuldgefühle, weil er bei der Zerstörung der Welt mitgewirkt hatte.

Jerry Ryssdal war derjenige, über den sie am wenigsten wusste. Vale hatte behauptet, er lebe im Süden in der Nähe der ewigen Feuer der alten Stadt Houston. Er hatte sich laut Vale verändert. Kira hatte sich nicht viel darunter vorstellen können, aber jetzt war es offensichtlich. Ein brutaler Einsatz der Gentechnologie hatte es ihm ermöglicht, in der giftigen Einöde zu überleben. Er hatte sein Leben der Wiederherstellung der Welt gewidmet – nicht den Bewohnern, sondern der Welt im Allgemeinen. Irgendwie, so unmöglich es schien, hatte er es geschafft.

Der erste Winter wird hart, hatte er gesagt. Bisher hatte sie noch keinen richtigen Winter kennengelernt; nur wenige Menschen konnten sich daran erinnern. Seit dem alten Krieg vor dem Isolationskrieg hatte es keinen Winter mehr gegeben. Damals hatten die Leute auf Knöpfe gedrückt, und die Welt hatte sich unwiderruflich verändert. *Nicht für immer,* dachte sie. *Die Erde verwandelt sich zurück, aber eine so drastische Veränderung wird schwer zu ertragen sein.*

Als sie nach oben blickte, sah sie die erste Schneeflocke fallen.

28

»Es reicht nicht, Delarosa zu verfolgen«, erklärte Marcus. »Wir müssen auch die anderen Bewohner der Insel warnen.«

»Einverstanden«, stimmte Vinci zu. »Wir sollten beides tun.«

»Ihr könnt keines von beidem tun«, widersprach der Wächter. »Ihr tragt Handschellen und sitzt hinten in einem alten Supermarkt.«

»Äh, eigentlich hatte ich nicht mit dir gesprochen«, wandte Marcus ein.

»Ich sitze gerade mal drei Meter von euch entfernt.«

»Dann halt dir die Ohren zu und sing dir ein paar Minuten lang selbst etwas vor«, antwortete Marcus. »Wir besprechen gerade unseren Fluchtplan.«

»Halten Sie den Mund, Valencio!« Seufzend wandte sich Woolf an den Wächter. »Soldat, falls Sie gerade in gesprächiger Stimmung sind, würde ich gern Ihre Rechtfertigung hören, warum Sie bei alledem mitmachen. Es ist völlig gleichgültig, wo Delarosa die Atombombe zündet, denn sie wird uns alle töten, wer immer wir sind.«

Der Wächter funkelte sie an, schwieg beharrlich, lehnte sich demonstrativ auf dem Stuhl zurück und verschränkte mit gerunzelter Stirn die Arme vor der Brust.

»Wie wäre es damit?«, fragte Marcus ungerührt den Wächter. »Du hängst hier fest und musst uns bewachen, was weder uns noch dir hilft. Wie wäre es, wenn wir uns verständigen? Wir reisen gemeinsam nach Süden und warnen alle vor der Explosion. Wir versprechen, dass wir dich nicht aufhalten oder Schwierigkeiten machen. Selbst als treuer Anhänger der Atombombenlösung musst du doch zustimmen, dass die Menschen gewarnt werden sollten.«

»Wir werden nicht nur die Menschen warnen und außer Acht lassen, was Delarosa den Partials antut«, warf Vinci ein.

»Nun …« Marcus suchte nach den richtigen Worten. »Ich wollte … das war ein Teil des Plans, über den ich in seiner Gegenwart nicht sprechen wollte. Ich dachte, er läuft zu uns über und befreit uns, weil ihn mein brillanter, gut durchdachter Plan überzeugt hat. Im richtigen Augenblick könntest du ihn anspringen und … und ihn bewusstlos schlagen.«

Woolf stöhnte.

»Du bist ein Partial«, sagte Marcus. »Du könntest doch jemanden niederschlagen, obwohl du Handschellen trägst, oder?«

»Wirklich ein schrecklicher Plan«, entgegnete Vinci. »Ohne Übertreibung kann ich sagen, dass ich noch nie von einem schlechteren Plan gehört habe.«

»Wie ungerecht!«, wehrte sich Marcus. »Alle anderen Pläne, von denen du gehört hast, stammen von Partial-Strategen. Ich hingegen bin nur ein ganz normaler Kerl.«

»Das Schlimmste daran war, dass du den ganzen Plan in Hörweite des Wächters entwickelt hast. Du wolltest ihn hereinlegen, und ich habe dir eine einzige Frage gestellt, worauf du in seiner Gegenwart alles ausgeplaudert hast.«

Marcus stotterte und wollte protestieren.

»Vielleicht war das sogar der beste Teil des Plans«, fuhr Vinci fort. »Dies bedeutet nämlich, dass wir gar nicht erst in Verlegenheit kommen, den Plan auszuführen, der ja, wie ich schon sagte, wirklich schrecklich war. Auf diese Weise stehst du zwar dumm da, aber wir müssen nicht alle sterben.«

»Keiner von uns muss sterben«, widersprach Marcus. »Es war ein großartiger Plan.« Mit den Händen deutete er Karatehiebe an, die jedoch niemand sehen konnte, weil die Hände hinter seinem Rücken gefesselt waren. Allerdings rieb er sich bei der Anstrengung die Handgelenke wund. »Mit der Kampfkraft der Superpartials hättest du mühelos ...«

»Haltet ihr bitte den Mund?«, schimpfte der Wächter. »Teufel, das ist ja schlimmer als bei meinen kleinen Schwestern.«

»Hast du etwa kleine Schwestern?«, fragte Marcus.

»Nicht mehr«, erwiderte der Wächter. »Dank diesem Scheusal, das neben dir sitzt.« Wütend deutete er auf Vinci. Einen Moment lang herrschte Schweigen in dem Raum. Dann sprach Marcus leise weiter.

»Genau genommen ist er weniger ein Scheusal als jeder andere hier. Er wurde aus präzise geformter DNA im Labor gezüchtet. Er ist sozusagen ein perfektes Exemplar, während wir anderen hier die Scheusale ...«

Der Wächter sprang auf, durchquerte mit einem einzigen Schritt den Raum und holte mit dem Gewehrkolben aus, um ihn Marcus seitlich ins Gesicht zu stoßen. Marcus kippte zurück, vor seinen Augen blitzte es grell, der ganze Schädel dröhnte, und er nahm nichts mehr wahr als den schrecklichen, überwältigenden Schmerz.

Als ihm jemand eine Ohrfeige verpasste, kam er zu sich. Woolf kniete vor ihm. Die Hände des Offiziers waren frei, hinter ihm lag der Wächter bewusstlos am Boden. Vinci und Galen nahmen ihm gerade die Waffen und die Ausrüstung ab.

»Ach, herrje!«, stieß Marcus hervor. »Wie lange war ich weg?«

»Höchstens eine Minute.« Woolf untersuchte seinen Kopf. »Sie haben hier eine große Prellung. Erinnern Sie sich an die Planung, über die wir gesprochen haben? Vinci war derjenige, der den Hieb ins Gesicht bekommen sollte. Bei ihm heilt die Verletzung schneller ab.« Er beugte sich über Marcus' Rücken und nahm ihm die Handschellen ab.

»Vinci hat es nicht weit genug getrieben.« Marcus betrachtete die wund geriebenen Handgelenke und hob die Hände an die Schläfen. Eine Seite war geschwollen, dort prangte eine Schorfstelle auf der aufgerissenen Haut. »Wir haben ihn gepiesackt, bis er fast geplatzt wäre, aber dann hat Vinci nicht nachgesetzt. Ich musste etwas tun, sonst wäre die Gelegenheit ungenutzt verstrichen.«

»Ganz so weit hätten Sie ihn nicht treiben müssen«, meinte Woolf. »Die kleine Ansprache darüber, dass ein Partial ein perfektes Exemplar sei, hätte Ihnen sogar im Nonnenkloster eine Tracht Prügel eingetragen.«

»Mir war nicht bewusst, dass er noch mehr Antrieb brauchte.« Vinci überprüfte sein Gewehr. »Es tut mir leid. Ich eigne mich wohl nicht dafür, Menschen zu beleidigen.«

»Marcus ist Experte darin«, versicherte Woolf ihm. Er nahm die Handfeuerwaffe des Wächters an sich, es war eine Halbautomatik, und überließ Galen das Kampfmesser. »Verschwinden wir, bevor er aufwacht.«

»Moment noch!« Marcus hockte sich vor die Füße des Wächters. Ihm war ein wenig schwindelig, und er musste innehalten, weil sich der Raum um ihn drehte.

»Was hast du vor?«, fragte Vinci.

Marcus öffnete die Schnürsenkel des Wächters. »Ich verschaffe uns weitere dreißig Sekunden Vorsprung.« Er knotete die Schnürbänder der beiden Schuhe fest zusammen. Galen stöhnte, als ihm bewusst wurde, was Marcus tat.

»Komm schon!«, mahnte Galen. »Du brauchst mindestens dreißig Sekunden dafür. Das verschafft uns keinerlei Vorteil.«

»Mir verschafft es eine glückliche Erinnerung«, entgegnete Marcus. »Ich konnte den Kerl von Anfang an nicht leiden, schon bevor er mir den Gewehrkolben an den Kopf geknallt hat.« Grinsend betrachtete er den ohnmächtigen Wächter. »Viel Spaß dabei, dass du zweimal am Tag wie ein Tölpel hinfällst!« Er stand auf und streckte eine Hand aus, weil ihm wieder schwindelig wurde. Woolf kam ihm zu Hilfe und hielt ihn fest. »Erzählen Sie mir von dem ersten Sturz!«, verlangte Marcus. »Den habe ich ja verpasst.«

»Vinci hat ihm die Beine weggefegt und einen Kopfstoß verpasst, als er stürzte«, erklärte Galen.

»War das krass?«, fragte Marcus. »Sagt mir, dass es krass war!«

»Haltet den Mund!«, befahl Woolf. »Wir brechen jetzt auf.« Er drückte gegen die hintere Tür. Sie war abgesperrt, doch der Schlüssel steckte in der Brusttasche des Wächters. Durch die hintere Tür hatte der Wächter die Gefangenen in regelmäßigen Abständen zum Wasserlassen nach draußen geführt. Das hatte den drei anderen jeweils die Gelegenheit verschafft, die Flucht zu planen. Woolf lauschte aufmerksam an der Tür, steckte den Schlüssel ins Schloss und drehte ihn um. Der Rost erzeugte ein kratzendes Geräusch, dann klickte es. Sie hielten inne und lauschten, ob jemand den Lärm bemerkt hatte, doch draußen rührte sich nichts.

Marcus schauderte, als die kühle Luft über die wunden Handgelenke strich. »War ich wirklich nur wenige Minuten weg? Ich friere, und es kommt mir so vor, als wäre die Nacht angebrochen.«

»Es war nur eine Minute, und inzwischen ist Spätnachmittag«, erklärte Vinci.

»Aber es war tatsächlich sehr kalt«, bestätigte Woolf. Behutsam drückte er den quietschenden Türgriff hinunter und zog die Tür auf. »Ach, du ...«

Der Parkplatz war zur Hälfte mit verrosteten Fahrzeugen besetzt, im rissigen und löchrigen Straßenbelag hatten sich Pflanzen angesiedelt – und auf allem lag eine gespenstische weiße Decke. Der fallende Schnee stand wie ein Gazevorhang vor den Augen.

»Was, zum Teufel ...«, fluchte Galen.

»Nun ja, eins wissen wir jetzt«, sagte Marcus. »Die verrückten Geschichten über den roten Riesen entsprachen offenbar der Wahrheit.« Er schnitt eine Grimasse und starrte den Schnee an. »Es fällt mir sogar leichter, an den roten Riesen zu glauben, als das hier zu verdauen. Ist das wirklich Schnee? Außer in Holovideos habe ich noch nie Schnee gesehen.«

»Ja, das ist Schnee«, bestätigte Woolf. »Kommen Sie!« Er trat hinaus, und sein Stiefel hinterließ einen Abdruck in der dünnen weißen Schicht, die den Boden bedeckte.

»Da kann man uns aber leicht verfolgen«, warnte Vinci.

»Nur wenn die Verfolger uns dicht auf den Fersen sind«, beruhigte Woolf ihn. »In einigen Minuten sind unsere Spuren völlig überdeckt. Besser hätten wir es gar nicht treffen können.«

»Dann lassen Sie uns aufbrechen!«, drängte Marcus. »Ich will wenigstens hundert Meter weg sein, bevor Yoons Riesenpanther mich jagt wie eine Katze die Maus.«

29

Das Reservat lag am Fuß der Rocky Mountains in den Außenbezirken der zerstörten Stadt Denver. Vor dem Zusammenbruch hatte die weitläufige Metropole den ganzen Bereich von Castle Rock bis Fort Collins und von Boulder bis Bennett eingenommen. Später hatte sich die Gegend in eine säurezerfressene Hölle verwandelt. Dies war der westliche Rand des riesigen vergifteten Ödlands, das früher der Mittelwesten gewesen war. In jeder Rinne und Mulde knisterten Metallsalze, hier und dort glomm Phosphor, kristallisierte Laugen lagerten sich ab. Weder Pflanzen noch Tiere konnten hier überleben.

Samm und seine Gruppe machten sich am frühen Morgen auf den Rückweg nach East Meadow. Sie wollten den Menschen das Heilmittel und die unglaubliche Neuigkeit überbringen, dass nun alles ausgestanden war. Allerdings war ihm nicht klar, wie er die Menschen davon überzeugen konnte, dass sie mit den Partials zusammenarbeiten mussten. Andererseits war seine Gruppe ein gutes Beispiel dafür: er selbst, Heron, Ritter, Dwain und zwei weitere Partials namens Fergus und Bron, die sich erholt hatten. Außerdem begleitete sie Phan, und Calix ritt auf einem der beiden Pferde. Das Reservat hatte keine eigenen Pferde besessen, es gab nur die beiden, die Samm, Heron und Kira aus New York mitgebracht hatten. Kira hatte ihnen Namen gegeben. Samm erlaubte es sich einen sehnsuchtsvollen Augenblick lang, an das Mädchen zu denken. Die anderen Partials sahen ihn an, weil sie über den Link sofort seine Gedanken wahrnahmen. Dann dachte er wieder an die Pferde und sorgte sich, weil sie im Ödland wenig zu fressen fanden. Calix ritt auf Bobo, Kiras früherem Pferd, und hinter ihr lief Galgenstrick, Afas neugieriges und ungehorsames Reittier, das mittlerweile zum Packpferd degradiert worden war. Er hatte sich immer gegen den Reiter gesträubt, sich störrisch seinen eigenen Weg gesucht und Befehle missachtet. Nun aber schien er ganz zufrieden damit, einfach nur Bobo zu folgen. Samm hoffte, dass es so blieb.

Der Gedanke an Galgenstrick weckte die Erinnerungen an Afa, das Genie mit dem kindlichen Gemüt, das sie durch die Wildnis geschleppt hatten. Er war der einzige Mensch gewesen, den sie auf der Reise getroffen hatten, und – sicherlich kein Zufall – der Einzige, der es nicht geschafft hatte. In Chicago war er verletzt worden, in der giftigen Einöde von Colorado war er schließlich gestorben. Samm wusste nicht, ob überhaupt ein Mensch die Reise durch das Ödland überstehen konnte, und besonders Calix war gefährdet. Aufgrund ihrer Verletzung war sie langsam, und ihr Körper brauchte alle Kräfte für die Heilung. Falls ihr etwas zustieß, hielt sie die ganze Gruppe auf, was sie alle verletzlicher machte. Noch schlimmer ... *ich würde sie vermissen,* dachte er. *Für Afa war ich verantwortlich, aber Calix ist meine Freundin. Falls es auf die Frage hinausläuft, ob ich sie im Stich lasse oder selbst sterbe ... Ich weiß nicht, ob ich überhaupt fähig wäre, eine solche Entscheidung zu treffen.*

Er blickte zu Heron hinüber, die neben ihm durch die korrodierte Stadt schritt. Während des Isolationskriegs hatte er sie mehr als einmal um ihre Distanziertheit beneidet, um ihre Fähigkeit, alle Schmerzen, ob körperlich oder seelisch, einfach abzuschütteln, als würde sie sich eines Kleidungsstücks entledigen. Sie hatte das Schlimmste überstanden, was man im Krieg überhaupt erleben konnte, und auch danach schwierige Zeiten durchgemacht. Sie wurde mit jedem Problem fertig, das sich ihnen in den Weg stellte, und traf jede notwendige Entscheidung, wenn es ums Überleben ging. Selbst wenn sie alle bei der Durchquerung des Ödlandes starben, Heron würde es schaffen. Sie würde bis nach Hause gelangen, weil dies ihre Aufgabe war. Sogar Samm fand sie manchmal beängstigend. Sie war schwer zu durchschauen, und es widerstrebte ihm, sie als Freundin zu betrachten. Trotzdem verkörperte sie die größte Hoffnung der Gruppe. Er musste unter vier Augen mit ihr reden und einen Notfallplan entwerfen.

Sie brauchten drei Tage, um die Stadt zu durchqueren, und als sie die östlichen Vororte hinter sich ließen, lag das Ödland vor ihnen, so weit das Auge reichte: flach, konturlos und tot. Hier und dort erhob sich ein ausgebleichter Baum aus der giftigen Erde, vom sauren Regen ermordet und von der Sonne ausgedörrt. Da sie sich nicht mehr vorsichtig einen Weg zwischen den Gebäuden suchen mussten, kamen sie schneller voran. Am ersten Tag östlich von Denver legten sie fast so viele Kilometer zurück wie in den vorherigen drei Tagen zusammen. Heron übernahm die Führung und erkundete weit vor ihnen das Gelände. Phan hielt sich bewundernswert. Er war nicht ganz so widerstandsfähig wie Samm, erwies sich aber als kräftiger als die vier Partials, die sich nach dem Erwachen aus dem Koma noch erholten. Die Pferde kamen am langsamsten vorwärts, denn sie waren auf Ausdauer und nicht auf Tempo gezüchtet. Schon am Morgen fielen sie zurück. Calix und Dwain blieben bei ihnen und holten die anderen langsam wieder ein, als es Abend wurde. Die Gruppe war den ganzen Tag auf dem Interstate 76, der den Windungen des South Platte River folgte, nach Nordosten gewandert. Samm fand, dass der Abend ungewöhnlich kalt war. Als Calix sie am Ufer eines übel riechenden Bachs einholte, schauderte sie.

»Wir müssen bald lagern«, sagte Dwain und schickte gleichzeitig eine stumme Botschaft über den Link: DER FRAU GEHT ES NICHT GUT.

»Es ist kalt«, meinte Phan. »Viel kälter als gewöhnlich. Wir brauchen einen Unterschlupf.«

»Wir müssen uns nicht nur vor der Kälte schützen«, warnte Heron. »Wenn wir draußen vom Regen überrascht werden, sind wir binnen Minuten tot.«

»Es wird nicht regnen«, behauptete Calix. »Ich beobachte den Himmel, seit ich vier bin.«

»Das überzeugt mich nicht«, widersprach Heron. »Wir gehen weiter oder kehren um, aber wir bleiben nicht draußen.«

Sobald Samm stehen geblieben war, kroch ihm die Kälte an den Armen bis zum Oberkörper herauf. »Ist diese Kälte normal?«

»Nein«, antwortete Phan. »Die letzten Wochen waren ungewöhnlich kühl, aber so kalt wie derzeit war es noch nie. Ist es hier draußen in der Giftwüste immer so schlimm?«

»Als wir herkamen, war es auf jeden Fall wärmer«, antwortete Samm.

»Die Pferde brauchen eine Rast«, gab Calix zu bedenken. »Sie halten dieses Tempo nicht mehr lange durch.«

»Wir hätten schon im letzten Ort anhalten sollen«, erklärte Ritter. Er warf Heron einen scharfen Blick zu und zeigte ihr über den Link unmissverständlich seine Missbilligung. »Nur schade, dass uns unsere Späherin ins Nirgendwo geführt hat.«

»Wir sind hier im Mittelwesten«, widersprach Heron. »Das ist ein einziges großes Nirgendwo. Der nächste Ort ist nur noch drei Kilometer entfernt. Vielleicht wird die Strecke sogar kürzer, wenn wir außerhalb eine Farm entdecken.«

»Also gehen wir weiter«, entschied Samm, und die Gruppe setzte sich wieder in Bewegung. Jetzt gingen sie nur noch so schnell wie die Pferde. Sie waren müde und durstig und rieben sich vor Kälte über die Arme. Unterwegs schien die Temperatur sogar noch weiter zu sinken, und als sie endlich eine Reihe niedriger Häuser entdeckten, verließen sie taub und erschöpft, aber zielstrebig die Straße. Der Highway verlief auf einer kleinen Anhöhe, auf der Böschung stand trockenes, sprödes Gras, das unter den Füßen wie Eierschalen knirschte. Die Gebäude gehörten zu einem alten Bauernhof, wie Heron es vermutet hatte. Die Felder waren kahl und tot. Das erste Haus in der Reihe war zu stark verfallen, um ihnen Schutz zu bieten. Die gläserne Schiebetür auf der Rückseite war schon vor Jahren geborsten, und nach einem Jahrzehnt hatten Wind und Wetter giftigen Unrat und Staub ins Haus befördert. Das nächste Gebäude sah besser aus, war aber zu klein, um sie alle aufzunehmen. Samm quartierte die Partials dort ein und wies sie an, die Türen und Fenster so gut wie möglich zu verschließen. Dann führte er die Menschen und Pferde zum dritten Haus. Heron folgte ihm. Er seufzte. Sie hörte eigentlich nie auf Befehle.

»Du musst ihnen zeigen, wie sie die Spalten abdichten«, sagte Samm. »Ich zeige es Calix und Phan.«

»Sie sind große Jungs«, widersprach Heron. »Damit kommen sie auch allein zurecht.«

»Kümmerst du dich dann um die Pferde?«

»Ich möchte sehen, ob es in diesem Kaff so etwas wie ein Stadtzentrum gibt«, antwortete sie. »Wir haben fast den gesamten Wasservorrat für die Pferde verbraucht und benötigen Nachschub.«

»Nimm Ritter mit!«, sagte Samm. »Keiner von uns sollte sich dort draußen allein bewegen.«

»Ich nehme dich mit.«

Samm warf Calix einen Blick zu, die anscheinend zu müde war, um den Wortwechsel zu verfolgen. Sogar Phan war dem Zusammenbruch nahe. »Ich muss mich um die Pferde kümmern.«

»Dann kümmere dich«, sagte Heron. »Aber sieh zu, dass es nicht die ganze Nacht dauert!«

Über den Link zeigte Samm ihr, wie genervt er war, doch

er machte sich schweigend an die Arbeit. Wenn Heron mit ihm allein sein wollte, hatte sie ihm offenbar etwas zu sagen, und da dies nur selten vorkam, wollte er es unbedingt erfahren. Er führte Phan und Calix nach drinnen und wies ihnen einen Lagerraum im Keller zu. Dort gab es weder Lebensmittel noch Wasser, vor allem gab es keine Fenster. Auf den Flächen hatten sich keinerlei giftige Rückstände abgelagert. Die Pferde brachte er ins Wohnzimmer, den Boden legte er so gut wie möglich mit Plastikplanen aus – nicht um den Teppich vor Pferdeäpfeln zu schützen, sondern damit die Tiere ihn nicht anknabberten. In der Küche fand er einige Metalltöpfe, die er mit dem mitgebrachten Wasser füllte. Während die Tiere tranken, befreite er sie müde von den Packen und den Sätteln. Erst nach gut einer halben Stunde schlurfte er wieder nach draußen. Inzwischen war der Himmel dunkel. Sterne waren nirgends zu sehen, die eiskalte Luft schmerzte in der Nase und auf den Wangen.

»Hier entlang.« Heron sprang von der Haube des rostigen Lieferwagens, auf der sie gehockt hatte. »Anderthalb Kilometer die Straße entlang gibt es eine Schule, und im Lehrerzimmer stehen drei große Plastikkanister mit Wasser.«

»Ich habe dir doch gesagt, dass du nicht allein losziehen sollst.« Samm ging neben ihr die Straße entlang. »Wenn du dich nun verletzt hättest, und niemand hätte gewusst, wo du bist?«

»Wenn ich mich tausendfünfhundert Kilometer von möglichen Feinden entfernt in einer leeren Stadt verletze, dann habe ich den Tod verdient.«

»Nun ja ... ohne dich würden wir nicht weitergehen.«

»Wo liegt dann das Problem?«

Samm teilte ihr über den Link mit, wie gereizt er war. »Vermutlich bin ich hier, weil du mit mir über etwas reden willst.«

»Interessant«, sagte Heron. »Worüber will ich wohl reden?«

»Keine Ahnung«, antwortete Samm. »Da du jetzt so schüchtern tust, beginne ich mit einer Frage, die mir selbst am Herzen liegt. Ich muss wissen, wie weit du dich dieser Mission verpflichtet fühlst.«

»Ich bin dabei«, entgegnete Heron einfach.

»Aber wie lange bist du noch dabei?«, fragte Samm. »Bist du dabei, bis jemand deine Loyalität wieder aufhebt?«

»Die dritte Division überlebte dreizehn Jahre lang im Reservat, weil irgendeine Kraft sie am Leben erhielt«, sagte Heron. »Was es auch war – vielleicht Williams, vielleicht das Lebenserhaltungssystem, vielleicht die Mikroben in der Erde, die für die Gesundheit der Pflanzen sorgen –, diese Kraft könnte auch mein Leben verlängern. Die Sicherung meines Weiterlebens liegt im Reservat, und obendrein werden mir dort Unterkunft, Nahrung und Wasser nach Belieben geboten. Trotzdem bin ich hier.«

Samm begriff – Heron war nur das eigene Überleben wichtig, und dieses Bestreben aufzugeben, kostete sie mehr Überwindung, als er angenommen hatte. »Du bist hier«, stimmte er zu. »Du hättest das Reservat nicht verlassen, wenn es nicht etwas noch Wichtigeres für dich gäbe.« Er war innerlich hin- und hergerissen. Schuldgefühle und Höflichkeit waren abzuwägen gegen die Bedeutung ihrer Mission. Schließlich behielt Letzteres die Oberhand. »Heron, es überrascht dich sicher nicht, wenn ich dir sage, dass ich mir deine Gedanken und Absichten nur schwer zusammenreimen kann. Trotzdem vertraue ich dir, und meistens reicht mir das aus. Im Moment muss ich aber wissen, was du dir davon versprichst, uns zu begleiten. Vielleicht willst du uns bei unserer Mission helfen, um unsere Spezies zu retten. Vielleicht willst du dich auch an Doktor Morgan rächen. Vielleicht führst du uns durch die Giftwüste und verlässt uns, sobald wir ein sicheres Gebiet erreicht haben. Vielleicht hast du etwas ganz anderes vor, und ich habe keine Ahnung davon. Aber ... dieses Unternehmen ist überaus wichtig. Die Informationen, die wir haben, könnten die Menschheit retten, und du bist möglicherweise als Einzige stark genug, um sie zu überbringen. Ich muss wissen, ob du dazu wirklich bereit bist.«

Heron schwieg eine Weile, und Samm spürte nicht die geringste Regung über den Link. Wieder staunte er über ihre Fähigkeit, sämtliche Gefühle für sich zu behalten. Warum waren die Spionagemodelle überhaupt dazu imstande? Warum besaßen sie die Fähigkeit, die eigenen Gefährten zu täuschen, obwohl sie doch dazu gebaut waren, die Menschen hinters Licht zu führen? Erst als sie in Richtung Osten auf eine verlassene Straße einbogen, ergriff Heron das Wort.

»*Giftwüste* ist ein Begriff des Reservats«, sagte Heron.

»Wie bitte?«

»Wir haben es meist das *Ödland* genannt«, erläuterte Heron. »Auch Afa hat diesen Begriff manchmal benutzt, und er passt sehr gut. *Giftwüste* ist das Wort der Menschen im Reservat, das du übernommen hast.«

»Willst du damit sagen, ich sei einer von ihnen geworden?«, fragte Samm. »Machst du dir deshalb Sorgen?«

»Ich habe nicht behauptet, wegen irgendetwas besorgt zu sein.«

»Warum verhältst du dich dann so seltsam?«, bohrte Samm weiter. »Du hast mich zur Eile angetrieben, wolltest mir aber nicht bei der Arbeit helfen. Du hast mich allein hier herausgelotst, willst aber nicht mit mir reden.«

»Wir reden doch.«

»Meinst du wirklich?«

»Ich weiß nicht.«

Samms Linkdaten knisterten vor Missbehagen. »Was soll das denn heißen?«

Schweigend gingen sie weiter, während sich dunkle Wolken vor den Mond schoben. »Dir ist kalt«, sagte Heron. »Ich wärme dich.« Sie legte den Arm um ihn.

Samm war zu überrascht, um etwas zu entgegnen, und strauchelte sogar leicht, als er weiterging. Er spürte Herons Körper dicht neben sich, den Arm auf den Schultern, ihre Brust, die ihm seitlich gegen den Arm drückte. Der kalte Wind spielte mit ihrem Haar, die schwarzen Strähnen flatterten vor seinem Gesicht. Er wurde langsamer und blieb schließlich stehen.

»Was tust du da?«

Sie wandte sich zu ihm um, ohne den Arm wegzunehmen, und legte nun auch den zweiten Arm um ihn. Dann zog sie ihn an sich und küsste ihn. Ihre Lippen waren weich und feucht, die Finger fuhren ihm sanft durchs Haar. Völlig überrumpelt blieb er reglos stehen, dann fasste er sie an den Armen und schob sie fort.

»Was tust du da?«, fragte er noch einmal.

»Das war ein Kuss«, erklärte Heron. »Du hast es mit Kira ausprobiert und weißt, was es ist.«

»Natürlich weiß ich, was es ist.« Seine Linkdaten zeigten ein Durcheinander von Verwirrung, Schrecken und Erregung. »Warum küsst du mich?«

»Ich wollte wissen, wie sich das anfühlt.« Wie üblich verriet der Link nicht, was in ihr vorging. »Calix meinte, du hättest auch sie geküsst.«

»Hat Calix dir das wirklich gesagt?« Calix hasste Heron. Die Behauptung war beinahe ebenso unglaublich wie der Kuss.

»Ich kann sehr überzeugend sein.« Heron drehte sich wieder nach Osten und ging weiter. »Ich wurde dazu ausgebildet, alle nur denkbaren Mittel einzusetzen, um den Menschen Informationen zu entlocken, ob es sich um Männer oder Frauen handelt. Diese Techniken wirken allerdings nicht bei Partials, weil ihr nicht die Fähigkeit entwickelt habt, auf die entsprechenden Signale zu reagieren.«

Samm holte Heron rasch ein. »Sag mir, was hier los ist!« Er packte sie am Arm. »Wir kennen uns seit fast zwanzig

Jahren, und dies …« Er blickte zu den Wolken hinauf. »Ich weiß nicht einmal, was ich dazu sagen soll.«

»Deine Entscheidungen sind dumm«, erklärte Heron. »Unser einziges Ziel ist das Überleben. Dazu setzen wir jedes erforderliche Mittel ein. Dir haben sich etliche Gelegenheiten geboten, aber du hast sie verworfen. Deine Pläne zielen so wenig auf dein Überleben wie deine Taktik. Wenn du nicht bald etwas unternimmst, stirbst du in sieben Monaten. Trotzdem lässt du die beste Möglichkeit, am Leben zu bleiben, hinter dir zurück. Calix meint, du seist in Kira verliebt, und das könnte alles erklären. In der Ausbildung haben wir gelernt, dass Liebe dumm macht und dass wir dieses Gefühl gegen unsere Feinde einsetzen können, aber du …« Sie drehte sich wieder zu ihm um. »Du bist nicht einmal glücklich. Du wirfst dein eigenes Leben weg, weil du ein Mädchen liebst, das nicht mehr da ist. Du fühlst dich schlecht, und es bringt dich um. Etwas Schlimmeres als die Liebe ist dir noch nie widerfahren, und trotzdem liebst du sie noch immer.«

Sie hielt lange inne, bis Samm schon dachte, sie habe nichts weiter zu sagen, und fuhr schließlich doch noch fort.

»Ich …«, setzte sie an. »Ich wollte wissen, wie es sich anfühlt.«

Nun verstummte Heron, ließ jedoch Samm nicht aus den Augen. Ihm wurde schwindelig. Er wusste nicht, was er antworten und wo er beginnen sollte, wusste nicht einmal mehr, was er für Kira, Heron oder sonst jemanden empfand.

»Küssen ist keine Liebe«, murmelte er nach einer Weile.

»Aber die Durchquerung des Ödlands ist Liebe?«

»Kann sein«, antwortete Samm. »Heron, Liebe ist keine Waffe.«

»Alles ist eine Waffe.«

»Man kann alles als Waffe benutzen«, räumte Samm ein. »Das ist jedoch nicht das Gleiche. Liebe bedeutet, dass du Gefühle, Vertrauen und Verletzlichkeit eines Menschen gegen ihn verwenden könntest, es aber nicht tust. Wenn du ein Versprechen abgibst, das du nicht einlösen willst, aber trotzdem Wort hältst, weil es sich richtig anfühlt. Wenn du Menschen hilfst, die dir umgekehrt nicht helfen können.« Er wandte die Handflächen nach oben und bemühte sich, eine Empfindung zu beschreiben, die er selbst noch nicht richtig begriff. »Du redest von der Giftwüste statt vom Ödland.«

»Du bringst dich selbst um«, entgegnete Heron.

»Du verlierst dich«, fuhr Samm fort. »Liebe findet statt, wenn du jemanden findest, der dir so wichtig ist und den du so sehr brauchst, dass die Begegnung wichtiger ist als deine eigenen Ziele, als dein eigenes Leben. Nicht weil dein Leben ohne ihn sinnlos ist, sondern weil die Liebe deinem Leben einen Sinn gibt, den es vorher nicht besaß.«

»Das Leben ist sich selbst Sinn genug«, behauptete Heron. »Wir leben, weil wir nicht sterben wollen. Der Tod hat keinen Sinn, wir brauchen keine leeren Gesten und hehren Opfer. Die Liebe unterläuft deine Fähigkeit, die richtigen Entscheidungen zu treffen.«

Samm schüttelte den Kopf. »Ist dir klar, dass ich dich früher beneidet habe? Ich dachte, wie schön es wäre, wenn mich nichts berühren würde, wenn ich nie traurig wäre und nie etwas Liebgewonnenes verlieren könnte. Wenn mir nie wegen irgendeiner jener dummen, sinnlosen Tragödien, die unser ganzes Leben definieren, das Herz bräche. Wusstest du, dass ParaGen uns die Fähigkeit gegeben hat, zu lieben und empathisch zu sein? Man hat uns mit Emotionen versehen, damit wir die Menschen wertschätzen und lieben. Dabei kam aber nur heraus, dass wir am Ende schmerzvoll erkennen mussten, dass sie unsere Liebe nicht erwidern. Aber du ... du lässt dich von nichts beeindrucken. Früher hielt ich das für erstrebenswert. Aber du hast deine Gefühle so weit verdrängt, dass ich sie nicht einmal über den Link auffangen kann. Taktische Daten, Gesundheitszustand, Ortsangaben und Gefechtslage, mehr ist nicht wahrzunehmen. Deine Emotionen sind verschwunden. Heron, du bist wie ein schwarzes Loch, und das ist nicht gut, das ist nicht gesund.«

»Die Spionagemodelle wurden anders konstruiert«, erwiderte Heron. »Du fühlst meine Emotionen nicht, weil ich sie selbst nicht fühle. Du hast recht, was mich angeht – ich bin ein schwarzes Loch, eine leere Hülle. Du glaubst, ich sei geheimnisvoll, aber in Wahrheit bin ich vor allem verwirrt. Ich dachte, ich könnte dich küssen und fühlen, was Kira oder Calix gefühlt haben. Und dann ...« Sie wandte sich ab. »Es ist misslungen.«

Schockiert stand Samm da und bemühte sich, Herons Worte zu verarbeiten. »Warum tut man so etwas?«, fragte er. »Warum erschafft man eine Person und nimmt ihr dann alles weg, was sie zu einer Person macht?«

Herons Linkdaten waren leer wie immer. »Weil es uns beim Überleben hilft.«

30

Einige der Partials, die Kira am Meer traf, stammten aus Morgans Fraktion und hatten sich auf einer Patrouille befunden. Als Jerry Ryssdal starb und die ersten großen Schneeflocken fielen, waren sie ohne Ausnahme Deserteure wie Green. Nach allem, was sie gesehen und gespürt hatten, waren sie zu schockiert, um zurückzukehren. Die Welt hatte sich viel zu schnell und zu gewaltsam verändert, um jemals wieder zu werden wie zuvor. Einige flohen nach Osten und suchten nach alten Freunden aus anderen Abteilungen, die sich bereits den weit außerhalb angesiedelten Fraktionen angeschlossen hatten. Drei wollten bei Kira bleiben. Die Aussicht, eine Therapie für das Verfallsdatum zu finden, hatte sie umgestimmt. Kira sprach offen mit ihnen, wie sie es mit Green getan hatte, und erklärte ihnen, dass der Plan trotz ihrer eigenen Gewissheit immer noch scheitern konnte. Der Anführer des Trupps, ein Soldat namens Falin, kratzte sich nur am Kopf und blickte zum Sund hinüber.

»Wenn es nicht funktioniert, sterben wir, aber wir haben es wenigstens versucht.« Er wandte sich an Kira. »Etwas Besseres können wir sowieso nicht erhoffen. Jetzt nicht und später nicht.«

»Nicht jeder wird die Sache so gelassen sehen«, gab Kira zu bedenken. »Die Menschen werden ebenso Widerstand leisten wie die anderen Partials.«

»Je eher wir es anpacken, desto besser«, meinte Falin. »Ich gehöre zur übernächsten Gruppe, die es trifft.«

Die übernächste Gruppe, dachte Kira. *Green stirbt in vier Wochen, Falin in zwei Monaten.*

Sie begruben Ryssdal am Meer in einem flachen Grab, das sie mit Steinen abdeckten. Als sie die Arbeit endlich beendeten, war es bereits eingeschneit. Kira fragte sich, wie lange das Unwetter anhielt, traute sich aber nicht, innezuhalten und abzuwarten. Der Ort, zu dem Ryssdal sie gerufen hatte, befand sich am Ende einer langen, schmalen Bucht, die mit dem Sund in Verbindung stand. Ein Stück weiter, jenseits einer Brücke, erreichten sie eine große Mole, an der zahlreiche Boote gelegen hatten. Die meisten hatten sich schon vor langer Zeit losgerissen, und die Wellen hatten sie im Lauf vieler Jahre in einer Ecke des Hafenbeckens zu einem dichten Gewirr zusammengeschoben oder ins tiefere Wasser befördert, wo nun winzige weiße Schiffswracks die Wasserfläche durchbrachen. Einige der Boote lagen noch fest an der Mole, keines schien jedoch geeignet, die offene See zu überqueren. Kira und ihre Gefährten untersuchten die große Zahl der Boote, die am Strand lagen, sicher aufbewahrt für die Pause zwischen den Ferien, die nun schon dreizehn Jahre andauerte. Immer wieder schnitten sie die dicken Plastikplanen auf und suchten ein Fahrzeug, das ihren Zwecken genügte. Keiner in Kiras Gruppe konnte segeln, doch eine größere Jacht, die mindestens zwanzig Meter lang war, besaß breite schwarze Solarmodule und ein Steuerpult, das zu glimmen begann, sobald die Module freigelegt waren.

»Viel Sonne werden wir nicht haben«, überlegte Green mit einem Blick auf die Wolken. »Es ist schon Spätnachmittag, und die Wolken werden nicht abziehen.«

Falin blickte in den Treibstofftank und wedelte mit der Hand vor der Nase, als ein übler Geruch aufstieg. »Das Benzin hat sich weitgehend zersetzt. Es ist größtenteils verharzt, wahrscheinlich springt der Motor nicht einmal an. Die Solarmodule arbeiten bis zum Einbruch der Dunkelheit, aber damit kommen wir nicht über den Sund.«

»Ich zeige euch einen kleinen Trick, den ich gelernt habe.« Lächelnd deutete Kira quer über den Parkplatz auf ein großes Schild mit der Aufschrift AUTOTEILE. »Wenn es dort Terpentin gibt, können wir gleich aufbrechen.«

»Verdünner?«, fragte Falin.

»Genau das, was auch verharzter Treibstoff ist«, antwortete Kira. »Kommt mit!«

Falin musterte Green, der nur lachte. »Glaub mir, sie weiß, was sie tut!«

In dem Zubehörladen gab es tatsächlich Terpentin, das sie in schweren Metallkanistern hinüberschleppten. Danach schoben sie das Boot über die Rampe ins Wasser hinunter. Sie brauchten eine Stunde, um durch die zerstörten und gekenterten Boote zu manövrieren. Teilweise mussten sie klettern und die Leinen kappen, während dichter nasser Schnee fiel. Sobald sie offenes Wasser erreicht hatten, drehte Kira die Maschine voll auf und versorgte den Antrieb zugleich mit den Solarmodulen und aus dem Treibstofftank. So fuhren sie dröhnend in die Bucht hinaus.

»Bleibt den Auspuffrohren fern«, rief sie, »und passt auf, ob sich der Wind dreht und die Abgase in unsere Richtung weht! Der Terpentindampf ist äußerst giftig.«

Die Mündung der Bucht war voller kleiner Sandbänke und Inseln, die sie vorsichtig passierten. Als sie den Sund erreichten, war es schon fast Nacht, und sie mussten sich allein auf das Benzin verlassen, während sie durch das kabbelige Wasser stampften. Das Boot besaß über dem Pilotensitz ein einfahrbares Dach aus Segeltuch, mit dem die Witterung allerdings nicht gnädig umgesprungen war. Es riss fast vollständig durch, als Kira es entfalten wollte. Green entdeckte unter Deck eine Baseballmütze, die er ihr als Schutz vor dem Schneetreiben gab, damit sie das Boot steuern konnte. Als sie eine Pause brauchte, überließ sie ihm das Ruder und die Kappe. Sie hielten sich westlich und erreichten etwa um Mitternacht bei Huntingdon Bay die Insel.

Der Strand war breit und voller Kiesel. Vorsichtig, falls sie das Boot noch einmal brauchten, setzten sie die Jacht auf Grund und banden sie an einem kräftigen, aufrecht stehenden Pfahl fest, der früher zu einer Mole gehört hatte.

Der Schneefall wurde sogar noch dichter, und da die Unwetterwolken den Mond verdeckten, sahen sie kaum genug, um gefahrlos voranzukommen. In einem großen Anwesen am Wasser suchten sie Unterschlupf und schliefen fest in einem kleinen Schlafzimmer, wo sich alle fünf eng aneinanderschmiegten, um sich zu wärmen. Am Morgen durchsuchten sie das Haus nach Konserven und entdeckten Kichererbsen, die noch nicht verdorben waren. Sie teilten sich die magere Ausbeute, bevor sie wieder nach draußen in den Schnee schlurften. Über Nacht hatte sich ein dicker weißer Teppich auf die Welt gelegt, und der Schneefall hatte immer noch nicht aufgehört. Ein weißer Vorhang sank langsam vor ihnen herab. Sie waren noch nicht weit gekommen, da trat Falin auf eine kleine Erhebung und sprang fluchend zurück.

»Ein Toter!«

Kira hob sofort den Kopf und sah sich um, ob irgendwo eine Gefahr drohte, die sie noch nicht bemerkt hatte, konnte jedoch nichts entdecken. Sie trat zu der Gruppe, die sich um den Toten versammelt hatte, und kniete nieder. Aus der Nähe erkannte sie, dass es sich bei dem kleinen Hügel um einen Menschen handelte, der gekrümmt auf der Seite lag.

»Das ist kein Partial«, erklärte Green. »Der Link überträgt keinen Todesstempel.«

Kira wischte den Schnee beiseite und runzelte die Stirn, als sie immer mehr gefrorenes dunkles Blut freilegte. Wer es auch war, er war gewaltsam gestorben. Sie entfernte den Schnee vom Gesicht des Toten und keuchte entsetzt auf.

»Kennst du ihn?«, fragte Green.

»Das ist Owen Tovar«, erklärte Kira. »Er gehörte zu einer Gruppe, die vor einigen Jahren gegen unsere Regierung rebellierte. Nach dem erfolgreichen Aufstand war er Senator. Ich kannte ihn nicht gut, aber ...« Sie schüttelte den Kopf. »Ich mochte ihn. Er war ein ehrenwerter Mann.«

»Ihm fehlen drei Finger.« Falin hatte die Hände vom Schnee befreit. »Es sieht aus, als hätte der tödliche Schuss den Bauch getroffen. Ein Partial hätte keinen Grund, so etwas zu tun.«

»Ein Mensch auch nicht«, ergänzte Kira.

»Ich will damit sagen, dass ein Partial präziser vorgeht«, meinte Falin. »Wir hätten ihn genau in der Brust oder im Kopf getroffen ...«

»Es gibt keine Austrittswunde«, sagte Green. Er hockte inzwischen auf der anderen Seite des Toten und untersuchte den Rücken. Kira kniete nieder und sah ihn sich ebenfalls an. »Die Bauchverletzung ähnelt einer Schusswunde. Aber welche Waffe es auch war, sie ist nicht nach hinten ausgetreten. Ich weiß nicht, wie eine solche Verletzung entstehen konnte. Für ein Messer ist das Loch zu groß.«

»O nein!« Kira versuchte, den Leichnam zu drehen, um die Wunde näher zu begutachten. Er war jedoch am Boden festgefroren, und so musste sie auf die andere Seite klettern. Ihr sank das Herz. »O nein!«

Schon spürte sie den Schrecken ihrer Begleiter über den Link. Nachdem sie aus Kiras Worten gefolgert hatten, dass etwas nicht stimmte, nahmen sie Verteidigungshaltung an. Green ging neben ihr in die Hocke. »Was ist los?«

»Eine solche Wunde habe ich schon einmal gesehen«, erklärte sie. »Ein einziges Mal – bei deinem Teamkameraden, den ich am Candlewood Lake auf dem Steg fand.«

Green suchte ihren Blick, dachte über die Bedeutung der Worte nach und gelangte zu der gleichen Schlussfolgerung wie sie. »Der Blutmann.«

»Ich will nicht behaupten, dass er es war.« Kira richtete sich auf. »Es könnte auch ein Zufall sein.«

»Wer ist der Blutmann?«, fragte Falin.

»Das wissen wir nicht«, antwortete Kira. »Ein … Mörder? Ein Sammler? Wir konnten einer Gruppe veränderter Partials entkommen, die anscheinend unter seinem Befehl standen. Ihn selbst haben wir allerdings nie zu Gesicht bekommen. Er hat viele Partials getötet und ihnen das Blut abgezapft. Wie Green gehört hat, soll er nach Süden unterwegs sein, um das Gleiche mit den Menschen anzustellen. Den Grund dafür kennen wir nicht.«

»Veränderte Partials?«, fragte einer von Falins Soldaten.

Green legte sich die Hände seitlich an den Hals und bewegte sie auf und ab. »Kiemen.«

»Es gibt nur zwei plausible Gründe, jemandem das Blut abzunehmen«, sagte Falin. »Entweder man ist verrückt, oder man braucht es für eine Transfusion. Vielleicht stirbt er.«

Kira schüttelte den Kopf. »Wenn er wirklich nur eine Transfusion braucht, läuft er nicht herum und nimmt den verschiedensten Leuten jeweils einen halben Liter oder mehr ab. Nein, er sammelt es, als wollte er es aufbewahren und möglichst viele verschiedene Proben einlagern. Am Candlewood Lake hat er von den drei Partialmodellen, auf die er zugreifen konnte, jeweils mindestens eine Probe genommen.« Sie hob den Kopf. »Ich habe bei der Arbeit im Krankenhaus viele Blutuntersuchungen gemacht und Experimente durchgeführt. Vielleicht braucht er die Proben für ähnliche Zwecke.«

»Was er auch tut und aus welchem Grund er unterwegs ist, wir müssen das offene Gelände meiden«, warnte Green. Er winkte, damit alle die schneebedeckte Straße verließen und auf den Gehweg wechselten. »Bleibt dicht an den Häusern und haltet die Augen offen, damit wir nicht überrascht werden!«

»Wir können ihn doch nicht einfach dort liegen lassen«, widersprach Kira. »Ich habe den Mann gekannt.«

»Er ist auf der Straße festgefroren«, wandte Green ein. »Außerdem haben wir keine Zeit.«

Kira bemühte sich noch einmal, den Toten zu bewegen, doch er war steif gefroren. Als sie endlich den Arm anheben konnte, blieb ein Hautfetzen auf dem Pflaster zurück. Sie zuckte zusammen und ließ ihn los.

»Tut mir leid … Ich komme zurück«, flüsterte sie und strich ihm über das gefrorene Haar. »Zumindest will ich es versuchen«, fügte sie in dunkler Vorahnung hinzu.

Sie eilten die Straße entlang, sprangen rasch von einem Unterschlupf in den nächsten, bis sie mehrere Blocks weiter den Schauplatz einer Explosion jüngeren Datums entdeckten, auf dem inzwischen eine Schneedecke lag. »Irgendjemand hat hier eine Stellung der Partials angegriffen«, erklärte Falin, nachdem er die Trümmer auf dem Gelände untersucht hatte. Er hob den Lauf eines Gewehrs auf, das die Partials benutzt hatten. Die Explosion hatte es verbogen und verdreht. »Vielleicht war es dein Freund dort hinten.«

»Wahrscheinlich«, räumte Kira ein. Sie blickte die Straße hinunter, betrachtete ein Geschäft, über dem eine ausgebleichte gelbe Ente hing, und ein anderes, das einer Burg nachempfunden war. »Hier sind Reifenspuren im Schnee.« Sie wies nach unten. »Die Abdrücke sind nicht frisch, aber erst nach Beginn des Schneefalls entstanden. Wer es auch war, ist vielleicht eine Weile geblieben, um aufzuräumen, und erst später wieder weggefahren.«

»Wir müssen eine Entscheidung treffen«, meinte Green. »Wenn Kira recht hat, befinden wir uns nur wenige Wegstunden hinter einem Trupp Partials, der anscheinend nach Osten marschiert. Das bedeutet, dass sie nicht nach Hause wollen. Vielleicht verfolgen sie eine Gruppe menschlicher Rebellen. Wir könnten ihnen folgen, oder wir gehen weiter nach East Meadow und treffen sie dort.«

»East Meadow dürfte ungefährlicher sein«, stellte Falin fest. »Menschen und Partials, die sich gegenseitig beschießen, sind für einen Versöhnungsvorschlag vermutlich nicht sonderlich empfänglich.«

»Der Blutmann will vielleicht ebenfalls nach East Meadow«, überlegte Kira. »Wenn er Proben von möglichst vielen Menschen nehmen will, dann kann er sie genau dort finden.«

»Dann brechen wir sofort auf«, sagte Green. »Los jetzt!«

31

Es hatte eine ganze Woche lang geschneit. Feuchte weiße Klumpen drückten die Zweige der Bäume nieder, bis sie brachen, am Straßenrand hatten sich meterhohe Schneewehen gebildet, und es sah nicht danach aus, als würde der Niederschlag bald aufhören. *Das ist wie in einem Fantasy-Roman,* dachte Ariel. Die Welt wirkte unvertraut und fremd. Sie und ihre Gruppe waren langsamer denn je von Haus zu Haus gezogen. Dreißig Kilometer weit waren sie in schneidender Kälte durch hüfttiefen Schnee gestapft. In jeder neuen Unterkunft hatten sie die Möbel zerhackt und ein Feuer entfacht. Allzu groß durfte es nicht werden, denn sie mussten immer noch mit Partialpatrouillen rechnen. Dann hatten sie die kalten, klammen Sachen ausgezogen und frische übergestreift, die sie im jeweiligen Haus gerade gefunden hatten – Männerhosen und Schuhe, die nicht passten, mehrere Sommerkleider übereinander, bis ihnen warm wurde. Ariel erinnerte sich, wie sie kurz nach dem Zusammenbruch kichernd mit Kira und Isolde von Haus zu Haus gerannt war, um hübsche neue Kleider in Hunderten verschiedenen Stilrichtungen zu finden, wie sie den Schmuck reicher Frauen ausprobiert und Schuhe in allen Formen und Farben gesammelt hatten, bis die Kleiderschränke zu bersten drohten. Jetzt wühlte sie in den Kommoden alter Männer nach modrigen Jeans und schnitt sie entzwei, um zusätzliche Ärmel zu gewinnen, die die Arme vor Erfrierungen schützen sollten. Die wenigen guten Jacken, die sie auftreiben konnten, überließen sie Isolde. Das Baby packten sie in alte Flanellhemden und Decken. Den einzigen dicken Mantel, den sie im hinteren Teil eines Pflegeheims im Lager entdeckt hatten, trugen alle sechs abwechselnd. Das wertvolle Kleidungsstück wurde jeden Abend sorgfältig am Feuer getrocknet.

In Häusern, in denen es Kamine gab, war es natürlich viel einfacher, ein Feuer zu machen, aber nach dreizehn Jahren der Vernachlässigung war der Abzug verstopft und nutzlos, und selbst wenn die Fenster offen standen, füllten sich die Räume mit Rauch. Sie legten sich auf den Boden, wo sie leichter atmen konnten, und hofften, dass sich niemand in der Nähe aufhielt, den Rauch bemerkte und nachsah. Die Partials stellten die größte Gefahr dar, doch Ariel fürchtete auch verzweifelte Menschen, die hungerten und froren und auf alle möglichen Gedanken kamen, wenn sie eine Gruppe von Frauen entdeckten. Trotz dieser Gefahren war es einfach zu kalt, um völlig auf ein Feuer zu verzichten. Sie legten die Waffen stets in Reichweite ab, und jederzeit hielt mindestens einer von ihnen Wache. Obwohl sie ihn nicht mochten – oder vielleicht gerade deshalb –, übernahm Senator Hobb immer Doppelwachen.

Die schwierigen Bedingungen brachten sie jedoch nicht von dem Vorsatz ab, das von Nandita erwähnte Labor ausfindig zu machen. In der ersten Winterwoche stießen sie bis nach Middle Island vor. Die kleine Gemeinde entsprach genau ihrem Namen – sie lag auf halbem Weg zwischen dem westlichen und dem östlichen Ende der Insel.

»Das ist gut«, sagte Isolde. Ihre Augen waren blutunterlaufen, darunter zeichneten sich dunkle Ringe ab. Als der kleine Khan leise weinte, strich sie ihm über die blasenbedeckten Wangen. »Wir haben die Hälfte der Strecke geschafft, mein Liebling. Bestimmt geht es dir bald besser.«

»Die halbe Strecke von Brooklyn aus«, wandte Ariel ein. »In Wirklichkeit sind wir also noch gar nicht so weit vorangekommen.«

»Danke, das muntert mich ungeheuer auf«, gab Isolde

zurück. Sie war sogar zu erschöpft, um einen wütenden Blick abzuschießen.

»Heute sind wir nur drei Kilometer weit gekommen«, ergänzte Xochi. Das Kind hielt sie auf. »Je weiter wir nach Osten vordringen, desto schlimmer wird der Schneefall. Dort waren früher die Regenfälle am stärksten, und mit dem Schnee verhält es sich wohl ähnlich.«

»Wir geben nicht auf«, verkündete Hobb entschlossen. »Ich will meinen Sohn retten.«

Ariel und Xochi wechselten einen Blick, schwiegen jedoch.

»Wir sind fast in Riverhead«, erklärte Kessler. »Es sind noch etwa fünfundzwanzig Kilometer, das ist höchstens eine Woche.«

»Wir kommen mit jedem Tag langsamer voran«, wandte Xochi ein. »Wer weiß schon, wie lange wir für fünfundzwanzig Kilometer brauchen?«

»Riverhead ist die größte Gemeinde außerhalb von East Meadow«, sagte Kessler. »Die Partials haben während der Besetzung alle Einwohner verlegt, aber die Vorräte könnten noch dort sein – sauberes Wasser, eingelagertes Getreide, Räucherkammern voller Fisch. Zumindest müssten wir dort Häuser mit intakten Fenstern, Kaminen und sauberer Kleidung vorfinden.«

»Wir haben nicht die Absicht, dort zu bleiben«, widersprach Xochi.

»Ich will damit nur sagen, dass wir die Möglichkeit dazu haben«, meinte Kessler. »Einige Tage, um uns zu erholen und wieder zu Kräften zu kommen, oder sogar mehrere Wochen, um abzuwarten, bis sich das Unwetter verzogen hat.«

»Wir haben nicht mehr wochenlang Zeit«, erwiderte Hobb. »Die Atombombe ist schon unterwegs ...«

»Der Sturm behindert Delarosa ebenso wie uns«, gab Ariel zu bedenken. »Sie kommt vorläufig nicht nach White Plains, um die Bombe zu zünden.«

»Das erhöht nur die Wahrscheinlichkeit, dass sie die

Zündung früher vornimmt«, entgegnete Hobb. »Also eher in unserer Nähe.«

»Aber wenn der Sturm abflaut ...«, begann Kessler. Nandita ergriff zum ersten Mal am Abend das Wort und unterbrach sie.

»Der Sturm wird nicht abflauen«, sagte sie. »Sie haben den Riesen ebenso gut gehört wie ich. Das ist kein einzelner Sturm, sondern die Rückkehr des Winters. Auf der ganzen Erde schlägt das Pendel jetzt extrem zur anderen Seite aus, während sich ein neues Gleichgewicht einstellt. Wenn das Pendel weit in die eine Richtung ausgeschlagen ist, kann es sich ebenso weit in die andere bewegen. Der Winter könnte ein Jahr oder länger dauern. Und dieser Sturm ... ich schaudere, wenn ich nur daran denke.«

»Umso mehr ein Grund, schnell bis Riverhead vorzustoßen«, sagte Xochi. »Kessler hat recht, was die Vorräte angeht. Wir brauchen jede nur mögliche Unterstützung, um es bis Plum Island zu schaffen.«

»Wenn es für *Mutter* nicht reicht, könntest du mich wenigstens *Erin* nennen«, beklagte sich Kessler.

»Wenn Riverhead wirklich eine so starke Gemeinschaft ist, dann werden die Partials an ihr festhalten«, überlegte Ariel. »Es ist die beste Lage, um im Osten der Insel einen Vorposten einzurichten, zumal wir ihnen die ganzen Vorarbeiten abgenommen haben. Es wäre wohl das Beste, dem Ort ganz und gar auszuweichen.«

»Wir werden verhungern«, warnte Kessler. »Wir können uns schon jetzt kaum noch ernähren. In diesem Haus fand sich kein Krümel Nahrung, und falls nicht jemand angeln geht ...«

»Wir können unterwegs die Läden plündern«, schlug Ariel vor. »Wir können Zweierteams losschicken, die uns etwas besorgen, während sich die anderen um das Feuer kümmern. Hauptsache, wir platzen nicht mitten in einen Stützpunkt voller Partialsoldaten hinein.«

»Es wäre kein Problem, mit ihnen fertig zu werden«, entgegnete Kessler. Ihre Stimme klang seltsam, und sie warf dem kleinen Khan einen raschen Blick zu.

»Nein«, widersprach Isolde. »Diese Unterhaltung will ich nicht noch einmal führen.«

»Die Gefahr für ihn wäre nicht größer als jetzt schon«, fuhr Kessler fort. »Bei diesem Wetter verschleppen sie ihn ganz bestimmt nicht an einen anderen Ort. Wir tauchen auf, und sie nehmen uns gefangen. Praktisch bedeutet dies, dass sie uns zu essen geben und an einem warmen Ort einsperren. Einige Tage später sind sie an der Partialseuche gestorben, weil sie sich bei ihm angesteckt haben, und der Ort gehört uns.«

»Haben Sie keine Hemmungen, einfach eine so große Anzahl von Personen zu töten?«

»Es sind Partials«, erwiderte Kessler. »Nein, du bist nicht wie sie, also sieh mich nicht an, als wärst du beleidigt! Ganz egal, woher du kommst, du bist als Mensch aufgewachsen, du kennst die menschlichen Moralvorstellungen und wolltest keine ganze Spezies ausrotten. Die Partials haben uns in der alten Welt angegriffen, und sie haben es noch einmal in dieser Welt getan. Inzwischen hocken sie in Häusern, die wir gerettet haben, essen Nahrungsmittel, die wir angebaut oder erlegt und eingelagert haben, und sie sollen mir leidtun? Ganz bestimmt nicht.«

»Ihre Gründe sind mir gleichgültig«, sagte Isolde. »Mein Kind ist keine Bombe.«

»Dann setzen wir dich ein«, sagte Kessler. »Oder Ariel, falls sie scharf darauf ist, sich ihnen bis auf Tuchfühlung zu nähern.«

Ariel breitete die Arme weit aus und winkte Kessler mit den Fingerspitzen zu sich. »Wollen Sie es ausprobieren, Sie Miststück? Dann fangen wir gleich an.«

»He, halt!« Hobb schob sich zwischen sie. »Es ist doch gar nicht möglich, Ariel und Isolde auf die gleiche Weise einzusetzen. Sie behaupten immer wieder, die Mädchen seien Partials, aber sie sind nicht krank. Oder sind sie nur Überträger?« Fast unmerklich wich er vor Ariel zurück.

»Sie sind die Quelle der Krankheit«, erklärte Kessler. »So wurde auch Isoldes Kind infiziert. In ihren Körpern ist es latent vorhanden, aber Nandita hat einen chemischen Auslöser, um sie zu aktivieren.«

Nandita griff sich an die Brust und nahm den kleinen Beutel in die Hand, den sie an einer Halskette trug. Als sie bemerkte, dass alle Blicke auf ihr ruhten, wandte sie sich gelassen an Senator Hobb.

»Ich habe die drei Partialmädchen eingesammelt, um herauszufinden, ob sie etwas in sich tragen, das nur auf seine Freisetzung warte. Ich glaubte, es sei das Heilmittel für RM, und habe die ganze Kindheit der Mädchen mit dem Versuch verbracht, dieses Heilmittel zu aktivieren. Deshalb bin ich im letzten Jahr verschwunden. Ich habe die Einrichtung auf Plum Island gefunden und die dort vorhandene Ausrüstung benutzt, um die Forschungen abzuschließen.« Sie hob den Beutel und betrachtete den Umriss der kleinen Ampulle, die sich durch den Stoff abzeichnete. »Wie Kira bewiesen hat, war das Heilmittel jedoch nicht im Gencode der neuen Modelle angelegt, und der Auslöser, den ich gefunden habe, aktiviert die Krankheit.« Sie hob den Kopf. »Wenn wir Isolde das Mittel geben, produziert sie den Erreger in den Lungen, verbreitet ihn und tötet jeden Partial, mit dem sie in Kontakt kommt.«

»Muss sie es trinken, oder wird es injiziert?«, fragte Kessler.

»Der Vorgang gelingt nur mit einer Injektion«, antwortete Nandita. »Der Wirkstoff ist zu empfindlich und überstünde den Weg durch den Verdauungstrakt nicht.«

»Warum Isolde?«, fragte Ariel. Sie erinnerte sich an die Lügen, die Täuschungen und die Experimente, an die Kindheit, die sie als Versuchskaninchen im Gewahrsam dieser Frau verbracht hatte. »Warum sprichst du nicht von mir?«

»Ich dachte, du bist nicht dazu bereit«, warf Xochi ein.

Ariel schrie sie an, ohne Nandita aus den Augen zu lassen. »Natürlich bin ich nicht dazu bereit! Aber ich will wissen, warum sie es mir nicht zutraut!« Sie deutete auf Nandita. »Das war keine zufällige Unterlassung. Du weißt etwas über mich.«

»Dein Kind ist gestorben«, erklärte Nandita. »Khan ist nicht der erste Mischling zwischen Partials und Menschen, aber er ist der Erste, der überlebt hat. Die Anlage für die Seuche, die Isolde ihm mitgegeben hat, schenkt ihm die Immunität gegenüber einer Krankheit, macht ihn aber zugleich anfällig für eine andere. Dein Kind ist einfach gestorben.«

»Also glaubst du, die Partialkrankheit befindet sich nicht in meinen Genen.«

»Richtig«, bestätigte Nandita. »Ich weiß nicht, wie es bei Kira aussieht. Isolde könnte, soweit ich es zu sagen vermag, die Einzige sein.«

»Demnach waren alle Experimente umsonst«, überlegte Ariel. »All das Schreckliche, das du uns in unserer Kindheit angetan hast, die Kräuter, die körperlichen Untersuchungen, die angeblichen Alternativheilmittel, die du mir gegeben hast, um es herauszufinden – all das war umsonst? Du hast mich wie ein Versuchskaninchen behandelt, während ich bei dir lebte, und wie eine Lügnerin und eine Aussätzige, als ich weglaufen wollte. Alles nur aus diesem Grund? Damit ich am Ende als völlig normal dastand, weil du in mir das Gesuchte nicht gefunden hattest?«

»Auch negative Ergebnisse sind aufschlussreich«, widersprach Nandita. »Man weiß hinterher mehr als vorher und kommt der Wahrheit näher.«

»Ja«, sagte Ariel. »Das war dann auch die einzige Wahrheit, die du mir jemals anvertraut hast.«

Danach verstummten alle, diskutierten nur noch kurz über Riverhead und beschlossen, Ariels Vorschlag zu folgen und den Ort im Norden zu umgehen. Über Krankheiten sprachen sie nicht mehr, es war auch nicht mehr die Rede davon, Khan als lebende Waffe einzusetzen. Murmelnd brachten sie ihre Sorge wegen des Sturms zum Ausdruck, der immer schlimmer wurde. Sie mussten sich allmählich darauf gefasst machen, dass sie es vielleicht gar nicht mehr bis Plum Island schafften, auch wenn niemand den Gedanken laut auszusprechen wagte. Zumindest würde Khan vorher sterben. Isolde würde zusammenbrechen, und Hobb würde die Gruppe vermutlich verlassen.

Ich könnte Nandita erschießen, dachte Ariel. *Ihre einzig anständige Tat war der Versuch, Khan zu helfen. Wenn ihr das nicht gelingt, ist die Welt ohne sie besser dran.*

Xochi übernahm die erste Wache. Ariel schlief unruhig am Feuer, immer war die eine Seite zu heiß und die andere bitterkalt. Sie träumte von Blumen und dem Stück Garten hinter Nanditas Haus, das sie als Kind ganz allein betreut hatte. Sie war so stolz darauf gewesen, und nach dem Umzug hatte sie gleich einen neuen Garten angelegt: Taglilien, Salbei und Geranien, Purpurdost und die Schwarzäugige Susanne. Das alles lag jetzt tot unter einem Meter Schnee.

Mitten in der Nacht erwachte sie. Das Feuer war heruntergebrannt, Nandita hielt gerade Wache. Ariel öffnete die Augen nur einen Spaltbreit und stellte sich schlafend, während die alte Frau einige Stücke des Küchentischs ins Feuer warf. Nandita blieb einen Moment lang stehen und wärmte sich die Hände. Ariel empfand einen verrückten, fast übermächtigen Drang, sie auf der Stelle zu erschießen, um die Welt von den Manipulationen dieser Frau zu befreien und der Gruppe die sinnlose Reise nach Plum Island zu ersparen. Sie würden es sowieso nicht schaffen. Wenn sie Nandita tötete, beschleunigte sie nur das Unvermeidliche und gab allen die Möglichkeit, von der Insel zu fliehen, bevor sie erfroren oder von der Atomexplosion getötet wurden. Sie fand diese Gedanken sehr einleuchtend und griff nach der Pistole, die nur wenige Zentimeter von ihrem Kopf entfernt lag. Ganz langsam und leise, damit die alte Frau nichts merkte.

Unterdessen holte Nandita den Beutel hervor, den sie am Hals trug, und betrachtete ihn im Feuerschein. Ariel hielt inne. Nandita rührte sich nicht, starrte nur auf den Beutel. Schließlich zog sie mit der freien Hand die Riemen auseinander und nahm die kleine gläserne Ampulle heraus. Darin befand sich der Auslöser der Seuche. Die dunkelbraune Flüssigkeit schimmerte im Feuerschein. Nandita schraubte den Gummideckel ab und goss den Wirkstoff ins Feuer, wo er leise zischend verdampfte. Ariel beobachtete, wie Nandita die Ampulle wieder zuschraubte und in den Beutel zurückschob. Bevor die alte Frau sich umdrehte und zum Fenster zurückkehrte, um die Wache fortzusetzen, schloss Ariel rasch die Augen.

Den Rest der Nacht über beobachtete Ariel das Feuer.

32

Green vernahm es als Erster, blieb wie angewurzelt stehen und hob den Kopf, um zu lauschen. Die anderen Partials hatten die Warnung über den Link empfangen und hielten kurz darauf inne. Kira lauschte ebenfalls, doch als die Partialsoldaten sich gleichzeitig zu Boden warfen und die Gewehre hervorholten, erkannte sie, dass ihre Ohren längst nicht so scharf waren wie die der anderen. Sie nahm das Gewehr zur Hand und robbte durch den Schnee zu Green.

»Was ist passiert?«

»Gewehrschüsse.« Green deutete die Straße entlang zu einem großen Parkplatz. »Bisher waren es zwei. Dem Geräusch nach eine langläufige Waffe mittleren Kalibers. Ein Heckenschütze, der aber wahrscheinlich das Ziel verfehlt hat.«

»Wie kannst du das erkennen?«

»Wenn es ein echtes Feuergefecht wäre, dann bliebe es nicht bei vereinzelten Schüssen, und wir müssten mehr als eine Waffe heraushören.« Er sah sie an. »Hätte der Heckenschütze das Ziel getroffen, dann hätte er kein zweites Mal schießen müssen.«

Sie schlichen die Straße hinunter zum Ursprung der Geräusche, bis die Wohnstraße in eine vierspurige Hauptstraße mündete, an der ein riesiges Einkaufszentrum stand. Das nächste Gebäude war ein Restaurant, auf dessen Schild ein Hummer zu erkennen war. Der Parkplatz war fast leer. *Anscheinend sind die Einwohner dieses Kaffs lieber zu Hause gestorben,* dachte Kira. Hinter dem Restaurant begann eine Ladenfront. Einige Geschäfte waren offenbar schon vor Jahrzehnten ausgebrannt. *Nun ja, alle bis auf die Plünderer.*

»Es ist von dort drüben gekommen.« Falin deutete an den Geschäften vorbei zu dem mehrstöckigen Einkaufszentrum, das sich hinter dem übernächsten Parkplatz erhob.

»Das ist offenes Gelände«, bemerkte Kira. »Leicht zu verteidigen. Wenn dort jemand hinter einem Fenster lauert, kann er jeden erschießen, der sich nähert.«

»Der Schuss kam von drinnen«, wandte Green ein. »Also weiß ich nicht, was sich dort gerade abspielt.«

»Aber es bedeutet auch, dass sich das Gebäude leicht umgehen lässt«, meinte Falin. »Wir ziehen uns einen Block weit zurück, laufen in der Deckung nach Süden und vergessen, dass sich überhaupt etwas ereignet hat.«

Green beobachtete das Einkaufszentrum mit scharfen Augen. »Ich bin zwar neugierig, was hier los ist, gehe der Sache aber besser nicht nach. Obwohl uns die von dort drinnen vermutlich nicht angreifen, sollten wir lieber verschwinden, bevor wir uns einer Scharfschützenstellung nähern.«

»Und wenn jemand unsere Hilfe braucht?«, fragte Kira.

»Wenn ich vor dem Verfallsdatum sterbe, liegt es daran, dass deiner Meinung nach jemand unsere Hilfe braucht«, nörgelte Green.

»Ich weiß«, gab Kira zu. Sie überprüfte den Parkplatz und suchte nach ungewöhnlichen Merkmalen. »Wenn ihr beide der Ansicht seid, wir sollten sicherheitshalber sofort umkehren, dann ...« Sie unterbrach sich. »Moment!«

»Ich sehe es auch«, bestätigte Green. »An der Baumgruppe liegt jemand im Schnee.«

»Das müssen wir überprüfen«, drängte Kira.

Green dachte schweigend nach. »Das dürfte ungefährlich sein«, entschied er schließlich. »Wir können in der Deckung des Restaurants vorstoßen, ohne vom Einkaufszentrum aus bemerkt zu werden. Jansson kann uns von hier aus Deckung geben, falls wir in einen Hinterhalt geraten.« Sie berieten sich schnell und zielführend über den Plan, wobei der Austausch größtenteils über den Link stattfand. Dann stürmten Green und Kira los und warfen mit den Absätzen dicke Schneebrocken hoch. Der Tote lag knapp außerhalb der Deckung, die das Restaurant bot, auf einem kleinen Streifen Erde und Gras, der früher die Fahrspuren des Parkplatzes voneinander getrennt hatte. Inzwischen war dort eine Reihe junger Bäume herangewachsen. Sie blickten zurück, bekamen die Bestätigung von Falin und rannten weiter, um hinter den Schösslingen erneut in Deckung zu gehen.

Der Tote lag auf dem Bauch und war fast frei von Schnee, also war er erst vor Kurzem gestürzt. Kira tastete am Hals nach dem Puls und zuckte zurück, als sie ein kaltes, feuchtes Loch berührte.

»Was ist?«, fragte Green.

»Kiemen.« Kira erholte sich nur langsam von dem Schock und rieb sich beinahe zwanghaft die Finger, als wollte sie die Erinnerung an die Berührung mit Gewalt abwaschen.

»Interessant«, antwortete Green. »Anscheinend hat der Blutmann einige seiner Lurche mitgebracht, und der Heckenschütze hat einen von ihnen erwischt.«

»Deshalb müsste sich der Heckenschütze noch im Einkaufszentrum befinden«, sagte Kira. »Wir müssen dort hinein.«

»Ich weiß ...« Er legte eine kleine Pause ein und verriet damit, wie sehr ihm der Gedanke missfiel. Dann sprach er weiter. »Ich habe ja schon gesagt, dass du mich wahrscheinlich umbringst.«

»Mir bleiben noch drei Wochen«, sagte Kira. »Gib mir die Gelegenheit!«

Green winkte den anderen, und sie formierten sich an der Rückwand des Restaurants, wo sie vom Einkaufszentrum aus nicht zu sehen waren. Green erklärte den anderen die Lage und umriss einen Plan, wie sie sich ungefährdet dem größeren Gebäude nähern konnten. Sie liefen ein wenig nach rechts um eine Bankfiliale herum und erreichten einen Wohnbezirk hinter der Ladenzeile. Dort konnten sie sich hinter Fahrzeugen, Zäunen und Häusern verstecken. So erreichten sie das größere Einkaufszentrum von der Rückseite aus und liefen durch eine schmale Ladestraße zu der fensterlosen blauen Wand. Durch ein offenes Tor konnten sie in das dunkle Lager eindringen.

Von diesem Moment an verständigten sie sich vollkommen lautlos. Obwohl sie sehr aufgeregt war, musste Kira sich konzentrieren, um die Linkdaten aufzufangen und richtig zu interpretieren. Einfache Mitteilungen wie SIEH HER und UNTERSTÜTZUNG hatten anscheinend viel tiefere Bedeutungen als erwartet, denn auf einmal ging ein Partial nach vorn, während der andere die Flanke sicherte. Das Team bewegte sich geschmeidig zwischen den Regalen durch die Gänge, bis sie die Läden erreichten. Kira folgte einfach nur Green, blieb stehen, wenn er anhielt, und ging in Deckung, wenn er sich duckte. Als die Linkdaten einen Alarm übermittelten, riss Kira das Gewehr hoch, bevor sie es selbst richtig begriff, und schoss auf eine Gestalt weiter hinten im Gang, die sie vorher nicht richtig gesehen hatte, um gleich danach mit einer fließenden Bewegung in Deckung zu gehen. Falin hockte sich an das untere Ende einer Rolltreppe und schoss, Jansson folgte auf der anderen Seite des Gangs in einem Café seinem Beispiel. Green, Kira und der letzte Soldat namens Colin stürmten den Gang entlang, um die fliehende Gestalt zu verfolgen. Gleich darauf mussten sie schon wieder hastig in Deckung gehen, weil das ganze Einkaufszentrum förmlich im Gewehrfeuer explodierte. Die Kugeln schienen aus allen Richtungen gleichzeitig zu kommen. Kira kroch in ein Bekleidungsgeschäft und schob sich an den Ständern mit frechen T-Shirts vorbei, um die einigermaßen stabile hölzerne Theke zu erreichen. Sie legte sich die Hände auf den Kopf. Die Soldaten erwiderten das Feuer, Kira war von dem Lärm wie betäubt. Auf einmal hörte sie, wie ein lauter Ruf durch die Gänge hallte.

»He, hört alle auf zu schießen ... ja, ihr alle! Dies war ein sorgfältig geplanter Hinterhalt, der sich nicht gegen euch richtet ... was seid ihr? Ein ganzer Trupp Partialsoldaten? Oder wie sehe ich das? Was habt ihr hier zu suchen?«

Kira hob den Kopf. Sie kannte die Stimme.

»Passt auf, Leute!«, fuhr der Sprecher fort. »Wir sind vollauf in ein tödliches Katz-und-Maus-Spiel mit einer psychotischen Mörderin verwickelt. Könnten wir uns vielleicht darauf einigen, unsere Nasen nicht in fremde Angelegenheiten zu stecken und uns wieder dem Albtraum zu widmen, in den sich unser Leben verwandelt hat? Oder ihr helft uns einfach, die Mörderin zu finden. Es sei denn, ihr arbeitet für sie. In diesem Fall höre ich sofort auf zu reden, und wir schießen wieder aufeinander ...«

»Marcus?«, rief Kira. Sie stand auf und schob sich vorsichtig in den Gang. Green und Colin lagen dort in Deckung und verbreiteten ihre Verwirrung über den Link. »Marcus Valencio? Bist du das?«

Es gab ein langes Schweigen, dann hörte sie seine schockierte und verunsicherte Antwort.

»Kira?«

33

Kira blickte nach oben und entdeckte Marcus auf einem Balkon. Er beugte sich mit weit aufgerissenen Augen über das Geländer und riss vor Überraschung den Mund auf. Die gebräunte Haut, auf der sich Schweißperlen gebildet hatten, zeugte von einem langen Aufenthalt in der Wildnis.

»Kira!«

»Marcus!«

Er rannte zur Rolltreppe, sie eilte ihm entgegen, er polterte herunter, ließ das Gewehr fallen und umarmte sie, küsste sie glücklich und hob sie hoch. Sie lachte und weinte zugleich und erwiderte den Kuss und die Umarmung.

»Ich dachte, du bist tot«, flüsterte er ihr immer wieder ins Ohr. »Als die Botschaften abrissen und die Partials dich nicht mehr suchten, dachte ich, sie hätten dich erwischt.« Ihre Wange war feucht von seinen Tränen. »Wie lange ist es her? Ein Jahr? Anderthalb? Wie hast du überlebt?«

»Was tust du eigentlich hier?«, fragte sie.

»Ruhig!«, warnte Falin. »Hast du nicht etwas über einen Hinterhalt und einen Mörder gesagt?«

»Verdammt, ja.« Marcus zog Kira hinter die Rolltreppe. »Sie ist eine Meuchelmörderin. Wir wollen nicht sexistisch sein. Auch Frauen können Leute ermorden.«

Falin musterte Kira mit verwundertem Blick. »Könntest du uns verraten, was hier los ist?«

»Marcus ist einer meiner besten Freunde auf der ganzen Welt«, sagte Kira. »Anscheinend will er hier ...« Sie ließ den Satz unvollendet und überließ es ihm, den Rest zu erläutern.

»Wir wollten Senatorin Delarosa finden«, berichtete Marcus. »Darauf komme ich später noch zu sprechen. Auf der Durchreise haben uns hier zwei Partials angegriffen. Sie haben drei aus unserer Gruppe getötet, wir haben einen Gegner erwischt. Dann konnten wir eine recht gute Falle aufbauen. Es ging sogar viel besser als erwartet, weil wir nur eine Partialagentin fangen wollten. Jetzt sind es ...« Er sah Kira an. »Jetzt sind es sogar sechs.«

Kiras Herz verkrampfte sich vor Angst. Sechs Partials konnten es nur sein, wenn Marcus ihr Geheimnis kannte: die Agentin, die er jagte, die vier Partials, die mit Kira reisten, und Kira selbst. Sie schluckte nervös. »Dann weißt du es.«

»Ja.« Er presste die Lippen zusammen und schlug die Augen nieder. »Bis gerade eben war ich noch nicht völlig sicher, aber wir haben es uns im Grunde schon im letzten Jahr zusammengereimt.«

Kira seufzte schwer und kicherte trocken und humorlos. »Dann muss ich mir wohl nicht mehr überlegen, wie ich es dir schonend beibringe.«

»Eigentlich wäre ich dir dankbar, wenn du es mir schonend beibringen könntest«, entgegnete Marcus. »Zu wissen, dass es wahr ist, und es wirklich zu begreifen, sind zwei ganz verschiedene Dinge. Und das hier ...«

»Mir fehlen die richtigen Worte, um es dir zu sagen.«

»Seit wann weißt du es selbst?«

»Seit Morgan mich geschnappt hat«, antwortete Kira. »Nachdem wir Samm aus dem Gefängnis geholt und zum Festland übergesetzt hatten. Als du mich vor ihr gerettet hast, wusste ich nicht ... wie ich es dir erklären sollte. Genau wie alle anderen hast du die Partials gehasst.«

»Mittlerweile kommt er anscheinend gut mit ihnen zurecht«, warf Falin ein.

»Wenn man einen trifft, mit dem die Zusammenarbeit klappt, ändert das eine ganze Menge«, gab Marcus zu. »Er ist mein Freund, und er ist hinter Delarosa her. Darüber müssen wir unbedingt reden ...«

»Bewegungen!«, rief eine raue ältere Stimme.

Marcus hob ruckartig den Kopf. »Ist es wieder die Partialagentin?«

»Ich wüsste nicht, wer es sonst sein sollte«, antwortete der Mann.

»Das war Commander Woolf«, erklärte Marcus den Neuankömmlingen und hob das Gewehr auf. »Haben wir das mit den Freunden und Feinden geklärt? Ich will nicht, dass sich jemand aufregt und die falschen Leute erschießt!«, verkündete er mit lauter Stimme.

»Ein Freund von Kira ist auch mein Freund«, antwortete Green.

»Und die Freunde von Marcus haben mein volles Mitgefühl!«, rief Woolf herüber. »Aber ich werde nicht auf sie schießen.«

»Die Agentin sendet keine Linkdaten mehr«, berichtete Green. »Wahrscheinlich hat sie eine Gasmaske aufgesetzt.«

»Verdammt!«, schimpfte Kira. »Das macht die Sache erheblich schwieriger.« Sie hob das Gewehr und vergewisserte sich, dass es geladen und gesichert war. »Hast du nicht einen geplanten Hinterhalt erwähnt?«

»Im oberen Stockwerk haben wir Heckenschützen postiert«, berichtete Marcus leise. »Hier und dort wurden Köder verteilt.« Er deutete auf den Hauptgang, der vor der Bekleidungsabteilung eines Kaufhauses endete. Dort zweigte ein Seitengang ab, der zu den Restaurants führte. »Sie ist durch den Hauptgang gelaufen, weil sie Woolf angreifen wollte, der dort den Köder gespielt hat. Da er noch redet, geht es ihm offenbar gut. Anscheinend ist sie unbemerkt an ihm vorbeigekommen, als ihr aufgetaucht seid und wir uns angeschrien haben.«

»Wir helfen euch, sie einzufangen«, versicherte Kira ihm. »Wir würden ihr auch selbst gern einige Fragen stellen.«

Dann richtete sie sich auf und eilte zum Laden, blieb dicht an der Wand und richtete den Gewehrlauf auf den Boden. Falin folgte ihr, und nun empfing sie auch wieder die Gefechtskommunikation über den Link. Marcus kam als Nächster. Er musste rennen, um Schritt zu halten. »Gibt es noch andere Ausgänge?«, fragte sie ihn.

»Zwei Türen im Erdgeschoss, aber vor beiden stehen unsere Leute.«

»Also gehen wir nicht nach draußen«, überlegte Kira. »Wir bleiben unter uns, weil wir schon gelernt haben, nicht aufeinander zu schießen.«

Im Kaufhaus fiel ein Schuss. »Sag das lieber ihr!«, murmelte Falin.

»Woolf steckt in Schwierigkeiten!«, rief Marcus und wollte losrennen. Kira hielt ihn zurück.

»Das dort ist der dritte Ausgang.« Sie deutete nach vorn. »Wenn wir tiefer in das Gebäude eindringen und sie uns ausweichen kann, fällt sie uns in den Rücken. Sie darf nicht an dir vorbeikommen.«

Marcus nickte. »Ich bin froh, dass wir unser tränenvolles Wiedersehen feiern konnten, bevor ich mir vor Angst in die Hosen gemacht habe.«

Lächelnd klopfte sie ihm auf die Schulter, dann lief er los und suchte sich eine gute Beobachtungsposition, während Kira und die Soldaten im Kaufhaus ausschwärmten. Sie bewegten sich vorsichtig, deckten sich gegenseitig, sicherten jede Abteilung, jede Auslage und jedes Kleiderregal, bis sie sich weiter vorwagten. Die Kleidung in dem Laden war alt, aber relativ gut erhalten. Einige Tiere hatten sich hier herumgetrieben, und die Spinnen hatten in Regalen und Ecken dichte weiße Netze gebaut, doch die Schaufensterpuppen standen noch und posierten stolz mit den alten Sonnenbrillen auf den ausdruckslosen vergilbten Köpfen.

»Commander Woolf?«, rief Kira. »Sind Sie noch da?«

Als keine Antwort kam, schritt Kira entschlossen weiter. Der Mann war entweder tot oder gefangen. Im Zentrum des Kaufhauses gab es eine weite offene Fläche. Die drei oberen Stockwerke, aus denen Balkone herausragten, waren über die im Zickzack verlaufenden Rolltreppen zu erreichen. Ganz oben bemerkte sie eine rasche Bewegung, als jemand gegen ein Kleiderregal stieß. Sie wies Green darauf hin. Er gab die Meldung lautlos über den Link weiter, und gleich darauf setzte sich die ganze Gruppe in Bewegung – allerdings nicht zur Rolltreppe, sondern in Richtung der Treppe in der hinteren Wand.

»Die Rolltreppen sind eine Todesfalle«, flüsterte Green. »Sie sind lang und gerade, und dort gibt es keine Deckung. Die Agentin könnte uns schon auf dem ersten Abschnitt erwischen.« Er wandte sich an Jansson. »Du bleibst hier und meldest jede Bewegung über den Link. Unser Ziel trägt eine Gasmaske, kann also nicht mithören.« Er, Falin und Colin huschten durch die Tür und die Treppe hinauf. An jeder Ecke vergewisserten sie sich, dass die Luft rein war. Kira bildete die Nachhut. Sie hatte immer noch Mühe, die über den Link schnell eingehenden Meldungen aufzufangen. Das mittlere Stockwerk ließen sie nicht etwa aus, wie Kira es erwartet hatte. Sie überprüften die Etage, während Colin an der Treppe Wache hielt und dafür sorgte, dass die Gegnerin nicht an ihnen vorbei nach unten gelangen konnte. So kreisten sie die Partialfrau langsam, aber sicher ein, überprüften alle Versteckmöglichkeiten und trieben sie in eine Ecke, aus der sie nicht mehr entkommen konnte. Sie hielten sich von den Balustraden und Balkonen fern, konnten aber trotzdem Jansson über den Link spüren, der von unten aus zusah.

BEWEGUNG IM DRITTEN STOCK, meldete er. Also war die Gegnerin noch dort oben.

Rasch kehrten sie zur Treppe zurück und stiegen hinauf. Kira zitterte vor Aufregung und war froh, dass sie ihre Angst nicht über den Link aussandte. Sie musste stark sein. Schließlich betrat Green vor ihr den dritten Stock. Sie hob das Gewehr, duckte sich, um der Gegnerin kein Ziel zu bieten, und beobachtete mit pochendem Herzen alle Ecken und Schatten. Die Partialagentin mit den Kiemen konnte überall sein. Vielleicht lauerte sie ihnen auf und hockte verzweifelt und todbringend in einer Ecke.

Kira blickte zum Balkongeländer hinüber, hinter dem der weite offene Bereich lag, dann zu dem Ständer mit den Anzügen, den sie vorher bemerkt hatte. *Dort,* sagte sie sich. *Das bedeutet, dass ich mich links von meiner vorherigen Position befinde, und Jansson ist dort drüben ...*

Wieder bewegten sich die Anzüge. Kira hielt überrascht inne, zögerte einen Sekundenbruchteil lang und ließ sich fallen. Am liebsten hätte sie laut geschrien und die anderen gewarnt, aber das konnte sie nicht riskieren. Wenn die Meuchelmörderin nicht mitbekam, dass Kira sie entdeckt hatte, dann konnte sie möglicherweise überrumpelt werden. Einen Augenblick zuvor war Kira noch froh gewesen, nicht in den Link einbezogen zu sein, nun fluchte sie darüber, dass sie ihre Beobachtung nicht lautlos übermitteln konnte. Sie winkte Green zu, bis dieser auf sie aufmerksam wurde, und deutete auf die Anzüge. Er nickte und meinte damit, er habe begriffen, dass es genau die Anzüge seien, die sie von unten bemerkt hatte. Sie schüttelte jedoch den Kopf und deutete energischer darauf. Er starrte sie verständnislos an, und sie knirschte genervt mit den Zähnen. *Sie ist dort!*, hauchte sie stumm. *Sie ist genau dort!*

Er starrte sie noch einen Moment lang an, dann überflutete Verstehen den Link, und die Soldaten orientierten sich in die Richtung der ausgestellten Anzüge. Mit gnadenloser Zielstrebigkeit hielten sie auf den Kleiderständer zu. Kira folgte ihnen, doch inzwischen nagten neue Zweifel an ihr. Warum hatte die Gegnerin nicht den Standort gewechselt? Warum blieb sie so lange an ein und demselben Ort?

Die naheliegende Antwort lautete, dass sie eine günstige Schussposition gefunden hatte, aber von dort aus konnte sie eigentlich nicht viel sehen. Die Brüstung war massiv und ähnelte einer niedrigen Mauer, sodass sie nicht schießen oder hindurchspähen konnte. Dies führte Kira zu der nächsten offensichtlichen Schlussfolgerung. Sie stieß einen Warnruf aus, sobald sie erkannt hatte, was wirklich im Gang war.

»Das ist eine Falle! Sie will uns ablenken. Es ist eine Falle!«

Die Partials reagierten sofort, schwärmten wieder aus und durchkämmten die dritte Etage noch sorgfältiger als die vorherige. Den nächsten Schritt nach vorn machten sie erst, wenn hinter ihnen alles gesichert, aufgeklärt und ruhig war. Als sie endlich um die Ecke des Geländers bogen, sah Kira am Anzugregal einen alten Mann, dessen Arme und Beine mit Plastikbändern gefesselt waren. Der Mund war geknebelt, und der Rumpf war an den Anzugständer gefesselt. Jedes Mal, wenn er sich rührte, bewegten sich die Kleidungsstücke mit ihm.

»Das ist keine Falle«, knurrte sie. »Das ist ein Ablenkungsmanöver.« Sie rannte los und zog dem Mann den Knebel aus dem Mund. »Wo ist sie?«

»Rolltreppe«, keuchte der Mann. »Sie ist die Rolltreppe hinuntergekrochen.«

Kira fluchte vernehmlich und stand auf, um über die Brüstung zu spähen. Die Rolltreppen waren eine offensichtliche Todesfalle, die sie nicht weiter in Betracht gezogen hatten. Nur Jansson beobachtete weit unten das Zentrum des Raums, doch einen Angreifer, der auf dem Bauch hinunterrutschte, sah er nicht. Von hier oben erwischte ein Heckenschütze jeden, der sich auf die Rolltreppe wagte, aber der Schütze unten konnte nichts erkennen.

Dann wehten die Linkdaten hoch: TOD.

»Jansson ist gefallen«, berichtete Green. »Sie ist hinter uns.«

Kira rannte los. »Marcus! Marcus, pass auf!«, schrie sie.

Ein Schuss fiel, dann ein weiterer. Die Kugeln prallten von den Wänden ab, während Kira eiligst die Rolltreppe hinunterlief, um ihn rechtzeitig zu erreichen. *Ich habe ihn gerade erst gefunden,* dachte sie. *Ich kann ihn doch nicht gleich wieder verlieren. Nicht so. Ich muss ihm helfen …*

Die Schüsse brachen ab, Kira hockte sich auf die geriffelten Metallstufen, hielt das Gewehr bereit und lauschte. War sie zu spät gekommen? War er schon tot?

»Kann mal jemand herkommen?«, rief Marcus. Kira schloss die Augen. Sie war so erleichtert, dass es sie fast umwarf. »Ich glaube, sie lebt noch.«

Kira rannte die letzten paar Stufen hinab und achtete darauf, nicht auf die Patronenhülsen zu treten, die auf dem Boden verstreut lagen. Schließlich entdeckte sie die Partialagentin, die flach auf dem Boden lag. Das Gewehr war gut einen Meter von der Hand entfernt zu Boden gefallen. Überall war Blut. Die Partialfrau hatte den Kopf zur Seite gedreht, eine Gasmaske bedeckte das Gesicht, und die hellen Kiemen flatterten leicht am Hals, wenn sie nach Atem rang. Kira näherte sich vorsichtig und wusste nicht, ob die Gegnerin noch reagieren würde. Würde sie aufspringen, Kira erstechen oder beißen und das Leben aus ihr heraussaugen, bevor sie kreischend zur Hölle fuhr?

Doch die Partialfrau griff nur nach der Gasmaske und zog sie ab, um keuchend Luft zu holen. Es war noch ein Mädchen, etwa in Kiras Alter, aber kleiner. Die Augen, trüb vom Blutverlust, richteten sich auf Kira. Die Agentin bewegte die Lippen und versuchte zu sprechen.

»Wer bist du?«, fragte Kira und näherte sich vorsichtig mit angelegtem Gewehr. »Für wen arbeitest du?«

»Ich …« Das Mädchen konnte nur noch flüstern und rang mit jedem Wort. »Ich heiße Kerri.«

»Für wen arbeitest du?«, fragte Kira noch einmal. Ihre Wut wich allmählich dem Mitleid, doch sie stachelte sich selbst wieder an. »Warum tötet ihr uns?«

»Ihr müsst ... bewahrt werden.« Das Mädchen bewegte schwach die Finger, blieb jedoch flach auf dem Boden liegen. Der Kopf ruhte auf dem kalten, blutigen Stein. »Wir wollen euch ... nicht verlieren, wenn die Welt untergeht.«

»Die Welt ist schon untergegangen«, widersprach Kira.

»Sie geht noch einmal unter.« Kerris Finger bewegten sich nicht mehr, der Lebensfunke in den Augen erlosch.

Das Blut quoll hervor und bildete eine große Lache, warm und rot und nutzlos.

34

»Dort hält sich auf jeden Fall jemand auf.« Ariel ging hinter einer von Bäumen gesäumten Schneewehe in Deckung. Der Schneefall war schlimmer denn je, ein Sturm mit heftigem Wind, sodass sie kaum weiter als zwanzig Meter blicken konnten. Sie kämpften sich nördlich von Riverhead durch das weite ebene Ackerland. Die Geräusche hatten sie erst gehört, als es schon zu spät war. »Ich weiß nicht, wer es ist oder ob sie uns bemerkt haben.« Ariel schüttelte den Kopf und überprüfte das Gewehr. Es war mit Schnee bedeckt, funktionierte aber anscheinend noch. Die endgültige Gewissheit bekäme sie allerdings erst, wenn sie es abzufeuern versuchte. »Wir sollten uns eine bessere Deckung suchen, falls wir kämpfen müssen.«

Xochi sah sich aufmerksam um, obwohl es nicht viel zu entdecken gab. »Wir sind vorhin an einem Bauernhaus oder einer Kirche vorbeigekommen. Es war ein kleiner Holzbau.«

»Das ist keine gute Verteidigungsstellung«, wandte Isolde ein. Sie hatte sich Khan vor die Brust geschnallt und barg ihn schützend in den Armen. »Wir sind mitten auf der Hauptstraße gelaufen. Vielleicht reisen sie nur durch. Wenn wir von der Straße verschwinden, bemerken sie uns womöglich gar nicht.«

»Und wenn sie uns folgen? Wer weiß, wo wir dann landen«, widersprach Keller. »Trotz des Schneesturms rieche ich das Meer. Wenn wir zu weit nach Norden ausweichen, haben wir irgendwann den Strand im Rücken.«

»Ich glaube, sie kommen geradewegs auf uns zu.« Hobb kehrte im Laufschritt von einem Erkundungsgang zurück. »Ich könnte schießen und einen Glückstreffer landen, aber dann werden sie vielleicht nur noch wütender.«

»Wir wissen nicht einmal, ob sie uns bemerkt haben«, sagte Nandita. »Ich empfange überhaupt nichts über den Link, aber wer weiß, ob der Schneesturm nicht alles stört.« Sie schnitt eine Grimasse. »Also gehen wir nach Norden und entfernen uns von der Stadt. Im ersten geeigneten Gebäude suchen wir Unterschlupf.«

Sie stapften über das verschneite Feld, und Ariel schirmte den Kopf mit beiden Händen ab, um überhaupt etwas sehen zu können. Die Welt war eine weiße Einöde ohne erkennbare Formen. Der Wind wehte ihr Eiskristalle ins Gesicht. Langsam wurde die Welt vor ihr dunkler, ein grauer Fleck färbte sich allmählich schwarz, dann tauchte, wie ein Gespenst im Schneetreiben, ein Gebäude auf. Es bestand aus Stein, war mindestens drei Stockwerke hoch und hatte eine von zwei dicken Säulen eingerahmte schwere Holztür. Ariel kam es unwirklich vor, als wäre eine Burg aus einem Traum in die Realität versetzt worden. Sie rannte zur Tür und stemmte sich dagegen, doch das Holz gab nicht nach. Der Tafel am Eingang war zu entnehmen, dass dieses Gebäude dem Bluff Hollow Country Club gehört hatte.

»Hier drüben!«, rief Xochi. »Durch das Fenster.« Sie liefen zur Seite, wo eine Reihe ausgefranster roter Vorhänge heftig in den geborstenen Fenstern flatterte, und kletterten in das luxuriöse Klubhaus. Die Vorhänge hatten Wind und Wetter nicht abhalten können, auf dem Boden lagen Blätter und Erde, unter dem Fenster hatte sich Schnee aufgetürmt. Der Holzboden war verzogen und verfärbt, nachdem er jahrelang der Feuchtigkeit ausgesetzt gewesen war, und die einstmals eleganten Teppiche waren verschimmelt und steif gefroren.

»Ich glaube, sie sind uns gefolgt«, sagte Kessler, während

sie Isolde durch das Fenster half und selbst hineinkletterte. »Aber ganz sicher bin ich nicht.«

Ariel sah sich in dem Raum um: dicke Polstersessel, Sofas mit bestickten Bezügen, ein Kamin, eine gemauerte Bartheke. »Durch die Tür«, sagte sie. »Dort hinten muss es eine Toilette geben – keine Fenster, kein Schnee und eine nahezu schalldichte Isolierung, damit Khan uns nicht verrät.«

»Wie soll es nur weitergehen?«, fragte Isolde. Khan zeterte, wenngleich nur schwach. Er war bleich, abgemagert und zu krank, um laut zu schreien. Auch Isolde war aufs Äußerste erschöpft.

»Erst einmal lassen wir uns möglichst nicht erschießen«, erklärte Xochi. »Wir wollen uns auch nicht gefangen nehmen und voneinander trennen lassen oder sonst etwas Schlimmes erleben.«

»Zählt eine Belagerung als etwas Schlimmes?«, fragte Hobb. »Wenn sie wissen, dass wir hier sind, ist die Toilette der schlechteste Ort, um sich zu verstecken. Wir brauchen einen Notausgang.«

»Dann die Küche«, entschied Ariel. Trotz protestierender Muskeln lief sie rasch durch den Raum und blickte durch die Tür hinter der Bar. »Sie ist klein, aber es gibt einen Hinterausgang und eine große Anrichte, hinter die wir uns ducken können, falls jemand schießt.«

»Falls jemand schießt, sind wir tot«, meinte Kessler. »Eine Anrichte schützt uns nicht vor einem bewaffneten Trupp der Partials.« Trotzdem eilten sie alle in den hinteren Raum und drängten sich zwischen die alten Stahlschüsseln und Kupferpfannen. Ariel schloss die Tür hinter ihnen und überprüfte den Notausgang. Der Ausblick war dort ebenso gespenstisch wie auf der anderen Seite. Sie konnte höchstens fünfzehn Meter weit sehen.

»Wir könnten mit ihnen reden«, schlug Nandita vor. »Vielleicht fangen sie ja keine Flüchtlinge mehr ein, um sie nach East Meadow zu bringen. Das Unwetter hat möglicherweise ihre Pläne durchkreuzt. Bei diesem Wetter wollen sie uns bestimmt nicht selbst dorthinbringen. Womöglich lassen sie uns einfach in Ruhe, wenn wir vernünftig mit ihnen reden.«

»Kann sein«, räumte Kessler ein. »Aber mir missfällt jeder Plan, der auf das Wohlwollen der Partials setzt.«

»Sie sind nicht böse«, sagte Xochi. »Sie sind einfach nur Feinde.«

»Das ist eine sinnlose Unterscheidung«, widersprach Kessler.

»Still!«, warnte Ariel. »Ich glaube, sie sind da.«

Sie hörte Stimmen, erst noch fern und leise im heulenden Wind, und lauschte. Sie glaubte auch, etwas über den Link aufzufangen, doch der Eindruck war zu schwach, und sie war sich ihrer Sache nicht sicher – oder sie hatte zu wenig Übung. Sie schloss die Augen und verließ sich vor allem auf das Gehör.

Sie steigen durch das Fenster ein, dachte Ariel, während sie schlurfende Schritte, polternde Stiefel und leises Gemurmel vernahm. *Ich könnte die Tür öffnen und sie überrumpeln. Vielleicht könnte ich zwei oder drei ausschalten, bevor sie mich überhaupt bemerken. Allerdings …* Allerdings wollte sie es nicht tun. Wie Xochi gesagt hatte, war jeder Partial, dem sie bisher begegnet war, ein Feind gewesen, und nach allem, was sie selbst wusste, waren die Partials tatsächlich böse. Sie hatten ihr nie einen Anlass gegeben, etwas anderes zu glauben. Die Feinde waren in ihre Heimat eingedrungen, hatten ihre Freunde getötet und die Menschen wie Tiere gehetzt. Sie hatten Ariel und den anderen an jeder Wegbiegung aufgelauert, und die Gründe dafür konnte sie nicht einmal ahnen. *Was haben sie davon, wenn sie uns angreifen? Was wollen sie, und inwiefern hilft es ihnen, wenn sie uns zusammentreiben wie einen Trupp Sträflinge? Früher wollten sie Kira fassen, aber sie sind noch da, obwohl sie Kira erwischt haben. Sie sind einfach geblieben.*

Wie Roboter oder gut ausgebildete Hunde, die stumpfsinnig die letzten erteilten Befehle ausführen.

Ich bin einer von euch, dachte sie. *Ich bin eine Partial, aber ich will kein Roboter sein. Ich will auch nicht böse sein. Zeigt mir, dass ihr gut sein könnt!*

Ich will nicht allein sein.

»Das ist der schlimmste Sturm, den wir je erlebt haben«, sagte einer der Partials. Die Stimme drang gedämpft durch die Tür und klang ebenso unbeteiligt wie die Bemerkungen aller anderen Partials, denen sie je begegnet war. Ohne den Link, der die Emotionen übertrug, sprachen sie wirklich wie Roboter.

»Wir sollen uns in einer Stunde zurückmelden«, erklärte ein anderer. »Nachdem der Funk ausgefallen ist, glaubt der Sergeant sonst, es sei etwas passiert.«

»Es ist tatsächlich etwas passiert«, ließ sich eine dritte Stimme vernehmen. »Wenigstens können wir hier stilvoll abwarten. Wer konnte schon ahnen, dass hier so ein Haus steht?«

Sie haben uns nicht gesucht, dachte Ariel. *Sie wollten nur dem Sturm entkommen. In diesem Schneegestöber haben sie wohl nicht einmal unsere Fußabdrücke bemerkt.* Sie betrachtete die anderen und erkannte an den Mienen, dass sie mitgehört und die gleichen Schlüsse gezogen hatten. *Also müssen wir nur noch abwarten,* dachte Ariel. *Früher oder später gehen sie wieder, und wenn wir still sind, erfahren sie nicht einmal, dass wir überhaupt hier waren.*

»Habt ihr noch etwas anderes außer diesem Mist?«, fragte einer. »Ich habe mehr Fisch gegessen, als ich bis zum Verfallsdatum überhaupt verdauen kann. Anscheinend haben die Menschen in dieser Stadt nichts anderes zu sich genommen.«

Demnach kommen sie aus Riverhead, dachte Ariel. *Genau wie wir dachten. Sobald wir weiter nach Osten vorstoßen, könnten wir …*

»Sieh in der Küche nach!«, schlug ein anderer vor. Erschrocken umklammerte Ariel das Gewehr. »Vielleicht gibt es dort Dosen ... ich weiß nicht, was haben reiche Menschen aus Dosen gegessen? Kaviar?«

Als sie Schritte hörte, wich sie lautlos einen Schritt zurück und richtete das Gewehr auf die Tür. Xochi und Hobb standen neben ihr. *Wie viele sind es?,* überlegte sie nervös. Es gelang ihr nicht, die Stimmen einzuordnen. *Drei? Oder vier? Sind noch mehr dabei, die bisher das Wort nicht ergriffen haben?*

»Kaviar ist noch schlimmer als Fisch«, sagte ein anderer. »Artischocken sind nicht schlecht. Ich glaube, die gab es auch in Dosen.«

Die Tür bewegte sich einige Zentimeter. Ariels Finger schwebte über dem Abzug, sie war bereit zu schießen, doch dann hörte die Bewegung wieder auf.

»Warte!«, rief jemand. »Das hier wird dir gefallen.«

»In der Bar ist nichts Brauchbares mehr«, widersprach ein anderer Partial. »Es hat sich alles zersetzt wie das Benzin.«

»Nicht alles«, widersprach der erste. Die Tür schloss sich wieder. »Hinter der Bar sind zwei ungeöffnete Weinflaschen eingelagert, und die Korken sind intakt.«

»Willst du mich auf den Arm nehmen?«

»Bestimmt nicht.«

Ariel hörte Gläser klirren, darauf folgten Hochrufe. *Mit Sicherheit mehr als drei,* dachte sie. Die genaue Zahl konnte sie jedoch immer noch nicht bestimmen.

Xochi ließ das Gewehr sinken, und nach längerem Zögern folgte Hobb ihrem Beispiel. Ariel kehrte leise zu Isolde zurück. »Kannst du weitergehen?«, hauchte sie ihr so leise wie möglich ins Ohr.

»Ja, wenn es sein muss.«

»Sie werden sich nicht lange mit dem Wein aufhalten«, fuhr Ariel fort. »Wir müssen durch die Hintertür verschwinden, bevor sie hereinkommen und Proviant suchen.« Sie wandte sich an die anderen und deutete auf die Tür. Behutsam setzten sie einen Fuß vor den anderen und wagten kaum zu atmen.

Nur Kessler rührte sich nicht.

Die ältere Frau blieb wie angewurzelt stehen und starrte die Küchentür an. *Komm schon!,* dachte Ariel. Sie winkte Kessler, um deren Aufmerksamkeit zu erregen. Nandita hatte die Tür bereits erreicht und die Hand gehoben, um sie zu öffnen. Schließlich drehte Kessler sich um und heftete den Blick auf Isolde. In ihren Augen war Trauer zu erkennen, doch sie hatte das Kinn energisch gereckt.

Es tut mir leid, hauchte sie.

Tu das nicht!, schrie Ariel in Gedanken.

»Helft uns!«, sagte Kessler laut. »Wir haben ein krankes Kind und brauchen Medikamente. Könnt ihr uns helfen?«

»Nein!«, schrie Isolde.

Im Nachbarraum brach ein Heidenlärm aus, als vier, fünf oder zehn Partialsoldaten gleichzeitig aufsprangen und die Gläser fallen ließen. »Wer ist da? Identifizieren Sie sich!«

»Wir brauchen eure Hilfe«, wiederholte Kessler. »Das Kind stirbt.«

»Ihr dürft ihm nichts tun!«, flehte Isolde und presste Khan an die Brust. Kessler schritt auf sie zu und redete flüsternd auf sie ein, während Hobb sie zurückhalten wollte.

»Niemand wird ihm etwas tun«, tuschelte sie. »Sie werden ihn einfach nur sehen und krank werden und die Infektion zu ihrem Vorposten mitschleppen, wo sich auch alle anderen anstecken. Vielleicht verlieren wir einige Tage, aber danach sind wir in Sicherheit, weil wir uns nicht mehr um Patrouillen sorgen müssen. Wir sind dann frei ...«

»Wir kommen hinein!«, rief ein Partial vor der Tür. »Wir wollen eure erhobenen Hände und die Waffen auf dem Boden sehen.«

»Lasst uns in Ruhe!«, schrie Hobb.

Die Tür öffnete sich um wenige Handbreit, doch kein

Partial ließ sich blicken. »Die Waffen auf den Boden, sonst kommen wir hinein und schießen!« Isolde warf das Gewehr auf den Boden, funkelte Kessler an und schien sie mit den Zähnen zerfleischen zu wollen. »Gut so«, sagte der Partial. »Macht weiter! Legt alle Waffen ab!« Kessler gehorchte, dann Hobb und Xochi. »Nur weiter, los!« Ariel trennte sich als Letzte von ihrem Gewehr. Sobald sie die Hände gehoben hatte, stürmten die Partials in die Küche. Es waren vier, und mindestens ein weiterer wartete im benachbarten Raum. »Hände hoch!«, befahl der Partial. »Woher kommt ihr? Wir haben dieses Gebiet schon vor Wochen geräumt.«

»Wir brauchen Hilfe«, erklärte Kessler. »Wir wollten nach East Meadow zurückkehren, um das Kind zu retten.« Sie deutete auf Isolde, doch der vorderste Partial hielt ihr die Mündung der Pistole unter die Nase. Eilig hob sie wieder den Arm. »Es lag am Unwetter«, fuhr sie fort. »Wir waren nicht darauf vorbereitet, dass es krank wurde. Können Sie ihm helfen?«

Die Partials schwiegen, doch Ariel spürte eine leichte Unruhe. *Ist das der Link?*, fragte sie sich. *Fühlt es sich so an?* Gleich darauf trat der Anführer vor, ließ das Gewehr sinken und streckte den Arm nach Isolde aus.

»Lass mich sehen!«

»Rühr ihn nicht an!«, fauchte Isolde.

»Wir tun euch nichts. Wir haben keinen Sanitäter dabei, aber Medikamente. Wenn wir dem Kind helfen können, sind wir gern dazu bereit.«

»Nun zeig ihm doch den Kleinen!«, drängte Hobb. »Wir wollen keinen Ärger bekommen.«

Bleibt zurück!, dachte Ariel. *Vielleicht seid ihr noch nicht infiziert. Lauft sofort weg und ...*

Der Partial kam noch näher und ließ Isolde nicht aus den Augen. »Ich will ihn nur sehen. Nimm bitte die Hände weg! Nimm die Hände von dem Kind!« Ariel wurde bewusst, dass er ein Bombenattentat befürchtete. Von außen war tatsächlich nicht zu erkennen, ob es sich bei dem winzigen Bündel, das Isolde hielt, tatsächlich um ein Kind handelte. Mit tränenüberströmtem Gesicht hob Isolde die Hände. Der Partial streckte die Hand aus, umfasste die Decke, die Khans Kopf verhüllte, und zog sie weg.

»Die Biowaffe!«, schrie er. »Rückzug! Rückzug!« Er stolperte über die eigenen Füße, als er panisch vor dem kranken Baby floh, das mit Blasen übersät war. Isolde schloss das Kind wieder in beide Arme und wandte sich ab. Die Soldaten rannten zu der Tür, durch die sie gekommen waren. Kessler folgte ihnen und rief sie zum Bleiben auf. Alles sei in Ordnung. Ein verschreckter Partial verpasste ihr einen Schuss in die Brust. Der Knall war der Auslöser, der das Chaos entfesselte. Unzählige weitere Schüsse fielen, die Partials forderten sich laut brüllend gegenseitig zum Rückzug auf, Ariels Gruppe ging eilig in Deckung und tastete nach den Waffen. Kugeln und Splitter flogen umher, prallten von Töpfen und Pfannen ab und schlugen überall in der Küche ein, Staub und Putz rieselten herab. Ariel zog die Pistole und nutzte die Anrichte als Deckung. Xochi ging zu Boden, Nandita war bei ihr. Ariel konnte nicht erkennen, ob die beiden verletzt waren oder sich nur versteckten. Isolde rannte zur Hintertür. Hobb rief eine Warnung und schirmte sie mit dem eigenen Körper ab. An zwei Stellen sprühte roter Dunst aus seinem Rücken, als er die Mutter und das Kind nach draußen stieß.

35

Green und die anderen Soldaten wollten rasch vorstoßen und vor Einbruch der Dämmerung noch etliche Kilometer zurücklegen, doch Kira beharrte auf der Bestattung der beiden Ivies. Zwar hatte sie schon mehrere Gegner getötet, doch dieses Mal war sie erschüttert. Sie schleppten die Toten in eine benachbarte Wohnstraße, entdeckten im Schuppen neben einem kastenförmigen kleinen Haus zwei Schaufeln und verbrachten eine ganze Stunde mit dem Ausheben eines Lochs. Zuerst mussten sie den Schnee wegschieben, der fast einen Meter hoch lag und zu kompaktem Eis gefroren war, dann galt es, die unnachgiebig harte Erde aufzubrechen. Commander Woolf sprach einige Worte, Green und Falin vollzogen ein Partial-Ritual, das Kira noch nie gesehen hatte. Sie fächelten Luft über die Toten und verbreiteten die Daten, die TOD riefen, in der Luft. Falls andere Partials in der Nähe waren, verrieten sie damit ihre Position, doch Kira behielt den Gedanken für sich, weil ihnen der Brauch offenbar sehr wichtig war.

Marcus und Woolf reisten mit einer Gruppe von siebenundvierzig Flüchtlingen, unter denen sich auch ein Soldat namens Galen befand. Sie gingen am Abend so weit wie möglich und teilten einander unterwegs ihre Geschichten mit. Marcus und Woolf berichteten von dem Ausflug zu Trimbles Hauptquartier, Kira erzählte von der Reise nach Westen und der Erkenntnis, dass es für RM und das Verfallsdatum eine gemeinsame Heilung gab. Die Nacht verbrachten sie in der Aula einer Highschool. Aus den mottenzerfressenen langen Vorhängen bauten sie sich zwischen den Stuhlreihen kleine Zelte. Da die Aula weder Fenster noch Außenmauern hatte, war die Kälte nicht ganz so schlimm, und mithilfe der Zelte blieb ihre Körperwärme einigermaßen erhalten. Kira kroch mit Marcus und Woolf in ein kleines Zelt, um über die weiteren Pläne zu beraten.

»Wir sind höchstens noch anderthalb Kilometer von East Meadow entfernt«, sagte Marcus. »Wir müssen einfach nur der Straße folgen, aber ... ich weiß nicht, wie lange wir bis dorthin brauchen. Der Schnee hält uns sehr auf.«

»Ich kenne diese Gegend von einem Bergungseinsatz«, ergänzte Kira. »Wir sind dem Krankenhaus viel näher als der Sporthalle. Wissen wir, wo die Partialarmee stationiert ist?«

»Auf der ganzen Insel«, antwortete Marcus. »Das habe ich dir schon einmal zu erklären versucht. Die Armee ist weit verteilt, weil sie Tovar, Mkele und die anderen hetzt. Auf diese Weise haben wir die Partials abgelenkt und von East Meadow weggelockt, damit die anderen entkommen konnten.«

»Wohin wolltet ihr denn fliehen?«, fragte Kira. »Zum Flughafen? Nach Long Beach? Fünfunddreißigtausend Menschen kann man nicht so einfach verstecken. Sie finden uns mühelos wieder.«

»Wir verlassen die Insel«, erklärte Woolf. »Aber die Zeit drängt.«

»Wir können nicht weggehen.« Kira schüttelte den Kopf. »Wir müssen bleiben. Wir müssen zusammenarbeiten, wie ich es schon erläutert habe. Wir müssen den Hass und die Kriege und alles andere vergessen und ...«

»Delarosa hat eine Atombombe«, fiel Marcus ihr ins Wort.

Kira hatte das Gefühl, einen Faustschlag in den Magen erhalten zu haben. »Was?«

»Sie will die Bombe in White Plains zünden«, fuhr Marcus fort. »Alles spricht gegen ihr Vorhaben, und wahrscheinlich kommt sie nicht einmal so weit, aber wir müssen uns auf das Schlimmste gefasst machen. Seit wir geflohen sind, haben wir uns in die Richtung von East Meadow bewegt und unterwegs Flüchtlinge in der Wildnis aufgelesen. Wir müssen die Menschen warnen und von hier verschwinden.«

»Selbst wenn die Atombombe nicht zündet, ist es ratsam, die Gegend zu verlassen«, fügte Woolf hinzu. »Partials und Menschen werden nie einen Waffenstillstand schließen, auch wenn es unmaßgebliche Ausnahmen gibt. Wir können nicht länger in ihrem Schatten leben.«

»Wir müssen zusammenbleiben.« Für Kira schien die ganze Welt unter den Füßen wegzugleiten. »Wir brauchen sie, und sie brauchen uns ...«

»Aber wer wird dem zustimmen?«, fragte Woolf. »Eine Handvoll Versprengter hier und dort vielleicht, aber das reicht nicht.«

»Nein, das reicht nicht«, gab Kira aufgebracht zurück. »Wir müssen sie überzeugen, wir müssen beide Seiten zur Einsicht bringen, dass dies der einzige Weg zum Überleben aller ist. Wenn wir weglaufen, verharren wir im Grunde in der Situation, in der wir uns schon so lange befinden. Wir verlieren jedes Neugeborene an die RM-Seuche und haben keine Zukunft und keine Hoffnung.«

»Kira ...«, setzte Marcus an, doch sie ließ ihn nicht zu Wort kommen.

»Wir müssen Delarosa aufhalten«, fuhr Kira unbeirrt fort. »Warnen Sie East Meadow, evakuieren Sie die Stadt und tun Sie alles, was getan werden kann! Wenn Ihre Einschätzung Delarosas zutrifft, dann sehe ich keine andere Möglichkeit. Ich kehre um und suche nach der Atombombe. Wir dürfen nicht zulassen, dass noch mehr Leute sterben.« Als sie aufstehen wollte, legte Marcus ihr eine Hand auf den Arm.

»Ein Partialsoldat hat bereits die Verfolgung aufgenommen.«

Sie verharrte halb gebückt und hörte zu.

»Vinci ist unser Freund«, fuhr Marcus fort. »Delarosa hat dir gegenüber zwei Wochen Vorsprung, für ihn sind es jedoch nur wenige Tage. Gut möglich, dass er sie schon aufgehalten hat, aber wir wollen kein Risiko eingehen und trotzdem alle warnen.«

Kira schüttelte den Kopf und kämpfte die Tränen nieder. »Aber wenn er es nicht schafft?«

»Du weißt nicht einmal, wo du nach ihr suchen müsstest«, erklärte Marcus. »Willst du mit den Partials zusammenarbeiten? Dann vertraue Vinci. Hilf uns, East Meadow zu warnen – die Menschen und die Partials!«

»Bei ihrer Flucht aus dem besetzten Land helfen wir den Menschen nicht, indem wir den Besatzern unser Ziel verraten«, wandte Woolf ein.

»Ein schrecklicher Augenblick, um diesen Punkt zur Sprache zu bringen!« Marcus warf ihm einen scharfen Blick zu, bevor er sich wieder an Kira wandte, die nur mit Mühe einen wütenden Aufschrei unterdrückte. Sie atmete bewusst und zwang sich zur Ruhe. *Dies ist lediglich ein weiteres Hindernis,* sagte sie sich. *Ich habe schon ganz andere Schwierigkeiten überwunden und überwinde auch diese.*

»Das ist immer das Schwierigste«, antwortete sie.

Marcus zog die Augenbrauen hoch. »Die Bevölkerung der Erde vor einem nuklearen Fallout in Sicherheit zu bringen?«

Kira lächelte traurig. »Einzusehen, dass ich nicht alles in Ordnung bringen kann.«

Ein wenig abseits von den anderen kuschelte sie sich ins Bettzeug und versuchte einzuschlafen. Sie mussten am frühen Morgen aufstehen und so schnell wie möglich nach East Meadow vorstoßen. Die Partials würden sich Vernunftgründen nicht verschließen. Sie hatte schon viele Gruppen wie Greens und Falins Leute gesehen, die verloren und führungslos zurückgeblieben waren, während Morgan sich immer tiefer in ihre Besessenheit hineingesteigert hatte. Die Partials hielten die Insel besetzt, weil sie nicht wussten, was sie sonst tun sollten. Da sollte es doch möglich sein, die Besatzer von ihrem Plan zu überzeugen.

Ich muss alle retten, dachte sie. *Ich ertrage es nicht, wenn ich das nicht erreiche. Ich lasse niemanden zurück.*

Niemanden.

Sie schlief ein und träumte von Samm.

Am nächsten Morgen stand Kira früh auf, weckte Green und Marcus und machte sich auf den Weg nach East Meadow. Die breite und schnurgerade verlaufende Newbridge Road war von Bäumen, Läden und verfallenen Häusern gesäumt. Auf dem ehemals grasbewachsenen Mittelstreifen hatten sich Büsche und Schösslinge angesiedelt, die sich klobig unter den weißen Schneebergen abzeichneten. Das Unwetter war im Lauf der Nacht abgezogen, und nun konnten sie so weit blicken wie schon seit Tagen nicht mehr. Grell strahlte die Sonne auf die weiße Decke herab. Im leichten Wind tanzten kleine Wirbel wie bleiche Gespenster über die Schneewehen. Die verharschte Schneedecke trug nicht gut, bei jedem Schritt sanken sie bis über die Knie ein.

Für anderthalb Kilometer brauchten sie fast eine Stunde.

Je näher sie East Meadow kamen, desto nervöser wurde Kira. Sie biss die Zähne zusammen. Die Stadt war vertraut, die einzige Heimat, an die sie sich überhaupt erinnern konnte, zugleich aber auch fremd, gespenstisch leer und mit einem weißen Leichentuch verhüllt. Als sie den Turnpike erreichten und nach Westen abbogen, entdeckte sie das Krankenhaus, das den Rest des Viertels überragte. Kilometerweit war es im Umkreis das größte Gebäude, doch das ehemalige Zentrum einer geschäftigen Siedlung stand nun bleich und verlassen da. Die Zufahrtsstraße war stumm wie ein Grab. Kira hatte ihr ganzes Leben zwischen den herrenlosen Trümmern einer untergegangenen Zivilisation verbracht, sie hatte Wohnhäuser, öffentliche Gebäude und Autos voller Skelette gesehen, sie trug die Kleidung toter Mädchen und wohnte in den Häusern toter Familien inmitten Tausender Fotografien mit den Gesichtern der Menschen, die es nicht geschafft hatten. Das hatte ihr nichts ausgemacht, weil es die einzige Welt gewesen war, sie sie überhaupt kannte. Die alte Welt war verloren, und auf deren Asche bauten sie eine neue auf. Inzwischen war ihre eigene Welt genauso verfallen wie die alte, ihr eigenes Leben lag in Trümmern. Sie fühlte sich wie betäubt, was gewiss nicht nur an der Kälte, dem Schnee und den winzigen eiskalten Rinnsalen lag, die ihr über das Gesicht liefen.

In der Eingangshalle des Krankenhauses saß eine Schwester, ganz allein in der leeren Höhle. Benommen hob die Frau den Kopf und wirkte ebenso schockiert wie die Besucher. Kira kannte die Frau aus ihrer Ausbildungszeit.

»Sandy?«

Die Frau lächelte höflich, aber verwirrt. Kira wickelte den langen Stoffstreifen ab, den sie als Halstuch benutzt hatte, und nun riss Sandy die Augen auf. »Kira Walker?«

Kira erwiderte das Lächeln. »Hallo!« Plötzlich bekam sie Schuldgefühle, denn die Stadt hatte ihretwegen furchtbare Misshandlungen durchlitten, täglich hatte es Hinrichtungen gegeben, damit Kira ausgeliefert wurde. Gut möglich, dass auch Sandy ihretwegen einen Angehörigen verloren hatte. Kira beobachtete die Frau, die aufstand und ihr einen Schritt entgegenkam, zögernd zuerst, doch gleich darauf rannte sie los und schloss Kira unter Tränen in die Arme, ohne auf den Matsch zu achten, der Kiras Oberkörper und Beine bedeckte.

Kira erwiderte die Umarmung. »Wo sind die anderen?«

»Weggelaufen«, berichtete Sandy. »Oder sie bereiten sich gerade auf die Flucht vor. Haru hat eine Nachricht geschickt, dass die Partials einen Großangriff planen, um uns ein für alle Mal zu beseitigen.« Ihr Gesicht war kreidebleich vor Angst. »Sie wollen uns ganz und gar auslöschen.«

»Es sind nicht die Partials«, widersprach Green mit finsterer Miene.

Kira legte die Stirn in Falten und dachte nach. »Wo ist Haru?«

»Wir haben ihn seit einer Weile nicht mehr gesehen, aber es sind Flüchtlinge angekommen, die mit ihm gesprochen haben. Die Botschaft traf ein paar Wochen vor den Schneefällen ein, und seitdem schleusen wir Leute hinaus, wann immer es möglich ist. Inzwischen sind kaum noch Partials in East Meadow, und sie sind eher eine Demonstration als eine echte Bedrohung. Deshalb können wir uns ungezwungener bewegen.«

»Sind sie ausgerückt, um die Rebellen zu bekämpfen?«, fragte Kira.

Sandy schüttelte den Kopf. »Sie ziehen ab, damit sie die ganze Stadt bombardieren und uns auslöschen können.«

»Das werden sie nicht tun.« Kira wollte ihr von Delarosa und der Bombe erzählen, verzichtete aber schließlich darauf. *Hauptsache, die Leute haben Angst und gehen weg,* dachte sie. »Aber Haru hat recht, wir schweben alle in Gefahr. Was ist mit dir? Warum bist du noch hier?«

»In der Stadt gibt es immer noch Verletzte«, erwiderte Sandy. »Irgendjemand muss bleiben und sie versorgen. Schwester Hardy ist auch noch da.«

»Und Skousen?«, fragte Marcus.

Sandy schüttelte den Kopf. »Die Partials haben ihn schon vor Wochen geholt, als die Biowaffe zum ersten Mal eingesetzt wurde.« Die allgemeine Verwunderung entging ihr nicht. Sie runzelte die Stirn. »Habt ihr denn nichts davon gehört? Es gibt eine Seuche, an der die Partials sterben, sozusagen ihre eigene Version von RM. Ich glaube, irgendjemand gibt ihnen endlich ihre eigene Arznei zu kosten. Das ist ein weiterer Grund dafür, dass die Armee die Stadt verlassen hat. Niemand wollte bleiben, nachdem die ersten Partials erkrankt waren.«

Kira fragte sich, wie Skousen oder ein anderer Wissenschaftler so schnell eine Seuche entwickelt hatte, die nur die Partials traf, aber das war noch die geringste ihrer Sorgen. Woher die Seuche auch gekommen sein mochte, sie war ein weiteres Hindernis, das Partials und Menschen in ihrem gegenseitigen Misstrauen bestärken würde. Kira ballte die Hände zu Fäusten, als wollte sie die Hoffnung festhalten wie einen greifbaren Gegenstand. »Ihr müsst gehen«, sagte Kira. »Es war tapfer, dass ihr geblieben seid, aber es wird Zeit zum Aufbruch. Auch die Partials werden bald verschwinden, und deshalb wird es keine neuen Patienten mehr geben. Kleidet sie ein, nehmt Lebensmittel und Medikamente mit, so viel ihr tragen könnt, und geht fort.«

Sandy schüttelte den Kopf. »Zwei unserer Patienten sind nicht gehfähig.«

»Dann ziehen wir sie auf einem Karren«, erklärte Kira. »Einen übernehme ich selbst. Die Bedrohung ist real, und wir haben nicht mehr viel Zeit. Geh jetzt!«

Sandy zögerte kurz, dann nickte sie und lief den Flur entlang. Sie war erst einige Schritte weit gekommen, als sich ein dumpfes Grollen erhob. Kira spürte es zuerst im Bauch, dann in den Rippen, und dann pochte es gleichmäßig, fast wie ein allzu kräftiger Herzschlag in den Ohren. Sie sah zu Sandy hinüber, die kopfschüttelnd den Blick erwiderte. Auch die Schwester wusste nicht, was da im Gange war.

»Ein Hubschrauber«, erklärte Marcus. »Ein Flugzeug, das senkrecht starten kann. In White Plains haben wir solche Hubschrauber gesehen.« Er wandte sich an Sandy. »Hast du den Lärm nicht wiedererkannt?«

»Ich habe noch nie einen fliegen gesehen, und das Geräusch ist mir ganz neu«, gestand Sandy.

Die Tür des Treppenhauses flog auf, und Schwester Hardy

stürzte heraus. Sie keuchte und hielt sich am Türrahmen fest. »Sie sind auf dem Dach gelandet!«, rief sie. »Sie kommen wegen der Patienten. Ist das ... Kira Walker?«

Kira ging einen Schritt auf sie zu und hob vorsichtshalber das Gewehr. »Partials?« Endlich löste Hardy sich aus dem Schockzustand und nickte. Sie war immer noch atemlos. Kira näherte sich ihr mit einem weiteren Schritt. »Wohin wollen sie die Patienten bringen?«

»Sie wollen sie überhaupt nicht wegbringen«, erklärte Hardy. Taumelnd erreichte sie die Eingangshalle. Erst jetzt bemerkte Kira, dass die Schwester am Arm blutete. »Sie gehen von Zimmer zu Zimmer und töten sie.« Dann presste sie die gesunde Hand auf den Arm und rang um Atem. »Sie zapfen ihnen das Blut ab.«

Kira warf Green einen Blick zu. »Der Blutmann!«, stieß sie hervor.

»Das wird aber auch Zeit.« Green hob das Gewehr und marschierte zum Treppenhaus. »Ich freue mich schon lange auf ein Schwätzchen mit ihm.«

Kira folgte ihm die Treppe hinauf, und Marcus schloss sich ihnen an. Diesmal hielten sie nicht auf jeder Etage an wie im Einkaufszentrum, sondern stiegen ganz nach oben. Über sich hörten sie einen Schrei, unterbrochen von einem Schuss, dann knallte eine Tür zu. »Das könnte im siebten Stockwerk gewesen sein«, meinte Kira.

»Als Morgans Armee eintraf, beschlagnahmte sie die meisten Solarmodule«, berichtete Marcus. »Sie transportierten die Patienten nach oben, um damit die wenigen verbliebenen Module wirkungsvoller einzusetzen. In den unteren Stockwerken ist die Energieversorgung vollständig unterbrochen.«

»Kannst du die Linkdaten schon auffangen?«, wollte Kira von Green wissen.

»Nein. Sobald ich sie spüre, wissen sie auch, dass wir hier sind.«

»Sie wissen aber nicht, wer wir sind. Du könntest irgendein Partial sein. Sie erkennen dich nicht als Feind«, widersprach Kira.

»Ich gehöre nicht zu den Ivies«, meinte Green. »Das scheint die einzige Unterscheidung zu sein, die für sie überhaupt eine Rolle spielt.« Er knirschte mit den Zähnen, knurrte und blieb auf dem Absatz zwischen dem vierten und dem fünften Stock stehen. »Geh du voran!«

»He!«, rief Marcus. »Wer schickt denn eine Dame als Erste ins Gefecht?«

»Ein kluger Mitstreiter«, entgegnete Kira, die sich schon an Green vorbeidrängte. »Ich kann die Ivies über den Link teilweise empfangen, aber sie spüren mich nicht. Dadurch gewinnen wir vielleicht zehn Sekunden, bevor sie uns bemerken. Das ist besser als nichts.«

Als sie sich dem sechsten Stockwerk näherten, empfing sie die ersten Eindrücke. Es waren nicht viele Gegner, höchstens drei oder vier. Sie erinnerte sich an die Opfer, die sie bisher gesehen hatte, an den Partial auf der Anlegestelle und Tovars vereiste Leiche, und die Wut kochte in ihr hoch. Sie erinnerte sich an Kerri, die weinend gestorben war. *Ihr müsst bewahrt werden,* hatte das Mädchen gesagt. Kira dachte oft daran. *Wovor oder vor wem wollen sie uns retten?* Sie schüttelte den Kopf, um die Gedanken wie lästige Spinnweben abzuschütteln. Die Ivies und der Blutmann, dem sie dienten, waren böse. Sie wollte die Gegner erledigen.

Der siebte Stock. Nun spürte sie die Ivies deutlich über den Link. Das Training zahlte sich aus, denn ganz instinktiv nahm sie ihre Kampfhaltung ein. Green wartete mit angehaltenem Atem weiter unten und gab ihr etwas Zeit, den Hinterhalt vorzubereiten. Marcus hockte am oberen Ende der Treppe neben ihr und hielt das Gewehr bereit. Kira schloss die Augen und konzentrierte sich, um die Ivies aufzuspüren und deren Standort so genau wie möglich zu bestimmen.

EINER GERETTET GEHE WEITER.

BEEIL DICH WIR HABEN NICHT VIEL ZEIT.

Hinter den Daten spürte sie noch etwas anderes, etwas Großes und Mächtiges wie den verschwommenen Umriss eines Wals, der knapp außerhalb ihrer Sichtweite in den Meerestiefen schwamm. *Der Blutmann,* dachte sie. Diese intensiven Linkdaten hatte sie auch bei anderen Mitgliedern des Trusts gespürt, und das verwirrte sie mehr denn je. *Wer bist du?,* dachte sie.

Der Flur vor ihr war leer, die Ivies waren in verschiedenen Räumen beschäftigt. Geräuschlos drückte sie die Tür auf, das Gewehr angelegt, das Visier ausgerichtet, um alle zu töten, die sich blicken ließen. Dann ging sie hinter einer Ecke in Deckung, und als der erste Ivy in Schussweite kam, jagte sie ihm eine Salve in die Brust. Er brach sofort zusammen, ein Glas voller Blut rutschte ihm aus der erschlafften Hand und zerbarst auf dem Boden. Die Warnung empfing sie über den Link: TÖDLICHER ANGRIFF VORSICHT. Ein zweiter Kopf erschien, doch bevor sie das Gewehr herumziehen konnte, hatte Marcus schon das Feuer eröffnet. Der Gegner zog sich hinter den Türrahmen zurück. Green eilte herauf, um sie zu unterstützen. Über den Link spürte sie, dass die anderen ihn sofort wahrnahmen und erkannten. Darauf folgte Verwirrung, weil sie zugleich von Menschen und Partials angegriffen wurden.

Das stärkere Wesen näherte sich und tauchte als dunkler Schatten im Hintergrund ihres Bewusstseins auf. Sie bewegte den Gewehrlauf hin und her, um es ausfindig zu machen. *Nun lass dich schon blicken!,* drängte sie in Gedanken. *Gib mir eine passende Gelegenheit, und ich beende diese Gruselgeschichte ein für alle Mal.*

»Ihr müsst verstehen, dass dieser Angriff nicht persönlich gemeint ist«, sagte jemand. Kira sank das Herz, die ganze Welt verwandelte sich in eine bodenlose schwarze Grube. »Wir versuchen, diese Welt zu retten, damit sie ein Teil der nächsten werden kann. Betrachtet es als Ehre, dass eure Körper und euer Blut die Keimzelle eines neuen Gartens Eden bilden werden.« Nun tauchte er am Ende des Flurs auf. Kira ließ das Gewehr sinken, es glitt ihr aus den Händen und fiel klappernd zu Boden, und sie starrte den Blutmann an, der unter den hellen Leuchtstoffröhren auf sie zuging.

»Kira?«, sagte Marcus. Green hatte das Gewehr angelegt und wollte schießen. Kira musste ihre ganze Willenskraft aufbieten, um die Hand zu heben und den Kopf zu schütteln.

Ihr zitterten die Beine, der Magen verkrampfte sich, die Arme wollten sich ihm entgegenstrecken und ihn berühren, obwohl alles in ihr danach schrie, wegzulaufen, ihn aufzuhalten, ihn zu töten. Schließlich musste sie sich sogar an der Wand abstützen, als sie das Gesicht sah, das sie in Träumen heimgesucht hatte. Sie sprach das Wort aus, das sie nicht mehr benutzt hatte, seit sie fünf Jahre alt gewesen war.

»Daddy?«

36

Armin Dhurvasala starrte Kira an, die dunklen Augen zuckten unstet hin und her und musterten sie. Über den Link spürte sie die Gefühle: Erstaunen und Unsicherheit, eine grimmige Entschlossenheit, die so stark war, dass Kira keuchen musste. Ihr Vater kam einen weiteren Schritt auf sie zu, als wollte er sie aus der Nähe betrachten. Dann strahlte er wie ein kleines Kind.

»Kira!«, rief er. Er rannte ihr entgegen und wischte im Laufen die Hände an einem Handtuch ab. »Kira, du lebst!«

Green hob das Gewehr und wollte schießen, doch Armin hielt ihn mit einem Ansturm von Linkdaten auf, unter dem sogar Kira in die Knie ging. Marcus fasste sie am Arm und zog sie hoch. Als Armin vor ihr stand, klammerte sie sich an Marcus.

»Rühr mich nicht an!«, fauchte sie ihren Vater an.

»Kira«, sagte Armin. »Du ahnst ja gar nicht, wie froh ich bin, dich zu sehen. Ich dachte, du seist beim Zusammenbruch gestorben. Du warst zwar gegen RM immun, aber als ich endlich wieder nach Hause kam, warst du fort.«

»Ich war ... wochenlang allein.«

»Es war eine chaotische Zeit«, entgegnete Armin. »Aber jetzt bist du da, und wir könnten so viel zusammen erreichen ...«

»Was willst du hier?«, fiel sie ihm ins Wort. »Bist du wirklich der Blutmann? Warum hinterlässt du überall zerstückelte Körper? Wie kannst du das nur tun?«

»Ich rette sie«, entgegnete er schlicht. »Die Welt geht unter. Du dachtest, sie sei schon beim Zusammenbruch untergegangen, aber das war lediglich der Auslöser. Die letzten dreizehn Jahre waren ein endloser, langsamer Aderlass. Die Illusion des Lebens hatte noch eine Weile Bestand, doch es war nur eine Vorbereitung auf diesen Augenblick, auf den wahren Tod. Die Partials sterben in wenigen Monaten, die Menschen nicht lange danach. Jerrys aberwitziger Winter beschleunigt das Unvermeidliche. Was glaubst du denn, wie viel Zeit wir noch haben?«

»Also ist es gerechtfertigt, alle Leute zu ermorden, weil wir sowieso sterben?«, fragte Kira. »Als wären wir ein ... ein Spielplatz für Soziopathen? Was ist nur los mit dir?«

»Ich genieße meine Arbeit nicht«, entgegnete Armin. »Halt mich nicht für herzlos, nur weil ich mich mit dem Unvermeidlichen abfinde. Ein Onkologe ist nicht grausam, wenn er einem Krebspatienten erklärt, dass ihm nur noch ein Monat bleibt. Der Arzt ist kein Ungeheuer, er verrichtet nur seine Arbeit. Der Unterschied – ich kann etwas vollbringen, das kein Onkologe, kein Arzt, kein Politiker und kein Heiliger bisher zu vollbringen vermochte. Ich kann sie wirklich retten, Kira.«

»Indem du sie tötest?«

»Indem ich das Beste in ihnen ernte – ihre Stärke und Willenskraft, die Kreativität. Alles ist in der DNA angelegt.« Er hielt ein Gefäß mit Blut und Gewebe hoch und suchte ihren Blick. »Kira, was geschieht deiner Meinung nach, wenn die Welt untergeht?«

»Wir haben es schon einmal überlebt, und wir können es abermals überleben«, erwiderte sie.

»Das können wir nicht.« Er schüttelte den Kopf. »Du musst wissen, dass wir einen Plan für die Welt hatten. Er hätte funktionieren können, davon bin ich fest überzeugt. Ich habe die Biologie selbst entwickelt, und sie war makellos. Aber jetzt ist alles verloren. Die Natur der Menschen und Partials hat es verhindert.«

»Also hatte ich recht.« Kira musterte Green und Marcus, dann wandte sie sich wieder an ihren Vater. »Ich habe das Rätsel gelöst. Ich habe den Prozess entdeckt, den du entwickelt hast. Die Geheimnisse, die hinter der RM-Seuche, dem Verfallsdatum und der DNA der Partials stecken. Ich wusste, dass es einen Plan gab und dass der Frieden das Ziel war, denn ich kannte dich.« Ihre Augen wurden dunkel, als sie voller Abscheu das Glas betrachtete, das er hochhielt. »Jedenfalls dachte ich das.«

»Der Traum ist zerstört.«

»Wie kannst du das sagen?«, fragte sie. »Du warst entschlossen, für das Leben zu sorgen, das du erschaffen hattest. Du hast für die Rechte der Partials gekämpft, bevor die Partials überhaupt existierten. Du wusstest, dass sie als Wesen zweiter Klasse gelten und nicht als richtige Menschen anerkannt würden, und du hast einen Plan entwickelt, damit die Partials und die Menschen einander als gleichberechtigte Partner anerkennen mussten, wenn sie überleben wollten. Du hast versucht, auf einer biologischen Ebene ein für alle Mal den Rassismus auszurotten.« Sie deutete auf die Gewebeprobe, auf die Handschuhe mit dem geronnenen Blut, auf die Ivies, die schweigend hinter ihm an den Türen standen, nachdem sie die Patienten ermordet hatten. »Wie konntest du nur von dort bis hierher gelangen? Wie konntest du dir einreden, dies sei der richtige Weg?«

Armins Miene wurde ernst, düster wiederholte er die Frage. »Weißt du, was passiert, wenn die Welt untergeht? Wir reden vom Ende der Welt, aber in Wirklichkeit ist es nur unser eigenes Ende. Die Welt dreht sich weiter, der Planet wird weiter Leben tragen. Flüsse werden fließen, Sonne und Mond ziehen weiter, Ranken überwuchern die Autos und den Beton. Ein warmer Regen fällt, und die Welt vergisst, dass wir überhaupt anwesend waren. Die Gedanken der Menschen, der Höhepunkt nach fünf Milliarden Jahren der Evolution, werden erlöschen wie eine Kerze und auf Nimmerwiedersehen verschwinden. Nicht, weil es Zeit dafür ist, und nicht, weil die Welt ohne uns weiterexistieren sollte, sondern weil wir alle zu dumm waren. Zu selbstsüchtig, um im Frieden zu leben, zu stolz, um die Kriege zu beenden, auch wenn sie schon lange jeden Sinn verloren hatten. Deine kostbaren menschlichen Seelen, deine Brüder und Schwestern bei den Partials – du meinst, sie könnten in Frieden leben, und doch reißen sie gerade die ganze Insel in Stücke, sie kämpfen, töten und sterben. Aber nicht, weil dies einen Ausweg böte, und nicht, weil ein Heilmittel, ein Hinweis oder eine Lösung für irgendein Problem in Sicht ist, sondern nur, weil sie das am besten können. Das Einzige von Wert, das auf diesem ganzen Planeten noch existiert, ist das Leben der Beteiligten, aber es scheint gar nichts wert zu sein, solange der andere noch sein Leben hat, und deshalb töten sie sich gegenseitig. Sie steuern in einem tödlichen Rennen auf den endgültigen Untergang zu. Der Sieger wird der sein, der als Letzter aufrecht steht, und seine Belohnung ist die allerletzte, schrecklichste Einsamkeit, die es je auf dieser Welt gegeben hat.«

Kira wollte protestieren, doch dann fiel ihr Blick auf den Ivy, den sie gerade erschossen hatte. Er lag kaum zehn Meter entfernt, die Blutlache breitete sich langsam auf dem Boden aus. Sie dachte an die Leute, die sie getötet hatte, um hierher zu gelangen, an die Leichen, die ihren Weg säumten. Ein zusammengebrochenes Wohngebäude in New York City, die Manhattan Bridge, Afa Demoux. Delarosa und die Atombombe. Kira selbst hatte Blut an den Händen, die so rot waren wie die ihres Vaters, nachdem sie einem toten Partialsoldaten den Dolch in den Schädel gejagt hatte.

»Diese Leute sind schon tot«, fuhr Armin fort. »Es ist keine Gnade, sie am Leben zu lassen, denn ein anderer wird sie töten. Trotzdem kann ich sie nicht im Stich lassen. Ich habe meinen Teil zu ihrer Vernichtung beigetragen. Glaub nur nicht, ich hätte das vergessen. Glaub nur nicht, ich hätte es mir verziehen. Aber Jerry hat die Bühne für einen Neuanfang bereitet. Wenn der Schnee schmilzt und die Sonne wieder aufgeht, werden auf der Erde junge grüne Blätter sprießen. Ich werde dafür sorgen, dass jemand da ist, der es beobachten kann. Ich will dafür sorgen, dass es Augen gibt, die es sehen können, ein Bewusstsein, das es versteht, eine Stimme, die unsere Geschichte erzählt. Du reibst dich damit auf, einem sterbenden Mann einige weitere Sekunden zu verschaffen. Ich will dem Mann das Blut abnehmen und ein Kind, eine Zukunft und ein Vermächtnis hinterlassen, die noch einmal fünf Milliarden Jahre überdauern. Sie sollen die Erde bevölkern, nach den Sternen greifen und die Poesie, ihr Lachen und die Kunst zu den Sternen tragen, neue Bücher und neue Lieder schreiben.«

Nur mit äußerster Mühe löste sich Kira von dem toten Ivy und allem, wofür er stand. Zu viel Blut, zu viel Verlust. »Du willst eine neue Spezies erschaffen.«

»Die Menschen und Partials von heute werden nicht mehr existieren«, bestätigte Armin. »Es wird nur noch eine einzige vollkommene Spezies geben. Ich habe es schon einmal getan. Ich habe das menschliche Genom entschlüsselt und in eine vollkommene Ordnung gebracht, die den Noten einer Sinfonie gleicht. Ich habe die genetische Blaupause mithilfe Dutzender Generationen von Partials verbessert. Das weißt du besser als jeder andere, denn du bist das Endresultat.«

Kira hob den Kopf und suchte seinen Blick. Er lächelte.

»Du«, fuhr er fort. »Du bist meine Tochter, du bist nach dem Vorbild meiner eigenen DNA gebaut, aber mithilfe unzähliger Vorentwürfe verfeinert und entwickelt, bis alle Fehler und Unvollkommenheiten beseitigt waren. Ich hatte gehofft, einige der letzten Partialmodelle hätten überlebt, denn sie wären der ideale Ausgangspunkt für die neue Welt gewesen. Die ersten Pinselstriche auf der neuen leeren Leinwand.«

»Aufhören!« Marcus trat vor und schob sich zwischen Armin und Kira. »Bei dieser Unterhaltung läuft es mir kalt über den Rücken, aber der letzte Satz hat allem eine neue Wendung gegeben.«

»Du willst auch meine DNA haben«, sagte Kira. »Du willst mein Blut in einem Gefäß sammeln und in dein Labor bringen.«

»Ich will dich«, bestätigte Armin. »Deinen Körper und dein Bewusstsein.«

»Ich kann dich nicht begleiten.«

»Du hast keine andere Wahl.«

»Man kann sich immer entscheiden«, erwiderte Kira. »Diese Einsicht hat mir jemand nahegebracht, der für mich viel eher ein Elternteil war, als du es je gewesen bist.« Dabei richtete sie sich stolz auf. »Wenn du mein Blut willst, musst du es dir mit Gewalt nehmen.«

Armin seufzte, die Entschlossenheit wich aus seiner Miene, und es blieb nichts zurück außer einer Maske dumpfer Gefühllosigkeit. »Du hast gehört, was ich plane«, sagte er leise. »Du verstehst sicher, dass es keinen anderen Weg gibt.«

Damit zog er eine kleine Metallröhre aus einer Scheide am Gürtel. Die Kanüle lief vorn spitz zu. Sie hatte die richtige Größe und Form, um einen menschlichen Körper anzustechen und das ganze Blut und alle Flüssigkeiten abzuleiten. »Nichts und niemand ist so wichtig wie dieses Vorhaben. Nicht einmal meine eigene Tochter.«

37

Dr. Kronos Vale setzte den Link ein, um auf der überfüllten Straße von White Plains einen Weg freizuräumen. Die Blicke der benommenen Partials, an denen er vorbeikam, nahm er nicht zur Kenntnis. Bereits sein Alter hob ihn als ungewöhnliche Erscheinung von allen anderen ab, denn es gab keine Partials mehr, die äußerlich älter als achtzehn Jahre waren. Die Arzt- und Offiziersmodelle hatten zu den ersten Produktionsreihen gezählt und waren längst verfallen. Seine Linkdaten wiesen ihn als Gott aus, als mächtiges Wesen, dem sie aufgrund ihrer biologischen Eigenschaften unbedingt gehorchen mussten. Vor der Tür des Hotels standen keine Wächter, im Innern arbeiteten keine Haushälter. Die Soldaten übernahmen die Reinigung, wobei sich die Infanteristen und die Pilotinnen abwechselten. Das Gebäude hatte die gleiche strenge, militärische Ausstrahlung wie alles andere in White Plains. Vale vermisste das ländliche Paradies des Reservats, doch dorthin konnte er nicht zurückkehren. Zwar konnte er einen Hubschrauber requirieren, wenn er es unbedingt wollte, aber welchen Sinn hätte dies gehabt? Wollte er wirklich in der zunehmenden Kälte und durch das stärker werdende Unwetter dorthinfliegen, eine weitere Gruppe Partials mitnehmen und hoffen, dass sie seine Absichten guthießen? Sollte er sich darauf verlassen, dass Morgan nicht noch einmal nach ihm suchte? Gern hätte er das Reservat und die Freunde wiedergesehen, die er dort gefunden hatte. Doch noch wichtiger war ihm die Sicherheit des Gebiets. Wenn er dies nur erreichte, indem er sich fernhielt, dann war er dazu bereit.

Besonders jetzt, da eine Atombombe unterwegs war und die Gefahr erheblich zugenommen hatte. Die wenigen Partials, die davon wussten, wollten es den Menschen sofort heimzahlen. Schon der Gedanke an die Biowaffe erschreckte sie. Vale hatte Dr. Morgans Labor teilweise einfach nur deshalb verlassen, um die Armee unter Kontrolle zu halten und jegliche Vergeltungspläne zu unterbinden. Wenn er ihnen erzählte, dass die Menschen eine Atombombe heranschleppten, konnte er sie vermutlich nicht mehr zurückhalten.

Im Vorraum wartete ein Partialsoldat namens Vinci. Er war derjenige, der Vale vor der Atombombe gewarnt hatte. Er hatte Delarosa den ganzen Weg von Long Island herauf verfolgt, doch als er die gerissene Terroristin in Manhattan aus den Augen verloren hatte, war er nach White Plains gekommen, um weitere Helfer für die Suche zu gewinnen. Trübsinnig erwiderte er Vales Blick. »Gibt es etwas Neues?«

Vale schüttelte den Kopf. »Nicht hier! Reden wir lieber in meinem Raum.« Er führte den Partial zum Fahrstuhl, mit dem sie eine Suite im obersten Stockwerk erreichten. Dort hatte Vale seinen Befehlsstand eingerichtet. Sobald die Tür geschlossen und verriegelt war, wandte er sich an den Besucher. »Wir schicken regelmäßig Streifen in die Bronx und setzen so viele Späher wie nur möglich an der Küste ein, falls Delarosa auf dem Wasser vorstößt. Bisher haben wir aber noch nichts entdeckt. Es war klug, dass Sie gleich zu uns gekommen sind, aber wir müssen mit der Möglichkeit rechnen, dass sie schon das Festland erreicht hatte, bevor wir die Streifen aussenden konnten.«

»Ich schicke die Männer, die Sie mir zugeteilt haben, regelmäßig durch die Stadt.« Damit räumte Vinci ein, dass Delarosa sich bereits in unmittelbarer Nähe befinden konnte. »Ich weiß aber nicht, ob das ausreicht.«

»Was können wir sonst noch tun?«, entgegnete Vale. »Wer noch in White Plains lebt, ist mit Energieversorgung, Wartung oder Lebensmittelproduktion beschäftigt. Wir könnten dort einige Leute abziehen, aber wollen wir wirklich, dass sich die Kunde verbreitet? Verdammt, es ist ein Angriff mit einer Atombombe. Als das letzte Mal jemand versuchte, die Partialarmee mit einer solchen Waffe auszuschalten, schlugen sie mit der größten Streitmacht zurück, die man im ganzen Partialkrieg überhaupt gesehen hatte. Ich will keine Panik oder einen Völkermord auslösen.«

»Die Soldaten brauchen nur nach einem Menschen zu suchen, auf den die Beschreibung passt«, sagte Vinci. »Wir müssen ihnen nicht verraten, was sie im Schilde führt.«

»Das werden sie recht schnell ganz von selbst herausfinden«, widersprach Vale. »Sie sind keine Trottel.«

»Als Erstes werden sie an die Biowaffe aus East Meadow denken«, meinte Vinci. »Die Streifen, die ich heute Morgen eingesetzt habe, sind überzeugt, dass sie danach suchen. Natürlich habe ich dies weder bestätigt noch abgestritten.«

»Meinen Glückwunsch«, erwiderte Vale. »Ihr raffinierter Trick macht mich sprachlos. Haben Sie den Leuten auch eingeschärft, ihre Mutmaßungen für sich zu behalten? Vertrauen Sie darauf, dass sie diesen Befehl wirklich befolgen? Es genügt, wenn ein einziger betrunkener Soldat den Kameraden in einer Bar von der paranoiden Hetzjagd auf Befehl eines ehemaligen Verräters erzählt, der mittlerweile unter einem Trustmitglied dient. Daraus entstehen in kürzester Zeit die wildesten Gerüchte. Wer weiß, womit wir es dann am nächsten Morgen zu tun haben! Vor nicht ganz drei Monaten ging diese Stadt bei einem unfreiwilligen Wechsel der Anführer unter, weil Trimble gelähmt und unentschlossen war und die Probleme ihrer Leute nicht lösen konnte. Jetzt macht Morgan genau das Gleiche. Sie ist besessen vom Verfallsdatum und kümmert sich um nichts anderes mehr. Allmählich wird die Stadt unruhig. Wenn eine Panik ausbricht – egal, ob wegen einer Atombombe oder einer Biowaffe –, dann haben wir es im Handumdrehen mit einem Aufstand zu tun.«

»Es ist besser, einige Partials sterben bei einem Aufstand, als dass eine ganze Stadt in einem Atompilz untergeht«, erwiderte Vinci. »Wenn eine öffentliche Ankündigung und eine Durchsuchung der ganzen Stadt nötig sind, dann sollten wir es tun.«

»In ungefähr zwei Wochen stirbt die nächste Gruppe«, erklärte Vale. »Dann verschwinden noch einmal fünfzigtausend Leute. Sie sind aber nicht blitzschnell weg, sondern es ist ein quälender, langsamer Verfallsprozess. Fünfzigtausend Tote sättigen in dieser Stadt die Luft mit ihren Signaturen, bis man kaum noch atmen kann, ohne den Verstand zu verlieren, depressiv zu werden oder dem Wahnsinn zu verfallen. Haben Sie eine Vorstellung, was dann mit der hier stationierten Armee passiert? Wissen Sie, wem man letzten Endes die Schuld geben wird?«

»Ihnen?«, fragte Vinci.

Vale runzelte die Stirn. »So sollten sie es sehen, aber das werden sie nicht tun. Selbst wenn allgemein bekannt wäre, welche Rolle der Trust beim Verfallsdatum spielte, wäre ihnen mein Tod nicht genug. Alle ihre Probleme hatten schon immer mit den Menschen zu tun: der Krieg, die Armut, die Unterdrückung, die letzte Flotte. Selbst das Verfallsdatum – Morgan und ich waren die ausführenden Organe, aber es war die Menschheit insgesamt, die es gefordert, geplant und bezahlt hat. Und nun besitzen die Menschen eine Biowaffe? Oder gar eine Atombombe? Glauben Sie wirklich, die Partials würden mit etwas anderem als tödlicher Vergeltung reagieren und darauf verzichten, alles, was sie haben, gegen die Insel einzusetzen? Selbst nachdem zwei Drittel der Partials gefallen sind, besteht noch eine Überzahl von zehn zu eins. Die Partials besitzen Hubschrauber, Geländewagen und sogar einen Panzer. Das reicht für mindestens eine gepanzerte Brigade. Die Menschen haben nur so lange überlebt, weil die Partials Gnade walten ließen. Damit ist es vorbei, sobald sie von der Atombombe erfahren. Ich will die Atombombe ebenso dringend finden wie Sie, aber wir müssen es geheim halten.«

Erschöpft und entmutigt schloss Vale die Augen. Auf einmal kam über das Funkgerät eine Meldung herein.

»Pfeilteam an General Vale«, meldete der Sprecher. »Code Weiß, wiederhole, Code Weiß.«

Vale riss die Augen auf. »Code Weiß. Sie haben Delarosa gefunden.«

»Das Pfeilteam ist eine meiner Gruppen«, erklärte Vinci und strahlte über den Link seine Angst wie eine lautlose Woge ab. »Demnach befindet sie sich in der Stadt.«

»Verdammt!« Vale stand auf und ging zum Funkgerät. »Hier ist General Vale. Dieser Kanal ist nicht sicher, wiederhole, dieser Kanal ist nicht sicher. Wir kommen zu Ihnen. Nennen Sie Ihren Standort. Kommen.«

»Unsichere Verbindung bestätigt«, antwortete das Pfeilteam. »Kontrollpunkt Sieben. Kommen.«

Vinci breitete auf dem Tisch eine Karte aus und suchte nach der Position. »Hier.« Er deutete auf den westlichen Stadtrand. »Dort ist ein altes College.«

»Noch nicht einmal zwei Kilometer von der Innenstadt entfernt«, überlegte Vale. »Wenn sie die Bombe dort zündet, stirbt jeder Partial in White Plains.«

»Dann wollen wir dafür sorgen, dass es nicht so weit kommt.«

Mit gerunzelter Stirn drückte Vale abermals auf die Sprechtaste. »Kontrollpunkt Sieben, wir sind in einigen Minuten bei Ihnen. Ende.«

Vale besaß einen kleinen Jeep mit einem Elektromotor. Die Partials betrieben ein Atomkraftwerk, das mehr als genug Strom erzeugte – so viel, dass Morgan es im Exil jahrelang angezapft hatte, um ihr Geheimlabor zu versorgen.

Die Fahrt zum alten College war kurz, und als sie ankamen, wimmelte es dort von Soldaten. Es waren erheblich mehr als die Mitglieder des Aufklärungsteams. Fluchend kletterte Vale aus dem Jeep.

»Meldung!«, verlangte er energisch und legte seine ganze Autorität in die Linkdaten. Die Unteroffizierin, die das Kommando hatte, begann schon zu sprechen, bevor sie sich ganz umgedreht hatte.

»Sergeant Audra, Sir.« Sie salutierte. »Wir haben die menschliche Rebellin vor etwa zwanzig Minuten entdeckt. Sie wollte die Fracht aktivieren, als sie uns bemerkte. Wir sahen uns gezwungen, sie kampfunfähig zu machen.«

»Haben Sie auf die Frau geschossen?«, fragte Vinci.

»Sie ist verwundet, lebt aber noch«, erklärte Audra. »Unser Sanitäter fiel letztes Jahr dem Verfallsdatum zum Opfer, aber wir haben unser Möglichstes getan, um sie zu stabilisieren.«

Vale nickte. Die Sanitäter waren die Ersten gewesen, die produziert worden waren, da sie eine umfangreichere Ausbildung benötigten. Daher waren sie auch zuerst gestorben. Demonstrativ betrachtete er die zahlreichen Soldaten, die ihre Nervosität über den Link verbreiteten. Die Leute hatten Angst. »Was soll der Auflauf?«

»Keine Sorge, Sir, sie haben die nötigen Sicherheitsfreigaben. Alle sind Teamleiter, die Kommandant Vinci eingeteilt hat.« Sie zögerte, wieder spürte Vale einen Schub ihrer Nervosität. »Sir, als wir erkannten, welche Fracht sie beförderte, hielten wir es für ratsam, zusätzliche Sicherheitskräfte aufzubieten.«

Vale knirschte mit den Zähnen. Die anderen Spähtrupps hatten genau genommen eine ähnliche Freigabe, doch ihm wäre es lieber gewesen, wenn nur das Team, das die Frau gefunden hatte, von der gefährlichen Fracht erfahren hätte. »Führen Sie mich hin!«

Der weibliche Sergeant begleitete Vale und Vinci in das

Hauptgebäude des Colleges, vor dem mehrere Soldaten in Technikeruniformen ebenso nervös hin und her liefen wie die Späher draußen. »Wir benutzen diese Einrichtung schon seit einigen Wochen«, erklärte Audra. »Wir versuchen, die Satellitenfeeds zu aktivieren. Dabei haben wir sie gefunden. Sie hielt sich etwas weiter im Norden auf und wollte sich durch ein Wohnviertel anschleichen. Wie schon gesagt haben wir sie aus Sicherheitsgründen hierhergebracht. Wir vermuten, dass sie auf dem Fluss heraufkam und unsere Streifen umgehen konnte.«

»Ich habe früher einen Posten in Tarrytown befehligt«, hakte Vinci nach. »War dort niemand?«

»Soweit ich weiß, ist dieser Posten verlassen, seit Sie ihn aufgegeben und sich den Menschen angeschlossen haben, Sir.« Das letzte Wort klang nicht sonderlich respektvoll.

Vinci sendete empörte Linkdaten, doch Vale steuerte die Unterhaltung in eine andere Richtung, bevor die Situation weiter eskalieren konnte. »Wollen Sie damit sagen, dass wir sie dank der Satelliten gefunden haben?«, fragte er. »Seit dem Zusammenbruch haben wir keine Satellitenverbindung mehr gehabt.«

»Das hat sich vor einigen Wochen geändert.« Der weibliche Sergeant war sichtlich stolz. »General Trimble überwachte die Kriege zwischen den Fraktionen mithilfe mehrerer Feeds, aber ihr Kontrollraum war ... er wurde beim Bürgerkrieg irreversibel beschädigt. In diesem College gab es jedoch eine Computerabteilung, die kurz vor dem Zusammenbruch modernisiert wurde. Unsere Techniker arbeiten schon seit einer ganzen Weile daran, und letzte Woche gelang es uns endlich, Trimbles alte Feeds anzuzapfen.«

»Hielten Sie das nicht für wichtig genug, um es zu melden?«, fragte Vinci.

»Wir haben es dreimal an Morgan gemeldet«, erwiderte die Unteroffizierin. »Sie hat nicht geantwortet. Wir haben Glück, dass wir die Satelliten benutzen konnten, denn Delarosa war auf dem Schnee leicht auszumachen. Da wären wir.«

Sie führte die Besucher in einen schwer bewachten Raum. Marisol Delarosa, die Vale dank seines Aktenstudiums erkannte, lag auf der Seite und hatte eine stark blutende Schulterverletzung. Zwei Soldaten beugten sich über sie, um die Wunde zu säubern und zu verbinden. Mitten im Raum stand ein kleiner Anhänger aus Kunststoff von der Art, die viele Menschen vor dem Zusammenbruch ans Fahrrad gehängt hatten, um kleine Kinder zu befördern. Die Ladefläche maß einen halben Meter und war mit mattem weißem Lack gestrichen. Darauf stand ein dicker Metallkanister in der gleichen Farbe. Einige Kratzer ließen den grünen Untergrund durchschimmern. Anscheinend hatte das Grün der Tarnung im Wald gedient, und die Besitzerin hatte den Kanister vermutlich schnell umlackiert, sobald Ryssdals verrückte Winterstürme eingesetzt hatten. Das Ding war kleiner als erwartet. Einerseits staunte er, dass Delarosa es überhaupt so weit geschafft hatte, andererseits musste er zugeben, dass die Tarnung äußerst wirkungsvoll war. Da die Widerstandsbewegung der Menschen derzeit so viele Kräfte band, konnte sich eine einsame Frau mit einem kleinen Anhänger beinahe beliebig lange in der Wildnis verstecken.

Und am Ende ist sie mit der Absicht hier eingetroffen, achtzig Prozent der Leute auf dem Planeten zu töten, dachte Vale.

Er schwitzte. *Sie wollte die Bombe zünden, als man sie fand. Eine Minute später, und wir wären alle tot gewesen.*

Audra sah ihn fragend an. »Verbirgt sich in dem Anhänger wirklich ... eine Atombombe?«

Wenn er wollte, konnte Vale seine Gefühle aus den Linkdaten heraushalten und lügen, doch Vincis Daten verrieten so oder so die Wahrheit. *Außerdem wissen sie es bereits. Sie haben die Bombe untersucht, identifiziert und entschärft. Sie haben ihre Aufgabe erledigt, und nun kann ich sie nicht mehr anlügen.* »Das ist richtig.«

»Diese verdammten Menschen!«, fluchte der weibliche Sergeant. »Sie geben sich nie zufrieden, was? Zuerst die Biowaffe, dann dies hier.« Sie machte eine heftige Geste in Delarosas Richtung. »Wenn diese Hexe unbemerkt so weit vorstoßen konnte, frage ich mich, ob dort draußen nicht noch mehr Feinde unterwegs sind. Was sollen wir tun?«

Eine der neu eingeteilten Sanitäterinnen meldete sich zu Wort. Auf dem Schild stand *Ether – Äther*, was Vale angesichts der Begleitumstände belustigte. »Ich sage euch, was wir tun sollten«, erklärte Ether. »Wir bringen die Atombombe sofort zurück und verwandeln East Meadow in eine Wüste.«

Vales Belustigung verschwand auf der Stelle.

Delarosa, gefesselt, verbunden und mit einem Sauerstoffschlauch versorgt, machte Anstalten, Ether anzugreifen, doch die zweite Sanitäterin hielt sie fest.

»Niemand wird irgendetwas in die Luft jagen«, sagte Vinci und spürte Audras Wut über den Link.

»Wir brauchen nicht noch einen weiteren Menschenliebling, der uns vorschreibt, was wir tun sollen«, fauchte sie. »Wollen Sie sich nach allem, was sie uns angetan haben, wirklich auf ihre Seite schlagen?«

»Ich ergreife Partei für jeden, der keinen Völkermord verüben will«, erwiderte Vinci. »Alles, was seit unserer Rückkehr aus China misslang, ist darauf zurückzuführen, dass eine Spezies die Oberhand über die andere gewinnen wollte. Diesen Weg dürfen wir nicht weiter beschreiten.«

»Damit bekämen wir aber wenigstens eine Verschnaufpause«, widersprach Audra. »Doktor Morgan gewinnt Zeit, um ihre Arbeit zu vollenden und wenigstens einige von uns vor dem Verfallsdatum zu retten.«

»Und wenn die Koexistenz die Heilung ist?«, fragte Vale. Er sah sich in dem Raum um und suchte nacheinander den Blick aller Partials – der Unteroffizierin, der Sanitäter, der Wächter. »Was ist, wenn ich Ihnen sage, dass wir das Verfallsdatum sofort aufheben können, indem wir die gleiche

Luft wie dieser Mensch dort in der Ecke atmen?« Delarosa starrte ihn ungläubig an, und der Link verriet ihm, dass die Partials ähnlich erstaunt waren.

»Das ist unmöglich«, entgegnete Vinci.

»Wenn ich bitte fortfahren dürfte ...«, sagte Vale. Es war keine Bitte. Er beobachtete Vinci aufmerksam, bat ihn stumm um Nachsicht und vermittelte ihm über den Link seine Aufrichtigkeit. »Nehmen wir an, dass Delarosa genau wie jeder andere Mensch, der das RM-Virus in sich trägt, zugleich das Heilmittel für das Verfallsdatum ist. Nehmen wir an, die Menschen produzieren einen chemischen Wirkstoff, den sie ausatmen, genau wie Sie es umgekehrt tun.«

Ether antwortete als Erste. »Wir ...«, begann sie zögernd. »Wir müssten einen Weg finden, um das Mittel künstlich herzustellen, und zum Beispiel Tabletten produzieren.«

Genau wie es die Menschen versucht haben, dachte Vale. *Genau wie ich es versucht habe.* Er schüttelte den Kopf. »Der Wirkstoff lässt sich nicht künstlich herstellen. Es ist eine zweistufige biologische Reaktion. Sie atmen ein Partikel aus, das RM bei den Menschen neutralisiert, und dann verändert deren Körper den Wirkstoff, woraufhin sie Partikel ausatmen, die bei Ihnen das Verfallsdatum aufheben. Die beiden Spezies müssen in unmittelbarer Nachbarschaft miteinander leben, und es muss lebende Körper geben, in denen die Reaktionen stattfinden können.«

»Sie würden uns vorher umbringen«, meinte Audra.

»Nicht alle«, widersprach Vinci.

»Ein Einziger reicht schon«, beharrte Audra. »Diese Hexe dort drüben hat es geschafft, sich mit einer Atombombe bis zu uns heranzuschleichen. Eine einzige Frau. Wir haben sie Sekunden vor der Explosion aufgehalten. Wie soll die Existenz von einem, zweien oder selbst tausend friedlichen Menschen so etwas wettmachen?«

»Wir könnten den Wirkstoff ernten«, schlug Ether vor. »Wir könnten sie in einer bewachten Umgebung festhalten –

in einem Gefangenenlager oder auf einer kleinen Insel, wo sie unter Beobachtung stehen. Jeden Morgen schicken wir einige Helfer hin, um die heilenden Partikel abzuholen. Dann verteilen wir sie wie einen Impfstoff an die ganze Armee.«

Delarosa erbleichte.

Sie wollen meine eigenen gescheiterten Pläne nachahmen, dachte Vale. »Angenommen, es funktioniert nicht«, sagte er. »Angenommen, man braucht« – er passte die Zahlen aus dem Reservat entsprechend an – »zehn Menschen für jeweils zweitausend Partials. Einen Menschen für zweihundert. Wenn wir dies heute einrichten, bevor wir noch mehr Soldaten durch das Verfallsdatum verlieren, brauchen wir ... wie viele? Tausend Menschen? Tausendfünfhundert? Wie ernähren wir so viele Gefangene?«

»Sie können für sich selbst sorgen«, sagte Audra. »Es könnte ein ... eine Art Arbeitslager sein.«

»Was ist mit den Partials, die bei ihnen leben sollen?«, fragte Vale. »Wie gesagt, die Menschen müssen sich in unmittelbarer Nähe der Partials aufhalten, um die Partikel zu produzieren. Sollen die Partials ebenfalls ins Arbeitslager gesteckt werden?«

»Dort würden sowieso Wächter benötigt«, erklärte Audra. »Wir könnten uns abwechseln.«

»Was ist mit den anderen dreißigtausend Menschen?«, wollte Vale wissen. Er fand die Unterhaltung zunehmend abstoßend. »Was fangen wir mit denen an, die wir nicht brauchen? Verfrachten wir sie ebenfalls in ein Arbeitslager, oder töten wir sie auf der Stelle?«

»Fünfzehnhundert Gefangene sind schon ziemlich viel«, überlegte Ether. »Wenn wir sie daran hindern wollen, uns anzugreifen oder zu fliehen und die ganze Sache zu torpedieren, dann müssen wir die Bevölkerung so weit wie möglich dezimieren ...«

»Hört ihr euch eigentlich selbst zu?«, schrie Vale. Sein

Herz pochte zum Zerspringen, der Blutdruck stieg trotz der zahlreichen Genmanipulationen, die dies eigentlich verhindern sollten. »Sie sind keine wilden Tiere! Sie haben euch erschaffen!«

»Und dann wollten sie uns umbringen«, entgegnete Audra. »Der Plan, ein Gefangenenlager einzurichten, unterscheidet sich nicht so sehr von unserer Aktion, als wir sie auf Long Island isolierten. Allerdings war es ein Fehler, sie am Leben zu lassen. Wollen Sie wissen, was wir noch auf den Satellitenbildern gesehen haben? Sie rotten sich im Süden zusammen. Dort steht eine riesige menschliche Armee, die bis an die Zähne bewaffnet ist und jederzeit für den Entscheidungskampf vorrücken kann.«

»Sie versammeln sich im Süden?«, fragte Vale. »So weit von uns entfernt wie möglich?«

»Sie ziehen sich aus der Gefahrenzone der Explosion zurück«, meinte Audra. »Welchen anderen Grund könnte das Manöver haben? Sie weichen bis ans Südufer aus, schicken Delarosa herauf, um die Bombe zu zünden, und dann umgehen sie Manhattan und kommen den Fluss herauf, um die Überlebenden zu beseitigen.«

»Das ist ein militärischer Plan«, antwortete Vale. »Dort steht aber keine Armee. So würdet ihr handeln, aber das gilt nicht für die ...« Noch während er sprach, wurde ihm bewusst, dass er in einem Teufelskreis festsaß, der auf rassistischem Misstrauen beruhte. Er hatte die Hoffnung aufgegeben, ihnen die Vorurteile auszureden. »Hinaus mit euch, verschwindet!«

»Aber ...«, wollte Vinci protestieren. Vale hatte jedoch über den Link seine ganze Autorität geltend gemacht, und die Partials trotteten gehorsam zur Tür hinaus.

»Ich rede mit der Gefangenen«, erklärte Vale. »Schließt die Tür und riegelt sie ab! Nehmt die Patrouillengänge wieder auf! Das gilt für euch alle. Und sprecht mit niemandem über dies hier!«

Die Tür fiel zu, Vale schloss ab und begab sich in die Ecke, wo Delarosa mit rotem Gesicht hilflos am Boden lag. Er zog sich einen Bürostuhl heran und setzte sich erschöpft. Auf Förmlichkeiten verzichtete er ganz und gar. *Ich bin viel zu müde,* dachte er. Dann sprach er es laut aus. »Ich bin viel zu müde.«

Die Frau rührte sich nicht, sondern blickte ihn mit dunklen Augen ernst an.

»Inzwischen kochen Sie sicherlich vor Wut«, begann er. »Oder etwa nicht? Immerhin wurden Sie von genau den Leuten gefangen genommen, die Sie töten wollten. Ich nehme an, das schließt auch mich ein. Ich bin zwar kein Partial, trage aber am Schicksal dieses gottverdammten Planeten eine ebenso große Schuld wie alle anderen. Nein, meine Schuld ist sogar noch größer.« Er bemerkte ihre Überraschung und nickte. »Ich bin ein Mitglied des Trusts, aber Sie wissen wohl nicht, was sich dahinter verbirgt.«

Sie zögerte, dann schüttelte sie den Kopf. Vale seufzte gedehnt.

»Dann geht es Ihnen wie den meisten anderen Menschen.« Er betrachtete die Atombombe, die von Steinen, Wurzeln und allen möglichen anderen Spuren einer langen Reise unzählige Schrammen davongetragen hatte. Es war ein einfacher Metallzylinder, verbeult, schmutzig und unglaublich schrecklich. »Die Hand Gottes«, sagte er leise. Er beugte sich vor, packte den Karren und zog ihn zu sich heran. Ein Ende ließ sich abschrauben, im Innern befand sich die Elektronik, die mit einigen vergilbten Plastiklichtschaltern unbeholfen angepasst worden war. Die Schalter waren vermutlich in einem alten Haus erbeutet worden. »Sie sind alt«, sagte er nachdenklich und warf ihr einen raschen Blick zu. »Natürlich nicht im üblichen Sinn. So unhöflich wäre ich nie zu einer Dame. Aber Sie sind alt genug, um sich an die alte Welt zu erinnern. An die Dinge, die wir verloren haben. Sie erinnern sich doch an die großen roten

Timer, mit denen die Atombomben in den Filmen und Holovideos immer ausgerüstet waren, oder? Das sah immer so aus, als hätte jemand dort einen Digitalwecker angebracht, der aber wahrscheinlich immer noch fortschrittlicher war als dieses Zeug hier.« Er deutete auf die Schalter und die blanken Drähte, achtete aber darauf, nichts zu berühren. »Der Schurke zündet die Bombe, oder der Held löst den Countdown versehentlich aus, und dann sehen alle zu, wie die Uhr tickt: neunundfünfzig, achtundfünfzig, siebenundfünfzig. *Ticktack, ticktack.* Aber das war wohl nichts für Sie.« Wieder heftete er den Blick auf die Frau. »Es gibt keinen Timer und keine letzte Schonfrist, in der Sie auf sicheres Gelände fliehen können. Sie wollten einfach nur die Schalter umlegen und sich zusammen mit uns in die Luft jagen.« Er verschraubte den Deckel wieder und musterte Delarosa, die blutend am Boden lag. Schließlich beugte er sich vor und nahm ihr die Sauerstoffmaske ab. »Wenn Sie nicht einmal reden können, werde ich wohl wenig von dem Verhör haben.«

Delarosa beobachtete ihn schweigend. Auch Vale sagte nichts mehr. Es dauerte eine Weile, bis sie, offenbar unter Schmerzen, das Wort ergriff.

»Ein richtiges Verhör ist es trotzdem nicht.«

»Sie können mir meine Fragen sowieso nicht beantworten.«

»Welche Frage zum Beispiel?«

»Ich wüsste zu gern, warum jeder auf der Welt alle anderen hasst. Warum können sich keine vier Leute auf eine friedliche Lösung einigen, obwohl ich sie fünfundneunzig Prozent des Weges genau in diese Richtung geführt habe?«

»Ich hasse Sie nicht«, entgegnete Delarosa. »Weder Sie noch die anderen. Jedenfalls nicht persönlich.«

»Trotzdem wollen Sie uns alle in die Luft jagen.«

»Es läuft auf einen Krieg hinaus«, erwiderte Delarosa. »Alle sterben, es gibt keine Hoffnung mehr, die Nerven liegen blank. Blicken Sie auf die Ereignisse zurück und verraten Sie mir, welcher Teil vermeidbar gewesen wäre!«

»Sie hätten keine Atombombe mitten in ein Armeelager bringen müssen«, sagte Vale. »Sie halten die Invasion Ihrer Insel für schlimm? Warten Sie ab! Wenn erst einmal bekannt wird, was hier passiert ist …«

»Sie haben sie doch reden hören«, sagte Delarosa. »Der Sprengkopf ist nur ein willkommener Vorwand. Wie Sie selbst gesagt haben – es ist eine Armee, die fürs Kämpfen gezüchtet wurde, und die Menschen sind ebenso verzweifelt wie die Partials. Der Krieg ist unausweichlich.«

»Sie wollten den Krieg beenden, bevor er beginnen konnte.«

»Das schien mir der einzige moralisch vertretbare Weg zu sein.«

»Moral«, entgegnete Vale. »Das ist im Zusammenhang mit einem Völkermord ein bemerkenswerter Aspekt.«

»Nach der Zerstörung von White Plains bleiben von den Partials nur noch jene übrig, die sich auf Long Island aufhalten«, erklärte Delarosa. »Dann sind wir mehr oder weniger wieder auf Augenhöhe. Die Anführer der Partials sind tot, und wer noch übrig ist, wird innehalten und auf Befehle warten, die nicht kommen. Vielleicht schließen sie ein Abkommen mit den Menschen. Ich weiß es nicht. Aber selbst wenn sie angreifen, können die Menschen sich wehren. Sie haben den Mut, den Kampf aufzunehmen, und dann haben sie echte Aussichten auf den Sieg.«

Vale nickte, dachte nach, starrte die Bombe an. »Die Situation, die ich vorher erwähnte, war kein Täuschungsmanöver«, sagte er leise. »Es ist wahr. Kira Walker hat die biologischen Mechanismen entdeckt, und danach bekam ich die Gelegenheit, alles gründlich zu untersuchen und den wissenschaftlichen Hintergrund zu erforschen. Es ist wahr, damit könnten wir jeden retten.«

»Glauben Sie wirklich, irgendjemand wird Ihnen auf diesem Weg folgen?«

»Das dachte ich.« Vale schloss die Augen. »Früher dachte ich es einmal. Aber dann kam der Zusammenbruch, und ... nein, ich glaube nicht mehr daran. Zu Kira sagte ich, dass Doktor Morgan die ganze Menschheit versklaven würde, falls sie von dem Heilmittel für das Verfallsdatum erführe. Vier Soldaten haben weniger als drei Minuten gebraucht, um zwei unterschiedliche Versionen dieser schlimmsten Annahmen zu formulieren.« Er tippte auf die Bombe und lauschte dem metallischen Klang. »Ich musste mich schon einmal zwischen Menschen und Partials entscheiden und beschloss, eine Gruppe von Menschen zu retten. Um dies zu erreichen, habe ich zehn Partials versklavt. Es war die einzige Möglichkeit.« Er seufzte. »Was kann ich sonst noch tun?«

Delarosa runzelte die Stirn. »Was meinen Sie damit?«

Vale nahm die Kappe von der Bombe und betrachtete die primitive Verkabelung. »Ich meine damit, dass es am Ende wohl doch auf eine Entscheidung zwischen den Spezies hinausläuft.«

»Ist das Ihr Ernst?«

Vale legte einen Schalter um. »Ich nehme an, es gibt eine Kombination.«

Delarosa holte tief Luft und antwortete beinahe andächtig. »Ja.« Sie zögerte. »Nun gut. An, aus, an, aus. Von rechts nach links.«

Vale zog die Augenbrauen hoch. »Und das ist das geheime Passwort?«

»So haben wir verhindert, dass die Bombe versehentlich gezündet wurde«, erklärte Delarosa. »Je einfacher, umso besser. Ich dachte, wenn ich es so einfach konstruiere, könnte jemand die Bombe zufällig auslösen, selbst wenn man mich gefangen nimmt.«

Vale betrachtete die Schalter und legte die ersten drei um. »An, aus, an.« Er hob den Kopf. »Ein letztes Wort?«

»Ich habe Schmerzen in der Schulter«, sagte Delarosa

mit stahlharter Stimme. »Nun bringen Sie es endlich hinter sich!«

Vale schloss die Augen und sprach nicht zu ihr, sondern zur ganzen Welt. »Es tut mir leid.«

Aus.

DRITTER TEIL

38

Kira stolperte, als das Krankenhaus erbebte. »Was war das?«

Der Lärm, ein fernes Grollen tief im Bauch der Erde, brach nicht ab.

Green richtete das Gewehr auf Armin, einer der Ivies bemerkte die Bewegung oder erahnte sie schon vorher und zielte seinerseits auf Green. Armin sprang durch eine Seitentür und verschwand. Das alles passierte so schnell, dass Kira das Geschehen kaum verfolgen konnte.

»Ach, du heilige ...«, platzte Marcus heraus. Mehr konnte Kira nicht verstehen, denn Green gab eine lange, laute Salve in den Flur ab. Die Ivies stoben auseinander. Dann zog er Kira ins Treppenhaus zurück. Die Ivies gingen in Deckung und erwiderten das Feuer, doch die drei Gefährten stürzten schon die Treppe hinunter und warfen sich flach auf den Boden. Über ihnen durchsiebten die Kugeln die Holztür. Ein Schauer von Splittern regnete herab und perforierte die Rigipswand links und rechts neben dem Durchgang, um dahinter von den dicken Betonstufen abzuprallen. Sobald der Beschuss etwas nachließ, erwiderte Green das Feuer und drängte die anderen beiden, die Treppe hinunterzulaufen. Das Grollen hatte keineswegs aufgehört, sondern nahm an Intensität zu.

»Wir können nicht weg!«, rief Kira. »Er ist mein Vater.«

»Dein Vater will dich töten«, widersprach Green.

»Ich muss mit ihm reden«, beharrte Kira und wollte die Treppe wieder hinauf. »Ich muss ihn aufhalten.«

Green drückte sie auf den Boden. Er musste brüllen, um

zu ihr durchzudringen. »Wir haben dort oben unseren Vorteil verloren. Sie sind in der Überzahl, stehen höher und haben Deckung. Wenn du den Kopf hebst, erschießen sie dich.«

»Aber der Hubschrauber steht auf dem Dach«, fauchte Kira und wollte sich losreißen. »Sie wollen doch nicht das Stockwerk besetzt halten, sie wollen fliehen!«

Eine weitere Salve deckte die Umgebung ein, sie mussten sich ducken und die Hände schützend auf die Köpfe legen. Marcus kroch neben Kira und schrie ihr etwas ins Ohr, das sie wegen der Schüsse kaum verstehen konnte.

»Am anderen Ende des Gangs ist eine Treppe.«

Kira nickte. Zusammen zogen sie sich kriechend aus der Schusslinie zurück. »Die Stockwerke sind wie ein großes T angelegt«, erläuterte Kira dem Partial. »Wir stecken in einem Seitenarm des T, aber am anderen Ende des Arms gibt es eine weitere Treppe. Von dort aus können wir ihnen in den Rücken fallen.«

»Glaubst du wirklich, sie beobachten uns nicht?«

»Ich glaube, sie sammeln das Blut ein und verschwinden so schnell wie möglich«, entgegnete Kira. »Wir sollten sie aufhalten, bevor das geschieht.«

Sie erreichten den sechsten Stock und rannten durch den Flur. Green ließ sich auf den Boden fallen, hielt die Tür auf und legte die Waffe wie ein Scharfschütze an, doch statt hinter sich zu blicken, spähte er nach vorn zum anderen Ende des Gangs. Kira blieb nicht stehen und stellte keine Fragen. Wenn die Ivies Greens Linkdaten in jenem Treppenhaus auffingen, dachten sie vielleicht nicht daran, dass sich auf der anderen Seite noch jemand befinden konnte. Im Rennen zog Kira die Handfeuerwaffe und verfluchte sich selbst, weil sie das Gewehr fallen gelassen hatte. Dann betete sie, sie möge die Treppe erreichen und hinter die Ivies gelangen, bevor Armin entkam. Marcus lief keuchend hinter ihr her, konnte aber kaum mithalten. Sie dagegen legte noch zu und war bereit, die Tür mit ihrem Schwung aufzudrücken und die Treppe hinaufzurennen. Auf einmal öffnete sich die Tür von selbst, und ein Ivy spähte in den Flur. Das Sturmgewehr hatte er schon gehoben. Kira geriet in Panik und wollte zur Seite springen, doch es knallte laut, und der Ivy ging zu Boden. Zwischen seinen Augen klaffte ein rotes Loch.

»Los!«, rief Green. Kira zögerte nicht und dankte ihm insgeheim, als sie die Treppe hinaufstürmte. Über sich hörte sie Stiefeltrappeln, dann das Tosen eines starken Winds. Armin und die Soldaten flohen bereits zum Dach.

»Wir wissen nicht, wo sie alle stecken.« Marcus hielt sie am Arm fest. »Wenn noch einige im siebten Stock sind und wir an ihnen vorbei zum Dach laufen, sitzen wir in der Falle.«

Kira konzentrierte sich auf den Link. »Du hast recht«, räumte sie ein. »Oben befindet sich eine große Gruppe, hier unten eine kleinere.«

»Verrückt!«, meinte Marcus. »Spürst du sie tatsächlich?« Er war nicht schockiert oder entsetzt, aber es brach Kira das Herz, als er so mit ihr sprach. Zum ersten Mal in ihrem Leben sah er sie als eine Fremde, die er nicht richtig verstehen konnte. Sie überwand den kleinen Schwindelanfall, der sich daraufhin bei ihr einstellte, und erläuterte ihm flüsternd ihre Strategie.

»Einzelheiten bekomme ich kaum mit«, antwortete sie. »Das kann ich bei Weitem nicht so gut wie sie. Ich erkenne nicht, wie viele es sind und wo sie sich verschanzt haben. Meiner Ansicht nach sind nur etwa zwei auf dieser Etage geblieben, und auf dem Dach sind mehrere von ihnen unterwegs.« Draußen heulte der Wind, und aus dem Nichts schien ein Sturm aufgezogen zu sein. Der Luftzug wehte auch die Pheromondaten weg, und sie war schlagartig blind. »Du bleibst hier und beobachtest die Tür, als hinge dein Leben davon ab, weil es tatsächlich davon abhängt.

Schieß, sobald sie sich bewegt! Warte nicht, bis du gut zielen kannst, sondern halt einfach drauf!«

»Du gehst nicht allein dort hinauf!«

»Ich lasse ihn nicht entkommen«, sagte Kira. Damit hob sie das Gewehr, stürmte die nächste Treppe hinauf und wappnete sich für ... sie wusste es nicht. *Vier oder fünf Ivies mit Sturmgewehren,* dachte sie und knirschte mit den Zähnen, als sie sich an Greens Worte erinnerte. *Sie sind in der Überzahl, sie stehen höher und haben wer weiß welche Panzerungen am Hubschrauber. Ich habe eine blöde Pistole und ... nun ja, vermutlich eine bessere Deckung als sie. Aber was habe ich überhaupt vor? Will ich die Soldaten töten? Meinen Vater erschießen?* Sie erinnerte sich an Armins leidenschaftliche Tirade über die Welt, die in Gewaltausbrüchen unterging. Der Ivy, den sie erschossen hatte, lag immer noch in seinem Blut am Boden.

Was könnte ich sonst tun?

Sie erreichte den Zugang zum Dach und legte vorsichtig die Hände an die Tür, um sie einen Spaltbreit aufzudrücken und hinauszuspähen. Irgendetwas blockierte den Ausgang. Sie stieß fester, die Tür gab nach und knallte wieder zu. *Der Wind,* dachte sie. *Was geht dort draußen vor? Und was war das für ein Grollen?* Unter ihr schrie Marcus und eröffnete das Feuer. Sie betete, dass ihm nichts zustieß, und warf sich noch einmal mit aller Kraft gegen die Tür. Plötzlich sprang sie mit lautem Knall auf, und Kira stolperte hinaus. Ein heftiger Wind peitschte ihr ins Gesicht und drückte die Tür hinter ihr wieder zu. Durch die wehenden Haare sah sie den Hubschrauber abheben. Es war eine in stumpfem Grau lackierte Maschine mit dem Rumpf eines Lastwagens. Anstelle normaler Flügel besaß das Flugzeug zwei mächtige Rotoren. Ihr Vater stand in der offenen Tür und beobachtete sie stumm, dann legten sich die Rotoren schräg, und der Windstoß presste sie gegen die Tür. Sobald der Druck nachließ, rannte sie los und schrie in den Sturmwind hinaus, er solle anhalten und zurückkehren. Der Hubschrauber flog bereits nach Süden. Sie sah ihm nach, bis er am schiefergrauen Himmel zu einem kleinen Punkt geschrumpft war. Sobald die Abwärme der Motoren verschwunden war, drang der eiskalte, scharfe Wind bis auf die Knochen. Schaudernd sah sie sich um.

»Alles in Ordnung?« Sie hatte nicht einmal gehört, dass Marcus das Dach betreten hatte. Sie nickte. Bewegt und voller Angst sprach er weiter. »Was ist passiert?«

»Ich habe es nicht rechtzeitig geschafft«, gestand sie. »Sie waren schon im Hubschrauber, als ich ...«

»Nein, das nicht.« Marcus fasste sie bei den Schultern. »Dort!« Er drehte sie herum, bis sie nach Norden zum Festland blickte. Erschrocken keuchte sie auf. Dort drüben hinter den Feldern und Wäldern, weit jenseits der flachen Hügel auf der Insel, brodelte der Himmel und brannte, als tobte dort ein Feuer. Eine pilzförmige Wolke, die mehrere Kilometer breit war und bis in die höchsten Schichten der Atmosphäre reichte, beherrschte den Horizont.

Green gesellte sich zu ihnen auf dem Dach. Seine Linkdaten waren voll schwärzester Verzweiflung. Sogar Kira konnte seine Gefühle auffangen. Ihr wurde übel. »White Plains existiert nicht mehr«, sagte er leise und tonlos.

39

Mohammad Khan starb um 20:34 Uhr in einem kleinen Haus am Nordufer. Die Krankheit hatte ihn bereits lebensgefährlich geschwächt, hinzu kamen die Belastungen durch die winterlichen Bedingungen. Es war einfach zu viel für einen wenige Wochen alten Säugling. Isolde hockte im Keller und hielt ihn weinend in den Armen. Sie war untröstlich. Ariel stand an den hinteren Fenstern und beobachtete die steile Felsklippe über der Bucht, blickte nach Westen zum Festland. Zu der pilzförmigen Wolke.

Die Partials waren tot.

Sie waren Feinde, aber sie waren auch ihr Volk und stellten die einzige reale biologische Verbindung zu dieser Welt dar, wenn alle Lügen und Täuschungen durchschaut waren. Dabei hatte sie die Partials nicht einmal richtig kennengelernt. Auf der Insel befanden sich natürlich noch einige, doch vermutlich war die Gruppe, die Senatorin Kessler getötet hatte, bereits tot. *An der gleichen Seuche gestorben, die auch Khan getötet hat,* dachte sie. Der Gedanke erfreute sie keineswegs, sie empfand keine Rachsucht, die durch den Tod gestillt werden musste. *In dem Klubhaus wollte niemand sterben, trotzdem sind sechs Leute tot, drei weitere verletzt, und nun ist auch Khan nicht mehr am Leben. White Plains ist zerstört … alles ist verloren.* Xochi hatte eine Kugel in die Hüfte und eine andere in die Hand abbekommen. Hobb war zweimal in den Rücken geschossen worden, nach Nanditas Ansicht waren Lunge und Leber getroffen. So schlecht es Hobb auch ging, Ariel fragte sich, ob nicht vielleicht Isolde die

Nächste war, die sterben würde. Körperlich fehlte ihr nichts, aber ihre Seele war zermalmt.

Nandita hatte einen Streifschuss an der Schulter erlitten. Es war eine leichte Verletzung, und die Genveränderungen hatten die Heilung derart dramatisch beschleunigt, dass sich die Wunde bereits wieder schloss.

Ariel spielte mit der Waffe, die sie in den Händen hielt, und schob den Sicherungshebel hin und her, aus und an.

Selbst wenn wir weiterziehen könnten, gäbe es kein Ziel. Der Kleine war der Hauptzweck unserer Reise. Wir wollten ihn schützen, ihn in Sicherheit bringen und die Krankheit heilen. Er gab uns die Richtung, den Grund und die Hoffnung. Einen Grund, um zusammenzubleiben. Nun ist er tot. Was tun wir jetzt?

An und aus, an und aus.

Ariel wusste genau, was zu tun war. Sie hatte es geplant, seit Khan auf die Welt gekommen war. *Nandita helfen, ihn zu retten und dann …*

Sie drehte sich um und stieg die Treppe hinunter.

Unten war es wärmer, alte Tücher und Sofakissen hielten den Wind ab, ein zerlegter Nachttisch brannte langsam auf dem nackten Betonboden der Waschküche. Das Haus lag nicht einmal einen Kilometer vom Golfklub entfernt und war trotzdem so weit weg, dass Xochi und Hobb den Weg nicht mit eigener Kraft geschafft hätten. Ariel hatte sie auf einem behelfsmäßigen Schlitten über den Schnee geschleift, während die Partials vor der Biowaffe in Gestalt eines Kindes ebenso schnell in die andere Richtung geflohen waren. Soweit Ariel es sagen konnte, hatten sie Riverhead erreicht, bevor sie gestorben waren, und die Krankheit auf alle anderen übertragen. Sie betrachtete Hobb, der wie eine zerlumpte Mumie bandagiert war und auf dem Boden lag, von Schmerzmitteln benommen. Ihm war nicht einmal bewusst, dass sein Sohn gestorben war. Er hatte sein Leben aufs Spiel gesetzt, um das Kind zu retten, was Ariel nie von ihm erwartet hätte. Sie schlich an ihm und Xochi, dann an der klagenden Isolde vorbei, bis sie den letzten Raum im schmalen Gang erreichte. Dort hockte Nandita im Dunkeln.

»Die pilzförmige Wolke ist abgezogen«, sagte Ariel. »Bisher gibt es keine Anzeichen dafür, dass uns jemand verfolgt.«

»Ich kann mir vorstellen, dass sie zurzeit ganz andere Sorgen haben«, meinte Nandita.

Ariel ließ sich ihr gegenüber nieder. Nandita bemerkte zweifellos die Waffe in der Hand, zumindest deren Umriss, doch sie sagte nichts dazu.

An, aus.

»Glaubst du, Hobb überlebt die kommende Nacht?«

»Das weiß ich nicht«, antwortete Nandita.

»Vielleicht wäre es einfacher für ihn, wenn er stirbt«, fuhr Ariel fort. »Er hat sich geopfert, um seinen Sohn zu retten, und nun wird er wach und erfährt, dass sein Opfer überhaupt nichts gebracht hat.«

Hinter ihnen knackte und knisterte das Feuer.

An, aus.

Ariel hätte Nandita am liebsten auf der Stelle erschossen, einfach die Hand gehoben und abgedrückt, doch sie tat es nicht. Sie wollte toben, kreischen, brüllen und diese Frau für die Hölle büßen lassen, durch die sie Ariel gejagt hatte. Schließlich hatte die alte Hexe bei dem ganzen Elend bis zum endgültigen Weltuntergang die Hand im Spiel gehabt. Doch Ariel rührte keinen Finger. Vielmehr beobachtete sie den schwachen orangefarbenen Feuerschein und die tanzenden Schatten an der Wand. »Ich habe beobachtet, was du mit dem chemischen Auslöser getan hast«, sagte sie schließlich. »Du hast ihn ins Feuer geworfen, nachdem Kessler erklärt hatte, sie wolle ihn benutzen.«

»Ich wollte verhindern, dass sie etwas Dummes tut«, erwiderte Nandita.

»Anscheinend konnten wir sie letztendlich doch nicht aufhalten«, bemerkte Ariel.

»Ja, so scheint es.«

An, aus.

»Warum hast du das getan?«, fragte das Mädchen.

»Warum ich die Partials erschaffen habe?«, gab Nandita zurück. »Warum ich den Weltuntergang herbeigeführt habe? Warum ich deine Kindheit zerstört habe? Die Liste meiner Verbrechen ist lang. Ich fürchte, du musst dich genauer ausdrücken.«

»Warum hast du zugelassen, dass sie auf uns geschossen haben?« Ariel umklammerte die Pistole. Allerdings zielte sie nach wie vor lediglich auf den Boden. »Du steuerst die Partialsoldaten mit deinen Gedanken. Du hättest die Schießerei unterbinden können, bevor auch nur ein einziger Schuss gefallen wäre. Dennoch hast du es nicht getan.«

»Ich ...« Nandita hielt inne, ein regloser Schatten in der Dunkelheit. »Wie konnte ich die Partials aufhalten, wenn ich nicht fähig war, Erin aufzuhalten?«

»Dann wolltest du sie gar nicht in Schach halten?«

»Genau.«

Ariel hob die Stimme. »Und deshalb hast du lieber zugelassen, dass sie uns alle töten?«

»Es war ein ungünstiger Augenblick für moralische Erkenntnisse«, räumte Nandita ein. »Das musst du nicht eigens betonen. Aber so etwas geschieht manchmal. Ich war bereit, es zu tun, und habe meine Meinung geändert. Es überkam mich, und dann war die Situation auch schon vorbei.«

»Glaubst du denn, du hast die richtige Entscheidung getroffen? War es richtig, im Namen einer moralischen Erkenntnis Menschen sterben zu lassen?«

»Wir sind nicht gestorben.«

»Du konntest vorher nicht wissen, dass es nicht so weit käme.«

»Ich glaube, genau darum geht es doch«, erwiderte Nandita.

An, aus.

»Ich bin heruntergekommen, um dich zu töten«, erklärte Ariel.

»Ich weiß.«

»Ich wollte es schon immer tun«, fuhr Ariel fort. »Nur aus diesem Grund habe ich euch begleitet. Du warst die Einzige, die Khan retten konnte, und deshalb wollte ich warten, bis du es geschafft hattest. Sofort danach, *peng.*« Sie machte eine Geste mit der Pistole. »Keine Lügen, keine Pläne, keine Kontrolle mehr. Ich dachte mir, die Welt wäre ohne dich besser dran.«

»Ich kann dir nicht widersprechen.«

»Jetzt bin ich hier und will dich immer noch töten, aber ...« Sie hielt inne und wartete, ob Nandita etwas sagen wollte, doch die Antwort blieb aus. »Du bist nicht der Mensch, für den ich dich gehalten habe.«

»Das könnte ich auch über dich sagen«, entgegnete Nandita.

»Für wen hast du mich gehalten?«

»Ich dachte, du seist noch ein Kind«, erklärte Nandita und schüttelte den Kopf. »Da habe ich mich wohl geirrt.«

Ariel stand auf, zielte auf Nanditas Kopf ...

... und blieb stehen, ohne abzudrücken.

»Khan hätte ein gutes Leben verdient«, sagte Ariel. »Vielleicht verdient es auch Hobb. Oder vielleicht haben er, du und alle Partials, die bei der Explosion gestorben sind, eher den Tod verdient. Ich weiß es nicht. Jetzt sind wir hier, ich bin diejenige, die die Kontrolle und die Macht besitzt, und ich kann dich leben oder sterben lassen, wie ich will. Falls ich irgendwelche unpassenden moralischen Erkenntnisse erlangen soll, wäre dies der richtige Moment.«

Sie ließ die Waffe sinken und drehte sich um. »Ich gehe Wasser holen.«

40

Shon kochte vor Wut. Er starrte auf die Karte, bis es ihm rot vor den Augen flimmerte, und knallte die Faust auf den Tisch. Das Holz zerbarst unter der Wucht des Hiebs, und das Möbelstück brach auf dem Boden der Mittelschule zusammen, in der Shon sein Hauptquartier eingerichtet hatte. Im Wald trieben sich immer noch menschliche Rebellen herum, versteckten sich, gaben aus dem Hinterhalt Schüsse ab und huschten davon, töteten seine Soldaten, griffen Nachschublieferungen an und lockten die Armee nach Osten. Immer nach Norden und Osten. Fort vom Festland und fort von East Meadow. Jetzt war White Plains verloren, und East Meadow leerte sich wie ein Sieb. Im Rückblick war es offensichtlich – die Aktivitäten der Menschen waren eine überzeugende Täuschung, gerade weil sie nicht erfolgreich waren. Sieg auf Sieg, Gefangener auf Gefangener. Die Partials hatten die Insel durchkämmt, die Guerillas eingesammelt und ihnen dennoch wie Narren in die Hände gespielt. Die List hatte gewirkt, und die menschlichen Zivilisten waren entkommen.

Die Kaltschnäuzigkeit empörte ihn ungemein. Ein Krieg war ein Krieg, aber er hatte versucht, ehrenhaft zu kämpfen. Er hatte die von Morgan angeordneten Hinrichtungen sofort eingestellt, sobald von ihr keine Befehle mehr eingegangen waren. Er hatte die Menschen zusammengetrieben, ohne sie zu verletzen, und wann immer möglich, hatte er ihren Widerstand mit friedlichen Mitteln einzudämmen versucht. Er hatte sich bemüht, Proviant und Wasser nach

East Meadow zu schaffen. Die Menschen hatten mit einer bösartigen Biowaffe und terroristischen Anschlägen reagiert, und inzwischen hatte eine Atomexplosion zweifellos den größten Teil der Partials auf dem Planeten vernichtet. Seine Freunde, seine Anführer ... er hatte sich schon vorher verlassen gefühlt, weil er wochenlang keine neuen Befehle erhalten hatte, aber nun war er ganz und gar abgeschnitten. Neue Befehle würde er nie mehr empfangen, nie wieder würde eine Funkbotschaft hereinkommen, nie wieder würde er seine Truppe mit dem Rest der Armee vereinen, weil diese nicht mehr existierte. Zwanzigtausend Partials unterstanden seinem Kommando, und Verstärkungen würden nicht mehr eintreffen, weil sie die letzten lebenden Partials auf der Welt waren.

In zehn Tagen erreichte die nächste Gruppe das Verfallsdatum, dann wären sie nur noch siebzehntausend. Einen Monat später würden sie noch einmal sechstausend Leute verlieren.

Er hatte genug vom ehrenhaften Kämpfen.

Ein Melder kam auf ihn zu, blieb aber auf Distanz, als er den zerschmetterten Tisch und die wütenden Linkdaten wahrnahm. Shon atmete tief durch und beruhigte sich, bevor er den Mann ansprach.

»Bericht?«

»Ein Gefangener redet«, erklärte der Bote. »Anscheinend haben die Rebellen alle Einwohner vor der Atombombe gewarnt und ihnen gesagt, sie sollten nach Süden fliehen.«

»Warum ist uns das entgangen?«

»Sir, Sie haben ausdrücklich befohlen, niemanden zu foltern«, erklärte der Melder. »Mittlerweile tun wir es wieder ... und erfahren eine Menge.«

»Wer steckte dahinter?«

»Eine Widerstandsgruppe, die sich die Weißen Nashörner nannte«, erklärte der Bote. »Sie sind unmittelbar nach der Besetzung von East Meadow aktiv geworden.«

»Der Name ist mir bekannt. Sie sind äußerst schwer zu fangen. Haben wir Angehörige der Gruppe in Gewahrsam?«

»Nur eine, Sir.«

»Führen Sie mich hin!« Er überließ es dem Adjutanten, den geborstenen Tisch zu reparieren, und hielt nur kurz inne, um die Pistole aus dem Regal neben der Tür zu nehmen. Die Gefangenen waren im Keller eingesperrt und an die Rohrleitungen unter den verschimmelten Waschbecken und hinter den feuchten, defekten Toiletten gekettet. Shon nickte den Wächtern zu, die draußen auf dem Flur postiert waren, und staunte über die grimmige, fast verzweifelte Wut, die das ganze Lager zu durchdringen schien. Sobald die Soldaten ein Ziel für ihre Wut fanden, würde sich der aufgestaute Ärger schlagartig entladen.

Sie öffneten die Tür. Shon wich unwillkürlich zurück, als ihm der Gestank entgegenschlug. Der Melder führte ihn zu einem dürren kleinen Mädchen in der hinteren Ecke, bei dem das rabiate Verhör deutliche Spuren hinterlassen hatte.

»Gehört sie den Weißen Nashörnern an?«

Der Bote nickte. Shon hockte sich vor das verprügelte Mädchen und zeigte ihr die Waffe. »Wie heißt du?«

»Yoon-Ji Bak.«

»Und du hast mit der Rebellin Marisol Delarosa zusammengearbeitet?«

Trotz Blut und Schmutz war zu erkennen, wie sich die Gefangene innerlich stählte. »Jawohl, und ich bin stolz darauf.«

»Wo sind die anderen Menschen, die ihr in Sicherheit bringen wolltet?«

Das Mädchen schwieg.

»Verrate mir, wo sie sich versammeln, und ich verspreche dir, dass du schnell stirbst.«

Das Mädchen schwieg.

Shon hob die Stimme und versuchte, so viel menschliche

Verärgerung zu zeigen, wie es ihm nur möglich war. »Wo sind sie?«

»Erschieß mich!«, antwortete Yoon.

Shon betrachtete sie, dann reichte er dem Melder, der hinter ihm wartete, die Waffe. Er packte Yoons linkes Handgelenk und ergriff mit der anderen Hand ihren kleinen Finger. »Du bist eine Terroristin, eine Mörderin und eine Kriegsverbrecherin«, sagte er. »Die gebrochene Nase ist noch die freundlichste Behandlung, die du hier bekommen wirst, wenn du mir nicht sofort sagst, was ich wissen will. Ich werde alle deine Kumpane finden und mit ihnen verfahren, wie ich schon vor Monaten hätte verfahren sollen. Wo ist der Treffpunkt für die Evakuierung der Menschen?«

»Ich weiß es nicht.«

Shon bog ruckartig den Finger nach hinten, der Knochen brach mit hörbarem Knacken. Das Mädchen kreischte. Er packte den nächsten Finger. »Noch ein Versuch. Wohin gehen die Menschen?«

Wieder schrie sie und knirschte vor Schmerzen mit den Zähnen. »Wir bringen alle von der Insel weg.«

»Bitte etwas genauer! Wohin transportiert ihr sie, und wie geschieht es?«

»Du musst mich töten«, keuchte sie.

Er brach ihr einen weiteren Finger und packte den dritten. »Noch acht Gelegenheiten, bevor ich erfinderisch werden muss. Wo genau kann ich sie treffen?«

Sie grunzte etwas, die Tränen liefen ihr über das Gesicht, sie ballte die andere Hand zur Faust und kämpfte gegen die Schmerzen an. »Ich weiß es nicht!«

Knack.

»Sieben«, sagte Shon. »Wo sind sie?«

41

Bald nach der Explosion begann es wieder zu schneien. Kira konnte nur hoffen, dass das Wetter den Fallout dämpfte. Green behauptete, der heftige Wind sei eine Nebenwirkung der Bombe, weil die Brände in White Plains die Luft ansaugten wie ein Tornado. Sie warteten im Krankenhaus auf Falin und die anderen, dann führte Kira die ganze Gruppe zu Nanditas Haus, wo sie eine Spur ihrer Schwestern zu finden hoffte. Der Wind trieb ihnen die Schneeflocken ins Gesicht, die Eiskristalle stachen auf den Wangen und in den Augen, während sie durch die Stadt gingen. Als sie am Ziel eintrafen, fanden sie das Haus leer vor.

»Sandy sagte, Haru sei hier in East Meadow gewesen«, überlegte Marcus. »Sobald er von der Atombombe erfuhr, ging er bestimmt sofort zu Madison, und sie wäre nicht geflohen, ohne Ariel und Isolde mitzunehmen. Sie sind ... ich vermute, sie sind im Süden. Der Süden ist jedenfalls das Ziel aller anderen. Sie wagen es wohl nicht, die Leute durch Manhattan zu führen, wo die Brücken mit Minen präpariert sind. Daher tippe ich auf Boote.«

»Habt ihr so viele Boote?«, fragte Green. »Fünfunddreißigtausend Menschen sind eine ganze Menge, wenn man sie über das Wasser transportieren will.«

»Am gesamten Südufer liegen Fischerdörfer«, erklärte Kira. Sie schloss die Augen, noch während sie sprach, und ließ sich auf das alte Sofa im Wohnzimmer fallen, das sichtlich ramponiert und kaputt war. Sie konnte sich kaum noch an die Zeit erinnern, als sie nicht gerannt war, entweder auf der Flucht oder zu einem Ziel. Beinahe war es schon zu anstrengend, in den Erinnerungen zu forschen.

»Die Fischer haben Boote, aber es sind nicht sehr viele«, wandte Marcus ein. »Immerhin, das ist besser als nichts. Ich glaube, Nandita hatte hier irgendwo einen alten Atlas ...« Er suchte im Bücherregal und zog ein dickes gebundenes Buch heraus, das er auf den Kaffeetisch legte, um die Seiten durchzublättern, bis er eine Karte von Long Island gefunden hatte. »Die Proteinversorgung der Insel wird überwiegend durch den Fischfang gewährleistet. Die Fanggebiete sind hier bei Riverhead oder hier in der Great South Bay. Weiter draußen gibt es noch einige kleinere Gemeinden wie Jones Beach. Die Boote von Riverhead sind außer Reichweite, aber in der Bucht liegt eine recht große Flotte von Segelbooten. Man müsste natürlich mehrmals übersetzen, aber ich glaube, sie könnten von hier aus die Leute aufs Festland schaffen.« Er deutete auf die Küste von New Jersey. »Wenn sie an Long Beach und Rockaway vorbei der Küste folgen, gelangen sie leicht aufs Festland, ohne sich aufs offene Meer und in tiefes Wasser wagen zu müssen.«

»Wenn wir sie treffen wollen, sollten wir also nach Jones Beach gehen oder auf Boote in der Bucht achten?«, fragte Falin.

»Wenn ich die Aktion koordinieren müsste, dann würde ich alle nach Süden schicken.« Marcus warf wieder einen Blick auf die Karte. »So weit von der Explosion entfernt wie möglich und dann ganz weit nach Westen. Wenn die Boote an dieser Stelle zwischen Breezy Point und Sandy Hook pendeln, können sie die Insel viel schneller evakuieren.« Er wandte sich an Green. »Anders ausgedrückt – wenn wir uns an die Strände halten, haben wir größere Aussichten, sie zu finden.«

»Es sei denn, die Fischer konnten die Boote nicht aus der Bucht herausbekommen«, wandte Falin ein. »Was ist, wenn die feindlichen Partials sie festhalten? Vielleicht brauchen sie unsere Hilfe.«

Marcus lehnte sich auf dem Sofa zurück und schüttelte den Kopf. »Offensichtlich bist du noch nie jemandem begegnet, der nach dem Zusammenbruch als Fischer gearbeitet hat. Wohin gehst du, wenn du durch den Weltuntergang so traumatisiert bist, dass du der Zivilisation nicht mehr traust? Einige leben im Wald und jagen Rehe und Wildkatzen, aber die meisten wurden Fischer. Sie sind unabhängig, sie sind beweglich, und wenn sie nicht gerade mit unseren Farmen Handel treiben, kümmern sie sich nicht um den Rest der Welt. Kiras Schwester Ariel hat genau dies getan, als sie den Ort verließ. Sie zog nach Islip am Rand eines Fischerdorfs. Ich möchte wetten, dass die Partials während der Besetzung höchstens eine Handvoll dieser kleinen Orte behelligt haben. Die Einwohner können jederzeit nach Fire Island segeln oder sich in der Oyster Bay verstecken und der Invasion genauso leicht entgehen, wie sie sich im letzten Jahrzehnt unserer Gesellschaft entzogen haben.«

»Wie können wir dann hoffen, dass sie uns überhaupt helfen?«, wollte Green wissen. »Selbst wenn die anderen Menschen die Fischerdörfer gefunden haben, besteht doch die Möglichkeit, dass die Einwohner ihnen die Boote nicht zur Verfügung stellen.«

»Oh, gefunden haben sie sie ganz bestimmt. Einige dieser Fahrdämme sind mehrere Kilometer lang. Wir sind bei unseren Bergungseinsätzen oft darüber hinweggewandert. Wenn ein Fischer sieht, wie ein paar Tausend Menschen herüberkommen, wird er neugierig. Sobald er weiß, was los ist, verbreitet sich die Neuigkeit ganz schnell. Einige haben sich vielleicht geweigert, den Flüchtlingen zu helfen, aber ich gehe jede Wette ein, dass die meisten einverstanden waren. Sie wollen so wenig wie jeder andere auf einer verstrahlten Insel leben, und wenn sie weggehen, können sie mühelos noch einige andere mitnehmen. Sie sind nicht böse, sondern nur ... eigenbrötlerisch.«

Green nickte. »Was tun wir jetzt?«

»Wir folgen den anderen Flüchtlingen auf den Fahrdämmen nach Süden und bewegen uns dann an den Stränden entlang nach Westen. Unterwegs nehmen wir so viele Nachzügler wie möglich mit. Wir räumen East Meadow endgültig und folgen den anderen, bis wir sie einholen.«

Green stellte eine weitere Frage, doch Kira hörte schon nicht mehr hin. Marcus' Analyse der Lage auf der Insel war einleuchtend, und die Pläne klangen vernünftig, aber ... spielte das alles wirklich noch eine Rolle? Konnten die Menschen überhaupt noch auf ein Überleben hoffen? Es gab Green und Falin und einige andere, aber vier Partials konnten keine dreißigtausend Menschen retten, selbst wenn sie vierzig gewesen waren. Wer wusste schon, wie viele Partials noch lebten? Nach der Atombombenexplosion war jegliche Hoffnung auf Aussöhnung dahin.

Kira stand auf und ging in die Küche, wo es nach Kräutern duftete. Hier war sie zu Hause gewesen. Vor zwei Jahren war Nandita verschwunden, und nach allem, was geschehen war, hoffte Kira nicht mehr auf ein Wiedersehen mit der alten Frau. Aber diese Küche und die Kräuter weckten eine Flut liebevoller Erinnerungen. Xochi hatte nach Nanditas Verschwinden den Garten übernommen, an der Decke hingen getrockneter Rosmarin, sprödes braunes Basilikum, viele andere Kräuter und duftende Büschel mit Kamille. Kira betrachtete das Durcheinander. Offenbar waren die Bewohner in großer Eile aufgebrochen. Nach einer Weile öffnete sie einen Küchenschrank, holte den schwarz angelaufenen Teekessel heraus und ging zur Spüle, um ihn zu füllen. Es tröpfelte einen Moment, dann versiegte das Wasser. Anscheinend war die Kälte für die alten Leitungen zu stark gewesen, und sie waren zugefroren und geplatzt. Kira spielte mit dem Gedanken, die Pumpe im Hinterhof zu benutzen, aber dann öffnete sie einfach die Seitentür und schaufelte einen kleinen Schneehaufen in die Kanne. Xochi hatte neben dem Holzofen einen Vorrat ordentlich gestapelter Scheite hinterlassen. Kira richtete in dem gusseisernen Ungetüm vorsichtig ein Feuer ein. Die Hände erinnerten sich an die früheren Jahre und bewegten sich fast von selbst, wie sie es damals, Abend für Abend, unter Nanditas wachsamen Augen getan hatten. Manchmal war auch Madison dabei gewesen. Die Schneeflocken, die außerhalb des Teekessels gelandet waren, schmolzen rasch, als der Ofen warm wurde, und verdampften zischend.

»Hast du Durst?« Marcus stand an der Tür des Wohnzimmers und beobachtete sie mit müden Augen.

»Nein«, antwortete Kira einsilbig. »Ich wollte nur etwas zu tun haben.«

Marcus nickte, ging zur Anrichte und starrte die hängenden Kräuter an. »Mal sehen – Minze, Kamille, Zitronengras, Hagebutte, Ingwer. Was möchtest du?«

»Egal.« Kira legte ein weiteres Holzscheit ins Feuer, damit der Ofen stetig weiterbrannte. Wirklich wichtig war es nicht, weil sie ohnehin nur Wasser kochen wollte, aber mit diesen Betätigungen kannte sie sich wenigstens aus. Feuer war ein Element, das sie beherrschen konnte. Sie spürte die Hitze mit der flachen Hand und beobachtete den Teekessel.

Marcus raschelte mit den Kräutern, holte drei angeschlagene Tonbecher und für jeden ein metallenes Teeei. Er schnüffelte daran und vergewisserte sich, dass alles sauber war, dann stopfte er einige Blätter in jedes Teeei. »Das war also dein Vater.«

»Ja.« Sie war sich immer noch nicht sicher, was sie von Armin halten sollte, und verweigerte sich erst einmal jedem Gefühl. Wieder prüfte sie die Wärme, um die richtige Temperatur für den Tee abzuschätzen.

»Ich habe ein Foto von ihm gesehen«, fuhr Marcus fort. »Heron hat es mir gezeigt.«

Kira fuhr auf. »Heron?«

»Erinnerst du dich an die Partialagentin, die dich gefangen nahm, als wir mit Samm nach Norden gingen? Sie tauchte im letzten Jahr mitten in der Nacht hier auf und zeigte mir ein Bild, auf dem du als kleines Mädchen zu sehen warst. Du standest zwischen Nandita und dem Mann, dem wir im Krankenhaus begegnet sind. Er heißt Armin Walker, oder?«

»Dhurvasula«, erwiderte Kira. Sie betrachtete den Ofen. »Als mich die Soldaten nach dem Zusammenbruch fanden, konnte ich mich nicht an meinen Nachnamen erinnern, deshalb erfanden sie einen Namen für mich. Wahrscheinlich heiße ich Kira Dhurvasula, aber ich bin nicht sicher. Ich weiß nicht, ob er mich adoptiert hat.«

»Wenn du ein Experiment warst, dann kannst du nicht erwarten, dass er dich angenommen hat wie ...« Er unterbrach sich. »Schon gut.« Marcus hatte die Teebehälter vorbereitet und legte sie in die Becher. »Ist das Wasser bald so weit?«

»Ja.« Der Teekessel hatte bereits ein leises Pfeifen von sich gegeben, das Wasser kochte beinahe. Schweigend sahen sie zu, und als er laut pfiff, nahm Kira den Kessel vom Ofen und goss das dampfende Wasser in die Becher. Sofort stieg eine duftende Wolke auf. Sie atmete tief ein. Kamille.

»Wird er dir nachstellen?«, überlegte Marcus.

Kira hatte es nicht gewagt, genauer über diese Frage nachzudenken. Nachdem sie nun ausgesprochen war, gab es kein Ausweichen mehr. »Wahrscheinlich.«

»Er sagte, du seist ein neues Modell«, fuhr Marcus fort. »Eine abschließende Verfeinerung der Partials. Wenn er ... geeignete DNA einsammelt oder was auch immer, dann will er bestimmt auch deine haben.«

»Ich habe mich gefragt, welchem Zweck ich dienen sollte.« Sie blickte ihn an und sah ihm zum ersten Mal an diesem Abend in die Augen. Das Gesicht war bronzefarben und warm im Feuerschein, die Augen so schwarz wie der bewölkte, sternenlose Himmel. »Als ich herausfand, dass ich eine Partial bin, dachte ich, ich müsse irgendeinem großen Zweck dienen. Vielleicht einem bösen Plan, vielleicht wäre ich eine Bombe, die einen neuen Typ von RM verbreiten sollte, oder eine Spionin, die auf die Aktivierung wartete. Andererseits hoffte ich, ich sei der Schlüssel, der uns alle retten könnte, ein Hybridmodell oder sonst etwas, das die beiden Spezis zusammenbringen sollte.« Sie lächelte gezwungen. Es war ein Lächeln, das sofort in Tränen mündete. »Wie sich nun zeigt, bin ich völlig nutzlos. Zumindest was die Rettung der Welt angeht.« Sie wischte sich über die Augen. »Ich trage nicht die Heilung für RM in mir, bin zwar im Gegensatz zu den anderen Partials keinem Verfallsdatum unterworfen, kann aber andererseits nichts für sie tun. Armin will meine DNA haben, und nun fürchte ich, dies könnte mein einziger Daseinszweck sein. Früher war ich bestrebt, alle Katastrophen lebend zu überstehen, inzwischen frage ich mich manchmal, ob ich mir das unbedingt wünschen soll.«

»Sag nicht so etwas!«

»Ich nahm an, man hätte mich für einen schrecklichen Zweck erschaffen«, fuhr sie fort. »Dann glaubte ich, ich solle einem großartigen Plan dienen. Nun stellt sich heraus, dass meine Existenz überhaupt keinen Sinn hat. Ich bin einfach nur da.«

»Meinst du, gerade so wie alle anderen?« Marcus' Augen waren freundlich, beinahe lächelte er, aber Kira wandte sich ab.

»Bei mir ist das anders.«

»O nein«, widersprach Marcus. »Niemand hat ... eine Bestimmung. Ich meine, keinem von uns allen ist ein Lebensweg fest vorgeschrieben, von dem er nicht abweichen kann. Dieser Becher besteht aus Ton, der alles andere hätte werden können, bis jemand eine Teetasse daraus töpferte. Die

Menschen sind keine Teetassen, wir sind der Ton. Lebender, atmender, denkender und fühlender Ton, den wir selbst zu allem formen können, was wir sein wollen. Wir gestalten uns selbst unser Leben lang weiter, wir werden immer besser in dem, was wir tun und sein wollen. Wenn wir etwas anderes sein wollen, dann streichen wir den Ton glatt und beginnen noch einmal von vorn. Dein fehlender Daseinszweck ist das größte Gut, das du besitzt, denn es bedeutet, dass du alles sein kannst, was du willst.«

Sie schloss die Augen, Hoffnung regte sich in ihrem Herzen. Inbrünstig wünschte sie, ihm glauben zu können, doch sie war nicht überzeugt. Noch nicht. »Was ist mit den Partialsoldaten?«, fragte sie. »Sie wurden nur zu einem einzigen Zweck konstruiert. Sind sie nicht völlig festgelegt? Sie können nicht einmal Befehle missachten, ohne gegen ihre biologischen Anlagen zu handeln. Was sollen sie jetzt tun?«

»Der Glaube, man habe keine Wahl, ist genau die Haltung, die den Weltuntergang herbeigeführt hat«, erklärte Marcus. Er hielt inne, starrte zu Boden und sprach erst nach einer ganzen Weile weiter. »Ich hatte einen Freund, er hieß Vinci. Da die Atombombe explodiert ist, wirst du ihn wohl nicht mehr kennenlernen. Er war ein guter Mann, ein Partial-Infanterist, der in Trimbles Armee als Wachtposten diente. Aber er war auch gewitzt, klug und weise und sah ein, dass seine Welt aus den Fugen geriet. Und er war mutig genug, um doch noch etwas bewegen zu wollen. Er veränderte sich so stark, wie es grundlegender nicht hätte sein können. Sieh dir Green oder Falin an!« Er zuckte mit den Achseln und sprach halb abwesend weiter. »Oder denk an Samm!«

»Samm hat sich verändert.« Kira nickte. »Heron auch.«

»Hast du Heron wiedergesehen?«

»Wir sind fast Freundinnen.« Kira starrte die Schlieren im ziehenden Tee an. »Nicht ganz, aber beinahe.«

»Hat sie dir geholfen, nach Denver zu gelangen?«

Wieder nickte sie. »Ich kehrte mit Morgan zurück, aber Samm und Heron blieben dort, um den Überlebenden zu helfen. Ich hatte gehofft, sie eines Tages wiederzusehen, aber dann verhinderte der Schnee jede weite Reise. Inzwischen ist die Bombe explodiert. Ich wünschte nur ...« Sie dachte an Samm und ihre letzten gemeinsamen Augenblicke. An ihren einzigen und zugleich letzten Kuss. Sie suchte nach den richtigen Worten, um Gefühle auszudrücken, die sie noch nicht richtig erfassen konnte. »Ich vermisse beide, aber ich bin auch froh, dass sie nicht hier sind. Ich bin froh, dass sie in Sicherheit sind. Hoffentlich bleibt es auch so, und sie warten in Denver ab. Wenn ich recht habe, was die Heilung angeht, dann können sie lange und glücklich leben, nachdem wir anderen längst an Krebs oder Unterkühlung oder ... oder an Gewehrkugeln gestorben sind. Oder durch die Hand von Verrückten, die uns töten und unser Blut stehlen wollen.«

Marcus nippte an seinem Tee. »Das klingt, als fändest du die Situation hier sehr gefährlich.«

Kira lachte – es war nicht laut und überschwänglich, sondern eher ein Kichern, das sich dennoch wahrhaftiger anfühlte als alle anderen Empfindungen seit langer Zeit.

»Gefährlich und hoffnungslos klingt das«, wiederholte Marcus. »Aber ich glaube das nicht. Du wurdest nicht konstruiert, um RM zu heilen, aber du hast es trotzdem getan. Du wurdest nicht entworfen, um das giftige Ödland zu durchqueren, und doch hast du es getan. Dann bist du wer weiß wie vielen Schurken entkommen und mitten durch ein Kriegsgebiet gewandert. Alle anderen Gruppen der blutbesudelten, müden Flüchtlinge werden dezimiert, aber deine Gruppe wächst. Du bringst den Leuten etwas bei, du rekrutierst neue Mitstreiter, und das liegt nicht daran, dass du dafür gebaut wurdest oder weil du einer ruhmreichen Bestimmung dienen musst, sondern weil du einfach nur du selbst bist. Du bist Kira Walker, und du wirst die Welt nicht retten, weil du die Auserwählte bist, sondern weil du es tun willst. Niemand auf der Welt setzt sich mehr für seine Ziele ein als du.«

Kira stellte den Teebecher weg. »Ich habe dich wirklich vermisst, Marcus.«

Er grinste. »Ich wette, das Gleiche sagst du auch zu allen anderen.«

Früher hatte sie ihn geliebt, dann hatte sie sich verändert und er nicht. Nun hatte sie ihn wiedergefunden ... »Du bist nicht mehr der Mann, den ich verlassen habe.«

»Ich hatte ziemlich viel zu tun.«

»Stell den Becher weg!«

Überrascht blinzelte er, dann setzte er den Becher auf dem Tisch ab. Schon war sie bei ihm, umarmte ihn und küsste ihn heiß und innig. Er erwiderte den Kuss, und sie drückte ihn gegen die Anrichte, hielt ihn fest. Sie brauchte ihn mehr als alles andere. Draußen tobte der Sturm, das Festland brannte, und die Insel duckte sich vor Angst. Kira vergaß das alles und küsste Marcus.

42

»Sie kommen«, warnte Falin.

Kira blickte von dem Packen auf, in dem sie gerade die letzten Flaschen mit eiskaltem Wasser verstaut hatte. »Wer?«

»Die ganze verdammte Partialarmee.« Falin beeilte sich, zu ihr aufzuschließen. Er war in einem Bürogebäude halb nach oben gestiegen, um das Gelände hinter ihnen zu überwachen, während Kira, Marcus und die anderen Flüchtlinge nach Lebensmitteln gesucht hatten. »Sie sind jetzt in East Meadow, halten aber nicht an. Wahrscheinlich wissen sie schon, dass die Einwohner geflohen sind.«

»Die ganze Armee?«, fragte Marcus.

»Das, was davon noch übrig ist.« Falin musterte Green. »Kann er gehen?«

»Nicht sehr gut«, antwortete Kira. Sie hatten noch einmal fünf Tage in East Meadow verbracht, möglichst viele Leute zusammengerufen und alle auffindbaren Vorräte eingesammelt. Jetzt blieben nur noch fünf Tage bis zu Greens Verfallsdatum. Kira hatte es noch nie aus unmittelbarer Nähe beobachtet und wusste nicht, was sie erwarten sollte, doch die Partials waren nicht überrascht, dass Green Anzeichen von Schwäche zeigte, langsamer wurde und verfiel, während der Körper die ganze Energie gegen sich selbst richtete.

Kira hatte gehofft, Greens Nähe zu den Menschen von East Meadow könne ihn retten, doch es war hoffnungslos. Entweder erforderte die Heilung mehr Zeit, oder es funktionierte überhaupt nicht. Als die anderen sahen, wie gebrechlich und hilflos er wurde, sank ihnen der Mut. Alle hatten Kira als Retterin betrachtet, und nun hatten sie Angst, Kiras wundervolle Verheißungen seien vielleicht doch wieder nur ein leeres Versprechen gewesen. Inzwischen waren fast vierhundert menschliche Flüchtlinge versammelt, und zehn weitere Partialsoldaten hatten sich der Gruppe angeschlossen, doch ohne Aussicht auf Rettung wusste Kira nicht, wie lange die Gruppe noch zusammenhalten würde. Sie betete, dass Green rechtzeitig genesen und sich wie durch ein Wunder erholen würde, aber die Aussichten standen schlecht. Außerdem fürchtete sie insgeheim immer noch, damit käme auch ihr Ende – nicht das Verfallsdatum, sondern einfach nur der Tod. Vierhundertzwanzig Leute durchquerten eine verschneite Hölle, gehetzt von nuklearem Fallout und einer riesigen Armee von Supersoldaten. Wie sollten sie da überleben?

»Hast du die Sprengsätze vorbereitet?«, fragte Kira Tomas, den Abbruchexperten der Partials.

Tomas nickte. »Wir müssen es nur über die erste Brücke schaffen.«

Langsam stapften die Flüchtlinge durch den Schnee und trugen schwere Packen mit Proviant und Munition auf den Schultern. Niemand hatte Ersatzkleidung mitgenommen, denn in den Häusern, in denen sie Unterschlupf suchten, gab es genug davon, und jenseits des Wassers wartete ein ganzer Kontinent darauf, geplündert zu werden. *Falls wir überhaupt so weit kommen,* sagte sich Kira in Gedanken.

»Tomas, Marcus, Levi, kommt mit! Wir legen die Sprengsätze und machen sie scharf, damit alles bereit ist, wenn unsere Nachzügler die Brücke erreichen. Falin, sorg dafür, dass die Leute in Bewegung bleiben, ohne in Panik zu geraten! Green?« Sie kniete vor dem leidenden Soldaten nieder und fasste ihn bei den Händen. »Alles wird gut.«

»Ich bin kein Invalide«, behauptete er. Die Stimme klang

so krächzend wie noch nie, die Augen lagen tief in den Höhlen.

»Ohne dich wäre ich nicht so weit gekommen. Wir schaffen das«, versicherte sie ihm.

»Dann rede nicht länger und mach dich an die Arbeit!«

Kira lächelte. »Das ist der Green, den ich kenne.« Sie tätschelte ihm den Arm und richtete sich wieder auf. »Also los!«, sagte sie zu ihrer Vorhut.

In den vergangenen Tagen war mehrmals kurz die Sonne durchgebrochen. Mittlerweile war der Schnee verharscht, und das Laufen im weichen Pulverschnee, der hier und dort mit harten Krusten überzogen und von Eisbrocken durchsetzt war, fiel ihnen schwerer denn je. Sie schoben sich nicht mehr durch hüfthohe Verwehungen, sondern mussten sich durch die trügerischen oberen Schichten riesiger Schneeberge ihren Weg bahnen. Manchmal rutschten sie auf dem Eis aus, manchmal brachen sie durch die spröde Kruste, manchmal schnitten sie sich sogar an den messerscharfen Kanten der Eisbrocken. Tausende Flüchtlinge, die bereits hier entlanggekommen waren, hatten Unebenheiten und tiefe Fußabdrücke hinterlassen und Gegenstände verloren, die nun im Eis steckten. Das alles behinderte sie auf Schritt und Tritt.

Von der Hauptinsel führten zwei lange Dammwege zu den vorgelagerten Stränden. Kiras Gruppe befand sich auf der westlichen Straße, die nach Meadowbrook führte. Auf dem Weg nach Long Beach berührte dieser Weg vier sumpfige kleine Inseln. Nach der Überquerung wollten sie hinter sich sämtliche Brücken sprengen, um die Partials aufzuhalten. Das konnte zwar die Verfolgung nicht völlig unterbinden, zwang die Partials aber immerhin, sich eine andere Route zu suchen. Sie hofften, dass auch die Ivies zögerten, bevor sie ihnen folgten, weil sie sich die breiten Kanäle mit eiskaltem Meerwasser und Eisschollen nicht zumuten wollten.

Nur dass mein Vater einen Hubschrauber hat, dachte Kira. *Er kann uns überall erreichen.*

»Glaubst du, Armin sucht noch nach mir?«, fragte sie Marcus. »Die Explosion hat ihn wahrscheinlich wie uns alle erschreckt, aber er hatte inzwischen mehrere Tage Zeit, seine Leute neu zu formieren, und ist trotzdem nicht wieder aufgetaucht.«

»Wahrscheinlich setzt er den anderen Flüchtlingen zu.« Marcus nickte in Richtung der vor ihnen liegenden Straße. »Die anderen sind weit vor uns, aber dank des Hubschraubers und seiner Ivies kann er sich jeden schnappen, dessen DNA er haben will.«

»Meine will er sicher immer noch haben«, überlegte Kira. »Früher oder später wird er es wieder versuchen, und dann haben wir keine Atombombe mehr, die ihn ablenkt.«

»Hast du darüber nachgedacht, ihm einfach dein Blut zu geben?«, fragte Marcus. »Aus freien Stücken, meine ich – einen halben Liter oder so, den du dir unter sicheren Bedingungen abnimmst. Daraufhin verzieht er sich und lässt uns in Ruhe.«

»Und dann erschafft er eine neue Spezies, die den Planeten in Stücke schlägt, um ihre Existenzberechtigung zu beweisen?« Kira schüttelte den Kopf. »Niemand darf mehr Gott spielen, selbst wenn er gottähnliche Kräfte besitzt. Falls er mich holen will, müssen wir ihn ausschalten.«

»Das klingt, als wolltest du dich als Köder zur Verfügung stellen«, meinte Marcus unsicher.

»So fühle ich mich sowieso schon.« Sie nickte in die Richtung der Flüchtlinge, die sich hinter ihnen abmühten. »Ich hoffe nur, dass es nicht gerade diese Leute trifft, wenn die Falle zuschnappt.«

Nach anderthalb Kilometern waren Kiras Zehen und das Gesicht fast taub vor Kälte. »Brücke kaputt!«, rief Levi plötzlich als Warnung.

»Was?« Kira eilte zu ihm und starrte mit offenem Mund

die riesige Lücke in der Straße an. »Ist sie zusammengebrochen?«

»Es sieht aus, als hätte sie jemand vor uns gesprengt.« Tomas deutete auf den Schutt. »Das stammt von einer Explosion, und wo kein Schnee liegt, sind sogar noch die schwarzen Spuren zu erkennen.«

Kira ging weiter und betrachtete das Felsufer der Insel. »Wir müssen nach drüben schwimmen.«

»Bei diesem Wetter?«, fragte Marcus. »Der Kanal ist tief und eiskalt. Wäre es kein Salzwasser, hätte sich längst eine Eisschicht gebildet. Ganz zu schweigen davon, dass wir die Brücken hinter uns sprengen wollen. Wenn die Gruppen vor uns das Gleiche getan haben, dann schaffen wir es nicht über alle Lücken hinweg. Früher oder später hängen wir irgendwo dort draußen fest.«

Kira fluchte und knirschte mit den Zähnen. »Wahrscheinlich haben sie auch den östlichen Fahrdamm gesprengt.«

»Es lohnt sich nicht, einen Umweg von fünf Kilometern in Kauf zu nehmen, nur um das zu überprüfen«, meinte Tomas. »Wir müssen uns wieder nach Norden und auf dem Festland dann nach Westen wenden.«

Kira schüttelte den Kopf. »Hinter uns ist die Armee.«

»Dann wird sie eben dichter hinter uns sein«, sagte Levi. »Bleibt uns denn eine andere Lösung übrig?«

»Nein«, räumte Kira ein. Sie ballte die Hände zu Fäusten und seufzte entmutigt. Dann holte sie tief Luft, riss sich zusammen und dachte nach. »Wenn wir davon ausgehen, dass sie auch alle anderen Brücken gesprengt haben, führt der einzige Weg zur Landezone oder zu dem Bereich, den wir für die Landezone halten – über Land durch Inwood und Rockaway.«

»Genau«, stimmte Marcus zu.

Sie drehte sich um und tappte weiter die Straße entlang. »Kommt mit! Wir müssen zu den anderen zurückkehren und die Marschrichtung ändern.« Sie rieb sich die Hände und blickte zum Himmel hinauf, auf dem sich langsam die Wolken zusammenzogen, die einen weiteren Sturm ankündigten. *Vielleicht irrt Marcus sich, und ich habe doch eine Bestimmung. Vielleicht haben wir alle eine Bestimmung.*

Vielleicht ist uns der Tod bestimmt.

43

Kira führte die Flüchtlinge nach Norden um einen schmalen Ausläufer der Bucht herum, der sich bis tief in die zerstörte Stadt hinein erstreckte, und dann auf einer breiten Durchgangsstraße namens Merrick Road nach Westen. Dort waren sie leicht zu entdecken, aber nachdem die Gegner ihnen so dicht auf den Fersen waren, konnten sie sich ohnehin nicht verstecken, sondern nur davonlaufen. Kira preschte mit aller Kraft vorwärts und trieb die Gefährten auch dann noch an, als sie kaum mehr Luft bekamen.

Ganz hinten stolperte ein Nachzügler und stürzte, das Blut spritzte aus einer Schusswunde. Erst mehrere Sekunden später hallte der Knall dumpf durch die leeren Straßen.

»Fernschuss eines Heckenschützen«, meinte Green. Er zuckte bei jedem Schritt zusammen und hatte Mühe, selbst mit den langsamsten Menschen mitzuhalten. Kira öffnete den Mund und wollte etwas rufen, wollte die Menschen drängen, sich zu zerstreuen und Deckung zu suchen, doch Green hielt sie auf. »Der Schnee fällt immer dichter. Mehr als ein paar Treffer können sie nicht landen. Sie versuchen nur, uns aufzuhalten.«

»Ich will nicht, dass auch nur einer stirbt«, entgegnete Kira. Andererseits wollte sie die Hauptstraße nicht verlassen, und wenn sie in Deckung gingen, gaben sie der Armee nur die Gelegenheit, sie einzuholen. *Ich hatte gehofft, wir könnten mit ihnen reden,* dachte sie. *Aber wenn sie schießen, sobald sie uns sehen, kommt das wohl nicht infrage.* Sie spähte die Straße entlang und bemerkte zwei Blocks weiter ein

Wohngebäude, das tiefer in die Straße hineinragte als die benachbarten Häuser. Von den oberen Fenstern aus war die ganze Straße hinter ihnen zu überblicken. Kira kroch über das Eis zu Levi und deutete auf das Gebäude. »Wenn wir dort oben einen Scharfschützen einsetzen, können wir die Verfolger aufhalten. Sie marschieren geradewegs in unsere Feuerlinie.«

Er drehte sich um und war schon halb zum Gebäude unterwegs, um den Plan auszuführen, doch sie hielt ihn auf. »Nein, nicht du!«

»Was?«

»Wer dort hinaufsteigt, kommt vielleicht nicht wieder herunter«, sagte sie. »Du bist kein angeheuerter Killer, sondern einer von uns.«

»Es ist ein vernünftiger Plan, und ich bin ein ...«

Kira unterbrach ihn, bevor er das Wort aussprechen konnte. »Ob Partial oder Mensch, das spielt keine Rolle mehr. Wir sitzen alle in einem Boot. Ich schicke dich nicht in das Gebäude, nur weil du dazu konstruiert bist. Wir arbeiten zusammen und ...«

»Kira.« Levi hob eine Hand. »Ich wollte nicht sagen, dass ich ein Partial bin. Ich wollte sagen: Ich bin ein ausgezeichneter Schütze. Aber ich danke dir für das Mitgefühl.«

»Oh.« Kira blinzelte. »Nun ja, trotzdem brauche ich dich hier unten. Du bist der geborene Anführer, und du bist nicht der Einzige, der schießen kann.« Sie wandte sich zu den menschlichen Flüchtlingen um. »Wer von euch kann mit einem Gewehr umgehen?«

Einige hoben zögernd die Hände. Kira nickte. »Und jetzt: Wer von euch ist als Scharfschütze ausgebildet?«

Zwei Hände blieben oben. Kira schluckte die Schuldgefühle und den Selbsthass hinunter, die plötzlich in ihr aufkamen, und richtete die Gedanken wieder auf das Wohl aller. Sie deutete auf den Kräftigeren der beiden. »Wie heißt du?«

»Jordan.« Die anderen Marschierenden schlurften an ihnen vorbei und schleppten sich durch den Schnee.

»Lass es mich tun!«, drängte Levi. »Ich bin der bessere Schütze.«

»Ihr habt mich noch nicht schießen sehen«, hielt Jordan dagegen. Levi zog nur die Augenbrauen hoch.

Kira reichte Jordan ein Gewehr und deutete auf das Fenster über ihnen. »Steig dort hinauf, deck unseren Rücken und schieß auf alle Verfolger, die du siehst!«

Jordan blickte zwischen Kira und Levi hin und her und dachte über die Aufforderung nach.

»Genauigkeit ist nicht so wichtig, du sollst sie vor allem beschäftigen«, ergänzte Kira. »Wenn du so gut bist, wie du behauptest, dann ist alles in Ordnung.«

»Bis sie mich erschießen oder gefangen nehmen«, entgegnete Jordan.

Kira knirschte mit den Zähnen. »Hör mal, ich weiß, dass es viel verlangt ist, aber du wärst ...«

Jordan nahm Kira das Gewehr ab. »Teufel, ja, ich tu's.« Er überprüfte das Zielfernrohr. »Die Welt geht sowieso gerade unter, und wenn ich ein paar Partialhunde mitnehmen kann ...« Nervös heftete er den Blick auf Levi. »Ich meine, wenn ich ein paar Feinde mitnehmen kann. Feindliche Soldaten. Entschuldige, mein Freund. Alte Gewohnheit.«

Wieder fiel ein Schuss, und ein Flüchtling in der letzten Reihe brach mit einem erstickten Schrei zusammen. Kira rief den anderen zu, sich zu beeilen, und wandte sich wieder an Jordan. »Du könntest viele retten.«

Jordan atmete gedehnt aus und überprüfte noch einmal das Gewehr. »Ich bin das Laufen sowieso leid. Das Bein tut mir weh.«

»Du bist ein Held«, versicherte Kira ihm.

»Dann tu mir den Gefallen und sorg dafür, dass genug Leute überleben, die sich an mich erinnern.« Damit drehte

Jordan sich um und stapfte durch den Schnee davon. Kira rannte zu dem gestürzten Flüchtling zurück, doch Green und der Mensch, der ihn stützte, verscheuchten sie winkend.

»Er ist tot«, berichtete Green. »Treib die Leute noch mehr an!«

»Du bist hier selbst das schwächste Glied in der Kette!«, rief Kira zurück. Was als freundliche Stichelei gedacht war, klang verächtlich.

»Gleich komme ich und verpasse dir eine Ohrfeige.« Greens Antwort traf erheblich besser als Kiras misslungener Aufmunterungsversuch. Sie betrachtete die beiden Opfer der Scharfschützen, die reglos auf dem Bauch lagen. Bald blieben sie im kalten grauen Sturm hinter ihnen zurück. Kira eilte wieder nach vorn, ermutigte jeden, dem sie begegnete, schmeichelte, drängte und hielt die Marschierenden in Bewegung. Abermals war ein lauter Knall zu hören, näher und mit einem anderen Klang. Jordan hatte geschossen.

Die feindliche Armee rückte näher.

Der Schnee brannte in den Augen und klebte an den Wimpern, bis die ganze Stadt hinter weißen Schleiern verschwand. Sie kamen an Wohnhäusern, Schulen, Parks und Bäumen vorbei, die im Schneetreiben kaum voneinander zu unterscheiden waren. Beinahe im Takt zu ihren Schritten fielen hinter ihnen Schüsse, die vom Sturm gedämpft wurden und aus allen Richtungen zugleich zu kommen schienen. Endlich erreichten die Flüchtlinge eine Kreuzung. Marcus führte sie auf der Foxhurst Road nach Süden. Noch immer waren sie Kilometer von ihrem Ziel entfernt. Die vereinzelten Schüsse wichen nun ganzen Salven aus Automatikgewehren. Der heftige Gegenangriff übertönte sogar den Sturm, dann kehrte ebenso unvermittelt wieder Stille ein. *Jordan ist tot,* dachte Kira. *Hoffentlich hat er uns genug Zeit erkauft.*

Es wurde Abend, tiefe, drohende Schatten verdeckten die weiße Hölle. Der Schneefall war stärker geworden, sie konnten kaum noch etwas sehen. Die Flüchtlinge flehten Kira an, endlich eine Pause anzulegen, doch sie wagte nicht innezuhalten. Immer wieder wurden sie aus der Dunkelheit beschossen. Es waren keine Scharfschützen mehr, sondern vorgeschobene Späher, die ihre Flanken angriffen, während die Haupttruppe sie im Eiltempo einzuholen versuchte. Kira stellte Levi und drei Menschen ab, um die Verfolger aufzuhalten. Außerdem wurde ein weiteres Team ausgesandt, das seitlich die Stadt erkunden und Partials ausfindig machen sollte, die sie umgehen wollten. Unterdessen dachte Kira darüber nach, wie sie Kontakt zu den Partials aufnehmen und sie von ihrem Anliegen überzeugen konnte. Mit jedem neuen Angriff, mit jedem Schuss und jedem Opfer, das blutend am Straßenrand zurückblieb, schienen sich die Aussichten jedoch zu verschlechtern.

Von der Foxhurst Road bogen sie auf die Long Beach Road ab und bewegten sich etwas später auf der Atlantic Avenue weiter. Sie hielten sich in westlicher Richtung und versuchten, der unerbittlichen Armee der Partials so weit wie möglich voraus zu sein. Langsam verdichteten sich die Vororte zu einer Stadt, und jedes Gebäude schien neue Schrecken zu bergen. Aus einer Seitenstraße stürzte mit knallenden Gewehren eine Partialtruppe hervor. Der Gestank des TODES umwehte sie. Die Flüchtlinge kreischten und fielen, duckten sich hinter verschneite Autowracks, griffen eilig nach den Waffen oder starben kampflos im blutigen Schnee. Kira erwiderte das Feuer, Marcus und Falin und sogar Green unterstützten sie. Falin starb, beinahe fünfzig Menschen fielen, bevor sie die Angreifer abgewehrt hatten. Kira befürchtete, dass ihre Späher ebenfalls tot waren. Sie befahl den Menschen, alle Lasten abzuwerfen und die Lebensmittel zurückzulassen, damit sie sich noch schneller bewegen konnten.

»Wenn sie uns einholen, sind wir tot«, sagte Kira, deren Gesicht und Finger vor Kälte schmerzten. »Wenn wir morgen früh noch leben, können wir uns frischen Proviant besorgen.«

Es wurde Nacht, die ganze Welt war ein eiskaltes Schattenreich voller Tod und Schrecken. Inzwischen war das Meer zu riechen, aber auch die Linkdaten der Partials wurden stärker. Sogar Kira spürte, wie die Verfolger auf beiden Flanken vorrückten.

»Wir sind umzingelt.« Kira bewachte die Nachzügler, nachdem sie die Hauptgruppe der Flüchtlinge so weit wie möglich vorgeschickt hatte.

»Was jetzt?«, fragte Marcus. »Sollen wir uns verteilen? Sie können uns ja nicht alle gleichzeitig hetzen.«

»Doch, das können sie«, widersprach Kira. »Sie sind überall, sie sind mehr als wir, und sie sind uns überlegen. Im Dunkeln sehen sie besser, und sie können sich lautlos über den Link abstimmen, während wir uns im Schnee nicht einmal gegenseitig erkennen ...«

»Ich gebe jetzt nicht auf«, warf Green ein.

»Das meinte ich doch gar nicht ...«, setzte Kira protestierend an.

»Dann sprich nicht, als wolltest du die Flinte ins Korn werfen!«, fiel Green ihr ins Wort. »Wir müssen etwas tun.«

Kira nickte und dachte angestrengt nach. »Sag ihnen, sie sollen in Deckung gehen«, entschied sie. »Wenn die Partialarmee vor uns ist, können wir nicht weiter. Sag allen, sie sollen einen Unterschlupf suchen, kein Licht anzünden und leise sein. Wir locken die Armee weg.«

»He!«, wandte Marcus ein. »Wen meinst du mit *wir*? Du darfst dich nicht in Gefahr bringen.«

»Ich muss die Menschen beschützen«, beharrte Kira. »Wenn ich dabei ruhmreich untergehe ... nun ja, dann soll es eben so sein. Ich locke die Verfolger weg und gebe ihrer

Rachsucht ein Ziel. Vielleicht schaffen es die anderen dann bis zur Küste.«

»Ich komme mit«, sagte Marcus.

Hinter ihnen knatterte die nächste Salve, und sie gingen eilig in Deckung. »Hinunter!«, rief Kira. »Duckt euch!«

Sie hörte gedämpfte, unverständliche Rufe und überprüfte mit tauben Fingern das Gewehr. Das letzte Magazin war bereits angebrochen. Hinter ihr knirschten Schritte im Schnee, und sie zog den Kopf noch weiter ein. Die Linkdaten wehten herüber, die Gegner rückten näher. Unterdessen empfing Kira verwirrende chemische Botschaften, die sie nicht einzuordnen wusste. Im Dunkeln ertönten Gewehr- und Pistolenschüsse. Die Köpfe einiger Soldaten tauchten über der Schneewehe auf. Kira, Marcus und Green schossen darauf und töteten sie oder trieben sie in die Deckung zurück, es war nicht genau zu erkennen.

»Ich bin fertig«, sagte Marcus. »Das war mein letztes Magazin.«

»Ich auch«, fügte Green hinzu.

»Ich habe höchstens noch fünf Schuss«, erklärte Kira. Sie spähte zu den dunklen Gestalten der Feinde im Schnee hinüber. »Es tut mir leid.«

»Dass du mehr Kugeln hast als wir?«, fragte Marcus. »Also ehrlich, wie kannst du nur?«

»Es tut mir leid, dass ich euch mit hierhergeschleppt habe«, ergänzte Kira. »Ich dachte, wir schaffen es. Ich wollte East Meadow nicht ohne die anderen Flüchtlinge verlassen. Und überhaupt ... ich habe euch in das Verhängnis mit hineingezogen.«

»Wir sind mit von der Partie, weil wir an die Sache glauben«, widersprach Green. »Wenn wir für etwas sterben, woran wir glauben, dann ist das ... mehr, als der Rest meiner Abteilung von sich behaupten könnte.«

Ein barscher Ruf übertönte den Sturm. »Hier spricht General Shon, Oberbefehlshaber aller Partials. Wer von euch sein Volk verraten hat und zu den menschlichen Terroristen übergelaufen ist, wird als Helfer bei der Bombardierung von White Plains und mitverantwortlich für den Tod Hunderttausender Partials betrachtet. Wenn ihr euch ergebt, wird euch verziehen. Wenn ihr bei den Menschen bleibt, werden wir euch mit dem Rest des Ungeziefers vernichten.«

»Wir müssen zusammenarbeiten!«, rief Kira zurück. Die einzige Antwort war ein neuer Kugelhagel.

»Gib mir dein Gewehr!«, verlangte Marcus. »Du läufst los, und ich decke dich ...«

Über ihnen erschien ein weiterer Partialsoldat. Kira schrie auf und schoss, um die Freunde zu beschützen, und sei es nur für wenige Sekunden, doch dann tauchten immer mehr Gegner auf und umringten sie. Kiras Gewehr war leer geschossen, dennoch drückte sie immer wieder auf den Abzug und schrie vor Trotz laut auf.

Plötzlich mähte eine Salve die Partialsoldaten nieder.

»Kira!«, rief jemand. »Zieh dich auf unsere Position zurück! Wir geben dir Deckung. Zieh dich zurück!«

Im Wind und zwischen den krachenden Schüssen war die Stimme nicht zu erkennen, aber Kira und Marcus waren dankbar für jede erdenkliche Hilfe. Sie rappelten sich auf, stolperten durch den Schnee und schleppten Green zwischen sich mit. Die Kugeln pfiffen ihnen um die Ohren, landeten in Schneewehen oder prallten von den Autowracks ab. Weiter vorn erkannten sie verschwommene Gestalten, die ihnen winkten. Kira wusste nicht, wer es war, spürte jedoch die Daten über den Link und fragte sich, wie eine Gruppe freundlicher Partials einfach so aus westlicher Richtung auftauchen konnte.

Als sie endlich etwas Vertrautes spürte, hielt sie vor Schreck inne.

»Lauft weiter!«, rief der Partial. »Wir können sie hier aufhalten. Reiht euch hinter uns ein!«

Sie zerrte Green und Marcus weiter, und dann war er

direkt vor ihnen. Er kniete hinter einem schneebedeckten Auto und hielt die Gegner in Schach.

»Samm?«

»Kira«, antwortete er. »Ich habe doch gewusst, dass ich dich finde.«

44

»Woher kommst du denn?«, staunte Kira.

»Von Westen.« Samm beobachtete die Straße und gab einen kurzen, genau gezielten Feuerstoß ab.

»Aber wie ist das möglich?«, fragte Kira. »Warum bist du hier? Und was ist mit dem Reservat? Ich dachte, ich ... ich sehe dich nie wieder.«

»Nun mach schon und küsse ihn!« Marcus ging ebenfalls hinter dem Auto in Deckung. »Er hat uns das Leben gerettet. Wenn du ihn nicht küsst, übernehme ich das.«

»Dafür haben wir später noch Zeit«, unterbrach ihn Samm. »Habt ihr noch genügend Munition?«

»Wir sind leer geschossen«, gestand Kira.

»Ich habe eine Pistole im Halfter.« Samm gab einen weiteren Feuerstoß ab. »Nimm sie und bring deine Leute in Sicherheit! Ich halte die Stellung, um dir und Heron Zeit zu verschaffen.«

Kira nahm die Waffe an sich. »Ist Heron auch hier?«

»Sie legt die Sprengladungen«, erklärte Samm. »Zwei Blocks weiter gibt es eine Brücke.«

Kira blickte nach vorn, um das Bauwerk zu erkennen, konnte im dichten Schneetreiben jedoch nicht viel sehen. Sie wandte sich wieder an Samm. »Ich lasse dich nicht zurück.«

»Ich bleibe dicht hinter dir.« Erst jetzt bemerkte Kira, dass Samm noch andere Soldaten mitgebracht hatte, die sich entlang der Straße verschanzt hatten. »Bring deine Leute in Sicherheit und warte auf mein Zeichen! Geh jetzt! Und ... Kira?«

Sie sah ihn an, ihr Herz war in Aufruhr, nachdem sie ihn so unvermutet wiedergesehen hatte. »Ja?«

»Ich ... ich bin froh, dass dir nichts passiert ist.« Es war ein einfacher Satz, doch die Linkdaten, die mit ihm einhergingen, waren so stark, dass ihre Hände zitterten. Sie nickte und wollte das Gleiche zurücksenden, bekam aber nur ein verstörtes Murmeln heraus. Sie hatte ihn verloren geglaubt und gedacht, er säße für immer auf der anderen Seite des Ödlands fest. Damit war sie klargekommen. Ratlos blickte sie zwischen Samm und Marcus hin und her.

Sie wusste nicht, wie sie sich verhalten sollte.

»Los jetzt!«, drängte Marcus. Samm deckte sie mit einer weiteren Salve, während sie Green auf die Beine halfen und durch den heulenden Schneesturm rannten. Neben ihnen ragten Autos, Gebäude und Laternenpfähle wie Gespenster auf. Im Schnee, schon halb vom erbarmungslosen Sturm verschüttet, lagen Tote. Hinter den Gebäuden erstreckte sich ein großer, leerer Parkplatz, dann erreichten sie die Brücke. Das Bauwerk überspannte einen schmalen, höchstens zehn Meter breiten Kanal, der die feindliche Armee nicht lange aufhalten würde. Wenn sie die Brücke bei diesem Wetter sprengten, gewannen Kiras Leute allerdings kostbare Stunden.

Jemand winkte sie weiter. »Sie sind wie aus dem Nichts aufgetaucht«, berichtete der Posten. Es war einer der Menschen, die Kira vorausgeschickt hatte. An den Namen konnte sie sich allerdings nicht mehr erinnern. Er deutete auf Heron, die gerade mit dem Abbruchexperten Tomas unter der Brücke hervorkam. »Sie behauptet, dich zu kennen.«

»Ja, ich kenne sie«, bestätigte Kira und suchte Herons Blick. »Allmählich kommt es mir so vor, als würde ich sie vielleicht doch nicht kennen.«

»Hallo, Mädchen!«, sagte Heron. Es klang längst nicht so unbeschwert wie offenbar beabsichtigt. »Hast du mich vermisst?«

»Du hast Glück, dass ich dich nicht sofort erschieße, nachdem du mich an Morgan verkauft hast«, gab Kira zurück.

»Von Verkaufen kann wohl kaum die Rede sein. Schließlich habe ich keine Bezahlung angenommen«, hielt Heron dagegen.

»Wie soll ich dir jemals wieder vertrauen? Dein Verhalten ist nicht nachvollziehbar für mich.«

»Dann pass besser auf!«, riet ihr Heron und wandte sich an Tomas. »Bereit?«

»Samm sagte, du sollst auf sein Signal warten«, schaltete sich Marcus ein. »Er hat unseren Rückzug gedeckt.«

»Dann halten wir am besten den Mund und beschützen die dort drüben.« Heron deutete auf die Straße, wo Samm und seine Männer von Auto zu Auto huschten, während die Partialarmee vorstieß. Kampfbereit stellte sich Kira neben Heron auf. Die Differenzen waren vorübergehend vergessen, als Heron ihr ein neues Magazin gab und mit dem Schießen begann. Samm drehte sich um und rannte zu ihnen, mit einem Arm stützte er einen verwundeten Kameraden.

»Weg hier!«, rief er. »Sind die Ladungen auf beiden Seiten scharf?«

»Alles bereit«, erwiderte Heron gelassen. Dann zogen sie sich gemeinsam weiter zurück und flohen vor den heranstürmenden Soldaten. Tomas wickelte im Laufen eine lange Drahtrolle ab, schließlich gingen sie hinter einer Schneewehe in Deckung. Kira spürte die letzten Befehle, die durch den Link rasten:

WEG IST FREI.

BEREIT.

JETZT.

Tomas drückte auf den Zündknopf, und die Brücke flog keine drei Meter vor den ersten feindlichen Soldaten in einem orangefarbenen Feuerball in die Luft. Kira drehte den Kopf weg und legte die Hände schützend vor die Augen.

Auf der feindlichen Seite der kleinen Bucht zündeten zwei Sprengladungen, und der Boden erbebte unter der Explosion.

»Das war's«, sagte Samm. »Und nun sollten wir einen möglichst großen Vorsprung gewinnen, bevor sie den Kanal überqueren.«

45

Heron schritt schweigend dahin und hörte den anderen zu.

»Wie bist du hergekommen?«, fragte Kira verwirrt. »Wie hast du das Ödland überwunden?«

»Diesmal waren wir besser vorbereitet«, erwiderte Samm. »Wir wussten, was uns erwartet. Phan und Calix lebten lange in Denver und haben Erfahrung, wie in der vergifteten Einöde sauberer Proviant und Wasser zu finden sind.«

Wie aufs Stichwort hin tauchten Phan und Calix aus dem Sturm auf. Calix humpelte kaum noch. Heron war beeindruckt, dass das Mädchen die Reise ohne Klagen überstanden hatte. Zwar war Calix wegen der Verletzung oft geritten, aber sie hatte sich stets nützlich gemacht und die Wanderer zu Wasserquellen geführt, die Heron allein nie gefunden hätte. Zudem konnte Calix anhand der pastellfarbenen Wolken das Wetter im Ödland so leicht vorhersagen, als läse sie in einem Buch. So waren sie dem Säureregen ausgewichen. Calix war eine wertvolle Gefährtin.

Heron beobachtete und lauschte.

»Ein Mädchen wurde gesund geboren«, erklärte Samm. »Das Pheromon, das du entdeckt hast und das RM heilt, war schon in ihrem Körper vorhanden. Mehr ist nicht nötig, Kira. Wir lebten wochenlang im Reservat, wir waren ein Teil der Gemeinschaft, und es hat funktioniert. Mehr müssen wir nicht tun. Wir glauben, dass es auch der Dritten Division geholfen hat.«

»Wer ist das denn?«, fragte Kira.

»Vales komatöse Partials«, sagte Samm. Er deutete auf den zerlumpten Mann, der sich neben ihnen durch den Sturm schleppte. »Das ist Ritter, er ist ihr Sergeant. Er ist zweiundzwanzig, Kira. Er hat das Verfallsdatum überlebt.«

Kira beäugte Ritter genau. »Freut mich, dich kennenzulernen. Du siehst aus wie ... es tut mir leid, aber du bist kein Modell, das ich schon einmal gesehen habe. Du bist zu alt für die Infanterie, aber zu jung für einen Offizier oder Arzt.«

»Das liegt daran, dass ich altere.« Obwohl Heron es nicht sah, nahm sie das Lächeln des Mannes wahr. Die letzten Versprengten der Dritten Division empfanden offenbar einen einfältigen Stolz auf ihre menschenähnlichen Eigenschaften. »Nach dem Erwachen dachten wir anfangs, es liege an den Muskeln, die nach der langen Zeit im Koma verkümmert seien. Inzwischen haben wir uns vollständig erholt, und ich sehe trotzdem aus wie dreißig.«

»Es war Doktor Vale«, sagte Kira. Heron verdrehte die Augen, als sie hörte, wie begeistert das Mädchen sprach. »Trotz seiner Genveränderungen war er immer noch ein Mensch, und er setzte die Reaktion vermutlich mit seinem Atem in Bewegung. Ich dachte, damit werde das Verfallsdatum geheilt, erkannte aber nicht, dass damit auch der normale Alterungsprozess wieder einsetzt. Es ist erstaunlich. Ich frage mich, ob damit auch eure Sterilität aufgehoben ist.«

»Das haben wir noch nicht gründlich überprüft, aber Dwain hat vor unserem Aufbruch in dieser Hinsicht große Anstrengungen unternommen.«

»Halt die Klappe!«, brummte Dwain.

»Es könnte am Zusammenleben mit den Menschen liegen, aber ganz sicher sind wir noch nicht«, warnte Samm.

Heron kam näher. Dies war der Schlüssel der ganzen Sache. White Plains und Morgan waren untergegangen, und nun sah Heron nur noch dieses allerletzte Hoffnungsfünkchen, das Verfallsdatum zu überleben.

»Es ist möglich und sogar wahrscheinlich«, fuhr Samm fort, »dass die Erfahrungen der Dritten Division einmalig sind. Vielleicht hat Vale etwas mit ihnen angestellt, entweder direkt oder über Williams, um sie am Leben zu erhalten.«

»Vale hat es nicht absichtlich getan«, erklärte Kira. »Ich war wochenlang bei ihm und wollte das Verfallsdatum heilen. Er war ebenso ratlos wie ich.«

Heron hielt den Atem an, lauschte auf jedes Wort und sog die Bemerkungen förmlich auf.

»Nach meinem Ermessen lag ich schon richtig«, fügte Kira hinzu. »Aber dann konnte ich es aus erster Hand bestätigen. Ich sprach mit dem Mann, der das ganze System entworfen hatte, mit dem Anführer des Trusts. Es war von Anfang an sein Plan. Menschen und Partials werden nur überleben, wenn sie gemeinsam existieren.«

Heron atmete tief durch. Sie konnte überleben. Alles, was sie getan hatte, jedes Risiko, jeder Vertrauensvorschuss – alles hatte in diese Richtung geführt. Sie konnte überleben.

»Ganz so einfach kann es doch nicht sein«, meinte Samm. »Nach allen Strapazen, nach dieser Hölle auf Erden, nach den Kriegen und dem Weltuntergang …«

»Es ist auch nicht so einfach«, stimmte Kira zu. »Einfach war es noch nie, und es wird nie einfach sein. Sieh dir doch an, was wir erleben mussten, um bis zu diesem Punkt zu gelangen! Bisher konnten wir nur eine winzige Minderheit jeder Fraktion zu einer Zusammenarbeit überreden. Es ist immer einfacher, für die eigene Seite zu sterben, als für die andere zu leben. Aber genau das müssen wir tun: Wir leben Tag für Tag, lösen alle auftauchenden Probleme und überwinden sämtliche Vorurteile, die auftauchen. Und gleichzeitig bauen wir auf dem gemeinsamen Grund, den wir abstecken, etwas Neues auf. Es war leicht, in den Krieg zu ziehen. Frieden zu schließen, wird unsere schwierigste Aufgabe werden.«

Nun ergriff ein Flüchtling aus East Meadow das Wort. Heron glaubte ihn zu kennen. Er hieß Marcus. »So wichtig es auch sein mag ... nun ja ... hier herumzustehen und uns gegenseitig anzuhauchen ... aber wir sollten vielleicht zunächst von hier verschwinden. Die defekte kleine Brücke hält die Verfolger bestimmt nicht lange auf.«

»Die anderen Menschen wenden sich von hier aus nach Südwesten«, erklärte Samm. »Dort gibt es eine schmale Landzunge namens Breezy Point.«

»Ich dachte mir schon, dass sie dorthin fliehen«, antwortete Kira. »Hast du mit ihnen gesprochen?«

Samm schüttelte den Kopf. »Wir sind durch Brooklyn gekommen, und da ich nicht wusste, wie ich dich sonst finden sollte, haben wir die nächste Festung der Menschen aufgesucht. Das war der JFK Airport. Dort stießen wir auf einige Nachzügler, die uns berichteten, wo sich die Menschen versammeln. Anscheinend haben es die meisten Einwohner der Insel geschafft. Es sind sicher zwanzigtausend, vielleicht sogar dreißigtausend. Sie wussten allerdings nichts über dich, deshalb wollten wir als Nächstes nach East Meadow. Unterwegs hörten wir dann die Schüsse. Erst als wir auf die Vorhut deiner Gruppe stießen und nach dem Anführer fragten, erfuhr ich, dass du hier bist.«

»Es freut uns, dich zu sehen«, antwortete Marcus. Heron bemerkte den unsicheren Blick, den er Kira zuwarf. Seine Worte klangen keineswegs so erfreut, wie er behauptete.

Heron ließ sich zurückfallen und kümmerte sich nicht um die anderen, deren Unterhaltung sich darum drehte, was man als Nächstes tun und wie man weiter vorgehen sollte. In Kiras Gruppe befanden sich mehr als dreihundert menschliche Flüchtlinge, und sie mussten noch fast dreißig Kilometer marschieren, bis sie in Breezy Point auf die anderen Menschen stießen. Die Partialarmee würde sie einholen – vielleicht nicht sofort, aber unweigerlich früher oder später. Nachdem die nächtliche Jagd gescheitert war, warteten sie sicher eine Weile, bevor sie den nächsten Angriff planten. Sie sammelten ihre Kräfte und würden bald mit überwältigender Macht angreifen. Kiras kleine Truppe war dem Untergang geweiht, genau wie alle anderen Menschen auf der Insel. Heron hatte nicht die Absicht, sich am Schauplatz des drohenden Untergangs aufzuhalten. Dreißigtausend Leute ließen sich nicht verstecken, auch wenn sich eine Handvoll Partials verzweifelt bemühte, die Menschen zu schützen.

Aber eine Partialfrau und ein Mensch, der sie vor dem Verfallsdatum bewahrte, konnten mühelos auf Nimmerwiedersehen verschwinden.

Heron beobachtete die Gruppe und überlegte, wer das beste Ziel wäre. Calix wäre eine ausgezeichnete Wahl, denn sie erwies sich als findig und mutig und würde Heron eher nutzen als behindern. Zuerst mochte Calix sich wehren, aber sie hatte den gleichen starken Überlebensinstinkt wie Heron. Sobald sie keine andere Möglichkeit mehr sah, würde sie erkennen, wie klug es war, sich auf eine Partnerschaft einzulassen. Andererseits schien Samm auf seltsame Weise an Calix zu hängen wie an einem kleinen Hund. Wenn Heron sie auswählte, verfolgte er sie möglicherweise, weil seine dumme Vorstellung von Treue alle logischen Überlegungen aufhob.

Aus dem gleichen Grund kam auch Marcus nicht infrage. In diesem Fall war es allerdings Kira, die an ihm hing, während Calix wiederum mit Phan verbunden war. *Das ist wie ein Netzwerk aus wechselseitiger Besessenheit,* dachte sie. *Sie brächten sich selbst und vielleicht alle anderen in Lebensgefahr, nur um ihre Freunde zu retten. Welchen Sinn hat das? Es gibt so viele Menschen, die sich fast völlig gleichen. Warum setzt man so viel für eine einzige Person aufs Spiel?*

Heron ging schneller und schloss zu der langen Kolonne der Menschen auf, um jemanden zu suchen, den keiner vermissen würde. »Wohin will sie?«, hörte sie Kira hinter sich fragen, doch Heron achtete nicht auf die anderen. Sie musterte jeden Menschen, an dem sie vorbeikam, und überlegte, wer am besten für eine Reise in die Wildnis gerüstet wäre. Wer hatte Proviant und Wasser? Wer war dem Wetter entsprechend gekleidet? Wer war bewaffnet und machte den Eindruck, die Waffen auch benutzen zu können? Keiner der erschöpften Reisenden weckte großes Zutrauen, was Heron allerdings verständlich fand. Dies waren die letzten Nachzügler, die es nicht gewagt hatten, East Meadow zu verlassen, bis die Bombe tatsächlich explodiert war. Kira hatte sie mit eindringlichen Warnungen vor dem Weltuntergang aus den Häusern getrieben. *Vielleicht muss ich warten, bis wir die anderen erreichen,* überlegte Heron. *Oder ich schnappe mir Calix und hoffe, dass Samm mich klugerweise nicht verfolgt.*

Jemand näherte sich ihr von hinten. Heron legte eine Hand auf die Pistole und war bereit, sie bei Gefahr zu ziehen.

»Ich möchte mich entschuldigen«, sagte Kira.

Heron ließ die Hand sinken, wandte sich um und musterte das Mädchen, das nun neben ihr ging. »Wie bitte?«

»Ich war gemein zu dir«, fuhr Kira fort. »Du hast einen weiten Weg auf dich genommen und dein Leben riskiert, um mir zu helfen. Ich habe dich behandelt wie ... nun ja, es tut mir leid. Du hast mir geholfen, und dafür bin ich dir dankbar.«

»Ich habe mein Leben nicht für dich riskiert.« Heron blickte nach vorn, während sie weitergingen.

»Dann für Samm«, erwiderte Kira. »Wichtig ist nur ...«

»Wichtig ist nur, dass ich mein Leben nicht riskiert habe«, fiel Heron ihr ins Wort. »Ich hatte jederzeit alles im Griff. Wäre das nicht der Fall gewesen, hätte ich es gar nicht erst getan.«

»Warum kannst du nicht einfach die Entschuldigung annehmen?« Kiras Stimme klang gepresst.

»Wann hätte ich dir schon einmal irgendetwas leicht gemacht?«, gab Heron zurück.

»Warum bist du hier?«

»Ich habe dir doch gesagt, dass du besser aufpassen sollst.«

»Du willst einen Menschen verschleppen«, sagte Kira. Heron antwortete nicht, und Kira blieb nicht stehen. »Du bist hergekommen, um das Heilmittel zu finden. Nun bist du sicher, dass es in den Menschen steckt, willst dir einen schnappen und dich selbst retten. Ich habe aufgepasst. Viel aufmerksamer, als du es für möglich hältst. Es gibt keine andere Erklärung – dir ging es immer nur ums eigene Überleben. Du hast Morgan geholfen und hofftest, sie könne dich retten. Dann hast du eine Weile mir geholfen und dachtest, ich könne es schaffen. Als es mir nicht gelang, bist du zu Morgan zurückgekehrt. Mittlerweile ist sie endgültig gescheitert, und für dich gab es keinen Ausweg mehr, bis ich herausfand, wo die Heilung zu suchen ist.«

»Du verstehst mich nicht halb so gut, wie du dir einbildest«, antwortete Heron und hielt inne. »Aber immer noch besser, als mir lieb ist. Zumindest in diesem Fall.«

»Dann weißt du auch ...«

»Gib doch zu, dass jeder Widerstand gegen mich sinnlos ist!«, unterbrach Heron sie.

»Ich will uns alle retten«, entgegnete Kira. »Das weißt du doch. Auch dich, wenn du es zulässt. Aber ich kann nicht hinnehmen, dass du anderen Schaden zufügst.«

»Wenn es wirklich ausgesprochen gut für euch ausgeht, dann töte ich dich, schnappe einen dieser Menschen und verschwinde auf Nimmerwiedersehen«, erklärte Heron. »So wird es laufen, falls du mich weiterhin bedrängst. Wenn du den Kampf aufnimmst, mich aufhalten willst oder um Hilfe rufst, bringe ich Tod und Zerstörung über euch und komme am Ende dennoch davon. Es ist die Sache nicht wert. Geht nach Breezy Point, steigt auf euer kleines Boot und zählt die Minuten, bis die Armee euch schließlich doch noch einholt und ausradiert. Dann bin ich in Sicherheit, genau wie alle meine Begleiter. Es ist der Mühe nicht wert, mich aufzuhalten.«

Kira legte Heron eine Hand auf den Arm. Die Partialagentin zuckte zusammen, entzog sich der Berührung aber nicht. Kiras Antwort klang wärmer als erwartet. »Das Überleben ist wichtig«, erklärte sie. »Aber nicht, wenn du dich dabei selbst verlierst. Überleben, nur um zu überleben ist ... wie eine leere Hülle. Es ist nicht das Leben, sondern eine Endlosschleife.«

Heron wartete, ob Kira noch etwas hinzufügte, immer weiter und weiter redete und eine ihrer typischen Moralpredigten hielt, doch sie ließ Herons Arm los und verschwand in der Dunkelheit, um zu Samm, Marcus und den anderen zurückzukehren. Heron blieb stehen und beobachtete die Flüchtlinge, die im Schnee vorbeistapften, dann drehte sie sich um und kehrte in die Stadt zurück.

In der Dunkelheit schienen die Gebäude unwirklich wie im Traum – bedrückende schwarze Umrisse, deren Kanten sich im Schnee und im trüben Mondlicht auflösten. Lautlos wie ein Geist, der die Welt heimsucht, wanderte Heron durch den Ort. Sie hatte das Training als Geheimagentin verinnerlicht, ihre Fähigkeiten so weit wie möglich vervollkommnet und hinterließ weder Fußabdrücke noch andere Spuren.

Wenn sie sich nicht bewusst entschloss, einen Hinweis zu hinterlassen, erkannte niemand, dass sie jemals an Ort und Stelle gewesen war.

Im fallenden Schnee tauchte eine andere Gestalt auf, klein und schlank. Ein Wolf oder ein verwilderter Hund, der verzweifelt Nahrung suchte und hungrig in der dunkelgrauen Leere herumschnüffelte. Lautlos hob Heron das Gewehr und machte sich instinktiv bereit, die mögliche Gefahr auszuschalten. Der Finger zögerte auf dem Abzug. Plötzlich hielt der Wolf inne, verharrte angespannt wie eine Feder und setzte sich blitzschnell in Bewegung, um die winzige weiße Beute zu schlagen – eine Katze oder ein Kaninchen. Während der wilden Jagd warfen Jäger und Beute kleine Schneefontänen hoch, dann sprang der Wolf, schüttelte dreimal den Kopf, und das Kaninchen hing tot in seinem Maul. Dunkles Blut tropfte in den Schnee.

So ist das Leben, dachte Heron. *Kein Friedensvertrag, kein idealistischer Traum, sondern ein grausamer Tanz, der sich um Tod und Überleben dreht. Die Starken leben weiter, während die Schwachen, zu klein oder zu dumm zur Gegenwehr, einen schmerzhaften, blutigen Tod erleiden. Kira wünscht sich eine Welt voller Kaninchen, die sicher im Bau sitzen, glücklich vereint und unberührt von der Realität. Die wahre Welt existiert hier draußen. Ein Jäger im Schnee. Das Leben ist ein einsamer Wolf, der mit Zähnen, Klauen und versteinertem Herzen ums Überleben kämpft.* Der Wolf schüttelte noch einmal die Beute, um sich zu vergewissern, dass sie tot war, hielt aber nicht inne, um gleich auf der Straße zu fressen, sondern hob den Kopf. Heron, die wie ein Geist abwartete, bemerkte er nicht. Schließlich tappte er davon zwischen baufälligen Häusern und Schneebergen, unter denen alte Autos rosteten. Neugierig, wo der Wolf sich sicher fühlte und die Beute fraß, ging ihm Heron nach. Er huschte durch Löcher in Zäunen, sprang über umgestürzte Bäume und durchhängende Stromkabel. Sie folgte, beobachtete, wartete ab. Endlich erreichte er seinen Bau, einen freien Bereich unter einem Haus, das auf kurzen Stelzen stand. Dort zwängte er sich durch den schmalen Gang, den er durch den Schnee gegraben hatte. Heron kroch hinterher und spähte vorsichtig hinein.

Die Wölfin legte das Kaninchen auf den Boden und beobachtete mit mütterlicher Geduld, wie vier kleine Welpen fiepten und nach der Beute schnappten, um einen Happen von dem Mahl zu ergattern. Schließlich drehte sich die Mutter zum Eingang um und blickte Heron unverwandt an. Im schwachen reflektierten Licht glühten die dunklen Augen grün.

Heron sah den Welpen beim Fressen zu und weinte.

46

Kira kämpfte sich durch den Schnee und hielt sich an der behelfsmäßigen Trage fest, auf der Green transportiert wurde. Die Partialarmee war viel zu nahe und die Nacht viel zu kalt. Wenn sie anhielten, würden sie niedergemacht oder müssten erfrieren. Also gingen sie weiter, Schritt für Schritt, Zentimeter um Zentimeter, während die Füße in den Schuhen bluteten und die Hände in den Handschuhen blau anliefen. Ringsum heulte der erbarmungslose Sturm. Ein Kilometer, zwei Kilometer, fünf. Bald schleppten fast alle eine Trage, zusammengestückelt aus Zubehör, das sie in den eiskalten Häusern am Straßenrand gefunden hatten: Besen, Wischmops, Hemden, Kleider. Sie legten Decken auf die Tragen, damit die Verletzten nicht erfroren, und hofften, dank ihrer körperlichen Anstrengung ebenfalls zu überleben.

Zehn Kilometer hinter der letzten gesprengten Brücke hielt sie die erste Verteidigungslinie auf der Halbinsel Rockaway auf. An dieser Stelle war der Landstreifen zwischen Ozean und Bucht kaum dreihundert Meter breit. Die zerlumpten Überreste der Abwehr hatten sich in Häusern und notdürftigen Bunkern verschanzt, eine alte Schule beherbergte das Hauptquartier. Dort brachten sie die Flüchtlinge unter, entfachten Feuer, um sie zu wärmen, und holten den eingelagerten Proviant und das Wasser. Weitere dreißig Menschen waren an Unterkühlung gestorben, bei einem Mann waren die Füße erfroren und schwarz verfärbt. Kira überließ den Soldaten die Organisation der Hilfe und zog sich in einer Ecke unter eine trockene Decke zurück, wo sie sofort einschlief.

Beim Erwachen am nächsten Morgen war sie geradezu erschrocken, noch am Leben zu sein.

Obwohl das schwache Licht den Beginn eines neuen Tages ankündigte, behauptete ihr erschöpfter Körper, sie habe nur wenige Stunden geschlafen. Kira überwand sich, stand auf und trat an das kleine Feuer, über dessen winzige Flammen sie die kalten Hände hielt. Sie fragte sich, ob ihr jemals wieder richtig warm würde. Dann suchte sie den Befehlshaber des Vorpostens auf. Es war ein älterer Mann, grauhaarig und müde, der sich David nannte.

»Kira Walker.« Sie reichte ihm die Hand. Er schien sie zu erkennen, und sie nickte. »Ja, genau die. Hat uns die Partialarmee schon eingeholt?«

David schüttelte den Kopf. »Wir haben die ganze Nacht Ausschau gehalten. Auf der Insel sind behelfsmäßige Sprengsätze und Scharfschützen verteilt, aber bisher haben wir noch nichts bemerkt.«

»Wahrscheinlich sammeln sie sich zu einem Großangriff«, überlegte Kira.

»Oder sie verteidigen die rückwärtige Flanke«, meinte David. »Tovar und Mkele sind mit den Resten des Widerstands dort draußen unterwegs und verschaffen uns einen Vorsprung für die Flucht.«

»Tovar ist tot«, berichtete Kira. »Über Mkeles Verbleib weiß ich nichts.« Müde rieb sie sich die Augen und fühlte sich kaum erholt. »Tovar wurde von einem Mann getötet, den man … nun ja, man nennt ihn den Blutmann.« Aus nicht nachvollziehbarem Grund verspürte sie das Bedürfnis, seine Identität geheim zu halten und niemandem zu offenbaren, wer er war und in welcher Verbindung sie zu ihm stand. »Er hat einen Hubschrauber und führt eine Gruppe genetisch veränderter Partials an. Er tötet Menschen, um ihre DNA zu stehlen. Haben Sie noch nichts von ihm gehört?«

»Davon wissen wir nichts.« David schüttelte den Kopf. »Einige Flüchtlinge erzählten von einem Hubschrauber draußen über Long Beach und Brosewere Bay, aber die Boten aus Breezy Point konnten nichts dergleichen berichten. Wenn er sich dort draußen herumtreibt, dann befindet er sich noch östlich von uns.«

»Dort schnappt er sich einsame Nachzügler, damit sie nichts weitererzählen«, vermutete Kira. »Behalten Sie den Himmel im Auge! Falls er hierherzukommen beschließt, gibt es Ärger.« Sie rieb sich die Schläfen und lehnte sich erschöpft an die Wand. »Was ist mit den übrigen Menschen? Wissen Sie, wie die Evakuierung läuft?«

»Langsam, aber stetig. Es dauert mindestens noch eine Woche, bis alle drüben sind. Dieser Vorposten sollte heute aufgelöst werden, aber ich weiß nicht, ob Ihre Gruppe die Wanderung schafft.«

»Haben Sie noch mehr solcher Vorposten?«

David nickte. »An zwei weiteren Engstellen auf der Halbinsel, einen an jeder Brücke nach Brooklyn. Wir haben die Brücken intakt gelassen, falls noch mehr Flüchtlinge eintreffen. Heute wollten wir die Sprengfallen scharf machen und uns zehn Kilometer bis zum Marine Parkway zurückziehen. Damit wären die Leute an der Cross Bay Bridge vorübergehend an vorderster Front gewesen.«

»Tun Sie das!« Kira hob die Hände, um seinen Protest zu unterbinden. »Wir sind ziemlich erledigt, aber bis zum nächsten Vorposten schaffen wir es noch. Sobald wir anhalten, sind wir so gut wie tot.«

»Dann sollten wir uns besser auf den Weg machen, solange noch Tageslicht herrscht«, meinte David. »Sammeln Sie Ihre Leute! Ich gebe meinen Vorgesetzten Bescheid. Wir sind in zwei Stunden bereit, aber Sie dürfen gern vorausgehen.«

Kira kehrte zu der Turnhalle zurück, in der die Flüchtlinge lagerten. Bei jedem Schritt zuckte sie zusammen. *Kein gutes Vorzeichen für den Tag.* Drinnen holte sie eine Flasche Wasser für Green und bemerkte, dass schon jemand mit ihm sprach.

Es war Heron.

»Du bist ja immer noch da.« Kira öffnete den Verschluss, um selbst zu trinken.

Heron nickte. »Du auch, aber das ist wohl nicht ganz so überraschend.«

»Ich dachte, sie meint mich«, keuchte Green. Er war schwach und konnte sich kaum noch verständlich machen. »Sie glaubt, ich muss sterben.«

Kira nahm seine Hand, widersprach ihm aber nicht, sondern suchte mit müden Augen Herons Blick. »Er ist zu störrisch, um zu sterben.«

»Das Gefühl kenne ich«, stimmte Heron zu.

Kira nickte. »Wir brechen auf. Sie haben ungefähr fünf Kilometer entfernt einen weiteren Vorposten eingerichtet. Wenn der Schneesturm nachlässt, könnten wir bei Tageslicht in ein paar Stunden dort sein.«

»Heute Morgen sind noch zwei Erfrierungsfälle dazugekommen.« Heron deutete auf Green. »Darunter ist auch er. Auf den Tragen leiden die Leute zu sehr unter der Kälte. Sie müssen laufen, damit der Kreislauf in Schwung kommt, sonst verlieren sie weitere Gliedmaßen.«

»Wie willst du sie davon überzeugen?«, fragte Kira.

Heron lächelte verschlagen, ging zur nächsten Trage und kippte sie mit einem Knurren um. Der schlafende Besitzer rollte auf den Boden. Stöhnend erwachte er und wusste nicht, wo er war. Heron hatte die Trage schon ins nächste Feuer geworfen.

»Was tust du da?«, krächzte er.

»Sie rettet dir die Gliedmaßen«, erklärte Kira. »Such dir was zu essen! Wir brechen in einer Stunde auf.« Der Mann bewegte das Kinn, war aber zu erschöpft, um Einwände zu erheben. Dann wankte er unsicher zu dem schwindenden

Vorrat an Notrationen und rieb sich unterwegs die Beine. Kira nickte Heron zu, Heron nickte zurück und nahm sich die nächste Trage vor. Schließlich wandte Kira sich wieder an Green. »Sie ist sehr direkt.«

»Und ein heißes Mädchen«, keuchte Green. »Hat sie jemanden?«

»Du hast dich durch Candlewood, den Winter und eine nukleare Hölle gekämpft, und dein eigener Körper will dich umbringen. Hast du nichts Besseres im Sinn?«

Sie tätschelte sein Bein und stand auf, um den Rest ihrer Gruppe zu informieren. Marcus redete auf einer Seite des Raums mit einem Flüchtling, Samm sprach auf der anderen Seite mit Leuten aus dem Reservat. Kira blieb mitten im Raum stehen und wusste nicht, wem sie sich zuerst nähern und was sie überhaupt sagen sollte. Sie wollte auf Marcus zugehen, hielt inne, wandte sich stattdessen um und weckte die Menschen, die mitten im Raum lagerten. Über Samm und Marcus konnte sie sich immer noch Gedanken machen, wenn sie nicht mehr um ihr Leben rannte.

Seufzend schüttelte sie den Kopf. *Falls es überhaupt jemals so weit kommt.*

Als sie mehrere Leute geweckt hatte, trat Samm zu ihr. Von ihm hatte sie gelernt, den Link zu benutzen. Inzwischen spürte sie, wenn er auf sie zukam. Die Linkdaten waren ebenso vertraut und beruhigend wie sein Gesicht. Sie schloss die Augen und genoss den Moment wie einen heimeligen Geruch, dann schob sie alle Gefühle beiseite und drehte sich mit neutraler Miene zu ihm um. »Samm.«

»Kira.« Schweigend stand er da, weder verlegen noch linkisch, sondern einfach nur unsicher. Es gefiel ihr, wenn sie diese kleinen Anzeichen von Verletzlichkeit bei ihm bemerkte. Sein unerschütterliches stilles Selbstvertrauen schien plötzlich kleine Risse zu bekommen. Das Herz flatterte in ihrer Brust, als er nicht wusste, was er zu ihr sagen sollte, nachdem er eine Gruppe aus dem Reservat hierhergeführt, das Ödland überlebt und eine Armee besiegt hatte.

»Ihr brecht also auf«, sagte Samm.

»Ja, ich wollte es dir gerade mitteilen.«

»Kira, als du weggegangen bist ...«

»Ich weiß«, antwortete sie. »Ich weiß es ... und ich weiß es nicht.«

»Das meinte ich nicht ...« Er unterbrach sich. »So wollte ich es nicht. Ich hatte monatelang Zeit, mir zu überlegen, was ich bei unserem Wiedersehen sagen sollte. Als ich dich dann fand, war ich immer noch nicht bereit.«

»Du hattest einen Plan entwickelt und mir das Leben gerettet, bevor ich überhaupt wusste, was vor sich ging«, sagte Kira. »Du kannst wirklich nicht behaupten, du seist nicht bereit gewesen.«

»So etwas fällt mir leicht«, erklärte Samm. »Diese Situation ...« Er hielt inne, richtete sich auf und wollte noch einmal ansetzen, doch sie unterbrach ihn.

»Ich will mit dir reden«, antwortete sie. »Stundenlang, tagelang, immer. Aber das ist zurzeit nicht möglich. Nicht hier und nicht, solange wir immer noch in Gefahr schweben.«

»Du hast recht.« Im Link mischten sich Enttäuschung und Erleichterung. »Wie kann ich dir helfen?«

Kira sah sich um und fragte sich, was sie ihm sagen konnte. Die Flüchtlinge trockneten ihre Kleidung am Feuer. Schließlich entschied sie sich. »Nimm alle mit, die dir folgen wollen, und begib dich zum nächsten Häuserblock! Wir brauchen möglichst viel trockene Kleidung. Jacken oder Mäntel wären am besten, aber Hemden und Hosen helfen uns auch. So nass, wie hier alle sind, sollten sie nicht ins Freie gehen.«

»Die meisten brauchen wohl auch Schuhe«, fügte Samm hinzu. »Wir schaffen so viel Ausstaffierung wie möglich herbei.« Wieder zögerte er, als wäre er unsicher, ob er vor ihr salutieren oder sie umarmen sollte. Dann drehte er sich um und rief seine Leute zusammen. Sie folgten ihm nach draußen, auch Calix und Phan schlossen sich dem Trupp an. Außerdem nahmen sie einige robuste Flüchtlinge mit. Kira sah ihnen nach und fragte sich, ob sie das Richtige gesagt hatte. Hatte sie ihn für immer verloren, weil sie ihn nicht auf der Stelle in die Arme genommen hatte? Wollte sie ihn überhaupt haben?

Marcus teilte die Flüchtlinge unterdessen in Gruppen ein und ermittelte, wer verloren und wer noch am Leben war und welche Ressourcen ihnen auf dem nächsten Abschnitt der Reise zur Verfügung standen. Sie ging zu ihm und überlegte, was sie sagen sollte. Nachdem sie mit Samm gesprochen hatte, konnte sie ihn nicht übergehen. Unterwegs bemerkte sie Heron, die immer noch Tragen umwarf und die Hinfälligen anschrie, sie sollten aufstehen und aus eigener Kraft zu Fuß gehen, damit ihr Blutkreislauf in Gang kam. Kira hatte nach wie vor keine Ahnung, warum die Agentin geblieben war. Plante sie immer noch, sich abzusetzen und ihre Begleiter zu hintergehen? *Wie schön!*, dachte sie. *Ein weiteres Problem, über das ich mir den Kopf zerbrechen muss.*

Marcus hob den Kopf, als Kira sich ihm näherte, doch er lächelte nicht, sondern nickte nur in Richtung der Tür, durch die Samm verschwunden war. »Geht er als Späher voraus?«

»Er besorgt trockene Kleidung«, erklärte Kira. »Wie steht es um unseren Proviant?«

»Übel«, berichtete Marcus. »Beinahe schon katastrophal, aber immer noch kurz vor dem Kannibalismus. Der Vorposten hatte schon die letzten Rationen angebrochen, bevor wir mit dreihundert Flüchtlingen auftauchten. Anscheinend wollten sie die Stellung heute aufgeben.«

»Das werden sie auch tun«, bestätigte Kira. »Der nächste Vorposten dürfte ebenso knapp ausgerüstet sein, wenn wir dort eintreffen.«

»Wir könnten die nähere Umgebung plündern«, schlug Marcus vor. »Aber dabei dürfen wir nicht vergessen, dass im letzten Monat alle Bewohner der Insel hier durchgekommen sind. Selbst wenn wir uns gründlich umsehen, haben wir nicht genügend Nahrungsmittel für alle.«

Es ist viel einfacher, mich mit Marcus auszutauschen als mit Samm, dachte Kira. *Vielleicht fühlt es sich nur so an, weil wir über unverfängliche Themen reden. Gewichte und Maße, Alltägliches. Warum kann ich über die Rettung der Welt sprechen, aber nicht über mich selbst?*

Ach, verdammt!, schalt sie sich. *Wenn ich es nicht gleich anspreche, schaffe ich es nie mehr.* Sie suchte Marcus' Blick. »Marcus, du weißt doch, dass ich dich liebe, oder?«

Er öffnete den Mund und lächelte. »Mit einem solchen Geständnis habe ich nicht gerechnet.«

»Und du weißt auch, dass ich Samm liebe?«

Ihm blieb der Mund offen stehen, und seine Augen umwölkten sich. »Das wollte ich jetzt nicht unbedingt hören, aber ... nun gut, danke. Es ist besser, wenn du es ohne Umschweife aussprichst.«

»Ich dachte, ich sehe ihn nie wieder.«

»Hast du mich deshalb geküsst?«

»Es ging mir gar nicht so sehr darum, dass ich dich küssen wollte. Wichtig war eher, dass ich mich getraut habe.«

Marcus schüttelte den Kopf. »Ich bin nicht sicher, ob ich mich danach besser fühle.«

»Ich habe mich entschieden, weil ich sowieso keine Wahl mehr hatte«, fuhr Kira fort. »Ich weiß, es klingt schrecklich, aber so war es nun mal. Als ich ihn küsste, geschah es aus dem gleichen Grund. Ich rechnete mit meinem Tod, deshalb küsste ich ihn und gestand ihm meine Liebe. Es ist so ... ich setze mein Leben aufs Spiel, indem ich einem anderen helfe. Mit mir selbst befasse ich mich erst dann, wenn es nicht mehr darauf ankommt.«

»Also hast du auch ihn geküsst«, entgegnete Marcus. »Ich finde unsere Unterhaltung verwirrend und unangenehm.«

»Es tut mir so leid, Marcus. Ich weiß nicht, was mit mir los ist.«

»Mit dir ist alles in Ordnung.« Er hatte Mühe, die richtigen Worte zu finden. »Wir sind beide ungeheuer attraktive Exemplare. Ich könnte mich selbst kaum für einen von uns entscheiden.«

Kira lachte. »Mir sind die Entscheidungen viel leichter gefallen als erwartet. Der Weltuntergang hätte sie mir im Grunde schon abgenommen.«

»Der Weltuntergang ist noch jung«, antwortete Marcus trocken. »Glaubst du wirklich, wir werden alle die nächsten Tage überleben? Vielleicht stirbst du, und ich tue mich mit Samm zusammen.«

»Lieber mit ihm als mit Heron«, erwiderte Kira. »Welchen Entschluss du auch fasst, halt dich von ihr fern.«

»Das ist mir längst klar«, stimmte er zu. »Ich bin ihr nur einmal begegnet, aber ... du meine Güte. Wenn in den nächsten Tagen jemand stirbt, dann hat sie vermutlich auf den Abzug gedrückt.«

47

Die Partialarmee traf an diesem Tag noch nicht ein, und Kiras Flüchtlinge schafften es ohne Schwierigkeiten bis zum zweiten Vorposten an der Cross Bay Bridge. Sie entzündeten Feuer und kauerten beisammen. Angespannt lauschten sie, ob die Sprengfallen der Abwehr hochgingen, doch sie hörten nichts.

»Sie kommen nicht«, meinte Samm.

»Oder sie haben die Fallen gefunden und entschärft«, warnte Heron. Grinsend wie ein hungriger Wolf betrachtete sie die Menschen in der Nähe. »Tut mir leid, ich bin eben immer optimistisch.«

»Auf wessen Seite stehst du eigentlich?«, fragte Marcus.

»Das Ende ist nahe«, warf Kira ein. »Wir müssen auf der Seite aller stehen. Wir fliehen vor den Partials, weil sie uns töten wollen, aber wir können ohne sie nicht überleben. So funktioniert es eben.«

»Wie bringen wir das mit der Tatsache in Einklang, dass sie uns an die Gurgel wollen?«, fragte Calix. »Vor diesem Hintergrund ist eine friedliche Koexistenz völlig ausgeschlossen.«

»Wir reden mit ihnen«, sagte Kira. »Aber zuerst bringen wir alle in Sicherheit. Die Partials sind wütend und glauben, wir hätten ihre Heimat in die Luft gejagt und achtzig Prozent ihrer Spezies ermordet. Wir bringen alle Leute in Sicherheit – vor ihnen und vor dem Fallout. Wenn die Partials auf niemanden mehr schießen können, hören sie uns vielleicht zu.«

»Womöglich schießen sie trotzdem noch auf alles, was sich bewegt«, gab Marcus zu bedenken.

Kira nickte. »Ich hoffe, sie tun es nicht.«

Am folgenden Tag beschafften sie abermals trockene Kleidung und marschierten sechs Kilometer bis zum nächsten Vorposten. Überrascht stellte Kira fest, dass sie die Gegend kannte. Bei ihrem ersten Vorstoß nach Manhattan hatten sie einen großen Bogen geschlagen, um dem Senat und der *Stimme* zu entgehen, und waren über diese Brücke nach Brooklyn gelangt. Im Schnee hatten sie die Stadt nicht erkannt, aber die Brücke war unverwechselbar. Fünf Kilometer hinter dem Vorposten lag die Landzunge Breezy Point. Vor sich erkannte Kira bereits die Hauptgruppe der Flüchtlinge, die gesamte menschliche Einwohnerschaft. Sie freute sich, dass so viele überlebt hatten, nachdem sie selbst so lange allein in der Wildnis ausgeharrt hatte, doch zugleich fröstelte sie innerlich.

Alle Menschen auf der Insel, dachte sie. *So viele habe ich noch nie zusammen gesehen.*

Und trotzdem, wir sind so wenige.

Breezy Point war mit einem Wäldchen bedeckt und so schmal wie der Rest der Halbinsel. Ganz vorn verbreiterte sich die Landzunge, und dort standen von einem bis zum anderen Strand Tausende von Häusern, zwischen denen schmale Straßen entlangführten, manchmal kaum mehr als Fußwege im Sand. Über der Stadt schwebte eine graue Rauchwolke, die aus Hunderten von Kaminen gespeist wurde. Der Schnee war von der Asche und dem aufgewühlten Schlamm beinahe schwarz. Am Südstrand drängten sich die Menschen, über das Meer fuhr eine Kette kleiner weißer Segelboote zur fernen Küste von Jersey hinüber. Auch dort entdeckte Kira Kochfeuer. Dankbar lächelte sie in sich hinein. *Selbst wenn wir anderen sterben, einige haben es bereits geschafft.*

Kira sorgte dafür, dass ihre Flüchtlinge Proviant und Unterkünfte bekamen, ließ sie im Vorposten zurück und ging mit Marcus, Samm und den anderen aus dem Reservat die letzten Kilometer weiter. Gern hätte sie auch Green mitgenommen, doch er verlor immer wieder das Bewusstsein. In seinem jetzigen Zustand sollte er es möglichst warm haben und von Menschen umgeben sein. Falls die interaktive Heilung wirklich anschlug, war dies seine letzte Chance. Kira fiel ein, dass die nächste Partialgruppe in weniger als drei Tagen das Verfallsdatum erreichte. Vielleicht verfolgte sie die Armee aus diesem Grund nicht länger. Hier kümmerte sie sich um einen einzelnen kranken Soldaten und hoffte auf seine Genesung. Dort musste für Tausende gesorgt werden, und es gab nicht die geringste Hoffnung.

Ob sie sich danach beruhigen?, überlegte sie. *Ob sie sich gezwungen sehen, langsamer vorzugehen, eine Bestandsaufnahme zu machen und den Angriff noch einmal zu überdenken?*

Oder werden sie nur noch rachsüchtiger?

Am Stadtrand trafen sie auf zwei Männer, die sich aus Decken Ponchos gemacht hatten. Sie hatten eine verschlissene dicke Kladde bei sich. »Wir haben nicht damit gerechnet, dass es noch jemand schafft. Ich bin Gage.« Der Sprecher gab Kira die Hand. »Kommen Sie mit zum Grenzposten! Dort können Sie sich aufwärmen, und dann überlegen wir, wo wir Sie unterbringen, bis wir Sie in ein Boot setzen.«

»Wer hat hier den Befehl?«, fragte Kira. »Wir müssen mit … gibt es den Senat noch? Sind Kessler und Hobb hier?«

»Beide sind nicht hier aufgetaucht«, antwortete Gage. »Haru Sato organisiert den Ablauf.«

»Schön«, sagte Marcus. »Ich hatte gehofft, dass wir es mit jemandem zu tun bekommen, der zu viel redet und sich selbst zu wichtig nimmt. Das kommt mir sehr gelegen.«

»Kennen Sie ihn?«, fragte Gage.

»Wir sind alte Freunde«, erklärte Kira. »Ich bin Kira Walker.« Der Mann beäugte sie überrascht, worauf sie nickte. *Muss ich mich daran gewöhnen?* »Ja«, bestätigte sie. »Genau die. Können Sie uns zu Haru bringen?«

»Zuerst weise ich Ihnen die Quartiere zu.« Gage konsultierte die Kladde. »Sie sind also … zehn Personen?«

»Hinter uns im Vorposten sind es noch einmal dreihundert«, ergänzte Kira. »Sie treffen morgen ein.«

»Mann!« Gage blätterte eifrig um, überlegte kurz und winkte seinem Begleiter. »Sag Kyle, er soll die West Twelfth öffnen, dort bringen wir alle unter.« Der Mann rannte sofort los. Gage stellte einige weitere Fragen, um zu klären, wie viel Proviant sie mitgebracht hatten, wie viele Verletzte bei ihnen waren, wie viele sich um Kranke kümmern und ein Boot bemannen konnten. Kira war beruhigt, dass die Evakuierung so gut organisiert war, doch die Sorgen ließen sie nicht los. Noch waren sie nicht in Sicherheit. Sie ging schneller und trieb auch Gage zur Eile an. Er führte sie durch die verschneiten und rußbedeckten Straßen zu einem alten Bauhof im Stadtzentrum, den die Flüchtlinge als Hauptquartier benutzten. Haru hielt sich im Innern des Gebäudes auf.

»Kira, Marcus!« Er eilte ihnen entgegen und umarmte sie. »Madison wird unendlich erleichtert sein, dass ihr noch lebt. Sie ist mit Arwen schon drüben. Wir wollten unser kleines Mädchen möglichst schnell in Sicherheit bringen. Im Moment ist sie gewissermaßen das Maskottchen der ganzen Menschheit.« Dann betrachtete er Heron und die anderen und wurde ernst. »Euch kenne ich nicht. Willkommen in Breezy Point! Voraussichtlich brauchen wir noch gut vier Tage, um alle überzusetzen. Im Süden und Westen sind schon Späher unterwegs und suchen nach den besten Wegen, um … keine Bewegung!«, brüllte er unvermittelt und zog so schnell die Pistole, dass Kira die Bewegung kaum verfolgen konnte. Haru starrte Samm an und zielte auf dessen Brust. »Verdammt, Kira, du hast einen Partial mitgebracht!«

»Ich habe sogar mehrere mitgebracht«, erwiderte Kira mit fester Stimme. Einige weitere Wächter zogen die Waffen. »Haru, in dieser Gruppe befinden sich mehr Partials als Menschen, und zu den Ersteren zähle auch ich.«

Er wich zurück, betrachtete die Gruppe und lenkte ein. »Ich ... das habe ich schon von Nandita gehört.«

»Lebt sie noch?«

»Sie ist vor Ausbruch der Schneestürme nach Osten gegangen, um Isoldes Baby zu retten ...«

»Hat Isolde ihr Kind zur Welt gebracht?«, rief Kira. »Wo sind sie?«

»Sie wollten nach Osten, nach Plum Island«, berichtete Haru. »Hobb, Kessler und Xochi waren bei ihnen. Nandita dachte, sie könne das Kind retten, aber wir haben seitdem nichts mehr von ihnen gehört. Ich ... inzwischen ist wohl anzunehmen, dass sie es nicht geschafft haben.«

»Bis vor drei Minuten dachtest du noch, ich hätte es gleichfalls nicht geschafft. Aber sie sind findig und gehen nicht unter«, erklärte Kira.

»Könnten wir die Unterhaltung fortsetzen, ohne von Waffen bedroht zu werden?«, warf Marcus ein. »Ich bin genauso fasziniert wie ihr, kann mich aber kaum konzentrieren, wenn auf mich gezielt wird.«

»Wie viele von euch sind Partials?«, fragte Haru. Samm, Ritter und die drei anderen hoben die Hände. Calix trat vor und stellte sich Haru in den Weg.

»Mein Name ist Calix«, sagte sie. »Ich kann dir nur versichern, dass diese Männer mir immer wieder das Leben gerettet haben. Sie stellen keine Gefahr dar, sondern sind die beste Unterstützung, die du zum Schutz deiner Leute bekommen kannst.«

»Es sind Partials«, beharrte Haru. »Kira ist unter Menschen aufgewachsen, deshalb traue ich ihr. Diese vier könnten jedoch Spione, Meuchelmörder oder noch üblere Verbrecher sein.«

»Dann zieh ruhig auch in Betracht, dass sie Freunde sein könnten«, erklärte Calix. »Zuerst ist es mir ebenfalls schwergefallen, aber ich habe ihnen mein Leben anvertraut, und sie haben mich nie enttäuscht.«

Haru starrte die Partials an und umklammerte unwillkürlich seine Pistole. Es dauerte eine Weile, bis er wieder etwas sagte. »Kira, du hast meiner Tochter das Leben gerettet. Das und alles andere vergesse ich dir nie. Wenn du meinst, wir sollten diesen Männern vertrauen, dann glaube ich dir.«

»Du kannst mir glauben«, bekräftigte Kira. »Und das gilt auch für die Frau hinter dir.«

Haru ließ die Waffe sinken. »Was?« Er drehte sich um, und in diesem Augenblick trat Heron aus dem Schatten heraus und ließ mit unbewegter Miene die eigene Waffe sinken. Haru musterte sie von oben bis unten. »Warum sollte ich dir nach diesem Auftritt vertrauen?«

Heron lächelte. »Weil du noch lebst.«

Haru funkelte sie böse an, schob aber endlich die Pistole ins Halfter und verscheuchte die Wächter mit einer Geste. »Die Welt hat sich verändert, und ich habe mich noch nicht ganz an die neue Welt gewöhnt. Kira und Marcus betrachten euch als Freunde, also seid ihr hier willkommen.«

»Wir verstehen dich«, entgegnete Samm. »Es freut mich zu hören, dass deine Tochter in Sicherheit ist.«

Wieder zog Haru ein finsteres Gesicht. Offenbar behagte es ihm nicht, von einem Partial gute Wünsche entgegenzunehmen, aber er behielt seine Gedanken für sich. Kira trat vor und legte ihm eine Hand auf die Schulter.

»Erzähl mir von Isolde und dem Baby!«, drängte sie ihn. »Wie hat er oder sie die ersten Symptome von RM überlebt?«

»Es ist ein Junge«, berichtete Haru. »Er heißt Mohammad Khan. Der Kleine litt gar nicht an RM. Er ist ein Mischling.«

Kira runzelte die Stirn. »Was soll das heißen?«

Haru schüttelte den Kopf. »Anscheinend weißt du es noch nicht. Nun, wir haben offensichtlich eine Menge zu bereden.«

48

»Ich kann es immer noch nicht glauben«, seufzte Kira. Es dunkelte schon, und sie saßen in dem Haus, das man ihnen zugewiesen hatte. Kira schürte das Feuer, während Samm und die Soldaten der Dritten Division die Fenster mit Sofakissen und Matratzen isolierten. »Ariel und Isolde sind Partials wie ich. Meine Schwestern sind in gewisser Weise und aus einem bestimmten Blickwinkel betrachtet tatsächlich meine Schwestern.«

»Sofern sie noch leben«, meinte Marcus. »Ich will dir nicht die Begeisterung nehmen, aber es spricht alles gegen ihr Überleben.«

»Sie leben noch«, behauptete Kira. »Zum Teufel mit dem Schnee, zum Teufel mit der Atombombe, zum Teufel mit der Insel voll rachsüchtiger Supersoldaten! Sie leben noch.«

Beschwichtigend hob Marcus die Hände. »Na schön, sie leben noch.«

»Noch vier Tage, in denen die Leute mit den Booten übersetzen«, sagte Calix. »Glaubst du, wir schaffen das?«

»Meinst du, ob wir von der Insel wegkommen?«, fragte Kira.

»Ich frage mich, ob wir noch vier Tage überleben.«

Kira stocherte im Feuer herum. »Das hoffe ich doch. Aber selbst wenn wir überleben, sind wir nicht viel weiter. Es sei denn, wir überzeugen die Partialarmee, sich uns anzuschließen.«

»Bisher konnten wir keine Spur von ihnen entdecken«, sagte Marcus. »Die Sprengfallen wurden nicht ausgelöst, und die Vorposten hat man nicht angegriffen. Es ist nicht das Geringste passiert.«

»Hubschrauber.« Heron saß am breiten vorderen Fenster, das sie als Rauchabzug offen gelassen hatten. Sie starrte nach draußen und deutete zum Himmel, als Kira sie anblickte. »Es wird dunkel, aber ich erkenne den Umriss, der die Sterne im Hintergrund verdeckt.«

Samm ging zu ihr und sah es sich an, die anderen folgten seinem Beispiel. »Besitzen die Invasionstruppen Hubschrauber? Als sie uns jagten, kamen keine Flugzeuge zum Einsatz.«

»Der Sturm war zu stark«, erklärte Ritter. »Die Hubschrauber waren nutzlos.«

»Das ist nicht die Armee«, wandte Kira ein. »Das ist der Blutmann.«

Samm spähte zum Himmel. »Meinst du, es ist dein ...«

»Er ist nicht mein Vater«, wehrte Kira ab. »Holt eure Sachen! Wenn er hier ist, sucht er nach Spendern. Phan, lauf zum Hauptquartier und warne Haru! Er soll alle alarmieren.« Sie zog die zerschlissene Jacke an und nahm das Gewehr, die anderen suchten ebenfalls ihre Ausrüstung zusammen. »Postiert euch auf den Dächern, damit ihr etwas seht! Stellt seinen Landeplatz fest, dann schalten wir ihn aus.«

»Das schaffen wir nicht, solange er den Hubschrauber hat«, wandte Samm ein. »Er kann herabstoßen, alle töten und wieder verschwinden, bevor wir ihn erwischen.«

»Wir müssen ihn nicht einfangen.« Kira schob ein Magazin ins Gewehr. »Wir erregen seine Aufmerksamkeit, und dann kommt er und will mich holen.«

Sie liefen nach draußen. Kira spürte, dass Heron sie aufmerksam beobachtete, hatte aber keine Zeit, sich nach dem Grund zu fragen. Samm half Calix, aufs Dach zu klettern. Von oben gab ihnen das Mädchen Anweisungen und schickte sie die Twelfth Avenue hinunter zum Rockaway Point Boulevard. Durch den schmutzigen Schnee rannten sie zum östlichen Stadtrand. Es war ein klarer Abend, der erste seit vielen Tagen, und Kira fragte sich, ob Armin aus diesem Grund sein Versteck verlassen hatte. Vielleicht hatte der Schneefall den Flug behindert, wie Ritter schon vermutet hatte. Sie überlegte sich, ob ihr dieses Wissen dabei half, ihn aufzuhalten, doch das Wetter unterlag nicht ihrem Einfluss. Sie erreichten die Ocean Avenue und eilten weiter durch die Nacht. Plötzlich schoss der dunkle Umriss nach Süden und flog hoch über die Häuser hinweg. Er war kaum zu sehen, doch Kira hörte das dumpfe Grollen zwischen den Gebäuden. Schon wurden vor dem Hauptquartier Rufe laut. Es war zu früh, Phan konnte nicht so rasch Alarm geschlagen haben. Hatten sie den Hubschrauber schon vorher bemerkt, oder war etwas anderes passiert? Sie bogen nach Süden ab und folgten dem Hubschrauber.

»Er sinkt!«, rief Samm. Tatsächlich kam der schwarze Umriss vor dem Sternenfeld herunter und durchdrang die Rauchwolke, die über dem Gebiet hing. Kira hörte Rufe, ein Schuss fiel, doch sie war zu weit entfernt, um Näheres zu erkennen. Ein Scheinwerferkegel tastete den Boden ab wie der Rüssel einer Fliege. Sie beschleunigte, rannte schneller denn je, doch der Hubschrauber landete nicht. Er kreiste nur einige Male, schaltete den Scheinwerfer ab und verschwand in der Dunkelheit.

»Er sucht mich«, sagte Kira. »Sorgen wir dafür, dass er mich findet, bevor er aufgibt und Zivilisten nimmt.«

In der Gegend waren die Straßen schmal, und das Sternenlicht drang kaum bis zum Boden herab. Ritter sprang auf ein Autodach und von dort aus auf ein Haus, um langsam und gründlich den Himmel abzusuchen. Er entdeckte den Hubschrauber und schickte die Gruppe mit einem Ruf nach Westen. Kira rannte sofort los und war entschlossen, zur Stelle zu sein, wenn Armin abermals herabstieß.

»Er kommt herunter!«, rief Samm noch einmal. Kira war

jedoch erst einige Blocks weit gerannt und schrie enttäuscht auf, während sie durch den Schnee stolperte. Samm stützte sie, und sie eilten weiter, stürmten aus der schmalen Straße hinaus auf einen großen Platz in der Stadtmitte. Vor ihnen erhob sich das Hauptquartier, das von bewaffneten Kämpfern geschützt wurde. Haru rief Kira etwas zu.

»Die Armee ist dort!« Er wies nach Osten in Richtung der Vorposten. Kira konnte seine Worte kaum verstehen, als sie vorbeilief, sie verklangen rasch hinter ihr. »Die Partialarmee! Sie haben den dritten Vorposten erreicht!«

Fluchend stolperte Kira über verharschte und rußbedeckte Schneewehen. Dann blieb sie kurz stehen und lauschte, und nun vernahm sie es trotz des knatternden Hubschraubers: fernes Gewehrfeuer. Laut genug, um in der Wildnis fünf Kilometer weit hörbar zu sein.

»Unsere Leute sind noch dort«, sagte sie. »Alle Flüchtlinge, die wir aus East Meadow geholt haben. Unter Lebensgefahr haben wir sie gerettet, und nun sind sie in feindliche Hände geraten.«

»Die Partials werden sie nicht töten«, behauptete Samm.

»Natürlich werden sie alle töten«, widersprach Kira. »Du weißt doch, was sie gesagt haben – die Menschen seien Ungeziefer, genau wie jeder Partial, der mit ihnen zusammenarbeitet. Green ist auch noch dort. Sie werden ihn als Verräter hinrichten.«

»Nicht heute Abend«, wandte Samm ein. »Wir haben noch Zeit, mit ihnen zu reden und sie zur Vernunft zu bringen.«

»Bist du wirklich so sicher?«

Samm antwortete nicht.

»Lauft weiter!«, zischte Heron. »Er ist wieder gestartet.«

Kira blickte nach oben in die Richtung, in die Heron deutete, und bemerkte den schwarzen Fleck, der langsam über den Rauch hinwegflog. »Nach Süden!«, rief Kira. »Zum Strand!« Sie rannte wieder los und drängte sich an den anderen vorbei. Südlich des Hauptquartiers gab es zwischen den dicht stehenden Häusern nur schmale Fußwege. Phan hatte sich wieder zu ihnen gesellt und stieg auf das nächste Hausdach, um ihnen Anweisungen zu geben.

»Vier Gassen weiter!«, schrie er. »Nein, nehmt die nächste!«

Kira bog nach links ab und beobachtete, wie der Hubschrauber über einem freien Grundstück zwischen den Häusern verharrte. Die Rotoren wirbelten Eis und Matsch hoch und deckten sogar Dachziegel ab. So blieb der Landeplatz hinter einem tödlichen Wirbelsturm aus Schutt und Trümmern verborgen. Kira schützte das Gesicht mit dem Arm und stürmte weiter.

HERUNTER, sendete Heron über den Link. Laut wiederholte sie die Warnung, um auch die Menschen zu erreichen. »Herunter! Bleibt drinnen und geht in Deckung, es ist zu gefährlich!«

Kira beachtete die Warnung nicht. Armin musste sie unbedingt erkennen. Zähneknirschend tappte sie tiefer in den künstlichen Wirbelsturm. Der Motorenlärm war ohrenbetäubend. Vor ihr flammte ein Suchscheinwerfer auf, tastete den Boden ab und richtete sich auf sie. Noch schirmte der Arm das Gesicht vor dem Licht und den aufgewirbelten Eisbrocken ab, doch genau aus diesem Grund war sie hier. Er musste sie sehen, er musste sich ihr nähern, damit die anderen ihn erwischen konnten. Sie schloss die Augen und zog die Arme weg, damit der Scheinwerfer ihr Gesicht erfassen konnte. Dreck- und Eisklumpen flogen um sie herum und trafen schmerzhaft die Haut, der Wind peitschte ihr Haar. Der Hubschrauber schwebte an Ort und Stelle, der Lichtstrahl ruhte eine kleine Weile auf ihr, und dann warf sie ein heftiger Windstoß um. Sie musste die Augen abschirmen, während der Hubschrauber wieder startete und aufstieg.

Er ist fort …

»Er fliegt nach Süden.« Heron half ihr beim Aufstehen. »Über den Strand.«

»Zu dieser Nachtzeit ist dort niemand«, sagte Kira. »Bei Anbruch der Dämmerung stellen sie die Überfahrten ein, weil sie nicht navigieren können. Dort draußen ist die ganze letzte Flotte untergegangen, es ist zu gefährlich.«

»Vielleicht hat er die Armee bemerkt«, überlegte Heron.

»Oder er hat die Lagerfeuer auf der anderen Seite der Bucht entdeckt«, meinte Ritter, der den Himmel beobachtete. »Er ist am Strand vorbei und fliegt weiter.«

»Dann bringt er die Überlebenden um, die schon drüben sind«, bemerkte Kira.

Begleitet von drei Wächtern, drang Haru durch das Schneetreiben zu ihnen vor. Er zog ein grimmiges Gesicht. »Der Hubschrauber war ein Ablenkungsmanöver. Ein feindlicher Trupp ist im Osten zu Fuß in das Lager eingedrungen und hat sieben Leute getötet, vielleicht sogar noch mehr. Es gehen immer noch Meldungen ein.«

»Verdammt!«, schrie Kira. *Armin, du Schuft …*

Haru rieb sich müde die Augen. »Wir haben das Lager geweckt und alle in Alarmzustand versetzt, aber wir können nicht viel ausrichten. Der Proviant ist fast verbraucht, wir haben zehn weitere Erfrierungsfälle, und die Partialarmee ist nur noch fünf Kilometer entfernt. Ein Blutmann, der sieben Leute angreift, ist da fast noch ein geringfügiges Problem.«

»Ich habe mir einen Niednagel gerissen«, sagte Marcus und hob eine Hand. »Das erwähne ich nur, damit wir den Unterschied zwischen wichtig und unwichtig nicht aus den Augen verlieren.«

Kira nickte, atmete tief durch und dachte angestrengt nach. »Irgendjemand muss mit der Partialarmee reden. Oder vielmehr mit deren Befehlshaber.«

»Jeder, der es versucht, wird auf der Stelle erschossen«, gab Heron zu bedenken.

»Oder zumindest gefangen genommen«, ergänzte Haru. »Sie sind unmöglich davon zu überzeugen, lieber den Frieden anzustreben, als ihrer Rachsucht Genüge zu tun.«

»Vielleicht hast du recht«, entgegnete Kira. »Aber ganz und gar unmöglich scheint es mir nicht. Morgen früh nehme ich eine Parlamentärsflagge und ergebe mich dem Feind. Das ist der einzige Weg.«

»Du wirst sterben«, warnte Heron.

»Samm sah das anders«, erwiderte Kira.

»Samm ist ein Dummkopf«, hielt Heron dagegen. »Wir können bestenfalls hoffen, dass ...« Unvermittelt hielt sie inne und sah sich um. Ritter, Haru, Marcus und Phan waren da. »Wo ist Samm?«

Nun wandte sich auch Kira erschrocken um und suchte das vertraute Gesicht, während sie ihn zugleich über den Link aufzuspüren versuchte. Er war nirgends zu entdecken. »Er wird doch nicht ...«

»Verdammt!« Herons Wut brandete durch den Link, zornig fuhr sie zu Kira herum. »Das hast du zu verantworten!«

»Ist er etwa zu den Partials gegangen, um mit ihnen zu reden?«, fragte Marcus.

»Ich habe ihn nicht darum gebeten. So etwas würde ich nie von ihm verlangen«, wehrte Kira ab. »Ich wollte lieber selbst gehen ...«

»Natürlich wolltest du die Sache selbst in die Hand nehmen!«, schrie Heron. »So läuft es bei dir doch immer: Du stellst dich dem nächstbesten gefährlichen Problem in den Weg, und weil Samm deine Absichten durchschaute, führt er deinen Plan nun aus.«

»Er will uns retten«, sagte Kira.

»Er will *dich* retten«, widersprach Heron. »Und dabei wird er umkommen.«

49

»Dreihundertsiebzehn Gefangene, General«, meldete Shons Adjutant und salutierte. Shon nickte müde.

»Und die Lastwagen?«, fragte der Befehlshaber. »Wir müssen vor dem nächsten Angriff Nachschub aufnehmen.«

»Sie müssten morgen eintreffen.«

»Morgen«, wiederholte Shon und seufzte gedehnt. »Morgen sind wahrscheinlich fünftausend unserer Soldaten tot, übermorgen sind sie es ganz bestimmt.«

»Die Lebenden werden die Toten rächen«, versprach der Adjutant.

Shon grunzte nur. Er nahm den schriftlichen Bericht des Adjutanten entgegen, schickte den Mann weg und schloss die Tür hinter ihm. Der letzte Vorposten der menschlichen Armee hatte sich in Fort Tilden befunden, einem alten Gelände der Heeresreserve am Fuß der Marine Parkway Bridge. Im Hauptgebäude hatte Shon den vorläufigen Befehlsstand seiner Truppe eingerichtet. Wie alle Gebäude auf der verdammten Insel war auch dieser Bau verfallen und halb zerstört – der Zaun teilweise umgefallen, die Fenster geborsten. Die wenigen Türen, die noch in den Scharnieren hingen, waren von der Feuchtigkeit aufgequollen und in den Rahmen festgeklemmt. Aber drinnen war es sauber und trocken, und vor allem fühlte sich die Umgebung vertraut an. Shon war in einem Lagerhaus zur Welt gekommen, von Masken tragenden Technikern aus dem Bruttank gezogen. Tausend weitere Partials hatten zu seiner Gruppe gehört. Anschließend war er auf einem Militärstützpunkt ausgebildet worden, der diesem hier stark ähnelte. Wenn er die Augen schloss, hörte er beinahe die Geräusche der alten Heimat: Jeeps, die draußen auf der Straße vorbeifuhren, Gebrüll im Hof, wo eine Abteilung exerzierte, ferne Rufe eines Sergeants, der seine Leute nach Dienstschluss in die Baracke marschieren ließ. Draußen gab es ein mit Schnee und Unkraut bedecktes Baseballfeld, das nur noch anhand der morschen Tribünen an den Seiten erkennbar war. Tief im Innern und viel drängender, als er sich eingestehen wollte, verspürte Shon den Wunsch, einfach in die Dunkelheit hinauszugehen und sich mitten auf das Feld zu setzen, bis er erfror.

Wie kann ich weiterkämpfen, wenn immer mehr Soldaten sterben? Ob wir kämpfen oder nicht, ob wir verlieren oder siegen, morgen werden fünftausend meiner Männer sterben, und ich kann nichts dagegen unternehmen. Es gibt nicht einmal mehr Befehle, die ich ausführen kann. Nur mein eigenes Ziel. Das einzige, das ich noch habe.

Rache.

Schwer setzte er sich auf den Stuhl und starrte die Berichte an, die er in der Hand hielt. Gleich darauf rissen ihn trampelnde Füße auf dem Flur aus dem Tagtraum, und über den Link spürte er Überraschung und Verärgerung. Er öffnete die Tür, bevor der Melder anklopfen konnte.

»Was gibt's?«

Der Bote salutierte. »Ein Gefangener, Sir. Ein Flüchtling aus dem Lager.« Die Linkdaten des Soldaten waren voller Hass. »Er ist ein Partial, Sir.«

Shon blickte über die Schulter des Mannes hinweg zu den beiden Wächtern, die einen gefesselten Soldaten zu ihm führten. Der Mann trug zerschlissene, schmutzige Kleidung, eigentlich nur noch Lumpen, doch er hielt sich stolz, und seine Linkdaten verrieten keinerlei Angst. Als er vor Shon stand, nickte er, weil er mit den auf dem Rücken gefesselten Armen nicht salutieren konnte.

»Ich heiße Samm«, erklärte der Gefangene. »Ich muss mit Ihnen reden.« Die Entschlossenheit des Mannes war über den Link so deutlich zu spüren, dass Shon schlagartig zu sich kam.

Der Befehlshaber wandte sich an den Boten. »Haben Sie ihn durchsucht?«

»Er ist unbewaffnet«, berichtete der Soldat. »Außer der Kleidung, die er trägt, hatte er nur dies hier dabei.« Der Wächter hielt eine Flasche Bourbon hoch.

Shon wandte sich an Samm. »Sind Sie deshalb hier? Sind Sie betrunken?«

»Die Flasche ist verschlossen«, entgegnete Samm. »Nennen Sie es ein Friedensangebot.«

»Machen Sie Witze?«

»Es ist ein Zeichen guten Willens.«

»Sir, Sie werden doch nicht mit ihm reden wollen!«, warf der Bote ein.

»Nein, das werde ich nicht tun.« Shon musterte den Gefangenen. »Nach allem, was geschehen ist, gibt es für einen Verräter keine bessere Antwort als eine Kugel.« Er holte tief Luft. Samms Linkdaten übermittelten die Grundzüge seiner ganzen Laufbahn – seinen Rang, seine Einheit, seine Geschichte, seinen Platz in der Gesellschaft der Partials. Er war Infanterist wie Shon und hatte genau wie dieser während der letzten Tage des Isolationskriegs in Zuoquan City gekämpft. Er hatte geholfen, Atlanta einzunehmen und unter Dr. Morgan gedient. Dieser Mann war durch die Hölle gegangen und hatte seine Pflicht erfüllt. Dieser Mann wusste ganz genau, was es bedeutete, die eigenen Reihen zu verlassen, für die andere Seite zu kämpfen und sich anschließend zu stellen. Shon schüttelte den Kopf. »Nein, aber ich bin durchaus neugierig, was ihm so wichtig ist, dass er dafür sein Leben auf diese Weise fortwirft. Vielleicht rede ich nicht mit ihm, aber ich muss zugeben, dass ich ihm gern zuhören würde.«

Der Bote strahlte Überraschung und Missbilligung aus, doch Shon achtete nicht darauf, sondern machte Platz, damit der Gefangene das Büro betreten konnte. Als die Wächter folgen wollten, hob Shon die Hand. »Warten Sie draußen und stellen Sie zusätzliche Posten auf! In der gegnerischen Gruppe hält sich mindestens eine Meuchelmörderin auf. Ich will nicht, dass sie mitten im Gespräch mit einem Dolch zwischen den Zähnen durchs Fenster steigt.« Er nahm dem Boten den Bourbon ab und schloss die Tür.

Samm stand mitten im Raum. In der feuchten, kalten Kleidung schauderte er leicht. Shon hob die Flasche. »Ihnen ist doch klar, dass dies eine ziemlich hohle Geste ist, oder?«

»Ich wollte nur höflich sein.«

»Das kann ich Ihnen nicht vorwerfen.« Shon kehrte zu seinem Stuhl zurück, ohne Samm einen Platz anzubieten. Das alte Holz knarrte, als er sich setzte, trug das Gewicht jedoch mühelos. »Ist das Zeug noch genießbar?«

»Das weiß ich nicht«, antwortete Samm. »Ich trinke nicht. Die Flasche ist aber unversehrt, also müsste der Inhalt noch in Ordnung sein.«

Shon betrachtete die Flasche und schraubte den Verschluss ab. Der Geruch entsprach den Erinnerungen, daher nahm er einen kleinen Schluck aus der Flasche. »Früher in Benning habe ich oft Bourbon getrunken. Irgendetwas am Süden spricht mich mehr an als alles andere im Land.« Er nahm einen weiteren Schluck. »Wussten Sie das, als Sie die Flasche mitbrachten?«

»Nein, Sir«, antwortete Samm. »Ich hatte nur Zeit, ein einziges leeres Haus zu untersuchen, bevor ich hierherkam, und dort habe ich zufällig diese Flasche gefunden.«

Shon nahm noch einen kleinen Schluck und kostete das Brennen in der Kehle aus. »Wissen Sie, was gut zu Bourbon passt? Gegrilltes Hähnchen.«

»Wollen wir die ganze Nacht über Bourbon reden, Sir?«

»Sie sind zu mir gekommen«, antwortete Shon. »Was haben Sie mir zu sagen?«

»Brechen Sie den Angriff ab!«, verlangte Samm.

Shons Linkdaten verrieten, wie überrascht er war. »Als Dankeschön für den Drink?«

»Legen Sie die Waffen weg und entlassen Sie alle Gefangenen! Dann kommen Sie mit mir zu den menschlichen Flüchtlingen und sprechen mit ihnen.«

»Worüber?«

»Über ein Friedensabkommen«, sagte Samm.

Shon schüttelte den Kopf. »Je länger Sie reden, desto weniger einleuchtend erscheint mir das alles. Die Menschen haben unsere Leute getötet. Dabei haben Sie selbst mitgewirkt – auf jeden Fall mittelbar, und wenn ich Ihre Daten richtig deute, auch unmittelbar, indem Sie den Abzug durchgedrückt haben. Mit solchen Elementen schließe ich keinen Frieden.«

»Ich bereue jede Kugel, die ich in diesem Krieg abfeuern musste.«

»Das erweckt meine Soldaten nicht wieder zum Leben.«

»Sie werden auch nicht lebendig, wenn Sie die Menschen töten«, entgegnete Samm. Er rührte sich nicht, zeigte dem General jedoch mittels der Linkdaten, wie dringend sein Anliegen war. »Achtzig Prozent unserer Leute sind bei der Atombombenexplosion gestorben. Das war eine Tragödie, die niemand wiedergutmachen kann. Aber wenn Sie jetzt keinen Frieden schließen, unterzeichnen Sie das Todesurteil für die restlichen zwanzig Prozent. Die Menschen sind nicht Ihre Feinde, General. Das Verfallsdatum ist der Feind, und wenn Sie die Menschen töten, wird sich daran nichts ändern. Wenn Sie angreifen, sterben alle auf beiden Seiten, sei es morgen oder in sechs Monaten. Schließen Sie Frieden, und Sie retten die kostbaren Überlebenden, die wir noch haben.«

»Wollen Sie damit sagen, dass die Menschen ein Heilmittel für das Verfallsdatum haben?«

»Die Menschen *sind* das Heilmittel für das Verfallsdatum«, erwiderte Samm. »Kommen Sie mit und reden Sie mit ihnen, dann kann ich es Ihnen beweisen. Ich kann Ihnen die lebenden Beweise vorstellen. Erinnern Sie sich an die Dritte Division?«

Shon nickte. »Die Dritte Division nahm Denver ein. Es war eine der größten Schlachten während der Revolution.« Auf einmal drückte ihm eine schwere Last auf die Schultern. Er trank einen Schluck und blickte aus dem Fenster. »Sie haben vor zwei Jahren das Verfallsdatum erreicht.«

»Die meisten.«

»Wollen Sie damit sagen, dass einige überlebt haben?«

Samm deutete zum Lager der Menschen hinüber. »Drei von ihnen befinden sich gleich dort drüben. Sechs weitere sind noch in Denver.«

Shon betrachtete den Bourbon, ließ die Flüssigkeit in der Flasche kreisen, verschloss sie und stellte sie auf den Schreibtisch. »Damit sollten Sie keine Witze machen.«

Samms Stimme war hart wie Granit. »Es ist mein völliger Ernst.« Die Linkdaten bewiesen seine Aufrichtigkeit.

»Wie konnten sie das Verfallsdatum überleben?«, fragte Shon.

»Durch die Interaktion mit den Menschen.«

»Sind sie Gefangene?«

»Sie sind Verbündete«, erklärte Samm. »Sie sind Freunde. Einige sind sogar ...«

Shon fing die Gefühle des Gefangenen über den Link auf und musterte ihn scharf. »Sie lieben einen Menschen.«

»Richtig«, bestätigte Samm.

»Und deshalb wollen Sie die Menschen retten?« Shon machte keinen Hehl aus seiner Verbitterung. »Weil Sie hinter einem hübschen Rock her sind?«

»Was kann ich tun, um Sie von meiner Aufrichtigkeit zu überzeugen?«, gab Samm zurück. »Ich bin kein Redner und kein Anführer, nur ein normaler Mann, ein einfacher Soldat aus dem Schützengraben, der sich nach Kräften bemüht. Aber dies ist kein Problem, das ein Soldat lösen kann. Ich kann das Verfallsdatum nicht heilen, indem ich es erschieße, und ich kann den Frieden zwischen den Spezies nicht herbeiführen, indem ich Befehle ausführe und im Gleichschritt marschiere. Wäre ich ein Diplomat, ein Politiker oder ... ach, wenn ich irgendein anderer wäre als jener, der ich bin, dann könnte ich Ihnen vielleicht begreiflich machen, welche Bedeutung dies hat und wie wichtig es ist. Wie sehr ich daran glaube. Aber im Moment kann ich Ihnen nur mein Wort als Soldat geben, dass es richtig ist, auf meinen Vorschlag einzugehen. Legen Sie die Waffen nieder und schließen Sie Frieden!«

Shon starrte seinen Gefangenen an. Er hatte das Gefühl, der Boden glitte unter ihm weg, und unter ihm täte sich ein tintenschwarzer Abgrund auf, in den er zu stürzen drohte. Auch er war nicht für diese Aufgabe geschaffen. Er war Infanterist und kein Offizier, es lag ihm nicht, solche Entscheidungen zu treffen. Ganz zu schweigen von der unmöglichen Belastung, dazu zu stehen, nachdem er sie getroffen hatte. »Ist Ihnen klar, was passiert, wenn ich hinausgehe und meinen Männern mitteile, dass wir mit den Menschen Frieden schließen? Mit den Leuten, die uns mit einer Biowaffe angegriffen haben? Die White Plains zerstört haben? Sie haben es selbst gesagt: Wir sind Soldaten. Wir sind für den Krieg gezüchtet, wir sind zum Kämpfen und Töten gebaut. Sie reden vom Frieden, als wäre er etwas Natürliches, als müssten wir nur die Kämpfe einstellen, und alle unsere Probleme hätten sich aufgelöst. Aber wir existieren, um zu kämpfen. Der Krieg entspricht unserem Wesen, und damit ist der Frieden der unnatürlichste Zustand, in dem wir uns überhaupt befinden können. Wir haben sogar unter uns selbst gekämpft, als wir keinen anderen Gegner finden konnten. Mir scheint, ich kann tun und lassen, was ich will, und wir werden trotzdem kämpfen, bis der letzte Partial tot ist.«

»Das verstehe ich«, antwortete Samm. »Ich habe genauso empfunden. Aber ich muss glauben, dass mehr in uns steckt als Kampf und Krieg.«

»Man hat uns für den Krieg gebaut«, beharrte Shon.

»Man hat uns gebaut, um zu lieben.«

Schweigend saß Shon auf seinem Stuhl und starrte den Schreibtisch an, fuhr mit den Fingern über die Risse in dem trockenen, spröden Holz. Schließlich hielt er inne und tippte auf den Schreibtisch. »Ich würde Ihnen gern glauben«, sagte er leise.

»Dann glauben Sie mir!«

»Es ist schwer, daran zu glauben, während die Menschen weiter auf uns schießen.«

»Dann zeigen Sie Größe und hören als Erster auf!«

Shon dachte an die Armee, die draußen wartete, an die Wut, die aus dem Verlust der Heimat herrührte. Aus dem Einsatz der Biowaffe. Aus den Jahrzehnten voller Hass in Sklaverei und Krieg. Alle Erinnerungen, die er an die Menschen hatte, waren mit Hass, Tod und Unterdrückung verknüpft.

Er schüttelte den Kopf. *Das sind die Ausflüchte eines Feiglings,* dachte er. *Wir haben uns nicht aufgelehnt, damit sie uns besser behandeln, sondern weil wir selbstbestimmt leben wollten. Weil wir selbst entscheiden wollten.*

Wenn sich dies als beste Möglichkeit bietet, dann spielt es keine Rolle mehr, was die Menschen tun.

»Wie werden sie reagieren, wenn wir einen Waffenstillstand anbieten?«, fragte Shon. »Werden sie zustimmen?«

»Ich kann so wenig für die Menschen sprechen wie Sie für Ihre Soldaten«, entgegnete Samm. »Eigentlich sogar noch weniger. Im Lager gelte ich immer noch als Außenseiter.«

Shon zog die Augenbrauen hoch. »Warum sollte ich Ihnen dann vertrauen?«

»Vertrauen Sie nicht mir«, antwortete Samm. »Vertrauen Sie Kira Walker.«

50

Kira hatte kein Auge zugetan und konnte sich kaum vorstellen, dass die anderen geschlafen hatten. Das ganze Lager der Flüchtlinge hatte Angst wegen Armin, wegen der Partialarmee ...

Wegen Samm. Seit dem vergangenen Abend hatte ihn niemand mehr gesehen oder etwas von ihm gehört. Die Frage, was ihm widerfahren sein mochte, ließ ihr keine Ruhe.

»Natürlich komme ich mit.« Marcus packte sich in möglichst viele Jacken und Decken. Kira entging allerdings nicht, dass er ihr die wärmsten Kleidungsstücke überließ. Dankbar zog sie sich an. Hinter einem neuen Schneesturm dämmerte der Morgen, während sie sich auf den langen Marsch zur Partialarmee vorbereiteten. Ein alter Mann, der vorher mit dem Übersetzen der Flüchtlinge beschäftigt gewesen war, hatte Schneeschuhe gebastelt, um ihnen die Reise zu erleichtern. Kira bückte sich und schnallte sie fest an die Stiefel. *Wenn Samm den Partials bereits ein Friedensangebot unterbreitet hat und gescheitert ist, dann hören sie auch nicht auf mich.* Der erste Schneeschuh war verknotet, und sie nahm sich den zweiten vor. Trotzdem *muss ich es versuchen. Selbst wenn ich dabei umkomme, ich muss ...*

»Ein Mann auf der Straße«, sagte Phan, der atemlos an der Tür des Hauptquartiers aufgetaucht war. Ruckartig hob Kira den Kopf, das Herz schlug ihr bis zum Hals. Heron ergriff als Erste das Wort.

»Kannst du erkennen, wer es ist?«, fragte sie.

»Er ist in mittleren Jahren«, berichtete Phan. »Vielleicht Mitte vierzig. Dunkelhäutig. Wahrscheinlich ein menschlicher Gefangener. Für einen Partial ist er zu alt, aber die Wachen aus East Meadow kennen ihn nicht.«

»Samm ist es also nicht«, bemerkte Marcus.

»Er gehört nicht zu der Gruppe, mit der ich hergekommen bin«, ergänzte Kira. »Vielleicht ein Guerillakämpfer, den die Partials gefangen genommen haben?«

»Vermutlich überbringt er eine Botschaft«, meinte Calix.

Haru nickte. »Lasst uns gehen!« Er schickte Melder ins Lager, die alle zur Wachsamkeit auffordern sollten, und führte die Gruppe zum Rockaway Point Boulevard, einer langen, schnurgerade verlaufenden Straße zwischen den Orten. Menschliche Wächter beobachteten das Gelände aus behelfsmäßigen Bunkern. Sie trugen zusammengestückelte Kleidung und waren mit verschiedenen Jagdgewehren bewaffnet – den besten Waffen, die die Flüchtlinge noch besaßen. Kira betrachtete den Mann, der sich ihnen aus der Ferne näherte, und erkannte ihn nach wenigen Augenblicken.

»Das ist Duna Mkele«, sagte sie. »Der ehemalige Sicherheitschef des Senats.«

»Ich dachte mir schon, dass er es ist«, warf Haru ein. »Anscheinend wurde seine Widerstandstruppe schließlich doch noch gefasst.«

»Wenn er ein Widerstandskämpfer war, dann sehen wir einen freigelassenen Gefangenen vor uns«, meinte Heron. Sie blickte Kira an. »Interessant.«

Die Wächter riefen Mkele zu, er solle dreißig Meter vor dem Bunker stehen bleiben. Phan rannte auf ihn zu und überprüfte ihn auf Sprengstoff oder andere Gemeinheiten. »Er ist sauber!«, rief Phan herüber, legte dem Mann eine Decke über die Schultern und führte ihn zu den anderen. Mkele gab Haru die Hand und nickte Kira ernst zu.

»Sie wollen sich mit uns treffen«, sagte er einfach. »Ihre und unsere Anführer sollen sich an der Kreuzung auf halbem Weg treffen.« Wieder heftete er den Blick auf Kira. »Sie haben besonders nach Ihnen verlangt.«

»Sie sind mal wieder ganz wild auf dich«, warf Marcus ein. »Haben sie irgendwelche Drohungen ausgesprochen? Wollen sie jeden Tag einen Gefangenen töten, bis sie auftaucht?«

»Sie haben nichts dergleichen erwähnt«, antwortete Mkele. »Ehrlich gesagt weiß ich gar nicht, was ich berichten soll. Sie haben uns brutal behandelt, die Partials brennen darauf, sich für Delarosas Bombe zu rächen, aber … aber nun bin ich hier.«

Kira nickte und dachte nach. »Gibt es Hinweise, worüber sie reden wollen?«

»Über unsere Kapitulation«, vermutete Haru.

»Kann sein«, stimmte Mkele zu. »Er will uns in einer Stunde treffen, abzüglich der Zeit, die ich für den Weg hierher benötigt habe.«

»Demnach bleiben uns etwa vierzig Minuten«, überlegte Phan. »Das reicht, um einige Späher in den Wald zu schicken und uns zu vergewissern, dass es keine Falle ist.«

»Wir schicken dich und Heron.« Kira drehte sich nach der Agentin um, die jedoch schon verschwunden war. »Anscheinend ist sie bereits unterwegs.«

»Seid vorsichtig!« Marcus legte Phan eine Hand auf den Arm. »Achtet auf Hinweise für einen Hinterhalt, aber geht davon aus, dass sie ähnlich denken. Tut nichts, was sie verdächtig finden könnten!« Phan nickte und brach auf.

»Das bedeutet also wohl, dass wir hingehen?«, vergewisserte sich Haru.

»Ich gehe auf jeden Fall«, erklärte Kira und wandte sich an Mkele. »Haben sie auch gesagt, wie viele Leute wir schicken sollen?«

Mkele schüttelte den Kopf. »Darüber haben sie sich anscheinend keine Sorgen gemacht. Ich sollte wohl ebenfalls mitkommen.«

»Wie sieht es mit Waffen aus?«, fragte Calix.

»Auch das schien sie nicht zu kümmern«, entgegnete Mkele.

»Diese überheblichen Hundesöhne!«, grollte Haru.

»Wir nehmen keine Waffen mit«, entschied Kira. Haru und Mkele wollten protestieren, doch Kira ließ sie nicht zu Wort kommen. »Keine Waffen. Dies ist die erste echte Gelegenheit, eine diplomatische Verständigung zu erreichen, und es könnte auch unsere letzte sein. Wenn ein Kampf ausbricht, sind wir sowieso so gut wie tot. Also treten wir lieber möglichst friedlich auf.«

Haru schmollte weiter, zog aber die Pistole und legte sie auf einen Tisch. Die anderen folgten seinem Beispiel, packten sich dick ein und machten sich auf den Weg. Auf der Straße, die unter der weichen Schneedecke vereist war, mussten sie sich vorsichtig bewegen. Es schneite schon wieder, im Augenblick nur leicht, und der triste Wald bekam eine neue weißgraue Decke. Am anderen Ende der Straße entdeckten sie einen Trupp, der ihnen entgegenkam. Nach einer Weile nahm Kira einen Mann wahr, der mit Ketten gefesselt war. Tränen schossen ihr in die Augen, als sie Samm erkannte.

Wir wissen immer noch nicht, was dies alles zu bedeuten hat, sagte sie sich selbst. *Vielleicht richten sie ihn vor unseren Augen hin.*

Die beiden Gruppen hielten auf einer kleinen Kreuzung an, wo eine Nebenstraße in Richtung Küste abzweigte. Kira, Marcus, Calix, Ritter, Haru und Mkele standen schweigend da und betrachteten die fünf Partialsoldaten und den gefesselten Samm. Die Partials hielten auf der anderen Seite der Kreuzung inne.

»Alles klar, Samm?«, rief Kira.

»Ja«, antwortete Samm. Sie war erleichtert, seine Stimme zu hören, gleich darauf empfand sie Enttäuschung. *Warum ist er immer so kurz angebunden?*

Der Partial in der Mitte trat vor, die Stiefel knirschten im Schnee. Mitten auf der vereisten Straße blieb er stehen. Kira zögerte kurz, dann ging sie ihm entgegen.

»Ich heiße Shon und bin der amtierende General der Partialarmee«, erklärte er.

Kira suchte seinen Blick. »Kira Walker. Man könnte sagen, dass ich derzeit mehr oder weniger als Anführerin der Menschen gelte.«

»Man sagte mir, ich könne Ihnen trauen.«

Kira nickte. »Trauen Sie mir?«

»Samm hat mir einige sehr interessante Einzelheiten über Sie und Ihre ... Theorien erzählt.«

Kira war sich durchaus bewusst, dass er ihr auswich. Sie beließ es dabei und ging auf seine Bemerkung ein. »Wenn wir zusammenarbeiten, können wir beide Spezies retten. Sehen Sie den Mann hinter mir? Den zweiten von rechts? Er heißt Ritter und hat in der Dritten Division gedient.«

»Ja, ich habe seine Linkdaten erfasst«, bestätigte Shon.

»Er ist zweiundzwanzig Jahre alt«, fuhr Kira fort. »Sie können uns heilen, und wir können Sie heilen. Durch normale Kontakte zwischen den Spezies entstehen biologische Partikel, die ...«

»Samm hat mir alles erklärt«, fiel Shon ihr ins Wort. »Obendrein hat er mich einem fahnenflüchtigen Partial vorgestellt, den wir zuvor gefangen genommen hatten. Der Mann heißt Green. Es fällt mir schwer, an Ihre Theorie zu glauben, wenn der Mann, der so viel Zeit mit Menschen verbracht hat, auf dem Totenbett liegt.«

»Ist er ...?«, setzte Kira erschrocken an.

»Er könnte bald sterben«, bestätigte Shon. »Einige aus seiner Gruppe haben in der Nacht das Verfallsdatum erreicht. Als ich Green heute Morgen allein ließ, konnte er kaum noch atmen und erst recht nicht sprechen oder die Augen offen halten.«

»Ich sähe ihn gern wieder«, sagte Kira. »Selbst wenn es erst ... danach ist.«

»Freundschaften wie Ihre mit Green, mit Samm oder diesem Partial hinter Ihnen sind in gewisser Weise rührend«, erwiderte Shon. »Aber Sie verstehen sicher, dass mir das nicht reicht.«

»Das verstehe ich.«

»Die Saat für den Hass zwischen Ihren und meinen Leuten wurde vor vielen Jahren gelegt«, fuhr Shon fort. »Bevor wir überhaupt geboren wurden. Den Versuch des Zusammenlebens gab es schon früher einmal, und er scheiterte. Mein bester Freund wurde fünf Monate vor Beginn der Revolution in Chicago von weißen Rassisten zu Tode geprügelt, weil er so dreist war, mit einem menschlichen Mädchen ins Kino zu gehen.«

Kira schwieg.

»Sie wollen den Frieden«, sagte Shon. »Sie wollen ihn, und ich will ihn auch, aber wir können nicht für alle anderen sprechen. Zehntausende verängstigte, verzweifelte und fehlbare Leute werden miteinander leben, arbeiten, streiten und ... sie werden gegeneinander kämpfen, weil das unser natürlicher Daseinszustand ist. Dies gilt für Partials wie für Menschen. So wurden wir erschaffen.«

»Trotzdem können wir es versuchen«, erwiderte Kira. »Heute ist die Situation eine völlig andere als vor dem Zusammenbruch.«

»Sie ahnen nicht, wie schwierig es war, diese wenigen Soldaten zur Teilnahme an einem Treffen zu bewegen.« Shon deutete auf die Begleiter, die hinter ihm warteten. Die Linkdaten verrieten seine Verzweiflung. »Beim leisesten Anzeichen eines Hinterhalts geht dieser Frieden binnen Sekunden in die Brüche, und hier sind nur wir. Das sind die Leute, denen ich vertraue. Was ist, wenn wir ein Bündnis schließen, uns zusammentun, und einer Ihrer Menschen macht einen dummen Witz über die Sklavenarbeit der Partials oder über die alten Arbeitsprogramme, die seinerzeit die Revolution auslösten?«

»Die Menschen sind nicht die Einzigen, die alles zerstören können«, hielt Kira aufgebracht dagegen. »Was ist, wenn einer Ihrer Partials die Revolution und den Gewinn der Freiheit erwähnt, während ein Mensch neben ihm steht, der Kinder, Eltern und alle anderen verloren hat, die er liebte ...« Sie hielt inne und lauschte. »Moment.«

»Ich höre es auch.« Shon hob den Kopf. Die anderen Partials hatten ebenfalls aufgemerkt und lauschten aufmerksam auf das dumpfe, rhythmische Wummern. Kira wagte nicht, sich umzudrehen da sie fürchtete, Shon werde dies als Zeichen an ihre Begleiter missverstehen. Die Linkdaten des Generals sprachen von Ärger und Verwirrung.

»Ein Hubschrauber.« Kira drehte sich um und beobachtete den Himmel. Der Schnee fiel inzwischen dichter, sie konnte keinen Kilometer weit sehen.

»Unserer ist es nicht«, erklärte Shon und deutete mit dem Finger auf die Wolken. »Dort!« Er wich zurück und wandte sich zu seinen Männern um. »Rückzug!«

»Ein Hinterhalt!«, schrie ein anderer Partial. Kira sprang vor, um alle zu warnen.

»In Deckung!«, rief sie. Marcus forderte die anderen auf, sich in Sicherheit zu bringen, doch vermutlich war es zu spät. Sie standen draußen im Freien, waren unbewaffnet und völlig hilflos. Nichts konnte Armin davon abhalten, sie zu töten. Das einzig Wichtige war nun, das Abkommen zu retten, damit der brüchige Frieden zwischen Menschen und Partials hielt. Shon und seine Männer suchten Deckung hinter den Bäumen, während Samm auf seine Gefährten zurannte und sich mit den gefesselten Füßen auf der vereisten Straße vorwärtsmühte. Kira rief Shon etwas zu und wollte ihm erklären, was gerade vor sich ging. Plötzlich stieß der Hubschrauber aus den Wolken herab, und der Schnee stob in die Höhe, als die mächtigen Rotorblätter einen heftigen

Sturm erzeugten. Die Maschine legte sich schräg und hielt auf Kira zu, schwebte über ihr und warf sie und Samm durch den starken Abwind von den Füßen. Unmittelbar vor ihnen setzte der Hubschrauber auf und schnitt Kira den Rückweg ab. Zischend glitt die Seitentür auf, und die Ivies stürzten mit schussbereit erhobenen Gewehren heraus. Hinter ihnen erschien Armin, in einer Hand das Messer, in der anderen einen leeren Behälter.

»Kira«, sagte Armin.

»Du kannst mein Blut haben!«, rief Kira. »Aber verschon die anderen!« Sie deutete hinter sich auf Shon und dessen Begleiter, die schockiert das Geschehen beobachteten. »Wir schließen gerade Frieden, Armin. Dies bedeutet das Ende des Kriegs, und du darfst unsere Bemühungen nicht zerstören.«

Ritter rannte hinter dem Hubschrauber hervor. Er hatte von einem der verschneiten Bäume am Straßenrand einen Ast abgerissen, doch die Ivies hatten ihn über den Link aufgespürt und schossen auf ihn, bevor er die Maschine umrundet hatte. Kira schrie und war wütend über Ritters sinnloses Opfer, doch einen Augenblick später durchschaute sie seine Absicht. Marcus und die anderen Menschen kamen auf der anderen Seite herum, überraschten die Ivies von hinten und warfen zwei von ihnen auf den gefrorenen Boden. Die übrigen Ivies fuhren herum, um sich der neuen Bedrohung zu stellen. Wieder schrie Kira, als ihre Freunde zu Boden gingen, darunter auch Marcus. Blut spritzte hellrot aus den zerlumpten Mänteln. Sie rannte zu den Gefährten und stieß wilde Schreie aus. Samm wollte sie zurückhalten. Nun tauchten hinter ihr die anderen Partials auf, zogen die Waffen und griffen die Ivies an. Die Eindringlinge erwiderten das Feuer. Kira schrie auf, als Samm sich vor sie schob und eine Kugel in den Arm bekam. Offenbar völlig ungerührt stand Armin inmitten des Schlachtfelds und hielt mit einem einzigen Gedanken die Welt an.

NEIN.

Der Befehl breitete sich über den Link aus, Shon und seine Partials blieben auf der Stelle stehen. Samm wirkte wie eine Statue aus Stein, auch die Ivies hielten inne. Kira stolperte, sogar für sie war das mächtige NEIN überwältigend. Das Wort beherrschte den ganzen Link, ihr Bewusstsein, den Körper. Sie knirschte mit den Zähnen und hob die Hände zum Kopf, als wäre damit alles auszublenden.

»Schon besser.« Langsam ging Armin auf Kira zu. »In einer Hinsicht hast du recht«, fuhr er fort. »Dies ist das Ende. Vielleicht nicht das Ende deines Kriegs, denn anscheinend wollen sich die Gegner immer noch bekämpfen. Aber der Krieg verliert seine Bedeutung. Ich habe jetzt so viel DNA, wie ich benötige. Die Menschen und Partials, die einander so verzweifelt auslöschen wollen, können ihren Kampf zu Ende führen, ohne die Zukunft zu gefährden.«

»So muss es aber nicht kommen.« Es fiel Kira schwer, die Worte über die Lippen zu bringen. »Dies ist dein Plan – der Plan, den du vor vielen Jahren entworfen hast. Er kann immer noch gelingen.«

»Vorübergehend vielleicht«, erwiderte Armin. »Aber früher oder später werden wieder Streitigkeiten ausbrechen. Man wird sich gegenseitig deinen Tod vorwerfen und einander anklagen, dass dich niemand gerettet und mich niemand getötet hat. Vielleicht versucht man sogar, zusammenzuarbeiten und die Insel zu verlassen, bevor die Strahlung unwiderruflich alles Leben schädigt, doch die Gemeinsamkeiten sind nicht von Dauer. Die Differenzen sind zu groß, und der biologische Friede, den ich mit RM und der Partial-DNA zu erzwingen suchte, ist nicht stark genug.«

Mit ungeheurer Anstrengung gelang es Samm, einen Fuß vor den anderen zu setzen und sich Armin in den Weg zu stellen. Mit zusammengebissenen Zähnen starrte er den Mann an, viel zu verkrampft, um etwas zu sagen, und dennoch entschlossen, Kira zu verteidigen.

Überrascht blieb Armin stehen. »Beeindruckend. Aber

es spielt keine Rolle. Jerry hat den Planeten neu gestartet, und ich beginne mit einer neuen Spezies, die von Anfang an einheitlich aufgebaut ist. Das ist viel besser, als die beiden Spezies mit drohend erhobener Faust zur Zusammenarbeit zu zwingen. Sie werden die Welt erben, du wirst ihre Mutter sein, und sie werden weiterschreiten und größere und prächtigere Werke vollbringen, als wir uns ausmalen können. Noch verstehst du es nicht, und leider wirst du es wohl nie verstehen. Dies ist jedoch das wichtigste Ziel aller Eltern: dass die eigenen Kinder sie übertreffen.«

»Dann lass mich leben, damit ich dich übertreffen kann!«, verlangte Kira. »So schwer kann das nicht sein. Ich bin zum Beispiel keine Psychopathin.« Mühsam wich sie zurück – erst ein Bein, dann das andere. Die Bewegungen erforderten ihre ganze Willenskraft. Sie wusste nicht, ob sie noch einen weiteren Schritt tun konnte.

»Kurzsichtige Bemerkungen wie diese beweisen, dass du es ganz und gar nicht wert bist, in der neuen Welt zu leben.« Er wich Samm aus und hob das Messer, doch der Partial stieß einen kehligen Laut aus und bewegte sich weiter, um dem Blutmann abermals den Weg zu versperren. »Zwing mich nicht, auch dich zu töten!«, sagte Armin gelassen. »Ich will niemandem Schmerz zufügen, aber ich muss um jeden Preis ihre DNA bekommen.«

»Wenn du eine friedliche neue Welt aufbauen willst, dann lass los!«, forderte Kira. »Von Anfang an, seit der Erschaffung der Partials und der Bildung des Trusts, wolltest du alles beherrschen und jeden Schritt in jedem Prozess steuern. Wir müssen jedoch fähig sein, selbst zu entscheiden. Wir sind gescheitert und müssen die Chance bekommen, uns wieder aufzurappeln.«

»Die Menschen haben ihre Chancen verspielt«, entgegnete Armin. »Dabei hätten sie beinahe den ganzen Planeten mit in den Untergang gerissen. Das wird nicht noch einmal passieren.«

»Richtig, das wird ganz bestimmt nicht passieren«, antwortete ihm jemand. Armin fuhr überrascht herum, auch Kira drehte sich mühsam um.

Heron kam langsam zwischen den Bäumen hervor und wiegte die Pistole in der Hand.

HALT!

Kira spürte Armins neue Linkdaten wie eine körperliche Barriere, die sie durch und durch lähmte, doch Heron lächelte nur und ging weiter.

»Verstehe, eine Theta.« Armin setzte den Glasbehälter behutsam auf den Boden, richtete sich auf und hob das Messer. »Genau das meinte ich, Kira. Die Thetas haben einen freien Willen. Die anderen hielten es für verrückt, ein Partialmodell herzustellen, das nicht über den Link gesteuert werden konnte, aber ich war ein Idealist. Genau wie du heute glaubte ich, die Entscheidungsfreiheit sei zu wichtig, um in einer Spezies völlig eliminiert zu werden. Mittlerweile bin ich klüger. Ich habe ihnen die Entscheidungsfreiheit gewährt, und sie haben die Freiheit benutzt, um ungehorsam zu sein.« Er legte den Kopf zur Seite und musterte Heron mit kalten, berechnenden Augen. »Ich dachte, ich hätte euch alle ausgeschaltet.«

»Dann haben Sie die anderen Spionagemodelle getötet?«, fragte Heron. »Jedes Ihrer Worte bietet mir einen weiteren Grund, Sie zu erledigen.«

Armin schüttelte den Kopf. »Ich habe vielleicht keine Macht über dich, aber ich verfüge über Genveränderungen, die du dir nicht ausmalen kannst. Es wäre dumm, mich anzugreifen.«

»Und so geht es immer weiter.« Heron war nur noch drei Meter von ihm entfernt und wich langsam zur Seite aus. »Kira, meine Süße, jetzt bringe ich deinen Dad um.«

Kira wollte etwas sagen, doch der Link hielt sie immer noch in seinem Bann.

»Theta, ich habe dich als Weiterentwicklung der Partials

entworfen, aber mir wird klar, dass gerade du der Grund bist, weshalb wir noch einmal von vorn beginnen müssen.« Kira bemerkte Armins plötzliche Ungeduld. »Wir brauchen eine Spezies, die von den Sternen träumt, und keine, die sich im Schatten herumtreibt und zum Vergnügen tötet.«

»Wollen Sie eine Spezies, in der ich nicht mehr vorkomme?«, gab Heron zurück. »Sie können mich mal.« Blitzschnell stieß sie vor und schoss. Mühelos wich Armin dem ersten Schuss aus, beim zweiten zielte sie absichtlich zu weit nach rechts, um ihn nach links zu der Hand zu treiben, in der sie das Messer hielt. Er bemerkte die Finte, wehrte das Messer mit einer raschen Bewegung ab und drehte sich in die andere Richtung, um die Schusslinie zu verlassen, als sie die Pistole herumzog. Die Ausweichbewegungen zwischen den Kugeln wirkten beinahe einstudiert.

»Ich kann dich nicht über den Link kontrollieren, aber du gibst trotzdem taktische Informationen preis«, sagte er. »Ich weiß alles, bevor du es tust.« Sie ließ sich nicht beeindrucken, sondern konzentrierte sich auf den Kampf. Auch den nächsten Schüssen wich er tänzelnd aus, bewegte sich völlig gelassen und offenbar ohne jede Anstrengung. Heron kam näher, zwang ihn manchmal mit den Schüssen in die gewünschte Richtung, versuchte manchmal, ihn direkt zu treffen, bis sie sich in der richtigen Reichweite für einen Angriff mit dem Messer befand. Kira zählte die Schüsse und fragte sich, wann das Magazin leer wäre. Auf einmal stach Heron mit dem Messer zu, ließ die Waffe sinken und warf das Magazin aus. Es rutschte über das Eis. Als Armin zurückwich, um dem Messer zu entgehen, trat er auf das Magazin und verlor das Gleichgewicht. Er musste sich mit einem Arm abfangen. Mit bösem Lächeln nahm Heron die Gelegenheit wahr, sprang vor und wollte dem Mann die Kehle durchschneiden, doch er verwandelte das Straucheln in eine Abwehrbewegung, fing die Klinge mit dem Unterarm ab und griff mit dem eigenen Messer an. Heron wich zurück und schätzte die Lage ein.

»Das war ein guter Trick«, meinte Armin. »Aber besiegen kannst du mich nicht.«

»Wahrscheinlich nicht«, gab Heron zu. »Aber das heißt nicht, dass ich unterliege.« Sie hielt inne. »Kira?«

»Ja?«

»Sag mir, dass du sicher bist!«, verlangte Heron. »Sag mir, dass es funktioniert und dass alle überleben! Sonst verschwende ich meine Zeit.«

Kira reckte das Kinn. »Ich verspreche es.«

»Nun gut.« Heron zog ein weiteres Messer aus dem Gürtel. »Dann bringen wir es zu Ende.«

Sie sprang vor, eine Klinge in jeder Hand, hackte, stach und wirbelte wie ein stählerner Tornado. Armin schlug zurück, es war eindeutig eine Finte, um sie zur Seite zu treiben, doch seine Klinge bohrte sich in Herons Brust, und sie schrie auf. Die Wucht des eigenen Ansturms brachte ihn aus dem Gleichgewicht. Erschrocken riss er die Augen auf und wollte das Messer herausziehen. Vergeblich. Es war zu spät, Heron hatte die Gelegenheit gefunden.

Sechs blitzschnelle Streiche mit den Klingen, und er war buchstäblich zerstückelt.

Armin schwankte, blutete aus einem Dutzend tiefer Schnittwunden im Hals und im Oberkörper und brach im Schnee zusammen.

Heron wollte sich drehen, ging jedoch neben ihm zu Boden. Armins Messer steckte in ihrem Herzen.

TOD.

Kira spürte die Tränen auf den Wangen, heiß und eiskalt zugleich. Schwerfällig schob sie sich hinüber, Zentimeter um Zentimeter. Armins übermächtiger Befehl wich langsam aus der Luft, und endlich konnte sie einen größeren Schritt und sofort danach einen zweiten tun. Herons Blut dampfte auf der überfrorenen Straße und schmolz dunkelrote Löcher in den Schnee.

Noch zwei Schritte. Drei.

Stöhnend öffnete Kira die Hände, die sie in der Kälte zu Fäusten geballt hatte. Armins Linkdaten hatten sie völlig gelähmt. Endlich erreichte sie Heron, sank auf die Knie und tastete am Hals nach dem Puls. Er war schwach und unregelmäßig. Sie legte die Hände auf die Wunde in der Brust und wusste schon, dass es viel zu spät und die Verletzung viel zu schwer war.

Heron rührte sich und tastete nach Kiras Hand, umfasste sie leicht mit kraftlosen Fingern. Sie konnte nur noch flüstern. »Wenn mein Leben keine Bedeutung hatte, dann spricht nichts gegen ein Ende.«

Kira drückte die Hand der Agentin. Es brach ihr das Herz. »Deshalb hast du deinem Leben ein Ende gesetzt?«

»Deshalb habe ich ihm einen Sinn gegeben.«

Herons Lider flatterten, sie verdrehte die Augen, die Hand erschlaffte. Kira schluchzte und hielt sie fest, bis der letzte Lebensfunke aus ihr wich.

TOD.

51

General Shon kam langsam herüber und ging neben Kira in die Hocke.

»Ich habe ihr versprochen, dass es funktioniert«, sagte Kira. »Ich weiß, dass es weder vollkommen noch leicht wird, und es könnte sogar scheitern, aber …« Noch einmal drückte sie Herons Hand. »Wir müssen es versuchen.«

Shon stieß Armins schlaffen, leblosen Körper an. »Nachdem dieser Dreckskerl sagte, es sei unmöglich, möchte ich es versuchen. Und sei es nur, um ihn Lügen zu strafen.«

»Es gibt schlechtere Gründe, um die Welt zu retten«, entgegnete Kira.

Auch Samm kam zu ihnen und kniete neben Heron nieder. Er nahm ihre andere Hand, obwohl ihm die Ketten an den Handgelenken nicht viel Spielraum ließen, und betrachtete sie schweigend. Kurz danach spähte er nach Osten in Richtung des Partiallagers. »Da kommen Ihre Leute.«

»Wahrscheinlich haben sie den Hubschrauber gehört«, erwiderte Shon. »Ich habe nicht … Moment! Das ist eine größere Gruppe.«

Als sich aus der Dunkelheit einige Gestalten herausschälten, erhob sich Kira. Der Mann, der die Führung übernommen hatte, bewegte sich steifbeinig vorwärts und schlurfte fast, als wäre er krank. Kira ging einige Schritte auf ihn zu und freute sich, als sie ihn erkannte. »Green!« Er winkte, und sie rannte auf ihn zu und umarmte ihn. »Du lebst!«

»Es hat funktioniert.« Er betrachtete seine Arme und Hände, als wären sie neue Errungenschaften: fremdartige, wundervolle Gliedmaßen, die er noch nie gesehen hatte. »Ich ... ich habe mich erholt.« Er umfasste Kiras Schultern. »Ich bin noch nicht völlig sicher, aber ... du hast mich gerettet, Kira.«

Shon richtete sich neben ihm auf und musterte ihn verwundert. »Green?«

Der Partial drehte sich um und salutierte. »Sir, ich habe die Armee verlassen, aber ich bin bereit, mich der neuen anzuschließen.«

»Welcher neuen Armee?«, fragte Shon.

»Soeben hat ein Partial das Verfallsdatum überlebt, und dort drüben warten zwanzigtausend auf die gleiche Behandlung.« Green deutete hinter sich, wo sich unzählige Partialsoldaten versammelt hatten, und grinste Kira fröhlich an. »Wollten wir nicht genau das mit dem Bündnis zwischen Menschen und Partials erreichen?«

Eine Kugel der Ivies hatte Marcus' Kopf gestreift, die Haut bis auf den Knochen abgeschürft und ihn bewusstlos geschlagen, doch er lebte noch. Kira verband die Wunde und weckte ihn. Danach half er bei der Versorgung der anderen, stillte Blutungen, wo es möglich war, verschloss offene Wunden mit Kleidungsfetzen und begleitete alle ins Lager zurück. Haru hatte es am schlimmsten erwischt. Er hatte eine tiefe Bauchwunde davongetragen, und die rechte Hand war zerfetzt, aber sein Zustand war stabil. Sechs Ivies lebten noch und ergaben sich auf der Stelle, nachdem ihr Anführer gefallen war. Kira führte sie ins Lager der Menschen. Shon und Mkele übernahmen Harus Aufgaben und organisierten die weitere Evakuierung. Sie mussten nun nicht mehr ganz so hektisch vorgehen, auch wenn sie sich natürlich bemühten, alle vor dem Fallout in Sicherheit zu bringen. Da ihnen nun der alte Hubschrauber der Ivies zur Verfügung stand, konnten sie den Ablauf erheblich beschleunigen.

Kira kümmerte sich selbst um Samm und legte ihn in dem überfüllten Behelfslazarett auf einen sterilisierten Tisch, wo sie ihm die Schulter mit Alkohol abrieb und schließlich die Wunde nähte. »Das erinnert mich an das Labor.« Sie dachte an die Zeit im Krankenhaus von East Meadow zurück, wo sie ihn studiert, mit ihm geredet und letztendlich beschlossen hatte, ihm zu helfen. Sie verspürte eine Verbundenheit mit ihm, die sie noch nie für jemand anders empfunden hatte, nicht einmal für Marcus. Eine Weile hatte sie sich gefragt, ob sich in ihr nur Eindrücke hielten, die sie über den Link empfangen hatte. Ihr Blick wanderte zum nächsten Tisch, wo Marcus Calix' Schusswunde nähte – es war das andere Bein, das nun ein Spiegelbild zu jenem darstellte, das Heron vor Monaten verletzt hatte.

Ich weiß nicht, was ich tun soll, dachte Kira und heftete den Blick wieder auf Samm. *Aber ich weiß, was ich will.* »Ich muss mit dir reden«, sagte sie nervös.

»Bist du mit meiner Schulter fertig?«, erwiderte Samm.

»Hast du gehört, was ich gesagt habe?«

»Ja.« Samm zuckte zusammen, richtete sich auf und rutschte vorsichtig vom Tisch. »Ich muss auch mit dir reden.«

Marcus blickte herüber. »Wollt ihr gleich hier miteinander sprechen? Wo ich euch zuhören kann?«

»Du bist ein guter Mann und ein guter Freund«, sagte Samm zu ihm. »Ich entschuldige mich für alles.« Er nahm Kiras Hände und sah sie an, sie erwiderte bebend den Blick. »Kira, ich liebe dich. Ich habe es dir damals nicht gesagt, aber ich habe mich schon im Labor in dich verliebt, ich habe dich geliebt, als du mich aus dem Gefängnis befreit hast, ich habe dich geliebt, als wir uns am Dock getrennt haben. Und ich habe dich auch geliebt, als sich der Abschied im Reservat wiederholt hat. Beide Male hat es mich schier zerrissen, dich gehen zu sehen, als hättest du mein

Herz mitgenommen. Du bist ein Teil von mir, und ich will nie wieder Lebewohl zu dir sagen.« Er hielt inne. »Alle, die noch auf diesem Planeten leben, werden über das Meer fahren, sich eine neue Heimat suchen und ein neues Leben beginnen. Dieses neue Leben möchte ich mit dir teilen.«

Weinend drückte Kira seine Hände, so fest, dass sie fürchtete, ihm wehzutun. Ringsum summte das Lazarett vor Geschäftigkeit, doch sie nahm nur seine Worte wahr. Samm wandte sich an Marcus. »Es tut mir leid. Ich weiß nicht, wie wir das hinkriegen sollen.«

Marcus war nicht anzumerken, was in ihm vorging, aber schließlich hellte sich seine Miene auf, und er lachte. »Du musst dich nicht entschuldigen, Samm. So ist die Liebe – dabei geht es nicht um Abwägen und Auswählen. Die Liebe will etwas und fragt nicht nach Gründen. Aber das ist auch gleichgültig, weil die Liebe selbst die einzig notwendige Erklärung ist. Wenn ich Kira so ansehe ... dann weiß ich, dass sie dich auch will. Ich ...« Er hielt inne und wandte sich ab. Mit belegter Stimme sprach er weiter. »Ich will euch nicht im Weg stehen.«

»Danke, Marcus«, flüsterte Kira. Sie wischte sich eine Träne aus dem Augenwinkel, blickte Samm an und sah ihr Spiegelbild in seiner Pupille. »Ich liebe dich, Samm.« Sie zog ihn an sich und küsste ihn.

Marcus wischte sich über die Augen, beobachtete sie, als sie sich küssten, und holte tief Luft. »Tja, das ist ein harter Schlag.«

»Das kannst du wohl sagen«, meinte Calix.

Verwundert sah er sie an und setzte die Behandlung ihres Beins fort. »Du und Samm?«

»Vor langer Zeit ...« Auch sie beobachtete die beiden Liebenden, dann wandte sie sich wieder an Marcus. »Hast du deine Worte ernst gemeint? Über die Liebe, die weiß, was sie will, und nicht nach Gründen fragt?«

»Ja«, bestätigte er. »Ich glaube schon. Es kam mir jedenfalls richtig vor, und ich nehme es auch nicht zurück. Aber ... ach, du weißt schon. Beweg dich jetzt nicht!«

»Was hast du heute Abend vor?«

Marcus hielt verblüfft inne und hätte Calix beinahe mit der Pinzette gestochen. »Was?«

»Ich bin allein, du bist attraktiv, und wir sitzen beide im Lazarett fest. Was meinst du?«

»Ich habe gerade die Liebe meines Lebens verloren«, erwiderte Marcus. »Könntest du mir etwas Zeit lassen, erst einmal durchzuatmen und mich zu erholen?«

»Du hast sie schon vor Jahren verloren.«

»Autsch!« Marcus schüttelte den Kopf. »Du bist wirklich sehr direkt.«

»Was immer wieder verhängnisvolle Folgen hat.« Sie blickte in Samms Richtung.

Marcus lachte trocken. »Das klingt nach einer Geschichte, die ich gern hören würde.«

»Dann haben wir eine Verabredung«, bestätigte Calix. »Komm schon, nachdem du mein Bein eine Stunde lang liebkost hast, ist dies das Mindeste, was du tun kannst.«

»Also eine Verabredung. Aber der erste Punkt auf der Tagesordnung ist eine gründliche Aufklärung über den Unterschied zwischen Liebkosen und Chirurgie. Es könnte gefährlich sein, beides zu verwechseln.«

Kira stand am Strand und wartete auf das Schiff, das die letzten Überlebenden abholen sollte. Sie hatte darauf bestanden, zusammen mit der letzten Gruppe die Insel zu verlassen, nachdem alle anderen in Sicherheit waren. Samm stand hinter ihr und hielt sie tröstend umschlungen. Vor ihnen lag die weite, unendliche See. Die Wellen schwappten über die Trümmer eines alten hölzernen Stegs. Sie wollte dort hinaus in die Weite, den ersten Schritt auf einem neuen Weg und zu einem neuen Horizont tun. Frischer Schnee bedeckte den Boden wie sauberes Pergament, verdeckte die alte Welt und bot ihnen leere Seiten für die neue Welt.

»Ein Boot!«, rief der Ausguck. Die Flüchtlinge blickten in Richtung Sandy Hook, doch dort war nichts zu sehen. »Im Osten«, ergänzte der Mann. Kira drehte sich um und spähte in die Dunkelheit. Tatsächlich, ein weißes Boot mit prallem Segel kam dicht unter der Küste heran und hielt an Jones Beach vorbei auf sie zu.

»Hat Mkele neue Boote holen lassen?«, fragte Samm.

»Wir haben schon mehr, als wir überhaupt bemannen können«, erwiderte Kira. »Vielleicht ist es nur ein Fischer, der sich uns endlich anschließt.«

Sie beobachteten das Boot, das in einiger Entfernung an ihnen vorbeifuhr. Kira bemerkte drei Frauen im Bug, in deren Haaren der Wind spielte. Hinten am Ruder saß eine weitere Frau.

Es waren Ariel, Isolde, Xochi und Nandita.

Kira rannte ihnen entgegen, watete bis zur Hüfte in den eiskalten Atlantik und winkte ihnen, während ihr die Freudentränen über das Gesicht liefen. »Da seid ihr!«, rief sie immer wieder, viel zu glücklich, um irgendetwas anderes zu sagen. »Da seid ihr, da seid ihr!«

Ariel reffte das Segel, um das Boot abzubremsen, und hielt auf den Steg zu. Kira rannte hinüber und warf ihnen ein Seil zu, als der Rumpf gegen die Bohlen prallte. Xochi lächelte. »Willst du mitfahren?«

»Ich wusste gar nicht, dass ihr segeln könnt«, meinte Kira.

»Ich habe ein Jahr in einem Fischerdorf gelebt«, erklärte Ariel. »Da lernt man es schnell.«

»Ihr lebt noch!« Kira war außer sich vor Freude und schlang die Arme um sich. Das eiskalte Wasser bemerkte sie kaum. »Ich liebe euch so sehr.« Nacheinander betrachtete sie ihre Schwestern und die Adoptivmutter. Armin mochte ihr Vater gewesen sein, aber dies war ihre Familie, ihre wirklichen, wundervollen nächsten Angehörigen. Samm stand längst neben ihr im Wasser und fasste sie bei der Hand. Sie drückte ihn fest, zog ihn hinter sich auf das Boot und ließ ihn nur kurz los, um die Schwestern zu umarmen. »Lasst uns irgendwohin aufbrechen!«

»Die Welt ist groß«, sagte Isolde. »Wohin willst du? Wir kommen mit.«

DANKSAGUNG

Dieses Buch hat vielen Menschen sehr viel zu verdanken. Da wären zunächst mein Redakteur Jordan Brown und meine Agentin Sara Crowe. Dann die erstaunliche Crew bei HarperCollins und Balzer + Bray sowie meine Assistentin Chersti Nieveen und mein Bruder Robinson Wells, die beide selbst ausgezeichnete Autoren sind und erstaunliche Quellen der Hilfe und Inspiration waren. Meine Leser aus vielen Ländern: Steve Diamond, Nick Dianarkhah, Mary Robinette Kowal, Ben Olsen, Maija-Liisa Phipps, Brandon Sanderson, Howard Tayler und die vielen anderen, die ich wieder einmal vergessen habe.

Auch dieses Buch wäre ohne meine Frau Dawn nie entstanden. Unermüdlich unterstützt sie mich, und zwar intensiver, als ich es mir je hätte träumen lassen. Sie schenkt mir Zeit, Einfälle, Ratschläge, Ermutigung, Nahrung und die Freiheit, das Notwendige zu tun und Ihnen diesen Roman und alle anderen Bücher zu geben. Ohne sie würde ich irgendwo Burger wenden. Danke, Dawn, dass du so wunderbar bist!

Ganz besonders viel verdankt dieses Buch den Menschen, die für Kira, Heron und alle anderen umwerfenden Mädchen in der Partials-Reihe als Vorbilder dienten: meinen beiden Töchtern. Mögt ihr immer Heldinnen haben, die euch inspirieren, und Vorbilder, zu denen ihr aufblicken könnt. Und vor allem die Freiheit und den Mut, eure Entscheidungen selbst zu treffen, gleichgültig, wie einfach, erschreckend oder endgültig sie sind.